U0463645

近代侠义英雄传

（上）

平江不肖生——著

武侠宗师平江不肖生作品集

团结出版社
UNITY PRESS

图书在版编目（C I P）数据

近代侠义英雄传 / 平江不肖生著 . -- 北京 : 团结出版社，2020.6
ISBN 978-7-5126-7712-8

Ⅰ . ①近… Ⅱ . ①平… Ⅲ . ①侠义小说－中国－现代
Ⅳ . ① I246.5

中国版本图书馆 CIP 数据核字 (2020) 第 012909 号

出　版：团结出版社
（北京市东城区东皇城根南街 84 号　邮编：100006）
电　话：(010) 65228880 65244790（出版社）
(010) 65238766 85113874 65133603（发行部）
(010) 65133603（邮购）
网　址：http://www.tjpress.com
E-mail：zb65244790@vip.163.com
fx65133603@163.com（发行部邮购）
经　销：全国新华书店
印　装：三河市三佳印刷装订有限公司

开　本：165mm×230mm　　16 开
印　张：61.25
字　数：962 千字
印　数：1-4000
版　次：2020 年 6 月 第 1 版
印　次：2020 年 6 月 第 1 次印刷

书　号：978-7-5126-7712-8
定　价：149.00 元

目录

Contents

上 册

中　册

下　册

第一回

劫金珠小豪杰出世　割青草老英雄显能

话说前清光绪二十四年戊戌，因新政殉难的六君子当中，有一个浏阳人谭嗣同，当就刑的时候，口号了一首绝命诗道：

望门投止思张俭，忍死须臾待杜根；
我自横刀向天笑，去留肝胆两昆仑。

这首绝命诗，当时传遍了全国，无人不知道，无人不念诵。只是这诗末尾那句“去留肝胆两昆仑”的话，多有不知他何所指的。曾有自命知道的人，说那“两昆仑”，系一指康有为，一指大刀王五。究竟是与不是，当时谭嗣同不曾做出注脚，于今谭嗣同已死，无从证实，只好姑且认他所指的，确是这两个。不过在下的意思，觉得这两人当中，当得起“昆仑”两字，受之能无愧色的，只有大刀王五一人。至于康有为何以够不上“昆仑”两字，不俟在下哓舌，也不俟盖棺定论，看官们大约也都明白，也都首肯。但是大刀王五，是个什么人，如何当得起昆仑两字，如何倒受之能无愧色呢？在下若不说明出来，看官们必有不知道的，必也有略略知道而不详悉的。

这部书本是为近二十年来的侠义英雄写照，要写二十年来的侠义英雄，固不能不请出一位事业在千秋、声名垂宇宙的英雄，作一个开场人物。然二十年来的侠义英雄，声名事业，和大刀王五不相伯仲的，很有不少的人。这便不能不就这部书中，所要写的人物和事实当中，拣一位年代次序，都能与文字上以便利的，开始写来。大刀王五的事迹，又恰是年代次序，都能与文字上以便利，所以单独请他出来，作个开场人物。

好好的姓王行五，就叫做王五好咧，为什么却要加上“大刀”两字呢？姓名上有了这大刀两字，不论何人一听到耳里，便能断定这人是一个会武艺的。从来江湖上的英雄、绿林中的好汉，无人不有一个绰号。绰号的取义，有就其形象的，有就其性质的，有就其行为的，有就其身份的，有就其技艺的，不问谁人的绰号，大概总难出这五种的范围。

于今且借梁山泊上人物的绰号，证明这五种的取义来。曾读过《水浒传》的先生们，当读那一百零八人绰号的时候，读了“摸着天”和“云里金刚”这两个绰号，必知道杜迁、宋万二人的身量是很高的；“矮脚虎”王英是很矮的；“白面郎君”郑天寿是很漂亮的；“美髯公”朱仝、“紫髯伯”皇甫端，是胡须生得很好的。这种绰号，就是就其形象的取义。读了“霹雳火”“拼命三郎”两个绰号，必知道秦明的性子最暴躁，石秀的性子最好勇斗狠。这种绰号的取义，便是就其性质的。读了“及时雨”“鼓上蚤”两个绰号，必知道宋江是个肯周济人的，时迁是个当小偷的，这便是就其行为的取义。至于就其身份的，如“花和尚”鲁智深、“行者”武松、“船火儿”张横、“浪子”燕青等，很多很多，不胜枚举。“双鞭”呼延灼、“金枪手”徐宁、“双枪将”董平、“没羽箭”张清、“铁叫子”乐和、“玉臂匠”金大坚，都是就各人所长的技艺。

于今在下所写的大刀王五，是和梁山泊上的大刀关胜一样的。不论《水浒传》上，所写大刀关胜的写法，是一样一样的都模仿着《三国演义》上所写的关云长。关云长使的是青龙偃月刀，关胜使的也是青龙偃月刀。青龙偃月刀是马上临阵的兵器，长大是不待言，所以人称为“大刀关胜”。只是这种大刀，因是关云长曾用过，至今人都称关刀，并不称大刀。

几十年前的军队里，枪炮很少，大部分用的是蛇矛、刀、叉。这种刀在军队里，也占相当的地位，却不称为大刀，也不称为关刀。因为南洋器械中有这种刀，大家就称为“南洋刀”。不是军队里的人，不论如何会武艺的，使用这种的最少，为的是太长大、太笨重，极不适用。但王五何以又得了这大刀的绰号呢？原来北道上称单刀，也称大刀。《水浒》上既有个现成的大刀关胜，一般人便也顺口称大刀王五了，其实就是单刀王五。王五得这大刀的绰号，却不寻常，很有些好听的历史，待在下慢慢的写来。

王五的名和字，都叫做子斌，原籍是关东人，生长直隶故城，生成的一副钢铜铁骨。小时候的气力，就比普通一般小孩子的大，又是天赋的一种侠义心肠，从小听得人谈讲朱家、郭解的行为，他就心焉向往。传授他武艺的师傅，就是他父亲的朋友，姓周，单名一个亮字。于今要写王五的事迹，先得把周亮的历史叙一叙。

周亮是保定府人，练得一身绝好的武艺，十八般兵器以内的，不待说是件件精通；就是十八般兵器以外的，如龙头杆、李公拐之类，也没一样不使出来惊人。周亮在十五六岁的时候，就在山东、河南、直隶一带，单人独骑的当响马贼。这一带的保镖达官们，没一个不是拼命的要结识他。结识了他的，每一趟镖，孝敬他多少，他点了头，说没事，便平安无事的一路保到目的地。若是没巴结得他上，或自己逞能耐，竟不打他的招呼，他把镖劫去了，还不容易讨得回来呢！不过他动手劫的镖，总是珠宝一类，最贵重而又最轻巧易拿走的，笨重的货物，再多的他也不要。

那时有几处镖行里，都上过这位周亮的当，打又实在打他不过，避也避他不了。各镖行都心想：我们既以保镖为业，倒弄得要仰周亮的鼻息。我们孝敬他银钱，他说给我们保，我们才能保；他说不给我们保，我们就真保不了。他反成了我们的镖手，岂不是笑话吗？于是大家要商议一个对付他的方法。只是周亮的本领高到绝顶，聪明机警也高到了绝顶，几家镖行所商议对付他的方法，起初无非是要将他弄死，哪里能做得到呢？三番五次都是不曾伤害得周亮毫发，倒被周亮用金钱镖，打瞎了好几个有声名的好手。弄到后来，差不多没人敢和周亮交手了。

周亮骑的一匹马，遍身毛色如火炭一般的通红。最容易使人认识的，就是全体的毛都倒生着，望去如鱼鳞一般。据说那匹马是龙种，日行六百里，两头见日，并不十分高大。保镖的达官们，远远的望见那匹马，即知道是周亮来了。曾在他手里吃过亏的，都望见马影子，就弃镖逃走了。周亮的威名越弄越大，保镖达官们的胆量，便越弄越小。

那时江湖上的人，也就替周亮，取了一个梁山泊上人物的现成绰号，叫做“白日鼠”。为什么把这样一个不雅驯、不大方的绰号，加在有大本领的周亮身上呢？这也是就其行为的取义。因为那时一般江湖上的心理，说绿林好汉，譬如耗子；保镖达官，譬如猫儿；所保的财物，譬如五谷杂粮。多存留了五谷杂粮的人家，若没有猫儿、耗子必是肆无忌惮的把五谷杂粮，搬运到洞里去，犹之财物有保镖的，就不怕绿林好汉来劫。然而周亮竟不怕保镖的，竟敢明目张胆来劫保镖达官所保的镖，这不是犹之大胆的耗子一般吗？公然敢白日里出现，心目中哪里还有猫儿呢？

几家镖行，既是没法能对付这“白日鼠”周亮，就只得仍走到巴结他的这条道路上去。但是每一趟生意，孝敬周亮多少银两，银两虽是取之客商，并不须镖行破费，然面子上总觉得过不去。后来却被几家镖行，想出一个妥当的巴结法子，和周亮商量，公请周亮做几家镖行里的大总头，大碗酒、大块肉的供奉着周亮，一次也不要周亮亲自出马，每趟生意恭送三成给周亮。周亮见各镖行都如此低头俯就，也就不愿认真多结仇怨，当下便答应了各镖行。

只是周亮是个少年好动，又是有本领要强的人，像这般坐着不动，安享人家的供奉，吃孤老粮似的，一则无功受禄，于体面上不大好看；二则恐把自己养成一个偷惰的性子，将来没精神创家立业。因此在镖行当这公推的大总头，当不到几月，便不肯当下去了。有人劝周亮自己开一个镖行，周亮心想也是，就辞了各镖行，独自新开了一个，叫做“震远镖局”，生意异常兴旺。山东西、河南北，都有震远镖局的分局。在震远镖局当伙计的，共有二三百人，把各镖行的生意，全部夺去了十分之八九。

一日，周亮亲自押着几骡车的镖，打故城经过。因是三月间天气，田野间桃红柳绿、燕语莺啼，周亮骑着那一匹日行六百里的翻毛赤炭马，在这般阳和景物之中，款段行来，不觉心旷神怡。偶然想起几年前，就凭着这匹马、这副身手，出没山东、河南之间，专一和镖行中人物作对，没人能在我马前，和我走几个回合，弄得一般镖行中人物，望影而逃。几十年来的响马，谁能及得我这般身手？绿林中人，洗手改营镖业的，从来也不在少数，又谁能及得我这般威镇直、鲁、豫三省。怎的几年来，却不见绿林中再有我这般人，前来和我作对？可见得有真实本领的人很少。俗语道得好：人的名儿，树的影儿。有多么高的树儿，有多么大的影儿；有多么高的本领，便有多么大的声名。我于今的声名盖了三省，自然本领也盖了三省，怪不得没人敢出头和我作对。

周亮正在马上踌躇满志，高兴得了不得，觉得骡车行得太慢，强压着日行六百里的马，跟在后面，缓缓的行走，太没趣味。便招呼骡夫，尽管驾着车往前走，约了在前面杨柳洼悦来火铺打尖。遂将缰头一拎，两腿紧了一紧，那马便昂头扬鬣，从旁边一条小路，向一座树木青翠的小山底下飞走。

周亮用手拍着马颈项，对马笑着说道："伙伴，伙伴！我几年就凭着你，走东西，闯南北，得着今日这般地位、这般声望，何尝不是全亏了你！我知道你生成的这般筋骨，终日投闲置散，是不舒服的。难得今日这么好清朗的天气，又在这田野之间，没什么东西碍你的脚步，可尽你的兴致，奔驰一会儿，乏了再去杨柳洼上料。"那马就像听懂了周亮的言语似的，登时四蹄如翻银盏，逢山过山，逢水过水，两丈远的壕坑，只头一点，便钻过去了，一气奔腾了七八十里地。

周亮一则不肯将马跑得太乏；一则恐怕离远了镖，发生意外，渐渐的将缰头勒住。正要转到上杨柳洼的道路，只见路边一个须发都白的老头，割了一大竹篮的青草，一手托住篮底，一手用两个指头，套在竹篮的小窟窿里，高高的举在肩头上行走。周亮估量那大篮青草，结结实实的，至少也有一百斤上下，那老头一手托得高高的，一些儿也不像吃力。心中已是很有些纳罕，故意勒住马，一步一步的跟在后面走，想看这老头是哪一家的。

老头只管向前走，并不知道后面有人跟踪窥探，也不回头望一望。周亮跟着行了十来里，见老头始终是那么举着，不曾换过手，心里不由得大惊，慌忙跳下马来，赶到老头面前，抱拳说道："请问老英雄贵姓大名，尊居哪里？"老头一面打量周亮，一面点了点头笑道："对不起达官，恕老朽两手不闲，不能回礼。老朽姓王，乡村里的野人，从来没有用名字的时候。现在人家都叫我王老头，我的名字，就是王老头了。"说话时，仍不肯将草篮放下。

周亮看了王老头这般神气，更料知不是个寻常人物，复作了一个揖道："小辈想到老英雄府上拜望拜望，不知尊意如何？"王老头且不回答周亮的话，两眼注视着那匹翻毛赤炭马，不住的点头笑道："果是名不虚传，非这般人物，不能骑这般好马。这倒是一匹龙驹，只可惜不能教它在疆场上建功立业；就退一步讲，在绿林中也还用得它着。"说时，回头望着周亮笑道："老哥的意思，以为何如，老哥现在是不是委屈了它呢？"周亮答道："如果有干城之将，效力疆场，小辈固愿将这马奉送；就是有绿林中人物，够得上做这马主人的，小辈也不吝惜，奈几年不曾遇着。若是老英雄肯赏脸将它收下，小辈可实时奉赠。”

王老头哈哈笑道：“送给老朽驮草篮，那就更加可惜了。寒舍即在前面，老哥是不容易降临的贵客，老朽倒没有什么，小儿平日闻老哥的大名，非常仰慕，时常自恨没有结识老哥的道路。今日也是有缘，老朽往常，总是在离寒舍三五里地割草；今日偏巧高兴，割到十里以外去了，不然也遇不着老哥。”周亮听得，暗想这老头并没请教我姓名，听他这话，竟像是认识我的，可见得我的名头，实在不小。心中高兴不过，对王老头笑道：“有事弟子服其劳，请你老人家把草篮放下来，小辈替你老人家驮到尊府去。”

周亮说这话的用意，是想量量这一大篮青草，看毕竟有多重。看自己托在手上，吃力不吃力。王老头似乎理会得周亮的用意，只随口谦让了两句，便将草篮放下来笑道：“教老哥代劳，如何敢当？仔细弄脏了老哥的盛服。”周亮笑嘻嘻的，将手中的马鞭和缰头，都挂在判官头上。那马教练惯了的，只要把缰头往判官头上一挂，周亮走到哪里，它就跟到哪里，旁人谁也牵它不动。

周亮弯腰将草篮往手中一托，也照王老头的样，左手两个指头，套在草篮的小窟窿里，扶住草篮不教倾倒。王老头在前面走着道：“老朽在前引道了。”

周亮将全身的力，都运在一条右臂上，起初一些儿也不觉吃力。草篮重不过一百二十斤，才跟着走了半里多路，便觉得右肩有些酸胀起来了，只是还不难忍耐；又行了半里，右臂渐渐有些抖起来了，左手的两个指头也胀疼得几乎失了知觉，草篮便越加重了分两似的。心里想换用左手托着才好，忽转念想起王老头，行了十来里，又立着和我谈了好一会儿，他并不曾换过手，且始终没露出一些儿吃力的样子。他的年纪比我大了好几倍，又不是个有大声名的人，尚且有如此本领，我怎么就这般不济，难道一半也赶他不上吗？他说他家就在前面，大约也没多远了，我这番若不忍苦，把这篮草托到他家里，未免太给他笑话。周亮心里既有此转念，立时觉得气力增加了好些。

王老头旋走旋抬头看看天色，回头向周亮笑道：“请老哥去寒舍午饭，此刻也是时候了，老哥可能快些儿走么？”周亮是个要强的人，如何肯示人以弱呢？只得连连答道：“随你老人家的便，要快走就快走。”王老头的脚步，真个紧了。可怜周亮平生不曾吃过这种苦头，走了里多路，已是支持不来了；在这支持不来的时候，更教他快走，他口里虽是那么强硬的答应，身体哪里能来得及，只把个周亮急得恨无地缝可入。

不知周亮这草篮如何下地，且俟第二回再说。

总评：

此开宗明义第一回也。大概作文之法，起笔最难，古之善为文者，往往一出手间，其气魄声势，即足以笼盖全篇，小说亦然。此书写近代之侠义英雄，而一出手间，先写一玮行奇节之谭壮飞；四句绝命诗，何等悲壮，何等阔大。此其气魄声势，真足以笼盖全书中无数侠义英雄矣！

此书以谭壮飞开端，而于壮飞戊戌殉难事，并不详细叙述，何也？曰：“壮飞究非书中主人翁。作者不过借以引起全书诸侠义英雄而已。若复琐琐喋喋，叙述戊戌变政事，连篇累牍，取厌读者，便成笨伯矣。”

王五是前数回主人，其绰号“大刀”，人所共知，故此回中解释绰号一节，十分详尽。行文有不厌其略者，叙述谭壮飞之殉难是也；有不厌其详者，解释大刀王五之绰号是也。

写周亮路遇王老头一节，足为世之恃能而骄者，下一砭针。我尝谓子弟能阅正当之小说，有益心性不浅，非虚言也。

第二回

八龄童力惊白日鼠　双钩手义护御史公

话说周亮照王老头的样，托了那篮青草，已是走的支持不来了。王老头的脚步，走得更加快了许多。周亮生平不曾使用过这般笨力，教他如何能支持得下？心里一着急，就悔恨自己好端端的，为什么要多事，替他代什么劳，真是“是非只为多开口，烦恼皆由强出头”。这回只怕要把我好几年的威名，一朝丧尽。正要想一个支吾的方法，好掩饰自己力乏的痕迹，忽见从对面来了一个壮士，年纪约在三十左右，身上的衣服虽是农家装束，十分朴素，但剑眉电目、隆准高颧，很有惊人的神采。王老头远远的就向那壮士喊道：“我儿来得正好，累苦了周大哥，快来把这篮青草接过去。”

那壮士走到了跟前，看了看周亮背后的马，才向周亮拱手笑道：“就是江湖上人称‘白日鼠’周亮周大哥吗？”周亮被肩上的这篮草，压得喘不过气来了，没说点头答礼，连回话都怕发声颤动，给人笑话。好在王老头十分通窍，连忙在旁答道：“怎么不是呢？这是我儿平日时常放在口中称赞的周亮大哥。”遂指着壮士对周亮说道：“这便是小儿王得宝，终日在家仰慕老哥的盛名，只恨不得一见，今日算是如了他的愿了。”

王得宝即伸手将草篮接过，只一只手托住篮底，左手并不勾扶。周亮这时的两手一肩，如释了泰山重负，不过用力太多，一时虽没了担负，然两膀的筋络，都受了极重大的影响，仿佛麻痹了一般，好一会儿还不能回复原状。王老头竭力向周亮慰劳，周亮越觉得面上没有光彩。他万没想到在这荒僻地方，也能遇见这般有本领的人物，心想：亏得他父子是安分种地的农人，没心情出来和我作对。若他父子也和我一般的，在江湖上做那没本钱的买卖，有我独自称雄的份儿吗？于今我镖局里，正用得着这般人物，我何不将他俩父子请去，做个有力量的帮手呢？

周亮心中一边计算，眼里一边望着王得宝，独手擎着草篮，行若无事的往前走。旋走旋回头和王老头说话，说的是因家中的午饭已经好了，不见王老头割草回来，不知是什么缘故，有些放心不下，所以特地前来探看。

谈着话，没一会儿就到了一个村庄。王老头回头笑向周亮道："寒舍是已到了，不过作田人家，什物墙壁，都龌龊不堪，当心踏脏了老哥的贵脚。"周亮看这村庄的房屋，虽很矮小，却是瓦盖的，也有十多间房子。大门外一块晒粮食的场子，约有两亩地大小，几副石担、石锁，堆在一个角上，大小不等。小的约莫百多斤，大的像有七八百斤的样子，握手的所在，都光滑滑的，望而知道是日常拿在手中玩弄的。

一个八九岁的男孩子，从大门里跑了出来，向王老头呼着爷爷道："你老人家怎么……"话不曾说完，一眼看见周亮身后的那匹翻毛赤炭马，即截住了话头，两眼圆鼓鼓的，只管望着。王得宝喝了一声道："呆呆的望着干吗？还不把这草接进去喂牛。"那小孩吓得连忙走过来，伸着双手，接了那篮草。奈人小篮大，草篮比小孩的身体还高大，只得用双手捧着，高高的举起，走进大门里面去了。

周亮看了，惊得吐出舌头来，心里想道：若不是我亲眼看见，不论谁把今日的事说给我听，我也不相信是真的。周亮心里正在思量的时候，王得宝过来，接了缰头。王老头请周亮到里面一间房里坐下，周亮开口说道："便道拜府，实不成个敬意。小辈这番保了几车货物，和骡夫约了在杨柳洼打尖，本是不能在尊府厚扰的；不过像你老人家这般年老英雄，小辈深恨无缘，拜见得太晚。今日天赐的机缘，得邂逅于无意之中，更一时得见着父子公孙，三代的豪杰，心中实在不舍得立时分别。"王老头笑道："老哥说得太客气，老朽父子，都是乡村里的野人，什么也不懂的。平日耳里只闻得老哥的威名，今日见面，因看了那匹马，就想到非老哥不能乘坐，所以料知是你老哥。"

周亮听王老头的言语，看王老头的举动，心中总不相信是个乡村里作田的农人。谈到后来，才知道王老头在四十年前，也是一个名震三省的大响马，单名一个“顺”字。王顺当响马的时候，也是喜欢和保镖的作对，但他不是和周亮一般的，要显自己的能为；也不是贪图劫取珠宝。因他的生成的一种傲骨，说丈夫练了一身本领，当驱使没本领的人，不能受没本领人的驱使。与其替人保镖，如人家的看家狗一样，不如爽爽利利的，当几年强盗，一般的捞几文钱糊口。替人保镖，是受没本领人的驱使，哪有当强盗的高尚？王顺既是这般心理，因此就瞧不起一般保镖的。不问是谁人的镖，他只要能劫取到手，便没有放过的。

那时一般镖行对付王顺，也和对付周亮一样，不过周亮却不过情面时，自己也投入镖行。王顺却不过情面，就洗手再不做强盗了，改了业，安分守己的种地，做个农人。只是他儿子王得宝的性质，又和王顺相反。起初听得周亮当响马的种种行为，王得宝不住的叹息，说是可惜，怎么有这么好的身手，不务正向上？若一旦破了案，岂不白白的把一个好汉断送了。后来听得被几家镖行请去当镖头，不一会儿又听得开设震远镖局，王得宝才拍手称赞，说周亮毕竟是个好汉子，就很有心想结识周亮。只因知道周亮的年纪太轻，声名太大，王得宝恐怕周亮在志得意满的时候，目空一切，自己先去结识他，遭他的轻视，所以不肯先去。

若论王得宝的本领，并不在周亮之下。这回周亮到了王家，和王得宝说得甚是投契，彼此结为生死之交。周亮把王得宝请到镖局里，震远镖局的声名就更大了。王得宝在震远镖局，没几年工夫一病死了。临死的时候，将自己的儿子王子斌，托给周亮，要周亮带在跟前，教他的武艺。

王子斌就是周亮初次到王家的时候，在大门外看见的，那个双手捧草篮的小孩，天生牯牛一般的气力。王得宝在家的时候，已教给了他一些武艺。王得宝死时，王子斌才得十二岁，叔伯兄弟的排号第五，自己并没有亲兄弟。王子斌跟着周亮，在震远镖局学武艺，周亮自己没有儿子，将王子斌作自己亲生的儿子看待。

王子斌学艺，极肯下苦功，朝夕不辍的练了八年，已二十岁了。武艺练得和周亮一般无二，没一种兵器不使得神出鬼没。他平日欢喜用的，是一对双钩，比旁的兵器，更加神化。周亮见他武艺去得，每有重要的镖，自己分身不来，总是教王子斌去。绿林中人欺他年轻，时有出头与他为难的。他那一对双钩，也不知打翻了多少好汉，江湖上人因此都称他为“双钩王五”。

双钩王五一得名，周亮就得了一个不能动弹的病。原来周亮当响马的时候，常是山行野宿，受多了雨打风吹；又爱喝酒，两脚的湿气过重。初起仗着体质坚强，不拿他当一回事，一认真病起来，就无法医治了。上身和好人一样，能饮食、能言笑，只两条腿浮肿得水桶一般粗细，仅能坐着躺着，不能立着。

前回书中已经说了，他是个极要强、极好动的人，得了这种病，如何能忍受得了？便不病死，也要急死了。周亮死后，没有后人，王子斌感激周亮待自己的恩义，披麻戴孝的替周亮治丧，是周亮的财产，都交给师母，自己丝毫也不染指。当下把震远镖局收了，自己另开了一个，名叫“会友镖局”，取“以武会友”之意。

王子斌最好交结，保镖所经过的地方，只要打听得有什么奇特些儿的人物，也不必是会武艺的，他必去专诚拜谒。若是听说某处有个侠义男儿，或某处有个节孝的女子，于今有什么为难的事，他必出死力的去帮助，一点儿不含糊。略懂得些儿武艺的人，流落了不能生活，到会友镖局去见他，他一百八十的银两送给人家，丝毫没有德色。

那时合肥李鸿章用事，慈禧太后极是亲信他。满朝文武官员，不论大小，没一个不畏李鸿章的威势，也没一个不仰李鸿章的鼻息。偏有一个不识时务的御史安维畯，看不过李鸿章的举动，大胆的参了一折子，大骂李鸿章和日本小鬼订立《马关条约》，如何丧权辱国。这本参折上去，大触了慈禧太后之怒，立时把安维畯发口。发口就是充军，要把安维畯充到口外去。

这事在于今看来，原算不了一回事。在清朝当御史的人，名位虽是清高到了极处，生活又就清苦到了极处。一般御史的家里，每每穷得连粥都没有饱的喝。人一穷到了无可如何的时候，就免不得有行险侥幸的举动了。什么是一般御史行险侥幸的举动呢？就是拣极红极大的官儿，参奏他一下子。遇着那又红又大的官儿，正当交运脱运的时候，倒起霉来，这一折子就参准了，如明朝的徐阶参严世蕃一般。参倒了一个又红又大的官儿，即一生也吃着不尽了。怕的就是自己的运气，敌不过那又红又大的官儿。然而他自己，本来也在穷苦不堪的境况里面度日月，纵然参不着，或受几句申饬，或受些儿处分，正合了一句俗语，“叫化子遭人命，祸息也只那么凶”。

安维畯便是御史当中第一个穷苦得最不堪的。当立意参奏李鸿章的时候，本已料到是参不倒的，只因横竖没有旁的生活可走；预计这本折子上去，砍头是不会的，除却砍头以外的罪，都比坐在家中穷苦等死的好受。而这一回直言敢谏的声名，就不愁不震动中外，因此才决心上这一折子。

他上过这本折子之后，果然全国都震动了，北京城里更是沸沸扬扬的，连妇人孺子都恭维安维峻，是一个有胆有识的御史，是一个有骨气的御史。唯有满朝的官员，见慈禧太后正在盛怒之下，安维峻参奏的，又是满朝畏惧的李鸿章，竟没有一个人敢睬理安维峻。一个个都怕连累，恨不得各人都上一本表明心迹的折子，辩白得连安维峻这个人都不认识才好。谁还敢踏进安维峻的门，去慰问慰问他呢？就是平日和安维峻很要好的同僚，见安维峻犯了这种弥天大罪，就像安家害了瘟疫症，一去他家便要传染似的，也都不敢来瞧一瞧了。

好在安维峻早料到有这般现象，并不在意。不过他家境既是贫寒，自己发口虽不算事，妻室儿女，一大堆的人，留在北京，却怎么生活呢？并且自己的年纪也老了，这回充军充到口外去，口外的气候严寒，身上衣衫单薄，又怎么能禁受得了呢？他一想到这两层，不由得悲从中来，望着妻室儿女流泪。左右邻居的人见了，也都替安家伤感。

这消息传达得真快，一时就传到了双钩王五耳里。王五不听犹可，听了就拔的跳了起来，大声叫道：“北京城里还有人吗？”这一声叫，吓得坐在旁边的人，都跳了起来。当时有一个自命老成的人，连忙扬手止住王五道：“快不要高声，这书呆子弹劾的是李合肥，这本是不应该的。”王五圆睁着一双大眼，望了这说话的人，咬了一咬牙根，半晌才下死劲“呸”了一口道：“我不问弹劾的是谁，也不管应该不应该，只知道满朝廷仅有姓安的一个人敢说话。就是说的罪该万死，我也是佩服他，我也钦敬他。我不怕得罪了谁，我偏要亲自护送姓安的到口外，看有谁能奈何了我！”

旁边那个人自命老成的，见王五横眉竖目、怒气冲霄，只吓得把脖子一缩，不敢再开口了。王五也不和人商量，自己检点了一包裹行李，吩咐了局中管事的几句话，立刻跑到安御史家里。

安维峻这时正在诀别家人，抱头痛哭。押解他的人，因这趟差使捞不着甜头，一肚皮没好气，哪管人家死别生离的凄惨，只一迭连声的催促上道。安家的老幼男妇，没一个不是心如刀割，为的就是安维峻一走，家中的生活，更没有着落；就和食贫的小户人家，靠一个得力儿子支持全家衣食，忽然把儿子死了的一般，教这一家人如何能不惨痛呢？

王五直走进安家，眼看了这种惨状，即向安维畯拱了拱手道："恭喜先生，恭喜先生！这哪里是用得着号哭的事？我便是会友镖局的双钩王五，十二分钦敬先生，这回事干得好，自愿亲送先生出口。我这里有五百两银票，留给先生家，作暂时的用度，如有短少的时候，尽管着人去我镖局里拿取，我已吩咐好了。"说时从怀中掏出一张银票来，双手递给安维畯。安维畯愕然了半晌，几疑是在梦中，接了银票，呆呆的望着出神。

王五遂朝着押解的人，点头笑道："这趟要辛苦诸位。安先生这里打点了些儿银两，送给诸位，只是数目太菲薄些，真是吃饭不饱、喝酒不醉，请诸位喝一杯清茶吧！"旋说旋从怀中抽出一个纸包来，递给为首的押解人。押解的接在手中，掂了一掂，很觉沉重，约莫也有百多两。这东西一到手，煞是作怪，押解人的神气态度，登时完全改变了。

安维畯看了王五这般举动，心里也不知是酸是苦，走过来向王五作了一个揖道："承义士慨助多金，邂逅之交，本不应受；但出自义士一番相爱的心，我若推让，反辜负了义士的盛意，只得拜义士之赐了。不过亲送出口的话，实不敢当，我有何德何能，敢叨义士这般错爱。"王五大笑道："满朝廷的大小官员，盈千累万，找不出第二个先生这般的呆子来。我王五不钦佩先生，却去钦佩哪个？我王五不护送先生，又有哪个来护送先生？各行各是，各求各心里所安，彼此都用不着客气。"安维畯听了，便点头不再推让。

这番安维畯因有王五护送，在路上饥餐渴饮，晓行夜宿，一些儿也不感觉痛苦。便是押解的人，也很沾着王五的好处。为的是王五在北道上的声名极大，这回护送安维畯的事，又传播得很远；沿途的江湖人物、绿林好汉，认识王五的，便想瞻仰瞻仰安维畯，看毕竟是个什么样的人物，能使王五这么倾倒；不认识王五的，就要趁此结识英雄。因此到一处，有一处的人摆酒接风，送安维畯的下程。

一路之上，王五代安维畯收下来的程仪，倒很有几千两。当时王五并没给安维畯知道，直待到了发配地点，王五才和盘托出来，交给安维畯道："这一点点银两，虽算不了什么，然也难得他们一片景仰的心，推却倒是不好，我所以都代先生收了，向他们道了谢。”安维畯长叹了一声道：“他们谁不是看义士的颜面，我于今发配到此，哪用得着这许多银两。”王五知道安维畯说这话的用意，便说道：“看先生留了多少在手中用度，余下来的，我替先生带到北京，送到先生府上去。”安维畯自然道好。

王五在那发配地盘桓了几日，一切都代安维畯安置停当了，才告别回京。安维畯感激王五的心自不待说，而王五只因有了这番侠义举动，从前的声名虽大，只是在江湖上的人知道，于今却是名动公卿了。江湖上的人，都仍是称他“双钩王五”。一般做官的，和因这番举动受了感触的人，竟都称他为“关东大侠”。他就因为这侠义的声名太大，便弄出杀身大祸来。

不知是什么杀身大祸，且俟第三回再说。

总评：

上回写周亮手托草篮，窘状毕露，此回急出王得宝，代为敷衍过去，适可而止，正是文章妙处。盖周亮异日，将为王五之师，作者不令其十分出丑，初非爱惜周亮，实亦回护王五也。

王老头之窘周亮，与黄石公之试张子房，用意正同；皆欲折其少年豪锐之气，期其大成耳。故王得宝一到，而王老头即处处为周亮掩饰。老年人热忱古道，用心如见。

文章之有线索，犹人身之有脉络也。此两回中，写周亮遇王老头一节，自始至终，以马为线索，看其叙述之时，处处不脱马字，最易令人着眼，读者不可以不察也。

文章有故意相犯者，如周亮出身响马，喜劫镖银；王顺亦出身响马，亦喜劫镖银。又有相犯而不犯者，如周亮洗手后，自设镖局；王顺洗手后，则隐居务农。一支笔写出两个人，有相犯处，有不相犯处，同而不同，方见文章之妙。

写周亮之见解高矣，接手写王顺之见解更高，此是文章进一层写法。

王顺云：“大丈夫练了一身本领，当驱使没本领的人，不能受没本领人的驱使。”寥寥数语，真是豪杰见解，英雄口气。然天下有本领者多，而能驱使有本领者，何其少也。丈夫负才技，不得知己者用之，又羞与草木同腐，铤而走险，急何能择。不得流芳，亦当遗臭，此天下之所以乱也。作者笔及此，可谓慨乎言之。

行文宜识得宾主，譬如此两回中，王五主也，周亮宾也。至于王老头及王得宝，又宾中之宾也。故王老头父子一现之后，即便收却；而周亮亦于王五登场后，立即了结。作者惜墨如金，文章便不累赘。

作者写安维畯行险侥幸之心理，刻画入微，非深于世故者，不能道出。

三代之上，唯恐好名；三代之下，唯恐不好名。安维畯之参李合肥，虽属行险侥幸，然亦有一二分好名之心，存乎其间。就当时之官僚言，不可谓非庸中之佼佼者，此其所以能歆动王子斌也。

王五之助安维畯，不唯身受者感激涕零。即我今日读之，心中亦不知是酸是苦，侠义英雄之可爱如此，可敬如此。

写王五见义勇为，直有圣贤己饥己溺之心。士大夫谈仁说义，徒托空言，以视此辈，能无愧汗?

王五护送安维畯一节，打点押役，代收程仪，安置配所，照拂家眷，历落写来，十分细到。可知王五之为人，非徒以叫嚣击刺为能事者，气豪心细，方是英雄本色。

第三回

关东侠大名动京师　山西董单枪伏王五

话说双钩王五，自护送安维畯出口回来，名动公卿，很有许多人，以得结识王五为荣幸。王五生性本来好客，会友镖局的食客，从前就时常住着三五十人，关东大侠的声名一传播出去，几千里以外仰慕他的人，都有来拜望的。会友镖局内几十间房屋，终年总是住得满满的，没一些儿隙地。

开的虽是镖局，事业就是替客商保镖，然王五本人，绝少亲自出马的时候，一切生意，都是打发伙友去。一来因他既有了这么高大的名头，只要扯的是他的旗号，谁也不敢转这趟镖的念头，用不着他亲自出马；二来他的结交既然宽广，应酬自很忙碌，哪有工夫给他出来亲自押镖呢？他每日除了清早起来，到他专练武艺的房里，练一两个时辰的武艺外，全是接见外来的宾客，拣那些有能耐的，谈论拳棒。

他那专练武艺的房间，是他亲自绘图、亲自监督着建筑的。各种长短兵器及各种远近大小暗器，都能在那间房里练习，极其便当。房中悬了一个沙袋，足重三百斤，就是会武艺的人，能打得起那沙袋的也很少。王五最会用腿，“鸳鸯拐”“连环锁子脚”，都练得十分到家。他把沙袋悬齐膝盖，猛可的一抛膝打去，能将沙袋打得从头顶上翻到背后来，不等沙袋沾着腿弯，即向后一倒脚打去，又能不偏不倚的仍将沙袋从头顶上打翻到原处。有时打得兴发，两脚接连把三百斤沙袋，当鸡毛燕子一般抛打。

他练武艺的时候，听凭来他家的宾客，立在外面参看。那间练武艺的房子，周围墙壁，下半截全是嵌着大玻璃镜，自己练的姿势怎样，四面玻璃镜内，都看得出来。上半截安着透明玻璃，一扇一扇的门，可以打开来；便不打开门，立在外面的人，也能很分明的瞧着里面。有许多贵胄公子，因仰慕王五的本领，前来拜师。王五自己是个欢喜武艺的人，自巴不得一般有身份的人，也都欢喜武艺，因此凡是贵胄公子来拜他为师的，他无不收受，并无不尽心尽力的指教。本是个有名的镖师，这一来，又成了有名的教师了。他边练边教，总是清早起来。

这日早起，王五正带了四个徒弟，在那间房里练拳脚。外面来了四五十个客，都伸着脖子朝里张望。王五亲自使出一趟单刀，使得上紧的时分，外面看的人，齐声喝彩。王五听了这彩声，心中也自得意不过。一趟单刀使完，就听外面有人长叹一声道："这也值得喝什么鸟彩！这种彩，真喝得做铜钱响。嘎！好端端的一个小子，就完全断送在这喝彩的声里。"这几句话。因上半截的玻璃打开着，王五听得清清楚楚，不由得心里有些不自在起来。抬头看那说话的人，认得是一月前到会友镖局来的，年纪四十多岁，身体瘦弱得不成个样子，像是风都刮得起的。自称山西人，姓董，因是闻得双钩王五和关东大侠两个高大名头，特从山西来拜望的，一到会友镖局就害起病来。王五见这姓董的仪表，和痨病鬼一样，一到就病了，不曾开口谈过功夫，也就没把这人放在心上；只照着款待普通宾客的样，给房间他住，给饮食他吃喝。

姓董的病了半月，也不肯服药。镖局里的管事的，还怕他死在这里；几番问他，有亲戚在北京没有，他只是摇头说没有。管事的曾报告王五，请示怎么办法。管事的意欲将他驱逐出去，说是一个穷无所归的无赖，到这里来蒙饭吃的。王五不肯，说就是来蒙吃的，也没要紧，我不在乎这一点。如果死在这里，也不过多费些儿棺木钱，算不了什么。天下都知道我是个好客的人，岂可把害了病的宾客驱逐出去，只是得请他把他家乡的地名写出来，万一不幸，好着人去他家送信。

管事的说：他只肯说是姓董，连名字都不肯说，如何肯将家乡地名留出来呢？管事的对王五说这话的时候，凑巧又有客来了，打断了话头，王五的事情忙，过后就把这事忘了。这时一看，就是这个姓董的，王五心里不由得有些不服。

王五的性情，虽未必是个好面谀的，特好名要强的人，大都不服气有人当面鄙薄。当下即隔着玻璃，向姓董的招手，请他进来。姓董的点了点头，分开众人，走进房里。外面的人，也都听了姓董的说的话，这时看了他那种弯腰曲背、枯瘦如柴的模样，没一个不骂：“大言不惭的痨病鬼”。

王五见姓董的进来，即拱了拱手说道：“刚才说不值得喝彩的话，是从老兄口里出来的么？”姓董的点头应道：“不错！不是人在这里喝彩，是铜钱在这里喝彩。我所以说喝得做铜钱响，你难道不以我这话为然么？”王五更加气愤，恨不得立刻动手打起来。只因自己毕竟是东家，不能不按捺住火性道：“老兄何以见得我的单刀，不值得喝彩呢？”

姓董的冷笑了一笑，将脸一扬道：“岂但单刀不值得喝彩，我还很懊悔这趟来得太冒昧，荒时废事，花费盘川。老实给你讲，你的武艺，我统统领教过了，简直没一件值得一看，何止单刀呢？”

王五听了这几句话，几乎把胸脯都气破了，只是仍勉强忍耐住说道：“你懊悔冒昧与不懊悔冒昧，不干我的事。你在山西，我在北京，我又不曾发帖把你请来。你荒时废事，花费盘川，不能怨我。我家财虽不算富厚，然你所花费的盘川看是多少，我自愿照赔。不过你既说我的武艺，没一件值得一看，我此时也不必和你争论，倒要请你把值得一看的功夫，拿出来给我看看，我也领教领教。若再拿着一张空口来鄙薄人，那就谁也敢说这般大话了。”

姓董的听了，将眉头一皱，登时拿出教训小孩的声口说道：“你这话说的好不懂事。我做梦也没想到，你竟是这般不行的人物。你说你不曾发帖请我来，不错，但是，我在山西，你在北京，我和你非亲非故，北京多少万户人家，我为什么不去，为什么独到你家来？你说不曾发帖，你可知道比发帖还要认真的道理么？你姓王行五，怎么不爽爽利利的叫王五，要叫什么双钩王五呢？又为什么要叫关东大侠呢？这两个名目，不是你发出去请人的请帖吗？你一点儿实在本领没有，却顶着两个这么大的招牌，骗起南北的英雄，不远数千里来拜望你，你不知道惭愧，反竭力的护短，你仗着你有钱，可以赔人家的盘川么？你要知道，有真实本领的人，谁把你这点儿家财看在眼里？我若望你送盘川，也不是这么苦口婆心的教训你了。”

姓董的这番话，说得外面的人都变了颜色，王五哪里再能忍受得了，只气得大声叫道：“你这东西，欺我太甚了！我不领教你几手，我死不甘心。”说时用手中单刀，指着姓董的道：“看你用的什么兵器，这架上都有。你有话，且等胜了我再说。”姓董的鼻孔里“哼”了一声问道：“你就使单刀么？”王五道：“是。”姓董的摇头道：“不行！你既是真要领教，你的双钩有名，你得使双钩，我才肯教你。”

王五这时恨不得把姓董的生吞了，懒得多说话，耽搁时刻，即从兵器架上换上双钩，暗想：这东西合是找死，他哪知道我双钩的厉害！王五握着双钩在手，问姓董的道：“你使什么？快点儿去拣称手的使吧。”

姓董的有神没气的样子，走到兵器架子跟前，将所有的长短兵器，一件一件的端详了一会儿，不住的摇头道：“这许多兵器，没一件称我的手，这却怎么办呢？”王五恨得磨牙切齿的问道：“都嫌轻了么？有重的，看要什么有什么，立刻就可拿来给你。”姓董的打着哈哈道：“这里的都嫌重了，再要重些，使动起来，不会把你捣成肉泥吗？这较量手脚，岂是当耍的事。兵器没生着眼睛，设有万一差错，只要伤损了你一根寒毛，天下英雄就要笑我姓董的欺负后辈，不是好汉。”

王五气得几乎要哭了出来，倒勉强照样打了个哈哈道：“难道我的双钩，就长了眼睛？我劝你不要支吾，不要啰唣了吧！终不成你说没有称手的兵器，便不较量了吗？”姓董的也不答话，只抬头四处张望，和寻找什么似的；一眼看见玻璃外面，一根撑帘子五尺多长的小竹竿，即指着笑道：“那东西倒可用。”立在竹竿跟前看的人听了这话，随将那竹竿递了进来。姓董的接在手中，晃了两晃笑道：“有了这东西，我就放心和你动手了，你就把平生看家的本领，尽量使来吧！”

王五看那竹竿，不过大拇指粗细，心想如何能当兵器使呢？我便打赢了他，天下英雄不要笑我无能吗？有这种竹竿在手里，倒不如空手好打，我打赢了他，算得什么咧？我不要上他的当，想罢便说道：“你不敢和我较量，不妨直说出来，我王五素来不欺负人的，不要是这么做作。你以为不用兵器，便打输了也不算丢人么？我不会上你这当，不敢较量就快说。”

姓董的拿竹竿指着王五道：“你这东西，真不识好歹，我好意怕兵器伤了你，才用这竹竿，你倒有这些屁放。”王五道：“你就不怕我的兵器伤了你吗？”姓董的现出不耐烦的神气道：“要打就快动手，我没这多精神，和你只管说闲话。你的兵器，能伤得着我，我又怎么会说不值一看呢？”

王五到了这时，实在忍气不过了，即向四围看的人抱拳说道："请诸位做个证人。这人欺我太甚！"看的人也都气姓董的不过，齐声答道："尽管放胆动手，有我等作证便了。"

王五将双钩一紧，立了个门户，望着姓董的道："你是我这里的客，让你先来吧。"姓董的道："要我先来吗？也好，我先将来的手法，说明给你听吧，使你好招架。我用'中平枪'杀你，仔细，仔细。"说着，将竹竿朝王五胸前中平刺去。

王五也不敢怠慢，左手钩起，捺住竹竿，右手钩正要滚进去。作怪，只觉竹竿一颤，左手的钩，即不由自主的反转来了。竹竿从握钩的手腕里反穿过来，竿头抵住前胸。那竿有五尺多长，右手的钩短了，哪里滚得进去呢？左手因翻了转来，掌心朝天，有力无处使。

姓董的拈住竹竿，一抽一送，下下点在王五的胸脯上，笑嘻嘻说道："你看！这若是真枪，不送了你的命吗？"王五气得将右手的钩一丢，打算把竹竿夺过来。谁知钩才脱手，姓董的已将竹竿抽回去，笑道："有钩尚且如此，何况丢钩？"王五这一气，就更觉厉害了，连忙拾起地上的钩道："你敢再和我走一趟么？"姓董的道："只看你敢不敢，怎的倒问我咧？我又老实说给你听吧，中平枪乃枪中之王，莫说你这一点儿功夫没有的人招架不了，就比你再强三五倍的人，也不容易说到招架我的中平枪。我这回拣你好招架的使来，听真吧，我使的是'铁牛耕地'，杀你的下三路。"

话才说了，竹竿已点进王五的膝盖。王五稍退半步，让过了竹颠，不敢再用钩去挡他，只用右手钩一闪，腾步直朝姓董的前手钩去。哪里来得及？右手的钩未到，左手的钩又被竹竿一颤动，更连膀膊翻到了背上。因从下三路杀来，王五虽不用钩去撩竹竿，然既要消退前脚，又要用右手进杀，左手的钩势不能向后。哪知一向后便坏了，竹竿本不能着力，正要借着左钩向后的势，一颤就到背上去了。竹竿在背上，也和初次一般的一抽一送，口里连问："服了么？"

王五的一对双钩，在北道上逞了好几年的威风，不但不曾亲遇这般对手，并不曾有这般神化的枪法。两次都没有施展手脚的余地，就被这么小小的一条竹竿制住了，连动也不能动，虽欲说不服，也说不出口了，只得点头道："服了！"

姓董的抽出竹竿来笑道："何如呢？"王五放下双钩道："兵器是输给你了，但是我还得领教你两趟拳脚，你说怎么样呢？"姓董的微微点头道："我也知道你心还是不服，也罢！你既说出'领教'两字，我在你家叨扰了这么多的日子，不能吝教。不过你真要领教拳脚，得依我一句话，依得就行，依不得作罢。"

王五问道："一句什么话？大概没有依不得的。"姓董的指着立在房角上的四个徒弟道："拿一床大被来，教他四人，每人牵住一角，等着接你。你跌在大被里面，免得受伤。拳脚不比兵器，非教你真跌，就得认真将你打伤，打伤了你，固是给天下英雄笑话我；就是跌伤了你，何尝不是一般的要受人笑话呢！这地下太硬，跌下去难得不伤。"

王五只气得半晌开口不得，停了停才说道："我自愿跌伤，不用是这么吧！"姓董的不肯道："自愿跌伤也不行，你依不得，就不要领教吧。"王五只是不服这口气，心想：这东西的身体，拢总不到六七十斤重，随便就将他提起来了，他难道会法术吗？不见得牵了大被，就真个能把我跌进被里去。我若一把抓住了他，怕他不进被吗？那时就出了我这口恶气了，我又何必不肯呢？"主意已定，即对四个徒弟道："你们就去拿一床大被来，我倒要和他见个高下。"徒弟立刻跑到里面，抱了大被来，四人将四角牵了。

姓董的笑向四个徒弟道："你们师傅的身体不轻，你们各人都得当心点儿牵着，一个人没牵牢，就得把你们师傅的屁股，跌做两半个呢！"说得四个徒弟和外面看的人，都哄笑起来了。唯有王五气青了脸，一点笑容没有，只把两个袖口往上捋，露出那两条筋肉突起的臂膊来。

不知二人走拳，毕竟胜负谁属，且俟第四回再说。

总评：

此回开首，先写王五之名望如何大，交游如何广，应酬如何忙。粗阅之，以为作者铺张扬厉，特地为王五抬高身份计耳！读至后文，方知种种铺张，实暗写王五立身处世之大病，王五具此数病，于是乎神针法炙之山西董来矣。作者于此用意甚深，读者非细心阅之，不易悟也。

将写王五之大受挫辱，却先极力夸张其武艺之精绝，此是反跌法；抬得愈高，则跌得愈重，亦是做文章不二法门。

作者写山西董之前，却先写会友镖局诸食客，作为陪衬。一方谄谀，一方鄙薄，两人对照，益增奇趣。

施耐庵作《水浒传》，写一百零八人，各人有各人之性情，各人有各人之气魄，举止口吻，绝不相混，此其所以为奇书也。作者深得耐庵之笔法，同一描写侠义英雄，而其神情口吻，亦各不相同。譬如此回所写之山西董，其出言吐语，字字尖利，句句刻薄，令人受不得、怒不得、哭不得、笑不得，妙趣环生，如闻其声。至描写态度，尤能刻画入微，一种偃蹇笑傲之情状，跃然如在纸上，以视《水浒》，无多让也。

以貌取人者，鲜不失贤才，古人言之数矣，拳艺亦然。彼身高八尺，腰大十围者，未必便是力士；而短小尪瘠，望之若病夫者，未必无拔山扛鼎之勇，是在具慧眼者为能识之耳！此回写山西董羸弱善病，行将就木之状，与王五之魁梧健壮，适成一反比例。入后则魁梧壮健者，乃反为彼病夫所扼制，不能一展其手足。在文情固诡变不测，即以事实言，人世间事，往往如此，初非作者之故弄狡狯，出人意外也。

古来英雄豪杰，最不肯服人，亦最肯服人。王五闻山西董鄙夷之言，赫然震怒，是英雄之不服人处也；入后一败再败，五体投地，是英雄之肯服人处也。处处服人，是为巽懦；处处不服人，是为刚愎。不巽懦，亦不刚愎，是为英雄，是为豪杰。

写王五两次与山西董交手，兵刃相接，了然如见，非深知技击者，断然说不出来，小说之不易作在此。

第四回

王子斌发奋拜师　谭嗣同从容就义

话说王五自信拳脚功夫，不在人下，并且看这姓董的身量，不过六七十斤轻重，自己两膀足有四五百斤实力，两腿能前后打动三百斤沙袋，平常和人交手，从没有人能受得了他一腿。暗想：这姓董的身体，只要不是生铁铸成的，三拳两脚，不怕打不死他。他纵然手脚灵便，我有这么重的身躯，和这么足的实力，好容易就把我打进被窝里去吗？王五心里这般一设想，胆气便壮了许多，将袖口捋上，露出两条筋肉突起，又粗壮、又坚实的臂膊来，对空伸缩了几下，周身的骨节一片声喳喳的响。

窗外的人，看看这般壮实的体量，实有驯狮搏象的气概，又不禁齐声喝彩。一个个交头接耳的议论，都说姓董的不识相，赢了双钩还不收手，这番合该要倒运了。不说窗外的人是这般议论，就是手牵着被窝的四个徒弟，也都是这般心理，以为兵器可以打巧，拳脚全仗实力。

姓董的也不管大众如何议论，笑嘻嘻的望着王五道："你打算要怎生跌呢，只管说出来，我照你说的办理便了。"王五怒道："你欺人也未免太甚了，还不曾交手，你就知道胜负在谁吗？我倒要问你，看你打算怎么跌，我也照你的话办理便了。"姓董的仍是笑道："既是这么说，好极了，我于今打算要仰起跌一跤，你若办不到，我便将你打得仰跌在被窝里。"说时向四周看的人拱手笑道："诸君既愿替他作证，也请替我作个证，是他亲口问我要怎么跌，我说了要仰跌的。"

王五见姓董的只管啰唣，气得胸脯都要破了，大吼一声道："住嘴！尽管把本领使出来吧。”姓董的倒把双手反操在背后道：“我已占了两回先，这回让你的先吧！”

其实较量拳棒，不比下棋，下棋占先的占便宜，拳棒先动手的反吃亏些。这个道理，王五如何不懂得呢？见姓董的让他先动手，便说道：“你毕竟是客，仍得请你先来。”姓董的放下一个右手来，左手仍反操着，并不使出什么架势，就直挺挺的站着，说一声：“我来了！”即劈胸一拳，向王五打去。

王五见他打来的不成拳法，只略略让开些儿，右腿早起，对准姓董的左肋踢去。以为这一脚，纵不能把姓董的踢进被窝，也得远远的踢倒一跤。谁知姓董的身体，电也似的快捷，看不见他躲闪，已一闪到了王五身后，右手只在王五的后臀上一托。王五一脚踢去的力太大，上身随势不能不向后略仰，后臀上被姓董的一托，左脚便站立不稳；姓董的顺势一起手，王五就身不由己的仰面朝天，跌进了被窝里面。

四个徒弟虽牵着被窝立在房角上，心里都以为不过是形式上是这么做做，岂有认真跌进被窝之理？所以手虽牵着，并没注意握牢。王五的体量又重，跌下去如大鱼入网，网都冲破。

王五一跌到被里，即有两个徒弟松了手。这一跤跌得不轻，只跌得屁股生痛，好一会儿才爬起来，羞得两耳通红，但是心里还有些不服。因自己并不曾施展手脚，又只怪自己见姓董的打来的手，不成拳法，存了轻视的心，以致有此一跌。若当时没有轻敌的心，姓董的右手向我的后臀托来，我的腿能前后都踢得动三百斤，何不趁姓董的闪到身后的时候，急抽脚朝后踢去呢？怕不将他踢得从头顶上，翻倒在前面来吗？王五心里正在这么思想，姓董的已笑着问道：“已打得你心悦诚服了么？”王五随口答道：“这样跌不能上算，只怪我上了你的当。要我心悦诚服，得再走一趟，若再是这么跌了，我便没有话说了。”

姓董的点点头，望着四个徒弟道：“你们这么高大的身量，不会功夫，难道蛮力也没跟你们师傅学得几斤吗？怎么四个人抬一个人也抬不起呢？你这个师傅，跌死了没要紧，只这外面看的许多人，教他们去哪里营生？天下还寻得出第二个这么好奉承、养闲人的王五么？你们这回须得仔细，不要再松手，把你师傅跌了。”外面看的人，听了这些话，一个个羞得面红耳赤。

王五这时连输了三次的人，心里虽是不服，却也不免有些害怕。换一个方面站着，离被窝很远，心想：就是打他不过，只要不再跌进被窝，面子上也还下得去一点儿。可怜他这回哪里还敢轻敌，自己紧守门户，专寻姓董的破绽。二人搭上手，走了三四个回合，王五故意向前一腿踢去，姓董的果然又往身后一闪。王五正中心怀，不待姓董的手到后臀，急忙将腿抽回，尽力向后踢去。哈哈，哪里踢着了姓董的？那脚向后还未踢出，姓董的就和知道王五的心思一般；王五的脚刚向后踢去，姓董的手已到了王五的小腹上，也是趁王五上身往前一俯的时候，将手掌朝上一起。王五的左脚又站立不牢，仿佛身在云雾里飘然不能自主，一霎眼就背脊朝天，扑进了被窝。

这回牵被的四个徒弟，却握得坚牢了，四人都下死劲的拉住。王五扑到里面，虽不似前回跌得疼痛，只是被窝凭空扯起，软不受力，哪里挣扎得起来呢？右边的手脚用力，身体就往右边侧倒；左边的手脚用力，身体就往左边侧倒。一连翻滚了几下，只气得圆睁二目，望着前面两个徒弟喝道：“再不放手，只管拼命拉着干什么呢？”两个徒弟这才把手松了。

王五从被窝里翻到地下，也不抬头，就这么跪下，朝着姓董的叩头道：“我王子斌瞎了眼，不识英雄，直待师傅如此苦口婆心的教导，方才醒悟，真可谓之‘下愚不移’了。千万求师傅念王子斌下愚，没有知识，收作一个徒弟，到死都感激师傅的恩典。”姓董的满脸堆笑的将王五拉了起来说道：“你这时可曾知道，你的功夫还不够么？”王五道：“岂但功夫不够，还够不上说到‘功夫’两个字呢！不是师傅这般指教，我王子斌做梦也梦不到，世间竟有师傅这般功夫咧！”

姓董的哈哈笑道：“你固然够不上说到‘功夫’两字，难道我就够得上说这两个字吗？功夫没有止境，强中更有强中手。功夫的高下，原没什么要紧，即如你于今开设这会友镖局，专做这保镖的生意，有了你这般的功夫，也就够混的了。在关内外横行了这么多年，何曾出过什么意外岔事？你的功夫，便再好十倍，也不过如此。但是江湖上都称你做‘双钩王五’，你的双钩就应该好到绝顶，名实方能相称，不至于使天下英雄笑你纯盗虚声。你现在既虚心拜我为师，我就收你做个徒弟也使得，不过我有一句话，你须得听从。”

王五喜道：“师傅请说，不论什么话，我无不听从便了。”姓董的道：

“你于今尚在当徒弟的时候，当然不能收人家做徒弟。你的徒弟，从今日起，都得遣散。”王五连连答道：“容易，容易！立刻教他们都回去。”姓董的道：“还有一层，你既想练功夫，便不能和前此一般的专讲应酬，把练功夫的心分了。目下在你家的食客，一个也不能留在家里，请他们各去自寻生路，免得误人误己，两方都不讨好。你依得我的话，我便收你做徒弟。”

王五听了这话，望着外面看的人不好回答。食客中略知自爱的，都悄悄的走了，只剩下几个脸皮坚厚的人。王五认识这几个，正是姓董的害病的时候，在管事的人跟前进谗，出主意要把姓董的驱逐的人，到这时还贪恋着不去，王五也就看出他们的身份来，只好教管事的，明说要他们滚蛋。

王五的徒弟和食客，都遣散了之后，姓董的才对王五说道：“你知道我这番举动的意思么，何尝是为的怕分了你心呢？你要知道，我们练武艺的人，最怕的就是声名太大。常言道：‘树高招风，名高多谤。’从来会武艺、享大名的，没一个不死在武艺上。你的武艺，只得如此，而声名大得无以复如，不是极危险的事吗？我所以当着一干人，有意是那么挫辱你，就是使大家传播出去，好说你没有实在功夫，二则也使你好虚心苦练。我于今传你一路单刀。十八般武艺当中，就只单刀最难又最好。单刀也称大刀，你此后改称‘大刀王五’，也觉得大方些。双钩这种兵器，是没有真实本领的人用他讨巧的，你看从来哪一个有大能为的人，肯用这类小家子兵器。你学过我的单刀，大约不会有遇着对手的时候，万一遇着了对手，你不妨跳出圈子，问他的姓名；再把你自己的姓名报出来。他若再不打招呼，你就明说是山西老董的徒弟，我可保你无事。”

王五欣然跟山西老董，学会了一路单刀，从此就叫“大刀王五”，不叫双钩王五了。山西老董去后，王五虽仍是开着会友镖局，做保镖的生意，只是镖局里不似从前那般延揽食客了，所常和王五来往的，就只有李存义、李富东一般，有实在本领而又是侠心义胆的人。

那时谭嗣同在北京，抱着一个改良中国政治的雄心，年少气壮，很有不可一世之概；生性极好武艺，十几岁的时候，就常恨自己是个文弱书生，不能驰马击剑。每读《项羽本纪》，即废书叹道：“于今的人，动辄借口‘剑一人敌不足学’的话，以自文其柔弱不武之短，殊不知要有扛鼎之勇、盖世之气的项羽，方够得上说这‘一人敌不足学’的话。于今这些手无缚鸡之力的人，岂足够得上说‘学万人敌’的吗？”他读到《荆轲传》，又废书叹道：“可惜荆轲只知道养气，而不知道养技。荆卿的气，可以吞秦政，而技不能胜秦政，以致断足于秦廷，而秦政得以统一天下。至于秦人武阳，则气与技皆不足道，反拖累了荆卿。若当时荆卿能精剑术，何至等到图穷匕首方才动手，更何至相去咫尺，动手而不能伤损秦政毫发呢？秦政并不是一个如何会武艺的人物，可见得荆卿不过是一个有气魄的男子，武艺比聂政差的太远。聂政刺韩隗，和荆卿刺秦政一样，但是秦政的左右侍卫，都是手无寸铁没有抵抗力的人，荆卿又已到了秦政跟前，秦政一些儿不防备；不像韩隗的巍然高坐，当下许多武士，都拿着兵器护卫，韩隗更身披重甲，这时若要荆卿去刺，说不定还跑不到韩隗跟前，就要被堂下的执戟武士杀翻了。能够和聂政一样，如入无人之境的把韩隗刺死了，还杀死许多卫士，才从容自杀吗？”

谭嗣同少时，便是这般心胸，这般见解，到壮年就醉心剑术，凡是会武艺的人他也是诚心结纳。王五本有关东大侠的声名，谭嗣同和他更是气味相投。

谭嗣同就义的前几天，王五多认识宫中的人，早得了消息，知道西太后的举动，连忙送信给谭嗣同，要谭嗣同快走；并愿意亲自护送谭嗣同，到一处极安全的地方。谭嗣同从容笑道：“这消息不待你这时来说，我早已知道得比你更详确。安全的地方，我也不只有一处，但是我要图安全，早就不是这么干了。我原已准备一死，像这般的国政，不多死几个人，也没有改进的希望，临难苟免，岂是我辈应该做的吗？”

王五不待谭嗣同再说下去，即跳起来，在自己大腿上拍了一巴掌道：“好呀！我愧不读书，不知圣贤之道。得你这么一说，我很悔不该拿着妇人之仁来爱你，几乎被我误了一个独有千古的豪杰。”

过不了几日，谭嗣同被阿龙宝刀腰斩了，王五整整的哭了三日三夜，不愿意住在北京听一般人谈论谭嗣同的事，独自带了盘川行李到天津，住在曲店街一家客栈里。

这时正是戊戌年十一月初间，一连下了几天大雪，王五住在客栈里，也没出门。这日早起，天色晴明了，王五正在檐下洗脸，只见街上的人来来去去的，打客栈大门口经过，仿佛争着瞧什么热闹似的。王五匆忙洗了脸，也走到大门口，向两边望了一望，见左边转拐的地方，围着一大堆的人，在那里观看什么。王五横竖是到天津闲逛的人，也就跟着行人，向那边转拐的地方走去。

走到跟前一看，并没有什么新鲜东西，就只淮庆会馆的大门前面，一颠一倒的卧着两个滚街的大石滚子，每个约莫有八九百斤轻重。许多看的人，都望着两个石滚，摇头吐舌。王五莫名其妙，望望石滚，又望望旁边的人，实在看不出这两个石滚，有什么出色惊人的所在，能轰动这么多人来看；且看了都不约而同的摇头吐舌。再看淮庆会馆的大门上，悬着一块“淮庆药栈”的牌子，会馆大门里面，一片很大的石坪，石坪里也立着好几个人，看那些人的神气，也像是闲着无事，在那里看热闹的。

王五是个很精细的人，有些负气不肯向人打听，既见许多人都注意这两个石滚，便在石滚的前后左右仔细察看。这时街上的雪，虽已被来往的行人，蹂躏得和粥酱一般，然还仿佛看得出两条痕迹来。什么痕迹呢？就是这个石滚，在雪泥中滚压的痕迹。看那痕迹的来路，是从淮庆会馆的大门口滚来的，两个都滚了一丈多远。王五即走近大门，看门限底下一边压了一个圆印，深有三四分，大小和石滚的两当不差什么。圆印靠外面的一方，比里面的印深两分，并一个压了一条直坑，也有三四分深浅，像是石滚倒下来压的。王五看了这些痕迹，心里已明白是有大力量的人，显本领将石滚踢开到这么远的，但是心里也就纳罕得很，暗想：我踢动三百斤的沙袋，已是了不得的气力了，然而沙袋是悬空的、是游荡的，踢动起来比这着实的自然容易；若将三百斤沙袋搁在地下，我也不见得能踢动。这两个石滚有这么粗壮，每个至少也有八百斤，一脚踢倒也不容易，何况踢开到这么远呢？并且看这两个石滚，一颠一倒，倒在地下的，本是一个圆东西，要他滚还不算出奇；就是这竖起来的，踢得他一路跟斗翻倒那么远，这一脚没有千多斤实力，哪能踢得如此爽利？王五想到这里，忽然转了一个念头，以为决不是用脚踢的。

不知王五何以想到不是用脚踢的，是何种理由，毕竟猜想的是否不错，且俟第五回再说。

总评：

王五者，固不世出之英雄也，乃以名望之大，交游之广，应酬之忙，几乎为世俗所累，日趋于堕落而不自知，此有识者之所深惜也。山西董爱王五之才，不忍坐视其堕落，乃挫辱之以折其气，指导之以进其艺，婆心苦口，其有造于王五者深矣！

叙事之重迭者，或宜参差，或宜整齐，当视其地位而定。应参差而整齐之，则嫌呆板；应整齐而参差之，则见凌乱，是亦作文者所宜知也。此两回中，写王五与山西董交手，用兵刃者两次，比拳脚者两次，布局非常整齐，与第一回叙绰号一段，笔法完全不同，彼此参观可悟叙事重迭之法。

王五绰号“大刀”，人所共知。前文乃屡称其为双钩手王五，读者阅之，度必有怀疑而莫释者，直至此回，方将“大刀”二字，郑重说明，用笔令人不测。

谭嗣同之舍身就义，天下共知，后世共闻，此固历史上事迹也；故作者叙及此事，不过寥寥数语，绝不肯多着笔墨，惜墨如金，其作者之谓欤！

此回将从王五传叙入霍元甲传矣，然王五在北京，霍元甲在天津，如何能拉拢一起，作者却借谭嗣同殉难一事，轻轻将王五移至天津，笔致灵活，令人叹服。

作者将写霍元甲未出其人，却先写其神力，此又是一种写法。

从他人眼中，看出霍元甲之神力，不足奇也；作者偏要从王五眼中，看出霍元甲之神力，此是加一倍写法，自觉格外生色。

第五回

曲店街王五看热闹　河南村霍四显威名

话说王五忽然转念一想，我平日能踢三百斤沙袋，沙袋是软的，所以能尽力踢去，脚不致受伤；若是踢在这般磨石上，怕不踢得骨断筋折吗？这人纵有千多斤实力，难道脚是生铁铸成的吗？这必不是用脚踢开的。王五心里虽是这般猜想，然不论是不是脚踢的，只要是一个人的力量，能将这两个石滚弄到这么远，总算是个极有能为的。当下也不向看的人问话，即回客栈用早点。

店小二送茶进房的时候，王五就叫住他问道："这曲店街拐角的所在，那家淮庆药栈是什么人开的？开设有多少年了，你知道么？"店小二笑道："这个淮庆药栈，天津人谁也知道是霍四爷开的，开设的年数虽不久，但是霍四爷的神力，谁见了也得吐舌头。昨夜里这条街上，有二三十个汉子，聚会在一块儿，都说只知道霍四爷的力大，究竟不知道有多大，大家要商议一个试验他的法子。商议了一会儿，就有个人出主意，把两个压街的石滚，推的推、拉的拉，弄到会馆门前，一边一个靠门竖立起来。霍四爷看了，知道必是有意试他力的。若一般的教许多人来搬开，那么霍四爷的力，就不见得怎么大得了不得。今日天还没亮，就有好些个人，躲在两头街上，看霍四爷怎生处置这两个石滚；这时我也跟在里面等候。一会儿，会馆门开了，开门的是药栈里烧饭的大司夫，有五十多岁了。开门看见这两个东西，吓了一跳，弯腰想推开些，就和生了根似的，哪里能动得一动呢？望着石滚怔了半晌，才折身跑进去了。没一刻，就带了霍四爷出来。我们渐渐的走过去，只见霍四爷朝着石滚端详了两眼，两手将皮袍撩起，侧着身体一左脚踢去，右边的石滚倒下地就滚了丈多远，已把我们惊得呆了。再看他右脚一起，踢得左边这个直跳起来，一连砰通砰通几个跟斗，也翻了丈多远，仍然竖立在街上。这一来，不知惊动多少的人，都跑到淮庆会馆门前来看。”

王五听了店小二的话，不由得心里又惊又喜。惊的是世间竟有如此大力的人物；喜的是这趟到天津来，能遇着这样的人，算是不虚此一行。随口又问了几句霍四爷的名字来历，店小二却说的不甚明白，便不再问了，立时更换了衣服，带了名片，复到淮庆会馆来。

在下写到这里，却要趁此把这位霍四爷的身世履历，略叙一叙了。霍四爷是天津静海县小河南村的人，名元甲，字俊清。他父亲霍恩第，少年时候，也是一个有名的镖师，和“白日鼠”周亮曾共过事，很是要好。论到霍恩第的本领拳脚功夫，不在周亮之下。他霍家的拳脚，也是北五省有名的，叫做“迷踪艺”，只传霍家的子弟，代代相承。遵着祖训，连自己亲生女儿，都不许传授，恐怕嫁到异姓人家，将“迷踪艺”也传到异姓人家去了。

这“迷踪艺”的名字，据霍家人说，有两种解释：一是说这种拳脚，和他人较量起来，能使他人寻不着踪迹，所以谓之“迷踪”，“艺”就是技艺之“艺”；一是说这种拳脚的方法，不知是何人开始发明的，传的年代太久远，已寻不着相传的踪迹了，便名作“迷踪艺”。在下于今也不能断定他哪一种解释是确实的，只是不论就哪一种解释，这“迷踪艺”的拳法，是霍家独有的，是很不寻常的，在下是敢断定的了。

霍俊清的堂房叔伯兄弟，共有十个人。他排行在第四，以下的六个兄弟，年纪都相差得不甚远。霍恩第到了中年，因自已已挣得一笔不小的家私，在乡村里省衣节食的过度，预算已足够下半世的生活了，便离了镖局里的生涯，不肯再冒危险，受风霜，拿性命去换那下半世用不完的钱了。就安住在小河南树里，一面耕种，得些安稳的微利；一面训练自已子侄的武艺。工之子恒为工，农之子恒为农，他们会武艺人的子侄，也是一定要训练武艺的；何况霍家是祖传武艺呢？

乡村里的地本不值钱，房屋总是很宽敞的，霍家也和王五一样，特地建筑了一间练武艺的房子。不过乡村里不容易买办大玻璃镜，不能像王五的那么讲究便了。霍家练武艺的房，规模比王五家的大些，足能容得十多人操练，自然也是各种兵器都有。

霍俊清七八岁的时候，霍恩第就教他跟着一班哥哥弟弟，每日早晚到练武艺的场里，一拳一脚的练习。无奈霍俊清生成的体质瘦弱，年纪虽有了七八岁，矮小得不成话，看去还像四五岁的孩子，走路都不大走得稳。霍恩第说他太孱弱了，且等再过几年，体气稍微强壮了些儿，才教他练习；这时连站都站不稳，便是练也不中用。

霍俊清糊糊涂涂的又过了四年，已是十二岁了，比先前虽长大了些儿，望去却仍不过像是七八岁的人。然有时因争论什么玩耍东西，和同乡村里七八岁的小孩动手打起来，霍俊清总是被那些七八岁的小孩打倒在地，甚且打得头破血流，哭哭啼啼的跑回来。

霍恩第自然要追究被什么人打的，霍俊清一把打他的人说出来，每次总得把霍恩第气得说话不出。只因每次与霍俊清相打的，没有八岁以上的小孩，霍俊清这时的年龄已足足十二岁了。霍恩第心想：若是比自己儿子大的人打伤了自己儿子，可以挺身出去找人家评理，警戒人家下次不得再欺侮小孩；于今每次打伤霍俊清的，既都比霍俊清小了几岁，人家的孩子又不是学会了把式的，霍家是有名的武艺传家，教霍恩第拿什么话去找人家评理呢？霍俊清又顽皮，欢喜和那些小孩相打，是这般一次不了一次的，把霍恩第气得没法了，只好禁止霍俊清，不准他出外，也不准他进练把式的房间习武。

霍恩第说："像四儿这么孱弱的身体，必定练不成武艺，索性不教他练。外人知道他完全不曾练过，不至有人来找他较量，他也不至和人动手，免得败坏了我霍家的声名。"他们霍家的子弟，从来没有不练习武艺的，霍恩第这回不教霍俊清练习武艺算是创例。霍家的兄弟叔侄和亲戚六眷，都很觉得诧异，大家来要求霍恩第准霍俊清练习，霍恩第只是不肯；说霍家的子弟出外不曾示过弱，于今四儿十二岁了，连七八岁的小孩都打不过，将来不丢霍家的人，丢谁家的人呢？要求的人没得话说，也就罢了。

霍俊清既不能进练习的房子，也从不提起想练习的话。他的身体小，每日早晚，躲在练武室外面，悄悄的偷看，家里人都不注意。霍家的房屋背后，有一个极大的枣树园，霍俊清每早晚偷看了手法之后，就独自躲在枣树园里练习，也从没有人注意他。如此不间断的整练了十二年，霍俊清有二十四岁了，一次都不曾和人较量过。

这日忽然来了一个行装打扮、背驮包袱的壮士，自称河南人，姓杜名毓泉，自幼练习武艺，因闻霍家“迷踪艺”的声名，特地前来拜访。霍恩第见是慕名来拜访的，自然殷勤招待。住了一日，次日便带领了自己的九个子侄，请杜毓泉到练武室，教九个子侄次第做功夫给杜毓泉看。杜毓泉立在旁边看了，一个一个的鼓掌道好，并不说什么。九个人次第演完之后，杜毓泉即向霍恩第拱了拱手道：“领教了，多谢，多谢！”

霍恩第看杜毓泉神气之间，似乎不大称许，只因自己年事已老，究竟不知道杜毓泉的功夫怎样，恐怕动起手来，坏了霍家的声名。九个子侄的功夫，杜毓泉看了不加称赞，杜毓泉的功夫不待说在九个人之上。霍恩第只得忍住气，也拱了拱手道：“见笑方家，小儿辈才用功不久，拳脚生疏，实在看不上眼。”杜毓泉笑道：“我多久听说尊府祖传的‘迷踪艺’‘霍家拳’天下无敌，霍家的七八岁小孩，拳脚都是了不得的，原来都才用功不久，可见得外面的话，谣传的多，真是闻名不如见面。”霍恩第红了脸不曾回答。

九个人之中，霍六爷的功夫，比较这八个都好，听了这话气不过，走出来拍胸说道：“我‘霍家拳’本是天下无敌，谁敢说半个不字。你不相信，可下来同走一趟。”霍六爷的话没说完，霍恩第已大声喝住道：“我霍家武艺，以礼义为先。杜君来此是客，我等安可怠慢。”杜毓泉笑道：“较量武艺，倒算不得怠慢。我千里跋涉而来，为的就是要见见尊府的祖传本领，若不吝教，就大家下场子玩玩也好。”说时即走进几步，立在练武室当中。

霍恩第心中十分着虑，恐怕六儿打不过，以外的更不是对手了。然而杜毓泉既已下了场，又是自己人先说走一趟的话，不能中止说不打；只好悬心吊胆的，望着霍六爷和杜毓泉交手。二人仅走了一个回合，霍六爷的左膀上已受了重伤，哪敢恋战，趁着不曾跌倒，连忙跳出圈子，忍着痛苦，不敢说受伤的话。

杜毓泉见霍六爷跳出圈子，也就拱手说了一声“得罪！”退出圈子来。把个霍恩第气得要拼着老命，替“霍家拳”争威名了。正待将身上的长袍卸下，只见霍俊清跑了进来，大声说道：“我‘霍家拳’本是天下无敌，谁敢说半个不字的，来跟我霍四爷试试。”霍恩第一见霍俊清进来，那气就更大了，一迭连声的喝道：“逆畜，还不给我快滚出去，你来讨死么？”杜毓泉笑道：“一般的好说大话，不要一般的不济才好呢！”说着，已跳进了圈子。霍恩第哪来得及阻止，一霎眼间，二人已搭上手了。

才交了两下，霍恩第已大惊失色，暗想：四儿从哪里学来这么好的本领？二人走不上十个回合，只见霍俊清的右腿一抬，将杜毓泉踢得腾空起来，跌了一丈多远，倒在地下，半晌动弹不得。霍恩第连忙走过去搀扶，见杜毓泉的左腿，已被霍俊清踢断了筋骨。亏得霍恩第的伤科很是高明，急急调敷了伤药，用杉树皮绑起来，在霍家调养了半个多月，方能行走。杜毓泉从此五体投地的佩服霍家的拳法，拜谢了霍恩第医伤之德，才驮着包袱去了。

霍恩第问霍俊清，如何练成了这么好的功夫，霍俊清将偷瞧偷练的话说了。霍恩第叹道："少年人真是不激不发，你若和这九个兄弟一块儿练习，争胜的心思一薄弱，怎能练成这么好的本领？"当下又教霍俊清做了些拳脚看了，没一样不是惊人绝技，喜的霍恩第恨不得把霍俊清抱在怀中叫乖乖。

山东虎头庄赵家，也是和霍家一样，祖传的本领不教外人，在北五省的声名，也是很大。中国从来会武艺人的习惯，第一就是妒嫉。两人的声名一般儿大，两人便誓不两立，总得寻瑕抵隙的，拼一个你死我活。所以会武艺的人，不和会武艺的人见面则已，一见面，三言两语不合，就免不了动起手来。有时双方请凭中保，书立字据，甚至双方凑出钱来，买好了一副衣巾棺椁，搁在旁边，两人方才动手。谁被打死了，谁就消受这副预置的衣巾棺椁。被打死的家属自去领尸安葬，没有异言。这种相打，名叫"过堂"。过堂也有好几种过法，北方有所谓"单盘""双盘""文对""武对"，南方有所谓"硬劈""软劈""文打""武打"，名称虽南北不同，意义却是一样。

北方的单盘，就是南方的硬劈。这种单盘、硬劈的过堂法，说起来甚是骇人。譬如两个人过堂，讲好了单盘，就一个立着不动，听凭这一个打他几拳，或踢他几脚。被打被踢的，有许避让，有不许避让，然总之不许还手还脚。照预定的数目打过了，踢过了，这人又立着不动，听凭刚才被打被踢的人，照数踢打回来。若是两人势均力敌，常有互打互踢至数十次还不分胜负的。在这种单盘和硬劈之中，又有个上盘、中盘、下盘的三种分别。预先说明了二人都打上盘，就只能专打头部，中盘专打胸部，下盘专打腿部，彼此不能错乱。其中又有文、武的分别。文盘和文劈，是空手不用器械；武盘和武劈，或刀或枪，二人用同等的器械，也有凶悍的，周身被劈数十刀，血流满地，还全不顾忌的。

双盘和软劈，就是二人都立着不动，同时动手，你打来，我打去，大家都不避让；也有用器械的，也有空手的。文对和文打，是各显本领，蹿跳闪躲，唯力是视；不过彼此议定不下毒手，不卸长衣。这种过堂的方法，大半是先有了些儿感情，只略略见过高下，彼此都没有拼命决斗的念头，才议了是这么文对、文打。武对和武打，就得请凭中保，书立字据，各逞各的本领，打死了不偿命。

当霍俊清武艺练成的时候，北方武术家，正盛行这过堂的事。寻常没多大能为的人，闻了霍家拳的名，谁也不敢前来，轻于尝试。唯有虎头庄赵家，武艺和霍家一般儿精强，声名和霍家一般儿高大，妒嫉霍家的心思，也跟着声名一日一日的增高，暗中派人更名换姓的到霍家来，寻霍家的兄弟相打，也不只一次两次。然派来的人，没有了不得的好手，每次都被霍家弟兄打败去了。

这年霍俊清有了二十四岁，他的胸襟阔大，不愿终身埋没在乡村之中，向霍恩第要求，要到天津做买卖。霍恩第见霍俊清的志意，比霍家一般子侄都坚强，出外做买卖必不至做蚀了本，就应允了，提出些资本给霍俊清。霍俊清就到天津，租了淮庆会馆，开设这个淮庆药栈。

开设不到一年，这消息传到虎头庄赵家去了。赵家从前就听说，霍家的武艺只不传给霍老四，这开店的就是霍老四。赵家人心想霍家的子弟，从来没有不传授武艺的，这霍老四虽说不曾练过武艺，必是练的不大好，怕他出来丢人，所以说是不曾传授，这要去打翻他必很容易。只要是他霍家的子弟，被人打翻了，总得丢他霍家的人。于是赵家先派了三五个好手到天津来，找霍俊清过堂。

不知霍俊清如何对付，且俟第六回再说。

总评：

作文有旁敲侧击之法，如欲写霍元甲之神勇，却偏偏从王五眼中看出；兼之王五亦不信世间有如此大力之人，于是元甲之勇，不言自见。若事事必从正面着笔，便是笨伯矣。从店小二口中，先说出“霍四爷”

三字，并将王五眼中所见之事实，补叙一番，不特收过上文，借此开出下文。至于霍四之履历、家世及逸事，则自有霍四之正传在，故店小二口中，只以不甚明白四字，含糊了结。非但不背事理，即以文章言，亦能将王五传与霍四传，画分清楚，不致有拖沓夹杂之弊。

大抵艺术一道，必须公开，合群众之心力以研究之，则传播广而进步速。顾中国之艺术家，苟能发明一种优美之技艺，往往私为己有，秘不示人。故俗有“传子不传婿”之说，万一子而不肖，不能绍箕裘，则此种优美之艺术，必且因之而灭绝。如是而欲望艺术之进步，其可得乎？霍氏之“迷踪艺”，不传异姓，私而不公，亦冒艺术界之通病，故作者特表而出之，语有深意，读者勿轻轻看过也。

前回写一山西董，写得十分瘦弱；此回写一霍元甲，又写得十分瘦弱。山西董能胜王五，而霍元甲又能胜杜毓泉，此是作者有意相犯处也。能相犯而不着痕迹，方见笔力。

原夫练武之本意，固欲借以自卫，非欲恃技以凌人也。顾中国之习技击者，类皆度量窄狭，好勇斗狠。见他人艺出己上，往往妒而嫉之，百出其计，务欲胜之以为快。甚至残肢体，丧生命，亦所不惜。自残同类，恬不为怪，于戏，是亦不可以已乎。此回详述过堂一节，残酷凶悍，读之令人骇绝，野蛮若此，疑非人类所应有，可怜亦可恨也。

第六回

霍元甲神勇动天津　王东林威风惊海宇

话说虎头庄赵家，因妒嫉霍家的威名，以为霍俊清是霍氏子弟中最没有能为的，想趁霍俊清独自在天津开设淮庆药栈的时候，派人来将霍俊清打翻，可借此毁坏霍家拳的名誉。当下就在赵氏子弟中，挑选了四个年壮力强的好手，特地到天津来，会了霍俊清，说了慕名来访，敬求指教的话。

霍俊清笑道："我家兄舍弟，都是练过武艺的，虽然没有声名，只是慕名的话也还说得过去；我自生长到二十五岁，一时半刻也没在练武室里逗留过，家父也不曾亲口传授过我一拳半脚，倒要请教四位，从什么地方慕我的名，要我指教什么？"赵家的人笑道："霍氏子弟不会武艺，谁肯相信呢？如果真不会武艺，便算不得是霍家的子弟了。江湖上的人都说：'霍恩第不应该有不会武艺的儿子'，你不是霍恩第的儿子，便可说得不曾进过练武室的话；你不是霍恩第的儿子么？"

看官们请说，霍俊清是何等少年气盛的人，怎能容忍得这般无理的话？只气得浓眉耸竖，两眼如电光闪动，先从喉咙里虎吼一声，随就桌上一巴掌拍下怒道："无知小辈，安敢如此无礼！我练过武艺和没练过武艺，是我姓霍的家事，与你们有甚相干？我于今就练过武艺，你们又打算怎样？"

赵家的人也带怒说道："你既是练过武艺，我们是特来找你，要见个高下的，旁的有什么怎样！"霍俊清随即立起来道："好！和你们这些小辈动手，哪用得着我霍家的武艺。只看你们四个人，还是一齐来呢，还是打一个来一个？"赵家的人道："四人齐来打你一个，算得什么？听凭你要和谁打，谁就跟你打。”

霍俊清将四人引到会馆里面的大厅上，卸去了身上长衣说道：“你们既来了四个，免不得每人都得走一趟，只管随便来吧。”四人来时，原已推定了交手次序的，这时先上来一个，没七八个照面，被霍俊清一“独劈华山掌”，劈在脊梁上，扑鼻孔一跤跌了下去，不曾爬得起来，口里的鲜血便直往外冒。

第二个看了，两眼出火，抢过来，使出平生本领，恨不得一拳将霍俊清打死。只是这较量拳脚的事，不比寻常，一些儿也勉强不来的。霍俊清与第一个交手的时候，因不知道他们是何等本领，自己存着谨慎的心，所以直到七八个照面，才把第一个打倒。既打倒了第一个，他们的本领，就已瞧穿几成了，尽管第二个使出平生的本领，哪里是霍俊清的对手呢？一下都用不着架格，直迎上去，两膀一开一合，就把第二个的手封闭了。只一个回旋，已活捉了，只手举起来，往屋梁上一抛。

那大厅的屋梁，差不多有三丈高，这一下抛去，身体离屋梁不到一尺；被抛的人不待说，是吓得魂飞天外，就是第三个，也吓得心胆俱裂。以为这么高跌下来，又跌在火砖铺砌的地上，必是万无生理。想上前捧接，一则恐怕身体从上跌下来太重，捧接不住，自己反得受伤；二则须防备霍俊清趁着举手捧接的时候，动手来打，所以都只抬起头，翻起眼，呆呆的望着。

那人在半空中，叫了一声：“哎呀！”倒栽了下来。霍俊清不慌不忙的，等他栽倒离地不过三四尺了，一伸手便捞了过来，就和抛接纸扎的人一般，一些儿没有吃力的样子。霍俊清将那人捞过来之后，提在手中问道：“你认识我霍四爷了么？知道我霍家的武艺了么？此后再敢说无礼的话么？我于今要你们死，比踏死几个蚂蚁还觉容易，但是我和你们远日无怨，近日无仇，你们若不是刚才对我的言辞，过于混账，我怎犯得着和你们这些小辈较量呢？给我滚出去吧！”说着往厅下一摔，可是那摔的手法真妙，不但一些儿不曾摔伤，并且摔去两足着地，就和自己从桌椅上跳下地来的相似。

霍俊清指着未动手的二人道：“要现丑，就快来，我没闲工夫和你们多纠缠；若害怕，就一齐上来吧。”二人见霍俊清这般神勇，便是有包身的胆量，也不敢再上前了，只得勉强拿着遮掩颜面的话说道：“好！我已领教你霍家的本领了，且过三年，我再来和你见面，教你那时知道我便了！”这几句话，成了江湖上的例语，凡是会武艺的人，在和人过堂的时候，被人打败了，总是说这几句话；用意是说我此刻的本领打你不过，只是我这回被你打败了，我记了这仇恨，回去苦练功夫，三年必再来报仇雪恨。也有三年之后，果练成了惊人的本领，真来报了仇恨的，然拿这几句套话，遮掩颜面的居多。

当时霍俊清听了笑道："便再等你们三十年，也没要紧。你们回家仔细用功吧！"赵家四人去后，霍俊清仍一意经营他的生意。

时光迅速，又过了半年。这日有个同行开药栈的老板，荐来四个当挑夫的汉子，年纪都在三十岁左右，都是身强力壮的。霍俊清的药栈里，正要得着这么几个人，好搬运药材，随即收用了。四人做事都十分谨慎，霍俊清很是欢喜。

做了一个多月，四人忽然同到霍俊清跟前，辞工不做了。霍俊清觉得诧异，说道："某老板特地荐你们四人，到我这里来，正在做的宾东相得，我很喜你们精干，怎的无缘无故，就都要辞工不做呢？莫不是我有什么对不起你们的地方么？你们得原谅我事多心不闲，说话做事不周到，或失了检点的处所是有的。我们将来共事的日子长，我就有甚不到之处，你们也不要放在心上，还是在这里做下去吧！"

四人说道："四爷说哪里话？只有我们做事没尽力，对四爷不起的。我们吃四爷的，拿四爷的，四爷哪有对不起我们的事呢？只因我们四人打算去投军，想将来可望寻个出身，四爷快不要想左了。"

霍俊清心想：没几日工夫，就有一大批淮牛膝运到。淮牛膝照例每包有七八百斤，最轻的也有五六百斤，寻常没多大气力的挑夫，八个人抬一包，还累得很苦；有了这四个人，搬运上仓的时候，必比平常少吃些力。遂点头说道："你们既是打算同去投军，想寻个出身，这是男子汉应有的志向，再好没有的了，我何能拿些没有生发的苦事，勉强留住你们呢？不过你们是某月某日来的，到今日才得一个半月，我也不多留你们在这里，只留你们做满两个月吧！半个月很容易经过，一转眼就满了，我因欢喜你们的气力，比一般挑夫都大，不久便有一批淮牛膝运到，留你们搬了牛膝再去。"四人见霍俊清如此殷勤相挽，不好定说立刻要走了，只得仍做下来。

过不了几日，果到了一大批淮牛膝。霍俊清临时又雇了几名挑夫，帮着四人搬运，自己也在大门口照应。一会儿见四人抬了两大包牛膝，两人抬着一包，用饭碗粗细的树条扛抬，树条都被压得垂下来。四人接连着，一面抬走，一面口里一递一声的，打着和声。

霍俊清远远的见了，心里不由得一惊，暗想：这两包牛膝，每包足有八百斤轻重，每人肩上得派四百来斤，岂是寻常有气力的挑夫，所能扛抬得动？嘎！他们四人哪里是来当挑夫的，分明是有意来显能为给我看的，我倒得对付对付他们，不要给他们瞧轻了我。

霍俊清主意既定，等四人抬到跟前，即仰天打了一个哈哈道：“你们也太不中用了，两个人扛一包，还压得是这么哇哇的叫，也不怕笑煞天津街上的人吗？”四人听了霍俊清的话，连忙将牛膝往街心一顿道：“四爷，看你的。”霍俊清笑道：“看我的吗？我可以一人挑两包。”说着，就走了过来，接过一根粗壮些儿的树条，一头挑着一包，轻轻的用肩挑起来，径送到仓里才放下来。气不喘，色不变，吓得四人爬在地下叩头道：“四爷真是神人，我们今日定要在这里拜师，求四爷收我们做徒弟。”

霍俊清放下树条，搀起四人道：“有你们这样的功夫，也够混的了，何必再拜什么师呢？你们难道没听说，我霍家的武艺，遵祖宗的训示，连亲生女儿都不传的吗，怎么能收你们做徒弟咧？你们还是自己回家苦练吧。练武艺的人，岂必要有了不得的师傅才行吗？功夫是自己练出来的，不是师傅教出来的。”

四人道：“我们原知道四爷，是不能收人做徒弟的，只因心里实在想学四爷的武艺，找不着学的门道，只好装作挑夫，求人荐到这里来；以为四爷早晚必做功夫，我们偷看得久，自然能学着些儿。谁知在这里住了一个多月，早晚轮流在四爷卧房外面偷看，一次也不曾见四爷动过手脚。料想再住下去，便是一年半载也不过如此，专在这里做苦力，有什么用处，所以决计不干了，才向四爷辞工。见四爷殷勤相留，不好推却，但是我们并不曾见过四爷的武艺，因见四爷早晚全不用功，又疑心没有什么了不得，所以商议着，临走想显点儿能为给四爷看，看四爷怎生说法。哪晓得四爷竟有这般神力，既有这般神力，便没有高强的武艺，也轻易难逢对手，我们佩服就是了。”

霍俊清问四人的真姓名，三人不肯说，只一个说道：“我姓刘，名振声。我明知四爷不能收徒弟，只是我非拜四爷为师不可，我并不求四爷传授我霍家武艺，也不求四爷纠正我的身手，只要四爷承认一句，刘振声是霍俊清霍四爷的徒弟就得了。我愿伺候四爷一生到老，无论什么时候，不离开四爷半步。”旋说又旋跪了下去道：“四爷答应我，我才起来。”

霍俊清看这刘振声，生得腰圆背阔，目秀眉长，慷爽气概之中，很带着一团正气，一望就知道是个诚实而精干的人。仔细察看他的言辞举动，知是从心坎中发出来的诚恳之念，便笑着扶他起来道：“你不为的要学武艺？我又不是个有力量能提携你的人，如何用得着这师生的空名义呢？只是你既诚心要拜我为师，我就破例收了你这一个徒弟吧！”刘振声听了，欢喜得连忙又爬下去，叩了四个头，就改口称师傅了。这三人都向刘振声道喜，刘振声从此便跟着霍俊清，果是半步也不离开左右。直到霍俊清死后，安葬已毕，才去自谋生活，此是后话。

且说霍俊清当收刘振声做徒弟的时候，因在街上一肩挑起两大包淮牛膝，来往过路的人见了，莫不惊得吐舌。此事一传十，十传百，几日之间，传遍了天津，无人不说淮庆药栈的霍俊清霍四爷，有无穷的气力，一肩能挑动一千六七百斤的牛膝。曾亲眼看见的，是这么传说；未曾亲眼看见的，便有信有不信。曲店街的一般自负有些气力的店伙们，和一般做粗事的长工，邀拢来有三四十个，都是不相信霍俊清果有这般大力的，大家想商议一个方法，试试霍俊清。恰好一连下了几日的雪，这夜的雪止了，这一般好事的人，便又聚集起来，见街头搁着两个大石滚，其中即有人出了这个主意。

王五于百无聊赖的时候，得知有这般一个人物，近在咫尺，怎舍得失之交臂呢？当时带了名片，直到淮庆会馆，还有好几个崇拜英雄的人，因要瞻仰霍俊清的丰采，都立在会馆大门里的石坪上。王五径到里面，有刘振声出来，接了王五的名片。

刘振声自也是曾闻大刀王五之名的，比即进去报知霍俊清。彼此都是侠义心肠的人，见面自是异常投契，谈论起武艺来，王五佩服霍俊清的拳脚，霍俊清就佩服王五的单刀。

王五在几年前，双钩已是在北五省没有对手，自从受过山西老董的指教，那一路单刀真使得出神入化，连霍俊清见了都说自愧不如。这时王五已是成了大名的人，对于霍俊清，只有奖借的，没有妒嫉的。至于霍俊清，本来胸怀阔大，听说某人本领高强，他只是称道不置。在他跟前，做功夫给他看的，这人年事已长，或已享了盛名，霍俊清总是拱手赞叹，并向旁人欷歔；若是年轻没有大名头的，总是于称许之中，加以勖勉的话。如肯虚心求他指教，他无不用慈祥的面目与和悦的声口，勤勤恳恳的开导指引。只要人家不开口找他较量，他从来不先起意要和人较量，所以王五在淮庆药栈盘桓了半月之久，二人都存着推崇和客气的心，始终不曾交过一回手。

据当时知道二人本领的人评判，论拳脚，王五打不过霍四；论单刀，就霍四打不过王五。总之，二人在当时的声名和本领，没有能赛得过的。

王五在淮庆药栈，住了半月之后，因思念多年的好友李富东，这回既到了天津，怎能不去瞧瞧他呢？遂辞了霍俊清，到李富东家来。

李富东和王五，系忘年至交，这时李富东的年纪已有六十岁了。因他生得相貌奇丑，脸色如涂了锅烟，一对扫帚眉，又浓厚、又短促；两只圆鼓鼓的眼睛，平时倒不觉得怎样，若有事恼了他，发起怒来，两颗乌珠暴出来，凶光四射。胆量小的人，见了他这两只眼，就要吓得打抖。口大唇薄，齿牙疏露；更怕人的，就是那只鼻子，两个鼻孔，朝天翻起，仿佛山岩上的两个石洞；鼻毛丛生，露出半寸，就如石洞口边长出来的茅草。江湖上人都顺口呼他为“鼻子李”，不呼他为李富东。

在下于今写到这鼻子李，看官们须知他在三十年前，曾以武艺负过“天下第一”的盛名，自从霍俊清出世了，把他的威名压下来的。这部书将要叙入霍俊清的正传，就不能不且把鼻子李的历史，略提一提。

这鼻子李的为人，虽算不了什么侠义英雄，却也要算一个很有根基、很有来历的人物，轰轰烈烈的，在北五省足享了六十年盛名。若不是霍俊清出世，晚年给他受一回小挫，简直如三伏天的太阳，从清早以至黄昏，无时无刻不是炙手可热。有清二百六十多年，像他这般的人物也不多几个呢！

鼻子李的父母，在蒙古经商多年，练会了一种蒙古武艺，汉人名叫“蹟跤”。自满人入关以来，这种蹟跤的方法，日精一日的盛行于京津道上，天津、北京都设了许多蹟跤厂。蒙、满人练习的倒少，其中汉人居十之八九。汉人练蹟跤的，多是曾经练过中国拳脚的。蹟跤的方法，虽不及中国拳脚灵捷，然也有很多可取的所在，又因那时的皇帝是满人，皇室所崇尊的武艺，人民自然是趋向的了。当时蹟跤的人中最特出的，就是王东林一人。

王东林在道光初年，中国拳脚功夫，已是闻名全国。只因他的志向高大，想夤缘到皇室里面，教侍从官员的武艺，特地苦练了几年蹻跤。拿着他那么拳脚有根底的人，去练蹻跤，还怕不容易成功，不容易得名吗？苦练几年之后，果然名达天听，经营复经营，竟被他得了禁卫军教师的职位。北京七个蹻跤厂，共求他担任总教练，听凭他高兴，就来厂里瞧瞧。七个厂里所有当教师的人，大半是他的徒弟。

他的徒弟当中，虽有十分之六七，并不曾从他学过一拳半脚的，但只要曾向他叩过四个头，他承认了是徒弟，便算是他的徒弟了。那时不论上、中、下三等人，当面背后都没人叫他王东林，只称他王教师。凡是王教师的徒弟，不愁蹻跤厂不争着聘请。哪怕昨日还是极平常、极倒霉的一个略有些蹻跤知识的人，丝毫寻不出生活的道路；只要今日拜了王教师做徒弟，王教师随意在哪一个蹻跤厂里，说一声某人是我的徒弟，明日这人准已到这个蹻跤厂里当教师了。只因蹻跤厂里的教师，若没有王教师的徒弟，一般人都得瞧这厂不起，这厂便冷清清的，鬼影也没有一个上门。王教师的声名既大得这般骇人，就惊动了一个了不得的人物，要来找王教师见个高下。

不知这了不得的人物是谁，且俟第七回再说。

总评：

文章有一笔作两用者，如此回平空写虎头庄赵氏四人，来与霍元甲过堂。骤观之，必以为作者欲借赵氏四人，衬出霍元甲之英雄而已。然我尝细思之，霍元甲之本领，业于上文败杜毓泉时，竭力写出；此回又写赵氏四人，岂不嫌其重复而词费乎？及至读到下文，方知作者写此一段，半为后文赵玉堂作伏线，初非专为衬托霍元甲之英雄已也。所谓一笔作两用者，如是，如是！

赵氏四人同来，两人动手，两人不动手；挑夫亦四人同来，三人辞去，而一人独留不去。一回之中，有极相同处，有绝不相同处，错错落落，方见行文之妙。

作小说犹作画也。画家之善绘人物者，千百人有千百人之面目，千百人有千百人之身段。老少媸妍，长短丰瘠，各各不同，方为丹青妙手。作小说亦然，写一人须有一人之性情举止，他人绝不相同，方为能手。

此书写霍俊清，别有温文尔雅之态度，观其对答赵氏诸人以及慰问四挑夫之语，出言吐辞，何等委婉，绝不类纠纠桓桓之武夫。如此写来，遂与王五之粗豪爽利，截然不同。一支笔写出几样人物，非熟读《史》《汉》及《水浒》诸传者，不能到也。

以大石滚试力之前，不料尚有以淮牛膝试力之一段事情也。石滚之试力在后，却先从王五眼中看出，又从店小二口中叙出；牛膝之试力在前，却反在霍四爷正传之中，缓缓叙出，或先或后，用笔令人不测。

由扛抬牛膝一节，引出以大石滚试力一节，非但回顾前文，且借此可以叙及王、霍二人之会面，笔致灵活，旋转处毫不费力。

王五是侠义英雄，霍俊清亦是侠义英雄，气味相投，自然易于契合。此回写两人之技艺，各有长短，绝不偏倚，至其互相推崇，互相敬慕之状，若与前回过堂一节参观，贤不肖之相去，奚翅天壤。

写李富东一节，忽然从容貌上着笔，此是作者有意换一种写法，以免与上文诸人相犯。眉也、目也、口也、唇也、齿也，种种形容皆是为鼻子作陪衬也。作者虽写得十分丑陋，而神采奕奕，别有一种气概，不必亲睹其人，而其人之英雄自见。

第七回

少林僧暗遭泥手掌　鼻子李幸得柳木牌

话说王东林教师的声名，震动全国，便惊动了一个了不得的人物，要到北京来找王教师见个高下。这了不得的人物是谁呢？就是河南少林寺的主持海空和尚。

少林寺在前清干嘉年间，里面的和尚很有许多会武艺的。只因少林寺的地点，在中岳嵩山之下，居全国之中央，是一个规模极阔大、年代极深远的大丛林，里面常住着三五百和尚。自达摩祖师少室得道之后，留传下内家口诀；隋大业年间，又有火工和尚，用一条棍子，打退几百乱兵的事，于是中国武艺当中，就有少林拳棍的派别。其实少林拳棍，并不是达摩祖师和那个火工和尚传授下来的方法。俗语说得好："人上一百，百艺俱全"，少林寺既是地点适中的大丛林，里面常有三五百僧人，其中怎么没有武艺好的呢？只要是少林寺的和尚会武艺，那所会的武艺，便要算是少林派了。

这个海空和尚，是在哪里剃度的，未剃度以前做什么生活，从谁人练成的武艺，在下都不曾打听得出来。只知道他在少林寺，住锡五年，由知客做到主持，每日参禅礼忏之暇，就练习拳棍。少林寺知晓武艺的和尚，没人能敌得过他，就有百十个年轻和尚，从他学习。他的本领，真能身轻似燕，踏雪无痕，高来高去，能在月光底下使人不见他的身影。那时的年纪虽已有了五十来岁，因内功做得到家，据说还是童子身体，精神充满，肌肉润泽，望去却像是三十左右的人。

这日海空和尚早起，忽将满寺的僧人，都召集在一个佛堂上说道："北京禁卫军教师王东林，名扬海内，我于今要替少林寺争光，准备就在今日动身，去北京找王教师见个高下。你们各照常做功课，监寺法明暂代主持。”法明即出座问道：“师傅归期，大约在什么时候呢？”海空道：“我能替少林寺争光，打得过王教师，自然归来得很快；若是打他不过，我没有面目再进少林寺，便永远没有归期了。”海空说罢，即刻动身。

不几日，到了北京，找着王东林，说了来意，约定次日，在法源寺过堂。这消息打七个蹓跶厂里传出来，登时传遍了北京城。

第二日，天还没亮，就去法源寺，等着看热闹的，已是盈千累万的人。早饭过后，王教师带了几个得意徒弟，来到法源寺，用二百个会蹓跶的人，编篱笆似的围成一个大圈子，不许看热闹的人挤进圈内。王教师端了一把靠椅，坐在圈中等候。

一会儿，海空来了，用丝绦扎上两个僧衣的大袖，免得较量时碍手；两脚套上薄底麻鞋，科头赤手，独自分开人众，走进圈来，向王教师合掌说道：“贫僧武艺平常，望教师手下留情。”王教师忙立起身，背后的徒弟即将靠椅拖出圈外。王教师拱手答道：“愿受指教。”说毕，即动起手来。

二人一来一往，越打越紧，正是棋逢对手，胜负难分。盈千累万看热闹的人，都看得眼花缭乱，分不出僧俗了，一口气走了二百多个回合。

海空的本领，毕竟逊王教师一筹，看看有些抵敌不住了，心中猛然计算道：拳脚我斗他不过，高来高去的本领，他必不及我。我此刻既不能望胜，恋战必然上当，何不趁着胜负未分的时候，上高跑他娘呢？计算已定，即卖了一个破步，两脚一点，凭空飞上了屋脊。

法源寺正殿的屋脊，足有三丈多高，二人交手的地方，又在正殿前面的石坪里，从石坪到屋脊，怕不有五六丈远近。海空到得屋脊，仿佛背上受了一暗器，只是丝毫不觉得痛苦，便不回头，穿房越栋的朝西一直跑去。约莫跑了三十来里，就在一棵大树底下坐下来，想休息休息，以为王教师断然追赶不上。谁知刚坐下来，回头一看，只见王教师笑嘻嘻的立在旁边，并不似自己跑得气喘气急的样子，神闲气静，和寻常不曾劳动的人一般。这才把个海空和尚惊得慌了，跳起来又待跑。王教师已将他拉住笑道：“还跑什么呢？我若想下手打你，不早已下手了吗？何待此刻咧！你不信，且脱下僧衣来看。”

海空真个不跑了，将僧衣脱下来，看背脊当中，明明白白一个泥巴掌印。王教师指着笑道："你上房的时候，我在梧桐树底下摸了一掌泥，才追上来印在你背上，你只顾向前跑，所以始终不知道。我实在心爱你的本领，不忍伤你，不然，哪有你逃到这里来的份儿。"

海空听了，又是感激，又是惭愧，慌忙披上僧衣，跪下来叩头说道："虽承师傅容情，留了我的性命，然我也无面目再回少林寺。我情愿还俗，求师傅收我做个徒弟。"王教师双手扶起来，说道："这却使不得，你快不要说这跟我做徒弟的话，你今年多少岁了？"海空说："今年五十岁。"王教师点头道："比我小两岁，我两人结为异姓兄弟吧！我的本领尽可传授给你，你于今是少林寺主持，拳棍也在少林寺第一，你打不过我，拜我为师没要紧；将来这事传播开了，谁还瞧得起少林拳棍呢？你想替少林寺争光，不曾争得，少林拳棍的声名，不反被你弄糟了吗？你一个人，关系武艺当中一大派别，安可轻易说拜俗人为师的话！"

海空听了这几句话，更感激得下泪。当下二人就在那棵树下，撮土为香，结拜为兄弟，同回到北京来。在法源寺看热闹的人，只有惊叹传播，究竟没看出谁胜谁负。

海空在王教师家住了半年，钻了个门道，割掉下阴，进宫当了太监。清朝宫里自有海空当太监，许多贝子、贝勒，都要从海空学拳脚，所以咸同年间，少林拳棍比干嘉时还要盛行，就因为一般贵胄好尚的缘故。王教师自从打败海空，也没人敢再来尝试。

这日，忽有几个蹼跤厂里的教师，曾拜王教师为徒的，气急败坏的前来说道："今日来了一个十六七岁的小子，自称李富东，从天津来，生得容貌奇丑，鼻孔朝天。七个厂他一连打了六个，我们都被他打败了，于今又打到第七厂去了。师傅若不快去，那小子真要横行无忌了。"王教师听罢，吃了一惊，问道："某人某人都动手过不行吗？"

王教师所问的某某，都是他自己的得意徒弟。来人齐声说道："不是动手过不行，也不来请师傅了。"王教师跳起身就走。来到蹼跤厂里，只见一个少年，形象正是报信人说的，鼻子朝天，正在露出得意扬扬的样子，脱身上穿的蹼跤制服。

蹼跤不比拳术，会拳术的较量起来，没有一定的制服，不论长袍短褂，哪怕赤膊，皆可随意。蹭跤就不然，都有一定的制服，不穿那种制服，厂里的人不肯交手；穿了制服的，有定章，打死了不偿命。制服的形式极笨，棉布制成的，又厚又硬，任凭人揪揉扭扯，不至破裂。一件一件的挂在厂门口，凡是进厂要蹭跤的，自行更换制服。

蹭跤有两种，一种大蹭跤，一种小蹭跤。大蹭跤多讲身法，小蹭跤多讲手法，大小一般的要穿制服。这李富东的父母，都是蹭跤的好手，所以李富东从小就专心练习，又天赋他一身惊人的神力，练到一十六岁。因住在天津，每日到天津各蹭跤厂去蹭跤，蹭来蹭去，蹭得天津没他的对手了。

天津蹭跤的人，气他不过，知道只有北京王教师，就能克服得他下，便用言语激他道："你只在天津这一点儿地方逞强，算得了什么！你真有本领，敢到北京去么？你若能在北京打一个没有对手回来，我们方才佩服你实在有本领。"李富东少年气盛，听了这派言语，果不服气，说道："有何不敢！我就动身到北京去，打个落花流水，给你们看看。"

李富东即日动身，到了北京，七个蹭跤厂，都被打得没人敢上前了，他如何能不得意？催问了几声，没人再来，只得要脱了制服回天津，说给激他的一般人知道。

制服不曾脱下，王教师来了，打量了李富东两眼，反嬉笑着问道："怎么，就想脱衣走吗？"李富东见有人来问这话，随抬头看了看答道："已打得没对手了，不走待怎样，你也是这里的教师么？"王教师道："你不用管我是这里的教师，不是这里的教师，且和我玩玩再走。"一面说，一面从壁上取衣更换了。

李富东哪里把王教师看在眼里，兴高采烈地蹭起来。王教师逗小孩玩耍似的，轻轻将李富东提起放倒，又不教他重跌，又不教他得离开。李富东连吸娘奶水的气力都使出来了，只是蹭不倒王教师，知道不是敌手，想抽身逃走，也不得脱开，累得满身满头都是臭汗，只差要哭出来了。王教师忽将手一松，仍是笑嘻嘻的说道："好小子，歇歇再来吧！"李富东这时如得了恩赦，如何还敢再来，急急忙忙换了来时的衣服，掉头就走。

他从天津来，住在西河沿一家小客栈里。这时打蹭跤厂出来，头也不回的跑到那小客栈里，进房想卷包袱，陡觉有人在肩上拍了一下，李富东回过头来一看，原来就是王教师。李富东生气说道："我蹭不过你，你追到这里来干什么呢？这客栈里是不能蹟跤的，你难道不知道吗？”王教师见了李富东这种天真烂漫的神情，和那蹟虚了心，生怕再要跟他蹟的样子，心里实在欢喜不过，故意放下脸说道：“我知道这客栈里不是蹟跤的地方，不过你蹟伤了我好几个徒弟，你打算怎么办呢？我特来问你。”

李富东着急道：“谁教你那些徒弟跟我蹟咧！这蹟跤的勾当，总有受伤的，有什么办法，你刚才不也蹟伤了我吗？”王教师道：“我蹟伤了你吗？快给伤处我看，伤在哪里？”李富东实在没被蹟伤，他还是小孩子性情，以为是这么说了，可以没事了。谁知王教师故意要他的伤处看，只急得李富东红了脸道：“我受的是内伤，在肚子里面。”王教师忍不住哈哈笑道：“也罢，也罢！我问你，你于今打算上哪里去？”

李富东道：“回天津去！”王教师道：“回天津干什么？”李富东道：“我家住在天津。”王教师道：“你回家干什么呢？”李富东道：“我爸爸做西货买卖，我也学了做西货买卖。”王教师道：“不练蹟跤了吗？”李富东点头道：“不练了。”王教师道：“为什么不练了呢？”李富东道：“练了蹟不过人，还练他干啥？”王教师道：“我就为这个，特追你到这里来的。你要知道，你此刻这么小的年纪，就练到了这一步，就只蹟我不过，若练到我这般年纪，还了得吗？你若肯练，我愿收你做徒弟，我将平生的本领，尽行传授给你。”

李富东听了，绝不踌躇的双膝往地下一跪，捣蒜一般的只拜。他自己没拜过师，不知道拜师应拜几拜，叩了七八个头，王教师才拉他起来，从此就在王教师跟前做徒弟。王教师所有的本领，不到十年，李富东完全学得了。王教师死后，李富东便继续了师傅职位，声望也不在王教师之下。

李富东的声名既播遍了全国，也惊动了一个了不得的人物，特从广西到北京来，找李富东较量。这人是谁呢？他的身家履历，当时没人能知道详细，年龄只得三十上下，生得仪表堂皇，吐属风雅，背上驮一个黄色包袱，包袱上面捆一块柳木牌子，牌子上写着“天下第一”四个字。有人问他的姓名、籍贯，他指着那块牌子说道：“我的姓名，就叫柳木儿，广西思恩府人。在外访友十年，行遍了南七省，不曾逢过敌手，所以把我的姓名，用柳木做成这块牌子，写这‘天下第一’四字，就是我柳木儿，乃‘天下第一’的用意。有谁打得过我的，我便将这块牌子送给他，算他是天下第一个好手。”有人问他身家履历的话，他只摇头不答。

这柳木儿访遍南七省，没有对手，一闻李富东的声名，即来到北京，找到李富东家里。

这时，李富东虽也不曾逢过敌手，但是他十六岁的时候，曾被王教师蹾得他叫苦连天，知道本领没有止境，强中更有强中手。从那回以后，不论和谁较量，他总是小心在意，不敢轻敌。这回见柳木儿不远数千里来访，背上又驮着那“天下第一”的牌子。江湖上的规矩，不是有本领的人，出门访友，不敢驮黄色的包袱。江湖上有句例话：黄包袱上了背，打死了不流泪。江湖上人只要见这人驮了黄包袱，有本领的，总得上前打招呼，交手不交手听便。有时驮黄包袱的人短少了盘川，江湖上人多少总得接济些儿。若动手被黄包袱的打死了，自家领尸安埋，驮黄包袱的只管提脚就走，没有缪輵。打死了驮黄包袱的，就得出一副棺木，随地安葬，也是一些没有缪輵。所谓“打死了不流泪”，就是这个意思。

柳木儿既驮了黄包袱，更挂着“天下第一”的牌子，其本领之高强，自不待说。李富东这时的名位，既已高大，只能胜，不能败，因此不敢学王教师对付海空和尚的样，彰明较着的在法源寺过堂。

这日柳木儿一来，即殷勤款待，住在家中，陪着谈论了两日，将柳木儿的性情举动，都窥察了一个大概，第三日才从容和柳木儿交手。只有一个最得意的徒弟，回回教人名摩霸的，在旁边看，此外没一个人知道。为的是恐怕万一打输了，传播出去，坏了声名还在其次，就怕坏了自己的禁卫军教师地位。二人也走了二百多个回合，柳木儿一个不当心，被李富东一脚踢去，将要踢到小腹上来了。

柳木儿待往后退，因背后二三尺远近，有一个土坑，恐怕抵住了，不好转身，只得将身体腾空起来；却是两脚点地太重，身体往上一耸，跳了一丈五六尺高，把头顶上的天花板冲破了一个窟窿。落下来双脚踏在土坑上，把土坑也踏陷了，只是柳木儿身体步法，还一点不曾变动。

李富东见一腿没有踢着，柳木儿的架势也没有散乱，不敢怠慢，正要趁他的身体陷在土坑缺洞里的时候，赶上去加紧几下。柳木儿已拱手说道：“住！”随即跳出来，取了那木牌子，双手捧给李富东道：“自愿奉让！”李富东也不虚谦，欢天喜地的受了，供在神堂之上。

李富东常对人说，他平生最得意、最痛快的事，无有过于得这块牌子的。但是，李富东得这块牌子，心中却暗地感激那个土坑。他知道柳木儿的本领，与自己并无甚差别，本来不容易分出胜负，走过二百多个回合之后，他自己也有些把握不住了；若不是一脚踢去，柳木儿不顾虑后面有那土坑碍脚，随脚稍退一步，又何至冲破天花板，踏陷土坑，弄得英雄无用武之地呢？李富东心中一感激土坑，实时将踏破了的地方修复起来。谁知这日最得意、最痛快的事，是亏了土坑；后来最失意、最不痛快的事，也是吃亏在土坑。

毕竟李富东如何失意，如何不痛快，且俟第八回再说。

总评：

中国之谈拳艺者，动辄以少林嫡派自诩，一若少林二字，可以代表中国之拳艺也者。其实少林拳棒，不过技击中之一派耳，其他别派之高出少林者，尚不一而足。世俗不察，徒知推崇少林，抑亦陋矣。此回叙述少林寺一节，语极翔实，足资证信。盖作者于拳艺一道，研究甚深，是以言出有据，不若他人之传会捏造也。

海空托迹浮屠，犹有好胜之心，少林盛名，几为所败。幸遇王东林，曲予爱护，庶不致露丑人前，然亦险矣！海空可为骄蹇好胜者戒。若王东林之慈祥宽厚，则又足为练习拳艺者之模范矣。

李富东之打蹭跤厂，在王教师徒弟口中述出，是暗写法。盖此一节若从正面着笔，非唯十分累赘，且与本回之海空、柳木儿两节，均有相犯之处，故作者特地换一种写法，以免雷同。作文须能犯，尤须能避，不能犯不见笔力，不能避则呆板重叠，毫无趣味矣。

作者写李富东处，描摹其天真烂漫，童性未改之状，能于神情口吻间，曲曲传出，真是写生妙手。

柳木儿一节，明是衬托李富东之英雄，暗中却是为李富东与霍元甲比武作引子也，观此回结束数语，其意自明。

第八回

论人物激怒老英雄　赌胜负气死好徒弟

话说李富东接王东林的下手，当禁卫军教师，轰轰烈烈的当了二十年。自柳木儿送他“天下第一”的招牌，他于得意痛快之中，想到和柳木儿交手时的情形，不免有些心寒胆战。暗想：树高招风，名高来谤，爬得太高，跌得也太重。我于今只因坐在这禁卫军教师的位子上，所以有武艺想得声名的人，只想将我打翻，便可一举成名。我在这位上，已有了二十年，挣下来的家业，也足够下半世的衣食了，若不及时引退，保全令名，天下好手甚多，何能保得没有本领胜过我的人，前来和我过不去；到那时弄得身败名裂下场，岂不太没趣了吗？并且我再恋位不去，名是已经无可增加，利也不过照常的薪俸，名利既都无所得，何苦久在这里，担惊害怕。

李富东当日思量已定，即称病奏请解职，得准之后，即带了家眷和随身得意徒弟摩霸，到天津乡下住家。二十年教师所得，也有五六万家私，五年前就在离天津二十多里的乡下，买了一处房屋田产，预为退老的地步，到这时恰用得着了。李富东这时虽是家居赡养，但他思量大名既经传播出来，仍不免有在江湖上访友的好手，前来探访，不能把功夫荒废了，临敌生疏，每日早晚还是带着摩霸，照常练习。

这日正是十一月底间，天气甚是寒冷，李富东独自向火饮酒，回想在北京时，常有会武艺的朋友，前来谈论拳脚，每谈到兴会淋漓之处，长拳短腿舞弄几番。当时并不觉得如何有趣，于今离群索居，回思往事，方知那种聚会不可多得。从北京搬到此处，住居了这么多年，往日时常聚谈的好友，一个也不曾来过。相隔虽没有多远的道路，只因各人都有各人的事业，没工夫闲逛，我这地方又不便大路，非特地前来看我，没人顺便到这里来。

李富东正在这般思想之际，忽见摩霸喜滋滋的进来报道："五爷特地来瞧师傅，现在厅上等着，师傅出去呢，还是请五爷到这里来呢？"李富东放下酒杯，怔了一怔问道："哪个五爷前来瞧我？"摩霸笑道："师傅忘了么？会友镖局的。"摩霸话没说完，李富东已跳起身来，大笑说道："王五爷来了吗？我如何能不出去迎接。"旋说旋向外跑，三步作两步的跑到客厅上，只见王五正拱立在那里等候。

李富东紧走了两步，握着王五的手笑道："哪一阵风把老弟吹到这里来了？我刚才正在想念老弟和那北京的一般好友，老弟就来了。我听说是王五爷，只喜得心花怒发，不知要怎么才好！老弟何以在这么寒冷的天气，冒着风雪到寒舍来呢？"王五也笑道："我此来可算是忧中有喜，忙里偷闲。一则因久不见老哥，心里惦记得很，不能不来瞧瞧；一则我本来到了天津，遇了一桩极高兴的事，不能不来说给老哥听听。"

李富东拉着王五的手，同进里面房间，分宾主坐下笑道："老弟怎么谓之忧中有喜，遇了什么高兴的事，快说出来，让我也好高兴一会儿。"王五遂将六君子殉义的事，述了一遍道："谭复生确是一个有血性的好汉，和我是披肝沥胆的交情，于今死了，舍生就义，原没有甚可伤。我心中痛恨的，就为北京一般专想升官发财的奴才们，和一般自命识得大体、口谈忠义的士绅们，偏喜拿着谭复生的事，作典故似的谈讲，还要夹杂些不伦不类的批评在内；说什么想不到身受国恩的人家，会出这种心存叛逆的子弟。我几个月来，耳里实在听得不耐烦了，也顾不了局里冬季事忙，就独自跑到天津来，打算把一肚皮的闷气，在天津扯淡扯淡。到了天津，就遇着这桩极高兴的事了，我且问老哥，知道有'霍元甲'这个名字么？"

李富东摇头道："我只知道姓霍的，有个霍恩第。霍元甲是什么人，我不知道。"王五拍掌笑道："老哥知道霍恩第，就好说了。霍元甲便是霍恩第的第四个儿子，本领真个了得，不愧他霍家拳称天下无敌。当今之世，论拳脚功夫，只怕没人能赶得上霍元甲了。"

李富东听了，心里有些不舒服道："后生小子，不见得有什么了不得的本领，就是他爸爸霍恩第的本领，我也曾见过，又有什么了不得呢，那不是霍家拳吗？他们霍家拳，不传外人，霍家人也不向外人学拳脚。老弟说这霍元甲，既是霍恩第的儿子，拳脚必也是霍恩第传授的。说小孩子肯用功，功夫还做得不错可以，我相信现在的小孩子，用起苦功来，比以前的小孩子灵敏。至说当今之世，论拳脚功夫，便没人能赶得他上，就只怕是老弟有心奖掖后进的话吧！”

王五正色说道：“我的性格，从来不胡乱毁谤人，也从来不胡乱称许人。霍元甲的拳脚功夫，实在是我平生眼里不曾遇见过的。我于今只将他的实力说给老哥听，老哥当能相信我不是信口开河了。”王五遂将霍俊清踢石滚和挑牛膝、打虎头庄赵家人的话，说了一遍道：“我亲眼见他走过一趟拳，踢过一趟腿，实在老练得骇人。”李富东听了，低头不作声，接着就用旁的言语，把话头岔开了。

王五在李家盘桓了数日，因年关将近了，不得不回北京，才辞了李富东回北京去了。李富东送王五走后，心里总不服霍元甲的拳脚，没人能赶得上的话，想亲自去找霍元甲，见个高下；又觉得自己这么高大的声名，这么老大的年纪，万一真个打霍元甲不过，岂不是自寻苦恼？待不去吧，王五的话，词气之间，简直不把我这“天下第一”的老英雄放在眼内，委实有些忍耐不住。李富东为了这事，独自在房中闷了几日。

摩霸是一个最忠爱李富东的人，见李富东这几日，只是背操着两手，在房中踱来踱去，像是有什么大心事，不得解决似的。有时长吁短叹，有时咄咄书空，连起居饮食一切都失了常度。

摩霸起初不敢动问，一连几日如此，摩霸就着急起来了，忍不住走上前去，问师傅为什么这般焦闷。李富东见摩霸抱着一腔关切的诚意，即将王五的话，和他自己的心事说了，摩霸逞口而出的答道：“这算得了什么？师傅是何等年龄，何等身份，自然犯不着亲去。找一个后生小子较量，只须我一人前去，三拳两脚将那姓霍的小子打翻，勒令他具一张认输的切结，盖个手印，我带回来给师傅看了；再送到北京，给王五爷过目，看五爷有什么话说。这不是一件很容易的事吗？”

李富东叱道：“胡说！我尚且踌躇，不敢冒昧跑去，你想去送死吗？”摩霸笑道：“我为师傅，就被人打死了，也不算一回事。师傅既不教我去打，我还有一个法子，我即刻动身，到霍元甲那里去，邀他到这里来。他到了这里，师傅就用款待柳木儿的法子，留他住几日，再见机而作的和他交手，难道他姓霍的比柳木儿还凶吗？”

李富东嘻笑道：“这法子倒可以行得。你就拿我的名片去，只说我很仰慕他的声名，想结交结交。只因我的年纪老了，体魄衰弱，禁受不起风霜，不能亲到天津去看他，特意打发你去，请他到这里来。若他推说没有工夫，你就说：哪怕住一夜，或连一夜都不住，只去坐谈一会儿也使得。”摩霸听了，答应理会得，当下即揣下李富东的名片，动身到淮庆会馆来。

这时霍俊清，正在会馆里，陪着他小时候拜过把的一个兄弟，姓胡名震泽的，谈论做买卖的事。摩霸到了，见了霍俊清，呈上李富东的名片，照李富东教说的话，周详委婉的说了。霍俊清笑道：“我久闻得李老英雄的名，打算去请安的心思，也不知存着多久了。不过这几日不凑巧，我偏有忙得不可开交的俗事，羁绊着不能抽身，且请老大哥，在这里盘桓一会儿，我但能将应了的俗事，略略的布置清楚，便陪老大哥同去。”说时，随望着刘振声道：“你好生招待摩霸大哥，住过几日再看。”

刘振声见摩霸生得六尺开外的身体，浓眉大目，气度轩昂，一望就知道是一个富有气力的汉子，心里很欢喜，极愿交结这么一个朋友。答应了自己师傅的吩咐，即走过来握了摩霸的手，竭力表示亲热的带到自己房里，彼此都说了几句仰慕闻名的客气话。

刘振声说道：“大哥这回来的时候不对，若在三日以前，我师傅见大哥来了，必然立刻动身，陪大哥同去；于今我师傅有事，能去不能去，还说不定。”摩霸道：“怎么三日以前，能立刻同去，于今什么事，这般要紧？我师傅只要接四爷去一趟，并不留住多久，抽身一两日工夫也不行吗？”

刘振声摇头道：“大哥哪里知道，刚才大哥在我师傅房里，不是看见还有一个客，坐在那里说话的吗？”摩霸点头应是。刘振声道：“那人是我师傅小时候的兄弟，姓胡名震泽。他家里有一张牙帖，三兄弟争着要拿出来做买卖。他的爸爸就说：‘谁能在外面借得一万串钱来，牙帖便给谁拿去做买卖。’于是三兄弟都出来借钱。胡震泽就来请我师傅帮忙，要我师傅借给他一万串钱。我师傅不能不答应，却是自己又拿不出这么多，只得替他四处张罗。胡震泽在这里等着要拿去，我师傅已为他在外面张罗了三日，只因年关在即，还不曾张罗得五千串，我师傅和胡震泽都正在着急。大哥请说，差了一大半的钱，一时如何能照数张罗得了。我师傅的性格最是认真，凡是他老人家亲口答应了人的话，哪怕不顾性命，都得照着答应的做到，不做到决不肯罢手，所以我说能去不能去，此时还说不定。再过几日，我们自己栈里的来往账项也要结束了，我师傅是个店主，怎的能抽身呢？”

摩霸听了刘振声的话，心想：我这回若不能把姓霍的，请到师傅家里去，我自己白辛苦了一趟还在其次，只是我师傅不曾见着姓霍的面，较量过几手拳脚，心里横梗着王五爷的话，不要焦闷出毛病来吗？我看姓霍的既是这么忙得不能抽身，若不用言语激动他，他这回决不能同我去，我何不且拿话把他徒弟激怒一阵。

摩霸是个脑筋简单的人，以为自己想得不错，即对刘振声做出冷笑的面孔来。刘振声也是个爽直不过的人，见了摩霸冷笑的面孔，便耐不住问道：“大哥为何冷笑，难道我的话说错了吗？”

摩霸越发冷笑道：“老兄的话哪里会错，我笑的是笑我师傅，老兄不要多心。”刘振声诧异道：“大哥什么事笑自家的师傅呢？”摩霸道：“我师傅打发我来请霍四爷的时候，我就说道：‘霍四爷是请不来的，用不着白碰钉子吧！’我师傅问我：‘怎知道请不来？’我说：‘这何难知道，霍家拳的声名谁不知道，本来用不着霍四爷出头，打翻几个有名的人物，才能替霍家拳增光；于今你老人家若是一个平常没甚本领的人，去请霍四爷，他必然肯来夸耀夸耀他霍家拳的好处。你老人家当了二十年的禁卫军教师，又得了天下第一的牌子，谁闻了你老人家的名头不害怕，霍四爷肯来上这大当吗？’我师傅听了我这话，反骂我胡说，逼着我立刻动身，此时果应了我的话，因此不由得我不笑。”

刘振声一听这话，只气翻着两眼，半晌说话不出，也不知道是摩霸有意激怒他的，满心想发作，大骂摩霸一顿。转念自己师傅曾吩咐的，教好生招待，不好登时翻脸把人得罪，只好勉强按住火性，也气得冷笑了一声道：“我师傅岂是怕人的？我师傅有事不能抽身，你就说是不肯去上当，然则你师傅不亲到这里来，不也是害怕，不肯来上当吗？你尽管在这里等几日，我师傅的事情一了，我包管他就同你去。不过你既是这么说，我师傅到了你师傅家，免不了是要和你师傅交手的，你敢和我赌赛吗？”

摩霸道：“有何不敢！看你说，赌赛什么东西？”刘振声想了一想说道："赌轻了没用，须赌得重一点儿，你有没有产业呢？"摩霸道："我有一所房子，在天津某街上，看你有没有？"刘振声道："我也有一处房子，正在这里不远，我们同去看过房子，若你的比我的大，我师傅打赢了，照时价我找你的钱，你的房子给我；我师傅打输了，我的房子给你便了，若我的比你的大，你也照时价找钱给我。"摩霸说："好！"刘振声也不说给霍俊清听，二人私自去看了房子，并议妥了将来交割的手续。刘振声的房子，比摩霸的大了三间，若摩霸赌赢了，照时价应找刘振声一百银子，也不凭中，也不要保，就是一言为定。

摩霸在淮庆药栈住了三日，霍俊清已将胡震泽的事办妥了。筹了一万串钱，给胡震泽拿去，当约了第二年，归还三千串，第三年归还三千串，第四年全数归还。因是把兄弟的关系，帮忙不要利息，其实霍俊清在外挪借得来的，都得给人家的利息，这项利息，全是由霍俊清掏腰包。哪知后来霍俊清的性命，竟有五成是断送在这宗款子上面，古人所谓"善人可为而不可为"，便是这类事情的说法。至于如何断送了五成性命，在这宗款子上面，后文自有交代，此时不过乘机点醒一句。

于今且说霍俊清替胡震泽帮忙的事已了，即对摩霸说道："我多久就存心，要去给李老英雄请安，无奈我独自经营着这药栈生意，不能抽闲离开这里。我想不去则已，去了总得在他老人家那里，多盘桓几日，才能得着他老人家指教的益处。刚一到就走，哪成个敬意呢？我想今年已没有多少日脚了，我的俗事又多，本打算索性等明年正月，去给他老人家拜年，但是承老大哥辛苦了这一趟，若不同去又对不起老大哥，只好且陪老大哥去。不过有一句话得先说明，务请老大哥转达，我至多只能住两夜。不先事说明，他老人家挽留起来，我固执不肯，倒显得我太不识抬举。"摩霸连声应是，霍俊清即带了刘振声，同摩霸动身。

离天津才走了一里多路，只见迎面来了一个二十多岁的青年，行装打扮，背上驮着一个小小的包袱，行走时提步迅捷。生得面白唇红，眉长入鬓，两眼神光满足，顾盼不凡。霍俊清远远的见了，心里就很觉得这青年，必有惊人的本领，但不知姓甚名何，从哪里来的？

渐走渐近，那青年一眼看见了刘振声，即露出了笑容，紧走几步，到刘振声跟前，恭恭敬敬的行了一礼，口里呼着舅父道："上哪儿去？我听得说你老人家，在天津霍爷这里，特地前来请安，并想瞧瞧霍爷，毕竟是怎么一个人物，有这么大的声名。”

刘振声连忙指着霍俊清说道：“快不要乱说，这就是我师傅霍爷。”那青年回头望了霍俊清一眼，拱了拱手说道：“特从哈尔滨来，给霍爷请安。霍爷待去哪里，有甚贵干吗？”刘振声忙上前向霍俊清说道：“这就是我日前曾向师傅说过的小外甥赵玉堂。”霍俊清也对赵玉堂拱了拱手笑道：“不敢当，不敢当！”说着随现出踌躇的神气，望着摩霸笑道：“这事将怎么办呢？”

摩霸不作声，赵玉堂插口说道：“霍爷有事去，尽管请便。我在客栈里恭候便了。”霍俊清生性极是好客，对于有本领人前来拜访的，尤不肯有些微怠慢。此时见赵玉堂特从哈尔滨前来，岂有置之不顾而去之理，遂向摩霸说道：“事出无奈，只好请老大哥回去，拜上李老英雄，我明年正月初二日，准来给他老人家叩头。这时寒舍有远客来了，我没有不归家招待的情理。”

不知摩霸怎生回答，且俟第九回再说。

总评：

此一回在书中为过渡，借以收拾上文，开出下文，故笔势渐趋平直，不若前数回之奇恣矣。然我以为文章越是平直处，越不易下笔，读者须看其前后穿插结构贯串呼应之处，煞费苦心，不可轻易阅过也。

霍元甲与李富东之比武，孰胜孰败？摩霸与刘振声之赌赛，孰输孰赢？此皆读者所急欲知之者也。不意作者忽然叙入赵玉堂传，将此事从中截断，不复提及。种因在此，而收果乃在数回之后，遂令读者将此事横亘胸中，一个闷葫芦，无从打破，此是作者极狡狯处，亦是文章极变幻处也。

第九回

遇奇僧帽儿山学技　惩刁叔虎头庄偷银

话说摩霸见霍俊清有远客来访，知道不能勉强同去，情理说不过去，也不好怎么说法，只得连连点头应道："既然四爷这么说，拜年的话不敢当，只是请明年早些降临。"霍俊清道："岂敢失约。"摩霸自作别归家，将情形报告李富东不提。

且说赵玉堂这个名字，在哈尔滨一带，住得时间长久的人，大约不知道的很少。此人在当时的年纪，虽只二十四岁，而本领之高，声名之大，说起来，确是有些骇人。赵玉堂的母亲，是刘振声的胞姊，二十几岁上，她丈夫就死了，苦志守节，抚育这个遗腹子赵玉堂。赵玉堂的父亲，叫赵伯和，兄弟叫赵仲和，两人都练得一身绝好的武艺，在虎头庄赵家会武艺的人当中，算是最有能耐的。赵伯和死后，不曾留下文钱尺布的遗产。赵仲和仗着自己的武艺，替人保镖生活。仲和为人，刻薄寡恩，见哥子去世，丢下幼年之妻，襁褓之子，没一些儿遗产，便不肯担任赡养的责任，一再讽劝寡嫂刘氏改嫁。奈刘氏心坚如铁，说自己丈夫不是没能耐的寻常人物，岂有他妻子改嫁之理，并且遗腹生了一个儿子，更不能不守望他成人。

赵仲和见几番讽劝不动，就声言不顾他母子的生活，教他母子自谋衣食。刘氏既能苦志守节，自然甘愿自谋衣食，替人做针线，洗衣服，凡是用劳力可以换得着钱米的，莫不苦挣苦做；无论苦到哪一步，绝不仰望赵仲和供给。幸得刘振声略有家业，每年津贴些儿。

年复一年的过去，赵玉堂已有十四岁了。只因他自出母胎以来，不曾处过一天顺境，在两三岁的时候，他母亲处境贫寒，又忧伤过度，乳浆既不充足，更没好些儿的食物代替，虽勉强养活着一条小性命，只是体质孱弱异常。生长到五岁，还不能立起身子走路，说话啼哭，和小猫儿叫唤一般，通身寻不出四两肉，脸上没一些血色。他母亲望他成材的心思极切，因念他父亲练了一身本领，丝毫不曾得着用处，便不打算要赵玉堂学武艺。又因赵玉堂的体质太弱，就教他学武艺，料也练不出惊人的本领来。抚养到了十岁，即把赵玉堂送进一家蒙馆里读书，读到一十四岁。

这日下午，从蒙馆里放了学回来，走到半路上，迎面来了一个身高体壮的和尚，用手抚摩着赵玉堂的头顶道："你心想瞧热闹么？我带你到一处地方去瞧热闹，你去不去呢？"赵玉堂看那和尚，倒是慈善的样子，不过颔下一部花白络腮胡须，其长过腹，望着有些害怕，即摇头答道："我不想瞧热闹，我母亲在家，盼望我回去。"那和尚道："没要紧，我一会儿就送你回家去。我已向你母亲说过了，你母亲教我带你去瞧热闹。"

赵玉堂这时的年纪虽只得一十四岁，心地却非常明白，知道自己母亲决不会认识和尚，跟和尚说话，连忙对和尚说道："没有这回事！你不要哄我。什么热闹我也不要瞧，我只要回家见母亲去。"说完，就提起脚走。那和尚哪里肯舍呢？追上前将赵玉堂拉住，赵玉堂急得骂起来，和尚也不顾，用手在赵玉堂头上拍了几下，赵玉堂便昏迷不省人事了。

也不知在昏迷中过了多少时刻，忽然清醒起来。张眼一看，黑沉沉的，辨不出身在何处，耳里也寂静静的，听不出一些儿声息；但觉自己身体，是仰睡在很柔软的东西上面，四肢疲乏得没气力动弹，只能将头转动，向左右张看。仿佛见右边有一颗星光，星光之外，一无所见。心中明白是散学回家，在路上遇着和尚，被和尚用手在头上几拍，就迷糊到这时候，想必是天黑了，所以见着星光。又想到自己母亲，等到这时分还不见我回去，必然急得什么似的，我如何还睡在这里，不回家去呢？

赵玉堂心里这么一想，便竭力挣扎起来。原来身体睡在很厚的枯草上，站着定睛向四面都看了一会儿，黑洞洞的，一步也看不见行走。再看那星光，不像是在天上，觉得没有这么低塌的天，并且相隔似不甚远，便朝着那星光，一步一步慢慢走去。

才走了五六步，额头上猛然被碰了一下，只碰得两眼冒火，伸手一摸，湿漉漉的，冰冷铁硬，好像是一堵石壁。暗想：怪呀，怎么是一堵石壁呢？不是分明看见一颗星光在这一方吗？石壁里面，如何会有星光，不是奇了么？张开两手，不住的左右上下摸索，确是凸凸凹凹的石壁，壁上还潮湿得厉害，摸得两掌尽水；只得挨着石壁，向右边缓缓的移动。移不到二三尺远，右手摸不着石壁了，再看那星光，又在前面，心中一喜，仍对着星光举步。谁知一提脚，脚尖又被蹴了一下，险些儿向前栽了一个跟斗。随将身体蹲下，两手一面摸索，两脚一面向前移动，像是爬上了几层石级，离星光渐渐的近了。

又爬了几步，只见星光一晃，眼前忽现了光亮，那个要带他瞧热闹的和尚，端端正正的坐在一个蒲团上，笑容满面的望着他。赵玉堂见了这和尚，忍不住哭起来道：“你不送我回家，把我弄到这里干什么呢？我要回去，我不在这里了。”和尚说道：“你自己到这里来的，你要回去，只管回去便了，谁不教你回去咧？”

赵玉堂听说，便不哭了，立起身向四处一看，周围都是漆黑的石壁，只有头顶上一条裂缝，弯弯曲曲的有三四寸宽，从裂缝里漏进天光来。裂缝虽长有几丈，然太仄太厚，不能容人出入，挨近裂缝一看，缝旁有一条青布，和窗檐一般，用绳牵挂着，可以扯起放下；知道是为下雨的天气，防从裂缝中漏下雨水来，所以用这布遮盖。将四周的石壁，都细看了一遍，实在无门可出。低头看地下，也是一点儿罅隙没有，又急得哭了出来道：“你把我关在这没门的石洞里，教我怎生回去呢？”

和尚笑道：“没有门不能出去，你难道是生成在这里面的吗？好粗心的小子。”赵玉堂心里陡然觉悟了，直跪到和尚跟前，牵了和尚的衣道：“你立起来，门在蒲团底下。”和尚哈哈大笑道：“亏你，亏你！算你聪明。”随即立起身来，一脚踢开蒲团，露出一块方石板来。石板上安着一个铁环，和尚伸手揭开石板，便现一个地道。

和尚将遮裂缝的青布牵满，洞中仍旧漆黑，那颗星光又现了，原来是点着一支香，插在地下，阳光一进来，香火就看不出了。和尚引赵玉堂从地道出来，却在一座极高的山上。回头看地道的出口，周围长满了荆棘，非把荆棘撩开看不见出口，也没有下山的道路。一霎时狂风怒吼，大雪飘然而下，只冷得赵玉堂满口中的牙齿，捉对儿厮打。

和尚笑道：“你要回家去么？”赵玉堂道：“我怎么不要回家去！可怜我母亲只怕两眼都望穿了呢？”和尚点点头道：“你有这般孝心，倒是可喜。不过我老实说给你听吧，这山离你家，已有一万多里道路，不是你这一点儿年纪的人，可以走得回去的。你的根基还不错，又和我有缘，特收你来做个徒弟。你功夫做到了那一步，我自然送你回去，母子团圆。你安心在这里，不用牵挂着你母亲，我已向你母亲说明了。你要知道你母亲苦节一场，没有力量能造就你成人，你跟我做徒弟，将来自不愁没有奉养你母亲的本领。像你于今从蒙馆先生所读的那些书，便读一辈子，也养你自己不活，莫说奉养你的母亲。”

赵玉堂是个心地明白的小孩，起初听了和尚的话，心里很着急，后来见和尚说得近情理，也就不大着急了，只向和尚问道：“你怎么向我母亲说明白了的？”和尚道：“我留了一张字，给你母亲，并给你舅父刘振声。”赵玉堂听和尚说出自己舅父的名字，心里更相信了，当下就跪下去，拜和尚为师，和尚仍引他从地道走入石洞，石洞里暖如三春天气。和尚过几日下山一次，搬运食物进洞。赵玉堂就一心一意的，在洞中练习武艺。

那山上终年积雪，分不出春夏秋冬四季，也不知在洞中，过了多少日月，赵玉堂只知道师傅法名“慈云”，以外都不知道。在洞中专练了许久之后，慈云和尚每日带赵玉堂在山上纵跳飞跑。赵玉堂只觉得自己的身体，一日强壮一日，手脚一日灵活一日，十来丈的石崖，可以随意跳上跳下；在雪上能跑十多里远近，没有脚印。

一日慈云和尚，下山去搬运粮食，几日不见回来。赵玉堂腹中饥饿难忍，只得从地道里出来。山上苦无食物可以寻觅，遂忍饥下山，喜得脚健，行走如飞，半日便到了山底下。遇着行人一问，说那山叫“帽儿山”，在山东省境内。赵玉堂乞食归到山东，可怜他母亲，为思念儿子，两眼都哭瞎了，衣服也不能替人洗，针黹也不能替人做，全赖娘家兄弟刘振声津贴着，得不冻馁而死。一旦听说儿子回来了，真喜得抱着赵玉堂，又是开心，又是伤心，哭一会儿，笑一会儿，问赵玉堂这五年来在什么地方，如何过度的？

赵玉堂这时才知道，已离家五年了，将五年内情形，详细说给他母亲听了。他见家中一无所有，母亲身上，十二月天气，还穿着一件破烂不堪的棉袄，自己又不曾带得一文钱回家来，心想我这时虽学会了一身本领，然没有方法可以赚钱；并且就有方法，一时也缓不济急。我叔叔做保镖生意，素来比我家强，我何不暂时向他老人家借几十两银子来，打点过了残年，明年赚了钱再还，岂不甚好吗？我母亲平日不向叔叔借钱，是因我年纪小，不能赚钱偿还，于今我还怕什么呢？赵玉堂自以为思想不错，也不对他母亲说明，只说去给叔叔请个安就回。他母亲见儿子丢了几年回来，也是应该去给叔叔请安，便不阻拦他。

赵玉堂跑到赵仲和家里，赵仲和这时正在家中，督率匠人粉饰房屋，准备热闹过年。忽见赵玉堂进来，倒吃了一吓，打量赵玉堂身上，穿得十分褴褛，两个眉头，不由得就蹙了起来。赵玉堂也不在意，忙紧走了两步，上前请安，口里呼了声“叔叔”。

赵仲和喉咙眼里“哼”了一声，随开口问道：“堂儿回来了么？”赵玉堂立起身，垂手答道：“回来了！”赵仲和道：“我只道你已死了呢！既是不曾死，赚了些银钱回来没有？”赵玉堂听了这种轻侮的口吻，心里已很难过，勉强答道：“哪能赚得银钱回来，一路乞食才得到家呢！”

赵仲和不待赵玉堂说毕，已向空“呸”了一声道：“原来还留在世上，给我赵家露脸。罢了，罢了！你只当我和你爸爸一样死了，用不着到我这里来，给我丢人。我应酬宽广，来往的人多，没得给人家瞧不起我。”这几句话，几乎气得赵玉堂哭出来，欲待发作一顿，只因是自己的胞叔，不敢无礼，只得忍气吞声应了一句：“是！”低头走了出来。心里越想越气，越气越恨，不肯向家里走，呆呆的立在一个山岗上，暗自寻思道：人情冷暖，胞叔尚且如此，外人岂有肯借钱给我的吗？我没有钱，怎生归家过度呢？抬头看天色，黑云四合，将要下雪了，心里更加慌急起来，恐怕母亲盼望，只好兴致索然的归到家中。喜得家中还有些米，做了些饭，给母亲吃了。入夜哪能安睡得了？独自思来想去的，忽然把心一横，却有了计较。

他等母亲睡着了，悄悄的起来，也不开大门，从窗眼飞身到了外面。施展出在帽儿山学的本领，顷刻到了赵仲和的房上。他能在雪上行十多里，没有脚印，在屋上行走，自然没有纤微声息。

赵仲和这时正在他自己卧室里，清算账目，点着一盏大玻璃灯。那时玻璃灯很少，不是富贵人家，莫说够不上点，连看也看不着。赵仲和这年因保了一趟很大的镖，那客商特从上海，买了两盏大玻璃灯送他，所以他能摆这么阔格。赵玉堂小时候，曾在这屋里玩耍，路径极熟。这时在房上，见赵仲和不曾睡，不敢就下来，伏在瓦楞里等候，两眼就从窗格缝里，看赵仲和左手打着算盘，右手提笔写数，旁边堆了许多纸包，只看不出包的是什么。

不一会儿，见赵仲和将纸包就灯下一包一包的打开来，看了看，又照原样包好，亮旺旺的全是银两。赵玉堂看了，眼睛出火，恐怕赵仲和收检好了，上了锁，要拿他的就费事了。天又正下着雪，身上穿的不是夜行衣靠，湿透了不活便，更不愿意久等。猛然间心生一计，顺手揭起一大叠瓦来，对准那玻璃灯打去；只听得"哗啦啦"一声响，玻璃灯打得粉碎，房中登时漆黑了。赵玉堂跟着一大叠瓦，飞身进了房，玻璃灯一破，已抢了两大包银子在手，复飞身上房走了。

赵仲和惊得"哎呀"一声，被碎瓦玻璃溅了个满头满脸，知道有夜行人来了，正待跳起来，抽刀抵敌，哪里看见有什么人影呢？他老婆睡在床上，被响声惊醒起来，见房中漆黑，连问："怎么？"赵仲和提刀在手，以为夜行人来借盘川，用瓦摔破了灯火，必然从窗眼里进来，准备杀他一个措手不及。哪知两眼都望花了，只不见有借盘川的进来，见自己老婆问得急，才开声答道："快起来，把火点燃。不知是什么人来和我开玩笑，把我的灯破了，却不肯下来。"

他老婆下床点了火，换了一盏油灯，赵仲和笑道："必是一个过路的人，没打听清楚，及见我不慌不忙的抽刀相待，才知道不是道路，赶紧回头去了。哈哈，可惜我一盏好玻璃灯，给他摔破了。"他老婆将油灯放在桌上，一面将瓦屑往地下扫，一面埋怨赵仲和道："我也才见过你这种人，银子包得好好的，搁在柜子里面，为什么过不了几夜，又得搬出来看看，难道怕虫蛀了你的银子吗？"赵仲和笑道："我辛苦得来的这多银子，怎么不时常见见面呢？我见一回，心里高兴一回，心里一高兴，上床才得快活。谁有本领，能在手里抢得去吗？"

赵仲和口里是这么说着，两眼仍盯住那些银包上，徒觉得上面两大包不见了，连忙用手翻看，翻了几下，哪里有呢？脸上不由得急变了颜色，慌里慌张的问他老婆道："你扫瓦屑，把我两大包银子扫到哪里去了？"他老婆下死劲在他脸上啐了一口道："你放屁么，瓦屑不都在这地下吗，你看有不有两大包银子在内？幸亏我不曾离开这里，你两眼又不瞎了！"

赵仲和被老婆骂得不敢开口，端起油灯，弯腰向地下寻找。他老婆气得骂道："活见鬼！又不是两口绣花针，两大包银子，掉在地下，要这般寻找吗，还在柜里不曾搬出来么？"赵仲和声音发颤道："小包都搬出来了，哪有大包还不曾搬出来的。我记得清清楚楚，先解小包看，最后才解大包看，所以两个大包，搁在这些小包上面，每包有三百多两。"

他老婆也不作声，走到柜跟前，伸手在柜里摸了几摸，恨了一声说道："还说什么！你在吹牛皮么，没人能在你手中抢了去么？我想起你这种没开眼，没见过银子的情形，我心里就恨。"

赵仲和被骂得不敢回话，提刀跑到外面，跳上房子，见天正下雪，房上已有了寸来厚，心中忽然喜道："我的银两有处追寻了。这早晚路上没有人走，照着雪上的脚迹追去，怕追他不着吗？"随在房上低头细看，见瓦楞里有一个人身体大小的所在，只有一二分深的雪，知道是借盘川的人，曾伏身此处。再寻旁边揭瓦的所在，也看出来了，只寻不见一只脚迹。满屋寻遍了，仍是没有脚迹，不觉诧异道："难道还不曾逃去吗？不然，哪有雪上没有脚迹的道理呢？"赵仲和这么一想，心里更觉追寻有把握了。翻身跳了下来，一间一间的房，弯里角里都看了，真是活见鬼。赵玉堂这时早已到了家，解衣就寝了，赵仲和到哪里能寻找得出人来？

直闹了一个通夜，还得哀求老婆，不要动气，不要声张，说起来保镖达官家里，被强人抢去了银两，于声名大有妨碍。

再说赵玉堂得了六百多两银子，打点过了一个很快活的年，对他母亲，支吾其词，胡诌了几句银子的来历。他母亲双目不明，只知道心里欢喜自己儿子，能赚钱养娘，哪里会查究以外的事。赵玉堂年轻，虽从穷苦中长大，然此番得来的银子容易，也不知道爱惜，随手乱花，见了贫苦的人，三五十两的任意接济人家，六百多两银子，能经得几月花销呢？一转眼间，手头又窘起来了，心里思量道："我叔叔的银子，也来得很辛苦，我取了他六百多两，他心里已不知痛了多少，若再去拿他的，未免太可怜了；还是大客商，有的是钱，我劫取些来，供我的挥霍，在他们有钱的商人，算不了什么。不过不能在近处动手，好在我没有一个朋友，不论哪家镖局镖行，我都没有交情，就只我叔叔，他虽是靠保镖生活，然他的名头不大，生意不多，不碍我的事。除我叔叔以外的镖，我高兴就劫，也不问他是哪条道路。他们这些保镖的人物，倚仗的是交情，是声望，我不讲交情，不怕声望，看他们能怎生奈何我！”

赵玉堂安排既定，也和白日鼠周亮在绿林中一样，专拣贵重的大镖劫取。周亮当时，还得仗着那翻毛赤兔马，赵玉堂连马都不要，就只背着一把单刀，和押镖人动手相杀的时候极多，只因他来去如风，人影还不曾看清，镖已被他劫去了。有时镖笨重了，不好单劫，他就等到落了店，夜间前去动手。总之，赵玉堂不起心劫这个镖则已，只要他念头一动，这镖便无保全的希望了。如此每月一两次，或二三月一次，劫了两个年头，北道上十几家镖局镖行，除了赵仲和，没一家不曾被劫过。不过他从来不劫全镖，只拣金银珠宝劫取，每次劫的，也没有极大的数目，多则三五千，少则三五百。保镖的只知山东道上，有这么一个独脚强盗，起初还不知道赵玉堂的姓名。

一年后，因赵家的镖，独安然无恙，才疑心这强盗和赵仲和有关系。大家聚会着，商议调查姓名和对付的方法。不知商议出什么方法来，且俟第十回再写。

总评：

此一回从霍俊清传岔入赵玉堂传矣！横云断山，密雨蔽林，而霍俊清之正传，遂不得不戛然截住，直至三四回之后，方能继续叙述。此是行文变化不测处，读者须看随处岔开，而随处俱能拉拢，笔致活泼，随心所欲，故能跌宕跳脱，不落呆诠。若能发而不能收，能岔开而不能拉拢，则正如圣叹所云：大除夕放烟火，一阵一阵过去，前后首尾，绝无贯串，尚复成何章法哉！

世衰道微，人心浇漓，乃至家人骨肉之亲，亦复毫无情谊。观于赵仲和之对待玉堂母子，刻薄寡恩，即路人亦不过尔尔，可叹可恨！虽然，今世人骨肉手足，往往相视若仇敌，甚至欲剸刃其胸以为快者，盖比比也，我又何暇独责赵仲和哉！

刘氏守节抚孤，自甘困苦，不求人助，其志节之高洁，令人肃然起敬。作者写此，欲为当世骄奢淫逸之妇女，痛下砭针耶！有刘氏之节妇，而后有玉堂之孝子，然则天视又何尝梦梦哉。

今之新人物，视教孝为腐谈，甚或创为“万恶孝为首”之说者，立论著书，恬不为怪。愚诚迂拙，当痛斥之。作者于此数回中，极力描写赵玉堂之孝，言之啧啧，一若深表其赞许之意者。我知新文学家见之，必又丑诋作者为头脑陈腐之学究矣！狂者以不狂为狂，我侪又将奈彼新人物何哉！

赵玉堂遇慈云和尚一节，事迹固极诡异，用笔亦异常突兀。即如描写山洞一段，星光也，石壁也，石级也，裂缝也，洞口也，种种衬托，方逼出一个幽奇险僻之山洞。笔致闪烁，令人无从捉摸。

赵玉堂见仲和一节，写得十分深刻，如玉堂母子，饥寒交迫，无以卒岁，赵仲和家中，则正在粉饰房屋，预备热闹过年。两两对照，不必如何说明，赵仲和平日之漠视寡嫂，已可概见。至于仲和对待玉堂之神情言语，尤能形容尽致，令人读之，恍如有一刻薄寡恩之势力鄙夫，活现眼前，真妙笔也。

玉堂受仲和之揶揄折辱，能忍气吞声，不与计较而出，此是玉堂识得大体处。至于夜半入室，灭灯盗银，在玉堂固匪得已，在事实亦足快人心，我知十九阅者，必能为赵玉堂恕也。

赵仲和灯下算银，贪鄙之状如画，令人阅之，可气可笑。失银之后，被其妻痛骂一顿，语极爽利，又令人击案称快。尤妙者，仲和失去银两，反哀求其妻，不可声张，情状狼狈，神色懊丧，阅之不第可笑，抑亦可怜矣！

世之穿窬劫掠者流，岂生而愿为盗贼哉！亦皆出于不得已耳。作者写玉堂之为盗，逐层写来，觉其竟有不得不做强盗之苦衷，此等处与施耐庵之写梁山百八人，同一用意，昔武氏见骆宾王檄文而叹曰："有如此人才而不用，宰相之过也。"玉堂身怀绝技，不能自见，卒致流而为盗贼，是谁之过欤？

第十回

显奇能半夜惊阿叔　恶垄断一怒劫镖银

话说北道中各镖行镖局，商议调查赵玉堂和对付的方法，无奈赵玉堂并无亲知朋友，又无伙伴，连他叔父赵仲和，都不知道赵玉堂会有这般本领，这种行为，教各镖行镖局，如何能调查得出他的姓名来呢？既是姓名都调查不出，更如何有对付的方法呢？

各地的客商，见每次失事，只有赵仲和保的镖安然无恙，都以为赵仲和的本领，在一般保镖达官之上，都争着来请赵仲和保。赵仲和也莫名其妙，也自以为本领高强，所以没人敢劫，生意一日发达似一日。赵仲和一人分身不来，也雇用了多少伙计，半年之间，山东、河南一带的镖，全是赵仲和一人的旗号了。赵仲和得意得了不得，逢人夸张大口，说一般保镖的，太没有能耐，这强盗的眼力不错，知道我虎头庄赵某的厉害，所以不敢胡来。听了赵仲和夸口的人，也不由得不相信是真的。

赵仲和正在生意兴隆、兴高采烈的时候，这日忽见赵玉堂衣冠华丽、气度轩昂的走了来。赵仲和看了，几乎不认得是自己的胞侄。原来赵玉堂自从帽儿山归家时，来过一次之后，就只那夜来借了六百多两银子，往后不曾和赵仲和见过面。赵仲和一则因事情忙碌，二则怕赵玉堂纠缠着借贷，不肯到寡嫂家来，对外人说是叔嫂理应避嫌。其实，用意并不在此。

当日赵玉堂衣衫褴褛，形容憔悴，这时完全改变了，赵仲和做梦也想不到自己有这么漂亮的胞侄，还疑心是来照顾自己生意的富商呢！及认出是赵玉堂，不由得怔了一怔，不好再使出前次那般嘴脸来，略扮出些儿笑意说道："堂儿，怎么呢！一会儿不见，倒像是一个贵家公子了，一向在哪里呢？"

赵玉堂上前，照常请了个安，立在一旁答道："平日因穷忙，没工夫来亲近叔叔，今日为一桩事不明白，特来请求叔叔指示。"赵仲和见赵玉堂说话的神气，很带着傲慢，不似前番恭谨，也猜不出他请求指示的，是一桩什么事，随口问道："你有什么事不明白，且说出来看看。"赵玉堂道："我虎头庄赵家，为什么要祖传下这么多、这么好的武艺，武艺有什么用处？侄儿不明白，得请求叔叔指示。"

赵仲和听了这几句话，还摸不着头脑，更猜不透问这些话的用意，只好胡乱答道："武艺为什么没有用处？即如我现在，若不凭着祖传下来的武艺，拿什么给人家保镖？这便是我虎头庄赵家祖传武艺的好处。人家都保不了镖，只我能保得了，只我赚的钱多，你这下可明白了么？"

赵玉堂鼻孔里笑了一声道："我虎头庄赵家的祖宗，难道虑及将来的子孙，没本领给一般奸商恶贾当看家狗，特留下这些武艺，替看家狗讨饭吃吗？"赵仲和哪想到赵玉堂有这类无礼的话说出来呢，突然听了，只气得大叫一声，就桌上拍了一巴掌，只拍得桌上的什物跳起来尺多高，接着骂道："小畜生！谁教你来这里这么胡说的？你再敢无礼，我真要做你了。"

赵玉堂神色自若的冷笑道："祖传了武艺，来做自己的年轻胞侄，倒是不错，但只怕也不见得能做得了。叔叔要问是谁教我来说的吗？是祖宗教我来说的。我赵家祖宗，传下这么多、这么好的武艺，是教我们子孙学了，在世界上称英雄、称好汉的，不是教学了去给奸商恶贾当看家狗的。"

赵仲和气得浑身打抖，脸上都气变了颜色，圆睁一对怪眼，也不说什么，拔地立起身来，想拿住赵玉堂，到祖宗神堂面前，结结实实的责打一顿，看赵玉堂下次还敢说这种无礼的话么？赵仲和起身，赵玉堂也站起来说道："我说的是好话，你不听也只由你。"边说边向外走道："看你拿着祖传的武艺，给人当看家狗，能当到几时？我看你的本领，还差得远呢！"

赵仲和见赵玉堂往外走，便连声喝住道："好逆畜，待向哪里跑？还不给我站住吗？"赵玉堂真个站住回头道："叔叔不要动气，有本领回头再见吧。"说毕，仍提步走了。赵仲和心里虽是气愤不过，但毕竟赵玉堂是什么用意，还是猜想不出，打算追到赵玉堂家，质问赵玉堂的母亲，看她为什么纵容儿子，这般无礼；只因天色将晚了，自己还有事不曾办了，只好按捺住火性，等明日去质问。

这夜，赵仲和刚上床安歇，听得外面有叫门的声音，并敲打得很急。赵仲和听了一会儿声气，听不出是谁来，只道是派出去保镖的伙计，出了乱子，连忙起来开门。及至打开门一看，但见满天星月，哪有个人影呢？便大声问道："谁呀？"即听得有人在里面应声答道："是我呀！"赵仲和仍听不出是谁的声音，只得翻身走进来，问道："谁呀？"一看，又不见人影，又有人在门外应声答道："是我呀！"赵仲和已觉得诧异，复翻身到门口一看，不还是不见人影吗？又"谁呀，谁呀"的问了两声，"是我呀"的声音又在里面答应。来回七八次，跑得赵仲和火冒了，立住脚喊道："谁和我开这玩笑？再不见面，我就要骂了呢！"这回就听出了赵玉堂的声音，在里面笑答道："叔叔不要骂，是堂儿！"

赵仲和赶到里面一看，趁着透明的月色，只见赵玉堂踞坐在桌上，右手支着下巴，笑嘻嘻的摇头晃脑，把个赵仲和羞愤得说话不出。

赵玉堂跳下来说道："堂儿从叔叔头上来回一十五次，又有这么透亮的月色，叔叔兀自瞧我不见，拿什么给人家保镖？依堂儿的愚见，不如在家吃碗安静茶饭吧，免得给祖宗丢人。"赵仲和这时才知道自己的本领，不及赵玉堂，然而恼羞成怒，又听了这些怄气的话，哪里再忍耐得住？从壁上抢了一把单刀在手，要和赵玉堂拼命。只是回身再找赵玉堂，已是踪迹不见，心里寻思道：这逆畜从哪里学来的，这么高强的本领？他今日既两次来说我不应保镖，可见得近来劫各镖行镖局的镖，就是这逆畜干的事。怪道只我的镖，得安然无事。这逆畜必是因这半年以来，各客商都来我这里求保，他没买卖可做了，只好来恐吓我，想我不给人保，好由他一人横行霸道，这还了得吗？我不保镖，一家一室的生路，不就这么断绝了吗？只是这逆畜的本领，我这许多同行的好手，都奈何他不得，他如果不给我留面子，我又有什么方法可以对付他呢？于今一般人，都恭维我虎头庄赵家的武艺，毕竟比人不同。我自己也逢人夸张大口，若一般的被这逆畜劫了，丢人还在其次，哪里再有生意上门咧？

赵仲和这么一想，不由得不慌急起来，独自踌躇了一夜。次日，才思想出一条道路来。想出了什么道路呢？赵仲和知道赵玉堂事母至孝，去求赵玉堂的母亲，不许赵玉堂胡闹，逆料必有些效验。当下准备好了言语，并办了几样礼物，亲自提到赵玉堂家里来。

这时赵玉堂不在家里，赵仲和进门，见屋内的陈设，却是簇新的，并富丽得很，全不是前几年的气象。赵玉堂因自己母亲双目失明，行动都不方便，自己又没有妻室，只得雇了两个细心的女仆，朝夕服侍。赵仲和见赵玉堂不在家，便对赵玉堂的母亲，哭诉了一番赵玉堂两次无礼的情形。

赵玉堂的母亲，并不知道赵玉堂的行径。赵玉堂因知自己母亲胆小，若把自己的行为照实说出来，必然害怕不安，从来不曾有一言半语，提及劫镖的事。他母亲又双目不见，哪里想到自己的儿子做了强盗呢？这时一听赵仲和的话，也气得流下泪来，对赵仲和赔了许多不是，并教赵仲和安心，只管照常替人保镖，赵仲和才高高兴兴回家去了。

这夜赵玉堂归家，见母亲掩面哭泣，不吃夜饭，吓得慌了，连忙立在旁边问道："娘呀！什么事，这么伤心的哭泣？"连问了几声，他母亲只是哭着不睬，慌得赵玉堂跪下来，也陪着哭道："我什么事不如娘的意，娘不说出来，我怎么知道呢？"

他母亲抬起头来说道："你还知道怕不如娘的意吗？你于今翅膀长齐了，哪里把我这瞎了眼的娘，放在眼里？你眼里若有娘，也不敢这么欺负胞叔了。你是英雄，你是好汉，只会欺负自己的胞叔。我赵家世代清门，没想到竟出了你这种辱没门庭的孽子。你于今是这种行为，教我死了到九泉之下，怎对得起赵家的祖先和你的父亲。你欺负我眼睛瞎了，是这么欺负的吗？"

赵玉堂起初还摸不着头脑，后来听得欺负胞叔的话，方知道是赵仲和来说了，只得不住的叩头说道："我下次再也不敢是这么了，你老人家不用着急。"他母亲看了如此情形，便拭干眼泪说道："你下次敢再劫人家的镖么？"赵玉堂心想：不劫镖，把什么生活呢？我近来手头挥霍惯了，又没有旁的本领，能循规蹈矩的，干一件挣钱的差事。然此刻的镖，十九是我叔叔的，劫了又要说我是欺负叔叔。他心里正在如此踌躇，他母亲不容他思索，一迭连声的催着说道："你转的什么念头，还是要做强盗吗？我虎头庄赵家的拳脚，名闻天下，谁人不知道。江湖上有能为的，哪一个不谈起赵家就生嫉妒，都只恨打我赵家的人不过。于今你倒跑出来，和自家叔叔作对，给外人听了开心，你从哪里曾听说过有目无尊长的英雄好汉！”

他母亲才说到这里，忽听得外面有人叫门。他母亲说道：“这时分有谁来了，还不快去开门！”赵玉堂听了那叫门的声音，少年人耳聪，不觉脸上急变了颜色，慌忙爬起来，跑出开门一看，又是赵仲和来了。一见面，即指着赵玉堂的脸说道：“好小子，你干的好事！”赵玉堂不待他往下说，就将赵仲和拉到外面说道：“叔叔不要高声，我只用去一百二十两银子，我明晚准一同送还。”赵仲和停了一停问道：“银子怎用得这般快，明晚哪来得银子还我？你要知道，我是一个赚得起贴不起的人，一百二十两银子，足够我一家半年的费用。你此刻就做一起还了我吧，免得我受亏累。”

赵玉堂虽出在穷苦人家，然生性豪放，不知道银钱艰苦。近年来做那没本钱的买卖，银钱来得容易，去得容易，挥霍成了习惯了，耳里哪听得来赵仲和这一派鄙吝话。原来赵玉堂昨夜在赵仲和家，和赵仲和开了一会儿玩笑回来，睡在床上，想起赵仲和对待自己，和自己母亲种种无情无义的情形，气愤得翻来覆去的睡不着，决心要劫赵仲和的镖，出出胸中恶气。次日天光才亮，就出门到几条要道上堵截。

那时赵仲和的镖，都是派伙计押送，不是十分重要的，不亲自出马。因赵玉堂劫取得厉害，各客商投赵仲和保的异常之多，要堵截甚是容易，绝不费事的，连手都不曾和押镖的伙计交一下，就劫了一口大皮箱。皮箱里面，有五百两银子、几件女皮衣服、一个红木首饰匣，匣内金珠首饰，贮得满满的，约莫可值三五千银两。原是一家富户，搬取家眷上北京，很有些贵重的行李，因见这些镖行镖局靠不住，特来赵仲和这里投保，适逢其会，就遇了赵玉堂。

赵玉堂劫了那口皮箱，到他有交情的一家窑子里，取出一百二十两银子来，给了那个和他生了关系的婊子，饮酒作乐，到夜间才回来，皮箱就寄存在婊子那里。本打算任凭赵仲和来讨，也不给还的，无奈弄得他母亲知道了，这时若不给还，必再累得母亲受气，所以不待赵仲和说下去，就一口答应交还。见赵仲和问明晚从哪得来一百二十两银子，更说出许多小气不堪的话，不由得心里有些不耐烦，对赵仲和说道：“我既说了明晚送还，莫说一百二十两，便是一千二百两，叔叔也用不着问我从哪得来，尽管放心好了。只看叔叔教我还到什么地方，退到客人手里呢，还是送到叔叔家里？东西我寄存在人家，此刻的天已二鼓了，我说了明晚，决无差错。”

赵仲和无法，只得点头答道：“不必送到客人手里去，送到我家来就得了。”他们保镖的被人劫了镖，自己去讨，或托人去讨，本有两种交还的方法：一种是立刻交讨镖人带回，一种是不动声色的由劫镖人送还原主。送还原主的面子最大，非保镖的有绝大能为，或最大的情面，劫镖的决不肯这么客气。赵仲和这时何以不教赵玉堂送还原主，替自己挣面子呢？只因赵仲和是个极小气的人，又不知道赵玉堂的性格，恐怕赵玉堂用亏了银两，不肯全数送还，又怕客人冒诈，故意说皮箱里少了什么，要扣减保镖银两，所以宁肯不挣这面子，教赵玉堂送到他家。当下赵玉堂答应了，赵仲和还叮咛嘱咐了几遍才去。

赵玉堂转身在他母亲跟前，支吾了一会儿，服侍母亲睡了，独自思量此后既无镖可劫，不但后来生活没有着落，便是这已经花去的一百二十两银子，又从何处取办呢？想来想去，除了做小偷，去拣富厚人家偷窃，没有旁的道路可走。既约了明晚交还，今夜不将银两弄到手，明日白昼，有何办法呢？赵玉堂就在这夜，悄悄的出来，到近处一个很富足的乡绅人家，偷了四百多两银子，八十多两蒜条金，次日到那窑子里，取了皮箱并一百二十两银子，送还了赵仲和。

不到几日，那被窃的乡绅人家，因失去的金银太多，不能不认真追究。办这案子的衙役，川流不息的，在周近十多里巡缉。赵玉堂家虽是大族，然他这一支，向来穷苦，赵玉堂又无一定的职业，年来衣服华丽，用度挥霍。赵玉堂是个很机警的人，恐怕办案的犯疑，不敢耽搁，对他母亲说，有朋友在哈尔滨干很阔的差事，有信来邀他去，每月可得二三百元的薪水，家中只有一个母亲，自然一同搬到哈尔滨去住。他母亲见说有好差事，哪有不高兴的。赵玉堂实时服侍着他母亲动身，搬到哈尔滨，租一所房子住了。

几十两金子，经不得几月花销，在哈尔滨住不上半年，手中的钱看看要完了。做惯了那没本钱买卖的人，到了困穷的时候，免不了要重理旧业。哈尔滨的外国大商家极多，不论如何高峻的房屋，如何深稳的收藏，在赵玉堂偷窃起来，真是不费吹灰之力。

数月之间，三千五千的窃案，员警署里不知报过了多少次。俄国人用尽了侦探的方法，探不出这贼是何等人来。大家都惊传哈尔滨到了飞贼，竟没人见着飞贼是什么样子，什么年纪，哪一国的人？赵玉堂因案子做多了，知道没有不败露的日子，恐怕败露的时候，连累母亲受惊恐，便在野外造了一间土屋，夜间独自睡在里面。

世无不败露的贼盗，真是古语说得好：若要人不知，除非己莫为。哈尔滨既是时常发现大窃案，而每次被窃之家，总是窗不开，门不启，墙壁不破，有时屋瓦破碎一两片，有时并屋上都没有痕迹。这么一来，一则关系全市商民治安，二则关系俄国警察的威信。外国人办事，自较中国人认真，哪有个永久侦查不出的道理呢？

俄国警察既查出是赵玉堂了，知道这人的本领很大，不容易擒拿。那时哈尔滨员警署的侦探长，名叫霍尔斯脱夫，是俄国很有名的拳斗家，气力极大，为人沉默寡言，却是机智绝伦。在他手中，从没有疑难的案子。他费了好几月的心血，将赵玉堂的身世履历，侦查得十分详确，知道不是寻常警察可以将赵玉堂拿住的，不动声色，假借要研究中国拳脚的名目，花重金聘了四个会武艺的人，又挑选了二百名精壮灵敏的警察，探得赵玉堂这夜，睡在那土屋里。霍尔斯脱夫亲自率了四名好汉，和二百名荷枪实弹的精壮警察，杀奔那间土屋来。

不知这番将赵玉堂拿着了没有，且俟第十一回再说。

总评：

赵玉堂劫夺镖车，独不劫仲和所保者，此是玉堂存心忠厚处。仲和虽负兄嫂，玉堂亦可谓以德报怨，能无负其胞叔者矣。乃仲和绝无自知之明，夸张大口，逢人自诩，竟欲因势垄断而图厚利，其不触怒玉堂也几希。故我谓玉堂之戏仲和，乃仲和所自取，不能责玉堂之目无尊长也。

赵玉堂第二次往见仲和，仲和之言语神情，与第一次截然不同，读者试与上回对照，便觉其妙。势利人之面目口吻，随处俱能变化，大抵入世稍深者，类皆领略过来，唯作者为能曲曲替他描出耳。

赵玉堂问仲和之言，异常突兀，不特仲和不解，即读者亦未必能解得也。仲和乃欲借玉堂之一问，强颜自诩，真是蠢材，真是笨伯，宜其为玉堂所痛骂矣！

戏叔一节，粗看之似觉无谓，其实却是借此一段，使仲和知玉堂之本领也；否则仲和之镖被劫，必不致疑及玉堂。玉堂能安然劫镖度日，亦不必迁往东三省矣。后文之事，俱从此中生出，作者固决不肯落一闲笔也。

赵玉堂劫仲和之镖，全用暗写，只在两人口中，露出一二语，读者便自然了解，用笔何等轻灵。若件件事必须详细叙出，便觉索然无味矣！

赵母对于仲和，能不念前眚，最是难得。至于训诫玉堂数语，词严义正，虽读者阅之，亦为肃然，真贤母也。入后玉堂卒能折节就范，食力以奉甘旨，天之报施贤母为不爽矣。

解释讨镖一节，原原本本，殚见洽闻，非深知个中情事者，说不出来，小说之不易作在此。仲和但求镖银无失，体面则不复顾及，描写鄙吝小人，处处刻画入微。

由劫镖而流为小偷，复由小偷而变为大盗，写赵玉堂之入于小流层次分明，大抵世人之堕落，无不皆然，杜渐防微，此君子之所以不能不慎其始也。

第十一回

巨案频频哈埠来飞贼　重围密密土屋捉强人

话说侦探长霍尔斯脱夫带领四名好汉，和二百名武装警察，一路寂静无声的杀奔赵玉堂的土屋来。离土屋只有里多路了，霍尔斯脱夫才下命令道："此去捉拿窃贼赵玉堂，赵玉堂只一个人，住在一间土屋里，手中并无器械，汝等须努力，彼若拒捕，或图逃逸，汝等尽管开枪，将他击毙，不必活捉。"众警察听了命令，一个个摩拳擦掌，准备厮杀。

霍尔斯脱夫领着四名好汉当先，行近土屋跟前，二百名警察散开来，将土屋团团围住，各人装好枪弹等候。霍尔斯脱夫掏出手枪来，看四名好汉，也各操着单刀铁尺，杀气腾腾。

这时正在四月初间，三更时分，天上半弯明月，早已衔山欲没，照得树荫人影，看不分明。霍尔斯脱夫见众人都安排停当，方亲自上前敲门，操着极流熟的北京口音呼道："堂儿，堂儿！快起来开门，我有要紧的话，要和你说。"

赵玉堂这时正才入睡，忽听得叫门声音，心中吃了一惊，暗想：这哈尔滨知道我叫赵玉堂的人，尚且不多几个，谁知道我叫堂儿呢？难道是我叔叔出了什么岔事，特地此来找我吗？转念一想，不会，他决不知道我到这地方来。赵玉堂心里一踌躇，口里就不敢随便答应，连忙伏下身来，以耳贴地静听。

斯时万籁无声，二百零五人的呼吸，和鞋刀擦地、枪机攀动的种种声音，一到赵玉堂耳里，都听得分明。知道是俄警来逮捕了，只是一些儿也不畏惧，立起来将头巾裹好，口里连声答道："堂儿在这里，请待一会儿，就来开门。"

霍尔斯脱夫听得，低声向四人说了一句："当心！"自己当门立着，擎着枪指定门里，口里仍催着："快开，快开！"赵玉堂一面应着："来了！"一面走到门跟前，双手把门闩一抽，随手带开那扇板门，将身隐在板门背后。板门开到一半，猛然对门上一脚踢去，"哗喳"一声大响，板门被踢得散了，一片片飞起来。就因这声大响，将霍尔斯脱夫和四名好汉，惊得退了一步。赵玉堂趁这机会，耸身往门外一跃，已从霍尔斯脱夫头上飞了过去。霍尔斯脱夫还擎着手枪对着门里，两眼也只向门里定睛，不提防已从头上飞过去了。分左右立在门旁的四名好汉，更是全不觉着，都以为赵玉堂尚在土屋里面。

霍尔斯脱夫被那破门的声音，惊得心里有些虚怯怯似的，想开一枪壮壮自己的胆气，也不管赵玉堂在什么地方，朝着门里啪的一枪。那四名好汉猜想，这一枪必已打中了赵玉堂，一齐跟着枪声喊："拿住！"霍尔斯脱夫也猜想四人瞧见赵玉堂了，这才从衣袋里掏出手电来，捏亮向门里一照，却是空洞洞的，房中连桌椅等陈设品都没有，仅有一个土炕。

霍尔斯脱夫挥手教四人杀进去，四人都有些害怕，又不敢违拗，只得各人舞动手中器械，防护着自己身体，奋勇杀进土屋；都疑心赵玉堂藏身在门背后或土炕底下。霍尔斯脱夫跟着四人进屋，拿手电向四周一照，不禁跺脚道："坏了！已让他跑了。这贼的本领不小，在什么时候，从什么地方逃走的呢？他便和鸟儿一般会飞，打门里飞出去，我们这多人立在门口，也应瞧见呢！难道他飞得比鸟儿还要快吗？不然，怎的我们五个人，十只眼睛，都成了瞎子么？"四人说道："料想没有这么快。他纵然能逃出这门，周围有那么多人把守了，不见得能逃得了。"

正说着，忽听得外面"啪""啪""啪"的连响了十多枪。枪声过去，接着一片吆喝之声，震天动地。四人喜道："好啦！准被他们拿着了，这么多人，拿一个小小的毛贼，若放他逃走，还了得吗？"霍尔斯脱夫摇着头说道："十多响枪，一响也不曾打着人。他们决没有拿着，这哪里是小小的毛贼，这人不除，哈尔滨没有安静的日子了。不过今夜是这么打草惊蛇，给他跑了，以后要拿他，就更费事了。"霍尔斯脱夫说罢，不住的嗟叹，翻身引着四名好汉出来，携了手枪、手电筒，拿出哨子一吹，在一个草场里收齐了队伍，问道："刚才是哪几个人开枪，曾看见了什么？"

只见一个巡长出队报道："我奉命率领队伍把守前面，才听得'哗喳'一声，接着又听得手枪响，我等不敢怠慢，都很注意的望着。前面枪声响过，我分明见一条黑影，一起一落的向我等跟前奔来，箭也似的飞快。我逆料就是要拿的那贼，心想他跑得这么快，活捉是办不到的，对着那黑影就是一枪；伏在我左右的队伍，曾看见黑影的，也都对着轰击。我以为这多枪朝着他打，距离又近，总没有打不着的。谁知打过几枪再看，黑影早已不知去向。随听得背后有人打着哈哈笑道：'堂儿少陪了，改日再会，今夜请你们回去休息吧！'我等听了这声音，赶紧回头张看，声音踪影又都没有了。"霍尔斯脱夫听了，瞪着两眼，好半晌没有话说，垂头丧气的率领队伍和四名好汉，回员警署安歇。

次日起来，霍尔斯脱夫将四名好汉，叫到跟前说道："重赏之下，必有勇夫。我于今悬五千块钱的重赏，你们四个人，能将赵玉堂拿来，只是要拿活的，打死了只有一千，期限不妨久点儿，十天半月都可以。"四人说道："赵玉堂的能为，我们昨夜领教过了，不是我们四人这般本领所能将他活捉的，五千块钱得不着；若弄发了他的火性，甚至我们四人的性命，都保不了。这不是当耍的事，我们不敢承办。"霍尔斯脱夫见四人推诿，也知道他们确非赵玉堂的对手，只得罢了。

不一会儿，来了一个书生，要见侦探长说话。警士问他的姓名，书生不肯说。霍尔斯脱夫出来接见了，是一个三十多岁的文人，见了霍尔斯脱夫，拱了拱手，朝左右望了一望道："此间不好谈话。"霍尔斯脱夫即将这书生，引到一间僻静房里，问道："足下有何机密事件见教？"书生笑道："先生不是要拿赵玉堂拿不着吗？"霍尔斯脱夫点头应是。书生道："我特来献计，包管赵玉堂自投罗网。"霍尔斯脱夫喜道："愿闻妙计。"书生道："我知道赵玉堂事母至孝，于今他母亲住在这里，只须将他母亲拘来，他自然会来投到。"

霍尔斯脱夫踌躇了一会儿道："这只怕使不得，法律上没有这种办法。"书生笑道："贵国的法律怎样，我不知道。若是我中国，这种办法是再好没有的了。历史上是这么办的很多很多，我看除了我这个法子，一辈子也拿不着赵玉堂。”霍尔斯脱夫道：“拿着他母亲，他自己若不肯来，又将怎么办呢，难道拿他母亲办罪吗？”书生道：“他自己万无不肯来之理。他母亲生出这种儿子，就办办罪也不亏。”霍尔斯脱夫一再问书生的姓名，书生不肯说。

霍尔斯脱夫只得依了书生的话，亲率了几名警察，到赵玉堂家里来。可怜赵玉堂的母亲，还以为儿子真在哈尔滨干了好差事，做梦也没有想到有此一着。霍尔斯脱夫不忍凌虐无辜的人，很客气地对赵玉堂的母亲说道：“你儿子赵玉堂，做了违法的事，连累了你，于今只得请你暂到员警署去，只等你儿子来投首，立刻仍送你回来。员警署并不会委屈你。”说毕，教服侍她的女仆，扶她上车，押进员警署。

不到一点钟，赵玉堂果然亲来投首。警察要将赵玉堂上刑，霍尔斯脱夫见赵玉堂生得容仪韶秀，举止温文，连忙喝住那警察，把赵玉堂带到里面一间写字房里，教赵玉堂坐下，并不着人看守。霍尔斯脱夫自退出房去了，赵玉堂独自在那房里坐。

不一会儿，即见一个警察进来说道：“见署长去。”赵玉堂即起身，跟随那警察，走到一间陈设极富丽的房里。一个年约五十余岁的西洋人，坐在一张螺旋靠椅上，霍尔斯脱夫立在一旁，和坐着的谈话。赵玉堂估料那坐着的，必就是署长了，便大模大样的站着，也不行礼。

那署长向霍尔斯脱夫说了几句话，赵玉堂听不懂，即见霍尔斯脱夫点点头，顺过脸来，带着笑意问道：“你姓什么，叫什么名字？”赵玉堂这时一听霍尔斯脱夫说话的声音，知道就是昨夜在土屋外面叫门的，随口答道：“我便是昨夜住在土屋里的堂儿，姓赵，名玉堂。”霍尔斯脱夫笑着晃了晃脑袋道：“你干什么独自一个人，住在那土屋里？”赵玉堂道：“我生性喜欢一个人独住，不干什么！”霍尔斯脱夫笑道：“你来哈尔滨多少时了？”赵玉堂道：“共来了一十五个月。”霍尔斯脱夫道：“这十五个月当中，共做了多少窃案？”赵玉堂道：“已记不清数目，大约也有二十来件。”

霍尔斯脱夫点了点头道：“和你同党的，共有多少人？”赵玉堂道：“我从来没有同党，都是我一个人做的。”霍尔斯脱夫道：“被窃之家，多是窗不开，门不破，墙壁不动，你怎生得进人家去的？”赵玉堂道：“多是从房上，揭开屋瓦进去的，偷窃到了手，仍将屋瓦盖好，所以没有痕迹。”

霍尔斯脱夫道："你昨夜从哪里逃出那土屋的？"赵玉堂道："从你头顶上逃出来的。"

霍尔斯脱夫现出很惊讶的神气，回头对那署长说了一会儿，复问道："你练了这么一身本领，怎的不务正业，要做这种扰乱治安，违犯法律的事？"赵玉堂道："除了行窃，没事用得着我的本领。我家里毫无产业，我不行窃，我母亲便没饭吃，没衣穿。"霍尔斯脱夫道："你可知道你犯了罪，到了这里得受处分么？"赵玉堂道："知道。我情愿受处分，只求从速送我母亲回去。"

霍尔斯脱夫道："这不必要你要求。你既来了，自然送你母亲回家去，但是你在这里受处分，你母亲回家，又有谁给她饭吃，给她衣穿呢？"赵玉堂见霍尔斯脱夫问出这话，不由得两眼流下泪来，口里没话回答。霍尔斯脱夫接着问道："若有人给饭你母亲吃，给衣你母亲穿，并给钱你使用，你还想做贼么？"赵玉堂道："世间哪有这么好的事！果能是这样，我岂但不再做贼，并愿替那供给我母亲衣食的人做事。"

霍尔斯脱夫又回头对署长说了几句，那署长也说了几句，霍尔斯脱夫笑着问道："你这话是诚意么？无论到什么时候，不会更改么？"赵玉堂道："果能是这样，便断了我这颗头，我这话也不会更改。"霍尔斯脱夫笑嘻嘻的走过来，伸手给赵玉堂握。赵玉堂不曾和西洋人接近过，不知道是做什么，呆呆的望着。霍尔斯脱夫做了做手势，赵玉堂才明白，也伸手和霍尔斯脱夫握了一握。

霍尔斯脱夫牵了赵玉堂的手，走近署长跟前，教他向署长行了礼道："署长和我都欢喜你的本领，觉得拿你这般本领去做贼，太可惜了，你真有悔过的心，署长自有用你的地方。你且说你母亲每日的衣、食、住三种费用，并你自己的每月费用，共需多少？"

赵玉堂听到这里，忽然发生了一种知己的感念，他从来不曾向人屈过膝的，这时不知不觉的，双膝自然会向那署长跪下来，两眼泪如泉涌的说道："蒙恩不加处分，反供给我母子的衣食费用，我便是个禽兽，也应知道感激，竭死力以图报答。我只求我母亲不受冻馁，我还敢要什么使费吗！"

那署长连忙立起身来，双手将赵玉堂扶起，霍尔斯脱夫把赵玉堂的话，译给署长听了。署长点头说了几句，霍尔斯脱夫即对赵玉堂道："暂时并没事给你做，只要你住在这署里，每月给你一百元的薪水，你拿这薪水，去供养你的母亲，等到有事差遣你的时分，再增加你的薪水，你愿意么？”

赵玉堂道：“我已觉过分极了，哪有不愿意的道理！”霍尔斯脱夫道：“那就是了！你此刻送你母亲回家去，听凭你何时到这里来住，署长给你预备了一间居住的房子。”赵玉堂这时的高兴和感激，自都到了极处，反不好用言语向署长道谢，只诺诺连声的应是。

霍尔斯脱夫引赵玉堂出来，到他母亲坐的房间里，赵玉堂见自己母亲，坐在那里低头饮泣，不由得一阵心痛，跑上前双膝跪倒的哭道：“娘呀！不用着急了，孩儿已蒙署长不究前过，反加收录，每月赏孩儿薪水一百元，从此我娘可以安心过度了。此刻署长命孩儿亲送我娘回家去。”

他母亲听了，拭干眼泪说道：“你这逆子，屡次欺我眼瞎，在外胡作非为。于今出了乱子，害我出乖弄丑，又想拿这些话来哄我么？你从前不是常对我说，得了好差事的吗？”赵玉堂叩头有声道：“从前确是孩儿该死，做贼做强盗的人，偷窃得了财物，都是说得了好差事。于今实在是署长当面吩咐了，不敢哄娘。”

霍尔斯脱夫立在门口，他母子说话，听得分明，即跨进房，呼着老太太说道：“这回你儿子，不是谎话。我是员警署的侦探长，刚才就是我迎接老太太来的，老太太尽管放心回去，此时每月给赵玉堂薪水一百元，将来有事差遣他的时候，再有增加。”

赵母听了这番话，才相信不是儿子说谎，当下谢了霍尔斯脱夫，由赵玉堂搀扶着，带着女仆，坐车回家。次日赵玉堂就来员警署住着，每日吃饭闲游，全没一些儿差遣，月终领薪水洋一百元。

如此又过了几日，赵玉堂正觉得是这般无功受禄，心里不安，打算向霍尔斯脱夫，讨些零星差事干干。这日霍尔斯脱夫忽叫赵玉堂，到署长房间里说道：“现在有一桩差使，事情并不繁杂，不过一般人都干不了，你可去干着试试看。于今火车站上，共雇用了二三百名夫役，很难得一个管理这些夫役的头儿，管理得稍不得法，他们全是些野蛮人，动辄相打起来。处置得轻了，他们不知道畏惧，重了就纠众滋闹，甚至罢工要挟。你去若能管理得法，可免去多少纠纷。每月的薪水增加一百元，这一百元是给你做交际费的。”

赵玉堂欣然承诺，就在这日，到火车站就人夫头儿的职。古语说得好：“人的名儿，树的影儿”，赵玉堂的声名，在哈尔滨的三岁小儿都知道。铁道上二三百名人夫中，也有许多会些儿武艺的，平日闻了赵玉堂的名，心里钦仰已久，谁也想不到有这么一个人物，来当他们的头儿，还有个不竭诚欢迎的么！

赵玉堂这日到差，众人夫都来应点。平日钦仰赵玉堂的人夫们，就倡首开欢迎会，每人凑份子，凑了三五十元钱，备办了些酒菜，替赵玉堂接风，这是火车站上从来没有的盛举。赵玉堂生性不大能饮酒，众人夫你敬一杯，他劝一盏，把赵玉堂灌得烂醉。

警察署长和霍尔斯脱夫，听了这情形，都很欢喜。过了几日，赵玉堂也办了酒菜，请众人夫吃喝。酒席上有个会武艺的人夫，立起身向赵玉堂问道：“我们久闻总管的大名，如雷贯耳，并听说总管独自一个人，住在一间土屋里，员警署的侦探长，率领二百名武装的警察，和四名会把式的好汉，黑夜把土屋围了，捉拿总管，竟被总管走脱了。连开了几十枪，一枪也不曾伤着总管哪里。我们心想，总管怎么会有这么骇人的武艺，都以为总管，必会隐身法，或者会障眼法；若是实在本领，难道一个人，能比鸟雀还快吗？鸟雀在空中飞起来，有几十杆枪朝着它打，也不愁打不着。一个人这么大的身体，如何会打不着呢？”

赵玉堂笑道：“我哪里会什么隐身法，也不会什么障眼法，实在本领也只得如此。那夜能从土屋里逃出来，却有几个缘故。一则因是夜间，月已衔山，朦胧看不清楚；二则我突然逃出来，出他们不意，措手不及，等到他们瞄准开枪，我已跑得远了。唯有出门的时候最险，若非一脚踢得那门哗喳声响，将侦探长惊退几步，他当门立着，我出来必遭他一枪。不过我要快，有时实在能赛过鸟雀。当时在帽儿山的时候，空手追捉飞鸟，并不算一回事。”

众人夫听了，虽人人欢喜，然都露出疑信参半的样子。那问话的人夫道：“总管能赏脸给我们见识见识么？”众人夫都附和道：“必得要求总管，试演给我们开开眼界。”说着，都立起身来。赵玉堂也只得立起，思量用什么方法，试演给他们看。正思量着，猛听得汽笛一声，火车到了，不觉失声笑道：“有了。诸位请来看我的吧！”随离席向外面走，众人夫都跟在后面。

不知赵玉堂怎生试验，且俟第十二回再说。

总评：

捉拿赵玉堂一节，将俄国警察侦探方面，写得声势十足，其实却是极力衬出赵玉堂也。尝见甲与乙斗，乙负而甲胜，甲乃当众自诩其能，且诋乙之不武。余笑谓乙诚怯弱，则胜之者亦不足为雄；若甲而盛称乙之矫捷，则甲固胜乙，其自诩不尤多乎？作者识得此意，故欲写赵玉堂之能，却极力写出警察方面之声势。旁敲侧击，不必从正面着笔，而其用意自能了然。初学作文字者，不可不知也。

大抵作小说之法，在极急迫处，偏要写得极从容；在极忙乱处，偏要写得极整暇，方见文章之妙。譬如此回写赵玉堂脱逃一节，在非常危急时，写得何等安闲不迫，令读者阅之，代为惊心动魄。然赵玉堂卒能脱然逸去，此不特显出赵玉堂之精灵机警，即文笔亦因之十分跳脱，格外觉得动目矣。至于百忙中夹写夜景数语，笔致细腻，其妙处尤不可言语形容矣。

近世战争，虽尚火器，然苟能济之以武技，则胜算之操，殆可预卜。试观此回赵玉堂脱逃之时，虽以警察十数人，开枪围击，卒无一能命中者。若此技施之疆场，岂不一以当十，克奏斩将搴旗之功乎？今人鄙武技，以为火器发明，武技既可以废弃，又何其识见之浅哉！

罪人不孥，古有明训，文明国家之律法，无不如是，独我国昔时，一人犯法，往往妻孥连坐，甚或有诛及阖门及九族者，真野蛮之制度也。赵玉堂犯窃盗罪，俄探长不肯听书生之言，罪及其母，足见西人之尊重法律。入后卒以母为质，使玉堂自出投首，此亦怜才心切，急欲得而用之，事非得已，未可指为株连无辜也。

赵玉堂身怀绝艺，无所施其技，卒致为饥寒所驱迫，流为盗贼。而俄探长霍尔斯脱夫，独能识拔之于罪犯之中，使为己用，士为知己者死，玉堂又安得不竭其所能，以图报称哉！楚材晋用，我正为国中之人才惜耳。

玉堂在土屋中突围逃出，当时虽冒奇险，然在哈埠之得名，亦正以此事，观众路工之言，可以知之。因知人非有冒险之性质，决不能享大名也。

第十二回

霍元甲初会李富东　窑师傅两斗凤阳女

话说赵玉堂要试演武艺，引着二三百名人夫，来到火车道上。只见远远的一条火车，长蛇似的飞驰而来。赵玉堂乘着半醉的酒兴，回头向众人夫笑道："诸位请看我的。我要在火车急行的时候，从车厢相接的缝里，横飞过去。"话才说了，那火车已如离弦劲弩，转眼到了跟前。众人夫还不曾瞧得分明，赵玉堂已从车缝里飞到了那边，把二三百名人夫，都惊得吐着舌头，半晌收不进去。

火车已过，赵玉堂走过铁道来笑道："诸位见着了么？"有的说："见着了，实在骇人。"有的说："我们并没有看见是怎生飞过去的，只觉得总管的身子，晃了一晃，就不见了，直待火车过了，才看见总管立在那边。"赵玉堂笑道："你们看见我的身子晃了一晃，就算是真看见了。至于怎生飞过去，任凭你们眼睛如何快，终是看不分明的。"

赵玉堂从这回试过武艺之后，二三百名人夫，没一个不五体投地的服从赵玉堂。赵玉堂教他们怎样，他们决不敢存着丝毫违反的意思，声名也一日大似一日，四方会武艺的好汉，闻名前来拜访的，很有不少的人。赵玉堂从帽儿山回家的时候，他舅父刘振声因事出门去了，好几年没有回来，及至在哈尔滨，当了这个人夫头儿，刘振声回家听得说，才赶到哈尔滨来探视。这时，刘振声已闻了霍俊清的声名，打算邀赵玉堂同来天津，窥探霍俊清的武艺，将这意思对赵玉堂说。赵玉堂因就事不久，不肯轻离职守，没有跟刘振声去。过了好些时，没得着刘振声的消息，有些放心不下，趁着年关，夫役休息的多，特地请了两个月的假，禀明了赵母，独自动身到天津来，恰巧在路上遇着摩霸，请霍俊清师徒到李富东家。

当下，霍俊清对摩霸说明了，明年正月初间，准去李家拜年。摩霸作辞去了，霍俊清才引了赵玉堂、刘振声，归到淮庆会馆。霍俊清曾听得刘振声说过赵玉堂的出身履历，也存着相当的敬仰心思。唯赵玉堂少年气盛，从帽儿山回来，不曾逢过对手。在哈尔滨的时候，虽听得刘振声说，霍四爷武艺如何高强，声名如何盖世，只是那时的刘振声也是以耳代目，全是得之传闻，并没有见过霍俊清的面，所以赵玉堂也不把霍俊清放在心上。这回特地请假来天津，有八成为感激刘振声周济之德，别后得不着刘振声消息，恐怕有什么差错，不能不来天津看看；只有两成心思，为着霍俊清。霍俊清却以为是山遥水远，特地前来拜访，款待得甚是殷勤。

夜间，刘振声和赵玉堂，同在一个炕上安睡。刘振声将自己邀同三个朋友，来这里假充挑夫的种种情形，述给赵玉堂听了，并说霍俊清的胸襟如何阔大，品行如何端方。赵玉堂素知自己舅父的性情长厚，说话没有欺饰，心里才佩服霍俊清的本领，不是盗窃虚声的，立时把轻视的念头取消了。

第二日早起，霍俊清陪着赵玉堂，在会馆的正厅前面丹墀里，来回的踱着闲谈。霍俊清忽然笑道："振声常说堂儿的纵跳功夫了得，可做一点儿给我瞧瞧么？"赵玉堂谦逊道："这是舅父过奖晚辈的话，哪有了得的功夫，可做给你老人家瞧！"霍俊清笑道："客气干什么？你我见面也不容易！"赵玉堂不待霍俊清说下去，即说了一声："献丑！"只见他两脚一垫，已飞身上了正厅的屋脊，距离纵跳的地点，足有五六丈高下。

霍俊清不禁失声叫道："好嘛……""嘛"字不曾叫了，赵玉堂复翻身跳了下来，两脚不前不后的踏在原地，不但没有响声，连风声都听不出一点儿。霍俊清叹道："怪不得负一时盛望，当今之世，论纵跳的本领，赶得上堂儿的，只怕也很少了。"

赵玉堂在淮庆会馆住了八日，因见霍俊清忙着料理年关账目，久住不免分他的心，遂作别回哈尔滨去了。这人在民国六年的时候，还在哈尔滨当人夫头儿，只最近数年来，不知怎样？可惜这种人物，中国社会容他不下，中国政府用他不了。偏生遇着识英雄的俄罗斯人，弃瑕录用，古语说得好：士为知己者死，赵玉堂不替俄国人出力，教他替谁出力呢？

闲话少说，于今再说霍俊清，度过残年，打算初三日动身，去李富东家拜年，以践去年之约。才到初二日，摩霸又来了，见面向霍俊清拜了年，起来说道："我师傅恐怕霍爷新年事忙，把去年的约忘了，所以又教我来迎接。"霍俊清笑道："怎得会忘了呢！我原打算明日动身的，又累老哥跑了一趟，我心里很是不安。"

摩霸退出了，拉了刘振声到没人的所在说道："我们去年赌赛的话，还作数不作数咧？"刘振声道："谁说的不作数？只怕我师傅到你家，你师傅不敢动手和我师傅较量，那我们赌赛的话，便不能作数了。"摩霸点头道："我们是这么约定好吗？你师傅到我家，我们须时刻不离左右，若是你师傅先开口，要和我师傅较量，我师傅推诿不肯动手，算是我师傅输了，我的房屋也输给你了；我师傅先开口，你师傅不肯动手，就算是你师傅输了，你的房屋也算输给我了。"

刘振声心里踌躇道：我师傅素来待人很客气，很讲礼节。他师傅的年纪这么高，声名这么大，我师傅又是去他家做客，必不肯轻易出手，和他师傅打起来。万一他师傅随便说要和我师傅玩两手，我师傅自然谦逊说不敢，他师傅见我师傅说不敢，也就不认真往下说了。照摩霸这么约定的说起来，不就要算是我师傅输了吗？彼此不曾动手，我的房屋便得输给他，未免太不值得，这约我不能承认他的。刘振声想罢，即摇头说道："这么约定不行，总得交手见了高下，我们才算输赢。"摩霸只得说："好！"这夜摩霸和刘振声睡了。

次日天气晴朗，三人很早的起身。他们都是会武艺的人，二十来里，不须一个时辰就到了。李富东听得传报，连忙迎接出来。霍俊清看李富东的躯干修伟，精神满足，虽是轻裘缓带，须发皓然；然行动时，挺胸竖脊，矫健异常，只是面貌奇丑，鼻孔朝天，忙紧走几步，上前行礼。

李富东不等霍俊清拜下去，已伸出两手，将霍俊清的肩膊扶住，哈哈大笑："远劳赐步，何敢当礼！"霍俊清觉得李富东两手，来得甚是沉重，知道是有意试自己力量的，便不拜下去，顺势将两手一拱，装作作揖的模样，把李富东的两手架开，口里接着李富东的话笑道："多久就应来给老英雄请安，无奈俗事纠缠，不得如愿，致劳摩霸大哥两次光降，真是无礼极了。"李富东也觉得霍俊清这两膀的气力不小，不好再试，即握了霍俊清的手，同进里面。

霍俊清看那房里，坐了一个身材瘦小、面貌黧黑的老头，衣服垢敝，活像一个当叫化的老头，坐在那里，见李富东拉了霍俊清的手进来，并不起身，大模大样的翻起两只污垢结满了的眼睛，望了一望，大有瞧不起人的神气。霍俊清看了，也不在意。李富东倒很诚恳的指着那老头给霍俊清介绍道："这位是安徽王老头，我特地请来陪霍爷的。"

霍俊清见李富东郑重的介绍，只得向王老头拱拱手，说声"久仰"，王老头这才慢腾腾的起身，也拱拱手道："老拙今日得见少年英雄，算是伴李爷的福。凡是从天津来的人，都提起'霍元甲'三个字，就吐舌摇头，说是盖世无双的武艺。我上了几岁年纪的人，得见一面，广广眼界，也是好的。"

霍俊清听了这派又似恭维又似嘲笑的话，不知要怎生回答才好，只含糊谦逊了两句，便就坐和李富东攀谈。后来才知道这王老头的历史，原来是安徽婺源县一个极有能耐的无名英雄。

和霍俊清见面的时候，王老头的年纪，已有八十四岁了。在十年前，还没有人知道这王老头是个身怀绝技的老者。他的武艺，也没人知道他到了什么境界。少壮时的历史，他从来不向人说，人看了他那种萎靡不振的模样，谁也不当他是个有能为的人。因此，也没人盘究他的少壮时的历史。他从五十岁上到婺源县，在乡村里一个姓姚的人家当长工。那姓姚的世代烧窑为业，远近都呼姓姚的为"窑师傅"。

窑师傅虽则是烧窑卖瓦为活，然天生的一副武术家的筋骨，气力极大。十几岁的时候，从乡村里会武艺的人练习拳脚。三五年后，教他的师傅，一个一个的次第被他打翻了，谁都不敢教他，他也不再找师傅研究，就在家里练习。那时，王老头在他家做长工，窑师傅每日练拳脚，练到高兴的时候，常对着王老头伸手踢脚，意思是欺负王老头孱弱。王老头总是一面躲避，一面向窑师傅作揖，求窑师傅不要失手碰伤了他。窑师傅看了他那种畏缩的样子，觉得有趣，觉得好笑，更喜找着他寻开心。旁人看了都好笑，于是大家就替王老头取个绰号，叫做"鼻涕脓"。一则因王老头腌脏，鼻涕终年不断的，垂在两个鼻孔外面，将要流进口了，才拿衣袖略略的揩一揩，不流进口，是决不揩的；二则因他软弱无能，和鼻涕脓相似。王老头任凭人家叫唤，他也不恼，在姚家做了二十多年，忠勤朴实。窑师傅把他当自己家里人看待，窑师傅的拳脚声名，在婺源县无人及得。

这日有一个凤阳卖艺的女子，到了婺源，年纪才十七八岁，生得很有几分动人的姿色，在婺源卖了几天艺，看的人整千整百的舍钱。那女子玩得高兴，忽然向众人夸口道："谁有能耐的下场来，和我较量较量，赢得我的，可将这些钱都拿去。"众人看地下的钱，约莫有二三十吊，那女子是这么说了两日，没人敢下场去和她较量。不料这消息传到了窑师傅耳里，窑师傅怒道："小丫头敢欺我婺源无人么？"遂跑到那女子卖艺的地方，挺身出来，向那女子说道："我下场来和你打，只是打赢了，我不要你的钱。"

那女子打量了窑师傅两眼，见窑师傅的年纪，不过三十多岁，生得圆头方脸，阔背细腰，很有些英雄气概，便笑盈盈的问道："你打赢了，不要钱，却要什么呢？"窑师傅有意要羞辱那女子，做出轻薄的样子说道："你打赢了我，我给你做老公，我打赢了你，你给我做老婆。行得么，行得就动手。"这几句轻薄话，羞得那女子满脸辉红，心里暗自恨道：这轻薄鬼，才会占便宜呢！他打输了，还思做我的老公，这样说来，我不是输赢都得做他的老婆吗？世上哪有这么便宜的事。

那女子心里虽这么想，但眼里看了窑师傅那样英雄气概，又不免有些动心，辉红着脸，半晌才向地下啐了一口道："不要胡说！你有本领，尽管使出来，钱要不要，随你的便。"窑师傅摇头道："谁要这点儿钱。你依得我的话，就动手，依不得，我回去。"那女子道："你赢了，我依你说的；你要输了，得赔我这么些钱。"旁边看热闹的人，不待窑师傅回答，都说这话很公道。窑师傅只得说："好！"二人就动起手来，走了四五十回合，那女子气力毕竟不加，被窑师傅打跌了。窑师傅打赢了，也不再提要女子做老婆，披着衣就走。那女子找到窑师傅家里，见窑师傅有妻室、有儿女，才知道上了当，恨声不绝的去了。

过了三年，这日窑师傅有事出门去了，忽来了一个凤阳女子，说是特地来会窑师傅的。窑师傅的儿子出来，看那女子也不过十七八岁，问她有什么事要会窑师傅？她不肯说，见窑师傅家里养了十多只鸡，那女子手快得很，从腰间解下一根丝带来，将十多只鸡都捉了，用丝带缚了鸡脚，对窑师傅的儿子道："窑师傅回来的时候，你对他说，我在关王庙里，等他三日，他要鸡，亲自来取。三日不来，我多等一日，杀一只鸡，鸡杀完了，我才回凤阳去。”窑师傅的儿子，才得十二岁，翻起两眼望着那女子把鸡捉去了。

过了一会儿，窑师傅回来，听了儿子的话，心想：必就是三年前的那个凤阳女子，练好了武艺特来报仇的，也不惧怯，实时跑到关王庙。只见一个丽妆女子，盘膝坐在大殿上，十多只鸡仍用丝带缚了，搁在坐位旁边，年龄和三年前的女子仿佛，容貌却更加秀媚，妆饰也更加华丽，低头合目的坐在那里，并不向外面望一望。

窑师傅见不是三年前的那个女子，心里便有些害怕了，唯恐打不过，败在一个年轻女子手里，说开了面子上太难为情。但是，事已至此，不容不上前动手，白丢了十多只鸡还是小事，外人听得说，必说是窑师傅害怕，不敢前去讨鸡。独自立在门口，踌躇了好一会儿，猛然计上心来，暗想：既不是三年前的那女子，她必不认识我，我何不如此这般的，前去讨鸡呢?

窑师傅想罢，便走上大殿说道：“我是窑师傅家里的长工，我东家有事出门去了。这十多只鸡，是我喂养的，你为什么都捉了来，决给我拿回去吧！”那女子抬头望了望窑师傅道：“这些鸡既是你的，你拿去就是了。”窑师傅真个上前捉鸡，谁知才伸下手去，就觉得腰眼里着了一下，立不住脚，一个跟斗栽到了殿下；爬起来望着那女子发怔，不知她用什么东西打的，不敢再上前去，只好立在殿下说道：“好没来由，我又不认识你，你把我的鸡捉来，我向你讨取，你不给我也罢了，为什么还要打我呢？等歇我东家回来，再来取你这丫头的狗命。”那女子笑道：“你快去教你东家来，你东家不来，这鸡是莫想能拿去的。”窑师傅愤愤的回到家中，想不出讨鸡的方法，只急得在房中踱来踱去，叹气唉声。

王老头走上来问道：“关王庙的鸡，讨回了么？”窑师傅没好气的答道：“讨回了时，我也不这么着急了呢！”王老头道：“怎么不去讨咧？”窑师傅更没好气得道：“你知道我没去讨吗？”王老头笑道：“讨了不给，难道就罢了不成！你且说给我听，看你是怎么样去讨的，我也好替你想想法子。”窑师傅道：“要你这鼻涕脓想什么法子，不要寻我的开心吧！”王老头道：“你不要以为我这鼻涕脓没有法子想呢！我看除了我这鼻涕脓，只怕十多只鸡，要白送给那丫头吃。”

窑师傅到了这时候，也只得于无可设法之中设法，横竖自己不损失什么，便将刚才讨鸡时的情形，说给王老头听了。王老头点头笑道："还好！幸得你不曾说出你就是窑师傅来，你的声名还可以保得住。我此刻替你去讨，你也陪我同去。讨来了，就说是窑师傅，讨不来时，她也不认识我，你再想法子便了。"

窑师傅诧异道："你打算怎么去讨呢？你知道那丫头，是有意找我较量武艺的么？我说是窑师傅家里的长工，她已答应将鸡给我，尚且打我一下，我腰眼里至今还有些痛。你去讨，她难道就不打你吗？我都打她不过，跌了那么一跤；你这一把子年纪，打坏了岂是当耍的。我知道你在我家很忠心，旁的事你可以替我代劳，这不是你能代劳的事。你没事做，去坐着吧。"

王老头笑道："我这一大把子年纪了，哪里能和人相打，只是你不用问我打算怎样去讨，你只跟我去就得了。"说着，便往外走。窑师傅莫名其妙，只得跟着同去。

不一会儿，到了关王庙，看那女子还是如前一般的坐在那里。王老头也不开口，径走上大殿，伸手去捉鸡。那女子从罗裙底下，飞起三寸金莲，向王老头腰眼里踢来。王老头右手将鸡捉了，左手不慌不忙的接了那女子的脚，往前一摔，只摔得那女子仰面一跤，跌了丈多远。王老头提了那串鸡，往肩头上一搭，用手指着自己的鼻子，对那女子笑道："你认识我么？我就是窑师傅咧！"

不知那女子怎生回答，且俟第十三回再说。

总评：

此一回又从赵玉堂传折到霍俊清矣。玉堂此次来津，在阅者之意，以为下文必且与霍俊清较量拳艺矣，不料阅至此回，却轻轻将赵玉堂收过，依然谈到霍俊清身上，颇觉出人意外。其实霍俊清干也，赵玉堂枝也；霍俊清主也，赵玉堂宾也。强枝弱干，事固不可，喧宾夺主，理尤不能。玉堂之逸事叙毕，遂从速将其收去，不枝不蔓，方见文字之妙。

赵玉堂飞身跃过火车一节，苟非目睹其事者，谁能信之？然天下之大，何奇不有，况此书所纪，绝无怪诞不经之事，则其信而有征，盖亦明甚。技至如此，真绝诣矣！

赵玉堂之至天津，明明来看霍俊清，却偏说不是为霍俊清而来，故意曲一笔，便觉转折有致。入后玉堂献技，霍俊清旁观赞叹，绝不肯轻易出手，与之较量，如此布置，不特十分得体，抑且能脱去上文许多比较拳艺之窠臼也。

霍俊清与李富东比拳事，前为赵玉堂岔开，搁置许久，令人望眼欲穿。此回将玉堂传收束后，又复提及，阅者必以为下文当叙两人比拳之情事矣。不意霍俊清，方踏进李氏之门，而座中忽发现一王老头，遂令作者之笔，又借此扬开，谈到王老头身上。洋洋数千言，别成一小传，霍、李比拳事，因之又复搁起，此等处真使读者心痒难搔。作者不待以文为戏，兼以阅者为戏，亦可谓狡狯之甚者矣！

凤阳女子卖艺，夸张大口，目无余子，诚非走江湖者所宜然。然此于窑师傅固无关也，乃窑师傅必欲折辱之以为快，是诚何心哉！日后卒致受伤吃屎，不可谓非咎由自取矣！

作者写王老头一节，完全从《史记》冯欢、毛遂两传套来，当期屈居工人之列，畏葸龙钟，萎靡龌龊，谁复知为身怀绝艺之老师家哉！一旦攘臂而起，颖脱而出，然后乃知鼻涕脓亦有挺硬不可挠之日，足为怀才不遇者，吐一口气。昔人云：以貌取人，失之子羽。呜呼！上下古今以貌失者，宁仅一子羽而已耶？是可叹也。

窑师傅不敌凤阳女子，乃自承为长工；王老头打胜凤阳女子，乃自承为窑师傅，两人颠颠倒倒，心理不同，而一样有趣。

窑师傅少年盛气，结怨于凤阳女子，入后苟非王老头，则失鸡受辱，险致声名狼藉，然则吾人苟非万不得已，亦何苦结怨他人，自贻伊戚，读此可悟律身处世之道。我尝谓少年人读武侠小说，最易入于好勇斗狠之一途，作者深知此弊，故处处以好勇斗狠为戒，孰谓小说无益于世道人心哉！

第十三回

狭路相逢窑师傅吃屎　兄也不谅好徒弟悬梁

话说王老头指着自己的鼻子，对那女子说："你认识我么？我就是窑师傅咧！"那女子爬起来拱手道："已领教了，佩服，佩服！不过我听说窑师傅是一个三十多岁的好汉，我姐姐在三年前曾许他为妻，不料他中途懊悔，我姐姐归家，羞愤成疾，我此来特为找窑师傅说话。你的年纪这么大，不是我要找的窑师傅。"王老头恐怕被那女子看出破绽，背着鸡就往外走道："管你是也不是，我窑师傅的鸡，总没有给你吃。"

窑师傅跟着王老头归到家中，一手接过那串鸡，一手将王老头推在椅上坐了，自己跪下来，纳头便拜，吓得王老头手忙脚乱，搀扶不迭。窑师傅拜了几拜，立起来说道："我枉生了这两只乌珠，枉练了十几年武艺，你老人家在此这么多年，我竟一些儿不曾看出有如此惊人的本领。今日既承你老人家顾全我的颜面，难保三年前的那女子，不就来寻仇。他是认识我的，如何再能蒙混过去呢？无论怎样，你老人家得收我做个徒弟，将本领全传给我。"

王老头笑道："收你做徒弟倒使得，只是我的本领要全传给你，我怕你一辈子也学不到。不过你只防备那三年前的女子前来复仇，也用不着什么大本领。"窑师傅道："你老人家在关王庙，是用什么手法，将那女子摔倒的。那种手法极妙，我能学得到手就好了。"王老头道："那手名叫叶底偷桃，能用得好，接人家的腿，万无一失。我就专传授你这一类的手法吧！"窑师傅欣然受教。从此，王老头在姚家，由长工一变而为教师了。

窑师傅既是生性欢喜练武，这时又提防凤阳女子前来复仇，更是不辍寒暑，无分昼夜的苦练。是这么苦练了两年，将那叶底偷桃的手法，练得稳快到了绝顶。乡下人家最喜喂养看家恶狗，大户人家常有喂养十多条的。寻常胆小和体弱的人，轻易不敢到多狗的人家去，纵不被狗咬死，衣服总得撕破，非是这家有人出来将狗驱逐，没有不为狗所困的。窑师傅自从跟着王老头练过那叶底偷桃手法之后，到大户人家去，不问那家有多少恶狗，哪怕一齐蹿过来咬他，他从容不迫的，一条一条抢住颈皮，摔开一两丈远近。许多大户人家的恶狗，被窑师傅摔得胆寒了，远远的见了窑师傅就害怕，夹着尾巴四散奔逃。窑师傅的声名，更一日高似一日，而王老头的声名，也渐渐的传播出来了。

这日，窑师傅正从家里出来，想去别人家收账，才走了里多路，即见迎面来了一个女子。窑师傅见了，不觉吃了一惊，原来那女子不是别人，就是五六年前受窑师傅羞辱的那个卖艺凤阳女子。窑师傅待要回避，那女子已看见了，远远的就呼着窑师傅说道：“你还认识我么？你是好汉，再和我见个高下。”说着，已到了跟前。

窑师傅见已回避不了，只得镇定心神赔着笑脸说道：“我和你无冤无仇，什么事要见个高下。常言道得好：‘男不和女斗。’我就是好汉，也犯不着和你们女子动手。”那女子怒道：“你怎说和我无冤无仇，你早知道男不和女斗，五年前就不应跟我动手了。”窑师傅辩道：“五年前的事，只怪你自己，不应当众一干夸张大口，欺我娄源无人，不能怪我。”那女子道：“我不怪你打败我，你不应轻薄我、羞辱我。今日相逢没有话说，你尽管将平生本领使出来，不是你死便是我活，不是鱼死便是网破。”

窑师傅知道免不了动手，遂抢上风站了。那女子的本领，大不是五年前了。窑师傅竭力招架，走了十来个回合，那女子趁空一脚踢来，窑师傅见了高兴，精神陡长，说声“来得好”，一手将三寸金莲抢在手中，正要往前面摔去。那女子真能，飞起的脚被人接住，立在地下的脚同时飞了起来。窑师傅两年苦练的功夫，就是为的要接这种连环腿，第二脚飞起来，又用空着的手抢了。于是那女子的身体被窑师傅两手擎在空中，窑师傅得意非常的哈哈笑道：“我若不念你是个女子，就这么一下，往石头上一掼，怕不掼得你脑浆迸裂么？”

那女子的两脚虽然被窑师傅握住，但是上身还是直挺挺的竖着，并不倾侧。窑师傅见她身体如生铁铸成，害怕不敢随便松手，作势往前面草地上一送，摔开有两丈来远。那女子仍是双足落地，望着窑师傅笑道："明年今日我再来扰你的三朝饭。"说罢，匆匆的去了。

窑师傅听了，也不知这话是什么意思，因急想将动手时情形，归报王老头，便不去收账了。那时归到家中见了王老头，刚要诉说，王老头端详了窑师傅两眼，露出惊慌的样子问道："你和谁动手，受了这么重的伤呢？"窑师傅也吃惊道："动手曾和人动手，只是我打赢了，怎么倒说我受了重伤，伤在哪里？"王老头连连跌脚道："坏了，坏了！你怎的受了这么重的伤，还兀自不知道呢？快把动手时的情形说给我听，再给伤你看。"窑师傅听得这般说，也不免着慌起来，忙将方才的情形一一说了。

王老头点头道："是了！你解开衣，袒出胸脯来看，两只乳盘底下，必有两块红印。"窑师傅心里还有些疑惑，解开衣露出胸脯来，只见两个乳盘下面，有两点钱大的红印，但一些儿不觉得疼痛，这才相信确实受伤了。

王老头问道："那丫头临走时，曾说什么没有？"窑师傅才想起那句"明年今日来扰三朝饭"的话来，也向王老头述了，问道："那丫头用什么东西，打成这样的两个伤痕呢？"王老头道："你将她举起的时候，就这么随手放下来，她倒不能伤你。你为的怕她厉害，想将她远远的摔开，便不能不先把两膀缩摆，再用力摔去。她们卖艺的女子，脚上穿的都是铁尖鞋，你两膀缩摆，她的脚尖就趁势在你两个乳盘下，点了一下，你浑身正使着力哪里觉得。于今伤已进了脏腑，没有救药了，那丫头下此毒手真是可恨。"

窑师傅听得没有救药，只急得哭起来道："难道我就这么被那丫头送了性命吗？"王老头也很觉得凄惨，望着窑师傅哭了一回，忽然想出一种治法来说道："你能吃得下三碗陈大粪，先解去热毒，便可以望救。"窑师傅这时要救性命，说不得也要捏住鼻子吃。王老头寻了许多草药，半敷半吃，窑师傅吐了好几口污血，虽则救了性命，然因点伤了肺络，随得了咳嗽的病，终其身不曾好。此是后话，趁这时一言表过不提。

再说当时窑师傅，遭了凤阳女子的毒手，因吃了三碗陈大粪，才得死里重生。像这种稀奇的事，好事的人最喜欢传说，不过十天半月工夫，这消息早传遍了婺源；便有三山五岳的许多武术界中好手，存心钦仰王老头是个奇特的人物，特地前来拜访。王老头却是淡泊得很，绝没有好名的念头。有几家镖局，卑词厚币来请王老头去帮忙，王老头概以年老推诿，不肯应聘。就中唯有会友镖局派来的人，词意诚恳，非得王老头同去北京一趟，不肯回京复命。王老头无辞可却，又因王子斌是个有名的侠士，和寻常以保镖为业的不同，遂陪同来人，到了北京，王子斌不待说是以上宾款待。

王老头在会友镖局盘桓了两月，因平生清静惯了，住不惯北京那种尘嚣之地，向王子斌力辞，仍回到婺源，住居窑师傅家里。

李富东也是久慕其名，曾打发摩霸到婺源，迎接了好几次。王老头只是说路途太远，年老的人往返不易，不肯到李家来。这回因听说有个后起的大人物霍俊清，约了正月初三到李家来，心里也想见识见识，方肯随摩霸来天津，在李富东家里过年。和李富东谈起武艺，李富东也很表示相当钦佩之意。只因王老头做的是内家功夫，李富东是外家功夫，二人不同道，王老头又没有求名的念头，所以二人不曾动手较量。

李富东对王老头说出王子斌夸赞霍俊清的话来，并说了自己不服气的意思。王老头既是做内家功夫的人，对于做外家功夫的，照例不甚恭维。内家常以铁柜盛玻璃的比喻，形容挖苦做外家的，这是武术界的天然界线，经历多少年不能泯除的。这譬喻的用意，就是说做外家功夫的人，从皮肤上用功，脏腑是不过问的；纵然练到了绝顶，也不过将皮肤练得和铁柜一样，而五脏六腑如玻璃一般脆弱。有时和人相打起来，皮肤虽能保的不破，脏腑受伤是免不了的。王老头抱着这般见解，自然也存着几分轻视霍俊清的心思，但他轻视霍俊清并不是和李富东同样的，不服气王子斌推崇的话，为的是彼此不同道，哪怕霍俊清的本领固是天下无敌，在王老头的见解中，也是不佩服的。

李富东将自己平生独到的本领，使给王老头看，王老头也只微微的笑着点头，没半句称许的话。李富东故意请求王老头指示，王老头笑道："功夫做到了老先生这样，可说是无以复加了，只可惜当初走错了道路，外家到了这一步，已将近到绝顶，不能更进了。若当时是向了内家的道路，怕不成了一个金刚不坏的身体吗？"李富东起初见王老头绝无半语称许自己，心里也不免有些气愤，及听了这派言语，知道做内家功夫的人，都相信功夫做到绝顶，可以成仙了道，不堕轮回，其轻视外家是当然的，遂不和王老头争论。

这日霍俊清来了，所以王老头见面就说出那些不伦不类的话来。好在霍俊清的襟怀阔达，听了不甚在意，后来谈得投契，霍俊清也很佩服王老头的功夫，不是做外家功夫的人可以和他较量的。霍俊清在李家住了两日。第三日，李富东办了一席盛馔，款待霍俊清和王老头。席终，大家都有了几分酒意，李富东一时高兴起来，笑向霍俊清道："尊府的'迷踪艺'是海内有名的，而四爷又是练'迷踪艺'当中首屈一指的人物，我于今得听着四爷的言论和见着四爷的丰采，不能不说是三生有幸。不过我生长了七十多年，只闻得'迷踪艺'的名，那一拳一腿都不曾见识过，难得四爷肯赏脸到寒舍来，倒想求四爷指教我几手，不知四爷的尊意怎样？"

霍俊清连忙立起，躬身答道："老前辈说哪里话！老前辈教元甲怎样，元甲怎敢违拗。只求老前辈手下留点儿情，不教元甲过于丢人就得了。"王老头见霍俊清这般说，也立起身来笑道："说得好漂亮的话儿，你们老配少的打起来，不论怎样，总是我的两只老眼走运。"

李富东先向王老头拱手笑道："多年不玩这个了，拳脚生疏的地方，老英雄千万不要见笑。"霍俊清卸下身上穿的皮袍，刘振声即上前接了，摩霸也走到李富东跟前，等李富东卸衣。李富东笑着摇头道："我并不跟四爷争胜负，只随意走两路，领教领教'迷踪艺'的手法，用不着穿呀脱的麻烦。"霍俊清听了李富东的话，觉得自己卸衣过于鲁莽，打算从刘振声手里接过来再穿上，回头见刘振声站立得很远。王老头已看出霍俊清的意思，即望着霍俊清说道："他没有脱的就用不着脱，你已经脱了的，更用不着再穿了，就这么一老一少、一长一短的玩玩吧！"李富东笑道："已经脱了还不好吗？"随将两手一拱，请霍俊清居先。

霍俊清存着几分客气的心思，二人一来一往的，走了五六十个照面，霍俊清不曾攻出一手。李富东知道他是客气，想趁他的疏忽猛力出几手。又走了二三十个回合，霍俊清见来势凶猛，改变了路数，便已看出李富东的心思来。因思自己是初立名的人，以三十多岁的壮夫和七十多岁的老头动手，自己还是短衣窄袖，老头的长袍拖地，实在是只能胜不能败。若不小心被这老头打败下来了，有碍自己的名誉还在其次，霍家"迷踪艺"的声威就从此扫地了。这一架的关系有如此其重，哪里敢怠慢呢？

李富东一步紧似一步，霍俊清也一步紧似一步。穿长袍的毕竟吃亏，转折略笨了些儿，被霍俊清抢了上风，步步逼紧过来，李富东只得步步往后退。霍俊清的弹腿，在当时可称得盖世无双，见李富东后退，就乘势飞起一腿。李富东知道不好，急使出“霸王卸甲”的身手，竭力向后一挫，原打算挫七八尺远近，好将长袍卸下，重整精神和霍俊清斗个你死我活的。没想到已向后退了好几步，背后有个土坑相离不过五六尺，这一退用力过猛，下盘抵住了土坑，没有消步的余地，上盘便收勒不住，仰面一跤，跌倒在土坑上面；土坑承受不起，同时塌下半边。还亏得李富东的功夫老到，跃起得快，不曾陷进土坑的缺口里，若在旁人陷了下去，怕不碰得骨断筋折吗！但是，李富东虽然跃了起来，无奈上了年纪的人，禁不起这般的蹉跌，已跌得心虚胆怯，勇气全无，不能再动手了。

霍俊清见他一跃而起，以为尚不肯罢休，仍逼紧过去。李富东只得拱手喊道：“罢了！名不虚传，固是少年豪杰！”霍俊清这才停了步，也拱手谢罪道：“冲撞了老前辈。”王老头哈哈大笑道：“好一场恶斗，我的眼睛走运，这个土坑倒运。”说得李富东、霍俊清都笑了。

李富东这回虽是败在霍俊清手里，然心中并不记恨，倒很佩服霍俊清，说王五爷所夸赞的，确是不错，定要挽留霍氏师徒多住几日。霍俊清见李富东一片诚心，又在新正闲暇的分上，不便执意要走，遂住下来，又住了三日。

第四日早，霍俊清还睡在床上，不曾起来，忽被外面一阵嘈杂的声音惊醒来了，侧耳听去，只听得李富东的声音，在外面大声说道：“这是从哪里说起，快解下来救一救试试看！”接连就听得唉声叹气，不觉吃了一惊，心里暗忖道：他家有什么人寻了短见吗，不然怎么说解下来救一救呢？一面忖想，一面翻身坐起来，看刘振声已不知何时起去了，遂披衣下床。才走到房门口，即见刘振声面色惊慌的走了进来。霍俊清连忙问道：“外面什么事是这么闹？”

刘振声不待霍俊清问下去，即双膝往地下一跪，两眼泪如泉涌的哭道：“弟子该死，摩霸大哥死在弟子手里了。”霍俊清陡然听得这么说，心里大吃一惊，以为刘振声私自和摩霸较量拳脚，将摩霸打死了，不由得大怒骂道：“你这东西的胆量真不小，我带你在人家做客，你怎敢瞒着我去和人动手，这还了得！”

刘振声忙分辩道：“不是弟子打死他的，是他自己悬梁自尽的，弟子并不曾和他动过手。去年他来天津请师傅的时候，他要和弟子赌赛，看师傅和李爷较量，谁胜谁负。他说李爷胜，我说师傅胜，他便要和我赌彩。他说有一所房屋，可拿来作赌，弟子也只得拿房屋和他赌。不料这回李爷不曾胜，他对弟子说，三日内交割房屋。弟子说这不过赌了玩的，岂真个要交割房屋吗？他说不行，男子汉大丈夫说话，哪有说了当玩的，三日内必交割房屋给你。他说完就出门去了，直到昨日才回来，神气颓丧的将弟子拉到僻静的地方说道：‘我对不住你。我哥子不肯给我做脸，说祖宗传下来的产业，不能由我一个人做主，拿了和人做赌赛的东西。我向他叩头，求他曲全了我这一次的颜面，以后再不敢这么了。他只是不肯，说只得这一所房屋，输给人家就没有了，我不能住在露天里，给你全颜面。听凭我如何哀求，他不但不肯，后来反要动手打我，我只得忍气吞声的回来，我实在对不起你，欠了你这笔债，只好来生变牛马来偿还你吧！’弟子当时见他这么认真的说，便用许多言语安慰他，他低着头一言不发。弟子实没有想到他就此要寻短见，虽说不是弟子打死了他，也不是弟子逼死了他，他和弟子赌赛，总得算是死在弟子手里。想起来心里实在难过。”说罢，伏在地下痛哭。

不知霍俊清怎生说法，且俟第十四回再说。

总评：

我尝闻拳艺家言，女子及方外，最不可轻敌，以其用心专而习技精也。窑师傅以一时之好事，结怨于凤阳女子，遂致一再寻仇，纠缠不已。苟无王老头在，非唯声名扫地，必且罹杀身之大祸。吁，亦可畏已！

做文章最忌直率，小说亦然。譬如此两回写凤阳女子报复事，若直直落落，写其数年之后，前来报仇，将窑师傅打伤而去，则文情平淡，有何趣味！作者于此，却先写凤阳女子之妹，代姊寻仇，受挫而去；然后写彼本人自至，狭路相逢，卒逞其志而去。情事曲折，文笔亦不平直，遂觉增色不少矣。

窑师傅与凤阳女子奋斗一节，身法手法，写得十分好看。至于窑师傅受伤一层，却全用暗笔，当场绝不露出，故读者阅之，固人人以为窑师傅胜也。入后阅到王老头数语，方为之骇绝，文笔之不可测如此。

同一拳术家也，而又内家、外家之分。内家与外家，派别不同，艺术不同，乃至见解、议论以及神情举动，亦各各不同。作者前数回写外家英雄，写得妙到秋毫，此两回写一内家之老英雄，又写得栩栩欲活。此总缘分作者对于拳艺一项，研究有素，内家、外家，各具门径，故能言之亲切有味如此。若我辈举拳动足，不知高低者，向壁虚构，语多门外，又安能轻易写上一笔耶！

霍俊清与李富东比武一节，酝酿许久，到此回方才叙出。李富东之英雄，前数回早已叙过，此回写其失败，乃不得不设法为之回护，不脱长袍及误坠土坑中，均是作者之回护李富东处也。其实作者亦不是欲保全李富东之声誉，正是欲顾全自己之笔墨耳。

在霍俊清与李富东比赛之时，中间又隔入王老头，言语神情，与两人格格不入，如此穿插，颇有趣味。

李富东被霍俊清打败，能格外佩服，绝无妒嫉之心，此是富东局量过人处。侠义英雄之异于常人，如是而已。

摩霸自经一事，不特霍俊清所不料，即阅者亦皆不料也，大抵摩霸为人，乃狷介自号者流，故一受挫折，即不惜以身命殉之。此种人虽未入中庸，然在世衰道微之时，亦不可谓非难得者矣！

第十四回

伤同道痛哭小英雄　看广告怒骂大力士

话说霍俊清听了刘振声哭诉的话，错愕了半晌，心想这事真是出人意外，也不能责骂刘振声，也不能归咎于摩霸的哥哥，只能怪摩霸的气量过于褊仄。但是，这么一来，教我怎生对得起李爷呢？正要止住刘振声莫哭，打算出去看有没有解救的希望，只见李富东泪流满面的走了进来，见面就跺脚叹气道："霍爷，你看，这是从哪里说起！我的老运怎的这般不济，仅仅一个如意些儿的徒弟，都承受不了，还要是这么惨死，真比拿快刀割我的心肝更加厉害。"

霍俊清也两眼流泪的叹道："谁也想不到有这种岔事闹出来，这只怪我这小徒不是东西。"李富东连忙摇手，止住霍俊清的话，一面弯腰拉了刘振声的手，一面用袍袖替刘振声揩了眼泪道："怎么能怪他呢？"接着就温劝刘振声道："刘大哥心里快不要如此难过。我徒弟的性情我知道，他今日悬梁自尽，可知你昨日对他很客气。他在我跟前二十多年，我素知他是这么的脾气，服软不服硬，最要强，最要面子。他赌输了房屋，没得交割你，刘大哥若一些儿不客气，硬问他要，倒没事了，他决不会自尽。你越是对他客气，用言语去宽慰他，他心里越觉难过，越觉没有面子，做不起人。这全是出于我的老运不济，谁也不能怪。"

霍俊清问道："已解救过了无望吗？"李富东悠然叹道："哪里还用得着解救，大概已经去世好几个时辰了。"霍俊清道："李爷若不强留我师徒久住在这里，或者还不至出这种岔事。"李富东摇头道："死生有命，与霍爷师徒住在这里，有什么相干！”李富东虽则是这么说，然霍俊清师徒总觉得心里过不去，走到摩霸的尸体跟前，师徒都抚尸痛哭了一场。就在这日，辞了李富东和王老头，回天津来，闷闷不乐的过了两个多月。

这日正是三月初十，霍俊清独自坐在账房里看账，忽见刘振声笑嘻嘻的走了进来，手中拿着红红绿绿的纸，上面印了许多字迹。霍俊清掉转身来问道：“手里拿的什么？”刘振声笑道：“师傅看好笑不好笑，什么俄国的大力士，跑到这天津来卖艺，连师傅这里也不来拜望拜望，打一声招呼。这张字纸便是他的广告，各处热闹些儿的街道都张贴遍了，我特地撕几张回来，给师傅看看。”

霍俊清伸手接那广告，旋正色说道：“我又不是天津道上的头目，他俄国的大力士来这里卖艺，与我什么相干，要向我打什么招呼？”说着，低头看那广告，从头至尾看完了一遍，不由得脸上气变了颜色，将广告纸往地下一摔，口里连声骂道：“混账，混账！你到我中国来卖艺，怎敢这般藐视我们中国人，竟敢明明白白的说我们中国没有大力士！”

刘振声问道：“广告上并不曾说我们中国没有大力士，师傅这话从哪里听得来的呢？”霍俊清道：“你不认识字吗？这上面明说，世界的大力士只有三个：第一个俄国人，就是他自己；第二个是德国人；第三个是英国人，这不是明明白白的说我中国人当中，没有大力士吗？他来这里卖艺，本来不与我相干，他于今既如此藐视我中国人，我倒不相信他这个大力士，是世界上第一个，非得去和他较量较量不可！”

刘振声正待问怎生去和他较量的话，猛听得门外阶基上，有皮靴声响，连忙走出来看，原来是霍俊清的至好朋友，姓农名劲荪的来了。这农劲荪是安徽人，生得剑眉插鬓，两目神光如电，隆准高颧、熊腰猿臂，年龄和霍俊清差不多，真是武不借拳、文不借笔，更兼说得一口好英国话，天津、上海的英、美文学家，他认识的最多。想研究中国文学的英、美人，时常拿着中国的古文、诗词来请农劲荪翻译讲解；研究体育的英、美人，见了农劲荪那般精神、那般仪表，都不问而知是一个很注重体育的人，也都欢喜和他往来议论。

那时中国人能说英国话的，不及现在十分之一的多。而说得来英国话的中国人，十九带着几成洋奴根性，并多是对于中国文字一窍不通，甚至连自己的姓名都不认得、都写不出，能知道顾全国家的体面和自己的人格的，一百人之中大约也难找出二三个。这农劲荪却不然，和英、美人来往，英、美人不但不敢对他个人有丝毫失敬的言语和失体的态度，并不敢对着他说出轻侮中国的国体，和藐视一般中国人的话。有不知道他的性格，而平日又欺凌中国人惯了的英、美人，拿作一般能说英国话的洋奴看待他，无不立时翻脸，用严词厉色的斥驳，必得英、美人服礼才罢。不然，就即刻拂袖绝交，自此见了面决不交谈。英、美人见他言不乱发，行不乱步，学问、道德都高人一等，凡和他认识的，绝没一个不对他存着相当的敬仰心。他生性喜游历，更喜结交江湖豪侠之士，到天津闻了霍俊清的名，就专诚来拜访，彼此都是义侠心肠，见面自易投契。

这日他来看霍俊清，也是为见了大力士的广告，心里不自在，想来和霍俊清商量，替中国人挣挣面子。刘振声迎接出来，见面就高兴不过，来不及的折转身，高声对霍俊清报告道："师傅，农爷来了。"说罢，又回身迎着农劲荪笑道："农爷来得正好，我师傅正在生气呢！"

农劲荪一面进房，一面笑答道："我为的是早知道你师傅要生气，才上这里来呢！"霍俊清已起身迎着问道："这狗屁广告，你已见着了么？"农劲荪点头道："这广告确是狗屁，你看了打算怎样呢？"霍俊清道："有什么怎样，我们同去看他这个自称世界第一个的大力士，究竟有多大的力？你会说外国话，就请你去对他说，我中国有一个小力士，要和他这个大力士较量较量。他既张广告夸口是世界第一个大力士，大概也不好意思推诿，不肯和我这小力士较量。"农劲荪高兴道："我愿意担任办交涉，像这种交涉，我求之不得，哪里用得着你说出这一个请字呢！"

刘振声也欢喜得要跳起来，向农劲荪问道："我同去也行么？"农劲荪道："哪有不行的道理。广告上说六点钟开幕，此刻已是五点一刻了，今日初次登场，去看的人必多，我们得早些去。"刘振声道："广告上说头等座位，十块钱一个人，二等五块，我们去坐头等，不要花三十块钱吗？"农劲荪没回答，霍俊清说道："你胡说！我们又不是去看他卖艺，去和他较量也要钱吗？他若敢和我较量，他的力真个比我大，莫说要我花三十块，便要花三百块、三千块，我也愿意拿给他；不是真大力士，就够得上要人花这么多钱去看他吗？"农劲荪点头道："不错，二位就更了衣服去吧。"

霍俊清师徒换了衣服，和农劲荪一同到大力士卖艺的地方来，见已有许多看客，挤拥在卖入场券的所在。农劲荪当先走进入口，立在两旁收券的人，伸手向农劲荪接券，农劲荪取出一张印了霍元甲三字的名片来，交给收券的人道：“我们三人不是来看热闹的，是特来替你们大力士帮场的，请将这名片进去通报一声。”这收券的也是天津人，天津的妇人、孺子都闻得霍元甲的声名，收券的不待说也是闻名已久，一见这名片，即连忙点头应是，让霍俊清三人进了入口，转身到里面通报去了。

这时不到六点钟，还不曾开幕。三人立在场外，等不一会儿，只见刚才进去通报的人，引着一个西装的中国男子出来。农劲荪料想这男子，必是那大力士带来的翻译，即上前打招呼说道：“我等都是住在天津的人，见满街的广告，知道贵大力士到天津来卖艺，我等异常欢迎，都想来瞻仰瞻仰；不过广告上贵大力士自称‘世界第一’，觉得太藐视了我中国，我等此刻到这里来，为的要和贵大力士较一较力，看固谁是世界第一个大力士。”

那翻译打量了三人几眼，随让进一间会客室，请三人坐下说道：“兄弟也是直隶人，此次在这里充当翻译，是临时受聘的。汉文广告虽系兄弟所拟，然是依据英文广告的原文意义，一字也不曾改动。于今三位既有这番意思，兄弟也是中国人，当然赞成三位的办法。只是依兄弟的愚见，这位这番举动，关系甚是重大，敝东既敢夸口自称世界第一个大力士，若言藐视，也不仅藐视我中国，法、美、日、意各大国，不是同样的受他藐视吗？这其间必应有些根据，现在我们姑不问他根据什么，他免不了要登场演艺的，且屈三位看他一看，他演出来的艺，在三位眼光中看了，也能称许是够得上自称世界第一，那就没有话说；若觉得够不上，届时再向兄弟说，兄弟照着三位说话的意思，译给敝东听，是这么办法似觉妥当些。”农劲荪不住的点头道：“是这么办最好。”霍俊清也说不妨且看看他。

于是那翻译，就起身引三人入场，在头等座里挑了三个最便于视觉的座位，请三位坐了，一会儿派人送上烟、茶来，又派人送上水果、点心来。

这时已将近开幕，看客渐渐的多了，头等座里，除了霍俊清等三个中国人外，全是西洋人。那些西洋人，见三个中国人坐在头等座里，并且各人面前，都摊了许多点心、水果，比众人特别不同，都觉得诧异，很注目的望着。其中有和农劲荪认识的英国人、美国人，便趁着未开幕的时分，过来和农劲荪握手，顺便打听霍、刘二人是谁。农劲荪即对英、美人将来意说明，并略表了一表霍俊清的历史。英、美人听了，都极高兴，互相传说，今日有好把戏可看。

不一刻，掌声雷动，场上开幕了。那翻译陪同着一个躯干极雄伟的西洋人出场，对看客鞠躬致敬毕，那西洋人开口演说，翻译照着译道："鄙人研究体育二十年，体力极为发达，曾漫游东、西欧，南、北美，各国的体育专家，多曾会晤过，较量过体力，没有能赛过鄙人的。承各国的体育家、各国的大力士，承认鄙人为'世界第一个大力士'。此度游历到中国来，也想照游历欧美各国时的样，首先拜访有名的体育家和有名的大力士，奈中国研究体育的机关绝少，即有也不过徒拥虚名，内容的组织极不完备，研究体育的专家，更是寻访不着，也打听不出一个有名的全国都推崇的大力士，鄙人遂无从拜访。鄙人在国内的时候，曾听得人说，中国是东方的病夫国，全国的人都和病夫一般，没有注重体育的。鄙人当时不甚相信，嗣游历欧、美各国，所闻大抵如此，及到了中国，细察社会的情形，乃能证明鄙人前此所闻的确非虚假。体育一科，关系人种强弱、国家盛衰，岂可全国无一组织完善专攻研究的机关？鄙人为欲使中国人知道体育之可贵，特在天津献技一礼拜，再去北京、上海各处献技，竭诚欢迎中国的体育专家和大力士，前来与鄙人研究。"演毕，看客们都鼓掌，只气得霍俊清圆睁两眼，回头瞪着一般鼓掌的中国人，恨不得跳上台去，将一般鼓掌的训斥一顿才好。

农劲荪恐怕霍俊清发作，连忙拉了他一把，轻轻的说道："且看这大力士献了技再说，此时犯不着就发作。"霍俊清最是信服农劲荪的，听了这话，才转身望着台上，板着脸一言不发。看那演台东边，放着一块见方二尺的生铁，旁边搁着两块尺多长、六七寸宽、四五寸厚的铁板，演台西边摆着一条八尺来长、两尺来宽、四寸多厚的白石，石旁堆着一盘茶杯粗细的铁链，仿佛大轮船上锚的链条。

那大力士演说罢，又向看客鞠了一躬，退后几步，自行卸去上衣，露出那黑而有毛的胸脯，和两条筋肉突起的臂膀来。复走到台口，由那翻译说道："大力士的体量重三百八十磅，平时的臂膊，大十八英寸，运气的时候，大二十二英寸，比平时大四英寸，胸背腰围运用气力的时候，也都比平时大四英寸。这一幕，专演筋肉的缩胀和皮肤的伸缩给诸君看。"翻译说毕，立在一旁。

大力士骑马式的向台下立着，一字儿伸开两条手膀，手掌朝天，好像在那里运动气力。约有一分钟久，翻译指着大力士的膀膊，对看客说道："请诸君注意，筋肉渐渐的膨胀起来了。"霍俊清三人坐得最近，看得分明，只见那皮肤里面，仿佛有许多只小耗子在内钻动，膀膊胸腰，果然比先时大得不少。座位远的看不清晰，就立起来，遮掩了背后的人，更看不见，便哄闹起来。大力士即在这哄闹的声中，中止了运动，走到那盘铁链跟前，弯腰提起一端的铁环，拖死蛇似的拖到台心。翻译说道："这铁链是千吨以上的海船上所用的锚链，其坚牢耐用不待说明，诸君看了大约没有不承认的，大力士的力量，能徒手将这链拉断。"看客们听了，登时都现出怀疑的神色。

农劲荪、刘振声二人，不曾试演过，也有些疑惑是不可能的事。大力士将提在手中的铁环，往右脚尖上一套，用不丁不八的步法，把铁环踏住，然后拿起那链条，从前胸经左肩，绕到背后，复从右胁围绕上来，仍从左肩绕过。如此绕了三四周，余下来的链头，就用两手牢牢的握住。当铁链在周身围绕的时候，大力士将身体向前略略的弯曲，围绕停当，两手牢握链尾，一些儿不使放松，慢慢的将身体往上伸直，运用浑身气力，全注在左肩右脚，身体渐摇动渐上伸。到了那分际，只听得大力士猛吼了一声，就在那吼声里面，铁链条从左肩上反弹过去，"啪"的一声响，打在台上。原来用力太猛，铁链挣断了，所以反激过去。台上的吼声、响声未了，台下的欢呼声、鼓掌声已跟着震天价响起来。农颈荪留神霍俊清淡淡的瞧着，只当没有这回事的一般。

大力士挣断铁链之后，从右脚上，取下那铁环，和剩下的尺多长铁链，扬给台下人看了一看，解放下身上缠绕的铁链，仍堆放在原处，又向看客鞠了一躬，带着翻译进去了。看客们都纷纷的议论，说真不愧为世界的第一个大力士。头等座里的西洋人，便都注目在霍俊清身上。农劲荪正待问霍俊清看了觉得怎样，台上的大力士，又大踏步出来了，遂截住了话头，台上的翻译，已指着放在东边台口的那方生铁道："这方生铁，足重二千五百斤，中国古时候的西楚霸王，力能举千斤之鼎，历史上就称他'力可拔山'，以为是了不得的人物。于今大力士能举二千多斤，比较起西楚霸王来，超过倍半以上，真不能不算是世界古今第一个大力士了。大力士在南洋献技的时候，曾特制一个绝大的木笼，笼里装着二十五个南洋的土人，大力士能连人带笼，举将起来，土人在里面并可以转侧跳动。这回只因大力士嫌木笼太笨，而招集二十五个人也觉得过于麻烦，才改用了这方生铁。但是大力士的力量，还不止二千五百斤。这方生铁已经铸就了，不能更改，只得另添这两块铁板。这铁板每块重一百斤，合计有二千七百斤，据大力士说，唯有德国的大力士森堂，能举得起二千五百斤，所以称世界第二个大力士，彼此相差虽仅二百斤，然力量到了二千斤以上，求多一斤都不容易，这是大力士经验之谈。相差二百斤，就要算差得很远了。诸君不信，请看大力士的神力。”说完退开，远远的站了，好像怕大力士举不起生铁，倾倒下来，打伤了他似的。

这时大力士身上，穿了一件贴肉的卫生汗衫，两边肩头上贴着两条牛皮，遮盖着两条臂膀，是防生铁磨破汗衫，伤了皮肤的；两个膝盖上系了两方皮护膝，护膝里面大约填塞了两包木棉，凸起来和鹤膝相似。大力士先将那方生铁，用两手推移，慢慢移至台心，方向台口蹲下身体，两手攀住生铁的一边，往两膝倒下。就在这个当儿，从里面走出四个彪形大汉的西洋人，分左右立在大力士旁边，以防万一有失，生铁跌下来，不致惊了台下的看客。大力士伸两手到生铁的下方，缓缓的将生铁搬离了地，搁在膝盖上面。停了一停，立在东边的两个助手，每人双手捧起一块铁板，轻轻加在那方生铁上面。大力士一心不乱的运足两膀神力，凭空向头顶上举将起来，演台座位都有些摇摇的晃动，满坐的看客，没一个不替大力士捏着一把汗，悬心吊胆的望着，全场寂静静的没一些儿声息。

不知霍俊清三人见了这般神力，可否将初来要和大力士较量的雄心，减退了几成没有，且待第十五回再说。

总评：

此回前半节，将霍、李比武事，作一收束，后半节乃叙入大力士事矣。论此回之地位，本是前后一过渡处，行文易趋平直，最难见好。然而作者写来，却依然有声有色，十分精彩，此是作者笔力过人处也。

摩霸自缢一段，写霍俊清、李富东两人见解议论，均极得体，侠义英雄之结交，固宜如是。

李富东论摩霸数语，描写一吃软不吃硬之人，刻画入微，知弟信莫若师也。我观今世之人，多欺软怕硬，畏强梁而凌懦弱，以视摩霸，应有愧色。摩霸虽病褊仄，要不可谓非庸中之佼佼者矣。

怒逐大力士一节，乃是写霍俊清之爱国也。一闻外人侮辱中国之言，即发指眦裂，投袂而起，此其爱国之热忱为何如哉！本来侠义英雄，无有不爱国之理，况轶伦绝群如霍俊清者乎？

霍俊清对答刘振声数语，最为得体，必如此则后文之怒逐大力士，乃完全为爱国心所激动，不是好勇斗狠也。

写农劲荪一节，竭力写出其有学问、有肝胆，此完全为后文伏笔，不是写此两回作译员用也。读者阅至下文，自然明白。

写翻译员接待之恭，以及英、美人之注意，正是竭力写出霍俊清之盛誉威势也。先声夺人，大力士固宜不战而胆怯矣。

大力士演说数语，虽有藐视中国之意，然其实亦是吾国之实情，未可以人而废言也。故后文霍俊清亦表出此意，体育会之设，即肇端于斯矣！

大力士演艺一节，写得骇人，此不是为俄国人夸张，正是欲衬出霍俊清也。大力士以如此神力，乃不敢与霍俊清斗，偃旗息鼓，鼠窜而去，然则霍之技艺，可概见矣。

第十五回

诋神拳片言辟邪教　吃大鳖一夜成伟男

话说大力士双手举起那方二千七百斤的生铁，约支持了半分钟久，两膀便微微的有些颤动。举着这么重的东西颤动，自然牵连得演台座位都有些摇荡似的，吓得那些胆小嘴快的看客，不约而同的喊道："哎呀！快放下来，跌了打伤人呢！"胆壮的就嗔怪他们不该多事乱喊，你啐一口，他叱一声，一个寂静的演场，登时又纷扰起来了。

大力士初次到中国来，在欧美各国游历的时候，从来不见过这般没有秩序的演场。这时被扰乱得很不高兴，他不懂得中国话，以为看客们见他手颤，口里喊的是轻侮他的话，又见叱的叱，啐的啐，更误会了，以为叱的是叱他，啐的也是啐他，哪里高兴再尽力支持呢？就在纷扰的时候，由两边四个健汉帮扶，将生铁放下来了。

霍俊清回头对农劲荪道："这小子目空一切，说什么只有德国的森堂，能举二千五百斤，什么中国没有体育家，没有大力士，简直当面骂我们，教我怎能忍耐得下！我不管他有多少斤的实力，只要他跟我在台上较量。若他的力大，我打他不过，被他打伤了或打死了，他要称世界上第一个大力士，他尽管去称；伤的死的不是我，只怪他太狂妄，不能怪我打伤了他。我在这里等你，请你就去和他交涉吧！"

农劲荪知道霍俊清素来是个极稳健的人，他说要上去较量，必有七八成把握，决不是荒唐人，冒昧从事的，当下即起身说道："我且去谈判一度，他如有什么条件，我再来邀你。"霍俊清点头应"好"。

农劲荪向内场行去，只见那翻译也迎面走来，笑问农劲荪道："先生已见过了么，怎么样呢？"农劲荪看那翻译说话的神情，像是很得意的，估量他的用意，必以为大力士既已显出这般神力来，决没人再敢说出要较量的话，所以说话露出得意的神情来。农劲荪心里是这么估量，口里即接着答道："贵大力士的技艺，我等都已领教过了。不过敝友霍元甲君，认为不能满意，非得请贵大力士跟他较量较量不可，特委托兄弟来和贵大力士交涉，就烦先生引兄弟去见贵大力士吧！"

翻译听完农劲荪的话，不觉怔了一怔，暗想霍元甲的声名，我虽曾听人说过，然我以为不过是一个会把式的人，比寻常一般自称有武艺的人，略高强点儿，哪里敢对这样世界古今少有的大力士，说出要较量的话呢？当初他未曾亲见，不怪他不知道害怕；于今既已亲目看见了三种技艺，第一种或者看不出能耐，第二种、第三种是无论谁人见了，都得吐舌的，怎的他仍敢说要较量呢？他说认为不满意，难道霍元甲能举得再重些吗？只是他既派人来办交涉，我便引他去就得了，我巴不得中国有这么一个大力士。翻译遂向农劲荪说道："贵友既看了认为不满意，想必是有把握的，先生能说得来俄国话么？"农劲荪道："贵大力士刚才在台上说的不是英国话吗？"翻译连忙点头，转身引农劲荪到内场里面一间休憩室，请农劲荪坐了，自去通知那个大力士。

农劲荪独自坐在那里，等了好一会儿，仍是那翻译一个人走了来，问农劲荪道："先生能完全代表贵友么？"农劲荪道："敝友现在这里，用不着兄弟代表。兄弟此来，是受敝友的托，来要和大力士较量的。若大力士承认无条件的较量，兄弟去通知敝友便了；如有什么条件，兄弟须去请敝友到这里来。"翻译道："那么由兄弟这里，派人去请贵友来好么？"农劲荪连说："很好！"翻译即招呼用人去请霍俊清。

不一时，霍、刘二人来了，翻译才说道："敝东说他初次来中国，不知道中国武术家较量的方法，不愿意较量，彼此见面做谈话的研究，他是很欢迎的。"霍俊清笑道："他既自称为世界第一个大力士，难道中国不在世界之内，何能说不知道中国武术较量的方法呢？不较量不行，谁愿意和他做谈话的研究？他说中国是东方的'病夫国'，国人都和病夫一般，他是世界上第一个大力士，却怕我这个病夫国的病夫做什么哩！烦足下去请他到这里来吧。我霍元甲是病夫国的病夫，在世界大力士中一些儿没有声名的，也没有研究过体育，也不曾受全国人的推崇，请他不必害怕，我此来非得和他较量不可。”

霍俊清说时盛气干霄，翻译不敢争辩，只诺诺连声的听完了，复去里面和大力士交涉。这回更去得久了，约莫经过了一点多钟，霍俊清三人都以为在里面准备比赛，那翻译出来将农劲荪邀到旁边说道：“敝东已打听得霍先生，是中国极有名望的武术家，他甚是钦佩，但确是因未曾研究过中国的武术，不敢冒昧较量。他愿意交霍先生做个朋友，如霍先生定要较量，可于交过朋友之后，再作友谊的比赛，教兄弟来将此意，求先生转达霍先生。”

农劲荪道：“霍先生的性情，从来是爱国若命的。轻视他个人，他倒不在意；他一遇见这样轻视中国的外国人，他的性命可以不要，非得这外国人伏罪不休。贵大力士来中国卖艺，我等是极端欢迎的，奈广告上既已那么轻藐中国，而演说的时候更加进一层的轻藐，此时霍先生对于大力士，已立于敌对的地位，非至较量以后，没有调和的余地。大力士当众一干的轻藐中国，岂可于交过朋友之后，做友谊的比赛？假使没有那种广告，并这种演说，兄弟实能担保霍先生与大力士做好朋友，此刻只怕是已成办不到的事了，只是兄弟且去说说看。”

农劲荪回身将和翻译对谈的话，向霍俊清说了一遍。霍俊清道：“好不知自爱的俄罗斯人，侮辱了人家，还好意思说要和人家做朋友。我于今也没有多的话说，只有三个条件，听凭他择一个而行。”农劲荪忙问哪三个，霍俊清道：“第一个，和我较量，各人死伤，各安天命，死伤后不成问题；第二个，他即日离开天津，也不许进中国内部卖艺；第三个，他要在此再进中国内部卖艺也行，只须在三日内，登报或张贴广告，取消‘世界第一’四个字。他若三个都不能遵行，我自有对付他的办法。”农劲荪随将这条件，说给那翻译听了。那大力士不敢履行第一条，第三条也觉得太丢脸，就在次日动身到日本去了，算是履行了第二条。

农劲荪觉得霍俊清这回的事，做得很痛快。过了几日，又来淮庆会馆闲谈，谈到这事，农劲荪仍不住的称道，霍俊清叹道：“这算得什么！我虽则一时负气把他逼走了，然他在演台上说的话，也确是说中了中国的大毛病。我于今若不是为这点儿小生意，把我的身子羁绊住了，我真想出来竭力提倡中国的武术。我一个人强有什么用处？”农劲荪极以为然说道：“有志者事竟成。你有提倡中国武术的宏愿，我愿意竭我的全力来辅助你成功，但也不必急在一时。”

二人正对坐着谈心，刘振声忽擎了一张红名片进来，走近霍俊清跟前说道：“这个姓解的，穿一身很奇怪的衣服，来在外面，说有要紧的事，求见师傅，请他进这里来坐么？”霍俊清就刘振声手中，看那名片上，印着“解联魁”三个字，心里踌躇道：“谁呀，就是解奎元的儿子么？他怎的会跑到这里来找我呢，为什么又穿一身很奇怪的衣服呢？不管他是也不是，见面自然知道。”随点点头道：“就去请进这里来坐吧。”刘振声回身出去，引了一个二十多岁的男子进来。

霍俊清一见，还认得出果是解奎元的儿子，身上穿着一件黄色的对襟衣，两个小袖子，紧缠在两双手膀上；衣的下半截，前长后短。头上裹着红色包巾，那种奇形怪状，就是在戏台上，也寻找不出一个和他同样的来。若不是霍俊清的眼力足，记忆力强，在十年前见过的人，这时决辨认不出。眼里看了，心里实在好笑，但碍于面子，不便笑出来，只得起身笑道：“解大哥何时到天津来了，十年不见，几乎见面不认识了。”

农劲荪见了这种怪模样，自也免不了要笑，也只好极力的忍住起身招呼。解联魁见过了礼，坐下来说道：“本多久就应来给霍爷请安，只因穷忙事多，抽身不得，这回奉了韩大哥的命，特地到这里来。一则给霍爷请安；二则要请霍爷出山，大家干一番事业，好名垂千古。”

霍俊清听了这二则的话，更觉得稀奇，猜不出要请自己去干什么事业，如何名垂千古。忍不住笑着问道：“韩大哥是谁，有什么事业可干？”解联魁装模作样的举着大拇指说道：“霍爷竟不知道韩起龙大哥吗？他就是大阿哥跟前的第一个红人，义和团的魁首。”霍俊清摇头道：“不知道，什么叫做‘义和团’，干什么事的？”

解联魁大笑道：“原来霍爷尚不知道我们义和团，是干什么事的，这就难怪不知道我韩起龙大哥了。说起我们义和团的好处来，霍爷必然高兴出山，大家帮扶做事。我们义和团第一就是‘扶清灭洋’，于今洋鬼子来得不少，都是想侵夺我大清江山的，他们的枪炮厉害，做官的、带兵的全怕了他们，敌他们的炮火不过。我韩起龙大哥的神通广大，法力无边，哪怕洋鬼子的枪炮厉害，只要韩大哥喊一句，枪炮自然封住了，再也打不响。若是洋鬼子行蛮去开枪炮，枪炮不是炸了，就得反转去打他们自己的人。韩大哥在端王宫里，试过了无数次，枪炮都试炸了。这是大清合当兴隆，洋鬼合当灭亡，才天降英雄，有韩大哥这种人才出世。于今大阿哥也是我们的人，每天从韩大哥学习神拳，寻常三五十人，也近大阿哥不得。霍爷不知道韩大哥，韩大哥却知道霍爷，也是一个立志扶清灭洋的英雄，又会得一身好拳脚，并知道我认识霍爷，所以特派我来，请霍爷同去北京。韩大哥目下在端王宫里，陪伴大阿哥，学习神拳，韩大哥曾吩咐我，霍爷一到，他就引见端王，这是我们要干大事，要名垂千古的好门道，霍爷千万不要错过了。”

霍俊清听了，料知是白莲教一类的邪术，他的胸襟，是何等正大的人，这类无稽邪说，哪里听得入耳，只微微的笑了一笑道：“承解大哥原来的好意，感激得很，但是我生性愚拙，素来不知道相信有什么神灵，我学习拳脚，尤其是人传授的，不相信有什么神拳。如有会神拳的人，敢和我的人拳较量，我随时随地，皆可答应他，不怕他的神拳厉害。大清的江山，用不着我们当小百姓的帮扶，洋鬼子也不是我们小百姓可以灭得了的。就烦解大哥，回京道谢姓韩的，我霍元甲是一个做小买卖的人，只知道谋利，不知道替国家干大事。”

解联魁见霍俊清说话的神气很坚决，并露出轻视义和团的意思，料知再说无益，乘兴而来，只得败兴而去。

解联魁作辞走后，农劲荪问道：“这后生是什么人，你怎么认识他的？”霍俊清长叹了一声说道：“说起这后生的父亲来，倒是一个了不得的人物，你因十年前，在北方的时候少，所以不曾听说解奎元的名字。”农劲荪道：“解奎元吗，不就是山东曹州府人解星科么？”霍俊清连连点头应是道：“你原来也知道他么？”农劲荪道：“我只听人说过这解星科的名字，却不知道他的履历，怎见得是一个了不得的人物呢？”

霍俊清道：“解星科的武艺，原没什么了不得，就是天生的神力，少有人能及得他。我和他是忘年交，承他的情，很瞧得起我，他的履历，我完全知道。他十六岁的时候，并不曾跟人练过把式，也没多大的气力，一日因在乡里行走，拾了一只三条腿的大甲鱼。少年人贪图口服，他家里又很节俭的，轻易没有荤鲜进口，拾了那只大甲鱼，虽然只有三条腿，却也不舍得丢了。谁知将那甲鱼煮食之后，这夜睡在床上，就觉得浑身胀痛，四肢好像有人用力拉扯，闹得一夜不曾安睡。次早起来，身上的衣服，紧贴着皮肉，仿佛被水浸湿了一般。当时也不在意，及下床穿鞋，小了半截，哪里穿得进去呢？这才吃了一惊，以为两脚肿了，站了起来，一伸头顶住了床架，原来一夜工夫，陡长了一尺八寸。他的身躯，本来就不小，这一来，更高大得骇人了；膀膊的气力，也大得无穷。他家喂猪的石槽，有六七百斤，他用三个指头夹起来，和寻常端茶饭碗一样。遇两牛相斗，他一手握住一条牛的角，往两边一分，两牛的角，登时都被折断了。

“二十岁的时候，他父亲给他娶老婆，正在贺客盈门的时分，忽来了一个老和尚，拦大门坐下，口称要化缘。解家帮办喜事的人，给和尚的钱，嫌少了；给和尚的米，嫌糙了，弄得一般人都气愤不过，动手想把和尚撵开。那和尚就如在地上生了根的一般，再也撵他不动。解星科在里面，听得门口吵闹，跑出来看，见许多人撵一个和尚不动，一时兴起，伸手提住和尚的臂膊，掼了一丈开外。和尚脚才着地，就一跃仍到了解星科面前，合掌说道：‘我久闻名你的神力，果是不虚，我想收你做个徒弟，传授你的本领，你若肯从我学习，包管你的功名富贵，都从这里面出来。’

“解星科这时已请了一个姓赵的教师，在家教习拳脚。那姓赵的是曹州有名的赵铁膀，两条膀子坚硬如铁，自称是少林嫡派，解星科已从他练了两年，这日徒弟娶老婆，师傅自然上坐。解星科听了老和尚的话，看老和尚的神采，确是较寻常的和尚不同，心想他被掼了这么远，一着地就跃了转来，本来必是不错的，何不请他进去？他的本领，若在赵师傅之上，我就从他学习，岂不甚好。当下就把那和尚请了进去。

“赵铁膀见了，心里自然不快活，又有些欺那和尚老迈，定要跟和尚较量。不容和尚不答应，于是就在筵席上，动起手来。赵铁膀哪是和尚的对手，被和尚点伤了一只铁膀，狼狈不堪的去了，解星科便做了那和尚的徒弟。那和尚是蒙阴人，法名叫做‘慈舫’，解星科从和尚学了五年，原有那么大的气力，加以七八年的工夫，即使不好也很有可观的了。他有个舅父，在安徽当营官，他想投行伍出身，二十八岁上，就到安徽，依他的舅父。那时是裕禄做安徽巡抚，解星科到安徽不上半年，他舅父便委他当排长。

“裕禄是个旗人，宠幸一个兔子，名叫‘小安子’，小安子那时才得一十六岁，生得艳丽异常，裕禄没有小安子，不能睡觉。小安子既得裕禄这般宠幸，骄蹇得了不得，有人贿托他向裕禄关说什么，不愁裕禄不听。寻常州县官儿，稍有不如小安子的意，只须小安子在裕禄跟前，撒一回娇，那州县官儿的位置，就靠不住了。因此司道以下的官员，见了小安子，都得上前请安。安徽人都呼小安子为'小巡抚'。小安子平常出来，在街上行走，总得带领十多个巡抚部院的亲兵。

"这日西门火神庙唱戏，看戏的人，挤满了一庙，小安子也带了十几个亲兵，到庙里看戏。那庙里唱戏的时候，戏台下面的石坪里，照例摆着两排很长的马凳，给看戏的人坐，中间留出一条两尺来宽的道路，供坐在马凳上的人出入，免得绕着弯子走两边；中间那条道路上，是不许站人的。小安子到得庙里，见两边许多马凳上，坐的全是些小百姓，腌臜极了，他那种娇贵的身体，怎肯和一般腌臜小百姓同坐。也顾不得中间的道路，是要供人出入的，就往当中一站，十几个亲兵，左右前后的拥护着，把那条道路，填塞得水泄不通。他还觉得不舒服，一脚立在地下，一脚翘起来，踏在马凳的当儿上，肘抵着膝盖，手支着下巴，得意扬扬的，抬起头朝台上望着。

"一般小百姓要进来的，见有一大堆巡抚部院的亲兵，挡住道路，就立在外面，不敢进来；要出去的也是如此。坐在小安子踏脚那条马凳上的，更是连动也不敢动一动。有两个戏瘾大的冒失鬼，立在外面，听得锣鼓声喧，忍不住不进来看，硬着头皮，想从许多亲兵丛中穿过。哪知才走近五六尺远的地点就被几个亲兵抢过去，将冒失鬼抓着，拳足交下，混账、忘八羔子骂得狗血淋头。是这么打骂了两个，谁还敢上来讨这苦头吃呢？为他一个人图看戏舒服，弄得满庙的人，都诚惶诚恐的，唯恐触怒了他。这时却恼怒了解星科，凑巧他坐的马凳，就是小安子踏脚的那条，眼见了这种情形，年青人气盛，哪里再忍耐得住，忽的立起身来，故意挨到小安子跟前，伸出那巨灵掌，在小安子跷起的那条腿上，拍了一下道：'借光，借光！让一让我好出去，这儿不是你站的地方。'小安子的腿，除了裕禄而外，岂是旁人可以随意拍的？当下也不顾解星科是有意来寻衅的，随用抵在膝盖上的那只手，举起来想打解星科的耳光。"

不知解星科怎生对付，且待第十六回再说。

总评：

逼走大力士一节，作者之用意有二，一则欲表出霍元甲爱国之热忱，借以增高其人格；一则欲借此引起霍元甲提倡体育之心，为后文设立精武体育会伏线。阅者若因大力士默然遁去，未与霍元甲交手，遂嫌其关节之不热闹，此真未识作者之用意也。

借叙述大力士一节，引出农劲荪，为后文霍元甲保护教民作臂助也。我读前一回，初疑作者之出农劲荪，专为霍元甲作翻译而已，及阅至此回，乃知农劲荪之助霍元甲，固在此而不在彼也。即此一端，作者心思只不易测，亦可概见。

霍元甲逼走大力士后，与农劲荪所谈数语，确是平心之论，不负气、不自满，不以人而废言，皆是其学识过人处也。

逼走大力士之后，便接写拒绝拳匪一节，此数回是霍元甲正传，故极力写出其英雄义侠，守正不阿，此与前数回出力写王子斌，一样用意，一样笔法。

解联魁信口开河，一派胡言，其谬妄荒诞，固不待智者而知之也。独怪当时西太后、端王刚毅以及朝廷诸大臣，竟能信彼邪说，任其横行，以致酿成外侮，险致亡国。满人庸愚，一至于此，为可概耳。

霍元甲拒绝解联魁数语，如并剪哀梨，爽快之至，邪正之判，于斯可见，固不必如何正言厉色，已足褫拳匪之胆而夺其魄矣。

写裕禄宠幸小安子一节，秽鄙不堪，满清封圻大臣，大率如此，清欲不亡，其可得乎？

第十六回

打兔崽火神庙舞驴　捉强盗曹州府赔礼

话说小安子见有人公然敢动手拍他的腿，并说出那带着教训语调的话，他平生哪曾受过这种羞辱？随举起那搁在膝盖上的手，向解星科脸上一巴掌打去，奈解星科的身体太高，小安子伸起手还攀不着解星科的肩上，如何打得上脸呢？解星科见小安子举手打来，也用不着避让，一把抓住小安子光可鉴人的头发，提小鸡子似的提了起来。只痛得小安子手脚乱动，口里还掉着官腔，叫巡抚部院的亲兵快拿人。那些不知死活的亲兵，真个一拥上前，来捉解星科，解星科只一抬腿，早将一个勇猛些儿的亲兵，踢上了戏台。此外的亲兵见了，不由得不胆战心寒，唯恐站近了碰了解星科的腿，哪有一个再敢上前呢？

解星科从容把小安子放倒在地，几下将他身上的锦绣衣服，撕成一片一片，才一手抓住颈项，一手提住腿弯，双手高举起来，乡下人抛草把似的，向人多处平抛过去；在两丈以外落下来，跌在众多看戏的人头上，吓得那些人纷纷躲闪，小安子便跌到了地下。喜得是抛在人头上，不曾受伤。

农劲荪听到这里，拍掌笑道：“打得痛快！解星科确是妙人。只是小安子吃了这次大亏，就肯善罢罢休吗？”霍俊清笑道：“哪有这么容易。当下小安子从地下爬了起来，台上唱戏的人，因凭空飞了一个巡抚部院的亲兵上去，看戏的人又纷纷逃走，知道乱子闹得不小，连忙把戏停了，看戏的也逃去了大半。解星科的身材高大，立在人丛中本容易寻找，这时看戏的又走了许多，小安子爬起来就看见解星科岿然不动的站在那里，小安子远远的指着解星科叫道：‘你是好汉不要走，我已认识你了，你走也走不掉！’解星科拍着胸脯笑道：‘我山东曹州府人，姓解名星科，你这小子尽管去调救兵来，我走了不算好汉！’小安子气急败坏的跑出庙门去了。跌上戏台的亲兵，和立在地下的十多个，也都跟着小安子跑了。

“满庙看戏的人，料知小安子此去，必率领大兵到来，一个个都恐受无妄之灾，一窝蜂的走了。有几个良心好的人，以为解星科是外省人，初到安徽来，不知道小安子的厉害，走过来劝解星科道：‘足下撞下了大祸，还不趁这时逃走，定要立在这里等苦吃吗？你知道你刚才打的是谁么？有名的小巡抚，有名的八角天王呢！你惹得起么？’解星科点头笑道：‘承情关顾，哪怕他八只角我，也得攀折他两只。诸位怕受拖累的，请趁这时走吧。小子既撞了祸，不能移害别人，只得在这里等候他来。’

“那时也有些胆大想看热闹的人，不舍得走开，都相约躲在神堂里面，把格门关了，从门格眼里向外面张望。解星科一想有这些马凳碍脚，等歇动起手来不好，何不趁这时搬开，腾出战场来呢？遂将那两排马凳，搬做一个角落里堆了。

“才将马凳搬完，就听得庙外一片喊声，听去是喊不要放走了强盗，接着就看见长枪短剑的兵勇，争先恐后的拥进庙门。小安子骑着一匹小青马，跟在后面喊：‘不要把强盗放走了！谁拿着了赏谁一百银子。’解星科看来兵约有百名以上，猛然想起自己不会上高，他们若关着庙门厮杀，自己一个总有疲乏的时候；若被他们困住了，被擒了去岂不要吃亏吗？不如迎上去，打他一个落花流水，好，走他娘！计算已定，向来兵一个箭步，脚才着地，就抢了两个兵士在手，即拿这两个兵士做兵器，遮挡众兵士的枪剑，并不出手打人，一路前遮后挡的冲出了庙门。

“众兵士起初见解星科那般凶猛，恐怕着伤，向左右闪出一条道路，给解星科走。及见解星科不敢动手伤人，小安子又在马上一片声催着喊拿，只得奋勇复围攻上来。解星科出了庙门，看手中的兵士还不曾死，就往地下一搁，打算就此走开。回头见众兵士复围攻上来，自己手无寸铁不好招架，想从兵士手中夺下兵器来使，举眼看去，没一样兵器称手的，并且刀枪剑戟之类，使动起来难保不伤人。一时急不暇择，见庙门旁边开的一家磨坊，磨坊门口系了一条漆黑的叫驴。也可说是人急智生，一手拉断了系驴的绳索，一手握住那驴的后脚，提起来盘旋飞舞，兵器碰着叫驴便脱手飞了。

“众兵士也是血肉身躯，平日养尊处优惯了，不曾临过阵，这时遇了这种凶神一般的人，有敢不逃走的么？第一是小安子怕打，拍马当先逃走，众兵士都只恨自己少生了两腿，跑不过那马。解星科舞着叫驴追赶，直追近抚署，见众兵士都窜进衙门里去了，才把叫驴放下来，已死了好一会儿了。磨坊主人跟着追下来讨叫驴，解星科从怀中摸出十两银子，给磨坊主人道：‘对不起你，赔你十两银子，去买一头活的，这死的我也不要。’那磨坊主人倒也是一个慷慨有气魄的人物，情愿将死驴领去，不要解星科赔偿。本来安庆的商民，没一个不厌恶小安子，只是畏惧他的势焰，敢怒而不敢言，多久就巴不得有人能给他一个下不去。”

农劲荪笑道：“这本是大快人心的举动，不过裕禄既那么宠爱小安子，小安子在外面受了这种委屈，难道就不设法，替他出气吗？”

霍俊清道：“裕禄何尝不想替他出气？只是小安子在火神庙被打的时候，解星科虽曾拍着胸脯报出姓名籍贯来，然小安子那时正气得神志昏乱，只顾急急的跑去调救兵，戏场中又人多嘈杂，解星科报出来的姓名籍贯，并没人听明晰。加以痛恨小安子的居多，便有人知道，也多不肯说出来，去向兔崽跟前讨好，所以当时裕禄也没有办法。只害了那些亲兵吃苦，打的打、革的革，说他们不该贪生怕死，不肯上前卫护，可怜那些亲兵，有冤无处诉。”

农劲荪道：“解星科的胆量也真不小，有了这么一个冤家对头，他居然还敢在安庆干差事！”

霍俊清道：“他有什么不敢？他打过小安子之后，不到两个月，他还在安庆干了一桩惊人的事呢！那夜已是三更过后了，抚台衙门里面忽然起了火，一时风发火急，衙门里面的消防队，哪里扑得灭呢？大门又关得紧紧的，外面的消防队，不能进去。那时街门里面起火，照例关了大门，尽由里面消防队扑救，决不许外面的人进去。为的是怕有歹人趁火打劫，更怕有匪徒混杂在内，闹出意外的祸乱，因之那火越烧越大。外面的洋龙救火车，都到了衙门外面，只是叫不开门，不能进去。当时解星科的军队，驻扎在城内，听说抚台衙门失了火，他舅父就派他带了一排兵士，前去弹压。他一到，见街上停了好几辆救火车，没法进里面去，而里面火焰冲天，若再不加洋龙进去扑灭，必至全署皆成灰烬。解星科生性本来鲁莽，到这时也忘了顾忌，街门两边的砖墙，有两丈来高、一尺四五寸厚，解星科一时性起，靠墙根站着，将右膀护住头顶，用尽平生气力，连肩锋带臀锋，只一下撞去，‘哗喇喇’一声巨响，那砖墙已倒塌出一个大缺口来，恰好可以容一辆救火车进去，因得将火救熄了，不至蔓延。后来裕禄查出是解星科，一肩锋撞塌了砖墙，外面的救火车才得进去，倒很嘉奖他，想收他做卫队长。他因提防着小安子记仇陷害，不敢见裕禄和小安子的面，求他舅父托故推辞。而那时安徽的某提督，最喜欢勇敢有武艺的人，听了解星科这回撞墙救火的事，也要提到跟前做护卫的人，解星科就在那提督跟前当差。”

农劲荪叹道：“这般本领、这般胸襟的人物，只落得跟官听候差遣！”霍俊清道：“论解星科的功夫、人品，要飞黄腾达，本是容易的事，但他有一宗最关重要的短处，限制了他，使他一辈子不能在军队中得意。”农劲荪笑问道：“什么短处呢？”霍俊清也笑答道：“他的短处实是奇特得很，他那么大的气力，那么高的武艺，却不能骑马。世间不能骑马的人也有，然决没有像他那么不能骑的。人家不能骑，不过是骑得不好，或者不能骑太劣的马；解星科不能骑马，简直在马背上坐不住，连他自己都想不出是什么道理。极驯顺的马，马夫挽住辔头，他跨了上去，等他坐得稳稳的，拉好了缰索，马夫才把手松了。马不提脚他坐着不动，马向前提一脚，他便向后仰几寸，马再提一脚，他再仰几寸，马脚连连的提，他也连连的仰，行不到十来步，就从马屁股上，一个跟斗翻下地来了。每次如是，仿佛有人在他背后，拉辫发似的。”

农劲荪哈哈大笑道：“这真奇特，怎么笨到这样呢？”霍俊清道：“他练功夫的手脚一些儿不笨，他身躯虽大，然转折甚是灵巧，只骑马不知怎的，会笨到这样，谁也想不透是什么道理来。他最喜玩英雄胆（那铁蛋大如鸡卵，光滑而精圆，玩弄于手掌之中，如珠走盘。寻常人所玩皆二枚，每枚重约四五两，最能使指掌增劲，名‘英雄胆’，亦名‘英雄弹’。急时可作暗器用，其意盖谓有‘此在手，能壮英雄之胆也’，故名形类弹丸，故亦名‘英雄弹’），一个重八两，一手能玩三个，两手一般的能玩，可同时玩六个。最惊人的就是玩到极快的时候，两手同时向空中抛去，抛有六七尺高，在空中仍是不住的旋转，一些儿不散开；并且落下来的时候，从容旋转而下，落到手中还是旋转得那么快。我那时想从他学习这个玩意，他说是费力不讨好的东西，丝毫没有用处，犯不着费苦功夫去学习，我才打消了这个念头。”

农劲荪点头道：“这确是实在话，并不是他吝不肯教。圣人所谓‘死生有命，富贵在天’，解星科若不是天生成没有富贵的份儿，怎的会有这种没有理由的大缺憾呢？”霍俊清笑道：“他岂但没有富贵的份儿，后来越弄越糟，曹州府还把他当强盗拿过一遭呢！险些儿把性命都送了，你看好笑不好笑？”农劲荪道：“是怎么一回事，如何倒霉倒到了这一步？”

霍俊清笑道：“横竖今日闲着无事，既谈到这上面去了，索性把他在曹州府的笑话，说给你听听也好。安徽那个提督，既赏识了他，提他到跟前做护身符，便要他教卫队的枪棒，他自然不能不教。他平常使用白腊杆的枪，使用惯了，栗木杆、椆木杆，他嫌太脆，到手挽一个花，就挽断了，便在那提督跟前上条陈，将军队里使用的枪，全改用白腊杆。提督依允了他的条陈，但是白腊杆，安徽并不出产，军队里又用得太多，安徽如何取办得出呢？提督问他什么地方出产白腊杆。他那时从家中出来，就径到安徽，在别省没有停留过，也不知道什么地方，出产白腊杆，只知道自己生长的曹州府，是要取办白腊杆很容易的，遂回那提督说曹州府出产。那提督即办了一角公，执并若干银两，就派去曹州，采办白腊杆。

“他自从打家里出门，已有好几年不曾回家乡了。这回借着这趟差使，得顺便归家一看，心里正不知有多高兴，在路上晓行夜宿，也不止一日。这日平安到了曹州府，因是有好几年没到曹州，有一两家亲戚，都移了地方，他家本在曹州府乡里，到时只得暂下客栈居住，打算休息一夜，次日再去府里投文。他随身并没多的行李，只驮了一个包袱，公文跟银两，都在那包袱里面。他落的是一家排场很阔的新开客栈，地点靠近府衙，他为的是图投文书，办一切交涉便利，所以落到这客栈里。

“他当进这客栈门的时候，便有一个年约四十多岁，形似很精明强干的人，走路一偏一跛的，好像腿子有些护痛不方便，从客栈的账房走出来，迎面遇见解星科，即露出很惊讶的神气，不住的拿两眼向解星科浑身上下打量。解星科也没在意，随口问道：‘你这里有上等清洁的房间没有？’那人一听解星科开口，连忙转了笑容答道：‘有的，有的，东西配房都空着，请

随意住哪间都使得。’

“解星科因一旦回到了家乡地方，心中得意不过，听了那人的话，一面向东边配房走去，一面笑着说道：‘几年不回，曹州气象都改变了，几乎连知府衙门都找不着了呢！住在这里，离衙门近好做事些。’那人跟在后面，也笑着问道：‘客人从哪里来，好到衙门里做什么事？’解星科说着已进了东配房，将背上的包袱，取下来往桌上一搁，包袱里面，很有几百两银子。金银这种东西，不比旁的物事，最是觉得沉重的，又是顺势往下一搁，只压得那桌子喳喳的响，接着那人的话，笑嘻嘻的回道：‘到衙门去干的，自然是好事。’随用手指点着包袱道：‘我要干的事，就在这里面。’

“古语所谓‘得意忘形’，解星科这时也是得意忘形了。他说这话的意思，是说公文、银两都在这包袱里面，特地到曹州来，就是为要办这公文上的事。少年人做事不老成，在得意的时候，每有这一类的言语举动。那人听了这话，望了望包袱，又打量解星科。解星科被那人打量得不耐烦了，指着自己的鼻端笑问道：‘你认识老夫么？你若认识老夫，就得好好款待，我事情办好了，要走的时候，多赏几两银子，不算一回事。’那人连连点头道：‘认识了，认识了，果是名不虚传的好汉。小店的款待，是不须吩咐的，好汉这时想用些什么点心，好教厨房里办来？’

“解星科以为那人，真个认识自己，所以称呼好汉，即说了几样点心，那人应是去了。一会儿，店小二送上几盘点心来。解星科背房门坐着，拿起点心狼吞虎咽的大嚼，才吃到一半，即听得后面一阵脚步声，行走得急速，他心想客栈里，是照例来往的人多，脚步声响不足为奇，正吃着点心，也懒得回头去看。及听得那些脚声响，到东配房门口都停了，才觉得有异，回头一看，只见黑压压的，门口挤满了一大群衙门口做公的人，各人手中都拿着刀、铁尺，凶神恶煞一般的，都准备厮杀的样子。

“解星科一见那些做公的，心里早已明白是认错了人，他却偏想开开玩笑，望了一眼就装作不曾看见的，仍掉转头，拿起点心往口里塞。那些做公的也不敢进房，只在门外呐喊道：‘不要把强盗放走了！’接着就有人抖得铁链响着道：‘还不动手，更待何时？’解星科心里好笑，暗想我平生不但不曾做过强盗，连见都不曾见过强盗，怎么在安徽火神庙的时候，那兔崽和一班巡抚部院的亲兵，也都喊我做强盗，也都喊不要放走了强盗。于今到了家乡地方，他们这班东西也把我当强盗，这是什么道理呢，难道我的相貌像个强盗吗？但是也不管他，由他们去喊吧，看他们将我怎样。仍装作没听见的，只顾低着头吃点心。

“那些做公的还是在门外，你推我让不敢进房，争执了半晌，仍是进门时遇见的那人挨了进来，走到解星科面前一躬到地，陪笑说道：‘我奉上官所差，不能推诿，久仰你老人家的威名，知道是好汉做事好汉当，决不忍连累我们做公的小人。于今上官追比得紧，非你老人家到案，我们没有活命。我这十几天，只因为没请得你老人家到案，三日一比，两腿已打见了骨，行走都极不方便。我知道你老人家今日到这里来，是可怜我受比得太苦，特地前来投案，救我们性命的。我们不敢动手，把刑具上在你老人家头上，只求你老人家不要耽搁了，就此动身同去吧。你老人家若是不曾吃饱，到了衙里大鱼肉、美酒白饭，尽你老人家的量，看要多少，我们办多少来孝敬便了。’

“解星科一声不作，望着那人说完了，装作呆头呆脑的样子问道：‘老哥教我上哪里去？这里点心还没有吃完，就放着不吃了吗？不问要去哪里，我总得把这几盘点心吃光了才行，白丢了多可惜。’那人道：‘你老人家不要装马虎，我们奉上官所差，要请你到曹州府衙门里去，到了那里自有吃的，我们也是身不由己，实在受比得太苦了。’解星科不住的拈着点心往嘴里送，塞住了嘴不能说话，只把头向两边摇摆。

“后面公差中，有两个忍耐不住了，轻轻的走到解星科背后，猛然抖出铁链，往解星科颈上一套，口里说道：‘不识抬举的东西，和他好说是不中用的，走吧！’两人同拉着一条链子，想拖着就走，只是哪里拉得动分毫呢！解星科也不起身，也不伸手去解铁链，更不开口说话，一手抓了一大把点心，好像怕被人将点心抢了去似的，比前吃得更急。这里两个人拉不动，立时又加了两个，门外的一大群人都拥了进来。一个冒失的，举起铁尺朝解星科的膀子砍下，解星科只当没看见，铁尺砍在膀子上，就和砍在石头上相似，‘啪’的一声，险些儿把虎口震开了。这一下打得解星科气涌上来了，一声吆喝，靠近身子的公人，都纷纷的跌倒了。几人握在手中的铁链，不知怎的脱手飞去了，几人的掌心，都皮破血流，跌倒在地下半晌挣扎不起。

“正在这时候，外面忽又人声鼎沸，有问强盗拿住了没有的；有的喊：

‘不要放走了强盗。’解星科才慢腾腾的站了起来，伸头向门外一望，约莫又来了百几十个兵，一个个手持长枪大戟，凶眉恶眼的如临大敌。解星科心里觉得诧异，也猜不透把自己误认做什么人，好在他自己有把握，平生不曾干过犯法的事，这回到曹州府来，又奉有重大差使，包袱里携有给曹州府的公文，自然不问闹到哪一步，他也不害怕。”

农劲荪听到这里，忍不住截住话头问道：“毕竟是把他误认做什么人了，用得着如此是这么大动人马的来拿他呢？”

不知霍俊清如何回答，且待第十七回再说。

总评：

此一回是解星科传也，作者特地换一种写法，将全传概从霍俊清口中说出，一则因解星科系过去之人物，势不能复追溯叙述；再则因以下将叙霍俊清保护教民之事，若此处将霍俊清丢开，专叙解星科事，则文章便不紧凑矣。作小说之不易，全在此等地方，作者苦心孤诣，阅者矣未可轻轻看过也。

写解星科殴打小安子一节，能于鲁莽豪爽之中，现出一种侠义心肠，如不肯无故伤人，以及赔偿磨坊主人皆是也。它若热心人之关切，受害者之快心，小安子之气愤，众兵丁之畏葸，一支笔端，均能曲曲描写出来，真不易也。

抚院救火一节，写官场之固执不化，亦颇有趣。

曹州府误认一节，以轻举妄动之捕快，恰遇一意存戏耍之解星科，遂致铸成大错，闹一笑话。曲曲写来，妙趣环生，文情亦婉折有致。

第十七回

解星科怒擒大盗　霍元甲义护教民

话说霍俊清见农劲荪截住话头，问曹州府毕竟把解星科误认做什么人，用着这么大动人马的来捉拿，遂笑答道：“你不要性急，这其中自有道理，且等我照着当时情形，从容说给你听，曹州府大动人马的缘故，就自然明白了。当下解星科见来的众兵，已有十多个拥进房来，将要向着自己动武了，心想这玩笑不能再开了，若等到他们真个动起手来，就难保不弄出大乱子。忙向众人扬手喊道：‘诸位有什么话，请快说出来，要我去哪里，便同去哪里。我特地到这里来的，断不会无缘无故的逃跑，诸位尽管放心，用不着动手动脚；若是不讲理，想行蛮将我拿到哪里去，那时就休怪我鲁莽。’

“进房的兵士当中，有一个像是排长的，出头说道：‘我们与你往日无冤，近日无仇，只因奉了上官差遣，来请你到府衙里去走一遭。你既肯同去，我们又何必动手动脚？不过朝廷的王法如此，刑具是不能免了不上的，见了官之后，我们可以替你求情，把刑具松了。’那排长说时，向旁边手拿铁链的人，努了努嘴，那人即抖铁链，向解星科颈上一套，解星科也不避让，也不动手，只笑嘻嘻的说道：‘这条铁链，套上我的颈，是很容易，等一会儿要从我的颈上解下来，只怕有些麻烦呢！好，就走吧！’随指着桌上的包袱道：‘我这包袱里面，尽是杀人的凶器，你们得挑选一个老练的人，捧着在我前面走，好当官开验。’那排长伸手提过来，觉得很沉重，以为真是杀人的凶器，亲手提了，一窝蜂似的簇拥着解星科，出了客栈。街上看热闹的，真是人山人海，壅塞得道路不通，幸得那客栈靠近府衙，走不上半里路就到了。

“那时曹州知府姓杜，是两榜出身，为人又是精明、又是慈爱，立时升坐大堂。众公差把解星科拥到堂下，要替他除去颈上链条，解星科一把抢在手里说道：‘且慢，没这般容易！’正说时杜知府已在上面喊：‘提上来。’解星科即大踏步走上堂去。左右衙役一声堂威齐喝跪下，解星科挺胸竖脊的大声说道：‘这里不是我跪的地方，这时不是我行礼的时候，只管要我到这里来，有什么话问，我请大老爷快问。’亏得杜知府很精明，一见解星科的神气，并不定要他下跪，即开口问道：‘你姓什么，叫什么名字？’解星科哈哈笑道：‘我的名字尚且不知道，为什么这么兴师动众的把我拿到这里来呢？’

“杜知府被他这两句话堵住了嘴，气得将惊堂木一拍喝道：‘好大胆的强盗，到了本府这里，还敢如此凶刁挺撞！你曹四老虎犯的案子，打算本府不知道吗？你好好的招出来，免得吃苦！’解星科把脸扬过一边，鼻孔里‘哼’了一声说道：‘要我招么？好的，我就招给你听吧。我乃曹州府朱田镇人，姓解名奎元，字星科，今年三十岁，现充安庆某营邦统，兼受了某提督军门拳棒教师之聘。这回奉了差遣，来曹州采办白腊枪杆，携有公文、银两在包袱里面，正待来这里投文，不知犯了什么罪，是这么大动人马，将我锁拿到这里来？我多年不回家乡，今日虽不能说是衣锦荣归，然在我等穷苦小民，离乡背井的出外图谋，能得今日这般地位回来，总算可以稍慰父母亲朋的期望。不知大老爷和我有何仇怨，要是这么凌辱我？’

“解星科上堂的时候，那排长已将包袱呈上，杜知府一面听解星科招供，一面打开包袱，看了公文，只急得脸上登时变了颜色，连忙跳下座位来；先向解星科作了三个揖，口里连说‘该死’，又赔了多少不是，才亲手除下那铁链，请解星科到里面坐了，把误认的原因说了出来。

“原来曹州府近年出了一个大盗，姓曹行四，人都称他为‘曹四老虎’，手下有二三百党徒，二三年来，杀人放火的案子，也不知犯过了多少。杜知府上任以来，可称得起爱民如子，疾恶如仇，曹四老虎却偏偏要和他作对，每月总得干一两件杀伤事主的盗案。手下的党徒，更是奸淫烧抢，无所不用其极。杜知府恨入骨髓，誓必诛了这个大盗，悬了三千两花红的重赏。无奈那曹四老虎的本领极大，手下党徒一多，消息又非常灵通，饶你悬着重赏，只是拿不着他。他手下的小强盗，倒拿来得不少，就在解星科到曹州的前几日，将曹四老虎的一个军师拿来了，监禁在府衙里面。那军师姓蔡，是曹四老虎的把兄弟，二人交情最深，将那蔡军师一拿来，外面就有谣言说：曹四老虎和蔡军师是共生死的把兄弟，这回蔡军师被拿，曹四老虎决不肯善罢罢休，必来曹州府劫牢反狱。这谣言一起，杜知府就十二分的戒备，特地调了二百名精壮兵勇，在府衙里防守。曹四老虎的年貌，早已在那些小强盗口里，盘诘得明白，身材相貌竟和解星科差不多。

“解星科住的那家新客栈，是府衙里一个班头开的，班头为着捉拿曹四老虎，受了多次的追比，两腿都打见了骨，行走极不方便。这日正请了三日假，在家养伤，一见解星科进来，就觉得这么高大身材的人很少，而且年貌都与小强盗所供的相合，不由得不注意。后来又见解星科指着鼻端，自称老夫，班头误听作老虎。那班头是个貌似精明，实际糊涂的人，更加听了解星科指着包袱说的那几句话，以为是来劫牢反狱无疑的了，一面用点心稳住解星科，一面亲去府衙里报告，所以铸成这么一个大错。”

农劲荪点头笑道：“这也真是巧极了，但平心而论，不能怪那班头糊涂，只怪解星科不应有意开玩笑。像解星科那种言语举动，便在平常落到做公的人眼里，也惹人犯疑，休说在谣言蠭起、草木皆兵的时候，如何能免得了这场羞辱呢？只是后来还有什么过节没有，就那么完了吗？”

霍俊清道：“并没别的过节，不过杜知府觉着太对不起解星科，用他自己坐的大轿，鸣锣放炮的，亲自送解星科回栈，并替解星科采办了白腊杆。解星科倒觉有些过意不去，他毕竟是曹州府人，曹州出了个这样凶恶的强盗，他不能袖手旁观，置之不问。他心里又思量，这回若不是为曹四老虎，他决不至受这般凌辱，也有些怀恨。杜知府替他采办白腊杆，他趁这当儿，竭力侦查曹四老虎；果然不上半月工夫，曹四老虎竟被他拿着了。说起来好笑，曹四老虎不但身材的高矮大小，和解星科相像，连相貌都有些仿佛。我和他认识在十年前，他已是六十多岁的人了，他这儿子小名叫魁官，是续弦的夫人生的，原配夫人并没有生育。我和他来往的时候，这魁官还只十多岁，没想到十年不见，已成了这么大的一个汉子，并信服了这种邪魔野教。照解星科的行为看来，实不应有如此不务正道的儿子。”

农劲荪点头道：“看这解联魁的装束，与听他的言语，什么义和团，怕不就是白莲教的余孽吗？”霍俊清道：“解联魁说什么韩大哥，在端王府里等我，又说大阿哥从韩大哥学神拳，这些话，只怕是拿来哄我的大话，不见得端王肯信这些邪教。”

农劲荪摇头道：“不然。端王有什么知识？大阿哥更不成材，若没有端王这一类人信服，解联魁也不敢是这么装束招摇过市了。”霍俊清叹道：“信服这些邪魔野教，来扶清灭洋，眼见得要闹得不可收拾。只恨我自己没有力量，若有势力，我先要将这般东西灭了。”农劲荪停了一停说道：“四爷说话得谨慎点儿，于今这般邪魔野教的气焰方张，刚才解联魁来邀你入伙，不曾邀得，倒受了你一顿教训，说不定他们要恼羞成怒，反转来于你为难。”

霍俊清不待农劲荪说完，即作色答道：“我岂是怕他们与我为难的？国家将亡必有妖孽，这般东西都是些妖孽，我怕他怎的！”农劲荪笑道：“谁说你怕他？不过你现在做着生意，犯不着荒时废事的，去争这些无谓的闲气。”霍俊清听了这话，才不作声了。

过了几日，农劲荪忽然紧锁双眉的，前来说道：“不得了！丰镇的义和团，简直闹得不成话了。初起就烧教堂，抓住外国人就杀，丰镇信天主教的中国人很多，凡是这家里有一个人信教，被义和团的人知道了，不问老少男女，一股脑儿拿来惨杀，这两日不知惨杀了多少。听说天津的义和团，也就在日内要动手了，和我认识的西洋人，得了这消息，都来求计于我，我不好主张他们走，也不好主张他们不走；现在有些往北京去了，有些往上海去了。就是一般信教的中国人，家里老的老、小的小，又没有职业，又没有赀财，一无力量能逃，二无地方可走，老少男女共有千多人，得了这种骇人的风声，都惊慌万状，不知要怎么才好。我看了这种情形，实在觉得可怜，只恨自己没能力保护他们。”

霍俊清道：“振声昨日也曾向我说过，说天津的义和团，目下正在集会……”霍俊清的话，才说到这里，只见刘振声急匆匆的走过来说道：“这里的义和团已动手了，此刻正在烧教堂，已经杀死了好几个外国人。听说为首的就是那个韩起龙，统共有两三千人，气势实在不小，只吓得那些吃教的，拖娘带子的乱窜。有几个在街上，遇见了义和团的神兵，其中有认识这几个是吃教的，都恶狠狠的把这几个人拿了，拈几片钱纸点着，口里不知念些什么咒词，将点着的钱纸，在吃教的头上，扬了几扬，说是吃教的拿钱纸那么一扬，钱纸烟里便现出一个‘十’字，不吃教的没有。在每人头上扬了几下，说都现了十字，都是吃教的，遂不由分说的，对着这几个吃教的人，你一刀、他一棍，登时打死了。还把几人的肚子破开来，每人用手中兵器挑起一大把心花五脏，血滴滴的在街上行走，说是挂红。”

霍俊清听到这里，跳起来说道：“这还了得！”随望着农劲荪道：“你的笔墨快，请你赶急替我写几张告白，多派几个人，去各街头巷尾张贴。凡是信教的中国人，没地方可逃的，不问男女老小，一概到我淮庆会馆来，有我霍元甲保护他们。只是不能多带行李，会馆里房屋不多，信教的人数太多了，恐怕容不下，请你就是这么写吧！”

农劲荪问道：“天津的义和团，既有两三千人，我们这告白一出，万一前来侵犯，不反送了许多教民的性命吗？”霍俊清一时眉发都竖了起来说道：“尽人力以听天命，这时哪顾得了许多。如果这般小丑，真敢前来侵犯，唯有拿我的性命，来保护一般教民的性命。我意已决，绝不后悔！”农劲荪也是一个侠义英雄，哪有不赞成这种举动之理？不过他为人比较霍俊清精细，凡事得思前虑后，方肯举行。这种举动关系太大，不能冒昧做去，所以如此回问霍俊清一句。见霍俊清心志已决，料必有几成把握，遂也高兴。

刘振声忙着铺纸磨墨，农劲荪提笔写了“天津信教者注意”七个大字，接着往下写道：“元甲并非信教主人，然不忍见无罪教民，骈首就戮，特开放曲店街淮庆会馆，供无地可逃之教民回避。来就我者不拘男女老幼，我当一律保护之，唯每人除被褥外，不能携带行李。”下面填了某月某日霍元甲白。一连誊写了十多张，霍俊清派人四处张贴了。

这告白一出，天津教民，扶老携幼，来淮庆会馆避难的，从早至晚，已来了一千五百余人。天津的教民，除已死已逃的不计外，都全数到淮庆会馆来了。霍俊清将栈里所有的药材，都搬放在露天里，腾出几间大栈房来，给教民居住，临时请了几十个会武艺的朋友，来会馆照顾。农劲荪主张将曲店街的商家，聚集起来，开一会议，筹商自卫的方法。

那时义和团的神兵，三五成群的手执“扶清灭洋”的旗帜，在各繁盛的街上，横冲直撞，流氓地痞，都跟着后面附和，在各商店强抢恶要。若是这商家，平日与义和团中的神兵，略有嫌怨的，这时只须随口加一个吃教的头衔，在这商人身上，就登时全家俱灭，毫无理由可讲，死了也无处伸冤。是这么已杀了几家商店，因此曲店街的商家，也都栗栗危惧。见了霍俊清的告白，没一个不唏嘘叹息，说霍元甲是个千古少有的英雄，恨不得大家都跑到淮庆会馆来，托庇宇下。第二日听得霍元甲在会馆，召集本街各商店会议，筹商自卫之策，无家不是争先恐后的，到淮庆会馆来。

霍俊清推农劲荪出来说话，农劲荪即向众商人说道："诸君都知道霍四爷不是信教的人，只因见丰镇的教民，死得太多太惨，发于不忍之一念，自愿拼着自己的性命，来保护这一千五百多个教民。唯是这种举动，当然招义和团人的忌，难保他们不前来索讨教民。在霍四爷和我等，早已准备，他们便全体到这里来，我们也不怕。但他们来时，免不了有争斗的举动，那时城门失火，殃及池鱼，必于诸君不利。霍四爷的意见，想将曲店街的两头，用砖石砌堡垒，断塞往来道路，由霍四爷派拨请来的众好汉把守。诸君中再愿意共襄义举的，我等自甚欢迎，不愿意的也听诸君自便。"

当下到的二百多个商人，听了农劲荪的话，都大呼："情愿听候霍四爷的差使。"人多手众，不须一刻工夫，曲店街两头的堡垒，已很坚固的砌筑成功了。霍俊清和农劲荪两人，每人率领了二十个会武艺的好汉，并七八十个商人，各执兵器，轮流防守两处堡垒。刘振声就在会馆里，照顾众教民的饮食。

三五成群的义和团神兵，走近曲店街，见筑了堡垒，有人把守了，不能通过，都立在堡外叫骂。堡内的人，有要拿弹子去打的，农劲荪连忙止住道："我们的目的，只在保护教民，并不是要与义和团为难，义和团的人，若不先动手来攻击我们，我们决不去伤害他。诸君留着弹子，准备他们大队前来厮杀的时候应用。他们若是知趣的不来这条街侵犯，诸君的弹子不好留着去山里打野鸡吗，何必要在这里胡乱使掉呢？"拿弹弓的那人，果然住手不打了。

在堡外叫骂的神兵见里面没人睬理，只道是里面的人害怕，都仗着会神拳的本领发了狂似的不知道畏惧，五六个人想爬上堡垒来，众好汉又待动手。农劲荪又连忙止住道："这几个小丑算得了什么，哪里用得着诸君动手去打他们呢？且待他们爬上来了，兄弟自有计较。"正说时已爬上了两个，农劲荪赤手空拳的并没带兵器，蹲立在堡下等那两人爬上来，即将双手一伸，一手抢着了一个神兵的脚，拉下堡来，教旁边的人把神兵的头巾衣服剥下。两个神兵见里面的人多，又一个个都和金刚一样，毕竟有些怕死，苦口哀求饶命。

这里才把衣巾剥了，外面又有两个爬了上来。农劲荪一手提了一个剥了衣的，举起来向那爬上来的两个抛去，碰个正着，四人同时滚下了堡垒，只听得“哎哟”“哎哟”的叫唤。农劲荪跟着跳上堡垒，看这群神兵共只得六个人，二人被堡里剥衣巾，二人爬上了堡，二人正在往上爬，上面的四人朝下一滚，连带正在往上爬的两个也碰滚下去，所以都“哎哟”“哎哟”的叫唤，从地下爬起来，抬头见农劲荪巍然立在堡上，吓得抱头鼠窜。

不知六个神兵去后，往义和团如何报告，且待第十八回再说。

总评：

作文第一须明宾主，然后下笔之时，分得出轻重缓急。譬如此数回乃是霍俊清正传，彼解联魁者，不过借以引起义和团事，以便叙述保护教民之一段情节耳。然则霍俊清主也，解联魁宾也。至于联魁之父解星科，则更是宾中之宾，与本文毫无关系，故作者记述解星科之事，完全假霍俊清口中叙出。叙述完毕，立即收过，以下紧接义和团事，归入正文。对于解星科父子，不复赘述一语，此是作者识得宾主，故笔下显然分出轻重也。

解星科之险被牵累，确是存心戏耍，以致弄出事来，不能尽责做公者之昏聩也。铁索锒铛，驱牵过市，纵得辨明，受辱已甚。甚矣，戏耍之无益也！霍俊清曰：“不能怪班头糊涂，只怪解星科不应有意开玩笑。”此真是平心之论，其垂诫世人也深矣！

或问解星科擒曹四老虎，书中约略表过，不为详细叙出，何也？余曰：“解星科是宾中之宾，前已言之矣，若复叙擒曹四老虎，则枝蔓牵率，伊于胡底，将不复能归入正文矣！”作者急欲叙述霍俊清保护教民一事，故于解星科及曹四老虎一节，不得不约略表过，作为收束，不特文字简洁，亦正是作者识得缓急轻重处也。

书中所叙拳匪，其服饰之奇诡、言论之谬妄、举动之轻躁、屠戮之残忍，据亲见拳匪者言，均是当时实在情形，绝无虚饰，乃霍俊清、农劲荪之痛恶之。而端王刚毅等独信奉之，肉食者鄙，未能远谋，国之欲不乱，其可得乎？

《水浒传》之所以胜人者，以其叙一百八人，各人有各人之面目，各人有各人之性情，乃至声音笑貌，言语举止，各不相同，此其所以妙也，此书亦然。试观其描写霍俊清、农劲荪二人，一则粗豪爽直，一则精细周匝，同是侠义英雄，而其性情、言语、举止之不同，题然如见。故为谓当世小说家之能得《水浒传》三昧者，唯作者一人而已。

农劲荪所书告白，简洁老当，措辞极为得体，即其布告大众之言，亦词意婉转，面面俱到，此等处固非农劲荪不办。农劲荪之于霍俊清，真是一强有力之臂助也。

第十八回

曲店街二侠筹防　义和团两番夺垒

话说那六个被农劲荪打得滚下堡垒的神兵，想跑到韩起龙那里去报告，那时韩起龙的大本营，驻扎在离天津十多里的乡下，一个村庄里面，每日除遣派党徒，四出寻仇掳掠和搜索洋人教民外，就操练神兵神将。神兵神将操练的方法，一不整行列队，二不使枪刺棒，聚集一般无知无业的怠惰游民，由韩起龙画符冲水，给他们喝了。那符水一喝下肚去，一个个自然会发了狂似的乱跳乱舞。韩起龙名这种乱跳乱舞，谓之“神拳”，刀剑不能伤，枪炮不能入，西后那拉氏都信以为真，下谕不许官兵干涉，所以越闹越凶。

韩起龙在义和团里的势力，很是不小。那六个神兵受了农劲荪的挫辱，怎肯罢休？脚不停步的，向韩起龙驻扎的地方跑去。才跑了二三里路，只见迎面来了一大队神兵，约莫有一百五六十人。六人上前问哪里去，走在前面的人答道：“韩大哥见了霍元甲的告白，大发雷霆之怒，此时就要亲征淮庆会馆，亏得军师在旁劝道，割鸡焉用牛刀，只须派一百五十名神兵，去把淮庆会馆剿灭了就是，难道霍元甲有三头六臂不成？大哥听了军师的话，所以派了我们来。”六人听了欢喜不尽，便跟着大队，浩浩荡荡，杀奔淮庆会馆来。

再说农劲荪既抛退了六个神兵，料知必有大队的义和团，前来报复，随和霍俊清商议抵御之策。霍俊清从容笑道：“量这些小丑，有多少了不得的人物？他们不来则已，来了给他一顿痛剿，使他们知道我淮庆会馆的厉害！我这把雁翎刀，已三十年不曾动用，这回可以大发利市！”

原来霍家有一把祖传的雁翎刀，能吹毛断玉。霍恩第当少年的时候，在北五省保镖，不曾逢过敌手，所赖全在这把雁翎刀。这刀长几三尺，形如雁翎，故名“雁翎刀”。霍恩第将这刀视同性命，夜间睡觉都带在身边。霍恩第家居三十年了，所以说三十年不曾动用。因子侄十兄弟中，唯霍俊清的本领最高强。霍恩第常说：“宝刀宝剑，非有绝大本领的人，不能使用，若勉强拿在手中，不但不能得着宝刀宝剑的用处，十九因刀剑上，惹出许多乱子来。所谓‘匹夫无罪，怀璧其罪’。诸儿之中，唯四儿够得上使用这把祖传的雁翎刀。”在霍俊清动身来天津开药栈的那时，霍恩第亲手拿了这把雁翎刀，交给霍俊清，还赞了几句吉利话，霍俊清拜了四拜才双手接了，九兄弟都向霍俊清道贺。

霍俊清得了雁翎刀，在天津好几年，也没有用处，这番为保护教民，才拿了出来，不释手的摩挲抚弄。农劲荪和他商议的时候，他正在抚弄宝刀，所以如此答应。农劲荪只是摇头说不妥。霍俊清问道：“怎么不妥？难道他们杀来了，我们束手待死不成？我们人少，他们人多，他们是攻，我们是守，我们若不杀他个下马威，这街道上又不是有险可守，把什么守得住？”

农劲荪道：“话是不错，但我等与义和团并非显然仇敌，他们杀戮教民，西太后和一般王公都知道的，都默许的，可以毫无忌惮。我等保护教民，系出于我等个人不忍之一念，保护教民可以，多杀戮义和团则不可以。我等为保护教民，弄得后来于自己有身家性命的关系，就太犯不着了。”

霍俊清道：“依你打算怎样呢？我这回的事，已做到这个样子了，若保护不了这些教民，我情愿死在义和团手里，决不中途畏祸，把教民丢了不顾！”农劲荪笑道：“岂但你不能中途丢了教民不顾，我又岂肯做这种为德不卒的事？据我推测，这班小丑全是乌合些流氓地痞，既无纪律，复无犀利好器械，仗着些邪术骗惑愚人。我们所筑的堡垒，虽不能说如何坚固，可以抵挡枪炮；然他们想用徒手和刀矛来攻，断不至给他们攻破。他们来时，我等且不与他动手，多准备原石灰、石子，以及使人伤不至死的守具，如滚水、火蛋之类，专守住堡垒，使他们不能近前。如此抵挡一两阵，他们已知道我等不可轻视了，我自愿代表曲店街全体商人，凭这三寸不烂之舌，去说他们不要与教民为难。他们因苦于没有知识，才有这般举动，如果他们都是会有武艺有本领的人，我等倒不妨各显神通，拼个你死我活。拿着四爷这种本领，更使用这般锋利的宝刀，真个动起手来，岂不是虎入羊群，至少也得死伤他十分之七八。四爷这时激了义愤，只觉他们杀戮无罪的教民可惨，就没想到杀戮许多无知的愚民，也一般的可惨。”

霍俊清听了农劲荪的活，连忙放下雁翎刀，立起身来，向农劲荪一躬到地说道：“若没有你，几乎以暴易暴，不知其非了。所有一切防守的事，全请你一人主持，我听候调遣便了。”农劲荪也连忙回礼笑道：“你我兄弟，怎倒如此客气起来？你于今既和我的意见相同，就照我刚才所说的计划办理便了。”霍俊清连声应是。于是农劲荪就督率一般人，预备防守之具。

这里才搬了许多石灰、石子到堡垒跟前，那一百五十六名神兵，已摇旗呐喊杀将来了。那些神兵手里多拿的单刀，最长的兵器，也不过丈八蛇矛，休说枪炮，连弓箭也没有，如何好攻夺堡垒呢？曲店街的街道又甚仄狭，不能容多人齐上。农劲荪教帮同把守的商民，来回搬运石灰、石子，并在两边屋瓦上，架起锅灶烧了滚水，用长柄勺往底下只浇。自己便率领了二十名好汉，排立在堡上，抓石灰、石子撒下去。霍俊清把守的那方面，也是如此对付，一边有两个会打弹子的，就分左右立在屋脊上。

神兵见攻不下堡垒，反被石子、滚水伤了不少的人，便有出主意，从远处上屋，由屋上绕着弯子攻进来的。农劲荪早已料着了，预备了四张打二百步开外的弹弓，并吩咐了只拣上屋的四肢打去，使他们立不住脚，不许打中要害。那一百五十六名神兵，奋勇攻了三点多钟，有三十多个被石子打肿了头脸，有四十多个被石灰迷了眼睛，有十多个被弹子打伤了手脚，只有五六十个没受伤的，然也都累得精疲力竭，不能进攻了；只得悄悄收兵，回大本营报知韩起龙去了。

农劲荪也回到淮庆会馆，与霍俊清计议道：“像今日这般攻击，便再增加十倍的兵力，也不足为惧。就只怕他们那些野蛮种子，不问青红皂白，在周围放起火来，我们在里面守，他们在外面烧，我们这里消防的器具，又不完备，难免不顾此失彼。”

霍俊清听了失色道：“这便怎么好呢？这一般小丑，全是亡命之徒，他们知道什么顾忌？若真个四面放起火来，岂不糟了吗？”农劲荪道：“事已如此，古语所说‘骑虎难下’，于今唯有把防守范围推广，不能专守这曲店街。我们守得略远些，他们见放火烧不着淮庆会馆，就自然不会有此一着了。”

霍俊清道：“街口的堡垒，不要跟着移远些吗？”农劲荪摇头道：“堡垒用不着移动，只将人分作堡内、堡外两道防守便了。这种巷战，全赖房上有人掩护，有没有堡垒，倒没多大的关系。在我们这里能上高的，很有几个人，分班轮流在屋上巡哨。趁这下子做出些火蛋来，给在屋上巡哨的用，只是不要做得太大，每个有一两重够了，免得炸伤人。”

霍俊清笑道：“什么火蛋，我倒不曾见过，不知怎生做的呢？”农劲荪也笑道：“这是一种吓人的玩意儿，本名‘火弹’，因其形和蛋一样，所以人都呼为‘火蛋’，原是猎户用的。猎户在山中遇了猛兽的时候，只一个火弹能将猛兽吓跑，有时也能将猛兽炸伤。做法甚是简单，用皮纸糊成蛋壳形的东西，将火药灌在里面，扎口的所在安着引线，引线要多要短，多则易于点着，短则脱手就炸。纸壳越糊得牢，火药越装得紧，炸时的力量就越大。若要使它炸伤人，火药里面可拌些碎瓷片、碎铁片，不过我们于今用不着这么恶毒罢了。”

霍俊清连说很是，随教农劲荪亲手做出一个模样来，然后派定精细的商人，照样赶造。这夜霍俊清、农劲荪，都在堡外梭巡了一夜，不见动静。

次日农劲荪向霍俊清说道：“我今日得去他们驻扎的村庄探了虚实，若有下说词的机会，能费些唇舌把这天大的问题解决了，岂不是大家的好处？”霍俊清问道：“你打算怎生去法？”农劲荪道：“昨日我曾剥了两套神兵衣巾在这里，就装作神兵混到里面去，还愁探不出内容来吗？”

霍俊清慌忙摇手道：“使不得，使不得，万分使不得！我们已派了好几个探消息的在外面，如何再用得着你亲去？昨日他们来攻击这里的时候，也不知有多少人，认识了你我，即如那日在这里的解联魁，他见面必认得出是在淮庆会馆见过的。他们曾两次败在你手里，伤了这么多人，谁不恨你入骨？纵然有下说词的机会，这说词也不能由你去下。”

农劲荪从容笑道：“昨日来攻击这里的人，哪一个长着了眼睛，如何便能认识我？”农劲荪说到这里，忽失声叫了一句“哎哟”，好像忘记了什么，临时触想起来了的神气。霍俊清忙问：“什么事？”农劲荪道：“有一句要紧的话，我忘了嘱咐屋上巡哨的人。你且在这里坐坐，我去嘱咐他们一句话就来，还有话要和你商量呢！”霍俊清点了点头道：“你就去吧，我在这里等你便了。”农劲荪遂匆匆忙忙的去了。

霍俊清独自坐在房中，面朝着窗户向屋瓦上望着，雁翎刀横搁在面前桌上，心里猜度农劲荪是为一句什么要紧的话，忘记嘱咐巡哨的，用得着如此匆忙的跑去。再想农劲荪平日的举动，从来是很镇静的，相交多年，一次也不曾见过他的疾言厉色和匆遽的样子。今日他忘记嘱咐的那句话，想必是十二分要紧，迟了便关系全局的。

霍俊清心里正在如此猜想，猛然见对面屋脊上，跃过一个身体魁梧的汉子来，身上的衣服和头上的包巾与那日来的解联魁一般无二，颔下一部络腮胡须，纷披在两边肩上，瞥眼望去容貌甚是威风，赤着双手并没携带兵器。那人的身法真快，瞬眼就下了屋檐。霍俊清料是义和团的人前来行刺的，随即立起身来，握刀在手，向窗外大声喝道：“什么小丑敢来送死！”一面吆喝已一面跳出了房门，只见那人立在丹墀当中，对霍俊清拱手说道：“霍爷不要动怒，休疑小人是前来行刺的。”

霍俊清见那人手无寸铁，并且白昼也没有前来行刺之理，便界面问道：“足下贵姓大名，来此有何贵干？”那人说道：“小人特来与霍爷讲和，霍爷能否容小人进房坐着谈话？”霍俊清心想这人既是前来讲和的，却为什么要从房上下来呢？不好大大方方的，说知外面把守的人，从容由大门进来吗？况且屋上派有巡哨的，这青天白日之中，他又穿着这么碍眼的衣服，怎么巡哨的一个也不曾看见呢？他的本领就很不小了，我若不许他进房坐着谈话，显得我胆小，算不得英雄。量他一个人便有大本领，我不见得怕了他，就让他进房来坐吧！想罢即对那人拱了拱手道：“足下既是来讲和的，哪有不请进房坐着谈话之理？”

那人见说，大踏步走过来，霍俊清让进了房，分宾主坐下，顺手将雁翎刀倚在身边，复问那人贵姓。那人从怀中摸出一张小小的名片来，双手递给霍俊清。霍俊清接过手一看，不觉呆了，以为是那人摸错了名片。原来名片上，分明写的是“农劲荪”三个字，正待抬头问怎么，农劲荪已露出自己的本音来，打着哈哈笑道：“你尚且不认识我，那些小丑能认识我么？”

霍俊清也忍不住大笑起来，说道：“你的本领真不错，真有你的。啊哟！你的胡须呢，怎么一转眼就没有了？”农劲荪将手对霍俊清一伸道：“这不是胡须是什么？”霍俊清接过来看，是一层极薄极软的皮子，皮子上面粘着一部极浓密的胡须，提在手中就和才剥下来的耗子皮一般，那皮子的里面，好像糊了什么胶在上面，有些粘手，便问农劲荪道："这东西从哪里来的？"农劲荪道："是一个英国人送我的，这算不了什么，外国当侦探的都有这一类东西，一时之间能变换出无数种模样，肥瘦老幼随心所欲，不是内行，对面也分辨不出。你说义和团那班糊涂虫，能认得出么？"霍俊清道："你有这一套本领还怕什么？我很安心的放你去了，但是你得早些回来，免我盼望。"农劲荪应着知道去了。

不知此去探出什么消息回来，且待第十九回再说。

总评：

叙述雁翎刀与解释火蛋两节，均是忙中闲笔，然亦有不同处在。火蛋一节，仅是注释；而雁翎刀一节，却暗中为后文伏线。同而不同，方见其妙。

农劲荪谓杀戮无知之拳匪，与杀戮无罪之教民，一样可惨，此真霭然仁人之言，无怪霍俊清之肃然起敬也。

农劲荪改扮一节，看似突兀，其实上回剥留拳匪衣巾时，早存此心矣！

第十九回

农劲荪易装探匪窟　霍元甲带醉斩渠魁

话说农劲荪从淮庆会馆出来，向韩起龙驻扎的地方走去。那时义和团的神兵，到处横行霸道，无人敢过问；就是义和团内部里，也无人稽查。农劲荪在路上，遇了无数起三五游行的神兵，也有向农劲荪点头招呼的，也有挨身走过，不作理会的。农劲荪料知决没人识破，大着胆径走那义和团驻扎的村庄，远远的就看见“扶清灭洋”的旗帜，竖立在庄门外，随风飘荡。那村庄旁边，有一个大黄土坪。看那坪的形式土色，知道是把麦田填平了，作操练神兵之用的。但是这时并没有神兵在坪上操练，只插了许多五光十色的大小旗帜在那里，有两个年老的神兵，坐在坪里谈话。

农劲荪转过庄后，见麦田里架着十几个帐篷，一个帐篷里面，约莫有五六十个人，见农劲荪穿过，也都不作理会。走近一个帐篷跟前，听得里面有人说道：“哪怕他霍元甲有三个脑袋、六条胳膊，我们有了这几座红衣大炮，难道他淮庆会馆是生铁铸的不成？”农劲荪听了心中一动，便扑进那帐篷，只见地下摆了几碗菜，七个神兵围坐地下，吃喝谈笑。农劲荪笑道：“你们倒快活，躲在这里吃喝，信也不给我一个。”

七人同时望着农劲荪，中有一个说道：“我们是凑份子的，你没来成，怎有信给你？”农劲荪道：“你们不要我来成，我有钱也无处使呢！看你们是多少钱一份，我就补上一份吧！”说着即伸手往口袋里，装作要掏钱的样子。刚才说话的这人笑道：“用不着补了，这回算我们请你吃，明日你再请我们吧。”一面说一面让出座位来。

农劲荪挨身坐下笑道："也使得，明日打下了淮庆会馆，我到聚珍楼酒馆，安排一桌上等酒席请你们。我这一向的身体不大舒服，睡了几日，今日才得起来，我的身体虽不好，口腹却是很好，今日起床就遇着好酒食。"

七人见农劲荪说话很合式，俨然如常见面的熟人一般，他们原来都是临时凑合的人，谁也不知道谁的来历，七人之中李疑张认识农劲荪，张疑李认识农劲荪，都不好开口请教姓名。农劲荪喝了一口酒说道："幸亏我昨日病了，起床不得，没同去打淮庆会馆，若是去了，难保不一同受伤回来。"

七人听了都瞪了农劲荪一眼，让农劲荪坐的那人说道："戴花就戴花，什么伤呀伤的瞎说！"农劲荪才知道他们忌讳受伤的话，要说"戴花"吉利些，便连忙改口道："昨日戴花回的，差不多有一百人，我若去了，自是免不了的。"一个人答道："我们有神灵庇护，戴花算得了什么！我们本来今日都准备了，要去活捉霍元甲的，就为那解联魁在韩大哥面前捣鬼，说什么先礼后兵，要先写信去尽问霍元甲，限霍元甲在十二个时辰以内，把一千五百多个吃洋教的，通同交出来；过了十二个时辰，不交出才去打他。韩大哥偏偏听信了这派鬼话，我们不知道怕霍元甲做什么，他也是一个人，又没有封枪炮的本领。我们拿红衣大炮去冲他，他就是铜打的金刚，铁打的罗汉，也要冲他一个粉碎。"

农劲荪道："我这几日，又吃亏病了，连红衣大炮都只听得说，不曾看见，也不知如何厉害。"那人说道："吴三桂的红衣大将军大炮，是最厉害有名的，一炮能冲十里，十里以内可冲成一条火坑。霍元甲是知趣的，赶快把那些吃洋教的东西交出来，就不干他的事，曲店街的人，也免得遭这大劫。若再执迷不悟，包管他明年这时候，是他的周年忌辰。"

农劲荪故作高兴的样子说道："好厉害的大炮，我们吃喝完了回去瞧瞧好么？"那人望着农劲荪说道："就搁在大门当中，你怎的还不曾瞧见呢？"农劲荪笑道："我身体不舒服，哪里在意呢？搁在大门当中的，就是那厉害东西么？我的眼睛真是可笑，几次走那东西跟前过身，都没在意。可惜只有一座，若多有几座就更好了。"

农劲荪说这话，原是为不知道有几座，特地是这般说，看他们怎生回答。那人果落了农劲荪的圈套，答道："这么厉害的东西，有一座就当不起了，哪里还用得着几座？韩大哥身边，还有两杆小炮，也是最厉害无比的东西。每杆能一连打得六响，多厚的铁板，就穿得过去，又打得快，又打得远。明日去打淮庆会馆，霍元甲躲了不见面便罢，见面就是几炮，他便有飞得起的本领，也逃不了这一劫。”

农劲荪心想：此来算没白跑，紧要消息，已被我探着了，他们既准备了大炮来攻击淮庆会馆，我们若不肯将教民交出，凭空去向他们说和，是不中用的，且快回去商议抵御大炮的方法。遂推出去小解，起身出了帐篷，急急向归途上走。

七人等了一会儿，不见农劲荪转来，出帐看也没有，都以为是来骗饮食的，一般没有军事知识的人，哪里会疑到是敌人的侦探。

于今且放下这边，再说农劲荪在路上不敢停留，径跑回淮庆会馆，改换了服装来见霍俊清。霍俊清正捧着一封信，坐在房中出神，见农劲荪进房，忙起身迎着说道：“你走后没多久，那韩起龙就派人送了这封信来，你看，我们应怎生对付他。”

农劲荪点头答道：“用不着看，信中的意思，我已知道了。”随将自己探得的情形，对霍俊清述了一遍道：“他们竟用大炮来攻，我等若照昨日那般防守，是不中用的。从他们驻扎的村庄，到这里来的道路，我都留神看了，有两处地方，可以埋伏。我们明日分两班，一班在这里照常防守，一班到路上去埋伏。等那大炮经过的时候，猛杀出来，离那埋伏的所在不远，有一个很深的潭，我们抢了那炮，就往潭里掼，掼了就跑，他们要想再从那潭里捞起来，也很不容易。即算他们人多，能捞得起，然也得费不少的功夫，我们到那时，再想方法对付。”

霍俊清踌躇道：“这办法行是可行的，不过我想射人先射马，擒贼先擒王，在我的眼中，看他们这班东西，直和蝼蚁一般，但觉得讨厌，不知道可怕。你这办法很妥当，尽管照着去做，我看了韩起龙这封信，心里委实有些气他不过。你只听得那人口说，不曾见这措辞荒谬的信，你且瞧瞧，看你能忍受不能忍受？”

农劲荪即拿起那信来看，先看了信上的字迹歪斜，一望就知道是个没读书的人写的，接着看了第一句，是“元甲先生知悉”，即笑着放下来不看了，说道：“这信也值得一气吗？这只怪在韩起龙跟前当秘书长的，胸中只有这几点墨水，还不知费了多少心血，才写出这封信来，你倒怪他措辞荒谬，岂有个通文墨的人，也肯跟着他们是这样胡闹的吗？你不看信中的词句，有一句不费解的么？”

霍俊清道：“话虽如此，但我决心明日辰刻，去找韩起龙当面说话，你的计划仍不妨照办。韩起龙既有这信给我，我去找他说话是应当的。”农劲荪问道：“你打算找他说什么话呢？”霍俊清道：“天津的义和团，为首的就是韩起龙，和信教的为难，是他们义和团的主旨。韩起龙一日不离开天津，我等保护教民的负担，便一日不能脱卸，又不能尽我等的力量，杀他们一个尸横遍野，血流成渠，使他们望了淮庆会馆就胆寒。即是我等明日便将他们的大炮，沉之潭底，能保得他们不弄出第二座大炮来吗？我等提心吊胆的日夜防闲，已是不易，而一千五六百教民，和二三百防守的人，每日的粮食，再支持三五天下去，也要闹饥荒了。我再四思维，直是逼着我向这条道路上走，至于成败利钝，只好听之于天。我原说了，尽人事以听天命，我也未尝不知道这是冒险的举动。但于今既没第二条较为安全的道路可走，所以决心如此。”

农劲荪道：“我是自顾无此能力，因之无此勇气，若不然今日早已那么做了。”二人谈话时，刘振声走了来，向农霍二人说道：“这些教民却都能体贴，每人一日自愿只喝一碗粥，腾出米粮给外面出力的人吃；还有愿挨饿，一颗米也不要吃的。”

霍俊清叹道：“人家都说信教的十九是不安本分的人，想借着外国人的势力，好欺压本国人的，不然就是没生活能力的人，想借着信教，仰望外国人给饭吃的，何尝是些这么的人？他们若真是些不安分的坏蛋，既有一千五六百人，还怕什么义和团呢？又如何肯这么体贴人呢？振声你去对他们说，请他们都聚在大厅上，我有话向他们讲。”

刘振声应着是去了。一会儿回来报道：“他们都到了厅上等候。”霍俊清点头，拿了韩起龙的信起身，农劲荪、刘振声跟着，一同来到大厅上。一千五百多教民，见了霍俊清，都大呼救命恩人。

霍俊清连忙扬手止住，大声说道：“昨日义和团两次来攻，和我们两次将他们击退的情形，我已教小徒刘振声说给诸位听了。今日农爷亲去韩起龙驻扎的地方，探得韩起龙准备了红衣大炮，原打算今日再来攻打这里，只因有人劝韩起龙先礼后兵，先写一封信给我，信中限我在十二个时辰以内，将诸位全数交给他。若过了十二个时辰不交，他就统率一千六百神兵，前来血洗淮庆会馆。我想韩起龙既有能冲十里的大炮，又有一千六百名神兵，我等若依照昨日的方法防守，决防守不了。并且那大炮开发起来，不但我淮庆会馆和诸位当灾，就是靠近曲店街的商铺，也得冲成一条火坑。他们这些没天良的东西，毫无忌惮，我料他们是说得到，做得到的。我想领着诸位，往别处地方逃吧，此时天津邻近东南西北各府县，没一处不是义和团闹得天翻地覆。天子脚下的北京城，闹得比天津更厉害，逃是无处可逃的。我激于一时的义愤，出告白把诸位都聚做一块儿，今日祸到临头，若仍不免教诸位逃难。在前几日，诸位向旁处逃，或者还有十分之几，能逃得了性命。今日已是逃不出十里，便得被害了，岂不是我反害了诸位吗？我思量了多久，浩劫临头，别无旁的道路可走。”

霍俊清说到这里，教民当中已发出哭声来了。霍俊清复扬手止住，高声说道：“我的话还不曾说完，且请听下去，这时哭也不中用。”那几个哭的人听了这话，真个止住了啼哭。霍俊清继续说道：“韩起龙限我十二个时辰，是到明日午时为止，我明日辰时动身去韩起龙那里，尽我的本领去做。我能在午时以前回来见诸位的面，是诸位的福气，若过了午时再不见我回来，那么我早在地下等候诸位了！”

霍俊清说到这里，两眼一红，嗓音也哽了，一千五百多个教民，也都忍不住放声大哭起来。霍俊清拿手掩面回房，农劲荪跟着叹息，霍俊清拭干了眼泪说道：“我当初以为天津信教的，至多不过几百人，哪知道有这么多。于今我们这里人数，总共将近有二千人，专就粮食这一项，已经担负不起。这种举动，在我们看了，是义不容辞的；而曲店街各商户，因为各人要保护各人的生命财产，才肯大家跟在里面出力。若教他们捐助食粮，给这些教民吃，是谁也不愿意的。幸亏我今年早料到怕闹饥荒，又恰好空了两个栈房，多屯了些米麦。然照这两日每天十石计算，至多不过能再支持五日，五日后食粮尽了，韩起龙便不来攻打，我等能守得住么？”

农劲荪道：“我明日陪你一阵去，我虽没甚本领，然有一个帮手，毕竟妥帖些。”霍俊清摇头道：“那怎么使得？我两人都去了，万一韩起龙分两路来攻，还了得吗？我此举原是行险，若不成功，则此后千斤重担，全在你的肩上。假使前日没你在跟前，我一个人就敢毅然决然的发那告白吗？我知道你的武艺不如我，我的计谋，就差你更远。我今夜得安睡一觉，我的职务教振声代替，你一心照着你自己的计划安排，不用问我的事。”

农劲荪遂退出来，在霍俊清请来的朋友当中，挑选了二十个富有膂力的，对他们说了夺炮的计划，教二十人这夜都去休息，不担任防务，其余的分作两班，照常巡逻把守。

一夜平安过去，第二日早起，农劲荪防韩起龙动身得早，天光才亮，就同二十人吃了战饭，各带随身兵器，到预定的埋伏地方埋伏了；一个个摩拳擦掌的，只等大炮到来。

再说霍俊清见天交辰刻，即换了一身灰布紧身衣靠，用灰布裹了头，脚上也穿着灰色袜子，套上草鞋，背上雁翎宝刀。他生性原不喜欢饮酒的，这时却从橱里，提出一瓶高粱酒来，对着瓶口一饮而尽，酒壮人气，人仗酒雄。出了会馆，使出平生本领，如疾风迅电的，杀奔义和团的驻扎所来。连埋伏在半路上的农劲荪等二十一个人，都没看出霍俊清，是何时打从这里经过的。一则因霍俊清的身法太快；二则因他遍身灰色，不注意看不出来。

霍俊清奔近那村庄一看，只见那庄子旁边的黄土坪里，半圆形的立满了一坪奇形怪状的神兵，估计个数目，约莫有二千来人，但是都静悄悄的，听一个立在桌上的人讲话。看立在桌上的那人，也是穿着一般颜色、前长后短的怪服，六尺以外的身材，浓眉巨眼脸肉横生，立在桌上说话，也显出一种雄赳赳的气概；一手握着一杆六子连的手枪，说话的声音极大。

霍俊清立在远远的，听得其中几句话道：“好不识抬举的霍元甲！我拿他当个英雄，特地派人请他入伙，他不但不从，倒明目张胆的与我们作对。你们大家努力，只等过了午时，他如胆敢再不将那一千五百多个吃教的杂种，全数交出来，我韩起龙抓住他，定理碎尸万……”下面的一个“段”字不曾说出，霍俊清已如风飞至，手起刀落，只听得“喳”“喳”两声响，韩起龙两条握手枪的胳膊，早已与他本身脱离了关系，身体随往桌底躺下。

当韩起龙胳膊未断的时候，满坪的神兵但听得一声“霍元甲来了！”却是霍元甲的影子，全场没一个人看见，韩起龙的身体躺下，又齐听得一声“霍元甲少陪了”，全场的人，有大半吓得手中的兵器，无故自落的，韩起龙的性命，这回虽不曾送掉，然没了两条臂膊，自此成了废人。天津的义和团既去了这个头目，所谓蛇无头不行，没几日工夫就风消云散了，天津的教民因此得全数保全了性命。而京、津、沪、汉各新闻纸上，都载了霍元甲保护教民的事实，有称霍元甲为侠客的，有直称为剑仙的，“霍元甲”三字的声名，在这时已经震惊全世界了。

欲知后事如何，且待第二十回再说。

总评：

天下之事，往往因时变幻，错综百出，虽有智者，莫能测其究竟也，善作小说者亦然。譬如此书前一回，霍俊清欲轻身以入拳匪之窟，农劲荪竭力阻之，不意霍俊清未去，而农劲荪反改装去矣！农既去，阅者以为霍俊清可以不去矣，不意农方归来，而霍又慷慨横刀以去。事之不易测，一至于此，亦可谓极错综变化之能事矣。

农劲荪身入匪窟一节，观其随机应变，对答如流，便活像一侦探专家样子。尤妙在随处露出破绽，又能随处掩饰过去，身历奇险，神色不变，此非大勇之士，不能如此坚定也。

霍俊清之入匪窟、斩匪魁，此固奇危极险之事，苟非万不得已，轻身而蹈不测之险，不特著者所不取，亦霍俊清之所不愿出也。故必先叙拳匪方面，欲以大炮轰淮庆会馆，而后时机急迫，霍俊清乃不得不出此冒险之一举；谨慎如农劲荪，亦不复能从而拦阻之矣。故我谓农劲荪之探匪窟，却是预为霍俊清刀劈巨魁作伏线也。

教民节食一节，所以表世人尚有良心也。我尝谓人之良心，急难时最易发现，观此益信。霍俊清对教民之一番演说，慷慨激昂，仁至义尽，虽荆卿易水歌，无此悲壮也！人有必死之心，则事无不济，常人且然，况大英雄如霍俊清乎？故不必韩起龙之身受重创，我早知霍俊清之必达目的矣。

第二十回

金禄堂试骑千里马　罗大鹤来报十年仇

话说上回写到霍元甲带醉斩了韩起龙，义和团的事，成了一个天然的小结束，这一回却又要写到大刀王五的身上来了。且说王五自从在李富东家，替霍俊清夸张了一会儿，作辞回北京来，草草的过了残年，心中为着谭浏阳殉义的事，仍是怏怏不乐，总觉得住北京，腻烦得了不得。

光阴迅速，匆匆到了三月。这日有个虞城的朋友，新从家乡到北京来，特地到会友镖局来瞧王五。那朋友闲谈虞城的故事，说起虞城西乡大塔村，有一家姓胡的，世代种田为业，算是大塔村里，首屈一指的大农户。胡家养了几匹骡马，每年产生小骡、小马，也是一宗很大的出息。他家有一匹老牝马，已经多年不生小马了，胡家的人，几番要把那匹老牝马宰了。可是作怪，那匹老牝马好像有知觉似的，胡家这几日一打算要宰它，它就不吃草料，并且拼命的做功夫，以表示它不是老而无用、徒耗草料的东西。胡家人见它这样，便不忍宰它了，屡次皆是如此。

到去年十月，那牝马的肚子，忽渐渐的大起来，十二月二十九的那日，居然又产下一匹小马来。那匹小马的毛色真是可爱，遍身头尾漆也似的乌黑，只有四条腿齐膝盖以下，雪一般的白得好看。胡家人便替它取个名字，叫做“乌云盖雪”。那马下地才半月，就比寻常半岁的马，还要大许多。胡家因是才生出来的小马，没给它上笼头，谁知那马出世虽才半月，气力却是大得骇人，和它同关在一间房里的骡马，被它连咬带踢的，简直闹得不能安生。最好笑的，那马竟知道孝顺。平日那匹老牝马，和旁的骡马，关在一块儿的时候，老牝马太弱，常抢不着食料，甚至被旁的骡马，咬踢得不敢靠近食槽。自从小马出世，每逢下料的时候，小马总是一顿蹄子，将旁的骡马踢开，让老牝马独吃。胡家人见了，只得将骡马都隔开来，于今才得两个多月，已比老牝马还要高大，凶恶到了极处，什么人都不敢近前，靠拢去就得被它踢倒。

春天正是嫩草发芽的时分，家家的骡马，都得放出来吃青草，胡家的骡马，自然也一般的放出来。那乌云盖雪的马，既没有笼头，人又近前不得，便毫无羁绊，一出门就昂头竖鬣的乱蹿乱跑，蹿到别人家的马群里，别人家的马，就得倒霉，十有八九被它踢伤。老牝马吃饱了青草，将要归家了，只伸着脖子一叫，小马登时奔了过来，同回胡家。左右邻居的马，三回五次的被小马踢伤了，养马的都不服气，一个个跑到胡家来论理，问为什么这么大的马，还不给它上笼头？胡家不能护短，只好一面向人赔不是，一面拿笼头给小马上了，但是笼头虽然上了，仍是没人能捉得它住。哪怕身壮力强的汉子，双手拉住绳索，它只须将头一顺，那汉子便立脚不牢。

胡三的气力，也是大塔村的第一个，他偏不相信拉不住。这日，他做了一个新笼头，给小马套上了，就一手把笼头挽住，牵出大门来。那马才跨出门限，即将头往前一扬，放开四蹄便跑。胡三有力也施展不出，两脚悬了空，两手死死的把笼头握住，打秋千似的吊跑了半里多路，遇了一片好青草地，那马低下头来吃草，胡三才得脚踏实地。从此，胡家把那马监禁起来，再也不敢开放。胡家人说，如有人能骑伏那马，自愿极便宜的卖给那人。

王五听了，心中一动，暗想我年来正愁没访得一匹好马，那马若合该是我骑的，必然一骑就伏，价钱多少，倒没要紧。好在我此刻正苦住在北京腻烦，借此去外面走走也好，当下向那朋友问了虞城县大塔村的路径。镖局里的事务，本来是委人料理的，自己在家不在家，没有关系。就在第二日，带了些银两，骑上一匹长途走马，动身向河南开封道虞城县走来。

在路上饥餐渴饮，晓行夜宿，这日已到了虞城县，向人探问大塔村，喜得很容易寻找。大塔村的地方不小，进了大塔村口，还得走十来里才是胡家。王五问明了道路，要见那马的心切，遂将坐下的马加上两鞭。王五骑的这马，虽不是千里名驹，然也不是寻常易得之马，一日之间也能行走五百里路，只因齿老了，故想更换。

这时王五进了村口，两鞭打下去，便追风逐电的向前驰去。才跑了二三里路，王五在马上听得背后一声马叫，忙回头来看，只见相隔半里远近，一匹漆黑的马四蹄全白，向自己走的这条道路，比箭还快的飞来。马背上坐着一人，低着头，伏着身子，好像用双手紧紧的揪住马项上的鬃毛。那马跑得太快，那人又低着头，看不出年纪相貌。王五一见那马的脚步，心里好生羡慕，打算将自己的马，勒开一边，让那马过去；只是哪里来得及，自己的马不曾勒住，那马已从背后一跃飞到了前面，转眼就只见一团黑影了。王五倒大吃一惊，暗想世上哪有这般猛烈的马，便是这个骑马的人，本领也就了不得。我这回为此马长途跋涉，只怕来迟了一步，马已有主了。但我既到这里来了，少不得要去见个实在，能因马结识一个英雄，也不白跑这一遭，仍催着坐下马。不一刻，到了一个大村庄。

庄门外立着几个人，在那里说笑，那乌云盖雪的马，也系在门外一棵树上。王五知道就是这里了，随跳下马来，即有一个满头满脑一身都是污泥的老头，走过来向王五拱手道："刚才冒犯了老哥，很是对不起！"王五估量这老头的年纪，至少也有七十多岁，见他遍身是泥，那马的肚皮腿股，也糊满了污泥，料知刚才骑马的，必就是这老头，所以有冒犯对不起的话。遂也拱手答道："老丈说哪里话！没有老丈这般本领，不能骑这马；没有这马，也显不出老丈的本领。小子本特为这马，从北京到这里来，老丈既来在小子之前，小子只好认命了。但得因马拜识了老丈，也算是三生有幸。请问老丈的尊姓大名，府上在哪里？"

老头先请教了王五的姓名。才答道："老朽姓金，名光祖……"王五不待老头说下去，连忙拱手笑问道："老丈不就是宁陵县人，江湖上人称为'神拳'金老爹的吗？"金光祖也拱手笑道："不敢！承江湖上人瞧得起老朽，胡乱加老朽这个名目，其实懂得什么拳脚，更如何当得起那个'神'字！像老哥的大刀，名扬四海，那才真是名副其实呢！老朽今年七十八了，怎么用得着这样的好马，只因小孙听得人说，这里生了一匹好马，横吵直闹的要来这里瞧瞧。我虑他年轻不仔细，俗言道得好：'行船跑马三分命'，越是好马，越是难骑，因此不敢教他一个人来。我离马背的日子，也太久了些，这马又是异乎寻常的猛烈，险些儿把我掼了下来。"

金光祖说着，回头对立在那马跟前的一个后生招手道："禄儿快过来，见见这位英雄，这是很不容易见着的。”那后生见招，忙走了过来。金光祖指着王五向那后生说道：“这位便是无人不知的大刀王五爷。”随又向王五说道：“小孙金禄堂，多久仰慕老哥的威名，往后望老哥遇事指教指教。”金禄堂对王五作了一揖，说了几句钦仰的话。

王五看金禄堂二十来岁年纪，生得仪表很不俗，心想他能知道爱马，必然不是等闲之辈，便有心结纳他，好做一个镖局里的帮手。只是当时同立在人家的门外，不便多谈。金禄堂也为那马分了精神，见自己的祖父骑了，也急想骑着试试，便向王五告了罪，将腰间的带子紧了一紧。金光祖在旁说道：“禄儿得当心这畜生，它别的毛病一些儿没有，就只跑得正好的时候，猛然将头往下一低，身体随着就地一滚，若稍不留意，连腿都得被它折断。这毛病要提防它，也还容易，你两眼只钉住它两个耳朵，将要打滚的时分，两个耳朵尖必同向前倒下，你一见它两耳倒下……”

金光祖说到这里，金禄堂接面说道：“赶紧将缰往上一拎，它不就滚不下了吗？”金光祖连连摆手道：“错了，错了！亏你在这时说出来，就这一拎，不怕不把你的小性命送掉！你以为这也是一匹寻常的劣马吗？便是寻常的劣马，不上辔头，不上嚼口，也拎它不起，何况是这样的好马呢？这马一头的力，足有千斤，又光光的套上一个笼头，你坐在它背上，两膀能有多大的力？它的头往下，你能拎得它起来吗？它口里若上了刺嚼，因为怕痛，才能一拎即起，于今是万万拎不得的，你务必记取明白。它的头一往下低，两耳又同时朝前倒了，就赶快把你自己的右腿尖，往它前腿缝里一插，它自然滚不下了。还有一层，这畜生欢喜蹿高跳远，你万不可拿出平常骑马的身法、手法来，想将它勒住，一勒就坏了。像这样的好马，你骑在它背上，须得将你自己的性命，完全付托给它。它遇着高坳，要蹿上去，你尽管由它蹿上去；遇着极宽的坑，它想跳过去，你也尽管由它跳过去。越是顺着它的性子，越不会出乱子。它虽是畜生，然它若自顾没蹿高跳远的能耐，你就打它，它也不肯蹿跳。这畜生能蹿一丈三四尺高，能跳二丈来远。你须记取，它蹿高的时候，你的身体须往后仰，等它前脚已起后脚用力的时候，你的身体便向前略栽，它才不觉吃力。若是它将要起前脚的时候，你将身体向前压住，它后脚用力的时候，你又将身体往后压住，它本有蹿一丈三四的能耐，是这么一挫压，便得减退四五尺了，岂不坏了吗？我刚才骑它，因跑过几亩水田。所以弄得浑身是泥，你要骑得十分当心才行。”

金禄堂也不答话，笑嘻嘻的走到树下，解下绳索来。那马见绳索已解，便四脚齐起，乱蹦乱跳。金禄堂也不害怕，凭空向马背上一个箭步，已身在马上了。那马将头扬了两扬，支开四蹄就跑。

金光祖到王五跟前说道：“难得在这里遇见老哥，我想屈尊到寒舍盘桓盘桓，不知尊意以为何如？”王五既有心要结识金禄堂，自己又左右闲着无事，便欣然答应。二人站着谈话，谈不到一顿饭的工夫，金禄堂已骑着那马，如飞而至，遍身头顶，也和金光祖一样，糊满了污泥。金光祖爱惜孙儿，恐怕他骑得累了，忙上前抢住笼头。那马接连被骑了两次，也累得乏了，比前驯良了许多。

金禄堂滚下马背，摇头吐舌的说道：“就方才这一点儿时间，已来回跑了六十多里路，在马上看两边的房屋、树木，只见纷纷的往后倒下去，多望两眼，头目就昏眩了。人家都说火车快得厉害，我看这马比火车还要快得多呢！我买了它回去，看何时高兴，我得骑到南京去，和火车比赛比赛。”金禄堂这时随口说了几句玩笑话，后来南京办劝业会的时候，他果然将这马骑到南京，特地专开一个火车头，马在前头，车头在后边，十里以内，火车真个追这马不上。这是后话，趁这时表过不提。

再说当日金光祖，见已将这马骑服了，即问胡家要多少马价。胡家开口要一百两银子，金光祖并不还价，随如数兑了一百两银子。王五遂跟金光祖、金禄堂，带了那匹乌云盖雪的马，一同到宁陵县金家来。王五在金家住了几日，和金光祖公孙，谈论拳脚，甚是投机。金光祖的儿子金标，出门十多年，没有音信，也不知是生是死，金禄堂的本领，全是金光祖传授的。

这日王五正和金光祖，坐在房中谈话，只见金禄堂进来报道：“外面来了一个姓罗的，说是湖南人姓言的徒弟，有事要见爷爷。”金光祖一听这话，脸上顿时改变了颜色，停了一停，才抬头问金禄堂道：“那姓罗的，多大年纪了？”金禄堂道：“年纪不过三十多岁，身材很是高大。”金光祖道：“你已说了我在家么？”金禄堂摇头道：“我说你老人家不在家，他说没有的事，若真不在家，他也不会来了。”金光祖面上很露出踌躇的样子，王五在旁见了，猜不出是什么缘故，想问又不好开口。金光祖长叹了一声道：“冤家路窄，躲也躲避不了。禄儿请他在外面坐坐，我就出来见他。”

金禄堂应“是”去了，金光祖随回头向王五说道：“十年前，有一个湖南人姓言的，因闻我的名，特地找到这里来，在这里住了三日，要和我交手。那姓言的，原来是一个读书人，本领确是不弱，和我走了二百多个回合，我用擒拿手伤了他。他临走的时候，对我说道：‘我们十年后再见。我若没有和你再见的缘法，也得传一个徒弟，来报这一手之仇。’当时姓言的说完这话走了。十年来，我虽上了年纪，然不敢荒废功夫，就是防他前来报复。”

王五道：“姓言的若是自己来，或者可怕。这姓罗的，是他的徒弟，也不见得有多大的本领。区区不才，如老丈有用得着我的时候，尽可代劳，和他见见高下。”金光祖摇头说道：“使不得！一人做事一人当，但请老哥在旁，替我壮壮胆量。”说着起身，进里面更换衣服，用一块寸来厚的护心铜镜，藏在胸前衣襟里面。装束停当，拉了王五的手，同来到外面厅堂上；只见金禄堂陪着一个魁伟绝伦的汉子，坐在厅堂上谈话。那汉子背上还驮着黄色包袱，不曾放下。见金光祖出来，那汉子起身抱拳笑道：“久闻神拳金老爹的大名，今日才得来领教。老爹还记得十年前用擒拿手，点伤辰州人言永福的事么？小子罗大鹤，就是言永福师傅的徒弟。这回奉了师傅之命，特来请教老爹。”

金光祖也抱拳当胸的答道：“但愿老哥能青出于蓝。我虽老迈无能，但是既有约在先，不能不奉陪大驾。”罗大鹤即将背上的黄包袱，卸了下来。

不知与金光祖如何较量，罗大鹤是怎生一个来历，且俟第二十一回再说。

总评：

此书以王五、霍俊清二人为线索，我已言之矣。十九回以前，所叙各事，多偏于霍俊清方面，对于王五，未免稍嫌冷落；故二十回起，乃将霍俊清放过，重提王五方面，此是作者双方兼顾处也。

此回虽折入王五方面，其实却非王五正传，故作者乃借千里马一节，轻轻搭到金禄堂祖孙身上。然后言永福也，罗大鹤也，陈广泰也，牵连之人物渐多，笔势之开展益甚。读者悟此，则虽遇枯窘之题，亦不愁无好文章做矣。

作者写千里马一节，暗中确是为侠义英雄做影子也。少年任气，不受羁勒，勇于御敌，孝于事亲，以马言，是何等好马；以人言，则是何等好汉子耶！全书诸侠义英雄，均以此马为之写照矣。

当世妄人，昌言非孝，视父母若路人，余已深恶而痛斥之者屡矣。今观作者写千里马，却极写其孝，我意作者亦有感而发，欲以千里马愧彼妄人。人而不如禽兽，彼妄人者，亦何面目立于天地之间耶?

写胡三之骑马，借以衬出金禄堂之骑马，是反衬也；写金光祖之骑马，借以衬出金禄堂之骑马，是正衬也，读此可悟两种衬托之法。写千里马脚步之速，亦完全以衬托出之。如王五听得背后一声马叫，回头看时，尚隔半里，追欲将自己之马勒开，而背后之马，已一跃过去；又谓马跑得快，马上之人，看不出相貌年纪；又谓此马飞到前面，只见一团黑影；又谓王五所骑，亦非寻常之马，一日能行五百里路。以上几层，历落写来，不必定要出力写马，而马之神速自见。

作者写千里马之脾气，灼然如见，驾驭之法，亦说得十分详明，阅此一节，我可断定作者非但善于骑马，而且善于驾驭千里马也。

第二十一回

言永福象物创八拳　罗大鹤求师卖油饼

话说金光祖在十年前用擒拿手点伤了的言永福，原是湖南辰州的巨富。言永福的父亲言锦棠，学问甚是渊博，二十几岁就中了举，在曾国藩幕下多年，很得曾国藩的信用，由乐山知县，升到四川建昌道，就死在雅安。言永福是在四川生长的。他虽是个读书种子，然生性喜欢拳棒。那时四川的哥老会极盛，哥老会的头目，有个姓刘名采成的，彭山县人，拳棒盖四川全省。

言锦棠做彭山县知事的时候，刘采成因犯了杀人案子，被言锦棠拿在彭山县牢里。论律本应办抵，但言永福知道刘采成是四川第一个好汉，想相从学些武艺，亲自到牢监里和刘采成商量，串好了口供，又在自己父亲跟前，一再替刘采成求情，居然救活了刘采成的性命。刘采成从死中得活，自然感激言永福，将自己平生本领，全数传授给言永福。

“天下无难事，只怕有心人。”言永福既是生性欢喜武艺，又得这种师傅，哪有不成功的道理？因此只苦练了五年，他的年纪才得二十岁，在四川除刘采成外，已是没有对手。后来言锦棠病死在建昌道任上，言永福扶柩归到辰州。辰州的木排客商，会法术、会武艺的极多，论到武艺，也没有人及得言永福。

言永福在家守了三年制，心想中国这么多的省份、这么多的人民，武艺赛过自己的，必然不少。我独自住在这穷乡僻壤的辰州，一辈子不向外省走动，便一辈子也见不着了不得的好汉。我于今既已闲着在家无事，何不背上一个黄包袱，去各省访访朋友呢？若能遇上一两个强似我的人，得他传授我几手惊人的技艺，也不枉我好武一生。

言永福主意已定，遂略带了些盘川，背上黄包袱，历游广东、广西、云南、贵州，到湖北住了三年。所到之处，凡是负了些声名把式，以及江湖上卖艺之徒，言永福无不一一指名请教，共在南七省游了十个年头，与人交手在千回以上，却是一次也不曾逢过对手。于是从湖北到河南，闻得“神拳”金光祖的威名，便直到宁陵县来拜访。

论到言永福的本领，并不弱似金光祖，也是一时大意了些，被金光祖用擒拿手，将言永福的臂膊点伤了。言永福当时知道不能取胜，遂向金光祖说了十年后再见，若自己无再见的缘法，当教一个徒弟来拜赐的话，即退了出来。言永福出金光祖家，暗想北方果有好手，我初进河南，就逢了这么一个对手，还亏得受伤不重，不至妨碍生命；若再进山东、直隶一带去，只怕更有比这金光祖厉害的。本领得不到手，弄得不好，倒送了自己的性命，不如且回辰州去，加工苦练几年，好来报这日之仇，遂从宁陵仍回辰州原籍。

他本来是一个富家公子，也曾读过诗书，他生性除好武而外，还有两种嗜好：一好养鹤，家中养了一二十只白鹤，每日总有一两次，凭着栏杆，看那一二十只白鹤，梳翎剔羽；再有一种嗜好，说起来就很好笑了，他最欢喜吃那用米粉做的油炸饼。但是，自己家里做的，不论如何做得好，他又不欢喜吃，专喜吃那些小贩商人挑着担子，旋炸旋卖的。他家虽是辰州的巨富，然因他生性爱挥霍，加以不善经营，又因急于想研究高深的技艺，就不惜银钱，延纳各处武术名家，终日在家研究拳脚。如此不三四年工夫，言永福的拳脚倒没了不得的进步，而言锦棠一生宦囊所积的巨万家私，已容容易易的花了个一干二净。还亏言永福少时，曾随着他父亲读书，就凭着他胸中一点文学，就在辰州设馆，教书度日。

俗语说得好：“穷文富武。”大凡练武艺的人，非自己的生活宽舒，常有富于滋养的饮食来调补不可。言永福的生活，既渐次艰难起来了，各处的武术名家，不待说不能延纳在家，就是他自己的武艺，也因心里不愉快，不能积极的研练。十年报仇的话，虽不曾完全忘掉，然自知实行无期，只得索性把研究武艺的心思放下，专教一班小学生的“诗云”“子曰”，倒也能支持生活。但他的好武念头，已因穷苦而减退，而好鹤与好吃油饼的心思，却依然如故。不过家中养的鹤，不似从前那么多的成群结队罢了，仅留了一只老白鹤，连他自己也不知道那只白鹤，有了多大年纪。据他说那只鹤，还是他父亲言锦棠，在十几岁的时候饲养的。言家已养了六十多年，言永福将这只鹤爱同性命。

这日用过早饭，言永福刚教了小学生一遍书，就伏身在栏杆上面，看那鹤亮着翅膀，用它那长而且锐的嘴，梳翅膀上的羽毛。正看得有趣的时候，忽见那鹤耸身一跳，两翅一扑，便跳过了天井那边，随着用长嘴，向青草里啄了一下。言永福的眼快，早看见青草里面，钻出一条六七尺长的青蛇，伸颈扬头的张开大口，向白鹤的喉颈咬去。白鹤不慌不忙的，亮起左边的翅膀，对准青蛇七寸上一扑，长嘴就跟着翅膀啄下。可是青蛇也敏捷得厉害，白鹤的翅膀方才扑下，蛇已将头一低，从翅膀底下，一绕到了白鹤背后。白鹤的两腿，是一前一后立着的，青蛇既绕到了背后，就要在白鹤后腿上下口。言永福看下，心中着急，唯恐自己心爱的鹤被蛇咬坏。正打算跳过栏杆去将蛇打死，谁知那鹤更灵巧，后腿连动也不动，只把亮在后面的左翅膀，挨着后腿掠将下来，翅梢已在蛇头上扫了一下，只扫得那蛇缩头不迭。不过蛇头上虽被扫了这一下，却仍不肯退去，且比前更进咬得快了。言永福很注意的看那鹤，竟是一身的解数。

蛇、鹤相斗了三个时辰，蛇自低头去了。言永福独自出了好一会儿神，猛然跳起身来，仰天哈哈大笑，将一班小学生都吓了一惊，不知先生什么事，这般好笑。言永福狂笑之后，把那些小学生，都辞了不教，对人说是有要紧的事，没有闲工夫教书了。其实，言永福辞退学生之后，并不见他做什么要紧的事，只终日如失心病人一般，独自在房中走来走去。有时手舞足蹈一会儿，有时跳跃一会儿，无昼无夜的，连饮食都得三番五次的催他吃，不然，他简直不知道饥饿。

是这么在家里闹了三五个月，忽改变了途径，每日天光才亮，他就一人跑到后山树林中去了。他家里人不放心，悄悄的跟到山中去看他，只见他张开两条手膀，忽上忽下，忽前忽后，学着白鹤的样式，在树林中翩翩飞舞。茶杯大小的树木，只手膀一掠过去，就听得哗喳一声响，如刀截一般的断了。地下斗大一个的石头，一遇他的脚尖，便蹴起飞到一两丈高。是这么又过了几月，才回复以前的原状，仍招集些小学生在家教读。

又过了些时，有一日下午放了学，言永福到自家大门外散步，见一个三十来岁的汉子，肩上挑着一个炸油饼的担儿，走近言永福跟前放下，言永福见了，禁不住馋涎欲滴。摸了摸怀中，只得两文铜钱，就拿着向那炸油饼的汉子，买了两个油饼吃了，到口便完，兀自止不住馋涎，呆呆的望着那汉子，炸了又炸。怀中没有钱，不敢伸手。那汉子却怪，炸好了一大叠油饼，双手捧了，送给言永福道："先生喜欢吃，尽管吃了再说。我每日打这里经过，先生不拘何时有钱，何时给我好啦！"

言永福一听这话，心中好生欢喜，一边伸手接了油饼，一边问那汉子道："听你说话，不是此地口音，怎的却来这里卖油饼呢？"那汉子笑道："我本是长沙人，流落到这里，没有旁的生意可做，只得做这小买卖。先生要吃时，尽量吃便了。"言永福真个把一大叠油饼吃了。

次日这时候，言永福来到门外，那汉子已挑着担儿，并炸好了一叠油饼，歇在门外等候。见言永福出来，仍和昨日一般的，双手捧了那叠油饼，送给言永福道："我知道先生欢喜吃，已炸好在这里了。"言永福虽则接了油饼，往口里吃，心里终觉有些过不去，吃完那叠油饼问道："你姓什么，叫什么名字？说给我听，我好记一笔账，十天半月之后，一总给你的钱。"

那汉子摇头道："只要先生欢喜吃，随意吃就是了，这一点点小事，用得着记什么账！"言永福听了这话，很觉得奇怪，暗想做小买卖的人，怎的有如此大方，如此客气？并且我看这人的神气，全不像是流落在这里，不得意才做小买卖的，遂问那汉子道："你既是长沙人，为什么会流落在这里呢？"那汉子笑道："这话难说，且过一会儿，再说给先生听吧！"说着，就挑起担儿走了。

自此，每日下午必来，来必双手捧一叠油饼，送给言永福吃。

如此吃了两个月，言永福几次给他钱，他只是不受。言永福吃得十分过意不去，对那汉子说道："我和你非亲非故，且彼此连姓名都不知道，我怎好长久叨扰你呢！你若是手中富有，也不做这小买卖了，我看你很不像是个流落在此的人，你何不爽直些说出来，有什么事要求的，只要我力量做得到，尽可帮你的忙。我想你若没有求我的事，决不会如此待我。"

那汉子听了，点了点头道："我姓罗，名大鹤，在长沙的时候，早闻得辰州言师傅的名，只自恨我是一个粗人，不敢冒昧来求见。到辰州以后，打听得师傅欢喜吃这东西，便特地备了这个担儿，本打算每日是这么，孝敬师傅一年半载，方好意思向师傅开口，求师傅指教我一些拳脚。于今师傅既急急的问我，我只好说出来了。”

言永福听了，心中异常高兴，满面堆欢的问道：“你既多远的来求师，又存着这么一片诚心，你自己的拳脚功夫，想必已是很有可观的了。”罗大鹤道：“我本来生性欢喜拳脚，已从师专练十个年头了。”言永福即教罗大鹤将油饼担儿，挑进里面。

湖南学武艺的习惯，拜师的时候，徒弟照例得和师傅较量几手，名叫“打入场”。罗大鹤这时虽诚心求师，然他自己抱着一身本领，自然得和言永福较量较量，才肯低首下心的拜师。当下挑进油饼担，言永福即自将长衣卸去，向罗大鹤道：“你已有十年的功夫，我的本领能不能当你的师傅，尚未可定。你且把你的全身本领使出来，我二人见个高下再说。”

这话正中罗大鹤的心怀，但口里仍说着客气话道：“我这一点儿本领，怎敢和师傅较量，只求师傅指教便了！”言永福不肯，二人便动起手来，只得三四个回合，言永福一仰丢手，把罗大鹤抛去一丈开外，跌下地半晌不能动。罗大鹤爬起来，拜了四拜，言永福慌忙拉起说道：“你若是去年来拜我为师，我决当不了你的师傅。你此刻的本领，在南七省里，除我以外，已不容易找着对手，我能收你做徒弟，是我很得意的事。不过我有一句话，得预先说明，你应允了，我方肯尽我所有的本领传授给你。”

罗大鹤道：“师傅有什么话，请说出来，我没有不应允的。”言永福道：“六年前，我在河南宁陵县，和神拳金光祖较量，被他用擒拿手点伤了臂膊。当时我曾说了，十年之后，我自己不能来报仇，必教一个徒弟来。论我此刻的本领，已打金光祖有余，就因路途太远，我的家境又不好，不能专为这事，跑到河南去。你既拜我为师，将来本领学成之后，务必去河南，替我报了这仇恨。”罗大鹤道：“这是当徒弟的应做的事，安有不应允之理？”

言永福点头道：“我于今要传给你的本领，是我独创的，敢说一句大话，普天下没有我这种拳脚。我从河南被金光祖打了回来，请了无数的好汉，在家日夜谈论拳脚，为的是想报这仇恨。奈请来的人，都没有什么惊人的本领，皆不是金光祖的对手。许多人在我家闹了三四年，我的本领不曾加高，家业倒被这些人闹光了。亏了一条大青蛇，和我家养的老白鹤相打，我在旁看了，领悟出一身神妙莫测的解数来。刚才和你动手所用的，就是新创的手法，这一趟新创的拳，只有八下，不是有高强本领的人，断不能学，学了也不中用。我替这拳取个名字，就叫做‘八拳’。像你这种身体，这种气劲，学了我这八拳，听凭你走到什么地方，决不会遇着对手。”

罗大鹤听了，自是又钦佩，又欣喜。从此就一心一意的，跟着言永福研究八拳。研究拳脚有根底的人，用起功来，比较寻常人自然容易多少倍。罗大鹤只在言永福家，苦练了一年，言永福便说道：“你的八拳，已经成功了，但这一趟拳，我不是容易得来，不能不多传几个徒弟。你回长沙之后，须挑选几个资质好、气劲足，并曾练过几年拳脚的徒弟，用心传授出来，再到河南去。越是传授得徒弟多越好，也不枉了我一番心血。”罗大鹤再拜受教，辞了言永福回长沙来。

不知回长沙传了些什么徒弟，且俟第二十二回再写。

总评：

此一回忽然折入言永福传，金光祖与罗大鹤比武之事，遂搁置不复谈矣。此等处乃作者故意卖关子，使阅者为之闷闷。故我尝谓唯好小说为能使人畅快，亦唯好小说为能使人气闷也。气闷之极，即是畅快之至，阅者请耐心以静待之可耳，勿令作者笑也。

凡欲一艺之精，必先入魔，入魔愈深，则所得愈精。人世百艺，靡不如是，固不独技击为然也。言永福以研究拳艺故，致毁其家，其入魔可谓深矣。卒之以鹤蛇之斗，演为“八拳”，岂非天怜永福，俾成绝艺哉！少年读此，可以增长志气。

言永福在南七省未遇敌手，志得气盈，卒败于金光祖之手，余以为此实永福之大幸也。唯其失败，乃思复仇，思复仇则刻苦研练，以图精进，于是乎因蛇鹤之夺斗，而发明八拳之绝艺矣。苟非金光祖一激，安能如是！故少年时失败，正可激之大成，不足忧也。

言永福爱鹤，又爱食油炸饼，其徒适名大鹤，又适为售油炸饼者，情事之巧合耶，抑作者之以文为戏耶？

罗大鹤求师，至不惜屈其身为卖饼之侩，以投言永福之好，其立志可谓勤矣。昔人求一明师，如此之难，今之少年，父母为延师教导，尚不肯用心求学，以视罗大鹤固何如哉！

中国艺术家，苟有特别技艺，为他人所未经发明者，则大都深自秘惜，不肯传之他人。数千年来，绝妙技术之因而失传者，不胜屈指，良可痛惜。言永福发明八拳，不自珍秘，传之罗大鹤，更嘱大鹤广为流传，俾不湮灭。其度量之宽，识见之远，亦可谓艺术界中难得者矣。

因言永福广为流传之嘱，遂开出下文无数情事来，读此可悟文章转捩接笋之道。

第二十二回

奉师命访友长沙城　落穷途卖武广州市

话说罗大鹤从辰州回到长沙，他家本住在长沙城内，西长街罗家大屋里面。他临行受了他师傅的命令，教他多传授几个好徒弟，他到家之后，便到各处物色英才。这时恰好有一个江西南康人，姓陈名广泰的，从广东到湖南来，也是用一种极新巧的武艺，号召徒众，设了一个大厂，在小吴门正街。湖南练把式的人，稍有声名的，没有一个不曾和陈广泰交手，也没一个能在陈广泰跟前，走到十个回合。因此陈广泰的声名，妇孺皆晓，跟着他学本领的，共有一百七八十人。

从来会武艺的人收徒弟，没有一次收到这么多的。陈广泰得意得了不得，每日从早至晚，专事教授，没有丝毫闲暇的时候。如此才教了两个月，罗大鹤从辰州回来了，闻得陈广泰的名，见资质好些儿的徒弟，一股脑儿被陈广泰收去了，心中不免有些醋意，遂假装一个做小买卖的人，走到陈广泰教武艺的厂里，注意看陈广泰教徒弟的本领。一连看了三日，觉得陈广泰的功夫，实在不错，全看不出一些儿破绽，不过尚能相信自己的本领，不至斗陈广泰不过。

第三日正在看的时候，忽听得陈广泰对一般徒弟说道："我到湖南来设厂子、教徒弟，一不是为名，二不是为利，为的是要把我这绝无仅有的本领，在湖南开辟一大宗派，使湖南人不学武艺则已，要学武艺，则非学我这门拳不可。我教会你们这班徒弟，你们便可代我传授徒孙、徒曾孙，我自己就回江西原籍去，使江西人学武艺的，也都和湖南人一样。"

罗大鹤听到这里，不觉将手中提的做小买卖的篮子，往地下一掷，脱口而出的说道："好大的口气！只怕我湖南由不得你江西人这般猖獗。"说着，跳进厂子，立了一个门户，招手教陈广泰来比赛。

陈广泰一见罗大鹤的身段步法，不禁大吃一惊，连忙拱手招呼道："小弟出言无状，冒犯了老兄，望老兄暂时息怒。我们同道的人，有话尽好商量，请老兄到里面来，坐着细谈。此间人多，不是谈话之所。"

罗大鹤见陈广泰很谦恭有礼，并已当众赔了不是，不便再以恶语相向，只得立起身，也拱手道："只看老兄有什么话商量。湖南地方，轮到你们江西人来耀武扬威，我湖南人的面子，也太无光彩了！"

陈广泰并不答话，只笑嘻嘻的邀罗大鹤到里面一间房内，让罗大鹤坐了，陪话说道："兄弟一时冒昧，说话没有检点，望老兄不要放在心上。看老兄的身段，好像和兄弟同道，不知尊师是哪一位，老兄尊姓大名？"罗大鹤摇头笑道："同道的话，只怕难说。因我师傅是辰州言永福，平生没有第二个徒弟，而我师傅传授我的武艺，也并没有师承。"罗大鹤说到这里，随将言永福因看了蛇跟鹤相打，新创八拳的话说了。陈广泰大笑道："好嘛！我说同道，果是不差。老兄不知道我的武艺的来历，我的师傅，也正和言师傅一样，老兄若不相信，我不妨向老兄说个明白。"

原来陈广泰在七八岁的时候，就跟着他父亲陈翌园，在福建长乐做生意。陈广泰小时，异常顽皮，陈翌园因生意忙碌，也不大拘管他。这日陈翌园走一条街上经过，见有许多人，围着一个大圈子，好像看什么热闹，圈子里面，一片喊打的声音。陈翌园以为是江湖上人，在那里卖艺，自己有事的人，便懒得理会。才走了几步，耳里听得三三五五的人议论道："倒看这个瘦弱小孩不出，至多不过十一二岁的孩子，居然能打翻长乐县几个有名的好手，这不是很稀奇的事吗？"

陈翌园听了这一类话，心里不免有些纳罕，暗想是哪来的十一二岁小孩，有这样的本领？我既打这里经过，何妨停步挤进去看。陈翌园心中这么一想，随挤入人群之中，举眼一看，不由得大吃一惊，原来三三五五议论的瘦弱小孩，并不是别人，就是自己的顽皮儿子陈广泰，这时正跟着一个身体魁梧、形象凶猛的莽汉，在圈子里一来一往的交手。

那莽汉看看的招架不了，将要败下来，忽从人群中蹿出一个和尚，须眉如雪，发声如巨霆，向陈广泰大喝道："孽障！还不住手，待要累死老僧吗？"陈广泰一听这声音，抬头望了和尚一眼，吓得慌了手脚的样子，连忙倒退了几步，垂手立在和尚跟前说道："这回实在怪不得我，不听师傅的教训。他们仗着人多，欺负我是小孩，碰碎了徒弟的酒瓶，不肯赔倒也罢了，反骂我瞎了眼，不该拿酒瓶去碰他，动手就打我一个耳巴。"陈广泰说时，用手指着一个形似痞棍，衣服撕破了，脸上被打得青一块、红一块的人道："酒瓶是这东西碰碎的，动手打我耳巴的也是他。师傅快抓住他要赔，不要给他跑了。"

陈翌园看地下，果有一个碎了的花瓷瓶，但认得不是自己家里的对象。只见和尚望了那痞棍一眼，也不说什么，伸手拉了陈广泰的手，分开人群就走。看热闹的人也都四散了。

陈翌园看那和尚慈眉善目，气度潇洒，料知不是作恶的僧人，想探明自己儿子的究竟，就跟在和尚背后，走到一座庙宇。陈翌园看那庙门上的匾额，写着"圆通庵"三个大字。和尚拉着陈广泰进庙去了，陈翌园也跟了进去，看庙宇的规模，并不甚大。正殿上冷清清的，一没有奉经拜忏的和尚头陀，二没有烧香礼佛的善男信女。那老和尚才走上正殿，忽回过头来，朝陈翌园打量了两眼。陈广泰也回过头来，连忙叫了声："爹爹。"

老和尚听得陈广泰叫爹，即掉转头向陈翌园合掌笑道："原来就是陈居士，失敬了！"陈翌园上前施礼道："小儿承老师教诲，感激，感激！今日若不是在下亲眼见着，真有负老师傅栽培的盛意了。"老和尚大笑道："彼此有缘，才得相遇。老僧在半年前，无意中遇见令郎，觉得他这种异人的禀赋，没有人作育他，太可惜了。随即把他招到这庵里来，略略的指点他一番。曾再四叮嘱他，不许他在外和人动手，并不许拿着在此地学功夫的话，对世人说出半字。今日老僧教他提了酒瓶，去街上买酒，等了好一会儿，不见他回来，谁知他不听老僧的叮嘱，竟和人在街上动起手来！这只怪老僧平日管教不严，以致累及居士担心，老僧很对不起居士。"旋说旋让陈翌园进方丈就坐。

陈翌园谦逊了一会儿，又道谢几句，请问老和尚的法讳。老和尚名广慈，住持这圆通庵，已有二十多年了。庵里有十多个和尚，并没一个知道广慈会武艺，广慈也从来没教过徒弟。这回收陈广泰做徒弟，是第一遭。当下陈翌园见广慈说自己儿子有异人的禀赋，又在街上亲眼看了和人相打的情形，他虽不是个好武的人，然能有这么个善武的儿子，心里自也欢喜。

半年来陈广泰在圆通庵学武艺，是秘密的。自陈翌园见过广慈之后，竟将陈广泰寄居在圆通庵里，朝夕跟广慈研练。又练了两年，陈广泰年纪才一十四岁，他生性欢喜赌博，时常瞒着广慈，从一般无赖赌棍赌钱。

一日因赌和同场的口角，同场的哪里知道他有了不得的本领，见他年轻身体小，争持不下，就打将起来。赌场里人多，福建人的特性，就是会排挤外省人。陈广泰是江西人氏，同场的福建人，没一个不存心想欺压他的。十四五岁的人，知道什么轻重，一动手便使出全副本领来，将满赌场的人，打了一个落花流水。登时被打死了的有六七个，其余的也都受了重伤。

这场大人命官司一闹出来，陈广泰下了长乐县的监狱是不待说，陈翌园也就因这官司急死了。还亏了陈广泰未成年，又系自己投首，广慈拿了陈翌园遗下来的财产，上下买托，只监禁了三年，遇大赦放了出来，孑然一身，无依无靠，只得仍伴着广慈，住在圆通庵里。广慈才将自己武艺的来源，说给陈广泰听道："你从我所学的武艺，和旁人的武艺不同。这种武艺，是我数十年心血，独自创出来的。我没有创这武艺之前，本住甘肃、陕西一带保镖，因保着一趟很重要的镖，被一个本领高似我的强徒劫去了，我身上还受了重伤，那镖既讨不回来，我又赔偿不起，只得逃到广西。在永宁州境内一座石山上，看见一只盘篮大的苍鹰，盘旋空中，两眼好像在石缝里寻觅什么。我当时以为是人家养的猎鹰，放出来猎野兽的，我两眼也跟着向石缝里寻找。寻了好一会儿，才看见石缝里面，藏着一条茶杯粗细的花斑蛇，只留出头尾在外，身子全被崖石遮掩了，蛇头伸了两尺来高。鹰飞到哪一方，蛇头便对着哪一方。鹰越盘越低，离蛇头约有五六尺远近，忽然将翅膀一侧，刀也似的劈将下来。我在旁看了，以为那蛇必被鹰啄死了；谁知那蛇的尾巴，甚是厉害，鹰伸着翅膀劈下来的时候，只听得'啪'的一声响，蛇尾已弹了过来，正打在鹰翅膀上面。鹰被打了这一下，却不飞开，只一翻身，就在蛇尾上啄了一嘴。蛇头将要掉过来，鹰亮开两翅，横摩过去，吓得那蛇，连忙把头往石缝里一缩，鹰翅摩不着蛇头，一扑翅就飞上了半空。我这时倒觉得有趣，不舍得惊散了它们。再看那鹰，并不飞远，仍是目不转睛的，望着那蛇打盘旋。盘旋一会儿，又下来相斗一会儿。我看见一连斗了八次，一次又一次的斗法，各不相同。斗过八次之后，苍鹰自飞向空中去了，彼此都不曾受伤。

“我从永宁州出来，到罗浮山，受我师傅的剃度，渐渐领悟了静中旨趣，心胸豁然开朗，就因苍鹰与花蛇相斗，悟出遍身的解数来。他八次有八次的斗法，我也就创出八样身法手法来，费了二十多年的心血，精益求精的，成了八个字诀，因名这种武艺为‘字门’。所有的手法，无一不是极简捷、极妥善，他人不易提防的。字门拳既成了功，特地到陕西，寻着从前劫我镖的人，报了那番仇恨。我原不打算传授徒弟的，只因了十年的心血湮没了可惜，才物色了你这个禀赋极强的徒弟。你这番受了这般重创，又听了我这武艺的来源，此后应该知道，非到万不得已、生死关头的时候，决不可轻易和人动手。你要知道，世间若没有第二个，和我一般新创的武艺，便不会有人是你的对手。”

广慈说过这话，不到一月便圆寂了。圆通庵的和尚，平日都不欢喜陈广泰，而陈广泰又是个俗人，广慈既死，在圆通庵自然存身不住，只得对着广慈的塔，痛哭了一场，出了圆通庵。他因在福建犯过杀人的大命案，福建人最胆小，闻了陈广泰的名都害怕，谁也不敢近他。他在福建便无可谋生，辗转流落到了广州，仍是没有谋生的技艺，只好每日赶人多的地方，使几趟拳脚，求人施助几文钱度日。无奈他那种新创的字门拳，是极不中看的，外行看了，固然不懂得是闹些什么玩意，便是寻常会武艺的人看了，因为这种身手太来得不伦不类，全是平常不曾见过的，也都冷笑一声走了。遇着好行善事的人见了，可怜他是一个外省人，流落此地，横竖和开发乞丐一般，丢下一两文钱，也不问他闹的是什么玩意。

陈广泰哪里理会得一般人都瞧不起他的武艺，还想在广东招收些学武艺的徒弟。一则要借此图谋衣食；二则想将自己的名声传扬出去。只是卖艺了两三个月，仅免了饿死，并无一人来从他学武艺。

这日陈广泰在街上卖艺，围着看的人却也不少。陈广泰使完了拳脚，照例拾了几文钱，正待换一处地方再使，偶抬头见人群中立着一个二十来岁的青年，两目炯炯，露出光芒，四肢身体，都像是很活泼的样子；不过身上衣服甚是褴褛。只因广东的气候热，广东人对于衣服皆不大注意，每有几十万财产的人，身上穿着和乞丐差不多的。陈广泰暗想这后生的身体，生得这么活泼，两眼这么有神，他若肯从我学武艺，我用心教出来，必能成为一个好手。我师傅当时传授我武艺的时候，也是因见我的资质好，特地用方法劝我，从他老人家学武艺。我来广东这么久了，每日在街头巷尾卖武，广东人知道我武艺好的，自然很多很多，但从不见有一个人来拜我为师的。我此刻既遇着了这么一个资质好的后生，何妨也学我师傅劝我的样，去劝他一番，看是怎样？

陈广泰主意已定，随即背上包袱，跟着那后生，走到人少的地方，紧走了几步，在那后生肩上，轻轻的拍了一下说道："哇，请站住！我有话问你。"那后生见背后有人，于无意中拍自己的肩，又听了站住有话说的话，当下头也不回，一扭身就往前跑。陈广泰不知他为什么这般惊跑，提脚便追。

不知那后生毕竟为什么惊跑，陈广泰追着了没有，且待第二十三回再写。

总评：

此回由言永福传折入陈广泰传矣。言在辰州，陈在长沙，两地相隔，势不能不多有一人，厕身其中，为之接笋。罗大鹤者，即从中接笋之人也。既已谈到陈广泰身上，则罗大鹤便可暂时搁过，故此回开首叙罗、陈二人相遇事，声势汹汹，颇有欲一决雌雄之状。及至一面之后，便已风散云消，戛然而止。盖斗笋已合，即不必多费闲笔墨也。

陈广泰对徒弟演说数语，皆罗大鹤之所欲言而未言者，大鹤闻之，焉得不合醋意？况陈广泰又为异省之人乎？入后广泰一味谦和，大鹤之怒气，亦遂消灭。逐步写来，入情入理。

我尝谓小儿与其迟钝，不如顽皮。盖顽皮之小儿，往往天分甚高，苟能加以学问，使之就范，便不是寻常人物。陈广泰自小顽皮，乃能入得广慈和尚之心目。我知其天分必有大过人者，不然，长乐城中，岂少跳荡叫嚣之小儿？彼和尚亦将顾而目之曰："孺子可教耶！"

陈广泰以十余龄童子，挺身与健丈夫斗，慓悍极矣！然和尚一呼，能帖耳而走，不敢违抗，此即其天性过人处也。广慈之赏识为不虚矣！

上回写言永福，以蛇与鹤斗而成八字拳；此回写广慈和尚，以蛇与鹰斗而成字门拳。言永福传一罗大鹤，广慈和尚亦传一陈广泰，此是作者故意相犯处也。作小说不持要能避，尤要能犯。不能避则不见笔法，不能犯则不见才力也。

学问艺术之高者，往往不为俗人所知。今之卖拳通衢者，类皆花拳绣腿，求悦俗人之目而已；真实技艺，知者有几？陈广泰以字门拳之绝艺，欲自侪于江湖卖艺者之列，以图糊口，宜乎为俗人之所唾弃也！

第二十三回

收徒弟横遭连累　避官刑又吃虚惊

话说陈广泰见那后生一拍即跑，不知是什么缘故，随即追赶下去。陈广泰的脚步，何等迅速，在长乐从广慈和尚练武艺的时候，他能缠一串寸来长的爆仗，在狗尾巴上，将爆仗的引线点着，狗被爆仗声惊得向前狂奔，他在后面追赶；不待爆仗响完，可将狗尾巴捞住。他两腿既能快到这一步，那后生何能跑掉？跑不到十步，就被陈广泰拉住了。

那后生见已被人拉住，脱身不得，惊慌失措的回头一看，认出是在街头卖武的，才安了心，忽把脸一沉问道："你追我做什么，拉住我做什么？"陈广泰赔笑说道："你不要动气，我有话问你，你姓什么，叫什么名字？现在有什么职业，家住在哪里？"那后生听了，装出不屑的神气，晃了一晃脑袋说道："我姓名、职业、家在哪里，你既一项也不知道，却要追赶我，拉住我问话，你要问的就是这几句话吗？"

陈广泰笑道："你且把这几项说给我听了，我自然还有要紧的话问你，若就只问你这几句话，也不追赶你，也不拉住你了呢！"那后生见陈广泰说得很慎重，低头思想什么似的，思想了一会儿，换了一副笑容说道："你问我的姓名么？我姓刘，没有名字，人家都叫我刘阿大，我就叫做刘阿大，职业和住的地方，都没有一定。我家原不在广州，我到广州来的时候，总是寄居在亲戚朋友家里，我广州的亲戚朋友极多，随处可以住得。"

陈广泰点头说道："你既无一定的职业，也愿意学习些武艺么？你若是愿意学习些武艺，我就愿意收你做徒弟，并不取你的师傅钱，你的意思怎样？”刘阿大笑了一笑答道：“学习些武艺，倒是我很愿意的，只是你教我学些什么武艺呢？”

陈广泰见他说很愿意，心中甚是高兴，连忙说道：“十八般武艺，我无一般不精晓，不过你初学，必须先练一会儿拳脚，我才教你各般武艺。”刘阿大道：“你打算教我练的拳脚，是不是刚才在街头使的那些拳脚？”陈广泰一听这话，心中更加高兴，逆料刘阿大必也知道些拳脚，所以是这么动问，即连连点头答道：“一些儿不错，就是刚才使出来的那类拳脚，你看我那拳脚有多好！”刘阿大鼻孔里哼了一声，也不说出什么，掉转身躯就走。

陈广泰历世不深，人情世故都不大理会得，见刘阿大又待走，仍摸不着为的什么。又一伸手把刘阿大拉住，口里问为什么不说妥就走。刘阿大回转头来，朝着陈广泰脸上，“呸”了一口道：“你那种拳脚功夫，也想做我的师傅吗？不瞒你说，我徒弟的本领，还比你高。我看你只怕是穷得发昏了，亏你说得出，并不取我的师傅钱。你固真有本领，能做我的师傅，我不送你师傅钱，就好意思要你教武艺吗？”

陈广泰万分设想不到，有这么一派话入耳，不觉怔了一怔才说道：“我倒不相信你徒弟的本领，还比我高，你不要瞧不起我的拳脚，你敢和我较量较量么？我若是输给你了，立刻拜你为师，你输了就拜我，这般使得么？”刘阿大仰天大笑道：“有何使不得！前面有一块火烧坪，极好较量拳脚，要较量，可就去。”

陈广泰看看刘阿大这有恃无恐的样子，暗想他的本领，必也不小，不过自己仗着得了异人传授，从来和人交手，不曾失败过，心里并不畏怯。当下刘阿大在前面走，陈广泰在后面跟着。行不到两百步远近，刘阿大趾高气扬的，指着一片火烧了房屋的地基说道：“这所在不好动手吗？”陈广泰看了看点头道：“我的拳脚，无论在什么所在，都可以和人动手，并用不着这么大的地方。于今我让你先动手好么？”

刘阿大已抢上风站着，听陈广泰这么说，便使出一个“猛虎洗脸”的架势，向陈广泰的面部扑来。陈广泰一见，就知道是一个好以大言欺人、不中用的脓包货，也懒得躲闪，只将下部一低，用一个“鹞子钻山入竹林”的身法，迎将上去。刘阿大果不中用，连陈广泰的手脚都不曾看清，早已扑地一跤，变成了一个狗吃屎的架势，面部在瓦砾上擦过，鼻端门牙都擦出了血。

陈广泰一手揪住刘阿大的辫子，提了起来。看了看那副血肉模糊的脸，止不住笑问道："我拜你为师，还是你拜我为师呢？"刘阿大虽被打跌了一跤，心里仍是不服，向地下吐出口中的带血泥沙，说道："这趟不能上算，怪我自己轻视了你，地下的瓦片又有些滑脚，所以跌了这一跤。你真有本领，我们再来过。"

陈广泰笑道："这地方是你自己选择的，我的脚难道不是踏在瓦片上，就只滑了你的？你再要来，也随你的便。你说这里瓦片多了不好，就换一个地方也使得。"说着把手松了。刘阿大趁陈广泰才松手不防备的时候，对准陈广泰的软肋上，就是一拳。陈广泰要躲闪也来不及，只得运一口气，将软肋一鼓。刘阿大用尽平生气力，以为这一下打着了。却是作怪，那拳打在软肋上，就和打在棉花包上一般，软的全不要力；而右手这条臂膊，反如中了风似的，软瘫麻木，一不能动弹，二没有感觉，才知道自己的本领不济，若再恃强不哀求陈广泰，眼见得这条右膀，成了废物。随即双膝往地下一跪，叩头说道："我佩服了！就此给师傅叩头。"

陈广泰很高兴的拉起他，在他右膀上揉擦了几下。刘阿大的右膀，登时恢复了原状。揩去嘴脸上的血迹，说道："我还有几个拜把的兄弟，也都是练过武艺的。师傅若肯教他们，我可以将他们找来，同跟师傅学习。"陈广泰喜道："我怎的不肯教，只要他们肯从我学！你此刻就去，将他找来给我看看。"刘阿大欣然说好，教陈广泰在一家小茶楼上等候，自去找寻他的拜把兄弟去了。

看官们猜这刘阿大是什么人？原来是广州市的，一个很厉害的窃贼，连他自己有六个拜把的兄弟，都略略的懂得些拳棒。他们六个人在广州市中，所犯的窃案堆积如山。只因他们都很机警，做事严密，一次也不曾败露过。刘阿大为的是心虚，恐怕有衙门里做公的捉拿他，所以陈广泰于无意中，在他肩上拍一下，说了一句"请站住"的话，就吓得那么狂跑。陈广泰入世未深，哪里看得出这些毛病，一心只想多收几个好徒弟。在那小茶楼上等了半晌，只见刘阿大引了三个汉子上楼来。三人的年纪，都不过二十来岁。陈广泰看三人的体格，都很壮实、很灵活，没一个不是练武艺的好资质。刘阿大领过来见了礼，张三、李四的各自报了姓名。

刘阿大道："我们原是六兄弟，现在两个因事往别处去了，须迟数日才得回来，回来了也要从师傅学的。师傅的寓所在哪里？我们每日到师傅那里来，请师傅指教。”陈广泰道：“我才从福建到这里来，白天在街头卖武，夜间随意到饭店里借宿，哪有一定的寓所。我每日到你们家里来教倒使得。”刘阿大四人听了，交头接耳的商量了一会儿，说道：“师傅到我们家里来教如何使得？于今师傅既无一定的寓所，那很容易，我们几人合伙，租一所房屋，给师傅住。师傅高兴多收徒弟，尽管再收，饭食由我们几人供给，岂不甚好吗？”陈广泰笑道：“能这么办，还有什么不好？”他们当窃贼的人，银钱来得容易，有钱凡事易办，不须几天工夫，房屋就租妥了。于是，陈广泰就在广州设起厂来。

刘阿大等六个窃贼，黑夜各自去做各自的买卖，白日便从陈广泰练字门拳。六人的武艺越练越好，盗窃的本领也跟着越练越高，犯出来的案子，更是越犯越大。陈广泰只顾督促六人做功课，功课以外的事，一概不闻不问。

如此教练了八九个月。这日陈广泰起床了好一会儿，不见刘阿大等六个徒弟来，心里很觉诧异，暗想他们都很肯用功，每日总是天光才亮，就陆续到这里来；做了半晌功课，我才起床。今日怎的一个也不来呢？有事没有六人都有事的道理，有病也没有六人都有病的道理，这不很稀奇吗？

陈广泰独自踌躇了一会儿，正待弄早点充饥，忽见有八个差役打扮的人，一拥进了大门，各出单刀铁尺，抢步上前，要捉拿陈广泰。陈广泰大吃一惊，暗想自己并无过犯，用不着逃走，只是见众差役的来势凶猛，恐怕无故被他们杀伤，不等他们近前，连忙扬着双手说道：“诸位不用动手，我不曾犯罪，决不会逃跑。诸位来拿什么人，请拿出牌票来，给我看了；如果是来拿我的，我同去便了，不要诸位劳神。”

众差役听了这话，其中有一个从身边摸出一张牌票来，扬给陈广泰看道：“我们奉上官所差，要拿的是江西人陈广泰。你是值价的，就此同去，免我们劳神费力。”陈广泰还待问话，只听得“当琅琅”一声响，一条铁链当面飞来，套在颈上。陈广泰忍不住气往上冲，双手握住铁环，只使劲一扭，便扭成了两段，抢过来往地下一掼道：“教你们不要动手，你们要自讨没趣。你们这八个饭桶，也想在我跟前用武吗？”

八个差役看了这情形，只吓得目瞪口呆，哪里还有一个敢上前动手呢？陈广泰大声说道：“我若是犯了罪，打算逃走，你们这八个饭桶，不过是来送行的。我自问既没有犯罪，有了县大老爷的牌票，便打发一个三岁小孩来，我也不敢不随传随到。”众差役既不敢动手，只好用软语来求道：“我们也知道你老哥是好汉，必不肯给我们为难，只怪我们这伙计太鲁莽，抖出链条来，得罪了老哥，求老哥不要计较，就请同去吧。”陈广泰不能不答应，跟着差役到了县衙里。

县官立时升堂，提陈广泰在堂下跪着问道：“你就是陈广泰么？”陈广泰应是。县官又问道：“刘阿大等六个结拜兄弟，都是你的徒弟么？”陈广泰也应了声：“是！”县官微微的点头道：“你倒爽利，快好好的把所做的案子，一件一件的供出来。”陈广泰叩头说道：“小人到广州一年了，并没有做个什么案子！”县官拿起惊堂木一拍，喝道：“放屁！你到了本县这里，还想狡赖吗？哼哼，你做梦哟！快好好的供吧，本县这里的刑，你知道是不好受的么？”

陈广泰惊得叩头如捣蒜的说道：“小人实在不知道什么叫做案子。小人会得几手拳脚，初到广州来，没有技艺谋衣食，就在街头卖武糊口。后来遇着刘阿大，小人因他生得壮实，收他做个徒弟，由他引了五个结拜的兄弟来，一同跟着小人学武艺。小人已教了他们八个多月的武艺了，每日除教他们的武艺而外，什么事都没做过。”县官冷笑了一声道：“刘阿大等六个人，都是广州犯案如山的窃贼。你当了他们八个多月的师傅，谁能相信你什么事都没做过？你便真个一事不曾做过，也是一个坐地分肥的贼头。本县只要你供认是刘阿大等六人的师傅就得了。”说着，伸手抓了一把竹签，往公案前面地下一掷，喝道：“重打！”

两边衙役，暴雷也似的答应一声，过来三个掌刑的，拖翻陈广泰，脱下小衣来。县官在上面，一迭连声的喝：“打！”陈广泰心想我并不曾做贼，如何能将我当贼来打呢？我在长乐的时候，犯了七条命案，尚且不曾挨打；于今教错了六个徒弟，就用得着打我吗？我小时候曾听人说过，在衙门里受过刑的人，一辈子讨不了发迹。我练就了这一身武艺，若就是这么断送了我一辈子的前程，未免太不值得。拼着斫了我这颗头，倒没要紧，屁股是万万不能给他打的。陈广泰这么一想，顿时横了心，他的本领，能扑面睡在地下，将手脚使劲一按，身子就弹上了屋顶。这时也顾不了犯罪的轻重，一伸脚，一抬头，即把按住头脚的两人，打跌在五六尺以外；跳起身来，顺势一扫腿，将手拿竹板的掌刑也扫跌了，披上了小衣，从丹墀里一跃上了房屋。在房上，还听得那县官在下面一片喊的声音。

陈广泰在广州住了一年，并卖了几个月的武，三街六巷，自然都很熟悉。逃出了县衙，不敢回刘阿大一班人所租的房屋，拣僻静街道，穿出了广州城，到了乡村地方，便不畏惧有人来拿了。一气跑了二十多里路，见一片山林中，有一座庙宇，心想这所在倒可以歇歇脚，且休息一会儿，弄些可吃的东西充充饥，再作计较。旋想旋走近那庙门，抬头看庙门上面，竖着一块“敕建吕祖殿”的白石牌，随提脚跨进了庙门，径走上正殿，不见有个人影。正殿东边的两扇房门，朝外反锁着，料想房里必没有人；西边也是一个双扇门，却是虚掩着。

陈广泰提高着嗓音，咳了一声嗽，仍不见有人出来，只得走到房门跟前，将门轻轻一推，见房内陈设得很清雅，因房内无人，不便踏脚进去。正在踌躇的时分，忽听得有二人口角的声音，发自这间房后面。陈广泰侧着耳朵，听他们口角些什么言语。只听得一人厉声喝道：“你仔细打定主意，可是由不得你后悔的呢！哼哼，我不给点厉害你看，你也不知道我的手段。”这一人也厉声答道：“你休得胡说！我这回若不杀死你，也不在阳世做人了。好，你来吧！”

陈广泰听了二人的口气，不由得大吃一惊，暗想这必是仇人见面，彼此都以性命相扑。我既到了这里，应得上前去解劝一番，能免了二人的死伤，也是一件好事。想罢，即大呼一声：“不要动手！”随蹿身进去。

不知里面的人，毕竟因何事要动手相杀，陈广泰如何的解劝，且待第二十四回再写。

总评：

甚矣！识人之不易也。陈广泰粗疏脱略，人情世故，懵然未解，乃欲识刘大于稠人之中而传之以绝艺，亦可谓不自量力之甚矣！比依匪人，卒受厥累，咎由自取，无足怪也。

师道之不讲久矣。作者叙刘大等六人，虽属穿窬者流，颇知敬礼其师；今之子弟，一入学校，趾高气扬，凌轹师长，视为故常。以此例彼，则又穿窬者流之不若矣。

刘大之为剧贼，在言语举止中，固已随处流露，陈广泰与处八九月之久，乃绝未觉察，亦可谓昏瞶之甚者矣。故我谓县令之不信，亦在情理，不能责其糊涂也。

作者写刘大一节，却是为后文张燕宾作引子也。写张燕宾，却是欲引诱陈广泰做剧贼也。盖陈广泰不遇刘大，则不致被累脱逃，不脱逃则不遇张燕宾，不遇张燕宾则不能一变而为剧贼，因果相乘，曲折如此。

县令不信陈广泰非贼党，喝令用刑，此尚在情理之中也。若云不管是否知情，只要是刘大等六人之师，即该用刑，此则无情理之可言矣。方正学忤成祖，诛十族，并其师亦杀之，而刘大做贼，复罪及其师。明季有杀先生之皇帝，清朝又有打先生之县令，诚如是也，则世人孰复敢收学生、徒弟哉！

作文有预先下笔布置者，如陈广泰入吕祖殿，先见东厢房房门反锁，此一语看似无关，其实却暗暗早已伏下一个张燕宾也。

此回收束处，故作惊人之笔，比读下文，不禁为之失笑。此种笔法，偶一为之，弥觉可喜；若回回如此，便觉索然无味矣！

第二十四回

看宝剑英雄识英雄　谈装束强盗教强盗

话说陈广泰吆喝了一声："不要动手！"将身蹿到房中，一看后房的门，是关着的。这时他一心急于救人，也不管三七二十一，对准那门一腿踢去，"哗喳"一声，门板被踢得飞了起来；就听得房内有二人，同声叫着："哎呀！"陈广泰口里呼着："不要动手！"身子跟着跳了进去，一看倒怔住了，不知要怎么才好。

原来房内并没有仇人见面，性命相扑的事，仅有两个年轻道童，对面靠着一张方桌，在那里下围棋，反被陈广泰一脚踢飞门片，吓得手脚无措，齐叫"哎呀"。见跳进来一个不认识的人，都立起身问："干什么？"陈广泰只得拱一拱手，赔笑说道："对不起，对不起！是我误听了，以为这房里有人动手相杀，所以赶来解劝；想不到两位乃是因下围棋，说出我这番不杀死你，不在阳世间做人的话来。我冒昧踢破了房门，心里抱歉得很。"

一个年纪略大些儿的道童，打量了陈广泰几眼问道："你是认识我师傅，特来相访的么？"陈广泰摇头道："我是路过此地，想借贵处休息休息。尊师却不曾拜见过。"两道童见陈广泰这么说，面上都微微的露出不高兴的样子。年纪大的那个说道："既是来这里休息的，请到前面去坐吧！"

陈广泰自觉进来得太冒昧，只得谢罪出来，到正殿拣一个蒲团坐着。腹中饥肠雷鸣，忍耐不住，十分想跟道童讨些饭吃，又深悔自己不该鲁莽，无端将人家的房门踢破，道童正在不高兴的时候，怎好去向他开口？就是老着脸开口，也难免不碰钉子。独自坐在殿上，以口问心的商量了几转，终以向旁处人家，讨碗饭充饥的为好。遂立起身来，待往外走，猛然想起东边配房的门，朝外反锁着，我何不从窗眼里，朝房内张望张望，若是没人住的空房，我于今光身逃了出来，身边一个钱也没有，夜间去哪里借宿呢，这房岂不是我的安身之所吗？

陈广泰如此一想，即走到东配房的窗户跟前，点破了些窗纸，朝里一看，哪里是没人住的空房呢？房内的陈设，比西配房还精雅十倍。床几桌椅，全是紫檀木镶嵌螺钿的；案上图书、壁间字画，没一件不是精雅绝伦。对面床上的被帐，更是一团锦绣窝，光彩夺目；连枕头垫褥，都是五彩绣花的。

陈广泰看了暗忖道："不是富贵家小姐的绣房，哪有这么华丽的？世间岂有富贵家小姐，和道士住做一块儿的？"心里一面想着，一面仍用眼，向里面仔细张望。忽一眼看见枕头底下，露出一绺黄色的绒绦，不觉暗暗吃惊道："这绒绦的结子模样，不是缠在宝剑把手的吗？我师傅当时所用宝剑，就是和这样一般无二的绒绦，这剑必是两道童的师傅用的，然而道士不应如此不安本分，享用这般的床帐。不待说，这道士必是个无恶不作东西。"

陈广泰正在张得出神，陡觉背后有些风响，急回头一看，只见一个少年俊俏人物，衣服鲜明，刚待伸手来抢自己的辫发，忙将头一低，退开一步说道："干什么在我头上动手动脚？"那少年没想到抢了个空，很现出又惊讶、又诧异的样子答道："你问我干什么动手动脚，我倒要问你干什么探头探脑？你想做贼，来偷我房里的东西吗？"

陈广泰看少年不过二十多岁年纪，眉目间显出十分英秀之气，并且觉得他方才来抢自己辫发的时候，只略略的闻得一些儿风声，回头就已到了眼前，丝毫不曾听得脚步声响；可见得他的本领，也不是等闲之辈。我于今正在穷无所归的时候，像这种人何妨结识结识，遂拱了拱手笑道："我从此地过路，实不知道是尊驾的寓所，因贪看房内精雅的陈设，忘了避忌，求尊驾不要见责。"那少年听了，也和颜悦色的说道："老兄既路过此地，你我相遇，也是有缘，就请去房内坐坐何如？"陈广泰自是欣然应允。

少年从身边取出钥匙，开了房门，进房分宾主坐了。少年问陈广泰的姓名，陈广泰因此地离广州太近，不敢说出真姓名，随口说了个名字姓氏，转问少年，少年道："姓张，名燕宾，广西梧州人，到广东来探看亲戚，因生性喜静，不愿在闹市，特地找了这荒凉地方的一座庙宇，租了这间房居住，才住了三四日。”陈广泰很相信他是实话，心里只是放那枕头底下的宝剑不下，不住的用眼去睄。

张燕宾忙起身，从床上提出那剑来说道：“我因喜住清静地方，又怕清静地方有盗贼来侵犯，所以将祖传的一把宝剑，带在身边，毕竟也可以壮壮胆气。”陈广泰看那剑的装饰，并不甚美观，知道是一把年代久远的宝剑，也立起身笑道：“尊驾不用客气。仗这剑壮胆的人，这剑便不能壮胆，能用得着这剑的人，便没有这剑，他的胆也是壮的。古语说得好，‘艺高人胆大’，我知道尊驾有了不得的本领，我们同道的人，请不用相瞒。”

陈广泰说这话，原是料定张燕宾是个有本领的人，有心想结识他，为自己穷途落魄的援助。张燕宾见陈广泰这么说，即笑答道：“兄弟有何本领，像老兄这般才算得是本领呢！不瞒老兄说，兄弟十四岁闯江湖，实不曾见过像老兄这般精灵矫健的人。兄弟很愿意和老兄结交，只不知尊意何如？”陈广泰嬉笑道：“我只愁高攀不上，哪有不愿意的！”张燕宾当下甚是高兴，抽出剑来给陈广泰看，侵人秋水，果是一把好剑。

彼此谈了一会儿，陈广泰看张燕宾，不是个无志行的人，二人又都有意结交，遂将自己的真姓名籍贯，来广州一年的情形，并这回逃难的事，详细向张燕宾说了一遍。张燕宾听了，一些儿不惊惧，连忙弄了些食物，给陈广泰充了饥，才说道：“这个县官，太糊涂得可恶。怎么也不审察明白，就动刑拷打好人！现在这一般瘟官确是可恶，只要是因窃盗案拘来的人，总是先用了种种的毒刑，然后开口问供。哪怕就是忠信廉洁的圣人，无端被贼盗诬咬一口，也得挨打到半死。不肯诬服的，他就说是会熬供、会熬刑的老贼盗。像这么问供，怕不能将天下的人，一个个都问成强盗吗！你不用走，也不用害怕，我们得想法子，开开这瘟官的玩笑，看他有什么办法？”

陈广泰问道：“你打算如何去开他的玩笑呢？”张燕宾向门外张了一张，凑近陈广泰笑道：“他既拿你当贼，你何妨真个做一回贼给他瞧瞧。”陈广泰道：“径去偷那瘟官的东西吗？”张燕宾摇头道：“偷他的无味，他自己被了窃，不过心痛一会儿子，案子办不活，没什要紧。甚至他为要顾全面子，情愿忍着痛不声张，只暗地勒着捕头拿办，我们更连音信都得不着。我想有一家的东西好偷，看你说怎样？杉木栏的李双桂堂，若是失窃了重要东西，这瘟官不要活活的急死吗？”

陈广泰问道：“李双桂堂是什么人家里？何以他家失窃了重要东西，这瘟官要急死？”张燕宾笑道：“你原来不知道李双桂堂是谁？只大约说给你听，你就知道这瘟官是要倒霉了。李双桂堂就是李莼盦御史家里。李莼盦是于今两广总督的老师，为人极是悭吝，一文钱都看得比性命还要紧，家里有百多万的财产。他的孙小姐，才得一十六岁，说生得美如天仙。这瘟官有个儿子，今年一十八岁了，想娶李小姐来家做媳妇，将要成功了。我们去相机行事，总得使这瘟官，吃一个老大的苦。”

陈广泰也是少年心性，听了这般计划，又是为自己出气，哪有不竭力赞成的？张燕宾打开衣箱，拣出一套很漂亮的衣服来，递给陈广泰道：“你身上的衣服，穿进广州城去，容易给人注目，用我这套衣服，便是做公的当面看见，也想不到是你。”

陈广泰很佩服张燕宾的心思周密，接了衣服，抖散开来，就往身上披。张燕宾忙扬手止住道：“你就打算披在这衣服上面吗？”陈广泰愕然问道：“不披在这衣服上面，要披在什么衣服上面呢？”张燕宾低声问道：“你没有夜行衣靠么？”陈广泰虽练就了一身绝大的本领，然所从的师傅广慈和尚，是个很守戒律的高僧，没有江湖上人的行径，因此陈广泰不但不曾制备夜行衣靠，并不曾听说夜行衣靠是什么东西。

当下见张燕宾这么问，怔了一会儿才问道：“什么夜行衣靠？我不懂得。”张燕宾不觉笑了起来，也不答话，仍回身在衣箱里翻了一会儿，翻出一身青绢衣裤出来，送给陈广泰道：“你我的身材、大小、高矮都差不多，你穿上必能合身。”陈广泰放下手中的衣，看这套衣裤，比平常的衣裤不同，腰袖都比平常衣服小，前胸和两个袖弯，全都是纽扣，裤脚上也有两排纽扣，并连着一双厚底开衩袜；裤腰上两根丝带，每根有三尺来长。此外尚有一大卷青绢，不知作什么用的，一件一件的看了，不好怎生摆布。

张燕宾伸手掩关了房门，卸去自己身上的外衣，叫陈广泰看。陈广泰见他身上穿的，和这衣裤一般无二，遍身紧贴着皮肉，仿佛是拿裁料就身体上缝制的。心想穿了这种衣服，举动灵巧，是不待说的，正要问裤腰上的丝带，有何用处，张燕宾已揭起衣边，指给陈广泰看道：“我等夜行的时候，蹿房越脊，裤腰若像平常的系，跳跃的次数多了，难保不褪下来。不和人动手，倒没甚要紧，不妨立住脚，重新系好；万一在和人动手，或被人追赶的时候，裤腰忽然凑巧褪了下来，不是自己误了性命吗？所以用这种丝带，从两边肩上绕了过来。你看裤腰这边，不是有两个纽绊吗？这两个纽绊，就是穿系丝带的，要高要低随心随欲。并且裤腰是这么系上，比平常的系法，得势好几倍。我这时腰上缠着的，就是你手上这样的一条青绢，此刻把它缠在腰上，等到夜间要用的时候，解下来往头上一裹，就成了一个包头。只是这包头的裹法，不学不会，裹得不好，得不着一些儿用处；会裹的，有这多青绢裹在头上，除了削铁如泥的宝刀、宝剑遮挡不了，若是寻常的刀剑，不问他如何锋利，这绢是软不受力的，砍在上面，至多割裂几层，皮肉是不容易受伤的。”

陈广泰听了，不胜之喜，问道：“是怎么一个裹法？你倒得教给我。我今日得遇着你，真是三生有幸，比我十年从师的益处还大。”

张燕宾笑道：“这算得什么？我将来叩教的地方，还多有在后面呢！我就教给你裹吧。”遂从腰闻解下青绢来，脱下头上的小帽，一手一手的，从容裹给陈广泰看。这本不是难烦的事，只一看便会了。陈广泰照样裹了一遍不错，即问张燕宾道：“你不曾穿这厚底的开衩袜子吗？”张燕宾将脚下的鞋子一卸，伸起脚笑道：“这不是吗？这袜底是最好无比的了。一般江湖上绿林中人物所用的，全是用纻麻插成的，好虽好，不过我等的身份不同，平日不曾赤脚在地上行走过，脚底皮肤不老，麻皮太硬，有些垫着脚痛。并且麻的火性太大，走不了几里路，脚底便走得发烧；再勉强多行几里，简直打起铜钱大的一个个血泡，痛彻心肝。还有一层，麻皮最忌见水，干的时候，穿在脚上觉得松快得很，只一见水，便紧得不成话，逼的一双脚生痛。就是干的时候也还有毛病，踏在地下喳喳的响，我等行事，都在夜深人静、万籁俱寂的时分，风吹叶落，尚且防人听得，两只脚底下喳喳作响，岂不是有意叫人知道。我这袜底，纯用头发插成，又柔软、又牢实，以上所说的病，完全没有。更有一件好处，是一般人都没想到的。他们穿的，多是和平常的袜子一样，袜底是整块头，不开衩的，上山下岭，以及穿房越栋，两脚全赖大拇指用力，整块头的，没有开衩的灵巧。你穿上一试，就知道了。”

陈广泰点头问道：“这衣是对襟，前胸自然少不了这些纽扣，只是这两只袖弯，也要这些纽扣干什么呢，不是做配相的吗？”张燕宾笑道：“这种行头，在黑夜里穿的，哪里用得着配相！并且钉几个纽扣在袖弯上，又能做什么配相呢？你不知道这几个纽扣的用处，才是很大咧！”

不知张燕宾说出什么大用处来，且待第二十五回再写。

总评：

吕祖殿救人一节，写陈广泰之鲁莽，十分可笑。广泰确是一片好心，不意反遭道童之白眼，人生时乖运背之时，往往如此，阅此为之一叹。

陈广泰身怀绝艺，落魄广州，乃至求一饱而不可得。当其蹀躞庙中，进退维谷，谁复有哀王孙而进食者耶？谚云：世上无如吃饭难，岂不信哉！

作者之使陈广泰入吕祖殿，为欲令其遇张燕宾也。顾入庙之后，复故意写其腹中饥饿，惘然欲去。临行之时，偶窥空室，乃得借此以识燕宾。曲曲写来，笔致自然婉折，不病直率矣。

书中将出张燕宾，却先写其枕下之宝剑，借以打动陈广泰之心。燕宾人未登场，而其英雄气概，固已赫然纸上。广泰与之一见，遽尔倾倒，非无因也。

陈广泰能识张燕宾为有本领人，而不能识其行为如何，做何职业，此是识见不到故也。然以视收刘大等为徒弟时，其目光固已高出十倍矣！

张燕宾指斥刑讯一节，语语实情，句句有理，三木之下，何求不得？刑讯取供之不足恃，盖不待智者而知，今世折狱，废刑讯，重证据，盖以此也。

陈广泰述被诬事，张燕宾即乘机劝之做贼，因势利导，陈广泰固未有不贴然入彀者，张燕宾之机灵活泼，于斯可见。

平空撰出李双桂堂与县令缔婚一段情事，为后文窃物张本。第就张燕宾口中所述一节观之，李御史之吝啬，杜知县之钻营，已跃然如见，抵得一段《官场现形记》也。

张燕宾立身行事，虽不轨于正道，顾其对待陈广泰，陌路相交，解衣推食，遇之不可谓不厚。入后陈广泰恋恋广州，不肯遽舍燕宾而去，恩怨分明，大丈夫固当如是也。

叙述夜行衣靠一段，妙在疏疏落落，将衣裳、鞋袜、包头等物，分作几段解释，较之自首至尾，一气说明者，自有活泼呆板之分。至其所述夜行衣靠之制法及用法，详明透辟，不知作者从何处学得，故我谓非十分博学之士，不能轻易捏笔作小说也。

此一回已入张燕宾、陈广泰两人合传矣！作者写陈广泰之性情，十分直率；写张燕宾之性情，却十分机灵。一支笔同时写出两个人，脾气却截然不同，真是好看。

第二十五回

偷宝剑鼓楼斗淫贼　飞石子破庙救门徒

话说陈广泰见张燕宾说，两个袖弯上的纽扣，用处很大，心中兀自不能理会，随口问道："你且说有什么大用处？"张燕宾笑道："这不是一件很容易明白的事吗？这种行头的尺寸，是照各人身体大小做的，你看这衣的腰胁袖筒，不都是小得很吗？只是腰胁虽小，因是对襟，有纽扣在前胸，所以穿在身上，弯腰曲背，不至觉得羁绊难过。至于两只衣袖是两个圆筒，若不照臂膊的大小，大了碍手，小了穿不进。就是照臂膊的尺寸，而两个圆筒没有松坏，两膀终日伸得直直的，便不觉怎么。但一动作起来，拐弯的地方没有松坏，处处掣肘，不是穿了这衣服在身上，反被他束缚得不能灵便了吗？"陈广泰也笑道："原来是这么一个用处！怪道这衣服，名叫夜行衣靠，就是靠皮贴肉的意思。"说时，脱了身上的衣服，换了绢衣，照张燕宾的样，装束停当了，外面罩上长衣。

陈广泰的容貌，虽不及张燕宾生得标致，丰度翩翩，然而五官端正，目秀眉长。俗语说得好：三分人才，七分打扮。看了张燕宾的漂亮衣服，穿着起来，对镜一望，几乎连自己不认识自己了。张燕宾道："我们趁黄昏的时候进城。你尽管大着胆跟我走，一点儿不用害怕，决不会有人能认得出你。"陈广泰点头道："我害怕什么！到了县衙里大堂上，一个揪住我的头，一个按住我的脚，我尚且说走就走了。于今自由自在的，又有你这么一个帮手，料想广州城里，没有能奈何你我的人。我们就此走吧！"

张燕宾道："话虽如此说，不过你黑夜到人家行事，这番是初次。此种事很有些奇怪，不问这人的本领有多高大，胆量有多粗豪，初次总免不了有些虚怯怯的，好像人家已预先防备了，处处埋伏了人，在那里等候似的，一举一动都不自如起来。便是平常十分有本领的，到了这时，至多只使得出六成了，甚至还没进人家的屋，那颗心就怦怦的跳起来。自己勉强震摄，好容易进了里面，心里明知道这人家，没一个是我的对手，他们尽管发觉了也没要紧，然身上只是禁不住，和筛糠一般的只抖。若听得这家里的人，有些响动，或有谈话的声音，更不由得不立时现出手慌脚乱的样子。这是我们夜行人初次出马的通病，少有能免得掉的。不过我事先说给你听，使你好知道，这种害怕，并没有妨碍，不要一害怕，就以为是兆头不好，连忙将身子退了出来，这一退出来就坏了。”

陈广泰对于这一类的事，全没有研究，这时真是闻所未闻，听得一退出来就坏了的话，忍不住插嘴问道：“怎么退出来，倒坏了呢？更为什么害怕倒没有妨碍呢？”张燕宾道：“这种害怕，无论是谁，只有第一次最厉害，二三次以后，就行所无事了。第一次若因心里犯疑，无故退了出来，则第二次，必然害怕得更厉害，甚至三五次以后，胆气仍鼓不起来。一旦真个遇了对手，简直慌乱得不及寻常一个小偷。只要第一次稳住了，能得了彩，以后出马顺遂，自不待说；便是彩头不好，第一次就遇了对手，但初进屋在害怕的时候，能稳得住，对手见了面，彼此交起手来，初进屋害怕的心思，不知怎的，自然会没有了，胆量反登时壮了许多。这种情形，我曾亲自领略过，不是个中人，听了决不相信，以为没遇对手，倒怕得厉害，遇了对手，胆量反壮起来，世间没有这种道理！”陈广泰听了，也觉没有这种情理，问张燕宾亲自领略的是什么事。

张燕宾笑道：“我初次经历的事，说起来好笑。那时我才得一十三岁，跟着我师傅，住在梧州千寿寺。这日来了一个山西人，是我师傅的朋友，夜间和我师傅对谈，我在旁边听得，说梧州来了一个采花大盗，数日之间，连出了几条命案，都报了官，悬了一千两银子的赏，要捉拿这个强盗。山西人劝我师傅出头，我师傅不肯，说多年不开杀戒；况事不关己，犯不着出头。我当时以为是我师傅胆怯，山西人曾对我师傅，说过那采花大盗藏身的地方，我便牢牢的记了。等到夜深，我师傅和山西人都已安歇了，我就悄悄的偷了师傅的宝剑，瞒着师傅出寺，找寻采花大盗。一则想得到那一千银子的悬赏；二则想借此显显自己和师傅的名头。那个采花大盗姓郝，因他生得满脸瘢纹，江湖上人都称他为‘花脸蝴蝶’郝飞雄，在梧州藏身的地方，是一个破庙的鼓楼上，除了师傅的朋友山西人之外，没旁人知道。”

陈广泰听到这里，忍不住问道：“山西人怎生能知道的呢？”张燕宾踌躇了一会儿说道：“你不是圈子里头的人，说给你听，倒没甚要紧，若是外人，我说出来，就有妨碍。因为此刻郝飞雄还没有死，山西人求我师傅的事，没外人知道。这话一传扬出去，郝飞雄必与山西人翻脸，不是我害了山西人吗？山西人和郝飞雄，原是有些儿交情的朋友，那番一同到梧州来，打算劫一家大阔佬的，不知为什么事不顺手，耽搁了几日。郝飞雄不能安分过日，每夜出外采花，山西人劝他不听，几乎弄翻了脸。山西人的武艺，虽不是郝飞雄的对手，心思却比郝飞雄周密，见郝飞雄那么任性胡为，便存心除了这个坏蛋，替那些被强奸死去的女子伸冤。知道自己的本领不济，面子上就不敢露出形踪来，敷衍得郝飞雄绝不起疑，才暗地来求我师傅，以为我是个小孩子，在旁听了没要紧。谁知我年纪虽小，好胜的心思却大，那回若不是偷了师傅的宝剑在手，险些儿闹出大乱子来。千寿寺离郝飞雄住的破庙，有十四五里路。我初出寺的胆气极壮，什么也不知道害怕，一口气奔到离破庙只有半里路的所在，方停步，想就地下坐着，歇息歇息。谁知我的身体，才往地下一坐，猛听得脑后一声怪叫，接着呼呼的风响；只吓得我拔地跳了起来，手舞着宝剑，向前后左右乱砍。”

陈广泰插口问道：“什么东西叫，什么东西响呢？”张燕宾笑道：“我当时不知道是什么，所以吓得慌了手脚。过了一会儿，才知道是两只猫头鸟，躲藏在一个枯树兜里面。我坐着歇息的地方，就在那树兜旁边，两只东西在里面听得响声，以为有人来捉它，因此狂叫一声，插翅飞了。但是我那时虽已明明知道是一对猫头鸟，用不着害怕，然而一颗心，总禁不住怦怦的跳动，连我自己都不明白是什么道理。无论怎样的竭力镇静，终是有些虚怯怯的，不似出千寿寺时的胆壮，仿佛觉得郝飞雄知道我去捉拿他，已有了准备似的。不过我那时想得那一千两赏银和扬名的心思很切，心里虽有些虚怯怯的，却仍不肯退回头，自己鼓励自己道：‘郝飞雄并不是什么三头六臂，了不得的人物，又不是神仙，能知道过去未来。我既已瞒着师傅出来，若不能将淫贼拿住，不但不得扬名，外人反要骂我不中用。’有这么一鼓励，胆量果觉壮了些，懒得再坐下来歇息，径奔到那破庙跟前，看庙门是关着的，即纵身上了房屋。

“我记得那时正在三月二十左右，有半明半暗的月光，十步以内，能看得清晰。庙门以内，东西两座钟鼓楼，我大着胆子，上鼓楼找寻淫贼，却是不见有个人影，只有一堆乱蓬蓬的稻草，像是曾有人在草内睡过的。我见郝飞雄不在，只得退了出来，才回身走到鼓楼门口，即见一条黑影，从西边房檐上飘飘下来，落地没些儿声息。我料知是郝飞雄，暗暗的吃惊。这淫贼的本领果然不弱，可是作怪，那黑影下地，就没看见了。我因鼓楼里的地方仄狭，不好施展，连忙朝那黑影下来的所在蹿去，喝一声：‘淫贼哪里走？’不见他答应。正要向各处张望，不知郝飞雄怎的已到了我背后，劈头一刀砍下。我这时倒不害怕了，一闪身让过那刀，转身就交起手来。才斗了四五个回合，那淫贼实在有些本领，我初次和人动手，哪里是他的对手呢？明知道敌他不过，满打算卖他一手，好抽身逃跑。叵耐他那口刀，逼得我一点空闲没有，一步一步的向后退，心里只急得说不出的苦楚，看看退到后面没有余地了，想不到郝飞雄忽猛叫了一声：‘哎呀！’掉转身抱头就跑，一霎眼便没看见了。”

陈广泰失声问道：“怎么呢？”张燕宾笑道：“幸亏我师傅因不见了宝剑，猜度是我偷了来，干这冒失事，急急的把山西人叫了起来，赶到破庙里救我。只要来迟一步，我的性命便完了。我师傅在屋上，打了郝飞雄一五花石，正打在额角上，所以抱头而跑。山西人要追，我师傅不肯，收了宝剑，责骂了我一顿，说：‘山西人的本领，已是了得，尚且打郝飞雄不过，你乳臭未除的小子，怎敢这么胡闹！’”

陈广泰笑道：“你也真是胡闹，你才说偷你师傅宝剑的时候，我心里就暗地思量，如何自己的宝剑，会被徒弟偷去，还兀自不知道呢，那也算得是有本领的人吗？”张燕宾笑着点头道：“是时候了，我们走吧！好在李御史家里，没有会把式的人，你虽说是初次，大概不至着慌。”

陈广泰跟着张燕宾出来，仍旧反锁了房门，一同出庙，径奔广州城来。进城恰在黄昏时候，城门口出进的人多，果然无人注意陈广泰。张燕宾的路径也很熟悉，初更时候，二人便在黑暗地方卸去了外衣，各做一个包袱捆了，系在腰间，拣僻静处上了李御史的房。陈广泰留神看张燕宾的身法，甚是矫捷，穿房越栋，直如飞鸟一般，不禁暗暗的佩服。二人同到李御史的上房，张燕宾教陈广泰伏在瓦楞里莫动，自己飘身下了丹墀。

陈广泰心想：他教我莫动，不是怕我初次胆怯，反把事情弄糟了，不如教我伏在这里。其实我虽是初次，这里又不是龙潭虎穴，我怕什么呢？于今他已从丹墀里下去了，我何不转到后面去，见机行事呢？

主意已定，即蹿到上房后面。只见一个小小的院落，隐约有些灯光，射在一棵合抱不交的大芭蕉树上。就屋檐上凝神听去，听得似妇女说笑的声音，随飞身落到芭蕉树旁边，看灯光乃是从两扇玻璃窗里透了出来，说笑的声音，也在里面。玻璃有窗纱遮掩了，看不出房里是何情景，只好把耳朵，紧贴在窗门上，听里面说些什么话。听得一个很娇嫩的女子声音说道：“对老爷只说是六百两银子，他老人家便再不舍得出钱些，也不能说像这般一副珍珠头面，六百两银子都值不得。”又有个更娇嫩的女子声音答道：“老爷只出六百两，还有八百两谁出呢？”

先说话的那个带着笑声答道：“只我小姐真呆，这八百两银子，怕太太不拿出来吗？依我看这副头面，一千四百两银子，足足要占六百两银子的便宜。这也是小姐的福气，才有这般凑巧，迟几个月拿来，固然用不着了，就早几月拿来，小姐的喜事不曾定妥，老爷也决不肯要。做新娘娘有这么好的珍珠头面，不论什么阔人，也得羡慕。新贵人看了，必更加欢喜。”说着，咯咯的笑。就听得这个啐了一口，带着恼怒的声音说道：“死丫头！再敢乱说，看我不揪你的皮。”接着，听得移动椅子声响，好像要起身揪扭似的。先说话的那个说道：“小姐，当心衣袖，不要把这一盒珠子掼泼了，滚了一颗便不是当耍的呢！”这话一说，那小姐即不听得动了。

略停了一会儿，那小姐说道：“这几颗十光十圆的珠子，若不是我零星揩人家的便宜买进来，这时候一整去买，你看得多少银子？这头面上没一颗赶得上我这些珠子，都要卖一千四百两，一两也不能减少。哦！茶花，你开箱子，把太太的那两颗珠子，拿来比比看，可比得过这头面上的？”

茶花笑道：“小姐也太把太太的珠子，看得不值钱了，怎么还比不上这头面上的呢？”一面说，一面听得开箱的声音。一会儿，又听得关箱盖响，仍是茶花的声音说道：“小姐比比看，头面上哪一颗，赶得上这两颗一半？我曾听太太说过，这两颗珠子是祖传的，每颗有八分五厘重，若是再圆些，光头再好些，就是无价之宝了呢！这头面上只要有一颗这么的珠子，莫说一千四百两，一万四千两也值得。”

陈广泰听了这些话，不由得暗喜道：我初次做这趟买卖，算是做着了，再不动手，更待何时呢？这时看那院落里的门，并不牢实，等她们睡了，才动手去撬开，原不是件难事；不过她们既上床睡觉，这些值钱的珍珠，必然好好的收藏，教我从哪里下手寻找咧？并且张燕宾说，这小姐就是定给要打我的那瘟官做儿媳妇，我惊吓她一下子，也好使那瘟官听了，心里难过。像这样不牢实的门片，还愁一脚踢不开来？陈广泰想到这里，移步到那扇门跟前，伸手轻轻的推了一推，插上了门闩的，推不动，提起脚待踢，却又有些不敢冒昧，忙把脚停下来。

就在这个当儿，忽听得芭蕉树底下一声猫叫，陈广泰不做理会。房里的小姐听了猫叫，似乎很惊讶的呼着茶花说道：“白燕、黄莺都挂在院子里，我几番嘱咐你，仔细那只瘟猫，不要挂在院子里，你只当耳边风。你聋了么，没听得那瘟猫叫吗？还不快开门，把笼提进来。”

陈广泰听得分明，心里这一喜，真是喜出望外。茶花旋开着门，口里旋咕叽道：“这只瘟猫，真讨人厌，什么时候，又死在这院子里来了！”门才开了一线，陈广泰顺势一推，将茶花碰得仰跌了几尺远，抢步进了房。那小姐见茶花跌倒在地，回头见一个陌生的男子，凶神恶煞一般的蹿了进来，“哎呀”一声没叫出口，就吓昏过去了。

陈广泰看桌上光明夺目的，尽是珍珠，几把抓了，揣入口袋，正待回身出门，猛听得门外一声喝道：“好大胆的强盗，往哪里走？”陈广泰存心以为李御史家，没有会把式的人，忽听了这声大喝，不由他不大吃一惊。

不知陈广泰怎生脱险，且待第二十六回再写。

总评：

张燕宾谓初次做贼，往往胆怯，乃引捉拿郝飞雄一事证之。余初阅此回时，意颇嫌其累赘，及阅至后文，方知作者写郝飞雄及山西人一段，是完全为张燕宾与陈广泰做影子也。笔不妄落，于斯可见。

张燕宾叙述捉拿郝飞雄事，小小一段文字，有明笔，有暗笔；有曲笔，有直笔；有繁笔，有简笔，前后情事，皆出人意外。语云：狮子搏免，亦用全力。作者叙述各事，直是全神贯注，不肯放松一笔也。

作文如用兵然，虚者实之，实者虚之，总要使人猜度不到方妙。如张燕宾在半路歇息，忽闻脑后一声怪叫；又如郝飞雄不在楼上，却见一条黑影，从房上飘下；又如燕宾看看退到后面，没有余地，郝飞雄忽然叫声“哎呀”，抱头而逃，种种奇特之笔，虚虚实实，令人万万猜想不到后文之果如何也。势如波涛起伏，汹涌不定，阅者眼光，亦复随之而为转移矣！

李氏主婢之谈话，完全从陈广泰耳中听出，文情绝妙，而两人对答之语气中，又能将老爷之吝啬，小姐之贪便宜，主婢二人之调笑，曲曲传出，文笔之细致，殆无以加于此矣。

陈广泰正在踌躇，猫忽发声而叫，可谓凑巧极矣！迨阅至后文，方知猫叫之中，尚有内情，此则令人猜想不到矣。

一结骇绝，门外呼者，果为谁呀？然我知善读者固早已猜到矣！

第二十六回

求援系杜知县联姻　避烦难何捕头装病

话说陈广泰抢了珍珠，正待回身逃跑，忽听得院子里有人喝：“大胆的强盗哪里走？”不由得大吃一惊。他来时不曾准备厮杀，没有携带兵器，仅腰间藏了一把解腕尖刀，不过七八寸长短，这时只得拔了出来。冲出房门，借玻璃窗上透出的灯光，朝院中一看，空洞洞的，并不见一人。陡然想起刚才的喝声好熟，心里才明白是张燕宾开的玩笑。飞身上屋，果见张燕宾立在檐边。二人打了个手势，各逞本领，如宿鸟投林，一会儿越出了广州城，到了人烟稀少的地方，才放松了脚步。

陈广泰先开口问道：“你得着了什么没有？”张燕宾反手拍着背上的包袱笑道：“我得着的在这里面。我们今日凑巧极了，我拿的东西，虽值不了钱，然多少比那值几千几万的，还要贵重。我下去的那个丹墀，旁边就是李御史夫妻的卧房，那瘟官娶李家小姐做儿媳妇，谁知就在今日下订。瘟官要巴结李御史，拣他家传值钱的金珠宝石，总共一十六样，做下订的礼物。李御史从来吝啬，看了这些值钱的东西，好不欢喜。我到他卧房窗外的时候，李御史正拿着这十六样礼物，一样一样的把玩，笑嘻嘻的对他老婆说，这样能值多少，那样能值几何，还有几样是有钱也无处买的。我从窗缝向里面张望，原来五光十色的尽是珠翠，做一个小小花梨木盒子装了。李御史把玩一番，随手将小木盒，放在旁边一张小几上，夫妻两个都躺在一个螺钿紫檀木炕上，呼呀呼的抽鸦片烟。我正踌躇，他二人不睡，我如何好动手去偷东西呢？事真是无巧不巧，恰巧在我踌躇的时候，一个听差模样的人，双手托着一个大包，打前面房间走来。我连忙闪身立在暗处，那人走过丹墀，推开李御史的卧房门，原来是虚掩的，并不曾加闩。那人推门进去，我便紧跟在他背后。李御史夫妻和这听差的，都不在意，我端了那个花梨木盒子，回身出来，还在窗外听了一会儿，李御史并没察觉。我恐怕你在房上等得心焦，即上房找你，你却到了后院。”

陈广泰嬉笑道：“你说你无巧不巧，你哪知道我比你更巧。我也是不敢劈门进去，正在思量主意，好一只猫儿，在芭蕉树底下叫了一声，那房里的小姐，就怕猫咬了她养的白燕，叫丫头茶花开门，到院子里提鸟笼。我便趁这当儿，只等那门一开，顺势一掌，连门片把那丫头打倒，我才得进房。不然，要劈开门进去，就得惊动一干人了。”

张燕宾哈哈笑道：“好一只猫儿，你看见那猫是什么毛色？”陈广泰这才恍然大悟，也打着哈哈问道：“你怎么知道一做猫叫，她们就会开门呢？”张燕宾道：“我何尝知道她们一定会开门？不过看了你提脚要踢门，又不敢踢的样子，料知你是不敢鲁莽。我跳下院子的时候，就看见屋檐底下，挂了好几个精致的鸟笼，一时触动了机智，便学了一声猫叫。不想房里的人，果然着了我的道儿。”

陈广泰听了，非常佩服张燕宾，很诧异的说道：“怎的我在那院子里，立了那么久，并不曾留神到屋檐底下的鸟笼，你一下去就看见了，是什么道理呢？”张燕宾道：“哪有什么道理，你只因是初次，见窗外透出灯光，窗里有人说话，便一心只想去窗跟前探望。并且初次做这种买卖的人，心里都不能安闲自在。平日极精明的人，一到了这时候，就不精明了。三五次以后，才得行若无事。所谓眼观四路，耳听八方，岂但屋檐底下的鸟笼，一落眼就看得分明。”二人旋走旋说笑，不一刻已到了圆通庵附近。二人都解下包袱，把外衣穿了，仍装出斯文样子，回庙歇息。

从此陈广泰跟着张燕宾练习做贼，果然三五次后，陈广泰也和张燕宾一般机警了。

再说那番禺县知事，姓杜名若铨，原是江苏的一个大盐商，家中有二三百万财产，花了无穷的钱，捐了这个县知事。他为人也很能干，在广东做了好几任知县，才得了这个首县的缺，好容易利用李御史贪婪卑鄙，巴结上了，彼此联了秦晋之好。这日红订之后，杜若铨好不得意，以为此后有了这个泰山之靠的亲家，自己便有些差错，只要亲家在总督跟前说一句方便话，就能大事化小事，小事化无事了。不过就是这日，在大堂上走了陈广泰，心里不免有些忧虑。一面传齐捕役，满城兜拿；一面再提刘阿大一干积贼出来严讯。见刘阿大等供称，陈广泰一次都不曾出马偷盗过，确是专教武艺的，才略将忧虑的心放下。

在杜若铨的意思，以为陈广泰既是专教武艺的，不曾犯过窃，这回就逃走了，也没甚要紧。只要陈广泰不在广州犯案，也就是这么马马虎虎的算了。日间忙着替自己儿子订婚，对于追捕陈广泰的事，因此并不上紧。谁知李御史家，就在这夜来报了抢劫，抢去的金珠宝物，竟是价值四五万，下订的十六样礼物，也被抢去了。这一来，把个杜若铨知县，只急得一佛出世，连夜传齐通班捕役，四城踊缉。这桩案子，还不曾办出一些儿头绪，接连广州各富户，到县衙里报抢劫的呈词，如雪片一般的飞来，所报被抢被劫的情形，大概都差不多。杜若铨只得把捕役追比，勒限缉拿。

一连七八日，捕役被比得叫苦连天，哪里能侦缉得一些儿踪影呢？

那些被抢的富户，除呈请追缉外，倒没有旁的麻烦。唯有李御史失去了那么多珠宝，而最心爱的小姐，又受了大惊吓，心里痛恨得了不得，一日两三次的，逼着杜若铨，务必人赃并获，好出他心头的恶气。李御史并将自己被盗，和广州市连日迭出巨案的情形，说给那总督听了，总督也赫然大怒，说省会之地，怎么容盗贼如此横行！传了杜若铨上去，结结实实的申斥了一顿，吓得杜若铨汗流浃背。回到县衙里，一面仍是严比捕役，一面悬五千两银子重赏，绘影图形的，捉拿陈广泰。

陈广泰做贼不久，毕竟有些胆怯，遂和张燕宾商议道：“我们图报复那瘟官，于今已算是报复过了。就是讲银钱，此刻我二人几次所得的，也不在少数。依我的意思，就此丢开广州，往别处去，另打码头吧！你在这里不曾露相，多停留几日倒没要紧，我是不能久留了。你和我做一块儿呢，还是各走各的呢？”

张燕宾大笑道：“别处打码头，哪里赶得上广州？我们买卖正做的得手，岂有舍此他去的道理！到了要走的时候，我自然会和你一道儿走，也没有各走各的道理。瘟官不悬赏，怎显得我二人的能为。你要知道，做我们这种没本钱的买卖，不做到悬重赏的地步，没有身价，便没有趣味。我们内伙里，呼官厅不曾悬赏捉拿的同伴，叫做‘盗墓的’。因为墓里头是死人，不论你拿他多少，他是不知不觉的。你我的本领，不做这买卖则已，既做了这种买卖，岂可使内伙里叫我们做盗墓的？番禺县的捕役，有哪一个够得上见我们的面，休说和我们动手！”

陈广泰听了这派话，胆气顿时增加了许多。不过觉得这地方，已住了这么久，恐怕再住下去，给道人看出破绽，劝张燕宾搬场。张燕宾摇头道：“暂时也用不着搬，且迟几日再看。”陈广泰便不说什么了，夜间仍是进城行窃。二人所劫的财物，都是平均分了，各人择极秘密的地方收藏。连日又做了几件大案，杜若铨见悬赏尽管悬赏，窃案仍旧层出不穷，只得夜间亲自改装出来，率同捕役，通夜在三街六巷巡缉。

这夜二更时候，杜若铨带着四名勇健的捕头，正悄悄的在街上行走，忽听得相离四五丈的屋上，有一片瓦炸裂的声音。这时的月色，十分光明，杜若铨忙朝那响声望去，只见一前一后的两条黑影，比箭还快，一晃就没有见了。杜若铨叹道：“有两个这么大本领的强盗在广州，广州市怎得安静？这些饭桶捕役，又怎能办得了这班大盗？”当下也懒得亲自巡缉了，第二日见了总督，禀明了昨夜眼见的情形，自请处分。

总督虽然愤怒，却看着李御史的面子，不便给杜若铨过不去，宽放限期，仍着落他认真缉捕。杜若铨无法推诿，只得闷闷不乐的回衙。

这时广东有个著名会办盗案的老捕头，姓何，名载福，因年纪有了八十多岁，已休职二十来年，不吃衙门饭了。一般在职的捕头，虽都知道二十年前的何载福，是办盗案的好手，然都以为他于今已是八十多岁的人了，行走尚且要人搀扶，哪里还有本领，办这种棘手的案子？所以任凭陈广泰、张燕宾如何滋闹，捕头们如何受比，总没人想到何载福身上去。

杜若铨从总督衙门回来，和一个文案老夫子邹士敬，商量办法。这个邹士敬，在广东各县衙里，办了多年的文牍，这时他倒想起何载福来了。对杜若铨说道：“东家既为这盗案为难，何不把老捕头何载福传来，问他可有什么方法？”杜若铨道：“何载福的声名，我也知道，不过他于今已经老迈了。我听说他步履都很艰难，有什么方法，能办这样的案子？”

邹士敬摇头道：“不然。何载福的年纪虽然老了，但他毕竟是个著名的老捕头，经他手里办活的疑难盗案，不知有多少，经验必比这些饭桶捕役足些。东家若把他传来，不见得也和这些捕役一样，一筹莫展。他纵然想不出什么方法，于案情也无损害。”杜若铨这才点头应好，登时派人去传何载福。

一会儿，派去的回来说，何载福病在床上，甚是沉重，他家里人正在准备后事，不能来。杜若铨便望着邹士敬笑道：“何如呢？快要死的人了，神志必然昏乱，就传了他来，也不中用。”邹士敬不作声，过了一会儿，才向立在旁边听差的说道：“你去供房里，看赵得禄出去了没有？只看看，不要说什么，看了快回来报我。”听差的去看了，回来说道：“赵得禄在供房里，揩抹桌椅，并不曾出去。”

邹士敬点头，向杜若铨说道：“我逆料何载福不是真病，果然。”杜若铨问道：“老师何以知道不是真病？”邹士敬从容笑道：“这很容易知道。赵得禄是何载福的外甥，又是何载福的徒弟，如果何载福真病到要准备后事了，岂有赵得禄还在这里揩抹桌椅之理？何载福为人极是机警，他虽多年休职在家，然近来省城闹了这么多大窃案，他哪有不知道的？大约他也觉得这件案子棘手，不容易办理，恐怕东家去嬲他来帮助，不能不装病推却。依我的愚见，东家若能屈尊去何载福家一走，他感激知遇，必愿出死力办这案子。”

杜若铨是一个捐班官儿，谄上傲下的本领最大，要他屈县大老爷之尊，去看一个多年休职的捕头，心里如何甘愿？只是对那老夫子，不便说出本意来，现出踌躇的样子说道：“我去他家一遭，倒没什么使不得。不过我始终不相信，他有能为帮我办这案。”邹士敬知道杜若铨忘不了自己的尊贵，懒得再往下劝驾，杜若铨也不再说了。

谁知这晚，又劫了一家大商户，并为劫取一个翠玉镯头，强断了这家主妇的手腕。杜若铨一接到这个呈报，正如火上添油，急得面无人色，思来想去，除了亲自去求何载福，实没有第二条道路可走。只得仍和邹士敬商量，邹士敬连忙说道：“东家要去，就得赶早，再迟恐怕见不着面了。”杜若铨吃惊问道：“老师昨日说他是假病，怎么又说迟了，见不着面呢？难道他就要死吗？”邹士敬扬手道：“东家到了何家，自会知道。我不过是这么猜度，准不准也不见得。”

杜若铨莫名其妙，当下依了邹士敬的话，只带了一名亲随，便装到何载福家里。刚行到何家门首，只见一乘小轿，从何家门首抬了出来，轿里坐着一个须发如银的老叟。亲随认得是何载福，对杜若铨说了。杜若铨忙叫亲随上前，把小轿拦住说道："何老爷哪里去？县太爷正来奉看，已步行到这里来了。"杜若铨不由得暗暗佩服邹士敬的先见，这时也就不顾失尊了，见何载福还迟疑不肯下轿，即走上前向轿内拱手道："老英雄纵不肯为本县帮忙，也不替广州众商户帮帮忙吗？本县今日特来奉求，无论如何，得请老英雄看广州众商户的分上，出来除了这个大害。"

何载福到了此时，知道躲避不了，推诿不掉，只得连忙滚下轿来，双膝往地下一跪，叩头说道："大老爷折杀小的了。"杜若铨来不及的，两手捧住何载福的肩膊，不教他叩头下去，一面哈哈笑道："老英雄快不要如此拘泥行迹。本县要奉商的话很多很多，且到老英雄家里，坐着细谈吧！"何载福不肯道："舍间蜗居逼仄，怎敢亵尊。小的实在因老朽无能，承大老爷错爱，恐怕辜负德意，误了大事。于今大老爷既执意差遣小的，小的即刻到衙里来，听候使令。"

杜若铨心里犹豫，恐怕何载福图脱身躲避，想就在何家商议一个方法。何载福已看出杜若铨的用意了，遂低声说道："舍间房屋紧靠着闹市，小的有话，也不好奉禀。"杜若铨才点头说道："那么老英雄就不可失约呢！"何载福忙应道："小的怎敢无礼。"杜若铨便别了何载福，带着亲随回衙。

不知何载福有何方法，能办这件盗案，且待第二十七回再写。

总评：

张燕宾与陈广泰分头窃物，陈既实写，张乃不得不虚写矣！然张所窃者，较为重要，又不便含糊过去，故于事后从张燕宾口中，详细叙出，借此并将猫叫之内幕揭破。前后布局，何等精细周到！

猫叫一节，若非张燕宾自己揭破，则非但陈广泰被其瞒过，即阅者亦完全为其瞒过矣。文笔之狡狯如此。

自恃者，害之随也。张燕宾自恃武艺之高强，以为番禺捕役，无一人为其敌手，流连都会，不肯决然舍去；以致何载福出，而燕宾乃卒落于名捕之手，岂非"自恃"二字，阶之厉耶！

杜知县以儿女婚姻，为钻营进身之阶，卑鄙可嗤。张燕宾、陈广泰暗中破坏之，反令杜知县大受总督之申斥，真是快事！今之宦途中人，以钻营逢迎为长技，其卑鄙龌龊，有十倍于杜知县者，安得有陈、张其人者，暗中一一惩创之耶！

邹士敬精灵机警，料事如见，虽专研侦探之术者，亦无以过之。昔日刑名师爷中，真有奇才异能之士，以余所闻，不一而足。如邹士敬者，亦其一也。

何捕头装病避差，可谓狡矣！然杜知县可欺，而邹师爷卒不可欺，两智相遇，好看煞人。

第二十七回

三老头计议捉强盗　一铁汉乞食受揶揄

话说何载福这个捕头，虽是终身吃衙门饭的人，却很有些侠气，生性爱结交朋友。挣下来的钱财，都用在朋友交际上，所以到老没有多少积蓄。他虽没有积蓄，只因少时结交的朋友多，大家都肯帮助他。他自己没多大的武艺，而江湖上有能耐的人，多和他有交情，多愿供他的差遣。他当捕头的时候，遇有难办的窃案盗案，只须邀集几个熟悉江湖情形的人，帮同办理，没有办不活的。他的声名，因此一日高似一日。近二十年来，他虽休职在家，不问外事，然陈广泰、张燕宾在广州，接二连三，做出好几桩惊人的窃案，消息传遍了广州城，何载福是个老当捕头的人，这种消息到了耳里，如何能忍得住，坐视不理呢？他外甥赵得禄，也不断的到他跟前，报告各商户失窃的情形。何载福很费了一番调查功夫，知道作案的不止陈广泰一人，必有由外省新来的大盗。料知这案不容易破获，恐怕一般捕役被比不过，来找自己帮忙，预先嘱咐了家下人，如县衙里有人来，只说病在沉重，正准备后事。

邹士敬是个老文牍，深知何载福的性格，并和赵得禄的关系。何载福这日见是县官饬人来传，并非捕役来求助，已料知推病不能了事。次日早，更听得赵得禄来说，昨夜又出了大窃案，并杀伤了事主，就决计去乡下躲避，免得因这案，坏了自己一生的名誉。赵得禄回衙，将何载福要去乡下躲避的话，漏给邹士敬听了，所以邹士敬催杜若铨快去，并不是邹士敬有预知的能为。

再说何载福见县官亲来恳请，不能置身事外，送杜若铨走后，即回到家中，开发了轿夫，派人去请他多年的好友刘清泉、卢用广二人，前来计议。

刘、卢二人都是广东有名的把式，年纪虽都有了七十多岁，本领尚是三五十人，近他们不得。每人教了百几十名徒弟，在广州的潜势力，确是不小。何载福当捕头的时候，得刘、卢二人帮助的次数极多，因二人合共有三百来名徒弟，遍布广东各中、下社会，消息极灵通，办事极顺遂。每逢重要案件得了花红，何载福自己一钱不要，全数分给刘、卢二人的出力徒弟，因此两部分的徒弟，也都乐为之用。

这回何载福，派人把刘、卢二人请了来，对二人说了杜县官亲来恳请缉盗的话，求二人出来帮助。刘清泉问道："老哥已答应下来吗？"何载福道："自然是已经答应了，才奉请两位出来帮助。"刘清泉道："老哥歇手在家多年了，衙里一般哥儿们，没一个是老哥手下的人，要办这样的大案子，呼应不灵，是难办的。五千两的花红，谁不想得？老哥有什么方法，能使那一般哥儿们，听老哥的调度？没有掣肘，这案才可办得。"何载福道："我也虑到这一层了。等歇我到衙里去，得和杜大老爷说明，答应事事不掣我肘，我才肯承办这案。不然，我已歇手多年了，又有这么一大把子年纪，冤里冤枉的送了这条老命，真犯不着。"

卢用广点头道："老哥份上的事，我二人没有推诿的道理。依我的愚见，与其用那一般不中用的哥儿们，处处不能得力，不如索性老哥在杜大老爷面前，一力承当下来。老哥今年八十三岁了，像这么的大案子，莫说老哥已经歇手多年，便是不曾歇手，此生也不见得还有第二次。我二人帮助了老哥三十多年，俗语说得好，'临了结大瓜'，我们三个老头子，就临了结起这大瓜看看，要他们那般饭桶，干什么呢？"

刘清泉立起身，对卢用广举着大拇指笑道："倒是你有气魄，一定是这么办。"何载福高兴道："这倒也使得。我拼着这条老命不要，有两位老弟肯这么出力帮助，愁办不了吗？两位请在这里坐坐，我就上衙里走一遭。"刘清泉摇头道："我二人坐在这里没有用处，我们各去干各人的事，今夜在我家相会。"何载福、卢用广同声应好。于是三个老头一同出来，刘、卢二人各自回家布置。

何载福走到县衙，杜若铨正在等得心焦，又待派人来何家催请，见报何载福到了，一迭连声的叫请进来。门房直引何载福到签押房，杜若铨已立着等候。何载福年纪虽老，脚步比少年还要矫健，当下抢行几步，将要屈膝下去，杜若铨慌忙扶住，携了何载福的手笑道："老英雄并非我的属吏，这回肯出来，我已是承情得了不得。"说时，随手纳何载福坐下。何载福当捕头出身的人，见了本籍知县，哪里敢坐呢？杜若铨推了再四，才坐了半边屁股。

杜若铨开口问道："小丑如此跳梁，弄得广州市内的人，寝不安席。老英雄有什么好方法，替广州城除了这个大害？"何载福抬了一抬身子说道："回禀大老爷，小的看这偷儿的举动，好像是有意在广州市逞能，所以第一次便偷杉木栏李大人府里的珠宝。大老爷前夜在街上瞧见的，是两条黑影，小的也猜，不只陈广泰一个。小的并无旁的好方法，依小的推测，这两贼正在得手，必不肯就往别处去。小的已布置了人，就在今夜专等两贼到来，叨庇大老爷的福德，两贼之中，只要能破获一个，便好办了。"

杜若铨喜道："能拿住了一个，那一个就有天大的胆量，料他也不敢再在这里做案子了。你办这案，须用多少捕快？说出来，好挑选眼捷手快的给你。"何载福道："不是小的说，现在所有的捕快，不能办这案子。只因小的当时供职的时候，所有合手办事的人，此时一个也不在此了。不曾同办过案的人，不知道每人的性情能耐，不好摆布。办这种案子，调度一不得法，案子办不活，还在其次，怕的就怕反伤了自己的人。"

杜若铨点头道："话是不错。不过一个捕快也不要，老英雄一个人怎么办呢？"何载福遂将刘、卢二人，愿出力帮助的话，说了一遍。杜若铨道："赏格上已经说明了，不论何色人等，但能人赃并获的，立刻赏银五千两。"何载福听了，口里不便说，心想这么大的赃物，好容易都搜获到手，并且从来没有赃物，全不走失些儿的理。好在我并不稀罕这笔赏银，将来这案就办得完美，五千两赏银，只怕也要被这位大老爷，赖去几成。当下没什么话可说了，即作辞出来，回家整理多年未用的器械。黄昏时候，就到刘清泉家来。

卢用广已带了八个徒弟，在刘清泉家等候。刘清泉也把就近的徒弟，传了十多个在家。二人的徒弟，多是能高来高去的。不过刘清泉的百几十名徒弟当中，只有两个徒弟最好，一个姓谢名景安，一个姓蔡名泽远。两人都是番禺的世族，几代联姻下来，谢景安的妻子，是蔡泽远的胞妹。两人少时同窗读书，彼此感情极好。谢景安欢喜武艺，延了师傅在家早晚练习，只练了两个月。平日谢景安和蔡泽远，相打玩耍，谢景安总是打不过蔡泽远。因为谢景安比蔡泽远小两岁，身体也瘦弱些，及谢景安从师傅，学了两个月武艺之后，相打起来，蔡泽远哪里是谢景安的对手呢？一动手就跌了。

起初蔡泽远不知道谢景安正在练武，还不相信自己是真打不过，一连跌了好几跤，爬起来怔了半晌。谢景安说出练武的缘故，才相信自己是真打不过了，便要求谢景安介绍，也从这一个师傅学习。

那时谢景安家所延聘的武师，是一个流落江湖的铁汉，姓李名梓清，善使一把单刀，人家都呼他为“单刀李”，他自己也对人称“单刀李”。他从不肯向人家说出籍贯，江湖上也就没人知道他籍贯的。看他的年纪，不过四十多岁，流落在广州市，只随身一条破席，一把单刀。身上的衣服，不待说是褴褛不堪，在广州市中行乞，没人听他说过一句哀告的话。到一家铺户，总是直挺挺的，立在柜台旁边。给他饭，他便吃；给他钱，他只摇摇头；给他的衣服，他连望都不望。有人问他为什么不要钱，不要衣服？他说广东用不着衣服，每日只要得饱肚腹，钱也无用处，并且衣上没有口袋，有钱也无处安放。人家给他饭吃，他从来不肯伸手去接，教人把饭搁在什么地方，他再拿起来吃。有人问他：“带了这把刀，有何用处，为什么不变卖了，换饮食吃？”他说：“刀就是我，我就是刀，怎能变卖。”有人要他使刀给大家看看，他问：“都是些什么人要看？”在旁边的人，就你一句“我要看”，他一句“我要看”。他向众人哨了一眼，哈哈笑道：“哪里有看刀的人嚜？”笑着提步便走。

是这么好几次，广州市的人，气他不过，弄了些饭菜，给他看了，说道：“你肯使刀给我们看，这饭菜就给你吃；你不使，莫想！”他头也不抬，向地下唾一口就走。如此接连好几日，一颗饭也不曾讨得进口，饿得不能行走了，就躺在一家公馆大门口的房檐下。这公馆是谁家呢？就是谢景安家里。

谢景安的父亲谢鹤楼，是个很有胸襟、很有气魄的孝廉公。这日听家人来报，大门口躺着一个如此这般的叫化，谢鹤楼心中一动，即走出来看。见李梓清的仪表，绝不是个下流人物，便俯下身子，推了一推李梓清问道：“你是病了么？”李梓清摇头道：“我有什么病？”谢鹤楼道：“我听说你因不肯使刀给人看，所以饿倒在这里，是不是有这回事呢？”李梓清道：“谁是看刀的人，却教我使？”

谢鹤楼叹了一声气道：“虽说他们不会看刀，但是你为要换饭吃，又何妨胡乱使给他们看看呢！”李梓清鼻孔里哼了声道：“我忍心这般糟踏我这把刀时，也不至有今日了。请不用过问，生有来，死有去，古今地下，饿死的岂只我李梓清一人！”谢鹤楼一听这话，心里大为感动，不觉肃然起敬的说道：“当今之世，哪里去寻找足下这般有骨气的人！兄弟很愿意结交，足下能不嫌我文人酸腐么？”

李梓清听了这几句话，才把两眼睁开来，看了谢鹤楼雍容华贵的样子，也不觉得翻身坐了起来，说道：“先生不嫌我粗率，愿供驱使。”谢鹤楼大喜，双手扶李梓清起来，同进屋内。谢鹤楼知道饿久了的人，不宜卒然吃饭，先拿粥给李梓清喝了，才亲自陪着用饭；又拿出自己的衣服，给李梓清洗浴更换，夜间还陪着谈到二三更，才告别安歇，简直把李梓清作上宾款待。

李梓清住了半月，心里似乎有些不安，这日向谢鹤楼说道：“先生履常处顺，无事用得我着。我在先生府上，无功食禄。先生虽是富厚之家，不在乎多了我一人的衣食，只是我终觉难为情，并且我感激知遇，也应图报一二，方好他去另谋事业。我从小至今，就为延师练习武艺，把家业荡尽，除练得一身武艺之外，一无所长。我看令郎的身体很弱，能从我学习些时，必然使他强健，读书的事，也不至于荒废。”

谢鹤楼接李梓清进公馆的时候，心里已存了要把儿子谢景安，从他练武的念头，只因李梓清是个把武艺看得珍重的人，自己又是文人，全不懂得武艺，恐怕冒昧说出来，李梓清不愿意教；打算殷勤款待半年，或三五个月，再从容示意。想不到李梓清只住了半个月，就自己说出这话来，当下欢喜得什么似的，实时教谢景安过来，叩头拜师。

谢景安这时才得一十四岁，早晚从李梓清练武，白天去学堂里读书。武艺一途，最要紧的是得名师指点，没有名师，不论这人如何肯下苦功，终是费力不讨好，甚至走错了道路，一辈子也练不出什么了不得的能为来。李梓清的武艺，在江湖上是一等人物。他当少年练习的时候，花拳绣腿的师傅，延聘了好几个，七差八错的练习，也不知走了多少冤枉道路，家业差不多被那些花拳绣腿的师傅骗光了。末后才遇了一个化缘的老尼姑，来他家化缘。他家的祖训，不施舍和尚、道士，门口贴着一张纸条儿，上写“僧道无缘”四字。那老尼姑把钵进门，正遇着李梓清因和债主口角生气，恶狠狠的对老尼姑说道：“你不瞎了眼，怎么会跑到这里面来呢？”

老尼姑却不生气，仍是满面堆笑的说道：“因为不曾瞎眼，才能到施主这里面来募化；若是瞎了眼，就要募化到卑田院去了。”李梓清更加有气，指着大门厉声说道：“‘僧道无缘’四字，不是写给你们这班东西看的，是写给猪和狗看的吗？”老尼姑听了这几句话，即正色说道：“施主不肯施舍也罢了，何必如此盛气凌人。常言道：‘不看僧面看佛面’，贫僧不曾强募恶化，施主这种形象，实在用不着。”说完，转身要走。

李梓清性情本来急躁，又不曾出外受过磨折，平日两个耳朵里面，所听的都是阿谀奉承的话，哪曾受过人家正言厉色的教训。老尼姑说的这派话，表面上虽像客气，骨子里简直是教训的口气，羞得李梓清两脸通红，没话回答。少年气盛的人，越是羞惭，便越是气愤，一时按捺不住，就大喝一声道：“老鬼！你倒敢数责我么，不要走，我偏不看佛面，看你这老鬼，能咬了我鸡巴？”一面骂，一面抢步上前，去捉老尼姑的肩膊。

谁知手还不曾伸到，老尼姑已反手在他脉腕上，点了一下，伸出的这条膀膊，登时麻木了，收不回来。他还不知道见机，手腕被点不能动了，又提腿猛力踢去，老尼姑仍用一个指头，顺势点了一下，这腿也麻木了。老尼姑指着李梓清的脸说道：“你生长了这么大，住在这样的房子里面，不是个全无身份的人，怎的这般不懂道理？我是个尼姑，又有这样大的年纪，你一个男子汉，身壮力强，应该欺负我这样的人吗？大约你父母是不曾教训过你的，我这回替你母亲教训你一番，你以后切不可再欺负年老的人了。休说是女子，男子也不应该。你听遵我的教训，我就把你的手脚治好；不听遵我的教训，我治好了你的手脚，怕你又去打别人，就是这样直手直脚的，过这一辈子吧！”

李梓清受了这两下，愤怒之气倒完全消了，心想：我从了这多的师傅，花了这多的钱练武艺，我自以为武艺已是了不得了，就是那些师傅，也都恭维我不错，怎么今日这么不济呢？我若能从了这样一个高明师傅，岂不是我的造化吗？李梓清主意既定，连忙说道：“听遵师傅的教训，求师傅治好了我的手脚，我还有话求师傅。”

老尼姑笑道：“能听遵是你的福分。”随用手在李梓清手脚上，摸了几摸，立时回复了原状，一些儿也不痛苦。李梓清将手脚伸了两伸，即往地下一跪道：“我要求师傅收我做个徒弟。我愿意将所有的家产，都化给师傅。”

不知老尼姑怎生回答，且俟第二十八回再说。

总评：

此一回由何捕头叙及刘清泉、卢用广，由刘、卢二人叙及其徒弟谢景安、蔡泽远，更由谢、蔡二人叙及李梓清，更由李梓清叙出老尼姑。曲曲折折，愈推愈远。须看其能发能收，一丝不紊。

写三老头会议一节，老谋深算，识见高远，其言语口吻，完全与陈广泰、张燕宾辈不同。作者色色能描摹得出，真是奇才。

杜知县敷衍何捕头一节，初读之，似杜之为人，尚称不俗；及谈至赏银数语，便觉俗不可耐，狐心露尾，其杜知县之谓乎！

叙铁汉李梓清一节，足令天下古今英雄之颠沛不遇者，为之同声一哭。呜呼！铁汉之言，又何其壮也。非其人则宁饿死沟壑，不肯一显其身手，刚毅倔强，立志不挠。如李梓清者，诚不愧为铁汉之称矣！

人生得一知己，可以无憾。李梓清潦倒半生，卒能得一谢鹤楼，识之于江湖乞食之中，不可谓非李梓清之大幸矣。

李梓清所遇老尼，真是异人。我不奇其技艺之神，奇其能以正理斥责李梓清也。

第二十八回

老尼姑化缘收徒弟　小霸王比武拜师傅

话说李梓清向那老尼姑跪下，求收作徒弟，老尼姑道："贫僧是出家人，怎能收在俗的人做徒弟？并且贫僧游行无定，又哪有工夫，能收人做徒弟？"

李梓清既遇了名师，如何肯放，叩头如捣蒜的说道："出家人收在俗的人做徒弟的事，极多极多，算不了稀罕。若师傅因游行无定，没有工夫收徒弟，我情愿侍奉师傅到老，师傅游行到哪里，我跟随到哪里，难道还耽搁师傅的工夫吗？师傅游行无定，为的是要募化，我情愿把祖遗的产业，尽数募给师傅，只求师傅收我。师傅不知道我学武艺的事，实在是冤屈无伸。我祖遗的产业，就为我学武艺，十成耗去了八成，三伏三九，也不知吃过了多少苦头，练出来的看家本领，刚才师傅是瞧见的。若不是今日遇见师傅，还不知要到什么时分，才明白那些教我武艺的师傅，都是些不中用、专会骗钱的坏蛋。今日算是天赐我学武的机缘，岂可错过！若是师傅执意不肯收在俗的人做徒，弟也容易，我立刻削发都使得。"

老尼姑见李梓清如此诚恳，说不出再推诿的话，只是心里仍似不大愿意，教李梓清且立起来。李梓清道："师傅不答应，便跪死在这里也不起来。"老尼姑微微的点了点头道："要我收你做徒弟，你得先答应我几句话；不然，你便跪死了，我也不能收。"李梓清喜道："请师傅快说，什么话我都可答应。"老尼姑道："为人处世，全赖礼节，敬老尊贤，是处世礼节中最要紧的。没有礼节，便是自取羞辱，即如刚才你不对我无礼，怎得受这场羞辱！你从此拜我为师以后，不问对什么人，不准再使出这种无礼的样子来。”李梓清连忙答道：“我已知道后悔了，下次决不如此。”

老尼姑点头道：“我看你一身傲骨，将来武艺学成，没行止的事，料你是不会干的。不过从来会武艺的人，最忌的就是骄傲，你瞧不起人家的武艺，人家自然也瞧不起你的武艺。你既是骄傲成性，就免不了要和人动起手来。你要知道，我们出家人练习武艺，不是为要打人的。儒家戒斗，释家戒嗔，戒尚且怕戒不了，岂有更练武艺，助长嗔怒的道理么？为的是我们出家人，不能安居坐享，募化十方，山行野宿，是我出家人的本等。山野之中，有的是毒蛇猛兽，没有武艺，一遇了这些害人的异类，就难免不有性命之忧。所以我们出家人，不练武艺则已，一练便不是寻常把式的武艺。因为要和毒蛇猛兽较量，寻常和人相打的武艺，克伏不下。你将来若拿着我的武艺，动辄和人交手，为害就不在小处，你从我学成之后，非到生死关头，无论如何不准和人交手，你能答应不能答应？”

李梓清连声应道：“谨遵师傅的训示，不是生死关头，决不出手打人。”老尼姑道：“我因你学艺心诚，才肯收在门下。若专就你的性格而论，习武是很不相宜的，其所以要你先答应两件事，不过借此预先警戒你一番。你起来吧，也不用你跟随我到处募化，你只在家用功，我随时来指点你便了。从我学武艺，不必常在我跟前。”李梓清这才欢天喜地的爬了起来。

老尼姑就在这日，指教了李梓清一会儿，吩咐李梓清依着所指教的，在家用功，仍托着钵盂出去了。自此或二三十天一来，或三五个月一来，来时也只看看成绩，指点指点就走。不拘哪一种学问，但能不走错道路，猛勇精进的做去，其成功之快，无有不使人惊讶的。

李梓清起初从一班花拳绣腿的教师，苦练了好几年，花去财产十分之八，一些也没有成效；及至从老尼姑练起来，并不曾耗费资财，只整整的练了三年，老尼姑就不来了。老尼姑最初几次来教他的时候，原曾对他说过了，武艺不曾到可以离师的地步，至久三五个月，总的来教一次，可以不来，便不来了。

李梓清整练了三年之后，有半年不见师傅到来，心中甚是思慕，只苦于这三年之中，曾屡次请问他师傅的法讳，和常住的庵堂庙宇，他师傅总不肯说。这时想去探望，也无从打听，只得仍在家中，不断的研练。但他专心在武艺上做功夫，谋生的方法，一些儿没有研究。前几年被骗不尽的十分之二的产业，因不善营运，坐吃山空，又几年下来，只吃得室如悬磬，野无青草，看看的在家安身不住了。好在他父母早死，终年打熬筋骨，也没心情想到成家立室，孑然一身。在家既存身不住，就索性将家业完全变卖了，出门谋生，在大江南北，混了十多年。只因性情生得太耿介，又是傲骨峥峻，混迹江湖十几年，只落得一个“铁汉”的头衔。他守着他师傅的训示，不肯和人较量，真有眼力的人，知道他的本领，才肯赀助他，俗眼人哪里能看出他的能耐？为的他片刻不离那把单刀，江湖上人才称他为“单刀李”，其实他的单刀，好到什么地步，知道的人也就很少。

谢鹤楼虽也要算是李梓清的一个知己，只是谢鹤楼丝毫不懂得武艺，李梓清所感激的，就是感激谢鹤楼那句“当今之世，哪里去寻找足下这般有骨气的人”的话，情愿拿出自己的真实本领，把谢景安教成一个好汉。后来蔡泽远也要拜师，李梓清原不想收受，奈谢景安一再恳求，谢鹤楼也在旁劝了两句，李梓清方肯一同教授。

李梓清在谢家住了两年，两个徒弟的功夫，成功了十分之六。这日忽有一个行装打扮的人，年纪仅三十左右，到谢家来，说要见李梓清。和李梓清在僻静地方，立谈一会儿去了，李梓清即向谢鹤楼作辞。谢鹤楼问他去哪里，何时方能再见。李梓清不肯说出去处，只说后会有期，仍带着来时的单刀、破席，昂然去了。

谢鹤楼猜不透葫芦里卖的什么药，只觉得来得稀奇，去得古怪，知道江湖上是有这类奇人，行止是教人不可捉摸的，也就不加研究了。不过儿子谢景安，既经练了两年武艺，和蔡泽远两个，在广东已有“小霸王”的徽号。平常负些拳脚声名的人，不和这两个小霸王交手则已，交手总是被打得皮破血流，求饶了事。

那时刘清泉才从湖南衡阳，跟着刘三元练成了武艺回来，正想收几个资质极好的徒弟，显扬声名；听说有谢、蔡两个这么好的世家子弟，如何不想收纳呢？特意设一个教武的厂子，在谢公馆紧邻，胡乱收几个亲戚朋友的儿子做徒弟，每日大声吆喝着，使枪刺棒，并贴一张字条在厂门口，上写：不问老少男女，打得过我的，我拜他为师；打不过我的，他拜我为师。凡不愿从师的人，不要来打；谁输了做徒弟，不能翻悔。”

这字条一贴出来，谢景安看了，便找着蔡泽远说道："这个姓刘的，偏在我家紧邻设厂，又贴上这样字条，必是有意想收我们做徒弟；又怕我不从，他面子上难看，所以是这么做作，我们不要去上他的当。我们也不想收人做徒弟，要和他打，须等他出了这厂。他赢了，我不拜他；他输了，也莫拜我。偏不中他的计，你说对不对？"蔡泽远踌躇道："但怕这姓刘的，未必真能赢得了你我，若本领果比你我强，够得上做你我的师傅，你我正苦李师傅走了，寻不着名师，就拜了他还不好吗？"谢景安一想不错，就拉了蔡泽远，同到刘清泉厂里。

刘清泉见二人来了，欢喜得如获至宝，拱手迎着二人说道："久闻两位少爷的大名，只恨自己的俗事太多，没工夫到尊府奉看。今日两位赐临，想必是来指教的。"蔡泽远也拱了拱手答道："特地前来领教的。"

刘清泉听了特地前来领教的话，不觉笑逐颜开，让二人就坐，笑嘻嘻的问道："厂门口贴的那字条，两位已看见了么？"谢景安嘴快答道："不看了那字条，也不到这里来了。"刘清泉仍是嘻嘻的笑着问道："两位的尊意，以为何如呢，没有翻悔么？我教武艺，不比别人。平常教师，若是收了两位这般的人物做徒弟，必然眼睁睁的，望着一笔大大的拜师钱，拜师以后，还得层出不穷的需需索索；我则不然，简直一文钱，也不向两位开口。"

谢景安听了，心里好生不快，暗想这姓刘的真是狂妄，我们和他并不曾见过面，不待说没有见过我们的本领，就能预先断定，是他赢我们输吗？我倒不相信，他能操胜券。谢景安心里这么想，口里正待批评刘清泉狂妄，蔡泽远已开口答道："我们如要翻悔，尽可此刻不上这里来。不过你的话，只就你打赢了的说；若是你的拳头，不替你争气，竟打输了，又怎么说呢？"谢景安听了这几句话，正中心怀，不觉就大腿上拍一巴掌，说道："对呀！看你输了怎么说？"

刘清泉看了二人天真烂漫的神情，伸手指着厂门说道："我输了的话，那字条上不是也说了的吗？我一些儿不翻悔，立刻拜打输我的人为师，拜师钱要多少给多少，决不争论。"蔡泽远摇头道："我们两人都不收徒弟，也不要拜师钱，只要你这一辈子，见我们一次面，给我们叩一次头，就算是你狂妄无知的报应。你不翻悔，便可动手。"

刘清泉毫不动气，一迭连声的应道：“我若输了，准是这么办，说话翻悔，还算得是男子汉大丈夫吗？但是两位将怎生打法咧，一齐来呢，还是一个一个的来呢？”谢景安道：“自然一个一个的来。我两个一齐打你一个，打输了你，也不心服。来来来，我和你先打了，再跟他打。”说着，跳起身，卸去了外面的长衣。刘清泉也不敢怠慢，二人就在厂里，一来一往，各逞所长。

谢景安的本领，毕竟还欠四成功夫，哪里敌得过刘清泉的神力呢？走不到十个回合，谢景安看看支持不住了，满心想跳出圈子来，让蔡泽远来打；叵耐刘清泉存心要用软功夫，收服这两个徒弟，使出全副的本领来，一味和谢景安软斗，把谢景安困住在两条臂膊里面，如被蜘蛛网缠了，不痛不痒的，只是不得脱身。

蔡泽远见谢景安斗得满头是汗，想胜固然做不到，就是想败也做不到，不由得气往上冲，也不管怎样，奋勇攻了上去。他不攻上去，谢景安还不至打跌，刘清泉见加上一个生力军，也怕力敌二人，万一有些差错，关系非浅，因此趁蔡泽远进步夹攻的时候，先下手将谢景安打跌，再以全力对付蔡泽远。

蔡泽远的年纪，虽比谢景安大两岁，本领却不相伯仲。谢景安打不过，蔡泽远自然也是不济。但是刘清泉在谢公馆紧邻设厂，写那字条的时候，何以就有把握，知道一定打得过谢、蔡二人呢？这必须将刘清泉学武艺的来头，叙述一番。看官们才知道刘清泉这样举动，确有几成把握，不是行险侥幸的。

他的师傅刘三元，那时在湖南的声名，连三岁小孩都是知道的。第一是湘阴县的米贩，听得“刘三元”三个字，没一个不吓得三十六颗牙齿，捉对儿厮打。最奇的是刘三元得名，在七十岁以后，七十岁以前，并没有人知道刘三元的名字。

据说刘三元周岁的时候，他母亲抱着他，走四川峨眉山底下经过，忽来了一只绝大的白猿，将他掳上山洞去。牝猿用乳将他养大，遍身长了几寸长的猴毛，老猿并传授给他武艺。十几岁走出洞来，灵根未泯，见了人，能知道自己不是猿种，跟着人下山。所跟着的人姓刘，就也姓刘，取名本是山猿两个字，后因这两字太不雅驯，才改了连中三元的“三元”。这话虽说荒唐，然刘三元在湖南的徒弟，至今还是很多，所打的拳脚，像猿猴的动作。还可说武艺本有一种猴拳，但他的徒弟，无不异口同声的说，刘三元身上的猴毛，临死还不曾脱落干净，两脚也和猿猴一样，能抓住树枝，倒吊起来，能端碗拿筷子，与手无异的吃饭。这也就是不可解的事了。

他在什么时候，因什么事到湖南来的，少有人知道。初来也没人从他学武艺，他自己对人说，他三十岁的时候，正是洪秀全进湖南的那年，他在常德，被发军掳了他去，教他喂马。马有病躺在地下，一见他来，那马自然会立了起来。他生性欢喜骑马，有一天，骑死了发军三匹马，带兵官抓着他要打，他怕打，情急起来，顺手将抓他的军官一推，那军官身不由己的，跌了一丈开外；连忙上前扶起一看，已口喷鲜血，顿时被推死了，吓得他不要命的逃走。背后有几百兵追赶，骑着马追的，都赶他不上，竟逃了出来。他从此才知道自己的气力大，普通人受他一下，准被打死。从发军里逃出来之后，和一个逃难的女子配合，居然成了家室。夫妻两个，做些小本买卖度活，生了一个儿子，取名金万。

时光易过，他已有七十岁了，这日因事到了湘阴，湘阴的米贩子最多，最是横行霸道。凡是当米贩子的，每人都会几手拳脚，运起米来，总是四五十把小车子，做一路同走，有时多到百几十把。不论是抬轿挑担，以及推运货物的小车，在路上遇着米车，便倒霉了。他们远远的就叫站住，轿担小车即须遵命站住，若略略的支吾一言半语，不但轿担小车立时打成粉碎，抬轿的人，坐轿的人，挑担的人，推小车的人，还须跪下认罪求饶。轻则打两个耳光，吐一脸唾沫了事，一时弄得性起，十九是拳脚交加，打个半死。湘阴人没有不知道米贩子凶狠可怕的。

抬轿挑担的人，在路上遇了米贩子，情愿绕道多走几里，不愿立在路旁，让米贩子走过。米贩子在路上，不遇着让路的人，都推着米车，走得十分迅速。有时他们自己内伙里比赛，竟是飞跑如竞走一般，一见前面有人让路，便大家故意装作行走不动的样子，半晌才提一步，又每把米车相隔两三丈远，百多把米车，可连接几里路，让路的须站着，等米车都走过了，方能提脚。所以都情愿绕道多走几里，免得立在道旁怄气。

刘三元一到湘阴，就听得这种不平的举动，只气得他须眉倒竖，存心要重重的惩治米贩子一番，以安行旅。

不知刘三元用何方法惩治，且待第二十九回再写。

总评：

老尼姑教训李梓清一番话，可谓至理名言。不特练武艺者所当牢记，其实无论何人，立身行事，皆当如是。读小说至此等处，最是有益人心。故为尝谓子弟能读有益之小说，胜上修身课万万也。

此一回上半回仍是李梓清传，下半回乃折入刘清泉传。其中以蔡泽远、谢景安二人，为之接笋。入后则又由刘清泉传，折入刘三元传矣。随笔蔓延，而收束时却能一丝不乱，匪易事也。

作者写刘清泉设厂收徒一事，明欲与前回陈广泰事相犯，即其立意欲收谢、蔡二人为徒，亦犹陈广泰之欲刘大也。顾曲曲写来，又与前文截然不同，毫无相犯之处。用笔敏妙，令人叹服。

谢景安、蔡泽远与刘清泉比武，一实写，一虚写，小处亦不呆板。

叙刘三元一节，宛然神怪小说矣。猿之灵真有如此者耶？我又不敢谓其必无也。使其说而信，则三元之力绝人，亦无足怪矣。

第二十九回

刘三元存心惩强暴　李昌顺无意得佳音

话说刘三元存心要惩治湘阴的米贩，打听得这日有一大帮米贩，足有百四五十人，走西乡镇龙桥经过。刘三元便在朋友家，借了一匹马，骑着迎上去。不曾到镇龙桥，就远远的看见无数小车，如长蛇一般的蜿蜒而至。刘三元在马屁股上抽了一鞭，那马便拨风相似，向小车冲去。约莫相隔还有四五十步远近，走前面的几个米贩，照着旧例，齐声高喝："站住！"刘三元哪里肯听呢，辔头一拎，两腿一紧，那马如上了箭道，扬鬃鼓鬣，比前更快了。

走前面的几个米贩，突然见了这样一个不知回避的人，都不由得大怒，满口村恶的话，向刘三元骂起来。刘三元也只作没听得，转眼奔到第一把小车面前，并不将马勒住，只把缰索略向右边带了一下，那马就从小车旁边，挨身冲了过去。

那一段道路，并不甚仄狭，骑马过去，本不至妨碍小车，但刘三元既是存心挑衅，怎肯好好的冲过？故意将脚尖，在米袋上拨了一下，米贩便掌不住，连车带人翻下田去了。一霎眼又奔到第二把车，也是如此一脚拨翻。后面的米贩见了这情形，都不约而同的，将车往地下一顿，一片声只叫"打！"

和刘三元相离不远的米贩，早有三五个抢到马跟前，争着伸手来夺辔头。刘三元一面扬手止住，一面滚鞍下马说道："且慢动手！我跑不到哪里去，要打只管从容。"那几个先到跟前的米贩，看看刘三元这种神色自若的样子，又听了这几句话，倒怔住了，没一个敢冒里冒失的动手。翻下田去的两个已爬了起来，各人提着各人的车扁担在手。第一个跑上前，向刘三元喝骂道："你这老杂种，什么东西戳瞎了眼，是这么乱冲乱撞？"第二个趁着第一个喝骂的时候，冷不防就是车扁担，向刘三元头上打来。

刘三元仍装作没看见，也不躲闪，也不拦挡，"啪"的一声响，正打在顶心发上。却是作怪，车扁担一着头顶，就如打在石头上一般，将车扁担碰得脱手飞去。刘三元见碰飞车扁担，才回头说道："我教你们不用忙，我跑不到哪里去，就来不及的打做什么呢？"

这时，在后面的那百多个米贩，都放了车子，提了车扁担，渐渐的包围拢来，一个个摩拳擦掌的，恨不得把刘三元打死。刘三元提高着声音说道："米车是我撞翻的，与我这马不相干。我知道你们是免不了要打我的，打我不要紧，这马在这里，有些碍手碍脚，我且将这畜生送到前面桥上，回头再来给你们打。"

众米贩以为刘三元要借此逃走，争着嚷："不行，不行！"刘三元不理，伸直两条臂膊，往马肚皮底下一托，凭空将马托了起来。马的四蹄既已悬空，无处着力，头颈身体略动了动，便伏在臂膊上不动了。刘三元托着向前走，遇米车就跳了过去，一连跳过十几辆米车，才到镇龙桥上，放下马来，一手揭起一大块桥石，一手将缰索压在桥石底下；回头又是几跳，跳到了原处。众米贩看了，都吓得伸出舌头来，收不进口。

刘三元反着两手，往背后一操，盘膝向地下一坐，口里喊道："你们要打我，怎么还不动手呢？会打的快来打吧，我还有事去，不要耽搁了我的正事。"

众米贩在平日虽是穷凶极恶，然这时见了刘三元这般神力，却都乖觉了，知道动手必没有便宜可占，大家面面相觑，平日凶恶的气焰，一些儿没有了。刘三元坐在地下，连喊了好几遍，见没人肯上前，遂立起来问道："你们爽直些说一句，还是打不打呢？"众米贩都望着翻在田里的两个，两个只得答应道："若把撞翻了的车子扶起来，我们就放你过去，不打你了。"刘三元听了，仰天打了一个哈哈，仍旧往地下一坐，说道："还是请你们打。我一身老骨头，三天不挨打，就作痒作胀；难得你们人多，饱打一顿，松松我的皮，倒可舒服几天。所以我情愿挨打，不愿扶车子。"

米贩觉得两人的话说错了，换了一个人出来，说道：“你这老头子，也不要放刁。我们大家没事，你去干你的正事，我们赶我们的路程。你的年纪这么大了，又只一个人，我们都是些年轻力壮的，百几十个人打你一个，打死了你，吃人命官司不打紧；就是以少欺老、以多欺少，太不公道了些。”刘三元抬头看说话的这人，满脸刁猾的神气，心想这东西，必是惯会欺负行人的坏蛋，这时候居然还能说得这般冠冕，可想见他平日的凶横。若不重惩他一番，世间也真没有公道了。遂翻眼对那说话的人冷笑道：“你们也知道什么叫做公道吗？只怕你们今日才讲公道，讲得太迟了些，又偏遇着我这个不懂得公道的人，你们再讲多些，也不中用。老实说给你们听吧，你们讲公道不打我，我却不讲公道要打你们了。”

刘三元的话才说了，身子就地下一个溜步，溜到那说话的跟前，一扫腿过去，那人的腿弯便如中了铁杵，仰天一跤，倒在地下。刘三元思量走第一、第二的两个，必是他们同伙中最凶悍的，所以众米贩都瞧着二人的神气，既以扫腿打倒了这人，掉转身躯，又将二人打倒。

众米贩见刘三元动手，其中也有些冒失不怕死的，就还手和刘三元打起来。但是他们自己这边的人太多了，动手就碍着自己，找不着刘三元下手。刘三元的身体，比猿猴还来得灵巧，几起几落，蹿入人丛之中，举起两个栗暴，拣众人实在地方，每人一下，打得众人个个叫苦。隔得远的，知道不妙，都撒腿逃跑；被打倒了的，逃跑不了，都哀声求饶。刘三元觉已打得十分痛快，方住了手，高声喊那些逃跑的人转来。

众米贩见刘三元停手不打了，都一步一步的挨了过来。刘三元向大众说道：“你们可知道，我今日为什么要打你们么？你们平日仗着人多势大，到处欺负行人，不问是什么地方的人，只要是到过湘阴的，谈到湘阴的米贩，没一个不是咬牙切齿的痛恨。这湘阴的道路，难道是你们私有的产业？你们凭哪一种道理，只教人家让你们的路，你们不能让人家的路？我刘三元并不是湘阴人，这次到湘阴来，也没有多久，而你们欺负行路人的事，我两个耳里，实在听得有些不耐烦了，以为你们固有多大的本领，才敢如此欺人？特地到这里来领教领教你们的手段。原来你们只会欺负那些下苦力的人，真应了你们湘阴的俗语，‘牛栏里斗死马，专欺负没有角的牛’。我从此就在湘阴住着，你们若再敢和从前一样，欺负抬轿挑担的行路人，你们欺负一次，我就打你们十次。你们仔细着便了。”说完之后，从桥石底下取出缰索来，一跃上马，飞也似的去了。

众米贩等刘三元走得不见影子了，才扶起第一、第二两把米车，忍气吞声的走了。湘阴的米贩，自从刘三元惩治了这次之后，再也不敢向人，使出从前那种穷凶极恶的样子了。有几个年老的湘阴人，从前曾受米贩欺负过的，听了这回的事，心里痛快得了不得，出外又遇着些米贩，就故意高声喊道：“我刘三元在这里，你们敢不让路么？”湘阴的米贩，闻刘三元的名，无不心惊胆战的，忽然听得说是刘三元叫让路，哪里敢支吾半句呢？连忙都把米车让过一边，等假刘三元过去。刘三元威名之大，即此可以想见了。

刘三元在湘阴既显了声名，就有好武艺的人，从他练习拳脚的。刘清泉从小就喜习拳棒，在广东已从了好几个名师，因有朋友从湖南来，说起刘三元的武艺，得自仙传，不是寻常教师的拳脚，所能比拟万一。刘清泉听了心动，径到湖南寻找刘三元。在衡阳遇着了，果然不是寻常家数，便拜刘三元为师，朝夕不离的相从了七年。刘三元承认刘清泉的功夫，在自己之上，教刘清泉只管回广东，大胆收徒弟，刘清泉才别了刘三元，回广东来；所以对于谢景安、蔡泽远二人，自觉有十成把握。

这日，谢、蔡二人既打输，也就心悦诚服的，拜刘清泉为师。不到几年，二人都练成了一身惊人的本领。只因二人都是世家子弟，既不依赖收徒弟谋衣食，又不在江湖上行走，有本领也无处使用，也没多人知道。何载福当捕头的时候，遇了疑难案件，十九找刘清泉帮忙，刘清泉总是指挥自己的徒弟去办。然以谢、蔡二人是少爷身份，教二人出力的时候最少。这回因已知道陈广泰的本领非凡，而帮同陈广泰犯案的这人，虽不知道他的姓名、来历，然绝对不是无能之辈，是可以断定的。刘、卢二人的徒弟虽多，功夫能赶得上谢、蔡的甚少，所以不能不把这两个得意的徒弟找来，帮办这件大案。

闲言少说，书归正传。这日黄昏时候，何载福来到刘清泉家，刘、卢二人，并许多徒弟，正聚作一处，议论夜间截拿的办法。见何载福到来，卢用广迎着先开口说道：“我可给老哥一个喜信，也教老哥快活快活。”何载福嬉笑道：“什么喜信？我听了快活，老弟必也是快活的。”卢用广点头道：“我们自然先快活过了。”刘清泉和众徒弟，都起身让何载福坐了。卢用广指着在座一个三十多岁、工人模样的人，对何载福说道："喜信就是他送来的。"

何载福一看，不认识这人，遂抬了抬身，向这人问道："老哥贵姓？"这人忙立起身，还不曾回答，卢用广已向何载福说道："不用客气，这是小徒李昌顺。他本是一个做木匠的人，从我练了几年拳脚，功夫也还将就得过去，所以我今日叫他来帮忙。刚才我们大家在这里议论，谈到陈广泰，他才知道连日广州出了这么多案子，是陈广泰做的。他说他知道陈广泰现在的住处。我们不相信，以为他是胡说。我说县里悬了五千两银子的赏，指名捉拿陈广泰，你如何到这时才知道呢？他说：'我终日在人家做手艺，不大在外面走动。悬赏捉拿陈广泰的告示，我就看了也不认识，又没人向我说，我怎生知道咧！'我又说：'你既不大在外边走动，陈广泰现在住的地方，你又怎生知道的呢？'他说：'这事很是凑巧。前几日，吕祖殿的金道人，叫我去他那里做工。我因是老主顾，也没问做什么工，随即带了器具，同到吕祖殿。原来是西边房里，一扇朝后房的门破了，要我修整。我看那门破得很稀奇，像是有人用脚踢破的；并且看那门的破处，就可以见得踢破那门的人，脚力很不小。因为门闩、门斗都一齐破了，若非力大的人，怎能把门斗都震破咧！我心里觉得奇怪，便问金道人：那门是如何破的？金道人道：快不要提了吧！提起来又是气人，又是笑人。前四日，有个公子模样的人，到我这里来，见东边配房空着，要向租住些时，房钱不问多少，照数奉纳。我问他为什么要租这里的房子居住，他说从广西到这里来看亲戚，因为亲戚家里人太多了，有些吵闹，他是爱清净的人，这地方极相安。我那房横竖空闲着，就答应租给他。问他的姓名，他说姓张，名燕宾。第二日便把行李搬来，在那房里住了。人倒真是一个爱清净的人，也没有朋友来往。昨日我因有事进城去了，到夜间才回来，就见这门破了，问小徒才明白是对房姓张的客人，来了一个鲁莽的朋友。那时张客人也不在家，小徒两个在这房里因下棋吵嘴，张客人的朋友在外面听错了，以为里面有人相打，来不及的跑进来劝解，见房门关了，便一脚踢成了这个样子，你看是不是又好气又好笑？金道人是这么说，我心想：金道人是个不懂功夫的人，所以不在意，我倒要看看这位张客人，和张客人的朋友，毕竟是怎样的人，有这大的脚力？我修整了门之后，恰好有两人从外边进来，到东边配房里去了。我在窗眼看得明白，走前面的漂亮人物，我不曾见过，不认识；走后面的那个，我在街上见过多次，就是卖武的陈广泰。暗想怪不得他有这么大的脚力，当时也没向金道人说，就回来了，因此我说知道陈广泰的住处。”

卢用广述李昌顺的话到这里，何载福点点头，接着说道：“事情又隔了几日，只怕此刻又不住在那里了呢？”刘清泉道：“那却不见得。他们做强盗的人，今日歇这里，明日歇那里，是没能耐的人胆怯。有能耐的，必不如此，自己住的地方不破露，决不肯轻易迁徙的。他们在这里的案子，虽说做得凶，但这些办案的举动，不仅不能惊动他们，他们见了这些不关痛痒的举动，反可以坚自己的心，不妨安然在这里做下去。老哥只看这几日的案子，越出越凶，便可知道了。”何载福、卢用广都点头道是。

刘清泉又说道：“我们知道了他们住的地方，并没旁的好处，去吕祖殿拿他们是做不到的，打草惊蛇，反而误事。他二人若海阔天空的一跑，我们的人便再多些，也奈何他们不了。我们知道他们的住处，好处就在今夜，堵截的道路有一定，免得张天罗地网似的，把人都分散了，自己减了自己的力量。”

何载福道：“这话一些儿不错。我正愁不知贼人的来去路，偌大一个广州城，黑夜之中，怎好布置？这两个贼又不比寻常，谈何容易的将他们拿住，于今既知道他们落在吕祖殿，我们今夜专在西方角上布置就得了。有这多人专堵一方，除非贼人有预知之明，不来便罢，来了总有几成把握使他们跑不了。”

当下，就有三个老头，调拨二三十个徒弟，在西方角上把守，只等陈广泰、张燕宾到来。

不知陈、张二人来了与否，拿住了不曾，且待第三十回再写。

总评：

锄强扶弱，为侠义英雄之天职，作者描写诸人，大都于此落笔，故格外动人心目。此回叙刘三元严惩米贩子事，亦使人快心之一端也。米贩子欺湘阴人，本无与刘三元事，而刘三元心不能平，必欲惩创之以为快，非侠义英雄，不能具此一副热心肠也。

写刘三元之殴米贩子，若有意，若无意，假作痴呆，神情妙极。米贩子虽穷凶极恶，而对此老人，竟有无可如何之叹。刘三元真妙人也！

我尝见世之善弈者，往往在有意无意中，下一闲子，对局者及旁观者，都莫测其用意所在。入后棋势紧急，方知此一着闲子，大有关系于全局。对方虽欲去之，不可得矣。作小说亦然，往往有种因于若干回之前，而收果乃在若干回后者，即如陈广泰之踢破房门，当时阅者，固孰知其为此处泄漏之资哉！伏笔之细如是，令人拍案叹绝。

李昌顺看破陈广泰一段情事，全从卢用广口中叙出，不用实写，此是作者图简便处也。若必欲从李昌顺下笔，则不唯呆板，且觉头绪纷繁，反足令正文因之松劲矣！

第三十回

逛乡镇张燕宾遇艳　劫玉镯陈广泰见机

话说陈广泰、张燕宾二人，住在吕祖殿，一连做了六夜大窃案。张燕宾本来是胆大包身，陈广泰的胆量，也因越是顺手越大。二人都看得广州市如无人之境，白日装出斯文模样，到处游逛，看了可以下手的所在，记在心头；夜间便前去实行劫抢。县衙里的举动，绝不放在心上。

这夜行窃回头，已是三更过后，陈广泰的眼快，见街上有五人一起行走，蹑足潜踪的，仿佛怕人听得脚步声响；不由得心中一动，以为是自己的徒弟刘阿大一班人，去哪里行窃。其实，这时的刘阿大等，都已被拘在番禺县牢里，哪里能自由出来，重理旧业呢？不过陈广泰在县衙里的时候，不曾见着他们，不知道实在情形。这时看了五人在街上走路的模样，不能不有这个转念，连忙伏身在檐边，朝下仔细一看，已看出走当中的那人，就是杜若铨知县。心里吃了一惊，遂向张燕宾做了个手势，运用起功夫，匆忙向吕祖殿飞走。

二人这一走，杜若铨也看见了。陈、张二人回到吕祖殿，陈广泰对张燕宾计议道："那瘟官亲自出来巡逻，可见得他是出于无奈了。我想广州的富人虽多，然够得上我们去下手的，也就不多了。常言道得好：得意不宜再往。我们此刻所得的东西，也够混这一辈子了，何不趁此离开广州，去别省拿着这点儿本钱，努力做一番事业。这种勾当，毕竟不是我们当汉子的人，应该长久干的事。你的意思怎么样呢？"

张燕宾道："你这话错了。我这回到广东来，原是想做几桩惊天动地的案子，使普天下都知道有我张燕宾这个人，是个有一无二的好汉。没想到天缘凑巧，我还不曾动手，就于无意中得了你这么一个好帮手，我的胆气更加壮了。我们当汉子的人，第一就是要威望，古言所谓：人死留名，豹死留皮，这回的事，正是你我立威望的好机缘。我的主意，并不在多得这些东西，只要弄得那些捕快们叫苦连天，广东的三岁小孩，提到'张燕宾'三个字，便害怕不敢高声，就志得意满了。于今瘟官的赏格，只指出了你的名字，并没提起我，哪怕广州变成了刀山，我也决不就是这么走开。瘟官亲自巡逻，要什么鸟紧！还有林启瑞，是个发洋财的人，他家里值钱的珍宝最多，我们尚不曾去叨扰他。他这家的案子一做下来，又是给那瘟官一下重伤，不愁广州满城的人，不诚惶诚恐。我们要往别处去，怕不是很容易的事吗？寅时说走，卯时便出了广东境。"

陈广泰踌躇道："我想我们在广州做的案子，越做越多，绝没有长久安然的道理。虽说于今在广州的捕快，没有你我的对手，难道就听凭你我横行，不到旁处请好手来帮助吗？依我的意思，与其贪图虚名，身受实祸，不如趁此转篷，倒落得一个好下场。"张燕宾听了，心里不快，愤然说道："你原来是个器小易盈的人。你既害怕，就请便吧，不要等到出了乱子，受你埋怨。我为人素来是不到黄河心不死的。"

陈广泰见张燕宾生气，忙转脸赔笑说道："快不要动气。我在穷无所归的时候，承你的情，将我当个朋友，替我出气。我不是全无心肝的人，安肯半途抛却你，独自往旁处去呢？我过虑是有之，你不要多心，以为我是害怕。"

张燕宾也笑道："你的意思，怕他们到旁处请好手来帮助，这是一定会有的事，并不是你过虑。不过他们尽管去找好手，你我不但用不着害怕，并且很是欢喜。他们好手不来，怎显得出你我的能耐？如果他们找来的人，本领真个大似你我，你我又不是呆子，不会提起脚跑他娘吗？"陈广泰知道张燕宾是个极要强、极要声名的人，不到万不能立脚的时候，是不肯走的，只心里自己打算，口里也不多说了。

次日早点过后，二人到附近一处小市镇闲逛，遇见一个十七八岁的女子，容貌装饰都十分动人。张燕宾不觉停步注目，魂灵儿都出了窍的样子。那女子却也奇怪，也用那两只水银也似的媚眼，瞟着张燕宾，连瞬也不瞬一下，并故意轻移莲步，缓缓的走了过去。走过去还回过头来，望着张燕宾嫣然一笑。张燕宾也不约而同回头一看，见了那流波送盼的媚态，即五中不能自主，也不顾镇上来去的人看着不雅，兀自呆呆的回头望着，如失魂丧魄一般。

陈广泰生性色情淡薄，见了张燕宾和那女子的情形，心中好生不快，提起手在张燕宾肩上拍了一下。张燕宾自觉有些难为情，搭讪着说道："我们回头去那边逛逛好么？"陈广泰知道张燕宾，是想跟踪那个女子，自己不愿意同去，便推故说道："我肚内急得很，要去大解。你一个人去逛吧！"说着，装作要出恭的样子，向这边走了。

张燕宾此时一心惦记着那女子，无暇研究陈广泰是否真要出恭，急忙转身，追赶那女子。那女子向前行不到一箭路，复停步回头来望。张燕宾看了，心里好不欢喜，追上去报以一笑，那女子却似不曾瞧见，仍袅袅婷婷的向前走。张燕宾追上了，跟在后面，倒不好怎生兜搭。因张燕宾平日为人，并不甚贪图色欲，攀花折柳的事，没多大的经验，所以一时没方法摆布，只跟定那女子，走过了几十户人家。

那女子走到一家门口，忽止了步，举起纤纤玉手，敲了几下门环，里面即有人将门开了。张燕宾忙退后一步，看开门的是个十来岁的小丫头，那女子遂进门去了，小丫头正待仍将大门关上，那女子在里面叫了一声，张燕宾没听清，不知道叫的什么，小丫头即不关门，转身跟那女子进去了。

张燕宾心里疑惑，暗想这是什么缘故呢？这不是分明留着门不关，等我好进去吗？我自是巴不得能进去，不过青天白日，怎好进门调戏人家的妇女，白受人家抢白一顿，又不好发作，那不是自寻苦恼么？如此思量了一会儿，终是不敢冒昧进去。忽转念一想，我何不等到夜间，人不知鬼不觉的，前来寻欢取乐，岂不千妥万妥吗？照刚才她对我的情形看来，已像是心许了，夜间见是我，料不至于叫唤不依。

张燕宾有此一转念，便打算回头寻找陈广泰，才要提脚，只见那个开门的小丫头，走出门来，向自己招手。张燕宾这时喜出望外，一颗心反怦怦的跳个不住，糊里糊涂的，含笑向那小丫头点了点头，走近前低声问道："你招手是叫我进去么？"小丫头也不回答，笑嘻嘻的拉了张燕宾的衣角，向门里只拖。张燕宾的胆量便立时壮起来了，随着小丫头，走进一个小小的厅堂。小丫头指着厅堂背后的扶梯说道："上楼去！"小丫头说时，从扶梯上下来一个老婆子，也是满脸堆笑，仿佛招待熟客一般的，让张燕宾上楼。

张燕宾看了这些情形，已料定是一家私娼，不由得暗自好笑，幸喜这里招我进来，不然，今夜若跑到这里来采花，岂不要给江湖上人笑话！随即大踏步跨上扶梯，抬头就见那女子，已更换了一身比方才越发娇艳的衣服，立在楼口迎接。张燕宾伸手携了她的皓腕，一同进房。房里的陈设，虽不富丽，却甚清洁。张燕宾是个爱清洁的人，其平日不肯宿娼，就是嫌娼寮里腌臜的多，清洁的少，此时见了这个私娼倒很合意。和那女子并肩坐下来，问她叫什么名字。那女子说姓周，名叫金玉。谈到身世，周金玉说是父母于前年遭瘟疫症死了，留下她一人，没有产业；又因原籍是贵州人，流寓广东，无身份的人，她不愿嫁，有身份的人，又不愿娶，因循下来，为衣食所逼，只得干这种辱没家声的事。

张燕宾听了，心中非常感动。登时就存了个将周金玉，提拔出火坑的念头，这日便在周金玉家吃了午饭，细语温存的，直谈到黄昏时候。心里总不免有些记挂着陈广泰，曾约了今夜，同去劫林启瑞家的，怕他在吕祖殿等得心焦，才辞别周金玉出来。

周金玉把张燕宾认做富家公子，竭力的挽留住夜。张燕宾推说家里拘管得严，须等家中的人都睡熟了，方能悄悄的出来，到这里歇宿，大约来时总在三更以后。周金玉信以为实，临别叮咛嘱咐，三更后务必到这里来。张燕宾自然答应。

回到吕祖殿，陈广泰正独自躺在床上纳闷，见张燕宾回来，才立起身问道："你去哪里游逛，去了这么一日？"张燕宾并不相瞒，将这日在周金玉家盘桓的情形，详细说了一遍，并说自己存心要提拔周金玉出火坑。陈广泰听了，半晌没有回答。张燕宾忍不住问道："周金玉的模样，你是和我在一块儿瞧见的，不是个很可怜、很可爱的雌儿吗？我提拔她出火坑，并不费什么气力，也算是积了一件阴功，你心里难道不以为然吗，为什么不开口呢？"

陈广泰笑道："提拔人出火坑的事，我心里怎能不以为然！不过我看这种阴功，我们于今很不容易积得。要积阴功，就不要有沾染；有了沾染，便不算是阴功了。你我于今能做到不沾染么？"张燕宾笑道："你这又是呆话了。周金玉于今一不是孀居，二不是处女，况且现做着这般买卖，怎说得上沾染的话！”

陈广泰和张燕宾相处了几日，知道张燕宾的性格，是个私心自用、欢喜护短的人，逆料他一贪恋烟花，必无良好结果；已存心要离开他，自去别省，另谋生活，便懒得和他争论了。张燕宾见陈广泰不说什么了，遂笑说道：“我因曾说了今夜去林启瑞家下手，恐怕你一个人在这里等得慌，才赶了回来。我们今夜快去快回，周金玉还在那里等我呢。”陈广泰原不愿意再干这勾当，因尚不曾离开张燕宾，若忽然说出不去的话，恐怕张燕宾多心，疑是不满意周金玉的事；只得强打精神，和张燕宾一同进城。

他二人近来每夜在城墙上，翻过来，爬过去，从没一人瞧见。二更时分，到了林启瑞家。拿着二人这般本领，到寻常没有守卫的商人家行窃，怕不是一件最容易的事吗？这时林家的人，都已入了睡乡。二人进了林启瑞的房，房中的玻璃灯，还煌煌的点着，不曾吹熄。轻轻的撬开箱橱，得了不少的贵重物品。已将要转身出来了，张燕宾忽然一眼见床上睡着一个中年妇人，手腕上套着一只透绿的翠玉镯头，心想我此刻所得的这些贵重物品，总共还抵不上这一只翠镯，既落在我眼里，何不一并取了去呢？遂示意教陈广泰先走，独自挨近床前，握住翠镯一捋，不曾捋下，妇人已惊醒了。一声“有贼”没喊出，张燕宾已拔出宝剑，把手腕截断，取出翠镯走了。等到林家的人起来，提灯照贼时，陈、张二人大约已离去广州城了。

二人回到吕祖殿，陈广泰见张燕宾手上很多血迹，问是哪里的血？张燕宾笑道：“你在林家屋上，不曾听见吗？”陈广泰吃惊道：“你竟把那妇人杀死了么？你教我先走，我就走了，哪里听见什么呢？”张燕宾摇头道：“无缘无故，谁杀死那妇人干什么？只因镯小手大，一时捋不下来，那妇人已惊醒要开口喊了，我急得没有法子，只好抽剑将那只手腕截断，所以弄得两手都是鲜血，挂点儿红也好。”

陈广泰一听这几句残忍话，不由得冒上火来，沉下脸说道：“你这回的事，未免做得过于狠毒了一点。我想不到你相貌生得这么漂亮，五官生得这么端正的人，居心行事，会有这般狠毒。”张燕宾也勃然变色说道：“你才知道我居心行事狠毒吗？居心行事不狠毒，怎的会做强盗咧！你是居心仁慈、行事忠厚的人，快不要再和我做一块，把你连累坏了。”

陈广泰受了这几句抢白，火气就更大了，指着张燕宾的脸说道："你做错了事，不听朋友规劝，倒也罢了；还要是这么护短，我真不佩服你这种好汉！"张燕宾貌如春风，性如烈火，对着陈广泰"呸"了一口道："谁和你是朋友，谁教你规劝，谁教你佩服？你是好汉，你就替林家的妇人报仇。"

陈广泰这时本已大怒，只是回头一想，张燕宾究竟待自己不错，而且自己是得他好处的人，既已同做强盗，怎好过责他狠毒呢？若认真翻起脸来，旁人也要说我不是，因此勉强按捺住火性，向张燕宾拱手道："你也不必生气，我的一张嘴，本来也太直率了些，承你的情，交好在先，不值得为这事伤了你我的和气。周金玉在那里等得你苦了，你去开开心吧，不要把我的话作数。"

张燕宾见陈广泰转脸赔笑，倒觉自己性子太躁，回出来的话太使人难堪；心里也是不免有些失悔，不该截那妇人的手。当下也赔着笑脸，向陈广泰说道："你知道我的性子不好，原谅我些。我的一张嘴，实在比你更直。周金玉那里，我既约了她，是不能不去，今夜便不陪你了，明朝见吧！"陈广泰说了一声："请便！"张燕宾竟自去了。

陈广泰独自在房中思来想去，终以往别处谋生为好，不过自己要走是很容易的事，心里就只放不下张燕宾，思量他如此逞强，目空一切，俗语说得好：做贼不犯，天下第一。世间哪有不破案的贼？况且他于今又迷了一个私娼，更是一个祸胎。我若丢了他，自往别处去，他一个人在这里，没人劝他，没人帮他，他拿真心待我，我曾受过他好处的人，问心实有些过不去。但是我不离开他，终日和他做一块，他横竖也不听我的话，一旦破了案，同归于尽，也是不值得。不如趁他今夜到周金玉那里开心去了，我离开这吕祖殿，另寻一个妥当地方藏躲，暗中探听他的行止。或者他见我走了，一个人单丝不成线，从此敛迹了，或竟往别处去了，我再去别省，这就尽了我朋友的交谊了。万一他仍执迷不悟，弄到破了案，有我在这里，能设法救他，也未可定。总之，我离开他不了，丢了他不顾也不好，就只有这一条离而不离的路可走了。只是我此刻是悬赏捉拿的人，离开这个好所在，却去哪里安身呢？

又踌躇了一会儿，忽然喜道："有了！乡村之中，富厚人家的大住宅很多。大住宅多有天花板，我藏在天花板里面，每夜到周金玉那里，或这地方，探一度消息。若两处都没有他的踪迹，外面又没有拿了大盗的风声，那就是已往别处去了；我再往别处，问心也没对不起朋友的所在了。”

陈广泰主意打定，即出了吕祖殿，找了一家大住宅的天花板，藏躲起来；每夜二三更时候，出来探听。这夜到吕祖殿一看，东边配房空洞洞的，不但张燕宾不见，连房中陈设的器具，一件也没有了。陈广泰心想：难道他将行李，都搬到周金玉那里去了吗？我何不到那里去探听探听。遂跑到周金玉家，伏在房檐边，听得房里有两个女人说话的声音，也不见张燕宾在内。仔细一听房内所说的话，不觉大惊失色。

不知听出什么话音来，且待第三十一回再写。

总评：

此一回写陈、张二人之分离矣。陈广泰十分谨慎，十分见机；张燕宾却十分骄纵，十分托大。性情既异，欲其长久相处，难矣！纵无劫玉镯及媾周金玉事，陈广泰亦必飘然引去，又况张燕宾之举措乖张，大背初志耶！陈广泰去而张燕宾之祸，遂不旋踵作矣，可胜叹哉！

张燕宾之行为虽未必尽轨于正道，顾其对待陈广泰，不可谓非一时之知己。故陈之对张，亦复恋恋不忍遽去。及至迫不得已，犹复匿身广州，暗为援护，其笃于友谊如此。张之被祸，广泰不与，虽曰见机，要亦有天道存焉。

女色之祸，千古一例。张燕宾若不遇周金玉，则或可不劫玉镯；不劫玉镯，则陈广泰不去，而盗案亦永无泄漏之日。不可一世之英雄，卒败于一女子之手，为可慨耳！

此书所传，多为近代侠义英雄，长枪大戟，叱咤喑呜；人尽魁伟，事皆诙奇，其细腻缠绵者匆与也。乃此回忽夹写一私娼勾人事，媚行烟视，做尽丑态，此犹金鼓乱鸣之际，杂以筝琶细乐，足令阅者耳目，突然为之一新，诚妙笔也！

第三十一回

陈广泰热忱救难友　张燕宾恋色漏风声

话说陈广泰伏在周金玉的房檐边窃听，听得一个很苍老的婆子声音说道："贼无死罪，是不错，但他这样的举动，怎能把他当窃贼办？不问落在什么好官手里，总不能说他不是江洋大盗。江洋大盗还怕不是死罪吗，你害怕些什么呢？你和他结识不到几日，他犯的案，你本来全不知情，又没有得着他什么了不得的好处，受他的拖累，真犯不着呢！这回还侥幸遇着齐老爷，为人慈善，又拨不开我的情面，才肯替我帮忙，想这个方法，开脱我们窝藏屯留的罪。若遇了旁人，怕你我这时候，不一同坐在牢监里吗？你年纪轻，哪里知道厉害，窝藏江洋大盗，就是杀头之罪。你只想想，如果齐老爷不顾情面，不想这个法子，替我们开脱，这种官司，你我如何能吃得消？俗语说得好：贼咬一日，入木三分，何况是窝藏江洋大盗呢？"婆子说到这里，遂听得一个很娇嫩的声音，接着说道："谁知道他是江洋大盗，窝藏他咧！这罪也加我不上，我若知道他是个狗强盗，早就到县里领赏去了。"

陈广泰听到此处，知道是张燕宾破了案，被拿到县衙里去了。想起自己从县衙逃出来，穷途无依，和张燕宾萍水相逢，承他慨然收容自己，并竭力相助的情事，不由得感伤知己，一阵心酸，两眼的泪珠扑簌簌只往下掉。听了房内女人谈话的口气，已猜透几成，张燕宾之所以破案，必是捕快们商通这婊子做内应，不然，论张燕宾的本领，也不是容易得给人拿住的。不过怎生一个内应的法子，我得查出来，好给他报仇雪恨。只是我于今是悬赏缉拿的正犯，如何能出头露面，向人家查问呢？想了一想道："有了。现放着做内应的人，在底下房里，不好下去，逼着她们详细说给我听吗？”再侧耳听下面，已停止谈话了。

陈广泰自从在李御史家，受了张燕宾开玩笑的一吓，当时觉得身边仅有一把解腕尖刀，敌来不好抵挡，随即就在古董店里，拣选了一把单刀。这时打算下房去，逼房内的女人招供，就把单刀亮了出来，翻身从后院跳落下去，正想用力撬门，猛然转念道：“不妥，不妥！我此刻报仇事小，救人事大。我能把张燕宾救将出来，还愁不知道怎生内应的详细吗，更还愁报不了仇吗？若于今冒昧撬开门，跑上楼去，不问这婊子如何说法，煞尾总是给她一刀两段。杀一个这般恶的婊子，自然算不了一回事；但是婊子被我杀了，地方人免不了要报告瘟官，捕快们一猜就着，除了我没第二个人。他们不知道我还在这里，不大防备，我设法救张燕宾就容易些。若他们因这里的命案有了防备，不但张燕宾关在县牢里，我不容易进去救他，并且还怕那瘟官，预防发生劫牢反狱的事，担不起干系，迅雷不及掩耳的把张燕宾杀了，事情不更弄糟了吗？”想罢，觉得上楼逼周金玉招供，是万分不妥的事，遂急回身上屋，插好单刀，施展平生本领，向广州城飞奔。

再说张燕宾，是个很机警、有智谋的人，就专论武艺，也很了得，为何这么容易的便破案，被人拿获了呢？看官们看了陈广泰在房檐上听的那段谈话，大约已能猜透。张燕宾破案的原因，就全坏在“贪色”两个字上。不过贪色究竟和破案有何相关？周金玉并不是个有勇力的婊子，又如何能帮着捉拿生龙活虎一般的张燕宾呢？这其间还有一段极曲折的文章，在下因只有一张口，不能同时说两面的话，只有一支笔，不能同时写两面的事。为的陈广泰是《游侠传》里的重要角色，所以先将他安顿，再腾出工夫来，写张燕宾的事。看官们不要性急，请看以下张燕宾的正传。

张燕宾自从这夜同陈广泰在林启瑞家，砍断林启瑞老婆手腕，抢了翠玉镯头，回吕祖殿被陈广泰说了一会儿，心里仍放不下周金玉，就跑到周金玉家歇了。周金玉这个私娼，很有些牢笼男子的手段，误认张燕宾是个富贵公子，放出全副本领来牢笼，果然半夜工夫，把张燕宾牢笼得心花怒发，无所不可，不待天明，便心甘情愿的，将那流血得来的翠玉镯头，孝敬了周金玉。周金玉知道那镯头是一件很珍贵的宝物，不是大富的人家没有，喜不自胜的收了，谢了又谢，因要得张燕宾的欢心，当时就套在手腕上。

张燕宾送了那镯头之后，见周金玉即套在手腕上，心里又不免有些后悔，恐怕被人看出来，跟踪追问。但是已经送出了手，不能说周金玉收着不用，只得换一种语意说道："这镯头是无价之宝，我不是爱你到了极处，也不肯拿来送你，你却不可拿它当一样平常的东西，随便套在手上。你在家里套着，还不大要紧，若是套着到外面去走，就很是一件险事。你要知道，像这样透绿的镯头，不问什么人，一落眼便看得出，是一件无价之宝。在好人看了，不过垂垂涎，暗暗的称赞几句；若一落到坏人眼里，就免不了要转念头了，你看那还了得么？"周金玉听得，也承认这话不错，当时就把镯头收藏起来。

张燕宾享受了一夜温柔之福，次日兴高采烈的，回到吕祖殿，打算将一夜快活的情形，说给陈广泰听。跑到自己房里一看，哪里有陈广泰的踪影呢？察看了一会儿房里的情形，自己的东西丝毫未动，陈广泰的东西一件也不见了，心里已明白陈广泰是因劝谏自己不听，恐怕在这里受拖累，所以不告而走了。只是张燕宾心里虽然明白，却不把当做一回事，独自在房里徘徊了几转，因惦记着周金玉，安坐不住，回身仍锁了房门，打算到周金玉家里，细细的领略那温柔乡的滋味。才走进门，那个老婆子笑嘻嘻的迎着，陪张燕宾上楼。张燕宾到楼上不见周金玉，连忙问道："我那心爱的人，上哪里去了呢？"老婆子在旁赔笑说道："请少爷坐一会儿，就回来了。"张燕宾靠窗坐下说道："到什么地方游逛去了吗？"老婆子笑道："我家姑娘知道少爷就会来了，她说，没好吃的东西，给少爷下酒下饭，怪我不会买，趁少爷没在这里的时候，她亲自到店里买去了。"张燕宾信以为真，心里好不畅快。

其实周金玉哪里是去买什么下酒下饭的东西呢？原来就在这个市镇上，有一家姓齐的，很有些财产，为人欢喜多管闲事。市镇上的人因他的行为还正直，又有钱，肯替人帮忙，办事更机警，有些手段，就公推他做个保正。齐保正有个正太太、两个姨太太，都没有儿子，见周金玉年纪轻，容貌体格都很好，想讨来做第三房姨太太。以齐保正的赀财势力，要讨一个私娼做姨太太，原是一件极平常的事；不过他因周金玉曾当过几年私娼，不见得还有生育，恐怕讨进屋，也和家里的三个一样，虾子脚也不掉一只，岂不又多养一个废物吗？于是，由他两个姨太太出主意，引逗周金玉家里来玩耍，齐保正却暗中和她生了关系。其所以齐保正不亲自到周金玉家去，为的是要顾全自己当保正的面子。打算是这么鬼混一年半载，如周金玉有了身孕，哪怕是外人的种子，也不追究，就实心讨进屋来；一年半载之后不怀孕，这事便作为罢论。

周金玉并不知道齐保正的用意，只因和两个姨太太很说得来，两个姨太太都逢迎得很周到，所以每日高兴到齐家玩耍。那日张燕宾和陈广泰，遇着周金玉的时候，就是从齐家玩耍了一会儿回来。

周金玉得了张燕宾送的翠玉镯头，心中无限欢喜。女子的度量，自是仄小得多，凡得了什么稀奇宝贵东西，总欢喜炫耀给常在一块的姊妹们看，听人几句赞美的话，好开开自己的心。周金玉既得了这样宝贵的翠玉镯头，怎能免得了这炫耀的念头呢？只等张燕宾一出门，她便套上了那只镯头，到齐保正家来了。进房就把镯头脱下来，递给两个姨太太看道："两位姊姊请猜一猜，这镯头可值多少钱？"两个姨太太看了，摇头道："只怕是假的吧？像这么透绿的戒指，我们眼里都不曾见过，哪有这样的真镯头呢？你没看见我们老爷手指上套的那个戒指吗？不及这镯头一半的透，没有一颗蚕豆大，去年花五千块钱买进来，还说是半卖半送呢！"

两个姨太太正品评着，齐保正走了进来，笑问："什么半卖半送？"两个姨太太笑道："你来得好，快拿你的戒指来比比。你时常以为你那戒指好得了不得，你来瞧瞧人家的看。"齐保正从姨太太手里，将镯头接过来，望了一望，即吐了吐舌头，问周金玉道："哪里得来的这件稀世之宝？"周金玉笑着得意道："你猜能值多少？"齐保正摇头道："这种稀世之宝，何能论价？"两个姨太太见齐保正慎重其词，说是真的，就问道："这东西竟是真的吗？"齐保正道："不是真的谁还瞧它呢！这样东西，不是寻常富厚人家能有的。金玉，你从哪里得来的？"

周金玉也不隐瞒，照实说，是一个新来的大阔客人相送的。齐保正很诧异的说道："新和你相交的客人，就送你这样的宝物吗？"周金玉点头应是。齐保正将镯头还给周金玉道："你得好生收藏起来。这东西不好随便带了在外面行走，你有了这件东西，一辈子也吃着不尽。胡乱带了出来，弄得不好，恐怕连性命都会送掉。"周金玉接过来，便不往手腕上套，揣入怀中笑道："客人送给我的时候，也是这么说，教我好好收藏起来。我本也不打算随便带着出来，今日是想送给你和两位姊姊瞧，不然也不带来了。”

周金玉才坐谈没一会儿，那个开门的小丫头名叫狗子的，就跑来叫周金玉回去，说昨日来的那客人又来了。周金玉即同着狗子，辞了齐保正出来。狗子将老婆子对张燕宾支吾的话，向周金玉说了，免得见面时说话牛头不对马嘴。那老婆子并不是周金玉的外人，就是她的亲生母，因为在这市镇上生意清淡，没力量雇人，就拿自己的母亲当老婆子使用，怕人知道了笑话，从不肯对人说出是母女来。陈广泰半夜在屋上偷听，才听出是母女的声口。这时周金玉被叫了回去，在楼底下故意高声对老婆子说，这样菜应该怎煮，那样菜应该怎生烧，说了一大串，才从容上楼。

张燕宾已迎到楼门口，握着周金玉的手笑道：“我不问什么小菜，都能下饭，何必要你亲自去买来给我吃。我吃了，心里又如何能安哩！你下次万不可这么劳动了，反教我吃了不快活。”周金玉笑道：“少爷说哪里话？少爷是金枝玉叶的人，到我这种龌龊地方来，已是委屈不堪了，若再教少爷挨饿，我就是铁打的心肠，也怎生过得去呢？并且就是我亲自去买，这乡下的市镇，也买不出什么好东西来。我正在急得什么似的，少爷还要我不亲自去，那就更要把我急坏了。”张燕宾听了这派柔情蜜意、极相关切的话，恨不得把周金玉吞到肚皮里去。二人携手并肩，同坐在床上，软语温存，说不尽的恩山情海。

张燕宾知道陈广泰已走，用不着回吕祖殿去，日夜厮守着周金玉，半步也不舍得离开。周金玉也和张燕宾混得火热，轻易不肯下楼。是这么起腻了几日，周金玉要嫁给张燕宾，张燕宾也要娶周金玉，二人都俨然以最恩爱的夫妻自居了。

这日，周金玉上楼对张燕宾说道：“我有一个干娘，住在离这里不远。平日我隔不了两天，定得去看她一趟。这几日因不舍得离你，不曾去得，她几次打发丫头来叫，我总是说身体不舒服，推托不去。今日是她老人家六十整寿，刚才不是她老人家，又打发丫头来请，我倒忘记了。这回实在不能推托，只得去走一趟，叩一个头就回来。你没奈何，受点儿委屈，一个人在这里坐一会儿吧！”

张燕宾笑道：“这算得什么委屈！你既好几日不曾去，今日又是寿期，应得去多盘桓一会儿，才是做干女儿的道理；怎么只叩一个头就回来咧！快去，快去！尽管迟些回来没要紧。”周金玉指着床上笑道：“你趁我不在家，安安稳稳的多睡一觉好么？免得到了夜间，只是昏昏的要睡，推都推你不醒。”说时，在张燕宾肩上拍了一下，抿嘴笑着就走。

张燕宾一时连骨髓都软了，笑眯眯的，望着周金玉走到了楼口，忽然想起一桩事，连忙叫周金玉转来。周金玉跑回来问道：“什么事？”张燕宾道：“没旁的事。今日既是你干娘的六十整寿，你做干女儿的总应该多送些礼物，替你干娘撑撑场面才对。你打算送些什么东西，且说给我听听看，不要太菲薄了，给人家看了笑话。就是你干娘，也要怪你这干女儿不肯替她做面子了。”周金玉笑道：“我干娘家里很有钱，什么东西都有，用不着我这穷干女儿，送她老人家什么礼物。”

张燕宾摇头道：“那如何使得？越是她有钱，你的礼物越不可送轻了。世人送礼物，哪里是人家没有钱才送吗！你要知道，越是没钱的人，越没人送重礼给他。你是个聪明的人，怎的一时倒这么糊涂起来了。”其实何尝是周金玉糊涂，周金玉哪有什么干娘，做什么六十整寿，原来是齐保正打发人来叫，说有极紧要的事商量，教周金玉瞒着客人，悄悄的把那翠玉镯头带去。周金玉恐怕商量的时间太久，张燕宾独自坐着烦躁，甚至疑心她出外是和情人相会，所以凭空捏造出这个很重大的事由来。没想到张燕宾如此关切，定要盘问送什么礼物，没奈何，只得又胡乱捏造出无数的礼物名色来。

不知齐保正有什么要紧的事，和周金玉商量，且待第三十二回再写。

总评：

作小说有顺叙，有逆叙；有正叙，有倒叙，为法不一。此回写张燕宾之破案被捕，先从婆子及周金玉口中，隐约叙出。然后再折笔将此事详细叙述，此所谓逆叙或倒叙是也。若事事必依次顺叙，则文章便觉呆板，毫无趣味矣！

周金玉以玉镯示齐保正，我以为此时即可泄漏破案矣。不意作者乃轻轻写过，绝不提及盗案一字。直至此回收束时，然后奇峰突起，出人不意。总之作者无论如何，不肯下一平笔，故读者万万猜度不到也。

张燕宾之待周金玉，何等细腻，何等体贴！而金玉卒从他人之谋，设计禁燕宾，入之囹圄。燕宾虽有应得之罪，然金玉禁之，则大负燕宾，良心汩没尽矣！娼妇无情，即此可概见，入后卒致身首异处，不足惜也。

第三十二回

齐保正吊赃开会议　周金玉巧语设牢笼

话说周金玉托故来到齐保正家，打客厅门口走过，只见齐保正陪着一个七八十岁的白发老头，和一个四五十岁的男子，坐在里面谈话。周金玉因见是男客，不停步的往里走，齐保正已瞧见了，追出来喊道：“就请到这里来坐吧，有事要和你商量的，便是这两位。”周金玉忙停步转身，齐保正接着问道：“那只镯头带来了么？”周金玉点头应道：“带来了。”二人说着，同进了客厅。

齐保正指着白发老头，给周金玉介绍道：“这位是何载福老爹，这位是林启瑞老先生。”彼此见礼就坐，齐保正伸手向周金玉道：“且把那镯头拿出来，请两位看看。对了，我再和你细谈。”周金玉从怀中摸了出来，林启瑞一落眼，就站起来嚷道：“丝毫不错，被劫去的，就是这东西，看都无须细看，宝贝是假不来的。”齐保正接了镯头，递给林启瑞，回身问周金玉道：“送你这镯头的客人，此刻还在你家么？”周金玉不知就里，只得应是。

齐保正道：“那客人向你说是姓什么，叫什么名字，什么地方的人？”周金玉道：“他初来的时候，我只知道他姓张，他不曾说出名字、籍贯，我也不曾问他。直到这两日，不瞒齐老爷说，他想讨我，我也想嫁他，他才说是广西梧州人，姓张名燕宾，家里有百十万财产，并无兄弟。”齐保正道：“他曾向你说过，到广东来干什么事吗？”周金玉道：“他说是来探亲访友，借此也好在广东游览一番。”齐保正道：“他的亲在哪里，友在哪里，曾向你说过么？”周金玉摇头道：“那却不曾听他说过，近来他住在我楼上，好几日没下楼，也不见他有亲友来拜望。”

何载福从旁插嘴问道：“那客人从何时起，才不曾下楼呢？”金玉想了一想道：“就在来我家的第二日，他出去了一趟，不久便回来，到今日已有六天了。”何载福道：“这镯头是在第二日送给你的吧？”周金玉道：“第二日天将发亮的时候。那夜他打过了三更才来，他说他家里拘束得严，非等三更过后，家人都睡着了，不能出来。”何载福笑道：“他家既在梧州，到广东来是探亲访友，梧州的家如何管束得他着。即此一句，已是大破绽、大证据了。”

齐保正向周金玉道：“你此刻已知道这个你想嫁的张燕宾，是个干什么事的人么？”周金玉道：“我实在不知道。”齐保正哼了一声，正色说道：“幸亏你实在不知道，若知道还了得吗？老实说给你听吧，那东西是个江洋大盗，近来在广东犯案如山。这位林老先生的夫人，就是被你想嫁的那东西，砍断了一只手腕，劫夺了这只镯头。这位何老爹，也就是为那东西犯的凶案太多，弄得整整的六昼夜，不曾歇憩。还亏我今日到城里，遇见他老人家，谈到林老先生府上的劫案，我顿时想起你那日送给我瞧的这只镯头，觉得来得太蹊跷，就对何老爹谈了一谈。可怜何老爹这么大的年纪，就为这案子受尽了辛苦，正愁没得头绪可寻，听了我这话，连忙和我商量。那时将林老先生请来，同到这里验赃，于今既是赃明证实了，这事你便担着很大的干系了。”

何载福道：“于今案子既落在你家，不是拿我向你打官腔，公事公办，我只着落在你身上要人便了。就是你自己，也免不了一同到案。”何载福这几句话，把周金玉吓得脸上变色，眼望着齐保正，几乎流下泪来，放哀声说道：“这姓张的，既是个江洋大盗，我一点儿气力没有的女子，如何能着落在我身上要人呢？”何载福道：“你窝藏他，又得了他的赃物，不着落你着落谁咧？”

齐保正偏着头，思索了一下，才向何载福道：“依我的愚见，这案子在金玉自然不能脱开干系。不过要着落在她身上，恐怕打草惊蛇，反误了正事。不如两面商量停当，内应外合，动起手来，较为妥当。”何载福点头道：“齐老爷的见解不错，但应该怎生商量呢？”齐保正道：“这事须大家从容计议。我看是这么办，此刻最要紧的，是要设法稳住张燕宾，使他不离开金玉楼上。我们再调齐捕快两班，围住那楼，便不怕他插翅飞去了。”何载福道：“这话很对。动手捉拿的人，我这里早已准备好了，哪用得着调捕快两班，只是就这么围住房子捉拿，不见得便能拿着。于今且请齐老爷思量一下，看用什么方法，先将那强盗稳住。”

齐保正对周金玉道：“你坐在这里，没有用处，不如先回家去，将张燕宾绊住，教你妈到这里来。我们商量妥当了，如有用得着你的地方，你可不能怠慢。你须知这窝藏江洋大盗的罪名，不是当耍的事。”何载福道：“你心里若安排犯一个绞罪，我们没甚话说，任便你回家怎生举动。若想我们替你开脱，则我们等歇商量好了，有用得着你的地方，你就得努力照办。”

周金玉道：“老爹请放宽心，我因不知道是个强盗，既生成了这般苦命，没奈何只得从他。于今承老爹和齐老爷替我出主意，替我开脱罪名，我还敢不努力照办吗？”齐保正道：“这样的大盗，又在此地做了这么多案子，必然机警得了不得。你回家若稍露形迹，使他一动了疑，事情就糟透了；务必和平常一样，不动声色。”周金玉道：“这个我理会得。我看张燕宾这人，对于旁的事，是像个都很机警的样子，只我和他说话，灌他的迷汤，他竟和呆子一般，句句信以为实。他前夜还说我将来和他做夫妇，可保得一辈子不会有反目的时候，因为彼此都知道性格的缘故。”

齐保正笑道：“你是知道他的性格么？”周金玉道：“我何尝知道他什么性格，不过他是个爱巴结、爱奉承的人，说话恭维他，句句给高帽子他戴，他心里就快活。我所知道的，就是这种性格，旁的一点儿也不知道。”

何载福道：“闲话不用说了，你快回去稳住他吧！”周金玉起身要走，忽停住脚问何载福道：“教我将他稳到什么时候为止呢？”何载福道：“时候难说，总之，我们到了你家，你才得脱干系。”

周金玉去了一会儿，换了那老婆子来。齐保正对何载福道：“刚才金玉在这里，说张燕宾性格的话，在我看来，并不是闲话。要捉拿张燕宾，只怕就在这几句闲话上。”何载福诧异道：“齐老爷这话怎么讲？人家都说齐老爷为智多星，必已有了好主意，何不说出来，大家斟酌斟酌呢？”

齐保正笑道：“主意我是有了一个，不过此时还没到说的时候，不说倒妥当些。老爹若肯听我的调度，此时得赶快回城去，将准备好了的人，带到这镇上来，免得临时掣肘。”何载福道：“我哪有不听调度的道理。只是教周金玉怎生摆布，这主意我想知道才好。”齐保正笑道：“我自然有方法教她摆布，她在里面摆布成了功，我们外面的人才能动手。至于怎生摆布，老爹暂时不知道也没要紧。”

何载福知道齐保正办事素来能干，很相信不至误事，遂连说很好，并拱手向齐保正道：“多谢，多谢！拜托，拜托！”就和林启瑞，带了那只翠玉镯头去了。齐保正和周金玉的娘，秘密商议了好一会儿，老婆子遂照着齐保正教的方法，归家转教周金玉实施。

再说周金玉回到自己楼上，见张燕宾果然睡在床上，便挨近床沿坐下。张燕宾醒来，睁眼问道：“怎的回得这么快呢？”周金玉笑道：“连我自己也不知道，怎的回得这么快！我平日最欢喜到我干娘家里去玩，一去就是大半月，还得等家里人去催我才肯回来。不知是什么道理，自从你进我的门，我一个人完全变了。今日我干娘做六十岁整寿，男女宾客来了二三百，若在平日，像这样热闹的地方，是我最欢喜玩的。今日却不然，没动身的时候，我就不愿意去，逼得没有推托的法子，就打算只去叩一个头便回来。后来经你一说，我也觉得叩个头就走不成个道理，既去了，多盘桓一会儿也使得。谁知一到那里，越是看了那些热闹的情形，心里就越觉得你一个人在这楼上寂寞。他们请我吃面，我也想到你一个人在这楼上，什么也没得吃，总总触目惊心，没一样事不想到你身上。老实对你讲，我于今这种迎新送旧的日月，已过了这么久，若处处以真恩义待客人，那不要苦死了吗？我和你相交，才得几日，毕竟是什么道理，会使我是这么一时也割舍不下呢？世间只有嫖客被婊子迷了的，哪有婊子被嫖客迷了的呢？因为婊子是专一安排把客人迷住，才好称心如意的弄钱。我于今既当了这半开门的婊子，应该把你迷住才好，怎么倒像吃了你的迷药一般？坐在我干娘家，简直是成了热锅上的蚂蚁，一时也存身不住。干娘见我呆了似的，以为我身体上有什么病痛，拉住我手问长问短，我便趁着那当儿说道：‘我的身体，近来本不舒服，每日只是昏昏地睡，饭也不想吃，所以好几日，不曾到你老人家这里来，今日是勉强撑持着来的。’我干娘本很痛我，听了我的话，以为是真的，当下就催我回家道：‘这里今日人多嘈杂，身体不舒服的人，和许多人混在一块儿，必然更加难过。你就回去吧，等身体好了，再来这里玩耍。’我一听干娘这么说，登时如遇了皇恩大赦，来不及似的跑回来，在半路上想你，必也等得很苦了。”

张燕宾被周金玉灌了这一阵闻所未闻的迷汤，只灌得骨软筋酥，拉了周金玉的手笑道：“等却并不等得苦，不过独自一个人在这里，觉得寂寞些儿。若依我的心愿，自然巴不得你一刻也不离开我。”

周金玉这番更放出最有心得的媚人手段，用在张燕宾身上。夜间亲自下厨房，帮同老婆子弄了无数下酒下饭的肴馔，搬上楼陪张燕宾吃喝。酒到半酣，周金玉就坐在张燕宾身上，口对口的灌酒。灌了一会儿，周金玉忽然立起身说道：“我真糊涂，一些儿不知道体贴你，我这么重的身体，只管坐在你腿上揉擦，你不压得慌吗？”张燕宾乘着些儿酒兴笑道：“你真小觑我了。我这两条腿，不是我自夸的话，多的不说，像你这般轻如燕子的人，只要坐得下，至少也禁得起坐十来个。我这两条臂膀亮开来，一条臂膀上，吊十个你这么重的人，也只当没这回事。”

周金玉做出惊讶的样子说道：“你一个公子少爷，怎么有这么大的力，我倒不相信是真的！”张燕宾仰天大笑道：“我岂肯向你说谎话。难道公子少爷，就不许大力吗？”周金玉偏着头，凝神一会儿，嫣然一笑，说道：“怪不得你每次抱我，和小孩一样，我这人真粗心，一点儿不在意。不过你的力，比我们女人的大，我是相信，若照你刚才说，有那么大的力，我就不相信了。牛和马的力，算顶大的了，牛、马的背上，也不能禁得起十多个人，难道你的力，比牛、马的还大些吗？”

张燕宾又仰天打了个哈哈，仍把周金玉拉到自己腿上坐下，慢慢的笑着说道：“你是个年轻的姑娘，哪里知道外面的事情，以为牛、马的力，就是无大不大的了，哪晓得人的力，没有的便没有，一有就比牛、马还要大几倍咧！”周金玉道：“你出世就有这么大的力吗？”张燕宾道：“谁能出世就有这么大的力，一天一天操练出来的。”

周金玉欢喜了不得的样子说道：“前几年看相算八字的先生，都说我的命好，将来的夫星好。这几年流落下来，我心里常骂那些看相算八字的混账东西，当面瞎恭维人，一些儿效验也没有，流落到了这步地位，还有什么命好！至于夫星好的话，更加说不上，我已流落做这种生涯，哪有好人肯来娶我？于今有了你，我心里想起这些话，又不由得有些相信了。我哪怕嫁给你做姨太太，我也心甘情愿。一个女人嫁人，情愿嫁给一个英雄好汉做姨太太，不愿嫁给庸夫俗子做正太太。你不是个英雄好汉，哪里会有这种气概，和这种气力？我这里能有你这样的人来往，说要算是我的福气，何况你待我这般恩义呢？”

张燕宾紧紧的把周金玉搂在怀中道：“我的好乖乖，我并不曾娶妻，如何忍心将你做姨太太？像你这样的人物，还怕够不上做正太太么？”周金玉偎傍着张燕宾的脸，温存说道：“我是什么身份的人，哪里配存想做你的正太太的念头？承你瞧得起我，不拿我做没身份的人看待，我真是感激到死。”说着，眼眶儿红了，扑簌簌的要流下泪来。张燕宾连忙拿出手帕，替周金玉拭干眼泪，端起一杯酒，一饮而尽道：“无缘无故的，伤感些什么！快不要提这些话了，我们来寻些快活的事说说。”

周金玉即收了悲容，立起身复斟上一杯酒，递到张燕宾嘴唇边说道：“只怪我不懂世故，你原是来这里图快活的，倒弄得你不快活，不是岂有此理吗？你说要寻快活的事说说，我却想出一件快活的事了，只看你肯做给我瞧瞧么，我瞧了便真快活。”张燕宾忙问道：“什么快活的事，快说出来，只要你能瞧着快活，我一定肯做给你看。”

不知周金玉说出什么快活事来，且待第三十三回再写。

总评：

此一回承上而下，仍是追叙前事，借一齐保正，与上文所述之何载福等，突然拍合，借此收束张燕宾全传。再由陈广泰归到罗大鹤，由罗大鹤归到金光祖。逐步兜转，则文气方不散漫。

张燕宾之断腕劫镯，不第陈广泰恶之，即作者亦深恶之也。故张之破案，即以玉镯为泄漏之端，其垂诫也深矣。

上文写张燕宾之为人，何等精灵活泼！此回写其受周金玉之惑，则又呆笨不可名状，此非作者之自相矛盾，正是写色之易于迷人也。善哉周金玉之言：“这人对于旁的事，像个很机警的样子，只有灌他迷汤，他竟和呆子一般。”世之喜灌迷汤者，盍共鉴之。

周金玉对张燕宾一番说话，反正相生，委婉曲折，真是天下第一等好文章也。此种娼妓灌迷汤口吻，不知作者从何处学来，佩服，佩服！

第三十三回

陈广泰劫狱担虚惊　齐保正贪淫受实祸

话说张燕宾问周金玉，要看了什么事才快活，周金玉笑道：“你的力大，就拿你的大力给我看看。”张燕宾笑得跌脚道：“你是个聪明人，怎么说出这样呆话来了。力是什么东西，可以拿给人看的吗？我通身是力，你如何能看得见呢？”周金玉笑道：“既是不能给人家看，人家又如何知道你的力比旁人大呢？你不肯做给我看也罢了。”

张燕宾见周金玉怪自己不肯做给她看，不由得着急起来，连忙分辩道：“委实不是我不肯做，只要你说应如何做给你看，我就如何做给你看。可惜你这里，没有大石块和很重的东西；若是有时，我学霸王举鼎的样子，举给你看也使得。”周金玉嬉笑道：“我问你一句话，看你说是不是谣言。我前几天，听得有从城里头来的人对我说，县衙里许多捕快，去捉拿一个大强盗，抖出铁链来，把强盗锁了，强盗居然把铁链扭成两段，就逃跑了。我想铁链何等坚牢，人的手怎么能扭得断，我便不相信这话。你的力大，你可相信有这种事么？”

张燕宾笑道：“扭断一条铁链，算得了什么稀奇。铁链到我身上，我并不用手去扭，只大喊一声，就能变成几段，你相信不相信呢？”周金玉摇头笑道：“我更不相信。你明知我这里没有铁链，所以是这么说。我不要铁链，只用绳把你缠住，你若能一喊就断，我便相信你是真的了。”张燕宾道：“你快拿绳来，我就做给你看。别人不相信我没甚要紧，唯有你，非教你相信我不可！”

周金玉听了，笑嘻嘻的，四处寻觅绳索，楼上地下寻了一会儿，没有寻着可用的绳索，仅寻了一绺散麻，拿上来向张燕宾道："见笑见笑，我家连一根绳索都没有，只有这点儿散麻，单缠你两只手是够的了。"张燕宾哈哈笑道："看你要怎生缠法，听凭你缠便了，缠好了，给我一个信，我若要喊第二声才断，就算我骗了你。"说时，将两个手掌合拢来，伸给周金玉缠。

周金玉把散麻分开来，接成几尺长，接的时候，嫌干麻打不牢结头，拿向洗脸水里面浸湿了，才一箍一箍的，将张燕宾两只手腕，捆了一个结实，捆好又倾了半杯酒在上面，站开来大声喊道："捆好了，捆好了！"喊声未了，猛听得房外如雷的一声答应，随即蹿进两个壮士来。张燕宾初听周金玉喊"捆好了"，还以为是和自己说话，及听得房外有人答应，才知道落了圈套。但他并不害怕，忙运起全身气力，大吼一声，以为手腕的麻必应声而断。谁知散麻的性质，与铁链完全不同。铁链是硬东西，只要力大，一拗即断；麻是软的，又用水和酒浸透了，岂是人力所能拗得断的，一下不曾拗断，倒把手腕上的皮捋破了，异常疼痛，心里才有些着慌起来。

正要下死劲拗第二下，蹿进来两个壮士的单刀，已分左右砍下。张燕宾料知两手被捆，不能抵敌，将身往后一蹲，避开了两面刀锋，一跃上了临窗的桌子，打算从窗户蹿下楼去。两壮士哪里肯放松半点，举刀直向下部砍进来。张燕宾抬腿踢飞了这把刀，那把刀已砍下，任凭他有登天的本领，也避让不及，只听得"咯喳"一声，右腿上的膝盖骨早割去了一大块，一只脚便站立不牢。两壮士一拥齐上，把张燕宾活捉了。原来这两个壮士，一个是谢景安，一个是蔡泽远。

何载福和卢用广、刘清泉并许多徒弟，都在楼下，将这一所房子包围了。捆手的计策，是齐保正想出来，和周金玉的母亲商量好了，告知了周金玉，教她见机行事的。周金玉看透了张燕宾的性情举动，所以能指挥如意，不费多大气力，就活捉了一个这般如生龙活虎的大盗。

谢、蔡二人将张燕宾擒住，一声吆喝，登时拥上楼十多个人，拿出铁链来，恐怕被张燕宾拉断；何载福抽出尖刀，在张燕宾两边肩窝上，戳了两个窟窿，把两条铁链，穿了两边琵琶骨。不论有多大本领的好汉，一被擒穿上了琵琶骨，就万没有免脱的希望了。

张燕宾咬紧牙关，听人摆布，一不叫痛，二不求饶，只临走的时候，用极严酷的面目望着周金玉，冷笑了声说道：“你当婊子的本领很够。好，我认识你了！”这两句话，吓得周金玉遍身发抖，连忙向床后躲闪。

一干人将张燕宾捕去后，天色已亮了。陈广泰来周家探望，是在张燕宾被捉的第二夜。何载福等将张燕宾解到县衙，杜若铨随即派人将吕祖殿的行李，并金道人，押去检查研讯，所以陈广泰这夜到吕祖殿，见房中空洞无物。

陈广泰一心想救张燕宾出狱，不敢逗留，连忙进城，飞奔县衙，果然县衙里不曾防范有人劫狱，除照常所有更夫之外，并没添加看守的人。陈广泰挟着头等的轻身本领，又在三更过后，因此直寻到张燕宾所关的牢里，绝无一人知道。张燕宾那间牢房，没关第二个人，只张燕宾一个。禁卒因知张燕宾武艺好，怕他越狱，用铁链将张燕宾两手缚住，高高的吊在楼栿上。

陈广泰一见张燕宾被吊着的情形，不由得心中难过，轻轻扭断铁链，推开牢门进去，先将壁上的油灯吹灭，才低声喊了两声“燕宾”。张燕宾已听出是陈广泰的声音，忙答道：“陈大哥吗？你怎么还在这里呢？”陈广泰耸身攀住楼栿，想解开铁链将张燕宾放下来。张燕宾止住道：“不要去解，解下来也没用，我横竖逃不了。承你的情，快下来，我好趁这时候，和你说几句话。”陈广泰道：“为什么逃不了呢？”说着，仍动手解那铁链。

论陈广泰的力量，扭断那条铁链并不为难，不过高高的吊在楼栿上，须用一手攀住楼栿，一只手不好用力，解了两下解不动，心里就有些慌急起来。张燕宾道：“我不听你的话，悔也来不及了。于今我一脚砍去了膝盖，一脚割断了后跟，肩窝又戳了两个大窟窿，便劳你救了出去，也是一个废人了。快不要白劳神吧。你来得很好，我只求你将周金玉那个没天良的婊子，斫成肉酱，替我出了这口怨气，我就含笑入地了。我在广州所得的金银珠宝，全数埋在吕祖殿后山一株大桧树底下，我也用不着了，你我结交一场，都送给你吧。”

陈广泰耳里虽听他说话，口里也不答应，将身体倒转来，用两脚钩住楼栿，腾出手来，挽着铁链，只两三下，便“喳喇”一声，拗成了两段。张燕宾跟着响声，掉下了地。陈广泰也一个跟斗翻下来，哪有工夫说话，连链条都不及下，提起张燕宾往肩上一搁，驮着就跑。跑不到两三步，好像背后有人把张燕宾拖住了，陈广泰急回身一脚踢去，却不曾踢着什么，正自惊讶，张燕宾说道："我脚上的铁链还没有解下，如何能向外跑呢？"陈广泰叹道："怎么不早说，可不把我急死了。"遂复将张燕宾放下，刚待弯腰，除去他脚上的铁链，猛听得外面有多人大声喊："拿住！不要放走了劫狱的强盗！"陈广泰大惊，举眼望牢门外，只见火光照耀得透亮，但他虽则惊慌，却仍不舍得丢下张燕宾就走，还是张燕宾催他道："快走！同死在这里无益，你替我报了仇，比救了我还好。"话没说完，牢门已被人堵住了。

原来陈广泰寻到张燕宾这间牢房的时候，看守张燕宾的禁卒，凑巧登坑去了，回头走进牢房，就听得陈广泰扭锁的声音，遂又听得在牢里说话，知道是劫狱的来了。禁卒一个人胆小，不敢声张，悄悄的退出来，报知杜若铨，吓得杜若铨屁滚尿流，一面火急传齐本衙捕快前来捉拿，一面派人飞调何载福，带领会把势的人前来帮助。陈广泰心想张燕宾既然被捉，可知县衙里不无好手，哪敢再事迟延呢？只对张燕宾说了一声："报仇是我的事。"即掣出单刀来，大呼一声："挡我者死！"冲出牢门，没人敢挡，都纷纷向两旁退让。

那些捕快们，没一个有多大的能为，见了陈广泰那把雪亮般的单刀，舞动起来，映着火光，照得各人眼花缭乱，躲闪都唯恐躲闪不了，还有一个敢大胆上前的吗？陈广泰冲到空处，一跃上了房檐，更无人能上房追赶。陈广泰恐天光亮了，不能越城，慌忙逃到城外，不觉心中暗悔道："我若早知番禺县衙的捕快们，尽是些这般不中用的东西，何妨从容将燕宾脚上的链条扭断，驮着他一同逃走呢？这也是他命该如此，翻悔也无用了。"这夜因天色快亮了，只得仍到前几夜藏躲的地方，藏躲起来。

第二夜起更的时分，陈广泰即跑到周金玉家，伏在昨夜偷听的所在，听得房里有男子的声音说道："请姑娘快点儿吧。我老爷是个性急的人，疑心又重，我在这里耽搁久了，他不会怪你，一定又要骂我不是东西。"说罢，嘻嘻的笑。陈广泰觉得诧异，忙用倒挂金钩的身法将脚尖钩住房檐，身子倒垂下来，从窗缝朝里面张望，只见一个年约二十多岁，跟班模样的人，涎皮涎脸的立在床头，望着周金玉痴笑。

周金玉坐在床沿上，低头思量什么似的，忽抬头对那跟班啐了一口道："你还自以为是个东西吗？你老爷不向我问你便罢，若问我时，看我不把你这东西，无礼的情形，说给你老爷听。你好大的胆，你和二姨太的勾当，打算我不知道？”

那跟班做出胁肩谄笑的样子，跪一脚在楼板上说道：“姑娘要打我、要骂我、要罚我，我听凭姑娘，只求姑娘高抬贵手，放我过去。我不但不曾得罪姑娘，就是前夜的事，我在老爷跟前，也很帮姑娘说了几句话。姑娘若不相信，等歇去问二姨太，就知道我不是这时在姑娘面前讨好了。”

周金玉鼻孔里哼了一声道：“胡说！什么事要你在老爷跟前，帮我说话？”那跟班道：“姑娘哪里知道，我老实说给姑娘听吧！姑娘还不明白我老爷的脾气，我老爷的醋劲，比这屋子还大，他见姑娘看上这个强盗，几日不到我家来，只气得每日在家里对大姨太、二姨太乱骂；说姑娘绝无天良，他对姑娘如何如何的恩爱，姑娘心中简直没有他的影子。他并说要将姑娘驱逐，不许在这镇上居住。那时就亏了我，教二姨太帮姑娘说话，说姑娘此刻既吃了这碗饭，比不得讨进了屋的姨太太。老爷听了二姨太的话，才把驱逐姑娘的念头打退了。直到前日，老爷带着我进城，知道姑娘走的那客，是个江洋大盗，老爷的气便更大了。对我说，姑娘一定知情，要把姑娘一同拿到县衙里去。我就说，姑娘是一个可怜的人，走的客是强盗，姑娘必不知道；若知道时，也不至将那镯头拿给老爷看了。当时还替姑娘表白了多少话，老爷的气才渐渐的消了，不然，老爷肯这么替姑娘设法，把强盗拿住吗？连何老爷都说，若不是老爷的妙计，姑娘的能干，便再多些人，也不见得能把强盗拿住。”

周金玉问道：“你刚才说你老爷的话，是真的么？”跟班道：“你不信，我可以当天发誓。”周金玉点头道：“我相信了。我也老实对你说，你老爷待我虽是不错，但我心里不爱他是实。论年纪，他比我大了那么多，他若是命好，他的儿女儿媳，多有我这么大了。就凭着天良说，我怎得有真心爱他？莫说我此刻还在外面，心里想和谁要好，便和谁要好，决爱不到他这干姜一般的老头子身上去。就是他已经讨到家里来了的两个姨太太，你老爷待她们，不比待我好么，能逼着她们爱你老爷么？她们两个鬼鬼祟祟的勾当，哪一点儿能瞒得我。你是一个好东西，就不会奸了二主母，还替大主母拉皮条。”

跟班笑道：“你要做了我家的三姨太，我总可算得是你的心腹人。我的嘴紧得很，不问什么人，想从我嘴里，问出一句要紧的话，便将我活活的打死，我也决不肯说。二姨太就欢喜我这一点儿，所以肯和我要好；大姨太若不是因我的嘴紧，也不肯教我做引线了。”

周金玉正待答话，一个老婆子走进房，对周金玉说道：“时候不早了，阿林哥来了这么久，尽管在这里闲谈，齐老爷不等得发躁吗？不要再耽误了，你们两人就去吧。”

陈广泰听了，才知道这跟班叫阿林，心中不由得暗喜道：“听这一对狗男女的话，可知捉拿燕宾，是这阿林的主人出的计策，教这婊子实行的。原来阿林的主人，还是因为和燕宾吃这婊子的醋，才设计把燕宾拿去。照这样看来，燕宾的仇人，还不完全是这婊子。刚才老婆子说什么齐老爷，大约设计拿燕宾的，就是这姓齐的东西了。我此刻既于无意中，得了燕宾的仇人，岂可随便放过？何不跟着这一对狗男女，看那姓齐的是个什么样的人，因此再听得什么相关的话来也未可料。”陈广泰一面思量，一面张望周金玉，开箱更换了衣服，对镜理了理青丝，匀了匀粉脸。那阿林便从壁上，取下一个琉璃灯笼来，点了一支烛，插在里面，照着周金玉下楼去了。

陈广泰遂翻身上了屋，在屋上跟定那个灯笼，走过了十多家门户，到一处很大的公馆式房屋门口，二人住了脚。阿林敲响门环，“哑”的一声，大门开了，即听得开门的人，笑声说道：“阿林，你也还没忘记要回来吗？老爷已气得在里面大骂起来了。”阿林的声音回答道：“怪得我么？姑娘身体不快，睡了不肯起床，我只少磕头了。”边说边向里面走，以后便听不清了。

陈广泰察看这房屋的形势，估料上房在那一方，赶过去朝下细听，果听得有人在下面，骂阿林回迟了的声音。阿林照着对开门人答的话，才申辩了两句，就听得大喝一声：“滚下去！”阿林便没开口了。

陈广泰寻着便于偷看，又相离不远的所在，伏下身子张望，只见一间陈设十分富丽的房子，对面炕上摆了一副鸦片烟器具，一个烟容满面的男子横躺着烧烟。两个轻年丽服的女人，一个坐在男子的腿边，握着粉团一般的小拳头，替男子捶腿；一个立在男子背后，左手端着一支光可鉴人的银水烟袋，右手拈着一根纸搓，装水烟给男子吸。周金玉和男子对面躺在烟坑上。

陈广泰料想这个男子，必就是什么齐老爷，这两个妖精，不待说是什么大姨太、二姨太。那炕旁边有一个小门，大约是通后房的，我何不转到后房去，隔得近些，他们说话，不更听得明白些吗？若听出根由来，果真捉住燕宾，是这烟鬼设的毒计，我就要动手替燕宾报仇，到了他们身边也容易些。主意打定，即抽身从屋上绕到后面，跳落丹墀。

这时已在二更以后，齐家的用人，都趁主人在追欢取乐的时候，少有差使，一个个偷着睡了。陈广泰挨进后房，所以没人知道，侧耳贴在壁上一听，只听得周金玉的声音，带笑说道："怪道人家都说：三个鸦片烟鬼，可抵一个诸葛亮。像你这样的鸦片烟鬼，我看只一个，就足够抵一个诸葛亮了。"

不知陈广泰听出姓齐的怎生回答，且待第三十四回再写。

总评：

周金玉甜言蜜语，虚情假意，能使矫健绝伦之张燕宾，束手就缚。观此，可知"色"之一字，非常可怕。古来英雄豪杰，败于好色者，不胜屈指数。彼张燕宾之于周金玉，特其小焉者耳。后人读此，可不知所取鉴也哉！

周金玉之捕张燕宾，手段辣极，心思毒极，阅之令人恨恨。盖张燕宾之为人，虽未能轨于正道，然其对待金玉，则不可谓非多情人也。而金玉以是报之，可乎不可？天下人可捕燕宾，唯周金玉不可捕燕宾。今金玉卒悍然为之而不顾，此其人岂尚有丝毫之人心哉！卒死于陈广泰之手，不为冤矣。

张燕宾虽系剧盗，顾其人亦有可取者在。徒以恋恋周金玉故，卒死于女子之手，余甚惜之。

齐保正机警多智，乃独不能治家，观周金玉与小林之一席话，则其家中之污秽不治，亦可概见。至于周金玉对待齐保正数语，则尤足为老年好色之人，下一当头棒喝也。

第三十四回

送人头为友报怨　谈往事倾盖论交

话说陈广泰在齐家后房，偷听得周金玉说齐保正这个鸦片烟鬼，足抵一个诸葛亮，即听得齐保正，呼呼的抽了一口鸦片烟笑道："你这个小蹄子，还在这里说笑话打趣我！不错，我这鸦片烟鬼，是可以抵得一个诸葛亮。但是你这小蹄子，知道昨夜县衙里出了大乱子么？"

陈广泰听到这里，不觉大吃一惊，忙将身子更凑近了些，就听得周金玉说道："什么大乱子？我不知道。"齐保正道："我也料你不知道，不过说出来，真要吓你一跳。谁知那狗强盗张燕宾，还有余党在这里。昨夜三更过后，竟胆敢独自一个人，跑到县衙里劫狱，险些儿被他把张燕宾劫去了。"

周金玉失声叫着"哎呀"道："那还了得吗，你怎么知道的呢？那劫狱的强盗，拿住了没有呢？"齐保正道："我知道说出来，必然吓你一大跳，若能拿住了劫狱的强盗，倒好了。我今早因有事到城里去，顺便去瞧瞧何老爹，因为何老爹前日曾许我，事情成功了，在五千花红中，提一成送给我。我虽不在乎这一点儿银两，但是你不能不算是这件案子的出力人，论情论理，都应派一份花红给你才对。前日仓促之间，忘记向何老爹说明这话，打算今日去和他说，我自愿把份下的一成，也送给你。及我走到何家，他家的人对我说，何老爹昨夜四更时候，被杜大老爷传去了，还不曾回来。我说杜大老爷有什么事，在四更时候把老爹传去呢？他家人起初不肯实说，支支吾吾的说不知道什么事。我说：'不要紧，我是和老爹同事的人，断不至误老爹的事。'他家人才请我到里面说道：'这事我们老爹吩咐了，不许张扬。

因为昨夜三更过后，来了劫狱的强盗，想将张燕宾劫去，杜大老爷恐怕本衙里的捕快们，敌不过劫狱的强盗，火速派人调老爹去帮助。老爹临走的时候，吩咐我们，不许把劫狱的话向人说。’我当时听了何家人的话，只吓得我目瞪口呆，以为张燕宾必已被人劫去了，杜大老爷逼着何老爹去追赶，所以这时没有回来。我所怕的，就是怕那强盗得了活命，必来寻仇报复，我又不会武艺，如何防备得了呢？那时在何家，就和热锅上的蚂蚁一般，坐也不是，走也不是，幸亏还好，等不到半个时辰，何老爹回来了，我开口就问张燕宾怎么样了。何老爹摇着头答道：‘这事情糟透了，只怪杜大老爷太不小心。我原说了，这强盗非同小可，一句口供都不曾问出来的时候，得加班防守，一怕有他同党的来劫牢，二怕他自料没有活命，在牢里自尽。杜大老爷不听我的话，说用铁链悬空吊起来，万无一失。哪晓得这强盗的余党，胆大力也大，居然一个人乘禁卒出恭的当儿，偷进牢房，把吊手的铁链已经扭断了，亏得脚上的铁链不曾扭断。禁卒已知道了，传齐了本衙的捕快班，先行捕拿，一面通知我，前去助阵。好在那强盗因人少心虚，不敢恋战，掼下张燕宾跑了。’”

周金玉听到这里，逞口而出的念了一声：“阿弥陀佛！”齐保正笑道：“你这小蹄子，就高兴得念佛么？我素性再使你高兴一会儿子。何老爹说，等他得信赶到县衙里时，劫牢的强盗，已逃去好一会儿了。他一见杜大老爷的面，杜大老爷就苦着脸说道：‘你看这事怎么了？我悔不听你的话，以致有此失着。’何老爹答道：‘大老爷的洪福，不曾被劫去，就是大幸了，此后加意防范，仍属不迟。’杜大老爷听了，光起两眼，望着何老爹道：‘此后还要加意防范什么，你刚才没到牢里去看吗？’何老爹很觉这话来得诧异，忙答：‘实不曾去牢里。’杜大老爷道：‘张燕宾已经自己碰得脑浆迸裂，死在牢里了，你看这事怎么办？’”

陈广泰在后房听得这话，禁不住一阵心酸，险些儿哭出声来，不由得咬牙切齿，痛恨齐保正和周金玉两个，想就此蹿到前房，一刀一个宰了这两个狗男女；只因恐怕以下还有要紧的言语，不曾听得，勉强按捺住火性，听齐保正继续说道：“我当时见何老爹说张燕宾自尽了，倒也放下一件心事。何老爹却说：‘张燕宾死与不死，无关紧要。因张燕宾生时，已一脚砍去了膝盖，一脚割断了脚筋，两手又穿过了琵琶骨，便不死也是个废人，没有报仇的力量了。倒是来劫牢的那东西，有些可怕，那东西若不和张燕宾十分知己，便不肯冒险来救他；若不是有很大的本领，必不敢单身来干这种惊人的事。那东西说不定就是前次逃走的陈广泰。旁人没要紧，只周金玉留神一点儿，为的是张燕宾是在她家里被拿的，便是捆手的事，外面知道的人也很多，难保陈广泰不听得说，到周家替张燕宾报仇。’”

周金玉插嘴呼着“哎呀”道：“这样说起来，我怎么得了呢？我自从前夜到于今，不知怎的，心神总是不定，好像有大祸临头似的，心里慌得厉害。照何老爹这话说起来，我却如何得了咧！齐老爷可怜我，救救我吧！”齐保正鼻孔里哼了一声道：“我能救你么，你也要我救么？你前几日，不是和张燕宾搅得火一般热，把我丢到脑背后去了的吗？此时倒认得我姓齐的老爷了！”说罢，咯咯咯做鹭鹚笑。

周金玉便哭起来，齐保正又抽了一口鸦片烟说道：“我故意这么说，逗着你玩的，谁认真和强盗吃醋吗？我今夜教阿林接你到这里来，就是要你在这里，躲避躲避的意思。”周金玉止了哭声说道：“多谢齐老爷的意思，我周金玉不会忘记。休说张燕宾还有余党在这里，难免不到我那里来寻仇，就是没有这回事，我听得张燕宾在牢里自尽了，我一个人也不敢照平常的样，睡在那楼上。前昨两夜，我妈都陪我坐到三更过后，我还是睡不着。我妈劝了我许多话，安慰了我许多话，直到天光快亮了，才糊糊涂涂的睡了。一合上眼，就仿佛张燕宾立在我跟前，做出临走时，望着我说那两句恶话的样子。我一惊醒来，便是一身大汗，于今他死了，我更是害怕。”

齐保正道：“他临走时，望着你说了什么恶话？”周金玉道：“不要再提了，我害怕得很。”齐保正笑道：“真是小孩子的胆量，到了我这里，还怕些什么？我素来不相信有鬼，并且即算有鬼，这种在生做强盗的鬼，也不敢到我们这种人家来，你放心就是了。”

陈广泰哪里能再忍耐得下，抬腿一下，便将那扇向前房的门板“哗喳”一声，踢得飞起来，身子跟着蹿将进去。房中一男三女，同声都叫“哎呀！”齐保正翻身起来，喝问：“是谁？”“谁”字不曾喝出，陈广泰已手起刀落，连头带肩，劈倒在炕上，回手一刀，即将周金玉的粉头砍下。

在陈广泰的意思，原没打算杀齐保正两个姨太太的，奈两个姨太太命里该和齐保正、周金玉死在一块，当时见陈广泰杀倒了二人，都吓得大声喊：

"强盗杀死人了！"陈广泰被喊得气往上冲，不假思索，也就一个给了一刀。杀死了四人之后，心里忽然转念道：我何不如此如此，出出胸中恶气，随即割下齐保正的半边脑袋，和周金玉的脑袋，两绺头发做一个结纽了，提起来暗祝道：你们俩不要怨我，你们今世不能成夫妇，来生再作结发的夫妻吧！就死人身上的衣服，揩去了刀上鲜血，不敢停留，提头飞身上屋，径向县城奔来。抓着更夫，问明何载福的家，把一颗半人头，送到何家屋梁上挂了；回身到吕祖殿山后，寻到张燕宾窖的珠宝，并他自己的珠宝，做一个大包袱捆了，改了行装，星夜向湖南进发。

脱离了广东境，就晓行夜宿，饥餐渴饮，一路之上，绝没人知道他是一个大盗。陈广泰到长沙之后，便不似当日在福州、广州的狼狈情形了。他的仪表，本来并不丑陋，有了钱，自然会高车驷马，衣履鲜明。初到的时候，还不敢露出陈广泰的真姓名来，后来住了几个月，打听得广州官厅对于这桩案子，只雷厉风行的，认真办了两个月，因到底没有证据，能断定是陈广泰的凶手，张燕宾又不曾招一句口供，就自尽死了；只好仍提刘阿大等一班小偷儿，再三严讯陈广泰的行为。

刘阿大一班人，倒有些天良，始终咬定陈广泰只教过他们的武艺，不但不曾帮同偷盗；并且连他们偷盗的行为，陈广泰都一点儿不知道。全赖这套口供，把悬赏缉拿陈广泰的案子，无形的和缓下来了。

清朝的法律，命、盗、奸、拐，为四大案，办理本比较以外的案子认真。不过那时官场的习惯，在这个县官任上，出了这回大案件，这个县官因自己前程的关系，不由得不认真办理。这县官一调了任，下任的接手来办，就觉得是前任遗下来的案子，只要苦主追求不急，便成了照例的拖案。齐保正既没有亲生儿子，周金玉的母亲，又不是有能力追求官府的人，林启瑞的翠镯，已得物归故主，其余的东西，就也不放在心中了。其中只有李御史，追得厉害些，然拖延几个月下来，又已有张燕宾死在牢里，明知再追也无用，不能不忍痛把这事放下。

大家一松懈，陈广泰自然在长沙心安理得、无所顾忌了。他虽在广州，因收徒弟受了大累，然他并不因此灰心。听说湖南会武艺的很多，自己技痒起来，便想会会湖南的好手。在湖南略略负些儿时望的把势，会过了好几个，动手都不上三四个回合，总是被陈广泰打跌了；于是就有人劝陈广泰，在长沙设厂，教些徒弟。

陈广泰想起自己师傅，教自己多传徒弟的话，遂真个设起厂来；只因打来打去，从不曾遇着一个对手，少年人气盛心雄，不由得就目空一切了。这日正在兴高采烈的，向一般看的人夸海口，不提防罗大鹤，从人丛中跳了出来，将手里做小生意的篾篮，往地下一掼，要和陈广泰见个高下。

大凡练武艺的人，自己的能耐到了什么程度，看人的眼力，必也得了什么程度。有本领的人，与有本领的人相遇，只须看得一举一动，听得三言两语，虽不能说看得如何明白，能断定功夫做到哪一步，然功夫深浅，必能得着一个大概。

陈广泰一见罗大鹤从人丛中，跳出来的身法，很和自己的师傅身法仿佛，就知道这人的本领，不是那些不中用的把势所可比拟；恐怕随便交手，万一有个差错，当众一干面子有些下不来。只得慎重其事，把罗大鹤请到里面，很客气的攀谈起来。

陈广泰将自己的师傅，因见了鹰与蛇相斗，悟出“字门拳”的历史，对罗大鹤说了。罗大鹤笑道：“原来如此。这事真巧极了，我前、昨两日，看了你的身手，心里就有些疑惑，怎么有几处竟和我相同呢？因思量我师傅，手创这路‘八拳’之后，除了我，不曾教过第二个徒弟，以为不过是偶然相同罢了。于今听你说出来历，你、我简直可说是一家的功夫呢！”遂也将自己师傅，手创八拳的来历，述了一遍给陈广泰听。二人就此成了好友。陈广泰自愿将已经收来的徒弟，让给罗大鹤教，自己却回江西原籍，另辟码头。陈广泰在江西，很干了几件有声有色的大事，至今江西武术界的老前辈，谈到“陈广泰”三个字，少有不知道的；并且谈起来，少有不眉飞色舞、津津乐道的，可以见当时的精彩了。后文自当一件一件的，细写出来，暂时只得将他搁在一边。

再说罗大鹤，当时受了陈广泰移交的几个徒弟，从事教练。这日罗大鹤在街上行走，打一家屠坊门口经过，那屠坊正在宰猪。只见一个身体十分肥胖的人，一只右手，捉着猪耳朵，往杀猪凳上一搁，随用左手按在猪颈上，那猪躺在凳上，便只能张开口叫唤，不能动弹。胖子从容不迫的，右手从盆里拿起尖刀来，对准猪咽喉，一刀刺下，随手即抽了出来，刀上不见一点血迹。

罗大鹤看了，暗暗纳罕，估量那胖子的年纪，不过二十多岁，宰的这只肥猪，倒足有三百多斤。暗想这胖子的实力，怕不有七八百斤吗？更难得他手脚，也有这么轻快，我有心想收几个好徒弟。陈广泰移交给我的，虽不能说不好，然大都不过比平常人的体格天分，略高一筹，将来的造诣，看得见的没什么了不得。若能像这个胖子的资格，教练起来岂不是事半功倍吗？但不知他肯不肯从我学习？我何不借着买肉，去和他攀谈一番。一面思量着，一面走上前去。

那胖子将猪杀死，即交给两个伙计模样的汉子，刨毛破肚，自己却去账房里坐着。罗大鹤料想他必是老板，遂向他点了点头，叫声“老板”，说道：“我多久不曾尝过肉味了，想买两斤肉吃吃。不过我是一个穷人，难得有钱买肉吃。要请老板亲自动手，砍两斤精带肥，没有骨朵的，使得么？”胖子即立起身，笑容满面的答道：“使得，使得！”遂走到肉坊，提刀砍肉。

罗大鹤问道：“请问老板贵姓大名？”胖子道：“我姓黄，叫长胜。”罗大鹤笑道：“我刚才看黄老板杀猪，有那么大的气力，又有那么快的手脚，莫不是罗大鹤师傅的徒弟么？”黄长胜道：“我不知道罗大鹤是什么人，我们做屠坊的，从来少有带徒弟的，并且长沙城里没第二个屠夫，能和我一样杀猪，也没听同行中，有过什么罗大鹤。”

罗大鹤笑道：“黄老板弄错了。我说的罗大鹤不是屠夫，是一个上打东西两广下打南北二京，没有敌手的好汉。他的徒弟，都是力大无穷、手脚极快。我以为黄老板若不是他的徒弟，如何会有这么大的气力，和这么快的手脚？”黄长胜现出不快的脸色说道：“我倒不相信罗大鹤的徒弟，能和我一样杀猪。”罗大鹤道：“他的徒弟，岂但能和黄老板一样杀猪，他们杀牛都是这般杀法，杀猪算得什么！我曾看见罗大鹤自己动手，杀一只极大的肥猪，一条极大的水牛，还不用刀呢？”

黄长胜问道：“不用刀，却用什么咧？”罗大鹤做着手势道：“就这么用手，对准猪咽喉戳进去，和用刀杀的一般无二。”黄长胜掉头笑道：“岂有此理！牛怎么杀的呢？难道也和杀猪一样，用手对准牛咽喉，戳进去吗？”

不知罗大鹤怎生回答，且待第三十五回再写。

总评：

张燕宾少年英俊，身怀绝技，一旦以盗案败露，碎首狱中，我知读者必深为之惜。然其人亦自有可死之道，即如断臂夺镯一事，残忍凶悍，非英雄所宜出。张、陈二人，同为剧盗，然张死而陈得脱去，殆以此耳！

齐保正设计捕盗，为闾阎除害，此固职务所当为。陈广泰杀之，毋乃过乎？曰："不然。"齐保正之捕张燕宾，私也，非公也；为妒忌也，非为除害也。设张燕宾不与周金玉媪，则齐虽明知其为盗，亦必置之勿问。然则陈广泰之为友复仇，不亦宜乎！

周金玉夜间每一合眼，即见张燕宾，此非燕宾之能为焉，实周金玉之心虚故也。金玉自知重负燕宾，不免内疚，心虚胆怯，目中便仿佛若有所见矣。世所传冤魂索命事，大率如是，故人切勿作负心事也。

张燕宾既死，则陈、张二人之合传，自应收束矣。故借陈广泰之亡命湖南，依然归到罗大鹤身上，并将前事重提一过，以醒眉目。文笔圆转自如，异常活泼。

此回后半，将陈广泰搁过一面，专叙罗大鹤事，照例应述罗大鹤与金光祖比拳事矣，作者乃偏不提及，另行岔入黄长胜一传，炉灶另起，使人不测。

第三十五回

黄长胜杀猪惊好汉　罗大鹤奏技收门徒

话说罗大鹤见黄长胜问牛怎么杀，晃了晃脑袋笑道：“他杀牛么？他杀牛与杀猪不同。人家杀牛，都得用绳索缚住牛蹄，将牛绊倒；罗大鹤杀牛，全不用费这些麻烦，只伸直五个手指，往牛肚子里一戳，随手就把牛的心花五脏抓了出来。牛禁不住痛，倒地喘几口气便死了。”

黄长胜摇头道：“哪有这样的事，我不相信！”罗大鹤道：“黄老板不相信，敢和我赌彩么？”黄长胜问道：“赌什么彩，怎样赌法？”罗大鹤道：“罗大鹤是我嫡亲老兄，于今住在小吴门罗家大屋。你不相信有这样的事，看赌什么彩，说妥了，我同你到罗家大屋去，要我老兄当面杀一条牛你看。”

黄长胜绝不踌躇的说道：“什么彩我都不赌。如果罗大鹤真能照你刚才说的，杀死一条牛，我自愿赔一条牛的钱，并立时拜他为师。若是你说假话，应该怎么样？”罗大鹤道：“也照你的样，送一条牛的钱给你，也教他拜你为师。”黄长胜道：“好！大丈夫说了话，是没有翻悔的呢！”罗大鹤笑道：“谁翻悔，谁不算汉子。我此时回去，便对家兄说明白，你明日上午，到罗家大屋来看便了。我有工夫就来接你，但怕我没工夫来，也没要紧。”黄长胜道：“你不来，怎么使得呢？我并不曾和令兄见过面。”罗大鹤不待他说完，连忙界面说道：“我来，我来！你在这里等着便了。”

原来罗大鹤本有从牛肚中抓心花五脏的能耐，所以敢和黄长胜赌彩。当下与黄长胜约定了，给了肉价，提了肉归家；顺路到卖牛肉的店里，租了一条大黄牛。湖南的风俗，或是发生了瘟疫，或是人口多病，六畜不安，多有租一条黄牛，到家里来杀了，祭奠土神的。每条黄牛的租价，不过七八百文，至多一串钱。罗大鹤这次租牛，比寻常租牛祭土神的略有不同，因得在牛肚皮上戳一个窟窿，价钱比寻常也略贵点儿。

次日早饭后，罗大鹤在家里安排好了，走到黄长胜屠坊里来。黄长胜正在家中等候，罗大鹤道："我已和家兄说明了，他教我来请老板去。我今天原约了朋友，有要紧的事，得出城去；只因昨天和黄老板约了，不能不抽空亲来一趟，就请同去吧！我领你和家兄见过面，当面把昨日赌彩的话说明了后，便不干我的事了，我还要出城去呢！"黄长胜点头道："只要见了令兄的面，说明了昨日的话，你有事要出城，你尽管去好了。"

罗大鹤遂引黄长胜到罗家大屋，教黄长胜在客堂里坐了，说是去里面通报家兄，故意到里面走了一转，出来对黄长胜说道："请等一会儿，家兄牵牛去了，一刻儿就会转来。"黄长胜信以为实，就坐着等候，罗大鹤陪坐了一会儿，做出不安的样子，自言自语的说道："牵牛怎的去这么久呢？又不是有多远的路。"

黄长胜倒安慰他道："没要紧，便多等一会儿，又有何不可！"罗大鹤道："黄老板不知道家兄的性格，实在疲缓得了不得，他身体的高矮肥瘦以及容貌，都和我差不多。我与他本来是双生子，就只性格完全与我两样。我的性子最急，今日约了朋友同出城，家兄不回来，我便不能去，此刻我朋友一定等得不耐烦了。我心里急得很，请黄老板在这里再坐坐，我去催家兄快回，好么？"黄长胜只得应好。

罗大鹤即高声叫："周春庭！"一个后生应声而至。罗大鹤道："你陪黄老板坐坐，我去找你师傅回来。"周春庭应着"是"，陪黄长胜坐了。罗大鹤出来，更换了一身衣服，到牛肉店牵了黄牛回来，进门便向黄长胜拱手道歉道："对不起，对不起！害黄老板等久了。舍弟因有事，出城去了，不能回来奉陪。他昨日和黄老板约的话，我已明白了。"

黄长胜见了罗大鹤，心里暗暗惊疑道："分明是一个人，怎么说是兄弟，难道兄弟相貌相同，同到这么传神吗？"但他心里虽这般疑惑，然罗大鹤向他拱手道歉，也只得立起身来，口里却不好怎生说法。只见周春庭在旁问道："师傅在半路上，遇了二师叔吗？"罗大鹤摇头道："哪里是半路上，我为这条劳什子牛，不知和那牛肉店里的老板，说了多少话。你师叔若不去，恐怕此刻还没说妥呢！昨日你师叔从黄老板那里回来，将赌彩的话说给我听了之后，我就去租牛，很容易的说妥了。谁知我刚才去牵，那老板就变了卦了。他说租给我用刀杀可以，用手去牛肚里抓出心花五脏来，这牛死得太惨，他不忍心为多得这几百文钱，做这种惨事。我说左右是一死，有什么惨不惨，你们用刀将牛杀死之后，难道不破开牛肚皮，把心花五脏抓出来吗？那老板固执得什么似的，听凭如何说，总是不肯。我怄气不过，已打算不租他的了，刚待回来和黄老板商量，另买一条牛来，恰好你师叔来了。他的脾气，比我的大，听说那老板临时忽然变卦，只气得向那老板暴跳起来，说：'你不是三岁五岁的小孩子，昨日家兄来向你租牛的时候，并没把用手杀的话隐瞒，谁教你当时答应！你当时若不答应，偌大一个长沙城，怕租不着一条牛吗？于今事到临头，哪由得你变卦。你几十岁的人当老板，说了的话不作数，还了得吗？'可笑那老板，生成的贱骨朵，我好好的劝他，打种种譬喻给他听，他固执不通。你师叔是那么一顿愤骂，他倒害怕起来，服服帖帖地答应了。"

黄长胜听了这派话，已疑心罗大鹤确是双胞兄弟，便对罗大鹤作揖说道："昨日二师傅在小店，谈起师傅的武艺，我不是不相信，只因想见识见识，所以约了到师傅这里来；倒害得师傅和人动气，我心里很是不安。"罗大鹤慌忙答礼笑道："这算不了什么！请问黄老板的功夫，是跟哪位师傅练的？昨日据舍弟回来说，黄老板的气劲如何好，手脚如何快，料想尊师必是个有名的人物。"

黄长胜笑道："昨日二师傅问我是何人的徒弟，我听错了，因为我们做屠坊的人，没有什么师傅、徒弟。俗语说得好：捉得猪叫，便是屠夫，从来没听说屠夫也带徒弟的。想学习杀猪的，只要到屠坊里当伙计，留心见几次，自己动手杀几次，屠夫的本领便完全得着了。因此二师傅问这话，我一时没想到，是问学武艺的师傅，我并不曾学习过武艺，连会武艺的朋友也没有交着。"

罗大鹤道："生成有这么大的气劲、这么快的手脚吗？"黄长胜道："我也莫名其妙。我父亲本是做屠夫的，我十二三岁的时候，就帮着我父亲杀猪，每日总得杀几只。我的年纪一年大似一年，我的气劲也跟着一年大似一年，直到二十岁，才自己动手杀。起初杀百多斤一只的猪，也得提上凳，用肘按住，才能杀死。后来气劲更觉大了，非二百斤以上的猪，便用不着上凳，只须提起来，往自己膝盖上一搁，就一点儿不费事的杀了。手快也是习惯成自然，我能将头上的帽子，放在血盆里，一刀将猪杀了，抽出刀来，从血盆里抢了帽子往头上戴，帽子上不沾一点猪血。”

罗大鹤道：“你有这么好的资质，怎的不从一个会武艺的人，学习武艺呢？”黄长胜道：“我因不曾见过会武艺的人，想学也没人教。我那条街上，有个姓张的，混名叫‘张三跛子’，人家都说他好武艺，教了许多的徒弟。我要张三跛子做武艺给我看，做得好我就从他学。他当时做了几个样子给我看，并说给我听，人家如何打来，应该如何接住人家的手，如何回打人家一拳，脚来该怎么接，头来该怎么接，说你若不信，尽管打来，好接给你看。我见他教我打，我就用杀猪的法子，朝他胸脯戳了一下，正正的戳在他胸脯上，等他用手来接，我和抽刀一样，早已抽了回来，他没接着；我还想戳他第二下，只见他连退几步，脸上变了颜色，两手揉着胸脯，一句话也没说就跑回去了，我还不知道他为的什么。他去后，好几日没见他的面。后来有人对我说，张三跛子被人打伤了，大盆大盆的吐血。我听了也不在意，不知他被什么人打伤了。隔了大半年，我这日在街上遇了他，顺口问他，吐血好了么？他面上很露出不好意思的样子说道：‘我是做手法给你看，并不是跟你动手过堂，谁知你存心不善，冷不防一拳打在我胸脯上。我那时本打算回你一拳，转念一想，不好，我的拳头太重，你是个没练过把势的人，受不起一拳，倘有个一差二错，定遭人唾骂。’我见张三跛子这么说，才吃了一惊，问他道：‘你吐血，难道就是我那一拳戳伤的吗？怪道你那日，用两手揉着胸脯，一句话也不说，就跑了啊！’张三跛子却又摇头道：‘我是说笑话，逗你玩的，你一拳怎能打得我伤！我本来有吐血的毛病，每年得发两次。’他说着便走了，以后一次也没到敝店来过，平常是隔不了几日，就来买肉的。”

罗大鹤哈哈笑道：“原有一句俗语：把势把势，怕的是猛势。张三跛子是个不成材的把势，怎能当得起你这样的大猛势！幸亏你没练过武艺，只要练上两个月，他胸脯上受了你那一拳，我包他没性命带回家去了。好！等我杀过了牛，也来做几样武艺给你看。你要知道，徒弟打死师傅，不要抵命的。你尽管照戳张三跛子的样，多戳我几下，看我够不够做你的师傅！”

黄长胜高兴，跟着罗大鹤到一块青草坪里，只见一条很大的黄牛，正低着头吃草。离黄牛不远，竖了一根二尺来长的木桩，在青草地下，牛绹拴在桩上。罗大鹤叫周春庭拿一条粗麻索来。罗大鹤亲自动手，将麻索一头缚在牛的前腿上，一头缚在桩上，笑问黄长胜道：“你想看我抓牛肚子里的什么东西，只管说出来，我照着你说的，抓给你看就是！”

黄长胜心里总不相信有这种本领的人，随口答道：“听凭师傅的意思去抓就得啦！”罗大鹤道：“不行！得你说出来，我照着你的去抓，才有兴味；随便去抓的，算不了稀奇。”黄长胜笑道：“师傅定要我说，就请师傅把牛心抓出来，好么？”

罗大鹤笑着点头道：“看你说的，倒像一个内行。牛肚里的东西，只一颗心最不好抓；要抓人的心，却是最容易的事。”黄长胜问是什么道理。罗大鹤笑道：“这道理很容易明白。因为人的心，都是歪在一边的，我看它歪在哪一边，就从哪边下手去抓，一抓便着了。唯有牛的心，不论黄牛、水牛，都是在当中的，不费点儿气力，抓它不出来。也罢，你既说了，我总得抓给你看。”说着，将衣袖捋上肩头，露出一条筋肉突起的右臂来。两眼在牛肚上端详了好一会儿，只见他手膀一动，那牛便四脚齐起，蹦了几尺高下。再看罗大鹤的手，已是抓住一大把血淋淋的东西，授给黄长胜看。那牛只蹦跳了两下，因前脚被麻索吊在木桩上，跑不开来，禁不住痛苦，登时倒在青草里，只痛得乱动乱滚。黄长胜看了，不由得吐出舌头来，半晌收不进去。

罗大鹤伸手给黄长胜看道：“你看是不是牛心，没抓错么？”黄长胜仔细一看，一颗鲜血淋漓的圆东西，不是牛心是什么呢！目瞪口呆了好一会儿，才双膝往地下一跪，一连叩了四个头说道：“弟子就在这里拜师了！”罗大鹤很欢喜的收了这个得意徒弟。罗大鹤的声名，自从收了黄长胜做徒弟，又有赤手抓牛心的奇事，不到几日，就传遍了长沙城。想学武艺的，争着送贽敬，前来拜师。

罗大鹤收徒弟，不问年龄老少，不论家资贫富，他只见一面，说这人可教，便是一文钱没有，又是三四十岁的年纪，他也肯收作徒弟；若他见面摇头，说很难，很难，就跪在地下求他，整千的送银子给他，他也是决不肯教的。有人问他是什么缘故。他就说缘故难说。有时被人问急了，便大声说道："我也问问你看，黄牛像马，你可以拿来当马骑么？"因此，找到罗家大屋拜师的虽多，罗大鹤高兴收了的，只有杨先绩一个。

杨先绩的身体，枯瘦如柴，年纪恰好三十岁，以前不曾从师学过一手拳脚，住在长沙乡下。杨家几代种田生活，家境并不宽舒。杨先绩因身体生得太弱，种田的功夫太劳苦，他连一担谷都挑不进仓，只得改业，挑着一副小小的杂货担，做些小本生意，哪里敢存个学习武艺的念头呢？

离杨家不远，有个姓胡名菊成的，也是个做杂货生意的人。胡菊成的身体，不但二十分强壮，并且从师很练过好几年拳脚。乡下平常的教师，曾被胡菊成打翻的，十有七八；胆量小些儿的，简直不敢和胡菊成动手。

胡菊成只二十六岁，一般乡村教师，见了他都称"老师傅"，他还昂头天外，做出爱理不理的神气。不论遇着什么人，三言两语不合，他总是两眼一瞪，开口就"乌龟忘八蛋"的骂起来。被他骂的，知道他凶恶，忍气吞声的不和他计较，他骂骂也就罢了。若牙齿缝里露出半个带些反抗意味的字来，便登时给一顿饱打。一乡的人，见了胡菊成的背影，都要吓得发慌。但他却和杨先绩要好，时常邀杨先绩同出外做买卖。

杨先绩体魄虽弱，气魄却强，为人又异常机智，喜怒不形于色，见胡菊成有意拉拢，面子上也做得和胡菊成很要好。这日胡菊成来邀杨先绩，同到省城里办货。杨先绩本有事进省，就和胡菊成一道走。在省城住了两日，胡菊成便闻得罗大鹤的声名了，对杨先绩说道："听说来了一个姓罗的教师，在罗家大屋教打，声名大得很，你同我拆他的厂去。"

杨先绩问道："怎么叫做拆厂呢？"胡菊成笑道："你连拆厂都不知道吗？"杨先绩道："我又没练过武，知道什么拆厂！"胡菊成道："他开了一个厂教徒弟，我不许他教，就是拆厂，你知道了么？"杨先绩道："他教他的打，又不在你住的地方教，你如何能不许他教呢？"

胡菊成笑道："你真是个外行。这教打的事，不比教书，和教旁的手艺，尽管他不在我住的地方教，我有本领，就能去拆了他的厂子。他被我拆了，屁都不能放一个，赶紧滚蛋。我们会武艺的人，照例是这么的，我也不知拆过人家多少厂了。"

杨先绩道："我和你同去，怎生一个拆法？我完全是个外行，不要弄错了，反给人笑话。”胡菊成大笑道：“我要你同去，不过带你去看看，拆厂哪关你的事？有什么内行、外行。”杨先绩道：“既不关我的事，却要我同去干什么呢？”胡菊成笑道：“你这人真是糊涂，除了做杂货生意以外，什么也不懂得。拆厂就是去跟那教师过堂，我将他打败了，不许他再在这里教徒弟，就和拆倒了他的厂子一般，所以谓之‘拆厂’。要你同去，是要你去看我打他，你这下子懂了么？”

杨先绩点头道：“懂是懂得了，不过你去打他，万一你打他不过，倒被他拆了你的厂，不是没趣吗？”胡菊成连连摇头道：“哪有这种事！我拆了无数的厂，不曾遇过对手，你尽管放心。并且我不教徒弟，也没厂子被人家拆。我们就去吧，我一定打他一个落花流水给你看。”杨先绩没法，只得跟他同去。

不知胡菊成怎生与罗大鹤过堂，毕竟谁拆了谁的厂，且待第三十六回再写。

总评：

此一回又完全为罗大鹤传矣！大鹤诡称有兄，与黄长胜戏，种种布置十分有趣，可见得名师固难，得一高徒，亦复不易也。

空手杀牛而取其心，言之吓人，此不特黄长胜所不信，目睹之人，恐亦无人能相信也。然作者固言之凿凿，天下之大，无奇不有，我又不敢谓其必无焉。

从黄长胜之徒弟，引出杨先绩之徒弟，又从杨先绩身上引出胡菊成，以为陪衬。一壮健，一瘦弱；一勇敢，一懦怯，而日后成就，适得其反，文情极诡奇之致。

第三十六回

闻大名莽夫拆厂　传噩耗壮士入川

话说胡菊成一鼓作气的，带了杨先绩去拆厂。走到罗家大屋，罗大鹤正在教周春庭、黄长胜一班徒弟的功夫。胡菊成趾高气扬的走进去，抬头向天说道："闻罗大师傅的武艺高强，特来领教！"罗大鹤见有人要拆厂，只得停了教授，迎出来，见一个大汉子，同一个和猴一般的人立在客堂里，就拱了一拱手道："承两位来赐教，很好，请坐下来谈谈吧！"

胡菊成做出极骄矜的样子说道："有什么话谈！你打得过我，算是你强，你教你的徒弟，我不能管你。你若打不过我，就得请你两个'山'字叠起来，让这地方给我住住再说。"罗大鹤听了，故意装出不懂得的说道："怎么叫做将两个'山'字叠起来呢？"胡菊成大笑道："这是我们的内行话。两个'山'字打叠，名叫请'出'。"罗大鹤也笑道："我若打不过你，拜你为师好么？"胡菊成应道："使得！"

罗大鹤道："你我如何打法呢？"胡菊成道："听凭你要如何打法都行。"罗大鹤道："我有个最好的打法，非常公道。"胡菊成忙问："什么打法？"罗大鹤道："这门外草坪里有一个木桩，我用一只脚立在木桩上面，任凭你如何推打，只要推打得我下来，便算是你赢了。"胡菊成道："你立在木桩上面，怎么好回手打我呢？"罗大鹤道："回手打你还算得公道吗？尽你打个饱，我只不回手。这个打法，还不好吗？"

胡菊成心想："哪有这样的打法？一只脚站在地下，尚且站不稳，何况站在木桩上面，岂有推打不下来的道理！也罢，这是他自己说出来的法子，他成心要讨苦吃，怨不得我。”胡菊成心里高兴，口里却对罗大鹤说道：“你自己说出来的法子，我也不管你公道不公道，不过拳脚无情，彼此受了伤都不能啰唣，各自服药调理。”罗大鹤道：“我说了不回手，你若再受了伤，自然不能向我啰唣。你打伤了我，算是你的本领，我立刻拜你为师。”一面说着，一面引胡菊成、杨先绩二人，到门口青草坪里来。

杨先绩心里有些疑惑，将胡菊成拉到旁边，悄悄的说道：“我虽不懂得武艺，但据我看，这罗大鹤说出来的打法，有些不近情理。如果他不会邪术，便是极大的能为。若不然，他明知你是来拆他的厂子，他又不是一个疯子，怎么肯这么坏自己的事？你倒要小心一点儿才好。”胡菊成道：“他说了不回手，只有我打他，他不能打我，还愁打他不过吗？你不懂得，不用过问。”杨先绩便不作声了。

罗大鹤已掳衣跳上木桩，用一只左脚站住，右脚跷起来，使出“朝天一炷香”的架势，笑向胡菊成道：“你尽管使出全身本领来吧！”胡菊成看那木桩，有饭碗粗细，竖在草地，不过一尺高下，四周都是平坦草地，极好施展功夫。走上前，对准罗大鹤的肚皮，猛力一拳冲去，就和打在气泡上一般，一点儿也不得劲。心里觉得有些奇怪，暗想他肚皮是软的，不受打，我何不从背后去，打他的屁股。随即转到罗大鹤的背后，又使劲打了一拳。这一拳打去，罗大鹤的身体不见摇动，胡菊成的拳头，倒打得痛彻心肝了，躲在罗大鹤背后，揉了几揉。谁知不揉还好，越揉越痛，越发红肿起来。胡菊成的拳脚，是从乡村中蛮教师练的，最喜用头锋打人，从不知道于生理有妨碍。胡菊成的头锋，能将五六寸厚的土砖墙，冲一个窟窿，头皮不受损伤。这时见拳打不中用，自己拳头反受了伤，只得使出他看家本领的头锋来。那一头冲去，不由得“哎呀”一声，倒退了几步，一屁股顿在草地上，几乎昏死过去了。

杨先绩连忙跑上前搀扶，胡菊成半晌才喘过气来说道：“好厉害的屁股，简直比铁还硬，我定要拜他为师，不可错过。”

这时罗大鹤已跳下木桩，走过来笑道：“你拿大狼槌，在我屁股上，打了那么一下吗？”胡菊成也不答话，忍住痛爬起来，双膝跪倒，叩头说道：“我是一个鲁莽人，师傅不要见罪，求师傅收我做个徒弟。”罗大鹤扶起胡菊成道：“不敢当！请到里面去坐。”胡、杨二人复随罗大鹤到客堂就坐。

胡菊成的脑袋，也渐渐肿起来，只得向罗大鹤求情道："我悔不听我这个杨伙计的话。他原已料定师傅的本领高强，劝我不要动手的；只怪我太粗心鲁莽，自讨苦吃。还要求师傅做个好事，替我治好脑袋和拳头的伤。"

罗大鹤望了杨先绩一眼笑道："这不算是受了伤，只因你老哥当日练功夫的时候，不曾遇着个好师傅，打出来的劲，不能过三，所以不能透到人家身上去；一遇了功夫比你硬的人，他的劲就把你的劲，触的退回你自己身上去了。你这脑袋和拳头，便是你自己的劲，被触回来，在里面作祟；也用不着敷药和吃药，只须按穴道揉擦几下，使那退回去的劲，有了消路，肿就自然消了。"说时，走到胡菊成跟前，双手捧住胡菊成的脑袋，几揉几抹；再拉着那肿得和木盂般大的拳头，也是几揉几抹，只痛得胡菊成，两眼掉下许多泪来。

却是作怪，那肿头肿手，经这么几揉几抹，比什么灵丹妙药都快，看看的回复原状了。胡菊成好生欢喜，向杨先绩道："我就在这里，从师傅学武艺，武艺不学成，不回家去，请你去我家送个信，免得家里人盼望。"罗大鹤连忙摇手道："不行，不行！我不能收你做徒弟。你要学武艺，最好另找名师。"

胡菊成道："师傅以为我出不起师傅钱么？看师傅平日收徒弟，照例是多少师傅钱，我照样一文不少便了。"罗大鹤笑道："不是！我收徒弟，一文师傅钱不要，只大家凑饭给我吃就得了。"胡菊成道："然则师傅何以不肯收我做徒弟呢？"罗大鹤道："我不能教你的武艺，你做我的徒弟，有什么用处咧？"

胡菊成听了，仍不懂是什么意思，便问："怎的不能教我的武艺？"罗大鹤指着杨先绩道："我倒愿意收他做徒弟。"胡菊成忍不住笑道："他通身没有四两气力，一天拳脚都不曾学过，年纪又已经三十岁了，怎么师傅倒愿意教他呢？"罗大鹤笑道："就是为他不曾学过一天拳脚，我重新教起来容易。你若是从来没练过武艺，今日来拜师，我或者能收你也不一定。老实对你讲吧，你从前学的武艺，完全走错道路了。"

胡菊成不服道："从前即算走错了，难道还抵不了他这个一天不曾学过的吗？我也从头学过就是了。"罗大鹤摇头道："哪有这般容易的事！譬如走路一般，本来要向南方走的，你却向北方走了几千里，于今要你回头向南方走，你不是要退回来，走几千里白路，才得到原先动身的地方吗？他这个不曾走白路的，走一步就算一步，你如何能抵得了他。我收徒弟，不问年纪，哪怕是五十岁的人，只要他是真心想学，我自有方法教他。有没有气力，更没要紧，气力是操练出来的，除非害了病便不能操练。我看你这个伙计，一点儿病没有，他一对眼睛生得最好，使人一望便知道是个有悟性的人。他若肯真心从我学武艺，不惮劳苦，将来的成就，必在我现在几个徒弟之上。”

杨先绩因为自己的身体弱，哪里敢存个操习武艺的念头，这时听了罗大鹤的话，起初还疑心是罗大鹤有意打趣他，后来听出是实在话了，喜得直立起来，向罗大鹤问道：“师傅真肯收我做徒弟么？”罗大鹤只点点头，还不曾答应，杨先绩已跪拜下去了。罗大鹤欣然受了杨先绩的拜，立时叫周春庭、黄长胜一班徒弟出来，一一给杨先绩介绍了，杨先绩从此就做了罗大鹤的徒弟。

论年纪，杨先绩比一般徒弟都大，真是后来居上，一般徒弟，都称他“大师兄”。杨先绩的体质虽然极弱，他的意志却是极强，见一般同学的都称他大师兄，他觉得师兄的本领，应比师弟高强，才当得起“师兄”两个字，因此不避艰难，日夜苦练。罗大鹤所教授的那种功夫，与杨先绩的体格又甚相宜，一教便会，同学的没一个赶得他上。

罗大鹤之得意，固不待言，不过罗大鹤心中，还觉有一层不满，只因罗大鹤从言师傅学成之后，自己最得力的，是两种功夫，一种是气工，一种是力工，杨先绩的体格只宜练气工，不宜练力工。黄长胜虽能练力工，然因身体太胖，不能练到绝顶，为此存心想再物色一个好徒弟。

这日来了一个五十多岁的乡里人，要见罗大鹤。罗大鹤以为是来拆厂的，见面却是一个很忠厚的长者。那人见了罗大鹤，恭恭敬敬的，一躬到地道：“我姓陈，名宝亭，从乡下特地前来拜师的。”罗大鹤一边答礼，一边打量陈宝亭，不觉暗暗好笑，心想我收徒弟，确说不论年纪，然而五六十岁的人，快要进土了，莫说筋骨老了，不能学武艺；便是能学，学成功就死，又有什么用处呢？这不是笑话么。并且这个陈宝亭，就在年轻的时候，他生成这样的筋骨，也不是能学武艺的人。当下只得忍住笑说道：“老先生怎的忽然想拜师学武艺呢？”

陈宝亭长叹了一声说道："说起来话长，并不是我忽然想拜师，实在是一向访不着好师傅。这回到省里来，才闻得你罗大师傅的声名，直喜得我什么似的。我家住在平江乡里，几代传下来，都是安分种田，没人做过犯法的事。不料近十年来，离我家不远，从浏阳搬来一家姓林的，他家的田和我家的田，相连的也有，相间的也有。他家人多强霸，欺我家人老实，他田里水不足，就强行把我田里的水放下去，他田里若水多了，就放到我田里来。几次和他论理，他睬都不睬，打又打他们不过，忍气吞声好几年了。我有五个儿子，大的三十岁，小的也有十六岁了。我忍气不过，便想教五个儿，练习武艺；练成了，好替我出这口恶气。无奈访了几年，没访着一个有真才实学的好师傅。"

罗大鹤听到这里，才知道他原来是替自己儿子寻师傅，便点头答道："我收徒弟，和旁的教师收徒弟不同。那些教师，只要你肯出师傅钱，就没有不收的徒弟；我却要看人说话。你把五个儿子，都领来给我看看，若有可教的，我包管从我学成回家，一定能替你出这口恶气。"陈宝亭答应着去了。

过了几日，果然把五个儿子领来，送给罗大鹤看。罗大鹤看了，只第四个名叫"雅田"的，好学武艺，就收了陈雅田做徒弟。陈宝亭望儿子学成的心思急切，特地在厂子旁边，租了一所房，趁三九极冷的天气，把陈雅田的衣服剥了，仅留一条单裤穿着，关在一间房里，自己坐在门外监守。陈雅田敌不住严寒，只得咬紧牙关苦练，每次须练得出三身大汗，才给衣服穿着休息休息。古话说得好："天下无难事，只怕有心人。"陈雅田原有能学武艺的资格，又加以这么苦练，怎会不练成惊人的本领呢？

罗大鹤因陈雅田的体格，比杨先绩强壮，便专教他的力工，结果二人都练成了绝技，罗大鹤且自叹不如。不过陈雅田的性情偏急，见一般同学的功夫皆不及他，唯杨先绩在他之上，心里好生妒忌。就因这一点妒忌之心，后来闹出多少纠葛，然这是后话，且等后文再行叙述。

于今且说罗大鹤，在长沙教了三年拳脚，原打算就去河南，找神拳金光祖，替言师傅报仇。因他有个娘舅，在平江开设药材店，这年就去四川采办药材。不料到四川后，一病不起，就死在四川。罗大鹤的舅母，得了这消息，定要罗大鹤去四川，搬取灵柩。罗大鹤无可推诿，只得搭船到四川去。

川河里的急流，谁也知道比箭还快。罗大鹤坐的，是一条很小的货船，但船身虽小，在川河里行起上水来，也一般的没有百十人在岸上牵缆子，休想上去。这日那船正行到急水滩头，岸上牵缆的人夫，一个个弯腰曲背，拼命的向前拉扯，用尽无穷之力，才能上前一步。猛听得上流一阵吆喝之声，仿佛千军万马，奔杀前来一般。

罗大鹤这船的人，大家抬头向滩前一望，都登时惊得慌了手脚。原来上流一只大巴篙船，载满了一船货物，二三百名人夫牵缆，刚到湍流最急的地方，忽然牵缆一断，那只巴篙船，便如离弦之箭，“飕”的一声，往下直射将来。前后两船，在一条航线上行走，前船断缆，直流而下，后船自然首当其冲。前船牵缆的人夫，吓慌了，无计可施，只有大家朝下流发干喊。罗大鹤这船的人夫，更吓得连喊声都发不出了，只呆呆的望着那只奔舟，朝自己船头冲下。

这时罗大鹤坐在船舱里，听船上流吆喝之声，伸出头来探望，只见那只断缆的船，对准自己的船直冲下来，两船相离，已不过三五丈远近了。艄公在船尾，攀住舵把，“哎呀”“哎呀”的直叫。罗大鹤喊声“不好”，想抽篙撑抵，已来不及，只得蹿到船头，双手抢着铁锚，对那只船尾横扫过去。

真是说时迟，那时快，那船尾受了这一下，不到眼睛一霎的工夫，两只船舷相擦，“喳喇”一声响，那船已奔向下流去了。岸上数百名人夫，不约而同的齐喝一声彩，不知高低。这一声彩，却惊动了一个英雄，那个英雄是谁呢？于今要叙述罗大鹤入川的一段事故，便不能不另起炉灶，先把与罗大鹤故事有关的川中英雄历史，叙述一番。

原来成都府管辖的乡下，有一家姓曹的富户，主人叫曹元简，是一个博学多闻的孝廉，在江苏、浙江两省，做过好几任知县，晚年才生一个儿子，名叫仁辅。曹元简不知因何事挂误，把官丢了，就回籍教养这个晚生儿子。

曹元简平日乐善好施，一乡的人，都很感他的好处。曹仁辅年才十岁，因为家学渊源，文学已有些根底了。乡人都说曹仁辅将来的成就，必在曹元简之上。这也是一般人因感戴曹元简的好处，就希望他儿子成立的好意思。却是天不从人之愿，曹仁辅正在谨读父书、须人维护的时候，曹元简一病呜呼死了。曹仁辅的母亲，是个极仁柔的慈祥老妇，只知道维护儿子，至于儿子应如何教督，是绝对不放在心上的。曹仁辅父亲一死，失去了监督的人，虽是生长诗礼之家，不至为匪人引坏；然当曹元简在日，读书非经史不教曹仁辅寓目，曹元简死后，曹仁辅便无书不读了。有许多部书，最能使血气未定之青年，玩物丧志的。曹仁辅读了些唐代丛书和《剑侠传》这一类的书，只小小的心肠，就把那些剑侠之士，羡慕得了不得，恨不得立时自成一个剑侠才好。他家里有的是钱，又没了监督的人，自然听凭他一个小孩子为所欲为。素来不敢踏进他家门的，一般好勇斗狠的无赖子，自从曹仁辅心慕剑侠，想在风尘中物色剑仙，不敢轻视一般无赖，那些无赖便有进身之阶了。大凡富贵人家，想一个道德之士进门，便用八人大轿去迎接，也不容易迎接得来；只有这般贪图银钱酒食的无赖，就成群结党的，不招自来，挥之不去。

曹仁辅这时才一十四岁，身体发育，已如成人。一般无赖子，投他所好，替他网罗懂得些儿拳脚的人，教他的武艺。曹仁辅却是生成的体格，宜于习武，那些半吊子教师，能有多少本领？因图得曹仁辅的欢心，不能不各尽所长，争先恐后的传给曹仁辅。曹仁辅一学就会，二三年下来，一般教师倒打不过曹仁辅了，一个个恭维得曹仁辅满心欢喜，随手将银钱衣物，送给一般教师。成都境内懂些武艺的人，都知道曹仁辅的性情，第一喜有武术家找他过堂；第二喜打胜了听人的恭维话。他心里有了这两种喜事，便无所不可了。他生长富厚人家，不知物力艰难，只要找他过堂的人，肯向他开口，他决不露出一些儿难色。因此远近的武师，想得曹仁辅帮助的，就跑到曹家来，进门装出目空一切、豪气凌云的样子，高声说几句江湖内行话，明言要找曹仁辅见个高下；曹仁辅必欣然接待，解衣唾手，认真相打起来。动手就输给他手，却不大欢喜，必待走过多少合之后，还勉强招架一会儿，好好的卖个破绽，给他打跌了，才跳起身向他拱手，说果然名不虚传，少年英勇。如某手某脚，若不是我招架得法，躲闪得快，说不定要受重伤。

曹仁辅听了这恰如其分的恭维话，直喜得心痒难搔，在这个时候，总是有求必应，多少不拘。到曹家来的武师，无一个不遂心满意。归家后，亲戚朋友得了消息，都来道贺。和曹仁辅家有关系的人，看了过不去，便将这些情形告知曹仁辅，劝他以后不要再上这种当了，他哪里肯信。他说会武艺的人，没有不好名的，常有拼着性命去求显名的，哪有故意输给我的道理！况且古来豪侠之士，自己有为难的事情，多不肯向人开口求助，于今这些肯向我开口，就是把我当个豪杰，我如何能学鄙吝鬼的样子，不帮助人家？进言的碰了这个钉子，自此不肯再说了。

不知曹仁辅闹成个如何的结果，且待第三十七回再写。

总评：

从黄长胜之徒弟，引出杨先绩之徒弟，一个极肥胖，一个极瘦弱，两两写来，相映成趣。从杨先绩之徒弟，又引出陈雅田之徒弟，一个有心拜门，一个无意得师，两两写来，又相映成趣。

罗大鹤之收杨先绩而不收胡菊成，确是出人意外，走路之喻，说得固是十分巧妙，然我终疑罗大鹤之本意，乃不慊于胡菊成之人品。走错道路之说，特其饰词耳！

劲能退回之说，不特新颖，且甚玄妙。仔细想来，却与物理学家论力之说，颇能吻合，由此可知处处都是学问也。

父母爱其子女，欲令其有所成就，必先使之吃苦愈深，则所得愈多。若姑息溺爱，任意放纵，是直自害其子女也。此一回中，写陈、曹两家之父母，相去悬殊。陈子严厉，其子卒能大成；曹母放纵，其子几一败不可收拾。后之为父母者，孰去孰从，可自择之。

此回下半段，已从罗大鹤传折入曹仁辅传矣，其斗争处，将前事提醒一句，俾读者不致遗忘，此是作者细到处也。

第三十七回

慕剑侠荡产倾家　遣刺客报仇雪恨

话说曹仁辅不听人劝说，不到几年工夫，即将曹元简遗传下来的产业，消耗殆尽；而远近武术家，用过堂方法来求他帮助的，仍是络绎不绝。曹仁辅手头无钱可赠，竟将衣服、古玩变卖了，去周济人家。曹仁辅的母亲，因见家境日益艰难，忧郁死了。曹仁辅孑然一身，更是没了牵挂，时常带些散碎银两在身边，出外闲游，遇见人有为难的事，便慷慨资助，连自己的姓名都不肯说给人听，自以为剑侠的举动，应该是这么不给人知道的。

这日又来了一个武士找他过堂，说是贵州人，因闻曹仁辅的大名，特地前来请教的。曹仁辅听说是特地从贵州来的，心中欢喜得了不得，以为若不是自己的威名远震，怎得有千里以外的人，前来造访。当下殷勤接待，在家住了三日，第四日，曹仁辅才和那武士较量手脚。二人正待动手的时候，忽外面走进一个年约五十来岁的布贩。

那布贩进门，见二人将要比武，即立在下面观看，不上来惊动二人。二人也不在意，斗了十多个回合，那武士被曹仁辅一腿踢去，仰跌了丈多远。曹仁辅想赶上去再打，武士已托地跳了起来，连连拱手道："住了！这一腿真是非同小可，比武二郎打蒋门神的'连环步鸳鸯脚'还来得厉害。我这回算得没有白跑，虽花得不少的盘缠，然见了这般高明的腿法，也很值得了。"

曹仁辅被恭维得心花怒放，也连连拱手答道："我何敢上比古人，不过我这腿法，曾经高人指点，名师传授，自信也过得去。老兄多远的前来赐教，真是迎接还愁迎接不到，岂有要老兄自费盘缠的道理？看老兄一路花费了多少，请说出一个数目来，我自当如数奉还。”

那武士忙说：“这怎么使得！我们当豪侠的人，岂是贪财的鄙夫？”曹仁辅不服道：“老兄说哪里话，照老兄这样说来，简直把我当鄙吝的小人了。老兄不受我的盘缠没要紧，此后还有谁肯花钱费事的，再来光顾我呢？”那武士就笑嘻嘻的说道：“既是这般说，我若执意推辞，一则辜负了足下的盛情，二则妨碍了足下进贤之路，反对不起足下。听凭给我多少，我只得老着面皮，拜足下之赐了。”曹仁辅这才高兴了，随即跑到里面，拿了一封银子出来。

只见那个立在下面观看的布贩，这时已肩着一大叠形形色色的布，走上来，向曹仁辅问买布么？曹仁辅连望都不望，挥手喝道：“不买，不买！快肩着出去吧。”那布贩笑道：“不买就不买，怎么要快肩着出去，我又不是来向你打抽丰的，便多在这里站一会儿，打什么鸟紧！”

曹仁辅将手中银两，交给武士，武士正待伸手去接，只见那布贩上前说道：“且慢！这银两我正用得着，给我吧！”曹仁辅两眼一翻喝道：“你凭什么，要我给你这银两？”布贩举着拳头说道：“就凭这一对拳头，要这点银两。”曹仁辅哪里把布贩看在眼里，气冲冲的问道：“你有什么本领，敢在我这里撒野？倘若打我不过，怎么样？”布贩笑道：“打你不过，你就得给我银子。”曹仁辅也哈哈笑道：“你倒想得好，你打我不过，我倒得给你银子？”布贩指着武士问道：“他打你不过，你却为什么给他银子呢？”曹仁辅道：“他是慕我的名，不远千里前来拜访，我自愿赠他银子，不与你相干。”布贩道：“我也是慕你的名，来得比他更远，银子非给我不行！”

武士见银两已将到手，无端被布贩阻挠，不由得愤火中烧，恨不得一拳将布贩打死；只是又有些怕敌不过，只得自己按捺住火性，从容向布贩发话道：“你也不要见了银子便眼红，我并不是为打抽丰到这里来的。”

曹仁辅举着银子向武士道：“老哥只管收着吧！我的银子，愿送给谁，便送给谁，谁也管不了我。”布贩这时却不伸手阻拦了，立在边旁，长叹了一声说道：“可怜，可怜！可惜，可惜！曹元简一生，宦囊所积，并没有丧绝天良的钱在内，怎么落到你这个不肖的儿子手里，便拿来泥沙不如的浪费！”

曹仁辅虽在愤怒的时候，然听了这种语气，心里不禁吃了一惊，呆呆的望着布贩发怔，半晌才问道："你姓什么？我浪费我的钱，犯得着你来管吗？"布贩冷笑一声道："你自己若有本领，弄着钱来浪费，有谁管你？不过这钱是你死去的老子，一生辛苦所积，由你是这么浪费了，我实在觉得可怜可惜。你出世太迟，大约也不认识我，我便是金陵齐四。"

曹仁辅听说是金陵齐四，一时心里又是欢喜，又是疑惑，暗想我小时，常听得母亲说，在老河口遇难，幸得金陵齐四相救的事。因那时我才有周岁，没有知觉；后来就听得母亲说起，也不大明白，不过心中有这回事的影子罢了。这布贩若固是金陵齐四，在老河口救我一家的事，必能说得出当时情景来。当下想罢，便正色向布贩说道："金陵齐四的声名，在下耳里实在听得很熟，只是一时想不起来，还得请你老明白指教。"说着，对布贩拱拱手。

布贩正待回答，那武士将银两揣入怀中，向曹仁辅作辞要走。布贩且不答话，伸手把武士拦住道："你好大的胆，好狠的心，打算就这么走吗？"武士一听布贩的话，脸上登时变了颜色，折转身往外就跑，脚步比箭还快。布贩哈哈笑道："由你跑得掉的吗？"随将右手一扬，喝一声"着"，那武士"哎哟"没叫出，腿一软，便就地倒了下来。

布贩赶上前，一脚踏住武士，用手指着自己鼻颠说道："你不认识我金陵齐四么？二十年前，在老河口赶走你们的，就是我。你是好汉，应找着我寻仇报复，与曹家无干；并且曹家的老主人已死，这少主人在当时，尚在奶妈怀中抱着。你尤不应该暗下毒手，将他打伤，外面假输给他，骗他的银两，他对你薄了吗，你与他有何仇恨？"

那武士在地下哀求道："望好汉饶恕。我这番到此地来，并非本意，也不是为老河口的事来寻仇。只因曹元简在清浦任上，将周三结巴问成了死罪。周三结巴的儿子周东彦，愿出一万串钱，求迟解半个月，曹元简不依，反连夜把周三结巴解走了。周东彦既知曹元简有了这杀父之仇，就在太湖落草，招聚了数十名水、旱两路的英雄，存心要和曹元简作对。那次在老河口，也就是周东彦打发我们去的，并不为劫曹元简的财物，实是要他的性命。不料有好汉出头，将我们打走。我们当时还以为好汉是曹家请的镖手，因此不敢来第二次。自后不久，周东彦就破了案，本也是要定死罪的，亏得花的钱多，办成了永远监禁，直到这回皇太后万寿，将他赦出来。他忘不了杀父之仇，特地派我到这里来。我到这里一打听，才知道曹元简已死去了好几年，又打听得他儿子曹仁辅，也会几手拳脚，痴心妄想的要做剑侠。我思量要刺杀曹仁辅，原不是一件难事。不过留下一场官司，究竟不妥，不如投他所好，借过堂暗中伤他，使他死了都不明白。想不到又遇了好汉，但不知好汉与曹元简有何渊源，肯这么替他家出力？”

齐四这才掉转脸来，望着曹仁辅说道：“你听明白了么？”曹仁辅已走过来，指着武士骂道：“你在我这里三日，我有何薄待了你，你竟忍心害理，暗下毒手，要我的性命？”边骂边提起脚要踢，武士大笑道：“不薄待也只有三日，周东彦厚待我三十年，抵不了你么？”

齐四一面止住曹仁辅，一面提脚放武士起来道：“冤仇宜解不宜结。你也是一个汉子，你把真姓名说出来，治好曹仁辅的伤，我也把你的伤治好。你和曹仁辅，原没有仇恨，杀周三结巴的，是曹元简，于今曹元简已死去多年了，与曹仁辅有什么相干？并且周三结巴一生，杀人放火，打家劫舍的勾当，也不知干过了多少，确是死于王法，不是死于曹元简之手。便是曹元简活在世上，只要留得我金陵齐四一口气在，我也决不容周东彦，是这么不讲情理的报仇！”

武士道：“我姓巴，单名一个和字，安徽婺源人，原在周三结巴手下，当踩盘子的伙计；周三结巴死后，就在周东彦跟前。既是有好汉出来讲和，自当遵命把他的伤治好，不过我身边没有带药，好在四川是出产草药的地方，且请好汉先治好我腿上的伤，好去寻药。”

齐四笑道：“何必你亲去寻药，我代你一并治了吧！”遂对曹仁辅道：“你知道身上的伤，在什么地方么？”曹仁辅愕然说道：“我身上何曾受伤？我踢了他那一腿，他才难免不受伤呢！”

齐四大笑道：“公子爷，你的功夫还差得太远啊！身上受了人家的致命伤，尚不知道，岂不可怜吗？你不信，且捋起裤脚，瞧瞧腿弯，看有什么形迹么？”曹仁辅哪里肯信，齐四教曹仁辅坐下来，露出右腿弯，指点给他看道：“这一点紫红指印，是你原来有的吗？”

曹仁辅看了，才觉得诧异，自己用手按了按道：“一些儿不痛，怎么说是致命伤呢？并且如何会伤到这地方来呢？”齐四笑道：“你不用武二郎的

‘连环步鸳鸯脚’踢人，人家何能伤到你这地方？”这一句话提醒曹仁辅，才仿佛记得那腿踢去的时候，腿弯麻木了一下，当时因自以为打胜了，心里高兴，就没把麻木的事放在心上。这时虽是看出来了，然仍不相信这一点点伤痕，可以致命，向齐四问道：“常有断了大腿和胳膊的人，尚且能活着不死，难道这一点点伤痕，就能死人吗？”

齐四长叹了一声道：“公子爷自小练武，练到今日，连这道理都不懂得，可见得实在本领，不是拿钱买得来的。我这时也难得解说给你听，我这里有颗丸药，你且吞下去。”说时从怀中取出药瓶，倾了一颗丸药，给曹仁辅吞服了。又将曹仁辅的右腿，揉擦了好一会儿，只见越揉擦越红肿起来。一会儿，那一点指拇大的伤痕，已红肿得有碗口粗细。曹仁辅道：“怎么服了药，伤倒重了呢？”齐四道：“哪里是重了，治得急，发得快，伤只在腿上；若在一个月以后发出来，便得通身红肿了，你说能致命不能致命咧？”

齐四治好了曹仁辅的伤，在巴和大腿上，用磁石吸出一根头发粗细、半寸多长的针来。曹仁辅不知是什么东西，接过来一看，比绝小的绣花针还短小些，一端极锋利，一端没有线眼，上面沾了些紫色的瘀血。正待开口问这是哪里来的，断了线眼的绣花针，巴和已望着这针，吐舌摇头说道：“好厉害的暗器！任你有多大能力的人，也受不了这一针。”曹仁辅吃惊问道：“这也是暗器吗？这样飘轻的东西，如何能打得出手呢？”巴和笑道：“打不出手，还算得本领吗？若人人能打得出手，还算得好汉么？”

曹仁辅道：“这上面有毒么？”齐四摇头道：“我素来不用毒药暗器。像这梅花针，更用不着毒药。打在肉里，照着血脉往里走，只要三个时辰不拔出来，便不容易出来了。多则七日，少则三日，其人必死。”遂对巴和说道：“你我都是有缘，才得适逢其会。我与曹元简并无渊源，在老河口救了他一家性命，固是偶然相遇；就是这番到四川来，虽是闻得曹仁辅心慕剑侠的名，想成全一个心地光明的汉子，不先不后，遇了你来寻仇报，因得救了他的性命，这也是偶然的事。在老河口和我动手的是你，你的面貌身法，我还仿佛记得；你若不下手点他的腿弯，我一时或者想不起来，没有仇恨的人，决不肯暗中下这种毒手。”

曹仁辅到这时才忽然感激齐四起来，也不顾自己的腿痛，趴在地下向齐四叩头道：“你老人家真是我的重生父母。今日若没有你老人家救我，我将来伤发死了，还是一个糊涂鬼。”齐四刚待搀扶曹仁辅，巴和也向齐四跪下道：“我这回不能替周东彦报仇，也不愿意回去，再和周东彦见面了。知道你老人家，是个行侠好义的英雄，情愿伺候你老人家一辈子。”

齐四伸手将二人拉起来笑道：“好极了！跟着周东彦做强盗，本也不是英雄好汉的举动，我于今正用得着你这样的人。”说时回头问曹仁辅道：“你家的产业，搜刮起来还一共有多少？”曹仁辅见问，红了脸半晌答道：“自先母去世以后，我漫游浪费，几年来，已将先父遗传下来的产业，变卖干净了，所剩的就只这所房屋，然前两日都已抵押给人了。刚才那封银两，便是抵押房屋得来的。这项银两，还有二百多两，不曾用去，此外没有产业了。”

齐四点头道：“我正有事，需用二百多两银子，你拿来给我去用吧！”曹仁辅连声道好，即去里面取了出来，双手捧给齐四。齐四收了笑道：“你除了这点儿银子以外，别无产业了吗？”曹仁辅道：“田业房屋固是早已变卖了，就是衣服器具，也都变卖的变卖了，典押的典押了，实在除了这点银子，什么也没有了。”

齐四道：“你此刻还只二十零岁，我把你这银子用去了，你以后的日月，将如何过度呢？”曹仁辅道：“这点儿银子，你老人家便不用去，我也不能拿来过多少日月。承你老人家救了我的性命，我恨不得粉身碎骨的报答。这一点点银子，只愁你老人家不肯收用，至于我以后的日月，怎生过度，如何反累老人家着虑？我以后就乞食度日，这银子也是应该送给你老人家的，何况我还有几家很富足的亲戚，我可以去借贷，成都有几家店铺，是从我手里借本钱去开设的，一文钱也不曾还给我，我可以向他们讨取。总而言之，不愁没钱过就是了。”

齐四连连点头道：“你既这么说，我就愧领了你这番帮助的好意。”巴和从怀中取出那封银子来，要退还曹仁辅，曹仁辅不肯受，齐四向巴和道：“他好意送你，你就收用了吧！我们有缘再会。”仍肩了布匹，偕同巴和一路走了。曹仁辅挽留不住，只得望着二人出门去了。

承受他这房屋的人，来催他搬腾出屋。曹仁辅当抵押房屋时的主意，原打算把抵押的银两，在成都做个小本生意，好好的经营，混碗饭吃。没想到银子到手，是这么耗散了。于今只得找从前借他本钱做生意的人，讨回此钱来，再作计较。但是，曹仁辅一些儿不懂得世情，当借钱给人家的时候，只要人家三句话说得投机，就一千八百的拿给人家，休说要利息，要中保，连借字也不教人写一张。他所放的债，简直无丝毫凭据。这时穷困了去向人讨取，有谁肯认账呢？曹仁辅跑了几处，不但不曾得一文钱到手，并受了人家多少气话。只因自己手中没有凭据，便打成官司也说人家不过，只得忍气吞声的罢了。

曹仁辅心想这些没天良的人，只怪我当初瞎了眼，胡乱拿钱给他们。我既没有凭据，他们自然可以不认账。至于亲戚是生成了，不能改移的，难道我一时穷了，连亲戚都不认了吗？他哪里知道，人一没了钱，莫说亲戚，便是嫡亲的父子兄弟，也都有不肯相认的时候。曹仁辅当时有钱，只顾和一班游手好闲的无赖厮混，自称剑侠，亲戚的庆吊，都不大放在心上。有时亲戚劝阻他这些无意识的举动，每每的讨他一顿抢白，这时穷了去求亲戚，自然无人肯顾念他。当面揶揄他的，倒是异口同声，直把曹仁辅气得个没奈何了。

不知曹仁辅怎生了局，且待第三十八回再写。

总评：

此回在曹仁辅传中，夹写入齐四传矣！巴和者，曹、齐两传接笋处之转捩也。

武士之访曹仁辅，其为骗钱而来，固早在阅者意中。即曹仁辅武艺之不如武士，亦在阅者意计之中也。不料读至后文，则武士乃为报仇而来，其志初不在金钱；而曹仁辅乃身受重伤，险致殒命，此则断非阅者之所能料矣。作者文笔，往往更进一层，使阅者不易揣测，所以妙也。

三代之下，唯恐不好名，曹仁辅盖好名之徒耳！彼以歆羡“剑侠”二字，致尽毁其家不悔，其行固极可嗤，其志亦甚可嘉，不得以其败家荡产而遂少之也。今之富室子弟，不求学问，不惜名誉，以嫖赌酒食倾其家，以视仁辅，固何如哉！

齐四云：“实在本领，不是用钱能买得来的。”此二语，点醒学者不少。今之少年，或以钱买一毕业文凭，或花费若干银子出洋游学一次，即用以自豪者，可以鉴矣。

齐四无端向曹仁辅取二百两银子，大是奇事。然善读此者，必能知其为后文之伏笔也。后段写世态之炎凉，笔甚深刻，妙在对于曹仁辅，亦有微词，必如此方不落恒蹊也。

第三十八回

假英雄穷途受恶气　真剑侠暗器杀强徒

话说曹仁辅讨债告贷，受恶气，受揶揄，真急得走投无路，只得垂头丧气的回家。在路上遇着平日曾受他帮助的人，这时见了他，仿佛就和他害了瘟疫症，提防传染的一般，远远的便避道而行了。曹仁辅到这时，才觉得自己一晌的行为错了。心想古来的剑侠，只有救人家急难的，没听说剑侠有急难，要人家救的。我充了一辈子的剑侠，也不知救助过多少人，到于今落得两手空空，哪有真剑侠前来救我呢。大约古来的剑侠，救人只是假话，若真和我一般肯救人，他自己必也有穷困望人救的一天。世间没有用不了的钱，而有救不尽的困苦。剑侠不做强盗，从哪里得许多的钱，和我一样随意帮助人家呢？可惜我不早几年，想透这个道理，以致把困苦轮到自己来受。于今纵然悔悟，已是迟了。这房屋既经抵押给人，是不能不让给人家住的。

曹仁辅将房屋让给承受抵押的人，独自出来，没有地方居住，只暂时住在客栈里。没有钱的人，如何能住客栈？三天不交账，客栈主人便不把他当客人招待了。曹仁辅生长到二十零岁，几曾受过人家的轻慢，这时没有钱还房饭账，虽是平生不能受轻慢的人，人家也不能不轻慢他。

曹仁辅忍气过了几日，客栈主人估料他的行李，仅能抵这几日的房饭钱，若再住下去，加欠的便无着落了。于是客栈主人，决心下逐客令，将行李扣留下来，勒令曹仁辅光身出去。曹仁辅自觉理亏，无话可说，没精打采的出了客栈，立时成了没庙宇的游神，东走走，西站站。成都的地方虽大，竟无一处能给他息脚。他猛然想起那小说书上，常有会武艺的人，或因投就不遇，或因遭逢意外，短少盘川，流落在异乡异域，都是在街头巷尾，使几趟拳脚，求人帮助。每有遇了知己，就将他提拔出来，即算知己不容易遇着，讨碗饭充饥，是极容易的。论我的文学，因抛书太早，还不够游学的本领；至于武艺，十八般器械，都曾受过高人的指点，名师的传授。四川省的好手，少有不曾在我手底下投降的，提起我曹仁辅的声名，谁不知道！我此时虽不在异乡异域，然流落也和古时的英雄一样，现放着这繁盛的成都在此，我何不仿照古时流落英雄的样，择一处四通八达的好场子，将生平本领当众显些出来，也可以得名，也可以得利。若有不自量的要来和我比试，我就更可扬名了。

他想到这个主意，不由得精神陡长，兴会淋漓，一面在成都街上，寻觅演武的场所；一面心里思量对看客应说的，要求帮助的话。

不一会儿，寻着了一处，被火烧了房屋的地基。有好几个无业游民，弯腰曲背的，在碎砖破瓦堆中，寻找火未烧化的东西，想得意外的财喜。曹仁辅立在一处平坦的地方，高声咳了嗽，想引得那些弯腰曲背的游民注意，方好开口说话。无奈那些游民，各人只顾在碎砖瓦中，发见值钱的物事，任凭曹仁辅立在那里咳嗽，没一个肯牺牲宝贵的眼光，抬头望他一望。

曹仁辅见咳嗽没人理会，兴头已扫去不少。思量人家虽不理会，我不能就不开口，若是一句话不说，就在这里使起拳脚来，人家看了，还不知道我在这里干什么呢？随即又咳了声嗽，满心想开口把预备应说的话，向空说了出来。无奈初次出场卖艺的人，总免不了有些怯场。何况曹仁辅是个公子少爷出身，面皮最嫩，像这样的场子，不是老走江湖的人，饶你有苏、张之舌，平日口若悬河的人，能说会道，一上这种场子，没有不慌张说不出口的。纵然已出了场，被逼得不能不老着脸开口，然口虽开口，心里预备了要说的话，胡乱说不到几句，不知怎的，自然会忘记。江湖上人称这种现象，叫做“脱线”，就是说出来的话，没有线索的意思。曹仁辅要开口又忍住，接连好几次，只在喉咙里作响。

那些弯腰曲背的游民，这时却都注意到曹仁辅身上了，见了这种待说不说、满脸通红的怪样，有的望着发怔，有的竟张口大笑起来。曹仁辅被笑得连耳根颈都红了，要说的话更吓得深藏心腹之中，再也不敢到喉咙里来了。想想这地方往来的太少，就显出平生本领来，也没有多少人观看，这些翻砖瓦的人，是不会有钱给人的，且换一个人多的地方再说；遂急匆匆的出火烧场，到处物色。

凑巧，有一个庙里，正在演戏酬神，看戏的人极多。曹仁辅挺着胸膛，走了进去，只见庙中挤满了的人，一个个昂头张口望着台上，台上大锣大鼓，正打得热闹。曹仁辅挤入人群，想寻觅一处空地，在庙中哪里寻找得出呢？他这时也无心看戏，在人群中挤了几个来回，只挤得一般看戏的，都望着他怒形于色。曹仁辅心里踌躇道："这时台上正在演戏，就是有空地方给我显本领，这些人也不肯丢了戏不看，来看我的拳脚。我何不在这里等台上的戏唱完了，看戏的散了些儿，我便接着开场呢？"主意既定，就在人群中立着，心里仍不断的计算开场如何说话。

还好，等不多久，戏已完了。曹仁辅见台上的戏一完，一颗心不知怎的，只是怦怦的跳个不了，手脚也觉得不似平时得劲，不由得暗暗着急道："我怎的这般不中用，人少不能开场，人多也不能开场，这成都如何有我卖艺的地方呢？"他心里一着急，就顾不得害臊了，放开喉咙，先"哇"了一声说道："诸位叔伯老兄老弟，请听在下一句话。在下姓曹名仁辅，并非老在江湖卖艺的人，只因一时短少了盘川，流落在此，要求诸位叔伯兄弟，赏光帮助帮助。在下小时，胡乱学得几手拳脚，十八般武艺，也略略的懂得些儿，想在诸位叔伯兄弟面前，献丑一番。诸位高明，看得上眼时，赏赐在下几文，作盘川用度；若看不上眼，便求大量包涵，或下场指教几手。"

曹仁辅这篇话一说，看完了戏要走的人，果然有大半停步回头，望着曹仁辅。年轻好事的，就围拢来，登时绕了一大圈子，将曹仁辅裹在当中。曹仁辅扎拽起衣服，对大众拱了拱手，即把他自己得意的拳脚，施展出来。一趟使完，也有许多叫好的。又使了一趟，使得满头是汗，见没人肯丢钱，只得向大众作个团圈揖说道："叔伯兄弟赏光帮助几文。"看的人听了，都你望着我，我望着你，没有肯伸手去袋中掏钱的。

曹仁辅以为使的趟数太少了，咬紧牙关，又使了一趟，再看那些看客，已悄悄的退去了不少了，剩下的看客，十九衣裳褴褛，不是有钱给人的。自己累出一身大汗，不曾得着一文钱，心里实在不甘，气愤愤说道："在下已说明在先，使出来的拳脚，看不上眼时，请诸位指教；若勉强看得上眼，就得请赏光帮助几文。在下不是吃了饭没事做，使拳脚玩耍；也不是因诸位没得武艺看，特累出一身大汗，给诸位解闷。诸位已看了我三趟拳脚了，既不肯下场来指教，就得赏光几文。诸位都是男子汉大丈夫，大约不能白看我的武艺。”说毕，两手撑腰，横眉怒目地立着，仿佛等人下场厮打的神气。

即有两个年轻的看客，向曹仁辅冷笑了声说道：“你还想问我们要钱吗？我们不问你要钱，就是开恩，可怜你这小子穷了！”曹仁辅一听这话，又是气愤，又是诧异。看那说话的两人，都是青皮模样，体魄倒很强健，挺胸竖脊的，绝对不肯饶人的气概。曹仁辅也不害怕，“呸”了一口问道：“你们凭什么问我要钱？我什么事，要你们开恩可怜？倒请你们说给我听听。”

那两人同时将脚向曹仁辅一伸道：“要钱便凭这个要钱，你这小子，又不瞎了眼。”曹仁辅心想这两个东西，必是踢得几下好腿，所以同时腿伸出来，他们哪里知道我的腿，素来是著名的，我原不妨和他们见个高下。不过照这两个东西的衣服气概看来，不是有钱的人，我不卖艺则已，既是在这里卖艺，有人要来和我动手，我须得要他拿出银子与我赌赛，我胜了时，便可名利双收。并且要赌赛银两，来找我比赛的也就少些，这两个东西没有钱，我赢了他也没什么趣味，遂对两人说道：“我不管你们的腿怎样！只要你们每人拿得出五十两银子，就请来和我见个高下。你们赢了，我立刻离开成都，你们输了，银子就得送给我，我是卖艺的人，银两是没有的。”

两人一张口，就吐了曹仁辅一脸的唾沫，接着愤骂道：“你这穷小子，想银子想颠了么？”你以为我们要和你打架吗？你不瞎眼，也不瞧瞧我两人脚上的鞋子，上面是什么东西？我们都是新买来，才上脚的鞋子。”曹仁辅看两人鞋尖上，都沾了些泥，心里兀自猜不出是什么道理来。被吐了一脸的唾沫，本来气得登时要发作的，奈为人一没了钱，气性就自然柔和了，况曹仁辅正在求人帮助的时候，怎敢轻易向人动怒？当下只好自己揩干了唾沫，随口答道：“你们的新鞋子也好，旧鞋子也好，与我什么相干！既不是要跟我打架，为什么向我伸腿？”

那两人见曹仁辅还不懂得，就说道：“你到这时候还装佯吗？我们这鞋子上的泥，不是你这小子，在人群中挤来挤去，踩在上面的吗？我们不教你赔鞋子，不是开恩可怜你吗？”曹仁辅这才明白，在寻觅场所的时分，无意中踩坏了两人的鞋尖。可怜曹仁辅平生养尊处优惯了的人，一旦居这种境况，满腔怨气正无处发泄，因为这一点点小事，就被人当着大家厉声谩骂，并吐这一脸的唾沫，便换一个老于人情世故的人，也决不能俯首帖耳的受了，一些儿不反抗；一时气涌上来，按捺不往，也噙着一口凝唾沫，对准离他自己近的那个青皮下死劲吐去，“呸”一声骂道：“你这两只死囚，戳瞎了眼吗，敢来欺负我！”边骂边要动手打两人。

这一来却坏了，那被曹仁辅吐唾沫的青皮，叫做“小辫子”刘荣，也懂得几手拳脚，在成都青皮帮里，是一个小小的头目。成都的青皮，大半须听他的命令，受他的指挥。凡是客路人到成都来的，只要是下九流的买卖，如看相、算命、卖药、卖武、走索、卖解，以及当流娼的，初到时总得登他的门，多少孝敬他几文，名叫“打招扶”，若不打他的招扶，迟早免不了受他的啰唣。像小辫子刘荣这种人，本来各省、各地都有，性质也都差不多，不单成都的小辫子刘荣一个。不过四川一省，这类青皮会党的势派，比各省都大些。差不多四川全省中等社会以下的人，十有九是入了什么会的。

曹仁辅虽在成都长大，只因他是个公子爷出身，与那些会党不曾发生关系，也不知道那些会党的厉害，更不知小辫子刘荣就是成都的会首。刘荣原是有意与曹仁辅寻衅，见曹仁辅居然敢还吐他一口唾沫，哪里等得曹仁辅动手，当场围圈子看的人，有四五十个是刘荣的党羽，只须刘荣用手一挥，口里喊一声“给我打这不睁眼的小子”，这四五十人便一拥上前，争着向曹仁辅拳打脚踢。

曹仁辅全是别人口头上的功夫，有什么真实本领？开场三趟拳，早打得汗流遍体，又肚中有些饥饿，更不似平日在家时有气力。那些如狼似虎的青皮，以为曹仁辅是个有武功的人，动手时都不肯放松半点，一脚一拳下来，全是竭尽其力的。曹仁辅不曾施展出半手功夫，容容易易的，就被一班青皮横拖直拽，躺在地下不能动弹，周身无一处没打伤，头脸更伤得厉害。

刘荣教党羽将曹仁辅按住，亲口问他服辜不服辜？曹仁辅恨不得把刘荣和一般青皮，生吞活吃了，怎么肯说服辜的话！刘荣见他不说，脱下自己的鞋子来，拿鞋底板在曹仁辅脸上“啪”“啪”“啪”打了几下道：“你大爷的新鞋，平白被你这东西踩坏了，你连一个错字，都不肯认，好像你大爷的鞋子，应该给你踩坏的一般。你是哪里来的恶霸，敢在你大爷跟前这般大胆！你这一两手毛拳，就到这里来献丑，也不打听打听这地方，是谁的码头，你连拜码头的规矩，都不懂得？你大爷不教训你，有谁教训你，你服辜不服辜？”

曹仁辅虽是被打得经受不了，然他毕竟是有些身份、有些根底的人，又生成要强的性格，宁肯给刘荣打死，不肯说出服辜的话，口里反大骂道：“你是什么东西，要少爷在你面前服辜！你尽管把我打死，十八年后，再来找你算账。”刘荣用鞋子指着曹仁辅的脸，哈哈笑道：“你只道你大爷不敢打死你么？你大爷打死你，不过和踩死一个蚂蚁相似，实时叫地保来，给叫化子四百文大钱，赔你一片芦席，拖到荒郊野外的义冢山上，掘一个窟窿，掩埋了便完事。你大爷有的是钱，破费这几文，算不了一回事。你要知道，你大爷在成都专一打硬汉、惩强梁，不结实给点儿厉害你看，你死了也不合眼。”骂着举起鞋子，又待打下，忽觉拿鞋子的手膀一软，鞋子不因不由的掉下地来。

刘荣还不在意，以为是自己不曾握牢，遂弯腰想拾起鞋子再打。不知怎的右手失了知觉，五个指头动也不能动了，这才有些诧异；然还以为是用力太久，拗动了筋络，一时麻痹了，打算甩动几下，将血脉甩流通了，便可恢复原状。心里虽是这么想，无奈右膀似乎不听他的命令，就和这条臂膊，与本身脱离了关系一般。但刘荣是个粗鲁人，也不肯用心研究，自己的臂膊，何以忽然有这种现象，更不肯说出来，好教曹仁辅听了开心。自己换了左手拾起鞋子，仍继续问曹仁辅：“服辜了么？”

曹仁辅大声喝道：“要打就打，贪生怕死的不是汉子。”按着曹仁辅的青皮对刘荣道：“大哥不结实打他，他如何肯服辜？他还只道是几年前的曹大爷，有钱有势，人家怕了他，和他动起手来，故意输给他，讨他的欢喜，骗他的银子。于今他穷了，再有谁怕他？我们的兄弟，送给他打过的有好几个，难得他有今日，我们还不趁此多回打几下，更待何时？”

小辫子刘荣一听这话，冷笑着向曹仁辅道：“谁教你此刻没有钱，你若还是和前几年一样，有的是钱送给人家，我们就有天大的本领，也仍得送给你打。你此刻既没了钱，就得给我们打回头了，这边脸打肿了，快掉过那边脸来，索性两边打得肿得一般儿大，好看点儿。人家见了，都得赶着叫你胖子呢！”

刘荣说话时，将左手一举，才举得平肩窝，没想到又是一软，和右手一样，鞋子掉下地来，左膀跟着往下一垂，两条胳膊就与上吊的人相似。不知不觉的叫了声“哎哟”，遂向左右的党羽说道：“不好了！我两条胳膊，好像被人砍断了似的，一些儿不由我做主了，这是什么道理？”

立在两边的青皮，看了刘荣拾鞋子、掉鞋子的情形，已觉得很奇怪，听得刘荣这般说，就有两个伸手拉刘荣的胳膊，仿佛成了两条皮带，偏东倒西，就像是没有骨头的。刘荣道：“难道这小子，有什么妖法吗？我的胳膊流了，不能打他，你们动手替我打他，倒看他有什么妖法……”“法”字还不曾说出，忽两脚一软，身子往后便倒，吓得众青皮都慌了手脚，连问怎么。

大家正在忙乱，有一个青皮突然喊道：“啊唷，啊唷！从屋上飞下来两个人。”众青皮听得，都抬起头看。

不知屋上飞下来的，是两个什么人，且待第三十九回再写。

总评：

甚矣！人之不可以无钱也。今世纨绔子弟，不知祖父创业之艰，视金钱若粪土，任意挥霍。一旦金尽，遭人白眼，谁复哀王孙而进食者！甚或以分文之微，受小人之诟辱，愤无可泄，追悔莫及。观于曹仁辅，殷鉴不远矣。

此一回完全为曹仁辅传也。作者记仁辅金尽受辱之窘状，写得淋漓尽致，我知作者胸中，必有一股郁塞不伸之气，蓄积已久，乃借此以发泄之耳。

一回中，有许多牢骚感慨语：“成都虽大，竟无处能给他息脚。”又如“人一没了钱，气性就自然柔和了。”又如“正在求人帮助的时候，怎敢轻易向人动怒。”又如“谁教你此刻没有钱！”使人读之，哭不得、笑不得。仔细想想，竟如从自己心胸里搔挖出来，此等语非亲身经历过者不能道；亦非亲身经历过者，不能读之而生感想也。

此回写曹仁辅之受辱于刘荣，足为徒惊虚声者戒。入后借青皮口中揭破之，说得畅快之至。

第三十九回

三侠大闹成都城　巨盗初探仁昌当

话说众青皮见小辫子刘荣忽然倒地，大家正在忙乱，有个青皮发现屋上飞下两个人来。看两人的年纪，都在五十以外，短衣窄袖，青绢包头，望去虽是武士模样，却都赤手空拳，并且颜色和蔼，没一些恼怒的神气。众青皮见了，全不害怕，嘴快的就开口喝问道："你们两个哪里来的，如何打屋上跳下来？"二人不作理会，分开众青皮，走到曹仁辅跟前，将要弯腰说话。

众青皮哪知道二人厉害，见二人目中无人的样子，竟推开众人，要和曹仁辅说话，登时都鼓噪起来。相隔远些儿的，就口里发喊："不许多管闲事！"立在面前的，以为二人是和曹仁辅要好的，必和曹仁辅一般的本领；又仗着自己人多势大，就一齐动手，向二人打去。

二人哈哈大笑道："你们平日欺负人，成了习惯，太岁头上也来动土了。"二人伸直四条臂膊，抓住青皮的顶心发，拔草也似的，往两边随手掼去。有的被掼到半空中，翻几个跟斗，才跌下地来，轻的跌得头昏目眩，重的跌得骨断筋折。狡猾些的，知道不好，想溜出庙去。叵耐小辫子刘荣，指挥自己党羽打曹仁辅的时候，恐怕外面有人来帮曹仁辅，或被曹仁辅走脱了，一面动手，一面就叫党羽把庙门关了，并上了门闩。那庙门又大又厚，当刘荣叫关门的时候，大家七手八脚，很容易地关上了。这时三五个人，在手慌脚乱的时候，兀自拉扯不开。

曹仁辅拼着被人打死，不肯口头服辜，即紧闭双睛，等待刘荣的鞋底打下。忽听得一阵混乱，夹着呼救喊痛，和扑通倒地的声音，急睁眼一看，原来齐四、巴和二人，正在如拔葱扔草一般的，抓着众青皮，掼得满天飞舞。当下看了这种情景，不由得顿时精神陡长。他虽是被打得遍体鳞伤，然都是浮面的伤，不曾损坏筋骨，此时精神上一感觉愉快，就自然把身上的痛苦，都抛向九霄云外去了，从丹田一声大吼，托地跳起来。

他的本领，和四五十个强壮青皮相打，便没手脚能施展出来，而这时打跛脚老虎，却不嫌本领不济了，咬牙切齿地寻人厮打。先踢了刘荣几脚，再看一般青皮全被齐、巴二人掼倒在地了，自觉专打死蛇没有趣味。一眼望见了有几个青皮，在庙门跟前慌张乱蹿，如初进陷笼的耗子，连忙蹿上前去，一阵拳打脚踢，霎时都打翻在地。

曹仁辅还待痛打，齐四、巴和已赶过来拉住。曹仁辅道："不打死他们几个，怎出得我胸中恶气？"齐四道："不干他们的事，我们开门走吧！"遂伸手抽去门闩，巴和拉开了庙门，三人一同走出庙。齐四向曹仁辅道："你这番既与众青皮结下了仇怨，以后不宜在此间住了。我略略有些产业在重庆，我们且去那里，另辟码头吧。你在此间，还有什么未了的事没有呢？"曹仁辅道："我巴不得早一刻离开这里，心里早一刻得安乐。我父母是早已去世了，产业也早已在我手里花光了，亲戚朋友的心目中，也早已没有我这个人了，我还有什么未了的事！"

三人遂实时起程，不日到了重庆，由齐四拿出钱来，开设一爿当店，叫"仁昌当店"，在重庆是极有信用的，因为利息比一般当店都轻些。

曹仁辅本是个资性聪明的人，在成都经受一番大磨折之后，很增进了不少的经验阅历。他的文学，虽没有什么了不得的本领，然曹元简在日，不曾一刻许他荒疏。读些儿书的人，头脑毕竟清晰些，店中一切账项，都归他经管。重庆的当店，内部的组织照例分四大部分，归四个重要的人管理：第一是管账项的，须读书识字的人，所以曹仁辅经管；第二是管银钱的，齐四见巴和诚实稳重，便要他经管；第三是衣包的，须得内行人经管，齐四便聘请了一个老成人管理；第四是管金珠首饰的，一时得不着相当的人，齐四只得自己管了。

那时在重庆开设典当店的，都得聘请会武艺的人，或有名的镖师，常住在店里保护；不然，就难免有强盗抢劫的事。这种当店里的镖师，在各省也常有，不过别省只有乡镇的当店，因为与官府相离太远，又人烟稀少，所以开设当店的，不能不聘请镖师保护。至于省会、府、县，便用不着这种保护的人了。唯有四川那时的情形，与别省不同，大约是因四川会党太多的缘故。仁昌当店开张的时候，免不了要与重庆各大商号，及典当同业的周旋联合。齐四因曹仁辅是成都有名的世家大族（清初八侠中有曹仁父，系另一人，非此曹仁辅），一切应酬，都由曹仁辅出面。各大商号和典当同业的，争着向曹仁辅推荐镖师，曹仁辅因有齐四、巴和两人在店里，哪里还用得着什么镖师，自然一概谢绝了。

开张没多日，有一个高大汉子，提一把很大的点锡酒壶来当，只要当一串铜钱。掌柜的如数给了钱和当票，大汉去了。凡是金属的物事，概归齐四经管。过不了几日，大汉便拿了当票和钱，前来赎取，掌柜的对过了号码，照例从经管人手里，取出原物交还。掌柜的将锡酒壶交还大汉，大汉接到手一看，即沉下脸向掌柜的道："你这当店里，好对换人家当的东西吗？"掌柜连忙答道："没有的事。不论什么稀奇宝贝，当在敝店，没有对换的道理。你前日来当的，就是这把酒壶，怎么说是对换了呢？"

大汉怒道："放屁！你看见我当的，就是这把酒壶吗？你们对换了人家的东西，人家认出来了，你们还想抵赖，怪道外面都说仁昌是强盗当店。赶紧将那原当的酒壶还我，万事罢休，想抵赖是不成功的。"掌柜的一听"强盗当店"的话，也不由得冒起火来，并且自信没有对换的事，如何能忍受人家的辱骂呢？当下便也回口骂道："你也不睁睁眼，想到这里来寻找油水吗？什么大不了的东西，一把锡酒壶，谁把它放在眼角落里！"

二人正一个立在柜台外面，一个立在柜台里面口角。曹仁辅坐在账桌上，都听得明白，心想闹起来，妨碍自己的生意，遂走到柜台跟前，止住掌柜的说话，自向大汉说道："你老哥在这里当的，是什么酒壶？"大汉翻着白眼，望了曹仁辅一下，晃了晃脑袋答道："我当的是点锡酒壶。"曹仁辅大笑道："却也来，这不是点锡酒壶，是什么酒壶咧！"大汉也不答白，举起酒壶对谁曹仁辅劈脸打来。曹仁辅慌忙躲闪，酒壶却不曾打出手，原来是做出空势子，吓曹仁辅的。

曹仁辅自也止不住恼怒，顺手从柜台上，提了一个紫檀木算盘，劈头扎了下去。大汉一闪身体，肘弯在磉柱上碰了一下，只碰得那合抱不交的磉柱，歪在一旁，脱离磉墩，足有七八寸远近，屋檐上的瓦片，"哗碴喳"一阵响，纷纷掉下地来，吓得一干朝奉，抱头躲让不迭；一个个都怕房屋倒塌下来，压死了自己。就是曹仁辅，竭力装作镇静，一时也惊得呆了。

大汉行所无事的，从地下拾起算盘来，高声向曹仁辅说道："嗄！原来你当店里的算盘，是用来打客人的，宝号还有什么打客人的东西没有，尽管一发使出来，我正要多领教几样。"掌柜的见大汉这么凶恶，慌忙跑进里面，想报知齐四、巴和。凑巧这时齐四有事出去了，只有巴和在里面，一听掌柜的话，也吃了一惊。走出来看那大汉，身高六尺开外，圆腰阔背，大眼浓眉，虽是武人装束，衣服的裁料却甚阔绰，不像是没有一串铜钱使用，要拿锡酒壶来当的人。又见了这种寻事生风的情形，心里已明白是有意来显本领的，遂上前向大汉拱拱手笑道："请老兄不要动怒，他们有什么不到之处，望老兄看小弟薄面，海涵一点。他们都是些没有知识的人，因此有言语冲撞老兄的地方，小弟就此与老兄赔罪。"说罢，又作了个揖。

大汉仍翻起白眼，睄了巴和一下，鼻孔里"哼"了一声道："没有知识的人，倒会拿算盘打人呢！想必宝号是专请了这些没知识的人，坐在柜台里面，安排打客人的。"巴和忙赔笑道："谁敢打老兄？我们做买卖的人，只有求福的，没有求祸的，岂有客人赐顾我，倒敢向客人无礼的！"大汉扬着算盘，冷笑道："不敢无礼，这算盘会自己跑到我手里来，这磉柱会自己跑离了磉墩？"

巴和看大汉的神气，料知专凭一张嘴，向他说好话是不中用的，心里一面着急齐四怎的还不回来，一面用眼打量那离了墩的磉柱，暗揣自己的力量，能将磉柱移回原处。即挨近磉柱，运动全身气力，蹲下马去，两膀朝下抱住磉柱，仿佛鲁智深倒拔垂杨柳的架势，抱稳了往上只一提，"喳喇"一声响，不偏不倚的已将磉柱移到墩心。呼匀了一口气，才立起身来，望着大汉笑道："见笑，见笑！敝店因本钱不足，造出这样不坚牢的房屋，一些儿经不起挨碰。"

大汉见了，才转了些儿笑脸，说道："你既代替这些没知识的东西，向我赔罪，好在我闪躲得快，不曾挨他们打着，果然看你的面子，就这么饶恕了他们。不过宝号换错了我的酒壶，总应该将原物给还我。"

巴和道："来敝店当东西的，不论大小贵贱，比时就编定了号码，按着号码赎取，从来是不会有差错的。一把锡酒壶，所值的钱也有限，若真是号码错了，不应该不将原物退还老兄，无奈实在不曾换错，请老兄仔细认清。”

大汉点了点头道：“一把锡酒壶，所值固有限，你既硬说没有换错，我也争你不过。只是我当的是点锡壶，和铜一般的坚硬，这壶好像是铅的，我赎回去也无用，不如不要了，免得看了怄气。”旋说旋用两手将酒壶一搓，酒壶随手搓成了一个锡饼，一手举起来，往砖地下一掷，陷入砖内有寸来深，如炮子打进砖里一般。

巴和看了，心中十分纳罕，思量这厮的内外功夫，都这般厉害，我哪里是他的对手？若齐四哥在家，倒不难给点儿惊人的本领他看，使他佩服；偏巧四哥这时出去了，我只用软言留他在这里，等四哥回来。即向那大汉说道：“很对不起老兄，换错了老兄的酒壶，理应赔偿，不过敝东人此时有事出外去了。小弟不敢做主，想留老兄在敝店宽坐一会儿，敝东大概不久就快回来了，不知老兄肯赏脸多坐一会儿么？”

大汉摇头道：“我哪有工夫在这里坐地。一把锡酒壶能值多少，只要你肯认是换错了，便没有话说，我走了，有缘再见。”巴和忙上前挽留道：“老兄纵不肯赏脸多坐，愿闻尊姓大名，并贵乡何处？敝东回来，也好专诚拜访。”大汉笑道：“姓名、住处是有的，但此时用不着和你说，你和我无缘。”

巴和听了这话，心里甚是生气，只是估量自己的本领，远不如大汉，不敢翻脸，只得忍气送大汉出门，回头和曹仁辅商量道：“我知齐四哥，在重庆一次也不曾出过面，外面没人知道我二人在仁昌当店里。这大汉刚才的举动，好像是有意显本领，然而外人既不知仁昌当有齐四哥，这大汉却为什么要来显本领呢？这事很有些蹊跷。”曹仁辅道：“我们此时是白猜度了的，等四哥回来，将这情形对他说，看他怎样？”巴和也点头应是。

看看天色已暗，齐四还不曾回来，曹仁辅、巴和都着急起来了。因为齐四从来不大白天出门，便是有时出门，也得与巴和或曹仁辅说知。这日齐四出门的时候，只对巴和说去看姑母。巴和并不知道齐四有姑母，自然不知道他姑母住在什么地方，当下也不曾问齐四，此去有多久才得回来。

于今暂不言曹、巴二人，在店里很焦急的，等候齐四回来，且先将齐四的来头履历，表白一番，看官们才不至看了纳闷。因为前几回书中，金陵齐四突然出面，并不曾把齐四的来历，交代一言半语，看官们必然要疑心是作者随手拈来的人物，其实不然。金陵齐四在这部游侠传中，很是个重要角色，前几回书因是曹仁辅的正传，所以不能交代齐四的履历。

闲话少说，相传齐四的父亲齐有光，兄妹二人，都是甘凤池的徒弟，妹名齐秋霞，本领更在齐有光之上。不过齐秋霞的性质，十分温柔和顺，轻易不肯在外人跟前，显自己的本领。她的造诣，除了她师傅甘凤池外，没人能知道；便是她老兄齐有光，也只知道妹子的功夫，比自己高强，至于高强到什么地步，却说不出所以然来。

齐秋霞二十岁的时候，嫁给四川鲁泽生。鲁泽生是个拔贡生，为人温文尔雅，学问渊博，因中年丧偶，抑郁无聊，带了些盘缠，想游历各省名胜。游到南京，下榻在齐家隔邻一个客栈里，不知如何闻得齐秋霞的名，托人到齐家说合。真是有缘千里来相会，谁也想不到齐秋霞，肯嫁一个纯粹的文人。鲁泽生在南京聘订了齐秋霞做继室，因在客中，不便成礼，只得约定了日期，由齐有光送妹子到四川结婚。当结婚的这日，鲁家的宾客中，有人曾听说齐有光兄妹，都是甘凤池的徒弟，各有惊人本领的。在闹新房的时分，就逼着要新娘显本领，若新娘不依，便大家闹整夜，不出新房门。

齐秋霞被逼闹得无法，就低声教伴妈拿两个鸡蛋并泡一盘茶来。伴妈依言将茶和蛋取来，齐秋霞接了鸡蛋，纳在两只脚尖底下，一耸身立了起来，双手端了盘茶，向众宾客各敬一杯。众宾客见了，无不惊得吐舌摇头。齐秋霞生平，就只这次当着多人，显过这番本领，此外绝不曾有人看过她的能耐。

齐秋霞出嫁的这年，齐四才得四五岁，从堂兄弟排行第四，因此一般人都叫他齐四。齐四自小生成的铜筋铁骨，义烈心肠，最喜结交江湖上奇异人物。在他父亲手里练武功，练到一十六岁。那时正是洪秀全在南京称孤道寡，齐有光在李秀成幕下，很干了些惊人的事业。李秀成甚是器重他，并欢喜齐四聪明，教齐四拜在广惠和尚门下做徒弟。广惠和尚是李秀成幕下，第一个精剑术的人，李秀成奉之若神明。不论军行至什么地方，广惠总不离李秀成左右。不过李秀成想差遣广惠去哪里干什么事业，广惠是不肯应命的。广惠几次劝李秀成放弃功名之念，一同入山修道，并包管李秀成的造就在自己之上。李秀成不能相从，广惠便郁郁不乐，常对李秀成左右的人说，他因爱慕李秀成身有仙骨，才相从至此；可惜功名之念太重，不肯回头。后来齐四拜在他门下，他很欢喜说："此儿的资质，虽远不及忠王，然老僧物色数年，得此差堪自慰。"

不知齐四从广惠和尚怎生学艺，且待第四十回再写。

总评：

曹仁辅被殴之时，齐四与巴和突然来援，此回早在阅者意计之中矣。我意齐四之去而复来，亦有意使曹仁辅饱受艰苦，挫其少年刚劲之气，俾克有所成就耳。仁辅何幸，乃遇齐四哉！

大汉寻衅一节，是完全出力写巴和也。作者欲写巴和，便不得不先将齐四遣开，盖四若在店，则店中有事，四必出场，不劳巴和矣。作者用心之苦如此。

因欲遣开齐四，便想到齐四之姑母，又因此而写出齐四之家世履历，文艺异常活泼。巴和与大汉对答之语，一方软，一方硬；一方谦恭，一方傲慢；一方委婉，一方蛮横。两两对照，格外好看。

后端写齐四之家世履历，是补笔也。亦有在暗中补处者，如齐秋霞嫁川人鲁泽生，故齐四常游四川。此则不必表明，善读者已能体会得之矣。

第四十回

取六合战走老将军　赏中秋救出贞操女

话说齐四既拜广惠和尚为师，便日夜在广惠左右。齐四从他父亲学的本领，已有七八成火候。从广惠不到三年，能耐已超过齐有光几倍了。齐四跟随李秀成，攻打六合的时候，清军中有个姓车的统领，年纪已有了五十多岁，极骁勇善战。那时临阵，虽已有了枪炮，然军中主要器械，仍是刀枪剑戟、藤牌戈矛之类。到了肉搏的时分，也是和戏台上一样，兵和兵打，将和将打。车统领在清军中，与太平军大小数十战，真是马前无三合之将。只因他为人戆直，不会逢迎巴结，不得上司的欢心，每次打仗，虽是他出力最多，论功行赏，却十九没有他的份。好在他的功名心甚是淡薄，只要上阵使他杀得痛快，旌赏绝不在意。他知道李秀成是太平军中第一个善战的人，部下奇才异能之人很多。他本来是在六合城的，听说李秀成领兵来攻六合，文武官员和满城百姓，都心惊胆战，唯有这位车统领，欢喜得摩拳擦掌，兴高采烈的等待厮杀。

齐四虽在李秀成军中三年，然不是有职责的军官，因没有冲锋打仗，斩将搴旗的必要。这回相随攻打六合，也原没有打算出阵的，只因第一次对阵，车统领一连杀伤李军好几名战将，李军的将士，见了车统领就胆寒，几乎没人敢出战了。李秀成正思量用计除了车统领，六合城方能攻打得下。不知车统领如何知道李军中有个齐四，指名要与齐四单骑比赛。齐四是初生之犊不畏虎，哪把车统领放在心上，一口承诺了，听凭车统领怎生比赛。

车统领约了两边都不带一名兵士，单人独马，在六合城外，选择一片大荒场交手。齐四因不曾在马上用过武，广惠教他步战，齐四遂装束停当，如期到那一片大荒场上去。只见车统领已横刀勒马，立在场中等候，远远望去，威风凛凛，俨如天神一般。车统领见齐四步行而来，即在马上高声问道："甘凤池的徒孙就是你么？"齐四答道："是便怎么！你既闻小爷的威名，天兵到来，应得早早投诚免死，却如何敢大胆屡伤天将？你若果真是识时务的俊杰，从速下马解甲，归顺天朝，小爷可保你不失现在的地位。"

车统领笑道："我因听说你是甘凤池的徒孙，想必本领不错，所以特地约你到这里来，见个高下。国家大事，哪有你这乳臭小儿谈论的份儿？今日相见，我不将你作叛逆看待，就是念你是凤四爷的徒孙，不相干的言语不用多说，只快把凤四爷的本领，使给我看看。"

齐四一听车统领欺他年小的话，不由得大怒，一面拔刀在手，一面大声说道："明人不做暗事。你马上，我步下，动起手来，你须讨不着便宜，下马来一同步战吧！"车统领点头下马，暗想这小子倒很公道。二人就在荒场上，一来一往，各人施出平生本领，鏖战起来。

论齐四的武艺，并不比车统领高强，只是齐四年轻，身躯灵便。车统领平生独到的本领是溜步，一步能溜一丈四尺远近；齐四的独到本领，也是溜步，一步能溜一丈五尺远近。齐四既战车统领不下，即跳既出圈子，要和车统领比溜步，车统领不知道齐四的溜步，比自己远一尺，欣然答应了。于是齐四用溜步向前跑，车统领用溜步随后追，追到跟前，一刀朝齐四脚后跟砍去，恰恰相差一尺。追赶了十来步，车统领累得一身大汗，齐四只是嘻嘻的笑。

车统领停步不追了，齐四转身说道："这下子轮到我追你了。我念你的年纪老，不用刀口砍你，只用刀背在你脚跟上做个记号，你以为如何？"车统领自料溜齐四不过，不肯受这羞辱。齐四便劝车统领投降，车统领也不肯，只承诺不再与太平军交战。车统领回营，即辞官入山访道去了。六合失了车统领，便绝不费事的攻下了。李秀成论功行赏，以齐四第一。齐四的声名，就因这事，震动遐迩了。他的声名虽然高大，却仍是朝夕不辍的，跟着广惠苦练功夫。

这日正是八月十五，午夜月色，清明如水，军中刁斗之声，四周相应。广惠照例每夜独坐蒲团用功，无论什么人，不许夜间进他的房，惊扰他的功课。齐四的房，紧靠着广惠。齐四这夜工夫做完了，因贪看中秋月色，不想早睡，信步走出房来，到庭院中仰天看月。

此时皓魄明空，微风袭面，四围刁斗声中，隐隐夹着丝竹管弦的声音，由微风送入耳鼓，顿时觉得心旷神怡，几疑身在琼楼玉宇。兴之所至，急返身进房，取了李秀成因战走车统领赏他的一柄宝剑，回到庭院中，在月下舞跃一番。舞罢，就月光看剑，如秋水侵人，肌肤起栗。陡听得那丝竹管弦的声音，截然中止了，接着便依稀仿佛地听得有哭泣之声，心中暗自疑惑道："这四围都是兵营驻扎，半夜哪来的哭声？并且这哭声，分明是个女子，难道军中有无法无天的人，敢偷瞒着强奸民家的女子吗？这声音不到我耳里来便罢，既听得明白，不去打听个下落，如何能安睡得了呢？"

齐四心里这么想着，身躯已一跃上了屋脊。在庭院中的时候，因四面房屋遮掩了，听不明方向，一到屋脊，就听得那哭声，发自洪秀全的天王宫里面。少年人好奇心重，齐四又是生成的义胆忠肝，当即提了宝剑，蹿檐跃脊的，向那发哭声的地方奔去。瞬息到了宫中，再听哭声，却没有了。俯着身躯，侧着耳朵，听宫里全无声息，暗想我分明听得哭声，从这里面发出，为什么一会儿，就毫无声响了呢？欲待回营安歇，心里只是放不下。

宫中的房屋宽广，逐层细听，到了最后一座极高的房屋，知道底下就是洪秀全住的，在这房屋上面，看见左首一个很大的花园，园中仿佛有人声脚步声。借着清明的月光，仔细向园中看去，只见一株大桂花树下，有好几个人，立在一块儿说话。

齐四轻轻蹿到离桂树不远的一株树上，见有四个穿短衣的人，交头接耳的，好像商议什么。再看树荫底下，横放着一张竹床，床脚朝天，床里躺着一个人，有被单盖着，十九是个死尸。齐四见那四人，离竹床有丈多远，竹床又在阴处，便大着胆梭下树来，绕到竹床跟前，揭开被单一看，两只瘦小的脚露了出来，一只穿着绣花弓鞋，不满三寸。当揭被单的时候，觉得两脚都动弹了一下，正待将这头的被单，揭开看看，耳里忽听得锄头响，偷眼瞧那四人时，各人拿了一把铁锄，在桂花树下掘土。

齐四心想这事，很是蹊跷，桂花树下，如何是埋人的地方？宫里的女人死了，如何就是这般掩埋？刚才我听得女子哭泣的声音，此时就见这事，哭泣的敢莫便是这个女子？不知何人将她谋死了，不敢声张，打算悄悄埋在这树下。齐四心里在如此着想，不提防死尸忽然动起来，倒吓了一跳，连忙凑近身躯。才将被单一揭，已被掘土的人看见了，大喝一声："什么人？"

齐四一时吓慌了手脚，想走又放不下这事不问，待用武艺对付这四人，又怕被四人认出；急中生智，随手拖了那条盖死尸的被单，往自己头上一罩，口里学着鬼叫，一跳二三丈高下，只吓得四人丢了铁锄，就往里跑，八条腿都吓软了。跑几步就跌，爬几步又跑，各人口中都"呸呀，呸！"的旋跑旋喊。

齐四眼看着四人，跑得无影无踪了，才抛去被单，回身看竹床中的女尸，因在树荫之下，看不明白年龄的老少、面貌的美恶，并已否身死，只得将竹床拖到月光之下，看那女子仰面躺着，头发蓬松盖面，身体甚是苗条，上身的衣衫撕破了几处。

齐四到了这时，也顾不得男女的嫌疑了，伸手解开女子胸前的衣服，在胸窝摸了一摸，尚有一丝呼吸。方思量要如何灌救，猛听得刚才四人跑去的那方面，有好多人的脚声，急急的奔来。知是那四人，纠集了许多人前来探看，只是一时没有好方法对付，独自立在竹床旁边，望着昏死过去的女子，急得搔耳爬腮，不得计较。

正在这无可如何的当儿，那女子又动弹起来，这回的动却不比前两回了，竟将身躯翻了转来，喉咙里也哼出声来了。齐四见了，忙就近女子的耳边说道："我是特地前来搭救你的人。你若能说话，就请快说，我带你出去好么？埋你的人又快来了。"是这么问了两遍，不见女子开口，听奔来的脚声越发近了，心想我且将这女子，带出宫再说。遂把被单打开，铺在地下，将女子提放被单里面，抄起被单四角，和装在布袋里面一般，提起来往背上一驮；就见有无数的灯笼火把，蜂拥一般的穿花越柳而来。

齐四怎敢露面，溜到花园尽头处，双脚一顿，已上了高墙。蹿过几重房屋，拣僻静的地方放下女子来。因在蹿檐跃脊的时候，觉得女子已经醒了似的，自己原不知道女子是谁，家住什么地方，此时更深夜半，将驮着女子，跑到什么所在去呢，因此不能不放下来问个仔细。女子果已清醒转来，且能在地下坐着了。

齐四在旁说道："我是无意中见你被难，一时不忍，救你到了此地。我并不知道你姓什么，家住哪里，因何到了王宫里面，因何要将你活埋？快说出来，我好送你家去。”女子听了，抬头向左右看了一看，未开口，已掩面哭泣起来。齐四着急道：“你知道这是什么所在，此刻是什么时候，如何能容你在这里哭呢？你只快说你家在哪里，旁的话都不用说了。”

女子才揩着眼泪说道：“我就因为没有家了，听了恩公问我家住哪里的话，所以不由得伤心痛哭起来。”齐四一听说是没有家的，立时觉得为难，不知要怎生处置才好。很失悔自己太孟浪，怔住了一会儿才问道：“你怎么会没有家的呢，难道连亲戚也没有一处吗？听你说话，不是南京的口音，是哪一省的人咧？”

女子道：“我姓许，是湖北黄州人。我父母兄弟姊妹，连我共十二口人，除我而外，都死在北王部下将官李德成之手。李德成当时不杀我，也不许我自尽，逼着要我做他的小，我誓死不肯相从，自尽也不知寻了多少次。李德成却又派人监守得严密，幸亏李德成的老婆仁慈，见我可怜，将我带在身边，不许李德成无礼。北王死后，李德成谋得天王宫中侍卫，移家王宫左首房屋内。自从搬进那房屋之后，李德成每乘他老婆不在跟前的时候，百般的轻侮我，他夫妻为我口角了好几次。李德成见我屡次不肯相从，渐渐的恨我入骨了。今夜因是中秋，李德成的老婆，进王宫里朝觐去了，李德成以为得了机缘，在家饮酒作乐，把酒喝得烂醉，又逼我相从。我不依他，他就叫左右的人，剥了我的衣服痛打。我不给他们剥，便哭叫起来。李德成恐怕哭声传进王宫去，教人拿灰袋压住我的嘴脸，灰袋一到我脸上，我就昏死过去了。往后怎么样，一些儿不知道，直到此时才醒转来。虽承恩公救了我的大难，只是我一家人，都被李贼害了性命，于今却教我去哪里安身？”说到这里，又低头掩面，呜呜的哭起来了。

齐四道：“这时哭着有什么用处？你也没有亲眷在南京吗？”女子道：“我是湖北黄州人，哪有亲眷在南京呢？”齐四到了这时，毫无主意，当在急难的时候，说不得避嫌疑，虽是年轻女子，也只得驮在背上逃走。这时既没有安顿的地点，而女子又已清醒明白，不好再用被单包裹，并且年轻男女，在夜深无人之处，两两相对，齐四是个义烈汉子，怎肯久居这嫌疑之地呢？无奈是他自己多事，无端把人驮着逃出来，论情理，论事势，都不能就这么丢了不管。

抬头看看天色，东方已将发白了，只得向那女子说道：“我从小闯荡江湖，素来是以四海为家的人，今夜虽于无意中救你脱难，却没有好地方安插你。离此不远，有座清净庵，庵里的住持老尼无住，和我认识，唯有暂时送你到那里去，再作计较。”女子就地下向齐四叩头泣道：“我削发修行的志向，存了好几年了，既有这么好的所在，求恩公从速带我去便了。”

女子身体并不曾受伤，一清醒便如常人，能起立行走，不过一脚没了弓鞋，步履十分不便；好在歇息之处，离尼庵很近，一会儿就到了。原来无住老尼，很有些道行。广惠和尚时常来庵里，与无住论道，齐四因此认识。

但不知无住肯将自己的清净的庵院，做逋逃薮，收容这女子与否，请观四十一回再谈。

总评：

此一回叙齐四事，忽然岔出车统领守六合一段情节，骤观之，似旁生枝节，无甚关系；仔细思之，方知完全为齐四作衬托也。将军统领抬得愈高，则齐四之本领愈显，出力写车统领，正是出力写齐四耳。旁敲侧击，愈见文章之妙。

尝观他种小说，欲出力写一人，亦有另写一人以衬托者。唯往往将衬托之人，写得非常恶劣，非常狼狈。余以为如此衬托，则反足令被衬托者因之减色。此书写车统领，虽败于齐四之手，然身份气概，仍不稍失。作者之胜人，即在此等细处，不可不察也。

将写齐四在月下救一女子，便先将月色之皎洁细细描出，此等伏笔，泯然无迹，文章亦更见精致。

第四十一回

仗锚脱险齐四倾心　代师报仇王五劝驾

话说齐四将那女子送到清净庵里，只见无住老尼正和广惠和尚对面坐着谈话。齐四不觉怔了一怔，暗想我在庭院中舞剑，听得哭声的时候，师傅不是独自坐在房中做功课的吗？他老人家平日在夜间，从来不见出过房门，怎的这时却到了这里？心里一面怀疑，一面紧走上前，先向无住见礼，然后向自己师傅见礼。正要开口将搭救女子的情形禀明，广惠已点头含笑说道："不用你说，我已知道了。"

无住向齐四合掌道："劳居士解救了贫僧的小徒，感谢，感谢！"齐四忙鞠躬答礼，心里却是纳闷，怎么这女子是她的徒弟？师傅不是曾说她道法很高的吗，如何自己徒弟在难中几年，并不去解救呢？并且这女子又没有落发出家，怎么是她的徒弟？心里正自这般疑惑，忽见这女子走到无住面前，双膝跪下说道："师傅不就是某年某月在我家化缘，向先父母要我做徒弟的吗？"无住哈哈笑道："你的眼力倒不错。你父母那时若肯将你化给我，这几年的困苦，和今夜死中求活的事也没有了。"

广惠合掌念了声阿弥陀佛道："贫僧在此数年，只因忠王生成一身仙骨，立愿要渡脱他，也可因此减除一分浩劫。无奈数由前定，佛力都无可挽回，贫僧只好回山去了。"说时，望着齐四道："你有了这点儿本领，此后能时时向正途上行事，保你充足有余；若仗着这点儿本领，去为非作歹，将来就必至死无葬身之地。须知，我传你的本领，是因你的根基还好，想你替我多行功德。替我行的功德，也就是你自己的功德。你在此地的事，不久自然会了，此间事了之后，便是你广行功德的时候。”

齐四听了，问师傅将去哪里，广惠不肯说，只说：“你此后的居心行事，果能不负我的期望，到了那时候，我自然来渡你。不然，你便来见我也无用。”广惠说了，即向无住告辞，转眼就不知去向了。齐四惘然回营。

李秀成次日得了伺候广惠的兵丁，呈上广惠留下告别的字条，心中甚是不快，忙传齐四上来，盘问广惠走时，说了些什么。齐四依实说了，只不提搭救女子的事。李秀成听了，不免有些追悔，但是这时一身的责任太重，清兵又围攻正急，只好付之一叹。

不久南京被清兵攻破了，齐有光死于乱军之中，齐四背着齐有光的尸逃出来，择地葬埋了；遂遵着广惠临别时的吩咐，游行各省，竭力救济因战事流离颠沛的人民。其间侠义之事，也不知做了多少，直到与曹仁辅见面，几十年如一日，这便是金陵齐四的略历。

这日齐四清早起来，偶然想起自从与曹仁辅、巴和开设仁昌当店以来，已有好多日子，不曾去姑母家问候，心里很有些惦记。吃过早饭，即对巴和说了，去姑母家问候一番便回，想不到走后就出了大汉来赎锡酒壶的事。

齐四问候了他姑母，回头沿着川河行走。川河里的水，人人都知道是急流如箭，行船极不容易的。上水船拉索缆的夫子，大船要几百名，小船也得一百或数十名。齐四这时心境安闲，跟着一般拉缆的夫子，慢慢的向上流头走，细玩流水奔腾澎湃之势。船随川转，刚绕了一处山湾，耳里便听得一阵吆喝惊喊的声音，夹杂着激湍溅泼的声音，俨然如千军万马，奋勇赴敌的样子。

齐四举眼看时，原来上流头有一艘大巴篳船，顺着急流直冲而下，比离弦之箭，还要加上几倍的快迅。相离不过二百步远近，就有一条小乌江船，正用着三五十名拉缆夫，一个个弯腰曲背的往上拉，照那大巴篳船直冲而下的航线，不偏不倚正对着乌江船的船头。巴篳船上的艄公连忙转舵，无奈船行太快，两船相隔又太近，艄公尽管转舵，船头仍是不能改换方向。两船上的人和岸上拉缆的夫子，见此情形，大家都慌乱起来，不约而同的齐声吆喝。齐四看了，也不由得代替乌江船着急，眼见得两船头只一撞碰，乌江船又小又在下流，断没有幸免的道理。

说时迟，那时快，正在这个大家惊慌得手无足所措的当儿，俄见乌江船舱里，猛然蹿出一个中年汉子来。那汉子的身手真快，一个箭步蹿到船头，一伸腰肢，右手已将搁在船头上的铁锚擎起，作势等待那巴箪船头奔到切近，只一下横扫过去，“喳喇”一声响还不曾了，那巴箪船便如撞在岩石上一般，船头一偏，从乌江船边挨身擦过。瞬眼之间巴箪船早已奔向下流头去了，乌江船只晃了两晃，一些儿没损伤。

那汉子这一锚没要紧，只是把船上、岸上的人，都惊得望着汉子发怔，一个个倒说不出什么话来。那汉子神色自若的，从容将手中锚安放原处，就仿佛没有这回事的样子。齐四不由自主的，脱口叫了一声：“好！”这“好”字才叫出口，却又甚悔孟浪似的，连忙掉转脸看旁边，好像怕被那汉子认识的一般。乌江船上的船户，六七人围住那汉子说笑，约莫是向那汉子道谢。齐四心想这人的本领，真是了得，我今且既亲眼看见了，岂可失之交臂？况且我店里正少一个保管首饰的人，看这人一团正直之气，又有这般本领，若能结纳下来，岂不是一个很得力的帮手！

齐四虽这么思量着，却苦于水岸两隔，不便招呼，忽转念一想，我何不如此这般的做作一番，怕他不来招呼我吗？主意已定，即挨上拉缆的夫子队里，看见一个年纪稍老、身体瘦弱的夫子，拉得满头是汗，气喘气吁，一步一步的提脚不动。齐四即向这夫子说道：“可怜，可怜！你这般老的年纪，这般弱的体格，还在这里拼着性命拉缆子，我看了心里很难过。我横竖是空着手闲行，帮老哥拉一程好么？”

那夫子一面走着，一面抬头望了望齐四说道：“好自是好，只是你帮我拉一程只得一程，你去了仍得我自已拉。”齐四笑道：“拉一程便少了一程，你把带子给我吧！”那夫子累得正苦，有人代劳，当然欢喜，笑嘻嘻的从肩上卸下板带来，交给齐四。齐四也不往肩上搭，右手握住板带，左手朝后勾着缆子，大踏步的向前走。在前面的夫子，忽觉得肩上轻松了，都很诧异，一个个停步回头，看那乌江船，就和寻常走着顺风的船一样，急流水打在船头上，浪花溅得二三尺高。齐四口里喝着快走，两脚更加快了些。一班拉缆夫看了，才明白是齐四的力大，独自拉着乌江船飞走，大家都不由得惊怪，见齐四走上来喊着快走，只得都伸着腰，嘻哈哈的跑。也有些觉得奇怪，边跑边议论的；也有些看了高兴，口里乱嚷的。总之，哗笑的声音，比刚才吆喝的声音，还来得高大。

乌江船上那个拿铁锚扫开巴篙船的汉子，毕竟是谁？只要不是特别健忘的看官们，大概不待在下报名，都知道就是入川访友的罗大鹤。罗大鹤当下扫开了巴篙船，船户都围着他称谢。他正打算仍回舱里坐地，忽觉船身震动得比前厉害，接着便听得拉缆的哗笑，一抬头就看出齐四的神力来。他入川的目的，原是访友，这时既发现了这般本领的人物，怎肯当面错过呢？就船头只一纵，跳上了岸，赶上齐四笑道："好气力。佩服，佩服！请教好汉贵姓大名？"

齐四见自己的计策验了，喜得将两手一松，抽身和罗大鹤相见。谁知一班拉缆夫，都伸着腰走，没一个得力，想不到齐四突然卸肩，那乌江船便如断了缆索，被水推得只往下挫，连一班拉缆夫，都被拖得立脚不住，歪歪倒倒的只往后退。坐在船里的船户，只道是真断了缆，吓得狂呼起来。亏得罗大鹤顺手捞着缆子，才将那船拉住。

齐四倒毫不在意的，向罗大鹤拱手答道："岂敢！阁下才是神力，真教人佩服呢！"罗大鹤谦逊了两句，彼此互道了姓名。齐四就邀请罗大鹤同回仁昌当店去。罗大鹤原无一定的去处，既遇了齐四这般人物，又殷勤邀请，哪有不欣然乐从的？当下罗大鹤也不推让，即回船待开发船钱。船户因罗大鹤刚才救了一船的货物，和好几人的性命，不但不肯收受罗大鹤的船钱，反争着攀留罗大鹤款待。

罗大鹤辞了船家，与齐四一同来到仁昌当店，已是天色向晚了。曹仁辅、巴和二人，正等得焦急万分，唯恐齐四这夜不回，出了意外的乱子，二人担当不起。此时见齐四同一个英气勃勃的汉子回来，二人才把心事放下。

齐四将罗大鹤给曹、巴二人介绍了，并述了在河边相遇的始末。三人相见，彼此意气，都十分相投。曹仁辅将大汉赎锡壶的经过情形，告知齐四、罗大鹤。齐四笑道："这自是有意来探看虚实的。因为做我们这行生意的人，没有不聘请几个有名的把势，常住在店中保护的。唯有我这里，开张了这么久，一个会把势的，也不曾聘请，生意又做得这般兴旺，如何免得了有人转我们的念头？但是外路的人，毕竟看不透我们的虚实，所以派了今日那大汉来，借故探看一遭。这也是合当有事，偏遇了我不在家，不能和他打个招呼。大约不出几日，他们必有一番动作，好在我们有了这位罗大哥，尽管他们怎么动作，都不用着虑。"罗大鹤见三人都是豪侠之士，也很愿意出力。

过不了几日，这夜三更时分，果然来了八个大盗。只是哪里是齐、罗二人的对手，一个个都身受重伤的跑了。从此仁昌当店的声名，在四川一般当店之上。齐四留罗大鹤在店里，经管了一年多首饰，并将言师傅传授的本领，转教了店中几个资质好的徒弟。四川至今还有一派练八仙拳的武术家，便是从罗大鹤这回传下来的。

罗大鹤住了年余之后，自觉不负言师傅吩咐，已将本领传了川、湘两省的徒弟，于今可去宁陵县，找神拳金光祖，替师傅报十年之仇了。罗大鹤主意既定，即日辞了齐四等一干人，驮上原来的黄包袱，起程到宁陵县。齐四等自然有一番饯送程仪举动，这都不必述他。

从四川到宁陵，水陆数千里，在路上耽搁了不少的日子，才到宁陵。四处访问金光祖，知道的人极多，很容易的就找到了金家，并打听得金光祖才买了一匹千里马回家。所以金禄堂推说金光祖不在家，罗大鹤能说若真不在家，我也不会来的话。

罗大鹤当下见金光祖出来，才将肩上的包袱卸下，回头见金光祖背后，立着一个魁梧奇伟的汉子，英气逼人，料知不是一个等闲的人物，心想明枪易躲，暗箭难防。我今日不远数千里来替师傅报仇，我只单身一人，他这里现有三个，不要动起手来，受了他们的暗算；十年之仇不曾报得，反白丢了性命，这倒不可不事先加以慎重。想罢，即向王五拱手，请教姓名。

王五未见罗大鹤之前，只听得金光祖说这姓罗的，系来报十年之仇的话，心里很有些厌恶罗大鹤，有意要帮金光祖一臂之力。及与罗大鹤见面，不因不由的，就发生了一种爱慕之念，暗想两虎相斗，必有一伤，便是这姓罗的打输了，也甚可惜。正在这么想着，罗大鹤已向他拱手问姓名，遂走出来答礼说道："兄弟姓王，名子斌，和金老爹也是初次相识，难得老哥今日前来，凑巧兄弟也在这里。兄弟因和两位都是初会，想从中替两位讲和。金老爹年纪虽老，十年前的本领还在，只看他老人家的精神色采，便可知道了。老哥正在壮年，既特地前来报仇，本领之高强自不待说。两下动起手来，彼此拳脚无情，不论谁胜谁败，在兄弟看来，都觉不妥。金老爹今年七十八岁，享一生神拳的声名，垂老的人，果然经不起蹉跌；就是罗老哥，好容易练就一身本领，若真有不共戴天的大仇，说不得就明知要拼却性命，也得去报。尊师十年之前，和金老爹交手，并不曾受什么重伤，怎说得上‘报仇’两个字。老哥若肯瞧兄弟的薄面，将这个字丢开……”

金光祖听到这里，见罗大鹤很露出不愿意的神气，以为罗大鹤疑心王五这般说法，是代自己说情，年老力衰，不敢和他交手。遂不等王五再说下去，一步抢到王五跟前说道：“承五爷的好意，老朽却不敢遵命。老朽今年已活到七十八岁了，就要死也死得过了。姓言的有约在先，当时老朽已答应了他，幸亏老朽有这么高的寿，居然能等他十年。他自己没本领前来，教罗君来代替，老朽已占着上风了，但愿罗君能青出于蓝，替他师傅把仇报了，老朽也了却一重心事。请五爷在旁边，给老朽壮壮声威。”

罗大鹤见金光祖已有这么高的年纪，又听了王五讲和的话，心里本也有些活动了，只是觉得既受了自己师傅的嘱托，一时没作摆布处，因此显出踌躇的神气，并不是金光祖所推测的心事。此时忽听金光祖说言师傅没本领前来，教罗君来代替，已占了上风的话，就不由得生气起来，随即冷笑了一声说道：“既说到有约在先的话，当时我师博不是曾说了，若他自己没有再见的缘法，也得传一个徒弟，来报这一手之仇的话吗，为什么却说人没本领前来呢？十年前的事，本来也算不了什么仇恨，不过我师傅传授我的本领，为的就是要实践那一句话。如果金老爹自觉上了年纪，只要肯说一句服老的话，我就从此告别。”

金光祖哈哈大笑道：“黄汉升八十岁斩夏侯渊，我七十八岁怎么算老？你尽管把你师傅传授的本领，尽量使出来，畏惧你的，也不是‘神拳’金光祖了。”

罗大鹤望了望王五和金禄堂道：“两位听了，可不是我姓罗的欺负老年人。”罗大鹤说这话，就是防两人暗中帮助金光祖的意思。金光祖已明白罗大鹤的用意，即教王五和金禄堂退开一边，让出地盘来，对罗大鹤说道：“你固能欺负得下我这老年人，算是你的本领，要人帮助的，也辱没‘神拳’两字了。”

罗大鹤至此才不说什么，只高声应了个“好”字，彼此就交起手来。这一老一少，真是棋逢对手，两方都不肯放松丝毫。初起尚是一来一往，各显身手，斗到二百多个回合以上，两人忽然结扭起来，都显出以性命相扑的样子。

金禄堂恐怕自己祖父吃亏，多久就想跳进圈子去给罗大鹤一个冷不防。王五看出金禄堂的意思，觉得不合情理，又见金光祖并未示弱，几番将金禄堂阻住了。金禄堂这时见罗大鹤和自己祖父，已结扭在一团，明知打这种结架，照例是气力弱的人吃亏，自己祖父这般年纪，如何能扭得过罗大鹤？再也忍耐不住，逞口喝了一声，刚要跳进圈子，金光祖、罗大鹤二人已同时倒地。随听得“唧喳”一声响，金光祖两脚一伸，口中喷出许多鲜血来，已是死了。罗大鹤就在这“唧喳”一声响的时候，一耸身跳了起来，仰天打了一个哈哈，便直挺挺的站着不动。

金禄堂看了自己祖父，被罗大鹤打得口吐鲜血而死，心中如何不痛恨？一时也就把性命不顾了，蹿到罗大鹤跟前，劈胸就是一掌打去。作怪，罗大鹤竟应手而倒，连一动也不动。王五也觉得奇怪，赶上前看时，原来直挺挺站着不动的时候，便已断气了。

金禄堂心痛祖父，抚着金光祖的尸大哭。王五也不胜悲悼，洒了几行热泪。装殓金光祖时，解出胸前的铜镜，已碎裂做几块了。罗大鹤死后，遍身肌肉，都和生铁铸成的一般，唯腰眼里有一点指拇大小的地方，现出青紫的颜色，竟像是腐烂了的。

王五十分可惜罗大鹤这般一身本领，正在英年好做事的时候，无端如此葬送，心中甚觉不快，自己拿出钱来，替罗大鹤棺殓埋葬。直待金、罗二人的坟都筑好了，沽酒祭奠了一场，才快快的取道回北京来。

这日方到大名府境内，从一处乡镇上经过，忽见前面一家小小的茶楼门口，立着两匹很高大的黑驴，骨干都异常雄骏，鞍辔更鲜明夺目。两驴的缰索，都连鞭搭在判官头上，并没拴住，也无人看守。茶店出进的人挨驴身擦过，还有几个乡下小孩，大概是不常见这种动物，也有立在远处，抓了泥沙石子向两驴挥打的；也有拿着很长的竹枝树桠，跑到跟前戳驴屁股的。两驴都行所无事的睬也不睬，动也不动。

王五骑着马缓缓的行来，这种种情形都看在眼里，不由得心里不诧异，暗想这两条牲口，怎调得这般驯顺？骑这两条牲口的人，大约也不是寻常俗子。我口中正觉有些渴了，何不就到这茶楼喝杯茶，借此瞧瞧骑这牲口的人物。

王五心里想着，马已到了茶楼门首，翻身跳下马来，正待拴住缰索，只见茶楼门里走出两个华服少年来。一个年约二十来岁，生得剑眉隆准，飘逸绝伦；一个年才十五六岁的光景，一团天真烂漫之气，使人一见生爱。就两少年的装束气度观察，一望便能知道是贵胄豪华公子。两少年边走边回头做出谦让的样子，原来跟在两少年背后出来的，是一个三十多岁的汉子。见那汉子的装束，像个做工的人，面貌也十分粗俗，不过眉目之间，很有一种精悍之气，步履也矫健非常。跨出茶楼门，向两少年拱了拱手道："公子请便，后会有期。"说这话的时候，似乎带着几分傲慢的态度。两少年却甚是恭顺，拱立一旁，不肯上驴，直等那汉子提步向东走了，才跳上驴背向西飞驰而去。

王五看了三人的举动，不觉出神，拴好了马，走进茶楼，在临街的楼檐下，拣了个座位。

这茶楼虽是在乡镇上，生意却不冷淡，楼上百十个座头，都坐得满满的。王五喝着茶，听得旁边座位上，有两个人谈论的话，好像与刚才所见的情形有关，遂看两人，也是做工的模样。只听得那一人说道："我多久就说郭成的运气，快要好了。从前同场赌钱，总是他输的回数居多，近一个月以来，你看哪一场他不赢？他于今衣服也做了几件，粮食也办得很足，连脾气都变好了，不是转了运是什么？"这一人答道："你的眼皮儿真浅，看见有两个富贵公子和郭成谈话，就说他是转了运。赢几回钱，做几件衣服，算得什么？只一两场不顺手，怕不又把他输得精光吗？并且我看郭成，若不改变性子，他这一辈子，也就莫想有转运的时候。他仗着会点儿把势，一灌醉了几杯黄水，动不动就打人。刚才这两个阔公子，虽不知道是哪里来的，只是据我猜想，一定是闻他的名，特来跟他学武艺的。"

那人听到这里，即抢着说道："你说我眼皮儿浅，他不是转了运，怎么忽然有阔公子来跟他学武艺呢？教这样阔公子的武艺，不比做手艺强多了吗？"这人连连摆手说道："阔公子是阔公子，与郭成什么相干！大名府的大少爷，你难道能说不是阔公子吗？那大少爷不也是跟着郭成学武艺的吗？请问你，他曾得了什么好处，倒弄得把原有的一份差使，都革掉了，还挨了六十大板。你说他要转运了，我看只怕是他又要倒霉了呢！这两个阔公子，不做他的徒弟则已，做了他的徒弟，也不愁不倒霉。他的老娘七十多岁了，就为他的脾气不好，急成了一个气痛的毛病，时常发了，就痛得要死。他的老婆，也为他动不动打伤了人，急得躲在我家里哭，说他在府里当差的时候，结的仇怨太多，若再不和气些儿，将来难保不在仇人手里吃亏。”那人点头道：“这倒是实在话。你瞧，他又来了。”

王五朝楼梯口看时，只见刚才送那两个少年的汉子，正走了上来。

不知这汉子是谁？那两个少年是谁家的公子，且俟第四十二回再写。

总评：

此一回乃全书中间之转捩处也。举凡上半部书中所未曾了结之事，一一均于此回收束。如齐四在太平军中之结局，罗大鹤之游川，质壶者之讹诈，与夫金光祖与罗大鹤之比武，或隔数日，或隔十余回，作者均能于一二千字中，收束妥帖。其笔力之雄伟，诚非他人所及。放之则弥六合，卷之则退藏于密，作者之文笔，庶几近之。

此回收束之处，忽然出一郭成，借以开出后半部书。我故曰：“此一回者，全书中间之转捩处也。”

此书所叙过堂比武事，曾见迭出，最易重复。若此回金光祖与罗大鹤比武，两败俱伤，同归于尽，则固上文所无，故写来倍见精彩。

骑驴之贵公子，从王五眼中开出，郭成之身世履历，从王五耳中听出，此是换一种写法也。吾尝谓王五、齐四，为此书之主人，故处处借两人作线索，观此益信。

第四十二回

周锡仁输诚结义　罗曜庚枉驾求贤

话说王五见那汉子上楼，两只光芒四射的眼睛，在百十个座头上，都看了一遍，好像寻找什么人似的。最后看到王五座上，恰巧和王五打了个照面，似乎要寻找的人，已寻着了的样子，脸上登时露出喜色，走到王五跟前，抱了抱拳笑道："五爷已经不认识我了么？才几年不见，五爷更发福了。"王五连忙起身拱手，一面口里含糊答应，一面心里思量，面貌虽仿佛记得是曾在哪里会过，但是一时连影子都想不起来，只得让座说道："惭愧，惭愧！竟想不起老哥的尊姓大名了。"

汉子笑道："怪不得五爷想不起，只怪那时在贵镖局里打扰的人太多。俗语说得好：一百个和尚认得一个施主，一个施主认不得一百个和尚。我姓郭，单名一个成字，大名府人，因少时喜练些拳脚，略能在江湖上，认识几个有本领的人。大家谈到当今豪杰之士，没一个不是推崇五爷的。有好些人投奔五爷，得了好处，因此我也到贵镖局里，想五爷赐教些拳脚。无奈那时和我一般住在贵镖局里的，约莫有二三百人，五爷每日的应酬又忙，总轮不到有我和五爷谈话的时候。我整整的在贵镖局里，打扰了四个月，虽隔不了几日，五爷就得来我们八个人住的那间房里一趟，有时见面向我们说几句客气话，有时也坐下来谈论一会儿，然而我同房八个人当中，只我的年纪最轻，最是拙口钝舌，不会说话。在没见五爷面的时候，心里打点了好多话，想在见面的时候，说出来请求指教；及至五爷来了，陡然间觉得一肚皮的话，不好从哪里说起。即有时打定了主意，而同房的人，每次总是好像有意与我为难，自五爷进门便争先恐后的说起，非说到五爷起身走到隔壁房里去了，再不住口。是这么挫了我几次，兴致也就挫得没有了。逆料便再住下去，三五个月，也不过是跟着大家吃饭睡觉，想得五爷指教武艺，是决办不到的事，也没当面向五爷告辞，就回了大名府。”

王五听郭成滔滔不绝的，说了这一大阵，忍不住长叹了一声道：“我那时名为好客，实在是胡闹。真有本领的好汉，休说断不肯轻易到我那里来，即算肯赏光来了，若不自己显些能为给我看，或是素负盛名的，我何尝知道是真有本领的好汉？那时我以为是那么好客，必能结交许多豪杰之士，其实不那么好客倒好了，越是那么好客，越把天下豪杰之士得罪了，自己还不知道。即如老哥赏脸，在敝局住了四个月，连话都不能和我说一句，幸亏老哥能原谅。我应酬太忙，不周不到之处是难免的，倘若换个气度不及老哥宽宏的，不要怪我藐视人吗？很对老哥不起，老哥如有指教的地方，于今敝局已没有宾客了，看老哥何时高兴，即请何时枉顾。敝局此刻既没有宾客，我自己一身的俗事，也摆脱了许多，比几年前清闲了几倍，老哥有指教的地方，尽有功夫领教，断不至再和前次一样，失之交臂了。”

郭成欣然答道：“从前五爷是使双钩的圣手，这几年江湖上都知道五爷改使大刀了。五爷使双钩的时候，我想五爷指点我使双钩的诀窍；于今五爷改使大刀，我更想从五爷学大刀了。我也知道大刀比双钩难使，只是能得五爷指点一番，江湖上的老话，算是受过名师的指点，高人的传授，究竟与跟着寻常教师练的不同。五爷既允许我参师，我就在这里叩头了。”说时，已推金山倒玉柱的拜了下去，也不顾满茶楼的茶客，都掀眉睁眼的望着。

王五起初和郭成说的，原不过初会面一番客气话。自从王五受过山西老董那番教训之后，久已谢绝宾客，辞退徒弟，几年不但没传授一个徒弟，并不曾在不相干的人跟前，使过一趟拳脚，谈过一句武艺；从前那种做名誉、喜恭维的恶劣性质，完全改除净尽了。就是有真心仰慕他本领，并和他有密切关系的好青年，诚心要拜他为师，他也断不会答应。郭成是个何等身份的人，平日的性情举动怎样，王五一些儿不知道，怎么会随口便答应收做徒弟呢？照例说的几句客气话，万不料郭成就认为实在，竟当着大众，叩头拜起师来。郭成这么一来，倒弄得王五不知应如何才好，心里自是后悔不应该说话不检点，不当说客气话的人，也随口乱说，以致弄假成真。然口里不便表明刚才所说全是客气语，不能作数，只得且伸手将郭成扶起，默然不说什么。

郭成双手捧了一杯茶，恭恭敬敬的送到王五面前，又叫了几样点心，给王五吃。王五心想这郭成平日为人行事，我虽不知道，只是就方才这两人谈论的言语，推测起来，又好赌、脾气又大，七十多岁的老母，为他急得气痛，老婆为他急得在邻家哭泣，他都不肯将脾气改变，其人之顽梗恶劣，就可想而知了。他于今想从我学武艺，当然对我十分恭顺，这一时的恭顺哪里靠得住？我此刻若说不肯收他做徒弟的话，显见得我说话无信，倒落他的褒贬，不如且敷衍着他，慢慢看他的行为毕竟怎样。方才谈论他的是两个做工的粗人，他们的眼界不同，他们以为是的，未必真是，他们以为不是的，也未必真不是。看这郭成的五官，也还生得端正，初看似乎粗俗，细看倒很有一团正气的样子，两只眼睛，更是与寻常人的不同，大概做事是很精明强干的。我局里也用得着这种帮手，便收他做个挂名的徒弟，也没什么使不得！王五是这般左思右想了好一会儿，才决定了将错就错，且教郭成到镖局里帮忙，一时想起骑驴的两个少年来，即向郭成问是什么人。

郭成见问，仿佛吃惊的样子说道："师傅不曾瞧出两人的来历么？"王五摇头道："只在这茶楼门外见了一面，话也没交谈一句，怎生便瞧得出他们什么来历。到底是什么来历，不是哪一家做官人家的大少爷么？"

郭成点头道："我并不认识他们。据他两个自己说，姓吕，是亲兄弟两个。他父亲曾在广西做过藩台，于今已告老家居了。他兄弟两个，生性都欢喜练武，只苦寻不着名师，不知从哪里听说，我的本领很好，特地前来要拜我为师。哈哈，师傅，你老人家说，直隶一省之内享大声名，有真本领的好汉，还怕少了吗？如果真是诚心拜师，还怕寻不着吗？哪里有轮到我头上来的道理呢！我练武是欢喜练武，但是外面的人，休说决不至有替我揄扬，乱说我本领很好的话；就是全不懂得功夫的人，有时替我瞎吹一阵。然而他们兄弟，既是贵家公子，不是闯荡江湖的人，这类瞎吹的话，又如何得进他们耳里去。并且寻师学武艺，总得打听个实在，也没有胡乱听得有人说某人的本领很好，就认真去寻找某人拜师的道理。因此他两人说的这派不近情理的话，我虽不便驳他，心里却是不信。"

王五问道："他们住在哪里，今日才初次在这里和你见面吗？"郭成点头道："据他们说，就住在离城不远的乡下。今日我和这个同行的伙计，在这边桌上喝茶，眼朝街上看着，忽见两人骑着两头黑驴走过。我因见那两头牲口，长得实在不错，我小时跟着父亲，做了好几年驴马生意，从来没见过有生得这么齐全的牲口，不由得立起身，仔细朝两头牲口和两人打量。两人一直走过去了，我看了两人的情形，心里不免有些泛疑，猜度他十九不是正经路数。我那年从师傅镖局里归家之后，就在大名府衙里，充了一名捕班，在我手里办活了的盗案，很有几起疑难的，两年办下来，便升了捕头。什么乔装的大盗，我都见过。办的日子一久，见的大盗也多，不问什么厉害强盗，不落到我眼里便罢，只一落我的眼，不是我在师傅跟前，敢说夸口的话，要使我瞧不出破绽，也就实不容易。今日我见了他两个，心里虽断定十之八九，只是我的捕头，在几个月以前，已经因醉后打了府里的大少爷，挨了六十大板之后革了，尽管有大盗入境，也不干我的事，要我作什么理会，当下也就由他们骑着牲口过去了。谁知两人去不一会儿，又骑着那牲口，飞也似的跑回来了。一到这楼下，两人同时跳下，将鞭子缰绳，往判官头上一搁，拴都不拴一下，急匆匆的走上楼来，竟像是认识我的，直到我跟前行礼，自述来意。师傅，你老人家是江湖上的老前辈，看了他们这般举动，能相信他们确是贵家公子，确是闻我的名，特来拜师的么？"

王五道："这话却难断定。不见得贵家公子，就不能闻得你的声名，你的声名，更不见得就只江湖上人知道。你既是一个被革的捕头，他兄弟若真是强盗，特地来找着你，故意说要拜你为师，却有什么好处？你当了几年捕头，眼见的大盗自然不少，便是我在镖行里混了这半辈子，还有什么大盗没见过吗？一望就知道不是正经路数的，果然很多，始终不给人看出破绽的，也何尝没有。总之，人头上没写着'强盗'两个字，谁也不能说一落眼，就确实分辨得出来。"

郭成见王五这么说，不敢再说自己眼睛厉害的话，只得换转口气，说师傅的话不错。王五接着问道："他兄弟要拜你为师，你怎么说呢？"郭成道："我说两位听错了，我哪里有什么本领，够得上收徒弟。纵说我懂得两手毛拳，可以收徒弟，也只能收那般乡下看牛的小孩做徒弟，如何配做两位的师傅？两位现在的功夫，已比我强了十倍，快不要再提这拜师的话，没的把我惭愧死了。两人咬紧牙关，不承认曾经练过武艺，我便懒得和他们歪缠。”

王五道：“他们怎知道你在这楼上呢？”郭成道：“他们原是不知道的。因先到寒舍找我，我每日必到这里喝茶，家母、敝内都知道，将这茶楼的招牌，告知了他两人，所以回头就跑到这里来。我刚才送他们走后，回家问家母才知道。”

王五道：“你打算怎样呢？”郭成道：“且看他们怎样，即算他们所说是真的，是诚心要拜我为师，凭你老人家说，我正在拜你老人家为师，岂有又收旁人做徒弟的道理！不论他们如何说法，我只是还他一个‘不’字。我回家只将家母和敝内食用的东西，安排停当了，能勉强支持两三个月，即刻就动身到师傅局子里来，哪怕跟师傅这种豪杰，当一辈子长随，也是心悦诚服的。当捕头的时候，平日担惊受怕，一旦有起事来，没有昼夜，不分晴雨，稍不顺手，还得受追受比，便办得得意，也是结仇结怨，反不如做泥木手艺的来得自在。只是做手艺太没出息，所以情愿追随师傅。”

王五见郭成的言谈举动，也还诚实，略略的谈论了一会儿武艺，本领也很过得去，当下便拿了二十两银子，教郭成将家事处理停当，即到会友镖局来，直把个郭成喜得心花怒发。

王五起身下楼，郭成恭送到门外，伺候王五上马走了，仍回到茶楼上。那两个同做手势的伙伴，迎着郭成笑道：“郭大哥真是运转兴隆了，今日只一刻工夫，凭空结识了三个骑驴跨马的大阔人，又得了那么一大包银子。去，去，去！我昨夜输给你的钱，今日定得找你捞回来。”郭成正色说道：“什么骑驴跨马的大阔人，你们道那两个后生是谁，那是两个杀人不眨眼的大强盗，大概是来邀我入伙的。我家世代清白的身子，岂肯干那些勾当！刚才走的这位，是北京会友镖局的王五爷，是我的师傅。我只有帮他出力做事的，他便再阔些，我也不能向他要钱。他送我这包银子，是给我安家的，我怎敢拿着去赌钱，此后我寻着了出头的门路，得认真好好的去干一下子，吃喝嫖赌的事，一概要断绝了。你两个多在这里喝杯茶，我有事要先回家去。”

郭成随即付清了茶钱，回到家中，将遇见北京王五爷，及拜师拿安家银两的事，详细对他老母说了。他老母道：“你刚才回来一趟，急匆匆的就走了，我的记性又不好，那两个找你的少爷，还留了一个包袱在这里，说是送给你的，我忘记向你说。”

郭成忙道：“包袱在哪里？”他老母在床头拿了给他，打开来一看，里面几件上等衣料，和一小包金叶，约莫有十多两轻重。衣料中间，夹了一张大红帖，上写“贽敬”两个大字，下写“门生周锡仁、周锡庆顿首拜”一行小字。郭成翻来覆去的看了一会儿，不好怎生摆布，暗想：“怪道两人在茶楼上见我的时候，没提曾到我家的话，也有情理。我是一个已经革了的捕头，他两个就要在大名府作案，也用不着来巴结我。若真是闻名来拜师的，这就更稀奇了。”郭成一时想不出一个所以然来，只好仍将包袱裹好收藏。

次日清晨，郭成方才起床，周锡仁兄弟就来了，见面比昨日更加恭顺，更加亲热，仍是执意要拜在郭成门下。郭成笑道：“我若有本领能收徒弟，像两位这般的好徒弟，拿灯笼火把去寻找，也寻找不着，何况两位亲自找上门来，殷勤求教呢？”周锡仁见郭成抵死不肯，并将包袱拿出来要退还，遂改了语气说道：“我兄弟实在是出于一片仰慕的热诚，既是尊意决不屑教诲，就请结为兄弟何如？”

郭成便自思量：我有何德何能，可使他两人这么倾倒。我本是一个贫无立锥的人，也不怕他沾刮了我什么东西去，我又没有干什么差事，只要我自己有把握，行得正，坐得稳，更不受了他什么拖累。我若拒绝他们过于厉害了，反显得不受抬举似的。我看走了眼色，他们原是好人，倒也罢了；如我所见的不差，我太拒绝使得他们面子上过不去，反转头来咬我一口，岂不是自讨苦吃！郭成心里这么一思忖，即笑着说道：“我既没有惊人的本领，又没有高贵的身份，一个被革斥的府衙捕头，论理还不敢和两位平行平坐，于今承两位格外瞧得起我，降尊要和我结拜，我心里哪有个不愿的，不过觉得罪过罢了。”

周锡仁、周锡庆见郭成允许了，都喜不自胜。周锡庆即去外面买了香烛、果品，并叫了一席上等酒菜，就在郭家和郭成三人当天结拜，歃血为盟。凡是结拜应经过的手续，都不厌烦琐的经过了，论年齿自是郭成居长，周锡仁次之，周锡庆最小。经过结拜手续之后，周锡仁兄弟都恭恭敬敬的，登堂拜母，并拜见大嫂；又送了些衣料、食物给郭成的老母，然后三人开怀畅饮，直谈论到黄昏以后才去。第二日一早又来了，谈论了一会儿，觉得在家纳闷，就邀郭成去外面游逛。从此每日必来。每来一次，必有一次的馈赠，每次的馈赠，总是珍贵之品。

郭成随处留神，察看二人的行动，只觉得温文尔雅，最是使人亲爱。二人对郭成的老母，尤能曲体意志。郭成虽不是个纯孝的人，然事母并不忤逆，少时虽因生性暴躁，手上又会些把势，时常和人相打，使他老母受气；然他老母责骂他，他只是低头顺受。这时有两个把兄弟，替他曲尽孝道，他心中自是欢喜。但郭成越是见周锡仁兄弟这般举动，越是疑惑，不知是什么用意，心里惦记着和王五有约，满想早日动身到北京去。无奈每日被周锡仁兄弟缠住了，直延宕了半个多月。这日实在忍不住了，只得向周锡仁说出有事须去北京的话来。周锡仁也不问去北京干什么事，更不问多久可回来，只说大哥打算什么时候动身，我们兄弟再痛饮一场，便放大哥去。郭成高兴，说就是明早动身。周锡仁兄弟这日又叫了酒席，替郭成饯了行，约了等郭成从北京回来，再团聚作乐。郭成送二人去了，就检点随身行李。家中有两个把兄弟半月来所馈赠的财物，已足够一家数年温饱之赀了，尽可放心前去。

这夜郭成将行李拾掇停当，准备次早即行首途。胡乱睡了一夜，天光还不曾大亮，猛听得有人敲得大门响，郭成猜疑又是周锡仁兄弟来了，忙起床打开门一看，哪里是周锡仁兄弟呢？只见有两个从前在府衙里同当捕班的人，见面就叫了声郭大哥道："不得了，不得了！大哥得救我们一救。"郭成初见时，很吃了一惊，及听得"大哥得救我一救"的话，才勉强将心神镇定了，问道："什么事不得了，教我怎么救？"两捕班已走进门来说道："大哥好安闲自在。你知道我们已经被比得体无完肤了么？"郭成摇头道："我离衙门已这么久的日子了，衙门里的事，你们没来说给我听，我如何知道！你且说为什么案子，受比得这样厉害。"

捕班长叹一声道："当日有大哥在府里的时候，从来没有办不破的盗案。我们都托大哥的福，终年是赚钱不费力。自从大哥离衙之后，一般大盗吓虚了心，仍不敢在府境作案，好几个月都很安静，直到十多日以前，大概那班东西，已打听得大哥不在府里了，竟敢在离城三五里地李绅士家里，打劫起来，劫去的金银珠宝共值十多万。我们有了这一件案子，已经够麻烦，够辛苦的了，谁知李家第二日才报了案，就在这夜，离城更近的黄绅士家，又被劫去好几万，还杀伤了事主黄绅士的儿子。这儿子便是直隶总督的女婿，才到一十五岁。大哥请想想，这不是要我们的命吗？这两案报后，仅安静了一夜，以后就更不成话了，一连八夜，居然在城里出了八处同样的乱子。上头只管在我们腿上追赃，为要顾他自己的前程，哪里还顾我们的性命？并且还命我们不许张扬，一日紧似一日的限比。幸亏菩萨保佑，这三夜倒安静，我们昨夜全班简直挨了一通夜的比。大家思到大哥身上，知道若有大哥在府里，断不至有这么要命的乱子闹出来。于今既闹到了这个糟样子，没有大哥出头，便将我们全班兄弟都活活的比死，连家眷都上笼子，也是不中用的。我们大家商量妥当了，此刻明人不说暗话，我们因图延挨一时的活命，没到大哥这里请示，已将大哥向上头保荐了。我两个此时是奉了堂谕，特来请大哥同去的。”

郭成听完这一段话，不禁怔了半晌，倒抽了一口冷气说道：“诸位兄弟才真是胡闹。我又不是个世袭的捕头，已经革役大半年了，怎么有案子起来，又来保我呢？诸位都是吃这碗饭的人，好差事却不曾见诸位保我；我于今吃自己的饭，倒教我做公家的事。诸位平日没事的时候，得了薪饷，此时正是应当出力了。我自己有我自己的事，尽管府里太爷有堂谕，我决不能同到府里去。太爷不是不知道我脾气坏，今日有事仍得用我，当日又何必因一点儿小事，将我打了又革呢？请两位回去，就拿我这话禀报也没要紧。俗语说得好：不做官，不受管；不当役，不受饬。若在平日，两位肯赏光到寒舍来，我应当殷勤款留。这时一则府里的案情重大，两位肩上的担负更不轻松，不敢多使两位耽搁；二则我自己家里的事正忙，改日再迎接两位来多谈。”

二人齐声说道：“太爷对不起大哥，我们何时不拿着说，何时不代大哥委屈。大哥难道就不念我们同事几年，没事对不起大哥的情分吗？这种案子，在我们没能为的脓包，就觉得难上加难，一辈子拼命也办不活，然拿着大哥的本领去办，又算得什么了不得的事呢！大哥这回救了我们的性命，我们实在情愿来生来世，变猪变狗的报答大哥。”郭成连连摇手道：“办不到，办不到。诸位兄弟有私事教我帮忙，我若说半句含糊话，也不算是个汉子。唯有这回的公事，决不能遵命。”

郭成的话才说到这里，虚掩着的大门，忽有人推开了。郭成眼快，一看暗道不好了，原来来的不是别人，正是打革郭成的大名府知府，姓罗，名曜庚，是个捐班出身，又贪又啬的人。这番竟肯屈尊枉驾，亲到一个已经革斥的捕头家来，也实在是完全为保持禄位的心思所驱使，并不是真能礼贤下士的好官。

郭成见是罗曜庚亲来，只得趋前跪接。罗曜庚连忙双手扶起道：“本府今日才知道你是个好汉，所以特来瞧瞧你。你在衙里当差几年，没出过一件麻烦的案子，自从你走了，近来简直闹得不成话。衙里少不了你，还是跟本府一阵回衙里当差去吧！”说着，拉了郭成的手要走。

不知郭成怎生摆布，且俟第四十三回再写。

总评：

此一回借王五为过渡，叙入郭成传矣。作者写郭成之为人，爽直处极其爽直，精细处极其精细，与上文所写诸人，各各不同。但觉声音笑貌，跃然纸上，真妙笔也。

文章能前后呼应，则自然脉络贯通，节节灵活。此回郭成所叙会友镖局事，与此书开手数回，前后相应，故随意叙来，自不觉其情事之突兀。

写周锡仁兄弟交结郭成事，真是诡异惝怳之至。公子耶？大盗耶？令人阅之，竟无从测其究竟，致异常狡狯。

天下事本无一定不易之理，故小说中叙事，亦不能呆板板的，毫无更改。譬如此一回中，有许多事出人不料者，郭成不肯再当捕头，而到底不能不当；不肯结交周锡仁等，而到底不能不结交；王五招郭成往京师，郭成亦念念不忘，欲赴京师，行李已部署矣，而到底不能成行。此皆出人意外之事，而亦文章之变化不测处也。

近代侠义英雄传

（中）

武侠宗师平江不肖生作品集

平江不肖生——著

团结出版社
UNITY PRESS

图书在版编目（C I P）数据

近代侠义英雄传 / 平江不肖生著. -- 北京 : 团结出版社, 2020.6

ISBN 978-7-5126-7712-8

Ⅰ. ①近… Ⅱ. ①平… Ⅲ. ①侠义小说－中国－现代 Ⅳ. ① I246.5

中国版本图书馆 CIP 数据核字 (2020) 第 012909 号

出　版：团结出版社
（北京市东城区东皇城根南街 84 号　邮编：100006）
电　话：(010) 65228880 65244790（出版社）
(010) 65238766 85113874 65133603（发行部）
(010) 65133603（邮购）
网　址：http://www.tjpress.com
E-mail：zb65244790@vip.163.com
fx65133603@163.com（发行部邮购）
经　销：全国新华书店
印　装：三河市三佳印刷装订有限公司

开　本：165mm×230mm　　16 开
印　张：61.25
字　数：962 千字
印　数：1-4000
版　次：2020 年 6 月 第 1 版
印　次：2020 年 6 月 第 1 次印刷

书　号：978-7-5126-7712-8
定　价：149.00 元

第四十三回

论案情急煞罗知府　入盗穴吓倒郭捕头

话说郭成见罗曜庚拉住自己的手要走，竟是不由分说的样子，只急得心中乱跳，明知罗知府既亲自降尊来接，空言推诿是不能了事的，只得说道：“请大老爷返驾，下役马上就来。”罗曜庚笑道：“本府是走路来的，不妨一同走回去。”郭成没得话说，诚惶诚恐的跟着罗曜庚，直走到知府衙门。

罗曜庚这回所以不坐大轿，不开锣喝道的摆官架子，仅带了一个亲随，步行到郭成家里，原因就为郭成是个已革的捕役，论自己的身份，断没有现任知府，拜已革捕头的道理。坐着大轿招摇过市，外面知道的人必多，于自己的官格、官体面都有很大的关系。然罗曜庚知道，郭成的强项性格，当那斥革郭成之后，已觉有些后悔，打了就不应革，革了就不应打。于今已斥革了这么久，自己有急难的时候，再去求他，他推托不来，没有办法。倘若郭成有意刁难，将打发去传堂谕的捕班哄出了门，就一溜烟往别处去了，或藏躲在什么地方；他既不当役，又没犯罪，简直没有强制他的方法。为要顾全自己的禄位，在势除了趁派出的捕班不曾回报的时候，亲来郭成家迎接，便没有第二条路可走。

这时既已将郭成弄到衙里，就在签押房中，用款待有资格绅士的礼貌，款待郭成，先向郭成道了歉意，才将半月来所出重重盗案，一桩一桩的述了，末了要求郭成办理。

郭成道：“大老爷这般恩典，栽培下役，下役自然应该感激图报。不过下役闲居了大半年，一切办案子的门道都生疏了。就是一件平常的盗案，大老爷委下役去办，下役也不见得能和当役的时候一般顺手，何况这种骇人听闻的大案子？下役敢断定，做这几桩大案的强盗，是从外路来的，不是本地方的人。近三夜安静，必是已携赃逃出境了，大老爷若在四五日以前委下役办理，或者还有几成可望办活；此刻作案的既已出了境，不问叫有多大本领的人去踩缉，也恐怕不是十天半月的工夫，可望破案的了。”

罗曜庚一听郭成的话，不由得脸上急变了颜色，口里不住的说道：“这却怎么了！这却怎么了！旁的还好说话，就是黄家的那案，上峰追得急如星火，耽延了这么多日子下来，本府受申饬，尚在其次，教本府怎好再去讨限呢？”说完，急得搔耳抓腮，半晌忽抬头对郭成道：“重赏之下，必有勇夫。只要你能在三日之内，能将这案办活，本府赏你三千两纹银，五日之内就只二千两了。”

郭成心想三千两纹银，也不在少数，这些案纵说不见得定是周锡仁两兄弟做的，然他两人总脱不了关系。他两人找我拜把，必别有用意，仰慕我本领的话，不待说是假的。我与他两人绝无渊源，无端那么待我，哪有什么真心！我即算朝他待我的好处着想，也只能设法替他两人开脱一番。他们这种行为，总不正当。我既要当个汉子，终不能和他们呼同一气。罗大老爷今日亲到我家求我，我的面子也算十足了，于今更许我这么多的赏银，寻常当一辈子捕头的人，哪里容易遇着这种机会？我此刻不答应吧，一则对不起罗大老爷；二则显得我不是个能干人。万一周锡仁兄弟找我拜把，和每次馈赠礼物的事，传出去有人知道了，而周锡仁兄弟又破了案，和盘托出供将出来；我岂不好端端的，也成了一个坐地分肥的大盗窝家吗？并且罗大老爷担了这样为难的案子在自己肩上，亲自将我接到这里来，我就想不答应去办，他也决不会依我。等到他恼羞成怒，弄翻了脸硬压迫我去办，把我的母亲、妻子押起来，我不答应就办我伙同，那时我没得方法躲闪了，才答应去办，也就太没有体面了。郭成想到了这一层，随即向左右和门外望了一望。

罗曜庚会意，起身看门外无人，连忙将耳凑近郭成口边。郭成低声说了几句话，罗曜庚仍回到原位，放高了声音说道：“你还嫌本府悬的赏轻了吗，怎么没有回答？”郭成道：“不是下役敢不遵大老爷的吩咐，无奈这些案子，下役实在办不了。莫说三千两，就是三万两，也不答应去办。论大老爷待下役天高地厚的恩，只要拼着性命能办得了的事，也应该拼命去办，怎敢更望大老爷的赏呢？”

罗曜庚听了，陡然沉下脸来，厉声说道：“你这东西，好不识抬举，你以为此刻不在役，本府便不能勒令你去办吗？本府因曲全你一点儿颜面，好好的对你说，并许你的重赏，你竟敢有意刁难起来。你们这般东西，生成的贱骨头，不把你的家眷收押，好生对你讲，你是要推三阻四的，不肯出力的。”说罢，朝外面高叫了一声：“来！”即进来一个亲随，罗曜庚气呼呼的，吩咐叫人即刻将郭成的家眷，概行拘押，好生看管。随掉转脸指着郭成道：“给你两天限，办活了便罢；违了半刻的限，仔细你的狗腿。”

郭成慌忙跪下来哀求道：“下役的母亲今年七十三岁了，千万求大老爷开恩，不加拘押。”罗曜庚叱道：“放屁！不拘押你的母亲，你哪里肯竭力去办！你有孝心，怕你母亲受苦，就得赶紧去办，滚吧！”郭成连连叩头说道：“无论如何，总得求大老爷宽限几日，两天的限，实在……”下面不曾说出，罗曜庚已就桌上拍了一巴掌，喝道：“住口！多一刻也不成。”说了这一句，就此怒容满面的大踏步进去了。不一会儿，已将郭成的母亲和妻子，拘进了府衙。罗曜庚着人看管，非待郭成将劫案办了，不能开释。

郭成哀求至再，没有效果，只得垂头丧气的出了府衙，一路愁眉苦脸走到家中。正打算拾掇应用的东西，做一包袱捆了，驮着出门，踩缉盗案；忽听得外面有人高声喊“大哥”，郭成一听那声音，知道是周锡仁来了，口里一面答应，心里一面思量：“他来得正好。我和他两兄弟，虽每日同在一块儿，混了半个多月；然总是他们到我这里来，我一次也不曾到他们家里去。他们所说的住处，究竟是不是确实的，我也没去过。此刻难得他们肯来，且看他们的神气怎样？”

郭成迎出去，只见周锡仁蹙着双眉说道：“我以为大哥已动身到北京去了，谁知竟出了意想不到的岔事，害得老伯母和大嫂，平白的受这种屈辱。我方才在路上遇着，很觉得诧异，到府衙里一打听，才知道是这么一回事；因此特地来瞧大哥，一则问候问候；一则看大哥打算怎么办法。若有使用我兄弟的地方，请大哥尽管不客气的直说，凡是我兄弟力量做得到的，无不尽力。”周锡庆也接着说道：“我是不能帮大哥做什么事，只跑腿报信的差使，大哥肯教我去做，我也能去。”

周锡仁放下脸，朝周锡庆叱了一声道：“大哥心里正在难过，你也和平时一样的嬉皮涎脸。”吒得周锡庆低头不作声。郭成才开口道：“承两位老弟关切，感激不尽。不过这回许多案子，不似我以前经手的案子好办，并不是寻不着线索，也不是作案的远在天边，不能捕获，这其中实在有种为难之处，虽承两位老弟的盛意，肯为我出力，无奈我……”说到这里，沉吟了一会儿，接着叹了口气道：“世上真只有蛮不讲理的官，没有蛮不讲理的百姓。我吃的是自己的饭，穿的是自己的衣，凭什么可以压迫我做官家的事。就是这么不作理会吧，七十多岁的老娘，陷在监牢里受罪，我便是个禽兽，也不能望着老娘受罪，自己倒和没事人一样。”

周锡仁听到这里，连忙点头说道：“大哥也不必焦虑，世间没有不了的人，便没有不了的事。有大哥这般本领，哪有办不活的案子？我兄弟自从与大哥结义，一晌都是在大哥这里打扰，大哥不曾去过寒舍一次。今日老伯母和大嫂都不在家，在这里觉不方便，并且大哥看了家中冷淡的情形，心里更要难过。我想邀大哥去寒舍谈谈，心中快活点儿，办事的精神也好一点儿，不知大哥的意思怎样？”

郭成正着急找不着周锡仁兄弟的住处，得了这个邀他同去的机会，还有个不愿意的么？不过此番同去的吉凶如何，心里没一些儿把握。只是事情已到了这一步，也只好不大审计利害了，当下即答道：“我正为看不惯家里这种凄冷情形，想去外面逛逛，就去府上拜望一回也使得，不是在城外么？”周锡仁道：“在城外没多远的路，同走一会儿就到了。”郭成即驮了包袱，反锁了大门，陪同周锡仁兄弟一路出城。

步行了一里多路，只见野外有一头黑驴，正低头在那里吃草。郭成认得是周锡庆骑的那驴，刚想问周锡庆，怎么你的驴单独在这野外吃草，忽见周锡庆捏着自己的下嘴唇，吹哨子似的叫了一声，那驴便和奉了号令一般，抬头向四处一望，直朝着周锡庆奔腾而来。周锡仁对郭成拱手说道：“请大哥骑驴，我在前面引道。”郭成笑道：“那怎么使得！我一般生了两条腿，为什么不能同走？”

周锡仁道：“这不是要客气的事。大哥有责任在身，岂可因行路将身体累乏，请上骑吧！这畜生的脚步还好。”郭成哪里肯独自骑驴，教周家兄弟跟着走呢？回头对周锡庆说道：“老弟，你一个人的年纪最小，这驴平日又本是老弟骑的，今日仍是老弟骑吧！”周锡庆也不答白，笑嘻嘻的来推郭成上驴。周锡仁也帮着推挽，于是不由分说的，将郭成推上了驴背。

周锡仁放开脚步在前走，周锡庆跟在驴子背后，把郭成夹在当中。郭成也不畏惧，只觉得这驴行走起来，仿佛腾云驾雾，两旁的景物，一瞬就飞一般的退后去了。看周锡仁在前面走的脚步，并不是尽力的奔跑，不即不离的，总在前面一丈远近。郭成有些着虑周锡庆年小力弱，追赶不上，回头看时，只见他行所无事的走着，一些儿不觉吃力的样子。郭成至此才暗暗吃惊，两兄弟的本领竟高出自己十倍以上，幸亏自己的眼还不错，不曾肯收两兄弟做徒弟；若自己托大略疏忽点儿，就更要丢人了。

周锡仁不停步的走，郭成坐在驴背上，也不问话，直走到日落西山，郭成大约估计程途，至少也走了四百多里路。周锡仁忽然指点着前面山坡下一片青翠的森林说道："那里就是寒舍了。"

郭成忙翻身下驴，两腿已坐得发麻发酸了，勉强行动了几步，才一同走到一所规模宏大的庄院。看门前的气派，俨然是王侯的邸第，大门敞开着，门内立着两排俊仆，好像知道有贵客降临，大家排班迎接似的。周锡仁握了郭成的手，向门里走着笑道："今日辛苦了大哥，骑了这大半日的驴，只怕已累得很乏了。"郭成道："两位老弟步行这大半日不觉乏，我便这般不中用吗？"说笑着，已进了一间大客厅。

郭成当了几年捕头，繁华热闹的地方，也曾阅历得不少，不是个没见过市面的乡下人。然看了这间客厅中的陈设，会不因不由的觉得自己一身太污秽了，坐在这种天堂也似的客厅中，太不相称。这时天色虽已黑了，客厅中因点了四盏绝大的玻璃灯，照耀得与白昼的光明无异。在平时看周锡仁兄弟，也只觉得生得比一般人漂亮而已，而在这客厅灯光下看了，便觉容光焕发，神采惊人，一言一动都有飘逸出群之概。心想我在茶楼上初次看见他兄弟，不知怎的，心里能断定他两人是大盗。半月以来，越亲近越觉初次所见的不错，此时我倒有些拿不定了。看他兄弟的潇洒丰神，分明是神仙伴侣，寻常王孙公子，就有他们这般富丽，也没他们这般隽雅，更安得他们这般本领？

郭成是这么胡思乱想，应对都失了伦次。周锡庆笑道："大哥来了，家父还不曾知道，等我进去禀报一声。"郭成听了，才想起他兄弟还有父亲，深悔自己疏忽了，进门便应先提给老伯大人请安的话。这时只得连忙立起身，向周锡仁告罪道："失礼，失礼！岂敢惊动老伯大人，我应进去禀安才是。"

周锡仁也连忙起身答道："托大哥的福，家君还康健，并生性好客，即刻就要出来的。"正说时，里面有脚步声响，随即有一个花白胡须的老者，一手支着朱红色的龙头拐杖，一手拿着一根两尺来长的黑竹竿旱烟筒，缓步走了出来，周锡庆紧跟在后而。

郭成偷眼看这老人，约有五十多岁年纪，慈眉善目，白皙脸膛，衣服甚是古朴，绝没一点儿豪华气概。周锡仁上前一步，垂手躬身说道："孩儿已把郭大哥接来了。"郭成忙叩头拜下去，老人笑容满面说道："辛苦郭大哥了，庆儿还不快搀扶起来！"周锡庆即扶起郭成，老人先坐下来，让郭成就坐。郭成见周锡仁兄弟，都垂手侍立在老人左右，哪里敢坐呢？老人笑道："难得郭大哥远道光临，贵客岂可不坐？"随掉头向锡仁兄弟道："你们也都坐着吧。"周锡仁兄弟同声应"是"，仍分左右，坐在老人背后。

郭成才沾半边屁股坐着，老人开口说道："小儿多承郭大哥指教，感谢，感谢！他们生性顽劣，我又没有精神管教，很着虑他们在外面不懂得世情。于今承郭大哥不嫌弃他两人不成材，许他们在跟前指教，我心里便安逸了。我的年纪今年虽只有五十四岁，奈蒲柳之质，未秋先谢，已差不多像八九十岁的人了。这也是由于先天不足，后天失调，才有目下这般现象。所虑的是一旦先犬马填沟壑，丢下来这两个不能自立顽儿，受人奚落，敢当面奉托郭大哥，永远念一点儿香火之情，我将来在九泉之下，也感念郭大哥的好处。"

郭成听了这番言语，不知道应如何回答，方为得体，只见老人回头对周锡仁低声说了一句，也没听出说的什么，周锡仁即起身进去。没一会儿，就从里面开上酒菜来。珍馐杂错，水陆并陈，筵席之盛，也是郭成平生所仅见。老人并不客气，自己巍然上坐，亲自执壶，斟了一杯酒给郭成。郭成惶悚万状，幸喜老人只略用了点酒菜，便起身对周锡仁道："我在这里，郭大哥反觉得拘束，吃喝得不舒服。你们兄弟多敬郭大哥几杯吧。"郭成和周锡仁兄弟都立起身，老人自支着拐杖进去了。

郭成至此，才回复了平时的呼吸。周锡仁兄弟也登时笑语风生了，连仆从都挥之使去，三人不拘形迹的饮宴起来。彼此无所不谈，都觉得十分痛快。郭成倒恨自己的眼睛不行，当了几年捕快，两眼看惯了强盗，便看了好人也错认是强盗了。口里不好说什么，心里却很对周锡仁兄弟抱歉，尤其觉得对不起周锡仁父亲一番借重拜托的盛意。

三人都吃喝得酒醉饭饱。约莫已到三更天气了，周锡仁道："大哥今日劳顿过甚，应得早些安歇才是。我兄弟糊涂，一些儿不知道体贴，直闹到这时分，大哥不要见怪。"郭成笑道："老弟说哪里话，承老伯大人和两位老弟瞧得起我，没把我当外人，才肯是这么赏脸赏饭吃，怎么倒说得上见怪的话呢？"

周锡仁走到门口喊当差的，喊了两声没人应，随口骂道："一班混蛋，难道一个个都挺尸去了吗？"周锡庆止住道："是教人送大哥去安歇么？我们自己送吧。"对郭成笑道："我兄弟出外的日子多，家君性情极是慈祥和易，轻易不肯动气骂人，因此宽纵得一班下人苟且偷惰，无所不至。只看我们还在这里吃喝，他们居然敢偷闲去睡觉，即可知道寒舍的纪纲不成纪纲了。"

郭成反笑着代下人辩护道："今夜却不能全归咎尊纪，起初老弟挥手教他们出去的时候，不是吩咐了，说这里没有用你们的事，自己会斟酒，你们滚开些，休得探头探脑的张望讨人厌的吗？他们大约都知道两位老弟的脾气，不似老伯，所以不敢上来。此刻已经半夜过了，再教他们伺候着，我也说句老弟不要见怪的话，未免太不近人情了。"

周锡庆点了一支蜡烛，擎在手中，向郭成道："我送大哥去睡。"周锡仁拱手道："床褥粗恶不堪，大哥胡乱休息一会儿吧！"郭成遂跟着周锡庆往里面走，穿房入户，经过几间好房屋，才到一处地方，好像是一个院落，凑巧一口风吹来，将烛吹熄了，黑洞洞的看不清地方形式。周锡庆跺脚道："坏了，把烛吹熄了，喜得就在前面，请大哥紧跟着我来。"郭成便用手搭在周锡庆肩上，慢慢的走了几步。周锡庆停步推开了一扇房门，从门里射出烛光来。周锡庆让过一边说道："请大哥进去安歇，明早再来奉陪。"郭成踏进房去，周锡庆说了声"简慢"，随手将房门带关去了。

郭成的酒，已有了几分醉意，又白天骑了那么多路的驴，此时也实在觉着精神来不及了，将床上的被抖开来，打算到门外小解了就睡。精神疲惫的人，旁的思想一点儿也没有了，自己两个肩上所负的责任，更是有好一会儿不曾想起，一面解松裤腰，一面伸手开门，拉了一下不动，以为是向外推的，就推了一下，仍是不动。一推一拉的弄了几次，好像是从外面反锁了的，而门板触在手上，又冷又硬，不似寻常的木板门，心里不免有点儿诧异。

下部尿急了，看门的角落里，有个小小的窟窿，只得就对着那窟窿，撒了一泡尿。听尿撒在壁上的声音，非常铿锵，就如撒在铁板上一样，不由得心里更加疑惑起来，醉意也惊退了些儿。匆匆系上裤腰，用指头往壁上一敲，就听得当的一声，不是铁板是什么？忙几步走到一张小桌子跟前，将一碗油灯剔亮了，端起来向壁上去照，大约有寸来厚的铁板，没一丝缝隙，照了三方，都是如此，连窗眼没一个。上面一方，因有床帐遮掩了，然不待照已能想到断无不是铁板的道理。

这一来，却把郭成的醉意，完全惊醒了，双肩上的责任，也一时涌上心头来了。不觉长叹一声，将手中的油碗放下，就小桌旁边一张凳子坐下来，望着铁板壁出了会儿神。寻思道："我不是在这里做梦么，怎么会有这种地方呢？我当捕头时，经办了那么多离奇盗案，何尝落过人的圈套，怎么今日落到人家圈套里，这么久的时间，尚兀自不明白呢？难道死生真有一定，命里该当死在这里，自会糊里糊涂的，朝这条死路上跑吗？我在茶楼上初见这两个囚头，心里明明白白的，知道是强盗，一点儿也不含糊。就是答应罗知府承办这案的时候，我存心也是要办这两个东西。这两个东西骗我到这里来，是那么强捉住我上驴，我就应该见机，想脱身之法才是，怎么会由他两个一前一后的夹着，和押解囚犯一般的，走这么远的路呢？世间哪有这种举动的好人，亏我还悔恨自己，不该错疑了他们。照这种种情形看来，我简直是自己命里该这么结果，才是这么痰迷心窍。"

郭成心里自怨自艾的这般想着，两眼于有意无意之间，向四壁看有没有可以脱身的处所。一眼看到床当上的角落里，好像悬了一捆黑越越的东西，遂复起身，走到眼前一看，因灯光不甚明亮，看不清是什么。仍回身把灯剔大，端去照时，只差一点儿把郭成吓得连手中的灯都要抖落了。原来悬挂的，是一大叠的人皮，有四肢完全的，也有断了手或脚的，也有连头皮须发都在上面的，有干枯了寒毛孔张得很大的，也有剥下来日子不多，色泽鲜明的，总数约莫有二三十张。每张上面，粘了一片红纸，纸上仿佛还有字迹。

拖了那凳子垫脚，凑上去细看，不看到也罢了，才看了几张，已把郭成吓得“哎呀”一声，两腿就如上了麻药，不由自主的软了下去。身体跟着往下一顿，倒下凳子来，将一碗油灯掼在铁壁上，碰得撞钟也似的一声大响，房中实时漆黑了。

不知红纸上究竟写了些什么字，能将郭成吓倒；郭成毕竟怎生脱险，且俟第四十四回再写。

总评：

自四十二回起，乃郭成正传矣。周氏弟兄，不过为郭成精于钩距之衬托已耳。郭成是主，周氏兄弟是宾，作者所叙各事，一一都从郭成方面落笔，此是识得宾主之轻重缓急故也。

作者写周氏弟兄，极迷离惝恍之致。此不是出力写二周，正是出力写郭成也。周氏弟兄如此诡奇，而郭成独能识之为大盗，欲加逮捕，此其目光之锐利为何如哉！至其追从二周，身入虎穴，则又非胆大气壮者不能，固宜二周之亦为倾倒矣。

作文宜有线索，否则一盘散沙，毫无统系，琐杂碎乱，读了便觉其可厌。此数回写周氏弟兄，处处带定一个“驴”字，故驴即此数回之线索，阅者最宜注目者也。

侠义传中人物，当以周锡仁弟兄，最为诡异。就文章论，亦以此数回最为离奇，波诡云涌，无一平笔，其变幻不测处，真使人拍案叫绝。行文至此，叹观止矣！

第四十四回

虚声误我王五殉名　大言欺人霍四动怒

话说郭成看了人皮上所粘字迹，登时将两腿吓软了，倒在地下，灯也掼熄了，半晌才慢慢的爬了起来。暗想红纸上写的，都是某年月日，在某地所剥，某府或某县捕头之皮，我于今捕头虽已斥革了，但是这番出来办盗案，所做仍是捕头的事。他们既已将我骗进了陷阱，逃是逃不了，难道他们还肯放我回去吗？他们若没有将我剥皮的心思，也不会把我关在这里了。

郭成心里这么一想，不由得就联想到被拘押在府里的老母、妻子，觉得自己死在这里没要紧，将来老母、妻子如何过活？凡人在危难的时候，不涉想到自己的家庭身世则已，一想到这上面，心思就没有不扰乱的。郭成摸到床上躺着，一颗心胡思乱想。他这日骑了几百里的驴，本已疲劳过甚了，这时神思更倦，不知不觉的入了睡乡。

在睡乡中也不知经过多少时刻，猛然间“当啷”一声响，惊得郭成从梦中醒来，张眼一看，仍是黑洞洞的，什么东西也看不见。接着又听得“哑”的一声响，铁门开了，从门外放进光来。周锡庆的声音，在门外呼着大哥道：“还不曾醒来么？”郭成听那口气，来得十分柔和，全不像是含有恶意的，便连忙答应醒来了。周锡庆道：“是时候了，请去吃早饭。”

郭成翻身起来，见周锡庆仍是笑嘻嘻的，和平时一般的神气，并没一些儿要加害的样子，心里略安了些，走出铁屋来，看天色已是中午时分了。跟着周锡庆走过几间房屋，都没一点陈设，看情形好像是才将器具搬开了的，直走到昨夜饮宴的客厅，只见周锡仁已立在厅中等候，酒席已安排好了，但是不见一个仆从。周锡仁对郭成拱手笑道："昨夜很简慢了大哥，小弟心里甚是不安。此时腹中想必饥饿难挨了，就请用饭吧！"

郭成看酒菜仍甚丰整，心里实在猜不透周锡仁兄弟的举动，只好听天由命，随口谦逊了两句，也顾不得起床还没洗漱，即就坐吃喝起来。周锡仁等到酒上三巡，即望着郭成说道："大哥昨夜想必受了些惊恐，以为我兄弟对大哥起了不良的念头。其实我兄弟若不是真心和大哥要好，也不与大哥结拜了。大哥这回替罗知府办案，事虽出于不得已，然此次许多案件，大名府除了大哥，也实在没人配管。真菩萨面前烧不得假香，这案既是大哥承办，我兄弟决不抵赖，大名府半月来所有的案子，全是我兄弟二人做的。兄弟当日交结大哥的意思，原知道大哥是大名府第一精明有眼力的人，受屈把差事革了，很有意拉大哥做个帮手，在大名府做几件惊天动地的事，大家远走高飞。兄弟正待教大哥带着老伯母，和大嫂搬往别处去，大哥已安排上北京，我兄弟只道大哥已心心相照，用不着多说了。谁知罗知府却看上了大哥，而大哥也顿时忘却了从前的耻辱，自愿将老伯母做押当，想发那三千两银子的大财。我兄弟思量与大哥结拜一场，岂可因我兄弟两个，把半生的英名丧尽。不过大哥的声名，果然要紧，我兄弟两个的性命，也不是一钱不值的。要两全之道，除了请大哥到这里来，凡事听小弟的主意而外，没有旁的方法。"

郭成听到这里，正要问老弟是什么主意，周锡仁已向周锡庆努嘴道："把那东西拿来。"周锡庆应了声"是"，即起身从隔壁房里，提了一个很沉重的麻布袋来，往桌上一搁，将杯盘震得跳起来。周锡仁接着说道："舍间此刻已全家迁徙了，只留下我兄弟两个，准备陪大哥到案。这里一点儿东西，是我兄弟两个，特地留下来孝敬大哥的。"说时，伸手扯开了袋口，露出一袋的金条银锭来。

周锡庆放下布袋，即出去牵着昨日给郭成骑的那匹黑驴，到了客厅门外丹墀里。周锡仁提了那袋金银对郭成道："请大哥就此同行吧，我兄弟决不使大哥受累。"郭成见自己教罗知府拘押家眷的阴谋，已被周锡仁弟兄道破，心里不由得有些惭愧；又见他兄弟这般举动，更是难以为情，一时也猜不透同去到案的话，是真是假，只得立起来说道："两位既这样的盛情待我，我岂是毫无心肝的人，一些儿不知道感激！两位不肯丢我的脸，我更如何肯断送两位的性命呢？我的捕头原已革了大半年，办不了这案，也不能将我怎生追比，两位因我就去到案的话，请快不要提了。”

周锡仁哈哈大笑道：“大哥到这时还疑心我说的是假话吗？”说着，将手中布袋递给周锡庆，对郭成招手道：“请随我来瞧瞧，就明白了。”郭成只好跟着走，周锡仁引看了几间空房道：“舍间家眷不是完全走了吗？此时都已到了三百里之外，昨夜舍弟喊人送大哥安歇，没人答应，那时就已全家动身了。我兄弟若非真意要成全大哥的威名，这时还在此地吗？”边说边回到了席上，紧接着说道：“大哥如再疑心我兄弟，待大哥有不好的念头，我当天发个誓，立刻使我兄弟照这样，粉身碎骨而死。”一面说，一面用五指往桌角上一抓，抓起一块木头来，两手只几搓，搓得木屑纷纷坠地。周锡庆将布袋搭在鞍上，高声说道：“时候不早了，走吧！”

郭成再想说话，周锡仁已不由分说，和昨日来时一般的，拥郭成上了驴背，仍是周锡仁在前，周锡庆在后，将郭成夹出了大门。那驴放开四蹄，腾云驾雾也似的，直跑到天色昏暗，才进了大名府城。同到郭成家中，周锡仁、周锡庆各从袖中抖出铁链来，套在自己颈上说道：“请大哥就此送兄弟二人去领赏吧！老伯母、大嫂也好出来。”郭成正色道：“这是什么话？我宁肯受比，决不肯做这遭天下万世人唾骂的事。”

周锡仁笑道：“大哥何必如此固执！我们结拜了一场，岂有眼见老伯母和大嫂被押，不设法救出来的道理？不用迟疑，就此去吧。”郭成道：“从井救人的事，也未免不近人情。大名府的案子，既是两位老弟做的，然则到案还有生理吗？”周锡仁大笑道：“蝼蚁尚且贪生，岂有人向死路上走的？我兄弟若没有脱难的把握，也不敢做这种自投罗网的事了。不过有一句话，得先向大哥说明，兄弟在这里所做各案当中，以城外黄绅士家的最重，因伤了直隶总督的女婿，直隶总督早已着落在大名府身上要人。我兄弟一到案，自免不了是要解上去。大哥若念香火之情，将我兄弟缴案的时候，对罗知府只说：这是两个大盗的头领，大名府的案子，不待说是他这一伙强盗做的；外府、外县做的血案，至少也有百几十件，在这两个身上。府里兵力单薄，防守不易，唯有连夜往上解，使他的党羽措手不及；已经解上去了，便有意外，责任也就不在府里了。这段话最要紧，大哥务必说。我兄弟决不累大哥，不出大名府境，便放兄弟走，兄弟也不走。大哥听明白了么？”

郭成踌躇道："听是听明白了，只是这种事，教我怎么敢做呢？"周锡仁生气道："这哪里是汉子说的话！今日不敢做，昨日怎的敢做？去吧！"郭成被摧逼得没有话可回答，只得答应去。

周锡庆对着驮郭成的黑驴说道："这里用你不着了，你自回去吧！"说着，在驴背上一鞭抽了，那驴自会扬头掉尾的去了。郭成随即将周锡仁兄弟牵进府衙。罗知府闻报，立刻坐堂问供，在灯光之下看了周锡仁兄弟的仪表，心里很惊疑，不相信是杀人放火的强盗。及问口供，都一一的承认了，并慷慨陈述在各家作案时的情形，与各家报案的禀词上，无一处不符合。罗曜庚这才欣喜得什么似的。

郭成上前，照周锡仁的话说了一遍。罗曜庚能有多大见识，哪里识得破这里面的玄机奥妙？当下听了郭成的话，连说有理，定了就在这夜，挑选一哨精干兵丁，押解周锡仁兄弟动身，实时放了郭成的母亲、妻子，并如数发给了赏银。郭成叩谢了，领着母亲、妻子回家，心里高兴之中，总不免有些代周锡仁兄弟着虑。唯恐押解的人多了，二人不得脱身，万一在路上不曾逃脱，竟解到了总督衙门，那时逼起供来，追问赃物，若把结拜送金银的事供出来，却如何是好呢？郭成想到这一层，又非常害怕，如坐针毡的等了一日，计算须行八十多里，才出大名府境，队伍押着囚车，行走较平常为慢，要到黄昏时候方得出境。郭成等到了黄昏，心里就更加着急了，独自坐在院中，思量揣拟。

这夜的月色，甚是光明，才到初更时候，月光照在瓦楞上，如铺了一层浓霜。郭成在院中，举首向天空痴望，猛见瓦楞上，有两条黑影一闪，随即听得周锡仁、周锡庆两人的声音，在屋上各呼了声"大哥"。郭成这一喜，真是喜从天降，慌忙应道："两位老弟回来了么？快下来好谈话。"

周锡仁答道："我兄弟已平安到了这里，特地给大哥一个回信。大哥还有什么话说没有，我兄弟就在这里等候。"郭成道："请下来坐一会儿吧，有话也慢慢的说。"周锡仁道："对不起大哥，实在没工夫下来坐。我兄弟特地到这里来，为的是要讨大哥一句话，此后才好在江湖上行走。"

郭成听周锡仁说这几句话的声音，来得十分严厉，只略停了一停，即高声答道："好，我知道了。老弟拿去吧！"旋说旋伸着左右两个指头，往自己两只眼珠上一戳，即将两只眼珠，血淋淋的钩了出来，朝屋一掼。只听得周锡仁兄弟，同时打了一个哈哈，以后便没听得一些儿声息了。

郭成从此就成了个没眼珠的人，什么强盗也分辨不出了。然他心里惦记着王五在茶楼上的约，恐怕王五盼望他去。这时郭成虽双目失明，一切行动都不方便，却很有了些财产，雇用了两个伺候的人，陪着他同到北京，在会友镖局住了些时。不幸义和团的乱作了，将一个庄严灿烂的北京城，闹得乌烟瘴气。西太后听得八国联军，打到了北京，仓皇带着痨病壳子皇帝，向西安逃跑。在北京的大官员，果然是走避一空；就是一般有点积蓄的商人，到了这种时候，也不敢在北京居住了。

郭成在这时就劝王五同去大名府，暂时避一避扰乱。王五笑道："我开设这镖局子，为的是要仗着我们的本领，去保护别人；为什么无原无故的，也跟着一般胆小的人去躲避呢？我平日银钱到手，随即散给了一般为难的朋友，自己手中，没一些积蓄。外国兵来，不见得抓着中国人就杀，我没钱的人怕什么？如果外国兵见中国人就杀，偌大一个北京城，至少也还有几十万人，有钱的有地方可逃，无钱留在北京的，若都死在外国兵手里了，我王五便逃得了这条性命，活在世上也只有这么多趣味，倒不如一同死在外国兵手里的爽快。"

郭成听王五这么说，知道王五处境也很为难，现做着镖行生意，各省都有镖趟子出去了，他自己身上的责任很重，越是时局不安靖，他越是担心。有他坐在局里，便发生了什么意外，还可以有方法应付。他只一走动，会友镖局在这闹得乌烟瘴气的北京城里，必然登时如一个水桶炸了箍的一般，眼见得就要四分五裂的，团不拢来了。因此，便不勉强他，自带着两个服侍的人，回大名府去了。

王五自郭成走后，因联军在北京的威风极大，凡百举动，在略有心肝的中国人看了，没一件不使人伤心惨目。八国之中，尤以俄、德两国的兵，为最残酷，不讲人道。就不愿出门，免得看在眼里，痛在心里，终日把局门紧紧的关着，坐在局里。想起这回肇祸的原因，不由得不痛恨那拉氏的无识，因此就联想到谭嗣同之死，更恨那拉氏刺骨。每想到伤心的时候，独自仰天大哭大号，却是一点儿眼泪也没有。

平日王五的食量最大，他一个人一天所吃的，寻常五个人一天吃不了。自从联军入京，他只是喝酒，喝醉了，仰天干号一阵便睡。局中无论什么人和他说话，他只呆呆的望着这人，一声不作；若问他什么事，他总是回答一句："后来再说。"

这日王五刚才起床，忽有一大队德国兵士，由一个官长率领着，打开局门进来。其中有一个当翻译的中国人，进门就高声呼："王子斌出来！"王五听说有外国兵打到局里来了，反哈哈大笑着出来，问找王子斌有什么事？翻译迎着说道："你就是王子斌么？"王五点头道："不错！找我有何话说？"翻译回头向那官长说了几句听不懂的话，那官长凶神也似的，对众兵士挥了挥手，口里叽里咕噜说了一句，众兵士不由分说，一拥上前，来拿王五。

王五大喝了一声："且慢！"腿起处，抢先的一个兵士，已被踢得从众兵士头上飞过去。同时前后左右的德兵，纷纷的倒在地，杀猪也似的狂叫。王五正待趁这时候，追问见拿的理由。"啪！""啪！""啪！"陡然从人丛中几声枪响，可怜王子斌的本领虽大，只是和常人一般的血肉之躯，哪里抵挡得过无情的硝弹？就这么不明不白的，为德国暴乱之兵所算了。

王五临死的时候，只大呼了一声："虚声误我，恨不早遇山西老董啊！"德兵这回来拿王五，原是因那时候德国公使，被义和团枪杀了，德国人恨拳匪的心思，比各国人都来得厉害。王五拳脚功夫的声名太大，德国人不知道中国的情形，以为会拳脚的，就和拳匪一类；所以要将王五拿去，好替被拳匪杀死的公使报仇。没想到王五不肯受辱，就动手打起来，糊里糊涂的，断送了我国一个顶天立地的豪杰。王五因拳匪之乱，枉送了一条性命，而天津的霍元甲，却因拳匪之乱，做了绝大的事业，得了绝大的名声。同一样的本领，同一样的胸襟，共同一样的机会，而且结果这么不同。在当时的人士，没一个不为王五叹息，也没一个不为霍元甲欣幸。

再说霍元甲自从醉劈韩起龙，救护了一千五百多教民之后，天津人对于霍元甲之钦仰心，可谓达于极点。商场中有什么争执不能解决的问题发生了，只须霍元甲一句话，便没有不立时解决的；是非口角的事，也只求霍元甲说一句公道话，绝对没有反抗不服的。霍元甲在路上行走，知道是霍元甲的人，无不拱手让路。有些只闻得霍元甲的名，不曾见过面，因想瞻仰丰采的，霍元甲走这条街上经过，两旁商店里的人，总是争先恐后的跑出来看。有时后面跟着一大群的人，每次倒把霍元甲看得不好意思起来，轻易不肯出外。

“农劲荪”三个字，天津人知道的还少，倒是提起“农爷”两个字，在天津道上，也和“霍元甲”三个字一般响亮。因农劲荪为人老成持重，他平生所有的举动，都是实事求是，丝毫没有虚荣之心，在天津本没干过出风头的事，就是这次帮同霍元甲救护教民，他自己不曾有一次向人道过名字。霍元甲因钦敬他，不论当面背后，都称他“农爷”。便是当时各新闻纸上，有记载救护教民的事，甚详细的，也没把“农劲荪”三个字刊登来；所以知道霍元甲的，多只知道还有个农爷。又因姓这个“农”字的很少，在当时的人，固有一部分不知道农爷叫什么名字的，更有一部分人说，不知农爷究竟姓什么的，这也是当时一件很有趣的事。

霍元甲与农劲荪，原是以道义相交，自共了这回患难，两人的交情，便益发密切了。一月之中，二人至少也得会面二十八九次。这日是十月初间，霍元甲正在闲着没事，和刘振声谈论武艺，忽见农劲荪走了进来。刘振声连忙迎着笑道：“师傅正觉闲着没事干，农爷来得好，请坐下来和师傅多谈谈吧！”霍元甲笑着抬起身让座说道：“我不知怎的，近来闷得慌，除了农爷那里，又没好地方给我走，知道农爷这时也快来了，所以坐在这里等候。”农劲荪也笑着问道：“我有一个问题，看四爷说的怎样？”霍元甲道：“什么问题？我是没读书的人，不要给难题目我做才好呢！”

农劲荪道：“这问题倒是个难题目，就是要问四爷，闷得难过呢，还是气得难过？”霍元甲道：“闷要看是什么时候，气也要看是什么事情。你想与其受气，终不如独自纳闷的好些。”农劲荪拍手笑道：“对呀！四爷在家纳闷，哪里及得我在家受气的难过啊！”霍元甲正色问道：“有谁给气农爷受？”农劲荪道：“这气不是专给我一个人受的。我因一个人受不了，所以特地把这气送到四爷这里来，也让四爷尝尝这气的滋味，看比闷怎样！”边说边转身从洋服外套口袋里，抽出一卷折叠起了的报纸来，打开指着一行广告，给霍元甲看道：“请瞧吧！”

霍元甲就农劲荪所指点的地方一看，见有几个外国字，夹杂在中国字里面，便不肯往下看了，抬头对农劲荪道：“这里面夹了和我不曾会过面的外国字，我就懒得看了，还是请农爷把这上面的意思，说给我听的爽利些。”农劲荪笑道：“这外国字不认识没关系，是一个人名字，四爷既懒得看，我就从容说给四爷听也使得。这天津地方，自从那年四爷把那个世界第一的大力士赶走路，几年来再没有不自量的外国人，敢来这天津献丑了。谁知于今却有一个牛皮更大的大力士，到了上海，和那个自称‘世界第一大力士’的俄国人一般登着广告，牛皮还比较的来得凶些。那俄国人的广告上，只夸张他自己的力量，是世界第一，虽也含着瞧不起我中国人的意思，然广告上并不曾说明出来。四爷那时看了，已是气得了不得，于今这个是某国的人，名字叫做奥比音，广告上竟明说出来，中国人当中，若也有自负有气力的人，看了他的神力不佩服的，尽管上台和他较量，他非常欢迎。不过他的力量，不是寻常冒充大力士的力量可比，身体脆弱的中国人，万不可冒昧从事，拿着自己的生命去尝试。”

农劲荪才说到这里，霍元甲已气得立起身来，对农劲荪把双手摇着说道：“就是，不用再说了！你只说这人还在上海没有？”农劲荪道：“登他广告，特地从西洋到上海来卖艺，此刻当然还在上海。”霍元甲点头道：“这回也是少不了你的，我们就一同动身去找他吧！”农劲荪道：“我不打算陪四爷一道去，也不把这事说给四爷听了。他这广告上，虽没说出在上海卖艺多少日子，然估料总不止三五日就走了。我这报是每日从上海寄来的，今日才见着这广告，昨日到的报还没刊登，可见得他在上海还有些日子。”

刘振声在旁听了，直喜得几乎要狂跳起来，实时显出天真烂漫的神气，问霍元甲道：“师傅带我同去么？”霍元甲知道刘振声的年纪虽大了，说话举动，有时还不脱孩子气。这时看了他那急想同去的样子，倒把自己一肚皮的气愤，平下了许多，故意鼻孔里“哼”了一声说道：“这回又想同去，你记得那年正月，同去李爷家，就为你胡闹，把好好的一个摩霸，急得悬梁自尽的事么？又想同去呢！”

刘振声因自己师傅，平日素不说谎话的，此时忽听得这么说，登时如冷水浇背，不由得冷了半截，翻着两只失望的眼，看看霍元甲，又看看农劲荪。农劲荪笑道：“你师傅去什么地方，我看总少不了有你这个。这回你师傅便真个不打算带你去，我也得要求你师傅，带你同去瞧瞧。”刘振声这才脸上露出喜色说道：“谢谢农爷！上海地方，我只听得人说比天津热闹，还不曾去过一次呢！”

霍元甲低头踌躇了一会儿，向农劲荪道：“依我的性子，巴不得立刻就和你动身，才得畅快。无奈有许多零碎事情，都在我一人肩上，我若不交代停妥就走，于我个人的信用，很有关系。我自己药栈里的事，还在其次；就是我曾代替朋友在一家银号里，前后借了三万串钱，差不多要到期了，我不能不在未动身之前，交涉妥洽。因这回去上海，有多少日子耽搁，此时还说不定，万一来回须耽搁到一个月以上，就更不能不迟几日动身。”

农劲荪点头道：“四爷自己的事，四爷自去斟酌，既在商场上混，信用当然不是耍的事，我为人平生与人没有轇轕，只看四爷何时可走，便何时同走。”霍元甲愁眉苦脸了好一会儿，只管把头慢慢的摇着。农劲荪忍不住问道：“有什么不得解决的事，可不可对我说说呢？”

霍元甲长叹了一声道：“不是不可对农爷说，不过我是深知道农爷的，若农爷能代我解决时，早已说过了，何待今日呢？”农劲荪道：“但说说何妨！我虽不见得能有解决的方法，只是事情也未必因多了我一个人知道，便加多一分困难。

不知霍元甲将心事说出没有，且俟第四十五回再写。

总评：

二周诱郭成而囚之铁室，此不足异也，既囚之而又纵之则奇矣；纵之而又能随之以归案，则尤奇矣。总之作者描摹二周处，立誓不作一平笔，故处处写来，诡异莫测，令人叫绝也。

二周中途逃脱，作者乃略之而不写，何也？曰：“此数回乃郭成正传，二周为宾，郭成为主，故作者纯从郭成方面着笔，于二周则略之。所以别主宾，辨重轻也。”

郭成挖目，似太惨厉，然不如此，则全段结束之处，毫无精彩矣。平心论之，挖去二目，较之剥皮之惨，尚差胜万倍也。

王五一时之雄，乃无端死于外人之手，为之废书一叹。五苟无名，五可不死也。呜呼！名之累人如是矣。

此一回乃过渡文字也，从郭成过渡到王五，又从王五过渡到霍四，用笔何等轻灵，何等活泼！

霍元甲欲与外国力士比武，此其第二次矣。农劲荪之报告也，传单报纸之夸诞也，霍元甲之大怒也，均与前段所述无异，此是作者有意欲其相犯故耳。迨其入后之结果，则又与前截然不同，犯而不犯，方见行文之妙。

第四十五回

求名师示勇天津道　访力士订约春申江

话说霍元甲见农劲荪这么说，低头半晌，忽然望着农劲荪笑道："这话说来很长。此时我急想把这里的事，拾掇拾掇，快到上海去，且等从上海回来，再向农爷说吧！于今不要说这些闲事，耽搁了时间。"

农劲荪道："专去上海找那奥比音，据我想，不至要多少日子，来回打算半个月已足，意外的耽搁，料想是不会有的。"霍元甲道："就只半个月，我也一时走不了。"农劲荪遂作辞道："那么我就候着四爷吧！"

农劲荪出了淮庆会馆，正待回自己的寓所，行到半路，远远见前面有一大群的人，好像追赶着什么稀奇东西看的样子，一群人都行走得很快。农劲荪的脚步，原比寻常人快得多，此时也存着一点儿好奇的念头，更把脚步放紧了些。刚行了两丈来远，只见前面追赶的人，已都停住了脚，登时围了一个大圈子。农劲荪这才从容上前，挨入人丛看时，原来是一个年约三十多岁的汉子，生得浓眉大眼，阔背圆腰，挺胸竖脊的立在路旁，人有旁若无人的气概；一条光溜溜的黑木扁担，一头缠一个大麻布袋，袋里像是沉重的东西。就这汉子的精神气概看去，虽可使人一望而知，是一个富有气力的人，然毕竟是怎生一个来历，何以轰动了这么多人追赶着看，农劲荪一时却看不出来；只得拣身旁一个年纪略老、形象和易的人，问怎么大家都追着这汉子看。

那人指着两这麻布袋答道："这汉子的气力真不小，两个布袋里面，共装了一百串大钱，能挑在肩上飞跑，我们空手都跑不过他。"农劲荪心想十足制钱，每串总在六七斤左右，一百串便有六七百斤，在一般普通人看了，当然不能不惊奇道怪，其实若拿霍四爷的神力比起来，岂不是小巫见大巫吗？不过当今之世，能有几个像霍四爷那般的神力，便能赶得上这汉子的也就不可多得。当下随口又问那老年人道："这汉子是本地人么，姓什么？此刻用制钱的很少，却挑这一百串钱去哪里使用呢？"那老年摇头笑道："我也是这么想，不知道他挑到哪里去，我们在码头上，遇见他从船上挑了这担钱上岸，码头上的挑夫，争着要替他挑，却又没一个挑得动。挑夫说至少要分做五担，这汉子不肯，很闹了一会儿子唇舌，挑夫才放这汉子自己挑去，我们因此跟上来看。"

农劲荪点头道："看装束也不像本地人。"说话时，这汉子一手托起扁担，往肩上一搁，连腰也不弯一弯，和平常挑夫挑二三十斤东西一般的不吃力。农劲荪原打算上前打个招呼，问问姓名来历，没想到他走得这么快，一则不愿意跟着众人追赶，一则心里也还有些踌躇，觉得这汉子眉目之间，很露出些凶恶的神气，十九不是一个善良的人，便不问众人追赶的下落，直回到自己的住处。

次日一早，霍元甲就带了刘振声走来，见面就对农劲荪笑道："合该我们的运气好，事情非常顺手。我昨日很着虑，没有三五日工夫，我经手的事办不停当。谁知竟出我意料之外，只一夜就把所应交涉的事，都交涉妥当了。农爷看，是不是你我的运气好呢？"农劲荪听了，自也很高兴的说道："真是难得有这么顺手的事，既是交涉妥当了，那么我们什么时候，可以动身呢？"霍元甲笑道："只是时间上的问题了，就在今日动身，是决定了的。"农劲荪随即检点了自己极简便的行李，就在这日，同霍、刘二人向上海进发。

这日到了上海，农劲荪在车站上就买了一份报纸，翻来覆去的寻了一会儿，并不见有记载大力士卖艺的新闻，心里很觉着诧异，暗想外国大力士，来中国卖艺的事，从来稀罕得很，怎么报纸上，会不登载卖艺的情形呢？并且那大力士自己登的广告也没有了，难道就已离开了上海吗？心里一面狐疑着，一面引霍、刘二人，到四马路一家客栈里住着，自己到各处打听了一日，才很失望的回客栈，对霍元甲说道："我们这番来得真不凑巧，不但不能如愿和奥比音交手，连奥比音是个什么样的人物，毕竟有多大的气力，也没有方法能看得见了。”

霍元甲登时立起身来问道：“怎么呢，难道他得暴病死了吗？”农劲荪摇头道：“死却不曾死，不过此刻已不在上海了。”霍元甲道：“只要他不曾死，看他在哪里，我便追到哪里去。我既是专为找他出了天津，不见面决不罢休。他此刻到哪里去了呢？”农劲荪道：“我今日已向各方面探听得明白，奥比音这回到上海来卖艺，并不是他自觉本领了得，欺我中国没人，特地前来卖弄的。完全是个雇工性质，由一个外国资本家，想在中国内地，及南洋各埠，做这种投机生意，花重价雇了这个大力士来，到各通商口岸献技。座位卖得极贵，无论卖了多少钱，都是归这资本家的。奥比音只能得当时议定的工资，在上海仅卖了七日，听说资本家赚的钱已不少，直到前日才满期，昨日奥比音已经动身，到南洋群岛卖力去了。”

霍元甲问道：“怎么说直到前日才满期的话，他们议定的期只得七天吗？”农劲荪笑道：“不是，这期是上海工部局的期。在上海租界里面，不问要做什么买卖，都得先向工部局里领执照。这种买卖，到工部局领执照的时候，须自定一个限期。听说这资本家原想领一个月执照的，因租了张氏味莼园开演，味莼园的租价太大，旁的开支更太多，资本家恐怕演的日子长了，看的人不甚踊跃，反致蚀了本钱，所以只领了七天的执照。第一、二两天，果然看的人不多，资本家正在着急，却被现在上海的几个南洋华侨看上了，要求奥比音在上海演过七天之后，就到南洋群岛去。资本家见南洋有人要求，便欣然答应了。谁知三、四、五、六、七几天，看客每天增加不少，到第七天，看客更是人山人海，资本家到这时，想延期再多演几日，无奈工部局和南洋华侨都不答应，只得到期停演。奥比音已于昨日，跟着几个华侨，动身到南洋去了。那资本家因此地还有些未了的手续，大约尚需迟几天，方能赶到南洋去。”

霍元甲问道：“农爷曾会见那资本家没有呢？”农劲荪道：“不曾去会，不过他住的地方，我已调查在这里了。”霍元甲道：“我们何妨就赶到南洋去呢？”农劲荪沉吟道：“去是未尝不可，但是奥比音在南洋毕竟有多久停留，我们不得而知。奥比音的资本家不在那里，奥比音本人，必不能自己做主，和四爷比赛；若等到那资本家动身时一同去，来回耽搁的日子，也就太多了，并且还怕他不肯和四爷比赛。”

霍元甲不乐道："然则我们此来，不又是白跑了吗？"农劲荪道："我们且去会那资本家谈谈，看他如何说法。奥比音既是那资本家花钱雇用的，主权当然在资本家手里，我们此来是不是白跑，一谈就可以知道了。"霍元甲道："好！"当下三人便一同去会奥比音的资本家。

资本家名叫沃林，是一个五十来岁的商人，在中国各通商口岸，做过二十多年的生意，很蓄积了几十万元的产业。他的住宅在静安寺路，并不是他自己建筑的房子。他的行踪从来没有一定，所做的生意，也是看市面上哪项生意好做，便做哪项生意，投机性质的居多。这日霍元甲等三人去会他，凑巧他正在家中。农劲荪投了自己和霍元甲的名片，并对传达的人略述了来拜访的意思，沃林出来，迎三人到客室里。农劲荪见礼之后说道："我们都是住在天津的人，近来因见上海新闻纸上，登有奥比音大力士在张园献技的广告，并有欢迎敝国自命有气力的人，出来比赛的话。这位敝友霍元甲君，就是敝国自命有气力的一个，因不肯辜负奥比音大力士一番登报欢迎的盛意，特地从天津到上海来。不料昨日到时，奥大力士已离开上海，又到南洋献技去了。经我向各方调查，才知道奥大力士此番来上海、南洋献技，是由先生出资聘请来的，一切的主权，都操之先生，为此就和敝友到先生这里来。敝友已是决心要和奥大力士比赛，但不知尊意怎样？"

沃林听农劲荪说完，打量了霍元甲两眼，脸上现出鄙夷不屑的神气，向农劲荪问道："霍君不会说英国话么？"农劲荪点头道："先生若会说中国话，敝友很愿意用中国话与先生交谈。"沃林略迟疑了一下，便用极生涩不堪的北京话问霍元甲道："你有多大的气力？"霍元甲道："你此时用不着问我有多大的气力，只教你那大力士和我一比赛，便知道有多大了。"

沃林听了，不大明白。农劲荪照着译了出来，沃林道："可惜你们来迟了几天，若正在奥比音献技的时候来了，霍君要比赛，随时都可以上台。我广告上既注明了欢迎比赛的话，有人来比赛，当然不会有旁的问题。不过此时奥比音已去南洋，没有再回上海的必要，霍君想在上海比赛，就不能没有条件了。"

农劲荪道："有什么条件呢？"沃林道："专为与霍君一个人比赛，特地从南洋回到上海，时间和旅费，都得受很大的损失。将来比赛的时候，若是霍君占了胜利，倒也罢了，只怪奥比音没有能耐，不论多大的损失，是应受的；但是万一霍君比不过奥比音，也教奥比音受这时间和旅费的损失，于情理不太说不过去了吗？”

农劲荪道：“先生有什么条件，尽管提出来，我好和敝友商量。”沃林道：“霍君不曾见过奥比音的力量，仅看了新闻纸上的广告，就来要求比赛，依我的意见，还望霍君加以考虑。奥比音的力量，实在不比寻常，一手能拉住一辆汽车，使汽车不能够动半步；又能仰面睡在地上，能使开足速力的汽车，从他身上滚过去，他一点儿不受伤。霍君若自信力量在奥比音之上，并自信有把握可以和奥比音比赛，我再提出条件来。”

农劲荪将沃林的话，一一翻给霍元甲听，问霍元甲的意思怎样。霍元甲笑道：“我不管奥比音的力量寻常不寻常，他既登报欢迎中国人比赛，我是特来比赛的中国人，我又非三岁五岁的小孩，和大力士比赛，更不是一件儿戏的事，岂待这时到了此地，才加以考虑？奥比音若胆怯，不敢承认比赛，只得由他，我不能勉强。敢比赛，就只看他有什么条件，爽利些说出来，但是在情理之中，我可以承认的，无不承认，不要拿恫吓的言语欺人。”

农劲荪也照这意思，对沃林说了。沃林望着霍元甲，面上很现出惊疑的样子，踌躇了一会儿说道：“既是认真要比赛，就得赌赛银两，不能凭空分胜负。霍君能拿出银子来赌赛么？”农劲荪问道：“赌赛多少银子呢？”沃林道：“多则一万两，至少也得五千两。”农劲荪道：“既是赌赛银两，当然双方同样的拿出银子来，想必没有不可以的。”回头问霍元甲，霍元甲绝不犹豫的说道：“要赌一万两，便赌一万两。他敢赌，我就不敢赌吗？哪怕就因此破产，也说不得，看他定什么时候？”

农劲荪和沃林一说，沃林半晌没有回答。农劲荪催了两遍，才答道：“此刻阳历年关已近了，我的事务很忙，时间须在明年一月才行。”农劲荪道：“阳历一月，正是阴历腊月，霍君在天津经商，腊月的事务也很忙碌，还是提早的好。”沃林连连摇头道：“提早不行，奥比音非明年一月，不能到上海来。”农劲荪道：“那就索性再迟些，定阴历明年正月的日期好么？”沃林道：“那倒使得。不过我们今日所谈的话，还不曾经过法律上的手续，不能为凭。霍君真要定约比赛，我们双方都得延律师和保证人，议妥了条件，把合同订好，方能为凭。”

农劲荪拿这话问霍元甲，霍元甲作色说道：“大丈夫说话，已经说出了口，不到一刻工夫，怎么好意思就说不能为凭！我平生不知道什么叫法律，只知道信义是人类交接的根本。他若是不相信我为人，以为我说的话，也和他们外国人一般的不能为凭，尽管大家都拿出一万两现银子来，当面见效，谁比赢了，谁拿起银子走。要延什么律师，要请什么保证人！就在今日，由他约一个期限，定一个比赛的地点，奥比音若是毫无把握的，料想不敢冒昧到中国来卖艺；我若是胆怯不敢比赛的，他们又不曾指名找我，我何苦荒时废事的，跑到这里来和他办这比赛的交涉呢？我不以小人待他，他安敢以小人待我！”霍元甲说这话的时候，声色俱厉，沃林听不懂意思，只望着农劲荪发怔。

农劲荪笑劝霍元甲道：“四爷不要把外国人看高了。外国人若是肯讲信义的，也不至专对中国行侵略政策了。四爷听了他这些生气话，以为他是以小人待四爷，然我听了倒很欢喜，他刚才所说延律师和保证人的办法，并不是以小人待四爷，只是以小人待自己。他就不说出这办法来，我也得要他是这么办。四爷自信得过，自不待说，我也十二分的信得过四爷。但他们是外国人，平日的行为怎样，你我一些儿不知道。刚才他亲口对我们说的话，不到一刻工夫，便好意思自行取消，自说不能为凭，四爷能保他不临时翻悔吗？等到那时，四爷荒时废事的带了银子前来赌赛，而他或因胆怯或因旁的关系，竟不履行今日的话，四爷有什么方法对付他呢？既凭了律师，又有保证人，把合同订好了，彼此都安心遵守，固是很好。万一他要中途翻悔，我们有合同在手里，他的律师和保证人，也都脱不了干系，岂不比仅凭口头说的来得稳妥些吗！依我的意思，合同上还得订明一条，倘若到了比赛的时期，哪方面不到，或借故临时中止比赛的，只能要求于预定时期一礼拜之内，改期比赛，如改期再不到，即认为有意规避，得赔偿不误期的损失银一千两。若不订明这一条，他尽管在合同上订赌赛多少银子，临时他不来了，我们就拿着合同，也仍是一点儿用处没有。”

霍元甲点头道：“我不曾和外国办过交涉，也没有认识的外国人，只听说外国人做事，都是说一不到二的，原来要是这么处处用法律提防着。这也就可见得外国人的信用，不是由于自重自爱的，是由于处处有所谓法律手续，预为之防的。好吧！农爷知道他们的狡猾，一切都托农爷做主办了就是。农爷说好，我决没有什么话说。”

农劲荪便对沃林道："我们都在天津做生意，不能在这里多耽搁，延律师订合同的事，愈速愈妙。先生打算哪一天，在什么所在订呢？"沃林道："这事的关系很大，不能随便就行，且等我延好了律师，拟妥了条件，择定了日期与地点，再通知你们。你们只把律师、保证人安排好了，等我的通知。"农劲荪道："这却使得，不过不能延长日期，至一星期以外。"沃林答应了。

农劲荪便作辞与霍、刘二人出来，商量延律师、请保证人的事。霍元甲道："若在天津，莫说一万银子的保证人，便再多些，也容易请着。这上海地方，我此来还是初次，却教我去哪里找这么一个保证人呢？"农劲荪道："我当时听沃林这般说，也觉得找一万两银子的保证人不易，但是不能在他跟前，露出为难的样子来。我看沃林的意思，起初很藐视四爷，以为四爷决不敢比赛；便是真心要比赛，也是为虚荣心所驱使，想和外国大力士比赛一次，无论胜负，可以出出风头，所以先拿奥比音拉汽车、滚汽车的话，打算把四爷吓退。及见四爷听了，毫不在意，才想出这赌赛银两和延律师、保证人订约的题目来，以为四爷若只是想借此出风头，自己原没有比赛的把握，就断不敢拿许多银子，冒昧从事。及见四爷又不把他的话当一回事，不由得他不惊讶。他从欧洲把奥比音雇到上海来，为的是想借此骗几个钱。就是在广告上吹牛皮，也无非想惊动一般看客，哪里打算真有人会来比赛呢？于今见四爷说得这么认真，他一想到奥比音万一比输了，得由他拿一万两银子，平白的教他受这大的损失，如何能不着虑呢？因此，他不能不说刚才所说的话，不曾经过法律手续，不能为凭的话。这就可以见得他心里对于四爷要和奥比音比赛的事，胜负毫没有把握，其所以推故要多迟几日订约，必是想打电报去南洋，问奥比音的意思怎样？奥比音回电赞成，他才放心和四爷订约；奥比音若有含糊闪烁，沃林十九会变卦，或者再提出更苛酷的条件来，使四爷不能答应，他便好趁此拒绝比赛。我所推测的如此，四爷的意思以为怎样？"

不知霍元甲说出什么来，且俟第四十六回再写。

总评：

霍元甲屡次欲与外国大力士比武，或疑为好勇斗狠之论，其实大谬。盖两次比武，目的宗旨，稍有不同，第一次完全出于义愤；此次则除激于义愤外，尚有一种不得已之苦衷在，非阅至后文，不能知也。

两次比武，或有疑其相犯者，余谓文章苟善变化，正亦不妨相犯，犯而能避，庶见笔力。《水浒传》纪武松、石秀等事，多有相犯，顾人未尝以为病者，以其善变化也。此书用笔，异常活泼，其善于变化处，正亦不让《水浒》，虽犯亦奚害哉！

农劲荪路中遇见挑担汉子一节，伏笔甚妙，此真《史》、《汉》作法，非俗笔所能。

霍元甲以君子待沃林，而沃林转以小人待霍元甲，两两相较，贤不肖判然。孰谓西人程度，必高出华人哉！农劲荪之论，透辟极矣。

霍元甲谓西人必赖法律维持信义，亦是此论，然此语颇挖苦西人不小。

第四十六回

候通知霍元甲着急　比武艺高继唐显能

话说霍元甲听了农劲荪推测的话，连连点头道："大概不出这些情形。不过我们总得想个法子，使他不能拒绝比赛才好。"农劲荪道："我们且将保证人弄妥，律师是容易聘请的，等待三五日，若沃林没有通知书来，我们不妨再来催促他，看他怎样说法。"霍元甲道："假若我们将律师和保证人都弄妥当了，他忽然变卦，借故不比赛了，我们不上他的当吗？"农劲荪点头道："这自然也是一件可虑的事，不能保其绝对没有的。所以我说只先将保证人弄妥，这种保证人，是由各人的交情面子找来的，找妥了不用，也不受损失；律师是非钱不行，等到临时聘请也来得及。"

次日，农劲荪独自出外，访了一日的朋友，想代霍元甲找一家能作一万银子保证人的商家。无奈直接或间接和农劲荪有交情的上海商人，都在报纸上，或亲眼见过奥比音的本领，都存心以为世界上，绝没有再比奥比音强大的人了。农劲荪又不会替霍元甲吹牛皮，因自己不曾亲眼见过奥比音，心里虽相信霍元甲不是荒唐冒失人，口里却不敢对人说能操券获胜的话。商人十九胆小，这更是要和外国人交涉的事，谁肯轻易承诺呢？"

农劲荪找保不着，不由得纳闷回来，对霍元甲说了奔走一日的情形。霍元甲也着急道："这事怎么是好呢？我其所以敢当面答应赌赛一万银子，实有两种原因。一则能自信以我的本领，若和中国有本领的人比赛，又不曾见过面看过功夫，确不敢随口答应赌这多银两。于今是和外国的大力士比赛，尽管奥比音的气力再大三五倍，我也有把握，要赌多少，敢答应他赌多少，越赌的银两多，便越显得我家的迷踪艺值价；二则我代替我一个把兄弟，在天津几家银号里借了不少的钱，这里面很有些轇轕，我若能在这回，赢奥比音一万两银子，则一切的轇轕，都立时解决了。我既自信有把握能赢一万两银子，赢了这银子的用处又极大，我如何能不一口承认呢！”

农劲荪道：“四爷的把兄弟，究竟是哪个，借钱还有些什么轇轕呢？”霍元甲道：“那人农爷不曾会过，也是在天津做生意的，姓胡名震泽。胡家有一张牙帖，遗传几代了，传到胡震泽的父亲手里，因自己不会经商，又没有充足的本钱，有好些年没拿出来做生意。直到震泽兄弟成了人，都在市面上混得有些儿资格了，他父亲才将那牙帖拿出来，对震泽一班兄弟道：‘你们都是生意中人，这祖传的牙帖，不可长远搁在家里，白糟蹋了。你们兄弟谁有信用，能在外面借得一万串钱到手，便谁拿这牙帖去做生意。两人借得着，两人合做，大家都借得着，大家合做更好。’震泽知道我在天津略有点儿信用，要拉扯些银钱还不甚难，特地到药栈来找我。那时正遇着李富东老英雄，打发他徒弟摩霸来接我，也正是此刻将近年关的时候，很为他的事忙了几日，凑足了一万串钱给他。他向我借钱，说明了是当本钱做生意，还期自然不能太促，而我在天津各银号里借来，还期是不能拖久的。到了期，只得由我拿出钱来偿还。除这一万串钱之外，还有几家银号，是由我介绍给震泽做来往的，于今震泽因生意不顺手，所有的账项都牵丝绊藤的不能了清，我栈里这一万串钱，我既知道他的境况，不便向他催讨。他也觉得是自家兄弟，比旁人容易说话，更没把这笔账项列入计开。农爷是知道我家里情形的，我这淮庆药栈的本钱，是我们十兄弟公有的，不是我一个人的，总共不过三四万串本钱，已嫌不大充足，稍为大一点儿的生意，因自己吃不下，常被别人本钱大的抢了去。这里更整整的去了一万串，生意上怎么能不受影响呢？为我一个人结交朋友，使众兄弟都吃很大的亏，便是众兄弟都瞧我的面子，不说什么，我自己也不觉得难过么？我为想弥补这一万串钱的亏空，不知用了多少心思，只因自己不能分身在生意以外弄钱，始终得不着能弥补的机会。我思量这番的事，若得成功，岂不是一举两得！”

农劲荪听了叹道：“原来四爷有这种私人担负，怪道我们从天津动身到这里来的时候，四爷那么愁眉不展，果然那时四爷就说给我听，我也没有代四爷解决的能力。总得有此番这么好的机会，若因我们找不着保证人，竟将比赛的事弄决裂了，实在有些可惜。”霍元甲道：“要一家商店独立担保一万两银子，本也是一件难事，我想作几家分保，沃林总不能借故说不行。”农劲荪点头道：“这没有不行的理由，分保是比较容易一点。”霍元甲道：“在天津和我栈里做来往的几家银号，上海都有分庄，只得去找他们交涉一番试试看。”农劲荪自然说好。

第二日，霍元甲邀同农劲荪去各银号交涉。有两处东家在上海的，因与霍元甲认识，知道不妨担保，每家承认保五千两。霍、农二人见这难题已经解决，心里都说不出的高兴，一心一意等待沃林的通知。一连等了五日，全无消息。霍元甲每日从早至晚，坐在客栈里等候，一步也不敢出外，恐怕沃林着人来通知，自己不在栈里，误了时刻。这日实在等得心里焦躁起来了，走到隔壁农劲荪住的房里，见农劲荪正坐在窗前看书，神气安闲得很，不觉叹道：“农爷的涵养功夫真了得！我是简直等得焦急不堪了，农爷不是曾说等待他三五日，没有通知书来，便去催促的吗？今日已是第五日了，可不可以去催促一番呢？”

农劲荪刚立起身待回答，忽见刘振声笑容满面的走了进来说道：“有人来看师傅。”霍元甲不待思索的，即笑向农劲荪道：“必是从沃林那里来的，此外没有来看我的人，农爷一阵过去吧。”农劲荪欣然答应着，一同过霍元甲这边房里来。

农劲荪看房中立着一个身材魁硕的汉子，气象非常骄傲，心中不由十分惊异，暗想这汉子，不就是我动身的前一日，在天津遇见的那个挑一百串钱的汉子吗？怎么他也到这里来了呢，难道也是来找奥比音的么？正这么想着，只见那汉子放开巨雷般的嗓音，问霍元甲道：“天津霍四爷便是你么？”霍元甲拱手道：“不敢当！兄弟霍元甲，排行第四。请教老哥尊姓大名，找兄弟有何事故？”

那汉子才向霍元甲一揖到地道：“我姓吴，名振楚，湖南凤凰厅人，家中几代都做屠户，我也是做屠户的，于今因事不得已，倾家荡产，出门访求名师，练习武艺。一路在江湖上闻得霍四爷的大名，特地到天津拜访。无奈事不凑巧，一到天津，就害了两天感冒，第三日到淮庆会馆拜访四爷时，四爷已动身到这里来了，只得又赶到这里来。此时得见着了四爷的面，我的心才放下了。我要求四爷教我的武艺，师傅钱多的没有，只一百串大钱，一百两纹银，都已随身带来了。”说时，从腰间掏出两只元宝，搁在桌上道：“一百串钱，现在外面账房里，我立时去挑到这里来。”

霍元甲见这吴振楚的言语神情，来得过于奇特，一时倒猜不出是什么用意，暗想一百串大钱，足有六七百斤轻重，他能一个人挑在肩上，出门访师，气力已是可观的了；若是不曾下苦功练过武艺的人，断不会有这么好的气力。从湖南访师一路访到天津，路上不待说必遇过不少的好手，毕竟没有能收他做徒弟的；可见得他的功夫已非等闲可知，要做他的师傅也不容易。并且他眉目之间的杀气甚重，使人一望就知道不是一个安分善良之人，不明白他的来历，纵有本领教他，也得提防将来为他受累。

霍元甲如此一思量，心里早已定了主意，见吴振楚要去账房里挑那一百串钱进来的样子，即阻拦着笑道：“老哥误听了江湖中人的传言，以为兄弟有什么惊人的本领，劳动老哥如此长途跋涉的来寻我，兄弟心里异常不安。兄弟在少年的时候，确曾练过两年武艺，就因生长在乡村之中，不得名师传授功夫，一些儿没长进，却打熬出几斤蛮气力。那时有几位江湖中朋友，瞧得起兄弟，一味替兄弟揄扬，才传出这一点虚名，害得老哥奔走。其实老哥的本领，已比兄弟高强，就专讲气力，兄弟也万分不及老哥。兄弟因在生意场中，混了这么多年，已没有练武艺的心肠了，若还是少年时候的兴致，今日见老哥的面，一定要拜老哥为师，决不至失之交臂。”说罢，哈哈大笑。

吴振楚道：“霍四爷不用说得这般客气。我挑着师傅钱出门访师，心目中原没有一定的师傅，只要是本领在我之上的，无论什么人，我都心悦诚服的跟他做徒弟。我本是一个开屠坊的人，生意做得很是顺遂，我既不靠武艺谋衣食，何必是这么倾家荡产的，拿着银钱到处求师呢？这其中实在有不得已的苦衷。人生在世，争的就是这口气。我只因有一个仇人，压得我别不过这口气来，情愿什么东西都不要了，只要能出这口气，哪怕连性命都丢了也使得。我这话没一些欺假，知道霍四爷是个有胸襟、有气魄的好汉，必然肯为人打抱不平的。我这一点点师傅钱，本来菲薄得很，不过要求霍四爷，一念我家贫寒，拿不出多的银钱；二念我诚心，一百串大钱，从湖南凤凰厅挑到这里，除了水路，在旱路上不曾请人挑过半里，赏情把我收下来，我将来死了，都得感激霍四爷的恩典。”

霍元甲笑道：“老哥这番话都白说了。兄弟也是个做生意的人，哪有见了这白花花的银子不爱的道理？从来有本领的人，只愁收不着好徒弟，我若真有教老哥的本领，像老哥这样的徒弟不收，去哪里找比老哥再好的徒弟呢？”

吴振楚想再说要求的话，农劲荪已在旁说道：“吴君是南方人，初到北方来，只闻得霍四爷的大名，却不知道霍四爷得名的来历，只闻得霍四爷的武艺高强，也不知道高强的是什么武艺。霍四爷虽练了一身武艺，并不曾在江湖上显过身手，也不曾轻易和人较量过高低，可见得他的声名，不是从武艺上得来的。他的武艺果然高强，然不是寻常的武艺，是他霍家祖传，教媳不教女的‘迷踪艺’，除他霍家的子弟而外，谁也不能学他家一手‘迷踪艺’。这是他家历代相传的家法。他为人何等谨慎，岂肯由他破坏祖宗成法，收吴君做徒弟。吴君若是真心想研究武艺，自不妨常和他往来，做一个朋友，大家都可得些切磋之益。无如吴君挟着一片报仇的心，决没有这种闲情逸致，依我的愚见，还是去另找高明吧！”

吴振楚听了霍家拳不传异姓的话，知道说也无用，只得无精打采的，收了桌上的两只元宝，作辞挑了那一百串大钱去了。这吴振楚毕竟是个什么人？他所谓压得他别不过气来的仇人，毕竟是哪个？实在情形，毕竟怎么一回事呢？这其中却有一个了不得的英雄，一段饶有趣味的故事，在下若不趁这沃林没有通知书到来，霍元甲闲着无事的当儿，叙述他一番，一来使看官们闷破肚子，二来势必妨碍以下霍元甲摆擂台的正文，只得夹杂在这中间，表白表白。

吴振楚自己对霍元甲所述的身世，确是实情，并非造作。吴振楚在凤凰厅城里开设合胜屠坊，已经历了三代，开张了六十多年。在凤凰城内，算是第一家老资格的屠坊，终年生意比别家畅旺。吴振楚在七八岁的时候，便生成顽铁一般的筋骨，牯牛一般的气劲，性质更是生成的凶横暴厉。他父亲是个当屠户的人，一则不知道什么叫教育；二则镇日忙着杀猪切肉，连管理的工夫也没有了。吴振楚自己没有兄弟，年纪虽才得七八岁，身体却发育得和十四五岁的人差不多。因他父亲既没工夫拘管他，他也镇日在三街六巷，与一班顽皮小孩，成群结队的无所不为。这时他在凤凰厅城里，已得了一个“小瘟神”绰号。看官们只就这绰号上一着想，顾名思义，必已知道他这时的行为举动了。

是这么混到一十五岁，忽然被凤凰厅第一个会使蛇矛的高继唐赏识了，自愿不要师傅钱，收他做徒弟。这高继唐少年时候，在塔齐布部下，当过统领。他那时一条蛇矛，很出过十足的风头。他当初在塔齐布营里，不过当一名十长。塔齐布自己是个最会使蛇矛的人，教部下的兵士，也很注重这样武器。有一次，塔齐布亲自督操，挑选会使蛇矛的兵官，分班对校，轮到高继唐名下，对校的一上手，矛头就被高继唐的矛头震断了，一连震断了三条。塔齐布不觉诧异起来，亲自点了三个平日在营中使矛有声名的，轮流和高继唐较量，第一、第二两个的矛头，也是一上手便断了；第三个的矛头，掣得快些，虽不曾震断，然一转眼，手中的矛，已脱手飞了一丈多高，把右手的虎口都震裂了。塔齐布看了不胜惊讶，将高继唐叫到跟前，问他是从谁学的。高继唐说出师傅来，原来就是塔齐布的师伯，还算是同门兄弟。塔齐布大喜，要亲自和高继唐较量一番，高继唐连说不敢。

那时塔齐布何等的声威，蛇矛又实在是使得当行出色，高继唐只得一个十长的地位，虽说与塔齐布是同门兄弟，然地位既高下悬殊，平日积威之渐，已足以慑服高继唐，使不敢施展生平本领。只是塔齐布一团高兴，定要与高继唐对使一趟，高继唐却又不敢违抗命令，只得勉强奉陪。

二人下了校场，高继唐自然让塔齐布抢先，才交手几下，塔齐布便向高继唐喝道："你怕伤了我吗，怎么不把本领施展出来呢？当仁不让，你尽管将看家本领拿出来吧！"论高继唐的本领，原在塔齐布之上，但是他为人异常宽厚。一来因塔齐布是自己的长官，居这么高大地位，万不能使他败在自己手里；二来因塔齐布与自己是同门兄弟，塔齐布的蛇矛已享了大名，塔齐布的蛇矛声名大，自己同门的也觉得光荣。若一两手将塔齐布打败了，自己的地位太卑，于声名没有多大的关系；而塔齐布的声名，便不免要受些损失。并且高继唐心中很佩服塔齐布，想凭着一身本领，与同门的关系，在塔齐布跟前寻个出头。有这两种原因，所以任凭塔齐布叫他施展看家本领，他只是不肯认真使出来，还手总得欠几分，使塔齐布有腾挪的余地。

塔齐布却误会了，以为高继唐的本领，固比自己欠几分，使得兴发，一手紧似一手，矛头闪闪逼将过去。高继唐一步退让一步，往后只躲。较量蛇矛，不比较量旁的武器，彼此都使着一丈多长的器械，梭进溜退，极占地方。在宽展场所，双方进退自如，胜负各凭实力；若有一方面，背后消步的地方仄狭，又要败中求胜，就是一件很不容易的事了。塔齐布好胜的心极高，见高继唐步步后退，看看离背后的照壁不远了，心中甚是畅快，打算再逼近几步，任你高继唐如何会躲闪，也得伏输了。将矛抖了一个碗大的花，贯足全身气劲，腾进一步，使出一个“单鞭救主”的身法，朝着高继唐前胸，直刺过去。

高继唐的矛头，已被那个碗大的花逼开，本想再退一步，让过塔齐布的矛头，猛然间看见地下日影，才知道照壁就在背后，这一退必为照壁阻挡。但是不退，便让不过矛头，自己的矛，被压在底下，不但使用不着，并且占住自己两只手，失了招架的能力。到了这时候，在功夫平常的人，除了服输投降之外，就只有急将手中矛丢开，望斜刺里逃命的一个方法。高继唐没想到塔齐布务必求胜，相逼到了这一步，服输投降这种辱没师傅的事，高继唐既不愿做；丢矛逃命的举动，也觉不妥。这时，就得显出他的真实本领来了。塔齐布“单鞭救主”的矛，刚朝胸口刺到，高继唐不慌不忙的将手中矛丢下，双掌当胸一合，恰好把塔齐布的矛头夹住，口里连称：“佩服，佩服！”

塔齐布不料高继唐有这种本领，直把矛头陷在掌心里，进退不能移动丝毫，才心悦诚服的罢手。从此，塔齐布十分优待高继唐，高继唐也很立了些战功。塔齐布死后，高继唐就懒得做官了。他原籍是凤凰厅人，辞官归到家中，过安闲日月。

吴振楚十五岁的时候，他的年纪已是六十八岁了，因时常看见吴振楚与一班小无赖，做种种顽皮小孩的玩意，被他看出吴振楚异人的禀赋来；觉得这种天才埋没了可惜，当面教吴振楚拜他为师。高继唐的武艺，当时凤凰厅的三岁小儿都知道，想拜在他门下的人，也不知有过多少，不问贫富老少，高继唐一概拒绝不收。这回忽然由他自己要收吴振楚做徒弟，并一文师傅钱不要，凤凰厅的人没一个不诧为奇事，更没一个不代吴振楚欢喜。

吴振楚相从练了四年，高继唐死了，吴振楚也已有了二十岁，他父亲要他接手做屠坊，他只得继承父业。凤凰厅人却不叫他“小瘟神”了，一般人都呼他“吴大屠夫”。高继唐死后，吴大屠夫的武艺，在凤凰厅也是第一个。凤凰厅人知道他性情暴厉，手脚又毒辣，动不动就瞪着两只铜铃般的眼睛吆喝人，敢反抗他一言半语的，弄发了他的暴性，无论怎么强壮身体的人，他只须随手拍一巴掌，包管把人打得发昏；因此没有人敢惹他。他说什么，也没人敢和他争论。还亏他家是六十多年的老店，生意从来做得规矩，不然早已没人敢上他家的门买肉了。

离吴家不到半里远近，有一家姓陈的，兄弟两个，兄名志宏，弟名志远。吴振楚当“小瘟神”的时候，常和陈志宏兄弟，在一块儿玩耍。陈志宏比吴振楚大十来岁，那时也没有职业，因家中略有些财产，不愁衣食，便专一在外面游手好闲，不务正业。陈志远比陈志宏小两岁，因身体生得孱弱，虽也常和吴振楚这瘟神做一块，然遇事落后，不为众瘟神所重视。

这日陈志宏兄弟，和吴振楚一干瘟神，在城外丛山之中玩耍。玩了大半日，大家都觉得身体也玩疲了，肚中也玩饿了，各人要回各人家中吃饭休息去。陈志宏向众人丛中一看，自己兄弟志远不见了，问众人看见没有，众人都说来是看见同来的，只是进山以后，一次也不曾见他的面。众人都因他平日同玩，事事甘居人后，大家不把他当个重要的人物，不见他也没人注意。

陈志宏提高喉咙，向山林中叫唤了一会儿，不见有人答应，便要求众人分途到山中各处岩穴里寻找。吴振楚不依道：“陈志远比我大七八岁，又不是小孩子，还怕他不认识道路回家吗？他从来是这般快要死的人似的，走路都怕踏伤了蚂蚁的样子，他一时跑我们不过，没赶上，慢慢的自会跟着回来，此时谁还有气力去寻他！”众人听吴振楚这么说，谁不愿早些回家，肯留在山中，寻找大家不以为意的人呢！

陈志宏要求不动，只好由他们回去，自己情关手足，究竟丢不开不去寻找。但是陈志宏独自忍饿，寻遍了这座山，竟没寻出一些儿踪影；直寻到天色黑暗了，才垂头丧气的归家。陈志宏的父亲已死，只有一个母亲，将不见了兄弟的话，对母亲一说，陈母当然急得痛哭。次日托了许多人，再去山中寻找；简直似石沉大海，消息全无。一连访求了几日，都是枉然。陈母从此便不许陈志宏出门，给陈志宏娶了同乡何家的女儿做媳妇，在家过度。陈志宏也自知悔恨从前的行为，绝迹不和吴振楚这班瘟神来往了。

陈志宏的媳妇，是好人家女子，极是贤淑，过门两年，生了一个儿子，这儿子才到三岁，陈志宏就害痢症死了。陈母、何氏不待说更是伤心，幸赖何氏贤淑，抚孤事母，都能竭尽心力，地方上无人不交口称道。只是陈家的产业，原属不多，陈志宏兄弟在时，又皆不善经营，年复一年的亏累，到这时已是荡然无有了。何氏耐劳耐苦的，靠着十个指头代人做针线、洗衣裳，勉强糊住一家男女老小三口。

又过了几年，陈母也老死了，只留下何氏母子两个。这时陈志宏这个儿子，已有一十二岁，何氏省衣节食的，余出些钱来，送儿子到附近蒙馆里读书，自己仍是帮人做活。

如此又过了些时。一日清早，何氏母子才起床，忽见自己娘家的哥子，同一个年约四十来岁的瘦削汉子，行装打扮，背上驮着一个包袱，何氏刚打开大门，就走了进来。何氏的哥子笑问何氏道："妹妹，你知道这位是谁么？"何氏没答白，这汉子已上前跪拜下去，哭道："嫂嫂如何能认识我？我就是十六年前和哥哥一同玩耍，失散了的陈志远。十几年来全亏了嫂嫂仰事俯蓄，陈志远感恩不尽。"说罢，连叩了四个头起来，倒把个何氏拜得不知所措。问自己哥子，才知道陈志远已归来了几日，家中十几年来的困苦情形，以及何氏贤孝的举动，都知道得非常详尽。只因何氏独自守节在家，又从来没见过陈志远的面，不敢冒昧回家，特地找到何家把话说明了，由何氏的哥子送回。陈志远虽离家了十六年，容貌并没大改变，少年时同玩耍的人，见面都还认识，不过一般人问陈志远十六年当中，在什么地方停留，曾干了些什么事，陈志远却含糊答应，不肯详细告人。

陈志远归家以后，对何氏和对母亲一样，恭顺到极处。每日必拿出些钱来，拣何氏爱吃的菜，亲自烹调给何氏吃。对侄儿也十分亲爱，专聘了一个有些儿学问的秀才，在家教侄儿的书，并雇了一个五十来岁的婆子，伺候何氏。每日何氏所吃的肉，多是陈志远一早起来，就亲去合胜屠坊去买。是这么已过了二三年。有时陈志远自己没有工夫，就叫侄儿去买肉。何氏也体念陈志远，吩咐儿子每早不待陈志远起床，便去买肉归家，只等陈志远烹调，如此已成了习惯。

这日陈志远起来，见肉不曾买来，等了好一会儿，才见侄儿空手回家。陈志远一见面，不禁大惊，问道："哎呀！谁把你打伤到这一步？"

不知他侄儿怎生回答，且俟第四十七回再写。

总评：

此一回忽从霍元甲，折入吴振楚传，又从吴振楚传，折入陈志远传矣。

霍元甲与奥比音之比武，其结果若何？胜败如何？固阅者所急欲知之者也。作者深知阅者之心理，乃故弄狡狯，有意岔入他人传中，竟将比武之事，完全搁起，置之不谈；一个闷葫芦，不知何日打破。阅者虽闷煞、急煞，又将奈作者何哉！

霍元甲难言之苦衷，到此回方完全表明。为友受累，世之热心人，大率如此，为可叹耳！

吴振楚于上文出现之后，此回乃突然而至，殊出阅者意外。我以为吴振楚之欲拜霍四为师，全是虚文，究其实际，不过作者欲借此转到吴振楚身上而已。

高继唐是吴振楚传之陪衬，故随手收去，并不多着笔墨。

写陈志远处，另是一副笔墨，与上文所写诸侠义英雄，完全不同，一出场便觉两样，大可注意也。

第四十七回

降志辱身羞居故里　求师访道遍走天涯

话说陈志远的侄儿，见自己叔父这般问他，不由得流泪答道："吴大屠夫打了我。"陈志远忙上前牵了他侄儿的手问道："吴大屠夫为甚打你，打了你什么地方？快说给我听。"他侄儿揩着眼泪说道："早起妈教我去买肉，我走到合胜屠坊，因为早了些儿，猪杀了还不曾破开，只把猪头割了下来，吴大屠夫教我站着多等一会儿。我怕先生起来，耽搁了读书的时刻，不肯多等，催他先切半斤肉给我走。吴大屠夫就亲自拿刀，在颈圈杀口地方，切了一片肉给我。我提回来给妈看，妈说：'这是杀口肉，精不成精，肥不成肥，怎么能吃，快拿去换一块好的来，不要给你叔叔看了生气，也免得你叔叔又要亲跑一趟。'我只得回头教吴大屠夫更换，吴大屠夫横起两眼望着我道：'谁家屠坊里的肉，出了门可以退换的？先教你等，你不肯，能怪人切错了肉给你吗'？我说：'不是怪你切错了肉。我家买的肉太少，这精不成精，肥不成肥的肉，实在不好，怎生弄了吃，请你换给我一块吧！'吴大屠夫就生气说道：'刚才也是你买了去的，既说精不成精，肥不成肥，你当时又不瞎了眼，为什么不教换，到这时才提来换呢？快些滚吧，没人有工夫和你啰唣。'他说着，掉身过去和别人说话，不睬理我。我只好走到他面前说道：'我虽是把这肉提回了家，但是动也没动一下。我家每天来买肉的，换给我吧！'吴大屠夫对我脸上'呸'了一口道：'你每天来买也好，一百年不来买也好，这包退回换的事，我们屠坊里不能为你开端。你是明白的，快点儿滚开些。我这里不只做你一家的生意，清晨早起，就在这里啰唣讨厌。’我说：‘我们多年的老往来，换一块肉都不肯，还要开口骂人，是什么道理？我又不是切动了你的肉再来换！’我这句话才说了，吴大屠夫便大怒起来，说我，‘切动了你的肉’这句话，是骂了他，把他当做一只猪，切他的肉，跳起来劈面就是一拳，打在我脸上。我登时被他打倒在地下，昏过去了，也不知过了多久才醒来。亏了合胜隔壁张老板，将我扶起，送我回来。吴大屠夫还叫我把那肉提回，我不肯接。张老板送我到门口，才转身去了，我于今还觉得头目昏昏的，里面有些疼痛。”

陈志远急就他侄儿耳边说道：“你万不可把吴大屠夫打你的情形，说给你妈知道。你快去我床上睡下，你妈若来问你，你只说受了点儿凉，身体不大爽快，睡一会儿就好了。我出外一刻就回来。”陈志远扶他侄儿到床上睡了，自己急匆匆的到山上，寻了几味草药，回家给侄儿敷在头上，才走到合胜屠坊。

这时吴振楚正忙着砍肉，陈志远走上前说道：“吴振楚，你为什么把我侄儿打伤到那一步？”吴振楚一翻眼望了望陈志远，随口答道：“他开口就骂人，我为什么不打？”陈志远道：“他年轻不懂事，就在你跟前说错了话，你教训他几句，也就罢了。他若不服你教训，他家有娘有我，你应该告诉他娘和我，我自然会勒令他向你赔罪。你是一个大人，怎么也不懂事，竟把他打伤到那一步！”

吴振楚听了，将手中割肉尖刀往屠凳上一拍，骂道：“你家是些什么东西？你家平日若有教训，他也不敢在外面开口就骂人。我在这里做了几十年生意，历来是谁敢在这里乱说，我就打谁，不管他老少。于今打也打过了，你是知趣的，赶紧回去，给他准备后事，不要在这里学他的样。我看在小时候，和你兄弟同在一块儿玩耍的份上，已经很让你了；若再不走，说不定也要对不起了。”

陈志远听了这些话，倒改换了一副笑脸问道：“怎么叫做‘也要对不起’，难道连我也要打吗？”吴振楚哼了一声道：“难说不照你侄儿的样，请你在这地下躺一会儿再走。”陈志远哈哈大笑道：“好厉害！我正是活得不耐烦了，特地来找你送终，你快将我打得躺下来吧！”吴振楚见这么一来。那气就更大了，厉声说道：“你既是有意来讨死，我若不敢打你，也不算好汉！”边说边向陈志远举拳就打。

陈志远伸着两个指头，在吴振楚肘弯里捏了一下。说也奇怪，吴振楚这条被捏的胳膊，就和触了电一般，登时麻木了。伸不得，缩不得；上不得，下不得，与前人小说书上所写受了定身法的一样。不过定身法是全部的，吴振楚这回是局部的，只有被捏的胳膊，呆呆的是那么举着；这条胳膊以外的肢体，仍和平常一样，能自由行动。吴振楚心里明白，是被陈志远点正了穴道，只苦于自己不懂得解救的方法。

陈志远捏过那下之后，接着打了一个哈哈道："吴振楚，你怎么不打下来呢？原来你只会欺负小孩子，大人叫你打，你还是不敢打啊！你既客气不打我，我就只得少陪你了。"说罢，自归家去了。

吴振楚见陈志远走了，许多买肉的人，和过路的人，都一个个望着吴振楚发怔。吴振楚面上又羞又愧，心里又急又气，手膀又胀又痛，只得跑进里面房中，想自己将胳膊转动。但是不转动胀痛得还能忍受，越是转动越痛得不堪。打发人四处请外科医生，请专治跌打损伤的医生，直闹了一昼夜，吃药、敷药，都没有丝毫效验。刚挨过一个对时，自然回复了原状，一些儿不觉得痛苦了。只是手膀虽自然回复了原状，然而这一昼夜之间，因为事情来得奇怪，受伤的又是凤凰厅第一个享大名会武艺的吴振楚，这新闻登时传遍了满城。人人都说，吴大屠夫平日动辄行凶打人，今日却遇见对手，把他十多年的威风，一时扫尽了这类话，自免不了要传到吴振楚耳里去，更把吴振楚一气一个半死。心想这仇不报，我在凤凰厅也无面目能见人了。若我败在一个武艺有名的人手里，也没要紧，陈志远在小时候，就是一个有名的痨病鬼，莫说打不过我们，连走路也走不过我们。于今虽说有十多年不见他，见面仍看得出是十多年前的痨病鬼模样，人家不知道他会点穴，只说我打不过他。我此刻若明去找他报仇，他有了防备，我是不见得能打的过他。古人说：明枪易躲，暗箭难防。我何不在夜间乘他不备，带一把尖刀在手里，悄悄的到他家，将他一刀刺死呢？心中计算已定，即拣选了一把最锋利的杀猪尖刀，磨了一会儿。

这时正是六月间天气，吴振楚在初更时候，带了尖刀，走向陈志远家去。陈志远的大门外面，有一片石坪。这夜有些月色，吴振楚才走近石坪，就见石坪中间，安放了一张竹床，竹床上仰面睡了一个人，在那里乘凉。吴振楚停了步，借着月光，仔细看竹床上的人，不是陈志远是哪个呢？吴振楚站的地方，离竹床约有丈多远，不敢竖起身子，走上前去，恐怕脚声惊醒了陈志远。蹲下身来，将尖刀含在口中，用牙齿咬了，两手撑在地下，两膝跪着，狗也似的，一步一步往前爬。直爬到竹床跟前，听陈志远睡着打呼，不由得暗暗欢喜道："你陈志远也有落在我手里的时候啊！"先将两脚立稳，才慢慢的将腰往上伸直。刚伸到一半，猛见陈志远的手一动，实时觉得尾脊骨上，仿佛中了一锤子。自己知道不妙，急想取刀刺去，哪里来得及呢？

这回的麻木，比前回就更加厉害了。前回只麻木了一条胳膊，不能转动；这回是全身都麻木了，腰也伸缩不得，四肢也动弹不得，口也张合不得。杀猪尖刀掉落在地下，但牙齿仍和咬着刀一般的，张露在外，全身抖个不住，与发了疟疾相似。心里明白，两耳能听，两目能看，只口不能言语，脚不能移，手不能动。见陈志远就和没知道有这回事的一样，仍是仰面朝天的睡着，打呼的声音，比初见时越发加大了。吴振楚恨不得将陈志远生吞活吃了，只是自己成了这个模样，不但前仇不曾报了，心里反增加了无穷的毒恨，眼睁睁的望着仇人，仰睡在自己面前，自己一不能动弹，便一点儿摆布的方法也没有。

是这么触了电似的，约莫抖了一个多更次，才远远的听得有好几个人的脚步声音，边走边说笑着，渐渐的走近跟前了。吴振楚心中越发急的，恨不得就一头将自己撞死，免得过路的人看了自己这种奇丑不堪的形象，传播出去，比前次更觉丢脸。但是心里尽管想撞死，事实上哪里由他做得到？正在急得无可奈何的时候，那好几个过路的人，已走到了身边，只听得几人同声喊着"哎呀"道："这是什么东西？"随即有一个人，将手中提的灯笼举起来说道："等我来照照看。"旋说旋照到吴振楚脸上，不由得都发出惊讶的声音道："这不是合胜屠坊的吴大老板吗，怎么成了这个样子呢？"同时又有个人，发现睡着的是陈志远了，也很惊讶的说道："啊呀！原来睡在这里的是陈志远。你们看陈志远好大的瞌睡，还兀自睡着不醒呢！"其中有一个眼快的，一眼看见了掉在地下的那把杀猪尖刀，忙俯身拾了起来，就灯笼的光，给大家看了说道："好雪亮的快刀，这刀准是吴大老板的。哦，不错！近来有好多人说，吴大老板和陈志远有仇，今夜大约是吴大老板带了这刀来这里，想寻陈志远报仇，不知如何倒成了这个模样。我们只把陈志远叫醒一问，便知端底了。"

当下就有人叫陈志远醒来。陈志远应声而醒，翻身坐起来，双手揉着两眼，带着朦胧有睡意的声音说道："我在这里乘凉，正睡得舒服，你们无缘无故的把我叫醒来干什么呢？"众人笑道："你说的好太平话，还怪我们不该叫醒了你，你瞧瞧这是哪个，这雪亮的是什么东西？"陈志远放下手来，见说话的那人，一手拿着刀，一手指着吴振楚。

陈志远故作惊慌的样子说道："这不是吴大屠夫吗，这不是吴大屠夫的杀猪刀吗？哇！吴振楚，你做出这要死的样子干什么？你发了疟疾，还不快回去请医生，开着方服药。此刻大概已是半夜了，天气很凉了，我也得进屋里去睡。"说着，下了竹床站起来，望着众人问道："诸位街邻，怎么这时分都到了这里？"众人道："我们也是因天气太热，在家睡不着，约了几个朋友，在前面某某家里推牌九耍子，刚散了场，回各人家去。打这里经过，就看见你睡在这里，吴大老板在这里发抖。我们倒被他这怪样子，吓了一大跳。咦？快看，吴大老板哭起来了。"

陈志远看吴振楚两眼的泪珠儿，种豆子也似的洒下来，也不说什么，弯腰提起竹床，向众人笑道："对不起诸位街邻，我是要进屋子里面睡去了。"众人中一个略略老成有些儿见识的人说道："陈二爷就这么进去睡了，吴大老板不要在这里抖一通夜吗？做好事，给他治一治吧！"

陈志远摇头道："我又不做医生，如何能给他治病？凤凰厅有的是好医生，诸位若是和他有交情的，最好去替他请个医生。我从来不会治病，并不知道他这是什么病症。"那人赔笑着说道："陈二爷不要装模糊了吧，吴大老板是个有名的鲁莽人，看他这情形，不待说是拿了刀，想找你报仇。你是这么惩罚他，自是应该的。不过，我们既打这里走过，不能看着他在这里受罪。无论如何，总得求你瞧我们一点儿情面，将他治好，告诫他下次再不许对你无礼。"

众人也从旁帮着向陈志远要求，陈志远才放下竹床，正色说道："诸位街邻都是明理的人，像吴振楚这般不讲情理，专一欺负人，应不应该给点儿厉害他看！我家兄弟和他小时候，是同玩耍同长大的人，先兄去世，只留下一个侄儿，他若是顾念交情的，理应凡事照顾一些才是。谁知他这没天良的东西，欺孤儿寡妇的本领真大，前几日舍侄去他店里换肉，他不换也就罢了，想不到竟把舍侄打成重伤。还亏我略知道几味药草，舍侄才没有性命之忧，不然早已被他打死了。我实在气不过，亲去他店里和他论理，他翻眼无情，连我也打起来了。他打我，我并没回手打他，他自己动手不小心，把胳膊上的筋络拗动了，才请医生治好，今夜却又来想杀我。这种没天良不讲情理的东西，诸位但看他的行为，天地虽大，有容他的地方没有？”

众人同声说道：“我们都是本地方的人，吴大老板平日的行为，我们没一个不知道，也没一个以他为然的。只因他的武艺好、气力大，谁也不敢说一句公道话，免得和他淘气。这回他受了陈二爷两次教训，以后的行为，想必会痛加改悔。如果陈二爷这番瞧我们的情面，饶恕了他，此后他还是怙恶不改，再落在陈二爷手里时，我们决不来替他求情，听凭陈二爷如何处置。”

陈志远点头笑道：“诸位既这么说，我看诸位的份上，不妨饶了他这次；不过望他改悔行为的话，是万万做不到的。只是我陈志远终年住在这里，他定要再来和我为难，我也没有方法能使他不来，唯有在家中等着他便了。”说时，走近吴振楚面前伸手一巴掌，朝吴振楚左脸打去，打得往右边一偏；又伸左手一巴掌打去，打得往左边一偏。这两巴掌打过，吴振楚的头，立时能向左右摆动了。再抓了顶心发，往上一提，只听得骨节乱响，腰腿同时提直了，双手抛燕子似的，将吴振楚反复抛了几下，放下来说道：“你能改过自新，是你自己的造化。你我本无仇恨，如何用得着报复，自寻苦恼？良言尽此，去吧！”

吴振楚这时得回复了自由，如释去了千百斤重负，只是羞愤得不知应如何才好。哪里还肯停留片刻，连杀猪刀都不要了，提步就跑。无奈四肢百骸，酸麻过久，一时何能回复得和平时一样呢？跑几步，跌一跤，爬起来又跑，跑几步又跌。众人看了，都不禁哈哈大笑。笑得吴振楚更是愤火中烧，一口气奔回家中，绝不踌躇的，将雇用的伙计退了。次早便不开门做生意，把所有的产业，全行低价变卖，卖了一百串大钱，一百七八十两银子。做两麻布袋，装了一百串大钱，一肩挑起来，揣了两只元宝，将七八十两散碎银子，做出门旅费，准备走遍天涯，访求名师，练习武艺，好回家湔洗陈志远两次的当众羞辱。

一路之上，也遇了会武艺的人，只是十有六七，还敌不过吴振楚，便有些功夫在吴振楚之上的，吴振楚觉得不能比陈志远高强，不敢冒昧拜师。访来访去，闻得霍元甲的武艺，在当时一班有名望的武术家当中，可称首屈一指；因此特地到天津。上岸的时候，为这一百串大钱，和天津的码头挑夫，闹了一番口舌，便惊动了许多好事的人，跟在他后面瞧热闹。农劲荪也就是其中的一分子。

吴振楚原打算一落客栈，就去淮庆会馆，拜访霍元甲的。无奈他是南方人，平生不但没到过北方，并不曾离开过凤凰厅。数月来长途跋涉，心里因访不着名师，又不免有些着急。这日一落到客栈里，就头痛发热，得了个伤风病，整整的躺了两日才好。等他病好了去访霍元甲时，霍元甲已动身往上海去了；只得又赶到上海。

谁知见面也是枉然，霍家的祖传武艺，从来不能教给外姓人，吴振楚只索垂头丧气的，离开了上海。心想我从凤凰厅出来，已走过了好几省，所经过的地方，凡是有些名望的好手，也都拜访过了，实在没一个有陈志远那种本领的，可见得声名很靠不住。即如陈志远有那么高的本领，凤凰厅人有谁知道？若有和我一般的人，专凭声名到凤凰厅来求师傅，不待说是要拜在我门下，决不会拜在陈志远门下。我这回就是专凭声名，所以访来访去，访不着一个有真才实学的。此后得改变方法，凡是有声名的教师，都用不着去拜会，倒不如在一般九流三教，没有会武艺声名的人当中，去留神观察，或者还能找得着一个师傅。

吴振楚打定了这个主意，便专在穷乡僻壤的庵堂寺观中盘桓。举动容止略为诡异些儿的人物，他无不十分注意。这日他游到浙江石浦县境内（今已并南田为一县，无石浦县名目矣），正在一座不甚高峻的山脚下歇憩，只见一个二十多岁的读书人，生得丰神飘逸，举止温文，俨然一个王孙公子的体态；只是衣服朴素，绝无一点豪富气象。从前面山嘴上走过来，脚步缓慢，像是无事闲游的样子。吴振楚看看那软弱无力的体格，不觉倒抽了一口冷气，暗自寻思道：“我的命运，怎的直如此不济？几个月不曾遇见一个有些英雄气概的人物，不是粗浊不堪的手艺人，就是这一类风也吹得起的书生，难道我这趟出门是白跑吗？我这仇恨，永远没有报复的时候吗？”想到这里，就联想到两次受辱的情形，不知不觉的掉下泪来；却又怕被那个迎面而来的读书少年看见，连忙扯着自己衣袖，把眼泪揩了，低头坐着伤感。

忽听得那少年走到跟前问道：“你这人是哪里来的，怎么独自坐在这里哭泣呢？”吴振楚肚内骂道：“我哭也好，笑也好，与你过路人鸟相干，要你盘问些什么！”只是他肚里虽这么暗骂，口里却仍是好好的答道：“我自己心中有事，想起来不由得有些难过。”

少年听了吴振楚说话的口音问道：“你不是湖南人么，到这里来干什么事的呢？”吴振楚点头道：“你到过我们湖南么？我到这里并不干什么事，随意玩耍一番就走。”少年道：“我不曾去过湖南，朋友当中有湖南人，所以听得出你的声音。我不相信你是随意来这里玩耍的，你这两个麻布袋里，是两袋什么东西，很像有点几分量的样子。”吴振楚道：“没多少分量，只得一百串大钱。”

少年连忙打量了吴振楚两眼，问道：“这一百串大钱，挑到哪里去呢？”吴振楚摇头道：“不一定挑到哪里去，挑到哪里是哪里。”少年道：“挑着干什么呢？”吴振楚笑道：“不干什么，不过拿他压一压肩胳，免得走路时一身轻飘飘的。”少年也笑道：“你这人，真可说是无钱不行的了。但不知一百串钱，究竟有多少斤重？”吴振楚顺口答道：“几百斤重。”少年道：“我不相信一百串钱，竟有几百斤重。我挑一挑试试看，使得么？”吴振楚道：“使是使得，只是闪痛了你的腰，却不能怪我。”

少年伸手将扁担拿起来，往肩胳上一搁，竟毫不费力的挑了起来。吴振楚这才大吃一惊，暗想这样软弱的读书人，谁也看不出他有这么大的气力。正在这么着想时，只见少年又将布袋卸下来，用手揉着肩胳笑道：“我这肩上，从来没受过一些儿压迫，犯不着拿这东西委屈它，并且它不曾受过压迫，也不知道轻重。还是这两只手，有些灵验。无论什么东西，它一拿就知道分两。”说着，拿右手握住扁担当中，高高的举起来就走。

吴振楚望着他，走得极轻便的样子，更是又惊又喜，以为今日访着师傅了，眼睁睁的望着少年走了百来步远近，将要转过山角去了。满拟他不至转过山角去，必能就回头来的，想不到他头也不回，只一瞬眼就转过山角去了；不禁心里慌急起来，跳起身匆匆就赶。

赶过山角，朝前一望，一条直路，有二里来远，中间没一点遮断望眼的东西。但是举眼望去，并不见那少年的踪影，肚里恨道：“原来是一个骗子，特来骗我这一百串钱的，然而他怎么跑得这么快呢？我如何会倒霉倒到这步田地？唉！这也只怪我不应该不将到这里来的实情告知他。他若知道我这一百串钱，是特地挑来做师傅钱学武艺的，他有这般本领，自信能做我的师傅，我自会恭恭敬敬的将钱送给他，他也用不着是这么骗取了。”

吴振楚一面思量着，一面仍脚不停步的急往前追。原来这条路，是围绕着这座山脚的，追了好一会儿，转过一个山嘴，一看那少年，已神闲气静的，立在刚才自己坐着歇憩的地方，两布袋钱也安放在原处，吴振楚这才欢天喜地的跑上前去。那少年倒埋怨他道：“你跑到什么地方去了呢？我走回来不见了你，害得我心里好着急，等得实在有些不耐烦了。你若再不来时，我只好把钱丢在这里，回家去了。你点一点钱数吧，我还有事去。”

吴振楚笑道：“我好容易才遇着你这么一个好汉，无论有什么事，也不能丢了我就去，且请坐下来，我有话说。”少年道：“你有什么话，就爽利些说吧！”吴振楚心想报仇的话，是不好说的，只得说道：“我为要练武艺，在湖南找不着好师傅，才巴巴的挑了这一百串钱，还有一百两银子，到外面来访求名师。无奈访了大半年，没访着一个像先生这么好汉。今日有缘给我遇见了，先生必要收我做徒弟的。”说完，整了整身上衣服，打算拜了下去。

少年慌忙将吴振楚的胳膊扶住，哈哈笑道：“使不得，使不得！我不能做你的师傅。你既这么诚心想学武艺，我可帮你找个师傅，包你能如愿以偿，你挑着这钱随我来吧。”

吴振楚只得依从，挑起钱跟着少年，走到一处山冲里，只见许多竹木花草，围绕着一所小小的茅屋，门窗都是芦管编排的，一些儿不牢实。吴振楚看了，心想像这样的门窗，休说防贼盗，便是一只狗也关不住，有什么用处呢？想着已走进了芦门。

少年指着一块平方的青石道：“我这里没有桌椅。你疲劳了，就在这上面坐坐吧！”吴振楚放下钱担，就青石坐下来，看少年走人旁边一间略小些儿的房里去了。吴振楚忍不住起身，轻轻走近房门口，向里张望，只见窗前安放一块见方二尺多长的大石头，似不曾经人力雕琢的，石上摊了几本破旧不堪的书，此外别无陈设。少年坐在石头跟前，提着一管笔写字。石桌对面用木板支着一个床，床上铺了一条芦席，一条破毡，床头堆了几本旧书。吴振楚不觉好笑，暗想怪道用不着坚牢的门窗，这样一无所有的家，也断不至有贼盗来光顾。少年一会儿写好了，搁笔起身对吴振楚道：“今日天色已经不早，本应留你在这里歇宿了，明日再教你去拜师。无奈我这里没有床帐被褥，不便留你，我写了一封信，你就拿着动身去吧。从这里朝西走，不到二十里路，有一座笔尖也似的高山，很容易记认，你走到那山底下，随便找一个种地的人家借歇了，明日再上山去。就在半山中间，有一座石庙，我帮你找的师傅，便住在那石庙里。不过我吩咐你一句话，你得牢牢的记着：你到那庙里，将这信交了，必有人给你羞辱受，你没诚心学武艺则已，既诚心要学武艺，无论有什么羞辱，都得忍受。”

吴振楚伸手接了信道：“只要学得着武艺，忍耐些儿便了。但是这师傅姓什么，叫什么名字呢？请你说给我听，不要找错了人。”少年笑道：“我教你去，哪有错的，那庙里没有第二人能做你的师傅。你去吧，用不着说给你听。”吴振楚不好再说，只得揣好了信，复向少年道：“承先生的情，帮我找了师傅，先生的尊姓大名，我还不曾请教得。”少年忽沉下脸挥手道：“休得啰唣，你我有缘再见。”说罢，转身上床睡了。吴振楚心中好生纳闷，只好挑了钱出来，向西方投奔。

不知此去找着了什么师傅，且俟第四十八回再写。

总评：

世间英雄侠义，无一非性情中人。此两回写陈志远之事寡嫂，抚孤侄，天性醇厚，笃于伦常，即此已是义侠英雄之本色，固不必待吴屠之被窘，而后识为匪常人也。

陈志远侄儿之被殴，即借其自己口中表出，并不实写，此是行文力求简洁处也。若陈志远之与吴屠理论，以及吴屠之持刀行刺，则又断断不可虚写。作小说须虚实分明，故下笔之先，宜有斟酌也。

陈志远之击吴振楚，不动手而能制敌人之死命，是又王五、霍四之所敬谢不敏者也。侠义英雄中，此为创格矣。

前回写陈志远幼时孱弱之状，正是欲反衬出此回之绝技，此其意与上文写霍幼时之情状，大略相似，而读者不见其相犯之迹，所以妙也。

吴振楚之气质不好，故好勇斗狠，豪暴自喜，非必便是坏人也。一旦受辱于陈志远，乃能出外求师，誓修此怨，坚忍不挠，其志可嘉。后卒遇明师，雪宿忿，宜哉！

第四十八回

揽麻雀老英雄显绝艺　拉虎筋大徒弟试功夫

话说吴振楚从那少年家里出来，放紧了脚步，一口气向西方奔波了十七八里路，天色才到黄昏时候。快要淹没到地下去的太阳，望去早被那笔尖也似的山峰遮掩了。吴振楚看那山，一峰独出，左右没有高下相等的山峰，知道要拜的师傅，便是住在那座山里，不敢停步。一会儿，走到那座山底下，只见茅屋瓦舍，相连有二三十户人家。一家家的屋檐缝里，冒出炊烟。在田里耕作的人，三三五五的肩着农器，各自缓步归家。吴振楚看了这班农人日入而息的安闲态度，不由得想到自己年来的奔波劳苦，全是为陈志远欺辱过甚，自己才弄到这步田地。心想只要能学成武艺，报了两次欺辱的仇恨，自后仍当在家乡，安分守己的做生意，再也不和人斗气了。一面心里是这么想着，一面拣了一处排场气派大些儿的人家，走进去借宿。

这家出来一个六七十岁的老人，问吴振楚从哪里来。吴振楚说了要上山去，因天色晚了，特来借宿的意思。老人听了，连打量了吴振楚几眼问道："上山去找师傅吗？"吴振楚不由得又是一惊，暗想这老头，怎么会知道我是上山找师傅呢？随即点头答道："我确是要上山找师傅，但是你老人家怎生知道的呢？"老人见问，倒望着吴振楚发怔，好一会儿才说道："你既是要上山找师傅，如何反问我怎生知道？"吴振楚道："我是外省人，初来这里，原不知道这山上有什么师傅，因有人指引这条道路，才到这里来。其实师傅是谁，我并不知道。"

老人笑道："这就难怪你问我了。这山上的师傅，我们也不知道他是哪里的人，来这山中种地度日，已有了三十多年。我们只知道他姓瞿，见面都叫‘瞿铁老’。这山下几十户人家的子弟，他都招了去练武艺，所以我们又都叫他师傅。这山上除了师傅和许多小徒弟外，并没有旁人。你要上山去，不是找师傅找谁呢？”吴振楚这才明白，这夜就在此家借宿了一宵。这家因是来找瞿铁老的，款待得甚是殷勤。次日道谢起身，仍挑了那一百串钱，走上山去。

行到半山，果见一座全体用麻石砌成的庙宇，形式甚为古老，至多也是二三百年以前的建筑。庙的规模，不十分宏大，山门前一块平地，约有三四丈宽大。山门敞开着，有十多个小孩，在门里手舞足蹈的玩要。吴振楚看了，不以为意，直跨进门去。只是门里的地方不宽，有十多个小孩，在那里手舞足蹈，把出入的要道塞住了。吴振楚挑了这一串钱，不好行走，只得立住脚，等众小孩让路。但是，众小孩仿佛不曾看见有人来了似的，乱跳乱舞如故，没一个肯抬头望吴振楚一眼。

吴振楚等得心里焦躁起来了，打算挑着钱直撞过去，把众小孩撞翻几个。忽然转念一想，使不得，那少年不是曾叮嘱我，若有羞辱须忍耐吗，怎好一到就任性撞祸呢？这么一想，实时将钱担放下来，对就近一个小孩问道：“师傅在里面么？”那小孩只当没听见，睬也不睬。吴振楚暗自纳闷道：“这小东西聋了吗？就在他跟前问他，怎么也不听见？”只是仍不敢动气，走进一步，拣了一个年龄略大些儿的，照前问了一句，并说因我这里有一封信，要当面交给师傅。这小孩也是一般的，只当没听得。

吴振楚忍气吞声的立在旁边，又不敢径往里面走。仔细看众小孩，虽是乱舞乱跳，然各自专心致志的，各不相犯，也没一个开口说话，不像是寻常小孩无意的玩要。心想难道这就是练习武艺吗？我自己不是不曾练习过武艺的人，近来跑了几省的地方，南北会拳脚有名的好汉，也不知见过了多少，哪里见过这种乱跳乱舞的拳脚呢？

吴振楚心里正在这么怀疑，只见正殿上走下一个须发皓然的老人来，反操着两手，笑容满面的从容走着。吴振楚料知这老人，必就是要拜的师傅，连忙整了整衣服，掏出那少年的信来，双手擎着迎上去，恭恭敬敬的请了一个安，将信呈上，口里并不说什么。因为吴振楚此时心里，还有些不相信这样年老的人，果有本领能做自己的师傅。近来所见名头高大的人物，实在太多，徒有虚名的，居十之七八。有了这些经验，就恐怕瞿铁老也没有了不得的本领，够不上做自己的师傅，所以不肯随口称呼。

瞿铁老接信看了一遍，登时蹙着眉头说道："你已有这么大的年纪了，怎么好到我这里来做徒弟呢？我的徒弟，没有过一十五岁的，你如何和他们混得来！也罢，你得这封信到我这里来也不容易，我收你做个徒弟倒使得，不过你从前做过些什么功夫，须使几手出来给我看看，我才好就你的资质，传你的武艺。"

吴振楚道："凭空使出来，只怕难看出功夫的深浅。"瞿铁老似乎已懂得吴振楚的用意，是不知道自己的本领，能不能做他的师傅，随即点头笑道："一个人空手使起来，是不容易看出功夫的深浅。我找一个徒弟和你对使，你的功夫就显而易见了。"说着，向众小孩中叫了一声，当下也没听出叫的什么名字，只见一个年约十二三岁的孩子，实时停了跳舞，规行矩步的走了过来。瞿铁老指着吴振楚，笑向这孩子道："这是你的师兄，你陪你师兄走一趟拳脚，看你的功夫，也有些儿用处没有？"

这孩子望着吴振楚，面上露出些害怕的神气。瞿铁老笑道："又不是认真相打，害怕些什么！尽管放胆把功夫拿出来，你师兄见你年纪小，出手必留着几分气力。来，来，来！这殿上空阔，使起来没有碍手碍脚的东西。"

吴振楚跟着走到正殿，心中暗忖，这老头也太小觑我了。虽然不是认真相打，岂不知道拳脚无情，不动手则已，动手哪有不伤人的道理？休说这十二三岁小孩，本领有限，即算他手脚灵便，只是万一不留神，碰在我的拳头上，岂不要把他打个骨断筋折？只听得瞿铁老说道："我并不是要看你的功夫怎样，是要在功夫上看你的资质怎样？你尽管将生平的本领拿出来，打到那时分，我叫你们住手，你们就得住手。"

吴振楚见这孩子随便站着，并不立什么架式，便也立着不动。瞿铁老道："你是师兄，今日又是初到，先动手吧。不要因他年纪小，身量小，不敢下手打他。有我在此，便打伤了什么所在也没要紧。"吴振楚只得紧了紧腰带，先立一个门户，看这孩子怎样动手。但是立了一会儿，这孩子只站着不动，丝毫没有要和人相打的样子。

瞿铁老在旁边催促道："你先动手打进去。"吴振楚遂动手打进去，因想显点儿力量给瞿铁老看，打算只用两个指头，将这孩子提起来，往正殿屋梁上抛去；再用两个指头接着，好让瞿铁老知道不是寻常之辈。不过心里虽是这般着想，明明的一拳朝这小孩子打去，眼见小孩的身体往左边一晃，便不见踪影了；觉得背上有小手掌，拍灰也似的，连拍了两三下。急掉转身躯，只见小孩立在背后，仍是刚才一般的，随便站着。又扑将过去，伸手待抓小孩顶上的短发，哪里抓得着呢？分明看见他往下一蹲，又是一点儿踪影不见了。疑心又是转到了背后，正要用后膛扫腿，折身扫去，猛觉自己顶上的头发，好像有几根，被铁钉挂住了似的，痛彻心肝，只是才痛了一下就不痛了。

吴振楚止不住心头冒火，看小孩就站在身边，做出嬉笑顽皮的样子，恨不得一拳打他一个透明的窟窿。思量两次都被他逃跑了，虽是由于这小东西的身体灵便，然我也应该用一只手去打他，若我张开两条臂膊去捉他，看他能逃到哪里去？当下定了这个合手成拿的办法，哪敢怠慢，即将臂膊支开，对小孩拦腰抱去。小孩真个似乎害怕的样子，往后倒退。

吴振楚好容易得了这机会，哪肯放松半点？紧逼过去。小孩接连七八步，退到楹柱跟前，被楹柱抵住了，没有消步的余地。吴振楚见了，心中好不欢喜，抢一步喝声："哪里走！"他本是屠夫出身，便真用屠夫捆猪的手法，双手螃蟹钳一般的，合将拢来，只抢步太急，用力太过，不提防额头上碰了一下，只碰得两眼金星四冒。作怪，吴振楚两手所抱的，哪里是小孩呢？原来把楹柱抱着了。两手抱的既是楹柱，额头当然也和楹柱碰个正着。

正在这个当儿，听得这小孩在背后咯咯的笑。吴振楚本已愤火中烧，待回身再与小孩拼个你死我活的，心里不知怎的，忽然明白了，暗想我特地倾家荡产的出门找师傅，自然巴不得遇着这样本领比我高强的人，我才可望练成武艺，回家报仇。若遇着有本领的，心里又不服气，然则我辛辛苦苦出门干什么呢？吴振楚这么一着想，不但没有不服气的念头，反欢天喜地的走到瞿铁老面前，双膝跪下去，叩了无数个头，才起来说道："你老人家真配做我的师傅。我倾家荡产，只得一百串钱、一百两银子，情愿尽数孝敬师傅。"

瞿铁老笑道："我这里吃的穿的都够，哪用得着这些银钱？你学好了武艺之后，不能不穿衣吃饭，你自己留着用吧。你此刻从我学武艺，须把你以前的本领完全忘掉，方能学好，比他们初学的小孩难学几倍，你要学就非十分耐苦不可。”吴振楚问道：“我原有些功夫的，怎么倒比初学的为难呢？”瞿铁老笑道：“这时和你说，你也不得明白。我只问你一句话：从这里向南方走一百里路，我和你两个人同时动身，我一步也不错的向南方走，你却错走向北方去了，错走到七八十里之后，你心里才觉得误了方向，要到南方去，仍回头走到同时动身的地方，再跟着我向南方走，是不是一百里路，差不多走了三百里呢？”吴振楚点头应是。瞿铁老道：“你于今误了的方向，已将近到一百里了。越是错走的远，越是不容易回头。你以前所做，是后天的功夫，后天功夫到你这样子，也算是可观的了。不过一遇到我这种先天的功夫，就一点儿用处也没有了。”吴振楚听了，虽不能十分领会，然相信从瞿铁老练成武艺，必能报仇雪恨，从此遂一心一意的，跟着瞿铁老学习。

这日瞿铁老传授吴振楚一手功夫，吴振楚不懂得用处。瞿铁老说：“这手名为‘揽雀尾’，顾名思义，便可以懂得了。”正在这传授的时候，凑巧有一群麻雀，在房檐上载飞载鸣。瞿铁老说得兴起，只一跺脚，腾身上去，就用“揽雀尾”的手法，揽了一只麻雀在手，翻身仍落到原处，对吴振楚笑道：“你已领会了这手的用处么？”吴振楚连忙说领会了。

瞿铁老一手托着麻雀，一手指着说道：“这麻雀并没受丝毫伤损，本来是可以实时飞起的，然而在我手掌上，并不用指头将它的脚或翅膀捏住，尽管放开五指，将是这么蹲在掌心里，无论如何，飞不出我的掌心。”吴振楚心里不相信，看这麻雀的神气，确是不曾受伤，蹲在瞿铁老掌心中，仿佛作势要飞的样子。只是瞿铁老的手不住的微微颤动，麻雀竟飞不起来。

瞿铁老笑道：“在掌心里使它飞不动不算事，在我身上也能使它飞不动。”说着，弯下腰来，脊梁朝天，将麻雀放在背上，只见那背也和手掌一样微微的颤动，麻雀又几番作势要飞，仍飞不起来。瞿铁老复捉在手说道：“使它飞不起，你已看见过了。我于今却要使它飞着不能下。”吴振楚正有些疑这麻雀的翅膀，有了毛病，所以飞不起来；听得这么说，就更诧异了。看瞿铁老时，已松手任麻雀飞起来。麻雀本待飞上屋去，但是还飞不到两尺远，便被瞿铁老用手掌挡回了头，又待向回头这方向飞去，也一般的被挡回来了。接连被挡回了四五次，两个翅膀的力乏了，想落在瞿铁老的肩头上。作怪，这麻雀好像恐怕肩头承受它不起的样子，两翅扑个不了。扑了好一会儿，瞿铁老亮开两条臂膊，麻雀见肩头上不能落，就扑到臂膊上来想落下，然而两条臂膊都扑遍了，竟像是没有给麻雀立脚的地方。瞿铁老才笑向麻雀道：“苦了你了，仍在我掌心里歇歇吧。”麻雀果然扑到掌心里蹲着。

吴振楚看把戏似的看出了神，至此才问道：“师傅这是用法术制住了它吗？”瞿铁老摇头道：“我不懂得法术，这是硬功夫，并是极平常的道理，就是先天与后天的区别。它非有后天的力不能飞，非有后天的力不能落，我不使它得着后天的力，所以能是这么作弄它。”

吴振楚问道：“什么谓之后天的力呢？”瞿铁老又指着掌中麻雀道：“你看它不是时刻敛住翅膀，做出要飞的样子吗？它不能就这么飞上去，两脚必须借着后天的力一纵，两个翅膀才展得开来。它脚没有力的时候，我掌心在它脚下，它只一用力，我的掌心就虚了；掌心一虚，教它从何处借力呢？所借的这一点力，便谓之后天的力。何以谓之后天的力呢？因它先用力然后有力，所以是后天的力。即如你从前练的武艺，人家一手用六百斤的力打你，你使用七百斤力去揭开他。你这七百斤，即是后天的力。这后天的力，是没有止境的，是练不到绝顶的。你能练到一千斤，人家便能练到一千零一斤，唯有先天无力，却是无穷之力。”

瞿铁老是这么解譬，吴振楚心里虽然领会得，无奈他从前专做的后天功夫，急切翻不过来，而归家报仇的心思，又十分热烈。只苦练了两年，自觉得武艺长进了不少，估量像陈志远那般本领，足可抵敌得住，便向瞿铁老申述要归家的意思。瞿铁老踌躇道：“论你武艺，还没到下山的时候。不过，你既归家心切，我也只得放你下山去。但我须试你一试，看你的功夫，究竟做到了什么地步？”旋说旋到他自己卧室里，拿出一条二尺多长、大指拇粗细的虎筋来，带吴振楚到山门外草坪里。

吴振楚看草坪中竖了一根尺来高的木桩，瞿铁老一脚立在木桩上，一脚朝前平伸出来，两个指头捏住虎筋一端，将这一端递给吴振楚道：“你是一个素来自负有力的人，又在我这里练了两年苦功，你且拉拉看，到底怎么样？”

吴振楚欣然接了虎筋问道：“就这么拉吗？”瞿铁老说：“是！”吴振楚先立稳了脚，用尽平生之力只一扯，不提防虎筋两断，因用力过猛，几乎仰天一跤跌倒了，倒退了好几步，才立住脚。看瞿铁老立在木桩上，摆也不曾摆动一下，笑嘻嘻的从容跨下木桩说道："不行，不行！至少还差半年工夫，再吃半年辛苦，方好放你下山去。"吴振楚没法，只得仍安心在庙中，朝夕苦练，又练了三个多月。

这日早起，吴振楚正在草坪中做功夫，忽见那个写信的少年，匆匆忙忙的走来，望着吴振楚问道："师傅起床了么？"吴振楚看少年的神情，料是有很紧急的事，要见师傅，忙答应起来了。少年头也不回的跑了进去，吴振楚心想："我多亏了这人，才得到这里来学武艺，二年来几番想下山去看他，只因不肯间断功夫，不曾去得；此时难得他自己到这里来了，我应该进去问候问候才是。他究竟姓甚名谁，我还不知道，也没问过师傅；我于今快要下山回凤凰厅去了，今生今世，能不能再到这地方来，便是来了，能不能再和他见面，都还说不定。今日若是错过了，将来十年、二十年后说起来，还是一桩恨事。"想罢。即整理了身上衣服，向庙里走来。

刚进了庙门，只见瞿铁老跟着那少年，旋说旋向外走，看瞿铁老的脸色，和少年一般的带着些愁苦的样子，一望就知道是心中有忧愁抑郁的事。二人说话的声音很细，听不出是说些什么。吴振楚本待迎上去招呼，但见二人只顾一路说着走来，急匆匆的神气，却又不敢上前，妨碍二人的正务，只好拱立在一旁等候。瞿铁老走近跟前说道："我有事须下山走一遭，大约须半个月以后才得回来，等歇你那些师弟来了的时候，你对他们说，各人在家做半个月功夫再来。"瞿铁老立着和吴振楚说话，少年好像很着急，怕耽搁了时刻似的，连催快走，瞿铁老就跟着少年走了。吴振楚心里好生纳闷。

一会儿，众小孩来了，吴振楚将师傅吩咐的话，告知他们。众小孩笑道："那是我们的师叔，就住在离这里不远。他从来是安闲无事的，不知今日如何这么忙迫？"吴振楚听了喜问道："你们认识他么？他这般年轻，我们师傅这么大的岁数，怎么是师兄弟呢？"一个八九岁的孩子答道："你比我们大这么多岁数，不也是师兄弟吗？"吴振楚点头笑道："不错，不错！师兄弟本不在年纪大小，只是你们可知道他姓什么，叫什么名字吗？"

众小孩道："怎么不知道！我们这一带地方，人人都知道他是有名的'缪大少爷'。他一个人住一所茅房，房里什么东西也没有。一年四季不洗脸，脸上也一点儿污垢没有。终年是那件黑大布罩衫，冬天不见他怕冷，夏天也不见他叫热。谁留他吃饭，他就在谁家吃饭。我们家里割稻子、收麦子的时候，一遇了天气不好，大家忙得不了，他就来替我们帮忙。他本是一个读书人，做起田里功夫来，比我们老作家还来得惯便。他一个人，能做三个人的生活。”

吴振楚问道：“他家就只他一个人吗？”小孩摇头道：“师傅说他家里人很多。”吴振楚道：“你们刚才说，他一个人住一所茅房，怎么又说他家里人很多呢？”小孩道：“他本是一个人住一所茅房，我们还到他家里去玩耍过，夜里油灯也没有，不知道他家里很多的人，都藏在什么地方？”吴振楚听了这种小孩子口吻，忍不住笑问道：“他时常到这庙里吗？”小孩道：“师傅倒时常下山去看他，不曾见他庙里来过。”吴振楚道：“师傅说话的口音，和你们本地的口音不同，缪大少爷也不像是本地的，你们不知道他是哪里的人吗？”众小孩都说不知道，吴振楚便不再问了。

众小孩各自归家练习，只留下吴振楚独自在庙里用功，好在他本来是不和众小孩同学同练的。

过了三五日，一个人在庙中，觉得寂寞难过，偶然想起缪大少爷，自言自语的说道：“我何不趁这时分，去那茅屋里玩玩呢！师傅是跟缪大少爷同去的，或者能在那里遇见师傅，岂不甚好？这庙里虽没人看守，大概不至有偷儿进来。我前年上山的时候，在山底下人家借宿，那人家夜里的大门，就那么大开着不关，我问他不关门怎的不怕盗贼，他说自从师傅到这山上住着，四周十里之内，几十年来不曾有过盗贼。我师傅的威名，能保得十里之内的人家，不入盗贼，岂有自己庙里倒保不住的道理！”心里这么一想，竟像有十分把握的，连庙门也不带关，就放心大胆的走下山去。

二年多不曾下山，一旦跑出来，觉得天宽地阔，山川争媚。依着前年来时的道路，一面浏览景物，心旷神怡的向东走去。只一会儿工夫，就不觉走到了前年坐着休息、与缪大少爷相遇的地方。忙停了步一想，暗道：“不好了，走过了头了，怎么直走到了这里，却没看见那所茅房呢？哦，是了！原来那日跟着他走，一路不曾留神记认。从他家出来的时候，因天色已不早了，心里记挂着要赶路，径跑了出来，并没回头瞧那房子一眼；又过了这么久，心里已没有那房子的形式，所以在跟前走过，一时也没看出来。”当下回头又走，一步一步的留着神，看山势情形。心中确实能记忆，那茅房坐落在一条山溪的小石桥东首，此时走到小石桥上，朝东首看时，哪里有什么茅房的踪影呢？只见一片青草，不仅没有曾建筑房屋的基础，连破砖头碎瓦屑也不见有半点。遂走到青草坪中，仔细寻觅足以证明茅房在此地的物件，须臾寻见了一块方青石，认得是自己坐过的。暗自寻思道："怪道走过了头，原来这茅房早拆毁了，一点儿遗址都没有，教我从哪里去寻找？"嘘唏徘徊了好一会儿，也无从推究这茅屋是何时拆毁的，更猜想不出缪大少爷的行踪，乘兴而来，只得败兴而返。

谁知回到庙中，更有使吴振楚败兴的事情发生了。什么事呢？原来吴振楚当时回到庙中，进自己房中一看，床上的被褥都翻乱了，桌凳也移开了平时安放的地位。看了这意外的情形，不由得不吃惊，急忙走近藏银的床底下一看，一百串大钱不曾动，只那一百两银子和一包散碎银子，不知去向。吴振楚立起身，长叹一声道："这银两合该不是我命里应享受的，藏在这地方，居然有人敢来偷了去，岂不是怪事？好在我带这钱出来，原是准备送给师傅的，我只要学得下武艺，便连这一百串钱偷去，也只当是师傅收受了。"

又过十来日，瞿铁老回来了。吴振楚说了失窃的情形，瞿铁老甚为惊异，亲到吴振楚房中，问被褥桌凳移动的样子。吴振楚照那日的形式，做给瞿铁老看，瞿铁老只管把头摇着。吴振楚问道："师傅为什么看了不住的摇头呢？"瞿铁老道："我因看这贼来得太稀奇，本地方不端的人，因有些畏惧我，不敢在近处动手。近处没有大富人，外来的盗贼，不屑在此地动手。至于我在这庙里，休说本地方的人，便是江湖上，也少有不知道我是一文钱没有的，有谁巴巴的跑到这里来行窃呢？并且这偷银子的人，举动也太奇怪，将被褥翻乱还可说得过去，是恐怕有金银藏在被褥底下；至于这桌凳，底下空洞无物，一望可知，如何用得着移开呢？"

吴振楚本是一个粗心的人，听了只觉得是奇怪，却想不出什么理由来，也懒得仔细研究，只继续着苦练功夫。练满了半年，便问师傅可以下山了么？瞿铁老道："仍得照前次的样试试看。"

瞿铁老这回左手拿了一条旱烟管，右手仍用两个指头，拈着一条虎筋，边吸着旱烟，边跨上木桩，教吴振楚拉扯。吴振楚尽力拉了一下，虎筋不曾拉断，瞿铁老也不曾拉动，只见旱烟斗上的烟灰，被拉得掉下了些儿。吴振楚正心中惭愧，瞿铁老倒兴高采烈的跳下来笑道："行了，只这一下功夫，已是不容易找着对手了。我在这里，虽收了不少徒弟，只你一个人的年纪最大，你要算是我的大徒弟，因此不能模模糊糊的，放你下山去。于今你的武艺，在怀抱绝艺的山林隐逸之士当中，就出手不得；然在江湖上，尽管横行南北，包你不会遇见对手。不过在我门下学武艺的人，待人接物，务以礼让为先，非到万不得已，不许动手打人，尤不许伤人要害。你此番成功下山，一切行为，务必谨慎。倘若仗着所学的功夫，无端将人打死或打伤，哪怕在数千里以外，我得信非常迅速，那时决不轻恕你。”

吴振楚道：“不敢欺瞒师傅，弟子此番倾家荡产出来学武艺，为的是要报仇雪恨。弟子只要将仇人制服了，以后断不敢轻易和人动手。”瞿铁老点头道：“既是为报仇学武艺，那就不在此例，只是你的仇人是谁，用得着这么苦练了功夫去报复？”吴振楚道：“仇人却是个无名小卒，和弟子同乡的，姓陈名志远，痨病鬼一般的东西，倒有些儿本领。”

瞿铁老很惊诧的问道：“谁呢，陈志远吗？”吴振楚应是。瞿铁老仰天叹了口气道：“你怎么会和他有仇？”吴振楚看了瞿铁老的神气，也惊讶道：“师傅倒知道他吗？他和弟子的仇，深得很呢！师傅为什么叹气？”瞿铁老道：“你的仇人既是陈志远，快不要说报复的话了。”吴振楚问道：“为什么呢，师傅和他有交情么？”

瞿铁老摇头道：“不是，不是！可惜你不早把这话说给我听。”吴振楚道：“早说给师傅听怎样。”瞿铁老道：“早说给我听，也不至教你受这二年半的辛苦。”吴振楚听了，仍是不懂，问为何可以不受这二年半的辛苦。瞿铁老道：“你要报陈志远的仇，休说练这二年半，不是他的对手，便练到和我一样，也不是他的对手。你这一辈子，也不要望有报复的时候。”

吴振楚见是这么说，知道自己师傅不会说谎话，登时想起从前受的羞辱，和二年半的白辛苦，只气得伏在瞿铁老跟前痛哭。

不知瞿铁老怎生摆布，吴振楚的报仇，究竟怎生报法，且俟第四十九回再写。

总评：

世之研攻学艺者，第一步须能忍耐，不忍则心粗气浮，安有进步之希望？吴振楚气质暴戾，缪大少固窥知之矣。故上山之初，先使小儿曹挫辱之，以折其气。吴振楚能忍而不发，于是乎可与言技艺矣。

瞿铁老以走路比习武，说理甚精，譬喻亦十分透辟，由此可知世人求学之初，最宜谨慎，身入歧途，欲自反难矣！

瞿铁老先天、后天之说理尤精深，与今之谈力学者，颇多吻合。此老不第一拳艺家，直是一科学家也。

此回写瞿铁老、缪大少二人，迷离惝怳，大有仙意，是技也而进于道矣。我颇疑世传所谓仙灵者，大率皆瞿铁老、缪大少类耳！

瞿、缪二人下山，是一个闷葫芦；吴振楚失窃，又是一个闷葫芦。作者不肯表明，阅者为之闷煞。

吴振楚将下山，瞿铁老忽谓此仇不能报，临了反笔一振，遂使此回格外精彩。文章之妙，全在此等地方。

第四十九回

巧报仇全凭旱烟管　看比武又见开路神

话说瞿铁老见吴振楚竟伏地痛哭，连忙搀扶起来说道：“不必这么伤感。你且将你和陈志远怎样结下了这般深仇大恨的原因，说给我听，我或者还有一点儿法设。”吴振楚这才揩干了眼泪说道：“弟子和他结仇的原因，说起来本是弟子的不是，不过弟子虽明知错在自己，却万分丢不开当时的痛楚，忘不掉当时的羞辱。就是弟子在家乡的声名，若不能报复陈志远，也就不堪闻问了。”随即将幼年时与陈志宏兄弟结交首尾，及再次受辱情形，大略说了一遍。

瞿铁老微微的点头笑道：“幸亏你多在此练了半年，于今还有一点儿法子可设。若在半年以前下山去，就无论什么人也没有方法。”吴振楚听得还有法设，顿时不觉心花都开了，笑问道：“有什么法子，请师傅说出来，也好使弟子快活快活。”瞿铁老笑道：“我有一件法宝，可暂时借给你带下山去，你拿了这法宝，保可以报陈志远的仇。”吴振楚欣然说道：“师傅肯是这么开恩，将法宝借给弟子，弟子但能报复了陈志远的仇，不仅今生今世感师傅天高地厚的恩典，来生变犬马，也得图报答师傅。只不知是一件什么法宝，现在师傅身边没有？”

瞿铁老笑道：“法宝自然是随身带着的，岂有不在身边的道理！不过我这法宝，说值钱，是无价之宝；说不值钱，便一文钱也不值。”吴振楚道：“这法宝果能给弟子报仇，哪怕一文钱不值，也是法宝。师傅借给弟子，弟子敢当天发誓，只对陈志远使用一次，使过了即送还师傅，决不损伤半点儿。请师傅尽管放心。”瞿铁老随手将旱烟管递给吴振楚道：“我也知道你决不会损伤半点儿，不过得仔细些，提防遗失了。”

吴振楚伸手接了旱烟管，以为瞿铁老要腾出手来，好从身边取法宝。等了一会儿，不见他从身边拿出什么法宝来，只得问道：“师傅的法宝在哪里？师傅拿给弟子呢，还是要弟子自己去拿呢？”瞿铁老指着旱烟管笑道：“这不就是法宝吗！”吴振楚不觉怔住了。他本是一个性情极暴躁的人，至此已禁不住心中生气，逞口而出的说道：“原来师傅还是和弟子开玩笑，寻弟子开心的啊！”瞿铁老正色说道：“你这话怎么讲，谁寻你的开心？你敢小觑这旱烟管么，你知道什么？这旱烟管的身量，说起来得吓你一跳，便是《封神传》上广成子的翻天印，也赶不上它。你知道什么，敢小觑它么？”

吴振楚见瞿铁老说得这般认真，思量师傅是个言行不苟的人，况在我痛哭流涕求他的时候，他岂有和我开玩笑的道理！我刚才这两句话，太说的该死了，再不谢罪，更待何时？随即双膝跪下叩头，说道：“弟子刚才回师傅的话，罪该万死！千万求师傅念弟子粗鲁无知，报仇的心思又太急切，所以口不择言。”

瞿铁老扶起他来说道：“这条旱烟管，本来不能顷刻离我身的，因见你哭的可怜，又见并不是真有了不得的大仇恨，非将陈志远杀死不可，才肯把它暂借给你使用一回。谁知你倒疑心是假的了。”吴振楚一面诺诺连声的应是，一面看这旱烟管，有什么特别惊人的所在。这旱烟管通体是黄铜制的，烟嘴、烟斗和中间的烟管相连，是整的，不能像平常的旱烟管，随意将烟嘴、烟斗取下来。烟斗底下有一个小窟窿，用木塞子塞了，以意度之，必是因烟斗取不下来，吸食过久了，管里填满了烟油烟垢，烟斗是弯的，不好通出来，留了这个窟窿，通烟油、烟垢便当些。平时因恐泄气不好吸，所以用木塞子塞了。这烟管和寻常烟管特别不同的地方就在这点，以外的烟荷包，和配挂着好看的零件，一切都与旁人的旱烟管一样，实在看不出有可以当做法宝的好处来。只得说道：“法宝是到了弟子手里，但是，应该怎生祭法，师傅还不曾把咒词传给弟子。”

瞿铁老道：“用这法宝没有咒词。你只好生带着归家，径到陈志远家里去，见面就双手将这法宝高高的捧着，尽管大胆叫陈志远跪下。他一见这法宝，你叫他跪下，他决不敢违抗。你不叫他起来，他就有通天的本领，也不能起来，你便可当面数责他，或用法宝打他一顿，不过不能伤他的要害。你自觉仇已报了，就带着法宝回家，你法宝不离身，陈志远无论在什么时候、什么地方，决不能奈何你。”吴振楚半信半疑的问道：“师傅这法宝，只能暂时借给弟子。有法宝在身，陈志远是不能奈何我，然一旦将法宝退还了师傅，陈志远不又得找弟子报仇吗？”瞿铁老笑道：“冤冤相报，本无了时，只是我知道陈志远的为人，你尽管找他报仇，他但能放你过去时，没有不放你过去的。你和他既是从小在一块儿长大的人，而你与他结仇的原因，错处又不在他，你这番回去只要略占了些上风，就应该知道回头，将前事丢开，彼此做个朋友，岂不彼此都没有冤仇了吗？”

吴振楚听了这些话，心里总不觉有些疑惑这旱烟管，不知是不是可以制服陈志远的法宝，然当下除了依遵瞿铁老的话，没有旁的方法，遂和瞿铁老作辞，仍挑了那一百串钱，下山回凤凰厅来。这番回家，不比前番出来，须随处停留打听，得多耽搁时日。这回一帆风顺，没经过多少日子，便到了凤凰厅。

吴振楚在凤凰厅城里的声名既大，城里的人，不论老幼男女，不认识吴振楚的绝少。当他两次受辱，及倾家出门的时候，风声已传遍了满城，很有不少的人替陈志远担忧，都说吴大屠夫不回来则已，回来定得与陈志远见个高下。陈志远终日坐在家中，事奉寡嫂，如事老娘一样，也不出外寻师傅练武艺，只怕将来要败在吴大屠夫手里。这些话也有人说给陈志远听，陈志远只当没有这回事的，从容笑着说道：“我和吴大屠夫有什么仇？他是出门做生意去了，毫不与我相干。”

这日吴振楚回到了凤凰厅，消息又登时传遍了满城。有一部分人，亲眼看吴振楚挑着一百串钱回来的，就推测吴大屠夫这番出门，必是不曾找着师傅，所以仍旧将挑去的师傅钱挑了回来。也有人说，若不曾找着师傅，练好了武艺，吴大屠夫是个要强争胜的人，决不肯仍回凤凰厅来。这两种推测，都有相当的力量。一般好事之徒，就拥到吴振楚的寓所，想探一个明白。吴振楚也不敢将带了法宝回来的话，对一般人提起，又不敢迟延，恐怕陈志远逃避。到家随即更换了衣服，慎重将事的提了那法宝旱烟管，大踏步走到陈志远家来。正遇着陈志远立在大门口，吴振楚见面，心中不由得有些害怕，唯恐法宝没有灵验，则这场羞辱，比前两场必然还要厉害。待不上前去吧，一则已被陈志远看见了，一则后面跟了一大群看热闹的人，退缩也是丢脸。逼得没有法使，只得回忆师傅吩咐的话，试用双手将旱烟管高高的捧起来，且看效验怎样？

想不到这旱烟管的力量，真比广成子的翻天印，还要厉害。陈志远原是闲立在大门口，意态十分潇洒，一见吴振楚的旱烟管捧起来，立时改变了态度，仿佛州县官见着督府一般，连忙抖了抖衣袖，趋前几步，恭恭敬敬的对吴振楚请了个安，起来垂手侍立，不敢抬头。

吴振楚得了这点儿效果，胆就壮起来了，放下脸来说道："陈志远，你自己知罪么？"陈志远躬身答道："是！知罪！"吴振楚道："你不应该两次羞辱我，今日见面，我非打你不可！"陈志远只连声应"是"，不敢抬头。吴振楚喝道："还不跪下！"陈志远应声，双膝往地下一跪。吴振楚举着旱烟管，没头没脑的就打，打得陈志远动也不敢动一动。

一般看热闹的人都说："吴大屠夫这番出了气了。"吴振楚听了这种声口，觉得自己有了面子，即停手说道："我的仇已报了，你起来吧，我要回去了。"陈志远立起身来，吴振楚转身要走，陈志远极诚恳的挽留道："很难得吴大老板的大驾光临，请进寒舍喝杯水酒。我还有要紧的话说。"吴振楚心想这法宝不离身，他是奈我不何的，且看他有什么要紧的话和我说，随即点头应允。陈志远侧着身体，引吴振楚到家里，推在上座，吴振楚只紧紧的握住法宝，陈志远并不坐下相陪，即进里面去了。好一会儿，才亲自搬出一席很丰盛的酒菜来，仍请吴振楚上座，自己主席相陪，只殷勤敬酒敬菜，并不见说什么要紧的话。

吴振楚心里好生疑惑，实在想不出陈志远怕旱烟管的理由来。他是个生性爽直的人，至此再也忍不住了。陈志远又立起来敬酒，吴振楚伸手按住酒壶说道："我酒已喝够了，用不着再喝，并且我心里有桩事不明白，酒喝的越多越是纳闷。于今我的仇已报过了，知道你是个度量宽宏的人，不必因刚才的事记恨我，我愿意从此和你做一个好朋友，不知你心里怎么样？"陈志远道："只要吴大老板不嫌弃我，这是再好没有的事。"吴振楚喜道："我今日骂也骂了你，打也打了你，我知道我的本领，比你差远了，只是你为什么见了这旱烟管，就俯首帖耳的，由我骂，由我打，还要留我喝酒，这是什么道理？我真不懂得，还得请你说给我听才好。我因存心从此和你做好朋友，所以不妨问你这话。”

陈志远笑道：“你至今还不懂得这道理吗？”吴振楚道：“我实在是不懂得。若懂得，也不问你了呢！”陈志远道：“你不是瞿铁老的徒弟吗？”吴振楚很诧异的说道：“你怎么知道我是瞿铁老的徒弟？”陈志远笑道：“我若不知道，也不怕这旱烟管了。”吴振楚道：“我虽是瞿铁老的徒弟，只是瞿铁老交这旱烟管给我的时候，并不曾向我说出你怕这东西的道理来。我一路疑心这东西靠不住，直到刚才，方相信这玩意儿真有些古怪。但是，像你这么有能为的人，怎的倒怕了这一尺长的旱烟管，这道理我再也猜不透。”

陈志远道：“瞿铁老不曾说给你听，怪道你不知道。你于今和我算是一家人了，不妨说给你听。我和瞿铁老，原是师兄弟。我们师兄弟共有三人，大师兄就是瞿铁老；第二个是我；第三个是我师傅的儿子，年纪很轻，性情很古怪，文学极好。我们师傅姓缪，师弟叫缪祖培，一般人都称他‘缪大少爷’。”吴振楚听到这里，跳起来说道：“原来你是我的二师叔。我到瞿铁老那里去做徒弟，就是三师叔缪大少爷，写信教我去的。”

陈志远点点头，接着说道：“我们三个人当中，论为人正直无私，居心仁厚，算瞿铁老为最；论为人机智多谋，学问渊博，就得推三师弟；只我没什么好处，就只师傅传下来的功夫，我比他两人略能多领会些儿。在四个月以前，我师傅老病发了，我得信赶去，想顺便邀瞿铁老同行，才走到那笔锋山下，就见你昂头掉臂的向山下走来。我料见面必然寻仇，连忙躲过一边，让你过去。及至山下看时，庙里一个人也没有，向山下的瞿铁老徒弟家一打听，知道已在数日前，和缪大少爷同下山去了。又打听了你到那里拜师的情形，回身上山，取了你一百多两师傅银。因怕你在山上用不着银钱，无缘无故不会去床底下翻看银两，隔多了日子发觉出来，或不免诬赖许多同学的小兄弟，所以故意将椅子移开，被褥翻乱，使你回去一望，就知道失窃。”

吴振楚又跳起来指着陈志远笑道：“好，好，好！师叔偷起侄儿的银子来了。我说旁人哪有这么大的胆量，敢到那山上去偷银子！”陈志远笑道：“我并不需银子使用，是有意和你开玩笑的，银子还是原封未动，就还给你吧！”旋说旋从怀中摸出那银包来，递到吴振楚面前。吴振楚连忙推让道：“这银两本是应送给师傅的，师傅不受，就送给师叔也是一样。”陈志远大笑道：“那么我便真个成了小偷了。”

吴振楚再想让，陈志远已继续着说道：“我那日从笔锋山赶到师傅家，师傅已病在垂危，不住的向家里人问我到了没有？我一到，师傅就勉强挣扎起来吩咐道：‘我练了这身武艺，平生只传了你们三个徒弟。我知道我这家武艺，将来必从你们三人身上，再传出许多徒弟来。不过我这家武艺不比寻常，倘传授不得其人，贻害非同小可。我上面虽有师承，然法门到我手里才完备，就以我为这家武艺的师祖，我也居之无愧。我于今快要死了，不能不留下几条戒章来，使你们以下的人，有所遵守。’师傅说到这里，就念了几条戒章，教三师弟写了。接着说道：‘戒章虽然写在这里，只是若没有一个执掌戒章的人，就有人犯了戒，也没人能照戒章去处罚他。你们三人之中，只有大徒弟为人最正直，这戒章暂时交他执掌，将来再由他委正直徒弟执掌。自后无论是谁的徒弟，见了执掌的人，就和见了我一样。我这条旱烟管，此时也传给大徒弟，将来大徒弟执掌戒章，也连同旱烟管一同传给，犯了戒章的，即用这旱烟管去责打，如敢反抗，便是反抗师祖，须逐出门墙之外。’师傅吩咐完了，就咽了气。所以我一见你捧出这旱烟管，我就知道是瞿铁老给来报复我的。”

吴振楚听出了神，至此忽然双手擎着旱烟管，立起来说道：“该死，该死！既是这么一个来历，这旱烟管不应我执掌，就交给师叔，将来求师叔转交给师傅吧！”陈志远道：“你师傅并非交你执掌，也没教你托我转交，你带回好生供奉着便了。”吴、陈二人的冤仇，就此解决。

后来又过了两年，陈志远的寡嫂死了，陈志远替侄儿成立了家室，置了些产业，自云入山修道，就辞别亲友，不知去向。吴振楚的武艺，于今凤凰县城里正在盛行，已有不少的徒弟。

吴振楚的事，既已在这夹缝中交代清楚了，于今却要接叙霍元甲师徒和农劲荪在上海，与沃林订约的事。话说这吴振楚去了之后，霍元甲对农劲荪说道：“我见振声喜滋滋的进来说，有人要会我，我满心欢喜，以为是沃林那里打发人来了，谁知却是这么一个不相干的人。”农劲荪笑道：“我也以为沃林那边派来的，这姓吴的也是活该要来上海跑这么一趟。他到天津不害病，固然可以看得见四爷，我那日从四爷栈里出来，在街上遇见他，若不是他眉目间带些杀气，估料他不是善良之辈，也得上前问他的姓名来历。他一提是特地到天津找四爷的，我岂有个不引他见四爷之理！”

霍元甲道：“就是农爷那时引他来见，我也决不至收受他做徒弟，并不是因霍家迷踪艺不传外人，如果真有诚实好学的人，我也未尝不肯破例。即如振声在我那里，表面上虽不曾成日的教他使拳踢腿，然骨子里和他时常谈论的，有哪一拳、哪一脚不是霍家迷踪艺的精髓！我其所以决不肯收这汉子做徒弟的原因，只是为他生成一副凶神恶煞的面相，一望就知道不是个好玩意儿，此时拒绝他很容易，日后懊悔就难了。”农劲荪连连点头应是。

霍元甲道：“方才因这汉子一来，把我的话头打断了，我们还是到沃林那边去催促一番么？”农劲荪说：“好！”于是三人又往静安寺路去访沃林。这时沃林不在家，有个当差的中国人出来说：“沃林到南洋去了，就在这几日之内仍得回上海来。”霍元甲听了，心中好生不快，对农劲荪说道：“一般人都说外国人最讲信用，原来他们外国人的信用，是这么讲的。他自己约我们在上海等通知，既要到南洋去，怎么也不通知我们一声呢？”

农劲荪道：“这当差的既说就在这几日内，仍得回上海来。他必是自己没有把握，若写信或打电报去和奥比音商量，一则难得明了，一则往返耽搁时日；不如亲自走一遭，当面商量妥洽，再来应付我们，这倒不是随便推诿的举动。没奈何，只得耐烦再等几日。”

霍元甲勉强按捺住火性归寓，这夜连晚膳都懒得用。次早和同寓的许多天津商人，在一个食堂里用早点。霍元甲生性最怕招摇，虽和许多天津商人住在一块，并不曾向人通过姓名。这一班天津商人当中，没有一个脑筋中，没有霍元甲的名字，却没一个眼睛里，见过霍元甲的面貌。因此霍元甲在这客栈里，住了好几日，同住的没一人知道。每日同食堂吃饭，霍元甲只是低着头不说话。

这时正在一块儿用早点，霍元甲听得隔桌一人，和同坐的说道：“才去了一个外国大力士，于今又来了两个外国大力士，不知外国怎么这么多大力士，接连有得到上海来！”同坐的答道：“外国若没有这么多大力士，如何能有那么强梁呢！我中国若有这么多大力士，也接连不断的到外国去，一照样显显本领，外国人也不敢事事欺负我们中国了。”

霍元甲听了这类没知识的话，虽觉好笑，然于今又来了两个外国大力士的那一句话，入耳惊心，禁不住想向那人打听个明白，只是还踌躇不曾开口，随即就听得那同坐的问道："于今来的两个，也是英国人吗？你怎么知道又来了两个呢？"那人道："是不是英国人却弄不清楚，我是刚才看见报上有一条广告，好像说是一个白国的大力士，一个黑国的大力士，约了今日下午在张园比武。"同坐的说道："这倒好耍子，有一个白国的大力士，居然有一个黑国的大力士和他配起来。可惜我今天没工夫，不然，倒要去张园瞧瞧这把戏。"

霍元甲听了这些胡说乱道的话，料知便向他们打听，也打听不出一个所以然来，看农劲荪已用完早点回房去了，遂也起身走到农劲荪房中，只见农劲荪正立在桌子跟前，低头翻看报纸。霍元甲开口问道："方才那人说又来两个大力士的话，农爷听得么？哪里有什么黑国、白国，只怕是信口乱吹的。"农劲荪抬头答道："不，是有这么一回事。我今早看报，不曾在广告上面留神，没看出来。就因听得那人说是在报上看见的，所以连忙回房，向报上寻那条广告。还好，很容易的被我寻着了。两个外国大力士，今日午后在张园比武，这些话那人说得不错，只是一个是白种人，一个是黑种人，这广告标题，就是'快看黑种人与白种人比武'。四爷若高兴去瞧，我就陪四爷去一趟。"

霍元甲道："他们黑种人、白种人平白无故，为什么要跑到上海来比武？比武就比武，为什么要在张园比？更为什么要在中国报纸上登广告，招徕看客？这哪里是认真比武，借着比武骗钱罢了。这广告上也自称'大力士'吗？"农劲荪点头笑道："当然是大力士。若不是大力士，平常人打架，有谁肯花钱去看。"

霍元甲道："既是一般的自称大力士，一般的到中国招摇撞骗，我来上海干吗的，为什么不高兴去！奥比音打不着，就打打这两个也是好的。总之，我抱定宗旨，不问是哪一国的大力士，到中国来不卖艺骗钱就罢，要卖艺骗钱，便要不给我知道才好，知道是免不了要和他见个高下的。我不幸被他打输了，才心甘情愿让他们在中国横行。"农劲荪笑道："这自是变相的卖艺骗钱方法，不然，也不是这么招摇了。"

这日午餐，霍元甲的饭量比最近三四日，差不多增加了一倍。吃了午饭，仍是师徒二人，跟着农劲荪到张园。广告上载的午后二时开幕，这时还不到一点钟，场内的中、西看客，已是拥挤得连足都插不进了。依霍元甲的意思，进场不等开幕，就要农劲荪先去和那两个自称大力士的交涉。农劲荪不肯鲁莽，说他们今日广告上载的，是白种人与黑种人比武，并没载出黄种人来。他们凭这广告，招徕这么多看客，在势已不能临时更改，惹起许多看客的反对。并且，我们事前一次也不曾和他们接洽，此次突如其来，他们猜不透我们是何等能耐的人，而比武又是大之关系性命、小之关系名誉的事，这时去交涉，眼见得他们决不肯一口承认，十九也是和在天津与俄国大力士交涉一样。我们既花了买入场券的钱，何不等到看了再说，免得去碰他们的钉子。霍元甲只得依从。

一会儿，两个自称大力士的出场了。两人的体魄，本来比中国人高大。这两个自称大力士的，体魄更比一般西人高大。晃晃荡荡的走出场来，俨然和一对开路神相似。那立在右手边的黑人，就像是一座铁塔。姑不论两人的力量如何，就凭这两副体魄，已能使一般看客吃惊。

两人出场，对着行了一鞠躬礼，并不开口说话，分左右挺胸站着。随即有两个西人出来，带了一个三十来岁的西装中国人在后面，先由中国人向看客说明比武的次序。原来先用种种笨重的体育用具，比赛力量，最后才用拳斗。

不知二人比赛谁胜谁负，霍元甲如何与二人交涉，且俟第五十回再写。

总评：

上回瞿铁老谓吴振楚之仇，无法可报，说得斩钉截铁，几乎绝无转圜之余地矣。而此回忽然用半年前与半年后之分别，一笔兜转，妙在此一种理由，上文早有伏笔，故说来并不突兀。譬之弈棋，入手所布闲着，此时咸得应用矣。

瞿铁老以旱烟管为法宝，授之吴振楚。吴振楚如法用之，果能将陈志远制服，此一段令人如读《西游》、《封神》，而疑旱烟管真为法宝矣。及至一旦说明，则又恍然大悟，毫不足怪也。

此一回乃吴振楚传之结果也。以前种种闷葫芦，到此一一打破，读之使人十分畅快。

吴振楚与陈志远结怨甚深，乃终能涣然冰释，言归于好，结得使人不测。窥作者之意，盖极力欲避去金光祖与罗大鹤之一段故事也。

第五十回

会力士农劲荪办交涉　见强盗彭纪洲下说辞

话说两个大力士在场上，各用数百磅重的体育用具，做了种种的比赛。白种人比不过黑人，在场看的白种人面上，一个个都现出不愉快的颜色。休息十来分钟后，两个大力士都更换了拳斗家的衣服，带了皮手套，由那两个跟着出场的西洋人，立在场中，将两力士隔断。二人手中都托着一只表，各自低头看时刻。在这时，两力士各做出摩拳擦掌、等待厮打的样子。看表的看得是时候了，彼此对着看了一下，急忙几步往后退开，口里同时呼着“一”“二”“三”。三字刚才出口，白力士已如饿狼抢食一般的，向黑力士扑去。黑力士当胸迎击一拳，虽击中了，却不曾将白力士击退。白力士想伸手叉黑力士的脖子，没叉着，顺势就将黑力士的脖子抱住了。

看客中的西洋人，全是白种，看了这情形，莫不眉飞色舞，有鼓掌的，有高声狂吼的。无奈白力士不替白种人争气，力量没黑力士的大，虽抱住了脖子，禁不住黑力士将身一扭，扭得白力士立脚不牢，身体跟着一歪；黑力士趁势挣脱了手，就是一拳，朝着白力士脸上横打过去。白力士避让不及，被打得栽倒在一丈以外。中国人的看客，一齐拍掌叫好，西洋人就怒发冲冠了。

西洋的习惯，白人从来不把黑人当人类看待，是世界上人都知道的。这番白人居然被黑人打败了，在场的白人怎的不以为奇耻大辱，有横眉怒目，对黑力士叽咕叽咕咒骂的；有咬牙切齿、举着拳头对黑力士一伸一缩的；有自觉面上太没有光彩，坐不住，提脚就走的。种种举动，种种情形，无非表示痛恨黑力士，不应忘了他自己的奴隶身份，公然敢侮辱主人的意思。

刘振声看了这些情形，便问农劲荪道："这许多看的洋人，是不是都和这个打输了的力士是朋友？"农劲荪笑道："其中或者有几个是朋友，决不会都是朋友。"刘振声道："一个个都像很关切的，见这力士打输了，都做出恨不得要把那黑东西吃下去的样子，我想不是至好的朋友，这又不是一件不平的事，怎的做出这种样子来！"

农劲荪正待回答，只见场上的公证人，已宣布闭幕。看客纷纷起身，便也起身对霍元甲道："我们此时可以去交涉了。"霍元甲笑道："我正看的心里痒得打熬不住了，像这样的笨牛，居然也敢到中国来耀武扬威，若竟无人给点儿厉害他看，就怪不得外国人瞧不起中国人，说中国人是病夫了。"农劲荪引着霍元甲师徒，还没走进内场，迎面遇着那穿西服的中国人，农劲荪忙向那人点头打招呼。

那人初走出来的时候，显得昂头天外、目无余子的样子，及见农劲荪那种堂皇的仪表，穿的又是西服，更显得精神奕奕、魁伟绝伦，大约不免有些自惭形秽，连忙脱帽还礼。农劲荪走近前说道："刚才见先生代大力士报告，不知先生是不是担任通译？"那人应道："虽是兄弟担任通译，不过是因朋友的请托，暂时帮帮忙，并不曾受大力士之聘请。开幕的报告完了，兄弟的职务也跟着完了，但是先生有何见教，兄弟仍可代劳。"

农劲荪表示了谢意，从袋中摸出准备好了的三张名片来，对那人说道："今日两位大力士登场，名义上虽是私人比赛，然登报招徕看客，看客更须买券才能入场，实际与卖艺无异。敝友霍元甲，特地来拜望两位大力士，并妄想与大力士较一较力量。这位便是霍君，这位是霍君的高足刘振声君，都有名片在此，这是兄弟的名片。论理，本不应托先生转达，不过要借重先生，代我等介绍到大力士跟前，兄弟好向大力士表明来意。"

那人接过名片看了一看，连连点头道："兄弟很愿意代诸位介绍，请随兄弟到这里来。"农劲荪三人，遂跟着那人走入内场。农劲荪看两个大力士，都在更换常服。有几个服饰整齐的西人，围着一张餐桌，坐着谈话。那人上前对一个年约五十多岁、满脸络腮胡须的西人，说了几句话，将三张名片交了；回头给农劲荪等三人介绍，众西人都起身让座。农劲荪很委婉的将来意说明，众西人面上都露出惊愕的样子，一个个都很注意霍元甲。

那有络腮胡须的西人，略略的踌躇了一下，对农劲荪等赔笑说道："同请三位坐待一会儿，我与大力士研究一番，再答复三位。"农劲荪忙说请便，只见众西人也都跟着走过一边，和两个大力士窃窃私语。一会儿，那有络腮胡须的西人，带了那个比赛胜了的黑大力士过来，和农劲荪等相见，二人也都拿出名片来。原来那西人叫亚猛斯特朗，黑力士叫孟康。

亚猛斯特朗向农劲荪道："霍君想比赛，还是像今日这般公开比赛呢，还是不公开比赛呢？"农劲荪问霍元甲，答道："自然是要像今日这般的公开比赛，不然我说将他们打得落花流水，外间也没人知道。"农劲荪述了要公开的话，亚猛斯特朗道："既是要公开，双方就得凭律师订立条约，免得比赛的时候，临时发生出困难问题。"

农劲荪道："凭律师订条约，自是当然的手续，不过两位大力士，还是作一次和霍君比赛呢，还是分作两次比赛呢？"亚猛斯特朗道："只孟康一人，愿意与霍君比赛，比赛的时间与地点，须待条约订妥之后，再与霍君共同商议，只看霍君打算何时同律师来订条约？"农劲荪与霍元甲商量了一会儿，就定了次日偕同律师，到亚猛斯特朗寓所订约，当下说妥了，作辞退了出来。

霍元甲一路走着对农劲荪笑道："此间的事真料不定，我们巴巴的从天律到上海来，为的是要和奥比音较量，近来时刻盼望的，就是沃林的通知，做梦也没想到沃林的通知还没到，又来了这两个大力士，并且很容易的就把比赛的事说妥了。这里倒没有沃林那么种种故意刁难的举动。"

农劲荪回头对刘振声笑道："你瞧你师傅，这几日等不着沃林的通知，急得连饭也吃不下，这时见又有笨牛给他打了，他就喜得张开口合不拢来。不过据我看来，四爷且慢欢喜着，这里也不见得便没有种种故意刁难的举动。"刘振声道："他就是有意刁难，也不过和沃林一样，要赌赛银两。沃林要赌赛一万两银子，尚且难不住师傅，难道这里敢更赌多些？在师傅就只虑赌得太多，一时找不着担保的铺户，不然，是巴不得他要求多赌。多赌一百两，多赢一百两，横竖不过三拳两脚，这银子怕不容易到手吗？"农劲荪笑道："但愿这里也和沃林一样，只以要赌赛银两为要挟，不节外生枝的发出旁的难题才好，世间的事，本来都不容易逆料。"

三人一路谈论着，回到寓处，正走进客栈门，只见迎面走出来一个仪容俊伟、服饰华丽的少年，步履矫健异常，绝不是上海一般油头粉面、浮薄少年的气概。农劲荪不由得很注意的向他浑身上下打量，而那少年，却不住的打量霍元甲。霍元甲倒不在意，大踏步的走进去了。

农劲荪回房向霍元甲说道："刚才在大门口，遇着的那个二十多岁的后生，倒像是在拳脚上，用过一会儿苦功夫的人，四爷留神看他么？"霍元甲摇头道："我心中有事，便是当面遇着熟人，人家若不先向我打招呼，我也不见得留神。并且这客栈门口，来往的人多，我从来出入，不大向左右探望。是一个什么样的后生，农爷何以见得他是在拳脚上用过苦功夫的？"

农劲荪还不曾回答，即见刘振声擎着一张名片进来说道："这姓彭的在外面等着，说是特拜访师傅和农爷的。"农劲荪起身接过名片，看上面印着"彭庶白"三个字，下方角上有"安徽桐城"四个小些儿的字。心想莫不就是那个后生么？遂递给霍元甲看道："四爷可认识这彭庶白？"

霍元甲道："不认识。既是来看你我，总得请进来坐。"刘振声应是出去，随即引了进来。农劲荪看时，不是那少年是哪个！主宾相见，礼毕就坐。

彭庶白向霍元甲拱手笑道："庚子年在新闻纸上，第一次得见先生的大名，那种空前绝后的豪侠举动，实在教人不能不五体投地的佩服。当时新闻纸上，不见农先生的大名，事后才知道农先生赞襄的力量很大。像农先生这般文武兼资的人物，成不居名，败则任咎，更教人闻风景仰。庶白本来从那时便想到天津，拜望两位先生，只因正在家中肄业，家君监管得严，不许轻易将时光抛废，抽身不得，只好搁在心中想望丰采。嗣后不久，家君去世，在制中又不使出门。去年舍间全家移居上海，以为不难偿数年的积愿了，谁知家君去世，一切人事都移到了庶白身上，更苦不得脱身。想不到今日在张园看大力士比武，同学萧君对庶白说，霍先生和农先生都到了这里，霍先生要找孟康大力士较量，因我替大力士当通译。霍先生等是由我介绍去见亚猛斯特朗的，所以知道。庶白得了这消息，立时逼着萧君，要他引到内场，见两位先生。他说已不在内场了，不过霍先生曾留了住处在亚猛斯特朗那里，他从旁看得分明，当下就将霍先生的寓处，告知了庶白。庶白不敢耽搁，从张园径到这里来，这里账房说不曾回来，庶白正打算等一会儿再来，走到大门口，凑巧迎面遇着。庶白虽不曾拜见过两位，然豪杰气概究竟不比寻常，回头再同账房，果然说方才回来的便是。今日得遂庶白数年积愿，真可算是三生有幸了。”

霍元甲听彭庶白说完这一段话，自然有一番谦逊的言语。这彭庶白虽才移居上海不久，然对于上海的情形非常清晰。上海有些体面的绅士，和有些力量的商人，彭庶白不认识的很少，后来霍元甲在上海摆擂台，及创办体育会种种事业，很得彭庶白不少的助力。讲到彭庶白的历史，其中实夹着两个豪侠之士在内。彭庶白既与霍元甲发生了种种的关系，在本书中也占相当的地位，自不能不将他有价值的历史，先行叙述一番。不过要叙述彭庶白的历史，得先从他伯父彭纪洲述起。

彭纪洲是古文家吴挚甫先生的得意门生，文学自然是了不得的好。只是彭纪洲的长处，却不专在文学，为人机智绝伦，从小便没有他不能解决的难事，更生成一种刚毅不屈的性质。当未成年的时候，在乡间判断人家是非口舌的事，便如老吏断狱，没有人能支吾不服的。吴挚甫器重他，也就是因这些举动。当时人见他在吴挚甫先生门下，竟比他为圣门中的子路，即此可见得彭纪洲的为人了。彭纪洲的学问虽好，只是科名不甚顺遂，四十五岁才弄到一个榜下即用知事，在陕西候补了些时，得了城固县的缺。

彭纪洲到任才两三个月，地方上情形还不甚熟悉。这日接了一张词呈，是一个乡绅告著名大盗胡九，统率群盗，于某夜某时，明火执仗，劈门入室，被劫去银钱若干，衣服若干，请求严拿究办。彭纪洲看了这词呈，心想胡九既是著名大盗，衙里的捕快，总应该知道他些历史，遂传捕头朱有节问道：“你在这里当过几年差了？”朱有节道：“回禀大老爷，下役今年五十岁，已在县衙当过二十年差了。”彭纪洲道：“你既当了二十年的差，大盗胡九在什么年间，才出头犯案，你总应该知道。”朱有节道：“下役记得，胡九初次出头犯案，在三十年以前。这三十年来，每年每月汉中道二十四厅（民国以来，已改府、厅、州为县，如宁羌县。宁羌州佛坪县，那时为佛坪厅；汉阴县为汉阴厅）、县中，都有胡九犯的盗案。这三十年当中，胡九的积案累累，却不曾有一次破获过正凶。只因胡九的踪迹，飘忽不定。他手下的盗党，已破案正法的不少，只胡九本人，连他手下的盗党，都不知道他的踪迹。因此胡九的盗案，历任大老爷费尽心力，都只能捕获他手下几个盗党，或追还赃物。”

彭纪洲听了怒道："混账！胡九是强盗，不是妖怪，既能犯案，如何不能破案？国家靡耗国帑，养了你们这些东西，强盗在境内打劫了三十多年，你们竟一次不能破获，要你们这些东西何用！于今本县给你三天限，若三天之内不能将胡九拿获，仔细你的狗腿便了。"朱有节见了彭纪洲那盛怒难犯的样子，不敢再说，诺诺连声的退去了。

次日一早，彭纪洲连接了四张词呈，看去竟都是告胡九率众明火抢劫，中有两张所告的被劫时刻并是同时，而地点却相隔百多里。彭纪洲看了不觉诧异道："胡九做强盗的本领，纵然高大，一般捕快都拿他不着，然他没有分身法，如何能同时在相隔百多里的地方，打劫两处呢？他若不与捕快们通气，哪有犯了三十多年的盗案，一次也不曾破获过的道理？并且黑夜抢劫，强盗不自己留名，失主怎的能知道就是胡九？胡九便有天大的本领，不是存心与做官的为难，又何苦处处留下名字？据朱捕头说，汉中道二十四厅、县，每月都有胡九犯的案，可见得并非与做官的为难，这其中显有情弊。世间也没有当强盗的人，连自己盗魁的踪迹都不知道的，这必是一般捕快受了胡九的贿，代胡九隐瞒。若是上司追比得急，就拿一两个不关重要的小盗，来塞责了案。胡九不在我辖境之内犯案便罢了，既是两夜连犯了五案，而五案都指名告他，我不能办个水落石出，拿胡九到案，断不放手。"

彭纪洲主意打定，无非勒限城固县所有的捕快，务拿胡九到案。可怜那些捕快，三日一小比，五日一大比，一个个都比得体无完肤，各人的家小都被押着受罪。众捕快只是向彭纪洲叩头哀求，异口同声说："胡九实在是谁也拿不到手的，若能拿到手，不待今日，三十年前早已破案了。"彭纪洲心想不错，胡九便有钱行贿，难道二十四厅、县的捕快，没一个没受他的贿。各捕快都有家小，胡九能有多少钱行贿，能使各捕快，不顾自己身体受苦，和家小受罪，是这么替他隐瞒呢？彭纪洲想罢，即问众捕快道："胡九究竟有什么本领，何以谁也拿不到手呢？"

众捕快道："从来没有人知道胡九的本领，究竟怎么样，只是无论有多少人将他围住，终得被他逃掉，霎霎眼就不见他的影子了。"彭纪洲又问道："胡九平日停留在什么地方，你们总应知道。"众捕快面面相觑，同声说："委实不知道。"彭纪洲只得暂时松了追比，心里寻思如何捉拿的方法。寻思了一日，忽然将捕头朱有节传到跟前说道："本县知道你们不能拿胡九到案，是实在没有拿他的力量。本县于今并不责成你们拿了，本县自有拿他的方法。不过胡九的住处，你得告知本县。你只要把胡九的住处说出来了，以后便不干你们的事。你若连他的住处都隐瞒不说，那就怨不得本县，只好严行追比，着落在你们身上，要胡九到案。本县说话，从来说一句算一句的，永远没有改移。你把胡九的住处说出来，便算你销了差，此后胡九就每夜犯案，也不干你的事了。"

朱有节暗想这彭大老爷自到任以来，所办的事，都显得有些才干。他此刻是这么说，自必很有把握。他说将胡九的住处说出来之后，就不干我的事了，他是做官的人，大约不至在我们衙役跟前失信，我又何妨说出来，一则免得许多同事的皮肉受苦，家小受屈；二则倒要看看这彭大老爷，毕竟有什么方法去拿胡九。二十四厅、县的捕快，三十年不曾拿着的胡九，若真被一个读书人拿着了，岂不有趣！

朱有节想停当了即说道："既蒙大老爷开恩，不追比下役，下役不瞒大老爷说，胡九的住处实是知道，不过不敢前去拿他。"彭纪洲点头道："你且说明胡九住在哪里？"朱有节道："他家就在离城两里多路的山坡里，只一所小小的茅屋便是。"彭纪洲道："他家有多少人？"朱有节道："只胡九一人。胡九有一个八十多岁的母亲，已双目失明了，寄居在胡九的姊姊家里，不和胡九做一块儿住。"

彭纪洲道："你可知道他母亲，为什么不和胡九做一块儿住么？"朱有节道："胡九事奉他母亲极孝，因自己行为不正，恐怕连累他老母亲受惊，所以独自住着。"彭纪洲道："既知道自己行为不正，将连累老母，却为什么不改邪归正呢？"朱有节道："这就非下役所知了。"彭纪洲道："胡九在家的时候多呢，还是出外的时候多呢？"朱有节道："他夜间终得回那茅屋歇宿。"

彭纪洲问明白了，等到初更时候，换了便装衣服，教朱有节提了个"城固县正堂彭"的灯笼，在前引导，并不带跟随的人，独自步行出城，到胡九家来。在路上，又向朱有节问了一会儿胡九的年龄、相貌。两里多路，不须多大的工夫就走到了。朱有节停步问道："胡九的家，就在这山坡里，请大老爷的示，这灯笼吹灭不吹灭？"彭纪洲道："糊涂虫！吹灭了灯笼，山坡里怎么能行走。你不要胆怯，尽管上前去敲他的大门。"

朱有节也不知彭纪洲葫芦里卖的什么药，只得走到茅屋跟前，用指头轻轻的弹那薄板大门，里面有人答应了，随即“哑”的一声，大门开了。彭纪洲借着灯笼的光，看那开门的人，年约五十多岁，瘦削身体，黄色脸膛，容貌并不堂皇，气概也不雄伟，眉目间虽有些精彩，然没一点凶悍之气，绝不像一个积案如山的大盗；和朱有节所说的年龄、相貌一一符合，知道这人便是汉中二十四厅、县捕快拿不着的胡九了，遂大踏步跨进大门。

这人初见着灯笼及彭纪洲，面上略露点儿惊异的意味，然立时就回复了原状，侧身让彭纪洲进了大门；忙端了一张靠椅，让彭纪洲就坐。彭纪洲也老实不客气的坐了。这人上前拱手问道：“先生尊姓？此时到寒舍来，有何见教？”彭纪洲带着笑容，从容答道：“我就是才来本县上任不久的彭纪洲，你可是胡九么？”这人听了，连忙跪下叩头道：“小人正是胡九。”彭纪洲也连忙起身，伸手将胡九扶起道：“这里不是公堂，不必多礼，坐下来好说话。”胡九趁势立起身，告罪就下面一张小凳子坐了。

彭纪洲道：“胡九，你可知道，已有五户人家指名告你，统率凶徒，明火执仗，抢劫财物的事么？”胡九低头应道：“胡九实不知道。”彭纪洲道：“某某五家的案子，是不是你做的呢？”胡九道：“既是指名告的胡九，自应是胡九做的。”彭纪洲道：“是你做的，便说是你做的；不是你做的，便说不是你做的，怎么说自应是胡九做的呢，到底是不是你做的？好汉子说话，不要含糊！”

胡九道：“是！”彭纪洲补问一句道：“五家都是你做的吗？”胡九道：“是胡九做的。”彭纪洲道：“你可知道某某两家，相隔百多里，却是同时出的案子么？”胡九道：“是！胡九知道。”彭纪洲笑道：“你姓胡，这真是胡说了。你不会分身法，怎能同时在百里之外，做两处案子？只怕是代人受过吧！本县爱民如子，决不委屈好人，你如有什么隐情，尽管在本县前说出来。”

胡九道：“谢大老爷的恩典，胡九并没有什么隐情可说！”彭纪洲道：“汉中二十四厅，县，三十年来，你县县有案，你既做了这么多的大案，一次也不曾破过。论理，你应该很富足了，为什么还是单身一个人，住在这么卑陋的茅房里，劫来的金银服物，到哪里去了呢？”胡九道：“胡九手头散漫，财物到手，就挥霍完了，因此一贫如洗。”

彭纪洲道："你好赌么？"葫九道："胡九不会赌，不曾赌过。"彭纪洲道："好嫖么？"胡九道："胡九行年五十，还是童身。"彭纪洲道："你住的这么卑陋茅房，穿的这么破旧的衣服，不赌不嫖，所劫许多财物，用什么方法一时便挥霍得干净，你有徒弟么？"胡九道："没有徒弟。"彭纪洲又问："有很多的党羽么？"胡九答："一个党羽也没有。"

彭纪洲不由得愤然作色道："胡九，你何苦代人受过，使二十四厅、县的富绅大商受累。三十年来所有的盗案，分明都是一般无赖的小强盗，假托你名义做的。你一个堂堂的好汉，何苦代他们那些狐朋狗党受尽骂名？此时还不悔悟，更待何时！"

胡九听了这几句话，如闻晴天霹雳，脸上不觉改变了颜色，错愕了半晌说道："敢问大老爷，何以知道是旁人假托胡九的名义？"彭纪洲仰天大笑道："这不很容易知道吗？姑无论你没有分身法，不能同时在百里之外，做两处劫案，以及到处自己报名种种破绽；即就你本身上推察，也不难知道，世岂有事母能孝、治身能谨能俭的人，屑做强盗的道理？你不要再糊涂了，'人死留名，豹死留皮'，以你这种人物，无论被人骂一辈子强盗，至死不悟，也太不值得了！"

胡九忽然抬起头来，长叹了一声道："真是青天大老爷，明见万里。这许多案子，实在不是胡九做的。"彭纪洲道："究是谁人做的呢？"胡九道："正是青天大老爷所说的，一般无赖之小强盗做的。"彭纪洲道："那般小强盗和你有仇吗？"胡九道："并没有仇。"彭纪洲道："既没有仇，何以抢劫之后，都向事主说出你名字呢？"胡九道："他们怕破案，因就说出胡九的名字来。"

彭纪洲道："他们怕破案，你住在离城没三里路的所在，难道不怕破案吗？"胡九道："求青天大老爷恕胡九无状，胡九是不怕破案的。"彭纪洲道："你不怕破案，难道不怕辱没祖宗，遗臭万年吗，怎么不到案声辩呢？"胡九低头不作声，彭纪洲道："本县知道了。本县问你，你敢到本县衙门里去么？"胡九道："青天大老爷叫胡九去，胡九怎敢不去！"彭纪洲道："好汉子，埋没真可惜。你约什么时候，到本县衙里去，本县好专等你来。"

胡九略踌躇了一下道："明日下午去给青天大老爷禀安。"彭纪洲立起身道："明日再见。"仍大踏步走出来，胡九躬送到大门外。彭纪洲走了十来步，才听得胡九关门进去了。朱有节提着灯笼在前，归途更觉容易走到。

彭纪洲回到县衙，和绍兴师爷吴寮说道："我刚从胡九家里回来，与胡九很谈了不少的话。"吴寮实时现出惊讶的脸色问道："胡九不是著名的大盗吗，东家和他谈了些什么话？"彭纪洲将所谈的话，略述了一遍，并把已约胡九明日下午到衙里来的话说了，接着问他："若道真个来了，应该怎生对待他？有何高明的计策，请指教指教。"

吴寮一面捻着几根疏秀的乌须，一面摇头晃脑的说道："只怕那东西不见得敢来，他若真个来了，确是东家的洪福。三十多年之久，二十四厅、县所有捕快之多，办他不到案；东家到任才得三个多月，不遣一捕，不费一钱，只凭三寸不烂之舌，将这样凶悍的著名积盗，骗进了衙门，不是东家的洪福是什么？东家唯赶紧挑选干役，埋伏停当，只等他到来，即便动手，正是'准备窝弓擒猛虎，安排香饵钓金鳌'，乘他冷不防下手，哪怕他有三头六臂，也没有给他逃跑的份儿。这也是他恶贯满盈，才鬼使神差的，居然答应亲自到衙门里来。"

彭纪洲见吴寮说得扬扬得意的样子，耐不住说道："照老先生说的办去，就只怕汉中二十四厅、县的盗案，将越发层出不穷，永远没有破获的一日了。"吴寮没了解彭纪洲说这话的意思，连忙答道："东家不用过虑，汉中二十四厅、县的盗案，只要捕获了胡九，就永远清平的。哪一件案子不是胡九那东西干的？实在是可恶极了。"

彭纪洲气得反笑起来问道："二十四厅、县的捕快，都拿胡九不着，不知老先生教兄弟去哪里挑选能拿得着胡九的干役？"吴寮沉吟道："拿不着活的，就当场格毙，也是好的。"彭纪洲大笑道："胡九既肯到这里来，还拿他干什么？他若是情虚，岂有个自投罗网之理！兄弟约他来，是想和他商量这三十年中的许多悬案，丝毫没有诱捕他的心思。兄弟是此间父母官，岂可先自失信于子民？胡九明日来时，他就一一供认不讳，三十年中的盗案，尽是他一人做的，他自请投首吧；若不自请投首，我一般放他自去，等他出了衙门之后，兄弟再设法拿他，务必使他心甘情愿的，受国家的刑罚。"

吴寮见彭纪洲这么说，自觉扑了一鼻子的灰，不好再说了。等到夜深，彭纪洲悄悄的传朱有节到里面，吩咐了一番言语，并交给朱有节五十两银子，朱有节领命办事去了。彭纪洲便一意等候胡九，好实行自己预定的计划。

不知预定的是什么计划，胡九毕竟来与不来，请看以下的续集，便知端的。

总评：

白人盛倡平等之说，顾其对待他族，乃极不平等。作者心有不平，是以借题发挥，初不仅为黑种人张目而已也。白、黑两力士比武，徒手相搏，不借智器，而白人乃卒败于黑人之手，可谓快事。

传中写外国大力士事，此其第三次矣。读者须看其每次叙述，绝不雷同烦复，此便是作者笔力胜人处也。

霍元甲请与西人比武，西人必要求延聘律师，订立契约，前后一律，阅之可叹。法律者，所以济道德之穷也，西人事事拘守法律，亦正以见其道德之不足恃耳。

前文与奥比音比武，事未结束，忽岔入吴振楚传，洋洋万言，令人闷煞；此回与孟康比武，事未结束，忽岔入彭纪洲传，于是比武之事，又无端因之搁起矣，作者之好弄狡狯如此。作者写剧盗胡九，完全与赵玉堂相似，彭纪洲之欲收胡九为已用，亦与俄人之收赵玉堂相类，此是作者故意欲其相犯处也。能避固见心思，能犯亦显笔力。

第五十一回

买食物万里探监狱　送官眷八盗觊行装

前集书写到彭纪洲独自带了捕头朱有节，夜访胡九回衙，便已完结。于今要继续写下去，只得接着将那事叙出一个原委来，然后落到彭庶白，在上海帮助霍元甲摆擂台的正文上去。在一般看官们的心里，大概都觉得在下写霍元甲的事，应该直截痛快的写下去，不应该到处横生枝节，搁着正文不写，倒接二连三、不惮烦琐的，专写这些不相干的旁文，使人看了纳闷。看官们不知道，在下写这部《侠义英雄传》，虽不是拿霍元甲做全书的主人，然生就的许许多多事实，都是由霍元甲这条线索牵来，若简单将霍元甲一生的事迹，做三五回书写了，则连带的这许多事实，不又得一个一个另起炉灶的，写出许多短篇小说来吗？是那般写法，不但在下写的感觉趣味淡薄，就是诸位看官们，必也更觉得无味。

于今且说彭纪洲这夜拿了五十两银子给朱有节，并吩咐他如何布置去后，独自又思量了一会儿应付的方法才就寝。次日午饭过后，彭纪洲正在签押房和吴寮闲话，果然门房进来传报道：“有胡九来给大老爷禀安求见，现在外面候大老爷的示下。”吴寮一听胡九真个来了，脸上不知不觉的惊得变了颜色。彭纪洲也不作理会，只挥手向门房说道：“请他到内花厅里就坐。”门房应是。

去了一会儿，彭纪洲才从容走到内花厅去，只见胡九并没就坐，还恭恭敬敬的垂手站在下面。看他身上的衣服，却比昨夜穿的整齐些，然也不过一个寻常乡下人去人家喝喜酒时的装束。彭纪洲因昨夜胡九家里的灯光不大明亮，不曾看清楚他的面貌，此时看他眉目生得甚是开展，不但没有一点儿凶横暴戾之气，并且态度安详，神情闲逸，全不是乡下人畏见官府的缩瑟样子。彭纪洲看了，故意放重些脚步，胡九听了，连忙迎上前叩头，彭纪洲双手扶起来笑道："私见不必行这大礼，论理这地方原没有你分庭抗礼的份儿，不过我到任以来，早知道你是个孝子、是个义士；幸得会面，不能以寻常子民相待，就这边坐下来好说话。"胡九躬身答道："胡九罪案如山，怎敢当青天大老爷这般优礼？"彭纪洲一再让胡九坐，才敢就下面斜签着身子坐了。

彭纪洲说道："你练就了这一身本领，在千万人之中，也难寻出第二个你这般的人物，你自己可知道是很不容易的么？天既与你这般才智，使你成就这般人物，应该如何努力事功，上为国家出力，下替祖宗增光，方不辜负你这一身本领。即算你高尚其志，不愿置身仕途，何至自甘屈辱，代一般鼠窃狗偷的东西受过？上为地方之害，下贻祖宗之羞！我看你是一个很精明干练的人，何以有这般行径，难道其中有什么难言之隐么？"

胡九道："大老爷明见万里，不敢隐瞒。胡九在三十年前，确是汉中道的有名剧盗。那时跟随胡九做伙伴的，也委实有不少的人。胡九因生性不喜自己做事拖累别人，无论大小案件，做了都得留下胡九的名姓。汉中道各厅、县的有名捕头，也知道胡九是捕拿不着的，每到追比急迫的时候，只得捉羊抵鹿，搪塞上峰，是这般弄成了一种惯例。所以胡九洗手了三十年，而那些没有担当的鼠辈，自己做了案子，还是一股脑儿推在胡九身上。并非胡九情愿代他们受过，只因胡九自思不该失脚在先，当胡九未洗手的时候，伙伴中替胡九销案的事，也不是一次、二次。人家既可以拿性命去替胡九销案，胡九便不好意思不替他们担负些声名。并且近三十年来，历任汉中道的各府县官，公正廉明的极少，只求敷衍了事的居多。官府尚不认真追究，胡九自没有无端出头声辩的道理。"

彭纪洲道："我现在却不能不认真追究了。我要留你在这里，帮助我办理那些案件，你的意思怎样？"胡九道："理应伺候大老爷，不过胡九有老母，今年八十五岁了，胡九不忍离开，求大老爷原谅。"彭纪洲道："这是你的孝思，八十多岁的老母，是应该朝夕侍奉的。但是你只因有老母不能离开呢，还有旁的原因没有呢？"胡九道："没有旁的原因。"彭纪洲即起身走到胡九跟前，胡九不知是何用意，只得也立起身来，彭纪洲伸手握了胡九的手笑道："既没有旁的原因，你且随我到里面去瞧瞧。"

胡九的威名震动汉中三十多年，本领、气魄皆无人及得。他生平不曾有过畏惧人的时候，就是这番亲身到城固县衙里来见彭纪洲，已可见得他艺高人胆大，没有丝毫畏怯的念头。不知怎的，此时彭纪洲走近前来握了他的手，他登时觉得彭纪洲有一种不怒而威的气概，把他五十年来不曾畏惧人的豪气，慑伏下去了。看彭纪洲笑容满面的，并无相害之意，不好挣脱手走开，不禁低着头，诚惶诚恐的跟前同走。

直走到上房里面，彭纪洲忽停步带笑说道："胡九，你瞧这是谁？"胡九才敢抬头看时，不由得吃了一惊，原来是自己的母亲，和一个年约五十来岁，态度很庄严的妇人，正从座位上站起来。胡九料知这妇人必是彭纪洲的太太，先请了个安，方向他自己的母亲跪下问道："娘怎么到这里来了的？"他老娘见了胡九，即生气说道："你这逆畜还问我怎么到这里来的。嗯！我生了你这种儿子，真是罪该万死，你欺我不知道，瞒着我在外边无法无天的犯了若干劫案；幸亏青天大老爷仁慈宽厚，怜我老聩糊涂，不拿我治罪，倒派朱捕头用车将我迎接到这里来。家中用的人，也蒙青天大老爷的恩典，拿了银子去开发走了。我到了这里，才知道告你打劫的案子，堆积如山。你在小时候，我不曾教养，以至到了这步田地，我还有什么话说，只求青天大老爷按律重办便了。于今我只有一句话吩咐你，你心目中若还有我这个老娘。就得服服帖帖的听凭青天大老爷惩办，如敢仗着你的能为，畏罪脱逃，我便立时不要这条老命了。"说时声色俱厉，现出非常气愤的样子，吓得胡九连连叩头道："人家虽是告了孩儿，案子确不是孩儿犯的。三十年前，娘吩咐孩儿不许打劫人家，孩儿从那时就洗手不曾再做过一次案。青天大老爷如明镜高悬，无微不照，已知道孩儿的苦处，孩儿决不脱逃，求娘宽心，不要着虑。"

彭纪洲接着说道："我于今已将你母亲接到这里来住着，你可以留在这里帮我办案了么？"胡九道："蒙大老爷这么恩遇，胡九怎敢再不遵命！只是胡九尚有下情奉禀。"彭纪洲道："你有什么话尽管说出来。"胡九道："在大老爷台前告胡九的那些案子，究竟是些什么人做的，胡九此时虽不得而知；然胡九既曾失脚，在盗贼中混过些时，仗大老爷的威福去办那些案子，是不难办个水落石出的。不过胡九得求大老爷格外宽恩，那些案子，但能将赃物追回，余不深究。若从今以后，有再胆敢在大老爷治下作案的，胡九一定办到人赃两获。”彭纪洲道：“那些狗强盗打劫了人家的财物，却平白的将罪名推在你身上，你还用得着顾恤他们吗？”胡九道：“不是胡九顾恤他们，实在胡九也不敢多结仇怨，在这里伺候大老爷以后，就说不得了。”

彭纪洲知道胡九不敢多结仇怨的话是实情，便不勉强。从此胡九就跟着他老娘住在县衙里，彭纪洲特地雇了两个细心的女佣，伺候胡母。胡九心里十二分的感激彭纪洲，竭力办理盗案，不到几个月工夫，不但把许多盗案的赃物都追回了，城固县辖境之内，简直是道不拾遗，夜不闭户，无人不称颂彭纪洲的政绩。

胡九在衙门里住着，俨然是彭纪洲的一个心腹跟班，终日不离左右的听候驱使。彭纪洲知道他是个有能为的人，不应将他当仆役看待，教他没事做的时候，尽可去外边休息，或去街市中逛逛，用不着在跟前伺候。他执意不肯，并说受了大老爷知遇之恩，无可报答，非这般伺候，心里不安。彭纪洲习惯起床的时候极早，夜间初更过后便安歇，胡九每夜必待彭纪洲睡了，才退出来自由行坐。彭纪洲的儿子，这时还小，有个侄儿，此时十二岁了。彭纪洲因喜这侄儿聪明，特地带到任上来教读，这侄儿便是前回书中的彭庶白。

彭庶白这时虽年轻，不知道胡九有什么大本领，但是因胡九和平恭顺，欢喜要胡九带着他玩耍，胡九也就和奶公一般的，抽闲便带着彭庶白东游游西荡荡，有时高兴起来，也教彭庶白一些拳脚功夫。

彭纪洲的性格极方正，生平最恨嫖娼。自上任以来，因恐怕左右的人，夜间偷着去外边歇宿，每夜一到起更的时分，他就亲自将中门上锁，钥匙带在他自己身边，非待次日天明不肯开门。在县衙里供职的人，知道他的性格如此，没有敢去外边歇宿的。不过那些当师爷的人，平日既不和彭纪洲一样，有起更就寝的习惯，如何睡得着呢？其中有欢喜抹牌的，夜间便约了几个同嗜好的同事抹牌，彭纪洲倒不禁止。胡九虽不会抹牌，却喜站在旁边看，时常看到三更半夜才回房安歇。

这夜胡九看四人抹牌，已经打过三更了，四人中因有一人输钱最多，不肯罢休。三人说时候不早了，再抹下去，非但明早不能起床，整夜的没有东西吃，腹中也饿得不堪了，这时候又弄不着可吃的东西，明日再抹吧！这人抵死不依道："若是你们输了这么多，你们凭良心说肯收场么？我且到厨房里去搜搜看，或者搜得出可吃的东西来。"这人说着，独自擎着灯往厨房里去了。不一会儿垂头丧气的空手回来道："真不凑巧，厨房没一点儿可吃的东西。"三人笑道："这就怪不得我们了，饿着肚子抹牌，我们赢钱的倒也罢了，你是输钱的，岂非更不值得！"

这人忽然指着胡九笑道："我们不愁饿肚子了，现放着一个有飞天本领的胡九爷在这里，我们怕什么呢？来，来，来！你们每人做一个二百五，我也来一个二百五，凑成一串钱给胡九爷，请他飞出衙门去买东西来吃。"

三人听了，都触动了好奇的念头，不约而同的附和道："这话倒不错。我们便不抹牌了，也得弄一点东西来充饥才好。"胡九摇头道："三更过后了，教我去哪里买吃的东西，并且中门上了锁，我怎样好出去。"这人道："你不要借辞推诿，锁了中门，你便不能出去，还算得是威镇汉中道的胡九么？我且问你，今夜锁了中门不能出去，大老爷亲自带了朱有节到城外访你的那夜，你如何能暗中跟着大老爷回衙，躲在屋瓦上偷听大老爷和吴师爷谈话呢？哦，是了！为你自己的事，就能在房上飞来飞去，没有阻挡；此刻是为我们的事，便存心搭架子了。"

三人接着说道："胡九爷虽未必是存心搭架子，然不屑替我们去买的心思，大概是有的。我们在平日，诚不敢拿这种事劳动胡九爷，此刻实是无法，除了你胡九爷，还有谁能在这时候去外边买吃的东西呢？"

胡九笑道："定要我去买，并不是办不到的事，不过大老爷的性格，你们是知道的。他已锁上了中门，带着钥匙睡了，用意是不许人在夜间出去。我从房上偷着出去了，倘若弄得大老爷知道了，责备起我来，我岂不没趣！"这人道："此刻满衙门的人都睡觉了，我们四个人求你去的，难道明日我们又去大老爷面前讨好，说给他听吗？你自己不说，我们决不使一个人知道，求你快去吧，多说话多耽搁了时间。"这人说时，凑了一串钱塞入胡九手中，胡九接了，仿佛寻思什么的样子，偏着头一会儿说道："你们不要呆呆的坐着等候，还是抹牌吧，呆等是要等得不耐烦的。"

这个输了钱的人，巴不得胡九有这句话。三人不好再推辞，于是四人见胡九去后，又继续抹起牌来，边抹边盼胡九买点心回。不觉抹到了四更，还不见胡九回来，四人都不由得诧异道："怎么去了这么久，还不回来呢？无论买得着与买不着，总该回来了，难道他因黑夜在街上行走，被巡街的撞见拿去了么？"一人笑道："巡街的都拿得住的，还是胡九吗？这一层倒可不虑，我只怕他有意和我们开玩笑，口里答应我们去买，教我们边抹牌边等；他却回到自己房里睡去了，害得我们饿着肚子白等半夜。"一人笑道："这也是可虑的，我们不要上他的当，且到他房里去看看。若他果然是这般坑我们，我们就要吵得他睡不成。"

这人说着，即起身到胡九的房里看了一遍回来说道："他床上空空的没有人，出去是确实出去了，究竟为什么还不回来呢？"一人道："据我猜度，他必是因为三更过后，街市上没有吃的东西可买，然他是个要强的人，既答应了我们去买，非待买了东西，不肯空手回来；怕我们说他没有本领，旁人买不着东西的时候，他也一般的买不着。因此在外边想法设计的，也要买了东西才回来。"

四个人七猜八度的，直等到五更鸡报晓了，才见胡九急匆匆的走了进来，手提了一大包食物，向桌上放下说道："对不起，对不起！害你们等久了。"四个人看胡九气喘气促，满面流汗，好像累得十分疲乏的样子，不觉齐声告歉道："真累苦了你了，快坐下来休息休息。怎样去了这么久，并疲乏到这个样子呢？"

胡九一面揩了脸上的汗，一面说道："我这回真乏极了，你们的肚皮，只怕也饿得不堪了，大家且吃点儿东西再说。"四人打开那食物包，旋吃旋听胡九说道："我有一个至好的朋友，犯案下在狱里，我多久就想去瞧瞧他，无奈抽不出工夫来，加以路程太远，往返不容易，也就懒得动身前去。今夜你们要我去买东西，我一时高兴起来，拼着受一番累，也得去走一趟，所以去了这么久。我心里又着急你们在这里等着要点心吃，哪敢怠慢，幸好赶回来还不曾天亮。"

抹牌的问道："你那朋友，在什么地方犯了案，下在哪个狱里？"胡九道："在山东犯的案，下在济南府狱里。"抹牌的问道："他下在济南府狱里，你刚才到什么地方去瞧他呢？"胡九道："他既下在济南府狱里，我不去济南府，如何能瞧得着他呢？"四人同声问道："你刚才不到两个更次的工夫，就到了济南府走了一趟吗？来回一万多里路，就是在空中飞去，也没有这般快！”胡九叹道：“我还对你们说假话吗？并且我带了一点证据回来，给你们看看。此刻是十月半，这里的天气还很暖，济南今夜已是下大雪了，我头上的毡帽边里面，大概还有许多雪，没有融化。”说时取下毡帽来，四人就灯前看时，果然落了不少的雪在四周的窝边里面，这才把四人惊得吐舌。

一人问道：“你那朋友是干什么事的，犯了什么案下狱的呢？”胡九道：“我那朋友和三十年前的胡九一样，专干那没本钱的生涯。这回滑了脚，也是天仓满了。”这人又问道：“既是你胡九爷至好的朋友，本领想必也很不弱，怎么会破案下狱的呢？”胡九长叹了一声道：“本领大的人做强盗便不破案，那么世界还有安靖的时候吗？有钱和安分的人，还有地方可以生活吗？我胡九若不是在三十年前就洗了手，此刻坟上怕不已长了草了吗？我曾屡次劝告我那朋友，教他趁早回来，世间没有不破案，得了好下场的强盗。他若肯听我的劝告，何至有今日！大老爷平日因我办案辛苦，陆续赏赐了我一些银两，我留在身边也没有用处，刚才一股脑儿送给我那朋友去了。”

又一人问道：“我料你那朋友本领必赶不上你，如果有你这般本领，休说不容易拿他到案，就是拿到了，又去哪里找一间铜墙铁壁的监狱关他呢？”胡九摇头道：“不然。我那朋友的本领，虽未必比我高强，然也决不在我之下。”这人道：“既有你这么大的本领，他何以不冲监逃走呢，难道是他情愿坐在监里等死吗？”胡九道：“哪有情愿坐在监里等死的人，冲监逃走的话，谈何容易，硬功夫高强的，才可以做到。我那朋友只有一肚皮的软功夫，硬功夫却赶不上我，软功夫无非是骗神役鬼。牢狱中有狱神监守，狱神在狱中的威权极大，任凭有多大法术的人，一落到牢狱里，就一点儿法术也施展不来了。”

这人又问道：“你那朋友已经供认不讳了么？”胡九道：“岂但供认了，并已定了案，就在这几日之内要处决了。我若不是因他处决在即，今夜也不这么匆忙去瞧他了。”这人道：“论你的本领，要救他出狱，能办的到么？”胡九点头道：“休说救一个，救十个、百个也不费事。”这人道：“既是至好朋友，然则何以不救呢？”胡九摇头道：“我胡九肯干这种无法无天的事，又何必在三十年前就洗手呢？并且我那朋友，自己不听我的劝告，弄到了这步田地；若还有心想我救他出狱，我也决不认他是我的好朋友，辛辛苦苦的去瞧他了。还好，他方才见了我，不曾向我说半句丢人的话。不过我做朋友的，自己洗手三十年，不能劝得他改邪归正，以至有今日，我心里终觉难过。”说罢，悠然长叹，自回房歇宿去了。

这抹牌的四个人，亲眼见了胡九这种骇人的举动，怎能不向人说呢？衙门中人虽都知道胡九是有大能为的人，然究竟没人见胡九显过什么能为，经过这事以后，简直都把胡九当神人看待了。这事传到了彭纪洲耳里，便问胡九是不是确有其事。胡九道：“怎敢在大老爷台前说谎话。”彭纪洲道：“此去济南府，来回万余里，不到两个更次的功夫，如何能行这么多路？”胡九道：“不是走去的，是飞去飞来的。从此间到济南，在地下因山水的阻碍，弯弯曲曲的来回便有万余里，从半空中直飞过去，来回不上二千里，那夜若不是在狱中谈话耽搁了些时，还不须两个更次的功夫呢！”彭纪洲听了，越发钦敬胡九身怀这般本领，居然能安贫尽孝，不胡作乱为；若这种人不安本分，揭竿倡乱起来，真是不堪设想了。

彭纪洲在平时原不欢喜武艺的，见了胡九这般本领，心里不由得欣羡起来，只是自恨年纪老了，不能从事练习，而自己的儿子，此时才七八岁，太小了也不能练习，只得要侄儿彭庶白认真跟着胡九学习。

彭庶白的天分虽高，无奈身体不甚壮实，年龄也仅十二岁，胡九传授的不能完全领会。不间断的学了两年，正在渐渐的能领略个中玄妙了，彭纪洲却要进京引见，想带胡九同行。胡九道：“胡九受了大老爷的深恩大德，理应伺候大老爷进京，但是胡九的老母年寿日高，体质也日益衰弱了，在大老爷这里住着，胡九能朝夕侍奉；于今大老爷既要进京，胡九实不忍撇下她，这私情仍得求大老爷宽恩鉴谅。”

彭纪洲心想教人撇下年将九十的老母，跟随自己进京，本也太不近情了。便对胡九说道：“做官的味道，我也尝够了，这回引见之后，一定回桐城不再出来了。你不同我进京使得，不过我的家眷行囊，打算先打发回桐城去。这条路上原来很不好走，而我在城固任上，办理盗案又比历任的上手认真，这其中难保不结了许多怨恨，若没有妥当的人护送，我如何能放心打发他们动身呢？这一趟护送家眷回桐城的事，无论如何，你得帮我的忙。好在我进京不妨略迟时日，等你护送家眷到桐城回来，我才动身；在你去桐城的这若干日子当中，你侍奉老母的事，我一律代做，你尽可安心前去。”

胡九连忙道：“大老爷这么说，不但胡九得受折磨，就是胡九的母亲也承当不起。此去桐城这条路上，本来是不大好走，不过汉中道的绿林，知道胡九在这里伺候大老爷的居多，或者他们有些忌惮，不敢前来尝试，所怕在汉中道以外出乱子。从城固由旱路去桐城，路上便毫不耽搁，因有许多行李，不能急走，至少也得一个月才能送到。胡九思量年将九十的老母，已是风前之烛，瓦上之霜，今日不知道明日，做儿子的何忍抛撒这么多的时日。然而太太带着许多行李动身，路上非有胡九护送，不仅大老爷不放心，便是胡九也不放心，万一在半途出了意外，虽不愁追不回劫去的行李，然使太太、少爷受了惊恐，便是胡九的罪过。胡九想了一个两全之道，不知大老爷的尊意怎样？大老爷允许了，胡九方敢护送太太、少爷动身。”

彭纪洲道：“只要是能两全的方法，哪有不允许的，你且说出来商量商量。”胡九道：“胡九虽则洗手了三十多年，然绿林中人知道胡九的还不少，沿途总有遇着他们的时候，在路上不论遇着哪个，只要是有些声望的，胡九便请他代替，护送太太、少爷到桐城去，胡九仍可实时回来。”彭纪洲踌躇道：“绿林中人，不妨请他代替护送么？”胡九道：“有绿林中人同走，比一切的保镖达官护送都好，不是胡九敢在大老爷台前夸口，是曾经胡九当面吩咐的绿林中人，在路上决不敢疏忽。不知侄少爷这番是跟太太回桐城呢，还是跟大老爷进京？”

彭纪洲道：“我进京引见之后，并不停留，用不着带庶白去，教他伺候他婶母回桐城去，免得徒劳往返，耽搁光阴。”胡九道：“那就更好了。侄少爷跟胡九也练了两年多武艺，虽没练成多大惊人的本领，然普通在绿林中混饭吃的人物，他已足够对付得了；就只他的年纪太轻，不懂得江湖行当，有一个绿林老手同行，由他去对付新水子（初做强盗、没有帮口的，称为新水子），本领充足有余。”

彭纪洲道：“这里面的情形，我不明白。总之我托你护送，只求眷属行囊，得安然无恙的回到桐城，我的心便安了，你的职责也尽了。至于你亲去与否，我可不问。我相信你，你说怎么办好就怎么办。”当下胡九遂决定护送彭纪洲的眷属动身。

彭纪洲因接任的人未到，仍在县衙里等候。彭太太带着儿子彭辛白、侄儿彭庶白，并丫头、老妈一行十多口人，并彭纪洲在陕西收买的十几箱古书，做十几副包扛，用十几名脚夫扛抬了同走。胡九赤手空拳的，骑着一匹黑驴，口里衔着一支尺多长的旱烟管，缓缓的在大队后面押着行走。彭庶白原是跟着他堂兄弟辛白坐车的，行了几日之后，他忽觉得终日坐在车中纳闷，想骑马好和胡九在一块儿行走，就在半途弄了一匹马。他是会些儿武艺的人，骑马自非难事，一面跟着胡九走，一面在马上与胡九谈论沿途的山水风物。好在胡九是陕西人，到处的人情风俗都很熟悉，东扯西拉的说给彭庶白听。

这日行到一处，已只差三四日的路程，便要出陕西境了。忽有八个骑马的大汉，从小路上走出来，不急不慢的跟在胡九的后面走。彭庶白尚是初次出门的人，然看了这八个人，心里也猜疑不是好人。因八骑马之外，并没有行李，有六个的背上，都驮着一只包袱，包袱的形式细而长，一望就使人知道包袱里面，有仿佛是兵器的东西；并且八个汉子的年龄、相貌虽各自不同，然看去都是很雄壮很凶恶的，又不是军人的装束，更不是做生意人的模样，不是强盗是什么呢？

他心里这么猜疑，便与胡九并马而行，凑近胡九的耳根说道：“你瞧后面的八骑马，不是强盗来转我们的念头的么？”胡九点头道：“不是强盗是什么呢？”彭庶白道：“你一个也不认识么？”胡九道：“若有一个认识我，也不跟在我背后转念头了。”彭庶白道：“你不是时常说陕西的绿林，不知道你的很少吗，怎的这八人连一个也不认识呢？”胡九笑道：“我是说知道，不是说认识，我常说洗手了三十多年，衙门中同事的都还不相信，说既是洗手三十多年，不与强盗往来了，何以肯替那些强盗担声名，更何能将所有劫案的赃物都追了回来？我听了他们那些言语，也懒得争辩，你于今看这八个人，是这么不急不慢的跟着我们走，必是想动手无疑的了。我如果真不曾洗手，此刻尚没有出陕西境，就有人来转念头么？”

彭庶白道：“那些师爷们，都是些只能装饭的饭桶，说出来的话，也都和放屁一样，他们说的何足计较。他们也不思量，你既敢住在离城固县二三里路的地方，听凭人家告你明火执仗，更公然敢到县衙里来和大老爷会面，可知是一个心里毫无惧怯的人。既是心里毫无惧怯，何必说什么假话呢？不过现在那些话也不用谈了，这八个狗东西，我猜是强盗；你的眼睛是不会看错人的，也看了是强盗，你打算怎么办呢？”

不知胡九说出什么办法来，且俟下回再说。

总评：

著者前撰此书，仅五十回，即已戛然而止，读者每以未睹全豹为憾。今乘闲暇续成之，一入手，即叙明前书之终结点，盖使读者不致茫然也。从此纲提领挈，依序而进，自免散漫无归之弊。

胡九为本回书中之主中主，彭纪洲为主中宾，而胡九自有胡九之神情；彭纪洲自有彭纪洲之神情，曲曲写来，一笔不苟。从知著者已神与书会，胸中宛有胡九、彭纪洲二人之模型在，故能曲折尽致至此。

胡九之私出府衙，为代人置备食物耳。忽又岔入狱中访友一节事，弥极奇诡之致，文心自见曲折。而著者之不肯作一闲笔，作一废笔，亦于此而益见。

瞬息万里，飞行绝迹，我羡胡九，我爱胡九，矧其人又安贫乐道，而有孝行者乎！从此《侠义英雄传》中，又多一出色人物矣。

写护送家眷行装事，所以逗起下文。

护送一节，写行装车辆之后，随一骑驴老叟，口衔烟袋，得得徐行于道上；而一少年，乘马，与之并辔偕行，指点山水，为状至得。忽小径中，复有八骑窜出，皆为彪行大汉，紧蹑于后，欲有所图。此情此景，历历如绘，宛有一幅绝雄奇、绝名隽之图画，列于吾人之前。而吾人读书至此，亦此身飘飘然，如在图画中矣。谓非写生妙手，曷克臻是乎！

第五十二回

玩把戏吓倒群盗　订条约羞煞西人

话说胡九见彭庶白问他打算怎么办，他随口说道：“我不打算怎么办，且看他们怎么办。”彭庶白摇头道：“等到他们动起手来，我们才防范，只怕已是来不及了呢！”胡九笑道：“他们还没有动手，我们怎么好先动手？依你的意思，打算怎么办呢？”彭庶白想了一想道：“我是没遇过这种事的人，究竟应该怎么办，我也不知道。不过依我想，我们这一行的人虽多，认真动起手来，除了你一个人而外，只有我还能勉强保住自己，其余都是连自身且保不了的。他们有八个人，看情形一个也不弱。他们在白天动手倒罢了，所怕在黑夜动手，你一个人顾此失彼，到那时岂不为难？我想既已确实看出他们是强盗了，常言：‘先下手为强，后下手遭殃。’不如趁着白天，你出头去与他们打招呼，他们闻了你名头害怕，不敢动手，自然是再好没有的了，多一事不如少一事。若他们不肯讲交情，不买你的账，那就说不得，老实不客气给些厉害他看，也免得太太受惊。”

胡九也笑着摇头道：“你说老实不客气，我看你却太对他们客气了，要我出头去与他们打招呼，还太早了；再过三四天之后，已走出陕西境了，那时要我出头打招呼，我便不能不去。”彭庶白道：“你这话我不明白。他们如何肯跟我们走三四天之后，出了陕西境才动手呢？我看他们今夜不动手，明夜定要动手的。”胡九道：“他们要动手，我也不阻拦，看他们何时高兴便了。我说太早的话，是因为此地还是陕西境内。在陕西境内，只有人家来向我打招呼的，我出世就不曾向人家打过招呼，既出了陕西境，便要看各人的情面了。我几十年没有出来，或者有不和我讲情面的，我不能不先出头与人家打招呼。这八个东西，不是瞎了，便是聋了，公然敢跟在我背后，想显神通给我看，我还不看吗？你不知道，这也是难得的事。我几十年躲在家里不出来，说不定陕西省出了大英雄、大豪杰，我乐得见识见识，岂不甚好！你不要害怕，更不可去对太太说。”

彭庶白听了，才明白胡九的意思，是不把这八个强盗看在眼里，便也不再说什么了。这夜宿店，八骑马也在一处市镇上歇了。只因彭家眷属一行人马太多，占满了一家火铺，不能再容纳以外的旅客，八骑马只得在旁边另一家火铺里歇宿。

胡九亲自指挥着脚夫，将所有行李包扛安放妥当了，照例到彭纪洲太太面前请了安出来。大家用过了晚膳，吩咐一切人早些安寝，即对彭庶白说道：“我带你同去玩一个把戏，你愿意去么？”彭庶白问道：“带我去哪里玩什么把戏？我们去了，留下他们在这里不妨事么？”胡九道：“就到隔壁去玩一个把戏便回来，我们从后院里翻过去，但是你不可高声。”彭庶白虽知道隔壁必是八个强盗歇宿的火铺，然猜不出他去玩什么把戏，少年人好事，自是欣然答应。

胡九当下携着彭庶白的手，悄悄走到后院子里，看两边都有丈多高的土墙障隔了。胡九在彭庶白耳边轻轻说道：“你能跳过这墙去么？”彭庶白摇头道：“我不敢跳。”胡九即挽着他的胳膊，只一耸身就提起彭庶白身体腾空，简直如脚下有东西托住的一样，并不如何迅速，缓缓的由墙越空而过，脚踏了实地。彭庶白看那边楼上有一个小小的窗户，从里面透出有灯光来，因窗户太高，在地下看不见里面有没有人。

胡九用手指着那窗户对面给他看，原来是一株很高大的树。彭庶白知道是要他爬上树枝，好看见窗户里面的情形，遂缘了上去；果然看见窗户里面，有八个汉子围着一张方桌坐了。方桌中间安放一个烛台，插着一支大蜡烛，八人好像会议什么大事。那八人的装束相貌，不待细看，已能认识就是骑马的八个强盗，议论的是什么话，因相离太远，说话的声音又不大，一句也听不明白。

正待低头看胡九有什么举动，猛见窗户上有黑影一晃，即分明看见胡九飞了进去，头朝下，脚朝上，倒悬在方桌当中，口衔了那支旱烟管，就烛火上吸旱烟，只吓得那八个强盗同时托地跳了起来。有抽出单刀来要动手的，却又有些害怕的神气，各自向后退了两步，即有一个喝问道：“你是哪里来的？快通出姓名来。”胡九已翻身落下来，声色俱厉的向八人叱道：“你们这些狗东西，真瞎了眼么？嗄嗄！连我胡九都不认识了？我倒要看看你们的手段。”这几句话说得非常响亮。

彭庶白在树枝上听得分明，以为八个强盗受了胡九这般呵斥，必有一番反抗的举动，谁知八人都吓得面面相觑，没一个敢动一动；再看胡九时，已没了踪影。并没看见是如何走了的，也不见他从窗口出来，不由得觉着奇怪。正拿眼向那楼上搜索，猛听得胡九的声音在树下喊道：“把戏玩过了，我们可以回去了。”

彭庶白倒吃了一惊，忙跳下树来。胡九伸手又将彭庶白的胳膊挽住，身体不知不觉的就腾空而起，越过了土墙，回到前面房里。彭庶白问道：“刚才那么腾空翻过墙去，既不是纵跳，是腾云驾雾么？”胡九笑着摇头道：“哪里是腾云驾雾，我固能腾云驾雾就好了，这不过是运气飞腾之法罢了！”彭庶白道：“这法子我能学么？”胡九道：“有谁不能学？但是不容易学。你将来虽不是仕宦中人，然也不是能山林终老的，这种学问不易讲求，也不必讲求，有防身的本领就够了。刚才我在那边楼上，玩了那么一回把戏，他们若是识相的，立刻就得过这边来，向我请罪，我决不能拿嘴脸给他们看，这事要留个好人给你做。你在后边房里听着，我口里尽管说定要取他们的性命，你听到他们求情不准的时候，便出来替他们说几句求情的话。我把这面子做到你分下，以后的事情好办些。”

彭庶白道：“他们既是怕了你，立时撒开手不做这批买卖就完了，无端还跑到这里来请什么罪，求什么情呢？”胡九正色道：“这不是你们当公子少爷的人所能知道的。”正说到这里，忽听得有人敲店门，胡九挥手对彭庶白道：“必是那些狗东西来了，你且去后房里等着吧。”

彭庶白心里还有些疑惑不是那八个强盗，以为另有来落店的人，先从门缝中朝外面一看，只见店小二开了店门，跨进门来的，不是那八个强盗又还有谁呢？为首的一个进门便问：“胡九太爷住在哪间房里？”彭庶白连忙躲入后房，心想胡九的威望真不小，只看这八人面上诚惶诚恐的神情，和白天那种雄抖抖的样子比较起来，便可知道他们心里委实害怕极了。彭庶白是这般心里想着，听那八人已走进了前房，忙就门缝中张望，只见八人中有一个随手将房门关上，也不说话，也不作揖，一个个拜佛也似的，排列着跪下去，朝着胡九一起一伏拜个不停止；并且把额头碰在地下，只听得咚咚的响。

胡九踞坐在土炕上，理也不理。碰了不计数的响头，为首的一人停止了，其余七人才跟着停止，就听得胡九用很和平的声音说道："你们来干什么的？"为首的一人才开口说道："我们罪该万死，实在不认识是九太爷。若早知道有九太爷在这里，我们就有吃雷的胆量，也不敢跟上来转这妄念了；特地过来磕头，求九太爷高抬贵手，放我们回去。"

胡九冷笑了一声道："你们眼睛里有我么？怎么说出不认识的话来！本也难怪，你们都是后起的英雄，哪里把我这个三十多年躲在家里不敢出头的角色，看在眼里呢？你们要知道，我虽是躲在家里三十多年不敢出头，不知道有了你们这些大英雄、大豪杰，但是陕西省还是陕西省，并不曾变成陕南、陕北。那句不认识我的话，恐怕哄骗三岁小孩，也哄骗不过去。你们打算做这一大批的买卖，难道就不问问来头？我胡九的面貌，你们可以说不认识，难道连我胡九的声名也不认识？我从城固动身到这里，只差三四日路程要出陕西境了，一路上经过了多少码头，多少山寨，倒不曾遇见有因我躲在家里三十多年，便不认识我的人。可见你们存心想斗斗我这个老东西，要栽我一个跟头，好显显你们的脸子。想不到我这老东西肚皮里还有几句春秋，没奈何，只得过来敷衍敷衍。主意是不错，做得到时，脸子也显了，财也发了；做不到时，不过说几句不费本的话，碰几个不值价的头，世间最便宜的事，只怕除了这个没有了。老实对你们讲，你们若出了陕西境再跟上来，那么你们是主，我是客，恶龙斗不过地头蛇，我只好让你们一脚。此地还在陕西境内，不能和你们客气，各自值价些，九太爷没精神一个一个的动手，你们自己去把脑袋瓜子摘下来，最后一个由九太爷亲自动手。这事怨不得我九太爷太狠，去吧！"

胡九说这番话的声调，并不严厉，看八个人跪在地下，简直全体抖得和筛糠一样，又不住的碰响头，只求饶恕了这一遭。胡九这才厉声喝道："休得在这里啰唣，谁有工夫和你们纠缠？"八个人一面碰头求饶，一面哭泣起来了。

彭庶白心想这是时候了，遂走了出来，对胡九说道："九爷的话，我已听得明白了，他们果然太慢忽了，使九爷的面子下不来。不过这番有家伯母同行，她老人家居心最是仁慈不过，平日杀鸡、杀鸭都不忍看的，若因护送她老人家，了却他们八条性命，在他们固是罪有应得，家伯母心里必很难过；望九爷暂息雷霆之怒，饶恕了他们这一遭。如下次再敢这么对九爷慢忽，那时我也不敢再求情了。"胡九缓缓的点头道："既是侄少爷来替他们说话，太太不愿意伤生，我看在太太和侄少爷份上，便饶恕了他们。"

八个人想不到有彭庶白来说情，听了胡九饶恕的话，登时如奉了赦旨，一个个脸上都露出欢喜感激的样子，对胡九碰了几个头，掉过身躯来又对彭庶白叩头。胡九道："你们这些东西，确是没长着眼睛，哪里配在绿林中混？姑无论这番有我九太爷同行，你们不应糊里糊涂动这妄念，便是我九太爷不在内，你们做一批买卖，也应打听这批买卖有多少的油水。你们可知道这里十几副包扛里面，扛抬的是什么东西？"

为首的一个答道："我们看包扛的分量，估料不是银两，便是洋钱。若是衣服裁料，不应有这般沉重。"胡九哈哈笑道："你们是这样的一双眼睛，如何配做这种没本钱的买卖。不过于今在绿林中混的，像你们这般瞎眼睛的居多，因此才不能不要人护送；若都是有眼力的，十几包扛古书，难道还怕强盗劫了去，给盗子盗孙读吗？你们且坐下来，我有话和你们说。"

八个人都斜着半边屁股坐了，彭庶白也坐在胡九旁边。胡九向八人说道："你们大约都知道我还有一个年将九十的老母，我之所以躲在家里三十多年不出头，为的就是要侍奉老母。这一趟去桐城的差使，我原是不能接受的；无奈来头太硬，我推却不了，只得忍心动身。此刻在陕西境内遇了你们，倒得了一个通融的办法。你们自己推举出两个交游宽广、武艺高强的人来，代替我护送到桐城，我在城固县衙里等你们的回信。"

八个人听了，竟像得了好差事的一样，实时欣然推出两个人来，说道："我等如何够得上在九太爷面前说交游宽广、武艺高强的话，只是我两人在同伙的里面，略混的日子多些，河南、安徽都去过几趟；这番能替九太爷当差，我们的面子也就很有光彩了。九太爷尽管安心回城固县去，我两人在路上决不敢疏忽。"胡九点头，问了两人的姓名并履历。次日早起，胡九亲自带着两人见过彭纪洲的太太，禀明了缘由，饭后即分途动身，胡九仍回城固。

两强盗继续护送去桐城，一路上真是兢兢业业的，丝毫不敢大意。究竟这两个强盗，也是有些资望的，沿途有两人打着招呼，得以安然无恙的到了桐城。彭太太因他两人一路辛苦了，拿出一百两银子，交彭庶白赏给两人。两人哪里肯受呢？竭力推辞着说道："只求少爷一封信，我两人好带回去销差。蒙太太、少爷的恩典，不责我两人沿途伺候不周，求少爷在信上方便一两句，使九太爷知道我两人不敢偷懒，我两人就感激少爷的恩典了。有什么功劳敢领太太、少爷的重赏？"

彭庶白道："不待你们说，我的信已写在这里了。这一点儿银子，并不算是赏号，只给你两人在路上喝一杯酒，我信上也不曾提起。这是家伯母一点儿意思，你们这般推辞，家伯母必以为你们是嫌轻微了。"

两人露出很为难的神气说道："不是我两人不受抬举，敢于推却，实在因这回是九太爷的差使，不比寻常，无功受赏，怎敢回去见九太爷的面呢？"彭庶白道："我信上不提这事，你们也不对九太爷说，九太爷从哪里得知的呢？"两人连忙摇手道："受了赏回去不提还了得，提了不过受一番责骂，勒令实时将银两退回；若瞒下去不说，那么我们就死定了。"

彭庶白问道："九太爷既有这么厉害，你们何以又跟上想打劫我们的行李呢？"两人叹道："我们真是做梦也想不到九太爷忽然会替人护送行李，我等因距离城固县太远，又素来知道九太爷早已不问外事，所以才弄出这么大的笑话来。我们绿林中自从有了他胡九太爷，也不知替我们做了多少挡箭牌，救了我们多少性命？我们不服他，又去服谁呢？不怕他，又去怕谁呢？"彭庶白点头道："既是这般的情形，我信上写出你们不肯受银子的情形来，是我家太太定要你们受的。写明白了，九太爷便不能再责骂你们。"两人不好再说，只得收了信和银两，作辞回城固。

这日到了，胡九正和彭纪洲同坐着闲谈，门房上来禀报，彭纪洲也想看看这两人，遂教传了进来。两人进见，先向胡九碰了几个头，才对彭纪洲叩头，捧出彭庶白的信和银两，送给胡九。胡九随手送给彭纪洲，彭纪洲看了信说道："辛苦了你两个。这一点点银子，说不上赏号两个字，你们喝杯酒吧！"两人望着胡九，不敢回答。胡九看了信，问了问沿途的情形，说道："既是大老爷和太太的恩典，赏给你们银两，你们叩头谢赏便了。"两人这才接受了，然仍是先碰头谢了胡九的赏，再向彭纪洲叩头谢赏。彭纪洲事后向人谈起这事，还叹道："皇家国法的尊严，哪里赶得上一个盗首！"

彭纪洲这回进京引见之后，便回桐城休隐了。彭庶白就在回桐城的第二年，他的父亲死了。他母亲是江苏人，因亲戚多住在上海，彭庶白又是少年，性喜繁华，便移居到上海来。从胡九手里学来的武艺，虽不曾积极用苦功练习，然每日也拿着当一门运动的功课，未尝间断。凡是练过武艺的人，自然欢喜和会武艺的来往。江、浙两省人的体魄，虽十九孱弱，而上海又是繁华柔靡的地方；然因上海是中国第一个交通口岸，各省各地的人都有在这里，其中会武艺的也就不少，加以彭庶白好尚此道，只要耳里听得某人的武艺高强，他一定去登门拜访。虽其中有不免名过其实的，但是真好手也会见得不少。有外省人流落在上海卖武的，他不遇着便罢；遇了只要功夫能勉强看得上眼，他无不竭力周济。因此，很有许多人称道他疏财仗义，而尤以一班在圈子里的人，对他的感情极好。上海所谓"白相朋友"，稍稍出头露脸的，无不知道他彭大少爷，都不称他的名字。

奥比音在上海卖艺，他已看过了，他也很佩服奥比音的力量了得，只因他的心理，不与霍元甲相同，虽看了奥比音夸大的广告，只认做是营业广告招徕的法门，并不感觉其中含有瞧不起中国人、欺侮中国人的意思。又因他自己的武艺，并无十分惊人之处，加以是文人体格，就是感觉外国人有欺侮中国人的用意，也没有挺身出头替中国人争面子的勇气。这次在张园看了黑人与白人比赛的武剧，也觉得黑、白二种人的身手都极笨滞，并自信以他自己的武艺，无论与白人或黑人比赛，决不至失败，但是不曾动这个去请求比赛的念头。

他看过比赛之后，忽听得那个当通译的朋友，说起霍元甲来交涉与黑人孟康比赛的事，不禁触动了他少年好事之心。他久闻霍元甲在天津的威名，这回来了上海，便没有要与孟康比赛的事，他也是免不了要去拜访的，何况有这种合他好尚的事情在后面呢！当下向姓萧的问明了霍元甲的寓处，乘兴前来拜访。

非常之人，必有非常的气宇。在俗人的眼光分辨不出，然在稍有眼力的人见了，自有一种异乎寻常的感觉。农劲荪一见彭庶白，即觉得这少年丰度翩翩，精神奕奕，不是上海一般油头粉面的浮薄少年可比，不因不由的注目而视。彭庶白访霍元甲不着，本已将一团的高兴扫了大半，打算去马路上闲逛一会儿再来。他既不曾与霍元甲会过面，自然没有希望在路上巧遇的念头。谁知刚待走出那客栈的大门，迎面就遇着三人回来，当时从那大门出进的络绎不绝，在彭庶白的眼中看来，只觉得霍元甲等三个人的精神气宇，与同时出进的那些人有别。

他曾听得姓萧的说，去与孟康办交涉的是三个人，心里登时动了一下，然觉得不好就冒昧上前询问，暗想这三人若是住在这客栈里的，必有霍元甲在内是无疑的了。若不是住在这客栈，也是来这里访朋友的，就是我猜错了，且看他们瞧不瞧旅客一览表，并向账房或茶房问话也不。心里如此想着，两眼即跟在三人背后注意。只见三人径走到一间房门口站住，有一个茶房从身边掏出一把钥匙来，将房门开了，放三人进去，彭庶白暗自喜道："我猜的有八成不错了。"连忙回身到账房探问，果然所见的不差，三人中正有霍元甲在。

彼此见面谈了一阵，彭庶白说道："庶白听得敝友萧君说，霍先生已与孟康交涉妥当了，约了明日带律师去亚猛斯特朗家里订比赛的条约，不知道将订些什么条约？外国大力士或拳斗家比赛，十九带着赌博性质，输赢的数目并且很大，每有一次比赛，输赢数十万元的，今日孟康不曾提出比赛金钱的话么？"

霍元甲摇头道："这倒没听他说起。"遂向农劲荪问道："是不曾说么？他若说了，农爷必向我说。"农劲荪笑道："今日是不曾说，或者在明日订条约的时候说出来也未可知。"霍元甲问道："外国大力士拳斗家，难道都是大富豪么，怎的能一赌数十万元的输赢呢？"彭庶白道："外国大力士拳斗家，不要说大富豪，连有中人资产的都不多，其所以能赌这么大的输赢，并不是他们本身的钱，就和我们中国人斗蟋蟀一样，输赢与蟋蟀本身无关。蟋蟀是受人豢养的，外国大力士拳斗家略有声名的，无不受几个大富豪的豢养。就是到各处卖艺，也是受有钱人的指挥，完全自动的绝少。日本人虽不敢公开的赌博，然大力士与柔道家受富豪贵族的豢养，也和西洋人一样。"

霍元甲道："原来外国会武艺的人，是这般的人格，这般的身份。我若不是因他们太欺负我国人了，不服这口气，无端找他们这种受人豢养、供人驱使的大力士比赛，实不值得。"彭庶白道："霍先生是何等胸襟，何等气魄的豪侠之士，完全为要替国人争面子，才荒时废事的来上海找他们比赛。这一点不但我等自家人知道，就是外国略明白中国社会情形的人，也都能知道。并且所比赛的是武艺，至于他们的人格如何，身份如何，与比武是没有关系的。德国大力士森堂与狮子比武，霍先生也只当他们是狮子就得了。”说得大家都笑起来了。

彭庶白接着说道：“据敝友萧君说，明日订条约的时候，霍先生这边也得带律师去，不知这律师已经聘请了没有？”农劲荪道：“我们刚从张园回来，律师还不曾去聘。”彭庶白问道：“农先生有熟识的律师么？”农劲荪道：“没有！”彭庶白道：“这种事原不必有熟识的律师，不过律师照例是有些敲竹杠的，熟律师比较的容易说话。庶白在上海居住的时间略久，倒有熟识的律师，这类替国人争面子的事，庶白可以去找一个愿尽义务的律师来。”

农、霍二人听了都很高兴，连说拜托。彭庶白道：“庶白还认识几个专练武艺的人，人品都很正直，并多是在上海住了多年的。他们不待说，必也是景仰二位先生之为人的，我想介绍与二位先生见见，不知尊意怎样？”霍元甲嬉笑道：“我正苦此地的朋友太少，有彭先生给我们介绍还不好吗？此地专练武艺的朋友，我本来应该一到岸就去登门拜访，无奈不知道姓名、住处，不能前去拜会。就是彭先生，我们也应该先到府上奉看，难得先生倒先到这里来。今日就劳神请介绍我们去拜那几位朋友何如呢？”

彭庶白略沉吟了一下说道：“用不着二位先生亲劳步履，并且各人住的地址不在一方，今日辰光也不甚早了，庶白有一个办法，虽然简慢一点儿，但是很便当。我今晚七点钟，请农、霍二先生并这位刘君到一枝香大菜馆晚膳，将那几个要介绍的朋友和熟识的律师，都约到一枝香相见。我也不做虚套，不再发帖相请了。”霍、农二人因欢迎彭庶白介绍律师与专练武艺的朋友，也就不甚谦辞。这夜便由彭庶白介绍了六七个武术家，和在上海有些场面的绅士相见了，执律师业的也有几个。

席间，彭庶白将霍、农二人的历史、来意，大略介绍了一番。农劲荪接着把霍元甲的性情抱负，以及在天津逼走俄大力士，这番来找奥比音不遇，明日将与黑人孟康订条约比赛的话，详细演说了一遍。说得在座的人无不眉飞色舞，鼓掌称赞。几个当律师的，都欣然愿尽义务，但是只用得着一个，当下由几个律师中推定了一个，负责同去办理这交涉。霍元甲问了各武术家的住处，准备日后拜访。

次日早饭后，彭庶白特雇了两乘马车，带同那律师到客栈里来。霍、农、刘三人正在客栈里盼望，亚猛斯特朗住在徐家汇，路程很远，农劲荪叫茶房雇马车，彭庶白拦住道："我特地雇两乘马车来，就是准备与三位分坐的。"霍元甲笑道："这如何使得！"彭庶白忙抢着说道："霍先生这种举动，凡是中国人都应当尽力赞助，方不辜负霍先生这番替中国人争面子的热心，何况庶白是久已钦仰霍先生、农先生的人，又是素性欢喜武事的，将来叨教的日子长，望两位先生以后不要对庶白存心客气。"

霍元甲、农劲荪都是慷爽性质，见彭庶白一见如故，也就不故意客气了。当即五人分乘两辆马车，直向徐家汇奔来。一会儿到了，霍元甲看亚猛斯特朗的住宅，倒是一座三层楼，规模很大的洋房。农劲荪拿出自己和霍元甲的名片，向门房说了来意。那门房似乎已受了他主人的吩咐，看了名片，并不说什么，也不先进里面通报，随即将五人请进一间很宏敞、很精丽的客室坐了；复向彭庶白等三人索名片。三人都拿了名片给他，才转身通告去了。不一会儿，就听得有通电话的声音。农劲荪笑对霍元甲道："这电话多半是通给律师和那孟康的，他说我们都已来了，请即刻到这里来，不是通给律师是什么呢？"

霍元甲还不曾回答，亚猛斯特朗已出来了，宾主相见，农劲荪替律师、彭庶白介绍了。亚猛斯特朗道："我们外国人和中国人角力的事，上海租界上还不曾有过先例，工部局能不能领取执照，此刻尚不可知。鄙人已约了一个在巡捕房里供职的朋友到这里来，大家讨论讨论。"农劲荪道："角力的事，在上海租界上虽没有先例，然在各外国是普通常有的事，工部局没有不许可的理由。并且，孟康君昨日与英国大力士角力，工部局能许可，岂有霍君与孟康君角力，便不许可的道理。无论章程法律，皆不能因对人而有区别。"

亚猛斯特朗道："鄙人也希望工部局不发生障碍。"农劲荪将这话译给霍元甲听，霍元甲已蕴怒说道："岂有此理！他们若借口工部局不许可来推却比赛，我决不能承认工部局应有这无理的举动。"那律师笑道："不会有这种事。角力是任何国家法律所许可的，工部局除却有意作难，断无不发执照的道理。”

几人正这么谈论，忽见房门开处，走进四个外国人来，黑人孟康走在最后。亚猛斯特朗起身向双方介绍，彼此相见，自有一番应酬故套。原来同进来的三个西人，一个是在上海执律师业的，一个是在工部局供职的，一个是孟康的朋友。相见已毕，一共宾主十人，分两边围着一张大餐台坐下。先由亚猛斯特朗开口说道：“大力士角力，在世界各国原是普通常有的事，照例没有多少条约磋商。不过鄙人在中国住了多年，知道中国的武术，绝对不与各国的武术相同，常有极毒辣的方法，只须用一个指头，就能断送对手的性命，这种武术，究竟是很危险的。外国大力士角力，差不多有一定的方法，从没有用一个指头便能断送对方性命的。鄙人主张要订的条约，就是为霍君是中国有名望的武术家，他的方法必也是很毒辣的。孟康君不知道中国武术，两下角力起来，应该有一种限制，才可避免伤害性命的危险，不知霍君的意思以为怎样？”

农劲荪将这番言语译给霍元甲听了，霍元甲道：“看他说应该有什么限制？”农劲荪和亚猛斯特朗说了，亚猛斯特朗起身与孟康等四人低声商议了好一会儿，方回到原位说道：“鄙人知道中国武术，拳头脚尖果然很厉害，就是用头撞、用肩碰，都能撞碰死人。孟康君的意思，要角力须限制霍君不许用拳，不许用脚，不许用头，不许用肩，肘也是用不得的，指头更不能伸直戳人。霍君对于这几种限制能同意，再议其他条约。”

农劲荪听了这类毫无理由的限制，已是很气愤了，但因角力的主体是霍元甲，不能不对霍元甲翻译，就由他自己驳复，只得照样向霍元甲说了。霍元甲怒道：“这也不能用，那也不能用，照他这样的限制，何不教我睡在地下不动，听凭他那大力士捶打呢！他既是这么怕打的大力士，我就依了他的限制，他还是免不了要另生枝节的。农爷对他说罢，他不敢与我角力，只说不角就得了，不用说这些替他们外国人丢脸的话。”

农劲荪气愤不过，也就懒得客气，照着霍元甲的意思，高声演说了一遍，只说得几个外国人都羞惭满面，没一个有话回答。霍元甲愤愤极了，立起身望着同来的四人道：“走吧！像这种大力士，不和他比赛也罢了。”刘振声、彭庶白也同时立起身来。亚猛斯特朗还勉强带笑说：“请坐下来慢慢商议。”农劲荪和那律师都说：“孟康君既是存心畏惧，还是不与霍君比赛的最妥当。”说话时，霍元甲已头也不回的大踏步走出去了。

五人仍同回到客栈，霍元甲一肚皮没好气的当先走进栈房，只见茶房迎上来说道：“刚才有个西崽来找霍老爷，说是从静安寺路来的，留了一封信在霍老爷房里桌上。”霍元甲回头对农劲荪道：“静安寺路必是沃林。我的运气倒霉，你瞧着吧，一定也是和今天一样，通知上必有种种留难。”边说边走进房，一手就从桌上取了那封信递给农劲荪。不知信中写些什么，且俟下回再说。

总评：

胡九之于八人，纯以游戏三昧出之，而八人者已惊悸亡魂。事既弥极诙诡之致，而笔亦曲折以达，正自旗鼓相当，实为说部中有数文字。

前书正将叙及霍俊清订约比武事，忽又岔入彭纪洲、胡九二人之小传，斯盖著者故弄狡狯耳。虽然，不如是，《侠义英雄传》中无数人物，又何由一一登场耶？著者之狡狯，正著者之苦心，读者不可不知也。今则枝叶已去，似又将归入本题矣。然以著者行文之喜出奇兵，又安知其不另起波澜乎？

亚猛斯特朗者，荒伧耳！畏霍俊清之神威，知孟康实非其敌也，不敢与之订约；而又不欲明言，支吾掩饰，丑态百出。白人固夙称天之骄子，矫矫然似不可侵犯者，至是而本来面目悉露矣！此一节事，著者曲曲写来，弥有风致，堪称神来之笔。

方写与亚猛斯特朗订约不成，即接写与沃林订约事，此著者故意欲于相犯处，仍笔笔求其不犯也。余勇可贾，于此可见。

第五十三回

霍元甲二次访沃林　秦鹤岐八代传家学

话说农劲荪拆开那信看了一遍，笑道：“四爷，恭喜你！信中说已得了奥比音的同意，约我们明天去他家里谈话。”霍元甲道：“我看这番又是十九靠不住的，外国人无耻无赖的举动，大概都差不多。今天的事，不是昨日已经得了那孟康的同意的吗？双方律师都到了场，临时居然可以说出那些无理的限制来。只听那亚猛斯特朗所说我应允了他这些限制，再议其他条件的话，即可知我就件件答应他了，他又得想出使我万不能承认的条件来。总而言之，那黑东西不敢和我较量，却又不肯示弱，亲口说出不敢较量的话来，只好节外生枝的想出种种难题，好由我说出不肯比较的话。究竟奥比音有没有和我较量的勇气，不得而知，他本人真心愿意与我较量，便没有问题；若不然，一定又是今日这般结果。较量不成没要紧，只是害得我荒时废事的从天津到这里来，无端在此地耽搁了这么多时间，细想起来，未免使人气闷。”

农劲荪安慰他道：“四爷尽管放心。我看沃林虽也是一个狡猾商人，然奥比音绝非孟康可比。奥比音的声望，本也远在孟康之上，并且白人的性质，与黑人不同。白人的性质多骄蹇自大，尤其是瞧不起黄色人。黑人受白人欺负惯了，就是对黄色人，也没有白人那种骄矜的气焰，所以孟康对四爷还不免存了些畏怯之念。我料奥比音不至如此。”霍元甲叹道：“但愿他不至如此才好。”

彭庶白不知道与沃林约了，在此等候通知的事，听不出霍、农二人谈话的原委。农劲荪向他述了一遍，他便说道："沃林他既知道霍先生是特地从天津来找奥比音角力的，如果奥比音不愿意，他何妨直截了当的回复不角。并且奥比音已不在上海了，沃林尤其容易拒绝，与其假意应允，又节外生枝的种种刁难，何如一口拒绝比赛的为妙呢？沃林信里只约霍先生明日去他家里谈话，我不便也跟着去，明日这时分我再到这里来，看与沃林谈话的结果怎样？"说毕，同着那律师作辞去了。

这夜霍元甲因着急沃林变卦，一夜不曾安睡。第二日早点后，即带着刘振声跟农劲荪坐了马车到沃林家来。沃林正在家中等候，见了农劲荪即道歉说道："这番使霍君等候了好几日，很对不起。鄙人为霍君要与奥比音比赛的事，特地就到南洋走了一遭，将霍君的意思向奥比音说了，征求他的同意。尚好，他闻霍君的名，也很愿意与霍君比赛，并很希望早来上海实行。无奈他去南洋的时候，已与人订了条约，一时还不能自由动身到上海来。不过，比赛是决定比赛了，鄙人昨日才从南洋回来所以请霍君来谈谈。"

农劲荪对霍元甲译述了沃林的言语，霍元甲听了，顿时笑逐颜开的问道："他不曾说什么时候能比赛么？"农劲荪道："还不曾说，且待和他谈判。他既决定了比赛，比赛日期是好商量的。"遂对沃林说道："奥比音君去南洋的条约，何时满期，何时方能来上海比赛，已与沃林君说妥了没有呢？"

沃林道："鄙人前次已与霍君谈过的，此刻已近年底了，鄙人的事务多，不能抽闲办理这比赛的事。明年一月内的日期，可听凭霍君选择。"农劲荪笑道："这话鄙人前次也曾说过的，阳历一月，正是阴历年底，霍君在天津经商，年底也是不能抽闲。我看，比赛之期既不能提早，就只得索性迟到明年二月，不知奥比音可能久等？"沃林踌躇了一会儿说道："他本人原没有担任旁的职务，与人角力或卖艺，本是他生平唯一的事业，教他多等些时，大约是不生问题的。"

农劲荪将这话与霍元甲商量，霍元甲道："既是教他多等些时不生问题，那就好办了。只是我们是要回天津去的，此时若不与沃林将条约订好，将来他有翻覆，我们岂不是一点儿对付的办法也没有？"农劲荪点头道："那是当然要趁此时交涉妥当的。"遂向沃林说道："前次沃林君曾说霍君与奥比音君比赛，得赌赛银子一万两，这种办法，霍君也很欢迎，并愿意双方都拿出一万两银子，交由双方推举的公正人管理。比赛结果谁胜了，谁去领那银两。关于这一层，不知奥比音君有无异议？”

沃林道：“鄙人已与奥比音君研究过了，他觉得一万两的数目过大了些，只愿赌赛五千两。”农劲荪笑道：“一万两的数目，原是由沃林君提议出来的。霍君的志愿，只在与奥比音大力士角力，并没有赌赛银两的心思，因沃林君说出非赌赛银两不可的话，霍君为希望角力的事能于最近的时期实现，所以情愿应允沃林君这种提议。于今奥比音君只愿赌赛五千两，我想霍君是决不会在这上面固执的。”便与霍元甲商议，霍元甲道：“做事这么不爽利，真有些教人不耐烦。他说要赌一万两，我不能减价说赌五千，他于今又只要赌五千，我自然不能勉强要赌一万。赌一万也好，赌五千也好，总求他赶紧把合同订好，像他这样说话没有凭准，我实在有些害怕。农爷要记得订合同的时候，务必载明如有谁逾期不到的，须赔偿损失费银一千两。”

农劲荪点头对沃林说道：“霍君虽没有定要赌赛一万两银子的心，不过因沃林君要赌赛一万两，他已准备着一万两银子在这里。若沃林君愿践前言，霍君是非常希望的。如定要减少做五千两，好在还不曾订约，就是五千两也使得。但是霍君在天津经商，年内不能比赛，是得仍回天津去的，明年按照合同上所订日期，再到上海来。是这般一来一往，时间上、金钱上都得受些损失。这种损失，固是为角力所不能不受，不过万一奥比音君不按照合同上所定的日期来上海，以致角力的事不能实行，那么这种损失，就得由奥比音君负赔偿的责任。翻转来说，若霍君逾期不到，也一般的应该赔偿奥比音君的损失，这一条须在合同上订明白。”沃林也笑道：“这是决无其事的。霍君既提出这条来，合同是双方遵守的，就订明白也使得。”

农劲荪道：“霍君这方面的保证人和律师，都已准备了，只看沃林君打算何日订立合同？鄙人与霍君为这事，已在这里牺牲不少的时间了，订合同的日期，要求愈速愈妙。”沃林问道：“霍君的保证人，是租界内的殷实商家么？”农劲荪道：“当然是租界内能担保一万两银子以上的商家。”当下双方又议论了一阵，才议定第三日在沃林家订约；比赛的时日也议定了阴历明年二月初十。因霍元甲恐怕正月应酬多，羁绊住身体不能到上海来，赔偿损失费，也议定了数目是五百两。霍元甲心里，至此才稍稍的宽舒了。

三人从沃林家回到客栈里来，彭庶白已在客栈里等候，见面迎着笑道：

“看霍先生面上的颜色，喜气洋洋的样子，想必今日与沃林谈话的结果很好。”农劲荪笑道：“你的眼睛倒不错，竟被你看出来了。今日谈话的结果，虽不能说很好，但也不是霍四爷所料的那么靠不住。”随即将谈话的情形述了一遍。

彭庶白道：“沃林前次要赌赛一万两银子的话，是有意那么说着恐吓霍先生的，及见霍先生不怕吓，一口就应允他，他有什么把握敢赌赛这么多银子？恭喜霍先生，这回的比赛，一定是名利双收的了。”霍元甲道：“比赛没有把握的话，我是不会说的。因为他奥比音并不曾要求和我比赛，我既自觉没有胜他的把握，何苦是这般烦神费力的自讨没趣呢？若教我与中国大力士比赛，无论那大力士是什么样的人，我也不敢说有把握。对外国人确有这点儿自信力，所虑的就是后天临时变卦。只要不变卦，订妥了合同，事情总可以说有几成希望。”

彭庶白道：“角力时应有限制的话，沃林曾说过么？”农劲荪道：“那却没有。”彭庶白道：“今日他不曾说，后日料不至说。外国人虽说狡猾，也没有这么不顾面子的，霍先生放心好了。后日与沃林订过了合同，还是就回天津去呢，还是再在此地盘桓些时呢？”霍元甲道：“我若不是为要等候沃林的通知，早已动身回去了。我在天津因做了一点小生意，经手的事情原来很多，不是为这种重大的事，决不能抽工夫到这里来。只待后天合同订好了，立刻便须回去，巴不得半日也不再停留。后天如不能将合同订好，也决心不再上这东西的当了。总之，过了几天，有船便走。”

彭庶白道：“可惜这回与霍先生相见得迟了，还有一个老拳术家，不能介绍与霍先生会面。”霍元甲连忙问道：“老拳术家是谁，怎么不能介绍会面，这人不在此地吗？”彭庶白道：“这人祖居在上海，前夜我已请了他，想介绍与霍先生在一枝香会面，不料他家里有事，不能出门。昨日我到他家，打算邀他今日到这里来看霍先生，无奈他的家事还不曾了，仍是不能出来。这人姓秦名鹤岐，原籍是山东人，移家到上海来，至今已经过九代了。不知道他家历史的，都只道他家是上海人。”

霍元甲登时现出欣喜的样子说道：“秦鹤岐么，这人现在上海吗？”彭庶白点头道：“先生认识他吗？他从来住在上海，少有出门的时候。”霍元甲笑道：“我不听你提起他的名字，一时也想不起来。我并不与他认识，不过我久已闻他的名。我在几年前曾听得一个河南朋友说过，因家父喜研究伤科，无论伤势如何沉重，绝少治不好的。有一次有个河南人姓杜名毓泉的，来我家访友，定要看看我霍家‘迷踪艺’的巧妙，不提防被我一脚踢断了他一条腿。他自谓已经成了废人，亏了家父尽心替他医治，居然治好了，和没有受过伤的一样。他心里不待说又是感激，又是佩服，偶然与我谈论现在伤科圣手，据他说在不曾遇到家父以前，他最钦佩的就是秦鹤岐。我问他秦鹤岐是何许人，他说是上海人，不但伤科的手段很高，便是武艺也了不得。我那时忘记问秦鹤岐住在上海什么地方，有多大年纪了，后来我到天津做生意，所往来的多是生意场中的人，因此没把秦鹤岐这名字搁在脑筋里，到于今已事隔好几年了。今日若不是有你提起他来，恐怕再过几年，便是有人提起他，我也想不起来了。”

彭庶白笑道：“一点儿不错，他是祖传的伤科。他的伤科与武艺，都是祖传，一代一代的传下来；传到他手里，已是第八代了。据他说，他家的武艺，简直一代不如一代。他祖传的本是内家功夫，他的叔父的本领，虽赶不上他祖父，然端起一只茶杯喝茶，能随意用嘴唇将茶杯的边舐下来，和用钢剪子剪下来的一般无二。他自谓赶不上他叔父。只是以我的眼睛看他的本领，已是很了不得了。”

霍元甲喜问道：“你见过他什么了不得的本领呢？”彭庶白道：“我亲眼看见他做出来的武艺，有几次已是了不得，而当时我不在场，事后听得人说的，更有两次很大的事，上海知道的极多。一次我与他同到一个俱乐部里玩耍，那俱乐部差不多全是安徽人组织的，因组织的份子当中，有一半欢喜练练武艺，那俱乐部里面，遂置了许多兵器和沙袋、石担之类的东西，并有一块半亩大小的草坪。只要是衣冠齐整的人，会些武艺，或是欢喜此道的，都可直到里面练习，素来的章程是这么的。这日我与秦鹤岐走进那草坪，只见已有二三十个人，在草坪中站了一个圈子，好像是看人练把势。我固是生性欢喜这东西，他也很高兴的指着那人圈子向我说道：‘只怕是来了一个好手，在那里显功夫，我们何不也去见识见识呢！’我说：‘那些看的人看了兴头似乎不浅，我们今日来得好。’他于是牵了我的手走到那圈子跟前。

“不看犹可，看了倒把我吓了一跳，原来是一个身材比我足高一尺、足大一倍的汉子，一手擎着一把铁把大砍刀，盘旋如飞的使弄着。那把刀是一个同乡武举人家里捐给俱乐部的，科举时代练习气力的头号大刀，重一百二十五斤，放在俱乐部将近一年了。俱乐部内喜武的人虽多，却没有一个人能使得动那把刀。那汉子居然能一只手提起来使弄，那种气力自然也是可惊的了。

“当下秦鹤岐看了，也对我点头道：‘这东西的力量确是不错，你认识他是谁么？’我说：‘今日是初次才看见，不认识是谁。’我正和他说话的时候，那汉子已将大刀放下了。看的人多竖起大指头，对那汉子称赞道：‘真是好气力。这种好气力的人，不但上海地方没有，恐怕全国也是数一数二的人物。’那汉子得意扬扬的说道：‘这刀我还嫌轻了，显不出我全身的力量来，我再走一趟给你们看看。’围着看的人不约而同的拍掌，口里一迭连声的喊‘欢迎！’秦鹤岐也笑嘻嘻的跟着喊‘欢迎！’

“那汉子剥了上身的衣服，露出半截肌肉暴起的身体，走了一趟，并踢了几下弹腿，却没有甚了不得的地方。只是看的人吼着叫好，吼得那汉子忘乎其所以然了，一面做着手势，一面演说这一手有多重的力量，如何的厉害。我听了已觉得太粗俗无味了，向一个俱乐部里的人打听他的来历，才知他也是我们安徽人，姓魏名国雄，曾在第七师当过连长，到处仗着武艺逞强，没有遇过对手。我因这魏国雄谈吐太粗俗无味了，拳脚又并不高明，仅有几斤蛮力，已显露过了，懒得多看，拉了秦鹤岐的手，待去找一个朋友谈话。忽听得他高声说道：‘有些人说，好武艺不必气力大，气力大的武艺必不好，这话完全是狗屁。只要真个气力大，一成本领，足敌人家十成本领。我生成的气力大，仅从师练了一年武艺，南北各省都走过，有名的拳教师也不知被我打倒了多少。’说时手舞足蹈，目空一切的样子，使人看了又好气又好笑。

当时在场的也有几个练了多年武艺的，虽听了这话，面子上也很表示不以为然的神气，但是都存心畏惧魏国雄的气力太大，不敢出头尝试。哪知道秦鹤岐是最不服人夸口的，已提步要走了，忽转身撇开我的手，走进圈子，向魏国雄劈头问道：‘你走南北各省，打倒多少有名的拳教师，究竟你打倒的是哪几个？请你说几个姓名给大家听听。既是有名的，我们大家总应该知道。’魏国雄想不到有人这般来质问，只急得圆睁着两眼，望着秦鹤岐半晌才说道：‘我打倒的自然有人，不与你相干，要你来问我做什么？我又不曾说打倒了你。’秦鹤岐笑道：‘你只说打倒了南北各省多少有名的拳教师，又不说出被打倒的姓名来，好像南北各省有名的拳教师，都被你打倒了似的。区区在南北各省中，却可称得起半个有名的拳教师。你这话，不说出来便罢，说出来，我的面子上很觉有些难为情。若不出来向你问个明白，在场看热闹的人，说不定都要疑心我也曾被你打倒过。我并不是有意要挑你的眼，说明了才免得大家误会。我这个拳教师是不承认你能打得倒的，不但我自己一个不承认，并且我知道我江苏全省有名的拳教师，没一个曾被你打倒过。你果是曾打倒过的，快些把姓名说出来。’

“秦鹤岐这般说，那些面子上表示不以为然的人，也都气壮心雄起来了，也有问他到山东打倒了谁的，也有问他到安徽打倒了谁的。这个一言，那个一语，问得魏国雄委实有些窘急了，举起两手连向左右摇着说道：‘你们不要以为我这话是吹牛皮的，我打倒过的人，姓名我自然知道，不过我不能破坏人家名誉，便不能说出他们的姓名来。你们不相信的，尽管来试两手。’说毕，对秦鹤岐抱了抱拳说道：‘请教尊姓大名。’秦鹤岐笑道：‘好在你不肯破坏人家的名誉，就把姓名说给你听也不要紧，便是被你打倒了，喜得你不至对人宣布。你是想打倒我么？要打也使得。’话不曾说完，魏国雄有一个同来玩的朋友，看了这情形不对，连忙出来调和，想将魏国雄拉出来。

“魏国雄仗着那一身比牛还大的气力，看秦鹤岐的身材又不高大，有些文人气概，不像一个会武艺的人，已存了个轻视的心，哪里肯就是这么受了一顿羞辱出去呢？一手把那朋友推得几乎跌了一跤，说道：‘我出世以来，没受人欺负过，哪怕就把性命拼了，也得试两下。’说到这里，已恶狠狠的举拳向秦鹤岐面上一晃，跟着一抬右腿，便对准秦鹤岐的下阴踢来。我这时目不转睛的看着，只见秦鹤岐并不躲闪，迎上去只将左臂略荡了一荡，碰在他脚上，就和提起来抛掷过去的一般，魏国雄的高大身体，已腾空从看的人头顶上抛过去一丈五六尺远近，才跌落下来，只跌得他半晌动不得。

“秦鹤岐跑过去把他拉起来，笑道：‘对不起，对不起！我的姓名叫秦鹤岐，你以后对人就说秦鹤岐被你打倒了也使得。’魏国雄羞得两脸如泼了鲜血，一言不发的捞起剥下的衣服就跑。魏国雄既走，留在草坪中的那把大刀，依然横在青草里面，本是魏国雄拿到草坪里去的，于今魏国雄走了，谁有这力量能将那刀移回原处呢？当时就有一个常住在俱乐部的同乡，笑对秦鹤岐道：‘秦先生把魏国雄打走了，这把大刀非秦先生负责搬到原处去不可。我们平日四个人扛这把刀，还累得气喘气急，秦先生能将魏国雄打倒，力量总比魏国雄大些。’秦鹤岐笑道：‘我却没有他那么大的蛮力，不过这刀也只有一百多斤，不见得就移不动。’旋说旋走近大刀，弯腰用一个中指勾住刀柄上头的铁环，往上一提便起来了，问那同乡的要安放何处？那人故意羁延时刻，一面在前引着走，一面不住的回头和秦鹤岐说话，以为一个指头勾住的决不能持久，谁知秦鹤岐一点儿没露出吃力的样子，从容放归原处。这两件事是我亲眼看见的。”

霍元甲连连点头称赞道：“只就这两事看起来，已非大好手干不了，不是魏国雄难胜，难在打得这么爽利，不是内家功夫，决打不到这么脆。就是中指提大刀，也是内家功夫。魏国雄的气力虽大，然教他用一个指头勾起来，是做不到的。”

彭庶白道：“唯英雄能识英雄，这话果然不错。我曾将这两事说给也是有武艺的人听，他们都不相信，说我替秦鹤岐吹牛皮。他们说，秦鹤岐的手既没打到魏国雄的身上，又不曾抓住魏国雄的脚，只手膀子在魏国雄脚上荡了一荡，如何能将身材高大的魏国雄，荡的腾空跌到一丈五六尺远近呢？我也懒得和他们争辩。霍先生的学问，毕竟不同，所以一听便知道是内家功夫。”霍元甲笑道：“这算得什么。你曾听说过他家功夫的来历么？”

彭庶白摇头道：“我只知道他是八代的祖传。他八代祖传自何人，倒不曾听他说过。他家原来住在浦东，虽是世代不绝的传着了不得的武艺，然因家教甚严，绝对不许子弟拿着武艺到外边炫耀，及行凶打架，就是伤科也只能与人行方便，不许借着敛钱。所以便是住居浦东的人，多只听说秦家子弟的武艺好，究竟好到怎样，附近邻居的人都不知道。直到秦鹤岐手里，才在浦东显过一次本领。那次的事，至今浦东人能说得出的尚多。那时浦东有一个茶楼，招牌叫做‘望江楼’，是沙船帮里的人合股开设的。沙船帮里无论发生了什么问题，只要不是属于个人的，照例都在那望江楼会议，船帮不会议的时候卖客茶，遇有会议就停止客茶不卖，是这般营业已有好几年了。因为上茶楼喝茶的，早起为多，而船帮会议多在下午，所以几年也没有时间上发生过冲突。

“秦鹤岐在浦东生长二十多年，竟不知道那望江楼是船帮中人开设的。这日下午，他在外边闲逛，忽然高兴走上那茶楼喝茶，这时茶楼上还有几个喝茶的客。他才坐了一会儿，那几个客都渐渐的走了，只剩下他一个人。他正觉的没有兴味，也待起身走了，忽听得梯子声响，仿佛有好多人的脚声，他只道是上楼喝茶的客，回头望楼口，果然接连上来了四五十个人，看得出都是些驾船的模样。他心想必是新到了一大批的船，也没作理会，仍旧从容喝茶，随即就有一个堂倌过来说道：‘请客人让一让座头，我们这里就要议话。’

“秦鹤岐既不知道那茶楼的内容，陡然听了让座头的话，自然很觉的诧异，反质问那堂倌道：‘什么话，我的茶还没喝了，你怎么能教我让座头给人，你们做买卖是这般不讲情理的吗？’那堂倌道：‘客人不是外路人，应该知道我们这里的规矩。我们这茶楼是船帮开的，照例船帮里议话，都在这楼上，议话的时候，是不能卖客茶的，此刻正要议话了。’秦鹤岐生气道：‘既是议话不能卖客茶，你们便不应该卖茶给我，既卖了给我，收了我的钱，就得由我将茶喝了，不能由你们教我让座头。若定要我让也使得，只需你老板亲自来说个道理给我听。’堂倌道：‘老板不在店里，就是老板回来，也是要请客人让的。’

“堂倌正在与秦鹤岐交涉，那上楼的四五十个驾船模样的人，原已就几张桌子围坐好了的，至此便有几个年轻的走过来，大模大样的向堂倌说道：‘只他一个人，哪里用得着和他多说，看收了他多少茶钱，退还给他，教他走便了。’堂倌还没有答应，秦鹤岐如何受得起那般嘴脸，已带怒说道：‘谁要你退钱！你收下去的钱可以退，我喝下去的茶不能退。你们定要我走，立刻把招牌摘下来，我便没得话说。’这句话，却犯了船帮中人的忌讳，拍着桌子骂他放屁。

“船帮仗着人多势大，也有些欺负秦鹤岐的心思，以为大家对他做出些凶恶样子来，必能将他吓跑。哪知道这回遇错人了，秦鹤岐竟毫不畏惧，也拍着桌子对骂起来。年轻的性躁些，见秦鹤岐拍桌对骂，只气得伸手来抓秦鹤岐，秦鹤岐坐着连身都没起，只伸手在那人腰眼里捏了一下，那人登时立脚不稳，软瘫了下去，仰面朝天的躺在楼板上，就和死了的人一样。那些驾船的见秦鹤岐打死人了，大家一拥包围上来，有动手要打的，有伸手要抓的。秦鹤岐这时不能坐着不动了，但又不能下重手打那些人，因为真个把那些人打伤了，也是脱不了干系的；待不打吧，就免不了要受那些人的乱打，只得一个腰眼上捏一把，顷刻将四五十个人，都照第一个的样捏翻在地。横七竖八的躺满了一茶楼，把几个堂倌吓得不知所措。喜得茶楼老板不前不后的在这时候回来了，堂倌将情形说给他听。好在那老板是个老走江湖的人，知道这是用点穴的方法点昏了，并不是遭了人命，连忙走上楼。看秦鹤岐的衣冠齐整，气宇不凡，一望就料定是一个有钱人家的少爷，即带笑拱手说道：‘我因有事出门去了，伙计们不懂事，出言无状，得罪了少爷，求少爷高抬贵手，将他们救醒来。我在这里赔罪了。’说罢，就地一揖。

“秦鹤岐问道：‘你是这里的老板么？’老板答道：‘这茶楼生意，暂时是由我经手在这里做，一般人都称我老板，其实并不是我一个人的老板。这茶楼是伙计生意，不过我出的本钱，比他们多些。话虽如此，只是生意是我经手，伙计们得罪了少爷，就是我得罪了少爷，求少爷大度包涵吧。’秦鹤岐刚待开口，楼梯响处，接连又走上十多个人来，看这十多个人当中，竟有大半是秦鹤岐素来认识的本地绅耆。原来有一个精干些儿的堂倌，料想打翻了这么多人在楼上，这乱子一定是要闹大的，也来不及等老板回来，匆匆溜出门。跑到本地几个出头露面的绅耆家里，如此这般的投诉一遍，求那些绅耆赶紧到望江楼来。那些绅耆都没想到是秦鹤岐干的玩意，以为若真个闹出了四五十条命案，这还了得？因此急忙邀集了十多个绅耆，一道奔望江楼来。其中多半认识秦鹤岐的，上楼一看，老板与秦鹤岐同站在许多死人中间，楼上并没有第三个人，都失声叫“哎呀”，问道：‘凶手呢，已放他逃跑了吗？’秦鹤岐接声答道：‘凶手便是我，有诸位大绅耆来了，最好。请你们将我这个凶手捆起来送官吧！’众绅耆不由得诧异起来，有两个和秦家有交谊的，便向秦鹤岐问原因，问明之后，自然都责驾船的不应该倚仗人多，欺负单身客人，要秦鹤岐救醒转来，再向秦鹤岐谢罪。这件事传播得最远，当时浦东简直是妇孺皆知。”

霍元甲道：“真了不得！有这种人物在上海，我又已经到上海来了，不知道便罢，知道了岂可不去拜他！你说他因家里有事不能出来，我邀你同去他家里拜他，使得么？”彭庶白道：“霍先生高兴去，我当然奉陪。这几日他在家中不至出外，随时皆可以去得。”

霍元甲回头问农劲荪道："我打算后天不论合同订妥与否，得动身回天津去；明日须去邀保证人和律师，趁今日这时候还早，我们同去访访这位秦先生好么？"农劲荪笑道："四爷便不说，我也是这般打算了。这种人物，既有彭君介绍，岂可不去瞻仰瞻仰。"于是霍、农二人带着刘振声，跟彭庶白同乘车向秦鹤岐家进发。

此时秦鹤歧住在戈登路，车行迅速，没多一会儿工夫就到了。霍元甲看大门的墙上，悬挂着一张"九世伤科秦鹤岐"的铜招牌，房屋是西洋式的，门前一道矮墙，约有五尺多高，两扇花格铁门关着，在门外能看见门内是一个小小的丹墀，种了几色花木在内。只见彭庶白将铁门上的电铃轻按了一下，实时有个当差模样的人走来拉开了门，喊了一声："彭大少爷。"彭庶白问道："你老爷在家么？"当差的道："有客来了，正在客房里谈话。"彭庶白问道："是熟客呢，还是来诊病的呢？"当差的摇头道："不是熟客，也不像是来诊病的。"说时望了望霍元甲等三人，问彭庶白道："这三位是来会我家老爷的么，要不要我去通报呢？"彭庶白道："用不着你去通报。"说罢，引霍元甲等走进客房。

霍元甲留神看这客房很宏敞，一个宽袍大袖的人，正在面朝里边演把势。一个身材瘦小、神气很精干的汉子，拱手立在房角上，聚精会神的观看。彭庶白回头低声对霍元甲道："演手法的就是。"秦鹤岐似乎已听得了，忙收住手势，回身一眼看见彭庶白背后立着三个气宇非凡的人物，仿佛已知道是霍元甲了，连忙向三人拱手，对彭庶白道："你带了客来，怎么不说，又使我现丑，又使我怠慢贵客。"彭庶白这才为霍元甲三人一一介绍。秦鹤岐指着那旁观的汉子向三人道："诸位认识他么？他便是南北驰名的"开口跳"赛活猴，好一身武艺，我闻他的大名已很久了，今日才得会面。"赛活猴过来与彭庶白四人见礼，秦鹤岐也替四人介绍了。彼此都说了一阵久闻久仰的客气话。

宾主方各就坐，霍元甲先开口向秦鹤岐说道："几年前在静海家乡地方不曾出门的时候，就听得河南朋友杜毓泉谈起秦先生的内家功夫了得，更是治伤圣手，已是很钦仰的了。这回遇见庶白大哥，听他谈了秦先生许多惊人的故事，更使我心心念念的非来拜访不可。"秦鹤岐笑道："霍先生上了庶白的当了。庶白是和我最要好的朋友，随时随地都替我揄扬，那些话是靠不住的。”

秦鹤岐说到这里，霍元甲正待回答，赛活猴已立起身来说道：“难得今日幸会了几位盖世的英雄，原想多多领教的；无奈我的俗事太多，只得改日再到诸位英雄府上，敬求指教。”说罢，向各人一一拱手告别，秦鹤岐也不强留，即送他出来，霍元甲等也跟着送了几步。因这客室有玻璃门朝着前院，四人遂从玻璃门对外面望着，本来是无意探望什么的，却想不到看出把戏来了。只见赛活猴侧着身体在前走，秦鹤岐跟在他背后送，赛活猴走几步又回头拱手，阻止秦鹤岐远送，秦鹤岐也拱手相还，接连阻止了两次。第三次，赛活猴已走到了阶基的沿边，复回头拱了拱手，乘秦鹤岐不留意，猛将两手向秦鹤岐两肋插下。

说时迟，那时快，秦鹤岐毫不着意的样子，双手仍是打拱手的架势，向上一起，已轻轻将赛活猴两手挽在自己肘下，身体跟着悬空起来，就听得秦鹤岐带着嘲笑的声音说道：“你今日幸亏遇的是我，换一个人说不定要上你的当，又幸亏你遇的是今日的我，若在十年前，说不定你也得上我一个小当。须知暗箭伤人不是好汉，去吧！”吧字未说了，赛活猴已腾空跌出铁花格大门以外去了。

霍元甲看了，情不自禁的喊了一声“好！”秦鹤岐掉头见霍元甲在玻璃门里窥探，连忙带笑拱手道：“见笑方家，哪值得喝好。”随说随转身回到客室里来，连眼角也不向大门外望望赛活猴。走进客室即对霍元甲说道：“这算得什么人物！他来访我，要看我的功夫，自己又不做功夫给我看。我请他指教几手，他又装模作样的说什么不敢不敢。我客客气气的把他当一个人，送他出去，他倒不受抬举了；并且这东西居心阴险，一动手就下毒手。我一则因有贵客在这里，没心情和他纠缠；二则因我近年来阅世稍深，心气比较几年前和平了。不然，只怕要对不起他。”

彭庶白笑道：“这东西照上海话说起来，便是一个不识相的人。你已做功夫给他看了，难道连功夫深浅都看不明白吗？”霍元甲也笑道：“他若看得出功夫深浅，也不至在这里献丑了。看他动手的情形，是个略懂外家功夫的角色，如何能看得出秦先生的内家功夫呢？”秦鹤岐谦逊道：“见笑，见笑！像我这样毛手毛脚，真辱没‘内家功夫’四个字了。”

秦鹤岐说话时喜做手势，霍元甲无意中看见他左手掌上有一道横纹。

这种横纹，一落内行的眼，便看得出是刀伤痕，心里登时有些怀疑，忍不住问道："秦先生左掌上怎的有这么一道痕呢？"秦鹤岐见问，即望着自己的左掌，还没有回答，彭庶白已抢着说道："他这一道痕，却有一段很名誉、又很惊人的历史在内，霍先生听了，一定也要称道的。"秦鹤岐笑叱彭庶白道："你还在这里替我瞎吹，有什么很名誉、很惊人的历史。你要知道，这真菩萨面前，是不能烧假香的。"

霍元甲道："兄弟是个生性粗鲁的人，全不知道客气。秦先生也不要和我客气才好。"秦鹤岐道："提起这道痕，虽说不到有什么名誉，也没有什么惊人的地方，只是在我本人一生，倒是留下这一个永远的纪念，就到临死时候，这纪念也不至磨灭。霍先生是我同道中人，不妨谈谈，也可使霍先生知道，租界上并不是完全安乐之土，我一条性命，险些儿断送在这一道痕里面了。这事到于今八年了，那时，寒舍因祖遗的产业，一家人勉强可以温饱，只为我手头略散漫了些儿。外边有一班人看了，便不免有些眼红，曾托人示意我，教我拿出几千块钱来结交他们。我不是不舍得几千块钱，只是要我拿出钱来结交，除了确是英雄豪杰，我本心甘愿结交的便罢；一班不相干的人，敲竹杠也似的要我几千块钱。我若真个给了他们，面子上好像太过不去了。"

霍元甲道："那是自然。这般平白无故的拿钱给人，就有百万千万的产业，也填不了那些无底的欲壑。"

不知秦鹤岐说出些什么历史来，且俟下回再说。

总评：

写比武事，煞费周折，始将合同订成，诚极千回百折之妙。而读者至是，亦可为之心安，知比武瞬将实行，复有如火如荼之文字，烘现眼前矣。

白人骄矜，黑人卑怯，其性质固迥不相同。而对黄色人之观念，自亦大相径庭，卓哉劲荪，竟能洞若观火，诚不愧为熟悉洋务之一人才也。

前文，在霍元甲将欲与奥比音比武时，忽岔入吴振楚传；及欲与孟康比武时，又岔入彭纪洲传。致此比武事二次无端搁起，令人闷煞、急煞。今合同方订成，而秦鹤岐传又从中岔入矣。此盖作者狡狯故技，愈令读者聚精会神，亟欲一读起比武正文耳。

第五十四回

杀强盗掌心留纪念　成绝艺肺部显伤痕

话说秦鹤岐听了霍元甲的话，即点头答道：“上海的流氓痞棍，可以说多得不能数计，若无端来敲我的竹杠，我便答应了他们，以后还能在上海安身吗？我当时只得一口回绝了来示意的人，谁知祸根就伏在这时候了。那班东西见我不肯出钱，便四处放谣言，要与我为难。当时也有些朋友，劝我随意拿出一点儿钱来，敷衍那班东西的面子；免得为小失大，当真闹出乱子来，追悔不及。三位和我是初交，不知道我的性格，庶白是知道的。我并不是生性欢喜算小的人，若他们的话说的中听，我未尝不可通融，只是他们显得吃得住我的样子，哪怕要我拿出一文钱，我也不甘心；因此遂不听朋友的劝。

“这是那年六月间的事，看看已快近中秋节了，那班东西大约是节关需钱使用。打听得舍间存有二三千块钱的现洋，就集合了三四十个凶暴之徒，其中也有十来个会些武艺的，半夜乘我不防备，撬开门偷进舍间来。他们原打算是文进武出的。我平日本来欢喜独宿，在热天尤不愿和敝内同睡。那夜九点钟的时候，我因做了一会儿功课，觉得有些疲乏了，上床安歇。但是透明的月色照在房中，使我再也睡不着，翻来覆去的到十一点钟，刚要朦胧入睡，猛听得房门呀的一声开了，我立时惊醒转来。暗想房门是闩好了的，外面如何能开呢？一睁眼就看见月光之下，有几个人蹑手蹑脚的向床前走来，手中并带了兵器。

“我知道不好，翻身坐了起来。首先进门的那东西真可以。他隔着帐门并不看见我，只听我翻身坐起，就知道我坐的方向，猛然一枪朝我的肚皮戳来。枪尖锋利，帐门被戳了一个透明窟窿，幸得有帐门隔住了。我这么一起手将枪尖接过来，顺势一牵，他来势过猛，不提防我把他的枪尖接住了；只牵得他扑地一跤，跌倒在床前。我顺势溜下床沿，一脚点在他背上，那时他既下毒手要我的性命，我也就顾不得他的性命了，脚尖下去，只'哇'的叫了一声，就翘了辫子。

"第二个跟上来的，见我打翻了第一个，乘我不曾站起，劈头一单刀剁下。我既未站起，便来不及躲闪，并且也没看仔细是一把单刀，只得将左手向上一格，那刀已夺在我手中了。想不到那东西倒是一个行家，见单刀被我夺住，就随手往怀中一拖，经他这一拖，我手掌却吃不住了，不过当时也不觉着怎样，只觉胸头冒火，也趁他往怀中那一拖的势，踏进去右手便将他下阴撩住，连他的小肠都拉了出来，一声不响的倒地死了。第三个上来的，使一条齐眉短棍，来势并不甚凶狠，奈我因左手受了伤，弄发了我的火性，那东西身材又矮，我迎头一拳下去，不容他有工夫躲闪，已脑浆迸裂的死了。

"一连打死了三个，我的心不由得软了，暗想走在前面的三个，本领尚且不过如此，在后面的也可想而知。他们并没有劫去我什么贵重东西，于我有何仇怨，何必伤他们的性命？于是就存心只要他们不下毒手打我，我决不下毒手伤他们。可怜那些东西，哪有下毒手的能耐？见我已打死了三个，觉舍间的人都已惊醒起来了，只慌得一窝蜂的往外逃跑。各人手中的兵器，都掼在舍间，不敢带着逃跑，恐怕在路上被巡捕看见了盘诘。我也懒得追赶，连忙打发人去捕房报案，捕房西人来查勘，详细问了我动手的情形，似乎很惊讶的。"

霍元甲伸着大指头向秦鹤岐称赞道："不怪他们外国人看了惊讶，便是中国会武艺的朋友听了这种情形，也得惊讶。实在是了不得，佩服，佩服！"农劲荪问道："那些被打得逃跑了的东西，后来也就安然无事了吗？"

秦鹤岐摇头道："那些东西怎肯就这么放我的手。喜得捕房的西人，料知那些东西决不肯就此罢休，破例送一杆手枪给我，并对我说道：'我知道你的武艺，足敌得过他们，不至被他们劫了财产去。但是一个人没有能制人的武器，究竟不甚安全，有了这杆手枪，就万无一失了。'我得了那杆手枪之后，不到十多日，那些东西果然又来报仇了。这回来的早些，我还不曾安歇，忽听得舍间养的一只哈巴狗，对着后门乱叫。我轻轻走到后门口一听，外面正在用刀拨门，我便朝门缝高声说道：‘你们用不着费事，我和你们原无仇怨，就是那三个被我打死的人，他们若不是对我下毒手，存心要我的性命，我也断不至伤他们。如果那夜我不是安心放你们一条生路，你们有命逃走么？老实说给你们听，你们实在不是我的对手，并且巡捕房送了我一杆手枪，你们真要进来讨死，我开门教你们进来就是。’说着，向天连开了两枪，一手将后门扯开。那些不中用的东西，只吓得抱头鼠窜，谁还有胆进来和我厮打呢？他们经了这次恐吓，直到现在相安无事，只我这手上的刀痕，就永远不得磨灭了。”

霍元甲道：“听庶白大哥说，秦先生的武艺，是多年祖传下来的，不知道是哪一个宗派的功夫？”

秦鹤岐道：“谈到武艺的宗派，很不容易分别，霍先生也是此道中的世家，料必也同我一般的感想。因为功夫多得自口授，册籍上少有记载，加以传授功夫的，十九是不知书卷的粗人，对于宗派的传衍，如何能免得了错语。一般俗人的心理，照例欢喜认一个有名的古人做祖师，譬如木匠供奉鲁班、唱戏的供奉唐明皇、剃头的供奉关云长之类，不问是也不是，总以强拉一个有名的古人做祖师为荣。因此拳术家的宗派越衍越多，越没有根据，越没有道理。

“我曾听得一个拳术家自称是‘齐家’的武艺，我不明白齐家是哪个，问他才知道就是齐天大圣孙悟空。姑无论齐天大圣是做《西游记》的寓言，没有这么一个怪物；即算确有其人，究竟孙悟空传授的是哪个，一路传下来，传了些什么人，有无根据知道是孙悟空传的？这种宗派，霍先生能承认他么？

“不但这种宗派靠不住，便是内家、外家的分别，也是其说不一。有的说武当派为外家，少林派为内家，然现在许多武当派的拳术家都自称内家。本来内、外的分别，有两种说法，少林派之所谓内家，乃因少林派是和尚传下来的，从来佛学称为内学，佛典称为内典，佛家的拳术称为内家拳术，也就是这般的意思，并不是就拳术本身讲的。佛家照例称佛道以外的道为外道，自然称武当派为外家。武当派之所以自称为内家，乃是就拳术本身分别出来的。武当派拳术，注重神与气，不注重手脚，尚意不尚力，与一切的拳术比较，确有内外之分。究竟谁是内家，谁是外家，这标准不容易定，原也不必强为分别。

“谈到我祖传的武艺，也可以说是少林派。只是少林派的拳棍，创始于何人？一路流传下来，传了些什么人？当日少林寺是不是拿这拳棍功夫，与佛家修行的功夫一同传授，在何时失传的，我都不知道。我所知道的，仅根据秦氏族谱上的记载，那种记载是留示子孙的，大概还不至有夸张荒谬的毛病。

“我秦家原籍是山东泰安人，我九世祖海川公才移家浦东，武艺也由海川公传授下来的。寒舍族谱上所记载的，就是记载海川公学武艺的始末。说海川公少时即失怙恃，依赖远房叔父生活，叔父会武艺，多与镖行中人往来，海川公也就跟着练习武艺。因生性欢喜武艺，练习的时候，进步异常迅速，在家练了几年之后，十八岁便出门寻师访友。两年之间走遍山东全省，不曾遇着能敌得过他的人，休说有够得上做他师傅的。他偶然听得人谈起少林寺的拳棍天下无敌，遂打听去少林寺的路程，动身到河南少林寺去。及至到了少林寺一问，谁知与往日听得人所谈论的，绝不相符。一般人说，河南少林寺里面，有种种练习拳棍的器具，并有一条长巷，长巷两旁安设了无数的机器木人，地下竖着梅花桩；凡在少林寺学习武艺的，几年之后，自信武艺可以脱师了，就得脚踏梅花桩，双手攀动木人的机器，那木人便拳打脚踢的向这人打来，这人一路打出那条长巷，武艺就算练成功了。若武艺略差一点儿，万分招架不了，只要身上着了一下，立时跌倒梅花桩，寺里的师傅，即不许这徒弟下山，须再用若干时候的苦功，总以能打出长巷为脱师的试验。

“海川公以为寺中既有这种设备，所传授武艺之高妙，是不待说的了。到少林寺之后，才知道外边所谈的，完全是谣言，不但没有那种种的设备，少林寺的和尚，并没一个练习拳棍。海川公大失所望，待仍回山东去吧，一则因山东并没有他的家；二则因回山东也无事业可做，既已出门到了少林寺，何妨就在少林寺借住些时，再作计较。

“那时少林寺里有数百个和尚。他心想俗语说：‘人上一百，百艺俱全。’数百个和尚当中，不见得就没有武艺高强的；住下来慢慢的察访，或者也访得出比我高强的人来。这种思想却被他想着了。不到几日，果然访出两个老和尚来。那两个老和尚，年龄都在八十以上了，并不是在少林寺出家的和尚，一个法名惠化；一个法名达光。两和尚的履历，满寺僧人中无一个知道，在少林寺已住锡二十多年了。到少林寺的时候，二人同来，又同住在一个房间，平日不是同在房中静坐，便一同出外云游，二人不曾有一时半刻离开过。满寺僧人并不注意到他二人身上，也没人知道他二人会武艺。

“海川公在寺里借住的房间，凑巧与惠化、达光两法师的房间相近。海川公正在年轻气壮的时候，每夜练习武艺，三更后还不休息，独自关着门练习；哪里知道隔壁房里，就有两个那么了不起的大人物在内。才住了十多日，这夜海川公正在独自关着房门练功夫，忽听得有人用指头轻轻的弹门，海川公开门看时，却是惠化、达光两法师。惠化先开口说道：‘我每夜听得你在这房里练武艺，听脚步声好像是曾下过一会儿苦功夫的，年轻人肯在这上头用功，倒也难得。我两人将近四十年没见人练拳了，因此特地过来瞧瞧，有好武艺使出来给我们见识见识何如？’

“海川公此时的年纪虽轻，然已在外面跑了几年，眼力是还不差的，见惠化法师说出这番话来，料知不是此中高手，决不至无端过来要看人武艺。他原是抱着寻师访友的志愿到河南去的，至此自然高兴，连忙让两法师进房坐了，答道：‘须求两位法师指教，我不过初学了几下拳脚，实不敢献丑。’达光法师老实不客气的说道：‘我看你的资质很好，若有名师指教，不难练成一个好手。你且做一点儿给我们看看，我两人都是八十多岁的老人了，难道还笑你不成！’

“海川公因从来不曾遇过对手，气焰自是很高，这时口里不敢明说，心里不免暗忖道：‘你这两个老和尚，不要欺我年轻，以为我的武艺平常，对我说这些大话。尽管你两人的武艺高强，只是年已八十岁了，不见得还敌得过我。我何不胡乱做几下给他们看了，使他们以为我的武艺不过如此，和我动起手来，我才显出我的真才实学，使他以后不敢藐视年轻人。’主意打定，即向两法师拱了拱手道：‘全仗两位老师傅指教，武艺是看不上眼的。’说罢，随意演了一趟拳架子。惠化看了，望着达光笑道：‘气力倒有一点，可惜完全使不出力来。你高兴么？和他玩两下。’达光含笑不答，望着海川公说道：‘你功夫是做得不少，无奈没有遇着名师，走错了道路，便

再下苦功夫，也没多大的长进。’

“海川公听得惠化说使不出力来的话，心想我是有意不使力，你们哪里会看功夫！只是也不动气的说道：‘以前没有遇着名师，今日却遇着两位名师了，请求指引一条明路吧。’达光法师从容立起身说道：‘我两人的年纪都老了，讲气力是一点儿没有，只能做个样子给你看看。我们因为年纪大了，再不把武艺传给人，眼见得就要进土了，你来与我试试看。’

“海川公想不到八十多岁的老和尚，竟敢这么轻易找人动手，反觉得不好意思真个下重手打这年老的人，向达光问道：‘老和尚打算怎生试法呢？’达光笑道：‘随便怎样都使得，我不过想就此看看我的眼法如何？你练成了这样的武艺，想必与人较量的次数也不少了。我本不是和你较量，但是你不妨照着和人较量的样子打来。’海川公遂与达光交起手来，只是二三个回合以后，分明看见左边一个达光，右边也有一个达光，拳脚打去，眼见得打着了，不知怎的却仍是落了空。又走几个回合，又加上两个达光了，一般的衣服，一般的身法。海川公心里明白，自己绝不是达光的对手，并且已觉得有些头昏目眩了，哪敢再打？真是扑翻身躯，纳头便拜。再看实只有一个达光，哪里有第二个呢？连叩了几个头说道：‘弟子出门寻师几年，今日才幸遇师傅，弟子就在这里拜师了。’拜过了达光，又向惠化叩了几个头，两老和尚毫不谦让，从此就收海川公做了徒弟。

“海川公在少林寺内，足足的寄居了一十九年，还只学到两老和尚十分之七的本领。原打算完全学成了才离开两位师傅的，无奈那时还是清初入关不久，不知是因为哪一件谋逆的案子，牵连到少林寺里的和尚，忽一夜来了几千精兵，将少林寺围困得水泄不通，呐喊一声，火球火箭，只向寺里乱投乱射。满寺僧人都从睡梦中惊醒，缘到屋顶一看，哪里有一隙可逃的生路呢？只吓得众僧人号啕痛哭。海川公也是从梦中惊醒起来，急忙推开两位老师傅的房门一看，只见两位老师傅已对坐在禅床上嘘唏流泪，一言不发。

“海川公上前说道：‘于今官兵无故将山寺包围，不讲情由的下这般毒手，寺中数百僧人，难道就束手待死？弟子情愿一人当先，杀开一条生路，救满寺僧人出去。在弟子眼中看这几千官兵，直如几千蝼蚁，算不了什么！’惠化连连摇手说道：‘这事你管不了。你原不是出家人，你自去逃生便了。’海川公着急道：‘此刻后殿及西边寮房，都已着了火了，弟子独自逃生去了，寺中数百僧人的性命，靠谁搭救，不要尽数葬身火窟吗？’达光长叹道：‘劫运如此，你要知道逆天行事，必有灾殃。论你的能为，不问如何都可冲杀出去，只是万般罪孽之中，以杀孽为最重，此事既不与你相干，官兵也没有杀你之意。你自不可妄杀官兵，自重罪孽。此刻围寺的兵，只东南方上仅有五重，你从东南方逃去，万不可妄杀一人。此去东南方五六里地面，有一株大樟树在道路旁边，你可在那树下休息休息再走。’

“惠化掐着指头轮算了一会儿，说道：‘你此去还是东南方吉利，出寺后就不必改换方向，直去东南方，可以成家立业。’海川公朝着两位老师傅叩头流泪说道：‘弟子受两位师傅栽成的大恩十有九年，涓涯未报。于今在急难的时候，就是禽兽之心，也不忍弃下两位师傅，自逃生路。两位师傅要走，弟子甘愿拼死护送出这重围；两位师傅不走，弟子也甘愿同死在这里。’达光拍着大腿说道：‘这是什么时候，你还在这里支吾！你没听得么，隔壁房上也着火了。’

“海川公回头看，窗眼里已射进火光来，只急得顿脚道：‘弟子逃了，两位师傅怎样呢？’惠化道：‘你尚且能逃，还愁我两人不能逃么？你在那樟树下等着，还可以见得着我们。’海川公被这一句话提醒了，实时走出房来，满寺呼号惨痛的声音，真是耳不忍闻，目不忍睹，急忙拣那未着火的房上奔去。借着火光，看东南角上围兵果然比较的单薄，心想要不杀一兵，除却飞出重围，不与官兵相遇，若不然，我又不会隐身法，这么多的官兵，如何能使他们不看见我呢？既是看见了我，就免不了要动手。师傅吩咐我万不可伤一人，可见得是教我飞出重围去。想罢，随即运动十九年的气功，居然身轻似叶，直飞过五层营幕，着地也不停留。奔到路旁大樟树下，才回头看少林寺时，已是火光烛天，还隐约听得着喊杀的声音。

“约莫在树下等候了半个时辰，忽见半空中有两点红星，一前一后从西北方缓缓的飞来，海川公觉得诧异，连忙跳上树巅，仔细看那两颗红星，越飞越近。哪里是两颗红星呢，原来就是两位老师傅，一人手中擎着一盏很大的红琉璃灯，御风而行，霎时到了海川公头顶上。只听得惠化法师的声音说道：‘你可去浦东谋生，日后尚能相见。’海川公还想问话，奈飞行迅速，转眼就模糊认识不清楚了。海川公就此到浦东来，在浦东教拳，兼着替人治病。一年之后，惠化、达光两位师父同时到浦东来了。达光法师没住多久，即单独出外云游，不知所终。惠化法师在浦东三年，坐化在海川公家里，至今惠化法师的墓，尚在浦东，每年春秋祭扫，从海川公到此刻二百多年，一次也未尝间断。”

霍元甲笑道：“怪道秦先生的武艺超群绝伦，原来是这般的家学渊源，可羡可敬！”秦鹤岐道：“说到兄弟的武艺，真是辱没先人，惭愧之至。霍府‘迷踪艺’的声名，震动遐迩，兄弟久已存心；如果有缘到天津，必到尊府见识见识。前日听得庶白谈起霍先生到上海来了，不凑巧舍间忽然发生了许多使兄弟万不能脱身出外的琐事，实在把我急煞了。难得先生大驾先临，将来叨教的日子虽多，然今日仍想要求先生使出一点儿绝艺来，给我瞻仰，以遂我数年来景慕的私愿。”

霍元甲的拳法，从来遇着内行要求他表演，他没有扭扭捏捏的推诿过，照例很爽直的脱下衣服就表演起来。此时见秦鹤岐如此说，也只胡乱谦逊了几句，便解衣束带，就在秦家客室里做了一趟拳架子。秦鹤岐看了，自是赞不绝口。霍元甲演毕，秦鹤岐也演了些架式，宾主谈得投机，直到夜间在秦家用了晚膳，才尽欢而散。

次日彭庶白独自到秦家，问秦鹤岐：“看了霍元甲的武艺，心里觉得怎样？”秦鹤岐伸起大指头说道：“论拳脚功夫，做到俊清这一步，在中国即不能算一等第一的好手，也可算是二等第一的好手了。不过我看他有一个大毛病，他自己必不知道，说不定他将来的身体，就坏在那毛病上头。”彭庶白连忙问道：“什么毛病？先生说给我听，我立刻就去对他说明，也使他好把那毛病改了，免得他身体上吃了亏还不知道。”

秦鹤岐道：“这种话倒不便对他去说，因为大家的交情都还够不上，说的不好，不但于他无益，甚至反使他见怪。他的毛病，就在他的武艺，手上的成功的太快，内部相差太远。他右手一手之力，实在千斤以上，而细察他内部，恐怕还不够四百斤，余下来的六七百斤气力，你看拿什么东西去承受，这不是大毛病吗？”

彭庶白愕然问道：“先生这话怎么讲？我完全不懂得。”秦鹤岐道：“你如何这也不懂得呢？俊清做的是外家功夫，外家功夫照例先从手脚身腰练起，不注意内部的。专做外家功夫的人，没有不做出毛病来的。霍家的‘迷踪艺’，还算是比一切外家功夫高妙的，所以他练到了这一步，并不曾发生什么毛病。不过，他不和人动手则已，一遇劲敌，立刻就要吃亏。所吃的亏，并不是敌人的，是他自己的。你此刻明白了么？”彭庶白红了脸笑道：“先生这么开导，我还说不明白，实在说不出口，但是我心里仍是不大明白。”

秦鹤岐点头道：“我比给你看，你就明白了。我这么打你一拳，譬如有一千斤，打在你身上，果然有一千斤重。只是这一千斤的力量打出去，反震的力量也是有一千斤的。我自己内部能承受一千斤的反震力，这一千斤力便完全着在敌人身上，我自己不受伤损。若内部的功夫未做成，手上打出去有一千多斤，敌人固受不了，自己内部也受了伤，这不是大毛病吗？”

彭庶白这才拍掌笑道：“我明白了，我明白了！我并且得了一个极恰当的譬喻，可以证明先生所说的这理由，完全不错。”秦鹤岐笑问道：“什么恰当的譬喻？”彭庶白道：“我有几个朋友在军舰上当差，常听得他们说，多少吨数的军舰，只能安设多少口径的炮。若是船小炮大，一炮开出去，没打着敌人的船，自己的船已被震坏了，这不是一个极恰当的譬喻吗？”

秦鹤岐连连点头道：“正是这般一个道理。我看他的肺已发生了变故，可惜我没有听肺器，不能实验他的肺病到了什么程度。”彭庶白惊讶道：“像霍元甲那样强壮的大力士，也有肺病吗？这话太骇人听闻了。”秦鹤岐道：“你只当我有意咒他么？昨天他在这里练拳，我在旁听他的呼吸，已疑心他的肺有了毛病。后来听他闲谈与人交手的次数，连他自己都不能记忆。北方的名拳师，十九和他动过手，他这种武艺，不和人动手便罢，动一次手，肺便得受一次损伤，我因此敢断定他的肺有了病了。”

彭庶白紧蹙着双眉叹道：“这却怎生是好呢？像他这般武艺的人，又有这样的胸襟气魄，实在令人可敬可爱。肺病是一种极可怕的病，听别人患了都不关紧要，霍俊清实在病不得。先生是内家功夫中的好手，又通医理，可有什么方法医治没有呢？”秦鹤岐道：“医治的方法何尝没有，但是何能使他听我的方法医治？他于今只要不再下苦功练他的‘迷踪艺’，第一不要与人交手，就是肺部有了些毛病，不再增加程度，于他的身体还不至有多大的妨碍。若时刻存着好胜要强的心，轻易与人交手，以他的武艺而论，争强斗胜果非难事，不过打胜一次，他的寿数至少得减去五年。”

彭庶白很着急的说道：“我们与霍俊清虽说都是初交，够不上去说这类劝告他的话，只是我对他一片崇拜的热心，使我万分忍不住，不能不说。好在农劲荪也是一个行家，与霍俊清的交情又极厚，我拿先生的话去向他说。他既与霍俊清交厚，听了这种消息，绝没有不代霍俊清担忧的。”说毕，即作辞出来，直到客栈看霍元甲。不凑巧，霍元甲等三人都出外去了。彭庶白知道霍元甲明日须与沃林订约，事前必有些准备，所以出去了，只得回家。

次日正待出门，秦鹤岐走来说道：“霍俊清既到我家看了我，我不能不去回看他。我并且也想打听他今日与沃林订约的情形怎样，特地抽工夫出来邀你同去。”彭庶白喜道：“这是再好没有的了，此刻虽然早了一点，恐怕他们去订约还不曾回客栈，但是就去也不要紧。那客栈里茶房已认识我了，可以教他开了房门，我们坐在他房里等候他们回来便了。”于是二人同到霍元甲的寓所来，果然霍元甲等尚未回来。二人在房里坐候了两小时，才见霍元甲喜气洋洋的回来了。

秦、彭二人忙迎着问约的情形，不知霍元甲怎生回答，且俟下回再写。

总评：

本回书仍为秦鹤岐传，故写其技艺之外，复详述其家世。而两番退贼，一详一略，写法迥不相同，尤知剪裁之道，行文者可取以为法。

霍元甲之绝艺，人尽知之，其受病处，固非人所能知也。而秦鹤岐于一瞥之间，竟能洞若观火，神矣！且就内部、外部功夫立言，推阐至为明晰，尤知其非妄语也。所惜者，未能令霍元甲亲闻之，致纠正有所不及耳！

写秦鹤岐评论霍元甲技艺一节，为后文霍氏卧病不起张本。

第五十五回

程友铭治伤施妙手　彭庶白爱友进良言

话说彭庶白见霍元甲喜气洋洋的回来，忙迎着笑道："我和秦先生已在此恭候多时了，看霍先生脸上的气色，可以料定今日的交涉，必十分顺遂。"霍元甲不及回答，先向秦鹤岐告了失迎之罪，农、刘二人也都与秦鹤岐相见了，霍元甲才笑向彭庶白道："这回托秦先生和大哥的福，交涉侥幸没有决裂，条约可算是订妥了。不过订的时期太远了些，教人等的气闷。"

秦鹤岐问道："定期在什么时候？条约是如何订法的？"农劲荪接着答道："今日订的约和前日所谈判的没有出入，双方的律师和保证人都到了，条约上订明了赌赛银五千两，定期明年阴历二月二十日，仍是在张家花园比赛。如偶然发生了意外事故，不能如期来比赛，得先期通知延期若干日，然至多不得延至五日以外。若不曾通知延期，临时不到的，得向保证人索赔偿损失银五百两。我们这边的保证人是汇康钱庄；沃林那边的是大马路外滩平福电器公司。这约上并订明了从今日起发生效力，不得由一方面声明毁约，要毁约亦须赔偿损失五百两。"

彭庶白笑道："农先生办事真想得周到，这么一来，便不怕他们再逞狡狯了。"秦鹤岐问道："今日订约的时候，奥比音本人不在场，将来不致因这一层又发生问题么？"农劲荪摇头道："那是不会有问题发生的。奥比音就在这里，他也不能做主，沃林教他和人比赛，他不能不和人比赛，沃林不教他比赛，他便不能比赛。这回订条约、赌银两，在霍四爷这方面，是纯粹的心思，想替中国人争面子；而在他那一方面，只算是沃林要借此做一回生意，想利用奥比音的大力，赢霍四爷五千两银子，旁的思想是一点儿没有的。”

秦鹤岐问霍元甲道：“日期既定了明年二月二十日，此刻尚在十一月底，先生还是在上海等候呢，还是且回天津，等过了年再来呢？”霍元甲摇头笑道：“我这回在此地已等得不耐烦了，何能再坐守在这里等到那时候？明日就得动身回天津去，过了年再来。”秦鹤岐道：“先生明年到上海来的时候，务望给我一个信，我还有几个同道的朋友，我很想给先生介绍介绍。他们平日闻先生的名，都甚愿意结识。无奈各人多有职务羁身，不能远离，所以未曾到天津拜访。这回先生到上海来了，原是彼此结交的好机会，偏巧我又被许多俗务绊住了，若不是先生肯惠临寒舍，只怕这回又错过了。我以为先生在此还有几日耽搁，昨夜有几个同道的朋友在寒舍谈起，他们还说要开欢迎会欢迎先生呢！”

霍元甲谦逊了几句，问彭庶白道：“前夜庶白大哥在一枝香给我介绍的，其中有没有秦先生的同道？”彭庶白道：“秦先生的同道，只有一个姓程的和一个姓李的，与我见过面，并没有交情，我所介绍的又是一类人，多半是上海所谓‘白相朋友’，不是秦先生的同道。”霍元甲对秦鹤岐道：“我生性欢喜结识天下豪杰之士，既是先生同道的朋友，学问不待说是好的。我只要知道了他们的姓名、住处，便没人介绍，我也得去登门拜访，何况有先生介绍呢？今日天色尚早，可否就烦先生引我们去拜会几个。”秦鹤岐踌躇道：“霍先生不是打算明天就动身回天津去吗？此时如何还有工夫去看朋友咧！”农劲荪道：“可以留振声在这里拾掇行李，我二人不妨抽闲同去。”

秦鹤岐道：“有一个姓程字友铭的，就在离此不远的一家陶公馆里教书，我且介绍两位去谈谈，他也是安徽人。”农劲荪接住问道：“是不是中了一榜的程镛呢？”秦鹤岐连连点头道：“正是中了一榜的程镛。农先生与他熟识么？”农劲荪道：“只闻他的名，不曾见过面。程先生在我安徽的文名很大，却不知道他会武艺。”

秦鹤岐道：“他此刻的武艺，虽是了不得，但他的武艺并不是从练拳脚入门的。他也是得了不传的秘诀，专做易筋经功夫，不间断的已做了二十多年了，于今两膀确有千斤之力，遍体的皮肤都能自动。”霍元甲道：“易筋经的功夫，也可以做到这一步吗？”秦鹤岐道：“岂但能做到这一步，据程友铭说，照他那般做下去，实在能做到‘辟谷数十日不饥，日食千羊不饱的境界’。”霍元甲随即立起身说道：“这样可算是神仙中人了，我岂可到了上海不去瞻仰一番？”秦鹤岐也起身对彭庶白道：“程先生你是会过面的，今日可以不去，因为他在人家教书，太去多了人不好。”彭庶白笑道：“我正想不同去，好在这里和振声哥谈谈，也可以帮着他料理动身的事。”于是霍、农二人遂跟着秦鹤岐到陶公馆来。

路上没有耽搁，不一会儿到了陶公馆。秦鹤岐取出自己的名片来，向陶公馆的门房说了特来看程老师的话。只见那门房接过秦鹤岐的名片，面上露出迟疑的神气说道：“先生若没有要紧的事，就请明日再来何如？”秦鹤岐看门房这种对待，不由得生气道：“没有要紧的事，也不到这里来了。你还没有进去通报，为什么由得你做主，要我们明日再来呢？”

那门房见秦鹤岐动气了，才赔笑说道：“不是我敢做主，因为知道程老师此刻正有要紧的事，绝没有闲工夫会客。方才有两个朋友来会，我拿名片进去通报，程老师就是这么回复请明日来的。”秦鹤岐觉得很诧异的问道：“他此刻正有什么紧要的事，你可以说给我听么？”门房尚没有回答，忽听得外面敲的门环响，门房一面走出房门去开门，口里一面念道：“只怕就是那人来了。”

霍元甲看了这门房的神气，疑心是程友铭吩咐了门房，来客不许通报，便也露出不快活的神气对秦鹤岐道：“既是程先生有要紧的事，不能见客，我们下次再来不好吗，何苦妨碍他的要事呢？”秦鹤岐只微微的点头不作声，只见门房将两扇大门打开，即有四个人扛抬一张番布软床。床上仰卧一人，用毡毯蒙头罩脚的盖了，看不出是死是活、是男是女；后面还跟着一个年约三十多岁、服饰整齐的男子，进门向门房说了两句话。因相隔稍远，也没听清楚说的是什么，只见门房对扛抬的人向里面挥手，好像是教扛抬到里面去。直抬到里面丹墀中放下，门房随手掩了大门，才回身走近秦鹤岐跟前说道：“程老师就为这个躺在布床上的人求他治伤，所以不能见客，并没有旁的事。”秦鹤岐问道：“这人受的什么伤，怎么请程老师治？程老师又不会做伤科医生。”门房摇头道：“这个我不知道。”秦鹤岐道：“你不要管程老师见客不能见客，只拿我这名片进去通报一声就得了。”门房只得应是，擎着名片进去了。

农劲荪笑道："今日秦先生倒是来的凑巧，这人既是受了伤，遇着秦先生，总算是他的幸运。"秦鹤岐也很自负的神气说道："我倒不曾听说程先生善于治伤的活，不知何以会把受伤的人扛到这里来求他治。我既和他要好，他如果委我治，我是不能推诿的。"正说着，就听得里面脚步声响了出来，霍、农二人都望着通里面的门，即见一个宽袍缓带的老者，从容走了出来。

看那老者的五官端正，颔下一部花白胡须，约有四五寸长短，身体虽不魁伟，却是精神饱满，气宇不凡。满脸堆笑的走出来，两眼并不看布床上的病人，笑眯眯的望着秦鹤岐拱手道："秦鹤翁来得正好，真想不到有这么凑巧的事。"边说边用两眼打量霍、农二人。

秦鹤岐引二人迎上去，慎重其事的将彼此介绍了。程友铭只略道了几句仰慕的客套话，即向二人拱手告罪道："今日因有一个朋友的朋友和人口角，被人用碗砸伤了头颅，性命只在呼吸，俗语所谓：病急乱投医，竟扛到我这里来，求我诊治。我从来不懂伤科，却又把秦鹤岐忘记了，只好答应尽尽人事，委屈两位宽坐片刻，一会儿就奉陪谈话。"

霍、农二人见程友铭有这么要紧的事，自然情愿在旁等候。程友铭这才邀秦鹤岐走近布床，轻轻揭开蒙在头面上的毡毯，对秦鹤岐说道："请鹤翁瞧瞧，伤系用瓷碗劈的，于今劈进许多碎瓷到头骨里面去了。人已昏迷不醒，只有一口气不曾断绝，看应如何诊治？鹤翁治好了他，不但他和我那朋友感激，连我都感激不尽。"秦鹤岐点头道："哪里说到感激的话上头去。我本是挂牌的伤科医生，治伤是我职务，不过瓷屑劈进了头骨里面，要取出来却非容易，不曾扛到医院里去求治么？"

那个同来的三十多岁的男子接着答道："广慈医院和宝隆医院都曾扛去求治过了，因在两个医院里用爱克斯光照了，才知道有许多碎瓷劈进了头骨，不然我们也不得知道。两医院里的医生，都是一般说法：可惜劈在头部，若劈在身上或四肢上，哪怕再厉害几倍，也不难将碎瓷取出来，限期痊愈。头上是不能施用手术的。"秦鹤岐就伤处翻看了几遍，苦着脸说道："这种重伤，果是使人束手，于今的鲜血还流出不止，我也没有这手段，能将头骨里的碎瓷取出来。不把碎瓷完全取出，就是将外面的伤处用药敷好了，也是枉然。程老师打算尽尽人事，还是仰仗程老师看怎生办法？”霍元甲、农劲荪看了伤处，也唯有摇头叹息。

程友铭迟疑着说道：“鹤翁知道我是从来不会治伤的，休说是这么重的伤。我的打算，是因为我近年做的功夫当中，有一种运气提升的方法，平日也试验过，只要不是过于笨重的东西，还勉强能提升得起。我思量这类碎瓷劈进了骨里，除了把它提升出来，不好着手；但是取出碎瓷之后，伤处应该用什么药，或敷或服，我都不得而知，那是非求鹤翁帮忙不可的。”

秦鹤岐高兴答道：“程老师能提升出瓷屑来，伤处我包治是不成问题的。”程友铭遂向那同来的男子说道：“受伤的人既沉重到了这一步，谁担任诊治的也不能保险不发生意外。于今我自是尽我所有的力量来治，治好了不用说是如天之福，只是万一因我用提升的力量过大了一点儿，就难免不发生危险，那时你能担保不归咎于我么？”那人听了连连作揖道：“你老人家说的哪里话！世间岂有这般糊涂不通情理的人，受伤的家里衣衾棺木都已准备好了，如何能归咎你老人家？”

程友铭对霍元甲等三人道：“我若是原在上海挂牌做医生的，这话我就可以不说，我既不做医生，治病不是我的职责，自量没有治好的把握，何苦送人家的性命呢！那时人非鬼责，我真难过呢！”说罢，左手将右手的袖口往胳膊上一捋，端端正正的立在受伤的头颅前面，闭目凝神了好一会儿；将右掌心摸着伤处，离头皮约莫有二三寸高下，缓缓的顺着手势旋转，表示一种精神专注的样子来。掌心虽是空处从容旋转，然仿佛有千百斤轻重，非用尽平生之力旋转不动似的。

经过不到一分钟时刻，只见程友铭额头上的汗珠，一颗一颗爆出来，比黄豆子还大。再看受伤人的头颅，也微微的照着掌心旋转的方向，往两旁掉动，就和掌心上有绳索牵着动的一般。如是者约莫又经过了一分钟，只见程友铭的右掌，越旋转越快，离伤处也越切近，伤者的头颅，也跟着益发掉动得快了。在旁边看的人，没一个不聚精会神的目不转睛望着。右掌心看看贴着头额了，猛听得程友铭口喊一声“起！”右掌就和提起了很沉重的东西一般，随着向上一拔。作怪，受伤的已抬进来几分钟了，一没有声响，二没有动作，经程友铭这么一治疗，身体也随着那右掌向上一震，并逞口而出的叫了一声“哎哟！”那同来的男子忙口念阿弥陀佛道：“好了，好了！从受伤到此刻，已昏沉沉的经过二十四小时了，口里不曾发出过声息；于今已开了口，大概不妨事了。”

程友铭将右掌仰转来给众人看道：“侥幸，侥幸！险些儿把他的脑髓都提拔出来了。”霍元甲等看他掌心上血肉模糊，有无数的碎瓷混杂在血肉中间，不由得吐舌摇头的叹服。

程友铭对秦鹤岐道：“头骨里西的碎瓷，大约没有不曾吸出的了。这伤口便得仰仗鹤翁帮忙。”秦鹤岐当即捞起长袍，从腰间掏出一个小小的手巾包儿来，笑道：“我的法宝是随身带着走的，就替他敷起来吧，免得淌多了血不好。”边说边打开手巾包，选了些丹药调和敷上。受伤的已半张两眼，望着那同来的男子，发出很微弱的声息说道：“我还有命活着么？这是什么地方，我想你将我扶起来坐坐使得么？”

秦鹤岐已听了这几句话，说道：“不但此时坐不得，便再迟两三日，也得看伤口好到了八成，才能竖起腰肢来坐坐。我现在再配几料丹药给你，每日按子、午两时，自己去敷上便了，不必要我亲自动手。”程友铭和那同来的男子，都向秦鹤岐殷勤称谢。秦鹤岐调了几包丹药递给那男子，程友铭教扛夫仍旧扛抬出去，然后邀霍、农二人与秦鹤岐，到里面书房里就坐。

霍元甲先开口问道：“听得秦鹤翁说，程先生所做的是易筋经功夫，不知先生这易筋经，与现在书坊中所印行的有没有多大的区别？”程友铭道：“我是得自口授的，动作与书上所载的只略有区别，不过书上关于紧要的都没有记载，并且动作也有许多错误的地方。只是若有人能照著书上的做去，果能持之有恒，所得的益处也不在小。”秦鹤岐指着程友铭对霍元甲说道：“他还有一种功夫，是现在一般练武艺的人所难做到的。他遍身的肌肉，都能动弹，苍蝇落在他身上，无论在哪一部分，他能将皮肤一动，使苍蝇立脚不牢，直跳了起来，我可以要他试给两位看看。”

程友铭笑道：“霍先生是当今鼎鼎大名的拳术家，我这个不过是一种小玩意，你何苦要我献丑，算了吧！”霍元甲立起身笑道：“我懂得什么武艺！今日特来拜访，就是为想见识老先生惊人的道艺，老先生不要客气。”秦鹤岐对程友铭道：“霍、农二位虽是初次相会，然都不是外人，不妨大家开诚相见。你做给他看了，他免不得也要做点儿给你看。”程友铭笑道：“教我抛砖引玉，我就只得献丑了。不过此刻天气这么寒冷，我的把戏是得将一身衣服脱得精光，才好玩给人看的。”秦鹤岐笑道：“好在你的把戏，是从来不问寒暑的。”

程友铭遂向霍、农二人拱手道：“恕我放肆。”随即将宽大的皮袍卸下，露出上半身肉体来。霍元甲注意看他身上的肌肉，虽不及壮年人的丰肥；然皮肤白嫩，色泽细润，望去仿佛是十四五岁女孩子的嫩皮肤，通体没有老年人的皱纹，不由得对农劲荪点头称赞道：“用不着看他做什么功夫，只专看他这一身肌肉，便可知道是了不得的内功了。寻常的老年人，岂有这般白嫩的肌肉？”

农劲荪也连连点头。只见程友铭将腰间的裤带解了，盘膝坐在炕上，露出小腹来，两手据膝，不言不动，好像是调鼻息的模样。不过一分钟的时候，霍元甲已看出他上身肌肉之内，似乎有无数的爬虫在里面奔走，连头面耳根的皮肤内都有。秦鹤岐指点给霍、农二人看道：“这便是易筋经里易筋的重要功夫，周身的气血筋络皆可以听他自由支使。我曾用黄豆试验过，拿一颗黄豆，随便放在他身上哪一部，黄豆立刻向上跳起来，就和有东西在皮肤里弹了一下的样子。可惜这里没有黄豆，大概拿纸搓一个小团子试验也行。”说着，即从书案上撕了一片旧纸，揉成一团，两个指头拈着，轻轻往程友铭肩窝里一放。秦鹤岐的手还没有收回，那纸团已经跳起一尺多高，直向炕下滚去了，霍、农二人都非常惊服。

程友铭已下炕披上衣服笑道：“这种玩意，做起来于自己的身体确有不少的好处，不过做给人看，是没有多大看头的。这下子得请两位做点儿给我见识见识了。”霍元甲也不推辞，当即聚精会神使了一趟家传的武艺。程友铭看毕，对秦鹤岐说道：“硬功夫做到了这一步，总可算是数一数二的了，怪不得京、津各报纸称赞霍先生为剑仙。”秦鹤岐要求农劲荪做点儿功夫看，农劲荪便推辞不肯做，秦、程二人也不勉强。因天色已晚，霍元甲和农劲荪作辞出来，彼此叮咛后会，自有一番言语，无关紧要，不去叙它。

且说次日霍元甲等上了去天津的轮船，离开了上海，刘振声才向霍元甲说道：“可笑彭庶白那小子，他知道什么功夫，倒对我说师傅的武艺练出毛病来了，这不是笑话吗？”霍元甲问道：“他何时对你说，是怎么说法的？”

刘振声道：“昨日师傅同农爷跟秦鹤岐出去的时候，彭庶白不是在客栈里和我谈话的吗？他显得很关切的样子对我说道：‘我对贵老师的武艺人品，都是极端佩服的。中国若多有几个像贵老师这般，肯努力替中国争面子的人，外国人也决不敢再轻视中国人、欺侮中国人了。我心里越是钦佩，便越是希望贵老师能久在上海，多干些替中国人争面子的事。上海不比别处，因华洋杂处，水陆交通便利，报馆又多，所以消息极为灵通；只要有一点儿特别的举动，不到几日，消息就传播全国了。即如明年与奥比音比赛的事，将来必是全世界闻名的。能打倒一个外国大力士，此后的外国大力士断不敢轻易到中国来卖艺，在报纸上乱吹牛皮。这种事不但关系贵老师个人名誉，其关系国家的体面并且很大。不过我有一句话，本不应由我这个与贵老师新交的口中说出来，只是我因为爱护贵老师的心，十分迫切，不说出来，搁在心里非常难过；只得对老哥说说，请老哥转达霍先生。’

“我当时听彭庶白说的这么慎重，以为必是很紧要的话，也就很客气的答道：‘承彭先生盛情关切，无论什么话，请对我说，我照着转达便了。’彭庶白道：‘前日我不是陪贵老师到秦先生家里，演了些武艺给秦先生瞧吗？当时贵老师告辞出来之后，我和秦先生谈起贵老师的武艺，他推崇佩服是不待说，但是他觉得外家功夫专重手脚，很容易将内部应做的功夫忽略，每每手脚上的功夫先成，内部的功夫还相差甚远，这是练武艺的普通毛病。犯了这种毛病的，和人较量的时候，不遇劲敌还罢了；一遇劲敌，便是仗着自己的气劲能取胜于人，然自身内部总多少得受些损伤。就是因为内部功夫相差太远，禁受不起大震动的缘故。霍先生也就不免有这类毛病。我见秦先生这般说，就劝秦先生将这番意见和贵老师商量，我逆料贵老师是个襟怀宽大的豪杰，必能虚中采纳，无如秦先生说，交浅不宜言深，不肯直说。我想贵老师这种人物，中国能有几人，万一因有这点儿毛病，使他身体上发生了变态，岂不令仰慕贵老师的人心灰气短！所以我宁肯冒昧说出来，请老哥转达。’”

霍元甲听到这里，即截住话头问道：“这些话在上海的时候，你为什么不早对我说，直待此刻开了船才说？”刘振声不明白霍元甲责备说迟了的用意，随口答道：“一来忙着要动身，没工夫说；二来就是恐怕说出来，师傅听了生气。并且我想这些话，是彭庶白自己说出来的，假托秦鹤岐的名，好使人家听了相信。我当时只冷笑了一笑，并没回答什么话。”霍元甲正色问道："你何以知道不是秦鹤岐说的？"刘振声道："秦鹤岐已是四十多岁的人了，看他说话，不像是一个不通窍的人，何至无缘无故的说师傅这些坏话呢？"

霍元甲指着刘振声生气道："你这东西，真是不识好人。这番话怎么谓之坏话？人家一片相爱的热忱，说一般人不能说、不肯说的好话，你听了不向人道谢，反对人冷笑，不是糟踏人吗？你要知道，他说我有这种毛病，我如果自问没有，他说的话于我没有妨碍；若我真犯了这个毛病，不经他说破，我不知道，说破我就改了，岂不于我有很大的益处吗？专喜受人恭维的人，学问能希望有长进么？"几句话责备得刘振声低头不敢开口。

农劲荪在旁笑道："这却也怪振声不得，只怪中国的拳术家，素来门户之见极深。不同家数、不同派别的，不待说是你倾我轧，就是同一家数、同一派别的，只要是各自的师承不同，彼此会面都得存些意见，不是你挑剔我，便是我轻视你，从来少有和衷共济的。振声是个没多心眼儿的人，见彭庶白忽然说四爷的武艺有毛病，无论说的如何天花乱坠，他怎肯相信呢？并且他明知彭庶白、秦鹤岐都是标榜内家，更是格格不相入。他听了只冷笑了一笑，没拿言语抢白人家，还算是跟随四爷的日子久了，学了些涵养功夫；若在几年前，怕不和彭庶白口角起来了吗？四爷还记得摩霸的事么？彭庶白虽没明说是秦鹤岐的徒弟，然听他称呼和言语，已可知彭庶白是以师礼事秦鹤岐的。彭庶白对他拿着秦鹤岐的话，说他师傅的武艺有毛病，他居然能忍耐住不回答，你还责备他不该没向人道谢，就未免太冤枉了。"说的霍元甲也笑起来。

霍元甲于此等处，虽然虚心听话，只是他限于外家功夫的知识，心中并不甚相信自己内部功夫与手脚上的功夫，相差悬远，更不知要补偏救弊，应如何着手。在船上谈论过这次之后，他身上担负的事情多，也就没把这番话放在心里。

到天津后，农劲荪自回寓处，霍元甲仍是忙着经理生意。才过了几日，这日正在监着几个工人打药材包，刘振声忽进来报说，有一个姓李的同一个姓刘的，从北京来看师傅。霍元甲迎出来看时，认得前面身材高大的是李存义；后面的身体也很壮实，不曾会过。宾主相见后，李存义对霍元甲介绍那人道："这是我师弟刘凤春，他因久闻霍四爷的名，今日有事到了天津，所以特来拜会。”

这李存义是董海川、李洛能的徒弟，在北五省的声名极大，因他最善用单刀，北五省的人都不称他的名，只称他为“单刀李”。为人任侠尚义，遇有不平的事，他挺身出来帮助人，往往连自己性命都不顾。少年时候，在北五省以保镖为业。他的镖没人敢动，他同业中有失了镖的，求他帮忙，他答应了，哪怕拼性命也得将镖讨回来。因此不论是哪一界的人，看了他的为人行事，无不心悦诚服的推崇他是一个好汉。他和大刀王五是同行，又是多年要好的朋友。王五死于外人之手，他悲伤的比寻常人死了兄弟还厉害。他因在天津的时候多，认识霍元甲在王五之先，这回霍元甲特地去上海找奥比音角力的事，他在北京已听得人说，他也是一个切齿痛恨外人在中国猖狂的，听得人说起霍元甲去上海的事，他喜得直跳起来，急切想打听出一个结果。正愁无便到天津去，凑巧这日他师弟刘凤春急匆匆的跑来，一见他的面便苦着脸说道：“我有大不了的事，大哥得帮我的忙，替我想想法子。”李存义吃惊问道：“老弟有什么大不了的事，急到这般模样，请坐下来从容说给我听。只要是我力量做得到的，无不尽力帮忙。”

不知刘凤春说出什么大不了的事来，且俟下回再说。

总评：

本回书中，程友铭为主，余人为宾，故写程友铭特详，而于余人皆略。此盖深知宾主之分，而不欲喧宾夺主耳！

程友铭所能者，运气提升耳！而于治伤之术，则非所谙也。故于其治伤之时，特插入秦鹤岐往访一节。如此，可以省却无数闲文，而此书亦如天衣无缝。脱易庸手为之，必曰程友铭之术如何如何神奇，非近怪诞，即涉不经矣！

以霍元甲之襟怀阔大，闻刘振声转述之言，虽初不以为忤，顾亦未能全信。易以他人，更可知矣。甚矣！拳术家门户之见之深也。

第五十六回

碎石板吓逃群恶痞　撒灰袋困斗老英雄

话说刘凤春见李存义问有什么大不了的事，便坐下来说道："年来虽承大哥的情，将我做亲兄弟看待，然我舍间的家事，从来不曾拿着向大哥说过，料想大哥必不知道我舍间的情形。我先父母虽是早已去世，我名下并没有承受遗产，只是我的胞伯，因在外省干了半生差事，积蓄的财产还不少。我伯父没有儿子，在十年前原已将我承祧伯父做儿子的；就是我现在的敝内，也是由伯父替我婚娶的。无如我伯母生性异常偏急，因嫌敝内不是她亲生儿子的媳妇，觉得处处不能如她的意，每日从早到晚，啰里啰唆的数说不住口，并且时常闲言杂语的，骂我不该成日的坐在家中吃喝不做事。我伯父是个懦弱不堪的人，历来有些畏惧伯母，因伯母没有生育，本打算纳妾的，争奈伯母不肯答应，所以只得将我承祧。及至承祧过去，又不如意，伯母却发慈悲，许可伯父纳妾了，但是须将我承祧的约毁了，等我夫妻出门之后，方可纳妾。

"我伯父再三说，凤春夫妻并不忤逆，又是没有父母的人，便是不承祧给我做儿子，我于今还有一碗饭吃，也不忍将他夫妻推出门去。我伯母听了不依，就为这事和伯父大吵大闹起来。我这时心想，我是一个男子汉，应该出外谋生，难道不受伯父养活，便没有生路吗？为我俩夫妻使伯父伯母吵闹不和，我再不走也太无颜了。因此即日带了我媳妇出来，情愿在翠花作坊里做工，夫妻刻苦度日。我在北京的生活情形，大哥是亲眼看见的。我以为我夫妻既已出来了，伯母必可以许伯父纳妾，谁知竟是一句假话。伯父也无可如何，直到一月以前，伯父的老病复发，不能起床，教伯母打发人到京里来追我回去，伯母只是含糊答应。可怜伯父一日几次问：‘凤春回来了没有？’其实伯母并不曾打发人来北京叫我。

“前几日，我伯父死了，伯母还不打算叫我回去，不料我刘家的族人当中，有好几个是素行无赖的，我伯父在日，他们曾屡次来借贷，多被我伯父拒绝了。这回见我伯父已死，又没有儿子，就有族人来对我伯母说，要把儿子承继给我伯父做儿子。我伯母明知他们这种承继，完全是为要谋夺遗产，自然不肯答应。可恶那些无赖，竟敢欺负我伯母是个新寡的妇人，奈他们不何，居然不由分说的大家蜂拥到我伯母家来，将伯父的丧事搁在一边不办，专一点查遗产的数目。家中猪、牛什物，随各人心喜的自由搬运出去，只把我伯母气得捶胸顿足的痛哭。这时却思念起我夫妻来了，立刻专人到这里来叫我夫妻回去。

“我曾受过我伯父养育之恩，又曾承祧给他做儿子的，论人情物理，我夫妻本当立刻奔丧前去才是。只是我知道我同族的那些无赖，多是极凶横不法的东西，我若是从来住在我伯父家里不曾离开，于今也不畏惧他们。无奈我夫妻已到北京多年，没有回家去了，这时一个人要回去，那些东西定有与我为难的举动做出来。大哥的年纪比我大，阅历比我多，胆量见识都比我好，我想求大哥跟我同回家去，没有是非口舌固是万幸，万一他们真要与我为难，我有大哥在跟前，就不愁对付他们不了。不知大哥肯为我辛苦这一趟么？”

李存义道：“你老弟有为难的事，我安有坐视不肯帮忙的？不过我和你是师兄弟，不是同胞兄弟。你姓刘，我姓李，你和异姓人有轇轕，我不妨挺身出头帮助你；于今要和你为难的，是你刘家的族人，而所争执的又是家事，我如何好插足在中间说话呢？”

刘凤春道：“凡事只能说个情理。他们那些东西，果是以族谊为重的，就不应该有这种谋夺遗产的举动做出来。他们既不讲族谊，我便可以不认他们做族人，拿他们作痞棍看待，也不为过。大哥是个精明有主意的人，到那里见机行事，若真个异姓人不好说话，何妨在暗中替我做主，使我的胆量也壮些。”

李存义叹道：“有钱无子的人死了，像这种族人谋夺遗产的事实在太多，情形也实在太可恶。若在旁人，我决不能过问，于今在老弟身上的事，我陪你去走一遭就是。看他们怎么来，我们怎么对付。他们肯讲理，事情自是容易解决；就是他们仗着人多势大，想行蛮欺负孤儿寡妇，我们也是不怕人的。我近来正想去天津走一趟，看霍四爷到上海找外国人比武的事情怎样。”

刘凤春道：“霍四爷不就是霍元甲吗？”李存义道：“不是他还有谁呢！”刘凤春道：“我久闻他的名，可惜不曾会过。这回若不是因奔丧回去，倒想跟大哥去会会他。大哥怎么知道他到上海找外国人比武呢？”李存义道：“我也正听得人说。我与他虽有点儿交情，但是我这番在北京，已有多时不去天津了，久不和他见面，只听得从天津来的朋友说，他见新闻纸上登载了外国大力士在上海卖武的广告，便不服气，巴巴的跑到上海去，要找那个大力士比武，不知究竟是不是这么一回事。此去顺便会会他，并不需绕道耽搁时刻，老弟有何不可跟我同去？霍四爷为人最爱朋友，他若听说你族人欺负你伯母、谋夺遗产的情形，他必是一腔义愤，情愿出力帮助你对付那些无赖。”

刘凤春道：“我与他初次相交，怎好拿这类家事去对他说呢？”李存义笑道：“我这话不过是闲谈的说法，并不是真个要你说给他听，求他出头帮忙。我们事不宜迟，今日就动身去吧。”刘凤春自是巴不得李存义立刻动身。当下二人便动身到天津来，会见了霍元甲之后，李存义替刘凤春介绍了，彼此自有一番闻名仰慕的客套话，不用细说。

李存义开口问霍元甲道：“听说四爷近来曾去上海走了一趟，是几时才回来的？”霍元甲笑问道：“老大哥怎么知道我曾去上海走了一趟？”李存义道：“从天津去北京的朋友们，都说四爷这番到上海替中国人争面子去了。说有一个西洋来的大力士，力大无穷，通世界上没有对手。一到中国就在上海卖艺，登报要中国人去与他比武，已有多少武艺了得的人，上去与他比赛，都被他打得不能动了。四爷听了这消息不服气，特地到上海去，要替中国人争回这场面子。我在北京听了这话，虽相信四爷的手段，不是寻常练武艺的可比，只是不知道那西洋人，究竟是怎样一个三头六臂的哪吒太子，终觉有些放心不下，总想抽工夫到天津来打听打听。可恨一身的穷事，终日忙一个不得开交，哪里能抽工夫到这里来呢？今日因凤春老弟有事邀到天津来，我思量既到了天津，岂可不到四爷这里来看看，到底四爷去上海，是不是为的这么一回事？”

霍元甲点头笑道：“事倒是这么一回事，不过其中也有些不对的地方。那大力士是英吉利人，是否通世界没有他的对手，虽不可知，只是他登报的措辞，确是夸大得吓人。中国人并没有上去和他比赛的，只我姓霍的是开张第一个，耽搁了不少的时间，花费了不少的银钱，巴巴的跑到上海去，不但武没有比成，连那大力士是怎生一个模样，也没有见着。承老大哥的盛情关切，不说倒也罢了，说起来我真是怄气。”

李存义连忙问是何道理，霍元甲只得将在上海的情形，简单说了一遍。李存义道：“这也无怪其然，休说那奥比音是外国人，初次与中国人比赛，不能不谨慎；就是我们中国人和中国人较量拳脚，若是不相识的人，也多有要凭证人，先立下字据才动手的。不过四爷既没有与奥比音见过面，更没见过他的手段，怎肯一口答应他赌赛这么多的银两呢？”

霍元甲笑道：“他的手段，我虽不知道；我自己的手段，自己是知道的。不是我敢在老大哥面前说夸口的话，我这一点点本领，在中国人跟前，哪怕是三岁小孩子，我也不敢说比赛起来能操胜券。和外国人比，不问他是世界上第几个大力士，我自信总可以勉强对付得了。”

李存义道：“四爷平日并不曾与外国人来往，何以知道外国人便没有武艺高强的呢？”霍元甲道：“我也没有到过外国，也不认识外国人，但是我有一个最好的朋友，是在外国多年的。他结交的外国朋友最多，他并且是个会武艺的。他曾对我说过，拳脚功夫，全世界得推中国第一。中国的拳脚方法，哪怕是极粗浅、极平常的，外国拳斗家都不能理会。外国的大力士，固然是专尚蛮力，就是最有名的拳斗家所使用的方法，也笨滞到了极处。日本人偷学了我国的蹓跤，尚且可以横行天下，我们还怕些什么呢？”

李存义道：“论四爷的本领，不拘和什么好手较量，栽跟斗的事，是谁也能断定不会有的。我是一个完全不知道外国情形的人，因见外国的枪炮这么厉害，种种机器又那么灵巧，以为外国的大力士，本领必也是了不得的，所以不免有些替四爷着虑。既是这般说，我却放心了。”

霍元甲笑道：“我说一句老大哥听了不要生气的话，我这回攒下自己的正事不干，巴巴的跑到上海干那玩意儿，就为的见此刻像老大哥这么思想的人太多了，都是因看见外国强盛，枪炮厉害，机器厉害，一个个差不多把外国人看待得和神仙一样。休说不敢和外国人动手动脚的比赛，简直连这种念头也不敢起。是这么长此下去，中国的人先自把气馁了，便永远没有强盛的时候。殊不知我中国是几千年的古国，从来是比外国强盛的，直到近几十年来，外国有些什么科学发达了，中国才弄他们不过。除了那些什么科学之外，我中国哪一样赶他们不上？我中国人越是气馁，他外国人越是好欺负。我一个人偏不相信，讲旁的学问，我一样也不能与他外国人比赛，只好眼望着他们猖獗；至讲到拳脚功夫，你我都是从小就在这里面混惯了的，不见得也敌不过他外国人。我的意思并不在打胜了一个外国人，好借此得些名誉，只在要打给一班怕外国人的中国人看看，使大家知道外国人并不是神仙，用不着样样怕他。”

李存义拍着大腿说道：“四爷这话丝毫不错。于今的中国人怕外国人，简直和耗子怕猫儿一样了，尤其是做官的人怕得厉害，次之就是久住在租界上的人。四爷约了在上海租界上比赛，是再好没有的了，巴不得将来有人在北京也是这么干一次。我明年倘若能抽出些工夫来，决定陪四爷到上海去，也助助四爷的威风。”

霍元甲喜道：“老大哥果能同去，我的胆量就更大了。我以为这种事，是我们练武艺的人一生最大最重要的事，一切的勾当，都可以暂时搁起来，且同去干了这件大事再说。不是老大哥自己说起愿同去，我不能来相请，既有这番意思，我便很希望多得一个好帮手。”

李存义欣然说道：“四爷和人动手，哪用得着帮助的人！我也因为觉得这种事，是很大很重要的，才动了这同去看看的念头，且到那时再说。我还有一句话要问四爷，有一条最要紧的，不知道那合同上写明白了没有。两下动起手来，拳脚是无情的东西，倘使一下将奥比音打死了，那五千两赌赛的银子，能向他的保证人要么？”

霍元甲踌躇道：“这一条在合同上虽不曾写明白，不过既是赌赛胜负，自然包括了死伤在内。他不能借口说我不应将他打死或打伤，便赖了五千两银子不给。好在明年到上海去，未较量以前，免不了还得与沃林会面，预防他借口，临时补上这么一条也使得。”

李存义因刘凤春急于要回去奔丧，不便久谈，随即告辞出来。从天津到刘凤春的伯父家里，只有十来里路，没一会儿工夫就走到了。还相离有半里路远近，就迎面遇见两个年约三十来岁的粗汉，扛着一张紫檀木的香儿，气吁气喘的跑来。

李存义也没注意，刘凤春忽立在一旁，向李存义使了个眼色，低声说道："快看吧，这便是我的本家。"李存义也立在道旁，让扛香儿的过去。两个粗汉望了刘凤春一眼，同时现出很惊讶的神色，似乎想打招呼，因刘凤春已掉转脸去，只得仍扛着向前走。刘凤春不由得旋走旋哭起来说道："我伯父刚去世几日，连肉还没有冷，他们就这么没有忌惮的闹起来了。"

李存义看了这种情形，也蓄着一肚皮的怒气，心里计算要如何给点儿厉害他们看。刘凤春号啕大哭的奔进大门，见堂中停了一具灵柩，以为是已经装殓好了的，就跪在旁边哭起来。李存义一进大门，真是眼观四路，耳听八方，只见堂上堂下的人，各人脸上多现些惊慌之色，也有怒目望着刘凤春的；也有带些讪笑神气的。堂上毫没有居丧的陈设，灵柩的盖还竖在一边，再看柩内空空的，并没有死尸，连忙推着刘凤春说道："且慢哭泣，尊伯父还没有入棺，且到里面见了伯母再说，有得你哭泣的时候。"

正说着，猛听得里面有妇人哭泣的声音，一路哭了出来。刘凤春一看，是自己伯母蓬头散发的哭出来了，平日凶悍的样子，一点儿没有了。刘凤春忙迎上去叩头，他伯母哭道："我的儿！你怎么这时候才回来？你哪里知道你的娘被人欺负得也快要死了啊！"刘凤春自从承祧给他伯父做儿子之后，原是称伯父母为父母的，到他伯母逼着他夫妻出门的时候，便不许他夫妻再称父母了。此时刘凤春心里还是不敢冒昧称娘，及听得伯母这么说了，才敢答道："我爸爸刚去世，谁敢欺负我娘！这是我的师兄李存义，因听得爸爸去世了，特来帮忙办理丧事的。你老人家放心，不要着急，家里的情形我已知道了。我刘家便没有家法，难道朝廷也没有国法了吗？且办了爸爸的丧事，再和这些混账忘八蛋算账。怎么爸爸去世了这几日，还不曾装殓入棺呢？"

他母子说话的时候，李存义看拥在堂上的那些族中无赖，已一齐溜到下面一间房里去了。便上前对刘母施礼道："请伯母不要着急了，小侄这回同来，就是为听得凤春老弟说起贵族人欺侮伯母的情形，存心来打这个不平的。世间不肖的族人也多，谋夺遗产的事也时常听得有人说过，然从来没有听说像这样搁着死者的丧事不办，公然抢劫财物如贵族人的，这还了得！小侄是异姓人，本不应来干预刘家的事，不过像这样的可恶情形，不要说我和凤春是师兄弟，就是一面不相识的人，我也不能忍耐住不过问。我料想他们此时在下边屋子里，必是商量对付凤春的方法。这件事得求伯母完全交给小侄来办，不但伯母不用过问，便是凤春也可以不管，不问弄出多大的乱子来，都由我一个人承当。”

刘凤春母子还不曾回答，只见那些族人都从那屋子里蜂拥出来，走在前面的几个痞棍，神气十足的，盘辫子的盘辫子，捋衣袖的捋衣袖，显出要行蛮动手的模样；口里并不干不净的大声说道：“是哪里来的杂种？谁不知道刘老大六十多岁没有儿女，今日忽然会钻出这么大的儿子来，我们族人不答应！看有谁敢来替刘老大做孝子，经我们族人打死了，只当踏死了一个蚂蚁。拖下来打！”边骂边拥到院子里来。

李存义看了这情形，险些儿把胸脯都气破了，急回身迎上去，拱着双手高声说道：“你们现在听我说几句，刘凤春承祧给他伯父做儿子，不是今天与昨天的事，他的媳妇是他伯父、伯母给他娶的，事已十多年了，谁人不知，谁人不晓？近年来凤春因在北京做生意，回家的时候稀少，谁知你们因此就起了不良的念头。”

李存义的话才说到这里，众族人中有一个大叱了一声，其余的也就跟着齐向李存义连连的喊叱，只叱得李存义虎眉倒竖、豹眼圆睁，大声吼着问道：“你们有话何不明说，是这般放屁似的叱些什么！”其中即有一人应声说道：“刘凤春承继的事，刘家同族的果是人人知道；不过毁继的事，也是人人知道。倘不毁继，何至两口子被驱逐到北京去学做翠花。在十年前已经驱逐出去了，于今忽然跑回来做孝子，这种举动，只能欺负死人，不能欺负活人！”

李存义道：“这些话，我不是刘家的人，不和你们争论。刘凤春是不是在十年前曾被他承继的父亲驱逐，此刻他父亲已死了不能说话，但是他承继的母亲尚在。如果他母亲开口，说出不认刘凤春做儿子的话，刘凤春还赖在这里要做孝子，你们当族人的，尽管出头治刘凤春以谋夺遗产之罪；若他母亲已承认他是儿子了，便轮不到你们族人说话。”

当下就有一个形象极凶恶的族人，伸拳捋袖的喝骂道：“放屁！你是什么东西？轮不到我们当族人的说话，倒应该轮到你这杂种说话吗？这是我刘家的事，不与异姓人相干。你是识趣的，快滚出去，便饶了你，休得在这里讨死。”

李存义听了这些话，心里自是愤怒到了极处，只是仍勉强按捺住火性，反仰天打了一个哈哈说道：“我本不姓刘，不能过问刘家的事。但是我看你们也不像是姓刘的子孙，谁也不知你们是哪里来的痞棍，假冒姓刘的来这里欺孤虐寡，想发横财。我老实说给你们听，这种伤天害理的事，不给我李存义知道便罢；既是已给我知道了，就得看你们有多大的能为，尽管都施展出来。我素来是个爱管闲事的人，你们若仗着人多势大，想欺负凤春母子和我李存义，就转错念头了。专凭空口说白话，料你们是不肯相信的，且待我做个榜样给你们瞧瞧。”

李存义当进刘家大门的时候，早已留神看到天井里，有一条五尺多长、一尺多宽、四寸来厚的石凳，大概是暑天夜间乘凉坐的，看见这石凳之后，心中便已有了计算了。此时说了这篇话，几步就抢到那石凳旁边，并排伸直三个指头，在石凳中间只一拍，登时将石凳拍的“哗喳”一声响，成了两段；并拍起许多石屑，四散飞溅。

众族人眼睁睁看了这种神勇，没一个不惊的脸上变了颜色。李存义乘势说道：“我看你们都做出要用武的样子，这是弄到我本行来了。你们自信身体比这石凳还要坚硬，就请上前来尝尝我拳头的滋味。”

其中也有两个年轻，略练了些儿武艺，不知道天高地厚的，打算上前和李存义拼一下，却被年老的拉住了说道：“我们族间的家事，用不着和外人动武。我们且看他姓李的能在刘家住一辈子！”说罢，如鸟兽散了。李存义这才一面帮着刘凤春办理丧葬，一面教刘凤春的母亲出名，具禀天津县，控告那些掠夺财物的族人。凑巧遇着一个很精明的县官，查实了刘家族人欺凌孤寡的情形，赫然震怒，将那几个为首凶恶的拘捕到案，重责了一番。勒令将抢去的钱财器物，悉数归还，并当官出具甘结，以后不再借端到刘凤春家中滋事。

此时刘凤春的武艺，虽赶不上李存义那般老到，然也有近十年的功夫，寻常拳教师，已不是他的对手了。就因从此须提防着族人来欺负的缘故，越发寒暑不辍的用苦功，不多时也在北方负盛名了；于今在北几省说起刘凤春，或者还有不知道的，只一提“翠花刘”三字，不知道的就很少了。

李存义帮着刘凤春将家务料理妥当之后，因刘凤春不能实时回北京，李存义只得独自回天津，复到曲店街淮庆药栈，会见霍元甲。约定了次年去上海的日期，才回北京度岁。

此时李存义在北京住家，有许多喜练武艺的人，钦佩他的形意拳功夫，一时无两，都到他家里来，拜他为师，从事练习，因此他的徒弟极多。不过从他最久、他最得意的徒弟，只有尚云祥、黄柏年、郝海鹏几个人。他自己是个好武艺的人，也就欢喜和一班会武艺的结交。北京是首都之地，这时还有些镖行开设着，武艺高强的，究竟荟萃的比较外省多些，凡是略有些儿名头的，无不与他有交谊，常来往，因此他家里总是不断的有些武术界名人来盘桓谈论。尤其是新年正月里，因有拜年的积习，就是平日不甚到他家里来的，为拜年也得来走一趟。

这日来了一个拜年客，他见面认得这人姓吴名鉴泉，是练内家功夫的。在北京虽没有赫赫之名，然一般会武艺的人，都知道吴鉴泉的本领了得。因为吴鉴泉所练的那种内家功夫，名叫“太极”，从前又叫做“绵拳”，取缠绵不断及绵软之意。后人因那种功夫的姿势手法，处处不离一个“圆”字，仿佛太极图的形式，所以改名太极。相传是武当派祖师张三丰创造的，一路传下来，代有名人。到清朝乾、嘉年间，河南陈家沟子的陈长兴，可算得是此道中特出的人物。陈长兴的徒弟很多，然最精到最享盛名的，只有杨露禅一个。杨露禅是直隶人，住在北京，一时大家都称他为“杨无敌”。

杨露禅的徒弟也不少，唯有他自己两个儿子，一个杨健侯，一个杨班侯，因朝夕侍奉他左右的关系，比一切徒弟都学得认真些。只是健侯、班侯拿着所得的功夫与露禅比较，至多也不过得了一半。班侯生成的气力最大，使一条丈二尺长的铁枪，和使白蜡杆一般的轻捷。当露禅衰老了的时候，凡要从露禅学习的，多是由班侯代教；便是外省来的好手，想和露禅较量的，也是由班侯代劳。

有一次，来了一个形体极粗壮的蛮人，自称枪法无敌，要和露禅比枪。露禅推老，叫班侯与来人比试。那人如何是班侯的对手，枪头相交，班侯的铁枪只一颤动，不知怎的，那人的身体，便被挑得腾空飞上了屋瓦，枪握在手中，枪头还是交着，如鳔胶粘了的一般。那人就想将枪抽出也办不到，连连抽拨了几下，又被班侯的枪尖一震，那人便随着一个跟斗，仍旧栽下地来，在原地方站着。那人自是五体投地的佩服，就是班侯也自觉打得很痛快，面上不由得现出得意的颜色。

不料杨露禅在旁边看了，反做出极不满意的神气，只管摇头叹道："不是劲儿，不是劲儿！"班侯听了，心里不服，口里却不敢说什么，只怔怔的望着露禅。露禅知道班侯心里不服，便说道："我说你不是劲儿，你心里不服么？"班侯这才答道："不是敢心里不服、不过儿子不明白要怎么才算是劲儿？"杨露禅长叹道："亏你跟我练了这么多年的太极，到今日还不懂劲。"边说边从那人手中接过那枝木枪，随意提在手中，指着班侯说道："你且刺过来，看你的劲儿怎样？"

他们父子平日对刺对打惯了的，视为很平常的事，班侯听说，即挺枪刺将进去。也是不知怎的，杨露禅只把枪尖轻轻向铁枪上一搁，班侯的铁枪登时如失了知觉，抽不得，刺不得，拨不得，揭不得，用尽了平生的气力，休想有丝毫施展的余地，几下就累出了一身大汗。杨露禅从容问道："你那枪是不是劲儿？"班侯直到这时分才心悦诚服了。

吴鉴泉的父亲吴二爷，此时年才十八岁，本是存心要拜杨露禅为师，练习太极的。无奈杨露禅久已因年老不愿亲自教人，吴二爷只得从杨班侯学习。杨班侯的脾气最坏，动辄打人，手脚打在人身上又极重。从他学武艺的徒弟，没一个经受得住他那种打法，至多从他学到一二年，无论如何也不情愿再学下去了。吴二爷从十八岁跟他学武艺，为想得杨班侯的真传，忍苦受气的练到二十六岁，整整的练了八年。吴二爷明知有许多诀窍，杨班侯秘不肯传，然没有方法使杨班侯教授，唯有一味的苦练，以为熟能生巧，自有领悟的时候。

谁知这种内家功夫，不比寻常的武艺，内中秘诀，非经高人指点，欲由自己一个人的聪明去领悟，是一辈子不容易透彻的。这也是吴二爷的内功合该成就，凑巧这回杨班侯因事出门去了，吴二爷独自在杨家练功夫，杨露禅一时高兴，闲操着两手，立在旁边看吴二爷练习。看了好大一会儿时间，忽然忍不住说道："好小子，能吃苦练功夫，不过功夫都做错了，总是白费气力。来来来，我传给你一点儿好的吧！"

吴二爷听了这话，说不出的又高兴又感激，连忙趴在地下对杨露禅叩头，口称："求太老师的恩典成全。"杨露禅也是一时高兴，将太极功夫巧妙之处，连说带演的，尽情说给吴二爷听。吴二爷本来聪颖，加以在此中已用过了八年苦功，一经指点，便能心领神会。

杨班侯出门耽搁了一个月回来，吴二爷的本领已大胜从前了，练太极功夫的师弟之间，照例每日须练习推手，就在这推手的里面，可以练出无穷的本领来。这人功夫的深浅，不必谈话，只须一经推手，彼此心里就明明白白，丝毫勉强不来。杨班侯出门回来，仍旧和吴二爷推手，才一粘手，杨班侯便觉得诧异，试拿吴二爷一下，哪里还拿得住呢？不但没有拿住，稍不留神，倒险些儿被吴二爷拿住了，原想不到吴二爷得了真传，有这么可惊的进步。

当推手的时候，杨班侯不曾将长袍卸下，此时一踏步，自己踏着了自己的衣边，差点儿跌了一跤。吴二爷忙伸手将杨班侯的衣袖带住，满口道歉，杨班侯红了脸，半晌才问道："是我老太爷传给你的么？"吴二爷只得应是。杨班侯知道功夫已到了人家手里去了，无可挽回，只好勉强装作笑脸说道："这是你的缘法，我们做儿子的，倒赶不上你。"从此，杨班侯对吴二爷就像有过嫌隙的，无论吴二爷对他如何恭顺，他只是不大睬理。

吴二爷知道杨班侯的心理，无非不肯拿独家擅长的太极，认真传给外姓人，损了他杨家的声望。自己饮水思源，本不应该学了杨家的功夫，出来便与杨家争胜，只得打定主意，不传授一个徒弟，免得招杨家的忌。自己的儿子吴鉴泉，虽则从小就传授了，然随时告诫，将来不许与杨家争强斗胜。一般从杨家学不到真传的，知道吴二爷独得了杨露禅的秘诀，争着来求吴二爷指教。吴二爷心里未尝不想拣好资质的，收几个做徒弟，无奈与杨家同住在北京，杨健侯、杨班侯又不曾限制收徒弟的名额，若自己也收徒弟，显系不与杨家争名，便是与杨家争利，终觉问心对不起杨露禅，因此一概用婉言谢绝。

一日，吴二爷到了离北京三十多里的一处亲戚家里做客，凑巧这家亲戚有一个生性极顽皮的小孩，年龄已有十五六岁了，时常在外面和同乡村的小孩玩耍。小孩们有什么道理，三言两语不合，每每动手打起来。他这亲戚姓唐，顽皮小孩名叫奎官。唐奎官生性既比一般小孩顽皮，气力也生成比一般小孩的大，不动手则已，动手打起来，总是唐奎官占便宜。平日被唐奎官打了的，多是小户懦弱人家的小孩，只要不曾打伤，做父母兄长的，有时尚不知道，就是知道了，也只有将自家小孩责骂一顿，吩咐以后不许与唐奎官一同玩耍罢了，也没人认真来找唐家的人理论。唯有这番唐奎官把同村李家小孩的鼻头打坏了，打得鲜血直流不止。李家虽不能算是这乡村里的土豪恶霸，然因一家有二三十口男丁，都是赶脚车和做粗重生活的，全家没一个读书识字的人。

李家在这乡村居住的年代又久，左邻右舍，非亲即故。这日忽见自己家里的小孩，哭啼啼的回来，脸上身上糊了许多鲜血。初见自然惊骇，及盘问这小孩，知道是被唐奎官打成了这个模样。这小孩的父亲、哥子便大怒说道："这还了得？唐家那小杂种，专一在外面欺负人，也不知打过人家多少次了，于今竟敢欺到我们家里来了，我们决不能饶恕他。"这小孩原来只打坏了鼻头，鼻血出个不止，并没有受重大的损伤。无如李家是素来不肯示弱让人的，有意教这小孩装出受了重伤的样子，躺在门板上，用两个扛抬起来，由小孩的父亲、母亲哭哭啼啼的，率领一大群男女老少，摩拳擦掌拥到唐家来。登时喊的喊，骂的骂，将唐家闹得乌烟瘴气，俨然和遭了人命官司的一样。

唐家除了唐奎官是个顽皮小孩，糊里糊涂的不知道轻重利害而外，一家男女多是老实忠厚人，从来不敢做非分的事。奎官平日在外面顽皮撞祸，因不曾有人闹上门过，家里人终是蒙在鼓里，哪里知道呢？于今陡然弄得这样的大祸临门，一家人都不知不觉的吓慌了手脚。唐奎官的父亲，和吴二爷是姨表兄弟，此时年纪已有五十来岁了。奎官是他最小最钟爱的儿子，当下看门板上躺着的小孩，鲜血模糊，奄奄一息，问明缘由，见说是和奎官在一块儿玩耍，被奎官打成了这种模样，特地扛到这里来，非要奎官偿命不可。奎官的父亲，还不相信奎官有这般胆量、这般凶恶，敢平白将人打到这样，一迭连声的叫奎官出来对质。

哪知道奎官乖觉得厉害，自打了李家的小孩回家，就逆料着这场是非必然上门，独自躲在大门外探看动静。当李家一大群男女蜂拥前来的时候，远远的就被唐奎官看见了，哪敢回家送信，早已一溜烟逃跑得无影无踪了。他父亲大叫了几声"奎官！"没人答应，忙教奎官的哥子去寻找，也寻找不着，李家的人就更加吵闹得凶狠了。奎官的父亲以为这小孩伤重要死了，自己的儿子又逃的不知去向，心里又慌又急，竟不知这交涉应如何谈判，其余的人也不知怎生处理才好。

亏得吴二爷是个胆大心细的人，看门板上小孩的面容呼吸，都不像是曾受重伤的，鲜血分明从鼻孔里流出来。鼻孔流血是极平常的事，见自家表兄弟吓得没有主张，便对姓李的说道：“你们用不着这么横吵直闹，就是打死了人，照国家的律例，也不过要凶手偿命，只这么吵闹是不能了事的。于今凭你们一方面说，这孩子是和唐奎官在一块儿玩耍，被奎官打成了这个模样，此刻奎官不在家里，不能当面问他，究竟是不是他打伤的还不能定。”

小孩的父亲不待吴二爷说下去，即吼起来截住说道：“不是他打伤的，难道我们来诬赖他？我们东家不下马，西家不泊船，单单扛到这里来，不是唐奎官打伤的是谁打伤的？此刻他自己知道打伤了人，畏罪潜逃了，我们只知道问他的父兄要抵命。”

吴二爷点头道：“不错，他们小孩在一块儿玩耍的时候，我不在跟前，我本不能断定不是唐奎官打的。我只问你还是亲眼看见唐奎官打的，还是听得这孩子说的呢？”李家的人说道：“有许多同玩的小孩看见，他受伤的也是这般说。若是我们大人在旁边看见，就由那小子动手打吗，打了就放他逃跑吗？”吴二爷道：“打伤了什么地方？我也略知道一点儿伤科的药方，且待我看看这伤势有救无救！”说时，走近门板跟前，只一伸手握小孩的脉腕，便不由得大笑道：“这是个什么玩意，好好的一个人，就只出了几滴鼻血，此外毫无伤损，怎值得这般大惊小怪，扛尸一般的扛到这里来，把人家小孩吓的逃跑不知去向，这是何苦！”

几句话说得李家的人恼羞成怒，群起指着吴二爷骂道：“你是哪里来的？我们与唐家理论，和你什么相干？你不要在这里神气十足。唐奎官这小子，专一在外面欺负人家小儿女。这一带几里路以内的小孩，谁没被他打过？这回大胆打到我们李家来了，你去外边打听打听，看我李家可是容易受人欺负的？现在我家的人已经被他唐奎官打伤到这般模样，有目共见，难道能由你一个人说毫无伤损就罢了不成！”

吴二爷仍是和颜悦色的说道：“有伤的果然不能由我一个人说无伤，但是本没有受伤的，又何能由你们硬赖有伤呢？”旋说旋向唐奎官的父亲道：“老弟不要着急，这些东西分明是一种无赖敲竹杠的行为，我担保这小孩除了几滴鼻血之外，毫无伤损；且听凭他们吵闹，不用理会。第一要紧的是奎官这孩子，被他们这般其势汹汹的一来，吓得逃跑得不知去向，须赶紧派人四处寻找，提防真个弄出乱子来。次之，就得打发人拿老弟的名片，去将本地方明理的绅士多请几位到这里来，凭他们判断。能了结便了结，倘不能了结，哪怕告到官府，就和他姓李的打一场官司，事到临头也说不得了！”

唐奎官父亲素知道吴二爷是个老成谨慎的人，见他这么说，料知他必有把握，当下也就把勇气鼓起些儿来了。加以自己心爱的儿子奎官被吓得逃跑了，经吴二爷一提醒，越发着急，也不与李家的人争论，即依着吴二爷的话，派人分头照办。李家的人因为历来知道唐家的人都老实可欺，才有这种欺诈的举动，以为唐家看了这鲜血模糊、奄奄一息的小孩，又有同去的人一号哭吵闹，必然吓慌了手脚，托人出来求和，赔偿若干医药费了事，决无人能看出是装伤诈索的举动。想不到偏巧遇着吴二爷来了，这种举动，如果认真打起官司来，自是李家理屈，并且装伤诈索的声名，传扬出去也不好听。暗忖唐家既有吴二爷做主，这番十九讨不了便宜，与其等到本地方绅士来了，说出公道话来，弄得面子上难看，不如趁那些绅士还不曾来的时候，想法子先站稳脚步。粗人的思想究竟有限，以为这事是坏在吴二爷手上，若没有吴二爷，唐家的人是好对付的。本来李家的人，多是野蛮性质，心里既痛恨吴二爷，就想动手且把吴二爷打走了再说。

吴二爷此时的年纪，已将近六十了，专从表面上，如何看得出是身怀绝艺的来，故意与吴二爷辩论，骂出许多粗恶不堪的话来，打算激怒吴二爷先动手。吴二爷虽然年老，却是忍耐不住，这边既存心要打吴二爷，当然三言两语不合，便动起手来了。吴二爷手中拿着一根尺来长的旱烟管，哪里把这些人看在眼里！每人手腕上敲一旱烟管，受着的就痛得不敢上前了，只有十多个男子，不过一霎眼工夫，都被敲得抱着手腕跑了。跟来的老弱妇孺，见男子被打跑，也都随着跑出去，仅剩了躺在门板上装伤的这个小孩，不跑心里害怕，要跑却又记着父母吩咐装伤的话。正在为难的时候，吴二爷忽然凑近他身边，举手在他肩上轻轻拍了两下，笑嘻嘻的说道：“你这小子还在这里装什么假，你瞧他们不是都跑回去了吗？”

小孩子果然容易上当，真个一蹶劣爬起来，跳下地就待往外跑。吴二爷一把拉住笑道：“这门板是你家的，并没有多重，你自己肩回去吧！”这小孩已有十四五岁了，乡间十四五岁的小孩，挑动几十斤的担子是极平常的事，一片门板没有肩不起的。听了吴二爷的话，哪里顾得自己是装伤的人，当即将门板顶在头上，急匆匆的去了。吴二爷忍不住哈哈大笑。

唐家的人也多以为这一场骇人的祸事，就此不成问题了，请来了本地几位绅士，听说这种情形，大家笑谈了一阵，各自回家去了。唐奎官也找寻了回来，经他父亲责罚一顿，便是吴二爷也没把这回事放在心里了。

谁知才过了一夜，次日绝早，吴二爷还睡着没有起床，唐家的人就到他床前将他推醒，说道："不得了，门外来了许多李家的人，指名要你出去见个高下。"吴二爷毫不在意的答道："要见高下就见高下，我去会他们便了！"说着正待起来，他表兄弟慌里慌张的跑进来说道："二哥，这事怎么办？李家那些混账东西，简直像要来找你拼命的样子。我刚才出去瞧了一下，都是金刚一般的汉子，至少也有百十个。二哥这么大年纪了，怎好去与他们动手呢？"

吴二爷已披衣坐起来说道："岂有此理！难道这里是没有王法的地方吗？老弟刚才出去，他们对老弟怎么说？"他表兄弟道："他们倒没说旁的话，只说知道二哥是北京有名的好手，昨夜已显得好本领，今日特来见个高下。"吴二爷问道："他们手上都带了家伙没有？"他表弟道："好像多是空手，不见有带了兵器的。"吴二爷道："他们昨夜已和我动过手的，于今又来找我，可知是存心要与我为难。我活到六十岁，不曾被人家吃住过，若今日被他们一吓便不敢出头，也没面目再回北京见人了。只可恨我平日不肯收徒弟，这回又不曾带鉴泉同来，少了一个帮手，不免吃亏些。但是事已至此，也没有方法可想了。老弟快去弄些儿点心给我吃了充充饥，免得斗久了疲乏。"

他表弟着急道："二哥难道真个出去与他们打吗？常言'好汉难敌三双手'，尽管二哥的武艺了得，已经是六十岁的老头了，如何能敌得过百多个凶汉？并且昨夜是为我家奎儿的事，打了他们，万一二哥出去，有个一差二错，教我良心上怎么对得起二哥？"吴二爷连连摆手道："此时岂是说这类客气话的时候，他们既指名和我见个高下，我不出去，难道你出去能行吗？"他表弟道："我出去有什么不行？这地方谁也知道我不会武艺，他们决不至动手打我。只要二哥赶紧从后门去避开一时半刻，我就去向他们说，二哥昨夜已经回北京去了。”吴二爷听了不由生气道：“快收起你这些不像汉子说的话。我宁可伸着脖子把头给他们断了，也不肯从后门逃跑。休得再多说闲话，耽误时刻，使他们疑心我畏惧，快去弄点心来！”

他表弟知不能劝阻，只得跑出去一面弄点心，一面打发人从后门飞奔去北京，给吴鉴泉送信。吴二爷在里面用点心，大门外已和反了一般的吆喝起来了。吴二爷也不理会，从容用过了点心，结束了身上衣服，依旧提了那根尺来长的旱烟管，缓缓的踱出大门。唐家大门外是一块很大的草坪，只见无数的健汉，坐的坐，立的立，将这草坪团团围困了数重，只有四五个像把势装束的大汉，在草坪中来回的走动，仿佛是等待厮杀的样子。各人手中果然多没有兵器，不过每人的腰间都凸出来，却看不出是缠了什么。

吴二爷看了这情形，明知这些凶汉存心要和他久斗，使他疲乏，但他既不屑偷逃，就只得死中求活，打算仗着生平本领，冲出重围。当下走到大门外，便含笑向围住的人说道：“你们就是因昨夜诈索不遂，反被我打跑了，不服这口气，此时特地邀齐了帮手来图报复的么？”在坪中走动的五个大汉，见吴二爷出来，连忙分做四方立着，中间一个边向吴二爷打量边回答道：“不差，不差！难得你这种好汉到我们这地方来，我们是要领教领教的。”这大汉答话，周围坐在地下的，都立了起来，一个个准备抵敌的神气。

吴二爷并不与坪中五个大汉交手，大踏步向围住的人跟前冲去，五个汉子哪里肯放呢，一齐打过来。只见吴二爷两条胳膀一动，先近身的三个同时都跌倒一丈开外，后两个忙低下身体抢过去，以为不至远跌。谁知才一靠近吴二爷的大腿，就身不由己的腾空又抛去一丈多远近，只跌得头晕眼花，险些儿挣扎不起。吴二爷连正眼也不瞧他们一下，直向重围外走去。那跌倒在地的五人齐声喊道：“这老鬼近身不得，你们快拿灰袋撒去，打瞎他两眼，看他如何走？”

吴二爷万分想不到五人这般一喊，四围的人登时各从腰间取出一个白色布袋来，石灰即弥空而下。吴二爷的两眼，因年老已不如少年时明亮，加以眯了石灰，顿时痛得热泪直流，睁眼不得，既不能睁眼，便不能举步，只得立住不动。众人见吴二爷紧闭双目，呆立不动，哪敢怠慢，蜂拥上前，拳足交下。

不知吴二爷被众人打得怎样，且俟下回再说。

总评：

刘凤春，本嗣于其伯父为子者也。讵因未能得继母之欢而被逐，以是空穴来风，后此种种争夺遗产之事起矣。而一究其原，则皆其继母一念之差也。庸人自扰，其此之谓。

李存义，虎也。刘氏之族人，蠢蠢如群羊耳，虎入羊群，又安得不纷纷辟易！吾读至此节时，辄哑然失笑，而谓羊虎之喻，殆不虚也。

中外武术，互有不同。中国尚巧，而外国则尚力，即此之间，优劣各判，而外国武术，终不能与我中国相提并论也。霍元甲之所以敢毅然与外国大力士比武者，即以此。盖知己知彼，固可权操必胜矣。

枪炮，机械二者，固为外国之特长，初非我中国所能及，然非所语于拳术也。鼠目寸光者流，辄以慑其枪炮、机械，而亦慑其拳术，奉之若神明，脱不有霍元甲者出，一正其误，不将长为所蒙乎？然则元甲传矣。

本回，因吴鉴泉而引起吴二爷，复因吴二爷而引起杨氏父子，人物愈引愈多，事迹愈转愈妙，可作太极拳家之世谱读。而杨班侯之器小，吴二爷之恭顺，亦可于此略见一斑矣！

入吴二爷被困群小事，为下文收徒张本。

第五十七回

服仙丹决计收徒弟　出王邸飞箭杀追兵

话说吴二爷紧闭双目，立着不动，明知自己双眼既不能睁开，想动手打出重围是办不到的。逆料众人当中，没有了不得的武艺，身上就给他们打几下，也不至受如何的伤损，只运起全身的气功来，听凭众人摆布。众人见吴二爷闭目不动，果然争着上前，拳足交下，初打时并不觉得有异，打踢了几十下之后，动手的才不由得叫起苦来。

原来挥拳的，拳头忽然肿得和碗口一般大；踢脚的，脚骭肿得和吊桶一般粗，并且麻木得如失了知觉。那些还不曾打着吴二爷的看了，才知道是这般打不得，登时改变了方法，揪住吴二爷的辫发，拖翻在地。打算用力大的人将他按住，拿带来的石灰袋压塞七孔，使他不能呼吸，便不愁闷不死他。

吴二爷以为他们只是用拳脚敲打，但须把气功运起来，使自己皮肤中发生反射抵抗，已足对付了，谁知他们竟下这种毒手？吴二爷两眼原已痛得不能睁开，只听得压在身上的人喊拿石灰包来，才觉得是这般听凭他们摆布不妙，但是想挣扎起来，压在身上的人哪里肯放松半点儿呢？任凭吴二爷的内功好到如何程度，怎奈年纪大了，没有持久的力量。这边人多，可以替换着动手，吴二爷几下不曾挣扎得起，就只好咬紧牙关等死，便是气功也提不起来了。

他表弟看了这危急情形，只得跑出来向众人说道："你们都是些年轻力壮的，是这般以多胜少，就把他这个老头处死了，也算不得你们有本领。并且你们都是本地方人，果然打出了人命，有谁能脱得了干系？"众人中为首的出来答话道："我们不预备和他打一场人命官司，也不到这里来了。京兆人谁不知道他吴二爷是个好汉，好汉出门被人家打死了，照例只当是打死一只狗。"

他表弟道："这是什么话！你们若凭证人说好了比武，个对个打死了，自然打不起官司，告不成状。于今你们一百多个精壮汉子，丛殴一个年逾花甲的老头，还用石灰袋将他的双眼弄坏，你们自问天良说得过去么？"他表弟从来老实不会说话，这回情急无奈，逼得说出这些话来，却发生了效力。众人既觉悟了是这么打出人命来，免不了受累，再看吴二爷已昏死过去了，只吓得一窝蜂逃跑。他表弟见他昏死在地，也吓得什么似的，连忙教家里人拿姜汤来灌救。

姜汤还不曾取来，只见吴二爷已张开两眼，一面用手揉着，一面说道："老弟请过来搀扶我一下。我这番吃了这种大亏，不恨别的，只恨我自己为什么不收几个徒弟，以致这么年纪出门，还是单身一个人。若有徒弟，哪怕他们再来多些，我也不至吃这般结实的亏。"他表弟道："这些混账东西也太可恶了，邀集一百多人来打一个人，若不指名去告他们，他们也太把我们当好欺负的了。好在他们为首几个人的姓名居处，我都知道。这回事是因我家闹出来的，打官司需用的钱，便要我卖田当地，我也情愿拿出来，只要出了这口恶气。"边说边搀扶吴二爷起来。

吴二爷摇着头说道："这有什么官司可打！在你看起来，以为他们一百多人来打我一个，算是欺负我；在我却以为他们越是来的人多，越是瞧得起我。我若是存心畏惧他们，你既经指点我，教我走后门暂且避开一步，我何妨依你的避开呢？为的是不情愿示弱，哪怕就被他们打死了，我若喉咙里哼了一声，也算不得是个汉子。休说他们连伤我的能为都没有，凭什么配和我打官司？"

他表弟既是一个老实怕事的人，怎么会存心和人家打官司呢？其所以对吴二爷这么说，为的是恐怕吴二爷为他家小孩在外闯祸的事，吃了这大的亏，心里不甘，不是这般说说，显得他太不懂人情了。见吴二爷这么说，便道："为我家那不争气的孽畜，害二哥如此受累，不设法出这口恶气，教我心里怎生过得去？"吴二爷道："这些话不用说了，倒使我听了不快活，只快去雇一辆车来，送我回家去。我得好好的将养几日，方得复原。"

正说着，只见一个少年飞奔前来。原来是吴鉴泉在家得了那人的报告，哪敢怠慢，恨不得插翅飞到这里来；无如路隔二三十里，便是飞也来不及。吴鉴泉见面闻知了相打的情形，只气得磨牙顿足，悔恨不曾随侍父亲左右，当即雇车伺候吴二爷一同回家。吴二爷睡在床上，忽将吴鉴泉叫到床前，流泪说道："我实在是年纪老了，血与气原来都不如少年时充足，这番因相持过久，身上虽不曾受伤，气分上却伤损得太厉害。内家功夫最要紧就是这个气字，于今气分受伤到这步田地，我自知是不可救药的了。我其所以在唐家的时候不说这话，并不是怕丧我一生的威名，实是怕传播出去，使后来练武艺的人以我为鉴戒，说内功是招打的幌子，不肯教子弟学习。我生平的武艺，早已尽情传给你了，除平日常对你说的诀窍外，并没有其他诀窍。功夫只要吃得苦，持之有恒，自然由熟生巧，由巧通神，自己没有功夫做到，尽管所有的诀窍都懂得，也是不中用的。我没有旁的遗嘱，只依着我平日所传授的，朝夕不间断的下苦功夫做去，便算是你克家令子。我一生没收外姓徒弟，是我一生的恨事，于今悔也来不及了。你将来功夫练成之日，不可再和我一样不肯传人。"

吴鉴泉听得自己父亲吩咐这些话，忍不住伏在床沿痛哭起来。吴二爷道："你何须如此悲伤！世间没有不死的人，我于今活到了六十多岁，还不是应死的时候到了吗？我这回便不和他们打这一场，也是免不了要死的。你一个人没有帮手，赶紧去预备后事吧！有一句俗语道得好：'父母老死，风流孝子'，不要哭了。"

吴鉴泉恐怕哭得自己父亲难过，只得勉强收住哭声，拭干眼泪，忽见当差的进来报道：外面来了一个老道人，要见少爷有话说。吴鉴泉道："我没有熟识的老道人，去回他我此刻有事没工夫见客，请他改日再来吧。"当差的道："已是这么回过了，他说他的事最要紧，若少爷不出去，他自会进来。"

吴二爷对吴鉴泉道："他既这么说，想必是有紧要的事，去见见何妨呢？"吴鉴泉只得出来，走到厅堂上，只见一个年约五十多岁的道人，身穿青色道袍，顶上头发散披在脑后，如青丝一般，并不花白，脚下青袜套着麻绾草鞋，像是从远道来的。吴鉴泉见是不曾会过的，便走上去抱了抱拳说道："道长有何贵干见访？"那道人两眼不住的将吴鉴泉打量，也合掌当胸答道："贫道从武当山来此，有道友托贫道带一颗丹药，送给这里吴二爷，请你转交给他吧。"旋说旋从腰间取出一个纸包来，递给吴鉴泉。

吴鉴泉只当是自己父亲有朋友在武当山，不敢怠慢，忙伸双手接了，一面让道人就坐，一面捧着纸包到吴二爷床前来，将道人说话的情形说了，并呈上纸包。吴二爷听说是武当山来送丹药的，忙挥手教吴鉴泉将道人请进来。吴鉴泉复转身走出厅堂，谁知那道人已不见了，随即追出大门，向两头张望，不但不见那道人，连过路的人也没有。吴鉴泉觉得诧异，回身问当差的，也说不曾看见那道人走大门出去。吴鉴泉又在四处寻觅了一阵不见，才回到吴二爷床前，把这怪异的情形说了。

吴二爷打开那纸包，便闻到一种异香扑鼻，非兰非麝，包内一颗梧桐子大小的丹药，半边火也似的红，半边漆一般的黑，放人掌心中，团团旋转不定。吴二爷对吴鉴泉笑道："合是我命不该绝，这必是张三丰祖师赐我的丹药，你快去厅堂上摆设香案，待我挣扎起来，当天谢了祖师活命之恩，再服这丹药。"

吴鉴泉此时年轻，心里还不相信有这么一回事，但是吴二爷自服下这颗丹药，精神陡长，比前越发健朗了。从此，有资质好的徒弟来拜师，吴二爷便不拒绝了。吴、杨两家的太极拳法，虽都是由杨露禅传授下来的，然因吴二爷招收徒弟的缘故，杨家这方面的人，对之总觉有些不满，但又不便倡言吴二爷所学的非杨氏真传。

杨露禅死后，京城里便喧传一种故事，说杨露禅在将死的前一日，就打发人通知各徒弟，说师傅有事须出门去，教众徒弟次日上午齐集杨家，师傅有话吩咐。众徒弟见老年的师傅要出门，自然如约前来送别。

次日各徒弟走到杨家门首，见门外并无车马，不像师傅要出门的样子，走进大门，只见露禅师傅盘膝坐在厅堂上，班侯、健侯左右侍立，众徒弟挨次立在两旁，静候露禅师傅吩咐。露禅师傅垂眉合目的坐着，直待所有的徒弟都到齐了，才张眼向众徒弟望了一遍，含笑说道："你们接了我昨日的通知，以为我今日真是要出门去么？我往常出门的时候，并不曾将你们传来，吩咐过什么话，何以这回要出门，就得叫你们来有话吩咐呢？因为我往常出门，少则十天半月，多则一年半载，仍得回家来和你们相见，这回却不然。我这回出门，一不用车，二不用马，这一去就永远不再回家，永远不再和你们会面，所以不能不叫你们来，趁此时相见一次。至于我要吩咐的话，并没有旁的，就只盼望你们大家不要把我平日传授的功夫抛弃了，各自好好的用功做下去，有不明白的地方，可来问你们这两个师兄。”说时手指着班侯、健侯。说毕，教班侯附耳过来，班侯连忙将耳朵凑上去，露弹师傅就班侯耳跟前低声说了几句，班侯一面听，一面点头，脸上现出极欣喜的颜色。

露禅师傅说完了，杨班侯直喜得跳起来，拍掌笑道：“我这下子明白了，我这下子明白了！原来太极拳有这般的巧妙在内。”众徒弟见杨班侯这种欢喜欲狂的样子，不知道为的什么事，争着拉住杨班侯问：“师傅说的什么？”杨班侯连忙双手扬着笑道：“此时和你们说不得，全是太极拳中的秘诀。你们各自去发奋练习，到了那时候，我可以酌量传授些给你们。”这里说着话，再看露禅师傅时，已是寿终正寝了。

这种故事一喧传出来，京内外会武艺的朋友，便有一种议论道：“杨班侯是杨露禅的儿子，班侯的武艺，是露禅传授的，父子朝夕在一处，有什么秘诀，何时不可以秘密传授？定要等到临死的时候，当着一干徒弟的面，是这般鬼鬼祟祟的传授，究竟是一种什么举动？既是秘传，就不应当着人传，当着不相干的人也罢了，偏当着一干徒弟。这些徒弟花钱拜师，就是想跟杨露禅学武艺，你杨露禅藏着重要的秘诀不传，已是对于天良道德都有些说不过去了，却还要故意当着这些徒弟，如此鬼鬼祟祟的传给自己的儿子。而接受秘传的杨班侯，更加倍的做出如获至宝的样子，并且声明全是太极拳中的秘诀，当时在场的徒弟，果然是心里难过，独不解杨露禅父子那时面子上又如何过得去的。”

事后还有一种议论，说杨露禅这番举动，是因自己两个儿子都在京师教拳，声名不小，恐怕这些徒弟也都在京师教起太极拳来，有妨碍自己儿子的利益，所以特地当着众徒弟，做出这番把戏来；使外边一般人知道杨露禅的秘传，直到临死才传给儿子，旁人都不曾得着真传授，不学太极则已，要学太极就非从杨家不可。这是一种为子孙招徕生意的手段，其实何尝真有什么秘诀，是这么三言两语可以说得明白！

又有一种议论，就说杨露禅这番举动，是完全为对付吴二爷的。因为吴二爷原是杨班侯代替杨露禅教的徒弟，班侯见吴二爷精明机警，存心不肯将真传授予。想不到自己出门去了，杨露禅不知儿子的用意，将秘诀尽情传给了吴二爷，杨班侯回来，险些败在徒弟手里；背后免不得抱怨老头子，不为子孙将来留地步。因此杨露禅临终的做作，不教杨健侯附耳过来，却教杨班侯附耳过来，无非要借此表示真传是杨班侯独得了。

以上三种议论和那故事同时传播，因之杨、吴两家表面上虽不曾决裂，骨子里都不免有些意见。杨班侯的脾气生成暴躁，既不肯拿真功夫传授徒弟，又欢喜拿徒弟做他自己练习功夫的靶子，时常把徒弟打得东歪西倒，以致徒弟望着他就害怕，没有一个在杨班侯手里练成了武艺的。就是吴二爷，若没有杨露禅是那么将真传授予，也是不会有成功希望的。

庚子那年，大刀王五是个与义和团没有丝毫关系的人，尚且横死在外国人手里；杨班侯的拳名不亚于王五，又是端王的拳师傅，怎能免得了嫌疑呢？当联军还不曾入京的时候，就有人劝杨班侯早走，无奈杨班侯生成的傲性，一则仗着自己的武艺好，不怕人；二则他一晌住在端王邸里，真是养尊处优，享从来拳教师所未尝享过的幸福，终日终夜的躺在炕上抽鸦片烟，好不舒服，如何舍得这种好所在，走到别处去呢？但是联军入京，很注意这端王邸，就有一队不知是哪一国的兵，竟闯进端王邸里来了。幸喜杨班侯早得了消息，外兵从大门闯进，杨班侯骑了一匹快马从后门逃出，手中并没有抢着兵器，仓促之间仅夹了一大把马箭，打马向城外飞跑。刚跑出城，就见从斜刺里出来一队外兵，大喊站住，杨班侯不懂得外国语，不作理会，更将两脚紧了一紧，马跑得越发快了。

那一队外国兵不知杨班侯是什么人，原没有要捉拿他的打算。只因看见他胁下夹着一大把马箭，又骑着马向城外飞跑，一时好奇心动，随意呼喝一声，以为中国人见了外国兵就害怕，一经呼喝便得勒马停缰不跑的；打算大家将那一大把马箭夺下来，作为一种战利品。不料杨班侯不似一般无知识的中国人胆小，公然不作理会，并且越发跑的快了。这一队外兵看了，不由得恼怒起来，在前面的接着又喝了几声，杨班侯仍是不睬，这外兵便拔步追上来。

因是从斜刺里跑过来的，比从背后追上来的容易接近。看看相距不过几丈远近了，杨班侯抽了一枝箭在手，对准那外兵的脑门射去，比从弓弦上发出去的还快，不偏不倚的正射在脑袋上，入肉足有二三寸，那外兵应手而倒。跟在后面追的见了，想不到这人没有弓也能放箭，心里大吃一惊，正要抽出手枪来，不提防杨班侯的第二枝箭又到了，也是正着在脑袋上，仰面便倒，以后的兵这才各自拔出枪来射击。而这些兵的枪法都很平常，又是一面追赶，一面放枪，瞄准不能的当，只能对着杨班侯那方向射去，哪里射得着呢？有一颗子弹恰好从杨班侯的头顶上擦过去，将头皮擦伤了少许。

杨班侯大吃一惊，不敢坐在马上，将身体向旁边横着。亏得是一匹端王平日最爱的好马，能日行七八百里，步行的外国兵如何能追得上呢？一转眼工夫，子弹的力量就达不到了。杨班侯自从这次逃出北京，以后便没了下落。有说毕竟被外国人打死了的，有说跟随端王在甘肃的，总之不曾再回北京来。

吴二爷服过那颗丹药，又活了七八年，传了几个好徒弟。吴二爷死后，吴鉴泉继续收着徒弟，在北京的声名也很不小，和李存义是忘年之交。

这日到李存义家拜年，李存义陪着谈了几句新年照例的吉利话，吴鉴泉说道：“我去年便听得许多人传说，静海霍元甲去上海寻找一个外国大力士比武，在上海住了不少时候，直到年底才回天津。你去年腊月不是去天津走了一趟吗，可会着了霍元甲没有呢？”

李存义点头道：“我也是因听得有许多人这么说，久想去天津打听个实在，叵耐一时只是抽身不得。凑巧凤春为他族人争产的事，邀我去他家帮忙，我不能推托，得顺便到淮庆会馆见了霍四爷。去上海寻找外国大力士比武的话是实，但是至今还不曾比得，不过已订好了条约，在今年二月下半月仍在上海比赛。霍四爷邀我同去上海帮帮场面，我心里未尝不想趁此去上海玩玩，只恐怕临时又有事情耽搁。”

吴鉴泉道：“怎么去年巴巴的跑到上海去找外国大力士比武，当时又不比，却订条约到今年二月才比，是什么道理呢？”李存义便将听得霍元甲所说的原因说了。吴鉴泉道：“原来有这些周折，这种事情只霍元甲干的下，旁人不是没有霍元甲那般本领，但苦没有霍元甲那般胸襟胆量。年轻的经验不多，不敢轻于尝试；年老的世故太深，既不曾与那大力士会面，决不敢订赌赛几千两银子的条约。胜了果然很好，万一有失手的地方，被那大力士打输了，一辈的声名就从此扫地，还得赔出五千两银子来，这不是天地间第一糟透了的事吗？”

李存义笑道：“这种和人比赛的事，若在被人逼迫的时候，哪怕这人就长着三头六臂，著名天下无敌，我也得和他拼一拼，决不害怕退缩；没有被人逼迫，无端教我去寻人比赛，就明知有十分把握，自己也鼓不起这口气来。你要知道霍元甲其所以这般，拿着和外国大力士比武的事，当他生平第一件大事在这里干，其中还有一个外边人不大知道的原因，并不完全关于他的胸襟胆量。”

吴鉴泉忙问其中有什么原因，李存义道：“霍四爷有一个最相契的朋友，姓农名劲荪，听说是一个文武兼全的好汉，并且在外洋留学多年，外国的新学问也了不得。他在外国的时候，眼里时常看见外国人欺负中国人的举动，和新闻纸上瞧不起中国人的议论，已经心里很难过了。回到中国来，住在天津，在天津的外国人，又常有欺负中国人的事情做出来，他看了更加怄气。自从与霍元甲结交，平时谈话，总是劝勉霍元甲做一个轰轰烈烈的汉子，多干些替中国人争气的事给外国人看，也好使外国人知道中国还有人物，不是好欺负的。霍元甲本是一个很爽直的汉子，因农劲荪的学问好，心中钦佩到了极点。农劲荪平日和他谈论劝勉的那些话，他随时牢记在心，总想干出些替中国人露脸的事来，以慰知己。偏巧有一个不走运的俄国大力士，早不到中国来，迟不到中国来，偏偏在霍元甲要寻外国人出气的时候，跑到天津来卖武，并在广告上吹了一大篇的牛皮，简直不把中国人看在眼里。霍元甲看了那广告，登时气得去找那大力士比武，竟把那大力士吓得屁滚尿流的跑了。武虽不曾比成，把那大力士吓得不敢在天津停留，并不敢去中国各处卖武，就那么转身回他本国去了，也是一桩痛快人心的事。别处的外国人，知不知道那回事不能断定；在天津的外国人，料想是没一个不知道的。那回事已可算是替中国人露脸不少了。”

吴鉴泉道：“怪道霍四爷情愿搁下自己的正经买卖不做，花钱废事的去上海找外国人比武，原来有那么一个朋友终日在身边劝导。我虽没有想和外国人比赛的心思，然我因不曾见过外国人的武艺，不知究竟是怎么一种身法、手法，倒想同霍四爷到上海去看看。他既邀你老前去帮场，你老何妨前去替他壮一壮声威！那条约虽是霍四爷一个人订的，只是认真说起来，这不是霍四爷一个人的事。他打胜了，我们大家有面子；他若打败了，也是我们大家失面子。”

李存义点头道：“你这话不错。他若是订条约赌银两，和中国人比赛，我们可以不理会，胜败都只关系他一人。你真个打算到上海去看么？我一定同去就是了。”吴鉴泉正色道：“我岂敢在你老跟前乱说？我并且打算日内去天津走一遭，一则到亲戚家拜年；二则趁此去瞧瞧霍四爷。我久闻他的名，还不曾有机缘和他见面。”

李存义道：“你去天津再好没有了，就请你代我致意霍四爷，我决定同他去上海替他助场，只看他约我何时动身，我按时去天津会他便了。”吴鉴泉道：“这是不待你老吩咐的。”说着，起身作辞走了。

过了两日，吴鉴泉果然动身到天津，先到亲戚家把新年照例的应酬手续办完了，便专程到淮庆会馆来拜霍元甲。霍元甲也早久闻得吴鉴泉的声名，知道是练内家功夫的好手，当下接了吴鉴泉来拜会的名片，忙整衣迎接出来。看吴鉴泉的年龄，约莫三十多岁，生成的猿臂熊腰，魁梧雄伟；只是眉长目朗，面白唇红，堂堂仪表，望去很像是个斯文人模样，毫无粗暴的气习。霍元甲看了，不由得暗自思量道：“练内家功夫的果是不同，若是不知道他会武艺的人见了他，有谁能看出他是一个会武艺的人呢？”一面忖想，一面趋步上前拱手笑道：“吴先生何时到天津来的？兄弟不曾去请安，很对不起。”吴鉴泉连忙行礼叩拜下去，慌的霍元甲回拜不迭。

宾主二人同进客室坐下，吴鉴泉开口说道：“久仰四爷的威名，真是如雷贯耳！去年听得一般朋友说起四爷去上海，找外国大力士比武的事，更使我钦佩到极处。有谁能像四爷这样情愿自己受多大的损失，劳多少的精神，替中国全国的人争这口气呢？”

霍元甲笑道：“惭愧，惭愧！这算得什么？不用说是白辛苦了一趟，并还不曾比赛，将来尚不知道胜负如何；就算是比赛胜了，也是我辈应该做的事，值不得称道。吴先生这么一恭维，倒使我又惭愧、又害怕。我当时是被一种争强要胜的心思所驱使了，不假思索，奔波到上海，一口气将条约订下来了。回天津后经我仔细一思量，觉得这番举动实在太鲁莽了些。中国人和外国人比赛武艺的事，在外国不知如何，在中国还是第一次。两下凭律师订条约，定期比赛，侥天之幸能胜过他，本可以说替中国人争争面子。但是拳脚无情，武艺更没有止境，倘若那大力士的功夫果在我霍四之上，不能侥幸取胜，我一个人的声名弄糟了，家产赔去了，都是我自作之孽，不能怨人；不过我存心想替中国人争面子，不曾争得，倒替中国人失尽了面子，我以后还有什么脸见人呢？所以我仔细思量之后，不由得有些失悔起来了。”

吴鉴泉笑道：“四爷说哪里的话！这种豪杰的举动，谁听了都得钦敬，决不可存失悔之心。以四爷的能为，什么大力士配得上四爷的手！中国的好汉，四爷尚不知道打过了多少，何况一个外国鬼！‘单刀李’就因钦佩四爷的这番举动，情愿抽出些工夫来，陪四爷去上海壮一壮精神。我虽是一个无能之辈，也甘愿跟随四爷前去，呐喊助威。”霍元甲忙抱了抱拳头谢道：“感激，感激！不过拖累先生及李前辈，我心里委实有些不安。”吴鉴泉道：“自家人怎说得这般客气！”

刚说到这里，忽见两个身材高大的男子走了进来。走前的身穿外国衣服，另有一种雄伟的气概；走后的虽是普通商人装束，但是比平常人显得分外的精壮。吴鉴泉料知不是寻常人物，先立起身来。霍元甲也起身介绍道：“这是我至好的朋友农劲荪先生，这是小徒刘振声。”接着向农劲荪介绍了吴鉴泉，彼此免不了都得说几句客气话。农劲荪坐定后，霍元甲含笑问道：“农爷去看余伯华怎样了？”

不知农劲荪怎生回答，且俟下回再写。

总评：

自诩秘传，不肯授人，为我国学艺者之通病。而各种艺术之未能发扬光大，或竟因之失传，半坐于此。若杨氏父子之所为，则更陋矣！殊不值明眼人一笑也。

霍元甲之与大力士比武，欲为中国争面子耳。故其关系乃至重，宜有得失之心存其间。然其豪气初不因之而稍挫，此霍元甲之所以终为霍元甲也。斯足贵矣！

篇末，将余伯华事轻轻一提，弥有柳暗花明之妙。

第五十八回

方公子一怒拆鸳鸯　卜小姐初次探囹圄

话说农劲荪见霍元甲问去看余伯华怎样了的话，即长叹了一声说道：“‘无孽债不成父子，无冤愆不做夫妻’的这两句古话，依余伯华这回的事看来，确是有些儿道理。余伯华原籍是安徽六安州的人，家业虽不甚富裕，然他家世代书香，也算是六安州的望族。他本人没有同胞兄弟，堂兄虽有几个，只因分析多年了，名为兄弟，实际各不相顾。堂兄弟之中，有两三个处境还好，只他一个人最穷，也只他一个人面貌生得最漂亮，性情生得最温和，天资不待说也是最聪悟，少时际遇倒好，被一个远房族叔赏识了他。这族叔在京里做京官，嫌六安地方没有甚高明俊伟的师友，恐怕误了余伯华这般好资质，情愿受些损失，将余伯华带到北京来。留在自已身边，教了几年文学，就送进译学馆读书。

“余伯华天资既好，又肯用功，毕业时的成绩，比一般同学的都好，毕业后在总理各国事务衙门当差，年龄还不过二十六岁。当日在六安州的时候，他的堂兄弟，比他年长的不待说，多已娶妻生子；就是比他年轻的，也都订好了亲事，唯有他因家业不富，无人过问。此时从译学馆毕了业，又得了总理各国事务衙门的差事，都知道他前程未可限量，同乡同事中托人向他族叔说媒，要将女儿或妹子许配给他的，不计其数。

“他族叔也是一个很漂亮的人，知道婚姻大事，须得由他本人做主，由家长代办的最不妥当，一概回绝，教说媒的去与伯华本人交涉。谁知余伯华眼高于顶，打听这些来说媒的女子，不是姿色平常，就是毫无知识，多不堪与伯华这种新人物匹配，一个一个的都被拒绝了。弄得那些同乡同事的人，没一个不说余伯华这样挑精选肥，东不成、西不就，看他将来配一个怎样天仙似的人物。余伯华也不顾人家议论，存心非得称心如意的眷属，宁可鳏居一世。

"那时恰好天津报纸上，刊登了一条中国从来没有的征婚广告。有一个原籍美国的女子，年龄十七岁了，几岁的时候就跟着他父亲到中国来，十多年不曾回国。他父亲是个海军少将，死在中国，留下这一个未成年的女公子，遗产倒很丰富，约莫有二三百万，遗嘱将所有的财产，一股脑儿传给这个女公子。这女公子虽是美国人，然因出国的时候太小，对于他本国的情形都不知道，加以在中国住成了习惯，不情愿回本国去。只因自己是个年轻女子，管理这许多财产，很不是一件容易的事，想招一个合适的丈夫来家，帮同管理，精神上也可以增加许多愉快。

"登报征婚的事，在中国自是稀奇，在外国却甚平常。她刊登来征婚的条件，并不苛细，第一，年龄只要在三十岁以内的；第二，学问只要能通中、英两国语言文字的；第三，体格只要五官端正，无疾病及无嗜好的。应征的以中国人为限，但不限省份。这三种资格，中国人有当选希望的自是车载斗量。她虽没有入中国籍，然她的姓名，多年就学中国人的样，姓卜名妲丽，广告上也就把这姓名登了出来。

"自从这广告刊登后，一般年龄在三十岁以内、略懂英文的未婚男子，纷纷投函寄相片去应征。卜妲丽拣那容貌整齐、文理清顺的，复函约期一一面试。整整的忙了两个月，面试了四五百人，简直没有一个当意的。因为卜妲丽本人实在生得太美，看得那一般应征的不是粗俗不入眼，就是寒酸不堪，没有能与她理想中人物恰合的。

"这时也有人和余伯华开玩笑的说道：'你选不着合意的老婆，这卜妲丽就选不着合适的老公，这倒是天生的一对好配偶。你何不好好的写一封信，和相片一同寄去，碰碰机缘呢？'余伯华笑道：'我选老婆若只是为家财，到此刻只怕是儿子都养了。卜妲丽仗着几百万财产，只要人家给她相片看，她就不拿相片给人家看。她若看中了我，愿意要我做她的丈夫，但是我和她见面的时候，若因她生得不好，不愿意要她做我的老婆，那时却怎么办呢？'毕竟不肯去应征。也是天缘凑巧，余伯华正在这时候，奉了他上司的派遣到天津来。他本是总理各国事务衙门的人员，多是与外人接近的职务，一次在美国人家中，偶然遇见一个西洋少女，余伯华见这少女生得美丽绝伦，不但是他生平不曾见过，并且是他理想中所不曾有过的美人。向那美国人打听，才知道这少女就是登报征婚的卜妲丽。

“他不由得心里想道：‘我只道卜妲丽不过富有财产，姿色必很平常，不然何以没资格好的少年去向她求婚，要她自己出名登报来征婚呢？我因存着这种思想，所以任凭她登报，任凭朋友劝诱，只是不愿意投函寄相片去，不料我这理想竟是大错了。她既生得这般艳丽，我能与她成夫妇，岂非幸福？何不写一封信与相片同时寄去，看是如何？’真是千里姻缘似线牵，他见了卜妲丽，满心欢喜；卜妲丽见了他，也是相见恨晚。既是两下都情愿，而两下又都没有障碍，自然容易配成眷属。

“他两人成为夫妇之后，卜妲丽因不愿丈夫离开，教余伯华把差事辞了，一心安闲的过那十分甜蜜的日月。卜家原有极华丽的钢丝轮马车，余伯华还嫌那车是平常人坐的，若是夫妻同坐尚有许多不便的所在。由他自出心裁，定制了一辆，用两匹一般高大、一般毛色的亚剌伯高头骏马。寻常西洋人所用驾驶马车的多是中国人，头戴红缨大帽，身着红滚边的马车夫制服。余伯华觉得这种办法，是西洋人有意侮辱中国的官吏，因红缨大帽是做官人戴的，制服是模仿开气袍形式做的。所以，他的马车夫花重价雇两个年轻生得漂亮的西洋人充当，用西洋贵族马车夫的制服。就是家中守门的，以及供驱使的男女雇役，也都是西人。

“卜小姐极爱余伯华，无论大小的事，都听凭余伯华的意思办理，丝毫不忍拂逆。每日夫妻两个，必盛装艳服的，同坐了那特制的马车，出门寻种种快乐。卜妲丽从小欢喜在海岸上散步，余伯华每日必陪伴她到海岸闲行片时。天津的中、西人士，看了他们这样一对美满夫妻，无不在背地里叹为人仙中人。由是因羡慕而变为妒嫉，这一般人的妒嫉之心一起，余伯华夫妇的厄运便临头了。

“最使一般人看了两眼发红的，就是卜妲丽拥有的数百万财产，都存心欺她年轻容易对付，无人不想沾染几个上腰包，写危言恫吓的信来，向卜妲丽借钱的，中外人都有。卜妲丽年轻胆小，接了这类书信，真吓得不知所措。无奈余伯华生性强项，说这是诈索的行为，无论中国法律与外国法律，都是不许可的。若凭这一纸恐吓的书信，就害怕起来，真个送钱给他们，此端一开，你我此后还有安静的日月吗？只有置之不理，看他们有什么办法。卜妲丽道：‘他们信中多说了，如果我过了他的限期，没有回信给他们，他们自有最后的手段施行出来。我想他们所谓最后的手段，必是乘我们出外的时候，用危险品与我们拼命。他们都是些下等动物，不值钱的性命，算不了什么要紧的东西，我们如何值得与他们拼呢？’

“余伯华摇头道：‘不然，人虽有贫富贵贱等阶级的分别，然自己的性命，自己看得要紧，不肯胡乱牺牲，是不论贫富贵贱的人都是一般的。他们尽管写信来吓我们，也不过是这么吓吓罢了。恐吓得生了效力，真个得了钱，他们自是心满意足，就是不生效力，他们也受不到损失。所谓最后手段的拼命，是要他们先自决心，拼着自己不要性命，方能施行的。试问他们拼性命来对付我们，即算如愿相偿，将我们的性命断送了，究竟于他们自己有什么好处？并且他们与我两人无冤无仇，何苦拼着性命来干这种损人害己的事呢？’卜妲丽道：‘话虽如此。我总觉得这些写信的人，是和强盗一般可怕的危险人物。若照你所持的理由说来，世间应该没有杀人放火的强盗了。’余伯华道：‘你所见也是，不过我们只可设法防范他们的最后手段，不能应允他们的要求，因为这种要求不应允倒罢了，应允了甲，就得应允乙、丙、丁来信，又得援例，将不胜其扰，非到财产散尽不止。’

“卜妲丽点头问道：‘他们最后的手段，究竟如何施行，信上不曾说出来，你我不得而知，或者各人有各人的不同，我们怎生防范呢？’余伯华道：‘不问他们各人准备的是什么手段，要而言之，不外侵害我两人身体上的安全。我两人只从保护身体安全上着想就得了。’卜妲丽道：‘我家的房产、器具以及装饰品，都早已保了火险，只可恨女子不能保生命险，快点儿替你去保生命险好么？’余伯华笑道：‘保寿险不过为死后得赔偿，与我们此刻保护身体上安全的目的绝不相涉。’

“卜妲丽也不觉笑起来说道：‘我真转错念头了，你以为怎样才可以保全呢？’余伯华道：‘我有方法，多雇几名有勇力有胆量的人，日夜分班在家中保护。不问谁人来拜会，我须教来人在门外等着，将名片传进来，你我许可会见，方引到客厅里坐着。你我再从屏风后窥看，确是可会的人，便出面相见。就在主客谈话的时候，雇来的勇士也不妨在左近卫护。你我没有要紧事，总以少出门为好；必不得已要出去时，至少也得带三四个勇士，跟随左右护卫。是这么办法，我们花的钱有限，料想他们的最后手段，决不能实施出来。'

"卜妲丽道：'这样一来，我们的居处行动都不能自由了，有财产的应该享受快乐，似这般倒是受苦了。'余伯华道：'似这般朝夕防范，本来精神上不免感觉许多不自由的痛苦，不过我打算且是这么防范些时，看外面的风声怎样。那些写信的东西，没有旁的举动做出来便罢；若再有其他诈索方法使出来，你我何不离开天津，或去上海，或去香港呢？你我既离了此地，看他们还有什么方法使出来？'卜妲丽道：'我却早已想到离开天津这一着了，无奈此地的产业，没有妥当人可以交其经管。'余伯华道：'好在此时还用不着这么办，到了必须走开的时候，找人经管产业，决非难事。'

"他两夫妻商议妥当了，余伯华就找着同乡的，物色了八个会武艺的年轻人，充当卫士，不理会那些写信的人。那一般妒嫉他夫妻的中、西无赖，见恐吓信不发生效力，最后手段又因他夫妻防范严密，不能实行，一时也就想不出对付的方法。本来已经可望暂时相安无事了，这也怪余伯华自己不好，得意忘形。那一种骄蹇的样子，不用说妒嫉他们的人看不上眼，就是绝不相干的人见了，也都觉得他骄奢过分。偏巧他有一次在堂子里玩耍，无意中开罪了现在直隶总督的方大公子。方大公子当时就向自己左右的人说道：'余家这小子，太轻狂得不像样儿了，下次他若再敢这么无礼，真得揍他一顿。'

"方大公子左右的人当中，就有三四个是曾向卜妲丽求婚的，妒嫉余伯华的心思，也不减于那些写恐吓信的人，此时听了方大公子的话，正合他们的意思。他们终年伴着方大公子，知道方大公子性格是服软不服硬的，其中有一个最阴毒险狠的清客，便微笑了一笑说道：'大爷要揍旁人都容易，余家这小子的靠山来头太大，这是非不惹上身的好多了。'

"方大公子一听这话，果然气得圆睁两眼喝问道：'那小子有什么靠山，来头如何大？'那清客又做出自悔失言的样子说道：'大爷不要生气，晚生因为常见老师每遇与外国人有关连的案子，总是兢兢业业的，唯恐外国人不肯罢休，宁可使自己人受些委屈，只求外国人不来吵闹。余家这小子，本人有什么来头，大爷便是要弄死他，也和捏死只苍蝇相似，真是胖子的裤带，全不打紧。不过他老婆卜妲丽是个美国人，又有数百万财产，那东西是不大好惹的。余家这小子有这般靠山，所以晚生说这场是非不惹的好。’

“方大公子冷笑道：‘你只当我不知道卜妲丽是余伯华的老婆么，只要是外国人就可以吓倒我么？老实说给你听吧，像卜妲丽这样外国人，除了多几个钱而外，其能力不但比不上久在中国的外国人，并比不上稍有名头的中国绅士。不是我说夸口的话，我教余伯华怎样，余伯华不敢不怎样！’

“那清客做出怀疑的神气说道：‘论大爷的地位，要对付这小子本不是一件难事，但是一时抓不着他的差头，也不大好下手。如果大爷真能使这小子栽一个跟斗，跳起来称快的倒是不少。大爷不知道这小子，自从姘上了卜妲丽，那种气焰熏天的样子，简直是炙手可热。在大爷跟前尚且敢那么无状，地位声势赶不上大爷的，哪里放在他眼里！大爷平日不大出外，没听得外面一般人的议论，凡是在天津卫的，不问中国人外国人，谁不是提到余伯华，就骂这小子轻狂得不成话！’

“方大公子道：‘你这话只怕说得太过火了。中国人骂他有之，外国人也骂他做什么？’那清客连忙辩道：‘晚生怎敢在大爷面前乱说，实在还是外国人骂的厉害，这也有个道理在内。卜妲丽本是美国人，照例应该嫁给美国人，即不然，也应该嫁给欧洲各国的人。于今卜妲丽偏嫁给世界人最轻视的中国人，并将数百万财产，一股脑儿交给余伯华管理，听凭余伯华挥霍，外国人看了已是眼睛发红。而余伯华这东西，还存心恐怕卜妲丽受外国人引诱，限制卜妲丽，不许随意接见外国人。有许多平日与卜妲丽有交情、时相过从的外国人，余伯华一概禁绝来往。大爷试想那些外国人，如何能不骂余伯华？’

“方大公子托地立起身来道：‘既是如此情形，那些外国人为什么不想法子把他夫妻拆开呢？’那清客笑道：‘晚生刚才不是说了一时抓不着他夫妻的差头，不好下手的话吗？那些外国人就抓不着他两人的差头，只好光起眼望着他们轻狂放肆。’方大公子低头想了一想道：‘哪有抓不着差头的道理，自己没有这力量也罢了，古人说得好：欲加之罪，何患无辞。我是犯不着无端多事，若不然，真不愁余伯华能逃出我的掌心。’

“那清客巴不得方大公子出头，替他们这些求婚不遂的人出气，见大公子这么说，即趁势谄笑道：‘怨不得许多外国人都佩服大爷是智多星，天津卫多多少少中国人、外国人都没法奈何的余伯华，大爷若果能显出一点手段来，外国人从此必更加佩服大爷了。大爷何不干一回大快人心的事，也可以显显威风呢！’

“方大公子是个好恭维的人，禁不起左右的人一恭维、二怂恿，实时高起兴来说道：‘这算不了一回事，好在我横竖闲着没有事干，借这小子来寻寻开心也好。不过我因地位的关系，只能在暗中划策，不能显然出面，最好得找两个心恨余伯华和卜妲丽的美国人来，我当面指示他的办法。由他出面，再妥当也没有了。’那清客道：‘心恨余伯华和卜妲丽的美国人，休说两个，就要二十个也不难立刻找来，这事包在晚生身上。’

“不多一会儿，那清客就找了两个因做小本经纪流落在天津的美国人来，一个叫摩典，一个叫歇勒克。方大公子问两人道：‘卜妲丽的父亲，你两人认识么？’摩典道：‘不但认识，我并和他有点儿交情。在十四年前，我与他同船从亚美利加到中国来的。’方大公子点头道：‘只要认识就行了。余伯华和卜妲丽成为夫妇，原不干你我的事，不过余伯华这小子，吃了这碗裙带子饭，太骄狂得不像样了，眼睛哪里还瞧得见人呢？我也因外边怨恨他两个的人太多了，不由我不出来使他栽一个跟斗。只是我仔细思量，卜妲丽拥有数百万财产，古人说得好：钱能通神。我们不打算惹他便罢，要惹他就得下毒手，把所有的门路都得堵煞，使他无论如何逃不出这圈套。叫你们两人来，用不着做旁的事，只以卜妲丽的亲属资格，出名具一个禀帖进到天津县，告余伯华骗奸未成年闺女，谋占财产，恳请天津县严办。你们是外国人，不通中国文字，禀词并不须你们动手，我吩咐师爷们办好了，交你们递进去。天津县张大老爷，我当面去对他说明底蕴，嘱托他照我的计策办理，照例传讯的时候，你两人尽管大着胆子上堂，一口咬定与卜妲丽父亲是至戚，又系至交，曾受她父亲托孤重寄。今见卜妲丽甘受奸人诱惑，不听劝告，不得不出面请求维护。张大老爷有我事先嘱托了，临时必不至向你们追究什么话，你们不可情虚胆怯。事成之后，多少总有些好处给你们，但是事要机密，万不能将到了我这里及我吩咐的话，去向外人漏一言半语。’

“这种下流西洋人，比中国的下流人还来得卑鄙势利，能见到总督的公子谈话，已觉荣幸得了不得；总督公子吩咐的言语，哪敢违拗？当下诺诺连声应是。次日，这种控告余伯华的禀帖，果然由摩典、歇勒克二人递进天津县衙里去了。

“张某是新升任的天津县令，到任就想巴结方大公子，苦没有机会，这事一来，正是他巴结的机会到了，哪里还顾得什么天良？只等摩典、歇勒克的禀帖到了，立刻用迅雷不及掩耳的手段，打发八名干差，带了一纸张某的名片并一张拘票，飞奔到卜妲丽家里来。先拿出张某的名片，对守门的勇士说：‘县里张大老爷有要紧的公事，须请余大少爷实时同到衙门去。’

“勇士照着话向余伯华传报，余伯华做梦也想不到有祸事临头，自以为无求于张某，他有事求我，应该先来拜我。我快要入美国籍做美国人了，他一个小小的知县，管不着我，不能凭一纸名片，请我去就去。想罢，觉得自己应该这么摆架子，随即挥手教勇士回复身体不快，正延了几个西医在家诊治，不能出门吹风。勇士自然不知道轻重，见主人吩咐这么回复，就也神气十足的出来，将名片交回差役，依余伯华的话说了。

“差役一则奉了上官的差使，胸有成竹；二则到这种大富人家办案，全仗来势凶猛，方可吓得出油水来。听了勇士的话，就冷笑道：‘倒病得这般凑巧，我等奉命而来，非见了他本人的面，不敢回去销差。我们当面去请他，看他去也不去？’边说边冲进大门。勇士是余伯华派定专责守门的，连忙阻挡，差役也懒得多说，一抖手铛啷啷抖出一条铁链来，往勇士颈上便套。

“勇士虽受了余伯华的雇用，然决没有这胆量，敢帮着余伯华反抗官府，铁索一上颈，不但施不出勇力，且吓得浑身发抖起来。连向差役作揖哀求道：‘不干我们的事。我们才到这里来，也不知道东家是干什么事的。差役不作理会，留了两个在门口看守勇士，余六个冲到里面，也有勇士跳出来阻拦着，喝问：‘哪里去？’众差役仍是一般的对付，抖出铁链来便锁。

“余伯华正和卜妲丽在房中，议论张某拿名片来请的事，忽听外边喧闹之声，走出来看时，见勇士被锁着和牵猴子一样，也不由得吃了一惊。只得勉强镇定精神，上前问为什么事捉拿他们。众差役正是要喧闹得声达内室，使余伯华听了出来探看，便好动手捉拿。余伯华既落了这个圈套，走出来讯问理由，即有两个极粗鲁的差役，各出袖中铁链，同时向余伯华颈上一套，并各人往前拖了一把；只拖得余伯华往前一栽，险些儿扑地跌了一跤。

“余伯华也不是懦弱怕事的人，当向众差役说道：‘我一不是江洋大盗，二不是谋反叛逆的人，你们是哪个衙门里派来的，我犯了什么罪？要传要拘，传应有传单，拘应有拘票，国家没有王法了吗？你们敢这般胡作非为！’一个差役听了余伯华的话，笑道：‘啊呀，啊呀！请收起来吧。这样松香架子不搭也罢了，我们代你肉麻。我们若没有拘你的拘票在身边，就敢跑到这里来捉拿你吗？’

“余伯华道：‘既有拘票，可拿出来给我看。’这差役道：‘没有这般容易给你看的拘票，将你拘到我们上司面前，我们上司怪我们拘错了人，那时再给拘票你看也不迟。拘票是上司给我们做凭据的，不与你相干，走吧！自己值价些，不要在街上拖拖拉拉得不像样。’

“此时卜妲丽已跟了出来，看了这种凶恶情形，知道这些差役也含了敲诈的意思在内，她虽是一个外国女子，倒很聪明识窍。当即上前赔笑对众差役道：‘你们请坐下来休息休息，我们自知不曾犯罪，是不会逃走的。既是你们上司派你们来拘捕我家少爷，谅必不会有差错的。我也不问为什么事，也不要拘票看，到了你们上司那边，自有个水落石出的时候。有一句俗语说得好：千错万错，来人不错。你们都是初次到我家来，我是这家的主人，也应略尽东道之意，不过此刻不是吃酒饭的时候，留下你们款待吧，又恐怕误了你们的公事，我这里送你们一点儿酒钱，请你们自去买一杯酒喝。’说着，回房取了一叠钞票出来，交给一个年纪略大些儿的差役道：‘你们同来的几个大家分派吧！’

“谁说钱不是好东西？卜妲丽的钱一拿出来，六个差役的一十二只狗眼睛，没一只不是圆鼓鼓的望在钞票上，就如火上浇了一瓢冷水，燎天气焰，登时挫熄下去了，脸上不知不觉的都换了笑容。伸手接钞票的差役，更是嘻着一张口说道：‘这这这如何敢受，我只好替他们多谢卜小姐了！我们于今吃了这碗公门饭，一受了上司的差使，就身不由己了。此刻只请余大少爷同去走一遭，不然，我们不敢回去销差。’

“卜小姐连连点头道：‘自然同去，不但少爷去，我也得同去。’这差役道：‘卜小姐用不着同去，敝上司只吩咐请余大少爷。’卜妲丽也不回答，只叫当差的吩咐马夫套车，见差役仍将铁链套在余伯华颈上，不肯解下来，只得又塞了一叠钞票，方运动得把铁链撤下来了。但是铁链虽撤，六个差役还是看守要犯似的，包围在余伯华左右，寸步不肯离开。几个勇士都哀求释放，溜到无人之处藏躲着，不敢露面了。

“卜妲丽恐怕说中国话被差役听得，用英语对余伯华说道：‘今日这番意外的祸事，必是那些向我两人诈索不遂的人，设成这种圈套来侮辱我们的，我们也毋须害怕。我们不作恶事，不犯国法，任凭人家谋害，看他们将我两人怎生处治？我跟你一阵去，看是如何，我再去求我国的领事。我料中国官府，决不敢奈何你。’余伯华点头道：‘我心中不惭愧，便不畏惧。天津县原是拿名片来请我的，我推辞不去，不能就说我是犯了罪。这些东西，居然敢如此放肆，我倒要去当面问问那姓张的，看他有什么话说？你是千金之体，不值得就这么去见他，你还是在家等着，我料那姓张的不敢对我无礼。’

“卜妲丽见余伯华阻拦她同去，也觉得自己夫妻不曾有过犯，不怕天津县有意外的举动，遂不固执要去。余伯华仍坐上自家的马车，由八名差役监守着到了天津县。依余伯华的意思，立刻就要见张知县，讯问见拘的理由，无奈张知县传出话来，被告余伯华着交待质所严加看管。这一句话传出来，哪里有余伯华分说的余地，简直和对待强盗一样，几个差役一齐动手，推的推、拉的拉，拥到一处。

“余伯华看是一所监牢，每一间牢房里，关着四五个、七八个不等钉了脚镣手铐的罪犯，因为都是木栅栏的牢门，从门外可看得见门内的情形，并且那些罪犯听得有新犯人进来，一个个站近牢门向外边张看。余伯华此时心想，张知县传话是要交待质所的，大约待质所在监牢那边，所以得走这监牢门口经过。谁知拥到一间监牢门口，忽停步不走了。余伯华看这牢门是开着的，里面黑沉沉的，没有罪犯，正要问差役为什么送到这地方来。差役不待他开口，已伸手捏着他身上又整齐又华丽的衣服，拉了两下，厉声叱道：‘这房里不配穿这样漂亮的衣服，赶快剥下交给我，我替你好好的收藏起来。等到你出牢的时候，我再交还给你穿回去。’

“余伯华听了又是羞惭，又是恼怒，只得忍气吞声的说道：‘你们上头传话交待质所，你们怎敢将我送到这监牢里来？像这样无法无天还了得！’那拉衣服的差役不待他的话说完，揸开五指，就是一巴掌朝他脸上打来，接着横眉怒目的骂道：‘你这不睁眼的死囚，这不是待质所是什么？老子是无法无天，是了不得，你这死囚打算怎样？在外边由得你摆格搭架子，到了这

里面，你的性命根子都操在老子手里，看你敢怎么样？好好的自己剥下来，免得老子动手。'

"余伯华生平虽不是养尊处优的人，然从小不曾受过人家的侮辱，像这种打骂，休说是世家子弟的余伯华受不了，就是下等粗人也不能堪。只是待回手打几下，又自觉是一个斯文人，手无缚鸡之力，动手决非众差役的对手，气起来恨不得一头就墙上撞死。然转念是这么死了，和死了一只狗相似，太不值得；并且害了卜妲丽终身受凄凉之苦。回手既不敢，自杀又不能，只得含诟忍辱，将身上的衣服剥下，掼在地下，禁不住伤心落泪，走进牢房就掩面而哭。众差役立在门外看了，一个个拍手大笑，将牢门反锁着去了。

"余伯华虽明知是敲诈不遂的人挟嫌陷害，然猜不透是什么人，用什么方法能与张知县串通舞弊的。满心想通一个消息给卜妲丽，好设法营救，无如看守的人不在门外，又不好意思高声呼唤。直等到夜深二更以后，才见门外有灯光闪烁和脚步声响亮。一会儿到了门口，余伯华借外面的灯光，看门口立了三个差役，用钥匙将栅栏门上的大铁锁开了。一个差役向牢里喊道：'余伯华出来！'

"余伯华走出牢门，两个差役分左右挽着胳膀往外走，弯弯曲曲的走到一个灯烛光明的花厅下面。看正中炕上，张知县便衣小帽的坐着，两个不认识的外国人立在旁边，由一个通事与张知县传话。挽左手的差役走上前报，余伯华提到了。张知县道：'叫到这里来！'余伯华听得分明，待自行走上去行礼，质问拘捕的理由，两个差役仿佛怕他逃跑了似的，不肯松手，仍捉着胳膀推上厅来。不由余伯华动手作揖，用膝盖在余伯华腿弯里使劲抵了一下，喝道：'还不跪下待怎样！'余伯华心想：'我既落了他们的圈套，到了这地方还有怎么能力反抗，要跪下就跪下吧。'但是，见两个差役仍紧紧贴身立着，忍不住说道：'我姓余的决不逃跑，请两位站开一点儿，也无妨碍！'

"张知县即挥手教差役站开些，遂低头向余伯华道：'你是余伯华么？'余伯华道：'我自然是余伯华，请问公祖将我余伯华当强盗一般拿来，究竟余伯华犯了什么大罪？'张知县笑了一笑，晃着脑袋说道：'本县不拿张三，不拿李四，独将你余伯华当强盗一般拿来，你自有应拿之罪。不待你问，本县也得说给你知道。你是哪里人，现在天津干什么事？’余伯华将自己身世和卜妲丽结婚的事，约略述了一遍。张知县道：‘你知道卜妲丽的身家履历么？’余伯华道：‘也约略知道一点儿。她母亲生她不到两岁，就在美国原籍去世了，三岁时即跟随她父亲到中国来，直到于今十四年，不曾回国去过。她父亲是美国的海军少将，在三年前死在天津。她孑然一身，没有亲属。’

“张知县道：‘你知道她没有亲属么？你们结婚，是谁的媒妁，是谁的主婚人？’余伯华道：‘确知她没有亲属。她因为没有亲属，又过惯了中国的生活，不愿与外国人结婚，所以只得登报征婚。’张知县冷笑道：‘你自然说她没有亲属，不许多和亲属往来，你方好施行欺诈拐骗的举动。你既确知她没有亲属，如何又有她的亲属在本县这里控告你？’余伯华道：‘谁是她的亲属？求公祖提来对质。’张知县随手指着两西人说道：‘这不是卜妲丽的亲属，是谁的亲属？’

“余伯华一看摩典和歇勒克服装态度，便能断定是两个无职业的外国流氓，不由得气愤起来，当即用英语问两人道：‘你们与卜妲丽有什么关系，怎么敢冒认是她的亲属？’

“摩典现出极阴险的神气笑答道：‘卜妲丽是美国人，我两人也是美国人，如何倒不是亲属？你一个中国人，倒可以算她的亲属？这理由我不懂得，请你说给我听。’余伯华道：‘你两人既是卜妲丽的亲属，平日怎的不见你两人到卜妲丽家里来呢？’摩典仍嘻嘻的笑道：‘这话你还问我么？你欺卜妲丽未曾成年，用种种诱惑她的手段，将她骗奸了，占据了她的财产。因防范我们亲属与她往来，把你的奸谋破坏，你特地雇些流氓打手来家，用强力禁阻亲属往来。我们就为你这种举动，比强盗还来得阴险，只得来县里求张大公祖做主，保护未成年的卜妲丽。’

“余伯华一听这番比快刀还锋利的话，只气得填胸结舌，几乎昏倒，一时竟想不出理由充分的话，反驳摩典。张知县即放下脸来，厉声说道：‘你知道美国的法律，未成年的女孩，是不能和人结婚的么？是没有财产管理权的么？你这东西好大的胆量，天津乃华洋杂处之地，由得你这么无法无天么？’余伯华道：‘卜妲丽登报征婚，时历两个多月，这种中国从来没有的奇事，可以说得轰传全世界。投函应征的多到七八百人，报上已载明了卜妲丽本人的年龄、籍贯，既是于美国法律有所妨碍，美国公使和领事都近在咫尺，当时何以听凭卜妲丽有这违法的行动，不加纠正？并且这两个自称卜妲丽亲属的人，那时到哪里去了，何以不拿美国的法律去阻止她征婚的行动？我与卜妲丽结婚，是光明正大的，并不曾瞒着人秘密行事，当结婚的时候，这两个人又到哪里去了，何以不见出头阻挡？结婚那日，中、西贺客数百人，其中美国籍的贺客占十分之四，就是驻天津的前任美国领事佳乐尔也在座。如果于法律上有问题，那十分之四的贺客，也应该有出面纠正的。于今结婚已将近一年了，还是研究美国法律的时候吗？大公祖明见万里，卜妲丽薄有遗产，又有登报征婚的举动，凡是曾投函应征的人，多不免有欣羡她财产的心思，应征不遂，自不免有些觖望，因此就发生嫉妒，写种种恐吓信件给卜妲丽，图诈索银钱的，从结婚以来无日没有。卜妲丽为图保护她自身的安全计，不能不雇几名有勇力的人，随侍出入，这是实在情形，求大公祖见谅。’

“张知县鼻孔里‘哼’了一声道：‘好一张利口，怪不得卜妲丽被你诱惑成奸，未成年的姑娘们世故不深，如何受得起你这样一条如簧之舌的鼓动？喜得本县这里控告你的，不是应征不遂的中国人，乃是卜妲丽征婚资格以外的年老美国人。若不然，有了你这张利口，简直不难将挟嫌诬告的罪名，轻轻加在控告人的身上。本县且问你，你说雇勇士来家，是为敲诈卜妲丽的人太多了，为保护卜妲丽本身的安全计，不能不雇的；然则本县打发差役拿名片去卜家请你，与卜妲丽本身的安全有何关系，你为何竟敢指挥打手，对县差逞强用武。对本县打发去请你的差役，你尚敢如此恃强不理，推说有病，平日对卜妲丽无权无势的亲属，其凶横不法的举动，就可想而知了。你究竟害的什么病？本县也懂些医道，不妨说出来，本县可以对症下药，替你治治。’

“余伯华被张知县驳诘得有口难分，更恨没有凭据可以证明摩典、歇勒克两人不是卜妲丽的亲属，心中正自着急，张知县已接着说道：‘余伯华，你知道你这种诱奸霸产的行为，不用说美国的法律，就是国朝宽厚仁慈的律例，也不能容宥的么？按律惩办，你应得杖五百，徙三千里的处分。本县因曲谅你是一个世家子弟，又曾在总理各国事务衙门里当过差，而卜妲丽登报征婚，无异引狼入室，也应担当些不是，姑从宽处分。你赶紧具一张悔过切结、并与卜妲丽离婚的字据，呈本县存案，从此退回原籍，安分度日。本县也只要不为这事闹出国际交涉，有损朝廷威信，有失国家体面，也就罢了，不愿苛求。’

“余伯华摇头说道：‘我不觉得这事做错了，具什么悔过切结？我与卜妲丽自成夫妇，如胶似漆，异常和谐，无端写什么离婚字？大公祖虽庇护原告，说他们不是敲诈不遂的人，但我心里始终认定他们是挟嫌诬告。我的头可以断，与卜妲丽的婚事万不能改移，应该受什么处分，听凭大公祖处分便了。’

“张知县见余伯华说得这么坚决，故作吃惊的样子说道：‘嗄！本县有意曲全你，你倒敢如此执迷不悟，可见你这东西是存心作恶。’说时望着立在下边的差役喝道：‘抓下去好生看管起来，本县按律惩办便了。’差役雷鸣也似的应了一声，仿佛是将罪犯绑赴杀场的样子。一个差役抢住余伯华一条胳膀，拖起来往外便跑。厅外有差役提着灯笼等候，见余伯华出来，即上前引到日间所住监牢，并取了一副极重的脚镣手铐来，不由分说的上在余伯华手脚上。

“余伯华本是一个很文弱的人，没有多大的气力，加以饿了一整日半夜，又怄了一肚皮的恶气，空手空脚的尚且走不动，何况戴上极重的镣铐呢？一个人在牢里整整的哭了半夜，直到天明才朦胧睡着。刚合上眼就看见卜妲丽立在跟前，对着他流泪。他在梦中正待向卜妲丽诉说张知县问案的情形，忽觉耳边有很娇脆的声音，呼唤他的名字。惊醒转来看时，不是别人，正是卜妲丽，蓬松着一脑金黄头发，流泪满面的立在身边，恰与梦中所见之景相似，连忙翻身坐了起来。初戴手铐的人，猝然醒来，竟忘了手上有铐，不能自由，举手想揉揉两眼，定睛细看，是真是梦，却被手铐牵住了，只得口里发声问道：‘我不是在这里做梦么？’”

农劲荪说书一般的说到这里，霍元甲和吴鉴泉都不约而同的逞口说道：“可怜，可怜！”农劲荪道：“这就可怜么？还有更可怜的情节在后头呢！”

不知还有什么可怜的情节，且俟下回再写。

总评：

本回书，忽写余伯华一段惨史，读者或将讶其不伦，以为斯固与《侠义英雄传》无关也，实则著者之用意乃至深。盖痛官府之大肆淫威，无辜之惨遭涂毒，而侠客义士之袖手旁观，未能施救耳！例以太史公之草《史记》，而写游侠，事实适反，旨趣正同，无可厚非。

登报求婚，今已数见不鲜，其在当时，固位创举。矧又为一美貌多资之外国少女，人又安得不趋之若鹜哉！然而癞虾蟆想吃天鹅肉之讥，恐正未能免耳。

有余伯华之狂妄，而祸根已种；有方大公子之险狠，而毒益蔓延；复有清客辈之媒孽其间，于是轩然大波，莫可或遏矣！至若张知县也，此二美国人也，不过一时傀儡聊资点缀已耳，又乌足道哉！

“小小衙门八字开，有礼无钱莫进来！”此俗谚也。其写我国旧时司法界之黑暗，可谓惟妙惟肖，蔑以复加。今读伯华入狱后之一节，益信此谚之不谬。而伯华以一翩翩公子，遽辞华堂，来此黑狱，一切待遇都非，其痛苦更可知矣。然而果孰令之至是哉？噫！

第五十九回

假殷勤魏季深骗友　真悲愤余伯华触墙

话说农劲荪接着说道："卜妲丽到监牢里看了余伯华这样可惨的情形，不待说是心如刀割，即用手帕替余伯华揩着眼睛说道：'怎么是做梦呢？可怜，可怜！你怎么弄到这般模样，究竟犯了什么罪，你心里明白么？'余伯华恨声说道：'你难道不知道我没犯过什么罪吗？说起来直教我气破肚皮，简直是暗无天日，你如何弄到这时候才来？昨日把我关进这监牢，我就打算贿通狱卒，送一个信给你。无奈这牢门锁了，并无狱卒看守，我还以为你明知道我是被天津县拿来了，见我久去未回，必然亲自前来探听。谁知盼望了一夜，竟不见你到来！'

"卜妲丽也流下泪来说道：'我昨日怎么没有来呢？你走后不到一个时辰，我就慌急得在家中坐立不安，只得亲来县衙，取出名片交门房，要拜会张知县。门房回说张知县上总督衙门去了，不曾回来，我一看你乘坐的马车，还在门外等候，知道你进去没有出来，回头又向门房诘问道：你们张大老爷既是上衙门去了，为何打发差役拿名片到我家里，请我家余大少爷到这里来呢？门房摇头说不知道。我走到马车跟前，看车夫并不在车上，正待找寻，车夫已从二堂上走出来了。我问他少爷现在哪里？他慌里慌张的向我说道，小人正要回家禀报奶奶，少爷下车被那八个差役拥进去后，许久没见少爷出来，小人只好去里面打听。无奈里面的人，都不肯说。忽见有两个差役走过，一个手中提一件很漂亮的衣服，旋看旋走，面上现出极高兴的样子。小人一见那两件衣服的花样颜色，便认得是少爷刚才穿在身上的。我知道少爷这次出来，并没带更换的衣服，怎么会脱下来交给差役呢？因有这一点可疑，就更觉得非打听实在不可，逆料空口去打听，是打听不出的。小人在中国已久，知道中国衙门中人，两眼只认得是金银，喜得身边还有少爷前夜在堂子里赌赢了钱，赏给小人的十两银子，就取出来送给一个年老的差役。那差役方喜孜孜的说出少爷已被看守在待质所了，因少爷没使费银钱，所以把袍褂剥了。我当时听得车夫这么说，只急得我走投无路，连忙拿出一叠钞票，教车夫再去贿通看守的人。车夫去了不一会儿，即空手回来说道：钞票已交给待质所看守的人了，他说要看犯人，尽管前去，他可引着去犯人前面谈话。我听了好生欢喜，以为可以见你的面了，谁知走到待质所一看，虽有几个衣服体面的男子坐在里面，却不见有你在内。再问看守的人，他说不知道，找寻那个收钱的人，已是不知到哪里去了。我心想我和车夫都是外国人，衙门里情形又不熟，交涉是徒然花钱办不好的，不如且回家带你的书记李师爷来，当下又坐车回家，到家后带李师爷再来时，天色已是黄昏时候了。李师爷又拿了些钞票，独自先进来找人关说，虽已探听明白，知道你已被禁在监牢里，然一因还不曾过堂审问，又因天色已晚，无论什么人，不能在这时候进监牢看犯人，尽管有多少钱也办不到。李师爷并听得衙里的人说，这案子太重大了，是由总督交下来的，便是张大老爷都不敢做主，总督吩咐要怎么办，张大老爷不能不怎么办。我一听这个消息，真个险些儿急死了，如何能忍心不顾你，便回家去呢？还是托李师爷进去，不问要多少银钱都使得，只要能把少爷运动出来，就是能使我见着少爷的面，也不惜多花钱。李师爷又拿了些钱进去，好大一会儿工夫才出来说，已经买通几个看守的人了，不过今夜见面的事，决办不到，明日早晨便不妨事了。至于运动释放的事，既是总督交下来的案子，仍得去总督衙门里花钱关说，方有效验，这里连张大老爷都不敢做主，其他就可想而知了。因此我只得丧气回家，昨夜整整的哭了一夜，片刻不曾安睡，今早天还没明，就到衙门外边等候，你还责备我来迟了么？’说罢，抽抽咽咽的哭起来。

“余伯华自也忍不住心酸落泪，只恨手脚被镣铐禁住了，不能自由将卜妲丽搂抱。两人对哭了一会儿，狱卒已到牢门口催促道：‘出去吧，停久了我们担当不起啊！’卜妲丽听了走出牢门，又塞了些钱给那狱卒，要求多谈一刻。狱卒得了钱走开了。卜妲丽回身进来拭干眼泪说道：‘我仔细思量，与其独自归家，受那凄凉之苦，不如和你同坐在这监牢里，要死同死，要活同活，身体上虽略受些痛苦，精神上安慰多了。我就在这里陪伴你，不回家去。’

“余伯华道：‘那使不得！你我两人都坐在这里面，有谁去寻门道来营救我呢？并且你用不着在这里多耽搁，快出去求驻天津的美国领事，既已打听明白了，知道是总督交下来的，就求美国领事去见总督说项。昨夜张知县提我去对审，我才知道原告是摩典、歇勒克两个美国下等流氓，不知受了什么人的主使，是这么告我？你出去可托人去找摩典、歇勒克两人说话，暗中塞点儿钱给他们，劝他不可再告了。张知县这里，也得托人送钱来。我揣想他们的心理，无非见我们的钱多了眼红，大家想捞几文到手。我们拼着花费些银子，我回家之后，立刻带你到上海去，离开这个暗无天日的天津，看他们还有什么方法奈何你我。’

“卜妲丽细问了一会儿昨夜对审的情形道：‘我便去求我国领事，如果他去向总督说话无效，我再去北京求我国公使设法。总而言之，我没有亲属在中国，我本人不告你诱惑，不告你强占，休说摩典、歇勒克是两个下等流氓，就是我国领事、公使，也无权干涉我。张知县糊涂混账，劝你和我离婚，我们两厢情愿，好好的夫妻，为什么由他劝你离婚！无论他如何劝诱，如何威逼，手生在你肩上，你只咬紧牙关不理他，不具悔过结，不写离婚字，看他能将你怎生处置？’

“余伯华道：‘你放心走门路运动，就砍掉我的脑袋，要我写离婚字是办不到的。’卜妲丽道：‘你能这般坚忍不屈，我不问为你受多大的损失，都是心甘情愿，决无后悔的。’刚说到这里，又换了一个狱卒前来，如前一般的催促出去，余伯华生气道：‘他们见催你出去的，便可以得钱，所以一会儿又换一个人来。你不用睬他，有钱用到外边去。这些东西的欲望，是填塞不满的，他催出去，就出去好了。’

“卜妲丽虽觉有些难分难舍，然不能不出去求人营救，只得退了出来。那狱卒前来催促出去，原是为要卜妲丽照样塞钱给他，谁知他的运气不佳，卜妲丽真个退出去了；又不好上前另生枝节，向卜妲丽诈索，眼睁睁望卜妲丽一路袅袅婷婷的走去了，大失所望。这一肚皮没好气，无处发泄，知道这条财路是被余伯华三言两语堵塞了，气得走到余伯华跟前冷笑道：‘你这好小子，怪道你弄到这地方来了，实在太没有天良。你自己是个煎不出油的东西，还要把旁人的财路堵塞。外国人的钱，只有你这东西挥霍得，我看她还有得给你挥霍，只怕天也不容你这东西。这副镣铐太轻了，不结实，我去换一副结实的来。’说着去了，一会儿双手提着一副大倍寻常的镣铐来，不由分说的给余伯华换上。

“余伯华身边本没多带钱，所带的钞票，又被那差役连衣服剥去了，此时手中一文也没有。狱卒存心给苦犯人吃，除却花钱才能解免，空口说白话，尽管说得天花乱坠，也不中用。余伯华明知狱卒是借此泄愤，也就宁肯受苦，不肯说低头哀告的话，听凭狱卒换上极重的镣铐，简直是手不能移，脚不能动，只是他咬紧牙关受苦，一心瞧望卜妲丽出外求援，必有好消息送来。度日如年的等了三日，不但没有好消息送来，连卜妲丽的影儿都不来了。看守的狱卒，除却每日送两次食物到牢里给余伯华吃，以外的时间并见不着狱卒的面。余伯华拿不出现钱来，便要求狱卒带信给卜妲丽，狱卒也不理会。余伯华心里虽逆料卜妲丽是被衙门里人阻拦了，不能进来，然又恐怕是上了恶人的当，甚至也和他自己一样失了自由，这时心中的焦急难过，实非言语所能形容。

“到了第四日夜深，正朦胧睡着了，忽被人惊醒，耳里听得有人叫‘伯华’。张眼看时，牢里有灯光照着，只见三个人立在身边。两人都手提透明纱灯笼，身穿短衣服，当差的模样，一个穿着很整齐漂亮的衣服。余伯华还没抬头看出这人的面貌，这人已开口说道：‘伯华，我得了你这案子的消息，特地从北京来瞧你。’余伯华看这人，原来是译学馆的同学，又曾在总理各国事务衙门里同事，姓魏名季深，原籍河南人，他父亲、哥子都在京里做官。

“余伯华一听魏季深的话，心里说不出的感激，暗想与我同学而兼同事的，何止数十人？平日有和我交情最厚的，不见前来看我，魏季深当日和我并没深厚的交情，听了我的事，居然特地赶来，半夜还来看我，可见得我平日眼不识人，不曾拿他当我的好朋友。心里这般想，不知不觉的流下泪说道：‘季深！你来得正好，你设法救救我吧！我若这般苦死了，不太冤枉么？’魏季深道：‘你不要悲伤。世间没有不了的事，一颗石子打上天，迟早终有下地的时候。我今夜刚赶到，片刻没停留就来瞧你，你这案的详情，

还不大明白，你细细说给我听了，我自然替你设法。我若不是存心为救你，也不半夜三更的来瞧你了！’

“余伯华忽想起初进牢的这夜，卜妲丽用钱贿通差役，只因天色昏黑了，便不能进来，这魏季深如何能进来的呢？遂问道：‘你有熟人在这衙里当差吗？’魏季深道：‘不仅当差之中有熟人，新上任的张公，并是我的母舅。若不因这种关系，我在北京有差事，你又没写信给我，我怎么能知道你为卜小姐的事进了监呢？我母舅平日很器重我，所以我得了你这消息以后，思量这事非我亲来替你帮忙，求旁人设法很难有效。为的我母舅做官，素来异常清正，不肯受不义之财，卜小姐是有名的巨富，今见你为她关在牢里，想必会托人出来，拿钱到我母舅跟前行贿。这案不行贿便罢，我母舅既是清正廉明之官，你有冤屈，他必竭力代你洗刷。只一行贿就糟透了，你就确有冤屈，也洗刷不清了。我母舅必说果是理直气壮，如何肯来行贿，那不是糟透了吗？我因这一层最不放心，恐怕你一时糊涂，有理反弄成无理，不能不赶紧到这里来瞧你。你不曾向我母舅行贿么？’

“余伯华翻着两眼望了魏季深道：‘我自从进牢房四昼夜了，只第一夜提我到花厅里对审了一次，自后不曾见过张公的面。我身边的钱早被差役连衣剥去了，哪有银钱、哪有机会向张公行贿呢？不过敝内前日到这里看我，我曾吩咐她托人去向张公略表孝敬之意，这两日不见敝内前来，不知她已经实行了我的吩咐没有？我关闭在这里，也无从打听，更不能传递消息给她；于今有你来了，真是我的救星到了。这事还是得求你探听，若敝内还没有实行，不用说是如天之福，请你送信给她，教她不要托人实行了。如果她已经实行过了，也得求你竭力向张公解释，你来时已见过了张公没有呢？’

“魏季深摇头道：‘他还不曾回衙，我听得舅母说，他这几日陪伴方大公子赌钱，不到天明不能抽身回来。’余伯华露出诧异的神气说道：‘张公既是清正廉明的好官，怎么陪伴方大公子赌钱，整夜不归衙呢？’魏季深见问，仿佛自觉失言的样子，随即长叹一声说道：‘当今做首府、首县的官儿，对于督抚、总督跟前的红人，谁不是只怕巴结不上，敢得罪吗？方大公子就因我母舅为官清正，欢喜留在公馆里赌钱，不到天明兴尽了，不肯放我母舅回衙。我母舅实在没法推却。’余伯华道：‘官场本不是讲道学的所在，张公能不受非义之财，当今之世已是绝无仅有的了。’

“魏季深就纱灯的光，低头看了余伯华手脚上的镣铐，向身边当差的说道：‘去把锁匙取来，我暂时做主将这东西去了，好谈话。’当差的走出去，不一会儿拿了锁匙来，去了镣铐。魏季深现出沉吟的样子说道：‘镣铐虽去了，但是这房里连坐的东西也没有，怎好谈话呢？也罢，我索性担了这干系，好在我母舅器重我，就有点儿差错，也不难求他原恕，我带你到里面书房里去，好从容细谈。我拼着向我母舅屈膝求情，也得求准，不再把你送到这地方来。’

“余伯华一时感激得流下泪来，不知如何道谢才好。魏季深实时挽了他的手，两个当差的提灯在前引导，一路弯弯曲曲的穿过多少厅堂甬道，到了一间陈设很精雅的书房，房中并有很华丽的床帐被褥。魏季深让余伯华坐了笑道：‘这房是我舅母准备给我住的，我舅母的上房，就在花厅那边。你这几日，大约不曾得着可口的饮食，我去向舅母要些点心出来，给你充饥，方有精神谈话。’说罢，出书房去了。

“没一刻工夫，听得有两人的脚声走来，只见魏季深双手捧了几个菜碟，进房放在桌上，复回身到房门口，提进一个小提盒，并低声对门外说道：‘不要什么了，你去吧！老爷回来时，就送信给我。’余伯华趁这时伸头向门外看，仿佛看见一个年约十五六岁的丫鬟，只是还没看明白就转身去了。魏季深笑道：‘你我今夜的口福还好，我舅母因我今夜才到，特地教厨房弄了几样菜给我喝酒。我就借花献佛，拿来款待你。’余伯华道：‘这是我沾你的光，你待我这般厚意，我将来不知要如何方能报答。’魏季深已将酒菜摆好了说道：‘休得这么客气，你我又是同学，又是同事，这点儿小事都不能帮忙，五伦中要朋友这一伦做什么呢？’

“余伯华正苦肚中饥饿不堪，一面吃喝，一面将自己与卜妲丽结婚后，中西人士种种敲诈情形，及拿进县衙种种经过，详细对魏季深说了一遍。魏季深问道：‘那摩典和歇勒克两人，果是卜妲丽的亲属么？’余伯华道：‘如果是卜妲丽的亲属，岂有卜妲丽不知道的道理？卜妲丽说她没有亲属在中国。这两个下流的东西，完全是因敲诈不遂，不知受了何人的主使，假冒卜妲丽的亲属，到这里来告我。’魏季深问道：‘大约是何人的主使，你心里也可以猜想得出么？’

“余伯华道：‘猜想是靠不住的，因为我本人并没有怨家对头，所有写信来吓诈的人，十九是想与卜妲丽结婚不遂的。这其中有数百人之多，如何能猜得出是谁主使呢？不过卜妲丽前日到监牢里对我说，据探听所得，这案是由总督衙门交下来办的，只怕这主使人的来头很大。探听的消息虽是如此，然究竟是不是确实，我仍不得而知。总之是有人挟嫌陷害我，是可以断言的。难得有你仗义出头，前来救我，等张公祖回来，你必可以问个水落石出。解铃还须系铃人，这事必须打听出那主使的人来，再托人向那人说项，就是要我多报效几个，我与卜妲丽都是情愿的。于今像张公祖这么清正不要钱的，举世能有几人？’

“魏季深正待回答，忽听得门外有极娇脆的女子声音叫少爷。魏季深连忙起身走到门口，听不出那女子说了几句什么话，只见魏季深转身笑道：‘我母舅回来了。你独自在此坐坐，我去一会儿便来陪你。’说毕，匆匆去了。余伯华心想：‘真难得魏季深这么肯出力帮我的忙。张知县跟前，有他替我求情，料想不至再有苦给我吃了。’他独自坐在书房，满心想望魏季深出来必有好消息。

“约莫等了一个时辰，方见魏季深缓缓的踱了进来。余伯华很注意看他的脸色，似乎透着些不高兴的神气，连忙起身迎着问道：‘张公祖怎生吩咐的，没有意外的变动么？’魏季深摇头叹道：‘什么意外意中，这桩案子，认真说起来，不全是出人意外吗？你方才说，据卜妲丽打听得这案，是由总督交下来的。我初听虽不曾与你辩驳，心里却不以为然，因为明明的有两个外国人在这里控告你，对审的时候，外国人曾出头与你当面争论，并且这案子与总督有何相关？旁人与你们俩为难，可以说是求婚不遂，敲诈不遂，总督难道也有这种原因？谁知此间的事，真不容易猜测，这案子棘手得很，不但我有心替你帮忙不能有效，便是我舅父也思量不出救你的法子来。’

“余伯华听了这话，又和掉在冷水盆里一样，有气没力的问道：‘究竟张公祖怎样说呢？’魏季深一手拉了余伯华的手，就床沿坐下来说道：‘你知道你的冤家对头是谁么？这案子虽确是由方总督交下来的，其实方总督并不是你的仇人。’魏季深说到这里，忽低声就余伯华耳边道：‘现在新任驻天津的美国领事，乃是你的死对头。他当面要求方总督是这么办你的。’余伯华吃惊说道：‘这就奇了。他是文明国的驻外使臣，如何会有这种荒谬的举动？他当面要求方总督这么办我，凭的什么理由呢？’

“魏季深道：‘你这话直是呆子说出来的，要求办你这般一个毫无势力的余伯华，须凭什么理由呢？公事上所根据的，就是歇勒克、摩典两人的控告，你不相信么？今日卜妲丽糊里糊涂的跑到美国领事馆去，想求领事出面援救你，那领事竟借口保护她，将她留住在馆中。表面是留住，实在就是羁押她，不许和你见面。以我的愚见，你和卜妲丽结婚的手续，本来也不大完备，主婚、证婚的人都没有。她是一个未成年的女子，容貌又美，家业又富，也难怪一般人说你近于诱惑。不是我也跟着一般人怨你，假使当时你能谨慎一点儿，依照外国人结婚的习惯，先和卜妲丽做朋友来往，等待她成年之后，再正式结婚，谁也不能奈何你们。于今既弄成了这种局面，你与卜妲丽都被羁押得不能自由了，有谁来援救你们呢？我虽有这心思，但恨力量做不到，这事却如何得了呢？’

“余伯华问道：‘卜妲丽被羁押在美国领事馆的话实在吗？’魏季深道：‘我舅父对我说的，怎么不实在？’余伯华道：‘是这么分两处将我夫妻羁押了，打算如何呢？’魏季深道：‘据我舅父说，卜妲丽因未成年，这事不能处分她。依美领事的意见，非办你欺骗诱奸之罪不可。方总督照例很容易说话，只要是外国人要求的，无事不可以应允。亏了我舅父不肯照办，你能具一纸悔过切结，写一纸与卜妲丽离婚的字，就可以担些责任，放你出去。’余伯华道：‘你看我这两张字应该写么？’魏季深道：‘有什么应该不应该？你能写这两字，就能脱离这牢狱之苦。若情愿多受痛苦，便可以不写，然迟早还是免不了要写的。不过我与张公是嫡亲甥舅，与你又是至好朋友，不好替你做主张。’

“余伯华双泪直流，哽咽着说道：‘我自信与卜妲丽结婚，不是我的过失，悔过切结如何好写？至于离婚字，照律须得双方同意，双方签字才有效。若卜妲丽能和我见面，她当面许可与我离婚，我立刻写离婚字，决不含糊。教我一个人写，就砍掉我的脑袋，我也不写。’

“魏季深望着余伯华不开口，半晌才微微的叹道：‘我在京因为得了你进监的消息，很代你不平，巴巴的赶到天津来，以为与张公有甥舅的关系，总能替你帮忙，却不料是这么一回事。只好明早仍回北京去，望你原谅我实在是没有帮忙的力量。’余伯华也没有话可说。魏季深向窗外呼唤了一声来，那两个提灯笼的当差应声而至，魏季深对余伯华拱手道：‘请恕我不能

做主，不敢久留你在此多坐。我明早回京后，如遇有可救你的机会，无不尽力，哪怕教我再来天津走一遭也使得。’

“余伯华跟着两个当差的仍回到监牢，狱卒早已过来，用锁强盗的镣铐，依旧锁住余伯华的手脚。余伯华勉强忍受痛苦，希望卜妲丽不至为美领事羁押，再进监来，好商量一个办法。无如一天一天的过去，又过十多日，不仅不见卜妲丽来，每日除了狱卒送两次极不堪的牢饭进来之外，简直不见着一个人影。几次求狱卒带信出去，只因手边无钱，狱卒不肯供他的驱使。

“直到半月之后，好容易才瞧望到魏季深从北京寄来一封信，并托了县衙中一个书记，到监里照顾他。那书记因受了魏季深之托，代余伯华求情，将镣铐去了，饮食也改了略为可口的饭菜。余伯华自是非常感激魏季深的厚意，就请那书记带着他自己的亲笔信，密秘去见卜妲丽，并嘱托那书记，如果卜妲丽真个被羁押在美国领事馆，也得设法去见一面，务必当面将信交到。那书记慨然应允，带着余伯华的亲笔书去了。

“经过大半日的时间，才回来说道：‘卜小姐家的房屋，此刻已空锁在那里。据左右邻居的人说，在十多日前，已有好几个外国人来，帮同卜小姐将箱笼什物搬走了，仿佛听说搬到美国领事馆内去住，因为美领事怕有人谋夺她的产业。我听了这话，即到美领事馆，刚待走进大门，只见一个身体很雄壮，衣服很整齐的外国人，和一个十分美貌的少女，挽手谈笑出来。我看那少女，疑心就是卜小姐，但是我不曾见过卜小姐的面，不敢冒昧相认，让他两人走过去了，方到门房里问卜小姐住在哪间房里。门房盘问我的来历，我只得说余伯华少爷托我来的，有书信得面交卜小姐。门房道：你可惜来迟了一步，卜小姐已跟着她最要好的朋友，同到海滨散步去了，你可将书信留在此地，小姐回来时我代你交她便了。我说余少爷叮嘱了须面交，我且在这里多等一会儿。那门房倒好，引我到会客厅里坐着，足等了三点多钟，还不见回来，我怕你在这里瞧望的难过，打算且回衙来，与门房约定时间，明日再去。亏了那门房说：你多的时间已经等过了，何妨再等一会儿。果然话没说了，卜小姐挽着那外国人的手走回来了。我看那外国人满脸通红，说话舌尖迟钝，好像是喝醉了酒的样子。卜小姐却还是去时的模样，似乎不曾喝酒。门房指着卜小姐给我看道：你把信拿出来，我带你当面去交。我就取信在手，跟随门房迎着卜小姐将信递上。卜小姐接了也没问话，忙背过身拆信。那外国人身体高，从卜小姐背后伸长脖子偷看。我恐怕你信上写了不能给旁人知道的事，故意咳嗽了一声，想使卜小姐知道有人在后偷看。可恶那外国人，大约是恨我不该咳嗽，气冲冲的走到我跟前，恶声厉色对我说了一大串，我也听不出他说的什么。那外国人见我不答，竟举起拳头要打我，若不是卜小姐慌忙转身来，将那外国人抱住时，我头上怕不受他几拳？卜小姐抱住那外国人，走进里面去了。我以为等一会儿必有回信出，谁知又等了两刻钟光景，仍是毫无动静。我心想白跑一趟回来，岂不使你空盼望，就请那门房去里面向卜小姐讨回信。一会儿便见那门房空手出来，远远的对我摇手，教我去的意思。我偏要问问他，看卜小姐到底是怎生说法，门房低声答道：你快去吧！卜小姐的朋友喝醉了酒，他的酒性不好，喝醉了动辄打人，你不要真个送给他打一顿，无处伸冤。我说：我又不惹他，他喝醉了酒打我做什么呢？我请你去向卜小姐讨回信，卜小姐如何说呢？门房摇头道：那醉人坐在卜小姐房里，寸步也不离开，我是没这胆量开口向卜小姐讨回信。我说：我是外边的人，醉人不讲理，又因怪我不该咳嗽，所以要动手打我。你在这里当门房，回话是你的职务，难道他也打你吗？那门房道：若是回旁的话，我怕什么？你是余伯华打发来的，一封信又给那醉人看见了，我便有吃雷的胆量，也不敢上去讨没趣。我见门房说出这些话来，料知久等无益，只得回来，看你打算如何办法。'

“余伯华不听这些话犹可，听了这些话，只气得猛然一头向壁上撞去，实时昏倒在地，人事不知，把那书记吓得慌忙将狱卒叫了进来，一面去上房禀报张知县。张知县打发官医进牢灌救，喜得不曾将头脑撞伤，没一会儿就灌救转来了。余伯华仍捶胸顿足的痛哭，官医是个六十多岁的老年读书人，诚朴谨慎的模样，使人一望就知道是个好人，见余伯华哭得这么伤心，一边劝慰，一边探问什么缘由。余伯华不肯说，只是抽抽咽咽的哭。那书记便将事情始末述了一回，那官医沉吟半晌叹道：‘正是《西厢记》上说的痴心女子负心汉，今日反其事了。外国女子的心，如何靠得住啊！外国人历来不重节操，美国人更是只讲自由，礼义廉耻几个字求之于外国人，简直可以说是求龙章于裸壤，进韶舞于聋俗，虽三尺童子，犹知是背道而驰了。’

“余伯华虽在哭泣，然他是一个对中国文学有根底的人，见官医说话文绉绉的，很容易钻入耳鼓。不由得将官医所说的在心里翻来覆去的忖想，越想越觉有理。官医复接着劝道：‘我诊你的脉息，知道你的身体很不结实。古人说忧能伤人。你自己的性命要紧，不可冤枉作践。老朽是个专读中国书的，不懂得外国学问。女子应该守节，果然是中国几千年来的古训，不用说是我赞成的，就是男子果能为女子守义，老朽也非常钦佩。不过节、义两个字，是明媒正娶的夫妻，才够得上守，如果不是明媒正娶的，女子既不知节操是什么，转眼就爱上了别人，男子还咬紧牙关自夸守义，岂不是大笑话！’

“余伯华被这番话说得恍然大悟的样子，不住的点头道：‘既然如此，是我瞎了眼，是我错了，我具悔过切结便了，我写离婚字便了。’官医和书记同赞道：‘好啊！你是一个中国人，凭空娶到卜小姐这般美丽、又这般豪富的女子，你想他们美国人怎肯干休！若不趁早与她离开，将来后患还不堪设想呢！’余伯华既变换了心思，便觉得这些话都有理。官医立时去回禀了张知县，并不坐堂提讯，只将余伯华传到签押房，当着张知县亲笔把两张字写好了，因没带图章，只好印上指模。

“张知县收了两张字，和颜悦色的对他说道：‘这回委屈了老哥，很对不起！像老哥这样年少清正，何愁没有才貌兼全的佳人匹配？最好即日回北京去，不可在天津勾留，因为季深来书，异常惦记老哥，到北京去会会他，使他好放心。’余伯华就此出了县衙，心里本也打算即日回北京去的，无奈在监牢里拘禁了这么久，一个风流蕴藉的少年，已变成一个囚犯模样，满脸生毛，浑身污垢；加以身边分文没有，不能实时动身到北京去，所以到一家小客栈里住下，想求亲友帮助。无如他没有关系深密的亲友在天津，就是有几个同乡熟识的人在此，又因为他在卜家做赘婿的时候，得意过分了，不大把同乡熟人看在眼里，一旦遭难落魄了，去求人来帮助，有谁肯去理他呢？我与他虽也同乡认识，但从来不曾交往，他也没来求我帮忙。我在朋友处听了这么一回事，不由得心里有些不平，并觉得余伯华受这种委屈，太不值得，就带了些儿钱在身边，找到那小客栈里去看他，想顺便探听个详细。谁知不探听倒也罢了，心里总抱着替余伯华不平的念头，及至探听了实在情形，险些儿把我的胸膛气破了。”

霍元甲不知不觉的在桌上拍了一巴掌，只拍得桌上的茶杯直跳起来，吴鉴泉正听得出神，被这一拍惊得也跟着一跳。霍元甲望着农劲荪大声问道：

"还有比以上所说更可气的事在后头吗？"

不知农劲荪怎生回答，且俟下回再写。

总评：

悔过切结，离婚字据，皆彼方之欲得于伯华者也。然不具悔过结，不写离婚字，卜坦丽既殷殷以此为嘱，余伯华亦烈烈以此自矢，宜可使彼方失望矣！顾卒为赚之而去者，其亦为余伯华之定力不坚乎？吁！有负彼美矣。

世间真有小人乎？此一疑问也。若诚有之，则魏季深是矣。何其一言一笑，一举一动，皆出自矫揉做作耶？愚哉伯华，奈何竟深信不疑，入其彀中而不悟。

彼方之计赚伯华，有埋伏，有接应，布置亦至井井，不可谓非煞费苦心。顾其可指摘处亦至多，在在足以滋人疑窦，特余伯华未能觉察耳。设令心思较精细者处此，其结果或不如是。

第六十回

霍元甲谈艺鄙西人　孙福全数言惊恶道

话说农劲荪见问说道："四爷不用忙，若没有更可气的事，我也不说险些儿把胸膛气破的话了。原来余伯华这个不中用的东西，完全上了人家的当，活活的把一个如花似玉的卜妲丽断送了。魏季深那个丧绝天良的东西，假意殷勤做出十分关切他，尽力援救他的模样，其实是承迎方大公子和张知县的意旨，设成圈套，使余伯华上当的。余伯华若是个有点儿机智的人，就应该知道魏季深与自己并无深厚的交情，同学而兼同事的人，总理各国事务衙门里至少也有几十人，何以有深交的来也不来，而没有深交却忽然来的这么诚恳，并且来的这么迅速，不是很可疑吗？魏季深本人既可疑，他托付的人倒可信吗？那书记所说卜妲丽的情形，分明是有意捏造这些话，好使他对卜妲丽绝望的，怎么可以信以为实呢？

"他直到出衙门打听，才知道卜妲丽虽确是迁居在美领事馆，然无日不到天津县衙哭泣，出钱运动衙差狱卒，求与余伯华会面。怎奈张知县受了方大公子的吩咐，无论如何不能使他两人见面，知道见了面，就逼不出离婚字来了。美领事并没有羁押卜妲丽的行为，不过也与方大公子伙通了，表面做出保护卜妲丽的样子，实际也希望天津县逼迫余伯华离婚。卜妲丽不知道底蕴，还再三恳求美领事设法援救余伯华。美领事若真肯出力援救，哪有援救不出的道理？可惜卜妲丽年轻没有阅历，见理不透，余伯华写的离婚字，一到张知县手里，即送给方大公子。方大公子即送给美领事，美领事即送给卜妲丽看。卜妲丽认识余伯华的笔迹，上面又有指模，知道不是假造，当下也不说什么，回到她自己房里，一剪刀将满脑金黄头发剪了下来，写了一封埋怨余伯华不应该写离婚字的信，信中并说她自己曾读中国《列女传》，心中甚钦佩古之列女，早已存不事二夫之心。于今既见弃于丈夫，何能再腼颜人世，已拼着一死，决心绝食。可怜一个活跳跳的美女，只绝食了六昼夜，竟尔饿死了。”

霍元甲托地跳了起来叫道：“哎呀！有这等暗无天日的事吗？余伯华出牢之后，何以不到美领事馆去见卜妲丽呢？”农劲荪道：“何尝没去？只是他已亲笔写了与卜妲丽离婚的字，卜妲丽听说他来了，气得痛哭起来，关了门不肯相见，美领事也不愿意他两人见面。余伯华去过一次之后，美领事即吩咐门房，再来不许通报，因此第二、三次去时，倒受那门房的白眼。然也直到卜妲丽饿死后，传出那封绝命的信来，才知道她的节烈。此刻余伯华也悲伤得病在床褥，一息奄奄，你们看这事惨也不惨？”

吴鉴泉道：“这事虽可怪余伯华不应该误信魏季深，但是方大公子和张知县伙谋，设下这种恶毒的圈套，便没有魏季深，余伯华也难免不上当。为人拼一死倒容易，拘禁在监牢里，陆续受种种痛苦，又在外援绝望的时候，要始终坚忍不动，却是很难。总之，他们夫妻，一个是年轻不知世故的小姐；一个是初出茅庐、毫无权势、毫无奥援的书生，落在这一般如狼似虎、有权有势的官府手里，自然要怎么样，只得怎么样。余伯华若真个咬紧牙关不写那离婚字，说不定性命就断送在天津县监里，又有谁能代他伸冤理屈呢？”

霍元甲点头道：“这话很对，余伯华若固执不肯写离婚字，方制台的儿子与张知县吃得住余伯华没有了不得的来头，脚镣手铐之外，说不定还要授意牢禁卒。三日一小比，五日一大比的，将余伯华吊打起来，打到受不了的时候，终得饮恨吞声的写出来，怎样拗得过他们呢？这种事真气破人的肚子。农爷，你是一个有主意的人，有不有方法可以出出这口恶气？”

农劲荪摇头道：“于今卜妲丽也死了，二三百万遗产已没有下落了，余伯华也已成为垂死的人了，无论有什么好方法，也不能挽救。只可恨我得消息太迟了，若在余伯华初进监的时候，我就得了消息，倒情愿费些精神气力，替他夫妻做一个传书的青鸟，一方面用惊人的方法，去警告陷害余伯华的人，那么或者还能收点儿效果。事后专求出气，有何用处呢？”

吴鉴泉道："事前能设法挽回，果然是再好没有的了，但是此刻若能设法使设谋陷害余伯华的人，受些惩创，也未始不可以惩戒将来，使他们以后不敢仗着自己有权有势，再是这么无法无天的随意害人家的性命。"

农劲荪慢慢的点着头，说道："依你老兄有什么高见可以惩戒他们？"吴鉴泉摇了摇脑袋笑道："我们家属世代住在北首的人，不用说做，连空口说说都难。兄弟今日虽是初次登龙，不应如此口不择言，只因久慕两位大名，见面更知道都是肝胆照人的豪杰，为此不知不觉的妄参末议。"

霍元甲连忙说道："兄弟这里是完全做买卖的地方，除了采办药料的人而外，没有闲人来往，不问谈论什么事，从来是在这房间里说，便在这房间完了，出门就不再谈论。老兄有话尽管放胆说，果有好惩戒他们的方法，我等有家有室在北首的不能做，自有无家无室的人可以出头。他们为民父母的人，尚敢在光天化日之下，明目张胆的陷害无辜良善；我们为民除败类，为国除奸臣，可算得是替天行道，怕什么！"

农劲荪道："四爷的话虽有理，但是为此事犯不着这么大做，因为事已过去了，就有人肯出头，也无补于事，无益于人。至于奸臣败类，随处满眼皆是，如何能除得尽？"

吴鉴泉点首称赞道："久闻农爷是个老成练达的豪杰，果是使人钦佩，霍四爷得了农爷这样帮手，无怪乎名震海内。兄弟在京听得李存义谈起两位，在上海定约与外国大力士比武的话，不由得异常欣喜。中国的武艺，兄弟虽不能称懂得，只是眼里却看的不少，各家各派的式样，也都见识过一点；唯有外国的武艺，简直没有见过，不知是怎样一类的手法。久有意想找一个会外国武艺的人，使些出来给我瞧瞧，无如终没有遇着这种机会。前几年在京里听得许多人传说，有一个德国的大力士，名叫'森堂'，是世界上第一个大力士，行遍欧美各国，与各国的大力士相比，没有一个是森堂的对手。这番到中国来游历，顺便在各大码头卖艺，已经到了天津。兄弟那时得了这消息，便打算赶到天津来见识见识，有朋友对我说道：'森堂既是到中国来游历，已到了天津，能够不到北京来吗？北京是中国的都城，他在各码头尚且卖艺，在北京能不卖艺吗？他送上门来给你看，何等安逸，为什么要特地赶到天津去看？'兄弟一听这话有理，就坐在京里一心盼望他来，每日往各处打听，看森堂来了没有。转瞬过了十多日，仍没有大力士来京的消息，很觉得诧异。

“一日遇了一个从天津来京的朋友，遂向他探问，据他谈起来，却把我笑坏了。他说半月前果有一个体魄极魁伟的、红面孔外国人，带了一个中国人做翻译，还同着几个外国人，身体也都强壮，到天津来在外国旅馆里住着。登时天津的人，都传说德国大力士森堂来了，不久就有外国武艺可看。谁知过了几日，一点儿动静也没有。他们初来的一两日内，街上随时都看见他们游行观览；三日以后，连街上都不见他们行走了。又过了两日，才知道什么大力士已在登岸的第四日，被一个卖艺的童子打跑了。原来那日，森堂独自带了那个翻译，到街上闲游，走到一处，遇到一老一少两个人在空处卖艺，围了不少的闲人看热闹。森堂不曾见过的，自然要停步看看。他看了打拳使棍，似乎不明白是做什么，问那翻译，翻译是中国人，当然说得好听些。他听说这就是中国的武艺，不由得面上现出鄙薄的神气，复问在街上显武艺做什么，翻译说也是卖艺，不过不像外国卖艺的有座位，有定价，这类卖艺，看赏是可以随意给的，便不给一文也使得。

“森堂听了，即从口袋里取出皮夹来，抽了一张五元的钞票，交给翻译。那翻译口里对森堂虽说得中国武艺很好，心里却也不把那卖艺的当人，用两个指头拈了那张钞票，扬给卖艺的童子看道：‘这里五块钱，是世界最有名的第一个大力士森堂大人赏给你的，你来领去，快向森堂大人谢赏。’那童子虽只有十四五岁，志气倒不小，森堂面上现出鄙薄的神气，他已看在眼里了，已是老大的不愿意，但不敢说什么。及见翻译这么说，才知道是世界第一个大力士，也就做出鄙薄的样子说道：‘我拿武艺卖钱，谁要他外国人赏钱，我不要！’翻译见他这么说，倒吃了一惊，不好怎生说话。

“森堂听不明中国话，看童子的神情不对，忙问翻译什么事。翻译只得实说，森堂禁不住哈哈大笑，对翻译说了几句，翻译即向童子说道：‘你拿去吧！森堂大人说，是可怜你穷苦。你这种行为，不算是卖艺，只能算是变相的乞丐，你这是什么武艺，如何能卖钱？’这几句话，把那童子气得指手画脚的说道：‘他既说我使的不是武艺，好在他是世界第一个大力士，教他下来与我较量较量。我若打胜了他，休说这五块钱，便是五十块、五百块我都受。我打不过他，从此也不在江湖上卖艺了。’翻译道：‘你这小子不要发糊涂，森堂大人打尽全世界没有对手，你乳臭未除，有什么了不得的本领，你敢同他较量？打死了你，是你自己讨死，和踏死一个蚂蚁相似，算不了什么！须知你是我们中国人，失了中国人的体面，这干系就担得太大了。’那童子道：‘我又不是中国有名的第一个大力士，就被他打死了，失了中国什么体面？’

“翻译没法，照着要比较的话对森堂说了。森堂倒看着那童子发怔，猜不透他凭这瘦不盈把的身材，加以极幼稚的年龄，为什么居然敢要求和世界第一个大力士较量？森堂心里虽不明白是何道理，然仍旧异常轻视，看热闹的人，横竖不关痛痒，都从旁怂恿较量。森堂遂脱了外褂，走进围场，问童子将怎生较量。那童子随意将手脚舞动了几下，森堂也就立了个架势，那童子身手很快，只将头一低，已溜进了森堂的胯下。森堂没见过这种打法，措手不及，被摔了一个跟斗。还不曾爬起来，那童子已溜到翻译跟前，将五元钱钞票取到手中了，回身扬给那些看热闹的看道：‘这才是武艺卖来的钱。’看热闹的都拍手大笑。

“森堂爬起来，羞得面红耳赤，一言不发的带着翻译走了。从这日起，天津街上便不见森堂等人的踪影，大约已上船走了。我听得那朋友这般说，虽欢喜那童子能替中国人争体面，然想见识外国武艺的心愿，仍不能遂。过不到几年，又听得人说，又有一个什么俄国大力士，也自称世界第一，到了天津卖艺。这回我是决心要到天津来看的，不凑巧舍间有事，一时不能抽身，因听说那大力士在天津卖艺，至少也得停留十天半月，不至即刻离津。我打算尽一二日之力摒挡家事，即动身到这里来，谁知道还没动身，就听说这大力士又被霍四爷撵走了。所以今番听李存义提起霍四爷在上海定约的话，就忍不住来拜访，请问两位定了何时动身去上海？我决计同去见识一番。”

霍元甲笑道：“外国武艺，在没见过的，必以为外国这么强盛，种种学问都比中国的好，武艺自然比中国的高强，其实不然。外国的武艺可以说是笨拙异常，完全练气力的居多，越练越笨，结果力量是可以练得不小，但是得着一身死力，动手的方法都很平常。不过外国的大力士与拳斗家，却有一件长处，是中国拳术家所不及的。中国练拳、棒的人，多有做一生世的功夫，一次也不曾认真和人较量过的，尽有极巧妙的方法，只因不曾认真和人较量过，没有实在的经验，一旦认真动起手来，每容易将极好进攻的机会错过了。机会一错过，在本劲充足、功夫做得稳固的人，尚还可以支持，然望胜已是很难了。若是本劲不充足，没用过十二分苦功的，多不免手慌脚乱，败退下来。至于外国大力士和拳斗家，就绝对没有这种毛病。这人的声名越大，经过比赛的次数越多，功夫十九是由实验得来的。第一得受用之处，就是无论与何人较量，当未动手以前，他能行所无事，不慌不乱；动起手来，心能坚定，眼神便不散乱。如果有中国拳术的方法，给外国人那般苦练出来，我敢断定中国的拳术家，决不是他们的对手。

"你既有心想到上海玩玩，这是再好没有的事。与我订约比赛的奥比音，我至今不曾会过面，也不知道他的武艺，与我所见过的大力士比较怎样。我这回订约，也是极冒昧的举动，在旁人是断不肯如此鲁莽从事的，人还没有见面，武艺更摸不着他的深浅，就敢凭律师订比赛之约，并敢赌赛五千两银子的输赢，我究有何等出奇的本领，能这般藐视外国人，万一比赛失败了怎么办？输五千两银子，是我姓霍的私家事，算不了什么，然因此坏了中国拳棒的威名，使外国人从此越发瞧不起中国人，我岂不成了中国拳术界的罪人吗？在我们自家人知道，中国的拳术，从来极复杂，没有系统，谁也不能代表全国的拳术。只是外国人不知道中国社会的情形，与外国完全不同，他们以为我薄有微名，是这么争着出头与外国人订约，必是中国拳术界的代表，这样一来，关系就更重大了。

"我当时因痛恨外国人无时无地的不藐视中国人，言语神气之间简直不把中国人当人，论机器、枪炮，我们中国本来赶不上外国，不能与他争强斗胜；至于讲到武艺两个字，我国古圣先贤创出多少方法，给后人练习，在百十年前枪炮不曾发明的时候，中国其所以能雄视万国，外国不能不奉中国为天朝的，就赖这些武艺的方法，比外国的巧妙。我自信也用了半生苦功，何至不能替中国人争回这一口气！因此不暇顾虑利害，冒昧去上海找奥比音较量。不凑巧，我到上海时，奥比音已经走了，然我一腔争胜之气，仍然不能遏抑，所以有订约比赛之事。约既订妥，我却发生自悔孟浪之心了，但是事已至此，悔又何益！就拼着一死，也得如期而去，见个高下。最好像老哥这种高手，能邀几位同去，一则好壮壮我的声威胆量；二则如果奥比音的本领真了得，我不是他的对手，有几位同去的高手，也好接着和他较量，以求不倒中国拳术的威望。"

吴鉴泉笑道："四爷这番话说得太客气了。四爷为人素来谨慎，若非自信有十二分的把握，又不是初练武艺，不知此中艰苦的人，何至冒昧去找人赌赛？这件事也不仅四爷本人能自信有把握，便是同道中的老辈，也无不相信四爷有这种担当，有这种气魄。换一个旁人，尽管本领够得上，没有四爷这般雄心豪气也是枉然。四爷越是自悔孟浪，越可以见得四爷为人谨慎，不敢拿这关系重大的事当儿戏。四爷打算在何时动身，我决定相随同去；并且我久闻上海虽是商务繁华之地，然也有几位内家功夫做得不错的人，早已存心要去拜访拜访，这回才可以如我的心愿。"

霍元甲因将在上海会见秦鹤岐等人的话，说了一会儿道："此去上海的轮船便利，原可以临期前去，不过我唯恐临时发生出什么意外的事来，使我不能动身，那就为患不小。不但照条约逾期不到的，得罚五百两银子，赔偿人家的损失，无论中外的人，必骂我畏难退缩，这面子失的太大了。我曾和农爷商量，于今正二月里，正是我药栈里清闲的时候，我就住在栈里也没有什么买卖可做。三月以后，才是紧张的月份，不如早些去上海，可以从容联络下江的好手，倘能借此结识几个有真实本领的人物，我们开诚布公的结合起来，将来未必不可以做一番事业。农爷是在外洋留过学的人，他常说，外国的枪炮果然厉害，但是使用那厉害枪炮的，也得气力大，体魄强的人方行。像我国现在一般普通的人，都奄奄没有生气，体魄也多半弱到连风都刮得动，便有再厉害的枪炮，这种衰弱的人民能使用么？我很佩服农爷这话不错，所以有心在这上面用一番心力，做出一番事业来。"

吴鉴泉连连称赞道："非农爷没有这般见地，非四爷不能有这般志愿。我国练武艺的人，因为有一些读书人瞧不起，多半练到半途而废。近年来把文武科场都废了，更使练武艺的人，都存一个练好了无可用处的心，越发用功的少了。像农爷这样说起来，若有人果能用武艺使全国人的体魄练强了，谁还敢瞧不起练武艺的人呢？我虽是一个没能耐的人，但也曾得着家传的艺业，很愿意跟在两位后头，略尽我一些力量。"

霍、农、吴三人谈论得十分投机，当即议定了在正月二十五日一同动身去上海。霍元甲并托吴鉴泉多邀好手，同到上海凑热闹。吴鉴泉当面虽已答应了，只是出了淮庆会馆之后，心想我知道的好手虽然不少，但是各人都有各人的职业，这种看中国与外国人比武的事，凡是欢喜练武艺的人，无不想去看看。不过路途太远，来回至少得耽搁半月或二十天，还要掏腰包破费几十块钱的盘缠，不是有钱有闲工夫的人，谁能去得呢？独自思量了一会儿，不禁喜道：“有了！李禄宾、孙福全这两个人，我去邀他，必然很高兴的同去。”

吴鉴泉何以知道这两人必高兴同去呢？原来这两个人在当时的年纪，都还在三十岁左右。两人的家业，又都很宽舒，平日除了练武艺而外，双肩上没有担着芝麻大小的责任。两人都是直隶籍，同时从郭云深、董海川练形意，又同时从李洛能练八卦，两人都是把武艺看得和性命一般重。不过李禄宾为人粗率，不识字，气力却比孙福全大；孙福全能略通文字，为人精细，气力不及李禄宾，但功夫灵巧在李禄宾之上。两人因为家境好，用不着他们出外谋衣食，能专心练艺，只要听得说某处有一个武艺好、声名大的人，他两人必想方设计的前去会会。如果那人武艺在他两人之上，孙福全精细，必能看得出来，决不冒昧与人动手；若是纯盗虚声的，遇了他两人，就难免不当场出丑。

那时吉林有一个道人，绰号叫做“盖三省”。据一般人传说，盖三省原是绿林出身，因犯的案件太多，又与同伙的闹了意见，就到吉林拜了一个老道人为师，出家修道。其实修道只是挂名，起居饮食全与平常人无异。老道人一死，他就做了住持，久而久之，故态复作，仗着一身兼人的气力，更会些武艺，与人三言两语不合，便动手打将起来。吉林本地方有气力、会武艺的人，屡次和他较量，都被他打败了，就有些无赖的痞棍，奉他做首领，求他传授武艺。

文章、武艺都是一样，在平常人会的不算稀奇，少人注意，唯有僧道、妓女这几种人，只要略通些文墨，人家便得特别的看待，说是诗僧、诗妓。文人学士、达官贵人无不欢喜亲近，欢喜揄扬，武艺一到这几种人手里也是一样，推崇鼓吹的人分外多些。盖三省既得了当地一般痞棍的拥戴，又有若干人为之鼓吹，声名就一日一日的大了。奉天、黑龙江两省也有练武艺、想得声名的人，特地到吉林来访他，与他较量。无如来的都不是实在的好手，竟没有打得过他的，“盖三省”的绰号就此叫出来了，他也居之不疑。他的真姓名，本来早已隐藏了，在吉林用的原是假姓名，至此连姓名也不用了，居然向人自称是“盖三省”。

孙福全、李禄宾闻了盖三省的名，两人都觉得不亲去会一面，看个水落石出，似乎有些放心不下的样子。两人就带了盘缠，一同启程到吉林来，落了旅店，休息了一夜，次日到盖三省庙里去拜访。在路上孙福全对李禄宾道："我们和盖三省见过面之后，彼此谈论起功夫来，你看我的神气，我若主张你和他动手，你尽管和他动手，决不至被他打败；如果我神气言语之间，不主张和他打，便打不得。"

李禄宾时常和孙福全一同出外访友，这类事情已经过多次了，很相信孙福全看的必不错。此时走进了盖三省的庙门，只见门内有一片很宽大的草场，可以看得出青草都被人踏死了，仅剩了一层草根，唯四周墙根及阶基之下，人迹所不到之处，尚长着很茂盛的青草。练气力的石锁、石担，大大小小、横七竖八的不知有多少件放在场上，使人一望就知道这庙里有不少的人练武。不过在这时候，尚没有一个人在场上练习，这却看不出或是已经练过了，或是为时尚早，还不曾来练。

两人边走边留神看那些石锁、石担的重量，也有极大的，李禄宾自问没这力量能举起来，即悄悄的对孙福全说道："你瞧这顶大的石锁、石担，不是摆在这里装幌子吓人的么？不见得有人举得起。"孙福全摇头笑道："装幌子吓人的倒不是，你看这握手的所在，不是都捏得很光滑吗？并且看这地下的草根，也可以看出不是长远不曾移动的，就是举得起这东西，也算不了什么，何能吓的倒有真本领的人？"

两人走到里面，向一个庙祝说了拜访盖三省的来意，原来盖三省因为近来声名越发大了，拜访的人终年络绎不绝，他也提防有高手前来与他为敌，特地带了几个极凶猛横暴的徒弟在跟前，以备不测。逆料来拜访的，同时多不过二三人，决没有邀集若干人同来与他为难的，以他的理想，两三人纵有本领，也敌不过他们多人的混斗，因此凡是平日有些名头的把势去访他，他必带着几个杀气腾腾的徒弟在身边。他自己却宽袍缓带，俨然一个有身份的人物。

李、孙两人在当时声名不大，天津、北京的人知道他两人尚多，东三省人知道的绝少。加以两人的身体，都是平常人模样，并没有雄赳赳、气昂昂的神气，盖三省没把他两人放在眼里，大着胆独自出来相会。孙福全看盖三省虽是道家装束，然浓眉大目，面如煮熟了的蟹壳，颔下更长着一部刺猬也似的络腮胡须，越发显得凶神恶煞的样子。孙福全看他的模样虽是凶恶，但是走近身见礼，觉得没有逼人的威风。彼此通姓名、寒暄几句之后，渐渐的谈到武艺，盖三省那种自负的神气，旋说旋表演自己的功架，目中不但没有李、孙二人，简直不承认世间有功夫在他之上的人物。

李禄宾看不出深浅，不住拿眼望孙福全，孙福全只是冷笑，等到盖三省自己夸张完了，才从容笑问道："你也到过北京么？"盖三省哈哈笑道："北京如何没有到过？贫道并在北京前后教了五班徒弟，此刻都在北京享有声名。"孙福全故作惊讶的样子说道："在北京有声名的是哪几个？"盖三省不料孙福全居然追问，面上不由得露出些不快的样子，勉强说了几个姓名。孙福全冷笑了一声道："北京不像吉林，要在北京享声名，倒不是一件容易的事。请问你在北京的时候，见过董海川、郭云深及杨班侯兄弟么？"

盖三省随口答道："都见过的。"孙福全道："也谈论过功夫、较量过手脚么？"盖三省扬着胳膊说道："当今的好手，不问谁，十九多在贫道手里跌过跟斗的。贫道打倒的人多，姓名却记不清楚了。"孙福全即大声说道："我两人就是董海川、郭云深的徒弟，因听说你打倒的好手很多，特地从北京来领教你几手。想你打倒的好手既多，必不在乎我们两个，请你顺便打倒一下如何？"

盖三省想不到这样两个言不惊人、貌不动众的人物，大话竟吓他们不倒，一时口里说不出不能打的话来，正在踌躇如何回复，孙福全已向李禄宾使眼色。李禄宾知道是示意教他放心动手，即立起身来，将上身的衣服脱下，紧了紧纽带，对盖三省问道："在什么地方领教呢？"盖三省被这样一逼，只得自己鼓励自己的勇气，也起身将道袍卸下说道："我看两位用不着动手，大家谈谈好了，若认真动起手来，对不起两位。人有交情可讲，拳脚却没有交情可讲，两位多远的道路到这里来，万一贫道功夫不到家，失手碰坏了两位的贵体，贫道怎么对得起人呢？"

孙福全笑道："我两人都是顽皮粗肉，从来不怕碰，不怕撞，其所以多远的道路跑来，就是为要请你多碰撞几下。你我初次见面，没有交情可讲，请你不必讲交情。若因讲交情不肯下手，倒被我们碰坏了贵体，那时人家一定要责备我们，说我们不懂得交情。"盖三省一听孙福全这话，知道这两人不大好惹，想把几个徒弟叫到跟前来，一则好壮壮声威，二则到了危急的时候也好上前混斗一场，免得直挺挺的被人打败了难看。只是当初出来相会的时候，不曾把徒弟带在身边，此时将要动手了，却到里面叫徒弟，面子上也觉得有些难为情。正在左右为难的时候，喜得他的几个徒弟，虽不曾跟在他身边出来会客，但是都关心自己师傅，一个个躲在隔壁偷瞧偷听。此时知道要动手了，都在隔壁咳嗽的咳嗽，说话的说话，以表示相离不远。盖三省听了，胆气登时壮了许多，对孙、李二人说道："两位既是定要玩玩，贫道也不便过于推辞。这里面地方太小，施展不来，请到外面草场中去吧！"

孙福全偷着向李禄宾努嘴，教他将脱下的衣服带出去。三人同步走到草场，只见草场周围，就和下围棋布定子的一样，已立了七八个凶神恶煞一般的汉子在那里，都是短衣窄袖的武士装束。孙福全一看这情形，就猜出了盖三省的用意，是准备打败了的时候，大家一拥而上，以多为胜的。细看那些壮汉眉眼之间，没有丝毫聪悟之气，都是些蠢笨不堪的东西。暗想这种蠢材，断练不出惊人的技艺，专恃几斤蛮力的人，纵然凶猛，纵然再多几个，又有什么用处？李禄宾看了那七八个壮汉的神情，心里便有些害怕起来，走过孙福全跟前，低声说道："草场上站的那些人，如果帮助盖三省一齐打起来怎么办呢？"孙福全笑道："不打紧！他们一齐来，我们也一齐对付便了，怕什么呢？我有把握，你只放胆与盖三省动手，他们不齐拥上来便罢；如果齐拥上来，自有我对付，你用不着顾虑。"

李禄宾平日极相信孙福全为人，主意很多，照他的主意行事，少有失败的，见他说不怕，说有把握，胆气也登时壮了。跳进草场，对盖三省抱拳说道："我因拳脚生疏，特来领教，望手下留情。"说着立了个架式，盖三省也抱了抱拳，正要动手了，孙福全忽跳进两人中间，扬手说道："且慢，且慢！"

不知孙福全说出些什么话来，两人比较的胜负怎样，且俟下回再写。

总评：

森堂，自命为"世界第一大力士"，而竟败于一卖艺童子之手，令人忍俊不禁。其写森堂之目空一切，卖艺童子之志气不凡，皆如初写黄庭，恰到好处，真说部能手也！

中西武艺，互有异同，互有短长，固夫人而知之矣。然能详论其异同，细较其短长，则寥寥无几人。卓哉霍四，竟能言之綦详，如数家珍。此其所以毅然决然，敢与外国大力士比武也。易以他人，鲜有不悚然而惧，退缩之心生矣。

本回书，入孙福全、李禄宝二人传，故竭力为二人一写。而盖三省者，特处于陪宾地位耳！写比武事，更一衬显二人之武艺不凡也。

第六十一回

李禄宾两番斗恶道　孙福全初次遇奇人

话说李禄宾正要与盖三省动手，孙福全忽然跳到两人相距的中间立着，扬着臂膀说道："且慢，且慢！"盖三省愕然问道："什么事？"孙福全指着立在草场周围的七八个壮汉问道："这几位老兄是干什么事的？"盖三省道："他们都是贫道的小徒，因知道两位是北京来的好手，所以想到场见识见识。"孙福全笑道："看是自然可以看得，不过我见他们都显出摩拳擦掌、等待厮打的样子，并且你们还没动手，他们就一步一步逼过来，简直是准备以多为胜的神气，所以我不能不出来说个明白。如果你们这里的规矩从来是你们几个打一个，只要事先说明白，也没要紧；因为我们好自己揣度自己的能耐，自信敌得过就动手，敌不过好告辞。若是这般行同暗算，我等就自信敌得过也犯不着。为什么呢？为的从来好手和人较量，决不屑要人帮助，要人帮助的决非好手。既不是好手，我们就打胜了一百八十，也算不得什么！"

这几句话，说得盖三省羞惭满面，勉强装出笑容说道："你弄错了，谁要人帮助！你既疑心他们是准备下场帮助的，我吩咐他们站远些便了。"说着，向那些徒弟挥道："你们可以站上阶基去看，不要吓了他们。"孙福全笑道："好啊！两下打起来，拳头风厉害，令徒们大约都是初学，倘若被拳脚误伤了，不是当耍的。"

那几个徒弟横眉怒目的望着孙福全，恨不得大家把命拼了，也要将孙、李两人打败。但是，见自己师傅都忍气不敢鲁莽，只得也各自按捺下火性，跑上阶基，看盖三省与李禄宾两人动手。

李禄宾为人虽比孙福全鲁莽，只是他和人较量的经验很多，眼见盖三省的身体生得这般高大，这般壮实，料知他的气力必不寻常，若与他硬来，难免不上他的当。李禄宾最擅长的拳脚，是李洛能传给他的“游身八卦掌”。这游身八卦掌的功夫，与寻常的拳脚姿式完全不同，不练这游身八卦掌便罢，练就得两脚不停留的走圈子，翻过来，覆过去，总在一个圆圈上走，身腰变化不测，俨如游龙，越走越快，越快越多变化。创造这八卦掌的，虽不知道是什么人，然其用意是在以动制静。因为寻常的拳脚功夫，多宜静不宜动，动则失了重心，容易为敌人所乘。创造这八卦掌的人，为要避免这种毛病，所以创造出这以动制静的拳式。这类拳式的功夫，完全是由跑得来的，单独练习的时候，固是两脚不停留的，练多么久，跑多么久；就是和人动起手来，也是一搭上手便绕着敌人飞跑。平时既练成了这类跑功夫，起码跑三五百个圆圈，头眼不昏花，身腰不散乱。练寻常拳脚的人，若非功夫到了绝顶，一遇了这样游身八卦掌，委实不容易对付。李禄宾平常和人较量，因图直截了当，多用董海川、郭云深传给他的形意手法，这回提防盖三省的手头太硬，不敢尝试，便使出他八卦的手法来。

盖三省刚一出手，李禄宾就斜着身体，跑起圈子来。盖三省恐怕敌人绕到背后下手，不能不跟着转过身来，但是才转身过来，李禄宾并没有停步，跑法真快，已转到背后去了。盖三省只得再转过来，打算直攻上去，不料李禄宾的跑法太快，还没瞧仔细又溜过去了，仅被拖着打了十来个盘旋。李禄宾越跑越起劲，盖三省已觉天旋地转，头重脚轻了。自己知道再跟着打盘旋，必然自行掼倒，只好连忙蹲下身体，准备李禄宾打进来，好一把揪扭着，凭蛮力来拼一下。哈哈！当头脑清醒、心不慌乱的时候，尚且敌不过李禄宾，已觉天旋地转、头重脚轻，蹲在地下怕掼倒之后，还能揪扭得着李禄宾吗？想虽这般想，可是如何办的到呢？他身体刚往下蹲，尚不曾蹲妥当的时候，李禄宾已踏进步来，只朝着盖三省的尾脊骨上一腿踢来，扑鼻子一跤，直向前跌到一丈开外。

因着盖三省身往下蹲，上身的重量已是偏在前面，乘势一腿，所以非到一丈开外，其势自然收煞不住。这一跤掼下，头眼越发昏花了，一时哪里挣扎得起来呢？那些徒弟立在阶基上看着，也都惊得呆了，不知道上前去拉扯。还是孙福全机灵，连忙上前双手握住盖三省的胳膊往上一提，盖三省尚以为是自己的徒弟来扶，借着上提之力跳了起来，恨恨的说道：“不要放这两个东西跑了！”孙福全接声笑道：“我两人还在这里等着，不会跑。”

盖三省回头一看是孙福全，更羞得满面通红，现出十分难为情的样子，却又不肯说低头认输的话，咬牙切齿的对李禄宾说道：“好的，跑得真快，我跑不过你，再来较量一趟家伙吧，看你能跑到哪里去？”李禄宾道：“较量什么家伙听凭你说吧！”盖三省还踌躇着没有回答，孙福全已望着他抱拳说道：“依我的愚见，最好就这么彼此说和，常言‘不打不成相识’，你我练武艺的人，除却不动手，动手便免不了有高低胜负，这算得什么呢？假使刚才我这位师兄弟的手脚生疏一点儿，被你打跌了，我们也只好告辞走路，不好意思说第二句话。较量家伙，与较量拳脚不是一样吗？”

盖三省也不过口里说要较量家伙，好借这句话遮遮羞，其实何尝不知道，不是李禄宾的对手？今见孙福全这么说，更知道孙、李两人都没有惧怯之意，所以才敢说这样表面像客气、实际很强硬的话。正打算趁此说两句敷衍颜面的话下场，不料立在阶基上的几个徒弟，都是初生之犊不畏虎，加以平日曾屡次听得盖三省说，生平以单刀最擅长，不知打过了多少以单刀著名的好手，以为盖三省拳虽敌不过李禄宾，他自己既说要较量家伙，单刀必是能取胜的。遂不待盖三省回答，异口同声的吼道：“定要拿家伙较量较量，既到咱们这里来了，想这般弄几下就罢手，没有这么容易的事。”

盖三省虽知道徒弟们是因争胜心切，误会了他自己的意思，然已经如此吼了出来，实不好由自己再说告饶的话。孙福全明知盖三省较量兵器，也不是李禄宾的对手，心想他也享一时盛名，又徒弟在旁，较量拳脚，将他打跌一丈多远，已是十分使他难堪了；若再较量兵器，将他打败，不是使他以后无面目见人了吗？古人说：“君子不欲多上人。”我们此来已领教过他的能为就得了，何必结仇怨和他争胜？

孙福全为人本极宽厚，心里这样一想，实时回头向那几个徒弟摇手说道：“我们是闻贵老师的大名，特地前来领教的，于今已领教过了，贵老师固是名不虚传，我们没有争胜的念头，所以不愿意再较。我并知道贵老师也和我们一样，没存一个与我们争胜的心思，因此我这师兄弟，才能侥幸占一点儿便宜。如果贵老师有心争胜，那较量的情形料想不是这样。兵器不比拳脚，更是一点儿生疏不得，劝你们不必只管在旁边怂恿。”

在乖觉善听话的人，听了孙福全这番话，必能明白是完全替盖三省顾面子的，没有夹着丝毫畏惧的意思在内，只是盖三省师徒，都在气愤的时候，不假思索，竟认做孙、李二人只会拳脚，不会使用兵器。本来练习武艺的人，专总练拳脚不练兵器的人很多，哪里知道孙、李二人，十八般武艺都经过专门名家的指点，没一件使出来不惊人。

盖三省原已软了下来，经不起徒弟一吼，孙福全一客气，立时把精神又提了起来，暗想我被他打跌了这么一交，若不用单刀将他打败，我这一场羞辱如何遮盖？我不信他的单刀能比我好。他既决心再打，便也对着孙福全摇手道：“我劝你也不必只管阻拦，老实对你说吧，我的拳脚本来平常，平时和人较量拳脚的时候也很少。我盖三省的声名是单刀上得来的，要和我较量，就非得较量单刀不可。”

盖三省说话的当儿，徒弟中已有一个跑到里面，将盖三省平日惯用的单刀提了出来，即递给盖三省。盖三省接在手中，将刀柄上的红绸绕了几下，用刀尖指着李禄宾说道：“看你惯使什么是什么，我这里都有，你只说出来，我就借给你使。”几个徒弟立在旁边，都望着李禄宾，仿佛只等李禄宾说出要使什么兵器，就立刻去取来的样子。李禄宾却望着孙福全，其意是看孙福全怎生表示。

孙福全并不对李禄宾表示如何的神气，只很注意的看着盖三省接刀、握刀、用刀指人的种种姿势，随即点了点头笑道：“你们都把我的话听错了，既然不依我的劝告，定要较量，我们原是为要较量而来，谁还惧怯吗？”旋说旋对李禄宾道：“我们不曾带兵器来，只好借他们的使用。”李禄宾道：“借他们的使用，但怕不称手。”孙福全遂向那几个徒弟说道：“你们这里的兵器，哪几样是我这师兄弟用得着的，我不得而知，刀、枪、剑、戟，请你们多拿几件出来，好拣选着称手的使用。”

几个徒弟听了，一窝蜂的跑到里面去了。不一会儿，各自捧了两三件长短兵器出来，搁在草地上，听凭李禄宾拣选。李禄宾看那些捧出来的兵器，都是些在江湖上卖艺的人，摆着争场面的东西，竟没一件可以实用的。不由得笑了一笑摇头道：“这些东西我都使不来。”盖三省忍不住说道：“并不是上阵打仗，难道怕刀钝了杀不死人吗？你不能借兵器不称手为由，就不较量。”李禄宾愤然答道：“你以为我怕和你较量么？像这种兵器，一使劲就断了，怎么能勉强教我使用！你若不信，我且弄断几样给你看看。”说时，顺手取了一条木枪，只在手中一抖，接着“咔嚓”一声响，枪尖连红缨都抖得飞过一边去了。便将手中断枪向地上一掼道：“你们说这种兵器，教我怎么使？我与其用这种枯脆的东西，不如用我身上的腰带，倒比这些东西牢实多了。”即从腰间解下一条八九尺长的青绸腰带来，双手握住腰带的中间，两端各余了三四尺长，拖在草地上说道：“你尽管劈过来，我有这兵器足够敷衍了，请来吧！”

盖三省急图打败李禄宾泄愤，便也懒得多说，一紧手中刀，就大踏步杀将进来。李禄宾仍旧用八卦掌的身法，只往旁边溜跑，也不舞动腰带。盖三省这番知道，万不能再跟着打盘旋，满想迎头劈下去，无奈李禄宾的身法、步法都极快，不但不能迎头劈下，就是追赶也追赶不上；一跟着追赶，便不因不由的又打起盘旋来了。

这番李禄宾并不等待盖三省跑到头晕眼花，自蹲下去，才跑了三五圈，李禄宾陡然回身，将腰带一抖，腰带即缠上了盖三省握刀的脉腕，顺势往旁边一拖，连人带刀拖的站立不住，一脚跪下，双手扑地，就和叩头的一样。李禄宾忙收回腰带，一躬到地笑道：“叩头不敢当！”孙福全道：“这是他自讨苦吃，怨不得我们，我们走吧！”一面说，一面拖着李禄宾走出了庙门，回头看那几个徒弟，都像要追赶上来，盖三省已跳了起来，向那些徒弟摇手阻止。

孙、李二人出了那庙，因想打听盖三省败后的情形，仍在客栈里住着，随时打发人到庙里去探听。不过两日，满吉林的人多知道盖三省，就因两次败在李禄宾手里，无颜在吉林居住，已悄悄的到哈尔滨去了。孙福全笑向李禄宾道：“我们这次到吉林，真丧德不浅。盖三省在此好好的地位，就为你打得他不能立脚，他心里也不知道如何怨恨你我两人。”李禄宾道：“谁教他一点儿真实本领没有，也享这么大的声名呢？”孙福全叹道：“这话却难说，真实本领有什么界限？我们自以为有一点儿真实本领，一遇着本领比我们高一点儿的，不也和盖三省遇了我们一样吗？不过他不应该对人瞎吹牛皮，为人也太不机灵了，较拳是那么跌了一跤，还较什么家伙呢，不是自讨苦吃吗？”李禄宾道：“我们已把他打跑了，此地无可流连，明日就动身回北京去吧！”孙福全连道：“很好。”二人决定在次日离开吉林。

只是次日早起，正安排吃了早餐起程，客栈里的茶房，已来关照各客人，到饭厅里吃饭。孙、李二人照例走到饭厅上，坐着连日所坐的地位，等待茶房送饭来吃。不料好一会儿不见送来，同席的都等得焦急起来了，大声问：“为什么还不送饭来？”只见一个茶房走过来赔笑说道：“对不起诸位先生，不知怎的，今早的饭不曾蒸熟，竟有一大半是生米，只得再扛到厨房里去蒸，大概再等一会儿就能吃了。”

众旅客听茶房说明了原因，也都觉的很平常，无人开口了。孙福全独觉得很奇特的样子，问那茶房道：“饭既还有一大半是生米，难道厨房不知道吗，怎么会叫你们开饭呢？”茶房答道：“可不是吗？我们也都怪厨房里的人太模糊了，连生米也看不出来。厨房里人还不相信有这么一回事，及至看了半甑生米，才大加诧异起来。说今早的饭，比平日还蒸得时候久些，因几次催促开饭，只为十四号房里的客人没起床，耽延的时候很久。后来恐怕误了这些客人的正事，不能等待十四号房里的客人起床，然已足足的多等了一刻钟，如何还有这半甑生米呢，这不是一件奇事吗？”

孙福全问道：“十四号房间，不是我们住的二十号房间对过吗？那里面住的是一个干什么事的客人？我在二十号房间里住了这几日，每日早起总听得茶房在他门外敲门叫他起床，今早也听得连叫了三次，只是没听得里面的客人答应。何以那客人自己不起来，每早要人叫唤呢？”

这茶房现出不高兴的神气，摇头答道：“谁也不知道他是干什么事的！到这里来住了一个月了，不见他拿出一个房饭钱来。我们账房先生去向他催讨，他还闹脾气，说我住在你这里又不走，你尽管来催讨做什么呢？我临行的时候，自然得归还你的房饭钱，一文不欠，方能走出你这大门。账房先生素来不敢得罪客人，也不知道这客人的来头，见他这么说，只得由他住下来，近来绝不向他催讨。不过我们当茶房的人，来来往往的客人，两只眼里也见得不少了，这人有没有大来头，也可以看得几成出来。不是我敢说瞧不起人的话，这位十四号房间里的客人，就有来头，也没有大了不得的，只看他那怪模怪样便可知道了。”

孙福全笑问道：“是如何的怪模怪样？”茶房道：“孙爷就住在他对门房里，这几日一次不曾见过他吗？”孙福全道：“我不认识他，就会见他也没留意，你且说他是如何的怪模样？”茶房道：“这客人的年纪，大约已有五十来岁了，满脸的黑麻，好像可以刮得下半斤鸦片烟的样子；头上歪戴着一顶油垢不堪的瓜皮帽，已有几处开了花；一条辫子因长久不梳洗，已结得仿佛一条蜈蚣，终日盘在肩头上，一个多月不曾见他垂在背后过；两脚趿了一双塌了后跟的旧鞋，衣服也不见穿过一件干净整齐的。像这种模样的人，还有什么来头吗？”

孙福全又问道：“他姓什么，叫什么名字？是哪省的人，来这里干什么事的？既在此住了一个多月，你们总该知道。”茶房道：“他说姓陈名乐天，四川宁远府人，特地到这里来找朋友。问他要找的朋友是谁，他又不肯说。”孙福全道：“他来时也带了些行李没有呢？”茶房道：“行李倒有不少，共有八口大皮箱，每口都很沉重。我们都疑心，他箱里不是银钱衣服，是装假骗人的。”

孙福全还想问话，只见又有一个茶房走过来说道：“真是怪事，今早这一甑饭，无论怎样也蒸不熟。”孙福全听了，即问那茶房是怎么一回事，那茶房笑道：“我们账房先生说，大概是厨房里得罪了大叫化，或是走江湖的人，使了雪山水的法术，一甑饭再也蒸不熟。方才扛进去蒸了两锅水，揭开甑盖看时，一点儿热气也没有，依然大半甑生米。只得换了一个新甑，又添水加火来蒸，直蒸到现在，就和有什么东西把火遮隔了，始终蒸不透气。此刻账房先生正在厨房里盘问，看在这几日内有没有叫化上门，及和外人口舌争执的事。”

孙福全生性好奇，像这类的奇事，更是欢喜打听，务必调查一个水落石出，方肯罢休。当下听了那茶房的话，就回身对李禄宾说道：“有火蒸不熟饭的事，实在太奇了，我们何不到厨房里去看看。这样的奇事，也是平常不容易见着的。”李禄宾本来无可无不可，见孙福全邀他去厨房里看，忙点头说好。

二人正待向厨房里走去，忽见账房带了两个茶房，从厨房里走来，神色之间，露出甚为着急的样子。孙福全认识这账房姓朱名伯益，十多年前在北京一家很大的镖局里管账，三教九流的人物，他认识的极多，孙福全也是在北京和他熟识的。此时见他走来，即忙迎上去问道：“蒸饭不熟，究竟是怎么一回事？”朱伯益紧蹙着双眉答道：“我现在还不知道，是谁和我开这玩笑。我自己在这里混碗饭吃，实在不曾敢得罪人，想不到会有这种事弄出来，这不是存心和我开玩笑是做什么呢？我刚才仔细查问，看我这栈里的伙计们，有谁曾得罪了照顾我们的客人，查来查去，只有他今早……”

说到这里，即伸手向方才和孙福全谈话、竭力形容鄙薄十四号房客的茶房，接着说道：“因催十四号房间里的客人起床，接连在门房外叫唤了三次，不见房里客人回答，他口里不干不净的，说了几句埋怨那客人的话。声音虽说的不高，然当时在旁边的人都听得。我猜想，只怕就是因他口里不干净，得罪了十四号房里的客人，所以开我这玩笑。”

那茶房听了就待辩白，朱伯益放下脸来说道：“你用不着辩白！你生成这么一张轻薄的嘴，在我这里干了几年，我难道还不明白！我这里的伙计，若都像你这样不怕得罪客人，早已应了那句俗语‘阎王老子开饭店，鬼也不敢上门’了。于今也没有旁的话说，快跟我到十四号房里去，向那客人叩头认罪；若不然，害得满栈的客人挨饿，以后这客栈真做不成了。”

那茶房忍不住问朱伯益道：“教我向人家叩头认罪，倒没要紧；但是叩头认罪之后，若还是半甑生米，又怎么样呢？难道再教我向满栈的客人都叩头认罪不成！”朱伯益骂道：“放屁！你再敢乱说，我就打你。”那茶房见朱伯益动气，方不敢开口了，然堵着嘴立住不动。

孙福全问朱伯益道：“十四号房里住的，究竟是一个干什么的客人，你何以知道这伙计得罪了他，蒸不熟饭便是他开的玩笑呢？确实能断定是这样一个原因，自然应该由你带着这伙计去同他叩头认罪。所虑就怕不是他使的捉狭，却去向他叩头，不是叩一百个头也不中用吗？”

朱伯益回头向左右望了一望，走到孙福全身边低声说道：“我也直到前四五日，才知道这陈乐天是一个奇人，今早这玩笑，十有八九是他闹出来的。”孙福全听说是个奇人，心里更不由得动了一动，忙问四五日前怎生知道的。朱伯益道：“那话说来很长，且待我带这伙计去赔了礼，大家吃过了饭，我们再来细谈吧。”孙福全点了点头。

朱伯益带着茶房朝十四号房间走去。孙福全觉得不同去看看，心里甚是放不下，跟着到十四号房门外；只见房门仍紧紧关着，里面毫无动静。朱伯益举起两个指头轻轻在门上弹了几下，发出极和悦的声音喊道：“陈爷醒来么？请开门呢！”这般喊了两声，即听得里面有人答应了。不一会儿，房门呀的一声开了。孙福全看开门人的服装形象，正是那茶房口里的陈乐天，开了房门，仍转身到房里去了，也没看唤门的是谁，好像连望也没望朱伯益一眼。

朱伯益满脸堆笑的，带着茶房进房去了，孙福全忙赶到窗下，只听得朱伯益说道："我这伙计是才从乡下雇来的，一点儿不会伺候客人，教也教不好，真把我气死了。听说今早因请陈爷起来吃饭，口里胡说八道的，可恶极了，我特地带他来向陈爷赔礼，千万求陈爷饶恕了他这一遭。"接着就听改了口腔说道："你得罪了陈爷，还不快叩头认罪，更待何时？"茶房叩头下去了。

陈乐天"哎呀"了一声问道："这话从哪里说起！朱先生是这么无端教他向我叩头，我简直摸不着头脑。我从昨夜睡到此刻，朱先生来敲门，才把我惊醒了。他又不曾见我的面，有什么事得罪了我呢？他今早什么时候曾来催我起床，我何以全不知道？"朱伯益道："他接连在这门外催了三次，因不见陈爷回答，他是一个粗野的人，口里就有些出言不逊，在他还以为陈爷睡着了不曾听见。"陈乐天道："实在是不曾听得，就是听得了，也算不了什么。你巴巴的带他来赔礼做什么呢？"

朱伯益道："只因厨房里开出来的饭，乃是大半甑生米，再扛到厨房里去蒸，直蒸到此刻还不曾上气。我再三查问，方知道是这伙计胆敢向陈爷无礼。"陈乐天不待朱伯益再说下去，连连摇手大笑道："笑话，笑话！哪有这种事？饭没有蒸不熟的道理。我因昨夜耽误了瞌睡，不想竟睡到此刻，若不是朱先生来叫，我还睡着不会醒来呢！我此时也觉得肚皮饿了，去去去，同吃饭去。"一面说，一面挽着朱伯益的手往外走，孙福全连忙闪开。

陈乐天走出房门，掉头向那茶房道："你去教厨房尽管把饭甑扛出来开饭，断不会有不熟的道理。"那茶房即跑向厨房去了。孙福全跟着陈乐天到饭厅里来，众客人因饭不熟，也都在饭厅里等得焦急起来了。大家正在议论，多猜不透是什么原因，见账房走来，一个个争着问饭怎么了。朱伯益笑道："诸位请坐吧，饭就来了。"

说也奇怪，陈乐天打发那茶房到厨房里去教开饭，这时饭甑里仍是冷冰冰的不透热气。那茶房因账房勒令他，向陈乐天叩头认罪，他心中不免有些不服，明知饭甑还是冷的，也教人扛了出来。他用意是要使朱伯益看看。陈乐天见饭甑扛来，随即将自己头上的破瓜皮帽一揭，挥手说道："快盛饭来吃，大家的肚皮饿了，我的肚皮也饿了。"他这几句话才说了，饭甑里的热气，便腾腾而上。那茶房吃了一惊，揭甑盖看时，不是一甑熟饭是什么呢？

哪里还敢开口。众客人不知底细，只要大家有饭吃，便无人追问所以然。

孙福全独在一旁，留神看的明白，更不由得不注意陈乐天这人。看陈乐天的容貌服装，虽和那茶房说出来的不差什么，不过茶房的眼力有限，只能看得出表面的形象，为人的胸襟学问，不是他当茶房的人所能看得出来的。孙福全原是一个读书人，见识经验都比一般人强。他仔细看这陈乐天，觉得就专论形象，也有异人之处，两只长而秀的眼睛，虽不见他睁开来看人，只是最奇的，他视线所到之处，就从侧面望去，也看得出仿佛有两线亮光也似的影子，与在日光中用两面镜子向暗处照着的一般，不过没有那么显明罢了。加以陈乐天低头下视的时候居多，所以射出来的光影，不容易给人看见。

孙福全既看出了这一点异人之处，心想平常人哪有这种眼光？世间虽有生成夜眼的人，然夜眼只是对面看去，觉得眼瞳带些绿色，与猫、狗的眼睛相似，从侧面并看不出光影来。像陈乐天这种眼睛，决不是生成如此的；若是生成如此，他也用不着这么尽管低着头，好像防备人看出来的样子。不是生成的，就是练成的了，只不知他练成这么一对眼睛，有何用处？我本打算今日动身回北京去的，于今既遇了这样的异人，同住在一个客栈，岂可不与他结交一番？好在我此刻回北京，也没有重要的事情，便多在此盘桓几日，也没要紧。

早饭吃后，孙福全即与李禄宾商议道："我看这陈乐天，是一个了不得的人物，很不容易遇见的。我打算今日不走了，先和朱伯益谈谈，再到十四号房里去拜访他；若能与他结交，岂不又多一个有能耐的朋友，不知你的意思何如？"李禄宾道："在江湖上混饭吃的人，懂得些儿法术的极多，像这种雪山水，使人蒸不熟饭，尤其平常。会这些法术的乞丐，到处多有，这算得什么？你何必这么重视他。"

孙福全摇头道："不然！使人蒸不熟饭的法术，本是很平常，我也知道。不过我看陈乐天，不仅会这点儿法术，必还有其他惊人的能耐，你不可小觑了他。"李禄宾笑道："我不相信真有大能耐的人，会穷困到这样。我听得茶房说，他住了一个多月，房饭钱一个也还不出来，被这里账房逼得要上杨梅山了。我料他是因还不出房饭钱来，有意借这茶房得罪了他的事，显点儿邪法，好使这里账房不敢轻视他。走江湖的人，常有用这种手段的，你不要上他的当吧。"

孙福全道："我的心里不是你这么猜想，我于今也不能断定，他真有什么惊人的能耐，但是我料他也决不至如你所说的一文不值。朱伯益曾说直到前四五日，才知道陈乐天是个异人。朱伯益也是个极精明的人，不容易受人欺骗的。他说陈乐天是个异人，可见得我的眼睛不至大错。你若不情愿多在此耽搁，可先回北京去，并托你带一口信到我家里，说我至迟六七日后必能回家。"李禄宾笑道："我为什么不情愿多耽搁？你要结交异人，我便不要结交异人吗？"孙福全也笑道："你口口声声说不相信，我自然只得请你先走。"李禄宾道："我虽不相信他，但我相信你，我们问朱伯益去吧，看他因什么事知道陈乐天是个异人。"

孙福全遂同李禄宾走到账房里，凑巧朱伯益独坐在房中算账，见孙、李二人进来，即停了算盘让坐笑道："孙爷是个好友的人，我知道必是来问陈乐天的。"孙福全笑道："我佩服你的心思真细，居然想得到蒸饭不熟，是陈乐天开的玩笑；若是遇了粗心的人，只怕闹到此刻，还是大半甑生米呢！"

朱伯益道："这是很容易猜到的。我这里住的，多半是买卖场中的熟客，他们没有这能耐；就有这能耐，因都和我有点儿交情，也不至为小事这么与我开玩笑。并且开饭的时候，满栈的客人都到了饭厅，只陈乐天一人高卧未起。我前几日又知道他的法术非常高妙，加以查出来那伙计因唤他不醒，口出恶言的事，所以猜透了，不是他没有旁人。"

孙福全问道："饭后你还和他谈话没有，曾否问他使的是什么法术？"朱伯益道："饭后我到房里谈了一会儿，就是为要问他使的是什么法术。因为在我这里的厨司，曾在北京当过官厨，法术虽不懂得，然当官厨的，照例得受他师傅一种传授。万一因口头得罪了人，被仇家用法术使他的饭不熟或菜变味，他也有一种防范的法术，异常灵验，有时甚至把那用法术的人性命送掉。今早蒸饭不熟，厨司已知道，是有人下了手，还不慌不忙的点了香烛，默祷了一阵，向甑上做了几下手势，以为好了，谁知仍不透气。厨司生气道：'定要我下毒手吗？'说时取了一根尺来长的铁签，揭开甑盖，插入生米之中，据说这么一针，能把用法术害人的人性命送掉。谁知铁签插下去好久，依然不能透气。厨司才吃惊说道：'这人的法术太大，得抓一只雄鸡来杀了，并要换一个新甑。'如是七手八脚的换了新甑，厨司摆了香案，捉一只雄鸡，杀死在灶头上。可怪那杀死的雄鸡，一滴鲜血也没有，厨司吓得掼了菜刀，叩头无算。他师傅传授他防范的法术使尽了，奈不何这用法术的人，可知这人用的不是寻常雪山水一类的法术。我既看了这种情形，所以要问陈乐天用的究竟是什么法术？陈乐天道：‘并不是真法术，不过是一种幻像而已。我问怎么是一种幻像，他说饭本是蒸熟了的，毫无变动，但是在一般人的眼中看来，是大半甑生米，不是熟饭。其实若有意志坚强的人，硬认定这生米是熟饭，用碗盛起来就吃，到口仍是熟饭，并非生米。’我问：‘怎么分明是熟饭，一般人看了却是生米呢？’陈乐天道：‘这是我心里要使熟饭成生米，所以一般人看了就是生米。譬如这分明是一个茶杯，我心里要这茶杯变成马桶，一般人看了就只见这里有一个马桶，不见茶杯，其实并非马桶。’我问：‘何以分明是一个茶杯，你想变成马桶，人看了就是马桶呢，这是什么道理咧？’他说：‘因为茶杯也是幻像，并不是茶杯，所以说是什么便是什么。’我听了他这话，简直是莫名其妙，心想必是他不肯将用的什么法术明说给我听，所以拿这含糊不可解的话来敷衍，也就不便追问，只得告辞出来。”

孙福全听了也不在意，只问道：“你刚才说在四五日前，方知道他是一个异人，是因为什么事知道的呢？我极有心想结交他，请你把如何知道他是异人的事，说给我听；并请你引我两人到他房里去拜访他，替我两人绍介一下。”旋说旋起身向朱伯益拱了拱手。

不知朱伯益说出些什样异事来，孙、李二人结交了陈乐天没有，且俟下回再写。

总评：

盖三省之称霸关东，亦已久矣！乃一与李禄宝遇，即一败再败，至于不可收拾。甚矣！虚名之不可长恃，而实力之不能不具也。一般纯盗处士虚声者，正可引为殷鉴。

两次比武，两番写法，极笔歌墨舞之致，真能手也！

因蒸饭不熟事，闲闲出一陈乐天，接搭之佳，有如天衣无缝，而此下即为陈乐天传矣。一般读者，既已见此“奇人”二字之头衔，固无不亟欲一读其下文耳。

第六十二回

朱伯益演说奇异人　陈乐天练习飞行术

话说朱伯益见孙福全说得这般慎重，忙也起身拱手说道：“介绍两位去拜访他，是再容易没有的事。像陈乐天这样的人物，确是够得上两位去结交。我在几日前，不但不知道他是一个有大本领的人，并把他当做一个吃里手饭的朋友。前几日我因私事到韩春圃大爷家里去，在门房里问韩大爷在不在家？那门房时常见我和韩大爷来往，知道不是外人，便向我说道：‘大爷在虽在家，只是曾吩咐了，今日因有生客来家，要陪着谈话，不再见客。若有客来了，只回说不在家。’我便问来的生客是谁，用得着这么殷勤陪款。

“那门房脸上登时现出鄙夷不屑的神气说道：‘什么好客？不知是哪里来的一个穷小子，也不知因什么事被我们大爷看上了。今早我们大爷还睡着不曾起床，这穷小子就跑到这里来，开口便问我韩春圃在家么？我看他头上歪戴着一顶稀烂的瓜皮小帽，帽结子都开了花，一条结成了饼的辫子盘在肩上，满脸灰不灰白不白的晦气色，还堆着不少的铁屎麻；再加上一身不称身和油抹布也似的衣服，光着一双乌龟爪也似的脚，套着两只没后跟的破鞋，活是一个穷痞棍。我这里几曾有这样穷光蛋上过门呢？并且开口韩春圃。我们韩大爷在东三省，谁不闻名钦敬，谁敢直口呼我大爷的名字？我听不惯他这般腔调，又看不上眼他这般样范，对他不起，给他一个不理，只当是没有看见。他见我不理，又照样问了一声。我便忍不住回问他道：‘你是哪里来的？韩春圃三个字有得你叫唤吗？好笑。’他见我这么说，反笑嘻嘻的对我说道：你是韩春圃家里的门房，靠韩春圃做衣食父母，自然只能称呼他大

爷，不敢提名道姓呼韩春圃。我是他的朋友，不称呼他韩春圃称呼什么？请你去通报你们大爷，说我陈乐天特地来拜他。’

“我一听门房说出‘陈乐天’三个字，实时想起十四号房间里的客人，正是姓陈名乐天，也正是门房所说的那般容貌装束。不觉吃了一惊问道：‘你们大爷在哪里认识这陈乐天的？若是多年的老朋友，陈乐天已在我们栈里住了一个多月，不应该直到今日才来见你们大爷？’那门房蹙着双眉摇头道：‘有谁知道他在哪里认识的呢？他虽说与我们大爷是朋友，我如何相信我们大爷会交他这种叫化子朋友？时常有些江湖上流落的人，来找我们大爷告帮，大爷照例不亲自见面，总是教账房师爷出来，看来人的人品身份，多则三串、五串，少也有一串、八百，送给来人。这是极平常的事，每年是这么送给人的钱也不计其数。我以为这陈乐天也不过是一个来告帮的人。平常来告帮的无论怎样，总得先对我作揖打拱，求我进去说两句方便话。这陈乐天竟使出那儿子大似老子的嘴脸来，谁高兴睬他呢？料想他这种形象，就有来头，也只那么凶，即向他说道：我们大爷出门去了，你要见下次再来。他嗄了一声问道：你们大爷出门去了吗，什么时候出门去的？我说：出门去了就出门去了，要你问他什么时候干吗？他不吃着你的，轮不着你管。我这番话，就是三岁小孩听了，也知道我是不烦耐理他，有意给嘴脸他瞧的。他倒一些儿不动气的说道：‘不是这般说法，我因他昨夜三更时分还和我谈了话，再三约我今早到这里来。我因见他的意思很诚，当面应允了他，所以不能失信。今早特地早起到这里来，你说他出门去了，不是奇怪吗？’说时伸着脖子向里面探望。我听他说昨夜三更时分，还和我们大爷谈了话，心里就好笑起来，我们大爷昨日下午回家后，便在家里不曾出门，也没有人客来访，并且我知道大爷素来睡得很早，终年总是起更不久就上床，怎么三更半夜还和他谈了话呢？这话说出来，越发使我看出他是个无聊的东西，本打算不睬他的，但是忍不住问他道：你昨夜三更时分，还和我们大爷谈了话吗，在什么地方谈的，谈了些什么话？他说道：‘谈话的地方，就在离此地不远，谈了些什么话，却是记不得了，只记得他十分诚恳的求我今早到这里来，你不用问这些闲话吧！请你快去通报一声，他听说我陈乐天来了，一定很欢喜的。’这陈乐天越是这般说，越使我不相信，不由得哈哈大笑道：‘我大爷昨日下午回家后，不曾出大门一步，我是在这里当门房的人，大爷出进都不知道吗？我大爷从来起更就上床，你三更时分和他谈话，除非是做梦才行，劝你不必再瞎扯了。你就见着我们大爷，也得不了什么好处。’不料我这几句话，说得他恼羞成怒起来，竟泼口大骂我混账，并指手画脚的大闹。大爷在上房里听了他的声音，来不及穿衣服，披着衣，靸着鞋，就迎了出来。可怪，一见是这穷小子，简直和见了多年不曾会面的亲骨肉一般，跑上前双手握住陈乐天的手，一面向他赔罪，一面骂我无礼，接进去没一会儿，就打发人出来吩咐我今日不再见客的话。原来这陈乐天是住在朱爷客栈里的吗？他到底是一个何等人呢？

“我说：‘他虽在我客栈里住了一个多月，但是我也不知道他到底是何等之人。你们大爷若是陪着旁的客人，不再见客，我也不敢冒昧去见，既是陪的是陈乐天，并且如此殷勤恭敬，我倒要进去见见你大爷。打听你大爷何以认识他，何以这般殷勤款待他？’那门房说道：‘大爷既经打发人出来吩咐了我，我怎么敢上去通报呢？’我说：‘毋须你去通报，我和你大爷的交情不比平常。他尽管不见客，我也要见他，我见了他把话说明白，决使他不能责备你不该放我进去。’门房即点头对我说道：‘大爷此刻不在平日会客的客厅里，在大爷自己抽大烟的房里。’”

孙福全听到这里问道：“韩春圃是什么人？我怎的不曾听人说过这名字？”朱伯益道：“孙爷不知道韩春圃吗？这人二十年前，在新疆、甘肃、陕西三省走镖，威名很大，结交也很宽广，因此多年平安，没有失过事。只为一次在甘肃押着几辆镖车行走，半途遇了几个骡马贩子，赶了一群骡马，与他同道，其中有一个年约六七十岁的老头，老态龙钟的也赶骡马。韩春圃见了就叹一口气说道：‘可怜，可怜！这么大的年事了，还不得在家安享安享，这般风尘劳碌，实在太苦恼了。’韩春圃说这话，确是一番恤老怜贫的好意，谁知道这不服老的老头听了，倒不受用起来，立时沉下脸来说道：‘你怎不在家安享，却在这条路上奔波做什么？’韩春圃随口答道：‘我的年纪还不算老，筋力没衰，就奔波也不觉劳苦，所以不妨。’

“这老头不待韩春圃再说下去，即气冲冲的截住话头说道：‘你的年纪不老，难道我的年纪老了吗？你的筋力没衰，难道我的筋力衰了吗？’韩春圃想不到一番好意说话，会受他这般抢白，也就生气说道：‘我怜恤你年老了，还在这里赶骡马，全是出自一番好意，你这老东西真太不识好了！’老

头更气得大叫道：‘气死我了！你是个什么东西？做了人家的看家狗，尚不知羞，你配可怜我吗？我岂是受你怜恤的人。’

“韩春圃被老头骂得也气满胸膛，恨不得实时拔出刀来，将老头劈做两半个，方出了胸头的恶气。只是转念一想，这老头已是六七十岁了，这般伛腰驼背的，连走路都走不动的样子，我就一刀将他劈死了，也算不得什么，只是江湖上人从此便得骂我欺负老弱。并且他不曾惹我，是我不该无端去怜恤他，算是我自讨的烦恼，且忍耐忍耐吧！此念一起，遂冷笑了一笑说道：‘好，好！是我瞎了眼，不该怜恤你。你的年纪不老，筋力也没衰，恭喜你将来一百二十岁，还能在路上赶骡马。’说毕打马就走。

“不料那老头的脾气，比少年人还来得急躁，见韩春圃说了这些挖苦话，打马就跑，哪里肯罢休呢？竟追上来将几辆镖车阻住，不许行走。韩春圃打马就跑，并非逃躲，不过以为离远一点儿，免得再费唇舌，做梦也想不到老头公然敢将镖车阻住。这样一来，再也不能忍耐不与他计较了，勒转马头，回身来问老头为什么阻住镖车不放？老头仍是怒不可遏的说道：‘你太欺负人了！你欺我年老筋力衰，我倒要会会你这个年纪不老、筋力不衰的试试看。’

“韩春圃看老头这种举动，也就料知他不是等闲之辈。但是韩春圃在这条路上，走了好几年的平安镖，艺高胆大，哪里把老头看在眼里，接口说道：‘好的！你要会会我，我在这里，只问你要怎生会法？’老头道：‘我也随你要我怎生会我就怎生会，马上步下，听你的便。我若会不过你，你可怜我，我没得话说；倘若你会不过我，那时我也要可怜你了。’韩春圃道：‘我会不过你，从此不吃镖行饭，不在这条路上行走，我们就是步下会吧！’

“韩春圃要和他步下会，也有个意思。因见那一群骡马当中，有一匹很好的马，老头是做骡马生意的人，骑马必是好手，恐怕在马上占不了他的便宜。步下全仗各自的两条腿健朗，方讨得了便宜。看老头走路很像吃力的样子，和他步战，自信没有吃亏之理。老头连忙应道：‘步下会很好，你背上插的是单刀，想必是你的看家本领，我来会你的单刀吧！’

“韩春圃的刀法，固是有名，在新、甘、陕三省享盛名，就是凭单刀得来的。只是刀法之外，还仗着插在背上的那把刀，是一把最锋利无比的宝刀，略为次一点儿的兵器，一碰在这刀口上，无不削为两段；被这刀削坏了的兵器，也不知有多少了。老头说要会他的单刀，他正合心意，实时抽出刀来，看老头不慌不忙的，从裤腰带上取下一根尺多长的旱烟管，形式分两，仿佛是铁打的，然不过指头粗细。韩春圃准备一动手，就得把这旱烟管削断，使老头吃一惊吓。哪知道动起手来，旱烟管削不着倒也罢了，握刀的大拇指上，不知不觉的，被烟斗连敲了两三下，只敲得痛不可忍，差不多捏不住刀了。亏他见机得早，自知不是对手，再打下去必出大笑话，趁着刀没脱手的时候，急跳出圈子拱手说道：'老英雄请说姓名，我实是有眼不识泰山，千乞恕我无状。'老头这才转怒为喜，哈哈笑道：'说什么姓名？你要知道，有名的都是饭桶；不是饭桶，不会好名，你走吧！'

"韩春圃自从遇了这老头以后，因曾说了打不过不再保镖的话，就搬到吉林来住家，手边也积蓄了几万两银子的财产，与几个大商家合伙做些生意，每年总得赚一万八千进来。二十年来，约莫有五六十万了，在吉林可算得是一家巨富。生性最好结交，有钱更容易结交，韩春圃好客的声名，早已传遍东三省了。不过他近年因时常发些老病，抽上了几口大烟，武艺只怕久已不练了。但是遇了有真实本领的人，他还是非常尊敬，迎接到家里款待，一住三五个月，临行整百的送盘缠是极平常的事。我与他的交情已有二十年了，承他没把我当外人，做生意的事多喜和我商量，我也竭心力替他计算，依他多久就要请我去他家管账。我因这边的生意有三四成是我自己的，绊着不能分身，只好辞了他不去。

"他抽大烟的房间，在他的睡房隔壁，他前年还买了一位年轻的姨太太，所以抽大烟的房间里，轻易不让外客进去。他知道我一则年纪老了；二则也不是无义气、不正派的朋友，有生意要请我去商量的时候，多是邀我到那房里坐，便是他那新姨太也不避我，因此我才敢不要门房通报，自走进去。

"刚走中门，里面的老妈子已经看见我了，连忙跑到韩春圃房门口去报信。只听得韩大爷很豪爽的声音说道：'朱师爷来了吗？好极了，快请进来！'那老妈子回转身来时，我已到了房门口。韩大爷起身迎着笑道：'你来得正好，我方才知道这位陈师傅，也是住在你那客栈里，这是毋庸我介绍的。'势利之心谁也免不了，陈乐天在我客栈里住了一个多月，我实在有些瞧不起他的意思，此时因他在韩大爷房中，又听得说韩大爷如何敬重他，我心里更不知不觉的对他也生了一种钦敬之念。当即笑回答道：‘陈爷是我栈里的老主顾，怎用得着大爷的介绍？’说着，即回头问陈乐天道：‘陈爷和韩大爷是老朋友吗？’陈乐天摇头笑道：‘何尝是老朋友！昨夜三更时分才会面，承他不弃，把我当一个朋友款待。我也因生性太懒，到吉林住了三四十日，连近在咫尺的韩大爷都不认识，亏得昨夜在无意中和他会了面，不然真是失之交臂了。’

“我听了这话，趁势问韩大爷道：‘大爷从来起更后就安歇，怎么昨夜三更时分，还能与陈爷会面呢？’韩大爷大笑道：‘说起来也是天缘凑巧，我一生好结交天下之士，合该我有缘结交这位异人。我这后院的墙外，不是有一座小山吗？我这后院的方向，原是朝着那小峰建造的，每逢月色光明的时候，坐在后院中，可以望见山峰上的月色溶溶，几棵小树在上面婆娑弄影。有时立在山峰下视，这后院中的陈设，也历历可数，那山如就是这所房子的屏障。后来因有人说，在山峰上可以望见后院，不大妥当，恐怕有小人从山上下来，偷盗后院中的东西，劝我筑一道围墙，将一座小山围在里面，也免得有闲人上山，侵害山上草木。我想也好，筑一道围墙，观瞻上也好一点，因此就筑了一道丈多高的围墙。自从筑成那道围墙之后，这山上除了我偶然高兴走到上面去玩玩之外，终年没有一个外人上去。昨夜初更过后，我已上床睡了，一觉醒来，也不知是什么时候了，忽觉得肚中胀痛，咕噜咕噜的响个不了。我想不好了，必是白天到附近一个绅士家吃喜酒，多吃了些油腻的东西，肚中不受用，随即起来到厕所里去大解。去厕所须从后院经过，大解后回头，因见院中正是皓月当空，精神为之一爽，便立在院中向山峰上望着，吐纳了几口清气。陡见照在山上的月，仿佛有一团黑影，上下移动。我心里登时觉得奇怪，暗想若不是有什么东西悬在空中，如何会有这一团黑影照到山上呢？遂向空中望了一望，初时并没有看见什么，再看山上的黑影，忽下忽上的移动了一阵，又忽左忽右的移动起来，越看越觉得仔细，好像是有人放风筝，日光照在地下的风筝影一样。此时已在半夜，哪有人放风筝呢？并且这山在围墙之内，又有谁能进来放风筝呢？我心里如此猜想，忽然黑影不见了，我舍不得就此回房安歇，仍目不转睛的向山上看着。一会儿又见有一团黑影从东边飞到西边，但并不甚快，不似鸟雀飞行的那般迅速，这样一来，更使我不能不追寻一个究竟。从后院到山上，还有一道小墙，墙上有一张门，本是通山上的。我也来不及回房取钥匙，急忙将锁扭断，悄悄的开门走上山去。走不到十来步，就看见那团黑影，又从西边飞到东边去了。在院中的时候，被墙头和房檐遮断了，只能看见山上黑影，不能看见黑影是从哪里来的。一到山上，立时看见这位陈师傅，简直和腾云驾雾的一样，从西边山头飞过东边山头。

"'我在少年时候，就听得说有飞得起的人，只是几十年来，尽力结交天下豪杰之士，种种武艺，种种能为的人，我都见过，只不曾见过真能飞得起的人，纵跳功夫好的，充其量也不过能跳两丈多高，然是凭各人的脚力，算不得什么。像陈师傅这样，才可算得是飞得起的好汉。我当时看了也不声响，因为一发声出来，恐怕就没得给我看了，寻了一处好藏身的所在，将身体藏着偷看。果见陈师傅飞到东边山头，朝着月光手舞脚蹈了一阵，好像从怀中取出一个纸条儿，即将纸条儿对月光绕了几个圆圈，顷刻就点火把纸条儿烧着。我刚才问陈师傅，方知道烧的是一道符箓，烧完了那符箓之后，又手舞脚蹈起来，旋舞旋向上升起，约升了一丈多高，就停住不升了，悬在空中。凑巧一阵风吹来，只吹得摇摇摆摆的荡动，经过二三分钟光景，缓缓的坠将下来，落在山头，便向月光跪拜；又取一道符箓焚化了，又手舞脚蹈，又徐徐向上升起。这回升得比前回高了，离山头足有十丈以外，并不停留，即向西移动，仿佛风推云走，比从西山头飞过东山头时快了一倍。我看那飞行的形势，不像是立刻要坠落下来的样子，唯恐他就此飞去了，岂不是错过了千载难逢的机会吗？只急得我跳出来向空中喊道：请下来，请下来！我韩春圃已在此看了多时，是何方好汉，请下来谈谈。因在夜深万籁无声的时候，陈师傅离地虽高，然我呼喊的声音，还能听得清楚。他听得我的声音，实时停落下来，问我为何三更半夜不在家里安睡，到这山上来叫唤些什么？'我就对他作了揖，随口笑道：'你问我为何不在家安睡，你如何也在这里呢？我韩春圃今年将近六十岁了，十八岁上就闯荡江湖，九流三教的豪杰，眼见的何止千人，却从来没有见过像你这般飞得起的好汉。这是天假其缘，使我半夜忽然肚痛，不然也看不见。请问尊姓大名，半夜在这山上飞来飞去，是何用意？陈师傅答道：半夜惊动你，很对不起。我姓陈名乐天，四川人，我正在练习飞行，难得这山形正合我练习飞行之用。不瞒你说，我每夜在这山上练习，已整整的一个月了。我听了练习飞行的话，心里喜欢的什么似的。我的年纪虽近六十了，然豪气还不减于少年，若是飞行可以学得，岂不是甚好。便向陈师傅拱手说道：今夜得遇见陈师傅，是我生平第一件称心如意的事。我心里想向陈师傅请教的话不知有多少，一时真说不尽。这山上也不是谈话之所，我想委屈陈师傅到寒舍去休息一会儿，以便从容请教。寒舍就在这里，求陈师傅不可推却。谁知陈师傅连连摇手说道：不行，不行！此刻已是三更过后了，我不能不回去谢神，方才若不是你在下面叫喊，我早已回去了。

"'陈师傅虽是这么说，但是我恐怕他一去，就再无会面之期，如何肯轻易错过呢？也顾不得什么了，双膝朝他跪下说道：陈师傅若定不肯赏脸到寒舍去，我跪在这里决不起来。陈师傅慌忙伸手来扶，我赖在地下不动，陈师傅就说道：我既到了这山上，为什么不肯到你家去呢？实在因为我练习飞行，须请来许多神道，每夜练过之后，务必在寅时以前谢神，过了寅正，便得受神谴责。此刻三更已过，若再迟半个时辰就过寅正了，我自己的正事要紧，不能为闲谈耽误，这一点得请你原谅。我见陈师傅说得如此慎重，自然不敢再勉强，只是就这么放他走了，以后不知能否见面，不是和不曾遇见的一样吗？只得问他住在什么地方？陈师傅说：我住的地方，虽离此不远，只是我那地方从来没有朋友来往，你既这般殷勤相待，我明早可以到你这里来会你。我在吉林住了四十多日，并在这山上练习了一个月，却不知道你是一个好结纳的人，我也愿意得一个你这样的朋友，以解旅中寂寞。我见陈师傅应允今早到这里来，才喜滋滋的跳了起来，又再三要约，陈师傅一面口中回答，一面已双脚腾空，冉冉上升，一霎眼的工夫，便已不知飞向何方去了。你说像这样的奇人，我生平没有遇见过，于今忽然于无意中遇见了，教我如何能不欢喜？

"'陈师傅去后，我还向天空呆望了许久，直到小妾因不见我回房，不知为什么登坑去了这么久，疑心我在厕所里出了毛病，带了一个老妈子，掌灯同到厕所来看。见厕所里没有我，回身看短墙上的后门开着，锁又被扭断在地，简直吓得不知出了什么乱子。正要大声叫唤家下众人起来，我才听出来小妾和老妈子说话的声音，连忙下山跳进后院，若再呆立一会儿必闹得一家人都大惊小怪起来。小妾问我为什么半夜跑上后山去，我也没向她说出来，因为恐怕她们妇道人家不知轻重，听了以为是奇事，拿着去逢人便说。我想陈师傅若不是不愿意给人知道，又何必在三更半夜跑到这山里来练习呢？既是不愿意给人知道，却因我弄得大众皆知，我自问也对不起陈师傅。不过因我不肯将遇陈师傅的事说出来，以致看门的人不认识陈师傅，言语之间多有冒犯之处，喜得陈师傅是豪杰之士，不计较小人们的过失，不然更是对不起人了。'

"我听了韩春圃这一番眉飞色舞的言语，方知道所以这般殷勤款待陈乐天的缘故。韩春圃果然是欢喜结纳天下的英雄好汉，但是我朱伯益也只为手头不及他韩春圃那么豪富，不能对天下的英雄好汉，表现出我欢喜结纳的意思来。至于心里对有奇才异能的人物，推崇钦佩之念，也不见得有减于韩春圃。当下听过韩春圃的话，即重新对陈乐天作揖道：'惭愧之至！我简直白生了两只肉眼，与先生朝夕相处在一块儿一个多月了，若非韩大爷有缘，看出先生的绝技来。就再同住一年半载，我也无从知道先生是个异人，即此可见先生学养兼到，不屑以本领夸示于人。'陈乐天回揖笑道：'快不要再提学养兼到的话了，提起来我真要惭愧死了。我是个一无所成的人，无论学习什么，都只学得一点儿皮毛，算不得学问。蒙韩大爷这么格外赏识，甚不敢当。'

"陈乐天在我这里，住了一个多月，无日不见面两三次，每次一见他的面，看了他那腌臜的形象，心里就不由得生出厌恶他的念头来，谁还愿意拿两眼仔细去看他呢？此时既知道他是一个奇人了，不但不厌他腌臜，反觉得有他这般本领的人，越是腌臜，越显得他不是寻常之辈。再仔细看他的相貌，腌臜虽仍是腌臜极了，然仔细看去，确实不是和平常乞丐一般的腌臜，并且相貌清奇古怪，两眼尤如电光闪烁，尽管他抬头睁眼的时候很少，还是能看得出他的异相来。韩大爷问他到吉林来做什么事？他说他在四川的时候，听得有人说吉林的韩登举，是一个豪杰之士，能在吉林省内自辟疆土，俨然创成一个小国家模样。在管辖疆土之内，一切的人物都听韩登举的号令，不受官府节制，不奉清朝正朔，拥有几万精强耐战之兵，使吉林官府不敢正眼望他。远道传闻，不由得他非常欣羡，所以特地到吉林来，一则要看看韩登举是何等人物；二则想调查韩登举这种基业，是如何创立成功的，内部的情形怎样？到吉林之后，见了韩登举，甚得韩登举的优待，住了几日，就兴辞出来，移寓到我这客栈里。韩大爷又问他，特地从四川来看韩登举，何以在韩登举那里只住几日，而在客栈里却盘桓一个多月，是何用意？他笑答道：'没有什么用意。吉林本是好地方，使人流连不想去，在韩登举那里受他的殷勤招待，多住于心不安，客栈里就盘桓一年半载，也没要紧，所以在客栈里住这么久。'

"韩大爷安排了酒菜，款待陈乐天，就留我作陪客，我也巴不得多陪着谈谈。酒饮数巡之后，韩大爷说道：'我从前只听得说有飞得起的人，还以为不过是心里想想，口中道说罢了，实在决没有这么一回事，哪知道今日竟亲眼看见了。我既有缘遇着，就得请教陈师傅，这样飞行的法术，必须何等人方能练习？像我这种年逾半百的人，也还能练习得成么？'陈乐天点头道：'飞行术没有不能练习的人，不过第一须看这人有没有缘法；第二须看这人能不能耐劳苦，就是年逾半百，也无不可练习之理。但是，人既有了五十多岁，精力总难免衰颓，未必还能耐这劳苦！如果是曾学过茅山教法术的人，哪怕是八十以上的年纪，也还可以练习。'

"韩大爷道：'茅山教的名称，我也只听得有人说过，会茅山教法术的人，并没有见过。我的精力本来不至于就这么衰颓的，只因武艺这项学问，太没有止境了，真是强中更有强中手，谁也不能自夸是魁尖的人物，为此把我少年争强好胜之心，完全销歇了。二十年来既不吃镖行饭了，便不敢自认是会武艺的人，连少年时所使用的兵器，都送给人家去了。常言'拳不离手，曲不离口'，二十年来不练武艺，专坐在家中养尊处优，又抽上了这几口大烟，精力安得不衰颓呢？不过精力虽衰，雄心还是不死，若能使我练成和陈师傅一般的飞行术，我倒情愿忍劳耐苦，除死方休。只要请教陈师傅，我有不有这种缘法。'

"陈乐天笑道：'你能遇着我，缘法倒是有的，只是那种劳苦，恐怕不是你所能忍耐的。不是我故意说得这么烦难，在不会茅山教法术的人，要学画一道符，就至少非有三年的苦功夫，不能使画出来的符生感应。'韩大爷道：'啊呀呀！有这么难吗？画什么有这么难呢？'陈乐天道：'画符没有难易，能画一道，便能画一百道。一道灵，百道也灵；一道不灵，百道也不灵。'韩大爷道：'符有什么难画，笔法多了画不像吗？'陈乐天大笑道：'哪里是笔法多了画不像，任凭有多少笔法，哪有画不像之理？所难的就下笔之初，能凝神一志，万念不生。在这画符的时候，尽管有刀枪水火前来侵害，都侵害画符的人不着。一道符画成，所要请的神将，立时能发生感应，只看画符人的意思要怎样，便能怎样，所以知道画符的人极多，而能有灵验的符极少。并不是所画的形象不对，全在画符的人没有做功夫，神志不一，杂念难除，故不能发生感应。古人说：‘至诚格天。’这至诚两个字，不是一时做得到的，无论什么法术，都得从至诚两字下手。会得茅山教法术的人，有了画符的本领，再学飞行术，多则半年，少则百日，可望成功，否则三年五载也难说。’

“韩大爷道：‘三年五载可望成功，我也愿意练习，请教先做画符的功夫应该如何下手，不烦难么？’陈乐天道：‘万般道法，无不从做坐功下手，虽做法各有派别不同，然人手不离坐功，成功也不离坐功。坐功无所谓难易，成功却有迟早。天资聪颖，平日习静惯了的人，成功容易些；天资钝鲁，平日又生性好动的人，成功难些。’韩大爷听了这话即大笑道：‘我本来是一个生性极好动的人，一时也不能在家安坐，但近十多年以来，我的性情忽然改变了，不但不好动，并且时常整月或二十日不愿出门。十多年前，若教我一个人终日坐守在一间房里，就是用铁链将我的脚锁牢，我也得设法把铁链扭断，到外面去跑跑。近来就大不然，哪怕有事应该出外，我也是寅时挨到卯时，今日推到明日。这十多年来，倒可说是习惯静了，于坐功必很相宜。’

“陈乐天听了也大笑，笑了一声，却不往下说什么。韩大爷知道他笑的有因，忍不住问道：‘我的话不对吗？陈爷和我初交不相信，这位朱师爷与我来往二十年了，陈爷尽管问他，看我在十多年前，是性情何等暴躁，举动何等轻浮的人。’我正待说几句话，证实韩大爷的话，确是不差。陈乐天已摇头笑道：‘我怎么会不相信韩爷的话？韩爷便不说出近来性情改变的话，我也能知道不是十多年前的性情举动了。不过这样还算不得是性情改变，也不能说是习惯静了。’

“韩大爷忙问是什么道理。陈乐天随即伸手指着炕上摆的大烟器具说道：‘若没有这东西就好了。抽上了这东西的人，大概都差不多，只要黑粮不缺，就是教他一辈子不出房门，他一心在吞云吐雾，也不烦不躁。若再加上一两个如花似玉的姨太太，时刻不离的在旁边陪着，无论什么英雄豪杰，到了这种关头，英锐之气也得消磨净尽。是这样的不好动，与习静做坐功的不好动，完全是背道而驰的。习静做坐功的人，精神充实，心志坚定，静动皆能由自己做主，久而久之，静动如一。抽上了大烟的人，精神日益亏耗，心志昏沉，其不好动，并非真不好动，是因为精力衰惫，肢体不能运用自如，每每心里想有所举动，而身体软洋洋的懒得动弹。似这般的不动，就是一辈子不动，也不能悟到静中之旨。倘这人能悟到静中之旨，则人世所有的快乐，都可以一眼看透是极有限的，是完全虚假的，并且就是极苦的根苗。我承韩爷格外的殷勤款待，又知道韩爷是一个有豪情侠骨的人，如安于荒乐，没有上进之念倒也罢了；今听韩爷宁忍劳耐苦，要学飞行术的话，可知韩爷还有上进之心。既有上进之心，我便不忍不说。韩爷在少年的时候，就威震陕、甘、新三省，那时是何等气概？五十多岁年纪，在练武艺的人并不算老，以八十岁而论，尚有二十多年可做事业，若能进而学道，有二十多年，其成就也不可限量。苦乐两个字，是相倚伏的，是相因果的，即以韩爷一人本身而论，因有少壮时奔南走北、风尘劳碌之苦，所以有二十年来养尊处优之乐。然少壮时的苦，种的却是乐因，而二十年来之乐，种的却是苦因，所以古人说：‘乐不可极’，凡事皆同一个理。乐字对面是苦，乐到尽头，不是苦境是什么呢？’

“韩大爷听了陈乐天这番议论，虽也不住点头，只是心里似乎不甚悦服，随口就说道：‘陈爷的话，我也知道确有至理。不过照陈爷这样说来，人生一世，应该是困苦到底，就有快乐也不可享受吗？困苦到死，留着乐境给谁呢？’韩大爷问出这话，我也觉得问得很扼要，存心倒要看陈乐天怎生回答。”

孙福全也点头问道：“陈乐天毕竟怎生说呢？”朱伯益笑道：“他不慌不忙的答道：‘我这番话，不是教韩爷不享快乐，更不是教韩爷困苦到底，有福不享。我刚才说人世所谓快乐，是极有限的，是完全虚假的。就为人世的快乐，太不久长，而在快乐之中，仍是免不了种种苦恼。快乐之境已过，是更不用说了，快乐不是真快乐，而苦乃是真苦。凡人不能闻至道，谁也免不了困苦到底，因为不知道真乐是什么，以为人世富贵利达是真乐；谁知越是富贵利达，身心越是劳苦不安。住高堂大厦，穿绫罗绸缎，吃鸡鹅鱼鸭，也就算是快乐吗？即算这样是快乐，几十年光阴，也不过霎霎眼就过去了，无常一到，这些快乐又在哪里？所带得进棺材里去的，就只平日贪财好色、伤生害命的种种罪孽。至道之中，才有真正的快乐，所以孔夫子说：‘朝闻道，夕死可矣！’可知至道与人的死生有极大的关系。孔夫子的第一个好徒弟颜渊，家境极贫寒，然住在陋巷之中，连饭都没得吃，人家替他着急，而他反觉得非常快乐。他所快乐的，就是孔夫子朝闻可夕死的至道。于此可知，从至道中求出来的快乐，才是真快乐。’

“韩大爷面上现出迟疑的样子说道：‘陈爷的话，虽反复详明的说出来，然我听了还是不大明白，不知道至道究竟是个什么东西？’陈乐天点头说道：‘这东西一时本也不容易明白，因为道是没有形象，没有声音，没有颜色的。要在道的本身说出一个所以然来，不是说不出，只是说出来，在听的还是不容易明白；倒不如专就道字的字面解说，韩爷听了或者能了解道的意义。譬如从吉林到北京，所走的路也谓之道，这道是去北京的人所必经的。我所说的至道，也就是人生所必经的，所以有‘夫道，若大路然’的说法。不过道有体有用，如孝、悌、忠、信、礼、义、廉、耻，是道之用，不是道之体。就是忠、恕，也只是道之用的一端，不是道之体。说孔夫子的道，就是忠、恕两个字，是说错了的，道字包括得甚广，凡人生所必经的，皆谓之道。然也皆是道之用，而非道之体。道之体，是无形、无声、无色，而为一切形、一切声、一切色之本，不可以得，不可以见，但可以证。人能证这至道之体，便可以与天地同其久长，与日月同其明朗，与雷霆风雨同其作用。因无以名之，而名之曰道。其实这道不过是要达到此种境界的必经之路，韩爷这下子明白了么？’

“韩大爷忽然跳了起来说道：‘我不但明白了，并且十分相信陈爷所说的道，是生死人而肉白骨的至道，非同小可。我从前虽也时常听得有人说，某人修道，某人学道，我听了，倒觉好笑，以为哪里有什么道？至多修炼些法术，对人玩玩把戏罢了。于今听陈爷说来，才知道真有能与天地同其久长的至道。’陈乐天道：‘法术与道绝不相关，会法术的人不必明道，明道的人也不必会法术。不过修道的人，修到了那种时期，自然有神通、有法术，而且那种神通法术，不是寻常会法术的人所能比拟。修道的人有神通、有法术，譬如读书人能做文章、能写字，是读书人的分内事，算不了什么！至于练习飞行术，虽不能说就是修道，然着手的方法是一样，也可以说是入道之

门，此中已有真乐，不是人世所谓快乐可与比较。'

"韩大爷听了也不说什么，抖了抖身上衣服，恭恭敬敬的向陈乐天作了三个揖，然后双膝跪下去叩头，吓得陈乐天慌忙陪着跪下，问为什么无端行这大礼。韩大爷道：'我这拜师的礼节，虽是简慢些儿，然我的心思很诚恳，望师傅不要推辞。'陈乐天将韩大爷扶了起来说道：'我的话原含着劝你学道的意思在内，你于今要拜我为师，我岂有推辞之理！不过我老实对你说，我还够不上做你的师傅。我们不妨拜为师兄弟。我有师傅在四川，只要你有诚心向道，入我师傅的门墙，是包可做到的。'韩大爷道：'承你不弃，肯认我做师兄弟，引我入道，我是五内铭感，就教我粉身碎骨图报，我也是情愿的。'陈乐天连连摇手道：'不要说得这般客气，你不知道我师傅的为人，你拜在他老人家门下，果能诚心修炼，始终不懈，不用你感激他老人家。他老人家看了肯下苦功的徒弟，倒非常感激呢！'

"韩大爷问道：'他老人家尊姓，法讳是哪两个字？'陈乐天道：'他老人家姓庄，法讳上帆下浦，原籍是四川绵竹人，他老人家的神通，虽不敢说通天彻地，但是你我此刻在这里的言谈举动，他老人家就和在跟前一样，无所不闻，无所不见。天涯地角，瞬息便来，瞬息便去，而他老人家尚不肯认这是神通，即此可以想见他老人家气量的宏大了。'

"我听他说得这么骇人，仗着他住在我客栈里，我与他认识得久，不怕他生气，就插口问道：'陈爷说修道的人，可以与天地同其久长，古今来修道的人不少，何以不见有活到几百岁、几千岁的人在世上呢？'"

孙福全笑道："你这话也问得扼要，我若在旁边，也得这么问他。他如何回答呢？"

朱伯益笑道："他回答是回答的好，但我心里总不免犯疑。他见我问出这话，从容笑道：'方以类聚，物以群分，你不是修道的人，怎么能见得着修道的呢？岂仅有几百岁、几千岁的人活在世上，活几万岁、几十万岁的人都多着呢！世界之大，何奇不有？凡人的耳目，直可谓之闭听塞明，能见闻多少事？凡人耳目所不曾见闻的，便说没有，即听得人说，也不相信有这么一回事，那么我也就无可如何了。并且我所说证道之体的话，道体就是一个万古不毁灭的东西。天地有时可以毁灭，道体是决不毁灭。'说时接着长叹了一声道：'不过这种道理，要一般人听了都生信心，本也不是容易的事，只是你尽管听了不信，然胡乱听了也有好处。譬如下人，不曾见过火车、轮船，忽然有人对他说，火车一日能行数千里，轮船一日能行数千里，并不须用人力推挽，还可以装载数十万斤的货物，乡下人必不会相信有这么一回事。但是第一次对他说，他不相信；第二次若再有人是这般对他说，无论这乡下人如何固执，也决不至再如第一次听时那么不相信了；若再有第三次、第四次的人对他说，我料这乡下人断无不相信的了。所以我说你就不相信，胡乱听了也有好处。'他是这么回答的，孙爷以为说得怎样？"

孙福全笑道："他说有几万岁、几十万岁的人，还活在世上，我也不能相信有这事，却不能不相信有这理。因为他说道体是亘万古而不毁灭的东西，这话是实在可信的。"

朱伯益道："我陪着陈、韩两人旋谈旋吃喝，一会儿散了筵席，韩大爷指着大烟灯枪问道：'修道的人能吸这东西么？'陈乐天摇头笑道：'这东西是安排做废人的，方可以吸得；不问做什么事的人，都不能吸，吸了便不能做事。'韩大爷随即拿起烟灯枪，往地下一砸，只砸得枪也断了，灯也破了，倒把我吓得一跳。陈乐天拍手笑道：'好啊！这东西是非把它打破不可的。'韩大爷道：'我心里本来久已厌恶这东西了，不能闻道，糊里糊涂的混过一生，就吸到临死也不要紧。于今天假之缘，能遇着你，亲闻至道，若还能吸这东西，岂不是成了下贱胚吗？'我就在旁说道：'大烟自是不抽的好，但是大爷已上瘾十多年了，一时要截然戒断，恐怕身体上吃不住这痛苦吧！'韩大爷举起双手连连摇摆道：'不曾见有因戒大烟送了性命的，如果因戒大烟就送了性命，这也是命里该绝，不戒也不见得能长寿。我从来做事斩钉截铁，说一不到二，自从抽上这劳什子大烟，简直把我火一般烈的性子，抽得变成婆婆妈妈了，时常恨得我咬牙切齿。这回当着陈师傅，砸了灯枪，宁死也不再尝了。'陈乐天道：'朱师爷也不必替他着虑，他的身体毕竟是苦练了多年武艺的人，比平常五十多岁的老人强健多了。他走路尚能挺胸竖脊，毫无龙钟老态，何至吃不住戒烟的痛苦呢？并且有我在这里，可以传给他吐纳导引之术，使他的痛苦减少。'

"韩大爷喜笑道：'那就更妙了。我不特从此戒烟，就是女色，我也从此戒绝。'陈乐天道：'戒绝女色，更是应该的。不过是这么一来，尊宠只怕要背地骂我了。'韩大爷道：'她们岂敢这般无状。她们若敢在背地毁谤，我看是谁毁谤，即教谁滚蛋。’陈乐天‘咦’了一声道：‘这是什么话，世上岂有不讲人情的仙人！尊宠就是背地骂我，也是人情之中的事；何至因在背地骂了我，就使她终身失所呢？你快不可如此存心，有这种存心，便不是修道的人。修道的人存心，应该对一切的人，都和对自己的亲属一样。人有为难的时候，要不分界限，一律帮助人家，何况本是自己的亲属，偶因一点语言小过犯，就使她终身失所呢！’韩大爷道：‘我曾听说修道也和出家一样，六亲眷属都不能认，难道修道也有派别不同吗？’

“陈乐天正色说道：‘修道虽有派别不同，然无论是什么派别，决没有不认六亲眷属的道理。不说修道，就是出家做和尚，也没有教人不认六亲眷属的话，不但没有不认六亲眷属的话，辟支佛度人，并且是专度六亲眷属。不主张学佛学道的人，有意捏造这些话出来，以毁谤佛与道。你入了我师傅的门墙，久久自然见到真理，对一切无理毁谤之言，自能知道虚伪，不至盲从了。’韩大爷待开口说话，忽又止住。陈乐天已看出来了，问道：‘你待说什么？为何要说又止住呢？’”

不知韩春圃说出什么话来，且俟下回再写。

总评：

陈乐天在前回书中已出场，至此始入其本传，而种种事实，即由朱伯益口中演述而出，此文章之有剪裁者也，省却无数闲文。

陈乐天身负绝艺，不以自炫，而人亦无由以知之，或且目之为里巷细人，及为韩春圃所称赏，于是咸为刮目，争以奇人目之矣。甚矣！以耳为目者之众也。然而陈乐天之为陈乐天固自若，前日之轻蔑，今日之推崇，都无与焉。

韩春圃年逾知命，犹怀好学之心，不可谓非有志之士。而其决意戒烟，决意戒色，不稍存姑息之心，又何其烈耶？至其中年一败以后，即甘遵守誓言，销声匿迹，亦堂堂乎丈夫气概，虽败犹荣也。若彼驱骡老人，贫贱若此，而倔强又若彼，倘亦所谓无名之英雄欤？

飞行术，为陈乐天之绝艺，今世能此者，恐无多人矣！至其论至道，论苦乐，皆具至理，固已骎骎乎而近于道矣，又安得目之为寻常术士哉！

第六十三回

显法术纸人扛剪刀　比武势倭奴跌筋斗

话说“韩春圃见问才说道：‘我说句话陈爷不要动气，我知道陈爷必会很多的法术，我对武艺还可夸口说见得不少；至于法术，除了看过在江湖上玩的把戏，一次也没见过真法术，我想求陈爷显点儿法术给我见识见识。’

“我听韩大爷这么说，正合我的心意，连忙从旁怂恿道：‘我也正要求陈爷显点儿真法术，却不敢冒昧开口。’陈乐天沉吟道：‘法术原是修道人应用的东西，拿着来显得玩耍，偶然逢场作戏，虽没有什么不可，但一时教我显什么呢？’

“韩大爷笑道：‘随意玩一点儿，使敝内和小妾等人，也都开开眼界。’一面说，一面伸着脖子向里叫唤了两声，即有一个十六七岁的丫鬟应声走近房门口，问：‘什么事？’韩大爷带笑对那丫鬟说道：‘快去对太太、姨太太说，这里来了一位神仙，就要显仙术了，教她们快来见识见识，这是一生一世不容易遇着的。’那丫鬟听时用眼向房中四望。我时常到韩家去，那丫鬟见过我的，知道我不是神仙，这时房中只有三个人，除却我自然陈乐天是神仙了。两眼在陈乐天浑身上下打量，似乎有点儿不相信有这样和叫化子一般的神仙。然受了自家主人的吩咐，不敢耽误，应了一声是，回身去了。

“陈乐天就在房中看了几眼笑道：‘这房子太小了，不好显什么法术，换一处大点儿的地方去玩吧。’韩大爷连忙说：‘好，到大厅上去，这里本来太小了，多来几个人就无处立脚。’说着引陈乐天和我走到大厅上。韩家的眷属，也都到大厅上来，内外男女老幼共有二三十人，月弓形的立着，把大厅围了大半边。我与韩大爷、陈乐天立在上首。陈乐天说道：‘我且使一套好笑的玩意儿，给府上的奶奶们、少爷、小姐们瞧瞧，快拿一把剪刀、一大张白纸来。’刚才那个丫鬟听了，立时跑了进去，随即将剪刀、白纸取来，交给陈乐天。只见陈乐天把白纸折叠起来，拿剪刀剪了一叠三寸来长的纸人，头身手脚都备，两手在一边，好像是侧着身体的，耳目口鼻都略具形式。剪好了，放下剪刀，用两指拈了一个纸人，向嘴边吹了一口气，随手往地下一放，这纸人两脚着地，就站住了，身体还摇摇摆摆的，俨然是一个人的神气。又拈一个吹口气放下来，与先放下的对面立着，相离三四寸远近。再将剪刀放在两个纸人当中，仿佛念了几声咒，伸着食指对两边指了两指说道：‘把剪刀扛起来！’真奇怪，两个纸人都如有了知觉，真个同时弯腰曲背的，各伸双手去扛剪刀，但是四只手都粘在剪刀上，却伸不起腰来的样子。

“陈乐天望着两纸人笑道：‘不中用的东西，两个人扛一把剪刀，有这么吃力吗？使劲扛起来！’两纸人似乎都在使劲的神气，把剪刀捏手的所在扛了起来，离地才有半寸多高，究竟因力弱扛抬不起，‘唧’一声又掉下去了。最好笑的剪刀才脱手掉下去，两个纸人同时好像怕受责备，连忙又弯腰将双手粘着剪刀。看的人谁也忍不住笑起来。陈乐天也哈哈大笑道：‘你们这两个东西，真不怕笑掉人家的牙齿，怎的这样没有气力呢？也罢，再给你们添两个帮手吧，如果再扛不起来，就休怨本法师不讲情面。’如前一般的再放下两个，仍旧喊了一声扛起来，这下子有八只手粘在剪刀上了，陈乐天也用双手，做出使劲扛抬极重东西的模样，居然慢慢的将一把剪刀扛了起来。不过也仅扛了半寸来高，又都气力不加了，依然掉下地来。看的人又大笑。

“陈乐天这番不笑了，指着四个纸人骂道：‘我的体面都被你们丢尽了，你们知道这里的主人是谁么？这里的主人韩大爷，在二十年前是名震陕、甘、新三省的保镖达官，有拔山举鼎的勇力。此刻他立在这里看你们，你们四个人扛一把剪刀不动，不把我的体面都丢尽了么？’这番话更引得韩大爷都大笑起来。陈乐天接着说道：‘四个人还扛不起，只怕非再加两个不可。’于是又放下两个。这回喊一声扛起来，就应声扛起，高与肩齐。陈乐天喊声‘走！’六个纸人即同移动，两脚都轮流落地，与人走路一般无二。约走了二尺多地面，陈乐天喊声‘住！’便停住不走了。

“陈乐天回头对韩大爷笑道：‘你看这纸人，不是很没有气力么？须六个纸人方能扛起一把剪刀，其实不然，教它们扛铁剪刀，确实没有气力，然教它们扛不是金属的东西，力量倒不小呢！’韩大爷道：‘要扛什么东西才显得力大呢？请教它们扛给我看看。’陈乐天道：‘好！’随即将纸人手中的剪刀拿过一边，看厅中摆了一张好大的紫檀木方桌，遂指着方桌向韩大爷道：‘教它们扛这东西好么？’韩大爷含笑点头。只见陈乐天收了地下的六个纸人，每一个上面吹了一口气，就桌脚旁边放下，纸人的两手，都粘在桌脚上。四个桌脚粘了四个纸人，也是喊一声‘扛起来’，这方桌足有六七十斤，居然不费事扛起来了，也能和扛剪刀一样的走动。

“韩大爷问是什么缘故，能扛动六七十斤重的方桌，不能扛动二三两重的剪刀？陈乐天笑道：‘这不过是一种小玩意儿，没有什么道理。我再玩一个把戏给你们瞧瞧。’说时收了地下的四个纸人，做几下撕碎了掼在地下，亲手端了一把紫檀木靠椅，安放在方桌前面，拱手向看的众人说道：‘请大家把眼睛闭一闭，等我叫张眼再张开来，不依我的话偷看了的，将来害眼痛，没人能医治，便不能怨我。’韩家的人有没有偷看的，不得而知，我是极信服陈乐天的人，恐怕将来真个害眼痛，没人医治，把两眼闭得紧紧的不敢偷看，不知陈乐天有些什么举动。

“没一会儿工夫，就听得他喊张开眼来。我张眼看时，只惊得我倒退了几步。韩家眷属和韩大爷也都脸上吓变了颜色。原来厅中已不见有方桌靠椅了，只见两只一大一小的花斑纹猛虎。小的蹲在前面，大的伏着，昂起头来与小的对望，两双圆眼，光芒四射，鼻孔里出气，呼呼有声，虎尾还缓缓的摆动，肚皮一起一落的呼吸，不是两只活生生的猛虎是什么呢？地下撕碎了的白纸也不见了，足有千百只花蝴蝶，在空中飞舞不停，也有集在墙壁上的。韩家的大小姐捉住一只细看，确是花蝴蝶，大小颜色的种类极多。

“韩大爷露出惊惶的样子问陈乐天道：‘这两只虎，确是真虎么，不怕它起来伤人吗？’陈乐天道：‘怎么不是真虎？我教它走给你们看看。’韩大爷忙向自家眷属扬手道：‘你们站远些，万一被这两只东西伤了，不是当耍的。’那些眷属张开眼来看见两只猛虎，都已吓得倒退，反是他家的少爷、小姐胆大，不知道害怕，并有说这两只花狗是哪里来的？韩大爷扬手教眷属站远些，众人多退到院子里站着。陈乐天道：‘虽是真虎，但在我手里，毋庸这么害怕。’旋说旋走到大虎跟前，伸手在虎头上摸了几下，自己低头凑近虎头，好像就虎耳边低声说话。陈乐天伸腰缩手，大虎便嚏着立了起来，在小虎头上也摸了几下，陈乐天举步一走，大虎低头戢耳的跟在后面，小虎也起身低头戢耳的跟在大虎后面，在厅中绕了三个圈，仍还原处伏的伏，蹲的蹲。陈乐天道：‘请大家背过身去。’我们立时背过身去，以为还有什么把戏可看，一转眼的工夫，就听得陈乐天说好，大家再过来看看，我看厅中哪里还有猛虎呢？连在空中盘旋飞舞的花蝴蝶也一只没有了，方桌靠椅仍安放在原处，就是撕碎了的白纸，也依然在地下，连地位都好像不曾移动。

“韩大爷还想要求多玩两套，陈乐天摇头道：‘这些把戏没有多大的趣味，懒得再玩了。你将来学会了，自己好每日玩给他们看。’韩大爷不好多说，只得引陈乐天和我回房。我仿佛听得韩大小姐说她不曾闭眼睛，我就问她看见什么情形，她说并没见别的情形，只见陈乐天伸指在桌上、椅上划了一阵，又在地下的碎纸上划了几下，就听得他喊张眼，不知怎的，桌椅便变了猛虎，碎纸变了蝴蝶。我因栈里有事，不能在那里久耽搁，回房只略坐了一会儿，即作辞出来。原是想去找韩大爷商量做买卖的，因有陈乐天在那里，不便开谈。昨日又特地抽工夫到韩家，韩大爷毕竟将大烟戒除了，并且听他说要打发几个不曾生育的姨太太走路，不误她们的青春，居然变成一个修道的人了。无论什么买卖，从此也不过问了。平日甚喜结交，从那日起就吩咐门房，江湖上告帮的朋友，一概用婉言谢绝，简直把韩春圃的性情举动都改变了。两位看这事不是太奇怪了吗？”

李禄宾笑道：“朱先生介绍我们去见他，请他也玩两套把戏给我们看看，像这种把戏，确是不容易看见的。”孙福全道：“我们初次去看他，如何好教他玩把戏，快不要这么鲁莽。”李禄宾道：“韩春圃不也是和他初见面吗？韩春圃何以好教他玩，他玩了一套还玩第二套呢？不见得修道的人也这么势利，把戏只能玩给有钱的人看。”孙福全正色说道：“这却不然。你既这般说，我倒要请教你：韩春圃第一次见着他，是何等诚恳的对待，你自问有韩春圃那样结交他的诚恳心么？若不是韩春圃对他如此诚恳，他次日未必去见韩春圃，如果与他会见的人，都和你一样要援韩春圃的例，教他玩把戏，他不玩便责备他势利，他不是从朝至暮，专忙着玩把戏给人看，还来不及吗？”李禄宾笑道：“把戏既没得看，然则我们去见他干什么呢？他那副尊容，我早已领教过了，不见他也罢！”孙福全知道李禄宾生性有些呆气，也懒得和他辩论，当即邀朱伯益同到十四号房间里去。李禄宾口里说不去，然两脚不知不觉的已跟在孙福全背后。

朱伯益在前，走到十四号门口，回头对孙、李二人做手势，教二人在门外等着，独自推门进去。一会儿出来招手，二人跨进房门，只见陈乐天已含笑立在房中迎候，不似平日的铁青面孔。朱伯益将彼此的姓名介绍了，孙福全抱拳说道：“已与先生同住了好几日，不知道来亲近，今日原是安排动身回北京去的，因听这位朱乡亲谈起先生本领来，使我心里又钦佩又仰慕，不舍得就此到北京去，趁这机缘来拜访。”陈乐天也拱手答道：“不敢当！我有什么本领，值得朱师爷这样称道！”

彼此谦逊寒暄闹了一会儿，孙福全说道：“兄弟从少年时就慕道心切，因那时看了种种小说书籍，相信神仙、剑侠实有其人，一心想遇着一个拜求为师，跟着去深山穷谷中修炼，无奈没缘法遇不着；只得先从练武下手，以为练好了武艺，出门访友，必可访得着神仙、剑侠一流的人。谁知二十年来，南北奔驰，足迹也遍了几省，竟是一位也遇不着，并且探问同道的朋友，也都说不曾遇见过。这么一来，使我心里渐渐的改变念头了，疑心小说书籍上所写的那些人物，是著书人开玩笑，凭空捏造出来，给看书人看了开心的，哪里真有什么神仙、剑侠？念头既经改变，访求之心遂也不似从前急切了，谁知道那些小说书籍上所写的，毫无虚假，只怪我自己的眼界太狭，缘分太浅，如先生这种人物，不是神仙、剑侠一流是什么呢？先生也不要隐瞒，也无须谦让，兄弟慕道之笃，信念之坚，自知决不减于韩春圃，只学道的缘法或者不能及他，然这种权衡操先生之手，先生许韩春圃能学道，请看兄弟也是能学道的人么？”

陈乐天很欣悦的答道：“世间安有不能学道之人？不过‘缘法’两字倒是不能忽视的。这人有不有学道的缘法，以及缘法的迟早，其权衡并不操之于人，还是操之于自己。足下慕道既笃，信念又坚，我敢断定必有如愿相偿之日。”

孙福全问道：“我听这位朱乡亲说，贵老师庄帆浦先生，已是得道的前辈了，不知此刻住在哪里？”陈乐天道：“道无所谓得，因为道不是从外来的，是各人自有的，往日并没有失掉，今日如何得来？学道的人，第一须知这道是自家的，但可以悟，但可以证，又须知道所学的道，与所悟所证的道，不是一件东西。所学的是道，即若大路然之道，所悟所证的无可名，因由道而得悟得证，故也名之曰‘道’。证道谈何容易！敝老师天资聪明，加以四十年勤修苦炼，兄弟虽蒙恩遇，得列门墙，然正如天地，虽日在吾人眼中，而不能窥测其高厚，不过可以知道的，证无上至道之期，或尚有待，然在当今之世，已是极稀有的了。此老四十年来住峨眉山，不曾移动，可谓得地。”

孙福全听了陈乐天这番议论，心里并不甚了解。只因平日不曾与修道的人接近，而寻常慕道之人虽也有结交，然从来没听过这一类的议论。骤然间听了，所以不能了解，但是也不好诘问。知道无论道教、佛教，其教理都甚深微，休说外人不容易了解，就是在数中下了苦功夫的人，都有不甚了解的，断非三言两语可以诘问得明白，遂只问道：“贵老师既四十年卜居峨眉山，不曾移动，到峨眉山拜求学道的想必门前桃李，久已成行了。”

陈乐天摇头道：“这倒不然，敝老师生性与平常修道的不同。在平常修道的，本来能多度一个人入道，即多一件功德，因为世间多一个修道之人，即少一个作恶之人，有时因度一个人修道，而多少人得以劝化，所以功德第一。敝老师不是不重这种功德，只为自己的功夫没到能度人的地步，就妄想度人，好便是第一功德，不好便是第一罪过。譬如驾渡船的人，平安渡到彼岸，自然是功德；只是如果驾渡船的并不懂操舟之术，而所驾的又是一只朽破不堪的船，将要渡河的人载至河心沉没了，这不是驾渡船的罪过吗？不善操舟，没有坚固渡船，而妄想渡人，以致送了人家性命的，其罪过还比自己功夫没到度人地步，妄想度人的轻些。因为渡船上所杀的，是人报身的性命，而引人学道不得其正道的，是无异杀了人法身的性命。报身的性命不过几十年，法身的性命则无穷极，以此敝老师引人向道之心，虽不减于平常修道之人，只不敢以道中先觉自居，随意收人做徒弟。即如足下刚才问学道缘法的话，这缘法就是极不容易知道的，古人引人入道，及向人说道，先得看明白与这人是否投机，投机的见面即相契合；不投机的即相处终年，仍是格格不入。

“所谓投机就是有缘法，我们一双肉眼，有缘与否，看不见，摸不着，如何够得上收人做徒弟？说到这上面来了，兄弟还记得佛教里面有一桩收徒弟的故事，当释迦牟尼佛未灭度的时候，跟前有五百位罗汉。这日忽有一个老头来见罗汉，年纪已有六七十岁了，对罗汉说发心出家，要求罗汉收他做徒弟。罗汉是修成了慧眼的，能看人五百世的因果，看这老头五百世以内，不曾种过善根，便对老头说道：‘你不能出家，因为我看你五百世不曾种过善根，就勉强出家，也不能修成正果。’这老头见这罗汉不收他，只得又求第二个罗汉，第二个罗汉也是一般的说法，只得又求第三、第四、第五个罗汉。结果五百位罗汉都求遍了，都因他五百世没有善根，不肯收受。释迦牟尼佛知道了，出来问为什么事。罗汉将老头发心出家，及自己所见的说了，佛祖用佛眼向老头看了一看，对五百位罗汉说道：‘他何尝没有善根，只怪你们的眼力有限，看不见也罢了！他的善根种在若干劫以前，那时他是一个樵叟，正在深山采樵的时候，忽然跳出来一只猛虎，其势将要吃他，吓得他爬上一棵树巅。猛虎因他上了树，吃不着了，就舍了他自往别处。他在树巅上见猛虎已去，失口念了一声南无佛，就是念这一声南无佛的善根，种了下来，经过若干劫以到今日，正是那一点善根成熟了，所以他能发出家之心，修行必成正果。’后来这老头毕竟也得了罗汉果。于此可见得看人缘法，便是具了慧眼的罗汉，尚且有时看不明白，肉眼凡胎谈何容易！”

孙福全道：“然则先生引韩春圃入道，是已看明白了韩春圃的缘法吗？”陈乐天摇头道：“兄弟奉师命而来，韩春圃的缘法怎样，只敝老师知之，兄弟不敢妄说。”孙福全又问道：“听说先生到吉林来，为见韩登举，先生看韩登举果是豪杰之士么？”陈乐天点头道：“圣贤襟怀，豪杰举动，为求一方的人，免除朝廷的苛政，防御胡匪的骚扰，竟能造成这么一个小国家，非韩登举这样襟怀气魄的人物办不到，兄弟钦佩之至！我四川也有纵横七八百里，从古未曾开辟的一处地方，地名‘老林’。湖南左宗棠曾带五千名精兵，想将那老林开辟，无奈一则里面瘴疠之气太重，人触了即不死也得大病；二则里面毒蛇、猛兽太多，有许多奇形怪状的猛兽，看了不知其名，凶狠比虎豹厉害十倍。枪炮的子弹射在身上，都纷纷落下地来，有时反将子弹激回，把兵士打伤。枪炮之声不仅不能把他吓走，倒仿佛更壮他的威风，带去的兵士，不知死伤了多少。以左宗棠那么生性固执的人，也拿着没奈何，只好率兵而退。敝老师因见中原土地都已开辟，可说是地无余利，而人民生活不息，有加无已，其势必至人多地少，食物不敷，以致多出若干争战杀伤的惨事，因发心想将老林设法开辟出来。纵横七八百里地面，开辟之后，可增加若干出产，可容纳若干人民。不过老林这个地方，既是数千年来没人开辟，其不容易开辟是不言可知。敝老师明知道不易，但尽人力做去，能开辟一尺土，便得一尺土的用处，有人开始动工，就有人接续来帮助，存心要开辟的人一多，即无不能开辟之理。偌大一个世界，也是由人力开辟出来的，我这八口皮箱里面所装的，并不是银钱衣服，全是为要开辟那老林，向各地调查种种垦荒的方法，以及垦荒应用的种种器具和药材，由韩登举赠送我的，其中也有不少。"

孙福全见他所谈的，虽则能使人钦敬，然于自己觉得不甚投机。李禄宾、朱伯益两人，更是听了毫无趣味。李禄宾轻轻在孙福全衣角上拉了一下道："坐谈的时间已不少了，走吧。"孙福全遂起身作辞，陈乐天也不挽留，淡淡的送了两步，即止步不送了。李禄宾走到门外，就回头埋怨孙福全道："这种人会他干什么？耽误我们多少路程。他信口开河，不知他胡说些什么，我听了全不懂，简直听得要打瞌盹了。"孙福全笑道："我听了尚且不大明白，你听了自然全不懂，只是我听了虽不甚明白，然我确相信他说的不错，并极钦佩是一个异人。我们若果能做他的徒弟，或能和他在一块修炼，必能得他多少益处，只怨我们自己没有这种缘法。他说的话我们不懂，也只能怨我们自己太没有学问，不能怪他说的太高深。"

李禄宾冷笑道："你还这么钦佩他，我看这穷小子，完全是一个势利鬼。韩春圃是吉林的大富豪，有几十万财产，他眼里看了发红，就恭维他有缘法，年纪老了也不要紧，要他玩把戏看，就玩了一套又一套，想借此得韩春圃的欢心。如果你我也有百十万财产，我知道他必更巴结得厉害，我真不相信韩春圃那样酒色伤身、鸦片烟大瘾的老头，倒可以学道；你我正在身壮力强的时候，又毫无伤身嗜好的人，倒不能学道！"

孙福全正色说道："不是这般说法。他也并不曾说你我不能学道，他说缘法的话，我其所以相信，就因为不仅他一人这般说，大凡学道的多这般说。你骂他势利鬼，我并不替他辩白，不过我料像他这样有本领的人，决不会存心势利，因他无须巴结有势力的人。骂人应有情理，你这话骂的太无情理了，不用说他听了不服，连我听了也不服。”

李禄宾也不服道：“你还说他不曾说我们不能修道，他说世间没有不能修道的人，这话就是说如果你们也能修道，那么世间没有不能修道的人了。”孙福全忍不住大笑道：“不错，不错！你真聪明，能听出他这种意思来。好！我们已经耽误了不少的路程，不可再闲谈耽误，算清账动身吧。”二人就此离了吉林，动身回北京来。

于今单说孙福全回到家中，已有许多平日同练武艺的人，知道孙福全是和李禄宾到吉林访盖三省去了，几次来孙家探问已否回来，此时到家，随即就有几个最要好的来打听在吉林访问盖三省的情形。孙福全将李禄宾两次斗败盖三省的姿势手法详细的说了，在练八卦拳的朋友听了，都十分高兴。（不肖生自注：前回说八卦拳是李洛能传给孙福全的，错了，错了！李洛能不是练八卦拳的，是练形意拳的，并且不是孙福全的师傅。论年份，孙福全在李洛能之后约七八十年；论辈分，李洛能比孙福全大了三四辈。不肖生是南方人，消息得自传闻，每每容易错误。据说董海川是练八卦拳的，北方人称之为“董老公”，孙福全的八卦拳，是从董老公学的。郭云深是练形意拳的，曾历游南北十余省，未尝有过对手。最得意的徒弟是程亭华，因程做眼镜生意，北人遂称之为“眼镜程”。孙福全本拜郭云深为师，因此时郭云深已老，由眼镜程代教，也可以说是眼镜程的徒弟。李洛能生时，有“神拳李洛能”的称谓。北方练武的人，对于师傅的辈分，非常重视，若稍忽略，就得受人不识尊卑长幼的责备。好在不肖生是在这里做小说给人看了消遣，不是替拳术家做传记，将以传之久远，就是错了些儿，也没要紧。）而在练形意拳的朋友听了，便说李禄宾胆小，不敢用形意拳去打盖三省；若用形意拳法，必直截了当的打得更加痛快，用不着东奔西跑，显得是以巧胜他。

这种门户之见，北方的拳术家当中，除却几个年老享盛名的，不大计较而外；壮年好胜的人，无不意见甚深。唯有孙福全本人，从小练拳术，也练蹭跤，二十多岁的时候，已在蹭跤厂里享有很大的声名了，他却不以享了蹭跤的声名而自满，看不起蹭跤以外拳脚功夫。知道形意拳法简切质实，就拜郭云深为师，练习形意。形意已练得不在一般名流之下了，觉得八卦拳中的长处，多有为形意拳所不及的，于是又从董海川学八卦拳。他在拳术中下的功夫，可以说比无论什么人都努力，白天整日不间断的练习是不用说，就是睡到半夜起来小解，在院子里都得练一时半刻。他的心思比寻常人灵巧，寻常人练拳，多有悬几个沙袋，打来打去，以代理想的敌人；他却不然，他的理想敌人，无时无地没有，门帘竹帘，更是他最好的理想敌。他常说和人动手较量，敌人越硬越容易对付，所怕的就是柔若无骨，绵不得脱，如门帘竹帘，皆是极柔极绵的理想敌，比较沙袋难对付十倍。因为他这么肯下苦功，不到几年，八卦拳已练得神出鬼没，非同等闲了，只是他还觉得不足意。因为此时北京盛行杨露禅传下来的太极拳，除了杨、吴二家之外，练习的人随处多有。他仔细研究太极拳的理法，又觉得形意、八卦虽各有所长，然赶不上太极的地方仍是不少，并且加练太极，与形意、八卦毫无妨碍，遂又动了练习太极的念头。

凑巧那时杨健侯的儿子杨澄甫，与他同住在一个庙里，图地方清静好做功夫，他便对杨澄甫说道："太极是你家祖传的学问，我早知道甚是巧妙，不过我的形意、八卦，也有特殊的心得，和普通练形意的、练八卦的不同。其中有许多手法，若用在太极拳法之中，必比完全的太极还来得不可捉摸。我是一个专喜研究拳法的人，目的不在打人，若以打人为目的而练拳，专练形意或专练八卦，练到登峰造极，自可以没有对手。因目的在研究拳法，所以各种派别，不厌其多。我想拿形意、八卦，与你交换太极，你教给我太极，我把形意或八卦教给你。"

杨澄甫听了，心想我杨家的太极，几代传下来没有对手，如何用得着掺杂形意、八卦的手法进去呢？若太极加入形意、八卦的手法，甚至将原有的太极功夫都弄坏了，学八卦、形意的加入太极的手法，那是不须说得力甚大，我何苦与他交换呢！

杨澄甫心里虽决定了不与孙福全交换，不过口里不便说出拒绝的话来，含含糊糊的答应，然从此每日自己关着门，做了照例的功课之后即出外，不到夜不回来；回来仍是关着门做功课，绝不向孙福全提到交换的话。孙福全是何等聪明人？看了杨澄甫这般情形，早已知道是不情愿交换，也就不再向杨澄甫提到交换的话上去。暗想太极拳并不是由杨家创造出来的，杨露禅当日在河南陈家沟子地方学来，不见得陈家沟子的太极拳，就仅仅传了杨露禅一个徒弟，于今除杨家传下来的以外，便没有太极拳了？因此到处访问。

凡事只要肯发心，既发了心，没有不能如愿的，所争的就只在时间的迟早。孙福全既发心要访求杨家以外的太极，果然不久就访着了一个姓郝的，名叫为真，年已六十多岁了，从小就跟着自己的父亲练太极，一生没有间断，也不曾加入旁的拳法。郝为真的父亲，与杨露禅同时在杨家沟子学太极，功夫不在杨露禅之下，而声名远不及杨露禅，这其间虽是有幸不幸，然也因杨露禅学成之后，住在人才荟萃、全国注目的北京，郝为真的父亲却住在保定乡下。

据练太极拳的人传说，有一次，杨露禅在保定独自骑着一匹骏马去乡下游览，驰骋了好一会儿，忽觉有些口渴起来。但是这一带乡下不当大道，没有茶亭饭店，一时无法解渴，只得寻觅种田的人家，打算去讨些儿水喝，却是很容易的就发现了一所大庄院。看那庄院的大门外，有一方草坪，坪中竖了几根木叉，叉上架着竹竿，晾了一竹竿的女衣裤，尚不曾晾干。杨露禅到草坪中跳下马来，顺手将缰索挂在木叉上，刚待走进大门去，突然从门内蹿出一条大黑狗来。看这黑狗大倍寻常，来势凶恶，简直仿佛虎豹。杨露禅赤手空拳，没有东西招架，只好等这狗蹿到身边的时候，用手掌在狗头上一拍。

不曾练过武艺的狗，如何受得起这一巴掌呢！只拍得脑袋一偏，一面抽身逃跑，一面张开口汪汪的叫，走马跟前经过，把马也惊得乱跳起来。马跳不打紧，但是牵扯得木叉动摇，将一竹竿湿衣牵落下来了。杨露禅连忙将马拉住，正要拾起竹竿来，忽见门内走出一个年约十七八岁的女子来，真是柳眉倒竖，杏眼圆睁的叱道："你这人好生无礼，为什么下重手将我家的狗打伤？"

杨露禅看这女子眉眼之间，很露英锐之气，不像是寻常乡村女子，此时满面怒容，若在平常胆小的人遇了，必然害怕；杨露禅正当壮年，又仗着一身本领，怎么肯受人家的怒骂呢？遂也厉声答道："你家养这种恶狗，白昼放出来咬人，我不打它，让它咬吗？你这丫头才是好生无礼！"这女子听了愤不可遏，口里连骂混账，双脚已如飞的跑上来，举手要打杨露禅。

杨露禅哪里把这样年轻的女子放在眼里，不慌不忙的应付。谁知才一粘手，实时觉得不对，女子的手柔软如绵，粘着了便不得脱，竟与自己的功夫是一条路数，一时心里又是怀疑，又是害怕。疑的是陈家沟子的太极，自从他在陈家沟子学好了出来，不曾遇过第二个会太极的人；怕的是自己的功夫敌不过这女子，丧了半世的英名。只得振作起全副精神，与女子周旋应付。约莫走了二百多回合，尚不分胜负，然害怕的念头已渐渐的减少了。因为斗了这二百多回合，已知道这女子的能耐，不能高过自己，竭全力斗下去，自信有把握可以战胜。存心于战胜之后，必向女子打听她学武艺的来历。正在抖擞威风，准备几下将女子斗败的时候，猛听得大门口喊道："大丫头为什么和人打起来了？还不快给我滚进来！"

这女子一面打着，一面说道："爸爸快来，这东西可恶极了，打伤了我家的狗，还开口就骂我，我不打死他不甘心。"杨露禅待要申辩，只见一个五十来岁的老人走来，满面春风的将二人隔开说道："对打是打不出道理来的。"杨露禅看这人的神情举动，料知本领必然不小，女子的武艺，十九是由他教出来的，遂急忙辩白。

这老人不待杨露禅往下辩，即摇手笑道："打伤一只狗算得什么！小女性子不好，很对不起大哥，请问大哥贵姓？"杨露禅说了姓名，这老人说道："看大哥的武艺了得，请问贵老师是哪个？"杨露禅将在陈家沟子学武的话，略说了几句，这老人哈哈笑道："原来是大水冲倒龙王庙，弄到自己家里来了。"杨露禅与这老人攀谈起来，才知道他姓郝，也是在陈家沟子学来的太极，不过不是同一个师傅。因为陈家沟子的地方很大，教拳的也多，学拳的也多，彼此不曾会过面，所以见面不认识。郝为真就是这老人的儿子，这女子的兄弟，姊弟两人虽各练了一身惊人的武艺，然终身在保定乡下，安分耕种度日，也不传徒弟，也不与会武艺的斗殴，如何能有杨露禅这么大的声名呢?

孙福全不知费了多少精神，才访得了这个郝为真，年纪已有六十多岁，若再迟几年，郝家这一枝派的太极，简直绝了传人了。这也是天不绝郝家这一派，郝为真在壮年的时候，有人求他传授，他尚且不愿；老到六十多岁，已是快要死的人了，谁也想不到他忽然想收徒弟。孙福全当初访得郝为真的时候，地方人都说郝老头的武艺，大家多知道是好的，但是他的性情古怪，一不肯教人，二不肯和人较量，去访他没有用处。孙福全也知道要传他的武艺很难，不过费了若干精神才访着这样一个仅存的硕果，岂可不当面尽力试求一番！及至见了郝为真的面，谈论起拳脚来，孙福全将平生心得的武艺做了些给郝为真看了，并说了自己求学太极的诚意。郝为真不但不推辞，并且欣然应允了，说道："我于今已被黄土掩埋了，武艺带到土里去也无用。我一生不带徒弟，不知道的人以为我是不肯把武艺教给人家，其实我何尝有这种念头？只怪来找我学武艺的，没有一个能造就成材的人。太极拳岂是和平常外家拳一样的东西，人人可以学得？资质鲁钝的人，就是用一辈子的苦功，也不得懂劲，我劳神费力的教多少年，能教出几个人物来倒也罢了，也不枉我先父传授我一番苦心。只是明知来学的不是学太极的材料，我何苦劳神费力，两边不讨好呢？像你这样的资质，这样的武艺，便不学太极，已是教人伸大指拇的人物了。你要学太极，我还不愿意教吗？"

孙福全能如了这桩心愿，异常高兴，丝毫也不苟且，认真递门生帖，向郝为真叩头认师。郝为真也就居之不疑，因为他自信力量能做孙福全的师傅。孙福全因有兼人的精力，所以能练兼人的武艺，他在北方的声名，并不是欢喜与人决斗，不是因被他打败的名人多得来的，是因为好学不倦得来的。一般年老享盛名的拳术家，见了孙福全这种温文有礼的样子，内、外家武艺无所不能，而待人接物，能不矜才不使气，无不乐于称道。北京为全国首善之区，各省会武艺的出门访友、多免不了要来北京。孙福全既为同道的人所称道，到孙家来拜访的，遂也因之加多了。只是拜访的虽多，真个动手较量的却极少，因为彼此一谈论武艺，加以表演些手法，不使拜访的生轻视之心，自然没有要求较量之理。

有一次，忽来了一个日本人，名片上印着的姓名是"阪田治二"，片角上并写明是柔术四段、东京某某馆某某会的柔术教授。孙福全接了这张名片，心想日本的柔术，我时常听得到过东洋的朋友说，现在正风行全国，军队、学校里都聘了柔术教师，设为专科，上了段的就是好手了。这阪田治二已到了四段，想必功夫很不错，我见他倒得留神才好，随即整衣出见。只见这日人，身体不似寻常日人那般短小，也和中国普通人的身材一样，身穿西服，眉目之间很透露些精明干练之气，上嘴唇留着一撮短不及半寸的乌须。在北京居留的日本人，也每多这种模样。这日人身旁，还立着穿中国衣服的人，年约五十余岁，身体却非常矮小。孙福全暗想两个客怎的只一张名片呢？正要问哪位是阪田先生，那穿中国衣服的已向孙福全行礼，指着穿西服的说道："这是阪田君，因初到中国来，不懂中国话，兄弟在中国经商多年了，因请兄弟来当临时通事。”说罢阪田即脱帽向孙福全行礼。

宾主见礼已毕，孙福全请教这临时通事的姓名，他才取出名片来，当面递给孙福全。看他这名片上印着“村藤丑武”四字，片角上有“板本洋行”四个小字。村藤开口说道：“阪田君这番来游历中国，目的在多结识中国的武术家。到北京半个月，虽已拜访了几个有名的武术家，然都因武术的方法和日本的柔术不同，不能像柔术一般的可以随意比试，以致虽会了面，仍不能知道中国武术是怎样的情形。阪田君是存心研究世界武术的人，因研究世界各国的武术，可以就武术观察各国人民的性情习气，及其历史上发展的程序，并非有争强斗胜之意；无奈所会见的武术家，都把比试看得非常慎重。也或许是误会了阪田君的意思，以为是来争强斗胜的。”

孙福全听村藤说出这番话来，即带笑问道：“阪田先生到北京所会见的有名武术家，是哪几个，是怎样不肯比试呢？”村藤听了问阪田，阪田好像半吞半吐的说了几句，村藤即答道：“阪田君说，是在某处蹓跶厂里会见的，也有姓刘的，也有姓张的，名字却记忆不明白了。”孙福全笑道：“只怕阪田先生会见的，不是北京的武术家。若是和自己本国的武术家比试，确是非常慎重，轻易不肯动手；如果有外国的武术家来要求比试，这是极端欢迎的，哪有不肯比试之理！阪田先生所会的，必不是武术家，不然就是无赖冒充武术家，欺骗阪田先生的。即如兄弟在中国，认真说起来，还够不上称武术家，若有中国武术家到北京来找兄弟比试，兄弟决不敢冒昧动手。但是外国的武术家，就无论他的本领怎样，见兄弟不提比试的话则已，提到比试，兄弟断无推辞之理。”

村藤又将这话译给阪田一面听，一面就孙福全浑身上下打量。听罢摇头说了一遍，村藤译道：“阪田君绝对不是要分胜负的比试，这一点得求孙先生谅解。”孙福全道：“比试的结果，自有胜负，本来不必于未比试之前就存要分胜负之心。”阪田对村藤说了几句，村藤问孙福全能识字、能写字么？孙福全听他忽问这话，心想难道他们要和我比试，还得彼此写一张打死了不偿命的字据吗？不然，初次见面的异国人，何必问这些话呢？然不管他们是什么用意，只得随口答应能识字、能写字。村藤笑道：“请借纸笔来，阪田君因有许多专门名词，不懂武术的人不好通译，想借纸笔和先生笔谈。”孙福全这才明白问识字、写字的用意，当即叫用人取了纸笔来。

村藤说道："我曾听说北京会武术的人，多不识字，更不能写字，孙先生更是特出的人物。"阪田起身与孙福全同就一张方桌旁坐下，二人就笔谈起来。孙福全存心要引阪田比试，好看日本柔术是何等的身法手法，故意不肯露出自己一点儿功夫来，防阪田看了害怕，不敢比试。阪田果然落了圈套，见孙福全笔谈时很老实，渐渐的又提到比试的话，孙福全故意说道："兄弟当然不能不答应比试，不过兄弟平生还不曾和人比试过，恐怕动手时手脚生疏，见笑大方。"在阪田的意思，又想比试，又怕冒昧比不过孙福全，踌躇了好久，才被他想出一个方法来，要求和孙福全比着玩耍，作为友谊的比赛，彼此都不竭全力分胜负。

孙福全自然明白他这要求的用意，也就答应了他。阪田很高兴的卸了西服上的衣，双手扭着孙福全的胳膊，一揉一揪。孙福全暗中十分注意，表面却随着他揪摆，只顾退让。阪田初时不甚用力，孙福全退让一步，他便跟进一步。孙家会客之处，是一间狭而长的房屋，宽不过一丈，长倒有二丈开外，一步一步的退让，已让到离上面墙壁仅有尺多余地了，孙福全虽是背对着墙壁，然自家房屋的形式，不待回顾也知道背后将靠墙壁了。阪田见孙福全的退路已尽，心里好生欢喜，以为这番弄假成真，可以打败这大名鼎鼎的武术家了，急将两手扭紧，变换了步法，打算把孙福全抵在壁上，使不能施转。这种笨功夫，如何是孙福全的对手？孙福全不慌不忙的叫了一声"来得好"，只一掣身就将阪田的两手掣落了。

孙福全的身法真灵巧，阪田还没有看得分明，仅仿佛觉得两腿上受了一下激烈的震动，身体登时如驾云雾，翻了一个筋斗，才落下地来，仍然是两脚着地，并没倾倒；看落下的所在，正是起首揪扭之处。再看孙福全，还是从容自若的走过来，拱手说："对不起！"阪田心想孙福全这样高强的本领，何尝不可以将我打跌在地，使我不能动弹呢？我这么逼他，他尚且不将我打倒，可见他是有心顾我的面子。阪田因为如此着想，不但佩服孙福全，并且异常感激，殷勤相约后会而别。阪田自被孙福全打翻了一个筋斗之后，一日也没在北京停留，就动身回日本去了。

孙福全打翻阪田的次日，正待出门去看朋友，刚走到门口，只见一人迎面走来，看去认得是吴鉴泉。吴鉴泉也已看见孙福全了，即拱手笑道："打算去哪里吗？"孙福全道："再来迟一步，你这趟便白跑了。"吴鉴泉道：

“平常白跑十趟也没要紧，今日有要事来商量，喜得在路上没有耽搁。”孙福全与吴鉴泉原来有点儿交情，听说有要事来商量，即回身让吴鉴泉来家。

不知吴鉴泉商量了什么要紧的事，且俟下回再写。

总评：

幻术者，学道人之余事耳！然一施用，亦能令观者眉飞色舞，咋舌不止。唯施术之地，必于华堂大厦，否则地小将不足以供回旋，是则只富贵人有此眼福。吾侪寒酸，不将为之减气耶！

“缘法”二字，实在可解不可解之间，而陈乐天竟能论之如是透彻，对之深信不疑，伟矣！至若以罗汉之慧眼，尚于人之缘法，未能十分了然，虽其事近于神话，要亦足令人忍俊不禁者也。

孙福全艺已兼人，犹孜孜如不及，广访名师，再练太极，其好学不倦，实足令人钦佩。初非常人所能及，宜其后之能集大成矣！虽然，脱不遇郝为真，其志将终无以偿，殆亦所谓缘法者欤？若杨澄甫者，陋人耳，乌足道哉！

日本柔术，持以与我国拳术较，巧拙之分立判，直如小巫之见大巫耳！顾日人尚沾沾自喜，三段、四段头衔，常用以夸耀于人，一若其艺之真不可及者。今观孙福全之对阪田，六辔在手，一尘不惊，纯出之以谈笑，而阪田已惊悸亡魂，自知非敌，不可谓非快事！而终顾全其体面，不肯仆之于地，更见其忠厚处，尤足使倭人怀德无穷也。

第六十四回

霍元甲助友遭呵斥　彭庶白把酒论英雄

话说孙福全让吴鉴泉来家，彼此寒暄了几句，孙福全开口问道："承你赐步，有什么贵干？"吴鉴泉笑道："并没有旁的事故，想来邀你同去上海走一遭，不知你能否抽身同去？"孙福全道："我身上原无一定的职务，无论要去哪里，只要我自己高兴，随时皆可前去，不过得看我自己愿意不愿意。你邀我去上海干什么呢？你且说说出缘由来，我若高兴去，一定陪你同去走一遭。"

吴鉴泉即将到天津看霍元甲，霍元甲托他多邀几个好手前去上海帮场的话，说了一番道："霍四爷曾对我说，此刻上海也有几个练内家武艺的能手，我其所以安排前去，固然是想看看这位英国大力士的本领，然也想借此时机，与在上海的几个会内家武艺的人物结识。"孙福全喜道："霍元甲和英国大力士比武，真有这一回事吗？我在去年就听得从天津来的人说，霍元甲带了一个徒弟，同一个姓农的朋友，到上海找英国大力士比武去了，我立时就打听英国大力士是谁。霍元甲在天津做生意，为什么要巴巴的跑到上海去和那大力士比武？无奈说这话的人也弄不明白，据说是听得旁人这么说。后来我遇着天津来的熟人就问，多不知道有这回事，我以为必是谣言，便不搁在心上。照你这样说来，竟是实有其事。喜得还没在去年比赛，留给我们也瞧瞧热闹。我决定和你同去，霍元甲说在何日动身呢？"

吴鉴泉见孙福全应允同去，也很高兴的答道："霍四爷说比赛的期虽在二月，但是他预备就在日内动身前去。"孙福全道："从天津去上海一水之便，何必要去这么早呢？像我们身上没有一定职务的人，迟去早去，本来都没有关系，不过早去得多花几文旅费罢了。霍四爷现做着药材生意，不比闲人，去这么早干什么？”

吴鉴泉摇头道：“早去有何用意，他没明说。他仅说正二月生意清淡，早去没有妨碍，因恐怕迟走临时发生意外的阻隔，以致过了约期，得受五百两银子的罚金尚在其次，名誉上所受的损失太大。”孙福全摇头道：“缘由决不止此，必还有道理，他不肯在事前说出来。好在你我闲着无事，就在日内动身前去也使得。”当下吴、孙二人约好了动身的日期，各自准备，后文自有交代，暂且放下。

于今单说霍元甲在淮庆会馆过了新年初五，因不久就得去上海和奥比音比赛，虽自信有八九成可望比赛胜利，然不能绝对不作失败的准备。万一比赛的结果，竟不能取胜，五千两纹银，在中人之产的霍家自是巨款，并且这种事情关系霍家的声名甚大，不得不在事前归家一趟，将情由奉告老父。在霍元甲以为这种因外国人藐视中国无人，仗义出头和外国人赌赛的事，不但是个人得名誉，霍家迷踪艺的声威，也可因此震动全世界。自己老父和众兄弟，都是能相信他自己的武艺，不至比不过外国人的，断无不赞成此举之理，谁知竟大不然。霍元甲归到家园，向霍恩第拜了年，众兄弟都在家中度岁，新年相见，自有一番家礼，这都不用细表。

霍元甲特地将众兄弟邀到他老父房中，将去年到上海详细情形说了一遍道：“我其所以敢于赌此巨款，实在是自信和外国大力士动手，确有把握，不至被他打败。”霍恩第听了就问道：“你在天津曾和外国大力士比过么？”霍元甲道：“不曾比过。去年俄国的大力士到天津来显武艺，自称是世界上第一个大力士，孩儿特地邀同好友农劲荪君前去，要求较量。那大力士不中用，竟不敢动手，就这么悄悄的跑了。后来打听，才知道已从天津往别国去了，不敢再在中国地方显武艺。”霍恩第又问道：“你会过上海那个英国大力士，见过他的功夫么？”霍元甲道：“孩儿见报载奥比音在上海显艺的事，邀农君赶到上海时，不料迟了几日，奥比音已动身到南洋群岛去了，因此不曾会过面，功夫如何，更不知道。”

霍恩第摇头道：“你这孩子真荒唐极了，既是不曾会过面，更不知道功夫深浅，怎敢糊里糊涂的与人赌胜负，赌到五千两银子呢？你是练武的世家子弟，难道不知道武艺这东西，功夫深浅是没有止境的吗？无论谁人，也不能说自信没有对手。你冒昧与外国人订赌五千两银子的约，岂不是荒谬的举动？”

霍元甲道：“爹爹请放宽心，孩儿决不敢荒谬。孩儿虽不曾与奥比音会过面，不知道他的功夫如何。只是孩儿的好友农君，他是一个会武艺的人，在外国多岁，深知外国人的武艺，曾详细将外国武艺的方法说给孩儿听。孩儿又亲眼看过外国大力士与外国大力士比赛，外国武艺的手法身法，早已知的一个大概了。外国武艺全仗气力，若能使他有气力用不着，他便无法可以取胜了，因此孩儿觉得有把握，不至被外国人打败。”

霍恩第见霍元甲这么说，知道这个儿子，平日做事，素不荒唐，也就不再说责备的话了。只是众兄弟当中，有两个听了不愿意，最反对的是霍大爷。他接着向霍元甲这么说道：“外国武艺的手法身法，在你所亲目看见的，尽管极笨极不中用，然不能就此断定外国人的武艺不好。因为武艺在乎各人能否下苦功夫，哪怕手法身法都好极了，不曾下过一番苦功夫，难道就中用吗？这英国大力士既能名震全球，居然敢漂洋过海到上海来显武艺，可知他的武艺，断不是平常外国人所能赶上的。你看了有武艺不好的外国人，便断定凡是外国人都没有好武艺，公然敢与人订约，赌五千两银子的胜负；万一这英国大力士，不和你所看见的大力士一般不中用。你被他打败了，霍家百多年迷踪艺的威名被你丧尽还在其次，这五千两银子的损失，还是你一个人拿出来呢，还是在公账内开支呢？去年你替胡震泽在各钱店张罗的一万串钱，至今胡震泽不曾偿还一文，各钱店都把这笔账拨到淮庆药栈账上，我家吃这种亏已吃得不耐烦了，若再加上五千两，我家破产还不够呢！”

霍元甲见自己大哥说得这般气愤，一时不敢辩驳，想起胡震泽那一万串钱的事，问心也是觉得对不起自家兄弟。因为胡震泽与家中兄弟都没有交情，而淮庆药栈是十弟兄共有的财产，为顾一个人的私交，使大家受损失，也无怪大哥这般气愤。霍元甲既如此着想，所以不敢再加辩驳，只得和颜悦色的说道：“请大哥不用这么着虑，胡家的那一万串钱，虽是拖延了不少的时日，不过他此刻的生意，并不曾收歇，若做得得法，偿还一万串钱也非难事。”

霍大爷不待霍元甲说下去，即连连摇手截住话头说道：“你这呆子还在这里望胡家的生意得法，你睡着了啊？胡家的生意，何时做得不得法，你尚以为他是偿还不起这一万串钱吗？我早已听得人说，胡震泽那小子，当日向你开口就起了不良之心。他知道你是一个呆子，人家说满口的假话，你也照例相信是真的，所以他钱借到手之后，不断的到淮庆会馆里来，今日对你说这样生意蚀了本，明日又对你说那项生意蚀了本，你信以为实，便不向他讨账。他的生意真蚀了本吗？他仅借了一万串钱做生意，若据他所说今日也蚀本，明日也蚀本，蚀到此刻，这一万串的本不早已蚀完了吗，何以生意还不曾收歇呢？”

霍元甲本不敢和自己大哥辩驳的，只是他的生性最爱朋友，他要好的朋友，如有人毁谤，他是非竭力辩护不可的，当下也连连摇手说道：“这话太不实在了。如果胡震泽是这样的人，我自愿挖了我两只眼睛。他并不曾时常到我那里说蚀本的话，仅有一万串的本钱，才做了不到一年的生意，若就逼着他偿还，他除却将生意收歇，如何能偿还得起呢？”

霍大爷不听这话犹可，听了更加气愤道：“不逼着他偿还，倒逼着我们兄弟来偿还，你毕竟安着什么心眼？”霍元甲被逼得叹了一声道：“大哥也不要生气，这一万串钱，我尽我的力量，设法偿还便了。好在是由我出面向各钱店张罗得来的，并不是从淮庆药栈的本钱内提出来的。至于和外国人赌赛的这五千两银子，我能侥幸打胜，是不须说了，便是打败了，我自有代替我赔钱的人，外国人决不至向家里来要账。”

霍元甲说毕这番话，心里总不免有些难过，也不高兴在家里停留，即辞别家人，回到天津来。到天津后想起这回事，仍是闷闷不乐。农劲荪见他不是寻常潇洒的神气，便问他为什么事纳闷，霍元甲初不肯说，农劲荪问了几遍，他才将回家的情形说出来道：“大家兄也是一番好意，着虑家中人多业少，吃不起这么大的亏累，只是我眼见胡震泽这种情形，又何忍逼迫他拿出钱来呢？偏我自己又不争气，没有代还的能力，因此一筹莫展。”

农劲荪道：“胡家这一万串钱的事，我早已虑到四爷得受些拖累，不过四爷不用焦急，去上海与奥比音较量起来，我能代四爷保险，得他五千两纹银。有了这五千两银子，弥补这一万串钱，相差也不多了。并且四爷到了上海，我还有方法可以替四爷张罗些银钱，但是得早去。”霍元甲问有什么方法，农劲荪道：“我想上海是中国第一个通商码头，水陆交通便当。四爷到上海之后，可以与彭庶白等老居上海的人商量，择地方摆一个擂台，登报招人打擂，这种摆擂打擂的事，在小说上多有，然实行的极少。上海那种地方，更是从来不曾有人摆过擂，预料摆起来，一登报纸，必有来打的人。在打的时候，来看的必十分拥挤，那时不妨依照去年俄国大力士到天津来卖艺的办法，发卖入场券，不用说每张卖十元、八元，哪怕就卖几角钱一张，积少成多，摆到十天、半月，也可以得不少的钱了。"

霍元甲踌躇道："这办法只怕干不了，一则恐怕真有武艺高强的见报而来，我敌不过人家；二则从来摆擂，都是任人观看，没听说要看钱的摆擂，由我创始做出来，一定给人笑话。"农劲荪连忙摇手说道："不然，不然！中国古时摆擂不取看钱，并不见得摆擂的人品就高尚；现在摆擂取看钱，也不见得人品就卑下。因是时候不同，地方不同，而摆擂的用意也不同。西洋各国的拳斗家比赛，没有不卖入场券的。如是比赛的是两国最有名的拳斗家，入场券有卖到每人一百多元的。中国古时摆擂，多是有钱的人想得声名，或想选快婿，所以不取看赀。于今在上海摆擂，租地方得花钱，到巡捕房打照会得花钱，雇巡捕维持场中秩序得花钱，种种的用费，不从看客身上取，难道我们自己掏腰包？至于真的怕有武艺高强的敌不过，这更是过虑。与四爷交过手的，何止几百人，几曾有敌不过的？我料定一般练武艺的心理，动辄欢喜与人较量的，必是年轻经验不多的人，纵有能耐，也不会有比四爷再高强的。武艺比四爷高强的，年纪必在四爷之上，大凡中年以后的人，十九火性已退，越是用了多年的苦功，越不肯轻易尝试，一则因自己的经验阅历多，知道这东西难操必胜之券；二则因这人既有几十年的苦功，必已有几十年的名誉，这名誉得之非易，失之不难，摆擂的又不曾指名逼他较量，而且就打胜了，也毫无所得，他何苦勉强出头呢？"

霍元甲想了想点头道："农爷说可行，自然是可行的，只是不怕国人骂我狂妄吗？"农劲荪道："摆擂台的事很平常，怎能骂你狂妄呢？并且登报的措辞，其权在我，我已思量了一个极妥善的办法，到上海后再与彭庶白商量一番，便可决定。依照我这计划做下去，不但胡震泽这一万串钱可望偿还，以后尚可以因此干一番惊人的事业。"

霍元甲忙起身向农劲荪拱手笑道："我简直是一个瞎子，农爷可算是我引路的人。"农劲荪也笑道："四爷能认识我，便是有眼的人。"二人商议停当了，即准备动身到上海来。

正月十四日就到了上海，仍住在去年所住四马路的一家旅馆里。将行李安顿妥当，霍元甲即邀同农劲荪带着刘振声，一同雇车去拜访彭庶白。凑巧彭庶白这日不曾出门，他是一个生性欢喜武艺的人，见霍元甲等三人来了，自是异常欣喜，见面寒暄了几句即问道："此刻距订约比赛之期还有一个多月，三位何以就到上海来了呢？难道去年所订约有变更吗？"

农劲荪答道："订约并无变更，其所以早来一个多月，却有两种原因：一则因四爷在天津，做药材生意，恐怕等到约期已近才动身，或者临时发生意外的事故，使不得抽身，不如早些离开天津，索性将生意托人照顾；二则因为我思量了一种计划，须早来方能实行。我的计划，正待与足下商量，是什么计划呢？我想在上海择地方摆设一个擂台，借以多号召国内武艺高强的好汉到上海来，专一准备与外国大力士及拳斗家比赛。不过我有一句话得先声明，我这摆设擂台的性质，与中国各小说书上所写摆设擂台的性质完全不同。从来的摆擂台，目的不外显台主本领，及挑选女婿两种，不然就是有意图谋不轨，借擂台召集天下豪杰之士。我们这擂台不是这般目的，无非要借擂台这名目，可以惊动远近的好汉都到上海来，我们好竭力联络，一致对外。因为霍四爷虽抱着一种对外不挠不屈的雄心，只是一个人的力量终属有限，若能合全中国武艺高强的人，都与霍四爷一般行径，这力量就极大了。古人摆擂台，是以台主为主体，这台主的本领真大，在预定摆设若干时日中，没有能将台主打翻的，自然平安摆满预定的时期。如果开台三五日，便来了一个本领比台主更大的人，三拳两脚竟将台主打翻了，这擂台就跟着台主同倒，不能再支持下去了。我们这擂台不然，是以台为主体，不以人为主体的。譬如第一个台主，无论谁人都可以当得，这台主是预备给人打败的，所谓抛砖引玉，谁能打翻第一个台主，就做第二个台主；有谁能打翻第二个台主，就做第三个台主，是这般推下去，谁的本领如何，我们看了也就可以知道一个等第。其所以要订这么一个办法，也还有一个意思在内，因霍家家传武艺，对人第一要谦让有礼，不许狂妄。四爷觉得摆设擂台的举动，近于狂妄，恐有犯霍家的家规，是这么定下规则，四爷出面做一个台主，就无妨碍了。以我的眼光看来，决不至有能将四爷打翻做第二个台主的，不是说中国没有武艺高过四爷的人，尽管有武艺比四爷高强十倍的，不见得肯轻易上台动手；即算有这样的好手，能上台将四爷打翻，在我们心里，更是巴不得有这种好手前来，帮助我们对付外国人。我们在未摆擂之先，原已声明过了，第一个台主是抛砖引玉，预备给人打败的，也没要紧。”

彭庶白听了鼓掌称赞道：“这种办法，又新奇、又妥善，在中国内地各省这么办，还不见得能号召多少人。上海是华洋杂处、水陆交通四达之地，只要做几条各国文字的广告，在中外各报纸上一登载，旬日之间，不但全国的人都知道，全世界的人都知道了。我常说江浙两省的人，也太柔弱得不成话了，有这种尚武的举动，哄动一时，也可以提一提江浙人的勇气。我看摆擂的地方，还是在租界上好些。因为中国官府对于拳脚功夫，自庚子而后，曾有明文禁止拳师设厂教练，像这种摆设擂台的举动，还不见得许可呢！租界上的巡捕房，倒比较好说话。”

农劲荪点头道：“这事非得足下帮忙，其中困难更多，所以我们才到就来奉访。”彭庶白道：“农爷说话太客气了。农爷、霍爷都是为国家争体面，并借以提倡中国的拳术，这种胸襟，这种气魄，谁不钦佩，谁不应该从旁赞助？三位今日才到，我本当洁治盛筵为三位接风，只是此刻仓促来不及，拟邀三位且先到酒馆里小吃一顿，顺便还可以为三位介绍几个朋友谈谈。”

农、霍二人听了同时起身推辞，彭庶白笑道：“我还是不喜专讲客气的人，所以随便奉邀到酒馆里去小吃，用意还是想就此为三位介绍朋友。有两个新到上海来不久的朋友，曾听我们谈到三位的人品及能耐，都十分钦慕，亟思一见。”

霍元甲问道：“贵友想必也是武艺高强的了？”彭庶白道：“自然是会武艺的，不过高强与否，我却不敢乱说。因为我也新交，只是从中介绍的人，于双方都是多年的老友，深知道那两人的履历。据介绍人所谈的履历，确足以当得武艺高强的评判。”农劲荪笑道：“既承介绍朋友，我们也就不便固执推辞。”

彭庶白即向三人告罪，进里面更换衣服，一会儿出来，邀三人一同出门，乘街车到三马路一家徽菜馆里。刚走进大门，那当门坐在柜台里面的账房，一见是彭庶白来了，忙走出柜台来迎接，满面堆着笑容。立在柜台旁边的几个堂倌，更是满身现出唯恐趋奉不及的样子，无论谁人，一见这种特别欢迎的情形，也必逆料彭庶白定是这酒菜馆里唯一无二的大主顾。彭庶白引三人上楼，选了一间幽静点儿的房间，让三人坐了，仍回身出去了一会儿进来，笑向农、霍二人道："已打发人请那两个朋友去了，大约一会儿就来了。"农劲荪问道："那两位朋友是哪省人，姓名什么？足下既知道他们的履历，可否请先将他们的履历，给我等介绍一番。"

彭庶白刚待回答，只见堂倌捧来杯筷等餐具进来，彭庶白即对堂倌说道："就去教厨房先开几样下酒的菜来，我们要一面喝酒，一面等客。"堂倌照例问了酒名，放下餐具去了。

彭庶白便邀三人入席笑道："那两个朋友的履历，真是说来话长，请旋喝酒旋听我说。他们的履历，也有些儿是可以下酒的，要说他两人的履历，得先从这酒菜馆说起。这酒菜馆的东家，是我的同乡，其家离我家甚近，从小彼此认识，因此舍间自移居上海以后，凡有喜庆宴会的账，总是在这馆里包办的酒席。我有应酬请客，除却请西餐外，也多是在这里。这里的东家早已关照了账房，对我特别优待。这账房是湖南人，姓谭名承祖，甚得这里的东家的信用。其所以得东家信用，也有个特殊原因在内，也有一说的价值。这里的东家姓李，行九，人都称'李九少爷'。虽是一个当少爷出身的人，然生性极喜武艺，专聘了一个在北道还有一点儿声名的教师在身边，教他的武艺。十多年来，也练得有个样子了，更喜结交会武艺的人。这个谭承祖，并不与李九少爷认识，也不曾营谋到李家来当账房。寒舍移居上海的前二年，谭承祖在上海一个最有名的富家哈公馆里当食客。哈公馆的食客极多，上、中、下三等社会的人都有，也聘了一个直隶姓张的拳师，常住在公馆里，教子侄的拳棒。只因哈家是经商致富，对于武艺是绝对的外行，只知道要聘教师，于教师的能力怎样，绝不过问。那位张教师的气力，据见过的一般人多说委实不小，二百五十斤的石担，能一只手举起盘旋飞舞，哈家看了这种气力，便以为是极好的教师了。谁知谭承祖在少年的时候，也是一个喜欢练拳，并曾用过三五年苦功夫，近年来虽没积极的练习，但也没完全荒疏，早晚睡起的时分，总得练几十分钟。和谭承祖同住一房的，也是哈家的食客，知道谭承祖也会武艺，就想从中挑拨得和张教师较量一番，他好在旁看热闹，其他的恶意却没有。

"一次张教师正在教哈家子侄的拳脚，谭承祖与同住的食客，都反操着手在旁闲看，谭承祖不知怎的，忽然‘扑哧’笑了一笑。张教师回头望了望谭承祖，谭承祖便转身走开了。这个想挑拨的食客，背着人就对张教师说道：‘你知道谭承祖今日为什么看你教拳忽然扑哧一笑么？’张教师道：‘他没说话，谁知道他为什么呢，他对你说了么？’这食客笑道：‘他自然对我说了。’张教师忙问：‘他说笑的什么？’这食客做出忍了又忍，忍不住才大笑道：‘你不要生气，我就说给你听。’张教师自然答应不生气，食客就说道：‘他说你教拳的姿势，正像一把茶壶，所以他看了不由得好笑。’

“张教师心里已是生了气，面上还勉强忍耐着说道：‘他不懂得拳脚功夫，知道什么？懒得睬他。’这食客‘咦’了一声道：‘你说他不懂得拳脚功夫吗？他表面是一个读书人，实在拳脚功夫还很好呢！我与他同住一间房，他早晚练拳，我都看见。’张教师听了动气说道：‘他既是会武艺，同在外边混饭吃，就不应该笑我！他还对你说什么吗？’这食客更装出待说不说的样子，半晌才摇头说道：‘并没说你什么，你也不要疑心追问，万一闹出是非来，人家都得骂我的口不紧。’

“张教师听了这半吞半吐的话，以为谭承祖必是在背地里议论了他许多话，当下就气得什么似的，但也不说什么。次日便特地到谭承祖房间里来坐谈，开口就对谭承祖拱了拱手道：‘我听得某某说，老哥的武艺了得，于今早晚还是拳不离手的做功夫，兄弟钦佩极了，特来想领教领教。’谭承祖做梦也想不到同房的人从中挑拨，看了张教师的神色和言语，不觉愕然说道：‘这话从哪儿说起？我若会武艺倒也好了，张师傅看我的身体模样，也相信是会武艺的么？走路都怕风吹倒。某某与我同房，我知道他是素来欢喜开玩笑的，请不要听他的话。’

“张教师就是因谭承祖的身体瘦削如竹竿，加以满面烟容，毫无精采，才存心瞧不起他。今听谭承祖这么说，更不放在心上了，随即点头道：‘我因听得某某这般说，本来我也是不相信的。不过你昨日当众笑我，使我过不去，你不懂武艺倒罢了，若果真懂武艺，我便不能模糊过去。’谭承祖哈哈大笑道：‘你教武艺，不许旁边看的人笑，难道要人哭吗？我笑我的，与你有甚相干！幸而你是教武艺，会武艺的本来可以欺压不会武艺的人；若你不会武艺，用旁人的手艺教人，有人看着笑了一笑，你又怎么办呢？我国会武艺的人，其所以不能使有身份有地位的人看得起，就是这种野蛮粗鲁，动辄要和人拼命的缘故。我姓谭的从小读了几句书，凭着一只笔，在外混了半世，还愁谋不着衣食，不靠教武艺混饭吃，你靠拳头我靠笔，各有各的生路，两不相犯。譬如我在这里替东家写什么东西，你就在旁边笑一个不休歇，我也不能说要领教你的文墨！'

"张教师是个粗人，一张嘴如何说得过谭承祖呢？被这么奚落一阵，回答不出话来，只得忍气退出，将话说给那存心挑拨的人听。这人笑道：'你不逼着他动手，他是瞧不起你武艺的人，懒得和你纠缠，所以向你开教训。可惜他谭承祖不遇着我，我若有你这种武艺，他对我如此，我就没有你这样容易说话。'张教师道：'他不承认会武艺，又没当我面说我不好，我如何好逼他动手呢？'这人摇手说道：'不用谈了，将来传到旁人知道，定骂我无端挑得你们相打。你是离家乡数千里来教人武艺，凡事忍耐忍耐也好，不可随便寻人动手，打赢了还好，若被他打倒了真难为情呢！'说罢，就走向别处去了。

"张教师独自越想越气，越气越没有办法。凑巧过不了几日便是中秋节，哈公馆照例逢年节必有宴会，酒席丰盛，主人亲自与众宾客欢饮。张教师一时高兴，多喝了两杯酒，筵席散后，张教师乘着酒兴，忽然想起要和谭承祖动手的事来，一团盛气找到谭承祖房里，空空的不见一人。转到后院，只见青草地上，照着光明如昼的月色，月光之下，约有十多个人，同坐在铁靠椅上赏月清谈。哈公馆的花园，是上海有名极堂皇富丽的花园，最宜赏月。张教师一心想与谭承祖动手，无论什么好景，也无心领略，直走到十多人当中，就各人面部一个个细看，恰好谭承祖正在其内。张教师一见面就伸手握住谭承祖的手说道：'来来来！我今夜无论如何得和你较量几下，看你是什么大好佬！'

"谭承祖笑道：'哎呀呀！不得了，不得了！张教师一身的本领无处使，要在我这痨病鬼面前逞威风了，请诸位老哥救救我！'谭承祖一面这么说，一面被张教师拉向花园坦宽之处行走。同在一块儿清谈的十多人，多莫名其妙，只得跟在后面看。约走了二三十步远近，张教师刚将手一松，不知怎的突然退后一跤，竟跌到一丈开外。这一跤实在跌的不轻，只把那个张教师跌得头昏眼花，躺在草地上，半晌还爬不起来。谭承祖倒行所无事的走过去笑嘻嘻的说道：‘张老师好快的身法，怎么这般快就到了这里，酒喝多了，请回房歇息去吧！这青草地上露水太重，起来，起来！’边说边将张教师拉起，张教师这才自知不是对手，次日一早就辞职回原籍去了。

“当谭承祖打倒张教师的时候，凑巧这里东家李九少爷也在那十多人之中。十多人看了，都不明白张教师如何跌倒的，唯有李九少爷是一个内行，一望就知道谭承祖是用什么手法打的，觉得谭承祖的武艺不错，当夜就与谭承祖谈了一番，甚是投机。过不了几日，李九少爷即到哈家交涉，要聘请谭承祖来家佐理家务。哈公馆的食客多，去一个人算得什么？谭承祖一出手，打破了张教师一只饭碗，却到手了自己一只饭碗。到李家后，因来历与别人不同，又时常能和九少爷谈论拳棒，所以独见信用，委他在这里当账房。

“我刚才打发人去请的两个朋友，就是由谭承祖特地从他家乡地方接到这里来的，一个姓杨名万兴，一个姓刘名天禄。两人的年纪都将近六十岁了，为什么不远数千里，无端把两人接到这里来呢？只因谭承祖平日与九少爷谈话，不谈到武艺上便罢，一谈武艺，便免不了提起杨万兴、刘天禄两人，功力如何老到，身手如何矫健，某次在某处和某人是如何打胜的，谈到精神百倍，唾花四溅。九少爷是公子哥儿脾气，听了兴高采烈，问刘、杨两人是古时的人物呢，还是现在的人物呢？谭承祖道：‘自然是现在的人物，若是古时的人物，已死无对证了，又何须说呢？’

“九少爷见说其人还在，随即教谭承祖写信打发人去迎接。谭承祖道：‘写信不见得能接来。’九少爷就教他亲自前去，随即拿了五百块钱，给刘、杨两人做安家费和三人同来的路费。于是不到一个月，刘天禄、杨万兴已到上海来了。初到上海的几日，九少爷因见这两人的本领确实难得，谭承祖平日所谈的并无虚假，也就十分钦敬，备办了几桌酒席，陪款两人。凡是上海会有些武艺的人，平时与九少爷有来往的，无不请来作陪。我因是同乡的关系，也在被邀之列，我于今且把当日在李家所见的情形，先说一说，再说他两人的履历。”

彭庶白说到这里，堂倌已送上酒菜来，忙起身替三人斟了酒。大家一面吃喝，一面听彭庶白继续说道：“我从来与李家来往很密，刘天禄、杨万兴的声名，早已间接听李九爷说过多次了，想瞻仰的心思，也不减于李九。众陪客中唯我到的极早，到时只见李九爷、谭承祖和一个土里土气的乡老头，同立在客厅中，三人都面朝上边望着，好像看什么把戏的样子。我也不向他们打招呼，跟着朝上边一望，原来还有一个身体瘦弱些儿的乡老头，正用背贴在墙上，双肩向上移动，已爬上几尺高了，仍不停留的向上移去，转眼便头顶着天花板了。这种壁虎功，原不算稀奇，我在小孩时代就见过；不过壁虎功向上走是容易，能横行的却没见过。此时这乡老头的头，既顶着天花板了，就将两掌心贴着墙壁，靠天花板横行起来，并且移动得甚快，只在转角的时候，似乎有点儿吃力的样子。走了两方墙壁，才溜下地来，对李九爷拱手说献丑。我也上前打招呼，始知道显壁虎功的是刘天禄，立着看的是杨万兴，因见有客来了，不肯再显能为。

“据李九爷这日在席上，对众陪客演说刘天禄、杨万兴两人的逸事道：‘我不与刘、杨二公同乡，在今番以前，又绝没有亲近过二公，对于二公的历史，应该无从知道；只是有谭君朝夕替二公介绍，所谈不止数十次，因此两耳已经听得极熟了。我初听了谭君所谈的，心里异常钦仰二公的能耐，孜孜的想能会面才好。打发谭君去迎接的时候，我心里却又异常惴惴，唯恐迎接二公不来。今日在座诸君，于二公先见面，后闻名，不劳想慕，很是幸福。我于今且把我所知道的二公逸事，说两件出来，给诸君下酒。’

“‘刘公是长沙人，十四岁的时候，从湘阴最有名的大教师刘才三练习拳脚，不间断练了十年，就跟着自己叔父去辰州做木排生意。这一去，就是十多年不通音问。刘才三仍是到各处教拳脚，所至之处，从学的都是本地练武艺有名的人物。湖南的风俗，教拳的没人敢悬金字招牌，唯有刘才三无论到什么地方教拳，总是带着一块金牌同走，开场之日，便将红绸盖在招牌上，悬挂大门外面，燃放鞭炮庆贺。如遇有来拆场的打手，在未动手前，刘才三必与来人交涉妥当，若打场被人拆了，刘才三打不过人，将金字招牌劈破，实时离开本地；如拆场的本领不高，反被刘才三打败了，便得挂红赔礼。

“‘刘才三从教拳以来，经过拆场的次数，在一百次以上了，没一次不是打得来人挂红赔礼的，因此金字招牌上所挂的红绸有二三百张之多，望去只是一个红球，不像是招牌了。南州地方有几个有钱的人，喜欢练武，闻刘才三的名，派人专诚奉请，说好了两千两银子，教一年的拳脚。那时两千两银子教一场武艺，在寻常教师是没有的事，而在刘才三却非高价，因刘才三教拳，至少非有两千两银子不教。刘才三平时告诫徒弟，有“三不打”的话：一出家人不打；二乞丐不打；三女子不打。因这三种人不会武艺便罢，会武艺的多有惊人的本领。刘才三常说，在一般人的眼中看这三种人，多以为是没有能力的可怜人，练了武艺去和这三种人动手，便先自担了个不是的声名；万一遇着武艺高强的，挨一顿打，更不值得。刘才三既以这三不打教徒弟，他本人自然存心不和这三种人动手，到南州教了半年，并没有敢来拆场的。

“‘这日忽来了一个和尚，到门房里说要见刘师傅。门房进去传报，刘才三听说来的是和尚，即连忙摇手道：说我不在家就完了。门房退出对和尚道：对不起！刘师傅今日出门拜客去了，不在家中。和尚点了点头，折身就走。第二日那和尚又走了来，门房只得又进去传报，刘才三对门房说道：不是会武艺的，不至一次又一次的来找我。我的规矩，不与出家人动手，你还是去回报他不在家。门房出来说了又不在家，那和尚面上已露出不高兴的样子，然也没说什么，就退出去了。第三日又走来对门房说道：今日难道刘师傅又不在家么？门房明知刘才三不肯相会，便答道：今日果然又不在家，和尚找他有何贵干？和尚这番就不似前昨两日那么和平了，高声发话说道：好大的架子，连看他三日，三日都不在家。我不相信有这么凑巧，若真不在家，可放我进里面寻找；寻找不着，就坐下等他回来。门房说：不行，不行！你是出家人，如何好放你进里面去，里面住着家眷。和尚不依道：我只寻刘才三，与里面的家眷无涉。我长途跋涉的到这里来，也不知受了多少风霜劳苦，为的就是要见刘才三。他若是怕了我，赶快将金字招牌劈破。旋说旋捋着两只大袖往里面走，门房哪里拦阻得住呢？

“‘此时刘才三正藏身在二门后，听外边的言语，见和尚公然冲了进来，慌忙退到厨房间，脱了脚上鞋袜，换了大司务的衣服，托了一盘茶出来。看和尚已坐在客堂椅上，两眼不住的向各处张望，看了刘才三托茶出来，也不在意。刘才三问道：大和尚是来会我师傅的么？他出门看朋友去了，我师傅的规矩，是不打出家人的。可惜我师傅的大徒弟，也跟着师傅出门去了，只留我这个不行的灶鸡子在家。你是来找我师傅比武艺的么？说时将茶递上去，和尚一面接茶，一面答应不错，茶杯还不曾接妥，茶盘已劈打将下来。和尚的手法好快，尽管在他无意中劈去，他避开茶盘，顺手就将刘才三的衣袖拉住，两边都朝自己怀里一拉，只听得喳的一声，衣袖被拉去半截。彼此各不相下的，就在客堂里动起手来。

"'也是棋逢敌手，将遇良材，打了二三百个回合，没有分胜负。和尚忽然跳出圈子，指着刘才三说道：你不就是刘才三吗，假装什么灶鸡子？一个月后再来领教，那时定使你知道我的厉害！说毕扬长而去。刘才三看断了的半截衣袖，断处五个指爪印，就和五把极锋利尖刀刺破的一般，心想这和尚的本领，在我之上，我尽我的力量，才勉强支持一个平手，占不着他半点便宜；他若一个月后再来，我如何对付他呢？我的金字招牌，难道就要在这地方劈破吗？心里越想越着急，越没有对付的方法。

"'光阴易逝，一霎眼就过了二十日。刘才三还是一筹莫展，只急得病倒在床，水米不能入口。所教的徒弟，虽都情愿帮助师傅，然哪有帮助的力量呢？当时在南州的湘阴人，都听说这么一回事，也多代替刘才三担忧。因刘才三是湘阴最著名的好手，若被人打败了，同乡人的面子上多不好看，只是希望刘才三打胜的人虽多，然谁也没有办法。这事真是巧极了，刘才三十多年不得音信的徒弟，就是这位刘天禄先生，不知被一阵什么风吹到南州来了。这位刘公因驾着木排到南州，并不知道自己的师傅在南州教拳；与和尚相打的事，更是毫不知道。但是岸上做木排生意的，多湘阴人，见面闲谈起来，不知不觉的谈到刘才三身上去了。这位刘公便说道：刘才三么？是我们的师傅，于今既在这里教打，我又恰好到这里来了，免不得要办点儿礼物，去给师傅请安。做木排生意的听了笑道：你要去请安，就得快去，若去迟了，只怕他不能等你。这位刘公问是什么缘故，那些人将和尚来访的事由说了，并说刘才三现已三日不沾水米，睡在床上，只奄奄一息了。这位刘公哪敢停留，礼物也来不及备了，径向刘才三教拳的人家走去，照例请门房通报。

"'刘才三想不到十多年不通音信的徒弟，无端会到这里来，以为又是来较量武艺的，连连对门房摇手说：'病了不能见客。'喜得这刘公能写字，当下向门房借了纸笔，写出自己的姓名履历，又教门房拿了进去。刘才三见了自家徒弟来了，心里虽安了些儿，然逆料自家的徒弟，本领必难胜过他自己，但欣喜有了一个可以托付后事的人，随即教门房将这刘公带进去。

"'刘公的性情最厚，一见自家师傅病到那种憔悴样子，不由得心酸下泪，跪倒在床前问候病状。刘才三忍住不肯将病由说出来，刘公问道：师傅不曾请医生来服药吗？刘才三叹道：我这病不是医生能治好的，用不着请医生。刘公道：弟子也能治病，只请师傅把病由说给我听。刘才三问道：你这十多年来，也曾另觅师傅，你在外面已听得人说和尚来拆场的事么？刘公道：南州的人，谁都知道这回事了。刘才三道：你这十多年来练了些什么惊人的本领？刘公道：硬本领练到师傅这般地位不容易高强了，弟子练的是软功夫，和人动手确有把握。刘才三道：你且使一点儿给我看看，不问什么软功夫。刘公知道师傅还不相信自己的功夫，能敌得过和尚，当即使出重拳法来，将床前做榻凳的一块方石，只轻轻一掌拍得粉碎。刘才三看了，一厥劣就翻起身来坐着说道：我的病已经好了。’”

不知刘天禄如何对付和尚，且俟下回再写。

总评：

霍元甲以爱友之故，竟受其兄之呵斥，卒至含冤受屈，不能伸其辞。甚矣！家庭间之不易处也。然而元甲爱友之诚，因之更益昭著，足令人钦敬矣！

昔之摆设擂台，其用意不外夸显台主本领，及物色乘龙快婿两种，否则即意图不轨，借此招罗天下英雄耳！今农劲荪之欲摆擂台，乃大异于是，盖欲联络英豪，共图对外焉。其眼光之远近，其主义之广狭，固不可同日语，诚为别开生面之举也。

以下为刘天禄、杨万兴传，而将写刘天禄之前，复写一刘三才，盖用以为陪宾，竭力振起下文耳。而彼和尚者，则更宾中之宾也。明乎此，则此二回之章法，当可了然于胸矣。

第六十五回

抢草堆铜人骇群丑　打地痞赤手拯教民

话说“李九少爷继续说道：‘刘才三随即下床，吩咐厨房备办酒菜，一面替这刘公接风，一面替自己贺喜。那场所教的徒弟，见师傅忽然起床，兴高采烈的吩咐厨房办酒菜，虽曾听说是十多年前的徒弟来了，然因这位刘公在当时并没有大声名，一般徒弟都不知道他的能为怎样。刘才三虽曾亲眼看见劈碎石头的本领，却还不知道这种重拳法打在人身上怎样。等到夜深时候，一般徒弟都睡着了，刘才三方对这刘公说道：我听说重拳法只能吓人，实在打在人身上是不中用的，我也不曾学过重拳法，不知这话确也不确？刘公道：哪有不能打人的道理。不过寻常人无论体魄如何坚强，也不能受重拳法一击，会重拳法的，非到万不得已，决不拿着打人，并不是打在人身上不中用。刘才三问道：寻常人受不起，要什么样的人方受得起呢？刘公道：必须练过重拳法的人，或者是修道多年的人，方能闪避得了。

“‘刘才三道：那和尚的来历，我也曾派人探听，只因他不是两湖的人，探听不出他的履历。不知道他曾否练过重拳法，或是修了多年的道，如果他还练过的，你打不着他，又怎么办呢？刘公摇手道：我虽没见过那和尚，却敢断定他不会重拳法。他若会重拳法，便不至接二连三的来找师傅，定要与师傅动手。因为练重拳法的人，在未练之先，就得发誓，一生不能由自己先动念去打人，被人逼得无可奈何，才能动手。并且他与师傅打了二百多回合，可知他不会重拳法。于今即算他会重拳法，我要打他的功夫，还很多很多。总之，我只不寻人动手，凡是无端来寻我动手的，我都能包不吃亏。刘才三听了，这才真放了心。次日早起就拿了些银两，亲自到街上买裁料，替这刘公赶做极漂亮的衣服。

“‘等到满一个月的这日，门房果然来报：和尚又来了。刘才三成了惊弓之鸟，一听和尚来了，登时脸上变了颜色，忙问刘公怎么办？刘公当即对门房道：你教他到客厅里坐，大师傅就出来会他。门房答应去了，刘才三问道：你要带什么东西不要？刘公点头道：要的。承你老人家的情，替我做了几套漂亮衣服，请即刻赏给我穿了去见他吧！衣服排场也是很要紧的。刘才三连忙把新做的衣服都捧了来，刘公拣时兴阔绰的装束起来。俗语说得好：神要金装，人要衣装。刘公的仪表，本来不差，加以阔绰入时的衣服，更显得堂皇威武了。而当时在场的徒弟，又都知道凑趣，明知道这位大徒弟要假装大师傅去见和尚，不约而同的多来前护后拥，刘公鼻架墨晶眼镜，口衔京八寸旱烟管，从容缓步的走到客厅里来。

“‘这和尚一见不是一月前动手的人，心里已是吃了一惊，又见这种排场举动，确是一个大师傅模样，即自觉上次猜度错了，暗想这里的大司务，尚能和我打二三百个回合不分胜负，这师傅的本领就可想而知了。我倒要见机而行，不可鲁莽。想着，即上前合掌道：贫僧特从五台山来奉访大师傅，今日已是第四次进谒了。刘公不住的两眼在和尚浑身打量着，面上渐渐的露出瞧不起他的神气，半晌才略点了点脑袋说道：前次我不在家的时候，听说有一个外路和尚来访，不相信门房说我不在家，开口就出言不逊，以致与我家厨子动起手来，想必那和尚就是你了。我那厨子很称赞你的武艺，我那厨子的武艺虽不行，只是他生性素来不佩服人的，他既称赞你，想必你比他是要高强一点儿。你三番五次来要见我，是打算和我较量么？也好，就在这里玩玩吧！

“‘那和尚被刘公这一种神威慑服了，面上不知不觉露出害怕的样子来，沉吟了一会儿，才又合掌说：领教！刘公吸旱烟自若。和尚道：请宽衣将旱烟管放下，方好动手。刘公哈哈笑道：什么了不得的事，要这么小题大做，看你怎样好打，就怎样打来便了，吸旱烟不妨事。那和尚也有些欺刘公托大，又仗着自己的虎爪功厉害，能伸手到猪牛肚里抓出心肝肠肺，所以前次与刘才三动手的时候，一沾手刘才三的衣袖就被拉断了半截。这一个月以来，旁的武艺并没有多少增加，独虎爪功更加厉害了，猛然向刘公扑将过来，刘公随手挥去，和尚不知不觉的就跌翻在一丈以外。和尚就在地上叩了一个头道：大师傅的本领，毕竟不凡，真够得上悬挂金字招牌！说罢，跳起身走了。刘才三躲在旁边看得仔细，听得分明，心中简直感激万分，将那一场武艺所得的两千两银子，除吃喝用费之外，全数替刘公做了衣服。刘才三从此不再出门教拳了。像这样的好事，还不足以给诸位下酒吗？’

“当时在坐的人听李九少爷这么说，大家都很注意刘天禄。其中就不免有口里不说什么，面上却现出不大相信的神色。谭承祖复起身说道：‘敝居停方才所谈的，皆由兄弟平日所闲谈，不但丝毫没有增加分量，并有许多在于今迷信科学的人，所视为近于神话的地方，经敝居停剪裁了，不曾说出来，兄弟请向诸位补说几句。好在兄弟在此时所谈的，比较平日向敝居停所谈的，更易信而有征。因为刘公天禄现在同座，诸位若有不相信武艺有软功夫的，不妨当面质问刘公，或请刘公当面一试。这问题就是我国数千年来最足研究的问题，希望诸位不要根据一知半解，便断为没有这回事。刘公天禄在南州代自己师傅扬名打和尚的事，此刻在湘阴的孩提妇孺都无不知道，也无一个不能原原本本的说出来。刘公当时将和尚打跌一丈开外，所用的确实不是硬功夫，但不是重拳法，是沾衣法。怎么谓之沾衣法呢？学会了这种法术的人，在要运用的时候，只须心神一凝聚，哪怕是数人合抱不交的老树，或是数千斤重的大石，一举手挥去，沾着衣袖就腾空飞起来，三丈五丈皆能由自己的意思挥去。

“‘刘公所会的法术，不仅这二三种，兄弟不能举其名，而知其作用的还有许多，然都是会武艺的人最切实用的。兄弟也会向刘公请教，据说要练这种把势最切实用的法术，还是硬功夫练有七八成火候的，便极易练习，没有硬功夫，要想专运用软功夫，却是极难。刘公能于百步以外，出手便将敌人打倒，又能使敌人不得近身，一近身就自行滑倒，这方法名叫滑油令。滑油令能下的多，但程度有深浅，所下即有远近。刘公能于平地下十丈，沙地下三丈，在他省或有更高强的，兄弟不得而知，在敝省湖南却没有再高的了，而能在沙地下滑油令的，更是极少。敝居停好奇成性，平日听得兄弟谈到这些功夫，不惜卑词厚币，派兄弟亲去湖南将两位老前辈接来，一则是诚心想瞻仰两位的丰采；二则也不无几分疑兄弟过于夸诞之处，想迎接两位老前辈来，好研究一个水落石出。兄弟到湖南与两位老前辈相见的时候，代达敝居停一番诚意之后，就老实不客气的向两位声明，到了上海，难免不有人要求硬、软功夫都得显显，那时千万不能拒绝。因为一经拒绝，不仅使人不相信两位有这种能耐，并使人不相信此间有这么一回事。如果两位存心不想显给人家看，那么上海就去不得。想不到两位老前辈真肯赏脸，居然答应凡是能显出来给人看的，决不推辞。我听了这句话，就如获至宝，立时买轮伺候两位动身到上海来。

"'刘公天禄的轶事，刚才敝居停已说了一桩刘公平生的轶事，虽尚有很多，只是一时在席间，不便一一为诸位介绍，将来有机会再谈吧。兄弟这时且把杨公万兴的轶事，也向诸位介绍一二桩。刘公在湘阴得名甚迟，到了四十六岁在南州将那和尚打败，回来才享大名。至于杨公得名就很早，杨公的神力，可以说是天授。他少时从何人练武艺，练的是什么功夫，此时都无须细说。因为古话说了的，七十二行，行行出状元，无论练什么功夫，只要拼得吃苦，没有不能练成好手的。兄弟在小孩时代，就听得杨公一桩替人争草堆的事。

"'那时湖南稍为荒僻点儿的州县，多有没地主的山场田地。那些山场田地，何以会没有地主的呢？因为经过太平天国之乱，凡是遭了兵燹的地方，居民多有逃避他乡，或在中途离散，不能再归乡里的。以此没主儿的山场田地，小所在任人占领，无人争论；唯有大山头、大荒亩，因为大家多明知无主，就有谁的力量大，能以武力占据，这年就归谁管业。像这种因争据山场田地而相打的事，在当时是极平常的。这位杨公的族人，每年与他姓人为争一处草堆，也不知曾打过多少次，及打伤多少人了。'"

农劲荪听到这里，截住话头问道："兄弟不曾到湖南，请问草堆是什么？"彭庶白点头笑道："这话我也曾问过谭承祖的，据说草堆是那地方的土称，其实就是长满了茅柴的山。每一座大山头的茅柴，割下来常有好几万担，运到缺乏柴草的地方去卖，可以得善价。这年杨公已有二十岁了，仗着天生神力，使一条熟铜棍一百四十斤，在远处望着的人，见使一条黄光灿烂的东西，莫不认做装了金的木棍，没人相信能使这般粗壮的铜棍。杨公知道这年同族的人又得和他姓人争草堆相打了，一面劝同族的人毋须聚众准备，一面打发人去对方劝说，从此平分草堆，永绝后患，免得年年相打伤人。

"本来是年年相打的，已经习以为常了，将近秋季割茅的时候，双方都得准备打起来。今忽然由杨家派人去对方讲和，对方哪里知道，杨公是出于好意，以为杨家必是出了变故，不能继续一年一度的打下去，公然拒绝讲和。不但拒绝讲和，打听得杨家族人，果然还没有准备，并想乘不曾准备的时候，多聚人上山割茅。杨家的人看了如此情形，都埋怨杨公不该出面多事，以致反上了人家的大当。杨公也非常气愤，即奋臂对同族的人说道：‘他们再聚多些也不要紧，我一个人去对付他们便了，只请你们跟在我后面壮一壮声威。’随即在同族的人当中挑了四个一般年龄，一般身强力壮的人，同扛了那条一百四十斤重的熟铜棍，跟随背后。杨公赤剥着独自上前，向草堆上大踏步走去。

“那边见杨公独自赤膊当先，也料知必是一个好手，便公推了八个武艺最好的，各操耙棍上前迎敌。杨公只作没看见，直冲到跟前，八人吓得不由得退了几步，及见杨公和颜悦色，并没有动手相打的神气，胆壮的才大声喝道：‘你是谁？独自赤膊上山来，难道是要寻人厮打吗？’杨公厉声答道：‘我曾打发人来讲和，情愿与你们平分草堆，你们不答应，并乘我们没作准备，就集多人上山割草，毕竟是谁要寻人厮打，得问你们自己才得知道！你们仗着各有四两力气，要厮打尽管打来，我这边请了我一个人包打，你们打败了我，就和打败了我一族人一样，不要客气，请动手打来吧！’

“那八个人虽知道杨公必有惊人的本领，才敢有这般惊人的举动；然不相信一双空手能敌若干人。只是杨公既经如此夸口，他们原是准备来厮打的，自无袖手不动之理。有一个使檀木棍的大汉，举起一条茶杯粗细的檀木棍，对准杨公的头猛然劈将下来，只听得‘哗喳’一声响，棍梢飞了一尺多远，杨公动也不动，反从容笑道：‘要寻人厮打，又不带一条牢实点儿的棍来，这样比灯草还软的东西，不使出来献丑也罢了！’

“震断一条檀木棍不打紧，这八个人实在惊得呆了，还是一个使耙的伶利些，暗想棍纹是直性，横劈下去，用力过猛，被震断是寻常的事。我这耙是无论如何震不断的，看他能受得了！耙这样武器，本是比较刀、枪、剑、戟都笨滞多了，使耙的多是力大而不能以巧胜人的，因为用法甚是简单，最便于招架敌人的兵器，乘虚直捣，不能如刀剑一般的劈剁。这人见杨公毫无防备，也就肆无忌惮，双手紧握着重二三十斤的杂木耙，对准杨公前胸猛力筑过来。哪知道杨公胸向前迎了一迎，只挺得他双手把握不住，反挺得把柄向自己肋上戳了一下，连避让都来不及，靶和人一阵翻了个空心跟斗才跌下。杨公却做出抱歉的样子，一迭连声的跺脚说道：‘什么来的这么粗鲁，自己害得自己收煞不住，这一个跟斗翻得太冤枉了，休得埋怨我！’

“未动手的六个人，各自使了一下眼色，各操手中兵器围攻上来。杨公听凭他们各展所长，不招架一手，不闪躲一下，只光着两眼望望这个，瞅瞅那个。没经他望着的便罢，眼神所到，无不披靡。八个人都弄得双手空空，一个个如呆如痴的看着杨公发怔。杨公这才发出神威来，回头叫四人扛上熟铜棍，一手抢过来向山土中一顿，足顿入土二尺多深，指点那八人说道：‘我听凭你们轮流打了这么久，古人说的来而不往非礼也，于今应该轮到我打你们了。不过我明知道你们都是脆弱不堪的东西，经我这熟铜棍压一下，不怕你们不脑浆迸裂，我不用铜棍打你们，只用一个指头，每人只敲一下，你们能受得了，就算你们的能耐比我高强，这草堆立时让给你们去；你们若受不了，或是不肯受，就得依遵我的话，从此平分这草堆，以后再不许动干戈了。’

“那边为首的人，见杨公这种神威，复这般仁厚，照例打不过的，就无权过问山上的事；这回眼见得不是杨公的对手，而杨公偏许他们讲和，平分草堆，为首的人安得不畏惧，安得不感激呢？遂大家一拥上前，围着杨公作揖打拱。那八个人窃窃私议道：‘这是从哪里来的这么一个铜人，不用说动手，吓也把人吓死。’这回争草堆的事，杨公就得了大名。对湘阴人说杨万兴，还有不知道的；若说杨铜人，哪怕三岁小孩也能知道。不过，杨公的威名虽立得甚早，但抱定主意不到十年访友之后，决不收徒弟做师傅，后来毕竟驮黄色包袱，出门访友十年，本领是不待说越发高强了。访友归来，威名更大，各州府县喜练拳脚的人，都争先恐后的来聘他去教。兄弟曾冒昧问他，平生曾否遇过对手。他说：‘对手大约也遇的不少，但两下自知没有多大的强弱，胜了也不足为师，因此慎重不肯动手的居多。已经动手的，倒没输给人过。唯有一次，确是遇了一个本领在我之上的人，简直把我吓的走头无路。后来幸赖一点机灵之心脱险，至今思量起来，还不免有些害怕。那回因桃源县城里邀了一场徒弟，请我去教，我就答应下来。从湘阴县搭民船到常德，打算从常德起旱。所搭的那条船，原是来回不断行走常德到湘阴的。我上船的时候，天色已近黄昏，我驮着包袱跳上船头，照例往舱里钻进去，已钻到了舱里，回头方看出舱口之下横睡了一个和尚。我也不在意，就将背上的包袱解下来代枕头，放翻身躯便睡。

“‘次日起时，船已开行好久了，同船的约有十多个人，忽听得那和尚高声叫船老板。船老板是个五十多岁，老在江湖上行走的人，见有人呼唤即走近舱口问有何贵干。和尚笑嘻嘻的说道：我是出家人，应该吃素的，不过我今日兴头不好，非开荤破戒不可，请你船老板上岸去买六十文猪肉来。旋说旋打开包袱，取出一串平头十足的制钱来，解开钱索，捋了一大叠在手，一五一十的数了六十文，用食指和大指拈了递给船老板道：这里六十文请你自己数数，看错了没有？船老板伸手接过来一看笑道：老师傅这钱都碎了，一文好的也没有，如何拿去买肉呢？那和尚故现惊讶之色，伸着脖子向船老板手中望了一望笑道：原来果是碎的，我再数六十文给你去吧。船老板即将手中碎铜钱放在船板上，看和尚又拉了一大叠钱在手，一五一十的数了六十文，照样用两个指头拈着递给船老板。船老板伸手接过来一看笑道：不又是碎的吗？一文整的也没有。和尚又望了一望，又待重数。船老板道：老师傅的手太重了，请给我自己数。好好的大钱，捏碎了太可惜。和尚真个将一串钱给船老板，船老板自数六十文去了。

“‘我在旁看得分明，暗想不好了，这和尚此种举动，必是因我昨夜从船头跳进舱来的时候，不曾留神他横睡在舱口，打他身上跨过来。他当时以为我是一个寻常搭船的人，所以不发作。今早他不住的看我枕头的包袱，大约因见我是驮的黄包袱，认做我是有心欺侮他，所以借买肉说出开荤破戒的话来，并借数钱显点儿能耐给我看。我的气力虽自信不肯让人，然若将六十文大钱，两指一捏即成碎粉，必做不到，可知道这和尚的能耐在我之上。我昨日进舱的时候，既看见他横睡在舱口，本应向他道歉一声，即可无事。奈当时疏忽了，于今他已经发作，显了能为，我再向他道歉，显得我示弱于他。甚至他还当着一干人教训我一顿，那时受则忍不住，不受又不敢和他动手，岂不更苦更丢脸？我是这般仔细一思量，觉得除了悄悄的先上岸去避开他，没有别法。想罢也不动声色，先将包袱递到后舱，自己假装小解，到后梢对船老板说道：我刚对前舱的大和尚失了打点，于今那大和尚已存心要挑我的眼了。我是个在江湖上糊口的人，犯不着无端多结仇怨。常言让人不为弱，我本来搭你这船到常德的，现在船钱仍照数给你，请你不要声张给和尚知道，只须将船尾略近河岸，让我先上岸去。我走后和尚若问起我来，请你说我早已上岸走了。那船老板还好，见我这么述说，连忙点头说好。我给了船钱，船尾已离河岸不过一丈远近了，我就驮包袱跳上了岸。心里尚唯恐那和尚赶来，急急忙忙的向前奔走。

“‘这条路我没有走过，虽是一条去常德的大道，然何处可以打午火，何处有宿头，都不知道。而那时急于走路，也没心情计较这上面去，不知不觉的走过了宿头。天色已经昏黑，一路找不着火铺，只得就路边一棵大树下靠着树蔸歇息。奔波了一日，身体已十分疲乏了，一合上眼就不知睡了多少时间。忽耳边听得有哈哈大笑的声音，我从梦中惊醒转来。睁眼一看，只吓得我一颗心几乎从口里跳出来了。原来那和尚已兴致勃勃的立在我身边，张开口望着我狞笑。见我睁眼就问道：杨师傅怎的不在船上睡，却跑到这里来露宿呢？那种存心形容挖苦的神气，真使我难堪。我只得从容立起身来说道：常言赶人不上百步。我既避你，也可算是让你了，你何苦逼人太甚？

“‘那和尚摇手说道：那话不相干。你驮黄包袱出门，想必是有意求师访友；我虽没驮黄包袱，但游行江湖间，也是想会会江湖间的好汉。既遇了你，岂肯随便放你跑掉？我看那和尚眼露凶光，面呈杀气，口里虽说得好听，心里终难测度。先下手为强，后下手遭殃，遂对和尚说道：你现今既追赶我到此地，打算怎样呢？那和尚笑道：随便怎样，只要领教你几下。我说：一定要动手，你先伸出手膀来给我打三下，我再给你打三下何如？和尚说好。恰好路旁竖了一块石碑，和尚即伸手膀搁在石碑上，我三拳打过，七八寸厚的石碑都被打得炸裂了，崩了一大角，和尚的手膀上连红也没红一点。我心里已明白和尚必有法术，他受得起我三拳，我决不能受他三拳。然既已有言在先，我已打了他，不能不给他打。只好也伸手搁在石碑上，让他打下，他也似乎是用尽平生之力打下来。我哪里敢等他打着，乘他拳头在将下未下的时候，一抽手就换了个二龙抢珠的手法，直取他两眼。他不提防我有这一下，来不及招架避让，两眼珠已到了我手中。和尚一时愤怒极了，朝着我站立的方向猛然一腿踢来，因瞎了两眼，又在愤怒不堪的时候，竟忘记了我是立在石碑背后，这一腿正踢在石碑上，好大的力量，只踢得那石碑连根拔了出来，飞了四五尺远才落地。我幸喜有石碑挡住了，只将身体闪开一些儿，便避过了凶锋。只见他紧握着两个拳头，向东西南北乱挥乱打。我这时虽知道他不能奈何我了，只是仍不敢有响动，仍不敢大声吐气，恐怕他听出了我所立的方向，拼命打过来。忍住笑看他挥打了一顿，大约也打疲了，立住脚喊道：杨师傅，你好狠的心啊！下手弄瞎了我的眼睛，难道就不顾而去吗？我说：我并没去。这只能怪你的心太狠了。你存心要我的命，我只取你两只眼睛，自问并不为过。你于今打算怎样？和尚道：这地方太荒僻，我自己又不能走向热闹地方去，求你送我一程如何？我明知和尚的手段厉害，哪里敢近他的身呢？便对他说道：我自己实在没闲工夫送你，你在这里等一会儿，我去雇一个乡下人来送你。我于今包袱里还有二十多两银子，留出往桃源的路费，可以送你二十两银子。和尚没得话可说，我就寻觅了一个本地人，花了些钱，送和尚去了。

“‘我在桃源教了一场武艺之后回湘阴，一次于无意中遇见了那船老板，问那次我上岸以后的情形。船老板说出情形，才知道，那和尚初时并没注意，直到吃午饭的时候，和尚请同船的人吃肉，将同船的望了一遍，忽然大声问道：还有一个客呢，怎么不来同吃饭？连问了两遍没人回答。他就呼唤船老板。船老板走过来问为什么事，和尚道：那个驮黄包袱的客人到哪里去了？船老板故作不理会的样子说道：哪里有驮包袱的客人？我倒不曾留心。自开船到于今，不曾停留泊岸，客人应该都在船上。和尚愤然说道：胡说！你船上走了一个客人都不知道吗？你老实说出来，那客人从什么地方上岸的，原定了搭船到哪里去，不与你相干。你若不说，帮着他哄骗我，就休怪我对不起你。船老板道：本来不干我的事，但是老师傅为什么定要找他呢？和尚道：他驮黄包袱出门，居然眼空四海，从我身上跨来跨去，连对不起的套话也不屑向我说一句。这还了得？我非重重的处置他。他也不知道天有多高，地有多厚。船老板道：原来为这点儿事，他既走了，就算是怕你避你了。何必再追究呢？和尚摇头道：不行，不行！他若真是怕我，就应该向我赔不是，不能这么悄悄的上岸逃跑。我若不去追赶他，给他点厉害看，他不以为我是饶了他，倒以为我追他不着。快快老实说出来吧！船老板因畏惧和尚凶恶，只得说了我的姓名和去处。和尚也不停留，从船头上一跃上了岸。幸亏我先下手取他的眼睛，若认真与他动手较量起来，即算不死在他手里，也十九被打成残废。’”

彭庶白遵照杨万兴的话，正述到这里，外面堂倌来报客来了。彭庶白连忙起身迎接，农霍二人也都起身。只见一个身长而瘦的人，穿着极漂亮的银鼠皮袍，青种羊马褂，鼻架墨晶眼镜，神气很足的走了进来。彭庶白接着笑道："难得九爷今日有工夫赏光。"说时回身给农霍等人绍介，才知道这人就是李九少爷。跟着李九少爷进房的，是两个乡下老头模样的人，不用说这两人就是刘天禄和杨万兴了。彭庶白也一一绍介了。彼此初见面，都免不了有一番俗套的话说，用不着细表。

酒上三巡，彭庶白起身说道："今日虽是临时的宴会，不成个礼数，然所聚会的都是当今国人想望风采，而恨不得一见的豪杰之士。庶白得添居东道，私心真是非常庆幸。霍义士的威名，虽是早已洋溢海宇，然南北相去太远，又已事隔多年了，杨、刘二公远在湖南，或者尚不得其详，今请简括的绍介一番，以便大家研究以下的问题。"

彭庶白说到这里，接着就将庚子年霍元甲在天津救教民，及断韩起龙两膀的事，绘形绘声的说了一遍。并将去年来找奥比音较技订约的种种情形说了道："霍义士绝对非好勇斗狠的人，其所以屡次搁下自身的私事，专来找外国人较量，完全出于一片爱国至诚。这种胸襟气魄，实在使庶白又钦敬、又感激。今日霍义士与农爷等到寒舍，谈及打算在上海摆设一擂台的事，庶白听了异常高兴。觉得摆擂台这桩事，我们南方人在近数十年来，只耳里听说过有这么一回事，眼里所见的不过是小说书上的摆擂，何曾见过真正摆擂的事呢？以霍义士的家传绝艺，并震动遐迩的威名，又在上海这种轮轨交通、东洋第一繁盛的口岸，摆一个擂台，真是一件了不得的盛事。不过这事体甚大，关系更甚重要，所以庶白一听得说，就想到绍介与三位会面，好大家商量一个办法。"说毕坐下。

农劲荪随即也立起身说道："摆设擂台这桩事，猝然说出来，似乎含着多少自夸的意思在内，不是自信有绝高武艺，或目空四海的人，应该没有这般举动。敝友霍君，其本身所得家传霍氏迷踪艺，在霍家的人及与霍家有戚旧关系的人，虽能相信现在练迷踪艺的，确以霍君为最；然霍君谦虚成性，不但从来不敢自诩武艺高强，并不敢轻易和人谈到武艺上去。唯对于外国之以大力士自称的，来我国炫技，却丝毫不肯放松，更不暇计及这外人的强弱。霍君其所以有这种举动，只因眼见近年来外国人，动辄欺辱我国人，骂我国人为'东方病夫'。自庚子义和团乱后，外人并把我国传留数千年的拳术，与义和团的神拳一例看待。霍君不堪这种侮辱，时常发指眦裂，恨国体太弱。谋国的不能努力为国，以致人民都受外人凌辱，誓拼一己血气之勇，与外来炫技的大力士周旋。幸而胜是吾华全国之荣，不幸而败，只霍君一身一家之辱。决心如此，只待机缘。凑巧有俄国人自称‘世界第一之大力士’来天津炫技，霍君即奋臂而往，与俄人交涉较量。奈俄人访知霍君生平，不敢动手，连夜逃遁回国去了。这次虽不曾较量成功，但能将俄人驱走，不敢深入腹地耀武扬威，也可谓差强人意。去年英国大力士奥比音到此间炫技，霍君初未得着消息。及在报纸上见着记载，匆匆赶来，不料已经来迟，奥比音已不在沪了。辗转探询，复费了若干的周折，才得与英人沃林订约，以五千两银子为与奥比音赌赛胜负之注。于今虽距比赛之期还有一个多月，只是霍君之意以为，居高位谋国政的达官贵人，既无心谋国家强盛，人民果能集合有能耐的人，专谋与外来的大力士较量，也未始不可使外国人知道我国人并非全是病夫，也多有不能轻侮的。为欲实践这种愿望，所以特地提早到上海来摆设擂台，绝对不是请同国的人来打擂，是请各外国的人来打擂。做成各国文字的广告，在各国新闻纸上登载。对于本国的好汉一律欢迎同做台主，同心合力对付外人。其详细办法，此时虽尚未拟就，不过经多数同志商榷之后，办法是容易拟就的。今日承彭君绍介三位，兄弟与霍君至诚领教，请不用客气，同谋替国人出气的方法。”说毕也坐了下来。

李九少爷也起身演说了一阵，无非恭维霍、农二位为人，及摆擂台的盛举。唯最后声明对摆擂台所应进行的一切手续，愿尽力从旁赞助。霍、农二人都满口称谢。

刘天禄说道：“兄弟行年将近六十，只不曾去过北方。南方几省多走过，到处都有好汉。武艺本无止境，无怪其强中更有强中手。但是胸襟气魄不可一世，像霍公这样的人物，今日却是初次遇着。听彭先生方才所谈霍公救护教民的事，使兄弟平添了无穷感慨。在庚子前三年，敝乡湘阴就发生了一回烧教堂、打教民的事。那时兄弟曾冒大不韪，挺身救出男女教民数十人，至今还有不谅兄弟之心，骂兄弟为洋奴的。今日既谈到这上面来了，不妨将当时的情形谈谈。

“那次在烧教堂事未发生前半月，四乡的无知妇孺，见外国基督教士下乡传教，便放出种种谣言。有说外国人强奸妇女的，有说外国人取婴胎配药的，有说取小儿眼珠的，传教完全是假。这种谣言一出，大家也不问究毕竟有谁的妇女，曾被外国人强奸了，谁的婴胎和小儿眼珠被外国人取去了，就这么一传十、十传百，传得满县的人都惊慌恐怖，妇女、小儿尽行藏躲着不敢出门。外国人到乡下传教的，渐渐的被乡下驱逐回城了。

“外国人多初来中国，既不明内地情形，复不懂土人言语，忽见土人都操锄头、扁担，汹汹的前来驱逐，外国人自然因人少不敢反抗，掉头就跑。乡下人不说外国人不通言语，不能理论，都说外国人是做了坏事，畏亏逃走，觉得强奸、取婴胎的事，就此一逃跑可以证实了。也有许多人告知兄弟，怂恿大家出力去打洋人。兄弟虽知道外国传教的，未必尽是善人，然强奸妇女及取婴胎的事，休说实无其事，就是有也决非传教外人干出来的。不惜费唇舌劝人不可听信谣言，只是谣言满县，兄弟一张嘴能劝解多少人呢？越谣越厉害，吓得外国人也都不敢出来。于是谣言又改变说法了，说取婴胎、取眼珠的事，外国人并不亲自动手，全是打发吃教的中国人，往各处害人。

“这谣言一出，一般人对于信教的男女，都怀着一种愤恨之心了。兄弟原不信教，也没有至亲密友信教，并知道凡是信教的，十九是平日游手好闲、没有一定的职业，或是无计谋生的人。其中能自爱的，委实不可多得。所以敝省称信教的叫做‘吃教’，就是以信教谋吃的意思。兄弟平日对于那些吃教的人，交谈一言半语，都不甚愿意，何尝会有心去偏袒他们呢？但是那时听了这种无根的谣言，也极力劝人不可相信。

“谁知谣言不到几日，这日又忽从土娼窠里发出一句谣言来。说前一日有一个传教的外国人，去嫖土娼，土娼因见他是外国人，形象可怕，不敢留宿。那外国人情愿加倍出钱，土娼仍是不肯。后来外国人加了又加，土娼要一百元才肯，外国人也应允了，当即拿出一百块洋钱来，交给土娼。土娼看了一百块洋钱，便留外国人歇宿。不料那外国人看了看床上铺盖，苦着脸摇头说道：‘这样腌臜的铺盖，教我怎么能睡呢？并且你这房里的陈设也太破旧不堪了，使人坐在这里面不快活。我家就在隔壁，到我家里去睡吧。’这土娼本待不肯，无奈贪图这一百块洋钱，只得同外国人到隔壁去。

“次日有两个老婆子用竹床将土娼抬送回来，说是身体不快，须休养些时方好。问土娼昨夜的情形，土娼只是流泪哭泣。问了好几遍，才说那外国人并不曾和她同睡，不知将什么药物，纳入她阴户之内，阴户内自然流出水来。初流出来的，用一玻璃瓶贮了；再将药纳入，浑身都觉软洋洋的。自知下面如走泄一般，流出来的白浆，又用一玻璃瓶贮了。这次流了之后，人就昏迷过去，直到天明方醒，就用人抬送回来。

“这谣言一出，登时满城人声鼎沸，地痞杂在其中，向教堂蜂拥而去。喜得外国人早已闻风躲了，只把教堂捣毁得片瓦无存。只是虽捣毁了教堂，然不曾打着外国教士，一时仍愤无所泄，都声言怂恿洋人作恶的，全是吃教的中国人，非一个个拿来点天烛不可。所谓‘点天烛’便是用棉絮蘸了火油，将人捆绑包着并立起来，用火点着，活活的烧死。一会儿已捉拿了一个，大家七手八脚的忙着安排点天烛。这教民有妻室儿女，都跟在背后痛哭。这些人不但毫不怜惜，并抓着拳打脚踢。这个被拿的教民，还正在安排处死，不曾实行，那边又拿着三四个来了，后面跟随痛哭的老幼男女更多。

“初起时我也没出外探看，直到这时听得老幼男女痛哭之声，始忍不住到外面瞧瞧。像这种暗无天日的行为，教我看了怎能忍受呢？当即站在高处对大众摇手说道：‘诸位不可下这毒手，他们犯了罪，国家自有法律，可将他们送官惩办。点天烛的事太惨，万万使不得。我刘天禄今日得向诸位求情讨保。’

“这些人听了我的话，年纪老些儿的都没有说话。唯有那些年纪轻的人，一则也不知道刘天禄是谁；二则仗着人多势大，不知道畏惧。而那时的湘阴知县官，又是个胆量极小的，听凭百姓闹了这么大半日，也不派一个人来弹压，因此地痞流氓更无忌惮。兄弟虽大声劝说，他们简直不睬。有的去人家抢棉絮，有的去人家抢火油，其势非将所拿来的教民，同点天烛不可。人多手众，转眼间被拿的教民已有十多个了。我想此时已是命在呼吸，我若不挺身去救，眼见得这十多个教民，无一个有生还之望。并且这十多个教民，都是有妻室儿女的。烧死的十多个，连带而趋于死路的，更不知多少，就撞祸也说不得了。又大声向大众说道：‘你们定要无法无天的，拿人点天烛吗？惹恼我刘天禄，请你们同归于尽，你们也都拼着一死么？’那些人不和我答话，一个个忙着蘸火油。我也就气上来了，蹿入人群中，打倒了几十个人，抢了一个五十多岁的教民，形象神情仿佛是一个教蒙馆的先生，一手托在肩上，纵上了房檐，将他安置在屋脊上，教他伏着不要动；又跳下房来一顿乱打。

“他们人多拥挤了，就是平日略会些儿功夫的，也不能招架。又打倒了几十个，又抢了一个教民，正待上屋，已有年老的大声说道：‘刘大爷不用再打了，本来也太闹的没有道理，无怪刘大爷动气。好在经刘大爷打倒了的人，都起来逃走了。’我听了再看时，果然那些地痞流氓，都纷纷的向两头逃跑而去。

“这时湘阴知县，因被外国教士在衙里逼着出来救教民，没法推诿，才乘坐大轿，带了全班捕快，到出事地方来弹压。若不是兄弟将那些地痞流氓打跑了，这知县乘坐大轿而来，必免不了挨一顿饱打。霍公所救的虽比兄弟多了百倍，然兄弟当时一片不忍人之心，却也和霍公一样。敝乡的人至今尚有骂兄弟是洋奴的，兄弟也不介意。可惜兄弟此番来上海，住居的时日已经太久，不能亲见霍公打外国大力士，也不能替霍公帮场。”

霍元甲先听了杨、刘二人的履历，心里已是非常钦佩，正以为得了两个好帮手，忽听他说不能帮场的话，连忙拱手笑道：“像杨、刘二公这种豪杰，兄弟只恨无缘，不能早结识。难得凑巧在这里遇着，无论如何得求二公赏脸，多住些时，等兄弟与奥比音较量过了再回去。”

不知刘天禄怎生回答，且俟下回再写。

总评：

杨兴万智、仁、勇三者兼擅，于争草堆一事见之，宜乎群奉之如神明，而有“铜人”之称也。至若刘天禄，则艺已臻炉火纯青之候，所谓“沾衣法”“滑油令”，何其神妙耶？嘻！二人传矣。

仇教之事，在前时为恒见，强半皆由误会所致。今湘阴教案之能一遏即灭，不至轩然而起大波者，皆刘天禄之力也，有足多矣！

第六十六回

陈长策闲游遇奇士　王老太哭祷得良医

这部《侠义英雄传》，在民国十五年的时候，才写到第六十五回，不肖生便因事离开了上海，不能继续写下去。直到现在整整五年，已打算就此中止了。原来不肖生做小说，完全是为个人生计，因为不肖生不是军人，不能练兵打仗，便不能在军界中弄到一官半职；又不是政客，不能摇唇鼓舌，去向政界中活动；更没有专门的科学知识，及其他特殊技能，可在教育界及工商界混一碗饭吃。似此一无所能，真是谋生乏术，只好仗着这一支不健全的笔，涂抹些不相干的小说，好借此骗碗饭吃。

不料近五年来，天假其便，居然在内地谋了一桩四业不居的差使，可以不做小说也不至挨饿，就乐得将这支不健全的笔搁起来。在不肖生的心里，以为这种不相干的小说，买去看的人，横竖是拿着消遣，这部书结束不结束，是没有关系的。想不到竟有许多阅者，直接或间接的写信来诘问，并加以劝勉完成这部小说的话。不肖生因这几年在河南、直隶各省走动，耳闻目见的又得了些与前八集书中性质相类似的材料，恰好那四业不居的差使又掉了，正用得着重理书业，心想与其另起炉灶，使看书的人心里不痛快，不如先完成这部书。因此就提起这支不健全的笔来写道：

第六十五回书中，正写到霍元甲听得刘天禄、杨兴万说，不能在上海亲见与外国大力士比赛，及不能帮场的话，霍元甲当下一面用极诚恳的言语挽留，一面探问不能久留上海的理由。杨兴万道："承李九少爷的盛意，特地邀我们两人到上海来，已经叨扰过不少的日子了，寒舍也还有些琐屑的事情，应得回去料理。”李九忙摇着双手笑道：“快不要在这时分提到回去的话，休说还有霍爷摆擂，和与外国大力士比赛这种千载难逢的事，不久便在上海举行，值得在上海多盘桓些时日；就没有这回事，我也决不肯就这么放两位回湖南去。”他们边谈话边吃喝，因介绍各人的历史，说话的时间太长，不知不觉的天已昏黑了。

霍元甲和农、刘二人去访彭庶白，是在正月十四日午前，彭庶白是请吃午饭，只以彼此谈的投机，直到黄昏时候，吃喝方才完毕。在座的都是些会武艺的人，宴会几小时，精神上都不觉着怎样。唯有李九是一个抽大烟的，烟瘾又大，平时在家有当差的将大烟烧好了，连抽十多口，把瘾过足了之后，一般的能练习武艺；过不到十几分钟，又得躺下去大抽一顿，从来没有大半日不抽烟的。

这日虽则谈的十分高兴，烟瘾却也发的十分厉害，农劲荪知道他在上海的体面很好，公共租界和法租界的捕房里，都有不少的熟人，甚想与他谈谈领照会摆擂台的事。农劲荪是一个连纸烟、雪茄也不吸的人，如何想得到抽大烟的人一经发瘾、片刻难挨的痛苦？席散后仍滔滔不绝的向李九攀谈，只急得李九如火烧肉痛。亏得谭承祖知道自己东家的毛病，连忙出面向霍、农二人说道：“这地方一到夜间，生意比较好些，便非常嘈杂，不好畅谈。兄弟想替敝东做主，邀诸位到敝东家去，好从容计划摆擂台的事。”李九听了这话，很高兴的接着说道：“我心里也正是这般着想，应得设筵为霍爷、农爷及刘君接风，却嫌就这么请到舍间去，太不恭敬，理当下帖子恭请才是。”

彭庶白不待霍元甲回答，已抢着笑道：“霍爷、农爷岂是拘泥这些俗套的人。”农、霍二人为欲商量摆擂的事，也不推辞，当下由李九引导着，一行人都到李公馆来。李九一面陪着谈话，一面将烟瘾过足了，立时显得精神陡长起来。

霍元甲不觉笑问道：“久闻李九少爷是一个欢喜练武艺的人，抽这大烟于功夫没有妨碍吗？”李九道：“如何没有妨碍！功夫已练到化境的人，抽烟有无妨碍，兄弟不得而知；若是正在练习的人，一抽上这劳什子，所练的武艺，就简直是替这劳什子练了，与本人毫无关系。因无论练得怎样老辣，一发了烟瘾，便浑身没有气力，哪里还能施展出武艺来！兄弟就因为这种缘故，觉得武艺不容易练好，即算练得有相当的成功了，大烟不曾抽足，也仍是一般的不中的，所以一听到有‘沾衣法’‘滑油令’这类法术，不由得我心中羡慕，想从事练习。巴巴的派人去湖南将刘、杨二老接来，也就是为抽上了大烟，硬功夫不能得着受用，打算练软功夫讨巧的意思。”

农劲荪笑问道：“想必已经练成功了？”李九摇头道：“杨先生还不曾传给我，就只管天天说要回湖南去，也不知道他老人家是什么意思。”杨万兴道：“九少爷以为练硬功夫便不能抽大烟，练软功夫是不妨的。若不是霍先生问到这番话，我实在不便说九少爷不戒烟便不能学法的话。普通一般人的见解，都以为硬功夫难学，软功夫易学，其实不能。寻常十个人中，有八九个能学硬功夫的，难得有二三个能练软功夫的。练硬功夫不拘一定的时刻，不妨练一会儿又抽烟，抽一会儿烟又练，软功夫是不问哪一种类，都至少须四十九天不能间断，并且得在野外去练习的居多，如何能抽大烟呢？如果九少爷决心要学，就得先把这大烟戒断，不然，是枉费气力，不是我迟迟不肯传授。”

李九笑道：“我只道学法是容易的，不过口里念念咒就行了，谁知道竟比练硬功夫的武艺还要麻烦？我的大烟并不难戒，已经戒过好几次了，只怪我自己没有把握，因为戒的时候很觉得容易，就随随便便的又抽上了，这回决定戒断了学法。”

在座的人听了李九这话，不约而同的向李九拱手笑道：“恭喜，恭喜！能学这种难得的法，已属可喜可贺；能将这大烟戒断，更是了不得的大好事。”李九也拱手笑道：“诸公这么一来，却逼得我真不能不戒断了。”

当下李家准备了极丰盛的筵席，替霍元甲接风，在席间研究了一会儿摆擂台、领照会的手续。农劲荪就委托彭庶白、李九两人代办，难得彭、李两人都是在上海极有资望的，又都十分热心赞助，当下慨然承诺。

次日，农、霍两人拜了一天的客，最后到秦鹤岐家。霍元甲说道：“去年承老先生的情，介绍我拜识了程友铭先生，使我增加了不少的见识。记得当日老先生曾说，还有好几位可以介绍给我见面，当时因行期仓促，不曾一一去拜访，这番专程到府上来，想要求老先生不嫌麻烦，使我得多结识几位英雄。”

秦鹤岐道：“像四爷这般有本领的人，还是这么肯虚心结纳，真令人钦佩。此刻在上海值得介绍给四爷会面的，只有两三个人，还有几个因为过年回家乡去了，大约须两星期以后才能来。有一个姓陈的湖南人，就住在离此地不远，我和他也是初交。这人年纪虽轻，本领却很不错。他去年才到上海来，因听得我有一点儿虚名，特地来拜会。他生性非常爽直，练了一身刀斧不能入的铁布衫功夫，手脚更十分老辣。四爷在寒舍多坐一会儿，我可打发人去邀他到这里来相见。”

霍元甲摇头道：“这如何使得！常言‘行客拜坐客’，我当然先去拜他，只求老先生介绍介绍。”秦鹤岐欣然点头道好，遂陪同农、霍两人到陈家来。

且说这姓陈的，名长策，字寿仁，湖南平江人，家中很有些产业。他从小在蒙馆里读书，便欢喜武艺。平江最有名的老拳师潘厚懿，住在离他家不远，终年不断的传授徒弟。陈长策便也拜在他门下，白天去蒙馆读书，夜间即去潘家练武，寒暑不辍的练了六年。

一日黄昏时候，他跟着潘厚懿两人在乡村中闲逛，忽听得前面牛蹄声响，抬头看时，乃是一只大水牛，不知如何挣断了绳索，发了狂似的，竖起一条尾巴，连蹦带蹿的劈面奔来。真是说时迟，那时快，相隔已不到两丈远近了，潘厚懿惊得回头就跑，陈长策看左右都是水田，右边的水田更比道路低下四五尺，料知不能闪避，便回头跑也难免不被追上，随即立定了脚步，等待那水牛奔近身来。

那牛正狂奔得不可收煞，猛见前面有人挡住，哪里看在眼里，只将头一低，那一对钢矛也似的牛角，直向陈长策怀里撞来。陈长策伸着双手，原打算把一对角尖揪住，谁知那牛的来势太猛，一手不曾握牢，牛头已向怀中冲进。陈长策只得忙将身体往旁边略闪，双手对准牛腰上推去，这两掌之力，怕不有二三百斤。那牛正在向前用力的时候，如何受得了这横来冲击，当下立脚不稳，崩山一般的往右边水田里倒下去，只倒得田里的泥水溅出一丈多高。接着就有一个看牛的孩子，手拿着绳索，追赶上来，趁那牛不曾爬起，把牛鼻穿了。

陈长策这一番举动，把一个素以大力著称的潘厚懿，都惊得吐出舌头来。他有一个哥子在宜昌做官，他也跟在任上。大凡年轻练武艺的人，多免不了欢喜在热闹的场合，卖弄自己的能为，陈长策那时也有这种毛病。他哥子衙门里的职员，虽没有会武艺的，但是听人谈论武艺，及讲演会武艺人的故事，一般人多是欢迎的。陈长策既是那衙里的主官的兄弟，又欢喜表演武艺，自有一班逢迎他的人，终日和他在一块儿谈笑玩耍。

一日正是七月半间，陈长策邀了三个平日最要好的朋友，出城外闲逛。因天气炎热，游了一会儿，都觉口渴起来，顺道走进一家茶棚里喝茶。这茶棚虽是开设在大道旁边，只是生意很冷淡，陈长策一行四人走了进去，并不见有客据案喝茶。大门里边安放着一把藤椅，有一个身材很瘦弱、形似害了病的人，穿着一件紫酱色的厚呢夹袍，躺在上面，双手捧着一把茶壶，好像有些怕冷，借那热茶壶取暖的神气，头上还戴了一顶油垢不堪的瓜皮小帽。陈长策见他不向客人打招呼，料知不是茶棚里的主人，便也不作理会。

四人进门各占了座位，便有人过来招待，陈长策一面喝茶，一面又谈论起武艺来。同来的一人暗指着藤椅上的人，悄悄的对陈长策笑道："你瞧这个痨病鬼，竟病到这种模样，我们穿单衣，尚且热的汗出不止；他穿着那么厚的呢夹袍，戴上瓜皮帽，还紧紧的捧着一把热茶壶。你瞧他躺在那里身体紧缩着，好像怕冷的样子。"

陈长策瞟了那人一眼，点头道："这人年纪不过三十多岁，倒不像是害痨病的，只怕是害了疟疾。害疟疾的人发起寒热来，伏天可以穿狐皮袍，呢夹袍算得什么！"当下说笑了一阵，也没注意，陈长策接着又谈起武艺来。四个人直谈到茶喝足了，陈长策付了茶钱，有两个已先走出了大门，只剩下陈长策和另一个朋友，因在擦洋火吸燃一支香烟才走。正在这时分，那穿呢夹袍的人，慢慢的立起身来，将手中茶壶放下，从怀中也摸出一支香烟来，走近陈长策身边，旋伸手接洋火，旋对陈长策笑问道："先生贵姓？"陈长策很简单的答了"姓陈"两个字，那人接着说道："兄弟方才听陈先生谈论武艺，很像是一个懂得武艺的人，很愿领教领教。"陈长策随口谦逊道："我不会武艺，只不过口里说说罢了。"

立在旁边的那个朋友，轻轻在陈长策衣上拉了一下，用平江的土腔说道："这是一个缠皮的人，不可睬他，我们回走吧。"陈长策这时已认定那人必有些来历，心里不以那友的话为然，随回头对那朋友说道："你和他们两位先回衙门去，我且和这位先生谈谈，一会儿便回来。"这朋友因茶棚里热的厉害，急待出外吹风，见陈长策这么说，便先走了。

陈长策回身坐下，同时也请那人坐着，说道："听先生说话不像本地口音，请问贵处哪里，尊姓大名？"那人道："我是四川梁山县人，姓王，山野之夫，没有名字，王一王大，听凭旁人叫唤，只因生性欢喜武艺，到处访求名师益友。方才听老兄谈论武艺，很像有些能耐，忍不住冒昧来请教一声。请问老兄练的是哪一家功夫？"陈长策道："兄弟也是因为生性欢喜武艺，住在平江乡下的时候，胡乱跟着一位姓潘的老拳师练了些时，我自己也不知道是哪一家。王先生既到处访友，想必是极高明的了。这地方太热，也不好谈话，我想邀先生到城里酒馆，随意吃喝点东西，好多多的领教。"姓王的欣然应允，也摸出钱付了茶账，和陈长策一同走出茶棚；看那三个朋友，已走的不知去向了。

此地离城不远，一会儿就走到城里一家酒馆门前。陈长策一面让姓王的走进，一面说道："这种小酒馆，又在仓促之间，实办不出好东西来，不过借这地方谈谈话罢了。"说时拣了一个略为僻静儿的座头，姓王的坐下来笑道："兄弟倒不要吃好东西，只求能果腹便得咧！不过兄弟将近两星期不曾吃饭了，今日既叨扰陈先生，饭却想吃饱。这小馆子准备的饭，恐怕不多，得请陈先生招呼这里堂倌，多蒸一点儿白饭。"

有一个堂倌在旁边，先看了姓王的神情，眼里已是瞧不起，复听了这几句寒村话，更认定是一个下流人物了。当下不待陈长策吩咐，已摆出那冷笑的面孔说道："我这里生意虽小，常言'开饭店的不怕大肚汉'，你便一年不吃饭，到我这小馆子来，也可以尽饱给你吃一顿。"姓王的看了这堂倌一眼，笑道："很好！我从来不会客气，拿纸笔来开几样菜，等吃饱了饭再谈话，饿久了说话没有精神。"

那堂倌递过纸笔，自去拿杯筷。陈长策看姓王的提起笔来开菜单，几个字写的苍劲绝俗，忍不住连声赞好。姓王的拣他自己心喜的写了几样菜名，将纸笔递给陈长策道："你喜吃什么？你自己写吧！你我今日会面，也非偶然，不可不尽量的快乐快乐。你的身体这么强壮，酒量想必是很好的。"陈长策接过笔来答道："真难得与王先生这种豪爽人见面，实在值得尽量的快乐一番，不过兄弟素性不能饮酒，吃饭倒可以奉陪，多吃两碗。"

陈长策这时不过二十零岁，身体极壮，饭量极大，一日三餐，吃五升米还嫌不够。因见姓王要吩咐多预备饭，存心想和他比赛比赛各人的食量，所以这么回答。姓王的点头道："棋力酒量，非关退让，素性不喜喝酒的人，是勉强喝不来的，我却非喝几杯不可。"说话时，堂倌捧了杯筷进来。

陈长策将开好了的菜单，交给堂倌。姓王的要了一斤山西汾酒，并几色下酒菜。陈长策笑道："这么大热天，像我这不喝酒的，看了山西汾酒就有些害怕，只要喝一杯下去，肚中就得和火一般的烧起来。"姓王的道："听你说这话，便知道你确是不喜喝酒的，若是喝酒的人，越是天气热，酒喝到肚里去，越觉得凉快。"陈长策道："请问王先生，现在是不是正害着病？"

姓王的愕然道："我不曾害病。"陈长策道："既不曾害病，如何在这三伏天里，穿这么厚呢夹袍，头上还戴着瓜皮帽呢？"姓王的笑道："我出门的时候是春天，不曾携带夏天的衣服，我素性马虎，又没有漂亮的朋友来往，因此就是随身的衣服穿罢了。"陈长策问道："不觉着热的难受吗？"姓王的摇头道："如果觉着热的难受，我不会把衣服脱了吗？"陈长策看自己汗流不止，看姓王的脸上手上不但没有汗，皮肤并很紧缩，仿佛在冬天一般，明知决不是因不曾携带夏天衣服的理由，只是不明白他何以这么不怕热。

不一会儿酒菜上来，陈长策看他吃喝如鲸吞牛饮，顷刻之间，一斤汾酒完了。他也不待陈长策劝饮，自向堂倌又要了一斤。喝到最后将壶一推说道："空肚子酒少喝些儿吧！"随叫堂倌拿饭来。宜昌酒馆里的饭，和广东酒馆差不多，每个人一桶，不过比广东酒馆的多些，每桶足有六七大碗饭。姓王的显出很饥饿的神气，瞟了饭桶一眼说道："这么一桶饭够什么！"

堂倌仍摆出那副狗眼看人低的面孔，摇头晃脑的说道："你尽量吃吧！吃完一桶，我再去拿一桶来。天气热，这桌上摆几桶热饭，不要热杀人吗？并且这桌子也放不上几桶饭。"

姓王的也不理会，低着头只顾吃，和平常人一般大小的口，一般大小的咽喉，不知如何会吃的这般迅速，一转眼就吃完了一桶。陈长策自命是个能吃饭的人，平时也自觉吃得很快，这时和姓王的比起来，真是小巫见大巫了，他两碗还不曾吃下，姓王的已吃完了一桶。

堂倌捧出第二桶来，姓王的将手中的饭碗往旁边一搁，顺手拿了一个大的空菜碗，接着又吃。陈长策刚吃完第三碗，姓王的第二桶也吃完了，从旁边看去，并不显得抢着吃的样子，只是看得出饭进口并不咀嚼，一面往口中扒，一面便往喉咙里吞下去了，更不吃菜，因此迅速非常。是这般一桶复一桶，吃到第五桶时，堂倌去了许久才拿来。姓王的指着饭碗对陈长策笑道："你瞧这饭，比方才吃的糙多了，也不似以前的那般烘热，想是这小馆子的饭，已被我吃完了，这饭是从别家借来的。"

陈长策看时，这饭果然是糙米煮的，并已半冷，便问那堂倌道："怎的换了这又冷又糙的饭来？"那堂倌到这时候，心里也纳罕这姓王的饭量，大的太奇特了，不敢再认做下流人物了，只得赔笑说道："实在对不起，因为天热不敢多煮饭，卖不完时，一到夜间便馊的不能吃了。这饭果是从别家借来的。"

姓王的笑问道："你不是说开饭店不怕大肚汉吗？你在这小馆子里当堂倌，没有多见识，所以小看人，你以后待客不可再使出这般嘴脸来。"堂倌哪敢回话。姓王的吃了第五桶饭，见陈长策已放下碗筷不吃了，看那桶里还剩下一碗多饭，也倒下来吃了。陈长策叫再拿饭来，姓王的摇手道："算了吧！像这又糙又冷的饭，懒得吃了。"陈长策道："不曾吃饱怎么好呢？"姓王的道："我吃饭无所谓饱也不饱，高兴时多吃些儿，兴尽便不吃了。你我原是想借地方谈话，于今因只顾吃喝，没有说话的时候，但是我看这地方也很嘈杂，还是不好细谈，不知府上住在什么街，我想到府上去坐坐。"

陈长策已看出他是个有绝大本领的人，安有不欢迎到家里去之理？随即连声说好。姓王的从怀中掏出一大卷钞票来，叫堂倌来回账。陈长策哪里肯让他回账呢？连忙拿出钱来，争着交给堂倌。姓王的笑道："我不是要争着回账，只因为我自己知道，我的模样太不堪了，方才在茶棚里的时候，你那位朋友就把我认做是缠皮的；一到这馆子里来，这里堂倌更看得我连乞丐也不如。你让我做了这一次小小的东道，也可以使一般势利眼睛的人，知道以后看人，应该把眼睛睁大一点儿，休只看了几件衣服，不见得穿的好便是好人，便是阔人。"

陈长策虽听姓王的这么说，然毕竟不肯让东道给他做，将账回了之后，让姓王的先走，姓王的也让陈长策先走，彼此谦让了一阵。姓王的伸手握住陈长策的手腕笑道："我们用不着让先让后，一道儿走吧！"陈长策的手腕被他用三个指头握着，就和被铁钳夹住了一般，简直痛彻骨髓，几乎逞口叫出“哎呀”，只是他年轻要强，从来不肯示弱，咬紧牙关忍受，把所有的气劲，都运到这手腕上来，一步一步的同走到门外。姓王的笑向陈长策道：“很不错，有点耐劲儿。”说时将指头松了。

陈长策一边揩着额头上的汗，一边看这被捏的手腕，整整的三个指印，陷下去一分多深，丝毫没有血色。走不到几十步远近再看时，已红肿得和桃子一样，禁不住说道：“好厉害的手指。我虽没有真实本领，然也练了几年桶子劲，三个指头能将我的手腕捏成这样，却不是一件容易的事；虽受了一点儿痛苦，我心里却是钦佩。”

陈长策哥子的公馆，就在衙门附近。陈长策这时已有一妻一妾，和他哥子同住在一个公馆里，此时引姓王的回到公馆，把自己生平所练的武艺，一一做给姓王的看。姓王的看了，略不经意的说道：“你做的功夫，与我不同道。你学的是外家，我学的是内家。我说句你不要多心的话，你这种外家功夫，用力多而成功少，并且毛病太多，练得不好时，甚至练成了残废，自己还不觉得。我因见你年纪轻，身体好，性情又爽直，有心和你要好，所以情不自禁的说出直话来，休得见怪！”

陈长策听了，口里连声称谢，心里却不甚悦服。因为他自从练拳以来，仗着两膀有二三百斤实力，发了狂的大水牛，他都能对付得了。至于寻常略负声望的拳教师，被他打败了的不计其数，却一次也不曾被人打败过。这姓王的身量比他瘦小，手腕尽管被捏得红肿，但心里还不承认便打不过姓王的，当下说道：“练内家的说外家不好，练外家的也说内家不好，究竟如何？我因为内家功夫全不懂得，就是外家功夫也是一知半解，还够不上批评谁好谁不好。难得今日遇着王先生，想要求把内家功夫，做一点儿给我见识见识。”

姓王的道：“我所学的内家功夫，不是拳术，没有架式，不能和你的一样，演给人看。”陈长策问道：“没有架式，有不有手法呢？”姓王的道：“也没有什么手法。”陈长策道：“身法、步法，难道都没有吗？”姓王的点头道：“都没有。”陈长策道：“既没有架式，又没有身法、步法，万一要和人动手起来，却怎么办呢？”姓王的道：“我这内家功夫，目的原不是和人打架的，不过练到了相当的时期，在万不得已要和人动手的时候，那是一件极容易解决的事。你不要以为我是夸口，练我这种内家功夫的人，如果和练外家功夫的动起手来，就和一个成年的壮丁，与三五岁的小孩相打一样，无论如何，是不会使那小孩有施展手脚机会的。即算偶然被小孩打中了一拳两脚，也只当没有这么一回事。”

陈长策听了这些话，哪里肯信呢？忍不住摇头说道：“你虽说不是夸口，但我不相信什么内家功夫，有这样玄妙，倘若内家功夫是法术，只要口中念念有词，喝声道：‘疾’，就能将敌人打倒，我才相信。如果不是法术，一般的要动手脚，练内家的不长着三头六臂，恐怕不容易一概抹杀说，练外家的都和三五岁小孩一样。”

姓王的笑道：“你不曾练过内家功夫，也不曾见练内家功夫的和外家动过手，当然不相信有这般玄妙，将来自有明白的一日。”陈长策道：“我练武艺最喜和朋友研究，并没有争胜负的心思，输赢都不算一回事。王先生不要生气，我不自量，想求王先生指教我几手内家的武艺，不知王先生的意思怎样？”

姓王的踌躇了一会儿说道：“我方才说了，我这种内家功夫，目的原不在和人打架，非到万不得已时，决不敢与人动手。因为拳脚无情，倘一个不留神，碰伤了什么地方，重则丧人生命，轻也使人成为残废，岂不问心难过！”

陈长策见姓王的这么说，更认做是故意说的这般吓人，好借此推诿，连连摇头说道：“话虽如此，只是练武艺的人，和人动手的时候，伤人不伤人，自己总应该有些把握。即如我虽是一个没有真才实学的人，然无论和什么人动手，若不存心将人打伤，是决不至于伤人的。像我这样初学的外家功夫尚且如此，难道王先生的内家功夫，连这点儿把握也没有吗？”

姓王的道：“有把握的话难说。如果你也是和我一般的练内家，将皮肤筋骨都换过了，要动手玩玩也还容易。于今你是个练外家功夫的，筋骨都不免脆弱，在我是没存心将你打伤，无奈你受不了，随便碰碰就伤了，这如何好和你动手呢？也罢，你定要试试也使得，我仰卧在地下，你尽管施出平生的本领来，拳打脚踢都使得。”说毕，起身就在地板上躺下，手脚都张开来。

陈长策心里十分不服他轻视外家功夫，恨不得尽量给点儿厉害他看，但是见他躺在地板上，心想这却不大好打，因为平日与人相打，总是对立着的，于今一个睡着，倒觉得有些不顺手。端详了姓王的几眼，心中已计算了一个打法，因仗着自己两膀的力量，安排一沾手便将姓王的拉了起来。他知道姓王的手指厉害，不敢朝他上身打去，以为向他下部打去，容易占得便宜。谁知一脚才踏近他身边，手还不曾打下，猛觉得脚背上，仿佛被钢锥戳了一下，比手腕被捏时，还痛加十倍，只痛得“哎呀”一声，身不由自主的蹲下地来，双手护着痛处，以为必是皮破血流的了。姓王的已跳了起来，问道：“怎么的，已经伤了么？”

陈长策一颠一跛的走近椅子坐下，脱了袜子看时，却是作怪，不但不曾破皮流血，并一点儿伤痕没有，抚摸了几下之后，便丝毫不觉痛了。这才心悦诚服的立起身来，对姓王的一躬到地说道：“内家功夫果是神妙，使我的手脚一点儿不能施展，真是连三五岁小孩都赶不上。我枉费了六七年的苦功夫，今日既遇着先生，无论如何得求先生把内家功夫传给我。”说时双膝跪了下去，捣蒜也似的叩了几个头，慌得姓王的回礼不迭。

姓王的将陈长策搀扶起来，说道：“我在各处游行，固是要访求名师益友，然遇着资质好可以传授的人，也想替敝老师多收几个徒弟。不过我这功夫，学的时候比外家功夫容易得多，练起来却是为难。你此刻已娶了亲没有？”陈长策把已有妻、妾的话说了，姓王的摇头道：“这就很难，凡练我这功夫的，第一要戒绝房事。”陈长策问道：“一生要戒绝呢，还是有个期限呢？”姓王的道：“只要在三年之中完全戒绝，以后便无妨碍了。因为三年练成之后，泄与不泄，皆能自主。第二是要有恒，练外家功夫的，偶然停止几天不练，也不要紧。我这功夫就一天也不能停止，并得物色一对童男女，每日帮同锻炼，三年方可成功。”

陈长策道：“要练这种难得的大功夫，休说只戒绝三年房事，便再长久，也能做到。不过先生方才说，想替贵老师多收几个徒弟，这话怎么说？贵老师现在何处？我看先生的谈吐举动，不是山野粗俗之人，何至没有名字？初见面时不肯说出，此刻我既要求拜列门墙，想必可以说给我听了。”

姓王的道：“拜列门墙的话不敢当。敝老师订下的规矩，在他老人家未圆寂以前，不许我等公然收徒弟，只能以师兄弟的资格传授。你既决心要练我这功夫，我不妨将我的履历，略略说给你听。”

原来这姓王的，名润章，字德全，是梁山县的巨富。他母亲二十几岁守节，三房就共着润章这一个儿子。润章还不到二十岁，三房都替他娶了一个老婆，各人都希望生儿子。三个老婆轮流值宿，一夜也不得空闲，如此不到两年工夫，儿子一个不曾生得，王润章的身体却弄得枯瘦如柴，终日腰酸背痛，腿软筋疲。一到夜深，更觉骨子里发烧，白天又不断的咳嗽，俨然成了个肺痨病的神气。他母亲看了，只急得什么似的，忙不迭的延医服药。梁山县所有的名医，都延请遍了，服下去的药，如水投石，不但丝毫没有效验，反见病症一天天的加重了。他母亲急得无可奈何，见人治不好，便一心一意的求神。

梁山城外有个净土庵，平日香火极盛，一般人传说庵里的药签很灵。他母亲就去那庵里，伏在阿弥陀佛的神座下，虔诚祷祝，想到伤心的时候，不由得痛哭起来，求了药方回家，给王润章服了，仍是不见有效。然这王老太太的心里，认定唯一的生路，便是求神。不问有效与否，每逢初一、十五，必去庵里痛哭流涕的祷祝一番。这庵里的住持和尚空法大师，见她每逢初一、十五必来拜佛，拜下去必痛哭失声，料知必有重大的心事。这次王老太太痛哭祷祝完了，空法大师即上前合掌说道："贫僧见女菩萨每次来烧香，必痛哭一阵，不知有什么为难的事？贫僧出家人本不应问，不过见女菩萨来哭的次数太多了，实在觉得可怜。若是可以说给贫僧听的话，或者也能替女菩萨帮帮忙。"

王老太太见问，含着一副眼泪将润章承继三房，尚无子嗣，及现在害着痨病，医药无效的话说了。空法大师当下问了一会儿润章的病情说道："贫僧也略知医理，只可惜不曾见着少爷的面，不能悬揣还有救无救。女菩萨何妨把少爷带到这里来，给贫僧诊视一番？寻常医生治不好的，不见得便是不治之症。"

王老太太连忙称谢，次日就带了王润章到庵里来。空法大师仔细诊了脉，问了病情，说道："这病已是非常沉重了，平常草根、树皮的药饵，不问吃多少是治不好这病的。"王老太太听到这里，已忍不住放声哭起来。空法连连摇手笑道："贫僧的话还没有说完。草根、树皮治不好，贫僧却还有能治的方法。女菩萨不要性急，请听贫僧慢慢说来。"王老太太一听说还有能治的方法，不由得立时转悲为喜。

空法道："这病尚有一线生机，但是贫僧得先问女菩萨能舍不能舍？"

王老太太问："怎么叫做能舍不能舍？"空法道："你这少爷的病，本来已到不可救药的时候了，如果再住在家中，不能静养，便是活菩萨临凡，也唯有束手叹息。于今要你少爷的病好，得把他舍给贫僧，就在这庵里住着，听凭贫僧如何施治，不能过问。至少三年之中，他夫妻不许见面。须待病好了，身体强壮了，方可回家。能这么办，贫僧包可治好。"

王老太太道："小儿的病已如此沉重，一旦死了，怎由得我不舍。此刻蒙大师父的恩典，只要舍三年，病好后仍许回家，哪有不能舍之理？"说罢，即拉着润章一同向空法叩头道谢。

空法搀起润章说道："既是决定了住在这庵里治病，从今日起，就用不着回家去。现在也用不着旁的东西，被褥床帐这里都有，将来要什么，再打发人去府上携取，是很便当的。"王润章这病是因为年轻身体发育不健全，禁不起三个老婆包围着他下总攻击，房劳过度，便成了个痼疾。大凡害痨瘵的青年，越是病得厉害，越喜和妇人交接，直到把性命送掉，方肯罢休。空法和尚明白这个道理，所以不肯放润章回家。润章这时一则碍着空法的面子；二则也要顾到自己性命，只得应允就在庵里住下来，他母亲独自回去。

润章初住在庵里的时候，空法并不向他提起治病的话，每日三餐都吃的是素菜，天方破晓的时分，空法就起来邀润章到附近草木茂盛的山林里去游逛。游得觉肚中饥了，才回庵早餐。是这般过了两个月，润章自觉精神好多了，空法便传他静坐的方法。他这种静坐，一不调息，二不守窍，只须盘膝坐着，断绝思虑。于是又过了四个月，不但所有的病象完全退去，身体比未病以前更壮实了。空法说道："若但求治病，则你此刻已可算是无病之人了，不过你有三房家眷，各房都望你生育小儿，承接宗嗣，倘就这么回去，不到一年，又要成痨病了。我看你的根基还好，可以练得内家功夫，我打发人到你家去，叫你老太太雇两个清秀的童男女来，好帮助你练习。"润章听说肯传他内家功夫，喜得连忙叩头拜师。

从这日起，空法就教润章把静坐的方法改变了。在静坐的时候，须存想丹田，吸时得在丹田略停，方始呼出。是这么做了一个月功夫，始将童男女雇到。空法每日要润章袒衣仰卧，教童男女用掌轻轻在腹部绕着脐眼顺摸。润章的心思跟随着摸处团转，腹部摸了两月之后，渐渐推到胸膛，推到两肋，又用布缝成一尺二三寸长、二寸对径的小口袋，用那种养水仙花的小圆石子，将口袋装满，装成和捣衣的木杵一样，给童男女拿着，一面推摸，一面捶打。煞是古怪，并不借助旁的力量，就这么每日锻炼，周身摸遍，周身捶遍，装石子的捶过之后，改用装铁砂的再捶。

在初练的时候，不觉得怎样，练成了才知道浑身可以任人捶打，不觉痛苦，便是遇着会擒拿手及会点穴的人，也不怕被人将穴道点闭。并且就这么练习，两膀能练成数百斤的活力，身上功夫练成了，继续不断的做坐功，肌肤筋骨都好像改换了一般，数九天能赤膊睡在冰雪中不觉寒冷，伏天能披裘行赤日中不觉炎热；十天半月不吃一点儿东西不觉饥饿，一次吃一斗米的饭也不觉饱闷。

转眼三年过去，王润章的内家功夫，基础已经稳固了，空法和尚才放他回家。在家中住了两年，三房妻室都生了个儿子，他母亲却因润章病时忧愁过度，一病死了。王润章将他母亲的丧事办了之后，对他三个妻子说道："我本来是一个病入膏肓、朝夕等死的人，蒙师父再造之恩，得以不死。我对家庭最重的责任，便是生儿子接续禋祀，如天之福，你们各人都生了一个儿子，我的责任算是尽了。此后我本身的大事要紧，不能在家闲居着，须出门去访求名师，何时能回家来，不能预定。好在家中产业，各房都足温饱，无须我在家经营。"

他三房妻子听了他这番话，自然都留恋着，不愿他走，但是他一不要盘缠，二不要行李，就空手不辞而别的走了出来。在各省游历了几年，所遇的高人隐士很不少，他的功夫更有了进步。这回到宜昌，是打算回梁山去看看他师父，不料在茶棚里遇见陈长策。因喜陈长策生成一副好筋骨，谈话又非常爽直，加以性喜武艺，他认为是一个练内家功夫的好资质，不忍舍弃，存心出面与陈长策攀谈。此时将他自己这番履历，约略说给陈长策听了，说道："我当日病的那么疲惫，敝老师初留我住净土庵的时候，我明知是生死关头，然心里仍十二分的不愿意，一到黄昏时际，就惦记着家中老婆。几番忍耐不住，想逃回家去和老婆睡睡再来。无如敝老师赛过看见我的心事，防闲得异常严密，经过两个多月的打熬，欲火方慢慢的停息。我那时是住在庵里，不能与老婆会面，所以制止欲火还容易些儿。于今你要练这功夫，住在自己公馆里，终日和家眷在一块儿纠缠着，恐怕你把持不住。"

陈长策摇头道："世上无难事，只怕有心人。我既决心练这功夫，自有应付敝内和小妾的方法。”王润章点头道：“要有把握才好，最好在初练的时期中，每日只吃素菜，将荤腥、葱、蒜戒绝。”陈长策道：“我正觉得先生在初进净土庵的时候，应该多吃好菜调养，不知为什么倒教先生吃素？难道练这功夫，是应吃素吗？”

王润章道：“一来师父是出家人，原是吃素的；二来荤腥、葱、蒜，都是增长欲火的毒药。一方要断绝色欲，却一方吃增长欲火的荤腥，岂不是背道而驰吗？我劝你在初练的时期中吃素，便是这个因由。”

陈长策求功夫的心切，就从这日与他妻、妾分房。因他睡的房间，与他妻、妾的房间只一墙之隔，还恐怕夜间忍耐不住，跑到妻、妾房间里去，特地买了两把锁来，交一把给他妻子。一到夜间，两边都把门锁了，就是他妻、妾熬不住想找他，也不能过来。

王润章依着空法和尚传给他的次序，传给陈长策，也雇用了两个童男女，不过王润章不能在陈公馆久住，只把方法传了，叮嘱陈长策遵着练习，他自己便动身回梁山去了。临行时对陈长策道：“我的行踪无定，你以后要找我是找不着的。你遵着我所传的方法，练到不能进步的时候，我自然会来指点你，好接续用功。我现在没有旁的言语吩咐，你只牢牢的记着，色字头上一把刀，多少英雄好汉，在这把刀上送了性命。”

陈长策此时正在十分勇往的练功夫，毫不在意的答应，请师兄尽管放心。王润章走后，陈长策认真练了四个月，不仅腹部充实，两边肋条骨缝都长满了，摸去就和两块铁板一样。无论如何用手指去按，也按不着肋条骨，两肋里面，仿佛塞上了两团棉絮；肩窝也平满了，周身要害之处，听凭有力量的人，拿枪去扎，他一点儿不鼓劲的承受着，连汗毛都不损伤。他正自觉着很得意，心想若不遇见王润章这种异人，传授了自己这样妙法，便是下一辈子苦功练武艺，也练不到这么一半功夫来。如此努力三年下去，不愁不和王润章一样！

谁知事与愿违，这日他哥子忽然将他叫去说道：“你在这里住了差不多一年，我屡次想替你谋一件临时的小差使，也可以弄几个钱做做零用，无如一向都没有好机会。凑巧近来有一件田土官司，两造都是阔人，都在出钱运动，用得着派委员前去勘查一下。我想这倒是件好差使，正好派你去走一趟，已把委札填好了，你明日就带一个书记、四名亲兵，下乡去办理这件案子吧。”

陈长策听了，心里虽惦记着自己的功夫不能间断，然平日对于他哥子的话，是从来不敢违拗的；加以是公事，业经填好了委札，不能推辞不去。他哥子拿出委札来，他只好谢委下来，找着承办这案的书记，问这案情。那书记连忙向他道喜，说这案有极大的好处，下乡至少得两个月才能办理完结。陈长策见说要两个月才能办完，心里更着急了，然也不能对那书记说出什么来，只好暂时把雇用的童男女退了，次日即下乡去勘查田地。

在乡下办案的时候，一切起居饮食都很简率，又没有童男女在跟前，不仅不能加紧练功夫，就是静坐也多障碍，没奈何将功夫搁下。办理了两个多月案件回来，他自己心里对于这内家功夫，不知不觉的冷淡了；而他的妻室和姨太太，都整整熬了半年多，不曾沾着丈夫的气味，更是气得极力将王润章诋毁，说得内家功夫一钱不值。陈长策这时委实把持不住了，回衙门销差之后，便左拥右抱的继续未遇王润章以前的工作。事后心里虽不免懊悔，但是戒已破了，体已毁了，痛悔也是枉然。

一日忽接了一封邮局寄来的信，原来是王润章从上海寄给他的，信中说因有重要的事，到了上海，教陈长策接信后赶紧到上海来，不可迟误。陈长策因此到了上海。王润章见陈长策在功夫做得正好的时候，破了色戒，只气得骂道：“我为的就是恐怕你在家把持不住，所以在我临走的时候，再三叮嘱在这‘色’字上注意，你好像很有把握的样子。你要知道，我们老师生平收徒弟异常慎重，他门下没有半途而废的徒弟。”因逼着陈长策从新再练。

陈长策这番有王润章监在旁边，又离开了家眷，能一心不乱的练习，进步比在宜昌时还迅速。王润章打听得杭州有一个高僧，已修炼有得了，王润章要去访他求参证，吩咐陈长策认真做功夫，自到杭州访道去了。

陈长策因听得朋友说，秦鹤岐也是一个做内家功夫的，他并不求人介绍，就凭着一张名片，去拜访秦鹤岐。一老一少见面之后，倒很说得投机。陈长策当面显出周身听凭人敲打的功夫来，秦鹤岐说这便是“铁布衫法”。

这日陈长策正在家做坐功，秦鹤岐引着霍元甲、农劲荪到来。陈长策对于霍元甲的人品、武艺，早已听人说过，心中是很钦佩的，见面自不免有一番推崇向慕的话说。听说霍元甲要在上海摆擂台，直喜得陈长策拍掌赞叹，愿效奔走之劳。农、霍二人连忙称谢，彼此畅谈了一会儿，农、霍二人起身告辞，秦鹤岐也一同出来。

霍元甲与农劲荪回到寓所，农劲荪乘着夜间没有来访的人客，拟好了擂台规则，及中西文字的广告，念给霍元甲听了说道："报纸鼓吹的力量极大，我们虽刊登了广告，然不及各报上有文字揄扬的使人容易兴起。我想办几席酒菜，请各报馆的新闻记者来，向他们说明已订约和奥比音比武及摆擂台的用意。我认定这种事，报纸上是乐于鼓吹的。"

霍元甲道："农爷说应该怎么办便怎么办，不过我们都不是下江人，平日在上海没有声名，忽然请各报馆的新闻记者吃饭，还恐怕有不来的。不如请李九和彭庶白先介绍我们去拜会各报馆的主笔先生，等到擂台开张的前两天，方请他们吃饭，不知农爷的意思怎样？"农劲荪点头道："这也使得。"

次日彭、李二人都来回看，农劲荪把联络各报馆的话说了，彭庶白忽然指着李九哈哈大笑。只笑得农、霍二人都莫名其妙，忙问怎么。

不知彭庶白笑的什么，且待下回再写。

总评：

不肖生以擅写武侠小说驰誉于文坛，《江湖奇侠传》与本书，均为其不朽之杰作。而于二者之中，本书较之《奇侠传》，尤为一般读者所称道，则一所写述者皆为武术界之信史，无一字无来历；而一则悉出自空中楼阁，本旨既异，价值自亦不同耳！惜自六十五回以后，不肖生以事远游，本书即戛焉中止，不复再续。读者弥引为憾，促其续草之书，纷至沓来，固迭积有如山阜矣！今者不肖生倦游知还，又复返其清闲之身，乃从读者之请，复取本书而赓续之，并发愿不将此作完成，誓不再及他事。于是，此不朽之杰作始得告成有日，读者数年来之渴望亦得因之以解，而下走以近水楼台，并得先睹为快，一举而三方交受其益，宁非一至快之事乎？

本回为王润章与陈长策师徒合传。合传不难，合传中之二人，倘所学习之武艺，同学艺时之情形又复同，则殊难于下笔矣！以写来稍一不慎，不涉重复之嫌，即来雷同之诮，颇易令人生厌焉。今著者写此二人，弥极错综变幻之致，既不相犯处力求其犯，又于相犯处力求其不犯，于是，读者乃身入彀中，第觉醰醰然有深味矣。谓非说部能手，写来宁克臻此化境！

内家功夫之高出于外家功夫，固夫人而知之，然何者为内家功夫，其所以高出于外家者究何在？则门外汉无论矣。即询之曾习武艺之个中人，恐亦十有八九，瞠目不能相对也。今在本回中，经著者纾其生花妙笔，于此所谓内家功夫者，曲曲加以阐明，既大足为内家功夫张目。而一经宣传，奥窔毕见，使人不致以邪术异端相视，不期生其向往之心。斯于武术前途，或不无裨益乎！

第六十七回

买油饼小童拜师傅　掼饭甑醉汉杀贤妻

话说彭庶白指着李九哈哈大笑道："这事有他从场帮忙，联络各报馆的事，还要两位请求我们介绍吗？上海几家大报馆的主笔和访员，多与他有交情。方才我在他家，他正和我计议这事，由他出面请酒。我同他出门到这里来的时候，已经吩咐师爷发请帖，此时只怕已分送各报馆去了。"

霍元甲连忙起身向李九拱手谢道："难得九爷这么肯出力替我帮忙，我只好口头道谢了。"李九也拱手说道："四爷这话说的太生分了，这哪里是四爷个人的事？凡是会武艺及有点爱国心的人，都应当对四爷这种举动表同情。"

农劲荪问道："不知九爷定了哪日几点钟？我们好商量一篇宣传的文字，在各报上发表。"彭庶白接着说道："就在明天下午六点钟，一会儿便有请帖到这里来。"霍元甲笑道："我们这里还用得着请帖吗？情理上似乎太说不过去了。"彭庶白、李九和农劲荪大家商量一阵办事的手续，及登报的文字，因又来了拜访的客，彭、李二人方作辞回去。

次日农、霍二人带着刘振声按时赴宴，当时上海各大报馆的主笔访员多到了，经李九一一给农、霍二人介绍，席间各自有一番慷慨淋漓的演说。翌日各报的本埠新闻栏内都载了出来，这且不去叙它。

单说酒席散后，各人都分途回家去了，唯有彭庶白因要去五马路访一个朋友，独自从酒馆出来，向五马路行走。这日下了一天的雪，到黄昏时分方止，马路上的雪足有二三寸深，行路的人一溜一滑的极不自在。彭庶白刚走近棋盘街口，此时这一条马路的行人很少，两旁店铺都上了板门，忽见前面马路中间，围了一大堆的人，好像是打架的样子。彭庶白边走边朝那人丛中望去，只见一个穿西装的少年，被许多流氓似的人围着丛殴。再看那少年，虽不过二十来岁的年纪，身体像很瘦弱，和许多流氓动手打起来，手脚身法倒十分利落，神气也异常从容，简直不把那些流氓看在眼里的模样。

彭庶白在上海居住了多年，知道上海流氓是不好惹的，每每因一言不合，纠集数十百个流氓，携带利斧、短刀，与人拼命，逆料这少年多半是外省初到上海的人，不知为什么事与这些流氓动手，存心想上前替那少年解围。但是看那少年，笑容满面的一拳一个，把流氓打得东歪西倒，左右前后的流氓，不近他的身便罢，近身就得跌倒。这些流氓也都打红了眼睛，跌下去爬起来，又冲上前去，也有抓着雪向少年打去的。

彭庶白看得有趣，料知那少年有这般好身手，是决不至吃亏的，乐得在旁边看看少年的能耐。只见那些流氓，欺少年是单身一人，手中又没有武器，仗着自己人多，越打越勇敢。两面街口都有巡捕站岗，然巡捕对于流氓打架，从来是装着没有看见的，非到双方打伤了人，或是闹的乱子太大了，断不过问。此时附近的巡捕，仍照例不来理会，所以这些流氓胆敢与那少年拼命。

那少年见流氓打不退，仿佛不耐烦多纠缠了，只将双手一伸，一手扭住一个流氓的顶心发，一开一合的使流氓头碰头。在打的时候，流氓和少年都咬紧牙关不说话，禁不起少年将两个流氓的头这么一碰，却痛得忍不住只叫“哎哟”。在旁的流氓趁少年腾不出手来，想从背后将少年拦腰抱住，谁知少年身法真快，就把手中的两个流氓当兵器，只几下便横扫得那些流氓，没一个敢近身了。直到此时，少年才叱了一声：“去吧！”随即双手一松，这两个碰头的流氓，都跌倒在一丈开外。少年行所无事的拍了拍衣上的雪，头也不回的举步便走。

众流氓确实被打得都害怕了，一个个横眉怒目的，望着少年大摇大摆的走去，谁也不敢追赶。却羡慕煞了旁观的彭庶白，忍不住上前问问少年的姓名来历，究竟为什么和流氓打起架来。跟上去才走数十步远近，只见那少年走进一个弄堂，彭庶白忙紧走了几步，赶过少年前面，对他拱了拱手说道：“方才见老哥打那些流氓，显得一身好本领，兄弟从旁看了，委实钦佩之至，因此不揣冒昧，妄想结识老哥这种人物。请问尊姓大名，因何与那些流氓动手？”

那少年就彭庶白打量了两眼，忙赔笑拱手答道：“见笑，见笑！这地方的光棍，真不睁眼，兄弟在一家烟纸店里买香烟，因不曾留神，露出坎肩上佩带的赤金表链来，被旁边的几个光棍看见了，大概是欺兄弟生得文弱，居然跟在背后走。一到这行人稀少之处，就动手强抢起来。幸亏来的都是些不中用的东西，已被兄弟打开了。谁知这一带此类光棍极多，转眼之间竟围上来二三十个，可恶那些巡捕，简直像没有眼的一样；若换一个真的文弱书生，今夜岂不糟透了吗？”

彭庶白见这少年相貌生得十分英俊，说话又极爽利，不由得心里爱慕，恐怕错过了机会，以后就不容易见面，因弄堂里不便多谈，只得问道：“老哥就住在这弄堂里呢，还是到这里瞧朋友呢？”少年随手指着前面一个石库门说道：“我便住在这里面。兄弟是湖南人，初次到上海来，没多的熟朋友，只好住在这湖南客栈里。”彭庶白看那石库门上有“一新商号”四字，遂说道：“兄弟很想和老哥多谈谈，虽自觉冒昧得很，然实因心中爱慕，情不自禁，去客栈里坐坐不妨么？”少年似乎也觉得彭庶白这人气宇非凡，绝不踌躇的表示欢迎，引彭庶白进里面攀谈。

原来这少年姓柳名惕安，也是当世一个了不得的侠义英雄。他这时的年纪，虽还只有二十几岁，然他的历史，极不寻常，更极有趣味。本书原是专为这类人物立传，不得不趁这时将他的身世和历史叙述一番。

且说那时湖南长沙有一家做锑矿生意的公司，叫做华昌公司。这华昌公司在那时候可以说是全世界闻名的大公司。凡是熟悉商界情形的人，大概没有不知道的。这公司与本书并没有关系，单讲这公司里有个书记姓柳名尊彝，是一个补廪的秀才，文学很有根底，只是为人生性乖僻，最好使酒骂人。长桥柳家原是湖南的巨族，柳家子弟多不免有些纨绔气息。柳尊彝却没有这般气息，名士气倒来得很结实，终朝每日在醉的时候居多，清醒的时候极少。在喝醉了时，并没有旁的毛病，就喜披着一身不合时宜的衣服，拖着一双破了后跟的鞋，歪戴着一顶破帽子，踉踉跄跄在街上胡撞。遇着卖馄饨或卖油饼的肩挑贩子，便蹲下来大嚼，吃完了随手抓钱给人，有时三元五元，甚至十两八两都不定。偶然身边没有钱的时候，吃完拍拍腿就走。好在那些小贩，多是曾经得过他便宜的，也多知道这柳疯子的脾气，身边有钱是不吝惜的。拿不出钱来时，便追着他要，也是白费唇舌。

他在华昌公司，每月有二百元的薪水，家中用度至多不过六十元，其余的多在这里小贩担上花了。亏了柳尊彝的夫人，十分贤淑，生了两个儿子、两个女儿，大儿子就是柳惕安。

这年柳惕安已经六岁了，生得长眉秀目，隆准方颐，读书真能过目成诵，最为尊彝所钟爱。尊彝每次喝醉了发酒疯的时候，家人都不能近前，不问是谁一到他跟前，便不被他打，也得挨他一顿臭骂；唯有惕安过去，能得他的欢心。他夫人每遇着家用匮乏，自己不敢问尊彝要钱，教惕安乘尊彝搂抱在怀中的时候，伸手去袋中摸搜，摸着了就说要买什么，尊彝总是笑嘻嘻的点头应允。惕安拿着交给母亲供家用。

他母亲在四个儿女之中，也独爱他。小孩照例好吃，柳惕安自也不例外。不过他喜吃的，是米粉和葱用油炸出来的油饼，每日总得向他母亲索二三百文买油饼吃。华昌公司在南门外碧湘街，柳尊彝为往公司办事便利起见，也在碧湘街租了一所房屋居住。那碧湘街靠近乞丐收容所，当时乞丐收容所的章程，不如民国以后的完备，凡是入所的乞丐，仍可每日出外自由行乞，不过夜间回收容所歇宿罢了。因此碧湘街一带，终日不断的有乞丐往来。柳家住屋临街，柳惕安每日看乞丐蹀躞街头，也看得惯了。有一个年约五十多岁，满脸黑麻、满头癣癞的乞丐，时常坐在柳家大门的房檐下，翻开破棉絮的衣襟，寻找虱子。柳惕安也不嫌脏，就在这乞丐身旁，买了油饼大嚼。有时买的多了，吃得剩下来，便随手送给这乞丐吃。这乞丐龇开黄板牙笑着，接过来就吃，还显出得意的样子，望着柳惕安点点头称赞道："好孝顺的孩子，明日再多买几个给我吃。"旁人听了，都替柳惕安不平，骂这叫化子不是好东西。

柳惕安因年纪太小，不大知道人情世故，却不理会，次日买了油饼，真个多剩几个给这乞丐吃。接连是这么吃过好几次，差不多成为惯例了。每日一到下午三四点钟，卖油饼的挑贩一进碧湘街口，这癞头麻脸的乞丐，就不先不后的坐在房檐下等候，柳惕安毫不厌恶的照例送给他吃。有时向他母亲需索少了，没得剩下来，这乞丐简直不客气的伸手硬要。柳家当差的看了不服，一边骂这叫化子不是东西，一边打算拉柳惕安进房里去。只是作怪，柳惕安不仅不肯进去，并向卖油饼的赊几个油饼，送给这乞丐吃。如此也不止一次，这乞丐渐渐的和柳惕安攀谈起来。

一日大雨倾盆而下，街上水深数寸，不仅卖油饼的不能上街，连一个行人也没有。柳惕安每日吃油饼，吃成了习惯，仿佛抽大烟的有了瘾的一般，一到这时分便想得吃，此时既下着大雨，只得独自站在房檐下，望着瀑布也似的檐溜发愁。正在看得出神的时候，忽觉背后有人在他肩上轻拍了一下，回头看时，原来就是照例白吃油饼的叫化。柳惕安没好气的鼓着小嘴说道："可恶这劳什子雨下个不止，连我也吃不成，你还来做什么！"

这乞丐又龇开黄板牙笑道："我还不是照例来吃现成油饼的吗？"柳惕安道："下这么大的雨，卖油饼的不来，哪里有得油饼吃？"这乞丐摇头笑道："下雨有何要紧？天晴时我吃你的，下雨时你吃我的。我吃你的次数也太多了，今日轮到我做东，请你吃一个饱何如？"

柳惕安在衣袋中掏出一把铜元来说道："只要有油饼买，我这里有的是钱，要你做什么东？"乞丐笑道："原是为着下雨没得买，才用得着我来做东。你把钱收起来，留待天晴时给我吃。我这里已买来了油饼，你吃吧。"说时将手一伸，手上果然有一个热烘烘的油饼。柳惕安正在想吃的时候，真个接过来便吃了。一面咂嘴舐唇，一面说道："可惜你买少了，怎的只买了这么一个呢？"乞丐笑道："多买冷了不好吃，吃一个买一个是热的，你看，又买了一个来了。"说罢，手心里又现出一个油饼来。

柳惕安本是个生性极聪明的小孩子，看了就很觉诧异。一边接过来吃，一边问道："你这油饼在什么地方买来的，搁在你身上什么地方？"乞丐道："你吃饱了再和你说。"柳惕安道："你自己怎么不吃呢？"乞丐道："我如何没吃，你瞧，我不是在这里吃吗？"柳惕安看时，果然一个油饼已咬了半边。

柳惕安将第二个油饼吃完，第三个油饼又在乞丐掌中现出来了。是这般接连吃了七八个，觉得很饱，吃不下了，忍不住问道："你说等我吃饱了，再向我说。于今我已吃饱了，你说给我听吧。"乞丐道："你是问我这油饼从什么所在买来的吗？我这是老照壁徐松泉茶馆里的油饼，比别家的来得松脆香甜。若不是我平日吃你的吃得太多，今日也不请你吃了。"

柳惕安道："老照壁离这很远，怎么还像刚出锅的，一点儿没有冷呢？”乞丐哈哈笑道：“这东西冷了怎好吃？你平日请我吃热的，我自然不能让你吃冷的。”柳惕安道：“我总共吃了八个，你好像也吃了六个，一共十几个油饼，你用什么东西包了，搁在什么地方带来的？”

乞丐用左手指着左手的掌心说道：“它一个一个拿出来的，拿来便吃，用不着什么东西包裹。”柳惕安听了益发觉得奇怪，只管摇着头说道：“你越说我越不明白。你得教给我这个法子才好！以后下雨的时候，你若不在这里，我也有得油饼吃。”这乞丐伸出油污的手，摸着柳惕安的头顶说道：“你不拜我做师傅，我就教给你，你也不灵。”

柳惕安正待问怎样拜师傅的话，只见一辆洋车，冒雨来到门口停了。车中人下来，原是柳尊彝回来了。柳惕安只得过去叫爹爹。柳尊彝打发了车钱，伸手携了柳惕安的小手，带进屋去了。柳惕安心里记挂着乞丐拜师傅的事，趁他父亲松手的时候，一溜烟儿跑出大门外看时，乞丐已去得无影无踪了。大雨仍不断的下着，柳惕安心里思量，这叫化确是奇怪，下这么大的雨，何以他身上衣服并不曾湿。他又没有雨伞，这不是也很奇怪吗？

他独自一个人站在房檐下，越想这乞丐的行踪越诧异，想出了神，风飘雨点打在他身上，将他的衣服都湿透了，还不知道。直到开晚餐的时候，当差的请他吃饭，回到房中，才发觉身上的衣服湿透了。他因自己身上的衣服被雨打湿，益发想念那乞丐，不知是什么道理，能在大雨底下行走，不湿衣服。他夜间是照例由他父亲搂着睡的，平常头一沾枕便睡着了，这夜因想念那乞丐的事，只是翻来覆去的睡不着。柳尊彝爱子心切，见他久不睡着，以为是因被雨打湿了衣服，受了风寒，忙着起来弄药给他吃。柳惕安也不说出不能睡着的所以然来，无端的闹了大半夜，柳惕安疲乏的睡着了，一家人才跟着安睡。

次日天气晴明了，柳惕安按时立在门外，等那乞丐前来。一会儿见卖油饼担儿来了，以为那乞丐照例会跟来，谁知等了许久，仍不见那乞丐的踪影，只得独自买油饼吃了，心里却只是放不下那拜师傅的事。但是师傅应该怎样拜法，他六岁的小孩，自然不曾见过，也不曾听得人说过，心里不由得踌躇起来。恰好他家当差的走了出来，这当差的叫陈升，年纪虽有四十多岁，却是柳家的老当差，从十四岁就在柳尊彝跟前，是一个很诚实可靠的人。柳惕安这时便叫着陈升问道：“你拜过师傅没？”

陈升忽听问出这话来，当然摸不着头脑，随口答道："拜什么师傅，我又不是学手艺的人，凭空拜什么师傅！"柳惕安答道："难道定要学手艺才拜师傅吗？读书也是一般要拜师傅的。"陈升道："读书不是拜师傅，叫做拜老师，还得拜孔夫子圣人。你于今快要拜老师了，你知道么？"柳惕安道："拜谁做老师？我不知道。"陈升道："我有天听得太太对老爷说：'惕儿今年满六岁，年纪也不小了，应该认真读起书来。'老爷说：'我每天从公司里回来，教他一两个钟头，比从什么先生都好。小孩子读书不是这么读，还要如何认真？'太太说：'你教他读了什么书，你终日醉醺醺的，高兴的时候才教他两遍；若在不高兴的当儿，惕儿拿书来问你，你倒把书摔在一边，逗着他东扯西拉的说些不相干的话。像你这般读书，不要误了小孩的光阴。有个姓刘的先生，在隔壁唐公馆教书，听说那先生是个老举人，教小学生教得最好。唐家就只有一儿一女，从他读书，我想把惕儿搭在他家里去读书，唐家的小孩也有个伴，相隔又近，早晚来去容易。你从公司回来，高兴还是可以教他的。'老爷说：'就这么办也好。'大约过不了几日，你便得上学去了，上学是得拜老师的。"

柳惕安听了这些话，闷闷的过了一会儿，才问道："你这些话都是真的么，不是哄我么？"陈升道："谁哄你。前天我亲耳听得太太和老爷说的。"柳惕安道："那时我上哪里去了，怎的我不曾听得说，并且你昨天何以不说给我听？"陈升道："你不信罢了，我只道你已经知道，无端对你说什么？方才你若不问我拜过师傅没有的话，我也不曾说到这上面去。老爷常说你读书的天分高，认过的字，便不忘记。去上学你怕什么？"柳惕安道："我不怕去上学，就怕一上了学，便不许我出来买油饼吃。"陈升笑道："买油饼容易，学堂就在隔壁，我每天买好油饼送给你吃便了。"

柳惕安摇头道："不行，你买了送给我一个人吃，我不欢喜吃，要那叫化同我在一块儿吃才好。"陈升道："那个臭叫化，白吃你的油饼，也吃得太多了。你有钱怕没处花吗？为什么天天要买油饼给他吃？我看着那腌臜模样，就要作呕，你偏欢喜和他在一块儿吃东西。你知道么，他白吃了你的油饼，还说你是他的好孝顺儿子呢！"

柳惕安连连摇手道："你不要乱说，他何时是这么说了。他是穷人，才当叫化，身上自然腌臜，我喜欢他，你用不着管我。我且问你，我明日上学要拜老师，应该怎样拜法？”陈升道：“没有旁的拜法，大概是对刘先生磕几个头，爬起来喊声老师便完了。”柳惕安点了点头道：“我知道了。”说时伸头向街上两端望了几望，自言自语的说道：“还不来，不知是什么道理！”陈升不作理会走开了。

柳惕安一个人匆匆向乞丐收容所那方走去，走到那门口，却不敢进去，只探头向里面张望。这门口虽不断的有乞丐出入，只是不见那癞头麻脸的乞丐。正在徘徊的当儿，忽听得远远有吹笛的声音，细听却在收容所后边。柳惕安觉得那笛声好听，便向发声的方向走去。原来这收容所后面，有一座小山，笛声是从那山上发出来的。柳惕安走近小山看时，吹笛的不是别人，正是那癞头麻脸、白吃油饼的叫化。柳惕安心想道：“我要他教我买油饼的法子，这时还不拜他做师傅，更待何时？”主意已定，也不说什么，也不顾地下潮湿，走上前跪下，接连不计数的磕头，口里只管叫师傅。

那乞丐见了，实时停了笛声笑道：“你真个拜我为师傅吗？你既拜我为师，你知道我的姓名么？”柳惕安道：“我不知道你的姓名，我只知道你是我的师傅就得了。”这乞丐喜得伸手将柳惕安拉了起来说道：“你这话倒也说得爽利，我就收你做一个小徒弟吧。不过我们祖师相传下来的规矩，拜师是得发誓的，学了这法术，非经师傅许可，不能随意传给旁人；并不得存心炫耀，胡乱使给人看，你于今先发誓，我就教给你。”

柳惕安虽生长了六岁，却从来不曾发过誓，也不知道这誓应该怎样发。听了这话，只呆呆的望乞丐，不知如何是好。

这乞丐看着这情形，点了点头笑道：“本来你的年纪太轻了，你用不着发誓，且过几年再说吧！”柳惕安着急道：“要过几年才教我吗？”乞丐沉吟着说道：“再过几年，学起来也容易些。于今不是不肯教，实在是你不能学。”柳惕安道：“我就只要学那买油饼的法，若再过几年，便是我不学也罢了。”

乞丐笑道：“你专要学那买油饼的法，是很容易的，你好好的记着吧。我姓潘，你从今日起，无论在什么时候，什么地方，想吃油饼，只需两眼合上，想我昨天拿油饼给你吃，那时候的情景，口里连喊三声‘潘老师’，喊的声音不可大了，给旁人听得。是这么做了，包管你手上有油饼出来，你听明白了么？”柳惕安问道：“随便在什么地方都使得么？”潘老师应是。柳惕安道：“那么就在这地方也行么？”潘老师道：“不行还算得是法术吗？”

柳惕安真个将两眼合上，心想昨日吃油饼的情景，想罢轻轻唤了三声“潘老师”。说起来真是奇怪得不可思议，第三声“潘老师”方叫出，猛然觉得右手烘热，不知如何已有一个与昨天同样的热烘烘的油饼捏在手中。这一来，只喜得柳惕安心花怒发，连忙用双手捧着送给潘老师道：“我刚才吃饱了，老师今天还不曾吃，请先吃了这一个吧。”

潘老师见他六岁的小孩，能知道礼让，也喜得笑嘻嘻的接了。柳惕安忽然问道：“像这样不要钱的油饼，又一点儿不费事，老师为什么不多弄些吃，却要到街上向人家讨吃呢？”潘老师高兴道：“你这话问的好。你若不是这么问，我倒得多费些唇舌向你解说道理。你要知道世间上的东西，除了天上的风、云、日、月而外，都是有主儿的。不是我自己的东西，我就不应该拿，拿了是有罪过的。世间的强盗和贼，就是胡乱拿人家的东西，所以有王法去办他。你我所吃的油饼，也是人家的。人家做买卖，将本求利，你我用法术偷来吃，一文钱也不给，这种举动，也和强盗、贼差不多。不过逢场作戏，偶然一二次，还不要紧，如果时常是这么干，也和强盗一般的有破案的时候。我们破案时所受的苦楚，有时比强盗破案受王法惩办的还要厉害。你记着吧，若是手中有钱，天没有下雨，便不可常用我这法术。”

柳惕安正待问如何破案的话，忽听得远远有叫惕少爷的音声，回头向山下看时，只见陈升气急败坏的跑到山下，一面招手，一面叫唤。柳惕安不知道陈升为什么那么慌急，只得忙辞了潘老师跑下山来。陈升只管跺脚说道：“你又和这臭叫化在一块，还不快回去。老爷又喝醉了酒，差一点儿把太太打死了！”

柳惕安是知道自己父母是时常吵嘴打架的，听了也不在意，随陈升回到家中，却不闻自己父母口角的声音。他知道自己父亲的脾气，每到外面遇到不如意的事，回家喝上几杯酒就得找他母亲的差错。不说这桩事不应该做，便说那桩事办理不得法。和他辩罢，固然是如火上加油的生气；不和他辩论罢，又说人不应赌气不睬他。口口声声说从此不理家里的事，要出家做和尚。柳惕安的母亲虽则性情贤淑，也时常感觉难于应付。平日他夫妻吵闹起来，有柳惕安从中和缓柳尊彝的愤怒，咒骂一阵子也就罢了。这日柳惕安因到乞丐收容所后面山上去了，家中没有缓冲的人，柳尊彝不知在外面受了什么气回来，借事和自家太太吵骂，三言两语不对劲，便动手打起来。幸有陈升在旁哀求劝解，柳尊彝将太太打了几下，太太忍气吞声的不反抗，便没事了。陈升恐怕柳尊彝继续再打，因此跑出来寻找柳惕安。

柳惕安回到家中，见父亲独自坐在书房中看书，随即又到母亲房中，见母亲横躺在床上，掩面饮泣。姐姐弟弟都鸦雀无声的坐在床沿上，面上都显着不快乐的神气。柳惕安含笑着叫了声妈妈道：“你老人家不要哭了，爹爹喝醉了酒，照例是这么横蛮的。只要身上没受伤，犯不着哭。你老人家身体又不结实，哭多了，一会儿又要闹心气痛的毛病。”

柳惕安的姐姐名叫静云的界面说道：“妈妈已经心气痛过好一会儿了。你倒好，跑到外面贪玩去了，吓得我要死。我和权弟都挨了几下。你若在家里，也不至闹得这么凶。”柳惕安最爱自家兄弟，他兄弟名叫权子。惕安听了静云的话，忙拉了权弟的手问道：“打了弟弟什么地方，你还痛么？”

柳权子这时才四岁，也生得十分聪明伶俐，当下答道：“爹爹怪我不该揪了他的衣边，顺手打了我两下嘴巴，这时已经不痛了。”惕安放了权子的手，爬起床沿，伏在他母亲怀中说道：“妈妈不要难过了，我学了一种戏回来，使给妈妈看，请妈妈坐起来看吧。”边说边推着他母亲起来。他母亲悠悠的叹了一口气说道：“你有把戏，去玩给你姐姐弟弟去看吧，让我睡一会儿。”惕安不依道：“你老人家曾不见过我这样好把戏，看了一定欢喜。”

小孩子心中的哀乐，变化得最快，静云、权子听得有把戏看，登时喜笑得帮着拉母亲起来。柳太太的性情，原来非常柔善，加以疼爱儿女，见她二个儿女都拉她起来，便坐起来说道：“好！你们下地去玩吧。”

惕安真个喜滋滋的先跳下地来，静云已将权子抱下。惕安先伸出两手给他母亲看道：“你老人家看我是一双空手，什么也没有。”说时又在身上拍几下道：“此时我身上什么也没有，外面的大门已经关上了。我能不出这房门，可以弄出老照壁松泉茶馆里的热油饼来，给大家饱吃一顿，妈妈相信么？”

他母亲心里虽是不快乐，但是听自己心爱的儿子，说出这些不伦不类的话来，也觉得好笑，以为是惕安有意这么说着逗她开心的。正在懒得回答，柳静云插口说道：“我相信。你且弄出来，妈妈自然也相信的。”惕安笑道："你相信不行，要妈妈说相信才行。我这把戏是真的，弄来油饼是可吃的，并不止一个两个，要多少有多少。"

权子听得有油饼吃，急得拖着惕安的手说道："哥哥快弄来，先给一个我吃。"惕安天性最厚，原是为想引他母亲开心，才说出玩把戏的话，定要他母亲说相信。他母亲只得说道："我相信，你弄得来就弄吧。"

柳惕安这才笑嘻嘻的整了整衣襟，背过身去，心里默祝道："潘老师，潘老师。平常使这法术不灵，倒没啥要紧；今天我母亲怄了气，正要借这法术，使她老人家开开心，必须灵验方好。"祝罢，即默念那授受油饼的神情，念毕轻呼了三声"潘老师"。真是毫不含糊，和在收容所后面山上一样，手中不知不觉的有油饼捏着。估计那时间，就是在自家厨房里做出来的，也没得这么迅速。柳惕安掉转身来，双手捧着那油饼，送给他母亲面前说道："你老人家看我这把戏好不好。你老人家趁热，先吃了这个，我再来给姐姐弟弟吃。"他母亲想不到他真个是这般弄得出油饼来，不由得吃了一惊，忍不住接在手中细看。确是炸得两面金黄，又热又香的油饼，静云、权子也都争着来看。他母亲递给静云道："我不吃，你和弟弟去分吃吧。"

惕安定要他母亲吃，随即又弄了两个来分给静云、权子吃了。他母亲问道："你这把戏，是从谁学得来的？"惕安说："是从潘老师学的，潘老师是一个大叫化。"他母亲摇头道："你这小孩子，怎的这么不长进。好人的好样不学，如何去从大叫化学这不敦品的把戏呢？你的年纪小，不知道厉害，江湖上常有不正经的人，用这类的法术，去偷盗人家的东西。官府不知道便罢，知道了是要抓着当妖人办的。我在娘家做女儿的时候，曾听得你外公说过，他做四川万县知县的时分，忽然有好几家富户来报窃案，说银钱首饰放在皮箱里面，门不开、锁不破，不知被什么人偷去了。好几家报窃案的，所说情形都差不多，害得这些人家的当差的和老妈子，不知受了多少冤枉气，挨了多少冤枉打。后来亏了一个老捕头，明察暗访的，才查出是一班走软索的人，会一种邪术，都在一个古庙里住着。人不出庙门，能用邪术偷盗人家皮箱里面的东西。直到将那班人办了，报窃案的也没有了。你学的这把戏，就是那一种邪术。这不是正经人学的东西，以后不可再玩了。我常听人说，学这类邪术的人，是永远不会发达的，你是要读书上进的，万不可学这些玩意儿。"

柳惕安一一听了，不敢说什么，次日也不敢再去找潘老师了。过了几日，母亲果然送他到隔壁唐家去上学，每日午后散学回来，仍照例在大门外买油饼吃。那潘老师自从那日在收容所后边山见过之后，便不曾见面了。柳惕安心里想念他，偷闲去收容所附近探望了几次，也没有遇着。约过了半年的光景，这日柳惕安散学回来，走出唐家的大门，只见一个乞丐坐在唐家的阶基石上，一眼望去，仿佛是他潘老师的模样，细看却不是。这乞丐的年纪，比潘老师还要大几岁，脸上没有黑麻子，那种腌臜的样子，和头上的癣癞，都与潘老师差不多。不过潘老师只肩上驮了几个叫化袋，这乞丐是用竹竿挑着一副叫化的担子。这担子一头是一个破了的篾箩筐，筐内有几件破烂不堪的布衣服；一头是一张破草席卷起来的，好像是铺盖卷儿。

柳惕安生成的古怪性格，见了乞丐，不知不觉的便生了怜惜之心，加以这乞丐的形象，仿佛自己的潘老师，不由得立住脚向这乞丐打量。这乞丐也睁着两眼，柳惕安看了又看。柳惕安忽觉技痒起来，连忙用法术弄了一个油饼，送给这乞丐道："请你吃个油饼。"乞丐伸手接了说道："咦？是谁教给你的这玩意儿，你不是姓柳么？"柳惕安点头道："我姓柳，你怎得知道？"乞丐笑道："你原来就是我的师侄，我如何不知道！"柳惕安道："你认识潘老师吗？"乞丐道："岂但认识，他还是我的师兄弟呢！我动身到长沙来的时候，他对我说，他新近收了一个六岁的小徒弟，姓柳叫惕少爷，住在南门外碧湘街，我因此到这街上来瞧瞧。"柳惕安问道："潘老师现在什么地方，他为什么不同到这里来呢？"这乞丐道："他于今在四川，他有他的事，今年还不能来长沙。你想见他么？我可以带你去见他。"

柳惕安这时也不知道四川在哪里，离长沙有若干路，随口说道："我虽想见他，但是没有工夫去。我白天到唐家读书，夜间还得到爹爹跟前读书。"这乞丐问道："潘老师除教你搬运法之外，还教了你什么法术？"柳惕安道："并不曾教我什么搬运法，更没有教我旁的法术。"乞丐笑道："你刚才弄来的油饼，不是用搬运法搬运来的吗？这法术不仅可以搬运油饼，什么东西都一样的可以搬运。"柳惕安道："潘老师只教我弄油饼，旁的东西弄不来。"

这乞丐沉吟了一阵问道："你潘老师教你弄油饼的咒词，如何念法的，你且念一两句给我听听。"柳惕安道："潘老师没有教我念咒，我一句也不知道念。”乞丐道：“你既不念咒，如何能弄来油饼吃呢？”

柳惕安将潘老师教他默念授受神情，和轻唤三声“潘老师”的话说了。乞丐笑道：“原来他只传你一点儿‘感摄法’，这算不了法术。”柳惕安问道：“为什么算不了法术？”乞丐道：“这还是你潘老师运用的法术，不过因你的精诚，与他生了感应，他的精神，虽相隔数千里，也能代替他在你跟前运用法术，所以叫做‘感摄法’，算不了你自己的法术。若是你潘老师死了，你这把戏便立时不灵了。你此刻心里还想学更大的法术么？”柳惕安道：“怎么不想呢，无奈潘老师不在此地。”乞丐道：“只要你想学，我倒可以教你。你潘老师本来托付了我的。”柳惕安喜道：“那么好极了！我就跟着你学。不过我母亲不欢喜我学这些玩意儿，说不是正经人学的，说衙门里的人知道了，要拿去办罪的。”

乞丐点点头道：“不错！你母亲确是个有见解的人。但是邪人用正法，正法也成邪；正人用邪法，邪法也成正。你要知道，人有贤愚，法无邪正。并且我要传授给你的，是救人的大法，哪里有罪给衙门里人办？只是学法不像读书，可以住在家中，请人教读，学法是得跟着老师去四处游行的。你能离开家里父母姐弟，跟随我游行四方么？”柳惕安摇头道：“这事办不到，我一天也不能离开我的父母，你能在这里教我便好，不能教我就只好不学了。”

这乞丐见柳惕安说话伶牙俐齿，绝没有寻常小孩那种稚气，并且听他所说的话，便可以知道他的天性甚厚，对于父母是很能尽孝的。不由得随口称赞道：“很好，很好！怪不得你潘老师逢人便道，新近在长沙收了一个好小徒弟的话。你我两人师徒的缘分，此刻还不曾成熟，什么话也是白说了，你归家去吧，我今日不过来瞧瞧你，等到机缘成熟的那日，我自然来接你。”

柳惕安见天色已不早了，便别了这乞丐回家，也没有将这一回事搁在心上。那乞丐自见过那一次之后，也不曾与柳惕安见面了。光阴易过，转眼又过了两月。这日也是柳家合当有祸。柳惕安散学归家，正待吃夜饭的时候，柳尊彝不知从什么所在，喝了一肚皮的酒回来，一溜歪斜的走进大门，就无风生浪的寻着柳惕安的母亲吵嘴。他母亲忍受不了，随口回答了几句，谁知柳尊彝冒起火来，恰好陈升从厨房里捧着一甑热气蒸腾的饭出来，柳尊彝抢了那饭甑，劈头朝惕安的母亲掼去。凑巧正套在头上，热饭散了一身。陈升连忙将饭甑揭起，他母亲已被热饭烫得在地下打滚。顷刻之间，满头满脸都肿得和南瓜一样。

柳尊彝掼过饭甑之后，实在醉得挣持不住，独自倒在书房里，鼾声震地的睡去了。静云、惕安都因年纪小，见母亲烫得这般模样，只知道望着哭泣，一点儿办法也没有。还亏了陈升是柳家的老当差，能做主去请外科医生。医生来诊视，他母亲尚不肯说出是被丈夫用饭甑打成这模样，说是自己不小心，弄翻了饭甑烫伤的。那外科诊过脉，敷了些药出来，对陈升低声说道："你家太太的伤势，非常重大。我的能力有限，恐怕治不了，不要耽误你家的事，你赶快去请别人吧。"

陈升惊道："难道是这么烫了一下，就有性命之忧吗？"医生道："有手段高的医生，或者也能治好，我是没有办法的，因为伤的部位太重要了，如果是烫了手脚，哪怕更厉害些也不至有性命的危险。像这样重的伤，就只烫一半头脸，都不容易治，何况是满脸都伤了呢？"说罢便作辞。

陈升给了诊金，送医生走了，回头无计可施，只得到书房唤柳尊彝。好容易才唤醒，陈升忍不住流泪说道："老爷醒清楚了么？"柳尊彝抬头望了陈升说道："什么事？我睡得好好的，把我叫起来。"陈升哽咽着说道："老爷倒安心睡么，也不去替太太想法子么？"

柳尊彝似乎很诧异的说道："你糊里糊涂的说些什么，有什么事要我替太太想法子？"陈升道："老爷忘记了吗，老爷一饭甑把太太打得……"话没说完，柳尊彝已听得静云、惕安等在隔壁房里号哭起来，连忙立起身来，还是偏偏倒倒的走过卧房里来。

他太太原是面朝房门躺着的，见柳尊彝进房，立刻将脸掉过去。柳尊彝就电光下一看他太太的头脸，好像才想起那动手的情形来，望着陈升骂道："你这蠢东西，我喝醉了酒，你难道也喝醉了酒吗？见我抢那饭甑，你为什么在旁也不阻住我呢！"

陈升道："我放下饭甑，正转身要去厨房端菜，只听得一声响，太太喊'哎哟'。我回过头来，就看见饭甑已套在太太头上。等我揭开饭甑时，太太已痛倒在地下滚了。我当时若看见老爷动手，哪有不阻住的道理？"

柳尊彝道："快去找个外科医生来，住在药王街的那个姓胡的外科医生，本领还好，快拿我一张名片去，请他立刻就来。"陈升道："看老爷还知道有旁的好医生没有，这胡医生刚才已瞧过了，现在敷的药，就是胡医生带来的。”柳尊彝道：“既是胡医生来瞧过了，便用不着再请别人，明早再去请他来瞧瞧。”陈升道：“胡医生说治烫火伤，须有极好的药，他此刻没有好药，一时又配好药不出来。他已说了，要老爷赶紧去请别人。”陈升说着，掉过脸去用衣袖揩眼泪。

柳尊彝看了这情形，知道胡医生必是见伤势太重了，不能诊治，此时酒醒了，想起自己太太平日的温和贤淑来，也忍不住掉眼泪。他太太因伤势太重，有时清醒，有时昏沉，也自知没有治好的希望，清醒的时候，便望着小儿女流泪。这一家大小男女的人，简直全埋在愁云惨雾之中。尤其是柳惕安，分外觉得心里不知是酸是辣。柳尊彝到此时也着急起来，亲自提了灯笼，出外寻访好医生。只是请来的医生，都和胡医生一样，谢绝诊治，柳家的亲戚朋友，以及平日有来往关系的人，得了这消息，都来探望。也有推荐医生的，然一点儿效验也没有。挨到第三日，便长叹一声断了气了。

柳家忙着办丧事，一家人都哭哭啼啼，唯有柳惕安如痴如呆的，也不说话，也不哭，也不笑，茶饭也不入口。长沙社会的习惯，凡是办丧事或办喜事的人家，门口总有些叫化，或坐或立的等候打发。虽有警察或兵士在门外维持秩序，也不能禁止他们。唯有请一个叫化头儿来，和他说妥出若干钱，给他去代替主家打发，门口方得安静；然犹不能禁绝，不过没有成群结队的罢了。这次柳家的丧事，虽已经叫化头包妥了，只是仍有三四个叫化坐在门口，等候残汤剩汁。

柳惕安因家中延了一班和尚、一班道士念经拜谶，铙钹锣鼓，闹得天翻地覆，他心里益发觉得如油煎火热，片刻难挨。他父亲虽是极钟爱他，但眼见自己母亲被父亲活活的打死了，他那时的一副小心肠，顿时觉得自己父亲是一个极残忍不可近的人，心中丝毫好感也没有了，终日躲避着不愿和父亲见面。无如他家只有几间房屋，不在这房里遇见那可怕的父亲，就在那房里撞着，逼得惕安没法，只得走出大门外来。不料一到门外，便见那日在店家大门口的那叫化，也坐在几个叫化当中。

柳惕安刚待走上前去，那叫化已向他招手笑道：“惕少爷，好几个月不见了，一晌好么？”柳惕安摇头道：“还有什么好，这几日我倒很望你来。”边说边走近了叫化身前。叫化问道：“你这几日望我来干什么？”柳惕安道："我母亲也死了，我不愿意在家里过日子了，请你带我到潘老师那里去吧。"这句话说毕，忽见陈升跑出来说道："惕少爷还不快进去，和尚在那里念经，等着要孝子去磕头呢。"柳惕安没奈何，只得鼓着嘴跟陈升进去了。

陈升在门口时，已听了柳惕安对那叫化子说的话，他知道潘老师就是那日白吃油饼的叫化，心里已提防着，恐怕这叫化将惕安拐走。满心想对尊彝说出来，只因家中正在丧事忙碌，没有工夫说到这上面去，以为有自己留心防范，便可无妨。谁知一到吃午饭的时候，就不见惕安的面了。陈升是关心这事的人，不由得慌了，在几间房里都寻了不见，连忙跑出门外看时，那叫化也不见了。随向旁边坐的叫化打听，异口同声的说你家少爷和那叫化一同走了，朝南走的，刚走了一会儿。小孩儿走不动，至多不过走了一两里路，很容易赶上。

陈升忙回到家中，向柳尊彝述了情由，带了一个火把、一盒火柴，急匆匆向南方追去。柳尊彝见自己钟爱的儿子被叫化拐去了，也情急起来，喜得办丧事，家中帮忙的人多，随即派几个人，拿着灯笼火把，分途去寻觅；并报知了警察局。直闹了一夜到天明，分途去寻觅的人都回来了，都说不曾见着。陈升最后回来，也说毫无踪影。

不知柳惕安究竟跟着那叫化跑到什么所在去了，那叫化是何等的人，且俟下回再写。

总评：

笔者之出一人也，每有种种不同之写法。今于柳惕安之登场，先极力一写其技艺，然后再叙述其历史，是又町畦独辟，生面别开者也。至海上流氓之恃势逞强，横行闾阎，固久为一般居民所痛心疾首，今柳惕安乃视之若无物，戏弄之以为乐，虽云狮子搏兔，不必出其全力，然身手小试，已大足有令人称快者已。

沿门托钵，夫人知其为天下之贱业，而奇人异士，亦辄溷迹于其间。顾世人卒鲜有遇之者，则以肉眼者居多，又复势利成性，存一羞与为伍之心，致每每失之交臂耳！今柳惕安以龆龀之龄，能识异丐于风尘之中，不可谓非具有大智慧者，故卒能从丐以去，而得习修大道也。然于此，尚有一事非常人所能及者，则以其平日之事父母观之，天性又何其纯厚耶！脱非以此为之根基，吾知其虽日言修道，而大道终不可得耳！

柳惕安之母，四德咸备，一贤母良妻之选也。而所偶者，乃为一酗酒滋事之酒徒，诚足令人叫屈。末后所遭更惨，竟因之而丧其生，尤有令人不胜酸鼻者矣！虽然，此伤心之境之所以造成，又安知非出自碧翁之匠心独运？而使惕安得遂其修道之志者，盖非然者，柳母脱不遭惨死，则以惕安之纯孝天成，势必恋恋于其父母，又安肯舍弃此家庭而遽入深山哉！

第六十八回

采药深山逢毒雾　救人清夜遇妖魔

话说柳惕安因自己母亲惨死，心里十分难受，恨不得立时离开这凄凉的环境和残忍的父亲；恰好遇着那乞丐来接引他，便毫不留恋的跟着那乞丐走了。原来世间多有修道有得的人物，平日深居岩穴，不与世人接近，偶然遇到必须与世周旋的时候，多有化装乞丐的。因为乞丐的地位，是社会上一般认为极贫且贱的，无论谁人，都不屑注意到乞丐身上去。于今要写柳惕安离家以后的种种情形，却须先把那乞丐的身份履历，说个大概。

著者在数年前做过一部《江湖奇侠传》，其间所写练剑的分昆仑、崆峒两派。书中所写虽只两派，是因人物事实属于两派的多，并不是练剑的在全中国仅有那两派。现在要写的那乞丐，又可以说是峨眉派了。且慢，是峨眉派便是峨眉派，怎么谓之可以说是峨眉派呢？因为这一派练剑的人，胸襟都非常宽大，他们心目中不但没有省界，并没有国界，哪里还有什么派别可分呢？不过他们却是有组织的，有统系的。其所以要有组织，为的是修业乐群，大家得着互助的好处，道业容易进步；其所以要有统系，为的是能集中多数同道的力量，在同一方式之下，去做救人自救的事业。他们组织的地点，在四川峨眉山。同道的人，每年有一个时期在峨眉山集会，这一次集会所发生出来的力量最大。在他们并不承认有什么派别，是著者替他们安上这个名目。他们的组织，也无所谓阶级，无所谓首领，只是入道的年数有多少，学道的班辈有高下，修道的功夫有深浅，尊卑次序，就从这上面分出来。他们的统系，就根据以上的资格，自成一种有条不紊的统系，由入道年数最多，学道班辈最高，修道功夫又最深的人，掌握这一派的威权，其余的各按资格，分担任务。

他们的任务，对内的是他们道家修炼的功夫，我们道外人不得而知，便是知道些儿也不敢乱说。对外可分出三个种类：第一类是担负救护善人的任务。凡是于人群社会有大利益的人物，在他们同道中认为应当保护的，便派同道的去暗中保护。在他们保护之下，决不至使这人有死于非命的时候。不问在任何危险的环境当中，他们都得设法救出来，并且不能使被保护的人知道。担任这类任务的，入道的年数不必多，学道的班辈也不必高，只是修道的功夫，必得有相当的程度，方能胜这救护善人的任务。第二类是担负度人的任务，度人便是引进后学。在他们认定引进后学，为弘道唯一之途径，能度一个有根基的人入道，使这人永出迷途，其功德为不可思量。因此这任务，在他们同道中视为非常重大。能取得这种任务的人，班辈虽不必高功夫却要很深，入道的年数也得久远，并富有经验阅历才行。为的是恐怕误引匪人，将来为害太大。凡担负这类任务的，多化装为乞丐，好使社会上人士对他不注意，他并可以游行自在，去住随缘，不受种种牵制。第三类是担负坐镇一方的任务。国内各通商巨埠，及山水名胜之区，凡是九流三教杂居之所，他们都派有专人坐镇其间，这任务也是很重大的。因为他们同道的人，全国各省、区都有，虽有极严的道律，可以限制入道不久、修养不纯的人的行动，但是若没有执掌道律，及纠察各道友行为的人，坐镇各地，违律犯戒的势所难免。各地有坐镇的人，即同道中有违律犯戒的，规劝惩罚，补救也容易些。担负这类任务的人，须负有相当资望，而班辈较高的。这类人要与社会接近，也得化装。不过化装的种类不一，各就其平日身分习惯所近，有化装为算命拆字的，择人多的地方，挂出布幌子，搭着小课棚，白天借这个掩人耳目，夜间另有栖止之处，可资修炼。也有作道人装束，就道观居住，表面上与寻常道人和光同尘的。负这类任务的，多一年一更换，因为在繁华巨埠做这种工作，总不免妨碍个人的进修，所以谁也不愿意继续担任到二三年以上。这便是峨眉派大概的组织。

看官们看到这里，大约已知道柳惕安所遇的是两个乞丐，是峨眉派担负第二类任务的人了。那时柳惕安只为一时心中难过，也不知道顾虑到离家后的痛苦，就胡乱跟着那乞丐跑了出来。可怜他那时只有六岁，真是无知无识，跟着那乞丐向四川道上，一面行走，一面认真讨吃。柳惕安只求脱离家庭恶劣环境，便是沿途叫化，他不但不觉得痛苦，并很以为有趣。那乞丐自称姓单，教柳惕安称他师伯。柳惕安到了走不动的时候，那单师伯便将他坐在破箩筐内，挑着行走。

也不知行了若干日，才到青城县境内的一座深山之中。那山附近数十里没有人家，为终年人迹不到之处，那个潘老师就在这山中，觅了一个天然成就的岩穴，深藏在这里边修炼。柳惕安初到，也住在这穴中，起居饮食，都是潘老师和单师伯二人照料。山中没有书籍笔墨，潘老师每日用树枝在沙地上写字教柳惕安认。

光阴迅速，转眼过了六年，柳惕安十二岁了。这日潘老师对他说道："我从前收过几个成年的徒弟，都因心志不坚，不能修炼大法，为此才和你单师伯商量，随处物色未过童关的小孩。也是缘法好，遇着了你。这几年我教给你的功夫，多是为今日修炼大法的基础。我于今教你练习奇门，奇门有两种：一种是'理奇门'，又叫'数奇门'；一种是'法奇门'。你现在先练法奇门。练法奇门不似炼寻常法术那么容易，须设坛四十九日，坛外要竖两面三丈三尺长的青龙白虎旗，在这四十九天之中，你每日在坛中踏罡布斗，不能离坛，不许有生人撞见；便是竖立在坛外的龙虎旗，也不能给人看见。一经人撞破，便是白练，不得成功。所以选择这数十里无人烟的深山，就是为修法便利。你须知道，不论是何等根基的人，凡是在修炼大法的时候，不但有魔鬼前来侵扰，山魈野魅前来拼赛，就是山川社稷的神祇，也多有存心忌妒，前来恐吓或骚扰的。练法的人不拘有如何高深的法力，在修法的时候，遇了魔鬼，是不能用法力去对付的。唯有本人一心不乱，认定一切的境界都是虚幻，绝不理会，自然安全无事。只一存心计较，即不免越弄越糟，纵然有法力能对付第一班，第二班来了便不见得能对付。若是由自己心魔引来的外魔，什么法术也对付不了。这是学法修道的人，第一要紧关头。你此刻好在年纪轻，没有贪财好色的念头，这两种力量最大的魔鬼，倒不至将你困住。你只须把生死的念头打破，其他的难关，就容易冲过。"

柳惕安已经过了六年的训练，小法术曾学了不少，有些经验，一听潘老师的话，皆能领会。潘老师已为他制好了青龙白虎旗，择日设坛竖立起来。他平日练法，就在岩穴中，此番却选择了一处两边岩石壁立的山缝之中，上面张着布帐，一方用石板堵起来，仿佛一间房屋，中间设着石堆的香案，案前布着金、木、水、火、土、风、雷七斗。

柳惕安依法修炼，初练半月甚好，半月以后，便日夜发生魔障。这夜正当独自在一块平石上静坐，忽觉身体腾空而起，飘飘荡荡，越升越高。亏得柳惕安领悟潘老师的言语，不但不惊慌，心里仍只当是坐在平石上一样，毫不理会。约莫经过半个多时辰，果然又回到了原处。次夜所遇，又不同了，那深山之中，除却有时风撼树鸣外，本来是最寂静的，一到夜间，所有鸟雀都栖息了，更是真个万籁无声。静坐有得的人，在这种境界之下，确是能闻蚁语。这夜坐得正好，忽听得一阵风来，腥气扑鼻，接着就闻得虎步声响，越走越近，直到身边，就柳惕安遍身乱嗅，最后还用那有刺的舌尖，轻轻在他的脸上舐了一舐，他始终不作理会。那虎在身边绕行了一阵，只一声长啸，山谷震动，又是一阵风响，分明听得蹿过山那边去了。若柳惕安在这时分稍生恐怖之心，不从半空中跌下便已膏虎吻了。

如是经过了种种的魔障，直到最后一日，他正在坛中踏罡布斗的时候，忽见四个身材都有一丈高，个个生得突睛勾鼻，赤发獠牙的恶鬼，冲进坛来，不由分说，捉腿的捉腿，拉胳膊的拉胳膊，将他举起来便跑。离坛数丈，就悬空而起，腾云似的行了半日，陡然落下，脚踏实地。他紧闭双目，只听得四围浪声大震，料知是一个海岛之中，听那嘈杂之声，好像有一大群魔鬼，将他团团围住。其中一个似是魔鬼的首领，用指在他额头上戳了一下骂道：“看你这小子有什么根基，够得上修炼这种大法，妄想掌握风雷。我今日倒要试试你的能耐！”说罢，仿佛回顾左右道：“拿钢钉来将这东西的十手指十脚趾，都钉在木板上，看他可能受得了。”跟着就有几个魔鬼，雷鸣一般的答应着，用约有数寸长的钢钉，钉在他手脚指上穿过，有大斧钉进木板，只痛得彻入心肝。

他心里只牢牢的记着潘老师打破生死念头的话，咬紧牙关忍受，鼻孔也不哼一声。二十个钢钉都次第钉入，只听得那大魔鬼又喊道：“拿大钉来！这东西倒有点儿能耐劲，非从脑门钉进去不可！”这大钉约莫有丈多长，酒杯粗细，对脑门一斧头钉下去，耳里还听得那动手的魔鬼大喝了一声：“去吧！”猛然清醒过来，睁眼看时，身体仍在坛中踏罡布斗，何曾到了什么海岛，身边又何尝有什么魔鬼，只见自己潘老师和单师伯同立在香案旁边，笑容满面的对他说道："恭喜，你十二岁能修成这种大法，连我们面上也光彩。你此后一得永得，风雷在握，五遁随心，再把理奇门练好，将来就行军打仗，也确有把握。诸葛武侯一生出将入相的事业，即成就在这奇门上面。"

柳惕安听了，连忙叩谢老师和师伯。于是又继续了几年，已是十五岁了。这日天气清朗，潘老师带着他到一个山峰上游览，忽然很高兴的对他笑道："我给一点好东西你看。"说毕将口一张，只见一道白气，从口中射出来，和一条白带子相似；脱口后横在空中，望去约有三四丈长，回旋萦绕，妖矫如龙。潘老师说道："你知道这是什么吗？这便是我的剑。你瞧着东西是软的，很像一条白气，你不曾见过的，哪里想得到它的力量。我再教它玩个把戏给你看吧！对面山上的那樟树，三人一抱合不拢，我能叫它一截两段。"说时用手向白气一指，那白气便箭也似的向那樟树射去。到了樟树跟前，如人张开两臂朝树身一抱的模样，只见那大蔽数亩的树，崩山般的倒撞下来。再看那白气，仍回在空中夭矫。柳惕安不觉伸了伸舌头说道："好厉害！"

潘老师正待将剑收回，忽见一群小雀飞过，遂指着笑道："玩了大把戏，再玩点儿小把戏你看。"旋说旋对那些小雀指了几下，那白气真是神物，追着那群小雀，一只一只的穿去，顷刻穿尽了，直到潘老师面前地下落来，垒起三丈多高，不偏不倒，白气却不见了。

柳惕安看那些小雀，每只都是穿心一窟窿，抬头看了看天空问道："老师的剑到哪里去了呢？"潘老师指着那堆小雀道："现在地下，我收给你看。"又把口张开来，两手一招，白气即从地中射出，直入口中去了。

柳惕安问道："老师这剑是什么东西练成的？"潘老师道："我们的剑共有四种，一种是用木制的，上面画符，每日用咒向木剑念诵，练成之后，能在五十里内杀人除妖；一种是用金属制的，比木剑难练，力量也比木剑大些，能在百里之内指挥如意；一种是练炁的，练法更难，能及千里；最上的练神，无间远近。练神、练炁，都非寻常肉体凡夫所能。我方才给你看的，是第二种，用金属制成。这便是我们修道的人，防身降妖的利器，你现在也得练了。"

柳惕安听了欢欣踊跃，从此就开始练剑。不问什么学问，只要有名师傅传授，自己又肯下苦功夫，成功都是很容易的。不过经两三年的光阴，柳惕安的剑已练成了。

这日潘老师拿着一张药单给他看道："我们将来要借助于丹药的地方极多，炼丹所需的药料，非咄嗟之间所能办到，只好得便就去寻觅。你此刻已有自保的能力，正好去寻些药材回来。这单上所载药名，形象性质，及生产地带、采取收藏方法都很详细，一看便知。不过你到各处寻药，多在深山之中，总不免有毒蛇野兽前来侵害的事，你须记着，只要自己能躲避，便以躲避为是，万不可随意用剑及法术去伤害它。"

柳惕安连声应是，接过药单，又详细问了一遍，即日起程，先拣生产在青城附近山中的寻觅。

柳惕安自六岁离家，在那岩穴之中住了十二三年，初到数年之间，饮食和常人一样，后来渐渐不食经过烟火的东西，黄精柏叶就可充饥。每日所吃又极少，因此在各山中采药，饮食无须准备。当在岩穴中修练的时候，他老师因他年纪太小，又没有能力，恐怕他为猛兽所伤，除却自己偶然高兴，带着他到外面游逛几遭外，禁止他独自出外玩耍。这番叫他出来寻药，他心中正如鸟雀脱离了樊笼，高兴到万分。

青城是川西的边界，与苗疆接壤，山深林密，有许多地方，不但没有居人，并且终年没有行人，从古迄今，就是野兽盘踞的所在。柳惕安一则为寻药，二则想借此游玩山景，仗着本身能耐，不怕猛兽来伤，一路只选择峰峦险恶的山中走去，所遇见的豺狼虎豹，及不知名的猛兽，也不知有多少。柳惕安遵着他老师的吩咐，在遇着的时候，多是尽力闪避，不肯无故伤生。

一日行到一座形势异常古怪的山中，那山尽是数人合抱不交的大树，树上罩着一层黄雾，仿佛云气蒸腾，将日光都遮蔽了。树下因从来无人采樵的缘故，落叶堆积得很厚，脚踏上去绵软非常，行走时倒很吃力。柳惕安心想这里面怎可不去看看，好在不趱赶路程，行走吃力些也没要紧。主意既定，就努力向树林中走去。谁知走不到半里远近，猛然见迎面跳出一只金钱豹子来。他在山中所见过的豹子有好几只，却不曾见过这么高大的。这豹子连头带尾，足有一丈五六尺长，见了柳惕安，也不吼叫，直向前抢来。

柳惕安因存心不肯伤害猛兽，心里又怀疑这么长大的豹子，在此浓密的树林中，不知如何能自由转动，便不急于使出降伏它的法术来，只将身体向一株大树后闪避。那豹子见一下不曾抢着，随即掉转身躯，用它那一条长枪也似的尾巴，朝着柳惕安横截过来。柳惕安一时万分闪避不及，只好把脚尖一垫，身体已纵上了树枝。再低头看那条尾巴没截着人，余力收煞不住，在大树干上截了一下，树皮登时脱落，现出一寸多深的痕迹，如快刀削的一般；正如他老师飞剑断树时一样，禁不住脱口叫了一声："好厉害！"

他叫这一声不打紧，却被那豹子听得了，知道这个可以充食料的人，到了树上，这才吼了一声，回转头望着柳惕安流出一丈多长的馋涎来。随即向四围望了一望，见离这株大树不到一丈远近，还有一株同样的大树，这豹子只将身躯往地下一蹲伏。好快！四脚腾空，也纵上了树枝，两树相隔虽将近一丈，树枝却是密接的。豹子既纵上了树枝，就和猫儿一样，待爬过柳惕安这树枝上来。柳惕安心想这样长大的豹子，居然能上树，若在寻常人遇了，如何能逃得了性命？这牲畜大约足有五百斤轻重，料想不能爬上树巅，我何不爬到一个很小的枝上，引逗它一跤跌下地去，岂不甚好，遂抬头向树巅上打量。

这一眼望去，倒不由得吓了一跳，谁知这株树上，还盘绕着一条比斗桶更粗大的蟒蛇，距离柳惕安的头顶，不过四五尺高下，一条火枪也似的尖舌头，正对着柳惕安头顶，一收一放的乱动。柳惕安到了这境界，也觉得这两件东西都不好当耍的，忙提了一口气，将身体如燕雀穿林一般的，穿过好几株树，仍在一株树上立着；回头看那豹子，倒被那大蟒缠绕起来。豹子的身量重，被缠时又拼命的挣扎，任凭那蟒蛇的力大，也不能安然将豹子捆住。只挣扎得那两株合抱不交的大树，都连根本摇摆起来。

不多一会儿工夫，只听得"喳啦"一声响，那树拦腰断了，蟒蛇和豹子随着半截连枝带叶的树，倒下地来。豹子的脚既着地，便得了用武的机会，一连蹿跳了几下，离开了那倒下来的树枝，到了一方空旷的草地下；只是那蟒缠着豹子身体，听凭豹子蹿跳，总不放松。

那豹子此时急得使出全身力量来，大吼一声，真是山摇地震，附近的树木，都为之摆簸，冲上一跃，离地一丈多高，落下来打几个盘旋，一面用后爪向肚皮下抓，一面反转头向腰间咬。无奈蟒身太大，从前膛缠到后胯，抓不着也咬不着，只急得又往上冲以为可将蟒蛇震落。不料那蟒越缠越紧，豹子经过几番跳跃之后，气力已竭，只能张开血盆大口，吼喘如雷。

柳惕安看了这情形，暗想这豹子空有这般修伟的躯干，强大的武力，却仍敌不过阴毒的蟒蛇，眼见得是不济了。今既遇在我眼里，应救了这豹子的性命才是。想到这里，正待施展法术，救这命在呼吸的豹子，忽见那豹子停了吼声，飞也似的驮着蟒蛇向树林外面跑去。柳惕安好奇心动，怎忍得住不追上前去看个究竟，连忙跳下树来，也追出树林，只见那豹子跑到一处乱石山冈上。那山冈尽处是散乱岩石堆成的，也有尖锐如笋的，也有觚棱如菱角的，更有如刀口朝天竖着的。豹子跑到这地上，放倒身躯，乱翻乱滚，不到三五个翻身，那蟒蛇便受不了岩石的刺触，浑身的劲都松了，那豹子乃得脱身而去，头也不回逃跑了。

柳惕安觉得有趣，也回身仍走入林中。走了约半里远近，树木越发茂密了，树梢上面的黄雾，也越发浓厚了。因为叶密雾厚的缘故，将日光遮蔽了，那种阴森气象，委实令人害怕。柳惕安尽管是艺高人胆大，到了这种所在，也觉有些不寒而栗。

他进这山里来，原是带着一半好奇游览的性质，既感觉到这地方使人害怕，便打算退出树林来，不再前进了。正在踌躇时分，忽闻得一种腥臊之气，这气味他曾闻过数次，一到鼻端就能辨出是虎腥气。他想这山里的豹子，有那么长大，那么厉害；虎是更不用说了。这山里雾气重重，既没有什么可看的，我何必在此多找麻烦？想罢，即掉转身躯要走。

他若直向前走，倒也罢了，这一回身，却看见左边离身二丈多远之处，有一大堆枯叶，叶中正喳喳作响，猛然间露出一只斑斓大虎来，身量倒比方才所见的豹子略小。柳惕安见这虎就在离身不远，越发不愿流连了，不过一眼朝那虎望去，觉得与平日所见的虎不同。那虎背上还驮着两卷很大的东西，乍见时看不出是什么；心中一诧异，便不由得要停步细看一看。

那虎原是在枯叶中睡着的，因听得柳惕安的脚步声音，才跳将起来。它生长在这人迹不到的山中，眼里大概不曾见过人，因此看了柳惕安，绝没有惊慌和愤怒的样子，很从容的将两脚一伸，仰面朝天打了个呵欠，两前脚收了回来，随着两后腿也用力向后一伸。这时背上的那两卷东西，缓缓的向左右展开，想不到又是一对极大的翅膀。柳惕安暗想，记得老师曾说过，青城人迹不到的深山中，有一种插翅虎，厉害非常，无论什么鸟兽，遇着它便难逃命。它又生成的十分机警，平日所停留的地方，必是上有树枝交蔽，下有枯叶堆积，如有鸟类来侵犯它，免不了树叶响动；兽类来有枯枝响动，都能将它惊醒，好起来抵抗。不过它的威力虽大，寿命却很短促，并且死的时候极惨。因为这种插翅虎能飞能走，爪牙又利，力量又大，生性又机警，谋食甚为容易，每日吃饱了，就择枯叶堆积得多的地方安睡，寻常也没有鸟兽敢去扰它，是这般不到十年，就养得肥胖不堪，渐渐肥到飞不动，不能得食，只饥饿得在枯叶中爬来爬去，在这时候当然没有鸟兽送到它面前去充它的食料。因此越饿越疲乏，力量也竭了，爪牙也不利了，饶它有机警的性质，也运用不来，只好睡在枯叶中，听凭那些鸟兽来拿它肥胖的身体当食料。它被啄食得唯有哀号宛转，绝无丝毫抵抗能力，比较寻常被它攫食的鸟兽还惨。柳惕安当听他老师说这段故事时，还认为是一种譬喻，寓着教他将来不可恃强凌弱的意思在内，想不到今日真见着这插翅虎。

柳惕安此时若是遇着一只平常的虎，他必掉头不顾的走了，只因这种插翅虎不易见着，又仗着自己艺高人胆大，尽管这虎离身不过两丈，却故意立着不动，看它如何动作。这虎缓缓的收卷了两个翅膀之后，睁眼望着柳惕安，四脚只管在枯叶上爬踢，只爬得那些枯叶向左右背后纷纷飞堕。随将身体往下一蹲，喉咙里一声吼，已腾身向柳惕安扑来。柳惕安哪敢怠慢？忙向左边大树后一闪，这虎扑了一个空，柳惕安指着它笑道："你这孽畜，枉添了一对翅膀，原来扑人也和寻常的虎一般解数。"

这虎见一下不曾扑着，接着就向树后蹿过来。柳惕安正想又跳过旁边一株树后躲避，不料猛然间觉得头脑昏涨，立时双脚站立不稳，扑的一跤倒在地下。心里明白，这条性命，今日必送在虎口里了，想挣扎也来不及。忽觉身体被虎咬住腾空而起，心中一着急，就昏沉得不省人事了。也不知经过了多久，仿佛从梦中醒来，耳边听得有人呼唤他的名字，睁眼看时只见自己的老师和师伯都坐在身旁，忙回眼看四周的形势，原来已回到那住了多年的岩穴里。想到遇插翅虎时的情景，竟像做了一场噩梦，刚待问老师是怎么一回事，他老师已抚摸他的头额问道："你此时清醒了，觉得身体怎样？"

柳惕安见问，方觉自己睡在很温暖的絮褥中，浑身的骨节都非常胀痛，头眼也觉昏花，即对他老师说道："想不到那插翅虎竟有这般厉害，第一下扑过来，我闪开了，没被它扑着；谁知第二下扑来，我的头脑便昏涨得站立不牢了，不知老师和师伯怎的知道我在那山里有难，前去搭救？"

潘老师笑道："什么插翅虎有这般厉害，能使你头脑昏涨得立脚不牢？你中了那山里的毒雾，还不知道么？"柳惕安道："怪道我浑身的骨节和打伤的一般胀痛，这颗头就像有千斤重，抬也抬不起来。"

潘老师说道："你知道你已回到此地昏睡过多久了么？你已是整整的七日七夜不醒人事。若是寻常未经修炼的肉体，中了那山里的毒雾，立时肿烂而死，纵有仙丹也不能救治。"柳惕安问道："那山里的毒雾，既是如此的厉害，何以那些蟒蛇、金钱豹和插翅虎，终日住在那山里却不中毒呢？"

潘老师笑道："呆孩子说呆话！那山里就因为毒蛇猛兽太多，才有那种毒雾生出来。在人中了是奇毒无比，那些毒蛇猛兽，因是它们生活惯了，若把它们迁移到一座没有毒雾的山中，倒活不了。海里的鱼不能到河里生长，河里的鱼也不能到海里生长。因海水是咸的，河水是淡的，在其中生活惯了的鱼，自不觉怎样，只一调换地方，便也和中了毒的一样。那些毒蛇猛兽在那毒雾山中，也是如此。我和你师伯在静坐时突然感觉到你有这般大难，急忙分途寻觅，幸亏凑巧在那十分危急的时候，被我寻到，若再迟一眨眼的工夫，你就不免被那插翅大虫伤了。你此时知觉刚回复，精神还是十分委顿，只宜静养，不可多说话。"柳惕安从此静养了半个多月，方恢复原状。

一日潘老师显出非常郑重的神气对他说道："我们道中这次在峨眉会议，一般道友多说，广东南海县有一个康有为，香山县有一个孙逸仙，都是了不得的大人物。两人所主张救国的门道虽不相同，然两人都是天地间的正气所钟，心思精力，完全用在救国救人上面，丝毫没有自私自利的念头。这种人物，数百年不容易产生一个。这两人此刻的地位都很危险，朝廷悬赏捉拿，万一被人拿着去讨赏，性命决不能保。于今康有为已逃到西洋去了，听说西洋人已很钦佩他，把他保护得异常周到，朝廷就有重赏，也不能将他拿住。唯有孙逸仙，他是革命党，一心一意要夺清朝的江山。他原已逃到西洋去了，却时常悄悄的回来，图谋举事。在他本人是一个英雄豪杰之士，要做革命党，自然将生死置之度外。不过像他这种人，实在是国家的元气，死了一个，便难望有继起的人，因此一般道友，多主张派人去暗中保护他，免他遭逢不测。在我们道中，派人保护正人的事本极寻常，可派的人也极多，不过像孙逸仙这种人，要派人去保护，倒不容易找这个人。因为若随便派一个道友去，怪眉怪眼的，反惹起一般办案的公差注目，无端生出些麻烦。大家仔细商量之后，决定派你前去。我虽然着虑你的年事太轻，阅历太少，恐怕不能担负这般重大的责任。然一般道友都知道你年纪小，能耐却不在人下，阅历多少，本来难说，只要生得聪明，遇事又能小心，随时随地都能增长阅历；若是糊涂粗心的人，便活到一百岁，一生的阅历也没有用处，你正不妨借此去历练一番。”

柳惕安问道：“就只派我一个人前去吗？”潘老师见问，略停了一停道：“这个你不用问，你只尽你个人所受的委托罢了。道中委派你，有一定的地段，便是江苏、广东两省，孙逸仙不到这两省便罢，一到这两省，就应由你负保护的责任。我们道中的规律，我平时常对你说，你大概不至忘记。你须知那些规律，不是为在山中静修的道友设的。如我等在这山中，终年不出外便终年不见人，如何有违犯规律的事做出来呢？出外与世人接近，就与在山中不同了，引诱人恶的机缘，实在太多，全中国尤以江苏、广东两省为最。江苏有上海，广东有香港，都是人间万恶之地，稍不留神，便至堕落，不仅是违犯规律。你六岁入山，直到现在不曾和道外人见过面，人情世故可说是全不懂得，一旦出山与世人应酬交接，真是与野人一般。若长此隐在这山中，便是加倍的努力修持，将来的成就也有限。”

柳惕安道：“我跟随老师这多年了，初入山的时候，虽觉有些不方便，然一二年后，即已习惯了这山中清淡的生活，此刻实不愿意离开老师，去干那毫不干己的事。道中可委派的人甚多，请老师去派别人，我只要跟着老师一辈子，终身不见道外人的面最好。”

潘老师正色道：“你把这些话快收起来，姑无论道中委派的事，从来没有推诿的例。就是我等为自己修持计，也不能终身隐藏在深山之中。你要明白，道在世间一切处，不专在这深山之中。在深山中此心不动，不是心真不动，是没动你心的机缘，譬如木不经火不化，非是木坚，是真金虽经火不化，那才是坚。一般道友都期望你甚切，所以特地派你去江苏、广东两省，便是期望你能经火不化的意思。至于保护正人，正是我等修道人的责任，世间的一切的人，对于古圣先贤，及英雄豪杰，都非常恭敬钦佩，是什么道理呢？就为的是圣贤豪杰，以一己求大众之安居乐业。我等要成仙证道，岂可不做救人事业。道中既认定是救国救民的大人物，我等能保护他，也不啻是做了救国救民的事业，如何能说出是毫不干己的事？不过你初次出山便去那万恶的地方，我委实有些放心不下，我只得辛苦一遭，引你前去，陪伴你盘桓几月，再回山勾当我自己的事。”

柳惕安见自己老师肯同去，却甚踊跃。他们出门既不带行李，就无所谓准备，真是提脚便行，停脚便住。潘老师也有一个破箩筐，一卷稿荐，箩筐中放了几件烂衣服，稿荐是预备随地好睡觉的。寻常出门，潘老师自己挑着这件东西。这番柳惕安同行，这一肩行李，就归柳惕安担荷，好在重量不过十多斤，能不费气力的担着行走，师徒二人一路向宜昌进发。他们在山中的时候，因种种的不便，所以断绝烟火食；于今离开了那深山，却仍是饥餐渴饮。

一个中午，走到一家饭铺午餐，这饭铺的主人姓曾，招牌就叫做“曾连发”。这店主生性刻薄，喜占人小便宜，他家的饭菜，比这条路上所有的饭铺，都卖得昂贵。过往客商虽明知曾连发的饭菜太贵，但因这里地点适中，上下一二十里没有别家饭铺，走到这地方，不打午火，便得歇宿。潘老师从这条路上经过的次数多，每次被曾连发盘剥，数目虽甚微细，然潘老师觉得到这饭铺吃饭和歇宿的，穷苦人居多，每次看着被店主盘剥得实在可怜，这番存心要使这店主受点儿损失。进店之后，潘老师便对店主说道：“我们两个人今日身边没多带钱，肚里又饿得慌，我知道你这里的规矩，平常每个人吃一顿小菜饭，不论碗数是一百文。别家也有卖七十文的，也有卖八十文的，你这里卖一百文，已算是很贵的。不过我们两个人的食量，比旁人来得大些，若是照旁人的样，每人也只给你一百文，你是没得便宜讨的。我一生不干使人吃亏的事，请你自己说吧，我两人吃一顿得加多少钱？”

店主听了那番话，先望了望潘老师，回头又打量柳惕安，都看不出有特别能吃的饭量，暗想这老头真呆，我这里定了一百文一顿的饭，小菜只有一碗，饭却随人尽量吃饱，从来没有要人加价的事。他于今既是自己开口，问我要加多少钱，我何妨多赚他几文。遂笑容满面的答道：“你们的食量既是明说比旁人来得大些，想必比旁人得多吃几碗，我要加倍的钱，每人二百文，能依得这价钱，你们尽管吃饱，便吃光我那一甑饭也没有话说。”说时伸手向刚端出来的大饭甑指了一指。

潘老师点头道：“很好，就依你的价钱吧，我是个爽利人，欢喜干爽利事，先交钱后吃饭，我们是在外面叫化的，钱多了不先交出来，恐怕你不放心。”说着，从破箩筐里拿出四百文钱来，交给店主。店主喜滋滋的接了，遂叫厨房弄两碗好点儿的小菜。柳惕安悄悄的问他老师道：“我们吃不了几碗饭，一百文一顿，已经是大价钱了，老师怎的倒答应他二百文一顿呢？”

潘老师笑道：“这曾连发的店主，异常尖刻，若不加给他一百文，我们添一碗饭，他两眼睛睁得圆鼓鼓的望着，摆出极不愿的面孔来。若是接连添了三碗四碗，他就放下脸骂人吃冤枉了。我不甘心看他那不堪的面孔，所以情愿加倍的给他钱。你今天吃饭，不要和寻常一样，以为吃下去几碗就吃饱了，只管吃下去，不问饱不饱，我不叫你停，你切莫放碗筷，我自有道理。”柳惕安不敢再说。

须臾伙计端上菜来，并两大碗热烘烘的白米饭。柳惕安师徒二人低头便吃，柳惕安吃过三四碗后，心想平时吃这么多，肚里就觉饱了。这时不知是何缘故，吃下去的饭，仿佛另有一个肚子装着，毫不觉饱，然而一碗一碗的饭，又确是从口中吞了下去，并不含糊。那尖刻的饭店主人，初时接了四百文钱，好生欢喜；及见他师徒二人，各吃到十碗以上，还继续着狼吞虎咽，不由得心里又着急又害怕。那店主虽甚尖刻，倒也聪明，开设了几十年的饭铺，来来往往的各种人物，眼里也经过得不少，实不曾见像这般会吃的人。并且看这两人的身材，都不高大，没有多大的肚皮，怎么能装下去这么多饭呢？待依照平常的旧例，放下脸来发作几句吧，一则自己有言在先，便吃光这一甑饭，也没有话说；二则心里已疑惑他师徒两个不是寻常人，这番举动是有意来寻开心的，若恼了他两人，说不定还要闹出旁的乱子来。因此竭力忍耐住，以为每人吃过十多碗之后，决不能更多吃了。谁知他师徒两人，越吃越起劲，越吃越快。凑巧这日到曾连发打午火的客人不多，约莫有两斗米的一大甑饭，顷刻之间，竟被他两人真个吃光了。后来的有几个才吃了半饱，还有几人刚到，甑里一颗饭也没有了。虽不妨重煮，但是把这个生性刻薄，专喜占人小便宜的店主，只急得心痛难熬。

潘老师吃到最后一碗，用饭匙敲着甑底喊道：“饭没有了，我两人出了加倍的钱，还是没得饱吃，怪道凡是从这条路上走过的人，都说这曾连发的生意做得太厉害、太尖刻，果然人家说得不错。”

这几句话把店主气得暴跳起来，指着潘老师骂道：“你这人也太没天良了，我虽收了你加倍的钱，只是一甑饭，都被你两人吃光了。我因有言在先，忍住气不说什么，你倒来说我的生意做得太厉害、太尖刻。请凭各位客人说说理，究竟是谁的不对！”

当时的客人，都来在潘老师之后，没看见一甑饭都被他两人吃光的情形，听了多不开口。潘老师大笑说道：“真是笑话！我两人若不是饭量比旁人大些儿，你这里每百文一顿的饭，已是极贵的了，我为什么还加倍给你的钱呢？我两人只有两个肚子，你的生意不是做得太厉害、太尖刻，为何收人加倍的钱还不给人吃饱？”说时露出肚皮来拍着对在座的客人道：“我这点儿大的肚皮，仅吃了半饱。请凭诸位说，可有这个道理！”

在座的客既不曾看见潘柳二人吃饭的情形，自不相信真个吃光了一甑饭。众客人中有多半曾受过曾连发盘剥的，此时都代替潘柳二人不平，争着骂店主不是东西，并且各人拿出从前被盘剥的事情来，当众诉说，店主简直气得有口难分。潘老师道：“我两人出四百文钱，仅吃了半饱，是断然不肯罢休的。于今我有两个法子，随便你选择一个：一、重新多煮饭，让我们两人吃饱；二、退一半钱给我，我好到别家去吃。”

众客人不待店主回答，同声说这办法公道。店主心想这老叫化不知有什么邪术，能把一甑饭吃光，若再给他们吃，还不知要吃多少才饱，那么我吃亏太大了，不如认晦气退一半钱给他。当下咬牙切齿的，退出二百文钱给潘老师。潘老师接过钱来哈哈大笑道：“欢喜占小便宜的，毕竟吃大亏。你以后能改变你那尖刻的行为便罢，不然还有你吃大亏的时候呢！”说罢教柳惕安挑起破箩筐、稿荐便走。

行了一会儿柳惕安问道：“这副担子怎么重了不少？并且一头轻，一头重，挑着不好行走。”潘老师听了不作理会，须臾从一所古庙门前经过，有好几个乞丐在庙里地下坐着，潘老师方说道：“你既说这担子一头轻，一头重，挑着不好行走，就在这破庙里歇息歇息吧！”

柳惕安真个走到庙门口将担子放下，只见潘老师一面向那乞丐招手，一面抓出箩筐里的破烂衣服，却现出大半箩热饭来，仍是热烘烘的，潘老师含笑对那里乞丐道：“你们今天的运道好，我有热饭吃不完，分给你们大家吃个饱。”

那些乞丐见这半箩筐饭，都喜得眉开眼笑的围拢来。潘老师将饭先留下几碗，剩下的将近一斗米饭，均按人数平分了，仍教柳惕安挑着走路。柳惕安道："原来我吃的饭，都到了这箩筐里，怪道我吃下去总不觉饱。这是什么法术，老师怎的不传给我？"

潘老师道："连我自己也不知道是甚法术，我也不曾受过我老师的传授，你能从此不断的修炼下去，自有从心所欲的一天，岂仅这一点小玩意儿？快点儿赶路吧，今晚我还要打发你去救一个人的性命呢！"

柳惕安问："去哪里，救谁的性命？"潘老师道："且等到了那地方，我自会对你说明白。"

柳惕安真个急急的向前趱赶，约赶了四十多里路，天色尚早，潘老师举眼向四周望一望说道："此处没有火铺，只好随便找一个所在，暂宿一宵。"

柳惕安道："再赶十来里路，便有火铺了，何必在这上不靠村、下不着店的地方歇宿呢？"潘老师道："为的这地方有一个人，要等你去救他，不能不在此歇宿。你瞧这边山底下，不是一座破窑吗？那里面足够我两人歇宿。"

师徒二人走近看时，喜得里边很干燥，潘老师道："我特地留下这碗饭，你快吃饱了好去救人。"柳惕安吃饱了，潘老师说道："这里对面过桥小山下，有一带树林，林中有几间茅屋，你趁此时天色还没昏黑前去。见了那屋里一个老婆婆，你便对她说道：我师傅教我到这里来，给你老人家作伴，并说请你老人家放心。那老婆婆若问你师傅是谁，你就说：自然是常到这里来，你老人家认识的。你说过这番话到屋里后，就脸朝外坐在大门口，切记不可远离，也不可进去。如有人来教你让路，万不可让他走过，快去吧！"

柳惕安听了莫名其妙，只得带了平日随身的方便铲，别了潘老师朝对面小山下走来。只见依山傍林的几间小茅屋，前面有一道四尺来高的竹编篱笆围着，柳惕安走近篱笆，向屋里看去，果见有一白头发老婆婆，正坐在地下劈柴。那一种衰老无力，举不起劈柴斧勉强从事的样子，使人看了可怜，不觉暗自想道："老师打发我到这里来救人，难道这老婆婆今夜有大难临头，应由我搭救吗？且向她把老师吩咐的话说了再看。"遂从容上前，轻轻唤了声老太太道："我师傅教我来给你作伴。"

老婆婆抬头揩了揩老眼，朝柳惕安望了几下，发出颤巍巍喉音说道：

“哦，是了！你是山后林道人的徒弟，昨天我请你师傅起一课，说我媳妇就在这两日要临盆了，只怕有点儿难产，若能安然生下，倒是一个男喜。你师傅的课真灵，今日清早我媳妇就发作了，直到现在还不曾生下来。可怜我儿子出门没回来，平日家中一切粗细的事情，都是我媳妇做；于今她要临盆了，只痛得一阵一阵的昏过去，不能挣扎着做事，我只好自己来劈柴。现在九月间，夜里冷得很，若没有火，小孩下地不冻坏了吗？”

铆愓安听了，方知道老婆婆的媳妇临产，也懒得分辩自己不是林道人的徒弟。看地下还有几块没劈碎的柴，因说道：“你老人家手上没有气力，劈不动这柴，我来帮你老劈吧！”说时伸出手接过斧来，几下就将所有的柴劈碎了。老婆婆很欢喜的把柴抱到里面房中去了，房中时刻发出呻吟的声音来。柳惕安遵着他老师的吩咐，端了一张靠椅，朝外面拦大门坐着，心里怀疑，不知是这么坐着，如何能救人的命？

不一会儿，天色已渐渐的黑了，但柳惕安的眼光极好，虽在漆黑的夜间，也能辨别人物，独自坐着没事做，免不了拿两眼向四处闲看。忽一眼望到竹篱笆外面，好像有一个人在那里探头探脑的张望。仔细定睛看时，却是作怪，原来是一个甲胄鲜明的黑脸神将，一手倒提钢鞭，越篱笆而进，直向大门走来，离柳惕安五六尺远近，即停住不动了。柳惕安心想老师不是吩咐我坐在这里，无论何人不许放过去的吗？看这东西的畏缩情形，不像正经神将，我只坐着不动，看他怎样。当下紧握方便铲，往地下一顿，提起全副精神来望着那神将，只吓得那神将倒退了几步，仍举步向大门冲来。

这番比前次来得勇猛，柳惕安恐怕被他冲着，随手举方便铲横扫过去，禁不起一下，应手而倒，再向地下看时，乃是一个五寸多高的纸剪神将，身上画着五彩的甲胄花纹，脸上画的如演戏的黑头。柳惕安看了不觉吃惊道：“怪不得老师教我来救人，原来有妖人弄邪术，但不知要来害谁人的性命？这屋里仅有婆媳两个，不是要害婆婆，便是要害媳妇，不曾生下的小儿男女尚不明，断无与人有仇之理。这纸神将倒得收起来，一会儿带到破窑里去给老师瞧瞧。”想罢刚待起身去拾取，猛然一阵狂风吹来，真是飞沙走石，那纸神将被狂风刮得离地而起，一路飘飘荡荡飞出篱笆去了。柳惕安只急得跺脚道：“可惜，可惜！让它逃跑了。”

这一阵狂风过去，顿时乌云密布，四周鬼哭神号，显出异常凄凉的情景。柳惕安在练法奇门的时候，就见过比此时还厉害的情形，当时尚且无所畏惧，现在更不以为异了。不到一刻工夫，鬼哭神号的声音停止了，跟着又是一阵狂风，天空中仿佛来了无数的天兵天将，耳里只听得一片纷乱喊杀之声，越来越近。柳惕安端坐不动，只双手操着方便铲，准备近身便打。那喊杀的声音刚一近身，又自行退回去了。接连三四次，柳惕安再也忍耐不住了，念动真言，陡起一道罡风，吹的那些妖邪立时声影全无了。柳惕安心想：老师只教我到这里来救人，也不对我说出个所以然来，看这情形，分明是有妖人，不知躲在什么地方使弄邪术。道中规律和老师平日的告诫，都是非到万不得已，不许伤人。照方才的情形看来，那使弄邪术的妖人，也确实有些能耐，虽不知道他存心要害谁的性命，然因我在此破了他的邪术，他决不肯与我善罢甘休。若他再使出什么花样来，我不安心伤他，只怕他要安心伤我。人言先下手为强，后下手遭殃，难道我坐着等他先下手？这事倒使我难处。

柳惕安正心中这般计较，急听得篱笆外面，有人“哇”了一声道：“你这小子是谁，敢在这里三番两次破我师傅的法宝？你果是有胆量有本领，便到这外边来和我硬斗一场！”

柳惕安听了，连忙运足目光向篱外望去，只见一个少年，年纪身量都和自己一样相仿佛，更和自己一般的披着一头短发，双手挺着一杆有缨的长枪，摆着等待厮杀的架式，随将方便铲指着他笑道：“你要和我硬斗，何不直上前来，却立在远处喊叫。你想用调虎离山之计，把我骗到外边去，你那妖人便好来屋里下手。你们的诡计已被我识破了，你们的伎俩我也领教过了，休得再来献丑！”

那少年见柳惕安引不动，倒说出这些揶揄的话来，哪里忍得住这口恶气，挺枪跃进篱笆，朝柳惕安劈胸便刺。柳惕安因方才不曾将纸神将拿住，心中很懊悔，这番打定主意要活捉这少年。见他一枪刺来，哪敢怠慢，只把身躯一侧，让过枪尖，不待他的枪杆掣回，脚尖略一点地，已如饿虎扑食，早抢到了少年身边喝一声：“着！”方便铲到处，正中踝骨。少年受不了这一铲，只痛得倒在地下，扔了手中枪，双手揉着踝骨求饶。

柳惕安道：“你快说，你姓什么叫什么名字？你师傅是谁？这般使弄邪术，要害谁的性命？从实说出来，我便饶你。不然就这么一铲，先取你的狗命！”说时举铲在少年头上扬了一下。少年战战兢兢的道：“不要打，我实说。我姓彭名立清，我的师傅声名很大，人都称呼他‘林道人’，谁也知道他素来行善，并不曾要害谁的性命。”

柳惕安举铲在他背上敲一下骂道：“你这不识好的畜牲，到这时还想在我面前图赖！不要害人性命，为何三番二次的使弄邪术，你又无端的挺枪来和我硬斗干什么？再不实说，我就打死你！”

彭立清吓得连连叩头，道：“这事实在不能怪我，求你饶了我吧，我如果从实说出来……”说到这里，回头向篱外望了几望，才接着说道：“我师傅也得把我打死，横直是死，不如不说。”柳惕安道：“你师傅不在此地，你实说出来，我不向你师傅说便了。你还是说也不说，不说我就动手！”

彭立清只得说道：“我师傅并不要害谁的性命，就只要取这屋里老婆婆媳妇肚中的胎儿去配药。这是我师傅时常干的玩意儿，从来要一个取一个，不曾失过手，不料今日遇了对头。他平日是亲自到产妇面前，有法术教产妇自已脱下衣裤，他便用手段剖取胎儿。他为这个胎儿，特地搬到这山后居住，已有五个多月了，用了好多心机，还花费了些钱，方将老婆婆的儿子骗出去，近日每天来探听是否将要临盆。据他说，因为这个胎儿的用法不同，不能从肚中剖取出来，要自然生下来的方合用；若不是如此，早已取到手去了。今日也是他亲自来的，在篱笆外看见你提方便铲拦大门坐着，已料定不是平常人，想用法术把你吓走。想不到法术都被你破了，只得打发我来和你硬斗，只要将你引出了篱笆……”说至此，忽听得屋里有小孩呱呱的哭声。彭立清不觉逞口说道：“坏了，坏了！已哭起来了。”

柳惕安不由得吃惊问道：“怎么坏了，难道你师傅又使了什么邪法吗？”

不知彭立清如何回答，且俟下回再说。

总评：

吾人读武侠小说，辄见有所谓剑仙、剑侠者流，栩栩然活现于纸上，弥生向往之心，顾欲一亲见此仙也、侠也者，每苦未能如愿。至于个中之组织如何，内容如何，更有非为吾侪所能知者矣！今著者于本回中，将道中之情形细为一述，朗然有若列眉。虽所述者仅为峨眉一派，然固不难举一反三，诚大足广人见闻焉！唯余辄尚有言者，则当此国事蜩螗之日，一般国民似咸宜致力于实学，以为救国之图，入山修道，实非其时，读者其或不河汉斯言乎！

写武侠小说，必写剑侠之如何神出鬼没；写剑侠，又必写其所持之剑之如何夭矫通灵，固已为一成不变之格局。故写剑侠，尚不难以意为之，或不致尽人同其面目；而一及剑，则人云亦云，其不千篇一律者良鲜。此无他，实以写小说者平日本于剑术无若何之研究，其甚者且并不知剑之为何物耳！若著者，固于剑术练习有年，宜与其他作者迥不相同。其于本回中写潘老师之舞剑也，五花八门，弥极其趣，令人神为之眩，目为之迷，于是乎知剑之所以为剑者乃若是；而回视以前他人写剑之作，不失之幼稚，即失之荒诞，直半文钱亦不值已！

入山修道，亦有其一定之步骤，始之以修炼大法，继之以练剑，终之以采药、炼丹，然后大道得成，尽可翩然入世，掉臂游行矣！著者因于柳惕安入山修道之时，细一写其修炼之过程，此非仅以之写柳惕安，正以见修道为若何艰辛之事，其得有所成就，固无一非从艰苦卓绝中而来也。唯其笔殊生动绝伦，又处处故作波澜，不欲其落之于平淡，于是人但尝其情节之新奇，而几忘其为修道者作传矣！

国父孙中山先生，实为旷代而生之伟人，书中称之为国家之元气良当，峨眉派人钦其德行，以人在暗中任保护之责，宜也！唯南海何人？乃亦与中山等量齐观，毋乃令人兴老子与韩非合传之感。

近代侠义英雄传

（下）

武侠宗师平江不肖生作品集

平江不肖生——著

团结出版社

图书在版编目（C I P）数据

近代侠义英雄传 / 平江不肖生著. -- 北京 : 团结出版社, 2020.6
ISBN 978-7-5126-7712-8

Ⅰ. ①近… Ⅱ. ①平… Ⅲ. ①侠义小说－中国－现代 Ⅳ. ① I246.5

中国版本图书馆 CIP 数据核字（2020）第 012909 号

出 版：团结出版社
（北京市东城区东皇城根南街 84 号 邮编：100006）
电 话：（010）65228880 65244790（出版社）
（010）65238766 85113874 65133603（发行部）
（010）65133603（邮购）
网 址：http://www.tjpress.com
E-mail：zb65244790@vip.163.com
fx65133603@163.com（发行部邮购）
经 销：全国新华书店
印 装：三河市三佳印刷装订有限公司

开 本：165mm×230mm 16 开
印 张：61.25
字 数：962 千字
印 数：1-4000
版 次：2020 年 6 月 第 1 版
印 次：2020 年 6 月 第 1 次印刷

书 号：978-7-5126-7712-8
定 价：149.00 元

第六十九回

种西瓜草坪大斗法　攒火把富室夜降妖

话说彭立清看了柳惕安吃惊的神气，连忙摇手说道："不是，不是！我说坏了，是说我师父坏了，白费几个月的心机了。这种胎儿，虽是要等他自然生下来，但在下地时，不能让他开口哭出来，哭一声便不合用了。"

柳惕安气得打了彭立清一个耳光骂道："你真是一个下流东西，到这步田地还替你师傅着急小孩开口哭坏了。你可知道你师傅的药配成了，这小孩的性命便断送了么？人的性命要紧呢，还是你师傅的药要紧呢？"

彭立清道："我师傅说，初出世的小孩子，算不了一条性命。"柳惕安使劲啐了他一脸的唾沫骂道："放屁！像你这种倚仗邪道害人的东西，我本当替人除害，将你一铲打死，只因听你说话，竟是一只糊涂虫。于今便把你打死，你还不明白为什么送了性命！"

柳惕安说到生气的时候，声音很大，老婆婆在房中听得，忍不住扶墙摸壁的挨了出来，问是谁人在门口说话。柳惕安一把抓着彭立清的胳膊，拉到老婆婆面前，就房中灯光给老婆婆看了问道："你老认识他是谁么？"老婆婆仔细看了几眼，又看了看柳惕安道："他不也是林道人的徒弟吗？你们自己师兄弟，怎的在这里打起架来了？"

柳惕安笑道："我们若不在这里打架，你刚才生下地的这个小孩子，只怕已经没有命了。"遂将自己不是林道人的徒弟，及奉师命前来救人，林道人使用邪术取胎的话，约略说了一番。老婆婆这才惊得呆了，半晌才定了定神说道："原来这地方真有取胎的人，怪道离这里不到一里路，有个王木匠的老婆，怀了六个月的胎，一日王木匠不曾回家歇宿，就有人到他家，不知道用什么法子，把他老婆弄得人事不知，将肚里六个月的胎儿取去了。第二日王木匠回来，灌救了好一会儿，才把老婆救转。这事传遍了几十里，我和我媳妇听了，还不相信是真的呢！谁知道就是这林道人，怪不得他师徒近来时常跑到我这里来，替我媳妇诊脉，我婆媳还把他师徒当好人呢！请问你贵姓，你的师傅是谁？怎的知道林道人今夜来取胎，打发你来搭救？”

柳惕安笑着摇手道：“你老用不着问这些，你的孙子既安然生下地了，我得去回报老师，看老师把这妖人如何发落。”说完，一手提了方便铲，一手拉了彭立清就走。刚走出篱笆不到十多步，忽觉眼前一黑，脚下绊了一块石头，身体向前一栽，彭立清趁着这机会，一扭身挣脱了飞腿便跑。柳惕安气不过，正待拔步追赶，只听得自己师傅的声音，在远远的喊道：“饶他去吧！”柳惕安便不追了。回到破窑，将所经过的情形，对潘老师说了。

潘老师嘉奖了一番道：“我们志在救人，不值得与人结怨，那林道人还是白莲教的余孽，所在党羽甚多，每每在乡村中取孕妇的胎儿，及小孩的眼珠、睾丸配合药饵，我们存心遇着便救，也不和他们为难作对。我不教你追赶那小子，也就是这个意思。”师徒二人又谈论了一会儿白莲教的故事，方各安息。

次日照常登程，到宜昌后，潘老师替柳惕安换了服装，不似在山时那般蓬头赤足了。从宜昌乘船到汉口，由潘老师引着，会晤了一般在汉口担任职务的道友，到这时他才知道被派遣到上海、广东一带暗中保护孙逸仙的，连他共有三人。一个是广东香山县人姓林名伯启，一个是安徽霍邱县人姓胡名直哉，这两人都是天生的道家种子。

林伯启原是诗书世家子，在童年的时候，无意中从字篓里得了一本破烂不完的道书，书中载的尽是静坐的方法，他就照着方法静坐，是这般引起了他的兴趣，越坐越觉得了益处。只可惜书不完全，一年以后，便不知道应如何继续修持了。如是到处探听修道的人，一探得了那修道的姓名居处，就不畏艰难辛苦的前去参访。常言“有志者事竟成”，不过几时，毕竟有道中人引他入道。他此时不过三十岁，不但道术在同道中，为造诣极深的，便是农业、机械及电气化学，他也极感兴趣，努力研究。他常说精神物质，不能偏废，不能偏重。时代潮流，只能因势利导，不能逆转。他曾在工业专门学校毕业，对于机械，有所发明，兼能通几国的语言文字，不仅是同学的益常推重他，就是道中老前辈，也都承认他是同道中的杰出之士。道中因上海、香港是外国人管辖的地方，孙逸仙回国运动革命，在这两个地方的时候必多，担任暗中保护的人，难免不有须说外国话的时分，所以派遣林伯启。

胡直哉是个宦家子，家中有数十万财产，独自一个人，并无兄弟。他生性豪爽，不喜读书，专好使枪弄棒，和人厮打。他父亲是个读书人，中了一榜之后，报捐在湖北做了好几任县知事。在做天门县的时候，有匪首刘四疙疸，用妖术煽动饥民地痞，啸聚四五千人，号称“神兵”，占据险要的山寨倡乱。胡知事虽是文人，然深知兵法，亲自督兵进剿。刘四疙疸原是以邪术号召愚民的，他画符水给部下吞服，凡是曾服符水的，都能不避刀斧枪炮，临阵猛勇非常。可是作怪，在平时试演，确是很有灵验，一到认真和官军打起仗来，那些邪术都不灵了，正如庚子年的拳匪一样。邪术既是不灵，未经训练的乌合之众，自然不能和官军持久抵抗。一连几个败仗，部下就叛变了，将刘四疙疸提了到胡知事跟前献功。

这刘四疙疸有一件法宝，是一个直径约五寸的古盘，这盘非铜非瓦，盘里雕刻着五只老鼠，神气活现。据当时知道的人说，刘四疙疸得自他的老师，凭这盘子作起法来，陆可以腾空，水可以渡海。当时因系部下叛变，猝不及防，没有给他作法的工夫，所以被擒。这种匪首，既被擒获，自是就地正法，古盘收没入官。胡知事因听说这古盘是一件法宝，能腾空渡海，便借收没入官之名，收归自有了；从来慎重的收藏着，就是胡知事最亲信的人，也不知道这古盘在胡知事手里。后来胡知事因罪误回霍邱，这古盘也就藏在皮箱里带回来，不但外人不知，便是胡知事的太太及胡直哉，都不知道有这一回事。因胡知事做天门县的时候，胡直哉还不曾出世，事过了七八年才生直哉，又过了十多年才罢官回籍。

胡家的住宅，在霍邱乡下一个小市镇旁边，这小市镇因系往来大道，又紧靠河流，每日经过的客商，倒也不少。胡家大门外，有一方占地数亩的草坪，当有走江湖卖艺的人，及变戏法的人，一到那镇上，便选择那大草坪做地盘，从来如此，胡家也不禁阻。胡直哉且生成欢喜和那般不正不四的江湖朋友接近，胡知事虽不愿意，只因膝下仅这一个儿子，从小就娇养惯了，一时也管束不来。

这日胡直哉正在书房中读书，忽听得门外草坪中一阵锣响，料知不是变戏法的，便是玩猴的，连忙掼下书本，往外便跑。他在家虽延聘了老师教书，但照例不肯严行管束，听凭胡直哉高兴读就读，否则随时可停止的。此时胡直哉闻锣声跑到门外一看，原来是一个白发如葱的老头，和一个年纪相仿的老婆婆，带着一个年约十五六岁的女孩，在坪中忙着布置软索的行头。还有一个中年男子提起一面铜锣，围着草坪急一阵、缓一阵的敲打，已有一大堆的闲人围拢来看热闹。

胡直哉看那女孩的相貌，虽生得不甚美丽然眉目还位置得停匀，短衣窄袖，一举一动，却显得伶俐活泼很觉可爱。这时胡直哉已有十三岁了，情窦方开，一觉这女孩可爱，便想亲近，挤在圈子里，而目不转睛的望着女孩打跟斗、竖蜻蜓。玩过一套花样，那中年男子便捧着铜锣向看热闹的要一次钱。胡直哉特地跑到里面，问他母亲要了一串大钱，扭断钱串藏在身边，一大把一大把的抓着往铜锣里掼去，在无数看热闹的当中，当然没有第二个能如此挥霍的了。

女孩玩过好几套花样之后，坐下来休息了一会儿，才慢慢的缘上木叉，盘腿坐在叉上，先将两腿的丝带紧了一紧，老头把一根两端系了沙袋的竹竿递给她，她接在手中横担着，从容立起身来，举步向索上走去。那索左右摆动，女孩的身体也跟着向两边摇荡，仿佛就要摔下来的样子。大家捏着一把汗，看她在索上前进后退来回了两三次。这次刚倒退到索的中间，脚踏空了向后便倒，只吓得看热闹的都不约而同的叫起来。胡直哉更是吓得一颗心几乎从口中跳出来了。谁知那女孩的身体，正倒在索上，仰面朝天的躺着，并不曾倒下地来，大家不由得高声喝彩。在这如雷的彩声中，女孩已翻身站起，又向前走了几步，猛然回头望着老头，露出惊慌的神色说道："爷爷，不好了，我的对头来了！"这话刚说出，只见她身躯一歪，一个倒栽葱撞下地来，直挺挺的躺着，就和死了一样，沙袋、竹竿掼到圈子以外去了。

这么一来，把无数看热闹的惊得不知是怎么一回事。老头也惊得"哎呀"一声说道："是谁大胆敢来破我的法术？"说时抬头向大路上望去，只见一个年约五十多岁，身体十分壮健，颔下一部花白胡须的老头，穿着一身猎衣，肩扛鸟枪，腰系葫芦子袋，率领五个年轻都肩了鸟枪的男子，带着四条猎狗，正在大路上走着。

老头看了，便指着对看热闹的说道："就是那几个打猎的和我为难，我誓不与他们罢休！"老婆婆和中年男子都抚着女孩的身体哭泣，老头连连摇手止住道："于今不是哭的时候，让我去找他们来，拼一个高下！"边说边挤出人群，向那一行人招手，并高声喊道："你们是好汉就不要走，老子要和你们拼个死活！"

胡直哉跟着向那一行人看去，只见那几个年轻的男子，走得很急，仿佛要逃跑的神气。那年老的却停了步，连连跺脚骂道："你们待跑到哪里去？既没有本领担当，便不要多事惹麻烦，事到临头，难道一跑能了吗？"那几个人听了，也都站住不跑了，年老的走前领着向草坪走来。有许多看热闹的，忍不住跑上前问那年老的是怎么一回事。

年老的指着两个年轻的说道："就是这两个不安分的小徒，走这大路上经过，因远望见这里走索，那个小徒说道：'江湖上走索的是使的云雀法，云雀法最怕鸟枪，用不着真个开枪，只要向她一瞄准，就把她的法子破了。'这个小徒不相信，说没有这种事，我正待阻止他们，不许惹麻烦。谁知那个不安分的东西，已拿枪对这里瞄了一下，便闹出这乱子来了。好在我不是有心与他为难，且看他怎生和我拼死活。"说罢回头向五个徒弟挥手道："你们都站在我背后，不许乱动。"五个徒弟齐应了声"是"，一字排开站在年老的身后，四只猎狗都是曾经训练过的，不待人指挥，都自知紧靠人的腿旁立着。年老的挺胸竖脊，左手叉腰，右手支着鸟枪，正色对走索的老头说道："我徒弟确是无心，开了这个玩笑，实在算不了一回事，我劝你不必这么认真。你这姑娘，包在我身上替你救转来，可以不和我相拼了么？"

走索的老头只气得脸色都变青了说道："你这般东西欺人太甚，我在这里讨饭，与你们有何相干，竟下毒手破我的法术，把我的老脸丢尽了，你还想拿这些巧语花言来掩饰！你是无心开这玩笑，你哄谁，我断不能饶你。"

打猎的老头听了也生气道："好吧，你不肯饶，我就求你饶也是枉然！"无数看热闹的见了这种情形，都逆料必有好热闹可看，镇上的人越发来多了，围了一个极大的圈子。胡直哉心里痛惜那走索的女孩，见她直挺挺的不动，不知道是死是活，竭力挤上前去看。

胡直哉的仪表，本来生得异常清秀，衣服又穿的漂亮，很容易惹人注目，打猎的老头再三打量。胡直哉还不曾挤至女孩跟前，已被走索的老头挥手教他站着不动。他只得站着看那老头，从怀中掏出一粒西瓜子来，抛向自己口中转了几转，用食指在草地上掘了个小窟窿，将口中的西瓜子吐入窟窿内，随手撮了些泥土盖上，口中念念有词，不到一刻工夫，便见那窟窿中长出西瓜苗来，一眨眼瓜苗就长了一尺多高，并且枝繁叶茂，接着又开了几朵黄色的花。

胡直哉与打猎的接近，只听得那五个年轻的窃窃私议道："他这种法术很厉害，我曾听师傅说过，会这种法术的人，能于顷刻之间，把仇人的灵魂，收摄到瓜果上，一结实成瓜，仇人便立时不省人事。这法术是云南贵州苗峒里传出来的，我看这老东西一定是用这法术，想收摄我们的灵魂。"话还未了就见打猎的老头，拿起自己腰间所悬的葫芦，揭开木塞，倾出一大把打鸟用的铁铳子来，也往自己口中一抛，略转了几转，吐在掌心中，口里也念念有词，喝一声："变！"随将铳子向瓜藤上掷去，即见有无数的飞萤，纷纷飞到瓜藤上，一会儿就把花儿叶儿，吃个一干二净。

走索的老头看了，似乎有些着急的神气，望着这老头恨恨说道："好，好！你又破了我的法术。"边说边将头上如雪似银的小辫子解散往脑后一披，身体就地一滚，登时变了一只二尺来高、红冠铁咀的雄鸡，赶着飞萤啄食，顷刻即已啄尽，接着向打猎的老头奔来，情势凶猛异常，绝不是普通大雄鸡的气概。

打猎的老头笑道："好东西，请瞧我的吧！"说时也是就地一滚，老头不见了，平地跳出一只苍色的狼来，张牙舞爪的朝雄鸡扑去。雄鸡一见狼，回头便跑，那狼如何肯舍，恶狠狠的在后面追赶。

围着瞧热闹的人，看了这种和《西游记》上孙行者与二郎神闹法一般的把戏，一个个都喜得眉飞色舞，并多有高声叫好的，谁也不觉得这两个老头，都正在以性命相拼的时候。众人看到那雄鸡被苍狼赶得满场飞跑，不由得齐声狂吼起来。这一声吼不打紧，谁知正在吼声未了之际，场中猛然发出一声虎啸，便有一只黄牛般大小的斑斓猛虎，摇头摆尾的在场中出现，再看那大雄鸡已是不见了。这猛虎一出来，连场中的空气，都顿时显得变换了，只听得呼呼风响，沙石飞扬。这一来，却把许多瞧热闹的吓慌了，一个个来不及似的往后倒退。但是见那虎并没有伤人的意味，又都舍不得跑开去。倒是胡直哉的胆量大，一点儿不知道害怕，不但不倒退躲开，并赶着那猛虎要看个仔细。

只见那虎圆睁着一对放凶光的眼，望着这苍狼磨得牙齿喳喳作响，口角流出馋涎来，两只前爪在草地上搔爬了几下，正待耸身冲苍狼扑去。只见苍狼忽将身躯一摇摆，立时仍现出打猎老头的原形来，从五个徒弟手中，接过五条鸟枪连同自己的共六条鸟枪，平放在草地下，口中一边念咒，一边用右手对枪上画了几画，一跺脚喝声道："变！"鸟枪登时变成六条大蟒蛇，都有一丈来长，碗口粗细，昂头吐舌的飞奔向猛虎围绕。

可是作怪，那猛虎何等的威风，一见这六条大蟒围过来，实时显出畏缩的神气，一屁股蹲坐在草地上，低头望着蟒蛇，动也不动一下。看热闹的人，见猛虎被蟒围困得不敢动了，大家又凑近前来，认真看那猛虎。何尝是什么猛虎，原来就是那个走索的老头，垂头丧气的蹲在草地上，两眼纷纷掉泪，口里还不住的哼，仿佛是累乏了的样子。

看热闹的人当中，也有年老懂得江湖情形的，到这时便有人出头做和事人，向打猎的老头说道："你抬一抬手饶他过去吧，你瞧他这样子很可怜的。如果真闹出人命来，我们地方人担当不起。"

打猎的老头笑道："何尝是我不肯饶他，你们诸位不是亲眼瞧见的吗？他不肯饶我，教我也无法。于今他既服输了，我自然不与他为难。"说时回头向五个徒弟道："你们各自把家伙收起来。"五人上前拾起，仍是六条鸟枪。老头接过自己的鸟枪，向观众点点头赔笑道："对不起惊扰了诸位，少陪了。"刚举步要走，忽一眼看见了胡直哉，又浑身上下打量了几眼，满脸堆笑的问道："你这个少爷贵姓，今年十几岁了？"

胡直哉既素性欢喜与这类江湖朋友接近，今日遇见这样会法术的人，心里早已打算应如何结交。只因他先会见这走索的女孩，已生了爱慕之心，后见女孩跌倒在地，便又心生痛惜。他心里既痛惜女孩，不知不觉的对这几个猎户，就不发生好感，所以直待打猎的老头问他，他才答话说了自己姓名岁数，并紧接着问道："你把这位姑娘弄到这般模样，难道就走吗？你刚才当着这许多人说了，这姑娘包在你身上救转来，你如何不救？"

打猎的老头笑道："这事你胡少爷不用管，他不找我的麻烦，我自然情愿替他救人。于今他斗不过我，与我有何相干？你以为他们这一般东西是好人么，尽是些坏坯子，一个个都打死也不亏他。”说毕，仍率领了五个徒弟，四条猎狗，掉臂不顾的走了。

他们走后，走索的老头和老婆婆，都抚着女孩的身体，放声大哭起来，真是凄惨，直哭得天昏地暗，白日无光。许多看热闹的人，看了这种情形，没一个不嘘唏叹息。胡直哉年轻心软，也忍不住流下泪来。方才出头做和事佬的人，便高声提议向众人说道：“这老头可怜的情形，我们都看在眼里，于今他这姑娘，多半是没有回生之望了。他们在江湖上卖艺，全凭着这姑娘做摇钱树，此刻姑娘既凶多吉少，他本人与那打猎的斗法，又受了委屈，我们替他设想，也实难堪。我想代替他要求诸位看官，大发慈悲，每人尽力帮助他些银钱，给他做养老的盘缠，不知诸位看官们的意思怎样？”

这一段话，正合胡直哉的心理，连忙接着说道：“这办法极好！论情理，我们看了这样千百年不容易见到的大把戏，值得多出几个钱。我于今先尽我身上所有的，都拿出来给他，望诸位也多出些吧。”胡直哉这时身上还有六七百文大钱，尽数掏出来摔在草地上，那做和事佬的人竖起大拇指对胡直哉道：“胡少爷的举动真了不得！”在当日生活程度极低的时候，又在霍邱乡下，六七百文确是一个很大的数目。

当下许多看热闹的人，见胡直哉是个小孩子，尚且出这多钱，都觉得太少了拿不出手，一会儿凑齐了，竟有二十多串大钱。老头揩干了眼泪，向众人作揖道谢，回身问胡直哉道：“你姓胡么，你的老太爷是不是做过天门县正堂的？”

胡直哉点点头道：“你怎的知道我父亲做过天门县正堂，你姓什么？”老头现出冷酷的面孔，待理不待理的神气答道：“我是天门县的人，如何不知道？你老太爷做官那么厉害，倒难为他生出你这么一个好儿子。”

胡直哉此时虽然年轻，听了这番话，却很不快活，就是围着看的众人，也都觉得这老头说话太无道理。当下就有一个心直口快的人说道：“你这老头说话也太不尽人情了。刚才若不是胡少爷倡首出那么多钱，如何能凑成二十多串钱给你。我们都尚且恭维他不得了，你是身受实惠的人，怎的倒使出这般嘴脸来对他。你不要欺负他年纪小，你既是天门县的人，他老太爷做过天门县正堂，你更应对他恭敬，才是道理。”

老头被责备得长叹一声道：“我实在老糊涂了，我的孙女儿命在呼吸，我还在这里闲谈。”旋说旋低头在女孩身上按摩。老婆婆和中年男子也帮着揉手揉脚。约经过了一刻钟的时间，忽听得女孩喉咙里咯咯作响，不一会儿眼珠儿在里面转动起来。老头拈住顶心发提了一提，就耳根呼唤了两声，女孩竟已活转来了。众人都道这女孩多半是死了，所以大家凑钱给她。于今看这情形，竟像是特地装死骗钱的，各人都有些后悔起来。不过钱已拿出，并且当出钱时，又没有个数目，不便收回来，只好大家眼睁睁的望着走索老头，收拾了钱和卖艺的器具，率领着一行人走了。

胡直哉留神看那女孩，虽则被救活转来，但是精神仍非常疲萎，绝不似初见时那般伶俐活泼了，行走时显得步履艰难。胡直哉仍不免心生怜惜，然也没有办法，大家都散了，只得回家。不过心里总放不下这回斗法的事，时常和门客谈论。他心想走索的在江湖上糊口，东西南北，本来没一定的行止，天门县人到霍邱来，是很平常的事。至于打猎的，不是寻常走江湖的路数，断不至多远的到此地来打猎。他逆料必是离霍邱不远的人，托门客去外面打听，很容易的就打听出下落来了。

原来那打猎的老头姓单，是河南遂平县人，家中很富有，并不以打猎为生。只因生性好猎，每年秋冬季节，多是借着打猎消遣。姓单的因家境好，特地花了几百两银子，拜甘肃最著名的猎户为师，学会的法术极多。这番带着徒弟、猎狗到霍邱来，不是为打猎，乃是因霍邱曹翰林家闹妖精。曹翰林的小姐被妖精缠了，安徽有名的法师都请遍了，无人能把妖精降伏。听人说起遂平单猎户的法术高强，辗转托人用重金聘请到霍邱来降妖。

胡直哉听了便问那门客道：“曹翰林家在哪里？他小姐如何被妖精缠了，此刻已降伏了没有？”那门客道：“曹翰林是霍邱的巨富，家住在离此地五十多里的霸王庄，曹翰林本人已有七十多岁了。这个被妖精缠的小姐才十七岁，是第八个姨太太生的，听说容貌美得和天仙一般，平常不轻易出门，也无人知道是被什么妖精缠了。那小姐自己不肯说，曹家的人更不肯将被缠的情形对外人说，所以不知道。只听说单猎户虽到了曹家，据说妖精的本领很大，不易降伏，须慢慢的待有机会，才能下手。此刻是还不曾降伏的。”

胡直哉听了这些话，心想单猎户既是河南人，便是结交之后，也不容易见面，只得将这事搁起，已懒得和门客讨论了。过了几日，胡家门房里忽来了一个送信的人，说这封信是我东家打发我来送给你家少爷的，请你送上去吧。门房看信封上写着“专呈胡少爷直哉台启”，下边署“陆缄”两字，便问送信的：“你东家是谁？”送信的道：“你送给你少爷看了自然知道。”门房只得将信拿进来交给胡直哉，回身到门房里看时，那送信的已不待回信走了。

却说胡直哉拆开那信一看，不觉吓了一跳。原来信中大意说：“你父亲做天门县的时候，将我老师刘四疙疸杀害，我同门兄弟多有发誓要报这仇恨的。我因念你父亲当时是为地方，为公事，不能责怪。不过你父亲不应该将我老师的法宝和财产，一概没收入了私囊，这是于道理说不过去的，我也不能替你父亲回护。我这番来你门前走索，本是受了同门兄弟的委托，前来报仇的。不料无端遇了对头人，将我搅扰，又见你尚有一片仁心，能倡首倾囊助我，使我不忍再下报复的毒手，所以写这信给你。恨虽不由我报，你父亲当日没入私囊的财产法宝，我却不能不取回去销差。此后我同门兄弟是否另图报复，我不得知，我本人是绝不再来了。”信尾署“陆观澄”三字。

胡直哉忙将这封信送给自己父亲看，胡知事也不免惊骇道：“这事已经过了二十多年了，在当时除了我自己而外，旁人绝少知道的，近年来更是连我自己都忘记这回事了，这些匪徒竟敢明目张胆的前来报复，这还了得？他信上既说要把刘四疙疸的法宝和财产取回去，免不得是要到我这里来的。为今之计，我只有写一封信给霍邱县袁大老爷，请他多派几名得力的捕快来，在家里等着，一边悬赏捉拿那些余匪，他们敢来，是自投罗网；就是不来，我既知道刘四疙疸还有余孽，也得办他们，并要呈请移文天门县，办他一个斩草除根。”

胡直哉道：“你说的自是正当办法，不过我觉得犯不着这么费事。我猜想这陆观澄若是惧怕官厅拿办，也不写信到这里来明说了。我看见他的法术很高强，寻常捕快，决不是他的对手。如何能将他拿住？”

胡知事不待直哉往下说，连连摇头说道：“小孩子乱说！你于今正在读书，不懂得邪不胜正的道理吗？他那种邪法有何用处？刘四疙疸是他的老师，法术不用说得比他高强，当时何以被我拿住正了法。刘四疙疸的法宝，据当时捕获的匪党说，刘四疙疸用这法宝，在陆地能腾空飞起，在水里能漂洋渡海，何以在他部下叛变捉他的时候，他却不使用这些法宝逃跑呢？”

胡直哉道："法术诚不可恃，不过陆观澄信上，已说明他不报仇了，我家倒去惊动官府，恐怕反要惹出麻烦来。我觉得现在不比你做天门县的时候，那时一则因职责所在，地方发生了叛逆大事，不能不力图肃清；二则有大权在握，兵勇保甲，调度自如，并能生杀由己，然而还是刘匪自己的部下叛变始得成擒。如果不是他部下将他捉来献功，恐怕也没有那般容易平服。现在你早已退归林下，乡居离城数十里，平日又因图清静，不大和官府往来，家中雇人，男女不到十个。他们那些余匪，不来报复便罢；若真个要来报仇，哪里用得着什么法术，只须十多个壮健汉子，在深夜赚开大门进来，便可为所欲为，不须顾虑什么。即算去县衙里请得力的捕快来防护，但是只能防护一时，不能把捕快永远留在家里。他们报复既能迟到二十多年，安知便不能再迟下去。"

胡知事见自己儿子，滔滔不绝的说了这一大篇道理，一时也觉得似乎近理，无可辩驳，只得正色说道："依你却待怎样？难道真个把当日没收的东西，退还给他，那也太不成话了。他的法宝，就是一个里面雕刻了五个老鼠的盘子，我拿着一点儿用处没有，不过每年六月六日晒霉的时候，背着人在衣箱里翻出来抚摩一番。我便退还给他也使得。至于刘四疙疸的财产，金银珠宝在当时就没有点算清楚，一大半入了官，散失的也不少，我所得的有限。不过究竟有多少，连我自己也说不出个数目来，如何能退还给他？"

胡直哉道："这信上写着陆观澄，是不是真姓名，无从查考，又没有住在的地名，即算情愿退还给他，除了他自己来取，我们也没有法子。"胡知事道："这种妖匪的余孽，说话不见得有信义，万一他来索取法宝财产的时候，乘机施报复手段，我们毫无防备，不是坐以待毙吗？我现在打算一面把壮健的佃户，都找到家里来，日夜防护；一面仍得禀报霍邱县，我再加一封私信给袁大老爷，请派八名捕快来。这匪徒信上虽没有居处，但他一行有四个人，又带了走索的行头，有甚地方给他们藏躲？何愁缉捕不着。"

胡直哉只觉得自己父亲这种办法不妥当，但是自己却想不出比较妥当的办法来，尽管低着头、皱着眉，现出踌躇着急的样子。胡知事既决定了办法，便自己去分头实行。胡直哉独自踌躇了好一会儿，忽然想出一个自觉甚好的方法来，对他父亲说道："我推想那刘四疙疸的余党，还不知有多少人，我家找壮健的佃户，及惊官动府去请捕快，只对付这陆观澄一个人，倒还容易；如果因拿办陆观澄，反惹得那些余党都来和我家为难，常言‘明枪易躲，暗箭难防’，我家不是终日诚惶诚恐的畏祸吗？前日和这陆观澄斗法的那个猎户，法术比陆高强，我打听得那猎户姓单，是曹翰林家特地请来降妖的，我家不如也把他请来，将陆观澄的信给他看，他必有对付的方法。”

胡知事不待胡直哉说完，忙摇手说道：“不行，不行！你这孩子真不长进，有堂堂正正的道路不走，如何会去求助于猎户。那曹翰林生平的行为，就不正大，在家乡地方待人又极刻薄，家庭之间，素来帷薄不修，女儿被妖精缠扰，乃是意中之事。自己的正气不足以胜邪，就只好求助于会邪术的人，叫做以毒攻毒。他这种举动，可说是名教的罪人，足使士林冷齿。我生平以理自持，这种举动，不是我家所应做的。”

胡直哉知道自己父亲平日喜讲理学，却不料如此固执，当下即被严词拒绝，不敢多说。退回书房，前思后想，越想越觉得自己父亲这般办法，一定惹出多少的麻烦来。他想陆观澄信中既说他同门兄弟都要报仇，我做儿子的理应设法防范。想来想去，唯有亲自去访单猎户，面求他设法，料知向自己父亲说明前去，是决不得许可的。暗自计算五十多里路，也不算很远，年轻的人，没有行路的经验，以为五十多里路，是极容易行走的，也懒得和门客商量，独自决定了亲去霸王庄。借故向他母亲要了一串钱，次日吃了早饭，假装闲谈向家里当差的打听了去霸王庄的路径，毅然动身朝霸王庄行走。

初出门时走得很快，才走了二十来里，两脚已酸痛得不能走了，腹中更觉得饥饿不堪。问过路的人，才知道须再走十里方有火铺。可怜胡直哉出娘胎后就娇生惯养，一里路也不曾步行过，这番一口气走了二十多里，两脚如何能不酸痛？在路旁草地上坐着歇息了一会儿，只好咬紧牙关又走。就和有无数的花针刺在脚底上一样，一步一挨的，好容易才挨到了一个小市镇，看那镇上约莫有数十家居户，槽坊、杂货铺、屠坊、饭店都有。

胡直哉走进一家饭店，劈面就遇着一个好生面熟的人，心里正在思量是谁，那人已现出惊异的神色，却又很恭敬的上前招呼着少爷道：“怎的走到我们这里来了，就只少爷一个人么？”

胡直哉一听这人称呼说话，心里已想起来了，这人便是自家的佃户朱长盛，每年元旦必来胡家拜年，因此见面认识，当下答道：“我因要去霸王庄有事，所以打这里经过，你如何也在这饭店里呢？”

朱长盛一面拂拭靠椅端着请胡直哉坐，一面笑道："少爷不知道么，这小店就是我开设的，已有好几年了。"随即忙着泡茶打水，备办午餐。胡直哉正在饥疲不堪的时候，无意中得到自家佃户所开的饭店里，不知不觉得了许多安慰。那时佃户对东家，是非常敬尊的，所以有"东佃如父子"的话。

朱长盛对待这个不易降临的小东家，自是竭尽其力，虽在仓促之间，也办了许多酒菜，并临时邀了地方两个有面子的绅士来作陪客。在席间朱长盛问胡直哉道："少爷要去霸王庄，不知为的什么事？"

胡直哉道："我正想向你打听，霸王庄距离此地还有多少路，那庄上有多少人家？"朱长盛道："此去倒不过十多里路，庄上就是曹翰林一家，附近十几户都是曹家的佃户。少爷尽去曹家呢，还是去访别人呢？"

胡直哉道："听说曹家请来一个姓单的猎户，我去霸王庄便是想去访他。"朱长盛道："少爷与那姓单的认识么？"胡直哉点头说："认识，但没有交情。"朱长盛问道："是那姓单的约了少爷去相会么？"

胡直哉见他这般追问，似乎有因，便道："定要约了才能相会吗？你如何这么问我？"胡长盛道："我问少爷这话有缘故的。若是那姓单的不曾约少爷去会，少爷便去不得；就是前去也十九会不着，还怕受意外的危险。"胡直哉不觉吃惊问道："这话怎么讲？"

朱长盛道："少爷幸亏今日落在我这店里，不然恐怕要捅出大乱子来。我这里来往的人多，近来没一天不有人来说霸王庄的事，所以知道得很详细。那霸王庄曹家，是人人知道的霍邱县大富绅。曹翰林有个女儿，已定了人家，快要出阁了，不知如何忽被妖精缠了。妖精初来的时候，那小姐害羞不敢对人说，后来曹家的人见小姐一天一天的面黄肌瘦起来，食量大减，白天只是昏昏的睡觉。一过黄昏，就把自己睡房门关了，家人在门外呼唤也不答应。曹翰林以为是病，请了许多名医诊视，都只说气血虚弱，却瞧不出什么病症来。后来还是那小姐的母亲八姨太，问出女儿的情形来，知道是被妖精缠了。周围数百里的法师、道士，都延请遍了，不但降伏不了，倒有好几个法师、道士，反被妖精打伤了。据近处的高法师回来对人说，那妖精既不是狐狸，也不是鬼魅，来去如风，凶猛非常，无论什么驱妖禁祟的咒语，它全不害怕。这回从河南把姓单的猎户请来，真不知花了多少钱，费了多少事。姓单的来曹家住了一夜之后，曹家的人问他看出是何妖精，他说他二十年来，替人家除过的妖精，至少也有几十次了，每次一到被妖缠的人家，便可看得出一种妖气来。妖精的种类不同，妖气也跟着有分别，就是山魈鬼魅，所停留之处，也有一种鬼气，到眼即能知道。这霸王庄的妖精太奇怪，表面上一点儿看不出妖气和鬼气来，一时竟不能断定是什么妖魅。不过我不管它是什么，我既来了，不怕它不降伏。

“他从这日起，每日带着五个徒弟、四条猎狗，到四周山上去打猎，其实遇了鸟兽，并不开枪，东西南北每方都走过六十里才回头。四方走遍了，便对曹翰林说道：‘在这里害人的，虽尚分不出是什么妖魅，然因此可以知道这妖魅的本领，大大不寻常，怪不得府上请来的法师、道士不能降伏它，倒被它打伤了。我于今也不敢说有降妖的能耐，不过我仗着老师的传授，即算法术敌不过妖精，也还有方法能使妖精不再来此地害人。’曹翰林说：‘这几日妖精果然不敢到小女房里去，大约已是那妖精害怕，知道有道法高强的人来了，所以不来尝试。’那姓单的摇头说：‘不见得，它不来我也得找它。我于今下了穿心一百二十里的天罗地网，这妖精若还有点儿道理，此时已逃到一百二十里路以外，我便没奈何它。如尚在一百二十里以内，任它能如何变化，如何藏躲，我一天一天的把罗网收紧起来，它就要逃也逃不掉了。计算收网的日期，至多半个月，府上须通知所有的亲戚朋友，不问有何等重大的事，在这半月以内，不可到府上来。尤其在最后几日，自己家里的猫、狗、鸡、鸭，都得剪毛染色做暗记号。以我降妖的经验，妖精到了被围困的时候每每变化前来，乘降妖的不在意的时候，突起为难，这是常有的事。到了要紧的关头，不但家里的猫、狗、鸡、鸭都得关起来，就是家里所有的人，也只能在我指定的地方行走。在指定的地方以外，不论是人是禽兽我们见面就得开枪打死。这妖精比寻常的妖精更厉害，我也就不得不格外慎重。’

“曹翰林见说得这般慎重，也恐怕真个有亲戚朋友前去探望，被猎户误伤了，除派亲信四处通知外，并派人在去霸王庄的路上守着，遇了去霸王庄的人，就将降妖的话说给人听，免得不知道的人胡闯进去。于今已有好几天了，四方几十里的人，渐渐都知道了，天罗地网也渐渐收紧了。姓单的终日带着徒弟猎狗围着霸王庄搜索，谁也不敢走到那一方去，恐怕撞着枉送了性命。少爷今日若不落在我这里，糊里糊涂的闯上霸王庄去，在路上遇着曹家派的人，挡住了不再向前还好；万一遇不着，岂不是要闹出大乱子来？”

胡直哉很失望的说道：“如此说来，我这一趟不是白跑了吗？”那请来作陪宾的绅士说道：“既是曹家的亲戚朋友都通知了，不许前去，旁人不待说更是去不得。只是刚才听得胡少爷说，和那姓单的认识，如果有重要的事，定要会他时，何妨写封信给他，约他到这里来会面，胡少爷就在这里等候他来。不知胡少爷的意思以为怎样？”

胡直哉道：“我和他没有交情，他于今又在忙着替人降妖的时候，接着我的信，不见得便肯走十多里到这里来会我。”

朱长盛道：“他接着了信，要到这里来是很容易的。他自到霸王庄后，虽隔两日不打这门前走过，还有一次到我这店里歇脚喝茶呢！那姓单的人极和蔼可亲，坐下来就找着我店里的伙计谈话，问伙计们近来看了什么奇怪东西，听了什么奇怪事情没有？凑巧遇着我这里有一个专好扯谎捏白的伙计，素来是无风三个浪的人，对他瞎扯了一阵，说某日在什么山上，看见一只五尺来长的黄狐狸；某夜从什么地方回来，在路上遇着一只和人一般高大的大马猴，拖着二尺多长的大尾巴。我们听了好笑，那姓单的因不知道这伙计的性格，却认做是真话，连忙问遇着之后怎样。这伙计被他问得不好怎样说，只好说遇着之后，一晃就不见了。当时还有一个客人在旁边听了，忍不住笑道：‘你遇的大半是齐天大圣，一见你就驾筋斗云走了。’姓单的还追问是什么毛色，我为怕这伙计信口乱说得罪人，借事把他支使开了。姓单的走后，我责备这伙计，不应该是这么老不长进，若是时常见面的熟人，知道你这胡说乱道的脾气不要紧；对外省来的人，也这么乱说，不给人笑掉牙齿么？世上哪有五尺来长的狐狸，又哪里有人一般高大的马猴？这伙计的意思，无非明知道姓单的是替曹家降妖，故意说得这么活现，使姓单的以为狐狸、马猴就是妖精，被他看见了。”

在座的绅士也说道：“这么乱说确是使不得，一传十、十传百的传开了，人家一定说曹翰林的小姐被狐狸缠了，岂不损了阴德。”朱长盛连连称是道：“我也就是为这一点，所以生气责备他。”

胡直哉心里着急无法与姓单的会面，也无心听他们谈论，草草的吃完了饭，因觉两脚疼痛，精力疲乏，朱长盛引他到自己卧室中休息。胡直哉虽睡在床上，只因自觉此行太无意思，只急得辗转睡不着。正在闭眼蒙眬之际，忽听得外面有多人哄笑之声，接着听得一人说道："咦，咦？这马猴不是和人一般高大吗，这条大尾巴不是有二尺多长吗？我那夜在路上遇见的，正是这一样的东西。我们朱老板责备我不该说，以为我是扯谎，我真是有口难分。现在这位客人牵的这马猴，就有这么高大，可见得我不是说假话了。"

胡直哉一听这些话，忍不住翻起身来，走出客厅看时，只见挤满了许多人，围着一只浑身漆黑的大马猴观看。那大马猴立起身足有五尺多高，两只朱砂也似的红眼，圆鼓鼓的望着观众，一点儿没有畏缩的样子，也没有凶暴的神气，颈项间系着一条指头粗的铁链，一端拴在房柱上。一个头戴风帽、鼻架眼镜、身穿青布棉袍的客人，正从背上解下一个小包袱，安放在桌上。朱长盛已迎上前招待，那客人对朱长盛道："我有病，要一间清静一点儿的房子，饭菜茶水都用不着，明日临走的时候，从丰送房钱给你。"

朱长盛听这人说话是北方口音，便含笑说道："客官是北方人，若是吃惯了面食，小店也可以照办。有病的人怎能不要饮食呢？小店的房间都很清静，听凭客官选择一间。客官贵姓，从何处来？"

那客人道："姓卢，从河南来，因要去前面几十里地方访友，不料到此地忽害病起来，只好在这里暂住一夜。为有病不思饮食，并非因吃惯了面食，吃不来大米。"说时，举手揭了风帽。

胡直哉留神看这姓卢的，年龄约有五十开外，面上很显着病容，并甚消瘦，架着玳瑁边的墨晶眼镜，却大倍寻常，不但遮蔽了眼睛，连两道眉毛都完全遮盖了。鼻梁隆起，直达印堂，颔下一部络腮胡须，根根卷曲得如贴在肉上。这种奇特的相貌，方在童年的胡直哉看了，固是觉得稀奇，就是挤在客厅里看大马猴的群众，也一个个将看马猴的眼光，移注到卢客人身上。卢客人仿佛不高兴许多人看把戏似的望着他，即忙提起包袱教朱长盛引到房间里去。

这饭店的房屋有前后两进，前进五开间，居中是一个长大的客厅，东西各有两间厢房。后进一个大院落，当中及左右各有三间相连的房屋，每间的门窗都朝院中开着，这房屋是朱长盛特地盖造了做饭店的，院落可供搬运货物的客商堆放货物之用。门窗朝院中开着，就是使落店的客商，便于照顾自己的货物。朱长盛当时把客人引到后院，说这院里九间房都空着，听凭选择。那卢客人抬头向三方屋顶上都望了一望问道："这屋后的山林，有路可通么？”

朱长盛道：“左边山脚下便是大道，客官为什么问这个？”卢客人道：“没有什么，随便问问。”说时，就右边三间房中择了一间道：“我就住在这房里吧，请你去将我带来的那伙计铁链解了，牵到这里来。”朱长盛道：“是那大马猴么，它不咬人吗？”卢客人道：“不咬人，也不抓人，你放胆去牵来便了。”

朱长盛心里想：“这么高大的猴子，生人如何能去牵它？不过这客人既这么说了，我只得去试试看。”遂答应着走出来。只见胡直哉已立在那马猴身边，伸手在猴头上抚摩，即上前问道：“真个不咬人，不抓人吗？”

胡直哉道：“这猴子很怪，驯良极了，不像平常玩猴戏的猴子，动辄就咬人、抓人。刚才我见他们看的人，送青菜叶给它吃，它很老实的接着吃了。我临时买了几文钱的红枣给它，更高兴的接着，二十多粒枣子做一口包着。你瞧这下巴两边，不是鼓起来了吗？便是我给的枣子，还嫌不够的样子对我望着。我因见它没凶恶的神气，所以大胆到跟前来。”

朱长盛道：“怪道那客官教我牵进去，说不咬人、不抓人。”边说边走近那房柱，伸手打算解铁链。不提防那马猴忽然吼了一声，跳起来张着牙望着朱长盛，俨然是要咬人的模样。吓得朱长盛连忙倒退了几步，指着那马猴带笑骂道：“你这东西真欺人，怎的我家少爷抚摩你的脑袋，你动也不动；我来替你解铁链，你却这般凶恶起来？”

胡直哉仍不害怕，伸手将铁链解下来，递给朱长盛道：“如果是咬人、抓人的，那客官也不教你来牵了，你牵去吧！”朱长盛还不敢伸手去接，且让过一边说道：“就请少爷把它牵到后院去吧。它这一吼把我吓虚了心，少爷给了它枣子吃，所以它对少爷亲热。”

胡直哉这时只觉这猴子好玩，毫不觉得可怕，见朱长盛这般说，便牵着向后院走去。围着看马猴的群众，至此方各自散了。

胡直哉刚牵到后院，那马猴作怪，一眼看见自己主人，登时对胡直哉变了态度，虽不似对朱长盛那般凶恶，然一面朝着胡直哉将牙龇开，一面用双手来夺铁链。胡直哉倒不害怕，牢牢的握住铁链不放。那卢客人忙出来对马猴叱道：“不得无礼！”随即接过铁链，接着对胡直哉说道：“这是猴子的本性难移。自己主人不在面前，无论对何人都很驯顺，一见自己主人，便不客气了。普通一般猴子，多是这般脾气。我这伙计，还是教了多年，才把这种坏脾气教变了。若是寻常猴子，没有不当着自己主人咬人的。”

胡直哉问道：“你这猴子养过好多年了，是从哪里头来的？”卢客人道：“是朋友送给我的，年数已记不清了。你贵姓，是这饭店的么？”胡直哉摇头道：“我姓胡，是来这里玩耍的。”朱长盛跟在后面，便把是自己小东家的话说了。卢客人就窗棂上拴了猴子说道：“我要向掌柜的打听一个人，有个曹翰林，住的地方叫霸王庄，不知离此地还有多少路？”

朱长盛听了望着胡直哉笑了一笑说道：“此去至多不过十五里路。客官是要去访曹翰林么？”卢客人道：“不是。听说那曹家近来从河南请来了一个姓单的猎户，还带了几个徒弟、几条猎狗，掌柜的可知这么一回事？”

朱长盛点头道：“不错，听说有这事。客官是要去访那姓单的么？”卢客人道：“也不是。掌柜的可听得说，曾捉拿了什么妖精没有？”朱长盛道：“听说妖精是有，但尚不曾捉着。”卢客人问道：“怎么会捉不着呢？是不是因那妖精的本领太大，姓单的斗不过它？”朱长盛将席间对胡直哉说的情形述了一遍。

胡直哉道：“你既不是要去访曹翰林，又不是要会姓单的，却巴巴的打听这回事，我想其中必有道理，何妨对我说说呢？我也是专为要访姓单的到这里来的。”卢客人很诧异的注视着胡直哉道：“你府上难道也有妖精吗？”胡直哉不悦道：“定要家里有妖精，才可以访姓单的吗？”

卢客人连忙带笑说道：“不是这般说法。我因看你脸上的气色不好，有点儿像是家宅不安的样子，并且确实微有妖气。凑巧听了你那专访姓单的话，所以冒昧说了这么一句，你不要误疑我是安心咒人。”

胡直哉不觉吃了一惊问道：“先生会看相么？先生这话说得很对，请看我家宅不安，又有妖气，还不大要紧么？”卢客人笑道：“我是随口乱说的，就是说对了，也是偶然。对不起，我身体病了，腿也走乏了，要睡一会儿。”说着回房去了。

胡直哉满拟问个明白，遇了这冷淡情形，不便再说什么，只得跟着朱长盛出来。走到客厅中，一个伙计迎着朱长盛说道：“老板看这大马猴，不是有人一般高大么？我那夜看见的，和这个一模一样，比这个还显得凶恶些，不像这么老实。老板硬说我是假话，我只恨当时没有同走的人，不能替我做见证。今日我看见霸王庄的曹四，据他说起来，只怕缠曹家小姐的妖精，就是这只大猴子。”

朱长盛笑道：“曹四如何说？你不要又瞎造谣言。”那伙计道：“我从来不造谣言。曹四是我的亲戚，虽是曹翰林的侄儿，但素来因恨曹翰林瞧他不起，又不肯借钱给他，曹家什么坏事，他都拿着向我说，所以曹家的事，外人不知道的，我无不知道。老板，你知道曹翰林那小姐被妖精缠了，家里人如何得知道的？”

朱长盛道：“一个小姐忽然被妖精缠了，家里人怎么会不知道呢，你这话不是说的稀奇吗？”伙计摇手道：“一点儿不稀奇。那妖精缠了这小姐，小姐原是瞒着人，连自己亲生母亲八姨太都问不出情由来的，若不是有人和妖精吃醋，说不定那妖精还要陪着小姐出阁呢！”朱长盛道：“你又胡说起来了，有什么人会和妖精吃醋？”

伙计笑道：“是吗，所以我说外边人不知道的，我都知道。原来八姨太的这个小姐，模样儿虽生得好，性情就太调皮了。曹四说她十四岁做大人，就在那年和他父亲跟前一个当差的小子，发生了苟且的事情。本来曹翰林是有名的欢喜养相公，当差的小子也和相公差不多，穿的衣服，真比人家的少爷还要漂亮。曹翰林转他后边的念头，他便转那小姐前边的念头。后来被曹翰林知道了，打了那小姐两个耳光，然而舍不得把当差的赶走。两下既不分开，同在一个庄上，自然又接着苟且起来，前年还打下来一个男胎呢！直到这番被妖精缠了，对那小当差的忽然冷淡起来，当差的还疑心小姐又爱上了别人，气得要拼命。无奈那小姐自被妖精缠后，白天躲着不和当差的见面，一到夜里就关闭了房门，灯也熄了。当差的本不容易偷到里面来，到了里面更不敢高声大嗓的说话。门既关了，灯又熄了，轻轻的敲门，小姐又装做没听见，在门外细听下去，却有不好听的声音传达出来。小当差的哪里能忍耐得住？一时也忘记了他自己的身份，竟磨快了一把杀猪尖刀，半夜摸到里面去捉奸。听到房里确有不好听的声响之际，一脚踹开了房门，挺尖刀冲进房去。不提防是个妖精，从上跳下来，把小当差的撞了一个跟斗，胸脯也撞伤了，头也跌破了。小当差的虽在黑暗地方，不曾看明白那妖精是什么模样，但是既从身上撞过去，已知道那妖精是立着和人一般的走路，遍身有毛，身量很重很高大。这么一来，曹家的人才知道小姐有被妖精缠了的事。不过曹翰林恐怕这消息传到小姐的婆家去了，生出旁的枝节来，吩咐家里人，不许说闹妖精的事。我若不是今日会着曹四，也还不知道。照这情形看来，那妖精就是这种大马猴也难说。”

朱长盛笑道：“这些稀奇古怪的事情，偏是你听着，稀奇古怪的妖精，也偏是你见着。算了吧！曹四因曹翰林不肯借钱给他，就恨了曹翰林，拿这些话来向你说。你没有事恨曹翰林，我劝你以后不要再向人说吧。你平日扯谎捏白的声名很大，便是说得千真万确，旁人还不见得相信，何苦造这些口孽？”伙计被说得很扫兴的走开了。

朱长盛对胡直哉道：“少爷方才不曾睡好，被这大马猴闹了起来，此时还是去房里休息一会儿吧。既来了，就在小店里玩几天，我再用轿子送少爷回去。”胡直哉正想休息，仍回房睡下。疲劳过度的人，一沾枕非到精神回复，不易醒来。这一觉直睡到初更以后，忽被一阵枪声惊醒，接着就听得外边有多人喧闹。胡直哉正在惊疑之际，朱长盛已走近床前唤道：“少爷醒来，少爷醒来。”

胡直哉翻身坐起忙问什么事，朱长盛道：“外面为捉妖精已闹翻天了，连住在后进的那姓卢的客人，都牵着那大马猴到外面看去了。刚才打得一片枪响，十九是单猎户和那些徒弟。”胡直哉听了高兴，连忙跟着朱长盛出来。

朱长盛因外边漆黑，恐怕胡直哉看不见走路，擎了一个三尺来长的竹缆火把，在前扬着行走，只听得两边山上都有人追呼之声。胡直哉道：“有月亮，用不着火把，有这火把在前边照着，反映得我两眼发花，一点儿看不见。”

朱长盛也自觉得在这时候，擎着火把不妥当，随手将火把向旁边山涧里一掼。不料竹缆做的火把，又烧去了一段，一脱手便散开了，干竹篾容易燃烧，掼到涧中，烧得火光更大了。胡直哉向前行过几步之后，猛听得旁边中山涧，有脚步声响，回头看时，只见一只大马猴蹲在火光中，低头伸爪拈着燃烧了的竹缆玩耍，忙对朱长盛道：“你瞧那卢客人的马猴，跑到这里来了。”话未说完，又有一只一般大小，一般毛色的马猴跑来，两只猴打架扭做一团，真是一场恶战，只打得山涧中的沙石都飞舞起来。正在这难分难解的当儿，陡见一条黑影从天而下，两只猴子同时吱吱的叫个不住。

不知这从天而下的黑影是什么，且待下回再说。

总评：

本回入胡直哉传，然由胡直哉一人，而在传中引起之人物颇不少，有卖解女，有走索老头，有单猎户，有卢客人，各有各之神情，各具各之手法，一主数宾，煞是热闹。而外若胡知事、曹小姐、朱长盛，以及单猎户之五徒弟，卖解女一方之老妪及中年人，尤属宾中之宾，尚不计及在内焉。

个中最热闹之关节，自推走索老头与单猎户斗法之一幕。当其此以法来，彼以术往，就所以相克之道，作所以相制之图，诚有层出不穷之观，而极五花八门之妙。情节之奇，设想之妙，盖叹观止矣！及其卒也，单猎户气焰大张，走索老头竟致铩羽，于以知二人所擅之术虽同，其间固大有高下之别，法力较浅者终无幸胜之望也。所冤者，胡直哉抱一片美意以助人，出之童年尤为难得，却反招走索老头当场之抢白，毋乃太为出人意外乎！

曹翰林以缙绅之身，而有帷薄不修之事，竟任其女与厮养苟且成奸。一究其实，是皆未能整饬其躬，有以致之焉。驯至招来妖怪，内闼宣淫，丑事哄传乡里，抑何其贻门楣之羞耶！谚有云：“物必自腐而后虫生之。”吾于此事而益信。不然，世间佳丽亦多矣，何妖之不往她家，而唯曹翰林之女是魅乎？世之一般缙绅，其亦以斯事为前车之鉴也可。

第七十回

推牌九彭庶白显能　摆擂台农劲荪演说

话说胡直哉看两只大马猴打架，正在难分难解的时候，陡见一条黑影从天而下。细看那黑影不是别人，正是那个头戴风帽，鼻架眼镜的卢客人，已双手擒住一只猴子，举手在猴脸上打了几下耳光，掏出一根铁链来，套在猴颈上。另一只马猴颈上原有铁链，卢客人将两铁链并在手中牵了，走出山涧。遇见朱、胡二人，忙拱手称谢道："幸亏二位出来帮忙，我方能把这孽畜擒住，若不是二位将火把掼入山涧中，投着孽畜贪玩火把的脾气，只怕追到天明也擒它不住。"

朱长盛道："这两只猴子，竟是天生的一对，模样、毛色都一般的没有分别，这倒配的真好。"卢客人道："原来是雌雄一对，在两个月以前，我因事打了这雄的一顿，它就公然逃跑了，害得我四处探寻，直到今日才在此地把它擒住。"

一路说着话，已牵回饭店。朱长盛刚把大门重重关上，外面又有人来叩门，朱长盛开门看时，乃是那姓单的猎户，已累成气喘气促，满头是汗的模样。跟在后面的几个徒弟，也有滚得满身泥土的，也有弄得披头散发的，但是一个个都擎枪在手，如临大敌的神气。

姓单的一见朱长盛，开口问道："有一个遍身青衣的人，牵了两只大马猴，落在你这店里，请你去教他出来，我有话说。"朱长盛看他们来意不善，恐怕在自己店里闹出乱子来，吓得不敢答应。

那卢客人还没走到后进去，听了姓单的问话，即牵着两猴转身出来，说道："我在这里，用不着叫，有话请说吧！"姓单的见面也不开口，擎枪对马猴瞄着，便待扳机。

两猴似乎知道有人狙击，拼命的想挣脱铁链，那卢客人牢牢的将铁链握住，只将右脚往地下一顿，喊道："请慢！这猴是我养的，凡事有我在此，请向我说话。"

单猎户便住了手，几个徒弟却已把火机扳动了，但是几杆鸟枪，同时发出比炸雷还响的大声，火光迸发，几杆枪管都炸得四分五裂。有炸伤了手指的，也有烧坏了面皮的，只有单猎户个人因见机尚早，停手不扳火机，才保全了一杆鸟枪。登时气愤不堪的说道："这猴既是你养的，为何不好好管束，纵容它出来害人，奸污人家小姐，撞伤人家当差的？无故兴妖作怪，害得许多法师、道士都受了重伤。你既要人向你说话，你有什么话说？若是一个人犯了这般大罪，是不是应该就地正法？"

卢客人很从容的说道："老兄请进来坐着歇息歇息。常言'话不说不明，鼓不打不响'，老兄要知道我这一对猴子，不是寻常的畜牲，它能通人性，懂人的言语，原是我多年的好伴侣，从来不敢胡作乱为，因此我便不存心防范它。不料在二月之前，雄猴因误事受了我的责罚，就赌气独自逃了出来。我真是踏破铁鞋，何处不曾寻到。在遂平听得人传说老兄被霍邱曹翰林聘来捉妖，才跟踪追到此地来。我深知道这畜牲，虽没有了不得的能耐，然因曾经敝老师给丹药它吃了，不但换了一身毛色，连筋肉都变换了，寻常刀枪、铳子，均不能伤它。老兄的枪法纵高，打在它身上并无妨碍。至于它这番犯了奸淫的罪，我道中自有惩办它的规律，断无宽纵之理。于今不是我说护短的话，曹家那位小姐，自己诲淫的地方太多，曹翰林也过于不检束了。若不然，我住在山东，从山东到此地，一路岂少年青貌美的闺女，何以独照顾到曹翰林府上来？老兄受聘为曹家驱妖，只要我把妖带走了，老兄便可对得起曹家了，何苦定要伤这畜牲的性命！"

单猎户听卢客人说了这段话，自己徒弟又开枪受了伤，知道自己本领赶不上卢客人，只得收了怒容说道："我并不定要伤它的性命，不过这东西实在害得我师徒受够了辛苦。昨夜还咬伤了我一个徒弟，至今伤处红肿，遍身发热，几乎疯狂了。请问阁下，教我如何不恨？现在既有阁下到来，将它带去也好，不过我的声名要紧，巴巴的从河南到此地来捉妖，如果就这般给阁下带走了，曹家怎肯相信呢？我从来替人捉妖，照例得将妖精捉住，或是打死，带给主家看，但是无论是死是活，不许主家的人动手便了。我冲着阁下的大面子，可以不伤这猴的性命，然阁下不能不给我牵到霸王庄走一遭，送给曹家的人看看。一则可顾全我的颜面；二则也好使曹家的人放心。”

卢客人摇头笑道：“这事却办不到。我不在这里，这畜牲落在老兄手里，自是听凭处置；今夜若是由老兄擒住的，我也不能强夺过来。于今老兄用法术围了几天，率领徒弟、猎狗追赶几十里，对准开了几十枪，连这畜牲身上的毛也没沾着，如何倒要牵去献功劳！老实说给老兄听吧，我有这雌猴帮着捉拿，尚且捉它不着；若不是凑巧这个朱老板无意掼下一个火把，趁着这畜牲低头玩弄火把的机会，雌猴上前将它擒住，此时还在山中追赶呢！我即算肯给你带去，你可能保得住它不再从你手中逃跑？万一让它逃跑了，恐怕老兄没有力量能将它拿回来。”

单猎户被这番话说得满面羞惭，正待争论，忽有几个手持灯笼火把的人，将几个猎户推开，拥进门来，一个个显得形色慌张的样子。胡直哉眼快，认得在前打灯笼的，是自己书房里的当差。

那当差一眼看见胡直哉，即“哎呀”了一声说道：“我的小祖宗，你要出门，怎的不对老爷太太说说，也不带我同走。可怜今日这一天，我们的腿都要跑断了，怎么会跑到这地方来了呢？”

朱长盛当然也认识那当差的，连忙上前打招呼道：“少爷今日还幸亏落在我店里，不然恐怕还要闹出意外的乱子来。我正打算今夜留少爷在店里歇宿一宵，明日用轿子送他回去。你说少爷到这里来干什么？他是存心想去霸王庄访这位打猎的先生呢！”说时随举手指着姓单的。

朱长盛这句话一出口，大家都望着单猎户。单猎户却很注意的望着胡直哉，即走近两步带笑问道：“你不就是看走索的胡少爷吗？你特来访我么，有什么事？”

胡直哉喜道：“我此来算不白辛苦了，我正着急不能和你会面谈话。我家自那日走索的去了之后，便接着一封署名‘陆观澄’的信，才知道他走索是假的，是特来和家父寻仇的。家父在做天门县的时候，办了一个著名的妖匪‘刘四疙疸’，原来是陆观澄的师傅，不料遇着你和他斗法，使他不能下手。他信中措词虽还委婉，我总觉不能不想个妥当的法子防备。知道你的本领比他高，所以特来访你。”

单猎户听了踌躇道：“这事你就来访我也不中用，因为我不能到你家里常住着。他们如果要到你家寻仇，也不是用法术可以抵搪得住的。”

胡直哉见单猎户这么说，只急得双眉紧蹙，叹气唉声，胡家当差的逼着朱长盛立时雇轿夫。朱长盛自不能推诿，这一种纷乱，单猎户也就不再和卢客人纠缠了，只得忍气吞声带着徒弟、猎狗回去。

卢客人忽然望着胡直哉说道：“你不必着急，尽管放胆回家去。他们当猎户的，有什么了不得的法术，能保护人不为仇人暗算？”

卢客人这几句话，把胡直哉提醒了，暗想：“这人的本领，不是比单猎户还高吗？凑巧又在这里遇着，我何不拜求他呢？”想罢，也不顾有多人在旁看着，走上前双膝跪下说道：“我因恐怕匪党向家父寻仇，为人子的明知有祸将临，不能坐着听凭匪党摆布，先生是个有大本领的人，可不可以为我家设一个保全之策？”

卢客人慌忙伸手将胡直哉扶起道：“你用不着这般害怕，你要知道匪党真要向你家寻仇，便不至写信来通知你，我包管你家无事。不义之财，不祥之物，就失掉一点儿也不要紧。你回去吧，你我有缘可再相会。”

这时朱长盛已雇来轿夫，准备了轿子，当差的催着胡直哉回去。胡直哉只得谢了朱长盛，别了卢客人上轿。灯笼火把，前护后拥的回家。三十多里路，在胡直哉走时甚苦甚慢，在抬轿子的走起来，一口气就奔到了，天还不曾发亮。

这时胡直哉的父母，因担心儿子不知去向，以为是被匪党图报复捉去了，急得只面对面的坐着，不敢安睡，见胡直哉回来才放心。问为什么整天的跑到外边去不回来，胡直哉只得将自已所虑的，及出门后所遇的种种情形，对父母说了一遍。

他父母听完了低声说道：“匪党再来寻仇的事，大约不至于发生了。我今日偶然想起那只古盘，打算取出来看看。谁知打开皮箱，只见一张红纸，上面写了许多字，仿佛是一张收据的形式，写着‘取去五甲子法物一件、珠宝一包、银洋五百元’，也署了‘陆观澄’三字在后面。字迹和写来的信一样。再查那古盘时，已不见了。珠宝洋钱，另放在两个皮箱里，接着开箱寻觅，果不见了当日没收的一大包珠宝，及五百元洋钱。皮箱都贴了封条，并有很坚固的锁，都没有丝毫开动的痕迹，也不知在何时取去的。我料想他既把东西取去了，当不至再有如何的举动。我因发觉了这桩事，临时又将写给霍邱县袁大老爷的信追回来。他这么一来，我倒用不着再去惊官动府了。”

胡直哉看了看那张红纸，口里连连应是，心中总觉“刘四疙疸”的余孽，不仅陆观澄一人。陆观澄便不再来，安知其余的匪徒也不来呢？因此终是惴惴不安。又想到那卢客人下山涧擒捉猴子的时候，身体凌空而下，几杆鸟枪对准他手牵的两只猴子开放，他只一跺脚，几杆枪同时炸裂了。我倘若能学会了他这种本领，何愁匪徒前来报复！

胡直哉胡思乱想，越想越觉得读书识字，毫无用处，唯有法术是真才实学。原来他欢喜使枪弄棒也懒得使弄了，终日和门客谈论法术。夜间就瞒着家里人，烧一炉好香，当天跪祷，求有达到目的的一日。每日如此，整整两年不曾间断。

也是他合当要走上这条道路，这日他在附近的镇上闲行，忽见迎面走来一人，那装束最惹他注目，头戴风帽，鼻架玳瑁边大眼镜，身穿青布棉袍，完全是那卢客人的模样。心中暗想：“那姓卢的是山东人，决不会无端跑到此地来。”

一面这般想着，一面走近身边，已看见那部被风帽遮住，络腮贴肉的卷曲怪胡须了。不由得吃惊道：“这还有第二个吗？”那人好像没看见他的，已挨身走过了。急得胡直哉回身一把拉住，也不管地下干湿，扑翻身拜了几拜才说道：“真想死我了。”

那人忙弯腰搀他起来说道：“一别两年，很承你想念，你既想学本领，就此随我去吧。五年之后，再送你回家。”胡直哉心想先回家向父母说明再走，那人似已明了说道：“此刻已有人向你父母说去了，再不走便休想脱身！”

原来这镇上的人，多与胡家有关系，当时有人看了胡直哉与那人会面谈话的情形，就料知不妥。及见胡直哉跟着那人走了，慌忙跑到胡家送信。等到胡直哉的父母带着当差的追到镇上看时，已走得不见踪影了，免不得照着走的方向，派人骑快马追赶。只是如何追得着呢？好在胡家知道在朱长盛店里的情形，明白胡直哉此去，不至有何危险。初时还派人四处寻访，后来也就只好听之任之了。

果然五年过去，胡直哉回来了。出落得仪表惊人，全不是离家时的那种纨绔子弟的神气。盘问他这五年的经过，他不肯说，只说他那老师，是在新疆、蒙古一带有大名的“风侠卢恢”，常在沙漠中劫取贪官奸商的行李。每趁着狂风大起的时候，人和骆驼都伏在地下不敢动，不能睁眼的当儿，他便下手将贵重的行李劫走了。他有两只大马猴，能负重数百斤，一日飞行千里，凡劫来的东西，自己一点儿不肯享用，全数拿出来救济贫苦的老弱。

胡直哉自从归家之后，气质与前大变，读书极喜下苦功，他父母替他完婚，也不拒绝，不过终年在家的时间极少。有时出门二三月即归，有时整年的不回来。久而久之，家里人都习惯了，不以为异。

此时他受了他师傅的命，与广东林伯启、湖南柳惕安，同负暗中保护孙逸仙的责任。他的父母已经去世了，他到汉口和林柳二人会了面。虽是初交，只因一则是同道，二则气味相投，都能一见如故。柳惕安的潘老师因此去上海，有林、胡两人同行，用不着自己陪同前往，遂叮咛了柳惕安一番，自回青城山修持去了。

柳惕安同林、胡两人到上海后，彼此的责任虽同，却是各尽各的心力，各居各的地方，彼此各不相谋。柳惕安独自住在棋盘街口一新商栈。这夜正月十七，因和流氓相打，无意中遇了彭庶白，邀进寓所谈话。他这种秘密的职务，当然不能向彭庶白说出来，不过两人都是性情慷爽的人，见面极易契合。江湖上人交朋友，照例不盘诘人家根底，纯以意气相结纳。当下彭庶白与柳惕安寒暄了一番，即说道：“看老哥刚才和众流氓交手的时候，身手步法都极老练，态度尤为从容稳重，好像临敌经验极多，极有把握的样子。老哥的年纪这么轻，若不是自信有极大的本领，断不能这般从容应付。老哥有这种惊人的本领，现在正有一个好机会，可以把所有的能耐，都当众施展出来。”

柳惕安笑道：“我哪里有惊人的本领！方才先生看见我与那些流氓动手，实在是因那些流氓太软弱了，马路上又铺了一层雪，脚踏在上面滑溜滑溜的。他们自己就先站立不牢，我只须用手将他们的衣边或衣角，轻轻的拉一下，向东便倒东，向西便倒西，一点儿用不着使劲。加以他们人多，我只单独一个人，他们打我，每每被自己的人挡住了，或碰开了，我打他们，伸手便是，尽管闭着双眼，信手乱挥，也不怕打他们不着。是这样打架，如何还用得着什么本领呢？”

彭庶白笑道：“老哥谦让为怀，是这般说来也似乎近理。不过若没有绝大本领的人，一个人被几十个人围着殴打，便要冲出重围也不容易，何况立住不动，将所有的流氓打得一个个抱头鼠窜，不敢上前。兄弟对于武艺，虽不曾下过多大的功夫，然因生性欢喜此道，更喜结交有武艺的人，此中的艰苦，也略知一二。就专讲临大敌不乱，像老哥方才那样从容应付这一点功夫，已是极不容易的一桩事。老哥不要和寻常会武艺的人一样，遇不相识的人提到‘武艺’两个字，总是矢口不肯承认。”柳惕安道：“我此刻辩也无用，将来结交的日子长了，先生自会知道。只是先生说现在有个施展武艺的机会，不知是怎么一回事？”

彭庶白遂把霍元甲订约与奥比音比武，先摆擂台一月的话说了。柳惕安很惊异的说道：“这位姓霍的爱国心，确使人钦佩。我觉得这是关系很重大的事，不知道上海这新闻纸上，何以不将这些消息登载出来，也好使国内的人，闻风兴起呢？”彭庶白道：“这却不能归咎新闻纸上不登载，实因霍元甲在南方，本没多大的声名，此次又初来不久，今日才由敝同乡李九介绍，请各报馆的记者吃饭。大约明后日，这消息就要传播很远了。”

柳惕安喜道：“这倒是难得遇见的好事，等到开擂以后，我是每日要前去瞧瞧的。”彭庶白道：“瞧到高兴的时候，何妨也上台去玩几手呢？兄弟听霍元甲闲谈的口气，他此番借这擂台访友，很希望有本领的人上去指教。他这样胸襟的人，决不因上台去和他动手，便生仇视之心。”

柳惕安问道：“霍元甲的武艺，先生也曾看出他有何等惊人的绝技没有呢？”彭庶白摇头道：“不曾看见他有什么绝技。听说他平生所练习的，就只他家祖传的，名曰‘迷踪艺’，看他使出来，也不觉得如何玄妙。”柳惕安点头道：“武艺本是要实行的东西，不是精研这一门，便不能明了这一门的诀窍；不和这人交手，便不知道这人功夫的深浅。”

彭庶白连连称赞道：“老哥这话不错，所以一般会武艺的江湖朋友，都争着练出一种特别惊人的技能来。有专练头锋的，一头锋向墙壁上撞去，能将墙壁撞一个大窟窿；有专练臀锋的也是如此；练指、练肘、练脚的就更多了。为的就是真武艺不能凭空表演出来给人看，但认真和人交起手来，那费了许多苦功练成的惊人绝技，十九毫无用处。自己没有真才实学，专靠一部分厉害，就和一个小孩和大人相打，小孩手中便拿着一把很快的刀，因不会使用，又没有气力，仍一般的敌不过大人。霍元甲的本领，究竟高到如何的程度，我们虽不能说，但是有一个会武艺的老前辈说他，一手足有八百斤的实力。北方讲究练武艺的人多，他在北方能称雄一时，到南方来摆擂台，自然有七八分把握。”

柳惕安笑道：“难道练武艺也分南北吗？我觉得天之生材，不分地域，不见得在北方称雄一时的，到南方来也无对手。若以这种标准推测下去，则在中国可以称雄的，到东洋也可以称雄，到西洋也可以称雄，不是成了一个无敌于天下的人吗？不过霍元甲摆擂台虽在南方，南方的能人，不见得就上台去和他比拼。先生平日欢喜结交会武艺的人，难道所见的人才，南方固不如北方吗？深山大泽，实生龙蛇，以我所知，南方的好手，随处皆有，只以地位身份种种关系，声名不容易传播出来罢了！”

彭庶白点头道：“南方人最文弱的，莫过于江、浙两省，然江、浙两省人中，武艺练得极好的，也还是不少。老哥这句‘天之生材，不分地域’的话，确有道理。”二人又谈论了一会儿，已过十二点钟了，彭庶白才作辞出来。柳惕安问了彭庶白的居处，直送出弄口，方握手而别。

次日各大新闻纸上，都把霍元甲摆擂台的消息登载出来。擂台设在张家花园，并登有霍元甲启事的广告。广告大意说：

元甲承学祖传的武艺，用了二十多年的苦功，生平与会武艺的较量，不下三千次，未尝败北；今因与英国大力士订约比赛来沪，特趁这机会，借张园地址，摆设擂台一月，好结识国内豪杰之士，共图提倡吾国武术，一洗西洋人讥诮吾国为“东方病夫国”之奇辱。

还有用英文登载外国报纸的广告，大意说：

欧美人常诮我国为东方病夫国，我乃病夫国中之一病夫，但因从幼学习家传的武艺，甚愿与铜头铁臂之欧美人士，以腕力相见。特设擂台一月于张园，并预备金杯、金牌等物品；不论东、西洋人，凡能踢我一脚的，送金杯一只；打我一拳的，送金牌一方，以资纪念。伤者各自医疗，死者各自埋葬，各凭自身本领，除不许旁人帮助，及施用伤人暗器外，毫无限制。

报上并登有霍元甲的肖像及履历。

柳惕安看报上不曾登载开擂的时日，他本来要去回拜彭庶白，午后便雇车到戈登路彭庶白家来。彭庶白因料知柳惕安必来，已邀了几个朋友在家谈话。柳惕安到时，彭庶白首先指着一个年约二十多岁，身穿白狐皮袍、青种羊马褂，鼻架金丝眼镜，口衔雪茄，形似贵胄公子的人介绍道："这是盛绍先先生，为人极豪侠仗义。他自己虽没有闲工夫练武艺，他府上所雇用护院的人，多是身怀绝技的。他不像寻常纨绔子弟，对于有本领的人，能不问身份，都以礼貌相待。"

柳惕安见彭庶白特别慎重介绍，又看了盛绍先的气概，知道必是一个大阔人。俟彭庶白介绍完毕，一一寒暄了一番，彭庶白就把昨夜所见柳惕安在马路上打流氓的情形，绘形绘声的说了一遍。

盛绍先听得眉飞色舞的说道："对付上海的流氓，唯一的好方法，就是打他们一个落花流水；若自揣没有这力量，便只好忍气，一切不与他们计较。和他们到巡捕房里打官司，是万万使不得的。上海的巡捕，除了印度、安南两种人外，绝少不是青、红帮的。红帮在上海的势力还小，青帮的势力，简直大的骇人。就说上海一埠的安宁，全仗青帮维持，也不为过。青帮的头领称为'老头子'，便是马路上的流氓，也多拜了老头子的。其中也有一种结合，像柳君外省人，在上海做客，是这般给他们一顿痛打，最是痛快；也不怕他们事后来寻仇报复。若是常住在上海的，在路上打过就走，却不可使他们知道姓名居处。"说时指着彭庶白笑道："你贵同乡潘大牛的夫人，去年冬天不是在新世界游戏场里，也和柳君一样干过一回痛快事吗？"

彭庶白点头道："那回的事，痛快是痛快，不过很危险。潘夫人差一点吃了大亏。"柳惕安忙问是怎样的情形。彭庶白道："敝同乡有个姓潘的，因身体生得非常高大，天生的气力也非常之大，所以大家都叫他为'潘大牛'。他的夫人是一个体育家，练过几年武艺，手脚也还利落，容貌更生得艳丽，装束又十分入时。她哪里知道上海流氓的厉害，时常欢喜独自走到热闹场所游玩。去年冬天，她又一个人到新世界游戏场去玩耍，便有两个年轻的流氓，误认这潘夫人为住家的野鸡，故意跟在背后说笑话。潘夫人听了，回头一看，见那两人的衣服很漂亮，顶上西式头发，梳得光可鉴人，以为是两个上等人，存着一点客气的念头，不作理会。谁知她这一回头，没有生气的表示，倒更坏了，更以为是住家野鸡了，公然开口问潘夫人住在哪里？潘夫人从小就在日本留学，平日的习惯，并不以和陌生的男子交谈为稀奇事，那两人问她的住处，她虽没将住处说出来，但也还不生气。不过此时潘夫人已看出那两人拆白党、吊膀子的举动，反觉得好笑。两人看了这情形，越发毫无忌惮，又进一步伸手来拉潘夫人的衣袖。潘夫人至此才对那人说道：‘自重些，不要看错了人。’

“这两句话，在潘夫人口中说出来，已经自觉说得极严厉，不为人留余地了，哪里知道上海的流氓拆白党，专就表面上看，好像是上等人，实际都是极下作无耻的。休说是骂，便是被人打几下，也算不了什么！当时听了潘夫人这两句话，倒显着得意似的，涎皮涎脸的笑道：‘搭什么架子？你看，我们脸上没长着眼睛么？’接着还说了些不三不四的话。

“这么一来，就逼得这位潘夫人生气了。也不高兴和他们口角，仗着自己是个体育家，身手快便，趁着那人边说边伸过脸来，用手指点着两眼教她瞧的时候，一举手便打了一个结实的耳光。‘哎呀’一声尚不曾喊出，左手第二个耳光又到了。这两下耳光真是不同凡响，只打得那人两眼冒火，待冲过来与潘夫人扭打，亏了同在场中游览的人，多有看见两人轻薄情形的，至此齐声喝彩。有大呼打得好的。立在近处的，恐怕潘夫人吃亏，都将那人拦住。那两人知道风势不好，只鼻孔里哼了两声说道：‘好！要你这么凶，我若不给你点儿颜色看，你也不知道我们的厉害。’说罢，悻悻的走了。

“当时就有一个六七十岁的老年人，走近潘夫人跟前说道：‘你这位太太认识那两个人么？’潘夫人自然回答：‘不认识。’那老人立时伸了伸舌头说道：‘怪道你原来不认识他们。若是认识，便有吃雷的胆量，也不敢得罪他们，何况当众打他的耳光呢？挨打的那个，是这一带有名的白相人，绰号小苏州，姓陈名宝鼎；还有一个姓张名璧奎，也是圈子里有势力的人物。他们都和捕房里有交情，他们只要嘴里略动一动，大英地界的白相朋友，随时能啸聚一千八百，听凭他们驱使，虽赴汤蹈火也不推辞。不是我故意说这些话吓你，我因见你是单身一个女子，恐怕你不知道，吃他们的大亏，不忍不说给你听。据我推测，他两人受了你的凌辱，是决不肯罢休的。此时只怕已有多人在门外等候你出去。’

“潘夫人看这老人说话很诚实，知道不是假的，便说道：‘这一带巡捕很多，难道听凭他们聚众欺负一个女子，也不上前干涉吗？’那老人笑道：‘怎能说是不干涉？他们既是通气的，只要几秒钟假装看不见，要打的打过了，要杀的杀过了。这一带巡捕多，你要知道这站着的闲人更多，他们预备打你的人，在不曾动手的时候，谁也不能去无故干涉他；动手打过了，就一哄而散，即算是你自己的亲人当巡捕，此时也是无法。’

“这段话说得潘夫人害怕起来了。幸亏她一时想到兄弟身上，因潘家与舍下有几重戚谊的关系，平日潘夫人常到舍下来，知道兄弟和上海几个有名的老头子有交情；又知道兄弟也曾练过几天武艺，就在游戏场借了个电话打给我，叫我立时前去。因在电话里不便多说，我还不知道为什么事叫我去，等我到新世界会见她时，已是十二点钟了。她把情形说给我听，我当时也吓了一跳，然表面上只得镇静的说：‘不要紧。’教她紧跟着我走，不可离开。

“才走出大门，只见一个身穿短棉衣裤的大汉，手上拿着一根用旧报纸包裹的东西，约有三尺来长，望去似乎分量很重。我是存心提防的，那神气一落我的眼，就已看出是来寻仇的。旁边还站着十多个人，装束都差不多，个个横眉恶眼，凶像十足。再看一个巡捕也没有，马路上的行人已极稀少。平时那一带黄包车最多的，这时连一辆都找不着，可以说是眼前充满了杀气。

“我带着潘夫人出门走不到十步，那大汉已挨近身来，猛然举手中家伙，向潘夫人劈头打下。我忙回身将臂膀格去，可恶那东西下毒手，报纸里面竟是一根铁棒，因用力过猛，碰在我臂膀上，震得那铁棒跳起来，脱手飞出，掉落在水门汀上，‘当啷啷’一声大响。我见他们如此凶毒，气愤得一手将大汉的领襟擒住，使劲揉擦了两下骂道：‘浑蛋，打死人不要偿命吗？’

“我生平不喜说夸口的话，到了这种关头，只好对那些将要动手还不曾动手的大声道：‘你们难道连我彭某都不认识吗？这位潘太太是我至亲，她是规规矩矩的人家人。小苏州自不睁眼，还要向人寻麻烦吗？’那小苏州本来认识我，他这时躲在对面一个弄堂里，暗中指挥那些小流氓动手，万不料有我出头。他大约也自觉这事闹穿了丢人，便已溜着跑了。未动手的听我一说，又见大汉被我一手擒住挣扎不脱，也是一个个的往黑暗处溜跑。我逆料危险的关头已过，才松手放了大汉，连掉在水门汀上的铁棒，都来不及拾起，抱头鼠窜而去。直到他们溜跑了，停在对过马路上的黄包车，方敢跑过来揽生意，如此可见他们白相人的威风了。”

盛绍先笑着对柳惕安道：“上海的流氓，与别处的光棍不同，最是欺软怕硬。有本领的只要显一次给他们看，留下姓名来，他们便互相传说，以后这人不问在什么时候，什么所在，流氓决不敢惹。庶白兄其所以提出自己姓名，那些流氓就抽身溜跑，固然是和上海著名的老头子有交情。但专靠那点儿交情，也不能发生这般大的效力。实际还是因为有一次，庶白兄曾当着许多大流氓，显过大本领，所以几个有势力的老头子，竭力和他拉交情，小流氓更是闻名丧胆。”柳惕安很高兴的问道：“庶白先生显过什么大本领？我很愿意听听。”彭庶白摇头笑道：“绍先总欢喜替我吹牛皮，我小本领都没有，还有什么大本领可显呢？”

盛绍先道：“这事有兄弟在场，瞒得了别人，我是瞒不了的。前年正月间，我与庶白兄同在跑马厅一家总会里赌牌九。同场的有三个是上海白相人当中很有势力的，我们并不认识，他们却认识我，一心想赢我的钱。然总会里不能赌假牌、假骰子，全凭各人的运气，不料那日偏偏是我大赢。那三个白相人都输了，正商量去增加赌本来再赌，被庶白兄看破了他们的举动，暗中知会我不可再赌了。我也正瞧不起那三人的赌品，安排要走。想不到那三人见我要走，便情急起来，齐声留我要多推一盘。我不肯，他们居然发出不中听的话来，说我不应该赢了钱就走，无论如何非再推一盘不可。其势汹汹，解衣的解衣，捋袖的捋袖，简直现出要动武的样子。总会里人虽出面排解，然一则和他们是同类，二则也畏惧他们的势力，宁可得罪我，不能不向他们讨好。我那时又不曾带跟随的人，与庶白兄结交不久，更不知道他有这么大的本领，一时真逼得我又受气又害怕，不知应如何才好。亏了庶白兄出面，正色诘问那三人道：‘你们凭什么勒逼他多推一盘？你们也欺人太甚了，老实说给你们听，是我彭某教他不可再赌了，你们打算怎么办？有手段尽管向我使出来。’

“三人倒吃了一惊似的，向庶白兄望了几眼。论庶白兄的身体气度，本像一个文弱书生，三人自然不放在眼里。其中一个做出鄙视不屑的样子冷笑道：‘好不识相！你也够得上出头露面与我们说话么？你凭什么出面干涉我们的事？今天有谁敢走，我们就给谁颜色看。’我当时看了这情形，一方面替自己着急，一方面又替庶白兄担忧。真是艺高人胆大，庶白兄在这时候，一点儿也不惊慌，随意伸手在桌上抓了一把骨牌，有意无意的用两个指头拈一张，只轻轻一捻，牛骨和竹片便分做两边，放下又拈一张，也是一捻就破。一连捻破了十多张，才含笑说道：‘这样不结实的牌，如何能推牌九？’

“那骨牌虽是用鳔胶粘的，但是每张牛骨上有两样榫，若没有绝大的力量，断不能这么一捻就破。那总会里本来请了一个保镖的，姓刘，混名叫做‘刘辣子’，听说也练得一身好功夫。当时刘辣子在旁边看了，忍不住逞口而出的喝了一声：‘好功夫！’那三人至此方知道认真闹下去，占不了便宜，登时落了威风，只得勉强说道：‘你姓彭的如果真是好汉，明晚再到这里来。’庶白兄反笑嘻嘻的答道：‘我也算不了什么好汉，不过我从今日起，可以每晚到这里来，准来一个月，若有一晚不到，便算我怕了你们。’说毕起身，一面拉着我往外走，一面招呼那三人道：‘明天见！’

“出了总会之后，我非常担心，恐怕庶白兄为我的事，被他们暗算。庶白兄摇头说：‘没有妨碍。’我力劝他明晚不可再去，他倒大笑说：‘岂有此理！’我见他既决心明晚再去，只得连夜把上海有名的把势，都邀到舍间来，共有二十多个。我将情形告知那些把势，教他们准备，装着是赌客一道儿同去，万一那些白相人和庶白兄动起手来，我这里既有准备，大约也不至于吃眼前亏。我是这么做了，也没说给庶白兄听，我知道他要强的脾气，说给他听，甚至倒把事情弄僵了。

“世间的事，真使人料不着，我以为第二晚必有一场很大的纠纷，谁知竟大谬不然。这晚我和庶白兄一进那总会的门，那三人都穿戴得衣冠齐整，一字排班在大门里拱手迎接，个个满面是笑，将我们让到里面一间房内。看那房间的陈设，好像是总会里一间很重要的内账房，房中已先有五个衣冠楚楚的人坐着，见我们进房，也都起身拱手相迎。倒是昨天发言的那人，指着我二人向那五人介绍我二人的姓名履历。他说出来竟像是老朋友，如是又将五人的姓名履历，一一给我两人介绍。有两三个是多年在上海享有大名的，此刻都在巡捕房担任重要职务，见面谈话之间，都对庶白兄表示十分钦佩之意。庶白兄见三人如此举动，丝毫没有要寻仇的意味，这才重新请教三人的姓名。三人各递了名片，对于昨夜的事并竭力认错，要求我两人不可搁在心上，以后好结为朋友，长来长往，彼此有个照应。他们既这般客气，我们当然不再计较。后来他们真个常和庶白兄来往，凡是庶白兄委托他们什么事，他们无不尽力帮忙，因此小苏州一类的人，多知道庶白兄的本领。”

柳惕安听了，笑向彭庶白拱手道：“原来先生有这般大本领，将来霍元甲开擂的时候，想必是要上台去一显身手的。不知霍元甲已定了开擂的日期没有？”彭庶白道：“这些小玩意儿算得什么，霍四爷才真是大方家呢！常言‘拳不离手，曲不离口’，兄弟不过少年时候，曾做过几年功夫。近年来因人事牵缠，精神也自觉疲萎了，全没有在这上面用功，手脚简直荒疏得不成话了，如何还敢上擂台去献丑！今日曾到霍四爷那里，听说已定了在二十日午前十时开擂，并委派了兄弟在台上照料。这是上海从来没有人干过的事，又经各种报纸上竭力鼓吹，届时一定很热闹的。”

柳惕安屈指算了一算道：“二十日就是后天，内地各省交通不便，消息更不灵通，纵然有各新闻纸竭力鼓吹，无如内地看报的人太少，练武艺的又多不识字，这消息不容易传到他们耳里去。即算得了这消息，因为交通不便，也难赶到上海来。我逆料后天开擂，能上台去比赛的必不多。”

彭庶白点头道：“我推测也是如此。远在数百里或数千里以外的，果然不易得到这消息，不能赶来比赛；便是住在上海附近，及上海本埠的，开台之后，去看的必多，但真肯上台去动手的，决不至十分踊跃。”

盛绍先道：“我国会武艺的人，门户习气，素来很深，嫉妒旁人成名，尤其是会武艺人的普通毛病。寻常一个拳棒教师，若到一个生地方去设厂教徒弟，前去拆厂的尚且甚多，何以像霍元甲这样摆擂台，并在各报上大吹大擂的登广告，招人去打，倒没有真个肯上台去动手的呢？你这是如何推测出来的？”

彭庶白笑道：“我是根据我个人的心理推测的，也不见得将来事实一定如此。我想开台以后，上去打的不能说没有，不过多半是原来在上海，或是适逢其会的。上去的打赢了，擂台便得收歇；若打输了，跟着上去的便不免有气馁。年轻好胜又没有多大名的，方肯上去；过了四十岁的人，或是已享盛名的人，是不会随随便便上去动手的。由表面上看来，上海是一个五方杂处的所在，各种人才聚集必多，在这地方摆擂台，确非容易，然实在细细研究起来，倒是上海比内地容易。这其中有个道理，兄弟在此地住了多年，已看出这道理来了。刚才绍先兄说，寻常拳棒教师，到生地方教徒弟，前去拆厂的甚多，那是什么道理呢？门户习气和嫉妒旁人成名，虽也是前去拆厂的原因，但主要的原因，还是发生于地域观念。觉得我是一个会武艺的人，我所居处的一带地方，应由我一人称霸，他处的人到我这里来收徒弟，于我的权利、名誉都有损失，因此就鼓动了自己的勇气，前去拆厂。上海的情形却不同，现在上海的人口虽多，只是土著极少，客籍占十分之八九。住在上海会武艺的人，这种地域观念，人人都很淡薄，所以倒比别处容易。”

盛绍先道：“我自恨天生体弱，又从小处在重文轻武的家庭之中，不曾练过武艺。我若是一个练武的人，就明知敌不过霍元甲，我也得上台去和他打一打，不相信他真有这么大的牛皮。打得过他，自是千好万好；打不过他，也算不了什么。他摆擂台，将人打败是应该的。”彭庶白笑道：“你因不会武艺，才有这种思想；如果你是一个练武的，便不肯说这话了。”

柳惕安见坐谈的时间已久，起身作辞，彭庶白坚留不放，说已预备了晚餐。柳惕安觉得彭庶白很真挚，也就不推诿。晚餐后，盛绍先约柳惕安二十日同去张园看开擂，柳惕安自是欣然答应。这时汽车初到中国来行驶不久，上海的各国领事及各大洋商，不过数十辆，中国人自备汽车的更少，一般阔人都是乘自备的双马车。盛家特别欢喜闹阔，已从外国买来了几辆汽车，盛绍先这回到彭家来，就是乘坐汽车来的。他因见柳惕安仪表俊伟，又听得彭庶白说武艺了得，有心想结交，定要用汽车送柳惕安回一新商栈。柳惕安推辞，盛绍先道：“我知道了老哥的寓所，后天好来接老哥一同去张园。”柳惕安推辞不了，只得辞了彭庶白，和盛绍先同车回栈。

二十日才八点多钟，盛绍先就到一新商栈来了，一迭连声的催柳惕安快穿衣服同去。柳惕安道：“十点钟开擂，如何要去这么早？”盛绍先道：“老哥哪里知道，上海人最好新奇，凡是新奇的玩意儿，看的总是人山人海。我昨日听得张园帮着布置擂台的人说，前天报上一刊登今日开擂的广告来，就有许多的人跑到张园去，要买票预定座位。我平日在这时候，还睡着不曾起床，今早六点多钟，我当差的去张园买入场券回来，说已到不少的人了。我恐怕去迟了找不着好看的座位，所以急匆匆的用了早点到这里来。”

柳惕安笑道：“这擂台有一个月，何愁没得看？好在我此刻没有旁的事，既承你亲来见邀，立时便去也使得。不过呆呆的在人丛中坐等几点钟，却是一件苦事。”说时已穿戴好了衣冠，遂同盛绍先出来，跨上汽车，如风驰电掣一般的，不要几分钟就到了。

因盛绍先已买好了入场券，柳惕安跟着进去，看场中果已万头攒动，围着擂台三方面的座位，都已坐满八九成了。进场后就有招待的人过来，好像是和盛绍先认识的，直引到擂台正面底下第二排座位之间。柳惕安看这一排的座位，都有人坐着，连针也插不下了，心想如何引我们到这里来？只见那招待的人，向坐着的两个人做了做手势，那两人实时起身，腾出两个座位来。招待的人笑向盛绍先道："若不先教人把座位占住，简直没有方法可以留下来。"盛绍先胡乱点了点头，一面让柳惕安先坐，一面从怀中摸出一张钞票，递给那招待的人，并向耳边说了几句话。招待的人满脸带笑，连声应是去了。

柳惕安看这擂台，只有三尺来高，宽广倒有三丈，全体用砖土筑成，上面铺着一层细沙，中间摆着一张方桌，几张靠椅。上海许多名人赠送的匾额、镜架、绸彩之类，四方台柱上都悬挂满了，只是台上还没有出面。

盛绍先对柳惕安说道："听得庶白兄说，霍元甲这回摆擂台，所有一切的布置，多是由农劲荪做主的。就是这个擂台，看去很像平常，却费了一番心思研究出来的。平常用木板搭成的，无论如何牢实，经两个会武艺的人在台上跳跃的时候，总不免有些震动，木板相衔接之处，很难平坦，两人正在以性命相扑的当儿，若是脚下无端被木板或钉木板的铁丁绊这么一下，岂不糟了！若和舞台上一般，铺上一层地毯，不是把脚底滞住不灵，便是溜滑使人立不牢脚。那农劲荪是个极有经验的人，知道台太高了危险，两下动手相打，难保不有掼下台来的时候，自己打不过人，或受伤，或打死，皆无话说，万一因从台上跌倒下来，受伤或死，就太不值得了，所以这擂台只有三尺来高，便是为这缘故。"

盛绍先说到这里，方才那招待的双手捧着一大包点心水果走来，交给盛绍先。盛绍先让柳惕安吃，柳惕安看三方面座位上，东、西洋人很多，不但没有在场中吃点心水果的，交头接耳说话的都没有，说笑争闹的声音，全在中国人坐得多的地方发出来，不由得暗自叹道："你霍元甲一个人要替中国人争气，中国人自不争气，只怕你就把性命拼掉，这口气也争不转来。"心中正自觉得难过，盛绍先却接二连三的拈着饼干、糖果让他吃，并说："这是真正的西洋饼干，这是地道的美国蜜柑，不是真西洋货吃不得，要讲究卫生，便不能图省钱，真正西洋货，价钱是大一点，但是也不算贵。你瞧，五元钱买了这么一大包，还算贵吗？”

柳惕安只气得哭不得笑不得，暗想彭庶白如何与这种人要好，还说他没有纨绔习气？一时又苦于不能与他离开。初次相交的人，更不好规劝，只好自己紧闭着嘴不答白，一会儿又掏出表来看看。

好容易听到台上壁钟敲到十下，座中掌声大起，只响得震耳欲聋。一个年约三十多岁，体格魁梧，身穿洋服的男子，在如雷一般的掌声中，从容走到擂台前面，向台下观众鞠了一躬。盛绍先连忙对柳惕安说道：“这人便是农劲荪，能说外国话，替霍元甲当翻译。”柳惕安连连点头道：“我知道，请听他演说。”

只见农劲荪直挺挺的站着，等掌声停了，才发出洪钟一般的声音说道：“今天霍元甲先生的擂台开幕，兄弟受霍先生委托，代表向诸位说几句话，请诸位听听。霍元甲从小在家学习祖传的武艺，平日受祖若父的教训，总以好勇斗狠为戒。在天津经商若干年，和人较量的事实虽多，然没有一次是由霍元甲主动，要求人家比赛的。由霍元甲自己主动的，除却在天津对俄国大力士，及去年在上海对黑人大力士外，就只有这一次。前两次是对外国人，这一次也是对外国人。霍元甲何以专找外国大力士较量呢？这心理完全是因受了外国人的刺激发生出来的。外国人讥诮我国为‘东方病夫国’，元甲不服气，觉得凡是中国人，都要竭力争转这一口气来，所以每次有外国大力士到中国来献艺，元甲不知道便罢，知道是决不肯轻易放过的。但是诸位不可误会，以为夹杂得有仇外的观念在内，这是丝毫没有的。元甲这种举动，无非要使外国人了解，讥诮我国为‘东方病夫国’是错误的！去年冬天与英国大力士订了约，今年二月在上海比赛，元甲的意思，终觉一个人的力量有限，外人的讥诮诚可恶，然我国民的体力和尚武精神，也实在有提倡振作的必要，因此不揣冒昧，趁着距离比赛期间的时日，摆这一个擂台。一则借此结识海内英雄，好同心协力的，谋洗‘东方病夫’之耻辱；二则想利用传播这摆擂台、打擂台的消息于内地，以振作同胞尚武的精神。在元甲心里，甚希望有外国人肯上台来比赛，所以用外国文字登广告，并说有金杯、金牌等奖品，有意说出些夸大的话来，无非想激动外国人。若论元甲生平为人，从来不曾向人说过半句近似夸张的话，凡曾与元甲接谈过的朋友们，大约都能见信。其所以不能不同时用中国文字，登中国新闻纸上的广告，为的就想避免专对外国人的嫌疑，这一点是要请同胞原谅的。这里还订了几条上台较量的规则，虽已张贴在台上，然诸位容或有不曾看见的，兄弟将规则的大意，向诸位报告一番。”

说时从衣袋中掏出一张字纸，看了一看说道：“第一条的大意是，上台打擂的人，不拘国籍，不论年龄，但只限于男子，女子恕不交手；第二条是每次只许一人上台，先报明姓名、籍贯，由台主接谈后方可交手；第三条是打擂的只许空手上台，不能携带武器及施用暗器、药物之类；第四条是比赛的胜负，倘遇势均力敌，不易分别时，本台曾聘请南北名家多人，秉公评判；第五条是打擂的各凭本身武艺，及随身衣服，禁用手套、护心镜及头盔、面具之类；第六条是打擂的以铃声为开始及停止之标准，在铃声未响以前，彼此对立，不得突然冲击，犯者算输，不得要求重比。遇胜负不决，难分难解之时，一闻铃声，须双方同时停止，不得趁一方面已经停止时进攻，犯者亦算输；第七条是打擂时打法及部位，原无限制，但彼此以武会友，双方皆非仇敌，应各存心保全武术家之道德，总以不下毒手及攻击要害部位为宜；第八条是双方既以武力相见，难保不有死伤，伤者自医，死者自殓，不得有后言。规则就只有这八条，第二条当中有一句与台主接谈的话，台主便是霍元甲，接谈虽没有一定的范围，但是包括了一种签字的手续在内。本台印好了一种死伤两无异言的证书，台主和评判的名人，当然都签了名在上面。上台打擂的人，也得把名签好，方可听铃声动手。从今日起，在一个月内，每日上午十点钟开始，霍元甲在台上恭候海内外的武术家指教。兄弟代表霍先生要说的话，已经完了。此刻兄弟介绍霍先生与诸位相见。”说罢，又向观众鞠了一躬，如雷一般的掌声又起，便有一个头戴貂皮暖帽，身穿蓝花缎羊皮袍、青素缎马褂，年约四十岁的人，大踏步走出台来。

柳惕安看这人身材并不高大，生得一副紫色脸膛，两道稀薄而长的眉毛，一双形小而有神光的眼睛，鼻梁正直，嘴无髭须，使人一望便知是个很强毅而又极慈祥的人，和农劲荪并肩立着。农劲荪对观众介绍道：“这便是台主霍元甲。”

霍元甲这时方对三方面的观众鞠了三个躬，慢条斯理的说道：“我霍元甲没有念过书，是一个完全的粗人，不会说话，所以请农爷代我说。这打擂台也是很粗鲁的事，古人说得好：‘来者不善，善者不来’，这种事，不能不有个规矩，我特地请了这张园的园主张叔和先生来，做一个见证人，要打时请他摇铃。刚才农爷已说过了摇铃的办法，我很望外国的武术家大力士，肯上台来指教。农爷会说外国语，有外国人来，我就请他当翻译。”

霍元甲才说到这里，台左边座中忽有一个人跳起身来，大声说道：“不用多说闲话了，我来和你打一打。”

众看客都吃了一惊，不知这人是谁，且俟下回再说。

总评：

就上回书中之事实而观，单猎户可谓大具神通，其于斗法一节，直可将走索老头玩之于股掌之上，又何其神妙耶？然一入本回，捉妖则久困无功，制敌则坐视猖獗，怯懦无能，莫此为甚，先后竟判若二人也。于以知强弱二字之为义，实为相对的，而非绝对的。而风侠卢恢之广大神通，乃由是更得反衬而出矣！中间复益之以顽劣无比之马猴，风帽目镜奇诡之装束，渲染所及，尤足一为张目，仿佛见有一飞行绝迹之大侠，直透纸背而出焉。于是乎胡直哉乃得其师矣！

上海一地，最多总会之设，是中人品固极为良莠不齐，入其中者每怀戒心焉。盛绍先以一富家子弟，又无防身之技以自随，辄复贸然身入其中，其不成为若辈之目的物者几希。卒之争端既肇，赖彭庶白小试绝技，始得为之解围，其为事盖亦险极矣！斯正足供一般富家子弟资为殷鉴也。中间复有潘夫人遇流氓事一为对照，更可见上海之为荆棘世界，大有寸步难行之苦。至彭庶白之用指轻捻骨牌，牌即从中分裂，虽似为不足道之小技，然而其于内功一方致力之深，亦可由此而想见，宜总会中人亦为之刮目加敬也。

霍元甲摆设擂台，为本书最重要之关目，今本回末已叙及其事，并由农劲荪将打擂规则八条，当众宣布矣。其能引起一般读者之兴趣为如何？请拭目一观下回如火如荼之文字。

第七十一回

霍元甲三打东海赵　王小乙夜斗翠花刘

话说霍元甲正在演说的时候，左边座位中忽有一个人跳起身来，大声说："不用多说闲话，我来和你打一打。"众看客都吃了一惊，争着看那人，年龄不过二十多岁，身材却显得异常壮实，穿着日本学生装的洋服，粗眉大眼，满面横肉，那一种凶狠的模样，无论何人遇着都得害怕。这时更带着几分怒容，那情形好像与霍元甲是仇人见面，恨不得一口吞下似的。当下霍元甲停了演说，向这人打量了两眼，倒现出笑容来说道："老哥不必生气，请上台来谈谈。"

这人牛鸣也似的答应一声："来了！"匆匆忙忙走出座位。不提防座位与擂台隔离之处，地下拦着一块三寸多高的木板，用意是恐怕看的人多，座位又是活动的，有这木板隔住，可免看客将座位移近台来。这人脚步太匆忙，只顾抬头望着台上行走，不曾瞧见地下的木板，竟把他的脚尖绊住，身体往前一栽。喜得木板离台还有五六尺空地，这一跤扑下，头额没碰着台基，加以他的身法还快，只一手着地，立时就跳了起来。然就这么无意的一栽，已弄得座上近万的看客，不约而同的哄然大笑，笑得这人两脸通红。

霍元甲见了连忙走到台这边来，很诚恳的问道："没碰伤哪里么？请从容些走，这擂台因是临时布置的，一切都非常草率，本来用木板是这么隔着，是不妥当的。"说着，并指点这人从后边上台。

原来擂台两边都有门可通后台，两边门口都设着一张条桌，有签名簿及笔墨之类，并有招待的人在此坐候。这人走进那门，招待的人忙起迎着道：

“请先生在此签名。”这人将两眼一瞪喝道：“要打就打，签什么名？”招待的人赔笑说道：“签了名再打不迟。这是本台定的规定如此，请原谅吧。”这人略停了停，愤然说道：“我不会写字，打过了再说给你签吧。”招待的人道：“就请留下一名张片也使得。”这人道：“名片也没有。”旋说旋伸手拦开招待的人，直向后台上跑。

招待的人也不由得生气，一手握着签名簿，一手拈着一支毛笔，追上后台来说道：“本台定的规则，非先签名不能上台，你待往哪里走？”这人怒气勃勃的回转身来，揎拳捋袖，做出要动武的样子。

农劲荪这时本在前台，因听得后台有吵闹之声，即赶到后台来，恰好看见这人要动手打招待的人，刘振声正在脱卸自己身上棉袍，俨然要和这人放对，忙插进身将这人格住，带笑说道：“这是后台，足下要打擂，请到前台去。”这人一见农劲荪，便愤然说道：“我知道这是后台，可恶这小子太欺负人，定要我签名。我在这里签什么名？我就是打胜了也不要这名誉。”

农劲荪笑道：“看足下是一个有知识的人，这签名不过是一种手续，与要不要名誉没有关系。我这位朋友负了本台招待签名的责任，为谋尽他自己职责起见，不得不赶着足下请签名，确非欺负足下。我于今请问足下，是不是要打擂？”这人道：“我不知道什么打擂不打擂，因见霍元甲在各报上吹牛皮，说大话，倒要来会会他，看是怎样一个三头六臂的人物？”农劲荪哈哈笑道：“这还不是来打擂吗？足下既要打擂，不但得在这签名簿上签名，我刚才演说擂台规则时，足下想也听得，来打擂的，还得先在证书上签名呢！”

此时霍元甲在前台，已听得后台争吵的声音，只得也跟进后台，听得这人说“倒要会会他，看是怎样一个三头六臂人物”的话，便上前说道：“我并没有三头六臂，也是一个很平常的人。我在报纸上吹的牛皮，说的大话，我已请农爷向大众说明了，是对外国人的，不是对中国人的。老哥不要误会，对我生气。请问老哥尊姓大名？我摆这擂台，就是想借此结识老哥这样的人物。”

这人望着霍元甲，现出轻视的神气，点了几点头道：“我看也不过是一个很平常的人物，吹什么‘和人较量过几千次，不曾遇过对手’的牛皮，我不相信几千个人，竟没有一人打得过你的。”霍元甲笑道：“老哥不相信罢了，好在我本来没有向中国人显能耐的心思。”说时，又请教这人的姓名。这人道：“我不能说我没有姓名，不过我不愿在这地方把我的姓名说出来。你摆的是擂台，我来打擂便了，我打不过你，我就走了；被你打伤了，我自投医院去治疗；若被你打死了，自有人来收尸，不干你的事。”

农劲荪道：“话虽是这般说，应经过的手续，仍是模糊不得。本台今日才开幕，你是第一个来打擂的人，若你不肯签字，连姓名都不肯说，也可以行得，那么签字的办法，以后便行不通了。并且老哥不依本台的规则办理，老哥要打擂的目的便达不到，霍先生是决不肯和老哥动手的。”这人料知不说姓名不行，只得说道：“我是东海人，姓赵，从来不用名字，一般人都称我为东海赵。你们定要写姓名，就写东海赵得了。”

霍元甲笑道：“世岂有一个上等人没有名字之理？依我的愚见，你老哥既不愿写名字，这擂也可以不打。”东海赵盛气说道：“什么话！姓名不过是人的记号，你的记号是霍元甲，我的记号是东海赵，谁说使不得？你摆擂台，登报招人来打，如何说这擂可以不打？这话从旁人口中说出还过得去，从你台主霍元甲口中说出来，不像话。”东海赵这几句话，说得后台上许多人都生气，尤其是刘振声，咬得牙齿咯咯的响，恨不得上前打东海赵几个耳光。

霍元甲不但不生气，反带笑说道：“你老哥弄错了。我不是怕你打，求你不打，你不肯签名，我只好不打。”东海赵道：“好！我签名便了。”霍元甲现出踌躇的神气说道：“你虽肯签名，我还是劝你不打，因为你是为我在报上吹牛皮说大话而来，我既经说明那些牛皮，那些大话，是对外国人吹说的，我们自家人，何必在台上当着许多看客动手呢？无论谁赢谁输，都没有意味。”东海赵道：“那么你却摆什么擂台呢？”他们在后台谈话的时间久了，台下看客都拍掌催促起来。农劲荪对霍元甲道：“赵君既肯签字，四爷就和他去前台玩玩吧。看客鼓掌，是催我们出台的意思。”霍元甲只得点头答应。

当下有人拿证书给东海赵签名，东海赵提笔写了“东海赵”三字，书法倒很秀劲。霍元甲看了，心里登时发生了爱惜东海赵的念头。农劲荪也觉得东海赵这种英俊少年，若得良师益友，去掉他的骄矜暴躁之气，实是武术界的好人才，遂先出台向看客报告道：“本台所定打擂的规则，凡来打擂的，先要在证书上签名。因这位赵君不仅不肯签名，并不肯把名字说出来，所以交涉的时间久了，致劳诸位盼望，本台同人非常抱歉。此刻赵君已签好了名，请诸位细看赵君的好健儿身手。”这番话说出，掌声又拍的震天价响。

农劲荪回身将霍元甲、东海赵两人引出台来，简单的把东海赵向看客介绍了几句，即引东海赵立于台左，霍元甲立于台右，自己取了个怀表托在手掌中，站在中间，园主张叔和的铃声一响，农劲荪忙退后几步，让出地位来给二人好打。

霍元甲向东海赵拱手笑道：“请先赐教。”东海赵毫不客气，挥拳直向霍元甲冲击。霍元甲因有爱惜东海赵的心思，不想当着众看客将他打败，并存心要试验东海赵的造诣如何，见他挥拳直攻过来，故意举臂膊在他拳头上碰了一碰，觉得他的功力，比较刘振声还相差甚远，只是身体生得异常活泼，腰腿都很灵捷，如经名师指点，资质却远出刘振声之上，等他攻到切近，方闪开还击。

论霍元甲的武艺，如认真与东海赵见高下，直可使东海赵没有施展手脚的余地，既是存心不欲将他打败，打法自然不同，就和平常和同学的练习打对手一样，从表面看去，也似乎很猛勇、很热闹，实际霍元甲出手皆有分寸，只轻轻着到东海赵身上，便掣回来。是这般腾拿躲闪，约打了三四十个回合，台下掌声不绝，有吼起来喝好的，只把台上的刘振声惊得呆了，低声对农劲荪道：“看不出这小子，真有这么大的能耐。我跟老师这么多年，不知亲眼看见打过多少好汉了，从来不曾见有能和老师走到二十合以上的，于今打到三四十合了，还没分胜负。这小子的年纪还轻，若再练十年八载，不是没有敌手吗？”

农劲荪摇头笑道：“你再仔细看看。你看他的手曾着过你老师的身么？你老师的手在他浑身都摸遍了。”这几句话把刘振声提醒了，立时看得分明，这才把心放下。又走了十来个回合，霍元甲以为东海赵心里必已明白自己不是敌手，没有再打的勇气了，遂跳开一步，拱手说道：“佩服，佩服！我们自家人，能不分胜负最好。”

不料东海赵因功夫相差太远，竟不知道霍元甲是存心不想将他打败，还自以为是自己的本领在霍元甲之上，认定霍元甲是自知敌不过，方跳出圈子要求不打了。年轻人好胜心切，加以生性本来骄矜，如何肯就此不打了？

不过因与霍元甲打了几十个回台，在霍元甲是和逗着小孩玩耍一样，而在东海赵却已累得满身是汗，连身上穿的东洋学生服都汗透了，只得一面解纽扣脱衣，一面说道："不分胜负不能罢手，我还得和你再打一场。"霍元甲笑道："这又何苦呢，老哥不是已累得通身是汗了吗？"

东海赵卸下衣服，自有在台上照顾的人接去。他用手巾揩去额上的汗说道："就打得通身是血，也算不了一回事，何况出这一点汗。你能把我打跌在地，我便认输不打了。"霍元甲点头道："好！是汉子，我们再来一回。不过我看老哥这时已累得很乏了，请休息一会儿，喝一杯茶再打，气力也可以增加一点儿。"

东海赵虽一时为好胜之心与骄矜之气所驱使，必欲与霍元甲拼个胜负，但是身体确已很觉疲乏了，只因素性太要强了，不愿说出要求休息一会儿的话来。今见霍元甲这么说，便连声应好；又觉得自己脚上穿的皮靴，底板太厚太硬，行动难得轻捷，见霍元甲穿的是薄底朝鞋，也想向后台的人暂借一双薄底鞋换上。无如试穿了几双，都不合脚，只得将皮靴脱下，就穿着袜子在台上走了几步，觉得比厚硬的皮靴好多了。他思量与霍元甲打到四十多回合不分胜负，原因是在霍元甲躲闪功夫太快，每次的手将近着身，就被闪开了，这回得想法把霍元甲扭住，使出蹪跤的身法来，不愁霍元甲再躲闪了。主意既定，又与霍元甲动起手来。

霍元甲随手应付，并非有意不给赵东海扭住，实因东海赵没有扭住的能耐。走了几个回合之后，霍元甲暗想不将他打跌，是决不肯罢手的，不过替他留一点儿面子，我也陪他跌一跤便了。想罢，故意伸出左臂给东海赵扭住，东海赵好生高兴，正待施展蹪跤身法，将霍元甲掼一筋斗，不料霍元甲一条臂膊比棉还软，就如扭住绳索，毫不得劲，刚要用肩又向元甲左胁撞进，陡觉元甲臂膊坚硬如铁，泰山一般的从肩上压下，便没有一千斤，也有八百斤的重量。

东海赵如何承受得起，只好将肩往旁边一闪，无奈来不及抽脚，身体已经倾斜，再也支持不住，竟倒在台上。霍元甲也跟着往台上一倒，趁势将东海赵拉起来，并赔笑说道："很好，很好！老哥要打跌在地，此刻已打跌在地了，然我也同时倒跌了，仍是可说不分胜负，不用再打了，我们以后都交一个好朋友吧！"

东海赵因见霍元甲也同时跌倒在地。他是个极粗心的人，还是不觉得霍元甲有意让他，替他留面子，倒失悔不应该把皮靴脱下，以致下部太轻，着地不稳，才被跌倒，并认定霍元甲之跌，是被他拉住臂膊，无力挣脱而跌的，口里只是不服道："打擂台不分胜负不行，定得跌倒一个。你跌了，你的擂台取消；我跌了，我自会滚蛋。"台下看的人，不会武艺的居多，自然看不出霍元甲的用意，听了东海赵的话，又都鼓掌喊好。霍元甲笑向东海赵道："那么请老哥原谅我。我既定期一月摆这擂台，陪老哥跌一跤没要紧，今日才开幕，是不好让老哥打跌的。老哥定要再打，只好请老哥看我的了。"

东海赵也不理会，穿好了皮靴，又休息了一会儿。农劲荪这时低声对霍元甲道："这小子太不识好，这番四爷不可再开玩笑了。"霍元甲点头道："我不是已说了请他看我的吗？不过这小子受不了一下。今日开幕，我不愿意打伤人，更不愿意与同道的人结怨，想不到这浑小子这般缠着不放，真教我没法。"农劲荪道："四爷这两次让他，可算得仁至义尽了，台下看客中未必全无识者，不过没注意罢了。万一被台下看出四爷假意相打的情形来，他们不知道四爷的用意，或者疑心我们自己摆擂，自己假装人来打，所以打起来不肯认真，那不是反于四爷的名誉有妨碍吗？我的意思，四爷既摆了这擂台，伤人也好，结怨也好，都不能顾虑，以后不问是谁，不签名便罢，签了名就用不着客气了。"霍元甲道："我不曾想到这一层，若真个被看的人疑心是打假的，岂不是弄巧反成拙！我以后再不这么开玩笑了。"说罢，系了系腰间板带，回身到台前，向东海赵道："你来呢，我来呢？"东海赵立了架势等候道："你来也好！"

霍元甲走上前，将手往上一扬，东海赵已有准备，将身体向左边一闪，起右脚对准霍元甲右胁下踢来。霍元甲并不避让，等踢到切近，才一手捞住，只朝怀中轻轻一拖，东海赵一脚落地，如何站立得住，实时往前一扑。霍元甲不待他扑下，将手向上一抛，东海赵腾空了一丈远近才仰面跌下，皮靴也脱离了关系，抛向空中，转了几十个跟斗方掉下来，不偏不倚的正掉在盛绍先头上。

柳惕安虽坐在旁边，只因聚精会神的看东海赵跌跤，不曾看见皮靴飞起。盛绍先本人更是没留神，直待落到头上，方惊得"哎呀"一声，那皮靴在盛绍先头上着了一下，跳起来落到座位底下去了。盛绍先吓得立起身来，东张西望，他不知道是皮靴落下，还以为是有人与他闹着玩的，气得张口骂道："是谁这么打我一下？"引得座上的人都笑起来。柳惕安忙弯腰从座位底下拾起那皮靴，给盛绍先看道："是它打了你这么一下，它的主人被霍元甲打得跌了一丈多远，它要替它主人出气，所以将你打这么一下。"盛绍先见是东海赵的皮靴，这才转怒为笑。

东海赵这一跤跌的太重，台上虽铺了一层细沙，但是铺得极薄，因恐怕铺得太厚了，脚踏在上面不得劲，沙底下全是方砖砌成。东海赵退了一丈多远，才仰面跌下，来势愈远，便跌的愈重，身体虽没有跌伤，不过打了两次，早已打的筋疲力竭，又经这般一跌，哪里还挣扎得起来？耳里分明听得台下喝彩拍掌之声，心里又羞惭又气愤，忍不住两眼流下泪来。这番霍元甲也不上前搀扶了，东海赵勉强爬起坐着，自觉右腿麻木，不似平时活动，便用双手抱着膝盖骨揉擦。

柳惕安擎着那只皮靴，笑向盛绍先道："我替你来报复他一下好么？"盛绍先问道："你打算怎生报复他？"柳惕安笑嘻嘻的道："你瞧吧！"说时，将皮靴只轻轻往台上一抛，正正落在东海赵头上。台上台下的人，都不约而同的喝了声："好手法！"东海赵不提防有这一下，也和盛绍先一般的大吃一惊。不过此时的东海赵已羞愤不堪，没有张口骂人的勇气了。皮靴从头上掉在台上，东海赵拾起穿在脚上，立起身拍了拍衣裤上的灰尘，低头走进后台，穿了上衣就走，不但不和人说话，连正眼也不瞧人一下。后台的人都骂这小子气量太小。

农劲荪走到台口对观众说道："方才这位赵君，是东海人，上台时便不肯签名，经多番交涉，仅签了东海赵三字在证书上。前两次与霍台主相打的情形，诸位中不少明眼人，看了大约不免疑心打的太不实在，这是霍台主一点儿爱才之心，因明知东海赵的武艺，刚练得有一点儿门径，还够不上说有功夫，然而天生的资质很好，腰腿甚为灵活，将来很有大成的希望。霍台主觉得把他打败，也算不了什么，恐怕他倒因一次失败，灰了上前之心，岂不白白的断送了一个好人才？所以第一次打时，霍台主两手在东海赵遍身都点到了，却不肯使劲打下，以为东海赵心里必然明白，若能就此收手，岂不甚好？无奈他粗心，硬要再打，霍台主还顾念他年轻，第二次有意显点儿真才实学给他看，只一条臂膊压在他肩上，硬将他压倒在台上。像这种打法，非本领高到十倍以上的人，断不肯尝试，因人之一身，最能载重的是肩，寻常一二百斤能承受得起的很多，像东海赵那般强壮的体格，加以双手扭住霍台主的臂膊，若不是有绝大的力量，如何能毫不讨巧的，一条臂膊硬把他压倒下来？既能把他压倒，岂有臂膊被扭住不能挣脱之理。霍台主随身跌下，仍是为顾全他的颜面。兄弟虑及诸位不明白霍台主的用意，劝他不可如此，自毁声誉，第三次才是真打。霍台主秉着以武会友的精神，绝无对本国同胞争胜之念，望在座的豪杰之士，继续上来显显手段。”说毕退下。

等了好一会儿，竟无人敢上台来。农、霍二人商量，觉得没人打擂，台上太寂寞了，使看客枯坐无味，当时有人主张请南北武术界名人，及与农、霍二人有交情的，上台将各人擅长的武艺表演一番，同门或要好的能打一打对手更好。农劲荪反对道：“这使不得。我们所请来帮场的南北名人，及与我们有交情的，没有江湖卖艺之流，不是花拳绣腿好使给人看。武术中不问是哪一种拳脚，及哪一种器械，凡是能切实用的，多不好看，不是行家看了，总觉索然无味，并且有一个月的时间，今日才开始，何能每日请朋友上台表演呢？这也是事实上办不到的。一般看客的心理，花钱买券入场，为的是看打擂，若擂没人来打，无论表演什么武艺，也不能使看客满意。今天有东海赵打了三场，等再一会儿没人上来，就此宣布散会也无不可，明天或者来打的多几个也不可知。”

霍元甲道：“我心里就为一般看客花钱买券来看打擂，却没人上台来打给他们看，教他们花钱看着一座空台，委实有些自觉难为情似的。”当时有彭庶白在旁说道：“兄弟有一个办法，不知四爷和农爷的意见怎样？以后来打擂的，须先一日或两日来报名，经过签名的手续，订期相打，然后在各报上将打擂的姓名宣布出来，不能临时上台就打。如没有人来报名，这日便不卖入场券，一则可以免得人花钱没得看；二则可以免像东海赵这般上台不肯签名的事故发生。”

农劲荪听了连忙说：“这办法最妥当，此时就得对台下的看客宣说一番，回寓后再做一条广告，遍登中外各报。”说时问霍元甲道：“四爷还有没有意见？”霍元甲道：“我并没有旁的意见，不过临时上台来打的，须看有没有时间，如有时间，立时就打也使得。我就是这点意思，彭先生觉着怎样？”彭庶白笑道：“四爷的意思是很好，以为打擂的一时乘兴上来，若不许他就打，未免扫人的兴。殊不知一般上台打擂的心理，普通都和东海赵差不多，在没有打胜以前，是不愿意将姓名说出来的，既要人先一二日报名，便不能许人临时来打，既许人临时来打，决没有愿意在先一二日报名的了。这两个办法是相冲突的。”霍元甲点头应是。农劲荪复到台口将这办法报告了，就宣布散会。

霍元甲问彭庶白道：“刚才将皮靴抛在东海赵头顶上的那个西装少年，好像向你打招呼，你认识他么？”彭庶白笑道：“是我新结识的朋友，姓柳，名惕安。四爷是不是因见他抛皮靴的手法很准，所以注意他呢？”霍元甲道：“他抛皮靴固然使我注意，但在未抛皮靴以前，我已觉得他的神采特别惊人，最奇的是那一双眼睛，无意中望去，仿佛有两道绿光似的，仔细看时，却又不见得与旁人不同。”彭庶白道：“我所见也正是如此。我因和他相交，到现在刚见过三次面，还不知道他的来历，不过可以断定他与我们的志趣决不相左，此刻已宣告散会了，我去引他来与四爷见见好么？”霍元甲忙道：“很好。”

彭庶白遂从后台走出，只见迎面走来一大群人，老少高矮肥瘦俊丑不一，约莫有十多个，装束形象都是北方人，彭庶白一个也不认识。彭庶白原是担任招待的职务，见有客来，不能不作理会，只得接着问：“诸位上台来会谁？”走在前面一个身材极高的答道：“我是李存义，特地带了几个朋友，从天津到这里来，要会霍四爷。”彭庶白也曾闻李存义的声名，知道是北几省武术界负盛名的人物，遂回身引这一群人到后台。霍元甲远远的看见，就连忙上前迎接着笑道：“啊呀呀！想不到诸位老大哥居然在今日赶到了，真是感激不浅。”说时一一相见握手。

原来此番同来的，有刘凤春、孙福全、尚云祥、吴鉴泉、纪子修、刘恩绶，这都是与霍元甲有交情的。年龄班辈虽有老少高低，然武艺各有独到之处。尚云祥是李存义生平最得意的徒弟，论武艺当然不及李存义精练，但是尚云祥的年龄比李存义轻，气力比李存义强大，与人动手较量的时候，因为年少气盛的关系，有时反比李存义打的干脆，所以他在北方的声名，不在李存义之下，从他学习形意拳的也非常之多。

这个纪子修是京兆人，身材异常矮小，从幼就喜练岳氏散手的拳术，因他生性颖悟，能推陈出新，把岳氏散手的方法，推演出一套岳氏联拳来。他对于拳术，没有门户派别的习气，专练的是岳氏散手，形意、八卦、太极以及通臂种种有名的拳术，他都次第从名练习，又从“大枪刘”练得一路花枪，神出鬼没，更使得一路好方天画戟。为人不矜才、不使气，若是不知道他履历的人，就和他结交至数年之久，也看不出他是个武术界特出的人物。有一次，他跟着几个朋友，在天桥闲逛，正在一面走着一面谈话，不提防背后一辆东洋车跑来，因跑的太快，又须避让旁边的塌车，一时收煞不住，只好将车扶手举高些，口里呼着：“借光，借光！”不料那车扶手正抵在纪子修的后颈弯上，车夫一看吓慌了，以为这人的颈项必已受伤，刚待把车扶手再举高些，哪里来得及呢？只见纪子修将脖子一硬，震得那东洋车往后跳起来。车上还坐了一个人，车夫两手被震得握捏不住，连人带车翻了一个跟斗。天桥是北京最繁华热闹的地方，往来的人，无时无刻不是肩摩踵接，这时在路旁看见的人，都惊得吐舌。大家争着来看他，倒没人理会那翻倒在地的车和人了。

刘恩绶也是大枪刘的徒弟，在北几省也负有相当的声望。以外的是孙福全、纪子修的徒弟，特地带来看打擂台，想借此增长见识的。

霍元甲一一相见之后，随即给彭庶白介绍。彭庶白心里惦记着柳惕安，恐怕走了，匆匆又从后台出来看时，看客已走了十之八九，柳惕安和盛绍先都不见了。在人丛中探望了几眼没有，料知已同盛绍先坐汽车走了，只得仍回后台来，即听得吴鉴泉笑向霍元甲道：“四爷在天津的时候，约了我同到上海来，你临行也不给我一个信儿，等我到天津来，去淮庆会馆访你时，方知道已动身好几日了。”霍元甲连忙拱手赔罪道：“这事实在对不起老哥！不过我当时也没安排来这么早。”吴鉴泉却连忙摇手笑道：“你弄错了，你以为我是怪你不应不等我同走么？不是，不是！我是因为你早走了几日，错过了一个奇人，我觉得有点儿可惜。”

霍元甲问道：“是怎样的一个奇人，在天津错过了不曾见面，以后还有见面的机会没有呢？”吴鉴泉道：“若以后容易有见面的机会，我也不说可惜的话了，就因为这人是关外人，家住在索伦地方，到关内来一趟很不容易。”彭庶白至此截断话头对霍元甲说道：“那柳惕安大约已跟着盛绍先坐汽车走了，我赶到门外没见着他，我看这地方不大好谈话，四爷何不请李先生、吴先生及同来的诸位朋友，一同回去，一则好谈话，二则我们也好办事。”农劲荪笑道：“我也正待是这般说了，我们要商量要急办的事还多着呢！”霍元甲遂引这一大群人，出了张园，回到寓所。

大家才坐定，茶房便擎了一张名片走进来递给霍元甲。霍元甲接在手中看了一看，即递给农劲荪道：“农爷认识这人么？”农劲荪看名片上印着“王子春”三字，摇头道：“不认识。”遂向那茶房问道：“这人现在外面么？”茶房道：“早已来过了，要见霍先生，我对他说，霍先生同朋友一道儿出去了。他显着不相信的样子，只管探头朝里面望。我们同伙的说：‘谁还瞒你吗？’他问：‘上哪里去了？’我说：‘你要知道霍先生的去处很容易，只到马路上随意买一份报看看便明白了。’他听了这话似乎惊讶，又问：‘究竟上哪里去了？’我就把张园摆擂台的话说了，他便留下这张名片走了。”彭庶白笑道：“这人也太麻木了，既知道来这里访四爷，难道还没得着摆擂台的消息，并且中外各报上都登了广告，这种新奇的消息，最易传播，此时的上海，已是妇孺皆知了，他竟不知道，不是太麻木吗？”

李存义靠近农劲荪坐着，就农劲荪手中接过那名片来看了，连忙起身呼着那茶房问道：“这人有多大年纪了，身材怎样？”茶房停步回身说道：“这人很瘦小的身材，两只眼睛倒生的不小，年纪至多也不得过二十岁。”李存义问道：“说话是北方口音么？”茶房应是。李存义拍着自己大腿笑道：“是了，是了！一定就是他。”李存义这么一说，弄得满房的人，都望着他问：“怎么？”李存义对吴鉴泉笑道：“世间事真教人难料，你猜这个来访霍四爷的是谁，就是你说可惜，恐怕以后霍四爷不容易见着的王小乙。”吴鉴泉道：“原来是他来了吗？他是刚从天津来的，他不知道有摆擂台的事，这却不能怪他太麻木。”

霍元甲听了，欣然问道：“这人究竟是怎样一个奇人？在张园的时候，吴大哥连姓名都不曾说出，便把话头打断了。这人既来上海，今日虽不曾会面，料想他还要来的，或者他到擂台上来见我也未可知，见是不愁见不着的。不过他的履历，我甚想知道，还是请吴大哥把话说完吧！”吴鉴泉指着刘凤春道：“这王小乙和我也不认识，是由凤春哥把他引出来的，请他说来，比我说的更详细。”

刘凤春道：“这一段故事说来好笑。我于今相信，人的本领原来只有六成的，如遇紧急或非常气愤的时候，可以逼出十成来。凡是认识我的人，谁也知道我没有高来高去的本领，我一辈子就不曾练过纵跳的功夫，然而到了要紧的当儿，我居然也能一跺脚就冲上了一丈五尺高的天花板。凭四爷说，这不是好笑的事么？”

霍元甲笑道：“这种事若在寻常不会高来高去的教师干出来，不但是好笑，并且可以说是奇事，在你凤春哥却算不了什么。因为凤春哥虽一辈子不曾练过纵跳，然平生练的是八卦拳，走了这多年的九宫，两脚已走的仿佛是哪吒太子的风火轮了，练纵跳也不过把全身之力，练到两脚尖上来。你此刻两脚尖的力，就是有高来高去本领的人，恐怕能赶得上的也少。你能上高是算不了什么，你且把那一段故事说出来给我们听听。”

刘凤春道：“我有一个朋友，多年在洵贝子府当护院，平日与各亲王贝勒府里都有往来。去年那亲王因要请一个得力的护院，我那朋友就求洵贝子荐我前去，我为朋友的盛情难却，且又素来知道那亲王是一般王爷中最仁厚的，遂进了王府。这时王府正在花园中建造新房屋，我就在新房屋中居住。我那房子是西院北屋三间，中间的一间最大，每日早晚我便在这房里练功夫。左边一间是我的卧室，右边房空着，炕上也设备了被褥，偶然有朋友来，就留宿在那房里。左右两旁的天花板，和寻常百姓家的房屋一般，是用花纸裱糊的，唯有中间的一间，与皇宫里一样，全是见方一尺多的格子，中嵌木板，用金漆颜料绘种种花样在上面。这种天花板虽比用花纸糊的来得坚固，然那方格子的木板极小，中嵌的木板又薄，上面是不能承受重量东西的。我记得这日是正月初三，晚饭因一时高兴，多喝了几杯酒，二更以后，我独自在房中做功夫，正自做的得意的时候，忽见房角上立着一个身穿夜行衣的小伙子，笑嘻嘻的向我望着，我不由得吃了一惊。因为我那西院里没有别人同住，我回西院的时候，已把门关上了，从来夜间没有人上我那院子里来，加以这人面生，又穿的是夜行衣，使我一见就知道不是善类，当即厉声喝问道：‘你是谁，半夜来此干什么？’这人不慌不忙的向房中走几步，笑道：‘好一个翠花刘，果然名不虚传，今日我方看停当了。’

“我见他不回答我姓名、来意，却说出这几句话来，忍不住生气问道：‘你究竟是什么人，到这里来干什么的？快说，不然便休怪我。’他说：‘我便是这么一个人，因久闻你翠花刘的声名，专来看你练功夫的。’我又问他：‘从什么地方进来的？’他说：‘我住在这院子里已将近一个月了，每日早晚看练功夫，都是从上面朝底下看，不十分停当，今晚看的高兴，不知不觉的下来了。’我一听这话，好生诧异，便问他：‘这一个月在何处藏身？’他伸手指着天花板道：‘就在这上面。’我想这人身材虽小，但至少也应该有七八十斤重，如何能在天花板上藏身呢？并且天花板不像楼板，上边有屋瓦盖着，下边没有楼门，四方墙壁也没有可以供人出入的门窗，若不把屋瓦揭开，不问有多大的本领，也不能钻进天花板上面去。我既在王府里当护院，居然有人敢藏身在王府的天花板内，早晚窥探我练功夫，至一个月之久，他若不现身出来，我还不得知道。这事情传播出去，于我的声名不是大有妨碍吗？我是这么一想，不觉生起气来，就逼近前去问道：‘你如何能到天花板里面去的？你快说，是不是把屋瓦揭动了？’他笑指着屋上说道：‘屋瓦揭动了不曾，难道你住在这屋子里面的人都不知道吗？你平日不曾留心，此刻何妨到屋上去瞧瞧呢？’

“我听了他这番带着挖苦意思的话，禁不住怒道：‘放屁！你这小子简直是有意来和我过不去，我在这里干什么的，你知道么？我在这里当护院，你什么地方不好住，为何偏要住在我这天花板内，不是和我寻开心吗？’我一面这么说，一面安排动手打他。他仍是嬉皮笑脸的说道：‘你问我这话，我倒要问你，北京城里有多少个翠花刘？你也得快说。’我说：‘翠花刘就只我一个，别处我不知道，北京城里没有第二个。’他听了拍手笑道：‘却又来，既是只有一个翠花刘，翠花刘又住在这屋里，我要看翠花刘练武艺，不到这里来，却到哪里去？我住在这天花板里将近一月，你不知道，只能怪你不小心，不能怪我有意和你过不去。’

“我此时心里实在恨他不过，也懒得再和他多说，劈胸就是一掌打过去，骂道：‘你偏有道理，反怪我不小心，你要不是一个强盗，断不会有这种举动，我揍了你替地方除害。’我这一掌虽没有了不得的功夫，然寻常练武艺的，很不容易躲闪，他却非常从容的避开了说道：‘我此来正想请教几手。’说着也回手与我打起来。他的身法真快，走了五十多个照面，我两手简直没一次沾着了他的衣服，不过他实在的功夫究竟不大，手脚都飘忽不沉着，这是由于练武艺的时候，全副精神注重在矫捷，所以缺少沉着的功夫，拳脚就是打到了我身上，没有多大的分量。我既觉着他的功夫不实在，便改变了打法，一步一步的逼上前去。他抵敌不住，只好后退，越退越靠近房角，我毫不放松。他的背抵住墙壁了，我心想他身法任凭如何矫捷，已逼到这房角上，看他再有何法躲闪，即伸两指去取他的两眼，以为他是决逃不掉的了。想不到只听得他说了一句‘好厉害’，头顶上跟着‘喳啦’一声响，房角上已不见他的踪影了，赶紧抬头看时，只见天花板穿了一个窟窿，原来靠墙角方格中的木板，已被冲去一块了。我此时不假思索，只觉怒不可遏，非将他擒住不可，紧跟着将双脚一跺，身体朝上一耸，原打算攀住方格，再钻上天花板去的，谁知这一纵已冲上了窟窿。

“他因知道我素来不能上高，不料我这番居然能追上去，他不由得一惊慌，就被我擒住了，仍从窟窿里将他拉下地来。他双膝跪在我面前，要求我收他做个徒弟。我一不知道他的姓名，二不知道他的履历，并且眼见他这种奇离的举动，凭霍四爷说，我们是有身家的人，在北京那种辇毂之下，怎敢随便收这样徒弟呢？万一受起拖累来，旁人不骂我荒谬吗？但是我心里虽怕受拖累，口里却不好直说，因为他一对我下跪，把我那初见他时的怒气都消了，只得将他搀扶起来说道：‘你的本领已在我之上，我怎能做你的师傅。’他立起来道：‘我的本领虽平常，然从十五岁起就横行关内外，直到今夜才遇到对手。我原是为访师而来，因听说你生平没有收过徒弟，自知冒昧来求师是办不到的，一时又找不着可以介绍的人，只好偷进王府来，藏在天花板内，早晚偷看一阵。你的武艺，我已看得了一些儿门径，使我情不自禁的非拜师不可。你不要疑心我是一个黑道中人物，我姓王名子春，因我身材生得瘦小，认识我的人都呼我为王小乙，我家住在索伦，祖遗的田产也还不少，用不着我到外边来谋生计。我自十五岁出来闯江湖，一不为衣，二不为食，为的就是欢喜武艺，到处访求名师，求你放心收我做徒弟。’”

霍元甲插口问道：“你毕竟收了他这个徒弟没有呢？”

刘凤春摇头道：“我胆小，他虽说不是黑道中人，我毕竟不敢收这样不知来历的徒弟。我并且恐怕这事被王府里知道，于我面子上不好看，连坐也不敢留他坐一下，催他快去。他倒也聪明，知道我的意思，当指着天花板上窟窿说道：‘这地方被我冲破了，明天给府里人看见不妥，我还是走这地方出去，将窟窿补好。’我还没回答，他只说了一声‘后会有期’，就从房屋中间翻身朝上一耸，只见一条黑影晃了一下，再看那窟窿时，绘了花纹的木板，已经安放好了，那种身法之快，实令人可惊。我此时静听天花板上有无响声，仅听得有两个耗子一前一后的跑到后墙根去了。我连忙跑到后院里去看，竟看不出一点儿痕迹。我直到这时，才想起每日早晚练功夫的时候，天花板上总有耗子跑来跑去的声响，我做梦也想不到天花板上可以藏人。第二日早起，我再仔细查看天花板，竟没有一个方格中的木板不是活动的，原来都是这王子春，为要看我练功夫，将木板移动一二分，好从缝中偷看，怪道他往上一冲，木板就开了，随时又可以安放下来。我怕他因拜师不能如愿，仍不肯离开我那房屋，趁着没人来的时候，我想再冲上天花板去看看，谁知竟冲不上去，费了好几番气力，手刚摸着天花板，身体便掉下来了，后来用桌子搭成一个台，才钻进天花板内，向四周看了一看，空洞洞的一无所有，仅靠后院的墙角上，有一堆稻草，可以看出是曾有人在草内睡过多时的。我想踏上天花板去，查看草里有什么痕迹，我两手才向方格上一按，就听得喳喳的响，用不着身体上去，只须两手用力一按，全房天花板都塌下来，真不知道那王子春是怎样练成的功夫，能在上面跑来跑去，丝毫不觉天花板震动。”

霍元甲笑道：“他就这么走了，我便再迟几日到上海来，也是见他不着。吴大哥怎么再三的说可惜？”李存义笑道：“凤春老弟的话才说了一半，还有一半没说完。这小子近来在北京闹的笑话多呢！凤春老弟因遇了这事之后，心中很郁郁不乐，次日就到我家来对我说道：‘这碗护院的饭不容易吃，世间的能人太多，像王子春这人，还是一个小孩子，就有这么高强的本领，喜得他是为要练武艺来的，没什么关系，万一有像他这般有能耐的强盗，悄悄的到王府里面拿几件贵重东西走了，有意和我寻开心，教我如何防护？’我当时劝慰凤春老弟一番，本来当护院的不能全仗能耐，还是一半靠交情，一半靠声望，像凤春老弟这种硬本领，还说不够吃这碗护院的饭，那么北京没有够得上当护院的了。是这般说了一阵，也没人把这事放在心上。过不了几日，我就听得有人传说，这几日有一个年纪很轻、身材极小的人，穿着一件蓝布大褂，在东城羊肉胡同口上，摆下一个拆字摊，替人拆字谈休咎，所说并不甚验，也没有多少生意。在没有生意的时候，就寻着住在胡同附近的人攀谈，问羊肉胡同十三号住的是谁？有人说给他听姓张。他又问：‘张家有多少人，有不有一个年老行三的？’醉鬼张三住在羊肉胡同十三号多年了，那胡同附近的人家，谁也知道，并且凡是闻醉鬼张三的名的，都知道是一个武艺极好，而性情极偏僻的人。大家见这拆字的忽然盘问醉鬼张三的情形，自然都有些注意。

“那羊肉胡同口上，从来很僻静的，摆拆字摊应在繁华人多的地方，不应拣这终日没有人行走的所在，这也是可疑的；二十来岁的人摆摊替人拆字，更是少见。有了这几层可疑之处，便有与醉鬼张三关切的人，将这种种情形说给张三听。张三也真是古怪，平日多少有名的好手前去访他，他都不看在眼里，动辄骂人，三言两语不合，就和人动手打起来，听说去访张三的，无人不受伤出门，不过受伤有轻重之分罢了。这回一听说拆字人盘问的情形，倒把他惊得脸上变了颜色。他正在擎着酒壶喝酒，听了这情形，连酒壶都掉在地下。他素来喝酒是一天到晚不间断的，哪怕出门做事或访朋友，手中都提着酒壶，一面行走，一面对着壶嘴喝。这日酒壶掉在地下，他家里人拾起来，照例替他灌上酒，他只管摇手说：‘不要了，不要了！’随即把家中所有的人都叫到身边来，十分慎重的吩咐道：‘我现在要到房中去睡觉，在这几天之内，无论有谁来访我，你们只回说不在家。你们此后对人说话，须客气一点儿，不可得罪人。’说毕，就到房中睡着，一言不发，也不喝酒，也不出门。

“一连过了三日，那拆字的后生，仍是每日向人打听，有时也到十三号门口来回的闲走，有时伏在拆字摊上打盹。直到第三日下午，那后生伏在拆字摊上打盹，不知怎的，身上蓝布大褂的下摆，忽然被火烧着了，黑烟直往上冒。后生惊醒起来，吓得手慌脚乱的样子，连忙将身上的火扑灭，吐舌摇头对立在旁边的人说道：‘醉鬼张三的本领不错，我已领教过了。’说罢，匆匆收了拆字摊就走。”

彭庶白在旁边听到这里，忍不住问道：“他不曾和张三会面，怎么说已领教过了呢？”

不知李存义怎生回答，且待下回再说。

总评：

摆设擂台，公开比赛身手，其为事之热闹，固夫人而知之，而在本书中，尤为最重要之关目。当其一再逗引，竭尽抑扬之态，而擂台固仍未启幕也，不知使一般读者为之若何心痒难搔。今则水到渠成，擂台开打已在目前，成为不能或缓之势，正不知又使读者心中若何之欢喜，而一翻视本回，见有霍元甲三打东海赵之回目，则不待观其内容，似已有一番如火如荼之情节涌现于眼前，此心当更为之跃跃然而动。其身心、其灵魂，几欲与擂台上之霍元甲溶为一片矣！

打擂之为盛举，固矣！然亦必摆擂台与打擂者，双方具有相等之实力，始足以引人入胜。若东海赵之与霍元甲，其实力相去甚远，倘霍氏诚欲挫败之者，只在一回合间，已足尽其能事，宜无若何可观之处。讵霍氏顾念东海赵之人才，不欲遽作煞风景之举，于是本为一交手即足了事者，亦延不解决而有三次之厮打，此诚为制说部者故造一奇妙之局也。写生妙手如著者，一旦遇此绝妙题材，尚有不为之悉心描写，求其尽态极妍者乎？至三次交锋，一次有一次之身手，一次有一次之情形，而揆之当时事实，无不一一若合符节，更非如著者之善于揣摩心理，及精于技击之学者，决不能胜任而愉快也。

在本回之末，复又插入王小乙一节事，既可使一般读者于观看打擂之后，一换眼光，又如奇峰之突起，为下文开发许多文字。

第七十二回

霍元甲表演迷踪艺　柳惕安力救夜行人

话说李存义见彭庶白问那后生并不曾与张三会面，何以说已领教过了的话，即笑答道："这话不但老兄听了是这么问，当时立在旁边看的人，也多是这么问。他指着烧坏了的大褂说道：'这便是张三放火烧的，我敌不过他，只得走了。'那后生走了之后，有人将这些情形告知醉鬼张三，并问张三如何放火烧他的蓝布大褂。张三倒愕然说道：'我三日三夜不敢出门，何尝有放火烧他蓝褂的事？'有人问张三何以这么怕那后生，张三却摇头不肯说。我家也住在东城，离羊肉胡同不远，听一般人传说那后生的身材相貌，竟和凤春老弟所遇的那个王子春一般无二。我很有心想会会这人，但是无从访问他的住处，只得罢了。

"这日下午，因有朋友请我吃晚饭，我按时前去，已走进一个胡同口，将要到那朋友家了，猛觉得有人从我头顶上将皮暖帽揭去，我连忙抢护已来不及，一看前后左右并无人影，两边房檐上也都能一眼望到屋脊上，一无人形，二无音响。我心想这就奇了，若是有人和我开玩笑，这胡同笔直一条道路，足有一二里地，中间没有可以藏身的地方，房檐虽不甚高，但是坦平的屋瓦，又有什么地方可以藏身呢？并且我刚觉得帽子有人揭动，实时回身向四处张望，便是一只鸟雀飞过，也应逃不出我的眼光，此时连黑影都不见晃动，难道是狐仙来寻我的开心吗？当时在那胡同中也寻觅了一阵，自是没有，待转回家去另换一顶戴上吧，一则道路不近，二则时候也不早了，只好一肚皮不高兴的走进朋友家去。

“四爷看奇也不奇？我一走进那朋友的大门，就见我那朋友手中拿着一顶皮暖帽，在客厅上立着，望着暖帽出神。那皮帽的毛色、形式，我一落眼，便能看出是我的，如何一会儿就到了他手中呢？我那朋友一见我进门，立时迎上来笑问道：‘你为什么在这么冷的天气，不戴着皮帽出门，却打发人先将皮帽送到我这里来呢？’我说：‘哪有这么回事？也不知是谁和我开这玩笑。’我接着将刚才在胡同里失去皮帽的情形，对朋友说了，并问朋友送皮帽来的是怎样的人。那朋友说出送皮帽人的模样，又是那个王子春。王子春拿着帽子对我朋友说：‘敝老师承你请吃晚饭，一会儿便来，特地打发我先把这皮帽送来。’说罢，将皮帽交了，匆匆就走。我当时从朋友手中接了皮帽，心里非常不安，暗想论武艺我不见得便敌不过他，但是我们的能为，与他不同道，像他这种手脚轻便来去如飞的功夫，我们从来不大讲究，加以我们的年纪老了，就是有上高的功夫，也不能和他这样年轻的较量。他若以后再是这么找我胡闹，我得想个方法对付他才好。这一顿晚饭，我糊里糊涂的吃了，提心吊胆回到家中，一夜过去，却不见再有什么举动。

“第二日早点后，忽递进一张王子春的名片来，说是闻名专诚造访。我迎出来，他一见面就向我叩头说道：‘昨天无状的行为，请求恕罪。’我趁着去搀扶他的时候，有意在他臂膊上摸了一下笑道：‘我也久闻你的大名，知道你在关内外没逢过对手，本领果是不差。’他那臂膊被我这一摸，也免不了和平常人一样，半身都麻木得不能自如，只是他初时还竭力忍耐，脸上虽变了颜色，口里却勉强和我寒暄。过了一会儿，实在有些忍耐不住了，遂起身告辞。我说：‘你怎么刚来就走呢？我久闻你的大名，多时就想访你谈谈。无奈不知尊寓在什么地方，不能奉访，难得今日肯赏光到舍下来，如何坐也不坐便走？’他到这时只好苦着脸说道：‘我原知道昨天得罪了你，今日特来赔罪。你此刻把我半边臂膊弄得麻木不仁了，使我一刻也难熬，教我如何能久坐呢？’我听了哈哈笑道：‘不是我李存义敢无端对来访的朋友无礼，委实因你老哥的本领太高，又欢喜和人开玩笑，我昨天既经领教过了，今日见面，使我不得不事先防范。你这半边臂膊麻木不仁的毛病，由我诊治，立时可好；若出外找别人诊治，至少也得半年方能复原。’我复即在他臂膊上又摸了一下，他喜得跳起来说道：‘我山遥水远的跑到北京来，心心念念就想学这种武艺。我知道你的把兄弟翠花刘，武艺了得，费了许多气力去拜他为师，奈他坚执不肯收我这徒弟。后来我向各处打听，翠花刘不但不肯收我做徒弟，无论何人去拜他为师，他一概不收，至今并无一个徒弟。他既是这般的性格，我也就不能怪他了。我知道你从来收徒弟，虽选择得很严，但是不似翠花刘那般固执不肯收受，所以今日特来拜师。'

"我这时心里未尝不想收这样一个有能为的徒弟，不过我也和凤春老弟一样，因他的家乡离我们太远，不知道他的来历，又无从调查，常言'师徒如父子'，他这种本领的人，倘若在外面行为不正，我也管束他不了，便是官府也不容易将他拿住，那时他能逃走，我一家一室住在北京，如何能逃？我便对他说道：'我生平虽收了几个徒弟，只是凡从我学习形意拳的，至少也得三年不离我的左右，并有几条历代相传的规矩，在拜师的时候，得发誓遵守。你未必能在此居住三年，更未必能遵守我们的规矩，你有了这样高强的本领，已足够在外面行走了，何苦受种种拘束拜我为师？'他踌躇了一会儿说道：'历代相传的规矩，既是同门的师兄弟都能遵守，我没有不能遵守之理，就只三年不能离开左右，是办不到的，因为我这番进关来，我老师限我一年之内，得回索伦去。倘承你的情，肯收我做徒弟，只能尽两三个月的时间，把所有的法门学会，自去下功夫练习。'我问他老师是谁，为什么限他一年回去。他说他老师姓杨，人都称他为'杨大毛'，原籍是贵州人，不但武艺好，法术也极高深。北方人知道杨大毛声名的不多，南方人提起'杨大毛'三字，不知道的却极少。我问他道：'杨大毛既是南方贵州人，你家在关外索伦，如何能拜他为师的呢？'他听了迟疑不肯说，我当时也不便再三追问，谈了一会儿就作辞去了。

"次日他又到我家来，要求我介绍他，去拜访北京一般练武艺、有声名的人物，这是不能由我推诿的。今日同来的诸位，我都介绍他见过了。他也曾对我提到四爷，说要到天津拜访。他与我多会见了几次之后，才肯将杨大毛的历史说给我听。原来杨大毛是贵州有名的剧盗，在贵州犯了无数的大案，官厅追捕甚急，在贵州不能安身，跑到湖南乾州躲着。乾州在鸦溪地方，有一个大王庙，相传那大王庙的大王有三个，原是三兄弟，是宋朝徽宗皇帝时候的人。三兄弟的母亲是闺女，不曾出嫁，一日在河边洗衣，不知怎的，心里忽有感触，归家后就怀了孕，闺女的父母疑女不贞节，将闺女驱逐出门。闺女蒙此不白之冤，原想去寻短见，只是觉得寻短见死了，这冤枉便永无申雪之日，于是跑到自己舅父家，求舅父收留；由舅父做主，嫁给姓杨的人家。十个月后，这日要临盆了，忽然天昏地暗，大雨倾盆而下，远近的人多看见一条神龙，在杨家房屋顶上的天空中，盘旋夭矫，那闺女接连生下三个男孩来。

“这三兄弟出世以后，长得极快，七八岁的时候，就和大人一般高大，并且勇猛异常。到了二十多岁的时候，适逢苗子作乱，汉兵连打几回败仗，杨氏三兄弟便去投军，居然把苗乱平了。当时的统兵大员，将杨氏三兄弟平苗的功绩，奏知宋徽宗，宋徽宗传旨召三兄弟进京陛见。三兄弟的仪表，本极魁伟，又都有万夫不当之勇，便有小人在徽宗面前进谗言，说杨氏三兄弟这般骁勇善战，十多万苗兵造反，他三人居然能把苗兵打败，倘若他三兄弟造起反来，朝廷却把何人去平他们呢？徽宗也是一个昏庸之主，竟听信了这些谗言，赐他三兄弟一缸药酒，教他们将酒带回家中，集合全家的人同饮。他们兴高采烈的带了那缸酒回来，行到鸦溪地方，这日恰是小暑节，他三兄弟忽想喝酒，就在鸦溪开缸同饮。也是他杨家的族人不该送命，他三兄弟喝了这酒，立时肠肚爆裂，都中毒而死。

“死后地方人感他兄弟平苗之功，建了这大王庙，塑了他三兄弟的像供着，从来非常灵异。每次苗子叛变，凡是带兵平苗的官员，都得到大王庙虔诚致祭，并得请大王的神旗，随军行走。三个大王的旗色，各自不同，大大王的是白旗，二大王的是红旗，三大王的是黑旗。请旗的在神前祷告，用卦问是几大王同去。若是请了白旗，就很吉利，这番出兵，必不待接仗，苗子便可平服；请了红旗，就有打仗，但没有剧战；如请了黑旗，定有几场恶战。因为鸦溪的大王庙有这般灵异，于是贵州、四川、云南几省地方，有苗子的所在，多建了大王庙。数百年来，凡遇苗乱，统兵官无有不亲自到大王庙行香致祭的。

“有一次湘西的苗子叛变，常德提督娄元庆奉旨亲自率兵进剿，当出发的时候，照例到大王庙行香，并请大王神旗出征，偏偏请了黑旗三大王出征。全城的人民，听说请了黑旗，料知必有恶战，都为之惶恐不安。尤其是有子弟当兵的人家，多自以为是凶多吉少，竟至全家号哭。提督娄元庆，看了这种情形，就在大王庙许愿，如果打了胜仗回来，即亲自到大王庙上匾酬神。这次出征，虽然经过了几场恶战，只是死伤不多，结果把苗乱平了。娄元庆自然感激大王，便做了一块金字匾，亲自送到大王庙去，并演戏三日酬神。在那时候，提督亲自到大王庙上匾，鸦溪地方，素来不是繁华镇市，平时没有戏班到那里去演戏，这时又有戏看，这消息传播开去，惊动了数十百里的人，都特地赶到鸦溪来，看提督上匾和演戏。

“那杨大毛本藏躲在鸦溪，此时他跑到大王庙去看戏，也是杨大毛合该出头，当时木匠用扶梯木板在神殿上搭成一座台，爬上台去安放新匾，不知怎的木板不曾搭牢，两个木匠立在上面，同时跌倒下来。人既跌下，那匾也跟着掉了下来，不偏不斜的正打在两个木匠身上。木匠已经跌伤了，又加以匾压，当即鲜血直冒，不省人事。娄元庆见跌伤了木匠，自然甚为着急，鸦溪没有好外科医生，竟是束手无策。娄元庆见庙中看戏及瞧热闹的人多，便当众大声说道：‘无论何人，只要救好这两个受伤的木匠，我当酬谢一百两纹银。’杨大毛在人丛中听了，心想出头自荐，又恐怕因此自投罗网。

“他在鸦溪有一个相契的朋友，知道他的心事，遂出面对娄元庆说道：‘现有一个最会医伤的人在这里，能治好这两个木匠的伤。他并不要钱，不过他是贵州人，在贵州曾犯了案子，逃走到鸦溪来，不敢露面，若是军门肯加恩赦他的罪，他立时便能将两个木匠的伤治好。’娄元庆问在贵州犯的什么案件，这朋友说：‘被人诬攀犯了盗案。’娄元庆是一个粗人，满口答应，只要不是谋反叛逆的大罪，不问是什么大案子，都可以行文到贵州去，将案注销。

“杨大毛既听了这如赦旨一般的言语，即时出来见过娄元庆，扯开自己的裤腰，对准两个木匠身上，撒了一泡尿。围在殿上看的人，及娄元庆都非常诧异，说人已受伤要死了，如何还对他身上撒尿？杨大毛也不理会，一面撒尿，一面口中念咒，一泡尿撒完，咒也念毕，把脚在地下一跺，喝一声：‘起！’两个木匠登时如睡梦才醒一般，张开眼睛向四处望了一望，仿佛不觉得是曾受了伤的。一会儿就立起身来，继续将匾上好。满庙看热闹的人，无不称奇道异，娄元庆更是赏识。不但行文去贵州销案，并带杨大毛到常德衙门里，要保举他做武官。杨大毛生成的异性，不情愿做官，后来又犯了盗案，充军充到关外，在关外十多年，也收了不少的徒弟。

“王子春的父亲，原是关外有名的胡子，绰号叫做‘王刺猬’，就是形容他武艺好，身材又矮小，和人动手打起来，他遍身和有刺的一样，沾着便痛不可当，在索伦称霸一方，没人敢惹。开设了几处烧锅店（不肖生注：烧锅是北方一种很大的营业，主要的营业是造酒，也可以寄宿旅客，并兼营典质、借贷诸业，非有雄厚资本，及相当势力、相当资望的人不能办），所结识的绿林好汉极多。杨大毛也闻王刺猬的名，有心想结识，只因自己是一个充军到关外的人，又无人介绍，恐怕王刺猬瞧他不起。他到索伦以后，便不去拜访王刺猬，却租借了几间房屋，悬牌教起武艺来。

“凡是在索伦略有声望，及稍会武艺的人，杨大毛一一前去拜访，并说出因充军到关外，为生计所逼，只得凭教武艺以资糊口的意思来，唯不去访王刺猬。一个南方的配军，居然敢到关外悬牌教武艺，尽管他亲自登门去拜访有声望的，怎免得有人前去与他较量。不过经了许多次的比赛，都被杨大毛占了胜利，威名传了出去，也就有人送子弟跟杨大毛学习。有几个给杨大毛打败了的把势，心里气愤不服，知道杨大毛单独不曾去拜访王刺猬，便跑到王刺猬跟前进谗。王刺猬既是称霸索伦的人物，自是有些心高气傲，见杨大毛到索伦教武艺，名望资格在他以下的，都去拜访了，独不来拜访他，已是按不住一把无明火，怎禁得加上许多人的挑拨，遂打发人去通知杨大毛道：‘这索伦地方是关外的，不是贵州所管辖的，不许贵州人在此地教武艺，限三天以内离开索伦，如三天以内不能离开，本日就得把所收的徒弟退了，把所悬教武艺的招牌取了。’杨大毛有意要激怒王刺猬，在未悬牌以前，就料到王刺猬必有这一着，当即不慌不忙的笑问来人道：‘你这话是谁教你来说的？’来人自然把王刺猬的名字提出来，杨大毛故意装出很诧异的神气说道：‘这地方还有王某来说话的份儿吗？请你回去对他说，他倘若是一个好汉，他教我退了徒弟，取了招牌，我一定照办；不过他也得即日把所做的烧锅买卖收歇，他不收歇，便算不了好汉。他自己知道要吃饭，却不许人家吃饭，这还算得是好汉吗？’王刺猬打发去的人，自然不敢争辩，回来还添枝带叶的说了一个详尽。王刺猬听了如火上浇油，立时就要率领得力的党羽，前去与杨大毛见个高下。这时王子春才有十岁，已跟着他父亲练过五年拳脚功夫了，见他父亲这般生气，要去和杨大毛相拼，便对他父亲说道：‘依我看，杨大毛到索伦来的举动，简直是安心要激怒父亲，据曾去和他打过的人说，他那身手快的如狂风骤雨，不要说还手，便想躲闪招架也来不及，父亲何苦前去与他相打？’王刺猬哪里肯信呢？愤然说：‘我在索伦称霸二十年了，一双拳头也不知打过了多少好汉，他的本领如果比我好，我拜他为师便了，打一打有什么要紧！’王子春当然不敢再说。

“王刺猬带了几个党羽，杀气腾腾的跑到杨大毛家里去。杨大毛本来吸鸦片烟，此时正独自横躺在土炕上过烟瘾。他有几个徒弟，在院子里练武艺。王刺猬率党羽闯进大门，杨大毛的徒弟一见，就知道来意不善，刚待问王刺猬来干什么，王刺猬已圆睁两眼大喝道：‘好大胆的囚徒，到我索伦来教武艺，敢目空一切，叫他出来会会我。’杨大毛的徒弟到里面打了一转，出来说道：‘我老师在里面吸大烟，你有事要见他，请到里面去。’王刺猬便大踏步往里走，见杨大毛还躺在炕上不动，不由得更加生气，也懒得多说，跑上前打算拖住杨大毛的双脚，往地下便掼。想不到刚将双脚握住，只觉得掌心受了一种震动，身体不由自主的腾空跳了起来，幸亏王刺猬自己的本领不弱，身体虽腾空跳起，但是仍能两足落地，身法不乱。定了定神，再看炕上，只见摆着的烟具，并不见杨大毛的踪影了。王刺猬自然觉得可怪，回头向房中四处张望，还是不见，乃问同来的道：‘你们看见那囚徒逃到哪里去了？’大家都东张西望的说：‘不曾见他出房门，说不定藏在土炕里面去了。’

“正在这时候，王刺猬忽觉着自己头上，被人拍了一巴掌，惊得抬头看时，原来杨大毛将背紧贴在天花板上，面朝地，笑嘻嘻的望着王刺猬道：‘你这一点点能为，也太可怜了。我的拳头，不打无能之辈，劝你且回家去，从师苦练三年，再来见我，或者有和我走几合的能耐。此时相差太远，我如何忍心下手打你？’

“好一个王刺猬，真不失为英雄本色，打不过便立时认输，对杨大毛招手道：‘你下来，我已佩服你了，我就拜你为师何如？’杨大毛翻身落下地来，就和一片秋叶堕下一样，毫无声息。这种本领，王刺猬虽结识得不少的绿林豪杰，却不曾见过，当时就拜杨大毛为师，十分殷勤的把杨大毛迎接到家中。王子春这时虽年小，也跟着父亲练习。王刺猬生性本来豪爽，加以心想杨大毛传授他的绝技，款待杨大毛之诚恳，正和孝顺儿子伺候父母一样，杨大毛也尽心竭力的教他父子，于是不间断的教了一年半。

“这日杨大毛忽然对王刺猬说道：‘我充军到关外已有十多年了，无时不想回贵州家乡地方去看看。我现在已决计悄悄的回家去走一遭，哪怕与家里人见一面就死也甘心，不知你父子能为我备办行装么？’王刺猬原是一个疏财仗义的人，平常对于一面不相识的人，只要去向他告帮，他尚且尽力相助，何况杨大毛是他父子的师傅呢？自然绝不踌躇的一口答应。除替杨大毛备办了行装之外，还送了五百两银子，两匹能日行三四百里的骡子，一匹驮行装，一匹给杨大毛乘坐；又办了极丰盛的酒席，与杨大毛饯行。以为杨大毛此番回贵州去，断不能再到关外来，因此王刺猬父子二人直送了几十里，才各洒泪而别。

“谁知杨大毛走后不到一个月，王刺猬一日听得有人说道：‘杨大毛于今又回索伦来了，仍住在从前所租的房屋里面，又教那些徒弟练武艺。’王刺猬不信道：‘哪有这种事！他回贵州家乡去，此刻多半还不曾到家，如何便回索伦来？即算回了索伦，我父子自问待他不错，没有连信也不给我一个之理。’那人说道：‘我也是觉得奇怪，曾亲去打听是什么原因，后来才知道杨大毛那日从索伦动身，行不到四五百里路，便遇了一大帮胡子，来劫他的行装。他虽有本领打翻了好几个胡子，但是究竟寡不敌众，结果仅逃出了性命，行装、骡子被劫了个干净，只落得一个光人，待回贵州去吧，一无盘缠，二无行李，怎能走得？待转回你家来吧，面子上实觉有些难为情，所以只得回到原来租住的房子内，仍以教武艺糊口。’王刺猬听了这话，跳起来问道：‘这话是真的吗？’那人说：‘这是眼前的事，如何能说假话？’

“王刺猬也不说什么，带了王子春就跑到杨大毛所住的地方来，果见杨大毛依然躺在土炕上吸大烟。王刺猬忙上前说道：‘杨老师也太瞧不起我父子了，怎的回了索伦，连信也不给我一个？’杨大毛说：‘我这回实在太丢人了，没有脸再到你家去，哪里是瞧不起你父子？’王刺猬问了问被劫的情形道：‘吉林的胡子，连官军都没奈何，老师单身一个人被劫去了行李，谁也不能说是丢人的事。’当时王刺猬父子又把杨大毛接到家中，款待比从前益发周到，经过了好多日子，这日忽有人送了两匹骡子，及王刺猬给杨大毛备办的行装来。王刺猬莫名其妙，杨大毛至此才说道：‘我久已是一个无家可归之人，于今又充军到关外十多年了，还要回什么家乡呢？你父子待我虽好，究竟是不是真心，我不能不想出这个方法来试试。现在我知道你父子待我的真情了，我也不打算到旁的地方去了，就在你家终老。我还有些从来不愿传人的法术和武艺，安排尽我所有的传给你儿子，你的年纪大了，有许多不能学，也不须学。’从此，杨大毛就仿佛是王家的人，并五百两银子也退还给王刺猬。

“王子春一心从杨大毛练了几年，虽尚不及杨大毛的功夫老到，但是在关外除杨大毛外，没有是他对手的了。此番是王子春定要到关内游览游览，想借此好多结识关内的好汉，从索伦一路到北京，沿途访问，只要是有点儿声名的人物，他都得去拜会拜会，被他打败及被他玩弄于掌股之上的，也不知有多少。他见凤春老弟，还是进关以来第一次遭逢敌手，现在他也到上海来，说不定是专为你霍四爷来的。”

霍元甲摇头笑道：“不见得。上海地方，是各种人才聚会之所，会武艺的人很多。我有何本领，能使他赶到上海来会面？”霍元甲陪着李存义等人谈话，农劲荪已和彭庶白将登报的广告拟好，即晚送往各报馆刊登。次日各报纸上虽已把广告登了出来，然霍元甲觉得这广告登迟了，必有不曾看见的，这日仍非去擂台上等候不可。不过在台上等候了一日，不但没有上台来打擂的，连报名的也没有。因为各报纸的本埠新闻上，记载昨日与东海赵较量的情形非常详细，霍元甲的神威跃然纸上，有些想去打擂的人，看了这种新闻，也就不敢轻于尝试了。还有昨日在场亲眼看了的，走出场来都添枝带叶的向人传说，简直说得霍元甲的武艺，便是天兵天将也敌不过。这种宣传，也能吓退不少的人，所以自东海赵失败以后，直到一月期满收擂，没第二个人来打擂。

霍元甲一连等了五日，不见有一个人来报名，心中好生焦急。他所焦急的，是为既没人来报名打擂，便不能发卖入场券，一文钱收入没有，而擂台的布置及租金、办事人的薪水，自己师徒与农劲荪的旅费，在在需款。幸赖第一日的收入不少，对种种费用还可支持。只是霍元甲的家庭情况，前面已经说过，就为借给胡震泽一万串钱不曾归还，自家兄弟对他啧有烦言，他这番摆擂台发卖入场券，也未尝不想多卖些钱，好弥补那一万串钱的亏空。想不到第一日过去，接连五日无人来打，他心中如何不焦急呢？

第六日他正和农劲荪研究，应如何登广告，方可激怒中、外武术家来打擂，茶房忽送了张名片进来。霍元甲一看，是“王子春”三字，喜的跳起来连声说请。农劲荪也看了看名片，笑问道：“四爷何以见他来这么欢喜？”霍元甲笑道：“我们不是正着急没人来打擂吗？这人年轻，本领又不弱，我这几日，每日望他来，并希望他找我动手，我就怂恿他到擂台上去，岂不甚好！”农劲荪还不曾回答，茶房已引着一个衣服华丽、容仪俊秀的少年进来。霍元甲忙迎着握手说道：“日前承枉驾失迎，很对不起。因老哥不曾留下地址，不知尊寓何处，不能奉访，心里时刻放不下。难得老哥今日下降，可算是我的缘分不浅。”王子春很谦逊的说道：“晚辈生长边僻之邦，久慕关内繁华，并久闻关内的人才辈出，特地来关内游览，到北京以后，才知道历代帝王建都之地，固是不同，本领高强的，随处多有。闻霍先生住在天津，晚辈便到天津拜访，迄到淮庆药栈打听，方知道为约期与外国大力士比赛，已动身到上海来了。我想与外国大力士比赛的事，是不容易看到的，我既到了关内，这种机会岂可错过，所以又赶到上海来。这几日因遇了几个同乡，拉着我到各处游玩，直至今日才得脱离他们的包围到这里来。”

霍元甲当下介绍农劲荪与王子春相见，两下自免不了有一番仰慕的客气话。王子春坐定后说道：“霍先生既与外国人订约比赛，何以不等待比赛后再摆擂台？”农劲荪接着答道：“因此刻距所约比赛的期还很远，霍先生为想多结识海内武艺高的人物，好对国家做一番事业，所以趁着比赛没有到期的时候，摆设这个擂台。”王子春道：“听说外国人最讲信用，或者没有妨碍；若是约了和中国人比，那么在未比以前，霍先生便不宜把本领十分显露出来，恐怕他临时悔约。像霍先生这样摆擂台，任人来打，订约比赛的人，本身虽不便前来试打，然尽可以请托会武艺的人，上台试打一番，因为上台打擂的人，不妨随口报一个假姓名，就打输了于名誉没有关系。至于订约比赛，输了不但损害名誉，并且还得赔钱，在霍先生这方面，当然自己知道有十成的把握，用不着想方法去试探那外国大力士的本领如何，那外国大力士不见得也和霍先生一般的意思。”

霍元甲道：“老哥所虑的确有见识，不过我一则相信外国人素重信用；二则我和奥比音订约，不仅是一纸空文，两方都凭了律师并殷实铺保，倘若逾期不到，得受五百两银子的罚。外国人对我们中国人，什么也瞧不起，如何肯在中国人面前示弱？悔约这一层，似乎可以不虑。”王子春点头笑道：“最好外国人不悔约，如果悔约，也更可见霍先生的威风了。”农劲荪道：“可惜我们早没虑到这一层，于今擂台已经摆好，广告亦已登出，实无方法可以挽回了。好在自开台日起，直到此刻，仅有东海赵一人上台交手。这几日因无人前来报名，擂台虽设，也就等于不设了。”

王子春问霍元甲道：“我在天津的时候，听说霍先生家传的武艺，从来不传给异姓人，不知这话可实在？”霍元甲点头道：“这话是不假。敝族的祖先当日定下这不传异姓的规则，并不是完全自私的心思，只因见当时一般传授武艺的人，每每因传授不得其人，受徒弟的拖累，至于自家子弟，有家规可以管束，并且子弟常在跟前，如有不法的行动，容易知道，容易教训。异姓人虽有师徒之分，总比自家子弟来得客气，教训管束都很为难，所以定出这不传异姓的家规，以免受累。实在我霍家的迷踪艺，身法手法和现在流行的武术，并无多大分别，绝无秘密不传异姓之必要。”

农劲荪接着说道：“霍先生从来对于这种祖传的家规，极不赞成，因他既抱着提倡中国武术的志愿，便不能和前人一样，不把迷踪艺传给异姓人。不过这事与霍家族人的关系很大，不能由霍先生个人做主，擅自传给异姓人，须先征求族长的同意。我已与霍先生商量过多次，并已写信去静海县，如经族人同意之后，不但可以收异姓徒弟，或者办一个武术专门学校亦未可知。”

王子春道：“霍先生不能独自破坏历代的家规，我也不勉强说要拜师的话。不过我特地从天津到此地来，为的就是要见霍先生，不知能不能把迷踪艺的拳法，使一点儿给我开一开眼界。”霍元甲笑道：“这有何不可？不过这地方太小，只能随便玩玩。”说着起身脱了长袍，来回使动了几手拳脚。

王子春见霍元甲举手动脚都极迟缓，并且显出毫无气劲的样子，而形式又不似北方最流行的太极拳，竟看不出有何好处。等霍元甲表演完了，忍不住问道：“我去年在北京看了太极拳，心里已怀疑那不是学了和人厮打的拳术，后来向人打听，才知道果是由道家传出来的，原是修道的一种方法，不是和人厮打的拳术。现在看霍先生的身手步法，虽与在北京所见的太极拳不同，然动作迟缓，及一点儿不用气劲，似乎与太极拳一样，不知是否也由道家传出来的？”霍元甲道：“我这迷踪艺，最初是不是传自道家，我不敢断定。至于动作迟缓，及不用气力，却与太极拳是一个道理。迷踪艺的好处，就在练时不用气力，因为不用气力，所以动作不能不迟缓，练架式是体，和人厮打是用，练体时动作迟缓，练用时动作便能迅速。太极拳虽说传自道家，但不能说不是和人厮打的拳术，不仅能和人厮打，练好了并是极好打人的拳术。”

王子春听了，似乎不大相信的神气说道：“练的时候这么迟缓，又不用力，何以和人厮打起来能迅速呢？并且练时不用力，气力便不能增长，本来气力大的人还好，倘若是这人本来没有多大的气力，不是练一辈子也没有气力增加吗？没有气力，即算能迅速也推不动人，何况不迅速呢？”

霍元甲道：“依照情理说，自然是快打慢，有力胜无力，不过所以贵乎练拳术，便是要以人力胜自然。太极拳我不曾练过，不能说出一个所以然来；至于我这迷踪艺，看来似慢，实际极快，只是我之所谓快，不是两手的屈伸快，也不是两脚的进退快，全在一双眼睛瞧人的破绽要快。人和人动手相打，随时随地都有破绽，只怕两眼瞧不出来，因为人在动作的时候，未动以前没有破绽，既动以后也没有破绽，破绽仅在一眨眼的工夫，所以非武艺十分精强的人，不容易看出。不曾看出破绽，便冒昧出手，不但不能打翻人，有时反被人打翻了。我迷踪艺也极注重气劲，不过所注重的不是两膀有几百斤的气力，也不是两腿能踢动多重的沙包，只专心练习瞧出人家何等破绽，便应如何出手，打在人家什么地方，使用若干气劲，方能将人打倒，气劲断不使用在无用之处。譬如一个人在黑暗地方行走，要捉弄他的人，只须用一条小指粗细的麻绳，将他的脚一绊，就能把他绊跌一个跟斗。这小指粗细的麻绳，能有多大气力，何以能把人绊跌一个跟斗呢？这就是利用他一心只顾向前行走，不曾顾到脚下的破绽，而使用气劲得法的缘故。假使这麻绳提的太高，绊在腰上或大腿上，无论如何也不能把人绊倒。照这样看来，可见打人不在气劲大，全在使用得法。练迷踪艺的打人，简直是教人自己打自己，哪里用得着什么气劲！”

王子春听了，仍显出不甚相信的神气说道：“人在黑暗中行走，能被人用麻绳绊倒，是出其不意的缘故。倘若这人知道脚下有麻绳，便绊不倒了；人和人打架，岂有不知道的道理？未必能这么容易的不费气劲，就把人打翻。”霍元甲点头笑道：“这当看两边武艺的高下怎样。如果两人武艺高下相等，要打翻一个，自是都不容易，能分胜负，自然有强弱。我方才这番妄自夸大的话，是对于武艺不甚高明的，才可以做到。像老哥这样好手，在关内、关外也不知打过了多少名人，自然又当别论。”

王子春迟疑了一会儿，说道：“霍先生的拳法我已见过了，高论我也听过了，然我心里仍有不能领会的地方。待拜师学习吧，一则霍先生的历代家规，不许传给异姓人；二则敝老师限我在一年之内回索伦去，没有多的时间在此耽搁，我想冒昧要求霍先生赏脸，赐教我几手，不知霍先生的意思怎么样？”霍元甲喜道：“不用如此客气，老哥想和我走两趟，好极了，就请明日或后日到张家花园去，我一定先在那里恭候老哥。”

王子春摇头道：“我岂敢上台打擂！我是想就在此地求先生指教。”农劲荪接着说道：“去张家花园也和在此地一样，久闻老哥高来高去的本领了得，这种本领在南方是极稀罕，正不妨借着打擂，在台上显露一番。常言‘人的名儿，树的影儿’，留一点声名在上海，也不枉老哥万里跋涉，辛苦这一遭。”王子春连忙起身，拱手说道：“我实在是领教的意思，一上台对敌，便是存心争胜负了。我若有打擂意，霍先生的擂台已开张了好几日，我何必一再上这里来，直截了当的到张家花园去岂不甚好？”

霍元甲道：“老哥这番心思错了。老哥要知道我到上海来摆这擂台，丝毫没有沽名钓誉的心思在内，一片至诚心是要借此结识海内英雄，绝不是要和人争强斗胜。老哥想玩几下，方才农爷说的，去张家花园和在此地确是一样。这里地方太小，动起手来，彼此多不好施展。”

王子春道：“话虽如此，我始终不敢到台上与先生动手。我并不是恐怕打输了失面子，像我这样后生小子，本来没有什么声名，不问和谁打输了都算不了什么，何况是和名震全国的霍先生打呢？打败了也很荣耀。不过我心里若不钦佩霍先生，或是不曾和霍先生会过面，未尝不可以上台去玩玩；现在是无论如何，断不敢上台与霍先生动手。”霍元甲见王子春很坚决的不肯到张园去，只得说道：“老哥既是这么客气，不肯到张家花园去，我也不便过于勉强，不过这房子太小，老哥是做轻身功夫的人，恐怕在这小地方，有些不好施展。”

王子春一面起身卸下皮袍，一面说道：“我不过想见识见识迷踪艺的用法，毫无旁的念头，地方大小倒没有关系，就请霍先生指点我几下吧！”

霍元甲将房中的桌椅，移出房外，腾出房间来，对王子春拱了拱手笑道：“老哥要瞧迷踪艺的用法，便不可存心客气，不妨尽力量向我出手，就是我一时疏忽，被老哥伤了，也决不能怪老哥的拳脚太重。和老哥打过之后，我再把迷踪艺的用法，说给老哥听。”王子春耳里虽听了霍元甲的话，心里却怀疑霍元甲的手段，恐怕是和李存义一样，也用点穴的方法，将他点得不能施展，不住的暗中计算应如何打法，方不致一沾身就麻木得不能动弹。借着扎裤脚紧腰带的工夫，打定了主意，也对霍元甲及在旁看的人拱了拱手道："请霍先生及诸位原谅。我是诚心想学武艺，不是想见个高下。"说罢，便动起手来。

王子春的身法真快，在房中正和飞燕一样，忽高忽低，忽左忽右，围着霍元甲穿来穿去，时时逼近，想将霍元甲引动，但不敢沾身。霍元甲立在房中，就和没事人一样，不但不跟着追赶，王子春穿到背后的时候，连头也不回一下，见王子春始终不敢近身，忍不住笑道："老哥只管是这么跑，快是快极了，无奈与我不相干，我不是说了要你尽力量出手吗？我遍身都可以打得。"

王子春因一连几次引不动霍元甲，又听了这些话，只得认真出手了，以为霍元甲既不回顾，从背后下手，必比较正面安全。他的脚下功夫最好，即飞起右腿，向霍元甲脊梁下踢去。霍元甲似乎不知道，绝不躲闪，一脚踢个正着，仿佛是踢在一大包棉花上，又像是踢在气泡上，原是又空又软的，不过在脚尖踢着的时候，微觉震动了一下，当时也不介意；接连又对准颈项下踢第二脚，这回震动的力量就大了。王子春的身量不高，要向霍元甲颈项下踢去，身体自然非腾空不可，身体既经腾空，便受不了很大的震动，只震得全身如被抛掷。喜得桌椅早经移到房外，不然这一跤必跌在桌角上，难免不碰伤筋骨，因跌在地板上，刚一着地，就想跳了起来。不料霍元甲本是立着不动的，此时却动的意外的迅速，不待王子春跳起，已翻身伸手将王子春的胳膊捉住，一把提了起来，一面向立在房门口看的刘振声说道："快端椅子进来给王先生坐吧，恐怕王先生的腿已受了一点轻伤，站立不得。"

王子春听了，哪里相信，连忙挣脱霍元甲的手说道："不妨，不妨！腿倒还好，不曾受伤。"说时刘振声已将靠椅端进，送到王子春跟前，王子春还打算不坐，然此时已觉得两脚尖有点儿胀痛了，故意一面在房中行走着，一面说道："我此番真不枉来上海走这一遭，得亲自领教了霍先生这种使人意想不到的武艺。我几岁的时候，就听得老辈子谈《三国演义》，说赵子龙一身都是胆。我看霍先生的武艺，可以说是一身都是手，不知这种武艺，是如何操练成功的？"

霍元甲笑道："老哥过誉了。老哥的脚尖踢到我脊梁下，我那受踢的地方，临时能发出力量来抵挡，颈项下也是如此。其原因就在平日练拳的时候，动作迟缓，通身全不用气力，凡是练拳用气力的，便练不出这种功夫来。"王子春问道："这是什么道理？"霍元甲道："这道理很容易明白。平日练拳用气力，在练的时候，气力必专注一方，不是拳头，便是脚尖，或肩或肘，或臀或膝，除了这些有限的地方而外，如胸、腹、背、心、胳膊等处，都是气力所不能到的。我家迷踪艺，在练的时候不用气力，便无所谓专注一方，平时力不专注，用时才能随处都有，没有气力不能到的地方。"

王子春此时在房中行走着，觉得两脚尖胀痛得越发厉害了，并没有气力，支不住全身，只好坐下来，红着脸说道："霍先生说我两腿受伤，我初不相信，此刻胀痛得很厉害，觉得软弱无力，恐怕真是伤了，请霍先生替我瞧瞧吧。"霍元甲点头道："这种伤没有妨碍，是因一部分气血皆不流通的缘故，用酒一推拿，立时可好。"随叫茶房买了一杯高粱酒来，教子春将鞋袜脱了，只见两脚自脚尖以上，直到膝盖都肿了，右脚肿得更大。

霍元甲一面用手蘸了酒推拿，一面指着右脚说道："这是踢在我脊梁下的一脚，因你踢时站在地下，一时退让不及，完全受了我的回敬。这左脚踢在我颈项下，踢时全身悬空，虽跌了几尺远近，受伤却轻微些，即此也可以看出老哥脚下的功夫了得。若是脚下功夫不甚高强的，第一脚就站立不牢，不能有第二脚踢出来了。"

王子春听了，五体投地的佩服。说也奇怪，两脚正在又肿又痛，经霍元甲推拿不到一刻钟，看看恢复了原状。霍元甲教王子春起身走几步试试，王子春走了几步，对着霍元甲扑翻身躯便拜，霍元甲连忙扶起笑道："老哥为何忽然行此大礼？"王子春道："我明知先生不能收异姓徒弟，只有方才农先生曾说，已经写信回家乡去，征求贵家族的同意，如果贵家族回信允许收异姓徒弟了，那时先生必得首先收我这徒弟。"霍元甲道："我历来存心，恨不得全中国的人，个个都会武艺，我族人允许之后，无论何人，我都欢迎在一块儿练习，何况老哥已有这么好的根底？"

说话时，王子春已将衣服鞋袜穿好。忽有茶房擎了两张名片进来，直递给霍元甲道：外面一个中国人，一个西洋人，口称要会霍大力士。农劲荪听说有西洋人来，连忙趋近霍元甲看名片，只见一个名片上印着"英商嘉道洋行出口部买办罗显时”，一张是“嘉道洋行总理班诺威”。霍元甲问农劲荪道：“农爷认识这两人么？”农劲荪道：“不认识。这必是闻名来拜访的，不问他们来意如何，他既来访，总以会面为是。”遂向那茶房说道：“请他们进来。”王子春见有客来，便作辞去了。农、霍二人送出房门，恰好茶房引着罗显时、班诺威二人走来。

班诺威操着很生硬的中国话，迎着霍元甲问道：“先生不是霍大力士么？”霍元甲笑应道：“兄弟姓霍，名叫元甲，不叫大力士。”班诺威笑嘻嘻的伸手与霍元甲握手，又迎着农劲荪说道：“我知道你是农先生，那日在张家花园听农先生演说，佩服，佩服！”说时也握了握手。

罗显时也与农霍二人握了手说道：“班先生也是英国一个最喜研究体育的人，拳术在英国很负声望，近年来虽在上海经商，然对于体育拳术，仍是不断的练习。凡是世界有名的体育家或拳术家，无论是何国的，到上海来了，他无不去拜访及开会欢迎的。日前听人说霍先生到了上海，他就想会面，逢人便打听霍先生的住处。无论朋辈中少有与霍先生接近的，直到那日张家花园摆擂开幕，他才邀我同去，亲见霍先生三次与那姓赵的动手。据他的眼光看，霍先生的本领，比那姓赵的高强十倍，其所以到第三次才分胜负，是霍先生富有武术家的高尚道德，不愿使姓赵的名誉上受损失的缘故。当时我也在台下看，却不曾看出这番意思来，不知霍先生当时的心理，是否确是如此？他要我当面问问，以证实他的眼光。”

霍元甲含笑没有回答，农劲荪在旁答道：“班先生的眼光不错，霍先生确是没有将姓赵的打败的心思，无如姓赵的不知道，非到一败不可收拾，不肯下台。”罗显时道：“当时交手的情形，我也在场，看的很明白。本来与班先生所观察的相似，我其所以不相信有这种事，是因为觉得于情理不大相合。霍先生既摆下擂台，当然免不了与人交手，平常交手尚是求胜不求败，何况摆擂台呢？我想霍先生如果是存心让那姓赵的，姓赵的应该明白，即算第一次误认霍先生的本领，赶不上他，第二次总应该明白。何以在台下看的人，都看出霍先生的本领，高过姓赵的十倍，而亲自与霍先生交手的，倒不知道呢，岂不太奇怪吗？”

农劲荪笑道：“在台下看的，也不见得有多数人能看出来，能像班先生这样有眼光的，休说外国人，就是中国人，能看出的也少。当时霍先生的高足刘君，尚且不曾看出，旁人就可想而知了。姓赵的年轻经验少，加以心粗气浮，只看他将要上台时的情形，便可以知道他是一个浑人了。他不明白霍先生的用意，也无怪其然；若是换一个稍稍精明的人，何待打到第三次，只一交手，便应知道自己的本领，相差太远了。”

班诺威说道：“我不曾学过中国的拳术，也不曾见过中国拳术家正式决斗，胜负要如何分别，我还不知道。不过我那日见霍先生与姓赵的相打，连打三次，霍先生神气非常安闲，应付非常自然，姓赵的就累得满头是汗，脱了衣服还喘个不止，有好几次显得手慌脚乱。霍先生的手掌，每次打到姓赵的身上，只轻轻的沾一下就收了回来，姓赵的手掌、脚尖，却一下也沾不到霍先生身上。这不是霍先生的本领高强到十倍以上，断不能打出这般现象。”

霍元甲很吃惊似的对班诺威拱手笑道：“班先生的眼光真了得。”农劲荪也跟着称赞道：“即此一番观察，就可想见班先生的拳术功夫，决非寻常的拳术家可比，实可钦佩。”罗显时道：“班先生今日邀兄弟来奉访霍先生的意思，是因诚心佩服霍先生的本领，准备明天下午四点钟，在敝行开一个欢迎会，欢迎霍先生和农先生枉驾去谈谈，不知明日下午四点钟以后，有不有别处的宴会？如与别处的时间冲突，就随霍先生约定时间也好。”

农劲荪道：“今日既承二位枉顾，兄弟和霍先生自应前往贵行奉看。我以为班先生不须这般客气，用不着开什么欢迎会，因此不必约定时间。霍先生是一个生性极爽直的人，生平最欢喜结交会武艺的人，像班先生这样外国的拳术家，尤愿竭诚交接，但不可拘泥形式。”班诺威道：“我与霍先生不是同国人，又是初次相交，非正式开会欢迎，不足以表示我钦佩的诚意。这次欢迎以后，随时请到敝行来玩，就用不着再闹客气了。明日午后若无他处宴会，四点钟时，决请两位到敝行来。”霍元甲见班诺威说的很诚恳，只得答应按时前去。班诺威见霍元甲答应了，才欣然称谢，起身与农、霍二人握手告别而去。

霍元甲对农劲荪笑道：“看不出这外国人倒很有眼力，居然能看出我与东海赵交手的真假来。我想这人在英国拳术家当中，虽算不了极好的，也可算一个极细心的了。农爷看他明日的欢迎会，含了什么不好的意思在内没有？”

农劲荪道："我不敢胡乱疑心他有什么恶意，但是这班诺威是个英国人，四爷现在正因和他英国大力士订约比赛，摆这擂台，他岂有不知之理？他们外国人比中国人不同，爱国心最重，无论英、法、德、美各国，多是一样，只要是同国人被外国人欺侮了，没有袖手旁观不去帮助的。此刻虽还不曾与奥比音比赛过，不知将来谁胜谁败，只是双方既经签订赌赛之约，他英国人决不愿意四爷打胜，是毫无疑义的。气量小些儿的英国人，甚至对四爷发生恶感。我因知道四爷的性格，自庚子联军入京以后，心中便厌恶外国人，即此番耗费多少银钱，耽搁多少时日，也就是为不服这口气，所以一听罗显时说出欢迎的话，便设词推却，不料四爷被班诺威一阵话说的答应了。于今既已答应了他，明日只好按时前去。那王小乙说我们不应该先摆擂台后比赛的话，确有见地，我只虑奥比音因不知道四爷的本领怎样，恐怕临时比不过四爷，无法挽救，所以先托这班诺威和四爷试试。而这班诺威又不敢公然跳上擂台，与四爷见个高下，便托词开欢迎会，等我们到了他那洋行，再要求和四爷较量较量。"

霍元甲道："我们提防了他这一着，便不要紧了。我两人明日到他洋行里去，他不要求较量便罢，若真个要求较量，我就说，现在摆设了擂台在张家花园，各报都登了广告，欢迎全世界的武术家来打，请到台上去较量吧！今日我是来赴欢迎会的，不是来打架的，是这么回答他，看他还有什么方法来试我的本领。"

农劲荪点头道："当然是这么回答他，不过我们这种提防，只算格外的小心罢了。我们既凭律师保人签订了条约，他英国人就明知道四爷的本领比奥比音高强，除却自愿出五百两银子的罚金，临时不到外，没有反悔的方法。如果班诺威是要借这欢迎会，要求和四爷比较，在他洋行与在擂台总是一样，在他洋行可以推到擂台，到擂台就无可推诿了，其结果不是一般吗？"

霍元甲问道："外国人有不有什么毒药，可以下在饮食里面，使人吃了没有精神气力，或至患病不能动弹么？"农劲荪道："这倒不曾听人说过有这种毒药，我只听得学西医的朋友说过，凡是毒药，不论其性剧烈与否，气味必是很重的，一到鼻端，就觉有一种很大的刺激性。除趁人病了服药的机会，将毒药放在药水里面，便不容易使人入口，若放在平常饮食里面，是不能没有恶劣的颜色及恶劣气味的。四爷顾虑嘉道洋行将有这不法的举动，我料尚不至有这么毒辣。总之，我们随处留心罢了！”

二人正说话时，霍元甲忽听得彭庶白的口音，在外面和人说话，连忙起身朝窗外望了一望，回头对农劲荪笑道：“那日开擂的时候，有一个少年拾起东海赵一只皮靴，掷还东海赵，不偏不斜的正落在东海赵头顶上，使满场的人都大笑起来。老彭认识那少年姓柳，我本想会会他，此刻老彭竟邀他同来了。”

农劲荪还没答话，就见彭庶白率着一个长眉秀目的清俊少年进来，次第向霍、农二人介绍，彭庶白并简单述说自己和柳惕安相识的原因。霍、农二人看了柳惕安这种轩昂的气宇，又知道他有特殊的能耐，自然都很表示亲热。柳惕安真是初出山的人，社会上交际的客套，一点也不懂得，对人不知道交情有深浅，完全凭自己的好恶。他自觉这人可喜，第一次见面，也亲热得和自家骨肉一样；若是他心里不欢喜这人，无论这人如何设法去亲近他，越亲近他越不理会。彭庶白将柳惕安这种性情说给农、霍二人听道：“上海最阔的盛绍先大少爷，因知道柳君是个了不得的人物，有心想结交，每天把汽车开到棋盘街柳君寓所门口停着，听凭柳君坐着兜圈子或拜客。偏遇着柳君是一个最慈心的人，他说：‘汽车在人多的马路上横冲直撞，动辄把人家的性命撞掉，是一件极不祥的东西，稍具天良的决不肯乘坐。’盛绍先说：‘多少外国阔人，出门多是用汽车代步，这是文明国的交通利器，如何乘坐不得？’柳君听了，怫然说道：‘马路上步行的中国人多，外国人从来不把中国人的性命放在眼里，只图一己舒服，当然不妨乘坐汽车。我天生了一对腿，是给我走路的，用不着坐这杀人的东西。’盛绍先没法，只得顺从柳君的意思，自己也不坐汽车，终日陪着柳君步行到各处游览，不是进酒馆，便是进戏场。一连几次之后，柳君又厌恶起来，昨日竟躲到舍间来，不敢回寓所去，恐怕盛绍先纠缠不清。昨日柳君在舍间吃了晚饭，我陪他去马路上闲行，无意中倒救了一个少妇。穷源究委，这番救人的功德，要算是盛绍先的。”

霍元甲笑问道：“怎么你们在马路上闲行，能救一个少妇，究竟是怎么一回事？”彭庶白笑道：“在上海这万恶的地方，像这夜这种事，原是很平常的。不过昨夜我与柳君只有两个人，对方约有四五十个莽汉，被柳君打的十分痛快，直到此刻，我想到当时的情形，就觉高兴，所以愿意说给两位听听，也使两位快活快活。”农劲荪笑道：“说得这般慎重，益发使我欢喜听了。我与四爷正觉寂寞，请说说开心的事正好。”

彭庶白道：“我们昨夜在小广寒书场里听了一阵书，不知不觉的到了十二点多钟，天又正下着小雨，街上行人稀少，街车也不见一辆，柳君坚执不肯先回寓所，要送我步行回家。我因他盛情难却，便并肩旋说旋走。在大新街忽发见一个身穿素缎衣裙的少妇，苗条身材，面貌生得很娇美，右手提一只不到一尺长的小皮包，显得非常沉重，左手提着一个更大的衣包，边走边叫街车，一听便知道不是下江口音，并且不是常在街上叫车的。这时我们都叫不到车，这女子自然也叫不着。她不叫这一阵倒好了，只因叫的不是下江口音，又不是平常的叫法，反惹得那街上几条弄堂里的流氓注了意。大家跑出来一看，见是这般单身一个少妇，两手提的虽看不出是什么，然就她身上的装束及皮包沉重的模样，都可以看得出是可扰之东。那些流氓从哪里得到这种机会，一个个正如苍蝇见血，半点也不肯放松。当时我两人本与那少妇相离不近，那些流氓知道不是一路的，也没把我们放在眼里，只紧紧的跟着那少妇背后行走。那种鬼鬼祟祟的情形，落在我们眼里，如何不知道呢？

“柳君悄悄的对我说道：‘我看这些东西对待这女子，简直和我那夜所遇的情形一样。’我点头道：‘只怕这女子不能和你一样，将这些东西打个落花流水。’柳君笑道：‘这些东西倒霉，凑巧遇了你我两人，哪怕此去是龙潭虎穴，我两人也得暗中保护这女子，不送这女子到平安的所在，你也不要回家，不知你的意思怎样？’我此时故意说道：‘上海这种欺负单身人的事很多，负有地方治安责任的巡捕、警察，尚且管不了，我两人恐怕不能管这些闲事。’柳君听了，愤然说道：‘我就因为巡捕、警察都不管，所以用得着我们来管。若是巡捕、警察能管，便不与你我相干了。你在上海住的久，看的多，不觉得怎样。我初见这种事，简直觉得心痛，再也忍耐不住。你若不愿意管，只管请便，我一个人也得管。’说着，掉头不顾，将去赶那少妇。

“我这时甚悔不应该和柳君故意开玩笑，连忙拉着他的胳膊笑道：‘这种事我岂有不管之理，休说还有你这样好帮手在此，就是我一个人遇着，也不能眼望着一个单身少妇，被一群流氓欺负，不去救援。不过我们得慎重，我们只有两个人，流氓是越聚越多的，我们的目的，是在救这少妇出险，打不打流氓是没有关系的。我们须不待流氓动手，择一个好堵截的地方，先把这些流氓堵住，使少妇好脱身。’柳君自是赞成我的办法。

“我们既决定了主意，便不敢和少妇相离太远了。那少妇边走边回头看那些流氓，显出很惊慌的样子，喜得是一双天足，还走动得快，急急的往前行走。看她走路的方向，好像是上北车站去的，走不到十多分钟的工夫，将近一条小河，河上有一条小木桥，少妇走近桥头，我便拉柳君一下道：‘这地方最好没有了，我们先抢上桥去吧！’柳君的身法真快，一听我这话，简直比射箭还快，只见影儿一晃，他已直立在桥中间，翻身面朝来路站着。紧跟在少妇背后的几个强霸流氓，忽然见桥头有柳君从空飞下，将他们去路截住，独放少妇走过这桥去了，只气的拼命撞上去。

“柳君在桥上一跺脚喝道：‘谁敢过去？’那几个流氓见柳君形象并不凶恶，斯文人模样，以为几个人齐冲上来，必能冲过去。谁知冲在前面的一个，被柳君一手抓住顶心发，正和抓小鸡一样，提起来往河中便摔。那时河中并没有水，只有一两尺深的烂泥，流氓被摔在烂泥里，半晌挣扎不起来。第二个不识趣的流氓，想不到柳君的手段这般毒辣，打算趁柳君立在桥左边的时候，从右边跑过去。不提防柳君手快，拦腰一把拖过来，双手举起，对准还立在桥头下的几十个流氓摔去。这一下被摔倒的，足有十多个。不过柳君双手举起那流氓的时候，已有三四个乘机冲过桥去了，不顾一切的放开脚步去追那少妇。那少妇已是提心吊胆的逃走，忽听得背后有追赶的脚步声，只急得一路向前奔跑，一路大喊救命。”

霍元甲听到这里着急道：“柳君在桥上打流氓的时候，难道你远远的立着旁观吗？怎么让流氓冲过桥去了呢？”

不知彭庶白怎生回答，那少妇怎生脱险，且待下回再说。

总评：

王子春，为本回中重要人物，写其身手快捷，与夫游戏神通之处，直足令一般读者为之喜煞。而在本书中，似尚无一与之相肖之人，此则著者之重视各人之个性，而不欲有一雷同之模型也。至写王氏父子之敬师事杨大毛，诚可谓之为无微不至。此杨大毛之所以一经廉得真情，即居其家不复言去，而愿以一身之绝技，传之于王子春矣。

霍氏之迷踪艺，有不收外姓徒弟之家规，虽云实为郑重从事起见，不欲以误收不肖徒弟而大受厥累，其言非不冠冕堂皇，第夷考其实，亦属假托之词。仍不免蹈吾国一般艺术家，私于一姓，不肯公开之一种陋习耳！所慨者，以霍元甲之英明而有世界眼光，亦不能力劝其家族，抛去此陋见，仅以许其以迷踪艺授之学校生徒，为一种通融之办法，他人仍不得援以为例。甚矣！死心之不易捐除，而吾国各种拳艺之辄见失传，此或亦为其中之一绝大原因乎！

霍元甲之论迷踪艺，以体用为言，以人力自然为喻，复畅言动作迅速与动作迟缓之各有其时，精确至于绝伦，盖艺而又近于至道者矣。非深通全书之理者，万不能道其只字也。入后，与王子春试手一节，游刃有余，从容万状，又不啻为此精深之拳理，作一实地之试验，更足使人知迷踪艺之具有实用，而不仅为一篇纸上文章而已。

第七十三回

班诺威假设欢迎筵　黄石屏初试金针术

话说彭庶白见问笑道：“到这时自然有我的任务。当时我见柳君摔了一个流氓下河，料知这些流氓便同时将柳君围住攻击，有柳君这种能耐，也足够应付。何况那木桥不到一丈宽，就是三四个人上前，也不好施展呢。只要柳君能将流氓堵住，桥上即用不着我了。我想那少妇半夜独行，这些流氓虽被堵住了，过桥去是中国地方，流氓也还是很多，难保不又生波折，我不能不追上去保护到底。在柳君举起第二个流氓的时候，就飞身跑过木桥。不料有几个强悍的流氓，脚下也很快，居然跟着我冲过了桥。那少妇先见有许多流氓跟着，已是惊慌失措，她心里自无从知道我两人是特去保护她的，忽听得桥上打将起来，她更料不到是救她的人打流氓，以为是流氓自相火并，险些儿把魂都吓掉了。一个青年妇女，遭逢这种境地，心里越着急，脚下越走不动，双手所提的东西，也越觉沉重了。正在急的无可奈何之际，加以听了我和几个流氓追赶的脚步声，安得不大呼救命？我这时心想上前去，向她说明我是好心来保护的吧，她决不相信，而且一时我也说不明白，她也听不明白，反给那几个追赶上来的流氓以下手的机会。既不能向她说明，是这么追下去，她势必越吓越慌，甚至吓得倒地不能行动。这时我心里也就感得无可奈何了，忽转念一想，跟在我后面追来的，不过几个流氓，我何不先把这几个东西收拾了再说？如此一转念，便立时止步不追了。

“那几个流氓真是要钱不要命，见我突然停步在马路中间立着，一点儿不踌躇的对我奔来。我朝旁边一闪，用中、食两指头，在他软腰上点了一下，不中用的东西，点得他实时往地下一蹲，双手捧着痛处，连哎呀也叫不出。我还怕他一会儿又能起来，索性在他玉枕关上，又赏他一脚尖。第一个被我是这么收拾了，接连追上来的第二个、第三个，却不敢鲁莽冲上来了，分左右一边一个站着，都回头望望背后。我料知他们的用意，是想等后面那些流氓追到切近了，他两个方上前将我困住，好让那些流氓冲过去下手。我哪里还敢怠慢，估量站左边那个比较强硬些，只低身一个箭步，就蹿到了他身边，正待也照样给他一下不还价的，谁想那东西也会几手功夫，身手更异常活泼，我刚蹿到他身边，他仿佛知道抵敌不过，不肯硬碰，忙闪身避过一边，飞起右腿向我左胁下踢来。我不提防他居然会这一手，险些儿被他踢个正着。我因为脚才落地，万分来不及躲闪，只好用左手顺势往后面一撩，恰巧碰在他脚背上，他的来势太猛，这一下大概碰的不轻，登时喊了一声'哎呀'，便不能着地行走了。

"我恐怕右边那个再跑，正打算赶过去，那东西已回头朝来路上跑去。他既回头跑，不再追赶少妇，我当然不去追他。也是那东西合该倒霉，跑不到十多丈远近，就迎面遇着柳君。柳君此时打红了眼，一把将他擒住，往街边水门汀上一掼，直掼个半死。我问柳君，那一大群流氓怎样了？柳君说有三个摔在河里，其余的都四散跑了。我两人再去追赶那少妇时，已不知跑到什么地方去了，追寻了一阵，不见踪影，这才各自回家安歇。我到家已是三点一刻，可说是耽搁了一夜的睡眠。"

霍元甲道："可惜不曾追着那少妇，不知道她为什么半夜三更的独自是这般惊慌的行走。"农劲荪道："想必是人家的姨太太，不安于室，趁半夜避夫逃走，断非光明正大的行动。"霍元甲笑道："上海这地方，像这样差不多的事情，每日大约总有几件。那少妇真是造化好，凑巧遇着两位热肠人。我看柳君的年龄，至多不满二十岁，不知是从哪里练的武艺，这么了得，请问贵老师是哪位？"

柳惕安笑着摇头道："我从来不但没有练过武艺，并不曾见旁人练过武艺，也不曾听人说过武艺，胡乱和那些流氓打打架，如何用得着什么武艺？"霍元甲听了惊诧道："老哥这话是真的吗？"柳惕安正色道："我从知道说话时起，就时常受先慈的教训，不许说假话，岂有现在无端对霍先生说假话之理！"霍元甲自觉说话失于检点，连忙起身作揖说道："不是我敢疑心老哥说假话，实因不练武艺而有这般能耐，事太不寻常了。我恐怕是老哥客气，不肯说曾练武艺的话，所以问这话是真的吗。我生平也曾见过不练武艺的人，气力极大，一人能敌七八个莽汉，但是那人的身体，生成非常壮实，使人一望便可知道他是一个有气力的猛士，至于老哥的容貌、身材和气概、举动，完全是一个斯文人，谁也看不出是天生多力的。听庶白所述老哥打流氓的情形，并不是仅仅会些儿武艺的人所能做到，这就使我莫名其妙了。”

彭庶白道：“我初和柳君见面的时候，不也是与四爷一般的怀疑吗？后来与柳君接近的次数多了，才渐渐知道他在六岁的时候，便在四川深山中从师学道，近年来因不耐山中寂寞，方重入社会，想做一番事业。”农劲荪点头笑道：“这就无怪其然了。学道的人不必练习武艺，然武艺没有不好的。中国有名的拳术，多从修道的传下来，便可以证明了。练武艺练到极好的时候，也可以通道，只是很难，是因为从枝叶去求根本的缘故。这也不仅武艺，世间一切的技艺皆如此，若从修道入手，去求一切的技艺，都极容易通达，因为是从根本上着手的缘故，这道理是确切不移的。”

霍元甲听说柳惕安六岁时即曾入山学道，很高兴的说道：“怪道柳君这么轻的年纪，这么文弱的体魄，却有那么高强的本领，原来是得了道的人。修道人的行为本领，兄弟从小就时常听前辈人说过，那时心里只知道羡慕，后来渐渐长大成人，到天津做买卖，也间常听人说些神奇古怪的事迹，但这时心里便不和小时相同了，不免有些怀疑这些话是假的。如果真有修道的人，修道的人真有许多离奇古怪的本领，何以我生长了这么多岁数，倒不曾遇见一个这样的人呢？直到于今，还是这般思想。今日遇见柳君，实可以证明我以前所听说的不假，不过我得请教柳君，道是人人可学的呢，还是也有不可以学的？”

柳惕安笑道：“彭庶白先生替我吹嘘，说我在深山学道，实在我并不知道有什么东西叫做道。”彭庶白笑道：“柳君这话，却是欺人之谈。承柳君不弃，对我详述在青城山的生活情形，是因为觉得我不是下流不足与言之人。霍四爷的胸襟光明正大，是我最钦佩的，农爷与四爷的交情极厚，性情举动，也是一般的磊落，因此我才把柳君学道的话说出来。都不是外人，何必如此隐瞒呢？”

柳惕安很着急似的说道："我怎敢作欺人之谈，我在山上经过的情形，无论对什么人都可以说，不过恐怕给人家听了笑话，所以我非其人，不愿意说。我在山里学的东西很多，确是没有一样叫做道。我学的时候是独自一个人，学了下山也没有教过旁人，不知道是不是人人可以学。不过我曾听得我师傅说过，要寻觅一个可以传授的徒弟，极不容易。照这样说来，或者不是人人可以学。如果人人可学，又不要花钱，如何说要寻觅一个徒弟不容易呢？"

农劲荪笑道："无论什么技艺，都不能说人人可学，何况是解决人生一切痛苦的大道呢？当然是千万人中，不易遇到一个。"霍元甲长叹了一声道："我也是这般着想，倘若道是人人可学的，那么世间得道的人，一定很多，不至四十多年来，我就只遇着柳君一个。我还得请教柳君，像我这种粗人，不知也能学不能学？"柳惕安道："这不是容易知道的事，我不敢乱说。"霍元甲问道："要如何才能知道呢？"柳惕安道："须得了道的人才能知道。"

霍元甲道："照柳君这样说来，凡是修道的人，必待自己得了道，方能收徒弟么？"柳惕安笑道："收徒弟又是一回事，修道的人不见得人人能得道，就是因收徒弟的不知这徒弟能不能学道。"霍元甲问道："那么自己不曾得道，也可以收徒弟吗？"柳惕安道："这有何不可？譬如练拳术的，不见得能收徒弟便是好手。"霍元甲又问了问柳惕安在山中学道时情形，柳惕安才和彭庶白一同告辞而去。

柳、彭二人走后，霍元甲独自低头沉思，面上显出抑郁不乐的颜色。农劲荪笑问道："四爷不是因听了学道的话，心里有些感触么？"霍元甲半晌方答道："我倒不为这个，我觉得费了很多银钱，用了很多心力，摆设这么一个擂台，满拟报纸上的广告一登出，必有不少的外国人前来比赛，中国人来打擂的多，是更不用说的了。谁知事实完全与我所想象的相反，连那个王子春都不肯到台上去与我交手。那王子春的年纪既轻，又是一个初出茅庐的人，目空一切，什么名人，他也不知道害怕，加以存心想和我试试，我以为他必不至十分推辞的，真想不到他居然坚执不肯到台上去。他若肯上台，我和他打起来，比和东海赵打的时候，定好看多了。人家花钱买入场券来看打擂，若一动手就分了胜负，台下的人还不曾瞧得明白，有什么趣味呢？我就希望有像王子春这种能耐的人上台，可以用种种方法去引诱他，使他将全副纵跳的功夫，都在台上使出来，打的满台飞舞，不用说外行看了两眼发花，便是内行看了也得叫好，那时我决不和在此地交手时一般硬干了。这般一个好对手走了，去哪里再寻第二个来？这桩事教我如何不纳闷！”

农劲荪哈哈笑道：“原来为这件事纳闷，太不值得了。于今擂台还摆不到十天，报纸上的广告，也是开擂的这日才登出，除了住在上海及上海附近的，不难随时报名而外，住在别省的，哪怕是安徽、江西、湖北等交通极便利的地方，此时十有八九还不曾见着广告。看了广告就动身，也得费几天工夫才能到上海，至于外国人就更难了。四爷因这几日没人来打擂，便这么纳闷，不是不值得吗？”

霍元甲道：“农爷说的不差，我们若不是在银钱上打算盘，早半个月就把广告登出来，岂不好多了！”农劲荪点头道：“明天班诺威的欢迎会，说不定可以会见几个外国的大力士或拳斗家。因为班诺威是一个欢喜武术的人，在上海的外国大力士、拳斗家他必认识，明天这种集会，决无不到之理。寻常外国人开欢迎会，照例须请受欢迎的人演说，明天班诺威若要四爷演说，夸张中国拳术的话，不妨多说。外国人瞧中国人不来的心理，普通都差不多，有学问及有特别眼光的，方能看出中国固有的国粹，知道非专注重物质文明的外国所能及。至于一般在上海做生意的商人，没有不是对中国的一切都存心轻视的。尤其是脑筋简单的大力士、拳斗家，他们听了四爷夸奖中国拳术的话，心必不服，或者能激发几个人去张园打擂。这种演说，也带着几成广告性质在内。”

霍元甲听说要演说，便显出踌躇的神气说道：“外国人欢迎人，一定得演说的么？我不知怎的，生平就怕教我演说。同一样的说话，坐在房中可以说，一教我立在台上，就是极平常的话，也说不出了。在未上台之先，心里预备了多少话要说，一到台上，竟糊里糊涂的把预备的话都忘了。明天的欢迎会，到场的必是外国人居多，我恐怕比平常更说不出。”

农劲荪道：“不能演说的人多，这算不了什么！许多有大学问的人，尚且不能演说，一种是限于天资，就是寻常说话，也无条理，每每词不达意，这种人是永远不能演说的。一种是因为没有演说的经验，平时说话极自然，上台就矜持过分，反不如平时说的好，四爷就是这种人。我有一个演说的诀窍，说给四爷听，只要能实行这诀窍，断没有不能演说的。”

霍元甲欣然问道：“什么诀窍？我真用得着请教。”农劲荪笑道：“这诀窍极简单，就是‘胆大脸皮厚’五个字，胆不大脸皮不厚的人，不问有多大的学问，一上台便心里着慌，脸皮发红，什么话多说不出了。四爷只牢牢的记着，在上台的时候，不要以为台下的人，本领有比我高的，势力有比我大的，年纪有比我老的，心里要认定台下的人，都是一班年轻毫无知识的人，我上去说话，是教训他们，是命令他们，无论什么话，我想说就可以说，说出来是不会错的。必须有这般勇气，才可以上台演说。越是人多的集会，越要有十足的勇气，万不可觉得这千万人之中，必有多少有势力的，有多少有学问的，甚至还有我的亲戚六眷长辈在内，说话不可不谨慎。四爷生平演说的次数虽少，然听人家演说的次数大约也不少了，试一回想某某演说时的神情，凡是当时能博得多数人鼓掌称赞的，决不是说话最谦虚的人。至于演说的声调，疾徐高下都有关系，自己的胆力一大，临时没有害怕的心，在说话的时候，便自然能在声调上用心了。像明天这种欢迎会，论理我们是客，说话自应客气些，但是客气的话，只能在上台的时候，向主人及一般来宾道谢的话里面说出来，一说到中国拳术的本题，就得侃侃而谈，不妨表示出一种独有千古的气概。我这番话，并不是教唆四爷吹牛皮，我因知道四爷平日演说的缺点，就在没有说话的勇气，而明天这种演说，尤其用得着鼓吹。明天四爷演说，当然是由我来译成英国话，便有些不完足的地方，我自知道将意思补充，尽管放心大胆的往下说便了。说过一段让我翻译的时候，四爷便可趁此当儿思量第二段。对外国人演说，讨便宜就在这地方。”霍元甲当下又和农劲荪商量了一阵演说应如何措词。

次日下午才过两点钟，霍元甲、农劲荪正陪着李存义、刘凤春一班天津、北京来的朋友谈话，茶房忽带着一个二十多岁，当差模样的人进来，向霍元甲行了个礼，拿出手中名片说道：“我是嘉道洋行班诺威先生，打发来迎接霍先生、农先生的。”农劲荪伸手接过名片来，看是班诺威的，便说道：“昨日班先生亲自在这里约的，不是下午四点钟吗？此刻刚到两点钟，怎么就来接呢？”李存义道：“中国人请客，照例是得催请几番才到的，这班诺威在上海做了多年的生意，必是学了中国的礼节。”农劲荪笑道：“他若真是染了中国这类坏风气，我原预备四点钟准时前去的，倒要迟一两点钟去方好，因为中国人请四点钟，非到五六点钟，连主人都不曾到。”

那当差的听了说道：“班诺威先生其所以打发我此时来迎接，并不是学了此地平常请客的风气，他因为钦佩霍先生的本领，想早两点钟接去，趁没有旁的宾客，好清静谈话。一到四点钟，来客多了，说话举动都有些受拘束似的。他打发自己坐的汽车接客，我在他跟前三四年了，此番还是第一次。他此刻在行里坐候，请两位就赏光吧。”

农劲荪对霍元甲笑道：“这般举动，我平生结交的外国朋友不少，今日也是头一次遇着。他既这么诚恳，我们只好就此坐他的车去吧。”李存义等只得起身道：“他派车来迎接，当然就去，既不好教他空车回去，又不好无端留他的汽车在此等候到四点钟。我们明天再来听开欢迎会的情形吧。”说着都告辞走了。

农、霍二人跟着那当差的出门上了汽车，风也似的驰走。霍元甲问农劲荪道：“这汽车有五个人的座位，前边还可以坐两个人，不知坐满七个人，还能像这样跑的快么？”农劲荪道：“这是在马路上因行人多，不敢开快车，若在无人的乡下，尽这车的速度开走，大约至少可比现在还加快一倍，坐满七个人和只坐一个人一样。”霍元甲禁不住吐舌道：“七个人至少也有七百斤，再加以这般重的车身，总在一千斤以外，这部机器开动起来，若没有一万斤以上的力量，如何能载着千斤以上的东西，这般飞跑？”农劲荪摇头道：“这机器并没有这么大的力量，其所以能跑得这么快，机器的力量固然不小，因为马路坚硬平坦，四个气皮轮盘能发生一种弹力，使压在地上的重量减轻，也是一个大原因。倘若在不平而松软的路上，再用四个铁轮盘，就是一个人不坐在上面，也开行不动。这样的马路，只要跑发了势，绝不要多少力量去推动它。四爷只看那些拉人力车的，只顾两脚向前飞跑，便可以知道是不大费气力的了。寻常拉人力车的，多有五十岁以上的老年人，还抽着鸦片烟，这种车夫，难道能有多大的力量？一个坐车的百多斤，加上七八十斤重的车身，论情理要拉着飞跑，不是至少也得三四百斤的力量吗？事实上何尝有如此大力的车夫呢！”

霍元甲恍然大悟道：“若不是农爷对我这般解说，我一辈子也以为这汽车的力量了不得。我从前听人说外国大力士，能仰面睡在台上，两边腰上搭着两块木板，一边汽车的轮盘在腰上辗过去，我以为这是很不容易做到的一种硬功夫。照农爷这般一解释出来，这简直是一个骗人的玩意儿，休说一边汽车没有多重，便是全辆汽车压在身上，气皮轮盘是软的，一眨眼就碾过了，有何了不得？”农劲荪笑道：“在寻常人看了，自然觉得了不得，假使四爷愿意闹着玩，一只手的力量，就可以拉住这汽车，使开车的开不动。”霍元甲道：“我不曾干过这玩意儿，不敢说一手能拉住。”

说话的时候，车忽然停了。农劲荪就车窗看停车的所在，门口悬着一块“嘉道洋行”的铜招牌，那当差的已先下车将车门开了。霍元甲问这是什么街道，农劲荪道：“好像是北四川路。”那当差的在前引道，将二人带到楼上一间铺设极富丽的大客厅，自往里面通报去了。

农劲荪看这客厅的左边有一张门，门上钉着一块寸半来高、四寸来宽的黄铜牌子，上面刻着英文字，是一间运动的房屋，忍不住指给霍元甲看道：“可见这班诺威确是一个醉心运动的人，这间房屋，就是专供他运动之用的。”旋说旋走过去握着门扭一扳。这门竟是不曾下锁的，只一扳就随手开了。霍元甲没有见过外国人的运动房，见房门开了，也忍不住走近房门朝里面看时，只见房中横的竖的陈设着许多运动器具，壁上还悬挂着许多东西，都是不曾见过的。正待问农劲荪，何以外国人运动，除却寻常体操场里，所有的木马、秋千、浪桥、杠子等等而外，还有这一屋子的器具？只是还不曾开口，已听得脚步声响，渐走渐近，原来是班诺威出来了，满面含笑的伸手与二人握了说道：“昨日约四点钟，今日两点钟就请两位到敝行来，本是极无礼而又极不近人情的举动，只因我非常希望能与两位多盘桓几点钟，所以冒昧迎接早两小时屈临。”

霍元甲道：“先生这间运动的房子，可以进去参观么？”班诺威欣然答道：“有何不可，请进去看吧！”说着即将房门开了，引二人到房中。霍元甲见房角上竖着一个牛皮制成的东西，有五尺来高，上半段就和人一样，有头有肩，有两条臂膊，下半段却没有腿，头上的眼、耳、口、鼻也略具形式，看不出是作什么用的，遂指着问班诺威。班诺威笑道：“这是我国拳斗家因平常不容易找着对手练习，便造出这东西来，假做一个理想的敌人。我这个皮人，与英国拳斗家普通所用的，有些不同的地方，普通所用的，表面的形式和这个一样，不过里面没有机械，两条臂膊不发生何等作用，下半段就和不倒翁一般。我这个的胸部装有机械，两条臂膊能作种种活动，有有规则的活动，有无规则的活动，可随使用人的便。初练习的时候，只能防范他有规则的活动，练熟了之后，才渐渐能应付无规则的活动。我这个的下半段，虽也是不倒翁一般的作用，但有两条极粗而有力的弹簧，在受人压迫的时候，他能托地跳了起来，掉在地下，依旧竖立不倒，我觉得比普通的皮人好多了。”

霍元甲听了很欢喜的问道：“使用这东西，有不有一定的身法手法呢？”班诺威摇头道：“没有一定，只要把它一打，无论如何打法，它都能发生反抗，不过有快有慢，打一次只能发生一次的反抗，如继续不断的打，就可以继续不断的反抗。”农劲荪道：“班先生可以试验给我们瞧瞧么？”班诺威道：“试验是很容易的，但是须更换运动衣服，穿着我身上这样衣服，不好继续不断的打，略试几下给两位看吧。”随即将洋服的上衣脱了，衬衫的袖口也捋到手腕上，走近那皮人，对准胸膛一拳打去，只见皮人往后一仰，接着两条臂膊由下而上的打出来，左先右后打过头顶，仍掉落下去，看那打出来的速度和形势，似乎很有力量，倘若被打着一下，不问打在什么地方，总得受点儿伤损。班诺威不待皮人的右手落下，一把将臂膊擒住，往旁边一拖，皮人跟着往旁边一倒。就在这一倒的时候，皮人的左手朝班诺威腰间横扫过来，班诺威趁势向前进一步，双手把皮人的颈项抱着，皮人的两条臂膊，正与活人一样，一上一下不住的在班诺威背上敲打。班诺威抱着用力往下按，皮人陡然跳起来。班诺威也就松手跳离了皮人，皮人仍竖在原处，只管摇晃。班诺威显着吃力的样子说道：“这里面机械弹簧的力量太大，不留神被砸一下，有时比拳斗家的拳头还重，倘若没有这么大的力量，又不能当理想敌人练习。”

农劲荪问道：“这东西就只有刚才这几种动作呢，还是尚有旁的动作呢？”班诺威道：“它动作的方式很多，我现在因练习的时期不多，还不能尽量发挥它的作用。我若穿上运动衣服，认真练习起来，已能运用十多个方式了，刚才不过是一种方式。霍先生是中国最有名的拳术家，何妨试试这皮人？”

霍元甲望着皮人不曾回答，农劲荪不愿意霍元甲动手，即接着笑道：“中国拳术的形式方法，都与贵国的不同，这皮人的反抗作用，是按照贵国拳斗家的形式方法制造的，和中国的拳术不合。中国人练拳术要用这东西做理想敌练习，也未尝不可，但是有些动作，不合于中国拳理的，须得稍加改造，不知道这东西性质，是不好应用的。”霍元甲叹道：“制造这东西的人，心思真细密得可佩服。用这东西练习对打，虽不能像活人一般的有变化，但有时反比活人好，因活人断不肯给人专练习一种打法，每日若干遍，这东西只要机械不坏，弹簧不断，是随时可以给人练习的。”

这皮人旁边，还竖着两件东西，都是半截人模样，一个伸着一只铁制的右手，仿佛待和人握手的形式；一个双手叉腰，挺着皮鼓也似的胸脯，当中一个饭碗般大小的窝儿，牛皮上的黑漆多剥落了，好像时常被人用拳头，在窝儿上冲击的样子。这两件东西的头顶上，都安着一个形似钟表的东西。霍元甲也不曾见过，问班诺威是作何用的。班诺威一面也伸手握住铁手，一面说道：“这是试验力量的。每日练习有无长进，及长进了多少，一扳这手，就知道得极准确。”说时将手向怀中扳了一下，铁手一动，里面便发生一种机械的响声，上面形似钟表的铁针，立时移动。班诺威将手一松，那铁针又回复原来的地位了。霍元甲一时为好奇心所驱使，看了班诺威的举动，不知不觉的走到班诺威所立的地位，也握住那铁手用力往怀中一扳，只听得“喳喇”一声响，好像里面有什么机件被扳断了，铁针极快的走了一个圆圈，走到原来停住的所在，碰得“当啷”一响，就停住不回走了。

班诺威逞口而出的叫了一声“啊唷”道：“好大的力量。到我这里来的各国大力士都有，都曾扳过这东西，没有能将这上面的铁针，扳动走一圆圈的。我这部机器是德国制造的，算世界最大的腕力机了，铁针走一圆圈，有一千二百磅的力量，若力量在一千五百磅以内，里面的机器还不至于扳断。”霍元甲面上显出十分惭愧的神气说道：“实在对不起班先生，我太鲁莽了，不知道里面的机器被扳断了，能不能修理？”班诺威笑道：“这算不了什么！很容易修理，我今日能亲眼看见霍先生这般神力，这机器便永远不能修理，我心里也非常高兴，就留着这一部扳坏了的腕力机，做一个永远的纪念，岂不甚好？”

霍元甲虽听班诺威这么说，然到别人家做客，平白将人家的重要对象破坏，心里终觉不安，对于房中所有的种种运动器械，连摸也不敢伸手摸一下，只随便看了看，就走到客厅来。班诺威跟到客厅，陪着二人坐下说道：“德国有个大力士名奥利孙，实力还在著名大力士森堂之上，只因奥利孙生性不欢喜在舞台上当众表演技术，更不喜和人斗力，所以没有森堂那般声名。奥利孙能双手将一条新的铁路钢轨，扭弯在腰间当腰带使用，并能用手将一丈长的钢轨，向左右拉扯三下，即可拉长凡一尺五寸，此外森堂所能表演的技艺，他无不能表演。去年他到上海来游历，有许多人怂恿他献技，他坚执不肯。我闻名去拜访他，也欢迎他到这里来，以为他的腕力，必不是这部腕力机所能称量的，谁知他用尽气力扳到第四次，才勉强扳到一千二百磅，连脖子都涨红了。据他说这机的铁手太高了，倘若能低一尺，至少也可望增加一百多磅的力量。除了这奥利孙而外，还经过好几个大力士试扳，能到一千磅的都没有。我看霍先生扳机的形式，也和那些大力士不同，那些大力士多是握住铁手，慢慢的向怀中扳动，顶上计数的针，也慢慢的移动。假定这大力士能扳动八百磅，扳走到七百多磅的时候，就忽上忽下的颤动起来，没有在这时候能保持不动的，也没有能扳得这针只往上走，不停不退的。霍先生初握铁手的时候，扳丝毫不动，只向怀中一扳，似乎全不用力，针却和射箭一般的，达到千二百磅，针到了千二百磅的度数，机的内部才发生'喳喇'的响声。有这么大的力，还不惊人，最使我吃惊的，就在不知如何能来得这般快，这理由我得请霍先生说给我听。"

霍元甲笑道："我也不知道有什么理由。我只觉得并没有尽我的力量而已。"农劲荪道："这理由我愿意解释给班先生听。我中国拳术家与外国拳术家不同的地方，不尽在方式，最关重要的还在这所用的气力。外国拳术家的力，与大力士的力，及普通人所有的力，都是一样，力虽有大小不同，然力的成分是无分别的。至于中国拳术家则不然，拳术上所用的力，与普通人所有的力，完全两样。外国拳术家大力士及普通人的力，都是直力，中国拳术家是弹力，四肢百骸都是力的发射器具。譬如打人用手，实在不是用手，不过将手做力的发射管，传达这力到敌人身上而已。这种力其快如电，只要一着敌人皮肤，便全部传达过去了。平日拳术家所练惯的，就是要把这气力发射管，练得十分灵活，不使有一点儿阻滞。这气力既能练到一着皮肤，便全部射入敌人身上，当然一握住铁手，也立时全部传达到针上。这种力，绝对不是提举笨重东西，如大铁哑铃及石锁之类的气力。霍先生扳这腕力机的力量，据班先生说在一千五百磅以上，若有一千五百磅以上的铁哑铃，教霍先生提起或举起，倒不见得有这般容易，像霍先生手提肩挑的力量，本来极大，中国还有许多拳术家，手提肩挑的力量，还不及一个普通的码头挑夫。然打人时所需要发射的力量，却能与霍先生相等，甚至更大，这便是中国拳术胜过世界的武术一切地方。”

说话时，已将近四点钟了，渐渐的来了几个西洋人，经班诺威一一介绍，原来都是在上海多年的商人，不但不是武术家，并不是运动家。农劲荪问班诺威：“罗先生何以不见？”班诺威道：“他今早因有生意到杭州去了。”农劲荪听了也没注意，到了十多个西洋人之后，当差的搬出许多西洋茶点来，班诺威请农、霍二人及来宾围着长桌就坐，并不要求霍元甲演说。

就是这十多个来宾，因都不是拳术家和运动家的缘故，对于霍元甲并没有钦佩的表示。班诺威也不曾将霍元甲扳断腕力机的事说出来，表面上说是欢迎会，实际不过极平常的茶话会而已。霍元甲见班诺威的态度，初来时显得异常诚恳，及来宾到了之后，便渐渐显得冷淡了。在用茶点之时，一个西洋人和班诺威谈生意，谈得津津有味，更仿佛忘记席上有外宾似的。农劲荪很觉诧异，轻拉了霍元甲一下，即起身告辞。班诺威竟不挽留，也不再用汽车送。

农、霍二人走出嘉道洋行，霍元甲边走边叹气道：“我平生做事不敢荒唐，今日却太荒唐了，无端的把人家一部腕力机扳坏，大约那部腕力机值钱不少，所以自扳坏了以后，班诺威口里虽说的好听，心里却大不愿意，待遇我两人的情形，变换得非常冷淡了。”农劲荪道：“我也因为觉得班诺威改变了态度，不高兴再坐下去，只是究竟是不是因扳坏了那部腕力机，倒是疑问。那腕力机虽是花钱不少，然充其量也不过值千多块钱，机械弄坏了可以修理，纵然损失也有限，一个大洋行的经理，不应气度这么小。”

霍元甲道：“我们除却扳坏了他的机器，没有对不起他的事。”农劲荪道：“昨日他和那姓罗的到我们那边，分明说开欢迎会，照今天的情形，何尝像一个欢迎会呢？难道这也是因扳坏了他的机器，临时改变办法，不欢迎了吗？”霍元甲气愤得跺脚道：“没有什么道理可说，总而言之，洋鬼子没有好东西，无有不是存心欺负中国人的。我恨外国人，抵死要和外国大力士拼一拼，也就是这缘故。”

农劲荪道：“我生平所结交的外国人很多，商人中也不少有往来的，却从来不曾遇见一个举动奇离像班诺威的。我平时每每说中国人遭外国人轻视，多由中国人自己行为不检，或因语言不通所致，不应怪外国人，外国的上等人是最讲礼貌，最顾信义的。若照班诺威今日这种忽然冷淡的情形看来，连我也想不出所以忽被他轻视的道理。好在我们和他原没有一点儿关系，他瞧得起与瞧不起，都算不了一回事。”

霍元甲道：“一个外国商人瞧得起我瞧不起我，自然没有关系，不过他特地派汽车欢迎我们来，平白无故的却摆出一副冷淡给我们看。我们起身作辞，他不但毫不挽留，也不说派汽车送的话，简直好像有意给我们下不去。我实在不明白他为什么要这么和我开玩笑。”

农劲荪道：“这班诺威是英国人，说不定与奥比音和沃林是朋友，因心里不满意四爷和沃林订约，与奥比音较量，所以有这番举动。”霍元甲道：“农爷认识的外国朋友多，能不能探听出他的用意来？”农劲荪想了一想道：“探听是可以探听出来的，今天时候不早了，明天我且为这事去访几个朋友，看究竟是怎么一回事。”

二人因一边说话，一边行路，不知不觉的一会儿便步行到了。茶房正开上晚饭来，霍元甲刚端着饭吃，忽觉得胸脯以下，有些胀痛，当下也没说出来，勉强吃了两碗饭，益发痛厉害了。他平时每顿须吃三碗多饭，还得吃五个馒头，这时吃过两碗饭，实在痛得吃不下了，不得不放碗起身，用手按着痛处，在房中来回的走动。刘振声对于霍元甲的起居饮食，都十分注意，看了这情形，知道身体上必是发生了什么痛苦，连忙也停了饭不吃，跟到房中问为什么。

霍元甲身体本甚强健，性情更坚忍，若不是痛苦到不堪忍受，断不肯对人说出来。此时在房中走动得几个来回，只觉越痛越急，竟像是受了重伤。二月间的天气，只痛得满身是汗，手指冰冷，渐渐不能举步了，见刘振声来问，再也忍不住不说了。刘振声吓得叫农爷，农劲荪不懂医理，看了这情形，也惊得不知要如何才好，只得叫客栈里账房就近请来一个西医，诊脉听肺。闹了半晌，打开药箱，取出一小瓶药水，在霍元甲左臂上注射了一针，留下几小片白色的药，吩咐做三次吞下，也没说出是何病症来，连诊金带药费倒要一十八元五角。遵嘱服下白色药片，痛苦仍丝毫不减，然经过西医一番耽搁，服药后已到半夜十二点钟了，不好再接医生，农劲荪也不知道哪个医生可靠，胡乱挨过了一夜。

次日天明，农劲荪对刘振声道："彭庶白在上海住了多年，他必知道上海的中、西医生是谁最好。此刻已天明了，你就去彭家走一遭吧。他能亲自到这里来商量诊治更好，倘若他有事，一时不能来，你便问他应请那个医生，并请他写一张片子介绍，免得又和昨夜一样敲竹杠。"

刘振声曾到过彭庶白家多次，当时听了农劲荪的话，即匆匆去了，只一会儿就陪着彭庶白来了。彭庶白向农劲荪问起病的缘由，农劲荪将昨日赴嘉道洋行的情形说了道："霍四爷是一个生性极要强的人，无端受那班诺威的冷淡，心里必是十分难过，大概是因一时气愤过度的缘故。"彭庶白道："不是因扳那腕力机用力过度，内部受了伤损么？"农劲荪不曾回答，霍元甲睡在床上说道："那腕力机不是活的，不能发出力量和我抵抗，应该没有因此受伤之理。"彭庶白摇头道："那却不然。习武的人因拉硬弓、举石锁受伤的事常有。我问这话，是有来由的。我曾听秦鹤岐批评过四爷的武艺。他说四爷的功夫，在外家拳术名人当中，自然要算是头儿脸儿，不过在练功夫的时候，两手成功太快，对于身体内部不暇注意。这虽是练外家功夫的普通毛病，然手上功夫因赶不上四爷的居多，倒不甚要紧。他说四爷一手打出去，有一千斤，便有一千斤的反动力，若打在空处，或打在比较软弱的身上还好；如打在功夫好、能受得了的身上，四爷本身当受不住这大的反震。我想那腕力机有一千二百磅，那外国人又说非有一千五百磅以上的力量，不能将机器扳断，那么四爷使出去一千五百磅以上的力，反动力之大，就可想而知了，内部安得不受伤损呢？"

彭庶白说到这里，霍元甲用巴掌在床沿上拍了一下，叹了一声长气，把彭庶白吓得连忙说道："四爷听了这话，不要生气，不要疑心秦鹤岐是有心毁谤四爷。"霍元甲就枕上摇头道："不是，不是！庶白哥误会我的意思。我是叹服秦老先生的眼力不错，可惜他不曾当面说给我听，我若早知道这道理，像昨天这种玩意儿，我决不至伸手。我于今明白了这道理，回想昨天扳那机时的情形，实在是觉得右边肋下有些不舒适，并觉得心跳不止。我当时自以为是扳坏了人家的贵重东西，心里惭愧，所以发生这种现象，遂不注意。既是秦老先生早就说了这番话，可见我这痛楚，确是因扳那东西的缘故。"

农劲荪道："听说秦鹤岐是上海著名的伤科，何不请他来诊治？"彭庶白赞成道："我也正是打算去请他来。他平日起的最早，此时前去接他正好，再迟一会儿，他便不一定在家了。"刘振声道："我就此前去吧！"霍元甲道："你拿我的名片去，到秦家后，就雇一辆马车，请秦老先生坐来。他这么大的年纪，不好请他坐街车。"刘振声答应知道，带着名片去了。霍元甲睡在床上，仍是一阵一阵的痛得汗流如洗。农劲荪、彭庶白仔细察看痛处的皮肤，并不红肿，也没有一点儿变相，只脸色和嘴唇都变成了灰白色。

约有两刻钟的光景，刘振声已陪着秦鹤岐来了。霍元甲勉强抬起身招呼，秦鹤岐连忙趋近床前说道："不要客气。若真是内部受了伤损，便切不可动弹。"旋说旋就床沿坐下，诊了诊脉说道："不像是受了伤的脉息。据我看，这症候是肝胃气痛，是因为平日多抑郁伤肝，多食伤胃，一时偶受感触，病就发出来了。我只能治伤，若真是受了伤，即算我的能力有限，不能治好，还可以去求那位程老夫子。于今既不是伤，就只好找内科医生了。我还有一个老朋友，是江西人，姓黄名石屏，人都称他为'神针黄'，他的针法治肝胃气痛，及半身风瘫等症，皆有神效。他现在虽在此地挂牌行医，不过他的生意太好，每天上午去他家求诊的人，总在一百号以上，因此上午谁也接他不动。霍先生若肯相信他，只得勉强挣扎起来，我奉陪一同到他诊所里去。"

霍元甲听了，即挣起身坐着说道："秦老先生既能证实我不是内部受了伤损，我心里立时觉得宽慰多了。"说时回头问刘振声道："马车已打发走了么？"刘振声道："秦老先生定不肯坐马车，因此不曾雇马车。"霍元甲望着秦鹤岐道："老先生这么客气，我心里实在不安。"秦鹤岐笑道："你我至好的朋友，用不着这些虚套。我平常出门，步行的时候居多，今日因听得刘君说病势来得很陡，我恐怕耽误了不当耍，才乘坐街车，若路远，马车自比街车快，近路却相差不多。像你此刻有病的人，出门就非用马车不可。"因向刘振声说道："你现在可以去叫茶房雇一辆马车来。"

刘振声应是去了。霍元甲道："我昨夜请了一个外国医生来，在我臂膀上打了一针，灌了一小瓶药水到皮肤里面，当打针的时候，倒不觉得如何痛，医生走后不久，便渐渐觉得打针的地方，有些胀痛，用手去摸，竟肿得有胡桃大小。我怀疑我这病症，不宜打针。方才老先生说那位黄先生，也是打针，不知是不是这外国医生一样的针？"秦鹤岐笑道："你这怀疑得太可笑了。一次打针不好，就怀疑这病症不宜打针，若一次服药不好，不也怀疑不宜服药吗？黄石屏的针法，与外国医生的完全不同。他的针并无药水，也不是寻常针科医生所用的针。他的针是赤金制的，最长的将近七寸，最短的也有四寸，比头发粗不了许多。你想赤金是软的，又只头发那般粗细，要打进皮肉里去数寸深，这种本领已是不容易练就，他并且能隔着皮袍，及几层棉衣服打进去。我听他说过，打针的时候，最忌风吹，若在冷天脱了衣服打针，是很危险的，所以不能不练习在衣服外面向里打。我亲眼见治好的病太多，才敢介绍给你治病。”

霍元甲受了一整夜的痛苦，已是无可奈何了，只好双手紧按着痛处，下床由刘振声搀扶着，一面招呼彭庶白多坐一会儿，一面同秦鹤岐出门，跨上马车。秦鹤岐吩咐马夫到提篮桥。马夫将缰绳一拎，鞭子一扬，那马便抬头奋鬣的向提篮桥飞跑，不一会儿到了黄石屏诊所。秦鹤岐先下车引霍元甲师徒进去，刘振声看这诊所是一幢三楼三底的房屋，两边厢房和中间客堂，都是诊室。西边厢房里，已有几个女客坐在那里待诊，客堂中坐了十来个服装不甚整齐、年龄老少不等的病人，也像是待诊的模样。入门处设了一个挂号的小柜台，有一个五十多岁的老头坐在里面。

秦鹤岐说了几句话，那老头认识秦鹤岐，连忙起身接待。秦鹤岐回头对霍元甲道：“黄先生此刻还在楼上抽烟，我们且到他诊室里去等。”说着引霍元甲走进东边厢房，只见房中也坐了七八个待诊的。秦鹤岐教霍元甲就一张软沙发上躺下，自己陪坐在旁边说道：“对门是女客候诊室，中间是施诊室。他这里的规则，是挨着挂号的次序诊视的。挂号急诊，须出加倍的诊金。我方才已办了交涉，黄先生下来先给你瞧。”霍元甲道：“既是有规则的，人家也是一样的有病求诊……”秦鹤岐还没回答，那挂号的老头已走近秦鹤岐身边，低声说道：“老先生就下来了，请你略等一会儿。”随即就听得楼梯声响，一个年约六十来岁，身穿蓝色团花摹本小羔皮袍，从容缓步，道貌岸然的人，从后房走了进来。

秦鹤岐忙起身迎着带笑说道：“对不起，惊动老先生。我这位北方朋友，胸脯以下昨日整整痛了一夜，痛时四肢冰冷，汗出如水，实在忍受不了。我特介绍到这里来，求老先生提前给他瞧瞧。”说毕，回顾霍元甲道：“这就是黄石屏老先生。”霍元甲此时正痛得异常剧烈，只得勉强点头说道："求黄老先生替我诊察诊察，看是什么缘由，痛得这般厉害？"

黄石屏就沙发旁边椅上坐下，诊了两手的脉，看了看舌苔说道："肝气太旺，但求止痛是极易的事，不过这病已差不多是根深蒂固了，要完全治好，在痛止后得多服药。"一面说，一面望着秦鹤岐道："这脉你曾看过么？"秦鹤岐道："因看了他的脉才介绍到这里来。"黄石屏已取了一口金针在手说道："我觉得他这脉很奇怪，好在两尺脉很安定，否则这病要用几帖药治好，还很麻烦呢！"

霍元甲自信体格强健，听了这些话，毫不在意，眼看了黄石屏手里的金针，倒觉奇怪，忍不住问道："请问黄老先生，我这病非打针不能好么？"黄石屏笑道："服药一样能治好，只是药力太缓。足下既是痛得不能忍受，当然以打针为好。足下可放心，我这针每日得打一百次以上，不但无危险，并绝无痛楚，请仰面睡在沙发上。"霍元甲只好仰面睡了。

黄石屏将衣服撩起，露出肚皮来，就肚脐下半寸的地方下针，刚刺了一下，忽停手看了看针尖，只见针尖倒转过来了，即换了一口针，对霍元甲道："我这针打进去，一点儿不痛，你不要害怕，用气将肚皮鼓着，皮肤越松越好打。"霍元甲道："我不曾鼓气，皮肤是松的。"黄石屏又在原处刺下，针尖仍弯了不能进去，便回头笑问秦鹤岐道："你是一个会武艺的人，难道你这位朋友也是一等好汉么？"秦鹤岐笑道："老先生何以见得？"黄石屏道："不是武艺练成了功的人，断没有这种皮肤，第一针我不曾留意，以为他鼓着气；第二针确是没鼓气，皮肤里面能自然发出抵抗的力量来，正对着我的针尖，这不是武艺练成了的，如何能有这种情形？"

秦鹤岐哈哈大笑道："老先生的本领，毕竟是了不得。我这朋友不是别人，就是现在张家花园摆擂台的霍元甲大力士。"黄石屏道："这就失敬了，若是早说给我听，我便不用这普通的针，怪道他的脉象非常奇怪。"说时从壁柜中取出一个指头粗、七寸来长的玻璃管，拨开塞口，倾出一根长约六寸的金针，就针尖审视了一阵，秦鹤岐凑近前看了说道："这针和方才所用的不是一样吗？"黄石屏道："粗细长短都一样，就只金子的成色不同。普通用的是纯金，这是九成金，比纯金略硬。"

霍元甲问道："这么长一口针，打进肚子里面去，不把肠子戳破了么？"黄石屏笑道："岂但肚子上可以打针，连眼睛里都一样的可以打针。”霍元甲见黄石屏用左手大指，在肚脐周围轻按了几下，觉得有蚂蚁在脐眼下咬了一口似的，黄石屏已立起身来，霍元甲问道：“还是打不进去吗？”黄石屏道：“已打过了，不妨起来坐着，看胸脯下还痛也不痛？”霍元甲立时坐起，摸了摸胸脯，站起身来，将身体向左右扭转了几下，连忙对黄石屏作揖笑道：“竟一点儿不觉痛了，真不愧人称神针，但不知打这么一针，还是暂时止痛呢，还是就这么好了？”

黄石屏道：“我刚才不是说过吗？照霍先生的脉象看，要止痛是很容易，所怕就在心境不舒，或者时常因事动了肝气，便难免不再发。”霍元甲心里虽相信黄石屏的针法神妙，只因平日总自觉是强壮的体格，胸脯下的痛苦既去，又见黄石屏已接着替旁人诊病，便不再说求诊的话了。黄石屏走到一个年约四十多岁，满面愁苦之容的人跟前，问道：“什么病？”这人用左手指点着右臂膊说道：“我这臂膊已有两年多不动弹了，也不痛，也不痒，也不红肿，要说失了知觉吧，用指甲捏得重了，也还知道痛。服了多少药，毫无效验，不知是什么病？”黄石屏听了，连脉也不诊，仅捋起这人袖口，就皮肤上看了一眼，即拿出针来，用左手食指在这人右肩膀下按了几下，按定一处，将针尖靠食指刺下，直刺进五寸来深，并不把针抽出，只吩咐这人坐着不动，又走近第二人身边诊病去了。

霍元甲问秦鹤岐道：“这人的针为什么留在里面不抽出来？在我肚子上仿佛还不曾刺进去就完了。”秦鹤岐道：“这个我也不明白，大概是因为各人的病状不同，所以打针的方法也有分别。你瞧他身上穿着呢夹马褂，羊皮袍子，里面至少还有夹衣小褂，将针打进去五寸来深，一点儿不费气力，你肚皮上一层布也没有，连坏了两口针，直到第三口九成金的针才打进去，即此可见你这一身武艺真是了得！”

霍元甲正在谦逊，忽见这人紧蹙着双眉喊道：“老先生，老先生，这针插在里面难受得很，请你抽出来好么？”黄石屏点头笑道：“要你觉得难受才好。你这种病，如果针插在里面不难受，便一辈子没有好的希望，竭力忍耐着吧，再难受一会儿子，你的病就完全好了。此时抽出来，说不定还要打一次或两次。”这人无法，只好咬紧牙关忍受，额头上的汗珠，黄豆一般大的往下直流，没一分钟工夫又喊道：“老先生，我再也不能忍受了，身体简直快要支持不住了，请快抽出来吧！”

黄石屏即停了诊视，走到这人跟前，将针抽了出来。这人登时浑身发抖，面色惨白，不断的说："老先生，怎么了，我要脱气了。"黄石屏道："不妨，不妨！你若觉得头脑发昏，就躺在沙发上休息休息。"当下搀扶这人到沙发上躺下。

霍元甲、秦鹤岐都有些替黄石屏担忧，恐怕这人就此死了。在房中候诊的几人，眼见了这情形，都不免害怕起来，争着问黄石屏："何以一针打成了这模样？"黄石屏毫不在意的笑道："他这条臂膊，已有两年多不能动弹了，可见病根不浅，不到一刻工夫，要把他两年多的病根除去，身体上如何没有一点儿难过呢？这种现象算不了什么，还有许多病，针一下去，两眼就往上翻，手脚同时一伸，好像已经断了气的模样；若在不知道的人看了，没有不吓慌的，因不经过这吓人的情形，病不能好。"

黄石屏还在对这些候诊的人解释，这躺在沙发上的人已坐起身来喊老先生，此时的脸色，不但恢复了来时的样子，并且显得很红润了。黄石屏问道："已经不觉难受了么？"这人道："好了，好了！"黄石屏道："你这不能动的臂膊，何不举起来给我看看。"这人道："只怕还举不起来。"随说随将右手慢慢移动，渐抬渐高，抬过肩窝以后，便直伸向上，跟着朝后落下，又从前面举起，一连舞了几个车轮，只喜得跳起来，跑到黄石屏面前，深深一揖到地道："可怜我这手已两年多不曾拿筷子吃过饭，以为从此成为一个半身不遂的废人了，谁知还有今日，论理我应叩头拜拜。"黄石屏也忙拱手笑道："岂敢，岂敢！"

霍元甲此时凑近秦鹤岐耳根问道："黄先生诊例我不知道，这里十元钱钞票，不知够也不够？"秦鹤岐道："黄先生为人最豪侠，最好结交朋友，由我介绍来的，他已不要诊金，何况所介绍的是你呢？"霍元甲摇头道："这断乎使不得。他既是挂牌行医，两边都用不着客气，我不必在诊例之外多送，他只管依诊例照收。"

霍元甲与秦鹤岐谈话的声音虽低，黄石屏似已听得明白，即走过来抢着答道："笑话，笑话！休说是鹤老介绍过来的，我万分不好意思要诊金，我只要知道是霍元甲先生，也决没有受诊金之理。我多日就诚心钦仰霍先生，实因不知道和鹤老是朋友，无缘拜访。难得今日有会面的机缘，又因候诊的人多，若不早给他们诊视，一会儿来的人更多，门诊的时间过了，还有若干号来不及诊视，所以就想陪先生多谈几句话，也苦于没有时间。霍先生现住什么地方？好在我看报上广告，知道一时还不至离开上海，请把尊寓的街道门牌留在这里，改日我必来奉看，那时再多多领教。”霍元甲见黄石屏说得这么诚恳，不好意思再说送钱的话，只得连连道谢，留了一张写了地名的名片，与秦鹤岐作辞出来。

在马路上秦鹤岐说道：“前番你要我介绍武艺好的朋友，我原打算引你会会黄石屏的，就因为他的医务太忙，他又吸乌烟，简直日夜没有闲暇的工夫。你瞧着他这身体似很瘦弱，又是一种雍容儒雅的态度，在不知道他的人，莫不以为他是一个文人，必是手无缚鸡之力的；谁知道他不仅内、外家功夫都做得极好，并且是道家的善知识。我和他认识的年数虽不少了，但只知道他以神针著名，直到三年前，他忽然遇着一件绑票的事。事后他的车夫对我说出来，我才知道他除了金针之外，还有一身惊人的武艺。

“三年前冬天，气候严寒，这日忽有一个人到黄家挂号，问到虹口出诊要多少诊金。黄石屏门诊是二元二角，二角算挂号，出诊有远近不同，平常出诊是四元四角，若路远及不同的租界加倍，拔号又加倍。夜间不看病，如在夜间接他出诊，也要加倍。那人到黄家挂号的时候，已是下午四点多钟，过了出诊的时间，挂号自然回绝那人，教那人明日再来。那人再三恳求，说自己东家老太爷病得十分危急，无论要多少钱都使得，只求黄老先生前去救一救。

“黄石屏生性原很任侠，平日每有极贫苦的人，病倒在荒僻的茅棚里，无力延医服药，黄石屏不知道便罢，知道总得抽工夫前去，自荐替人诊治。这种事是常有的，挂号的当然习知石屏的脾气，见推辞不脱，只好照夜去虹口方面出诊的例，问那人要钱。那人喜道：‘这很便宜。我家老太爷不知老先生在夜间到虹口出诊要多少钱，拿五十元大洋给我来请。于今仅要十多元大洋，还不便宜吗？’说话时果拿出一大叠钞票来，数了十多元给挂号的，留了地名，取了收条自去。

“那人去了一点多钟，石屏才从外面出诊回来，听了挂号的话，心里虽急于要去虹口诊病，但是吸乌烟的人，在外面出诊了几点钟回家，不能不吸烟。我听石屏说过，打针不比用药，用药只须用脑力，不须用体力，打针是要拿全身的力量，都贯注在针尖上，针尖才能刺入皮肤，直达内部；若不能全力贯注，纯金是软的，一刺便弯了。乌烟不过足瘾，全身都没有气力，哪里还能贯注到针尖上去？所以无论如何紧急，他非等到抽好乌烟不可。

“石屏抽好乌烟，天色已经昏黑了，那时又正下着大雨，然既收了人家的钱，势不能不去。石屏因做医生挣了二三十万家产，他买了一辆只能乘坐两个人的小汽车，每次出诊，都是他带一个车夫，坐着那小汽车去，这次也是如此。一辆小汽车冒雨跑到虹口，正在缓缓行走，寻找那留着的地名门牌，走到一条很冷僻的街道，忽听得街边有人问道：‘这车是不是坐的黄老先生？’车夫以为是病家特地派人在此等候的，随口答应：‘正是！’车夫的话才说了，突然听得身边响了一手枪，接着就有四个强盗将小汽车围住。一个用手枪逼着车夫，一个用手枪逼着石屏，低声喝道：‘识相些，跟我走吧。我们为要接你这个财神，不知已费了多少气力，多少银钱了。今天已落在我们网里，看你逃到哪里去！’

“石屏这时正着急坐在车中，一点儿不能施展，听说教他同走，喜得连忙答道：‘我明白，我明白！请让我下车来吧。’石屏一跨下车，就有两个强盗过来，一边一个把石屏的胳膊架住，石屏说道：‘我是一个做郎中的老头，又抽着大烟，连四两气力也没有。你们四个人，还有手枪，难道还怕我能逃跑吗？何必是这般将我捉住，使我痛得动也动不得呢？你们不过是想我的钱，我一双空手到上海来行医，于今挣了几十万家私，并不是刻薄积得来的，实在是生意好。你们要多少，只要我拿得出，决不推辞。但求不给我苦吃，无论要我多少钱，我都情愿。我赚钱容易，身体却推扳不得。’

“那两个强盗见石屏说得这么近情近理，便把捉胳膊的手略松了些，仍是催着快走。石屏看附近没有巡捕，因下雨并无行人，知道希望别人来救援是不可能的，忽心生一计说道：‘你们要钱，我有支票在身上，立时可以签字给你们，可不可以不捉我去？’那强盗也笨，以为且将支票骗到手，再捉他去不迟，好在绝不防备石屏有一身好武艺，当下即松了手道：‘你就拿支票签字吧！’石屏得了这机会，一举手便把捉右手的一个拿了手枪的打倒了，这个还没来得及动手，石屏的左腿已起，将这个踢倒在一丈以外。石屏弯腰夺了手枪，那个拿枪逼着车夫的，看了这情形，料知不妙，拉着那个同伙就跑。石屏用脚踏着地下的强盗问道：‘现在还是你要我的钱呢，还是我要你的命呢？依你们这种行为，本应送你到捕房里去，不过我生平为人，不愿和人结怨，这次饶了你们吧！以后如再犯在我手里，就对不起你了。’”

霍元甲听到这里，连声称赞道：“办得好！”谈话时，马车已到霍元甲寓所，霍元甲笑向秦鹤岐道：“今天把鹤老累到这时候，还不曾用早点，实在使我太不安了，彭庶白大约还在里面，请进去用了早点再谈谈。”

不知秦鹤岐如何说，且俟下回再说。

总评：

事之最为离奇，而不易以常理相测者，莫过于班诺威之假设欢迎宴是。当其最始之往谒霍元甲也，固弥致钦佩之忱，其态度可谓谦抑之至。比至欢宴之日，复以遣使奉迓之不足，更以汽车相迎，尤见十分优待之意。然则准是情状以相推测，一至欢迎席上，正不知有若何铺张扬厉，花团锦簇之一篇文章在。孰知一自霍元甲攀断腕力机以后，班诺威遽变其态度，不特欢迎席上十分冷落，并普通应有之仪式而亦无之，驯至听其徒步以去。前后判然异其状，谓为攀断腕力机之所致，而有所不慊于心耶？则班诺威之度量或不致小至于是，而其他固亦无可以致疑之点。此诚使人百索不得其解者也。虽然，天下不论任何一事之发生，定有其原因之所在，决非出自偶然者，读者试一翻阅后文，即可知班诺威之为此事果怀有何意，当亦为之哑然失笑，而知外国人之不易与耳！

登台演说，在今日已成为最时髦之一事，然其要诀，实不外乎“胆大、脸皮厚”五字。今之风头大出，而荣膺演说大家之头衔者，固皆能知此诀者也。卓哉农劲荪！乃能慨然一为道出之，殆亦含有微讽之意乎！

黄石屏以擅长金针术而驰誉于杏林，诚可谓为前无古人，后无来者，今即借霍元甲之往就诊，而一写其运术之神，复由之而入黄石屏传，此诚善用借迳法者。

写霍元甲之猝然瘿病，正为下文惨毙张本。

第七十四回

蓬莱僧报德收徒弟　医院长求学访名师

话说秦鹤岐听了霍元甲的话笑道：“我的早点在天明时就用过了，再坐坐使得。”于是一同进去。彭庶白和农劲荪正提心吊胆的坐着等候，见三人回来，刘振声并不搀扶霍元甲，霍元甲已和平时一样，挺胸竖脊的走路，二人都觉奇怪，一同起身迎着问道：“已经不痛了吗？”霍元甲点头笑道：“像这种神针，恐怕除却这位黄老先生而外，没有第二个人。不但我的气痛抽针就好，我还亲眼看见他在几分钟之内，一针治好了一个两年多不能动弹的手膀。我是因为那诊室小，候诊的人多，不便久坐，不然还可以看他治好几个。”

秦鹤岐道：“他这种针，对于你这种气痛，及那人手脚不能动弹的病，特别能见奇效，有些病仍是打针无效的。”彭庶白问道：“那针里面既无药水，不知何以能发生这么大的效力？”秦鹤岐道：“这话我也曾问过石屏，他是一个修道有所得的人，平日坐功做得好，对于人身肢体脏腑的组织部位，及血液筋络的循环流行等，无不如掌中观纹。他说出很多的道理来，都是道家的话，不是修道有得的人，就听了也不能明了。”

做书人写到这里，却要腾出这支笔来，将黄石屏的履历写一写。因黄石屏表面虽是针科医生，实在也是近代一个任侠仗义之士。他生平也干了许多除暴锄奸的事。他有一个女儿，名叫辟非，从五岁时起，就由黄石屏亲自教她读书练武，到了十五岁时，诗词文字都已斐然可观，刀剑拳棍更沉着老练；加以容貌端庄，性情温顺，因耳濡目染她父亲的行为，也干了些惊人的事，都值得在本书中，占相当地位。

于今且说黄石屏同胞兄弟四人，他排行第四，年纪最小。他在十岁的时候，随侍他父亲在宜昌做厘金局局长。他父亲是湖北候补知县，也署过阔缺，得过阔差事，做宜昌厘金局局长的时候，年纪已有六十来岁了，忽然得了个半身不遂的病。有钱的人得了病，自然是延医服药，不遗余力，只是请来的许多名医，都明知道是个半身不遂的病，然开方服药，全不生效，时间越延越久，病状便越拖越深。石屏的大胞兄已有三十多岁，在江苏作幕；二胞兄也将近三十岁，在浙江也正干着小差事；三胞兄也随侍在宜昌。此时因父亲病重，石屏的大哥、二哥也都赶到宜昌来侍疾。石屏年小，还不知道什么事，年长的兄弟三人，眼见父亲的病症，百般诊治，毫无转机，一个个急得愁眉苦脸，叹气唉声。

大家正在无可奈何的时候，忽有门房进来报道："外面来了一个老年和尚，请见局长。他自称是山东蓬莱县什么寺里的住持，局长十年前署理蓬莱县的时候，有地痞和他争寺产，打起官司来，蒙局长秉公判断，并替他寺里立了石碑，永断纠葛。他心中感激局长的恩典，时思报答，近来他听道局长病重，特地从山东赶到这里来，定要求局长赏见一面。"

石屏的父亲此时虽病得极危殆，但是睡在床上，神志甚为清明，门房所说的话，他耳里都听得明白，见大儿子、二儿子同时对门房回说"病重了不能见客"的话，便生气说道："你们兄弟真不懂得人情世故，这和尚是上了年纪的人，几千里路途巴巴的赶到这里来，我于今还留得一口气在，如何能这么随便回绝他，不许他见我的面？你们兄弟赶紧出去迎接，说我实在对不起，不能亲自迎接，请他原谅；并得留他多住几日，他走时得送他的盘缠。"

黄大少爷兄弟同声应是，齐到外迎接。只见一个年在六十以上的和尚，草鞋赤脚，身着灰布僧衣，背负破旧棕笠，形式与普通行脚僧无异，只是花白色的须眉，都极浓厚，两道眉毛，长的将近二寸，分左右从两边眼角垂下来，拂在脸上，和平常画的长眉罗汉一般。虽是满面风尘之色，却显露出一脸慈祥和蔼的神气。门房指点着对黄大少爷兄弟道："就是这位老和尚。"一面对和尚说："这是我们的大少爷、二少爷。"黄氏兄弟连忙向和尚拱手道："家严因久病风瘫，不能行动，很对不起老师傅，不能亲自出来迎接。

请教老师傅法讳是怎么称呼？”

老和尚合十当胸说道：“原来是两位少爷。老僧名圆觉，还是十多年前，在蓬莱县与尊大人见过几面，事隔太久，想必尊大人已记不起来了。老僧因闻得尊大人病在此地，经过多少医生诊治无效，才特地从山东到此地来。老僧略知医道，也曾经治好过风瘫病，所以敢于自荐。”

黄氏兄弟见圆觉和尚说能治风瘫，自然大喜过望，当即引进内室，报知他父亲，然后请圆觉和尚到床前。圆觉很诚恳的合掌行礼问道：“黄大老爷别来十多年了，于今还想得起蓬莱县千佛寺的圆觉么？”黄石屏的父亲本已忘记了这一回事，只是一见面提起来，却想起在署蓬莱县的时候，有几个痞绅谋夺千佛寺的寺产，双方告到县里，经过好几位知县，不能判决，其原因都是县官受了痞绅的贿赂。直至本人署理县篆时，才秉公判决了，将痞绅惩办了几个，并替千佛寺刊碑勒石，永断纠葛的这一段事故来。不觉欣然就枕上点头道：“我已想起来了，不过我记得当时看见老和尚，就是现在这模样儿，何以隔别了这十多年，我已老的颓唐不堪了，老和尚不但不觉衰老，精神倒觉得比前充满。佛门弟子毕竟比我等凡夫不同，真教人羡慕。”

圆觉笑道：“万事都是无常，哪有隔别十多年不衰老的人？老僧也正苦身体衰弱，一日不如一日，只以那年为寺产的事，蒙黄大老爷的恩施，为我千佛寺的僧人留碗饭吃，老僧至今感激，时时想图报答，但是没有机缘。近来方打听得黄大老爷在此地得了半身不遂的病，经多人诊治不效。老僧也曾略习医术，所以特地赶到此地来，尽老僧的心力，图报大恩。”

黄石屏的父亲就枕边摇手说道：“老和尚快不要再提什么受恩报答的话。当年的事，是我分内应该做的，何足挂齿！”当即请圆觉就床沿坐下，伸手给他诊脉。圆觉先问了病情，复诊察了好一会儿说道：“大老爷这病，服药恐难见效，最好是打针，不过打针也非一二日所能全好，大约多则半月，少则十日，才能恢复原来的康健。”石屏的父亲喜道：“只要能望治好，休说十天半月，便是一年半载，我也感激老和尚。”

圆觉一面谦谢，一面从腰间掏个一个六七寸长的布包，布包里有一个手指粗的竹管，拔去木塞，倾出十多根比头发略粗的金针来，就石屏父亲周身打了十来次。不到一刻工夫，便已觉得舒畅多了。石屏父亲自是非常欣喜，连忙吩咐两个大儿子，好生款待圆觉。次日又打了若干针，病势更见减轻了，于是每日打针一两次，到第五日就能起床行动了。

石屏父亲感激圆觉和尚自不待说，终日陪着圆觉谈论，始知道圆觉不但能医，文学、武艺都极好，并有极高深的道术，用金针替人治病的方法，便是由道术中研究出来的。石屏的父亲因自己年事已高，体气衰弱，这回的大病，虽由圆觉用针法治好了，但是自觉衰老的身体，断不能支持长久，时常想起圆觉“万事无常，哪有隔别十多年不衰老”的话，不由得想跟着圆觉学些养生之术，于闲谈时将这番意思表示出来。

圆觉听了，踌躇好一会儿才答道：“论黄大老爷的为人，及当年对我千佛寺的好处，凡是老僧力所能办的事，都应该遵办。不过老僧在好几年以前，曾发了一个誓愿，要将针法传授几个徒弟，以便救人病苦，如老僧认为能学针法，出外游行救人，就可传授道术。黄大老爷的年纪太大，不能学习，实非老僧不肯传授。”石屏父亲问圆觉：“已经收了几个徒弟？”圆觉摇头道：“哪里能有几个？物色了三十年，一个都不曾得着。”石屏父亲道：“教我学针法，我也自知不行。老和尚既说物色了三十年，一个都不曾得着，可知这针法极不易学。请问老和尚，究竟要怎么样的人，才可以学得？”

圆觉道：“这却难说，能学的人，老僧要见面方能知道，不能说出一个如何的样子来。”石屏父亲说道：“不知我三个小儿当中，有一二个能学的没有？”圆觉诧异道：“一向听说大老爷有四位公子，怎说只有三位？”石屏父亲面上显得很难为情的样子说道：“说起来惭愧，寒门不幸，第四个小子，简直蠢笨异常，是一个极不堪造就的东西。这三个虽也不成材，然学习什么，还肯用心，所以我只能就这三个小子当中，看有一二个可以学习么？如这三个不行，便无望了。”圆觉点头道：“三位公子，老僧都见过，只四公子不曾见面，大约是不在此地。”

石屏父亲说道：“我就为四小子是一个白痴，年纪虽已有十多岁了，知识还赶不上寻常五六岁的小孩，对人说话显得意外的蠢笨，所以禁止他，不许他见客，并非不在此地。”圆觉笑道：“这有何妨！可否请出来与老僧见见。世间每有表面现得很痴，而实际并不痴的。”石屏父亲听了，只管闭目摇头说道：“但怕没有这种事。”圆觉不依，连催促了几遍，石屏父亲无奈，只得叫当差的将石屏请出来。

此时石屏已十四岁，本来相貌极不堂皇，来到圆觉跟前，当差的从背后推着他上前请安。圆觉连忙拉起，就石屏浑身上下打量了几眼，又拉着石屏的手看了看，满脸堆笑的向石屏的父亲说道："老僧方才说，世间表面现得很痴，而实际不痴的，这句话果然应验了。我要传的徒弟，正是四公子这种人。"石屏父亲见圆觉不是开玩笑的话，才很惊讶的问道："这话怎么说？难道这蠢才真能传得吗？"

圆觉拉着石屏的手，很高兴的说道："我万不料无意中在此地得了你这个可以传我学术的人，这也是此道合该不至失传，方有这么巧合的事，正所谓'踏破铁鞋无觅处，得来全不费功夫'。"说罢，仰天大笑不止，那种得意的神情，完全表现于外，倒把个黄大老爷弄得莫名其妙，不知圆觉如何看上了这个比豚犬不如的蠢孩。只是见圆觉这么得意，自己也不由得跟着高兴，当下就要石屏拜圆觉为师。

圆觉从此就住在黄家。但是圆觉并不教黄石屏打针，也不教与医学有关的书籍，只早晚教石屏练拳练武，日中读书写字，所读的书，仍是平常文人所读的经史之类。黄家的人看了石屏读书、习武颖悟的情形，才相信石屏果然不蠢。石屏父亲交卸了局务，归江西原籍，圆觉也跟着到江西。教习了三年之后，圆觉才用银朱在粉壁上画了无数的红圈，教黄石屏拿一根竹签，对面向红圈中间戳去，每日戳若干次，到每戳必中之后，便将红圈渐渐缩小，又如前一般的戳了若干日。后来将红圈改为芝麻般小点，竹签改为钢针，仍能每戳必中。最后方拿出一张铜人图来，每一个穴道上，有一个绣花针鼻孔大小的红点，石屏也能用钢针随手戳去，想戳什么穴，便中什么穴。极软的金针，能刺进寸多深的粉墙，金针不曲不断，圆觉始欣然说道："你的功夫已有九成火候了。"至此才把人身穴道，以及种种病症，种种用针方法，详细传授。石屏很容易的就能领悟了，石屏学成之后，圆觉方告辞回山东去。

圆觉去后数年，石屏的父亲才死。石屏因生性好静，不但不愿意和他的三个哥子一般，到官场中去谋差使，便是自己的家务，也懒得过问。他们兄弟分家，分到他名下原没有多大的产业，他又不善经理。圆觉曾传授他许多修炼的方法，他每日除照例做几次功课外，无论家庭、社会大小的事，都不放在他心上。没有大家产的人，常言"坐吃山空"，当然不能持久。分家后不到十年，石屏的家境已很感觉困难了，在原籍不能再闲居下去。他父亲与南通张季直有些友谊，这时张季直在南通所办的事业已很多，声望势力已很大，石屏便移家到南通来居住。

季直以为黄石屏不过是一个寻常少爷的资格，除却穿衣吃饭以外，没有什么本领。石屏的知识能力，虽是很充分，然对人的言谈交际，因在宜昌与在原籍都没有给他练习的机会，他又绝不注意在人前表现他自己能耐，求人知道，张季直虽与他父亲有些交谊，只因平时没有来往，不知道石屏从圆觉学针的事，因此看了黄石屏这种呆头呆脑的神气，只道是一无所长的，不好给什么事他做。石屏以为是一时没有相当的事可委，也就不便催促，不过石屏心里很钦佩张季直的学问渊博，有心想多亲近，好在文学上得些进益，时常到张季直家里去谈谈。张季直和黄石屏谈过几次学问之后，才知道他不是一个呆子，待遇的情形便完全改变了。

这时张季直已四十多岁了，还没有儿子，讨了个姨太太进来，也是枉然，反因为望子心太切的缘故，得了一个萎阳症。这么一来，求子的希望，更是根本消灭了。张季直不由得异常忧郁，每每长吁短叹，表现着急的样子。黄石屏三番五次看在眼里，忍不住问道："啬老心中，近来好像有很重大的事没法办理，时常忧形于色。我想啬老一切的事业，都办得十分顺畅，不知究为什么事这么着急？"张季直见问，只是叹气摇头，不肯说出原因来。黄石屏再三追问，张季直才把得萎阳症、生育无望的话说出来。黄石屏笑道："这种病很容易治好，啬老若早对我说，不但病已早好，说不定已经一索得男了。"张季直喜问道："你懂医术吗，这病应该如何治法？寻常壮阳种子的药，我已不知服过多少次了，都没有多大的效力。"

黄石屏道："我的治法，与寻常医生完全不同，一不服壮阳的药，二不服种子的药。"张季直道："既是如此，看应该如何治，就请你治吧！"黄石屏道："此时就治，不见得便有效，须待啬老的姨太太经期初过的这几日，方能施治。"张季直果然到了那时候来找黄石屏。石屏在张季直小腹上打了一针，作怪得很，这针一打下去，多久不能兴奋的东西，这夜居然能兴奋了。于是每月到了这时期，便请石屏打一针，三五次之后，姨太太真个有孕了。张季直心里又是欢喜，又是感激，对黄石屏说道："你既有这种惊人的本领，何不就在此地挂牌行医，还用得着谋什么差事呢？这南通地方，虽比不上都会及省会繁华热闹，但市面也不小，像你这般本领，如在此地行医，一二年下来，我包管你应接不暇，比较干什么差事都好。”

黄石屏本来没有借这针法谋利的心思，当圆觉和尚传授他的时候，也是以救人为目的。不过此时的黄石屏，既迫于生计，听了张季直的话，只得答应暂时应诊，以维生计。张季直因感激石屏的关系，亲笔替石屏写了几张广告，粘贴在高脚牌上，教工人扛在肩上，去各大街小巷及四乡行走。

南通人原极信仰张季直，而张季直中年得萎阳症不能生子，因石屏打了几针，居然怀孕的事，又早已传遍南通，因此南通人与张季直同病的，果然争先恐后的来找黄石屏打针。就是其他患病的人，也以求黄石屏诊治为最便当，旁的医生收了人家的诊金，仅能替人开一个药方，还得自己拿钱去买药，服下药去，能不能愈病，尚是问题。找黄石屏诊，见效比什么药都来得快，只要诊金，不要药费。所以挂牌数月之后，门诊、出诊每日真是应接不暇。并有许多外省外县的人，得了多年痼疾，普通医生无法诊治，闻黄石屏的名，特地到南通来迎接的，尤以上海为多。在南通悬壶四年，差不多有两年的时间，在上海诊病。上海的地方比南通大几倍，人口也多几倍，声名传扬出去，自是接连不断的有人迎接诊病，后来简直一到了上海，便没有工夫回南通，而南通的人得了病，曾请黄石屏诊过便罢，如未经请黄石屏诊过死了，人家就得责备这人的儿女不孝，这人的亲戚朋友，更是引为遗憾。一般人的心理，都认定黄石屏确有起死回生的力量。

黄石屏自己的体格，原不甚强壮，虽得了圆觉和尚所传修炼的方法，只以应诊之后生意太忙，日夜没有休息的时间。加以打针不似开药方容易，开药方只须运用脑力，并能教人代替书写，打针须要聚精会神，提起全身的力量，贯注在针尖上，方能刺入皮肤，精神上略一松懈，就打不进去。一日诊治的人太多了，便感觉精神提振不起来，只得吸几口鸦片烟，助一助精神。不久鸦片烟上了瘾，就懒得南通、上海来回的跑了，石屏觉得上海行医，比较南通好，遂索性将诊所移到上海，诊务更一天一天的发达。

石屏诊所旁边，有一个小规模的医院，是一个西洋学医的学生，毕业回国后独资开设的，生意本甚清淡。黄石屏诊所却是从早到晚，诊病的川流不息，越发显得那小医院冷落不堪。那姓叶的院长觉得奇怪，不知黄石屏用的什么针，如何能使人这般相信，忍不住借着拜访为名，亲到石屏诊所来看。望着石屏替病人打针，觉得于西医学理上毫无根据，只是眼见得多年痼疾，经黄石屏打过几针，居然治好，实在想不出是什么道理来。有时看见黄石屏在病人胸、腹上及两眼中打针，他便吓得连忙跑开。黄石屏问他为什么看了害怕？那叶院长说道："这上海是受外国法律制裁的地方，不像内地没有法律可以胡闹。据我们西医的学理，胸、腹上及两眼中是不能打针的，打下去必发生绝大危险。我若不是学西医，又在此地开设医院，在旁看了也没有多大关系。我是个懂得医理的人，倘若你用针乱戳，闹出危险来，到法庭上作证，我是得负责任的。我虽不至受如何重大的处分，但我既明知危险，而袖手旁观，不出面劝阻，就不免有帮助杀人的嫌疑。"黄石屏笑道："你们西医说，胸、腹上及两眼中不能打针，打了有绝大的危险，何以我每日至少有二三十次在病人胸、腹上打针，却一次也未曾发生过危险呢？这究竟是你们西医于学理不曾见到呢，还是我侥幸免了危险呢？"

那叶院长摇头道："我不能承认西医是学理上不曾见到，也不能说你是侥幸免了危险，侥幸只能一次二次，每日二三十次，断无如此侥幸之理。"黄石屏笑道："既不是侥幸免了危险，则于学理上当然是有根据的。我看若不是西医不曾发明，便是中国人去外国学西医的不曾学得，可惜国家费多少钱，送留学生到东、西洋去学医，能治病的好方法一点儿也没学得。不仅对于医学不能有所发明，古人早经发明的方法，连看也看不出一个道理来，胆量倒学得比一般中国人都小。我在这受西洋法律制裁的上海，行医已有三四年了，若打针会发生危险，不是早已坐在西牢里不能出来了吗？我希望你以后不到这里来看，不是怕你受拖累，是恐怕你因见我在人胸、腹上打针并无危险，想发达你的生意，也拿针在别人胸、腹上乱戳，那才真是危险，说不定我倒被你累了。"这番话说得叶院长红着脸，开口不得，垂头丧气的走了，再也不好意思到石屏诊所里来。石屏也觉得一般西医固执成见，不肯虚心的态度可厌，不愿意那叶院长时常跑来看。

有一个德国妇人，名叫黛利丝，在好几年前，因经商跟着丈夫到上海来，南北各省都走过。黛利丝的性质，比平常的外国人不同。平常外国人，对于中国的一切，无不存一种轻视之心，黛利丝却不然，觉得中国的一切，都比她本国好，尤其是欢喜中国的服装，及相信中国的医药。她说："西医诊治，经年累月不能治好的病，中医每每一二帖药就好了，还有许多病，西医无法诊治，中医毫不费事就治好了的。"她对同国的人，都是这般宣传，除却正式宴会及跳舞，她都是穿中国衣服。不幸到中国住不了几年，她丈夫一病死了，她因在上海有些产业，又有生意正在经营着，不能回国去，仍继续她丈夫的事业经营。不过她夫妻的感情素来极好，一旦丈夫死去，心中不免抑郁哀痛，因抑郁哀痛的关系，腰上忽然生出一个气泡来，初起时不过铜钱般大小，看去像是一个疮，只是不发红，也不发热，用手按去，觉有异样的感觉，然又不痛不痒，遂不甚注意。不料一日一日的长大起来，不到几个月，就比菜碗还大，垂在腰间和赘疣一样，穿衣行路都极不方便。因恐怕这赘疣继长增高，找着上海挂牌的中国医生诊视，有几个医生都说这病药力难到，须找外科医生。外科医生看了，说非开割不可。黛利丝料知开割必甚痛苦，不敢请外科医生诊治。

既是经过中国的内、外科医生都不能诊，就只得到德国医院去，德国医生看了她，和中国的外科医生一样，说除了用刀割去，没有其他治法。黛利丝问："割治有无生命的危险？"德医道："治这种赘疣，是非割不可，至于割后有无生命的危险，这又是一个问题，须得诊察你的体格，并得看割治后的情形才能断定，此刻是不能知道的。"黛利丝听了，话都懒得说，提起脚便走。德医赶着问她："为什么是这么就走？"黛利丝愤然说道："我不割不过行动不大方便，不见得就有生命的危险，割时得受许多痛苦，割后还有生命的危险，我为什么要割？我原不相信你们这些医生，听了你刚才的话，更使我不由得生气。"一面说，一面跑了出来，仍托人四处打听能治赘疣的医生。

有人将黄石屏针法神奇的话说给她听，她便跑到黄石屏诊所来，解衣给黄石屏看了，问能否诊治？黄石屏问了问得病的原因说道："这病可治，不过非一二次所能完全治好，恐怕得多来看几次。"黛利丝现出怀疑的态度问道："真能治好吗，不是不治的症吗？"黄石屏笑道："若是不治之症，我一次也不能受你的诊金。我从来替人治病，如认为是不治之症，或非我的能力所能治，我就当面拒绝治疗，不收人的诊金。因此凡经过我诊治的，决非不治之症。"黛利丝问道："是不是要用刀将这赘疣割去？"黄石屏摇头道："那是外科医生治疗的方法。我专用金针治病，虽有时也替人开方服药，但是很少，休说用刀，你这病大约可专用针治好，不至服药。"黛利丝喜道："既是如此，就请先生诊治吧。"

黄石屏在黛利丝腰间腹上连打了三针，约经过三四分钟光景，黄石屏指着赘疣给黛利丝看道："你瞧这上面的皮肤，在未打针以前，不是光滑透亮吗？于今皮肤已起皱纹了，这便是已经内消的证据。"黛利丝旋看旋用手抚摸着，喜道："不但皮肤起了皱纹，里面也柔软多了。"欢喜得连忙伸手给黄石屏握，并再三称谢而去。次日又来诊治，已消了大半，连治了三次，竟完全好了。黛利丝想起那德医"非动刀割治没有其他治疗方法"的话，实在不服这口气，亲自跑到那医院去，找着那医生问道："你不是说我这腰间的赘疣，非用刀割去，没有其他治疗方法的吗？你看，我不用刀割治，现在也完全好了。幸亏我那日不曾在你这医院里治疗，若听了你的话，不是枉送了我的性命吗？"

这个医生就是这医院里的院长，德国医学在世界上本是首屈一指的，而这个院长对于医学，更是极肯虚心研究。他在中国的时间很久，中国话说得极熟，平日常和中国朋友来往，也曾听说过中国医术的巧妙，只是没有给他研究的机会。他知道西医的学问、手术，虽有高下及能与不能的分别，但对于一种病治疗的方法，无论哪国大概都差不多。像黛利丝这种赘疣，在西医的学术中，绝对没有内消的方法，那院长是知道得很确切的。今见黛利丝腰间的赘疣，真个好得无影无形了，皮肤上毫无曾经用刀割治的痕迹，不由那院长不惊异。虽听了黛利丝揶揄的话，心中不免气愤，然他是一个虚心研究学问的人，能勉强按捺住火性，问道："你这病是哪个医生，用什么方法治好的？可以说给我听吗？"黛利丝道："如何不能说给你听，是上海一个叫黄石屏的中国医生治好的。那医生治我这病，不仅不用刀割，并不用药，就只用一根六七寸长、比头发略粗些儿的金针，在我这边腰上打了一针，小腹上打了两针，这是第一次。三针打过之后，我这肉包就消了一小半。第二日又打了四针，第三日仍是三针，每次所打的地方不同，只这么诊了三次，就完全好了。"

那院长要看打针的地方，黛利丝一一指点给他看。院长问道："针里面注射什么药水，你知道吗？"黛利丝连连摇手道："那不是注射药水的针，什么药水也没有。"院长摇头道："哪有这种奇事，既不注射药水，却为什么要打针？你不是学医的人，所以不知道这道理。他用六七寸长的针，里面必有多量的药水，注射到皮肤里，所以能发生这么伟大的效力，只不知道他用的是何种药水，能如此神速的使赘疣内消。”黛利丝又急又气的说道：“我不学医，不知道治病的道理，难道我两只眼睛，因不学医也看不出那针里面有不有药水吗？那针比头发粗不了一倍，请问你里面如何能装药水？”院长道：“我们医院里所用的针，也都比头发粗不了多少，要刺进病人皮肤里面去的针，怎么会有粗针？”黛利丝问道：“你们医院里所有的针，比头发粗不了多少的，是不是只用针尖一部分，还是全部都只有头发粗细？”

院长道：“自然是只用针尖一部分，后半截的玻璃管是装药水的，何能只有头发粗细？”黛利丝点头道：“若是针的全部都只有头发粗细，也没有玻璃管，也没有比较略为粗壮的地方，是不是有装药水的可能呢？”院长道：“我生平还没有见过治病的针，全部只有头发粗细的。”黛利丝道：“今假定有这种全部只头发粗细的针，你说里面有药水没有？”院长道：“那是绝对不能装药水的。”黛利丝道：“那么黄石屏所用的就是这种全部一般粗细的针，并且我亲眼看见他在未打针之前，将那头发般粗细的针，一道一道的围绕在食指上，仅留一截半寸多长的针尖在外，然后按定应打的地方，用大拇指一下一下的往前推。那针被推得一边从食指上吐散下来，一边刺进皮肤里面去。”院长听了，哈哈笑道：“这就更奇了。那针能在食指上一道一道的围绕着，不是软的吗？”黛利丝道：“谁说不是软的。你说纯金是不是软的，并且仅有头发般粗细，当然是极柔软。”

院长很疑惑的摇头说道：“照你这种说法及针所打的地方，于学理都绝无根据。那种纯金所制的针，果然不能装药水，就是要用药水制炼，借针上的药性治病，事实上也不可能。因为其他金属品，可以用药水制炼，纯金是极不容易制炼的。”黛利丝冷笑道：“于学理有不有根据，及纯金是否能用药水制炼，是你们当医生尤其是当院长的所应研究的事。我只知道我腰间的赘疣，是经黄石屏医生三次针打好了，与你当日所诊断的绝对不同。我因你是我德国的医生，又现在当着院长，我为后来同病的人免割治危险起见，不能不来使你知道，生赘疣的用不着开割，有极神速的治法，可以内消，希望你以后不要固执西洋发明不完全的医理，冤枉断送人的生命。”

黛利丝说完这些话就走了，那院长弄得羞惭满面，心中甚想问黄石屏的诊所在什么地方，以及“黄石屏”三个中国字如何写法，都因黛利丝走的过急，来不及问明，也就只得罢了。

偏是事有凑巧，黛利丝的赘疣好后，不到一年，黛利丝有一个朋友名雪罗的，也是生一个赘疣在腰上，所生的部位，虽与黛利丝有左右上下之不同，大小情形却是一般无二。雪罗是有丈夫的，年龄也比黛利丝轻，生了这东西，分外的着急。她知道黛利丝曾患这一样的病，但不详知是如何治好的，特地用车将黛利丝迎接到家中，问当日诊治的情形。黛利丝当然是竭力宣传黄石屏的治法稳妥神速，雪罗是很相信的。无奈雪罗的丈夫，是一个在上海大学教化学的，全部的科学头脑，平日对于中国人之龌龊不卫生、没有科学常识，极端的瞧不起，哪里还相信有能治病的医学？见自己爱妻听信黛利丝的话，便连忙反对道："你这病去招中国医生诊治，不如拿手枪把自己打死，倒还死得明白些。找中国医生治病，必是死得不明不白，我若不在此地，你和黛利丝夫人去找中国医生，旁人不至骂我，于今我在这里，望着你去找中国人看病，旁人能不骂我没有知识吗？"

雪罗听了她丈夫这些话，还不觉着怎样，黛利丝听了，却忍不住生气说道："找中国医生治病便是没有知识，你这话不是当面骂我吗？我的病确是中国医生治好的，你却用什么理由来解释呢？"雪罗的丈夫自知话说错了，连忙笑着赔罪。雪罗对丈夫道："你不赞成我去找中国医生，就得陪我去医院里诊治。"黛利丝道："这上海的医院，还是我们本国的最好。我去年害这病的时候，经那院长诊察，说非开刀割治不可，而割治又不能保证没有生命危险，因此我才不割，赌气跑了出来。"雪罗的丈夫说道："那院长是我的朋友，我素知道他的手术，不但在上海的医生当中是极好的，便是在欧美各国，像他这样的也不多。我立刻就带你去那里瞧瞧，如必须割治，至少也得住两星期医院。"黛利丝道："我也陪着你们去医院里看看，看那院长如何说，或者不要开割也不一定。"雪罗道："我正要邀你同去。"

于是三人一同乘车到德国医院来。黛利丝始终低着头，装做不认识那院长的，那院长倒也没注意。雪罗解开上衣，露出赘疣来给院长看，院长诊察了半晌，说出来的话，与对黛利丝说的一样。雪罗也是问："开割后有无生命的危险？"院长摇头道："因为这地方太重要，患处又太大，割后却不能保证没有危险。倘割后经四十八小时不发高热，便可以保证无危险了。"

雪罗吓得打了一个寒噤道："有不有危险，要割后四十八小时才知道，请你去割别人，我是宁死不割的。"黛利丝对雪罗笑道："这些话我不是早已在你家说过了吗？去年他就是向我这般说，不然我也不至于去找中国医生打针。”院长见黛利丝说出这番话，才注意望了黛利丝几眼，也不说什么。雪罗的丈夫指着黛利丝对院长说道：“据我这朋友黛利丝夫人说，她去年腰间也曾生一个很大的赘疣，是由一个中国医生用打针的方法治好的。我不是学医的人，不能断定用打针的方法，是不是有治好这种赘疣的可能？”那院长说道：“在学理上虽然没有根据，但我们不能否认事实。黛利丝夫人去年患病的时候，曾来我这里诊视，后来经那医生治好了，又曾到这里来送给我看。我正待打听那医生的姓名、住处，准备亲去访问他，研究一番，黛利丝夫人却已走了。”黛利丝听了喜道：“是呀，我有事实证明，任何人也不能反对。”

雪罗截住黛利丝的话头问道：“你去找那中国医生打针的时候，痛也不痛？”黛利丝道：“打针时毫不觉痛，比较注射防疫针时的痛苦轻多了。”雪罗望着自己丈夫道：“我决定不在这里割治，我同黛利丝夫人到中国医生那里去。”雪罗的丈夫对院长道：“我始终不相信全无知识的中国人，有超越世界医学的方法，能治好这种大病。我想请你同去，先与那医生交涉保证没有危险，如打针的时候，仓促发生何种变态，有你在旁，便可以施行应急手术。”院长道：“我多久就想去看看，那医生已在上海设了诊所，想必不至发生危险。我曾和中国人研究过，倒是西医治病有时发生危险，因为西洋医学发明的时期不久，尚有许多治疗的方法，或是没有发明，或是还在研究中。各国虽都有极明显的进步，然危险就是进步的代价。中国医学发明在三四千年前，拿病人当试验品的危险时期，早已过了，所有留传下来的治疗方法，多是很安全的。近代的中国医生，不但没有新的发明，连旧有的方法，都多半失传了。”

雪罗的丈夫说道：“照你这样说，中国的医学，在世界上要算发明最早最完全的了。”院长摇头道：“我方才说的，是一个中国朋友所说的话，我不曾研究过中国医学，只觉得这些话，按之事实也还有些道理。”雪罗在旁催促道：“不要闲谈了吧，恐怕过了他应诊的时间，今天又不能诊治了。”雪罗的丈夫要院长携带药箱，以便应用，院长答应了，更换了衣服，提了平常出诊的药箱，四个人一同乘车到黄石屏诊所来。

此时正在午后三点钟，黄石屏的门诊正在拥挤的时候，两边厢房里男女就诊的病人，都坐满了。黛利丝曾在这里诊过病，知道就诊的手续及候诊的地方，当下代雪罗照例挂了号，引到女宾候诊室。这时黄石屏在男宾房里施诊，约经过半小时，才到女宾房中来。黛利丝首先迎着，给雪罗介绍，黄石屏略招呼了几句说道："我这里治病，是按挂号次序施诊的，请诸位且坐一会儿，等我替这几位先看了，再替贵友诊视。"

雪罗的丈夫和那院长心里，巴不得先看黄石屏替别人治病是如何情形，遂跟着黄石屏，很注意的观察。只见黄石屏用针，果如黛利丝所说，将金针围绕在食指尖上，用大拇指缓缓的向皮肤里面推进，深的打进去五六寸，浅的也有二三寸。西医平日所认为不能打针的地方，黄石屏毫不踌躇的打下去，效验之神速，便是最厉害的吗啡针，也远不能及。诊一个人的病，有时不到一分钟，打针的手续就完了。因此房中虽坐有十多个病妇，只一会儿就次第诊过了，诊一个走一个，顷刻之间，房中就只有雪罗等四个人了。黄石屏问黛利丝："贵友是何病症？"黛利丝帮助雪罗将上衣解开，露出赘疣给黄石屏看了。雪罗的丈夫对黄石屏说道："我平日不曾见中国医生治过病，对于中国医术没有信仰，今日因黛利丝夫人介绍，到黄先生这里来求诊，不知黄先生对敝内这病，有不有治好的把握？"黄石屏道："尊夫人这病，与黛利丝夫人去年所患的病，大体一样。黛利丝夫人的病，是由我手里治好的，此刻治尊夫人的病，大约有七八成把握。"

院长插口问道："治雪罗夫人的病，也是打针么？"黄石屏点头应是。院长道："打针不至发生危险么？"黄石屏笑道："如何会发生危险！我在上海所治好的病，至少也在一万人以上，危险倒一次也不曾发生过。方才你们亲眼看见我治了十多个人，是不是绝无危险，总应该可以明白了。"雪罗的丈夫说道："敝内的病，求先生诊治，我情愿多出诊金，听凭先生要多少钱，我都情愿。不过我想请先生出立一张保证包好，及绝对不发生危险的凭单，不知先生能不能允许？"黄石屏笑道："诊金多少，我这里订有诊例，你不能少给，我也不能多要。像尊夫人这病，我相信我的能力，确实能担保治好，并能担保确无危险，不过教我先出立凭单再诊，我这里没有这办法。我中国有一句古话，是'医行信家'，病人对医生有绝对的信仰心，医生始能治这人的病，若是病人对医生不信仰，医生纵有大本领也不行。我的名誉，便是我替人治病绝大的担保，你相信我，就在这里诊，不相信时，不妨去找别人。上海有名的中西医院很多，你们何必跑到我这不可信的地方来呢？”

院长见黄石屏说话，很透着不高兴的神气，知道雪罗的丈夫素来瞧不起中国人，恐怕两下因言语决裂，将诊治的事弄僵，连忙赔笑向黄石屏说道：“想要求黄先生出立凭单，并非不相信，实因他夫妇的爱情太好，无非特别慎重之义。先生既不愿照办，就不这么办也使得。”说毕，对雪罗的丈夫竭力主张在此诊治。雪罗本人原很愿意，当下就请黄石屏诊治。

黄石屏在雪罗身上打了四针，抽针之后，雪罗即感觉转侧的时候，腰背活泛多了。大家看这赘疣，来时胀得很硬的，此时已软得垂下来，和妇人的乳盘一样了。院长要看黄石屏的针，黄石屏取出一玻璃管的金针给院长看。院长仔细看了一会儿，仍交还黄石屏，说道：“先生这种针法，是由先生发明的呢，还是由古人发明，将方法留传下来的呢？”黄石屏笑道：“我有发明这种针法的能耐就好了，是我国四千年前的黄帝发明的，后人能保存不遗失，就是了不得的豪杰，如何还够得上说发明！”说话时，又来了就诊的病人，黄石屏没闲工夫陪着谈话，雪罗等四人只得退出诊所。

那院长在车中对雪罗的丈夫道：“尊夫人明日想必是要来这里复诊的，希望先到我医院里来，我还想到这里看看。”雪罗的丈夫点头问道：“据你看，他这种打针的方法，是不是也有些道理。”院长沉思着答道：“不用说治病有这般神速的效验，无论何人得承认他有极大的道理，就专论他用针的地方，我等西医所认为绝对危险，不能下针的所在，他能打下去五六寸深，使受针的并不感觉痛苦，这道理就很精微。我行医将近三十年了，不知替人打了多少针，我等所用的针，是最精的炼钢所制，针尖锋锐无比，然有时用力不得法，都刺不进皮肤。因为人的皮肤，有很大的伸缩及抵抗力量，我刚才仔细看他用的针，不但极细极柔软，针尖并不锋利，若拿在我等手中，哪怕初生小孩的嫩皮肤，也刺不进去，何况隔着很厚的衣服？专就这一种手术而论，已是不容易练习成功。我们不可因现在中国下等社会的人，没有知识，不知道卫生，便对于中国的一切学术，概行抹煞。中国是一个开化最早、进化最迟的国家，所以政治学术都是古时最好，便是一切应用的器物，也是古时制造的最精工。”

雪罗的丈夫听了，又有替他妻子治病的事实在眼前，才渐渐把他历来轻视中国人的心理改变了。次日又邀同那院长到黄石屏诊所来。院长拿出自己印了中国字的名片，递给黄石屏说道："我虽在上海开设医院二十多年了，然一方面替人治病，一方面不间断的研究医术，很想研究出些特效的治疗方法来，完全是欲为人类谋幸福，并非有牟利之心。去年我听黛利丝夫人说起先生的针法，就非常希望和先生订交，以便研究这针法的道理。怎奈没有和先生有交情的人介绍，直等到此刻，只好跟着雪罗君夫妇同来，希望先生不嫌冒昧，许我做一个朋友。"说毕鞠了一躬。

黄石屏见这院长态度十分诚恳，说话谦和，知道是一个很有学问的人，遂也很诚恳的表示愿意订交。院长见黄石屏在雪罗脐眼上下半寸的地方打针，吓得捏着一把汗问道："这地方能打针吗？"黄石屏道："这是两个很重要的穴道，有好几十种病，都非打这穴道不可。"院长问道："我看先生的针有七英寸，留在外面的不过一英寸，余六英寸都打进肚皮里面去了，细看针尖是直插下去的，并不向左右上下偏斜，估量这针的长度，不是已达到了尾脊骨吗？"

黄石屏点头笑道："这穴道不在尾脊骨附近，非从脐眼上下打进去，无论从何处下手，都不能达到这穴道，所以至当不移的要这么打。"院长道："脐眼附近是大小肠盘结在里面，先生这针直插到尾脊骨，不是穿肠而过，大小肠上不是得穿无数个小窟窿吗？"黄石屏哈哈笑道："将大小肠打穿无数个小窟窿，那还了得！那么病不曾治好，已闹出大乱子来了。"院长沉思着说道："我也知道应该没有这种危险，但是用何方法，能使这针直穿过去，而大小肠丝毫不受影响呢？"黄石屏笑道："先生是贵国的医学博士，贵国的医学，我久闻在世界上没一国能赶得上，何竟不明白这个极浅显的道理，只怕是有意和我开玩笑吧！"院长急忙辩白道："我初与先生订交，并且是诚心来研究医术，如何敢有意和先生开玩笑！像先生这种针法，我德国还不曾发明，我生平也仅在先生这里见过，平日对于这种方法没有研究，在先生虽视为极浅显的道理，我却一时索解不得。"

黄石屏随手将一根金针递给院长道："你仔细检查这针，就自然知道这道理了。"院长接过来，就光线强的地方仔细察看，觉得和昨日所看的一般无二。雪罗的丈夫是个研究物理、化学的人，听了黄石屏的话，也接过金针来细看了一阵，实在想不出所以然来，低声问院长道："你明白了么？"院长见黄石屏在继续着替别人打针，只摇摇头不答白。雪罗的丈夫问道：“你的解剖经验是很多的，人的大小肠是不是有方法，能使移在一边，或移到脐眼以下？”院长摇头道：“这是不可能的事。我们西医所以不敢在肚子上打针，为的就是怕穿破了大小肠，危险太大。”雪罗的丈夫道：“大小肠的质体，也是很有伸缩性的，这金针极细，比西医注射药水的针还细一倍，必是刺通几个小窟窿，没有妨碍。”院长只管摇头道：“没有这道理。大小肠虽是有伸缩性的质体，然里面装满了食物的渣滓，质体又不甚厚，岂有刺破无妨之理！”二人一问一答的研究，终研究不出这道理来。

黄石屏一会儿将候诊的病人都诊过了，走到这院长跟前，笑问道：“已明白了么？”院长红了脸说道：“惭愧，惭愧！这针我昨日已细细的看过了，今日又看了一会儿，实在不明白这道理。”黄石屏接过那根金针，在指头上绕了几绕，复指点着针尖说道：“其所以要用纯金制的针，而针尖又不能锋锐，就为的怕刺破大小肠。这针的硬度，和这么秃的针尖，便存心要把大小肠刺破也不容易，何况大小肠是软滑而圆的，针尖又不锋锐，与大小肠相碰，双方都能互让，所以能从肠缝中穿过，直达穴道。不过所难的就在打的手术，因为金针太软，肠缝弯曲太多，若是力量不能直达针尖，则打下去的针，一定随着肠缝，不知射到什么地方去了，断不能打进穴道。不能打进穴道，打一百针也没有效力。”

院长这才恍然大悟的说道：“原来是这种道理。我昨日看先生打了数十针，没有一次抽出针来针眼出血，我正怀疑，不知是什么方法，一次也不刺破血管，大约也是因针尖不锋锐的关系。”黄石屏笑着摇头道：“不刺破血管，却另有道理，与针尖利钝不相干。血管不能与大小肠相比，这针尖虽不甚锋锐，然不碰在血管上面则已，碰着决无不破之理，因为血管不能避让。倘若这针尖连血管都刺不破，却如何能刺进皮肤呢？”院长连连点头道：“不错，不错！血管是很薄的，全身都布满了，究竟什么道理能不刺破呢？”

黄石屏道：“你们西医最注重解剖，应该知道人身上有多少穴道。”院长摇头道：“我西医虽注重解剖，但是并不知道这‘穴道’的名词。在上海倒曾听得中国朋友说过，中国拳术家有一种本领，名叫‘点穴’。据说人身上有若干穴道，只要在穴道上轻轻一点，被点的人还不感觉，甚至便受了重伤，或是昏倒过去。我心里不承认有这种奇事，不知先生所说的穴道，是不是拳术家点穴的穴道。”黄石屏道：“我所说的穴道，也包括拳术家点穴的穴道在内。拳术家的穴道少，我打针的穴道多。只要穴道不会打错，无论用什么针打下去，是决不会出血的；如果出血，便是打错了穴道。”院长思索了一会儿，正待再问，只见外面又来了就诊的人，黄石屏说了句：“对不起！”走过对面厢房诊病去了。

这院长自听了黄石屏这番闻所未闻的言语后，心里钦佩到了极点，第三日又跟着雪罗来，希望能和黄石屏多谈。无奈门诊的病人太多，他在上海开设了二十多年的医院，从来没有一天病人有这般拥挤的，一个医院的号召力量，还远不如黄石屏个人，即此可以想见针法的神妙了。雪罗的赘疣，也只四天就完全好了。雪罗对这院长说道：“黄医生的门诊二元二角，此外并无其他费用，也不要花药费，四次仅花了八元八角。这么重要的病症，只这点儿小费，就完全好了，又不受痛苦，怪不得一般病人都到黄医生那里去。若是住医院割治，至少也得费五百元，还不知有不有生命的危险。”院长点了点头，口里不说什么，心里想跟黄石屏学针的念头，越发坚决了。

雪罗的病既好，自然不再到黄石屏诊所来，院长只得独自来找黄石屏谈话。这日恰好遇着就诊的略少，院长深喜得了机会，黄石屏也因这院长为人很诚笃，愿意和他研究，将他邀到楼上客厅里坐谈。黄石屏一面吸着大烟，一面陪他谈话。这院长问道：“你那日说人身穴道的话，没有说完，就被诊病的把话头打断了，为什么打中了穴道，便不出血呢？”黄石屏笑道：“不是打中了穴道不出血，是打去不出血的地方就是穴道。”

院长道：“人身上血管满布，如何知道这地方打下去会不出血呢？”黄石屏笑道：“这便不是容易知道的一回事。我们学打针的时候，所学的就是这些穴道，发明这针法的古人，是不待说完全明了血管在全身的布置，所以定出穴道来，哪一种病，应打哪一个穴道，针应如何打法，规定了一成不变的路数。我们后学的人，只知道照着所规定的着手，从来没有错误过，并且从来没有失效的时候。至于古人如何能这样发明，我现在虽不能确切的知道，但可以断定绝对不是和西医一样，因解剖的是死人，与活着的身体大不相同。不用说一死一生的变化极大，冷时的身体与热时的身体，都有显明的变化。即算你们西洋人拼得牺牲，简直用活人解剖，你须知道被解剖的人，在解剖时已起了变化，与未受痛苦时大不相同了，若用解剖的方法定穴道，是决不可靠的。”

院长道：“不用解剖又如何能知道？”黄石屏笑道：“我刚才说的用解剖不能定穴道，当然留传下来的穴道，不是由解剖得来的。至于不用解剖，用什么方法，这道理我们中国人知道的多，便是不知道的，只要对他说出来，他一听就能了解。若对你们专研究科学，及相信科学万能的西洋人说，恐怕不但不了解，并不相信有这么一回事。”这院长说道：“你说出来我不了解，容或有之，相信是很相信的，因我早已相信这个人不至随口乱说。”黄石屏道：“你相信就得了。你知道我中国有一种专门修道的人么？这种人专在深山清静的地方，修炼道术，不管世间的一切事，也不要家庭。”

院长点头道：“这种修道的人，不但中国有，欧洲各国都有。”黄石屏惊讶道：“欧洲各国都有修道的吗？你且说欧洲各国修道的是如何的情形？”院长道：“欧洲各国修道的，是住在教会里面，不大和外人接近。每日做他们一定的功课，他们另有一种服装，与普通教会里的人不同，使人一望就认识。”黄石屏道：“我中国修道的，和这种修道的不同。中国修道的人，修到了相当的程度，便能在静坐的时候，看出自己身上血液运行的部位。人身穴道的规定，就是得了道的古人发明出来的。”

院长说道：“我相信有这道理。你那日说，你打针的穴道，包括拳术家点穴的穴道在内，那么拳术家点穴的穴道，你是知道的了。”黄石屏道：“这是很简单的玩意儿，怎么不知道？”院长道：“果然能使被点穴的人，不知不觉的受了重伤，或是昏倒在地么？”黄石屏道：“能点穴的当然如此，岂但使人不知不觉受重伤和昏倒，便是要被点的人三天死，断不能活到三天半；要人哑一个星期，或病一个星期，都只要在规定之穴道上点一下，就没有方法能避免。不过古人传授这种方法，是极端重视的，非忠厚仁慈的决不肯传授。这种方法，只能用在极凶恶横暴的人身上。”

院长道：“你既知道这些穴道，自应该知道点法。”黄石屏道：“不知道点穴，怎能知道打针？”院长思量了一会儿说道：“你说的话，我是极相信的，不过我不相信果有这种事。承你的好意，认我做个朋友，你可不可以将点穴的事，试验给我看看？”黄石屏道：“这是不好试验的，因为没有一个可以给我点的人，凭空如何试验？”院长道：“就用我的身体做试验品不行吗？”黄石屏笑道：“我和你是朋友，怎好用你的宝贵身体，当点穴的试验品？”院长道：“这倒不算什么！我们西洋人为研究学术，牺牲性命的事所在都有，我为研究这点穴的道理，就牺牲性命也情愿，请你不用顾虑。”

黄石屏道：“你牺牲个人的性命，如果能把点穴的方法研究成功，那还罢了。于今当试验品牺牲了，岂非笑话？”院长道：“不是除了点死，还有许多点法吗？请你拣最轻的，试验给我看，最轻的应验了，重的当然也是一般的应验。”黄石屏笑道：“你不怕吃苦么？这穴道不点则已，点了是没有好受的。我虽不曾被人点过，也不曾点过旁人，但是我学的时候，就确实知道被点的人，难受到了极点，越是轻微的越不好受，倒是重的不觉得，因为重的失了知觉，有痛苦也不知道。”院长道：“我不怕吃苦，无论如何痛苦，我不仅能受，并很愿意受，请你今日就点我一下吧！”

不知黄石屏怎生回答，且俟下回再说。

总评：

本回入黄石屏传，写其幼时之十分蠢笨，有同白痴，其家人固已视之为废材矣。不图当圆觉慎选传人之时，乃兄三人固皆较石屏为聪颖，乃均不得获选；而圆觉所垂青者，竟为此夙号白痴者。于是，方知圆觉之具有慧眼，而白痴者非真痴也。虽然，此亦为一种缘法，且幸而得遇具有慧眼如圆觉者其人。非然者，安见黄石屏之不以白痴终其生，而一任人之目为废材哉！

金针虽为小道，然欲学成殊非易事，试就本回中之事实而观，当黄石屏之谨敬受教，依序渐进，寒窗苦辛，固已不知几易寒暑矣。夫然后所学方成，而可以以之问世。由是可知无一学业之成，非由苦下功夫而来。彼喜嬉者，怠而不能耐劳者，终无成功之日也。

中、西医术，各有所长，而不能偏废，此实最为公允之言。试观，德国医术固夙有盛名，而足为全世界之冠，然今则有德医所不能治疗之病，而黄石屏竟能以金针治之矣；且治之使愈而易如反掌矣。倘令不信中医者闻之，不终疑为怪事乎？然而，黄石屏之大名，固已因之而更远扬，此德国医院院长之所以亦欲与之缔交也。

第七十五回

奇病症求治遇良医　恶挑夫欺人遭毒手

话说黄石屏见那院长再三逼着要点穴，只得答应道：“我试验一次给你看使得，不过你得依我的办法，找一个律师来，写张凭据给我。据上得写明白，被点之后，或伤或病，甚至因伤因病而死，完全是出于本人情愿，不与点穴人相干，并由律师出名保证。你能这么办，我便不妨试验一次给你看。”

院长大笑道：“黄先生过虑了。我既是为欲研究点穴的事，是否确实有效，再三请求你试验，你肯试验给我看，我就牺牲了生命，也感激你的好意，难道还借故与你为难吗？这一层请你尽管放心好了。”

黄石屏道：“不是这种说法。这不是一件寻常的事，我受师傅的传授，有这一类方法，但是从学会了到于今，一次也不曾试用过。在学理上我虽相信决无不效，或有差错的事，然因从来不曾试用的缘故，不见得要将你点病，便断不至将你点伤，或将你点死。如果我和你有仇，或你是一个穷凶极恶的人，我想点你一下，使你受伤或害病，那却非常容易，因为要点伤的点病了，要点病的点死了，都不要紧。于今你和我是朋友，并且是异国的朋友，又是存着要试验的心思，我下手的时候，或不免矜持，本来是打算将你点病的，倘若结果将你点伤了，甚至不幸将你点死了，在你本人出于情愿，当然没有问题。你的亲族朋友，未必便知道你是为研究学问，情愿牺牲。你现在亲眼见我替人打针治病，尚且不相信有点穴的事，何况你的亲族朋友呢？那时如果有人出来控告我，我不是有口难分吗？无论如何，你不能依照我这办法，我断不能动手。”

院长说道：“你既是非找律师来写凭据，不肯试验，我只好照办。我请好了律师就同到这里来，随便哪一天都可以试验么，不须一定的时间么？”黄石屏点头道：“你带律师来签好了字，实时便可以试验，没有一定的时期。”院长听了，即起身说道：“我一方面去请律师，一方面还得预备后事，伤了病了倒无关系，不能不提防被你点死。我为研究学术而牺牲，是很值得的。我今年已六十八岁了，去老死的时期已极近了，我还有什么顾虑不愿牺牲？”

黄石屏惊讶道：“什么呀？你今年六十八岁了吗？”院长看了黄石屏这种惊讶的神情，不觉愣了，说道：“我怎么不是六十八岁！”黄石屏笑道：“我看你的精神皮色，都像比我年轻。我今年四十六岁，不论教谁人估量你的年纪，至多不能说你过了五十岁。我若早知道你已六十八岁了，任凭你如何要求我点穴，我便有天大的胆量，也断不肯答应。”

院长道：“这话怎么讲？难道有六十八岁，便不算人了吗？”黄石屏道：“因为年老的人，气血已衰，伤了病了都不容易恢复原状。”院长着急道：“你不可拿我的年纪老了来推诿。我的年纪虽老，精神还自觉不衰颓。”黄石屏看了这院长着急的情形，不由得肃然起敬道：“你放心，我决不推诿。我真钦佩你这种求学术的精神，在年轻的人如此尚且难得，这么高的年纪，还能不顾性命的研究学术，真是了不得。怪道你们西洋的科学，在这几十年来，简直进步得骇人，大约就是因为像你这种人很多的缘故。”

院长见黄石屏称赞他，也很高兴的说道：“我这种举动，在我德国医学界算不了什么！你于今既应许我试验点穴，我可以说一桩事你听，可见我国医学界的人，对于学术的牺牲精神，像我这样的算不了什么！和我同学的一个医学博士，在香港开设医院，声望极好，有一次来一个害肺病的中国人求诊，这人的年纪虽只有三十多岁，身体非常瘦弱，这博士诊察的结果，认为肺病已到第三期，没有治疗的方法。这人复问：‘既没有治疗的方法，究竟还可希望活多少时日？’博士经慎重的诊断，说至多能再延长半年的生命，应赶紧预备后事。这人问：‘何以能这般确实的断定？’博士说：‘我用爱克斯光照了你的肺部，见你的肺已烂去了半截，还有治疗的希望吗？’这人听了，自然相信，非常忧虑的跑回家去，日夜办理身后的事务，过了一个多月，病状越发严重了。一日，偶然遇着一个中国医生，诊这人的脉，说尚有一线生机，就由这医生开方服药，不料这药服下去，竟有绝大的效力，病状一日一日的减轻，药方并不更改。每日服一帖，经过三个月，所有的病态完全去了，身体也渐渐肥胖起来，不到一年，居然变成一个十分强壮的中年人了。这人心里自是高兴，然想起这博士诊断他至多不能延长生命到半年的话，便忍不住气愤，逢人便毁谤西医不可靠，但犹以为不足出气，特地带了药方和这博士的诊断书到医院里来，指名要见这博士。博士当然出见，这人开口就问道：'你认识我么？'博士端详了几眼，说道：'对不起，我这里诊病的人多，虽是面熟，却想不起来。'这人道：'怪不得你不认识我？我就是在一年前，经你用爱克斯光诊察我的肺部，说我的肺已烂掉了半截，至多活不了半年，教我赶紧预备后事的某某，你此刻还记得有这回事么？'博士陡然想起来了，又惊讶又欢喜的说道：'记得，记得！你在哪个医院里将病治好了呢？'这人愤然道：'你们外国医院都是骗人的，怎能治好我的病？我那病是我本国医生，用中国药治好的。你说我非死不可，今日我特地到这里来，你再替我诊察诊察，看我还能活多久？'

"博士听了他这话，并不生气，不过很怀疑的，请这人到诊察室里，再用爱克斯光照看，只见肺部很显明的两种颜色，从前烂掉了的半截，此时已完全好了，但是颜色和原有的肺色不同。原有的是紫红色，补好的是白色，呼吸的效力，和平常健全人的肺量一样。

"博士看了，不由得异常纳罕，当下向这人要求道：'你这肺病，于我医学界的贡献极大，我想请你多坐一会儿，等我用摄影机，在爱克斯光下摄取一影，使后来患肺病的人，得到一种可靠的治疗方法，不知你愿意不愿意？'这人当然答应。博士立时就正面、侧面、后面摄了几张照片，然后问这人道：'你服的是中国什么药，现在还有药方没有？'这人取出药方来说道：'我始终服这药方，服了一百帖以上，病就完全好了。'

"博士虽认识中国字，但是不了解中国医术，更不懂中国药性，看了药方仍不明了，一面留这人坐着，一面打发人去药店，照方买了一帖药来。这人就许多药中，检出一味分量最多的药，说道：'治我这肺病的主要药，就是这一味白芨。我国在数千年前的医书中，便已发明了白芨可以治肺病。你们西医见不到，却妄说肺病到了第三期不治，不知误了多少人的性命，所以

我的肺病治好了，忍不住要来给你看看，使你以后不再误人性命。’

“博士欣然立起身对这人行礼道：‘我其所以欢迎你，也就是为以后患肺病的人，请你再多坐一会儿，我去取出方才的照片来看看。’博士向助手取出底片，对电光照看了一会儿，觉得还不十分满意，独自沉思了一阵，匆匆走出来，望着这人毅然说道：‘我现在为世间患肺病的得有效治疗起见，决心要向你借一件东西，你得允许我！’这人问：‘是什么东西？’博士说：‘就是你全部的肺，我要寄到柏林皇家医院去。’这人骂道：‘你胡说！我的肺在我身上，如何能借给你寄到柏林去？’博士笑道：‘能寄与不能寄，是我的责任，你可不过问，只问你肯借不肯借？’这人生气道：‘放屁！我没有肺不是死了么？’博士道：‘你本来早就应该死的人，此刻已是多活了半年，牺牲了一条性命，能救活以后多少患肺病的人，这种牺牲是世界上最有价值的，比较一切的死法都宝贵，你难道不同意吗？’

“这人做梦也想不到博士会向他借人身唯一不可缺乏的肺，一时又气又急，立起身要打博士，不提防博士已从衣袋中掏出实了弹的手枪，对准这人头额，枪机一动，只噼啪响了一下，这人便倒在地上死了。这人死了之后，博士叫助手帮着移到解剖室，匆匆忙忙将尸体解剖了，把全部的肺制成标本，写了一篇详细的记录，并一篇遗嘱。一切手续办好之后，对准自己头部，也是一枪。这人的家庭，原是要向法庭对医院起诉的，只因结果博士也自杀了，除却自认晦气而外，没有一点儿报复的法子。这是两年前的事，这人的肺标本和照片及博士的记录，药方药样，都一一陈列在敝国柏林皇家医院。这博士比我的年龄大五岁，死时已七十一岁了。这种为学术、为人类牺牲的精神，真值得人称赞。”

黄石屏叹道：“这博士实可钦佩。你们西医最重实验，自非将人体解剖，不能得到结果，像这博士牺牲了人家的性命，自己也把性命抵了，人情国法都说得过去，当然是了不得的纯粹救人慈悲之念。我自到上海设诊所以来，时常听得有人传说，外国医院每每将病人活生生的解剖，本来不至于死的病，一经解剖自无生理了。去年报纸上，不是曾刊载过一桩惊人的《某医院看护妇同盟罢工》的新闻吗？十几个看护妇的照片，还在报上登了出来，报上说：某大医院，设备之完全为上海第一，素以手术极好著称。这次有一个无锡的中年妇人，因病住院已有半月，诊治毫无效验，妇人想要退院，医生坚留不许。妇人有个亲戚，在院里当看护妇已多年了，医生不知道这看护妇是妇人的亲戚，因她在医院里资格最老的关系，医生开秘密会议，并不禁她旁听。她这日听得医生商议，要将妇人趁活的解剖，吓得她什么似的，连忙跑到妇人跟前，把消息说给妇人听，并帮助妇人悄悄的逃走。一会儿，医生将要实行解剖，想不到妇人已逃得无影无踪了。医生大怒，查得是这看护妇走漏了消息，打了这看护妇几个嘴巴，并革去她的职务。同院的看护妇都是中国人，平时看院里医生解剖活中国人的事，已是很多了，人各有天良，看了早已心怀不平，这次见同事为这事受了大委屈，更动了公愤，同盟罢工出来，将事情在报上宣布。次日，那医院也登报否认，然尽管申辩，上海人已不敢再去那医院诊病了。”

这院长点头说道：“这类事在贵国人眼中看了，觉得非常奇怪，若在欧美各国，却是很寻常的。欧美各国的人，在病时自愿供医生解剖的很多，遗嘱上要送医院解剖的，更是随时随地都有。这种解剖，完全是为人类谋幸福，绝对不能说是没有天良的举动。像黄先生是有知识的，又是做医生的人，若也和普通人一样，攻击医院解剖的举动，对于医学前途的影响，不是很大吗？”黄石屏道：“我是中医，认定解剖是没有多大效验的，拿活人去解剖，尤觉不妥。你我两人以后各行其事吧！”这院长知道中医的主张，多有与西医根本不同的地方，便也不再往下说了，当时作辞出来。

过了几日，这院长将应办的后事都办妥了。这日邀了一个律师，并一个在公共租界巡捕房的副总巡，同到黄石屏诊所来。这两人都是德国人，与这院长素来是极要好的朋友。副总巡同来，并非作证，也没有旁的用意，只因听得院长说有点穴的事，为好奇心所驱使，要求同来看看。到诊所后，院长介绍两人和黄石屏会了面。黄石屏也约好了一个律师。

这院长坐定，黄石屏就用电话将预约的律师请来。黄石屏当着副总巡和两个律师，对这院长说道：“你执意要试验我中国的点穴术，我若图免我个人的麻烦，尽有方法可以推诿；只因你为人非常诚实，与我虽结交不久，但是我钦敬你的人品，真心愿意和你做朋友，既是承认你是我的好朋友，说话当然不能略带欺骗的意味。今日你果然遵照我说的办法，带了律师来，我为慎重起见，也请了这位律师作证，照现在的情形看，试验点穴的事，是势在必行的了，不过我终觉得这事是很危险的。前几日，我虽曾对你详细说过，然那时只你我两人，这三位不在跟前。今日，我还得说说，我中国点穴的方法，在知道的人实行起来，是极容易的一桩事，比较我每日替人治病打针，还容易数倍，所难的就在不容易学得方法，及实施的手术。古人所以不轻易将方法传给人，也就为学会了之后，要人死伤或害病毫不费力，一个人一生到老谁不害病，只要病不至死，应该没有什么可怕。然寻常一切的病，都不可怕，唯有因点穴而得的病，却比较任何大病痛苦，实没有一种可以勉强忍受的，害病的时间，最短也须一礼拜，方能恢复原状。我敢发誓，我这话绝对不含有恐吓你的意味在内，你的年纪有这么大了，万一因受不了病的痛苦，发生出意外的危险来，我是不能担保的。”

这院长十分庄重的说道：“你这些话我已听明白了。你说这些话的意思，我也了解，我此来已准备将性命送给你手里，连遗嘱都已凭律师写好了。我性命尚且不顾，还管什么痛苦，若点死了毫无问题，倘得侥幸不死，我便还有绝大的希望。”

副总巡和两律师都称赞这院长有毅力，当下将证书写好，四人都签了名。院长亲手送给黄石屏道：“凭据在此，请你放心试验吧！”黄石屏一手接过那证书，一手在这院长的肩头上拍了一下，随即举起大拇指向副总巡和律师笑道：“我们中国恭维年老有毅力的人，说是老当益壮。这院长真可称为老当益壮。”说毕，将证书折叠起，揣入怀中，回到炕上躺下去吸大烟，一连吸了多口，坐起来闲谈。

这院长见黄石屏收了证书，和没事人一样，绝口不提到试验点穴的事，倒闲谈许多不相干的话，忍不住问道：“今天已不能试验了么？”黄石屏故意装做不明白的反问道：“今天为什么不能试验？”院长道：“既是能试验，就请动手吧，是不是要把衣服脱掉？”黄石屏摇头道：“我治病尚且不要脱衣服，点穴要脱什么衣服？”院长走近黄石屏面前说道：“不要脱衣服更省事，应点什么地方请点。”黄石屏笑道：“点穴最好不使被点的人知道，因为一经知道，或是动弹，或是存心咬紧牙关抵抗，点时便比较的难些。你身上我早已点过了，你请坐下吧！”

院长很诧异的问道：“已经点过了吗？是何时点的，我怎的一点儿不觉得？”黄石屏笑道：“在称赞你老当益壮的时候点的。”院长点头道：“不错！你伸手接证书的时候，曾举手在我肩上拍了一下。我当时觉得脚筋有点儿发麻，身上打了个寒噤。我认为这是常有的现象，不疑心是点穴的作用，所以不注意。”黄石屏道：“本来被点之后，身体上就得感觉痛苦，我为你在我家，特给你留下回医院的时间，此时我也不再留你多坐了，过一礼拜再见吧！”

院长心里怀疑着，与副总巡、律师同作辞回医院。他因见黄石屏拍的很轻，认为是和催眠术一类的作用，可以用极强的意志抵抗，回医院后，全不把这回事搁在心上，换了衣服，打算照常工作。无奈渐渐觉得头昏眼花，背上一阵一阵的发麻，好像伤寒怕冷的神气。勉强撑持不到一刻钟，实在撑持不住，好在他自己是个医学博士，对于这类普通病状，有极效之治疗方法，当即认定所有的现象，是偶然病了。叫助手配了些药服下，蒙头睡在床上，以为睡一觉醒来，痛苦必可减轻。

谁知服下药去，忽发生一种意外的反应，全身无端战栗不止，正和发了极严重的疟疾一样，绝对不能自主。接着用他种方法治疗，说来奇怪，每服上一种药，便发出一种奇离而难受的病症，直闹了半日一整夜，不曾有一分钟能合眼安睡，然仍咬紧牙关忍受，邀请了上海几个有名的西医，想用科学的方法，救治这种痛苦。

那几个西医听了黄石屏点穴时的情形，无不称奇道异，大家细看被点的肩头上，并无丝毫痕迹，他们既研究不出点穴致病的所以然，只好仍旧按照病状下药。所幸痛苦虽重，神志倒很清明，然因为神志清明，便更感觉痛苦不能忍受，捶床捣枕的又过了一日。第三日实在因治疗的方法都用尽了，不得不相信点穴确有道理，打发人把黄石屏接到医院来。院长对黄石屏说道：“我于今已试验中国的点穴方法，相信有极精微的道理，就是我在上海同业的朋友，也都认为是一种值得研究的学问，尤其是我们业医的人，应该切实研究，将来医学界，必能得着极大的助力。我此刻接你来，只因你事先所声明的话应验了。这三日来所发现的痛苦，无论如何强硬的人也不能忍耐。我们西医所有的特效治疗的方法，都曾使用过，不但没有效力，由服药反应所发生的痛苦，倒比较不服时厉害，所以请你来，求你替我诊治，我想应该很容易的治好。”

黄石屏道：“你这三日来的痛苦，果然是因点穴而发生，但你若不用种种的西法治疗，痛苦也不至发生到这般厉害。好在我早说了，这痛苦是有期限的，期限已过了一半，到第七日自然会好。点穴所发生的病态，有可治疗的，有不能治疗的，你这种是不能治疗的，若点的是哑穴、昏穴之类，情形尽管比较你这种严重，治疗倒甚容易，只要我伸手摸一下，立时可以使所患若失，也不必点穴的本人来治疗，凡是会点穴的，看了情形都能治疗。你这种被点的地方，在点穴的方法中，是极轻微、极安全的，但在七日之内，任何人也无法治疗，不是我不肯替你诊治，你安心睡到第七日，我们再见。”院长见黄石屏这么说，知道不是虚假，也不再说了，从此不用西法诊治，痛苦反觉安定些。

流水光阴，七日自很容易过去，刚经过七个昼夜，就和平常一样，什么诊治的方法也没使用，全身一点痛苦没有了。院长抱着满怀钦佩和欣羡之念，到黄石屏诊所来，见面行礼说道：“我今天是竭诚来拜师求学的，望你不要因我是外国人，不予指教。”黄石屏笑道：“你这话太客气了。我有何能耐，够得上使你拜师？”院长表示很诚恳的说道：“你这话真是太客气，我不仅要学点穴，并要学打针，我是十二分的诚意，绝无虚伪。”黄石屏道：“点穴算不了一种学问，不值得一学，因为学会了，一点儿用处没有。在有人品道德的人学了还好，不过得不着点穴的益处，也不至受点穴的害处；若是没有人品道德的人学了，于人于己都有绝大的害处，就和拿一支实了弹的手枪给疯子一样。所以中国的古人对于这种方法，不轻易传授给人。像你这高尚的人品，传授当然没有问题，但是你没有学的必要，即如我当日学这方法，及练习使用时手术，无间寒暑的整整练了一年，才练习成功。然直到现在，方因你要试验使用第一次，逆料我以后无论再活多少年，决不至有使用第二次的机会。我听说你们西洋人研究学问，最注重实用，这种极难学而又极无用的东西，你说有学的价值吗？”

院长见黄石屏说得很近情理，只得点头说道：“点穴的方法，我虽有心想学，然也觉得非救人的学术，你不传授我也罢了。你这针法，我却非拜你为师不可。”黄石屏道：“世界的医术，世界人公认是德国最好，你又是德国有声望的医学博士，在上海更负一时的重望，加以这么大的年纪了，如何倒来拜我为师，不但有损你个人的声望，连你德国医学在世界上的地位都得受很大的影响，这怎么使得？”

院长很庄重的说道：“人类对于学术，哪有年龄的分别？只看这学术对于人类的关系怎样，看研究学术的人，对于这学术的需要怎样？中国孔夫子不是说过‘朝闻道，夕死可矣’的话吗？临死尚须闻道，可知学术只要与人类有重大的关系，便是临死还有研究之必要。我此刻年纪虽大，自知精力尚强，不至在最短时期就死，怎么便不能求学？至于我德国的医学，诚然在世界各国医学当中，占极重要的地位，但就过去的事实观察，一年有一年的进步，可知这学问没有止境，现在还正是研究的时期，不是已经成就的时期。中国的医学，发明在四千多年以前，便是成就的时期，也在二千多年以前，岂是仅有一百多年历史的西医所能比拟？我这话不是因为要向你学针法，故意毁谤西医，推崇中医。我是德国人，又是学西医的，断没有无端毁谤西医名誉之理。我所说的是事实，凡是知道中国文化的外国人，无不承认我这种议论，倒是中国青年在西洋学医回国的，大约是因为不曾多读中国书的关系，对中国医学诋毁不遗余力。你是平日常听一般推崇西医，毁谤中国的议论，所以觉得我若拜你为师，可以影响到德国医学在世界上的地位，我是绝对没有这种思想的。更进一步说，我德国医学之所以能在世界占重要地位，就是由于肯努力研究，没有故步自封的观念，如果我德国研究医学的人，都和中国学西医的一般固执，便永远没有进步的希望了。”

黄石屏点头道：“话虽如此，你要学我的针法，在事实上仍不可能。”黄石屏又道：“不是我不能教，是你不能学。本来我这针法，不能随便传人，我老师当日传授我的时候，曾说为想求一个可传授的徒弟，亲自游历南北各省，物色了三十年，竟找不着一个称心如意的徒弟，业已认定此道必从他老人家失传了。后来无意中在宜昌遇了我，他老人家直欢喜得什么似的。一不是因我有过人的聪明，我的六亲眷属，无不知道我当时是一个形似白痴的小孩；二不是因我有坚强的体质，我因是先父母中年以后所生，体质素来最弱，完全是因我有学此道的缘法。我老师当日传授我，既是这般不容易，他老人家圆寂的时候，又对于传授徒弟，有非常重要的遗嘱，我自然不敢轻易传人，唯对你是例外。你求我传授，我是愿意传授的，无奈你不能学，你自己不因年纪老而气馁，自是很好，然人到中年以后，记忆力就渐渐减退，针法所必要强记的周身七百多穴道，不是记忆力强的少年，决不能学。针法所必要读的书，如《灵枢素问》《内经》《难经》《伤寒论》之类，在中国文字中都是极难了解的。中国的文人读这些书，尚且感觉困难，对中国文字毫无研究的外国人，当然没有读的可能。至于打针时的手术，更不用说，非少年手指骨节活泛，不能练习，在练习这手术以前，还得练习内功拳术。因为不练内功拳术，便不能将全身所有的气力，由手膀运到指尖，再由指尖运到针尖。你是一个医学博士，明白事理的人，应该知道我所说的，确系事实，不是故神其说。你且计算研究中国文字，练习内功拳术，记忆全身病道，练习打针手术，至少得若干时日，是不是你这六十八岁的外国人所能学得？”

院长听了这些话，仿佛掉在冰窖里，浑身骨髓里面都冷透了，一句话也没得说，低头坐了半晌才说道：“我之想学针法，并不是为我个人营业上谋发达，我相信这种针法，传到德国以后，世界的医学，必起绝大的变化，可以为西医开辟出一条绝大的新途径来。我既为资格所限不能学，只要你肯教，我可以打电报给柏林皇家医院，选派十个或二十个资质聪明的青年到上海来，不限年数，请你依法教授。你要享一种什么权利，才肯这么办理，请你直说出来，我也得电告皇家医院，求其承认。”

黄石屏道：“我很抱歉。我这针法，虽非不传之秘，但绝对不能公开教授，尤其不能为权利去教授人。我老师教授我的时候，他老人家不仅不曾享受一点儿权利，并且为传授我针法，牺牲了他自己种种的利益，和四年的光阴。他老人家在遇见我以前，也曾有许多人送极丰厚的贽敬，要求拜师，都被拒绝了。这种态度，我中国有高尚技艺的人，都是如此。我中国有许多技艺，每每失传，便是这个缘故。我心里纵不以这种态度为然，只是不敢违背我老师的遗教，忽将态度改变。”院长见黄石屏说的这般慎重，一时不好再往下说，只好等有机会再来磋商。

黄石屏虽拒绝了这院长的请求，心里却很想物色一两个可传的徒弟。无如每日接近的人虽多，在他眼中认为可传的，简直连一个也没有。这日忽有一个三十来岁的男子，陪同一个二十来岁的姑娘，到诊所来求治。这男子指着姑娘对黄石屏说道：“这是我舍妹，从十四岁发病，每月发一次，直到现在，不知经过多少中、西有名的医生诊治，非但无效，近半年来因在汉口住了一个多月医院的缘故，原是每月发一次的病，现在每月发三四次不等了。闻黄先生的针法神妙，特地到上海来求治。”

黄石屏在这人身上打量了几眼，问道：“足下尊姓，此番从汉口来吗？”这人道：“我是湖南衡山人，姓魏名庭兰，在四个月以前，因汉口医院对舍妹的病谢绝治疗，只得退院回到衡山，此番是从衡山来的。”黄石屏问道：“足下曾学过医么？”魏庭兰望着黄石屏，似乎吃惊的样子答道：“先生何以知道我曾学过医？我医虽学过，只是一知半解，对于舍妹这病，一筹莫展。”黄石屏点了点头，详细问了一会儿病情笑道：“这病本非药石之力所能治，还喜得以前服药无大差错，若在二三年前进了医院，此刻已不能到上海来找我了。”魏庭兰道：“未进医院以前，服的是中国药，我毕竟能略知一二，与病情相差太远的药，便不敢服。医院里用的是西药，就是毒物我也不知道，所以越诊越糟。”

黄石屏取针替姑娘打了几下，吩咐魏庭兰道：“令妹这病，既跋涉数千里来此求治，今日打了针回去，不问效验如何，明日仍得来诊。这病不是容易好的，恐怕没有半个月的时期，不能希望完全治好。”魏庭兰见黄石屏说话非常诚恳，当然感激。次日来诊，已有一部分见效，于是每日一次，足足经过两星期，才完全治好。

这两星期中，黄石屏每次必细问魏庭兰的学医经验。魏庭兰这人，小时候因家境异常艰窘，只略读了几年书，自知不能从科甲中寻出路，一时又没有相当的生意可学，他母亲便送他到衡山一个略负时誉的老医生家学医，为的是做医生常年有诊金的收入，不像做生意的，自己做怕蚀本，帮人家怕被人停歇生意。

魏庭兰的天分极平常，为人又老实，初学几年，于医学一无所得，喜得他天分不高，读《本草备要》及《汤头歌诀》等书，能下苦功夫。书虽读的不多，却是极熟，跟着那老医生诊病，有相当的临床经验。因此成年以后，挂牌应诊，对于不甚重大的病，每能应手奏效，在他家乡附近数十里的地方，也都承认他是一个少年老成的医生。行医数年，家中渐渐有了些积蓄，只对自己胞妹的病，没有办法。他的胞妹原已定了人家，就为得了这无法治疗的病，耽延着不能出阁，这番经黄石屏治好了，魏庭兰自是十分高兴。因黄石屏屡次问他的学医经验，他便也问这金针的方法，是否容易学习，黄石屏笑道：“方法哪有难易，须看学习的人怎样。学习的人肯下苦功夫，难也容易。”魏庭兰问道：“此刻上海能和先生一样用金针治病的共有多少人？”黄石屏道：“能治病的人，多得不可胜数，和我一般用金针的，此刻还没有。”魏庭兰道：“如此说来，可知这金针是不容易学习的了，若是容易学习，像上海这种繁华地方，何以只有先生一个？我有心想从先生学习，只以自知天资太笨，恐怕白费先生的精神，将来败坏先生的名誉。”黄石屏道：“你倒是一个可以学得的人，不过现在为时尚早，你此时想学的心，还不坚定，你且把令妹送回家乡，办了喜事，看你何时动念想学，便可何时到我这里来。”

魏庭兰听了，口里称谢，心里并不觉得这是不容易遭际的一回事，回到湖南以后，才听得人说起黄石屏的神针，有多少富贵人家子弟，千方百计以求拜列门墙，都不可得；在上海行医多年，一个徒弟也没有，就是因选择徒弟太苛的缘故。他听了这些话，方感觉到自己的遭际不寻常，凑巧他自从带他胞妹在上海治好了病回去，他家乡一般人都忽然说他的医道不行，说他自己做医生，自己胞妹的病治不好，还得花费许多钱，亲自送到汉口、上海去诊治，到上海居然治好了回来，可见得他的医道平常。乡下人的脑筋简单，这类言语传播开了，他这医生竟至无人顾问，生意一经冷淡，收入减少，生活上便渐渐感觉困难起来。他心想既是在家乡没有生意，长此下去，也非了局，并且终日闲着无事，更觉难过，黄石屏既有愿意收他做徒弟的表现，何不趁着这没有生意的时候，到上海把针法学好，以后替人治病也较有把握。主意已定，即独自到上海来，办了些礼物，正式找黄石屏拜师。

黄石屏见面笑道：“我料知你在这时候要来了。住的房间，睡的床铺，都替你预备好了，专等你来。你这些礼物办来有何用处？你要知道我这医生收徒弟，和普通医生收徒弟不同，我是为我的针法，要得一个传人，不但我自己没有图利的心思，便是跟我做徒弟的也不能借针法图利。我自行医以来，要求跟我学针的，至少也有一百个以上了，没有一个不是拿种种利益来做交换条件的。我这种针法若是用钱可以买得，那还有什么可贵？我因你与我有缘，自愿将针法教给你，不仅用不着你办这些礼物，连住在我这里的房租、伙食，你都毋庸过问。只可惜你的年纪太大，我虽有心传授给你，有许多法门已不是你能学的了。这是关于你个人的缘法，无可如何的事。”

魏庭兰见黄石屏待他和至亲骨肉一样，自是万分感激，从此就住在诊所内，日夜学习针法。只因已到中年，不能再练内功拳术，由黄石屏自出心裁，想出种种练习指劲的方法来，到铁匠店里定制了大小不一的各种铁球，每一铁球安一根与金针一般粗细的铁针，日夜教魏庭兰用大指和食指将铁针捏住，把铁球提起，提起的时间渐渐加长，铁球的重量也渐渐加大。是这般不间断的练到一年之后，两个指头的力量，居然能提起二十斤重的铁球，支持到两分钟以上。黄石屏道："有这般指力，已够使用了。"这才传授穴道和方法。

此时黄石屏的女儿黄辟非，年龄已十五岁了，容貌虽不十分妍丽，但极端庄厚重，天资异常聪颖，甚想跟着自己父亲学习针法，奈何黄石屏不肯传授，只在夜间高兴的时候，把拳法略为指点。这黄辟非生成的一副好身手，拳术中无论如何复杂的动作，她一学便会，并且容易领略其中精义。黄石屏还是一副"女子无才便是德"的旧脑筋，不愿意黄辟非的拳术练得太精强了，恐怕她将来受拳术的拖累。但是她既生性欢喜此道，体格又好，进步非常迅速，黄石屏虽是不愿意，却也不能阻止她，有时望着她动作错误了，并忍不住不去纠正。无论学习何种艺术，若不遇着名师，尽管学的肯下苦功夫，结果也没有什么了不得，一经名师指点，便是成绩不好的也胜过寻常，成绩好的更是超出一切了。黄辟非终日在闺房练习拳脚，从来没有给她使用的机会，连同学的都没有一个，不能打一打对手，究竟自己武艺练到什么程度，自己也无从测验。

一次她跟着她父母回到江西原籍扫墓，魏庭兰因老师在路上须人照料，也跟着同到江西，在南康住了些时。黄石屏为田地纠葛，一时不能动身回上海，心里又惦记着上海的诊务，只得叫魏庭兰护送黄辟非母女先回上海。黄石屏只带了一个当差的，不能不留在自己跟前，只好叫黄辟非母女少带行李，三人由南康搭乘小火轮到九江，打算在九江改乘江轮到上海。

从九江到上海的轮船，照例每日都有一两艘。偏巧他们三人到九江的时候，已在下午五点钟，这日经过九江的轮船已开走了，只得找旅馆暂住一夜。当有码头上的挑夫，上前来搬运行李，有提被包的，有提网篮的，各人抢着一件驮上肩就走。魏庭兰看了这情形，一则恐怕抢失行李，二则所有的行李不多，尽可做一担挑起，也可省些搬运费，连忙把这些挑夫拦住，喝道："你们抢着往哪里走？你们知道我们到哪里去么？"九江的挑夫最凶恶，素来是惯行欺负孤单客商的。魏庭兰身体本极文弱，同行的又是两个娇弱女子，一听魏庭兰说出来的话是衡山土音，这些挑夫更认定是最好摆布的了。当下既把魏庭兰拦住，便有一个将肩上的被包往地下一掼，也大声喝道：“你们要到哪里去，你们不是哑子，不能说吗？好笑！倒来问我们。我们知道你要上哪里去？”

魏庭兰也不理会，指着行李说道：“被、包、网篮、皮箱，共是四件行李，你们能做一担挑着走，就给你们挑，一个驮一件是不行的。”一个身材高大、长着满脸横肉的挑夫，瞪起两只血也似的红眼睛，望着魏庭兰问道：“你知道我们九江码头上的规矩么？”魏庭兰道：“我不知道你们什么规矩，你只说能做一担挑呢，不能做一担挑？”这挑夫扬着脸说道：“有什么不行？”魏庭兰道：“既是能行，就挑着走吧！我们到全安栈去。”这挑夫道：“你要我们做一担挑，出多少钱？”魏庭兰道：“你挑到全安栈，那账房自然会照规矩给钱。”挑夫道：“那可不行。我们码头上有码头上的规矩，与他们账房不相干。这一担行李四块钱，先交出钱来再走，少一文也不行。照规矩一块钱一件，做一个人挑也是这么多钱，分做四个人驮也是这么多钱。”魏庭兰不由得生气道：“你们这样会要钱，如何此刻还在当挑夫！我的行李不许你们挑，你们走吧！”旋说旋伸手将挑夫推开。挑夫也愤然说道：“你不许我们挑，看你叫谁挑？”

黄辟非见这时天色已近黄昏，恐怕耽延到天色黑了遗失行李，只好出面对挑夫说道：“好！还是由你们挑去吧，我给你一块钱的力钱。”挑夫听了，同时冷笑一声，大家围住行李站着，睬也不睬。黄辟非向魏庭兰道：“此去全安栈不远，这些挑夫既如此刁难，我们自己把行李提着走就得啦！这个小提包请妈妈提了，我和魏大哥一人提两件。”说时，将手提包递给自己母亲，拣了两件轻些儿的给魏庭兰，自己一手提起一件，向前便走。

挑夫哪里肯放他们走，一字排开挡住去路，喝道：“这里不是野地方，我们码头上是有规矩的，行李都许你们自己搬时，我们当挑夫的连屎也没得吃了。放下来，看有谁敢提着行李走！”

黄辟非性情虽本来是很温和的，但生长在富厚之家，平日又是父母极钟爱的，家中当差的和老妈子，唯恐逢迎伺候不到，生平何尝受过人家的恶声厉色？这些挑夫凶恶的言语，她如何忍受得了？只气得她提起两件行李，大踏步向挡住的挑夫冲去。那长着一脸横肉的挑夫，伸手想来夺行李，急忙之间，却碰在黄辟非臂膊上，挑夫的手也快，趁势就扭住黄辟非的衣袖。这一来，把个黄辟非气得真个柳眉倒竖，杏眼圆睁，就手中皮箱举起来，迎着扭衣袖的挑夫横扫过去。

那挑夫做梦也想不到有这一下，被扫得倒退了几步，还立脚不住，仰面朝天倒在地下。旁边的挑夫看了，虽则吃了一惊，只是都是些脑筋极简单的粗人，还不认定是黄辟非身有绝技，以为是那挑夫偶然不曾站稳。便有两个自信勇敢的冲上来，骂道："咦，咦！你这小丫头还动手打人吗？"一路骂，一路分左右来抢行李。黄辟非的母亲吓得喊："打不得！"

黄辟非料知今日不给点儿厉害他们看，是不能脱身的，回身把两件行李放在魏庭兰面前，回道："大哥瞧着这行李吧，我非收拾这些比强盗还凶恶的东西不可！"说罢，折回身躯。那两个挑夫已逼近身边来了，公然各举拳头对黄辟非劈头劈脸的打下。黄辟非略向旁边一闪，只用两个指头在左边这个脉腕上一点，这个举起来的拳头，登时掉将下来，连这条臂膀都和断了的一样，只痛得张开大口直喊："哎呀！"右边这个因来势太猛，收煞不住，已冲到黄辟非面前。这挑夫平日也时常练习拳脚功夫，最喜使拳锋、肩锋，他的头锋能在土墙上冲下一大块土来，这时乘势将身躯往下一挫，一头锋朝着黄辟非的胸膛撞来。这种打法，在外功拳中都是极蠢笨可笑的，如何能在练内功拳的黄辟非面前使出来呢？黄辟非不愿意用手打在这腌臜的脑袋上，一起脚尖，正踢着他面门，两颗门牙被踢得掉下来了，只痛得这挑夫双手掩着嘴，回头叫同伙来围攻黄辟非。

有这三个挑夫受了重创，其余的才知道这女子不是好欺负的，然而这一班平日凶横惯了的挑夫，怎肯就此屈服不打了呢？仗着人多势大，会些武艺的也不少，知道一个一个的上来，是打不过黄辟非的，于是各人挺手中扁担，发声吼，一拥上前，围住黄辟非如雨点一般的打下。把黄辟非的母亲和魏庭兰吓得呆了，立着浑身发抖，连话也说不出了。

黄辟非正恨平时没有使用武艺的机会，这时心里倒是又愤怒又欢喜。常言"初生之犊不畏虎"，她哪里将这一班挑夫看在眼里？当下不慌不忙的将身躯往下一蹲，便只见一团黑球，在众挑夫丛中，闪过来晃过去，沾着的不是顿时倒地，便被抛掷落在一二丈以外。一时打得黄辟非兴起，随手夺过一条扁担，对准打来的扁担，一劈一拨，顷刻之间，只见数十条扁担，被劈拨得满天飞舞，结果没有一个不受伤的。这些挑夫却不中用，在未动手以前，一个个横眉瞪眼，凶暴得了不得，经黄辟非打过以后，都吓得销声匿迹，没有一个敢露面了。码头上所剩的全是看热闹的人，这些闲人未尝不代黄辟非抱不平，但是多畏惧挑夫的凶焰，无人肯出头说话。此时见挑夫全被打跑了，这才有仗义的过来，自愿替黄辟非、魏庭兰将行李搬运到全安栈去。

黄辟非正在踌躇，不料这番打架的情形，虽经过的时间不久，然因事情太奇特了，消息传播得异常迅速，眨眼之间，便有人送信到全安栈，说有这般三个客人，要投全安栈歇宿，现在与挑夫打起来了。全安栈听了这消息，连忙打发接江的，带了两个茶房，奔到码头上来，准备阻止挑夫的围打。等他们跑到码头的时候，架已打完了，接江的遂拿出招牌纸给黄辟非，并述明来迎接的缘故，黄辟非这才谢了那几个仗义的闲人，跟着接江的行走。魏庭兰吓了一身大汗，黄辟非母亲的两脚都吓软了。

到全安栈后不到一刻钟，就有九江著名的青帮首领洪锡山，亲自来拜访黄辟非，称辟非为女侠客。黄辟非是一个好人家的闺秀，平时足不出户，从来没有和面生男子说过话，何况是接见江湖上的人物呢？当即教茶房回说因打架过于疲乏，到客栈就休息了，委实不能接见。洪锡山以为是实话，留了张名片请安，便自去了。接着又有一个名叫陈天南的，自称是码头上的挑夫头目，今日因事出门去了，不在码头上，以致闹出大乱子来，他一则前来谢罪，二则还有事要当面请求。

茶房见洪锡山尚不曾见着，料知通报也无用，即将洪锡山求见及回答的话说了，陈天南不依道："洪锡山来不见，安知我来也不见呢？洪锡山是无事前来拜访，我是有要紧的事，非见这黄小姐的面不可。无论如何，请你进去说说吧！"陈天南说话的嗓音高大，和茶房说的话，黄辟非在房中听得明白，即叫魏庭兰出来，问有什么要紧的事？魏庭兰见陈天南是码头挑夫的头目，恐怕是有意来图报复的，有些害怕不敢出去。黄辟非知道他胆量最小，便说道："大哥尽管放心去见这人，我料知他们此后不仅不敢向我们无礼，无论对谁，也断不敢再和今日一般欺负人了。这人既说有要紧的事，所以不能不请大哥去会会他。"

魏庭兰也自觉胆量太小，只好硬着头皮出来，见了陈天南，问道："你定要见黄小姐，有什么要紧的事？"陈天南就魏庭兰身上打量了两眼反问道："先生尊姓？和黄小姐是一道来的么？"魏庭兰点头道："我姓魏，黄小姐是我的师妹。她此刻因疲乏了，已经休息，你有什么事对我说吧！”陈天南笑道：“我知道黄小姐决不至疲乏得便已休息，我的事非面求黄小姐不可，随便对谁说也不中用。”魏庭兰道：“那么你就明天来吧，此时确已休息了。”陈天南道：“若是可以等到明天来，也不能算是要紧的事了，今晚我非求见不可，并且越快越好。”黄辟非已在房中听得清楚，忍不住走出问道：“你这人定要见我，究竟是为什么？”

陈天南又惊又喜的神气，抢上前说道：“黄小姐，我陈天南在这里赔罪了。”说时，双膝着地，跪下去就拜，捣蒜也似的不计数，磕了好几个头，起来垂手立着说道：“我陈天南虽是一个粗人，不曾读书，也会不了多少武艺，只是生成一个高傲不肯服人的性子，生平除了父母、师傅而外，没有向人磕过头。这回对黄小姐磕头，一为赔罪，一为诚心钦佩黄小姐的武艺。我充当挑夫头目，平日不能管教挑夫，以致他们乘我不在码头照料的时候，向黄小姐无状，这是我对不起黄小姐。我于今还得求黄小姐大量包涵，饶恕了我那些无知无识的弟兄吧！”边说边连连作揖。

黄辟非道：“是你那些挑夫先动手打我，我被逼得没有法子，不能不回手把他们打开。此刻事情已经过去了，还教我如何饶恕他们？”陈天南赔着笑脸说：“黄小姐的武艺太好，我那些弟兄们，此刻还在各人家里，有睡在床上打滚，直喊‘哎唷’的；有倒在床上一言不发，全身如炭火一般发热的；还有浑身都肿得如得了黄肿病的。我虽不懂得什么武艺，但是看了这些情形，知道是黄小姐下手点了他们的穴道。像他们这般对黄小姐无状，受苦是自取的，是应该的，不过我来求黄小姐可怜他们都是些没有知识的苦人，一家妻室儿女，全仗他们搬行李运货物，赚几文钱换饭吃，一天不能上码头，妻室儿女便得挨一天饿。千万求黄小姐大发慈悲，给他们治好。”

黄辟非听了，沉吟一会儿说道：“我一时失手打伤了他们，容或是有的，却不曾点他们的穴道。你回去教他们耐心等待一夜，倘能从此各人存心痛改前非，或者不待天明就好了，若以后仍欺负孤单旅客，恐怕还有性命之忧呢！你回去对他们这般说吧。”陈天南见黄辟非说话严正非常，不敢再多说，连应了几个是，退出去了。

魏庭兰回房问黄辟非道：“师妹既不曾点他们的穴道，何以有全身发热，睡倒不言不语，及浑身肿得如害黄肿病的情形呢？”黄辟非笑道：

“二三十个那般蛮牛也似的大汉，围住我一个人打，我若不用重手把他们一下一个打翻，只怕打到此刻，还在码头上被他们围住呢。”魏庭兰道：“师妹点了他们的穴，不替他们治，他们自然能好吗？”黄辟非道：“这却难说！他们就因此送了性命，也是没法的事。他们这般凶暴，二三十个男子，用扁担、竹杠围住一个女子打，被打死了还算冤枉吗？”魏庭兰道：“可恶自是可恶，不过我的意思，也和刚才陈天南所说的一样，他们的妻室儿女可怜。”黄辟非道：“我何尝不明白这个道理。”说时，伸着脖子向门外窗外望了一望，低声对魏庭兰说道：“我爸爸原是极不愿意将这点穴的方法传授给我的，是我自己把铜人图看得极熟，并偷看了爸爸抄本书上的手法，因看了有不明白的，拿着去问爸爸，爸爸这才肯教一点儿给我。不过点人的手法我学了，救人的手法，还不曾学好。爸爸再三说，学了这东西无用，我一问他，他就皱着眉头，现出不情愿的样子。后来我弄得不敢问了，所以至今我还是只能把人点伤，不能把已伤的点好。这回的事，不要给爸爸知道才好，知道了不仅骂我，一定还得后悔不应该传授。”

魏庭兰摇头道：“我觉得这回的事，倒是隐瞒不得。老师知道，决不至责备师妹，并且有师母在旁，看见打架的情形。不是师妹仗着有一身武艺，无端去寻着人打架，今日倘若师妹没学会点穴的功夫，还了得吗？据我推测，老师只有后悔不应该不把救人的手法传授完全，以致活生生的把人点伤点死，无法挽救的，一定决不迟疑的把救人手法传给师妹。”当时，辟非的母亲坐在旁边听了，说道：“魏大哥这话有道理，将来让我对你爸爸说，包管你爸爸心甘情愿的传授给你。”黄辟非也以为然。一夜已过，次日绝早有船到了，黄辟非等便上了轮船，那些挑夫伤后是何情形，也无人去打听。

到上海才三日，黄石屏就回来了。黄辟非照例很欢喜的上前请过安，问道：“爸爸不是说至少也得耽搁十多天，才能回上海的吗？怎么今日就回来呢？若早知道只迟三天，我们何不等爸爸同走？”黄石屏放下脸来，只当没听得，连睬也不睬。黄辟非看了这神情，她平日是最为黄石屏夫妇所钟爱的，从来不曾受过这般冷酷难堪的嘴脸，只急得一颗心上下乱跳，险些儿从喉咙里直跳出来了，暗自想道：“九江打架的事，爸爸刚到家来，母亲还不曾说起，断不会知道，假若是走九江经过的时候，听得人说罢，九江是一个大码头，每天来往的人成千成万，当时谁也不知道我的姓名，安知便是我打的？爸爸若是为这事生气，应该先向我问明白再骂我，多半是为田土纠葛的事，心里怄气，懒得说话，不与我相干，用不着我站在这里，自己吓自己，吓得心跳得难受。”想罢，自以为不错，折转身待向房外走去，刚走近房门口，黄石屏猛喝了一声：“站住！”这一声站住不打紧，把个黄辟非惊得魂都掉了，回头呆呆的立着。

她生平不曾受过这种委屈的，不由得两行眼泪和种豆一般的洒下来。黄石屏本来异常气愤，将平日痛爱女儿的心思，完全抛弃了，及看着自己女儿惊得这般可怜的神气，心里又觉得不忍了，倒抽了一口气问道：“你自己知道你还是一个闺女么？我平时教训你的言语，难道一句也忘了吗？如何敢公然在九江码头上，和一班挑夫动手打架？你当时也想到你自己的身份，和我姓黄的家声么？我时常说，不愿意你学武艺，为的就是明知道学了些武艺的人，一心想寻人试试手段，若是男孩子倒也罢了，一个女孩儿家，竟会在众目昭彰的码头上，和男子汉打架，不用旁人批评，就凭你自己说，成个什么体统！”

黄辟非的母亲，忍不住在旁说道：“我当时也同在码头上看见，这番打架的事，实在不能怪辟非有心想寻人试手段，如果你那时在跟前，看着那些挑夫凶暴欺人的举动，任凭你脾气如何好，也不能不恼恨！辟非还是耐着性子，不和他们计较，无奈有一个身材最高大、长着满脸横肉的挑夫，大胆伸手把辟非的胳膊擒住，辟非的胳膊只动了一动，那东西自己站不牢跌倒了，其余的就硬诬辟非打了人，不由分说的围拢来打辟非。魏大哥吓出了一身汗，我两条腿都吓软了，若不是辟非还手上来，怕不被他们打死了吗？”

黄石屏听了，冷笑道：“这些话亏你说得出口。你平日不知道管教女儿，不知羞耻，不顾体面，居然动手打伤几十个男子，不怪自己女儿凶暴，倒说人家凶暴。你不会武艺，庭兰也不会武艺，何以没有人把你的胳膊和庭兰胳膊擒住，偏要擒她这会武艺的胳膊！九江码头上，来的千千，去的万万，从来没听人说过挑夫打了客人的事，我们回南康的时候，不是走九江经过的吗？我们何以没遇着那擒胳膊的挑夫？人必自侮，然后人侮之，你们当时在码头上打架的情形，我一点也知道，挑夫不过向你们多讨几个力钱，你们若照数给了他，何至于闹出这么大的乱子？辟非，你只知道四块钱搬到全安栈太贵了，你可知道你的身份，不仅值四块钱么？你黄家的家声，不仅值四块钱么？你以为九江是野地方，没有国法的么？你这种一知半解的功夫，倘若失手打死了人，你能逃得了不偿命吗？你爸爸妈妈平时那般痛爱你，你就肯为四块钱的小事，拼着把性命不要，使你爸爸妈妈伤心一辈子吗？”

黄辟非听到这里，想起打架时危险的情形，不由得放声大哭起来，几步跑到黄石屏跟前，双膝跪下，将头伏在黄石屏腿上说道：“爸爸不要生气了，我不该一时糊涂，忘了爸爸的教训，闹出这种乱子来，使爸爸着急怄气。我于今后悔也来不及了，以后决不敢再出外胡闹了。”边说边伤心痛哭。

辟非母亲看了这情形，心里说不出的难过，也忍不住掩面而哭。她母女这么一哭，登时把黄石屏的心哭软了，差一点儿也跟着掉下泪来，伸手将黄辟非拉起说道：“只要你知道后悔，以后永远不再这么胡闹，也就罢了。不要哭，听我说吧，你知道我原说至少需两星期回上海，何以今日就回了的缘故么？就为你这一知半解的功夫，把那些挑夫打坏了，又不能给他们治好，使我不能不赶去施救。我先听得人传说，有一个小姑娘，在九江打翻了二三十个挑夫，我便疑心是你这不听话的孩子闹的乱子。一时想打听详情，却又打听不出，过不了半日，那些受伤的挑夫，有好几个发生了危险的现象。那挑夫头目陈天南到处调查，居然被他查出你是我的女儿。我尚在南康家里，陈天南遂赶到南康，当面述了打架前后的情形，求我到九江诊治。此时我假使不在南康，再多耽延几日，这乱子还不知要闹多大！你可知道你下手毫无分寸，有七个人被你点着了死穴，睡在床上不言不语，只要一过七昼夜，便有神仙来救，也没有办法。你想想，他们虽是当挑夫的人，性命是一样的紧要。国家的法律，杀人者死，伤人者抵罪，对于被杀被伤的人，是不问富贵贫贱的，不能因为他们是挑夫，被人打死了，便不拿办凶手。那陈天南与码头上的地保，连禀帖都写好了，如果我不到九江去，或是不能把受伤的治好，只怕不出三五天之外，你已被捕下狱了。你屡次要学点穴，我不肯传授给你，你还不愿意，你妈还说，有本领不传给自己女儿，世间还有何人可以传得？我当时对你们说，点穴的功夫难学，且学了不独全无用处，若学的人脾气不好，就和拿一支实弹手枪，送给疯子一般，不知要撞出多少祸来。你母女不相信，说一个闺女，终日足不出户，到哪里去撞祸？于今毕竟撞出大祸来，总应该相信我的话了。”

辟非母亲说道：“那日打过架以后，陈天南曾到全安栈对辟非磕头，他知道是点正了穴道，求辟非去救。你平日若将救法传给辟非了，当日就去救了，岂不省了许多的事，你也免得着急怄气，就为你不愿教，辟非每次问你，你总是摆出不高兴的面孔来，所以闹出这么大的乱子。我看你还是把救法一股脑儿传给辟非吧。”黄辟非不待黄石屏回答，即摇着双手说道：“罢了，罢了！我愿当天发誓，从此无论在什么时期，我决不和人打架，更不去点人家的穴道，救法不知道没有关系，爸爸原不愿教，我此刻也不愿学了。”

黄石屏笑了一笑，说道：“你此刻不愿意学，我倒愿意教了。你说愿当天发誓，以后不和人打架、点穴，这话我相信你是诚心说出来的。不过你若不会武艺，不会点穴，便能在无论什么时期可以做到，以我的年纪和经验阅历，尚且有时不免和人动手，你何能说得这般干净。救人的方法学会了，倒比学会了点人的方法好，不必是由你点伤的才可救，别人点伤的，或是因跌因撞伤的，也一般的可用这方法救治。”黄辟非心里何尝不愿学，因恐自己父亲在盛怒之下，听了母亲的话更生气，所以是这般表示，见自己父亲说出愿教的话来，真是喜出望外。从此，黄石屏便把救治的方法，传给黄辟非。

一日黄辟非有个女同学，姓张名同璧的，到诊所来要会见黄辟非。这张同璧也是江西人，年纪比黄辟非大四五岁，因同在崇实女学校读书，彼此交情异常亲密。黄辟非不曾在学校毕业，黄石屏因嫌学校里习惯不好，只读了两个学期，就不许再去了。张同璧在崇实毕业后，已嫁了一个姓屈的丈夫，既出了嫁，对于以前的同学便不大往来，已有两三年不到黄辟非家来了。黄辟非只知道张同璧嫁了一个极精明能干，又极有学问的丈夫，两口子的爱情最好。姓屈的在上海某大学毕过业，已到日本留学去了，张同璧生了一个男孩子，人生的境遇，算是十分美满。这日，黄辟非见张同璧忽然来会，久不见面的要好同学来了，自很高兴，连忙请到自己卧室里坐谈。只是一见张同璧满面泪痕，一种忧伤憔悴的样子，完全表现于外，不由得吃了一惊，忙问：“有什么事着急？”

张同璧还没开口，就用双手掩面抽咽起来，勉强忍耐住才说道：“我不得了，我特来求妹妹想法子救我的命。我的丈夫被上海县衙门的侦探，当做革命党拿去了，十有九没有活命，妹妹看我怎生得了！”说到这里，忍耐不住又抽咽起来。

要知她丈夫如何被捕，黄辟非如何援救，且俟下回再说。

总评：

外国人之于研求学术也，最能虚怀若谷，夫以德国医院院长之具有精深之学术，且年事已六十有八，宜若不复有所求进步矣。乃一见黄石屏金针为术之神奇，即起歆慕之心，与之缔交之不足，复欲执贽于其门，唯此老当益壮之心，直于研求学术之外，不知世间复有死之一事也，良足佩矣！至欲观吾国点穴术之奇迹，更不恤以己身为尝试，死亡疾病，均非所顾，又何其具有牺牲之精神耶？然而，凡此作为，反言之，无一不足资为黄石屏张目之用，于是乎黄石屏传矣。

对于学术上牺牲之精神，亦为外国人所特具，试观本回中另一德医所为之一事，以欲于一种特殊情形之下，取一生人之肺作为标本，竟不恤身作杀人犯，而将此人击毙之，诚属骇人听闻之至。然在彼则固虽死弗怨，以为学术而牺牲，死亦甘也，唯以吾中国人之眼光观之，终觉其事之太近于霸，有失中和之道，不能予以同情，是或亦民族性互有不同之故耳。

码头挑夫恃众凌人，固为恒见之事，一般行旅虽为之疾首，然辄存一不屑与较之心，因之若辈之气焰乃为之益张。妙哉黄辟非，竟能挥拳而痛击之，予若辈以重创，诚属大快人心之举。唯于点穴一事，以其只知点法，而不知救法，几致酿成空前未有之惨祸，则令人于哑然失笑之余，更凛然于凡事之不可以过于鲁莽，宜黄石屏对之若不胜其愤怒也。

第七十六回

张同璧深居谢宾客　屈蠖斋巧计试娇妻

话说张同璧对黄辟非说出丈夫被捕之后，抽咽不止，黄辟非只得安慰她道：“事到为难的时候，着急哭泣是无用的，请把情形说出来，大家想方法去援救便了。革命党被官厅捕去了的也很多，毕竟杀了的还是少数。你是事主，你的心一乱，便什么事也没有办法了。你我已有好久不会面了，你近来的情形，我一点儿不知道，只听说你结婚后，感情很好，你屈姐夫在东洋留学，是何时回国来的，如何会被侦探当做革命党拿去？请你说给我听吧。”张同璧遂详细将别后的情形说出。

原来张同璧的丈夫，是江苏无锡人，姓屈，单名一个伸字，号蠖斋，生得仪表堂堂，思想敏锐。他父亲虽是个在洋行里当买办的人，家中所来往的多是市侩，但屈蠖斋生成一种高尚的性质，从小就想做一个担当国家大事的人物，在大学校的时候，就欢喜运动，所有运动的方法，他无不精密研究。张同璧也是一个好运动的人，因在运动场与屈蠖斋认识。张同璧本来生得整齐漂亮，一张粉团也似的脸儿，对人和蔼可亲，总是未开口先含笑，凡是见过她一两面的男子，没有不希望与她接近的。她对待一般欢喜与她接近的男运动家，都是一视同仁。那些男运动家希望与她接近，当然多不怀好意，但是张同璧每遇到男子有挑逗她情形发生的时候，她虽不恶声厉色的拒绝人，只是自有一种严正的神态，使人知难而退。她对于曾经挑逗她的男子，都敬而远之，就想再和她接近一次，或对打一次网球，不问如何要求，是决不可能的了。因此，张同璧在运动界的声名虽大，结交的男朋友虽多，却是没有敢拿她当玩物看待的。

屈蠖斋在初见张同璧时，心里也未尝不与旁的男子一样，不过屈蠖斋自视人格甚高，同时也极重视张同璧的人格，从来不肯有轻侮张同璧的举动。在张同璧眼中，看屈蠖斋的人品、学问，觉得一时无两。加以屈家富有产业，一般欢喜与张同璧接近的男子，举动没有能像屈蠖斋这般慷慨的。无论如何有学问、有道德的女子，择婿虽不以财富为先决条件，然手头阔绰，举动慷慨，总是一项极有吸引力量的资格。张同璧既觉得屈蠖斋事事如意，而爱她又是情真意挚，便不知不觉的动了以终身相托的念头。屈蠖斋其所以对张同璧用情真挚，当然也有相与偕老之意。

无如此时恋爱自由、结婚自由的潮流，虽已传到了中国，但远不及民国成立以后这般澎湃。张同璧的父母，对于女儿这种婚姻，固不赞同，就是屈蠖斋的父亲，也极反对这种自由结合的办法。屈蠖斋为这事和他父亲冲突了好几次，经亲族调解的结果，许可屈蠖斋讨张同璧为妻室，唯不与父母同居，由他父亲提出一部分财产给屈蠖斋，听凭屈蠖斋自立门户。屈蠖斋只要能达到娶张同璧为妻的目的，什么事都可以迁就。张同璧既决心要嫁屈蠖斋，也顾不得自己父母的赞同与否，双方都是自做主张的就把婚结了，成立了一个小家庭。

这时屈蠖斋在某大学读书，还不曾毕业，仅能于星期六晚回家歇宿，家中就只有张同璧和一个老妈子。张同璧自从结婚以后，欢喜运动的习惯，虽不像在学校时那般浓厚，然因终日在家闲着无事，屈蠖斋又须隔数日始能相聚一次，不免有些感觉寂寞无聊。有时同在一块儿运动的朋友来邀，只好同去玩玩。屈蠖斋虽相信张同璧的人格，只是总觉年轻女子，时常和年轻男子在一块儿运动，一则恐怕外人说起来不好听；二则也防范一时为情感所冲动，失了把握，便劝张同璧少和男子接近。张同璧愤然说道："你难道还不相信我的为人吗？在未和你结婚以前，绝对没人干涉我的行动，我尚且没有给人訾议的行为；难道此刻倒不能与男子接近，一接近便有苟且的事做出来吗？学问、能力，我不敢夸口，至于'节操'两个字，我敢自信是我所固有的，用不着去寻求，用不着去学习。我常说中国自古以来，无论男女都一般的注重节操，男子之所谓节操，有时不能保全，或许还有环境的关系，可以原谅，因为男子节操的范围不同；女子的节操，就是本身一个人的关系，我本人要保全便保全，不能向环境上推诿。古今失了节操的女子，确是自贱，没有可以原谅的理由。”

屈蠖斋笑道：“你这话似乎有理，实际却不是这般容易的事。像你这样说来，女子守节算不得一回事了。社会上如此重视节妇，而本人又都是矢志不失节的，何以社会上毕竟能守节的，并不多见呢？由于自贱的，固然也有，关系环境的，仍占大多数。你之为人，我相信你不至有自贱的事，一说到关系环境，就不能一概而论了。”张同璧极端反对这种论调，屈蠖斋无法争执，好在张同璧的性情还柔顺，口里虽与屈蠖斋争辩，行为上却已不再和运动界男子接近了。

屈蠖斋在大学毕了业，准备去日本留学，心里仍是有些着虑上海地方的风俗太坏，张同璧独自带着一个老妈子住家，难保不受人诱惑。这日又对张同璧说道：“我此番去日本留学，在一年半载之内，不见得能回家来。你的人格虽高尚，行为也老成，只是年纪究竟太轻，我确实知道一晌在你身上转念头的就不少，我总希望你能始终保持和我未婚以前，对待那些轻侮你的男子的态度，不为任何环境所转移。我对你说这些话，明知你心里决不痛快，以为我是信不过你，实在是因为我对于男女的关系，在结婚前有不少的经验，深知要战胜一切的环境，是不容易的。你平日的主张，以为自贱不自贱的权，操之本人，与环境没有关系，我深觉这种观念，不是全部正确的观念，希望在我未动身去日本以前，要使你把这一点认识清楚才好。”

张同璧听了这些话，本极不高兴，只因屈蠖斋说话的态度极和缓，素来两口子的爱情又极浓厚，方能勉强将火性压下说道：“你这话是根本不相信我的人格，于今我也懒得和你辩论，将来的事实，是可以做证人的。我自你动身之日为始，决不与一切男子见面，你一年不回家，我便一年不出外应酬交际；你两年不回家，我两年不出外应酬交际。无论如何得等你回来，才恢复你在家时举动，是这样你可放心了么？”

屈蠖斋笑道：“倒用不着这么认真，我只希望你此后随时随地不轻视环境而已。如已陷入不好的环境中，便有力量也不容易自拔了。”屈蠖斋经这般几番叮咛之后，方收拾行装，动身前赴日本。张同璧亲送到海船上，将近开船了才洒泪分别。

张同璧既送丈夫去后，回家即吩咐老妈子道：“少爷此刻到外国去了，不知道什么时候能回家来，此后不问有什么男客来了，你只回说少爷不在家。若有紧要的事，请写信到日本去商量，我是决不接待的。”老妈子当然答应晓得。张同璧真个和修道的人闭关一样，整日关在楼上，不是读书写字，便是用手工编织御寒的衣物。

如此过了两星期，她原是一个生龙活虎也似的人物，生平何尝受过这样拘束？自觉得非常闷气，想出外逛逛吧，又恐怕因去看朋友，反引得许多朋友到家里来，只好打断这番心思，还是不到外边去。

又过了些日子，这日接了屈蠖斋到东京的信，心里安慰了许多，但是越感觉独自一个人在家的孤寂，在万分无聊的时候，仅能找着老妈子东扯西拉的闲谈一阵。

这日老妈子对张同璧闲谈道：“隔壁新搬来的邻居，家里很阔，他那老太太、小姐和太太们为人真好，对待下人们，又和气、又大方。他家的老妈子对我说，他们老太爷在广东做官，老爷在安徽做官，姨老太太跟在任上，少爷也是在外国留学。他家因没有男子，所以只用了三个老妈子、三个丫头，连门房和当差的都没有。从前还有一个六十多岁的老账房当家，此刻小姐已经大了，能知书写字，就由小姐当家管账。他家的规矩，也严得厉害，太太、小姐不用说，终日不出外，不与一切男子见面；就是老太太都不出门，每天只有他太太娘家的侄女，到这里来陪老太太打小牌消遣。像这样的人家，真是享福。他老妈子还说，他太太知道我家少爷也在外国留学，我家太太是再规矩不过的好人，她想过来拜望拜望。后来因听我说，我家太太自从少爷动身去后，终日只在楼上读书写字，亲戚本家都不接见的话，因此她就不敢过来。”

张同璧听了笑道：“你真是一只糊涂虫！我不接待亲戚本家，是男子不是女子。她家既是这么规矩，又是两代做官的好人家，一个男子也没有，来往一下子有什么要紧？她们是做官的阔人，又是新搬来的，我若先去拜望她，显得是我去巴结她，我不愿意。她们太太能先来拜我，我就不妨去回拜，你特地为这话去说，也可以不必。如果她家老妈子再向你提起，你就说我也想过去看她老太太。”

老妈子照例是欢喜主人家有阔女客来往的，若能时常打牌，更是欢迎。老妈子一来为迎合张同璧意旨；二来为谋她自己的利益，虽则不特地为这话到隔壁去说，既同在一个弄堂，老妈子同伴是随时可以会面的。

次日隔壁家太太，便带着两个伺候的丫头，由自家老妈子引导到张同璧家来。张同璧连忙下楼接着，看这太太年纪，不过三十多岁，模样儿虽不甚漂亮，然穿戴的衣服首饰，都极入时、极阔绰；便是两个丫头也穿得很齐整，比普通人家的小姐还要漂亮。

这太太与张同璧见礼之后，两个丫头齐对张同璧请安。张同璧本是一个极会说话的女子，当下陪着这太太谈了一阵，才知道这太太姓陈，她的丈夫在安徽是个候补知府，老太爷在广东当厘金局长。老太太一生没有旁的嗜好，就只欢喜打麻雀牌，牌的大小不论，钱却是要认真的。她自己不问一场输多少，照例当场兑清；旁人输给她的，也不能少兑一角给她。兑给她之后，回头再向她借转来，甚至输一百元给她，倒向她借三百元都使得。那一百元输账，是不能不经过偿还手续的。陈太太并说老太太的娘家姓成，很富足，是常州有名的巨富。娘家的侄儿是个美国留学生，在上海江海关办事，每月有二三千两银子的收入，就是事情忙碌得很，除却礼拜，没有一时闲散。

张同璧见陈家这般豪富，又无男子在家，正在一个人感觉寂寞无聊的时候，觉得与这种人家来往，是再合适没有了，当日就到陈家回拜。陈家老太太年纪虽有了六十多岁，精神倒比中年妇人，还来得健旺，耳聪目明，毫无龙钟老态。陈家的小姐才十八岁，容貌虽不如何艳丽，却装饰得和花枝儿一样。一家三代人陪着张同璧谈话。老太太先开口问道："听老妈子们说你家少爷到东洋去了，屈太太一个人在家里，不是枯寂得很吗？"张同璧道："有时也是觉得枯寂。"陈太太笑道："我家老太爷终年在外，我家也是清净得很。倒难得我们两家是邻居，彼此来往来往，我们也多得一个谈话的人。"

陈老太太问道："听说屈太太是在学堂里读书的，平日只在家里读书写字，麻雀牌想必是不会打的。"张同璧笑道："此刻不会打麻雀牌的人，恐怕是很少，不过我近来不常打罢了。"陈小姐喜道："这就好极了！我们奶奶别无所好，就只欢喜打麻雀牌。平日是我的表姐姐到这里来凑一个脚，陪我奶奶打。今天我表姐姐忽然病了，方才打发她家老妈子来说，刚服了发散药，不能出门。我奶奶正在着急，家母想打发人去请舅母来，她老人家又嫌我舅母的目力不好，牌打得太慢。屈太太今天得闲么？”

张同璧道：“闲是没有一天不闲的。不过我已有好几年不打麻雀牌了，目力虽不坏，恐因生疏的关系，也和府上的舅太太一样，打得太慢。”陈老太太笑道：“我哪里是嫌人家打得太慢啊！我自己打得还不慢吗？屈太太今日是初次到舍间来，不曾见过我们那位舅太太，她是一个牵丝拌藤的人，赢了钱倒也知道要，输了钱就麻烦起来，牌品又不好，赢了便高兴得了不得，不说的也说，不笑的也笑；一输了就立时把脸子沉下来，不骂自己的牌拿得不好，即怪人家的牌打错了。有时连牌都打得飞起来，寻不见落在什么地方去了。我们家常打的虽是小牌，输赢没有关系，但是打牌是为寻快乐，和她打起牌来，倒是寻烦恼了。屈太太说我这话对也不对？”

张同璧道：“我也是和老太太一般的脾气，最不愿意跟那欢喜发输钱气的人打牌。”张同璧在和陈老太太谈话的时候，丫头、老妈子已忙着将场面布置好了，请张同璧上场。陈家三代人同桌，张同璧不愿问多少钱一底，因听得陈家婆媳屡次说打小牌，以为用不着问，打一牌之后，看她们付钱便能知道。不料头一牌是张同璧和了，照三人付的钱算来，方知道是一百元一底。张同璧的娘、婆二家，虽也都是有钱的人家，但是不仅自己不曾打过一百元一底的麻雀牌，并不曾见父母和旁人打过。待要求改小点儿吧，觉得这话说出来太寒碜，只略一迟疑，第二副牌已起上了手，并且起了三张中字，一对本风。心想就是这么打下去吧，倘若输了，以后不再来打便了，逆料一次也输不了多少钱。

张同璧的手风很好，第二牌又和一副两番，胆量更大了，于是就这么打下去。八圈牌打完，张同璧赢了三百多块钱，输了陈太太一个人，陈老太太也赢了几十块。张同璧只拿了三百块钱，余下的几十块钱，分赏了陈家的丫头、老妈子。陈老太太兴高采烈的说道：“屈太太的牌品真好，我近来只有今天的牌，打得痛快！平常赢三五百块的时候也有，在打的时候，总有些事使我不痛快。前几天我就教我媳妇过屈太太那边拜望，她偏听老妈子的话，说屈太太什么客也不见；若是我们早会了面，不是已经是这么打过好几场了吗？”陈小姐笑道：“以后的日子过得完的吗？屈太太就住在隔壁，每天可以请她过来，我和妈也可以陪奶奶过那边去。”陈老太太道：“那么明天请屈太太早点儿过来，我们可以多打几圈儿。”

张同璧既赢了三百多块钱，当然不好意思说不来打了，次日张同璧不等陈家的丫头来请，就走了过去。这场牌又赢了一百多块钱。陈家的人异口同声的称赞她牌打得好，她也自觉不差。这种钱来的太容易，心里又高兴，便拿了些钱赏给自己老妈子。这般接连打过几天之后，和陈家的感情也深了，牌也打得仿佛上瘾了，每日吃过饭就想去动手。

一日她走过陈家去，刚走进后门，就听得里面有牌声，她边走边问陈家老妈子道："已打起来了吗？"老妈子点头应是。张同璧以为是陈太太的侄女来了，径走进打牌的房间一看，只见陈家婆媳母女同一个洋装男子正在打着，心想退出来，陈老太太已看见了，连忙笑着说道："屈太太请进来吧！这孩子不是别人，是我娘家的侄儿。"张同璧本来不是怕见男子的人，见陈老太太给她介绍，只好走过去。

这男子忙起身对张同璧弯了弯腰，连头也没抬起望张同璧一下，仍低头坐下看牌。陈老太太笑道："季玉老是这么不长进，小时候见着面生的女子红脸，说话不出。于今在外国留学五六年，回国后在江海关又办了两三年公事，不知怎的还是这么小姑娘似的。"陈老太太这么一说，这男子的脸益发红了。

张同璧记得陈太太曾说过，老太太娘家姓成，当下看这成季玉生得面如冠玉，齿白唇红，陈小姐的姿色，在单独看起来，虽不甚艳丽，也不觉丑，此刻和成季玉坐在一桌儿打牌，便显得陈小姐是泥土了。张同璧见成季玉害羞的样子，也自觉立在旁边不安，即作辞要走。陈太太一把拉住笑道："不要走！我这一晌实在输得气馁了，早已不愿意再打，只以奶奶没有人陪，我不能不凑一个数。你来了极好，我原来准备让你打的。"说着起身将张同璧按住坐下。张同璧从来与男子接近惯的，本不知道有什么害羞的事，但是这番因成季玉现出害羞红脸的样子，却把她也弄得不知怎的有些不好意思起来。被陈太太按着坐下，也低头不敢再望成季玉。接着打过几圈，连自己都不知道是什么缘故，一颗心全不似平日安静，无缘无故的跳个不止，牌也不知打错了多少。

成季玉仅打了四圈，就说与人约会的时刻到了，有紧要的事去，告别走了，陈太太仍继续上来。这一场牌，张同璧因前四圈糊里糊涂的打错了，输了将近两底，后四圈成季玉虽不在座，然张同璧心里还是不得安定，仿佛遇着困难问题，着急无法解决一般。究竟有什么困难问题，她自己也说不出所以然，结果共输去三底。张同璧回到家中，兀自不解是何道理，还喜得陈太太一般人都只顾打牌，没人注意到她的神情举动。她心想假使当时陈太太婆媳，看出她失常的态度来，传说出去，岂不笑话！她自己以口问心，在学生时代所遇见的美少年，总计起来，没一百也有八十，并且那些美少年，十有八九用尽若干方法，对她表示爱慕。她那时心里只当没有这回事，丝毫没有印象留在脑中。难道在结婚后，爱情有所专属的时期，是这般偶然遇见一个男子，并不曾对望一眼、对谈一句话，便神思飘越，不能自主了吗？越想越不能承认，却又寻不出第二种理由来。

这夜睡在床上，也不似平日容易睡着。次日早起，自觉这种现象很危险，心想要避免这种危险，唯有从此不去陈家打牌。随即又转念与打牌没有关系，那成季玉的事情甚忙，到陈家来的时候极少，以后如果成季玉在场，我便不上桌，或是在去陈家以前，打发老妈子先去问问，成季玉来了，我就不去。不管我昨日神思纷乱的现象，是不是因他的关系发生，我此后不与他会面，总没有损害。想罢，还恐怕自己忘记，当时特地对老妈子说道："我有一件要紧的事，说给你听，不要忘记。隔壁陈家，在平日是没有男客来往的，所以我愿意每天到她家里去打牌，不料昨天她家来了一个姓成的男客，虽然只同我打四圈牌就走了，我怕将来说到少爷耳里去了，使他不放心。然那姓成的也是个上等人，又是陈老太太的侄儿，她们要我同打牌，我不能说不打，最好你先去陈家看看，没有男客我就过去，有男客就不去。"

老妈子道："我听得陈家的丫头冬梅说，老太太的侄儿，今年二十六岁了，还不曾定老婆。他的脾气古怪得很，每月有两三千银子的进账，除却欢喜穿漂亮衣服，打几圈麻雀牌而外，一点儿旁的嗜好没有。他海关同事的人，爱嫖的居多，他独不肯走进堂子里去。别人请他吃花酒都不去的。多少富贵人家有小姐，托人去成家说媒，经他一打听，总是不合意的。他平日不肯和面生的女子同打牌，昨天居然和太太同打了四圈，陈家的丫头、老妈子都觉得奇怪。他和太太同打牌，是很难得的事。他的公事非常忙，昨天是礼拜日，他尚且只能打四圈牌就走了，平常日子更是没有闲工夫。太太倒可以放心，陈家除了这个成少爷，没有第二个男客。他家是最讲规矩的，若不是成少爷这种规矩人，他家的太太、小姐决不至同桌打牌。昨夜冬梅还在这里说起好笑，她说成少爷见了你家太太，脸上就和泼了血一样，打几圈牌没抬过头，比什么贵家小姐的面皮都薄。像这种人太太怕他做什么？”

张同璧想了一想，也觉不错，到了平日去陈家的时候，情不自禁的又过去了。这日成季玉没来，依旧是陈家婆媳母女同打。张同璧不间断的打了七天牌，每天多少不等，都是有赢无输。昨日因成季玉的关系，输了三百元，把手风输坏了，这日竟输到五百多元。心里不服，隔日又打，又输了几百，七天赢来的钱，不到三天早输光了。陈太太显得很诚恳的说道：“你这几天的手风，和我前几天一般的不好，须加几十和底子，才容易赢回来。我们老太太是一百块底打惯了，她老人家说一百块底好算账，二百块、三百块底是不高兴打的。唯有把底和加大些，她老人家倒愿意。”

张同璧的胆量打大了，极以这话为然。不过屈蠖斋去时，只留了几百块钱做家用，除去这三天输去一部分外，已所剩不多。她知道陈老太太打牌是不喜欠账的，恐怕输了拿不出难为情，一时又没有地方可借，只好把金珠饰物兑换了七八百块钱，带到陈家。上场就加了三十和底子，这一来输赢就更大了，结果输了十五底。自己所有的钱不够，陈太太在旁看了她为难的神情，知道她是为少了钱，暗中塞了五百块钱钞票给她，才把输账付清了。陈小姐道：“屈太太这几天的手风太坏，依我的意思，暂停几天再打吧！我表姐的病也好了，明天还是约她来陪奶奶，不知奶奶的意思怎样？”

老太太笑道：“你真是小孩子，屈太太这几天手风不好，就永远不转好的吗？你妈前一晌不是场场输吗，这几天何以又场场赢呢？屈太太连赢了一个礼拜，只输了四天，算得什么？我们打这种小牌是为消遣，不可把输赢放在心上。屈太太的牌打得多好，我愿意和她同打。”

陈太太借故将张同璧邀到自己卧室里，低声说道：“我们老太太待人，件件都好，就只因为她老人家自己是阔小姐出身，带着十多万妆奁到陈家来，我们老太爷又不断的干着阔差事，手中有的是钱，便不知道旁人的艰苦，每每拉着人家打牌。手风好赢了她老人家的，倒也罢了，她老人家输一万八千，眉头也不皱一下；但是遇着手风不好的时候，输给她老人家，在别人便受了大损失。小女知道屈太太家里虽富足，然你家少爷现在往外国去了，家中不见得有成千累万的钱搁着，因恐怕使你为难，所以是这么对她奶奶说。想不到她奶奶还是把输赢看得这般平淡，不知你的意思是怎样？你若是不愿意再打了，明天请不过来，我就对老太太说你有要紧的事，到杭州或苏州去了。只要混过几天，老太太也就不一定要和你打了。不过害你输了这么多钱，我为希望你捞本，主张你加几十和底子，不料反害你输多了。若就这么不来打了，我心里又觉对不起你。”

张同璧道：“你母女的好意我很感激。你家老太太固然是阔家小姐出身，不知道人家的艰苦，实在我输这一点儿钱，也是算不了什么！我所着虑的便是你家老太太的脾气，不欢喜输的牵丝绊藤，我明日倘若更输多了，一时付不出现钱来，原是想陪你老太太开心的，不是反使她不痛快吗？若不是着虑这一层，便输一万八千，我也不见得就皱皱眉头。我家的存款，多是定期的，一本活期存款的折子，在我少爷身边；还有一家南货店里，曾借我少爷几千块钱，我少爷临动身时，亲带我去交涉好了，在半年以后，每月可以去取二百元作家用。此时不便去拿，就去也只能取二三百元，一时要支取一千或八百，却没有这地方。如果真发生了紧急的事故，非有巨款不可，那倒有办法。于今为要打牌，有些亲戚家，明知他有钱可借，也不好开口。你我虽会面的日子不久，承你把我当自家人看待，所以我把这实在情形对你说，今天多谢你垫我五百块钱，我心里真是感激。”

陈太太道：“快不要说这些客气话！我们亲姐妹一般，有什么话不可说，什么事不可通融？我是从小不愿意管家事的，老账房走了之后，就由小女当家，存款折据，也都归小女收着；若家事在我手里，就暂时垫三五千给你，难道我还怕你跑了吗？我于今每月只有三百元月费，总是不够用。今天借给你的五百块钱，还是我娘家侄儿分家的几千块钱，想买一所住宅，因还没有看得相安的房屋，暂时寄存在我手里。我怕你钱不够难为情，就在这笔钱里抽了五百元。你若再想打牌，手风转好了便罢，万一再输下去，我这几千块钱，暂时挪拉一会儿子，也还可以，我那侄儿在房屋没有买妥以前，这款子是用不着的。”

张同璧喜道：“我就着急一时取办不出现款，恐怕万一输给你家老太太，我面子上过不去，手边一有了现款，未必我的手风场场坏。只要你肯帮忙，给我垫一垫，也许一块钱不动，把我连日所输的都赢回来。我最初一个礼拜之内，每场都是上场就赢，带在身边的钱，原封不动的带回去。”

陈太太点头道：“你的牌本来打得好，这几天我留神看你打牌的神气，疑心你有什么心事。我曾对小女说过，小女说，必是你家少爷近来没有信回。我说仅不回信，不至使你神情态度这般改变。我听人说过，东洋的女人最不规矩，世界上都称东洋为‘卖淫国’，中国留学生在东洋读书，烧饭、扫地多是年轻女子。我猜想多半是你家少爷，在东洋有什么不干不净的事，给你知道了，你心里着急，所以在打牌的时候，显得有心事的样子。”

张同璧听了，不由得暗吃一惊，临时又找不出掩饰的话，不知不觉的红了脸，一颗心又上下不停的跳动起来。好一会儿才搭讪着笑道：“你真精明，能看出我有心事，更能猜透我的心事，明日再来吧，我得回去歇息了。”张同璧回到家中，独自思量道：“幸亏陈太太疑心我是为少爷在东洋放心不下，若猜到成季玉身上，岂不显得我这人轻浮吗？那日和成季玉在一块儿打牌的时候，我记得陈家三个丫头都立在旁边，还有一个老妈子，陈太太那日不在场，当然不至生疑。陈小姐是个闺女，加以在用心看牌，必不会有什么感觉。但不知道她们丫头、老妈子怎样？我何不问问自己家里老妈子，她们同伙的无话不说，看她听了什么谈论没有？”随将老妈子叫到跟前问道：“你每天和陈家冬梅在一块儿说笑，说些什么话？”

老妈子没头没脑的听了这话，不知是何用意，连忙带着分辩的形式说道：“我和她家冬梅没有说什么话。我到上海来帮了多少东家，素来不对人说东家什么话的。”张同璧笑道：“你弄错了。我不是怪你对冬梅说了我家什么，我是问冬梅对你说了些什么！”老妈子摇头道：“她也没说什么。”

张同璧道：“那两个丫头和她家老妈子呢？”老妈子道：“她们也没说什么。”张同璧道：“并不是我疑心你说了我什么，也不是疑心她们说了我什么，我是闲着无事，问着玩玩。我每天看见你和她们说笑，所以问说笑些什么，想你谈着开开心，不会拉扯出是非来的。”

老妈子这才放了心似的说道：“我们在一块的时候，随便什么事乱说一阵子，这几天大家都议论太太打牌，手风一不好，连牌也打坏了，不知是什么缘故。她们都希望太太多赢钱，太太赢了钱，她们都有红分，她们东家赢了，是得不着好处的。”张同璧问道：“还说了些什么？”老妈子道：“她们说那天成少爷也打错了几牌。成少爷为人最精明，牌也打得最好，那天太太上场的第二牌，他自己的南风，右手摸一张进来，左手将原有的一张打出去，打过了才看出是南风，已不好收回了，只得把这张也不留。隔不了一会儿，又摸一张，这张他却不打了，手上牌的搭子还不够，倒拆一对九索打掉。后来九索仍摸成了对，不知他如何糊里糊涂的是那么瞎打，所以只四圈牌。上场的时候，还赢了十多块钱，结果反输了一百多块。她们说，好在成少爷有的是钱，就是每天像这么输几场，也不怕没有钱输。”

张同璧问道：“那成少爷的牌，既是打得最好，为什么是那么瞎打呢？他坐陈老太太上手，不是有意拆九索给陈老太太吃么？”老妈子道：“这个我不知道，没听她们说这话。”张同璧问道：“她们还说成少爷什么没有？”老妈子道：“成少爷那天临走的时候，曾向冬梅问太太住的是哪几号门牌，家里有些什么人，少爷是干什么事的。”张同璧听了向旁边啐了一口道：“要他问这些话干什么，有谁和他做朋友拉交情吗？”老妈子笑道：“像太太这样规矩的人，上海地方去哪里找第二个？陈家的人说，有多少女学生想嫁成少爷的，还有好几个在外国留过学的，想和成少爷结交做个朋友，成少爷都不愿意。我因为怕太太生气，不敢对太太说。陈家的人都说，成少爷的脾气真古怪，对那些想嫁他的女学生和贵家小姐，偏要搭架子；见了屈太太的面，倒失魂丧魄似的，连牌也不会打了。”老妈子说着，现出忍不住要笑的样子。

张同璧红着脸半晌说道：“我知道你们在一块儿说笑，必没有什么好话说，一定还说了我什么，你说出来，我不生气。”老妈子道：“太太不生气我就说，她们说太太那天的魂也掉了。”张同璧道：“放屁！陈家的丫头、老妈子都不是好东西，以后不许你和她们再这么胡说乱道了。你想这些无聊的话，万一将来说到少爷耳里去了，少爷虽不必相信，但是我面子上总不好看。如果她们下次再敢这么胡说，姓成的怎样我不管，我是决不答应她们的。你们这些人要知道，人的名誉最要紧，常人说‘名誉是第二生命’，我独说‘名誉比生命还要紧’。我为名誉可以不顾生命，因为我这种名誉，关系我和少爷的爱情。于今爱情就是我的生命，岂可以听凭她们丫头、老妈子随意毁坏！你们真是不知轻重，我今天若是不盘问你，不把这事的利害说给你听，还不知道你们在外面将如何乱说！”老妈子被责骂得不敢嬉笑了，鼓着嘴说道：“我就为怕太太听了生气，所以不敢对太太说。”

张同璧挥手叫老妈子出去，暗自寻思道：“蠖斋自到东京后，除写了一封很简单的到岸信给我而外，至今没有第二封信来。他平时不是这么冷淡的，在学校时每星期六回家歇宿，星期三尚且有一封信给我，何以这番到日本，反如此冷淡起来？难道真个受了日本‘卖淫国’的卖淫女子包围，把我丢在脑后去了吗？陈太太对我说的那些话，必有来由。陈太太的儿子也在东京留学，说不定有信回来，写了蝬斋在东京的事，陈太太不便向我说明，借我打牌输钱的事来点醒我。我明天去她家，须认真向她问问，如果真有这种事，我又何苦这么死守善道，连亲戚朋友都不接见？游戏场、夜花园都不去逛逛，为的就是他能守义，我便应守节。”

张同璧越想越觉情形可疑，恨不得亲自跑到东京去，监督屈蝬斋的行动。翌日饭后去陈家打牌，陈太太邀她到楼上卧房谈话，正合她的心愿。陈太太开柜取出一叠钞票给她道：“这是一千块钱，暂时垫给你打牌，巴不得你的手风转好，原封不动的交还我。我将来也好原封不动的交还舍侄。现钱本来没有分别，无论哪家银行的钞票，都是一样的使用；不过舍侄寄存在我这里的，一色是花旗银行五十块钱一张的钞票，我非万不得已，不愿意动用他的。”

张同璧接过来说道：“我当然希望原封还你，好在同场打牌的没有外人，便是我把这钱输了，还钱的时候，仍不难调换回来。我此刻有一句紧要的话问你，希望你把我当亲姊妹看待，不要瞒我。你昨天猜我有心事，说恐怕是我家少爷在东洋有外遇的话，是不是有来由的？求你将实在话说给我听吧。”

陈太太迟疑了好一会儿笑道：“你怎么倒来问我？我猜疑你的心事，是为这个，你当时已承认了说我猜的不错，如何反问我是不是有来由呢？昨日若不是你说要回去歇息，我怕你已有三四个月身孕，太累乏了不妥，正要详细问你家少爷在东京姘下女的情形呢！”

张同璧着急道：“他在东京是姘下女吗？”陈太太现出失言后悔的样子说道：“我是随口乱说的，你不要信以为真。我猜想你自己总应该知道。”张同璧回头看房中并没有丫头、老妈子，顺手将房门关上，几步抢到陈太太跟前，双膝往楼板上一跪说道：“我给你磕头，求你倾心吐胆的说给我听吧！你这样半吞半吐的，我真要急死了。”

陈太太吓得连忙伸手搀扶，哪里扶得起？只得也跟着跪下说道：“岂有此理！请你起来吧。你们少年恩爱夫妻，半点裂痕也没有，岂可因我一句笑话，就生疑惑。请起来吧，你现在肚子里怀着喜，不能累，更不能着急。”张同璧道：“你不将他在东京姘下女的情形，说给我听，我是不起来的。你若怕我听了着急，不肯说，要知道我闷在心里着急的更厉害。”

陈太太道：“你且起来，我们坐着好说话，你跪着不是使我也不能坐吗？”张同璧这才觉得教人陪跪的不对，先跳起来，然后将陈太太扶起，拉到一张长沙发椅上一同坐下说道：“你是过来人，你总该知道爱情关系人生的重大。我家少爷的年纪轻，品貌也还生得漂亮，手中又有钱，不用说日本是世界有名的‘卖淫国’，保不住发生轧姘头的事；就是在中国，只要不和我在一块，便难免不闹出笑话来。我的脾气不好，寻常一般女子，最忌讳旁人说她吃醋，自己也不承认吃醋；我却不然，我不怕人家说我吃醋，自己也承认吃醋。他若是真个和卖淫的轧姘头，我一定把肚子里的冤孽种打下来。我不值得为负心人受这生育的痛苦。”

陈太太道：“我虽不曾见过你家少爷，但听你常谈他的性情举动，我逆料他断不至有和日本女人轧姘头的事。你不要听信旁人不负责任的话，冤枉受气。究竟你是听得谁说，说话的人是不是亲眼在东京看见？你说给我听，我替你研究研究。”

张同璧愕然说道：“我并不曾听得旁人说，就是因为昨日听了你的话，加以他到东京后，仅写了一封到岸信给我，直到此刻差不多两个月了，没写第二封信来。决不是为学校里功课忙，没工夫写信，他没信寄回的事，你不知道，你只知道我们夫妻的感情极好，倘不是确有所闻，何至无端猜到这类事情上面去？因此我认定你那话必有来由。今天你的话，说的更进一层了，明明的说出他在东京姘下女，这岂是随口说的笑话？”

陈太太刚待回答，陈小姐忽推房门进来说道：“奶奶在下面等得发急了，请屈太太和妈就下去吧！”陈太太将张同璧拉起来笑道：“请醋娘子下去打几圈牌再说吧。”接着叹了口气道：“我的脾气若和你一样，他爸爸带着姨太太在安徽候补，两三年还不能见一次面，不是早已要活活的气死了吗？一切的事都不可太认真了。人生在世有多少年，得快乐的时候，应该尽力量去快乐，我看你此刻是尽力量的寻苦恼。”说时不由分说的拉着往楼下走。

张同璧不便再追问，只得暂时把这事抛开，陪陈老太太打牌。心绪不宁的人，打牌如何有胜利的希望？越输越慌，捞本的心也越急切，底和越加的多，竟像是打假的。陈家婆媳母女轮流着三番两番的和个不止，张同璧起了好牌不能和，偶然的和一牌也极小，结果一千块钱输光，还亏陈太太母女三百多块。牌刚打完，一个老妈子进来说道："舅老爷打发阿义来接太太过去，说有要紧的话商量。"陈太太问道："阿义拉车来没有？"老妈子道："拉车来了。"张同璧心里正想和陈太太谈话，见她匆匆要走的样子，只得问道："你去一会儿子就回来么？"陈太太道："没有事情耽搁，便回来得很快。不知道我舅老爷有什么要紧的事商量。对不起，明日再见吧。"

张同璧看陈太太走了，也只好无精打采的回家。对于陈太太说话半吞半吐的态度，十分怀疑，加以几日之间，输去四五千块钱，除却赢的及自己所有的，还亏欠陈家将近两千元。待从此不再打牌了吧，不但输去的钱永无捞回之望，并得筹还陈太太的欠款。大凡欢喜打牌的人，越是输了越想继续打，不到山穷水尽的地步，是不甘心罢休的。

张同璧此时的思想已全部陷入麻雀牌里面去了，一心只打算如何筹借资本。无如新成立的小家庭，能变卖的东西很少，大部分的金珠饰物，前日已拿去兑换几百元钱输光了；这番将留存的一小部分，也拿去变卖，并搜集夫妻两个所有的贵重皮衣服，拿去典押，共得了一千四百多块钱。次日到陈家，先还了陈太太母女的牌账，又开始打起牌来。

任凭张同璧为人精明能干，无奈越输越气馁，这一场又整输了一千元。想要求再打四圈，陈太太说打多了头昏。陈太太在她衣服上轻拉一下说道："明天再打吧，请到我房里去坐坐。我有话和你说。"张同璧便跟着陈太太到楼上。

陈太太回身将房门关上，一把握住张同璧的手，拉到床边坐下低声问道："你今天输的这一千多块钱，是从哪里来的？你前日不是说家中没有钱了，教我垫款吗？"张同璧道："是拿首饰兑换来的。"陈太太抿着嘴笑道："未必吧！你前天输的钱，就说是拿首饰兑换来的，今天的钱恐怕不是。"张同璧道："你这话就奇了，我难道还对你说假话吗？若是向人借来的，何妨实说。你问这话，又抿着嘴是这么笑，其中必有道理。"

陈太太摇头道："只要你真是兑换首饰来的，便无须研究了。"张同璧急道："你说话就是这么不痛快，含糊得使人纳闷，你以为我这钱是如何来的？何以忽然问我这钱的来历，你今日非明白说给我听不可。”

陈太太笑道：“没有旁的道理，我以为这钱是有人送给你的，所以问问。”张同璧诧异道：“这话就更奇了。如何有人无端送钱给我？”陈太太含笑望着张同璧的脸，半晌才答道：“当然有人想送钱给你，并且曾要求我转送，被我拒绝了。因此我才疑心你今天的钱，不是兑换首饰来的。”张同璧听了不知不觉的红了脸说道：“什么人有钱没地方使用，要无端送给我？我又如何无端收受人家的钱？”

陈太太用巴掌在自己大腿上拍了一下道：“好吗！我也是因为这种举动太奇离了，太唐突了，所以不仅不答应他，并且抢白了他一顿。”张同璧低头似乎思索什么。陈太太起身开门，张同璧忍不住喊道：“你不要走！我还有话说。”陈太太点头道：“我叫底下送烟茶上来，好多谈一会儿，不是走。”说时向楼下叫丫头泡茶拿香烟来，仍转身坐在床上。

张同璧问道：“究是怎么一回事？求你直截了当的说吧。”陈太太道：“昨天我们打牌散场的时候，不是我家舅老爷打发阿义拉包车来接我去吗？我到他家，见我舅老爷父子两个，正陪着成季玉在客厅里谈话。原来是由季玉介绍了一所房屋给我舍侄，昨天方将价钱议妥了，已交了一部分定钱。舍侄因现在住的是租借的房屋，又贵又不方便，急欲将住宅买好，搬到里面居住。约定了后天写契，请我去就是为这事。我听了这消息，倒把我吓了一跳。舍侄几千块钱寄存在我这里，已有一个多月了，我一块钱也不曾使用他的。凑巧前、昨两日为你要钱打牌，才取出他两千块钱来，他的房屋偏在这时候买妥了。我若早知道如此，不动他的岂不省事？然我这话又不便向舍侄明说，只好答应他钱现在这里，何时要兑价何时来取，心里却打算回来和你商量。

“不料成季玉这人真精细，我面子上并没显出为难的神气来，不知如何倒被他看出我的心事来，临走的时候定要把汽车送我。在车上问我道：‘表嫂子为何听了令侄说要提取存款付房价的话，踌躇一会儿才回答钱现在这里，是不是表嫂子把他的房价动用了？’我知道季玉是个极诚实的人，见他问我这话，不好隐瞒，便把实情对他说了。

“他这人好笑，精细的时候，比什么人都精细；糊涂的时候，更比什么人都糊涂。他听说你输了钱，一时拿不出现钱来，只急得在车上跺脚叹气道：‘屈太太这样漂亮的人，打牌输了钱，没有钱付给人，可想见她心里一定急得厉害，面子上一定十二分的难为情。可惜我只和她见过一次面，打过一次牌，没得交情，凭空去送钱给她，她是一个有身份的上等人，不但不肯接受我的钱，甚至因不明了我之为人，反要骂我轻侮她的人格。’

“我当时听了他这些呆话，看了他那种呆神气好笑，故意问他道：‘你想送钱给屈太太么，你究竟打算送她多少钱？’他慨然说道：‘这有什么打算，屈太太不是希望我送钱的人。我无论如何爱慕她，也没有就打算送钱给她的道理！不过听表嫂子刚才说，她为打牌动用了令侄的房价，我逆料表嫂子回去，不向她说令侄要提款的话便罢，说出来她必急得难受。我和她虽没有交情，只是承她给我的面子，肯同我打牌，我从那日到于今，脑筋里时时觉得有她的印象，并且觉得假使她肯与我做朋友来往，我心里便得了无上的安慰。她需要旁的东西，我或者取办不出；需要银钱是不成问题的。我这里有五千两银子的即期庄票，要求表嫂子做个人情，替我转交给她如何？’

“我问他原是逗着他耍子，谁知他竟是这般认真起来，我怎敢接受他的。正色对他说道：‘你不要糊涂，我决不能替你去挨骂。’季玉见我拒绝便说道：‘表嫂子既误认我的好意做恶意，只好不求你转送了。’说了这话，似乎很纳闷的不开口了。转眼之间，汽车到了我这门口，我邀他来家里坐坐，他说还要去会朋友。我下车回家约过了半点钟，听冬梅来说，成少爷的汽车还停在门外，没有到这里来，不知是往谁家去了。我知道这弄堂里，没有他第二家亲戚和朋友居住，疑心他这呆头呆脑的人，因我不肯替他转送，他心里唯恐你着急，不管三七二十一，亲自跑到你家去了。偏巧你今天又拿出一千多块钱来输了，所以我更觉得是证实了。据你说今天这钱确是兑换首饰得来的，然则他昨夜没到你家来么？”

张同璧听了这一段话，一时心里万感交集，也不知是酸是苦，是甜是乐，竟把她平生活泼刚健的气概，完全变化了，不知不觉的两眼忽然掉下泪来。又恐怕被陈太太看见，忙借着起身喝茶，背过脸去将眼泪揩了答道：“我昨天回家就睡了，在未睡着以前，并没听得有人敲门。也许在他来敲门的时候，我和老妈子都睡着了。”

陈太太道：“我虽拒绝他的庄票，只是我倒相信他的品性，不是平常浪荡子仗着银钱去侮辱女子的可比。”张同璧道：“他的一番好意我明了，我不愿意接受他送我的钱，但此刻急需钱使用，他肯借几千块钱给我，我是非常感激的。至于他希望与我做朋友，我也没有不愿意的心思。不过我对你有一种要求，你得答应我。”

陈太太连忙起身将房门锁了，回身问道：“你有什么要求，凡是我自己力量所能办到的，无不可以答应。”张同璧待说又红了脸把话忍住。陈太太笑道：“你是一个学生出身的人，平日说话极开通，怎么忽然现出这种羞涩样子呢？你我与嫡亲姊妹一样，还有什么话说不出口？”

张同璧道：“我不为别的，只为我蠖斋的脾气不好。他知道我在结婚之前，时常同在一块儿运动的男朋友极多，结婚后他唯恐我仍和那些朋友来往得太亲密了，外边说起来不好听，曾为这事与我吵闹过几次。我发誓承认从此不再接近男朋友，他才放心到东京去。我现在一答应和季玉做朋友，自免不了常与他来往。若是公开的常到我家里来，不到一两个月，这消息必传到东京去，那时必弄得双方都发生不好的影响。我想要求你答应的，就是‘秘密’两个字，这事除我和季玉之外，只有你能知道。季玉也不许到我家来，我更不能到他家去。当差的老妈子的一张嘴最靠不住，最欢喜捕风捉影的乱说。他要和我会面，只可由你居中临时约定地点，及会面的时间，务必极端秘密。若给第四个人知道，甚至危险到我的生命。我就为你是亲姊妹一样，这事又是由你亲口向我提出来的，所以敢有这项要求。若是旁人，我也要顾我自己的身份颜面，断不肯这么说。”

陈太太低声笑道：“秘密的话，何待你提出来向他要求呢？你还没说出口，我便已有答应的显明表示。只怪你此刻一颗小心儿，完全被季玉的影子占住了，再没有心思想到季玉以外的事。你红了脸待说又忍住的时候，我不是连忙起身锁门吗？倘不是觉得这事有秘密的必要，也不如此了。此刻你要求的说明了，我也答应了，我有一句话，也得向你声明。你刚才说从此和季玉会面，由我居中约定时间、地点，这是办不到的事。在上海这种地方，及风气开通的今日，介绍男女朋友，原算不了什么事，不过我只能负第一次介绍你们会面的责任，你们既经会面之后，第二次会面的时间、地点，尽可当面约定，用不着我居中了。我并不是嫌麻烦，也不是恐怕将来被你家少爷知道，这其间另有一种理由，我此时也无须对你说明，声明只能介绍第一次就够了。”

张同璧拉着陈太太的手说道："另有一种什么理由？好姐姐请说给我听吧！"陈太太只管笑着摇头不肯说。张同璧看了这情形，越觉可疑，双手在陈太太身上揉擦着说道："你是这么含糊得真把我急煞了。你不说给我听，我无论如何不依！"

陈太太笑道："我说给你听，你能不怪我么？"张同璧点头道："不问什么话，我决不怪你。"陈太太道："我老实对你说吧，季玉对你的痴心，简直差不多要发狂了。我自恨不是个男子，不知道男子的心理，俗语有所谓'色中一点'的话，又有什么'情人眼里出西施'的话，都有道理。我曾亲眼看见有几个实在生得秀丽的小姐，真心实意的想和季玉交朋友，季玉竟不理会。这番一见你的面，便失魂丧魄的，仿佛害了单思病，岂不奇怪？我照他那情形推测，你拒绝与他做朋友，不和他会面便罢；会过一次面之后，他的热度必陡然增加，那时恐怕不容你一方面对他冷淡。他是没有定亲的人，行动是完全自由的；你是新结婚不久的人，据你说你屈少爷的脾气还不好，到那时你不是左右做人难吗？"

张同璧道："我不是要求你秘密吗？好姐姐，不要研究了吧。我于今也老实对你说，你不知道季玉是什么心理，我自己也不知道我是什么心理。我平生所接近的男子，至少也在一百个以上了，无论人家待我如何殷勤诚恳，我连正眼也不愿瞧人一下。就是蝬斋与我初交的时候，我心理也很平常，唯有季玉能使我心神不安。我这几日来的痛苦，真够受的了。季玉在海关上公事忙碌，并有同事的闲谈，纵痛苦也比我好。你能应允我的要求，绝对严守秘密，不愁蝬斋得知道。即将来万一不幸，被他知道了，不是我说没有天良的话，只要季玉不负心，以蝬斋的资格，也不愁再讨不着称心如意的老婆。"

陈太太连连摇手说道："快收起这些话。你和季玉痴心求我介绍，我不忍不理会，然说到这些话，我便不敢预闻了。好吧！请你今天再受一晚痛苦，明天我亲去季玉那里取庄票，自有解除你痛苦的消息带回来。"

张同璧看了陈太太的态度，也自觉一时说的太过火了，心里不免有些惭愧。回家后，望着写字台上陈设的屈蝬斋小照，这小照是结婚时照的，因联想到结婚时的情形，及结婚后待她的恩爱，心里又不免有些失悔。不过一想到动用了陈太太一千五百块钱的事，又着急不答应与成季玉做朋友，不能得钱还账。这几日输钱太多，家中的值钱东西，都变卖典当尽了，不受成季玉的钱，从此便不能再去陈家打牌，所输的钱，更永无赢回的希望了。一颗心中如交战一般的闹了一夜，才决定了打算受了陈太太交来的五千银子庄票，再托陈太太向成季玉去说，银子算是我借了，不妨亲笔写一张字据给她，等到蠖斋回国后偿还。

她经一夜思量的结果，已觉悟要保全现在的地位，及与屈蠖斋的爱情，是万分不能和成季玉会面的了。这日因手中没有钱，不敢去陈家打牌，料想陈太太会过成季玉，取得庄票回来，必打发人过来邀请，遂在家中等候。不料直等到晚餐过后，不见陈家打发人来，只得叫自家老妈子去问，陈太太何时出外，已回家没有。

老妈子过去问了回来说道："陈太太回家好一会儿了，不知为什么一到家就睡在床上，连晚饭也没吃。"张同璧听了不由得诧异，暗想必是事情变了卦，但是不能不过去问个明白。径走到陈太太房里，只见陈太太忧愁满面的横躺在床上，并未睡着。见张同璧进来，抬了抬身子勉强笑道："请坐！"

张同璧就床缘坐下说道："看你的脸色，好像有事着急的样子，是不是因没有会着季玉呢？"陈太太冷笑了一声道："你还提什么季玉，那成季玉太把我不当人了。"张同璧惊道："是怎么一回事？为我使你怄气，我很难过。他如何把你不当人，可不可以说给我听呢？"

陈太太道："说是自然得说给你听，只是你听了怄气，却不能怪我。前天他在汽车上，不是说有五千两银子的庄票，要我转交给你吗？我今天去会他的目的，就是想拿那钱来，弥补你输了的房价钱，免我失信于舍侄。谁知成季玉竟推诿说庄票已付给别人了。他推诿不肯将庄票交给我，并没有什么可气，最可气的是疑心我说的是假话。他说他知道屈家有百万的财产，是上海最有势的大商人，未必他儿媳妇打牌输一两千块钱，便偿还不起。那说话的神情，比之前天在汽车上，完全是两样了。他口里没说，心里仿佛以为是我想从中要钱，你看可恶不可恶？我当时只气得恨不得自己打两个嘴巴，为什么要这般自讨烦恼！他说了这话，也似乎有些对我不起，接着对我赔笑道：'我要送钱给屈太太的目的，难道表嫂子还不知道么？我只要屈太太肯依我约的时间、地点会面，能安慰我爱慕的心，休说几千两银子，便要将我个人所有的钱，一股脑儿送给她，我若皱了一皱眉头，就不是人类。还说了些该死的话，我此刻说起来就怄气，不说罢了。”

张同璧道：“想不到成季玉这人，倒真乖觉。我昨夜回家思量了一夜，打定了主意，以为你今天必能把那五千两银子庄票拿来，我准备写一张借据给他，请你去向他说明，我不与他会面。大概他已防备我有这一着，所以今天对你这么说，他这番心思，你可以原谅他。他还说了些什么该死的话？我们可以研究研究。”

陈太太指着张同璧的面孔笑道：“照你这样说来，幸亏成季玉生得乖觉，不肯将庄票给我带来，若经了我的手，你又不和他会面，不是使我为难吗？我便有一百张口，也不能辩白这钱不是我从中得了。”

张同璧道：“我亲笔写借据给他，即是怕你为难，这话不用说了，请你莫生气，把他该死的话说给我听听。”陈太太笑道：“你原来是这种打算，我倒不气了。他该死的话么……”说时附着张同璧的耳道：“他说今天再去打五千银子的庄票，约你今夜十点钟，一个人到他住的秘密室里去，明早他亲自陪你去取银子。”张同璧登时连耳根都红了，只管低头叹气。

陈太太也不说话，两下无言的坐了好一会儿。张同璧取出怀中的小表看了看问道：“季玉住在什么地方，如何有秘密室？”陈太太道：“他的秘密室，我也直到今日才知道，我却不曾去过。”说时从怀中摸出一张纸条，递给张同璧道：“这是他秘密室的地名，据他说是分租的一间亭子楼，二房东是外国人。那地方是没有中国人来往的，再秘密也没有了。”

张同璧接过纸条看着问道：“他无端租这秘密房屋干什么？”陈太太道：“他说家里人多客众，星期日虽说休息，实际并不能休息，特地租这么一间房屋，除了他自己，没旁人知道。他此刻必已坐在那里等候你去。”

张同璧道：“我仅和他会过一面，在这夜深人静的时候，如何好意思独自一个人前去呢？”陈太太笑道：“有什么不好意思！你到了那里见面之后，自然不会有不好意思的心理了。平常去看朋友，可以邀人同去，今夜的约会，是没有人肯同去的。你也用不着旁人同去，有别人在旁，你倒是真会不好意思起来。现在已是九点多钟了，你就去吧。明天我等着你送钱给我，我约了下午舍侄来取。”

张同璧本有七成活动的心思想去，听了最后这两句话，禁不住长叹了一声说道："到这步地位，我实在顾不得一切了。"即别了陈太太回到家中，着意的修饰了一番，对老妈子说道："我约了几个女朋友打小牌，你在家小心门户。"说着走出马路，雇了一辆街车，按照纸条上的地名走去。转瞬就到了，在一面寻觅那门牌的时候，一面心中突突的跳过不住。

一会儿寻着了，轻轻在门上敲了几下，里面即有人将门开了，并没问是谁。张同璧见客堂里的电灯明亮，陈设华丽，看那开门的是当差模样的人，毕竟是生地方，不好径上亭子楼去，便向那人问道："住在亭子楼的人在家么？"那人点头答应在家。张同璧大着胆量走上楼梯，看亭子楼的房门关着，轻推了一下不动，房里的人似已觉得，"呀"的一声门开了。楼上的电灯光大，照得内外通明，只见那个时刻想念不忘的成季玉，笑吟吟的拦房门迎着说道："你真个肯来见我么？请你进房中坐坐，我到楼下说一句话，就来陪你。"旋说旋让张同璧进房，自下楼去了。

张同璧低着头走进房去，偶然向床上一望，只见床边上坐着一个笑容满面的人，不是张三、李四，正是她自己丈夫屈蠖斋。

在这种时候，劈头遇见自己丈夫，这一吓，真比在四川河里断了缆的船还要吓得厉害。逞口而出的叫了一声"哎呀"，掉转身躯待往外跑。屈蠖斋一伸手就将她的胳膊捉住笑道："你跑什么？我有意和你这么闹着玩的。因你屡次不承认有环境能陷人的事，所以特地是这么做给你看，使你好知道。我这做成的是假环境，社会真环境，比你近来所遭的，还得凶恶厉害十倍、百倍，你这下子相信了么？"张同璧至此竟忍不住号啕大哭起来。

不知屈蠖斋如何解释，如何慰藉，且俟下回再说。

总评：

张同璧之往访黄辟非，盖以其夫屈蠖斋被系入官，将有所求救于黄石屏耳！故于黄石屏营救屈蠖斋出狱以前，先将屈、张二人以前之历史一为补叙，俾可稍清眉目。此在本书中，固亦为数见不鲜之事矣！

社交公开之声浪，固已高唱入云，然亦只对一般未出嫁之女子言之；若已出嫁之女子，则殊受一种拘束，欲其仍与男友相往还，而不受丈夫丝毫之干涉，恐不可得也。若本回书中之屈蠖斋与张同璧，固皆不失为漂亮人物，而能为时代作先驱者，然于此事仍不能有若何彻底之解决，不免时有龃龉，盖可知矣。

本回写屈蠖斋之设计试探其妻张同璧一段，凡所布置，可谓十分周密，在读者一路读去，第觉在此情形之下，设阱者大有人在。而张同璧乃罔然莫觉，竟致身入阱中，愈陷愈深，有不能自拔之势。当斯时也，未有不为之扼腕叹息，而信环境之诚能弄人者。迨夫图穷而匕见，始知凡此种种，均出乎据蠖斋意匠之所经营，故意以之试探其妻者，则又有柳暗花明之妙，而此心亦为之大释矣。吾于此，乃不得不叹著者之善弄狡狯，竟能使一般读者深入其彀中，不至末后一幕之揭露，而不能略有所觉也。

第七十七回

谭曼伯卖友报私嫌　黄石屏劫牢救志士

话说张同璧听了屈蠖斋的话，羞愤得大哭起来，屈蠖斋拉她到床缘一同坐下说道："你用不着难过，不要以为这番的举动，对不起我。你的用心，我完全知道。"张同璧听了屈蠖斋这些慰藉的话，一时心中又羞愧、又感激，情不自禁的双膝往地下一跪，将头脸偎在屈蠖斋腿边哭道："我是在这里做噩梦么？人世如何会有这样怕人的境界，你不是到日本留学去了吗？我分明亲自送你上了海船，并且接了你在东京寄的到岸信，怎么现在却在这地方与你见面呢？"

屈蠖斋复将她拉起坐下说道："我已对你说了，是特地假造出这个环境来，使你相信环境陷入的力量，是极强大而猛烈的。此刻你已经尝试过了，可相信了么？"张同璧道："住在我贴邻的陈家，是你走后才搬来的。他家是两代做官的富贵人，他们怎的肯帮着你来试我？"

屈蠖斋笑道："你本是一个脑经很灵敏的人，怎么忽然这么糊涂起来了？你说他家是两代做官的富贵人，是亲眼曾看见他家两代的官吗？他们真是姓陈吗，真是婆媳母女吗？"

张同璧道："那么成季玉是谁呢？"屈蠖斋笑道："他是你的目的物，也是这个环境的主要分子，当然有使你知道他是谁的必要。让我重新介绍你和他会面吧，以后你也好跟他多亲近亲近。"张同璧揩着眼泪说道："你还是这么剜苦我，我真没有脸活在世上做人了。"

屈蠖斋正色说道："我说的是实在话，我有意造成这环境来试你，于今又对你说剜苦话，还算得是真心爱你的人吗？你坐坐，我就叫他来吧。你见面自然知道我的话不错。”说着起身走到房门口，高声向楼下喊道：“如如师请上楼来坐坐。”随即听得楼下有人答应。

张同璧这时正如热锅上蚂蚁，恨不得地下登时裂开一条大缝，好把身躯颜面藏到裂缝里去。但是这种理想既无实现可能，身躯仍在亭子楼内，便只好索性放大胆量，等候成季玉上来。

眨眼之间，只见一个年约二十四五岁，面容生得十分标致的光头尼姑，身着灰色僧袍，手执念珠，走进房来，笑盈盈的合掌说道：“对不起屈太太，贫僧实因却不过屈先生再四的恳求，只得假装男子，托名成季玉来欺骗屈太太。贫僧出家人，本不应有这种举动，为的屈先生用心还好，目的是要借这番举动，好使屈太太将来得保全贞操，你夫妻可以维持恩爱，望屈太太不要怪贫僧无聊多事。”

张同璧见成季玉变成了一个尼姑，羞愧的念头，立时减去了大半，当下忙起身让坐。看这尼姑的眉眼神气，确是那日同桌打过几圈牌的成季玉，只是此时看去，完全没有一点像男子的地方。自己也不明白何以在当时竟认做真男子，绝不怀疑。世间真有这般温柔美丽的男子，她心想怎能怪我迷恋？因对屈蠖斋说道：“你如此设成圈套试我，你试一百回，我不能只九十九回上当，经你这一试的结果，不特你对我发生不信任的心思，连我自己也不信任我自己了。我从来自信力极强的，尚且落进了你的圈套，从此失去了自信力，倘若再遇到类似此番的环境，岂不更加危险？”

屈蠖斋摇头道：“不然，不然！为人处世，有因自信力强得到好处的，而因自信力太强失败的，更居多数。你此后能不信自己有保全贞操的力量，然要维持我们夫妻的恩爱，又非能保全贞操不可，便自然不敢轻容易与男子接近了。你此番其所以上当，直到在这里见了我，听了我说出有意设成圈套试你的话，你心里还不明白陈家和这位托名成季玉的是何等人，就是因为你自信力过强的缘故。你一晌是认定只要自己有把握，任何环境都不相干的，所以对于处处可疑的事实，都丝毫不生疑心，以致越陷越深，完全落入我的圈套。你试想想，你我家里虽算不了大富人，然与我们来往的富贵中人也不少，何尝见过有人家老太太每天借打牌消遣，输赢这么大的，并且陪着打的是自己的媳妇和孙女；陈家既是讲规矩、有礼法的人家，何以有这般举动？

这是可疑的，你不生疑。你认识陈家之后，每天就是你陪着他家三个人打，没有第二个外姓人到他家，陪他老太太打；除了这位假名的成季玉而外，不曾在他家见过客来，这也是可疑的，你不生疑。你与他家不过是初识面的邻居，绝无其他关系，居然拿一千五百块钱给你打牌，若非设成的圈套，决无如此情理，你对这一层也不生疑。这位假名的成季玉，原是光头戴上的假发，在白天又相隔很近，稍为细心的人，便应看出破绽来；加以她是初次干这种男装的玩意儿，在见你的时候，已低头红脸，现出极不自然的神气，并且始终不肯开口说话，世间岂有这种男子？尤其不像是出洋留过学，现在海关办事的人，这也是使人大可生疑的。她见你一面之后，既是发生了极爱慕的心思，你每天在陈家打牌，她何以不再到陈家去，和你会面，无论海关上的公事如何忙碌，你应该知道没有在夜间办公的海关。她明知你是有夫之妇，更是上等社会的人，仅有一面的交情，怎的会一听到你打牌输了钱，就要托人转送五千两银子给你，这岂是寻常情理中所有的事？凡此种种，皆由你自信过甚，不以环境为意的结果。”

张同璧问道：“你几时回上海来的？怪道接了你一封到岸信之后，直到此刻不曾接到你一个字。你已回到上海好些日子了么？”屈蠖斋笑道：“你怎么越说越糊涂了，倒来问我是几时回上海的。你记得你陷入这环境，是几时开始的么？”张同璧仰面思索了一会儿说道：“这事就更奇特了！我仿佛记得你动身不过一星期，还没接着你的到岸信，那陈家便已搬到隔壁人家来了。难道你到日本来回不过一星期吗？”

屈蠖斋道：“我始终没离开上海，到岸信是托东京的朋友代寄的。”张同璧指着这尼姑问道：“这位师傅的法名叫什么，她是在哪个庵堂里的？”屈蠖斋道：“她法名‘如如’，她俗家和我屈家是几代的亲戚，她丈夫和我小时同学，在三年前去世了。娘、婆二家都没有多大的产业，又无儿女，因此劝她改嫁的很多。她是一个读书识礼的女子，并且从来信奉佛法，遂剃度出家。但是不住庵堂，与娘家哥嫂住在一块，分了一间小房子，每日念经拜佛。我是极敬仰她，并极力维持她生计的人，所以这回能恳求她出来。这里就是她哥嫂的家，这亭子楼即是她的卧室。”

张同璧听了起身趋近尼姑身边，握着尼姑的手说道：“我此时心里倒很感激你，倘若你不依蠖斋的请求，蠖斋势必去请别人。如没有相当的女子，蠖斋一时因急想试探成功，说不定找一个生得漂亮的真男子来，那时我的生命，十九断送在他这一试了。即算我贪生不肯死，也决不能继续和蠖斋做夫妻了。”

屈蠖斋笑道：“我的心思是要试你，并不是存心要破坏我们自己夫妻的关系，何至于找一个漂亮的男子来试你呢？我们回家去吧！今天为我们的事，把如如师的晚课都耽搁了。”张同璧遂跟着屈蠖斋辞别如如，一同乘车回家。

过了几日，屈蠖斋方真个动身到日本去留学。这时孙中山正在日本集合革命同志，组织同盟会。眼光远大的留学青年，多有加入革命工作的。屈蠖斋到东京不上半年，也就当了同盟会的会员了。那时在国外的革命团体，就是“同盟会”，在国内的革命团体，叫做“共和会”。同盟会的革命手段，重在宣传，不注重实行，一因孙中山的主张，宣传便是力量；二因会员中多是外国留学生，知识能力比较一般人高，而牺牲的精神，反比较一般人低了。共和会的革命手段，恰与同盟会相反，全体的会员，都注重在实行，不但不注意宣传，并且极端秘密，有时为实行革命牺牲了生命，连姓字多不愿给人知道。凡是共和会的会员，大家都只知道咬紧牙关，按着会中议决的方略，拼命干下去。如刺孚奇、刺李准、炸凤山、炸王之春、杀恩铭、炸五大臣，种种惊天动地的革命运动，都是共和会的会员干出来的。

在那时，满清政府的官吏，和社会上一般人，多只知道是革命党行刺，也分不出什么同盟会、共和会。但是南洋群岛的华侨，及欧美各国的学生，平日与革命党接近的，却知道同盟会中人，并没有实行到国内去革命的。除却首领孙逸仙，终年游行世界各国，到处宣传革命而外，其余的党员，更是专门研究革命学理的居多，然每次向各国华侨所募捐的金钱，总是几百万。共和会倒不曾向华侨募捐过钱，也不曾派代表向华侨宣传过革命理论，因此之故，华侨中之明白革命党中情形的，不免有些议论同盟会缺乏革命精神。同盟会中人听了这种议论，倒有点儿着急起来。

凑巧这时候，首领孙逸仙从欧洲到了日本，开同盟会干部会议。屈蠖斋入会的时期虽不久，革命的精神却非常充足，在会议席上慨然说道：“我们同盟会成立在共和会之先，因一晌只在宣传上做功夫，实际到国内去从事革命运动，反远不如共和会的努力。对国内民众还没有多大的关系，唯有失去一般华侨的信仰，于我会的关系最大。我会以革命为号召，每年向各地华侨募捐数百万的金钱，倘若因失去信仰，断绝此后的饷源，将来便想回国去实行革命，也不可能了。”

当时到会的人听了这番话，自然没有不赞成的，孙逸仙也觉得同盟会自成立以来，成绩太少，当下便定了一种活动的计划，指派了数十名精干的会员，回国分途进行。屈蠖斋被派在江苏省，担任一部分的事务。

他是一个极精明强干的人，加以胆大心细，家虽住在租界，为革命进行便利起见，在上海县城内租了一所房屋，做临时机关，招引各学校的有志青年，入会参加革命。凡事没有能终久秘密的，何况这种革命的大事业？经屈蠖斋介绍的青年，有一百多人，消息怎能毫不外露呢？这消息一传到上海县知县耳里，立时派了几名干差，侦察同盟会会员的行动。

干差中有一个姓张名九和的，年龄只有二十五岁，也曾读过几年书，是上海本地人，他父亲是上海县衙门里的多年老招房。张九和从小在衙门中走动，耳闻目见的奇离案件极多，心思又生成的十分灵敏，因此在十四五岁的时候，便能帮助衙中捕快办理疑难大案，各行各帮的内幕情形他尤为清楚，历任的县官对他都另眼相看。共和会的革命志士，经他侦察逮捕送了性命的，已有十几人。

屈蠖斋也是一个十分机警的人，回上海进行革命运动不到一个月，便知道张九和这小子可怕，费了许多手续，才认识了张九和的面貌，正待设法先把这个专与革命党为难的恶物除掉，想不到这胆大包天的张九和，反化装中学生，经会员介绍入会，也来参加革命。介绍他的会员，当然不知道他就是心毒手狠的张九和。喜得屈蠖斋早已认识了他的面貌，尽管他化装学生，如何能逃出屈蠖斋的两眼？当下屈蠖斋明知张九和忽来入会，是受了上海县知县的命令，来侦探会中行动的，却不动声色，只暗里知会几个预闻机要的会员，使他们注意，不可把秘密给张九和知道，本人倒装出与张九和亲近的样子。

张九和见屈蠖斋的举动言语，对他比较对一般会员来得格外亲密，也逆料是被屈蠖斋识破了，心里已打算下手逮捕。只因他知道屈蠖斋的党羽甚多，都是散居各地，并有一大半是住在租界内的，若冒昧动手，反是打草惊蛇，逮捕不着几个。他知道屈蠖斋已定期二月初一日，在临时机关召集会员开会，此时离开会的期只有三天了，他计算索性等到二月初一日，好一网打尽。不过在这三天之中，他又恐怕会中发生别的事故，临时变更开会的时期、地点，不能不每天到会中来侦探。这也是张九和心地过于狠毒，平日害死的人命太多，他自己的一条小性命，合该送在屈蠖斋手里。

这日屈蠖斋邀张九和到三马路小花园一家小酒馆里吃晚饭，另有两个会员同席。这两个会员，便是介绍张九和入会的。张九和虽已怀疑屈蠖斋识破了他的行径，但绝不疑心动了杀他的念头，以为租界上人烟稠密，要谋杀一个人，断不是一件容易的事。在酒馆里吃喝得非常畅快，大家都有了几分醉意，屈蠖斋有心计算张九和，因时间太早了不便动手，故意缓缓的吃喝。四个人猜拳估子，直闹到十一点钟。屈蠖斋既存心要把张九和灌醉，安有不醉之理？四人吃喝完毕，走出酒馆，张九和已醉得东倒西歪，两脚不由自主，口里糊里糊涂的不知说些什么。屈蠖斋伸左手将张九和的右胳膊挽住，示意一个气力强大的会员，同样的挽住左边胳膊，是这般两人夹着张九和，在马路上写“之”字一般的行走。

此时马路上已行人稀少，往来走过的人，看了这三个醉汉走路的情形，多忍不住好笑，并连忙向两旁避让。走过了几条马路，到了一段路灯极少、没有行人和巡捕的地方，张九和被几阵北风吹得酒涌上来，忽然张口要吐。屈蠖斋觉得是下手的时机到了，连忙从腰间拔出涂满了白蜡的尖刀来，趁张九和停步张口吐出腹中酒的时候，猛然对准胸窝一刀刺下去。这尖刀是从日本买回来的，锋锐无比，只一下便刺到了刀柄。因刀上涂满了白蜡，刺进胸腹中，不但没有血喷出，被刺的人并不能开口叫喊，也不至立时倒地，或立时死去，必须等到拔出刀来，才能出血倒地。屈蠖斋恐怕这一刀不能致张九和的死命，低声向那挽左膀的说道：“我们夹着他多走一会儿吧。”遂拖住张九和仍往前走，只见张九和低着头，哼声不绝。

屈蠖斋和那个会员，虽都是极精干有胆识的人，然这种亲手杀人的勾当，究竟不曾干过。在未下手以前，两人的胆量很壮；下手以后，两人倒都不免有些慌急起来。又走了数丈远近，见路旁有一条很黑暗又仄狭的弄堂，屈蠖斋将张九和拖进那弄堂，两人同时用力一推，张九和扑地倒下，再使劲在他背上踏了一脚，不料刀柄抵住水泥，经这一脚踏下去，刀尖竟在背上透露出来。喜得屈蠖斋穿着皮靴，底厚不易戳破，若是寻常薄底朝鞋，说不定还得刺伤脚底。

两人料知张九和经过这么一刀，又在大醉之后，万无生理，即匆匆走了出来。还有那个会员，带着手枪，远远跟着望风，准备万一被巡捕发觉的时候，好出其不意的上前帮助。凑巧这段马路上，既无行人，复无巡捕，使两人好从容下手，毫无障碍。

次日各报的本埠新闻上，就刊登这事迹来。报馆访员探听消息真快，详情虽不曾披露，但已刊登张九和的真姓名，及奉令侦探重大案件的情形来。在半夜一点钟时，即被人发觉，报告附近巡捕。因地上没有血迹，加以酒气扑人，还不知道是被人刺杀了，以为是喝多了酒，并发生了什么急症。那巡捕一面叫车将张九和送进医院，一面报告捕房，医生看见胸前刀柄露出一寸多长，才知道是被人刺了，只得将刀抽出。说也奇怪，不抽刀时，不出血不出声，刚把尖刀抽出，便大叫一声“哎唷”，鲜血和放开了自来水管一样，直射到一两尺高下，再看张九和已断气了。检查身上，在内衣的口袋里，搜出几张名片来，张九和的姓名住址，片上都有。当即由捕房派人，按着地址，通知了张九和的父亲。

他父亲到医院看了自己儿子惨死的情形，始把奉令侦探要案，化装冒险与匪党来往的缘由说出，这回惨死，十九是落了匪党的圈套。屈蠖斋自刺杀了张九和，便不敢再到城里去活动了，就是租界上的住宅，也即日搬迁到亲戚朋友不知道的地方。

这时官厅缉捕凶手的风声，非常紧急，杀人要犯，却不比国事犯，得受租界当局及各国政府的保护，只要中国官厅知道了凶犯的姓名、住址，就可以照会捕房，协助逮捕。屈蠖斋在做革命工作的时候，虽改变了姓名，然既犯了这种重案，自然是提心吊胆，不敢随意出外走动，便是本会的会员，也不肯轻易接见。

这日因一个住在法租界的亲戚家办喜事，张同璧定要屈蠖斋同去吃喜酒，屈蠖斋无法推托，只得夫妻两个同到那亲戚家去。真是事情再巧也没有了，正在下车的时间，屈蠖斋刚从怀中掏出钱来开车钱，忽觉背后有人在马褂衣角上拉了一下。他是一个心虚的人，不由得吃了一惊，回头看时，原来是一个同从日本回国做革命运动的会员，姓谭名曼伯，原籍是江苏常熟人，生得一副极漂亮的面孔，却是生成一副极不漂亮的心肠。到上海后，屈蠖斋拿了几百块钱给他，派他去干一件很重大的事，谁知他钱一到手，差不多连他自己的姓名都忘记了，在一家么二堂子里，挑识了一个扬州姑娘，一连几夜住下来，仿佛入了迷魂阵，终日昏头搭脑的，不仅把自己的任务忘了，连出外的工夫也没有。新学会了一件看家本领，便是吸鸦片烟，每日须下午两三点钟起床，模模糊糊用些早点，就开始吸鸦片烟。普通人家吃夜饭，他才吃第一顿饭。恋奸情热，既到夜间，当然又舍不得出门了。

是这般把么二堂子当家庭，闹了一个多月，手中所有安排做大事业的钱，已是一文不剩了，还是舍不得走，暗地将衣服当了。又闹过几日夜，实在无法可想了，这才打定主意，回见屈蠖斋，胡乱捏造了一篇报告，打算哄骗屈蠖斋，再骗些钱到手，好继续去行乐。哪里知道屈蠖斋当日派遣他的时候，已提防他不努力工作，或因不谨慎陷入官厅的罗网，随即加派了两个会员，也去那地方，一面在暗中侦察谭曼伯的举动，一面暗中保护。万一失事，也有人回来报信，以便设法营救。谭曼伯既是还不曾前赴目的地，对于那地方各种与革命运动有关的事情，不待说是毫不知道，反是屈蠖斋因早得了那两个会员的报告，很明了各种情形。谭曼伯凭空捏造的报告，怎能哄骗得过去呢？

当下屈蠖斋看了这篇不伦不类的报告，不由得心中愤恨，将谭曼伯叫到面前，故意一件一件的盘问。谭曼伯哪里知道屈蠖斋有同时派人侦察的举动，还想凭着一张嘴乱扯，只气得屈蠖斋拍着桌子骂道："你知道我们此刻干的是什么事么？这种勾当也能由你虚构事实的吗？你老实说出来，你简直不曾到那地方去，我早已侦察明白了。你究竟躲在什么地方，混了这些日子，领去的款项如何报销？你不是新入会的人，应该知道会中的纪律，从实说来，我尚可以原谅你年轻，希望你力图后效；若还瞒着不说，我便要对你不起了，那时候休得怨我。"

谭曼伯以为自己在二么堂子里鬼混的事，没有外人知道，料想屈蠖斋纵精明，也找不着他嫖的证据。哪里肯实说，一口咬定所报告的是真情实事。屈蠖斋气愤不过，也懒得和他多费唇舌，一张报告到东京总会，请求开除谭曼伯的会籍。两星期后指令下来，谭曼伯的会籍果然开除了。谭曼伯此时手中无钱，不但不能回东京去，便想回常熟原籍，也不能成行。屈蠖斋因他熟悉会中情形，恐怕他流落在上海，将于革命运动不利，复将他叫到面前，和颜悦色的说道："你这次开除会籍，虽是由我呈请的，只是你是个精明人，素来知道我们会中的纪律。我今日既负责在此地工作，关系非常重大，对你违犯纪律的举动，不得不认真惩办。你应明白我对你绝无私人嫌怨，现在你的会籍既经开除了，自不便再支用公款，我只得以私人交谊，赠你四十块钱，作为归家的旅费。希望你即日动身回常熟去，万不可再在上海停留。"谭曼伯当时接了四十块钱，似乎很诚恳的感激，说了许多表示谢意的话，作辞走了。

屈蠖斋以为他必是回常熟去了，想不到这日在亲戚家门口下车的时候，又遇了他，回头看他身上穿的倒很华丽，不好不作理会，只得点点头说道："你怎的还在这里，难道不回常熟去吗？"谭曼伯笑道："我已去常熟走了一趟，因先父的朋友介绍，得了一件糊口的差事，所以回到上海来了。我前次荒唐，干了无聊的事，使老哥心里着急，又承老哥的盛情，私人赠我旅费，自与老哥离别以来，我无日不觉得惭愧，无时不觉得感激。有一次自怨自艾的整整闹了一夜，决心次日去求见老哥，要求老哥宽恕，予我以自新之路。不料一绝早跑去，老哥已经搬迁了。向那看管弄堂的人打听，他也不知道搬到什么所在，从此便无从探听，今日无意中在这里遇着，真使我喜得心花怒放。我于今正有一个极好机会，可以替会中出一番大力，以赎前次荒唐的罪孽，只苦寻不着老哥，不知老哥此刻可有工夫，听我把这极好的机会述说一遍。"

屈蠖斋见他说的诚恳，自不疑心他有什么恶念，遂据实说道："此刻委实对不起。你瞧，这办喜事的人家，是我的亲戚，我是特地来吃喜酒的。你既能悔悟前非，倘果能从此改变行径，以你的聪明能力，何愁干不出绝大事来！我和你今晚七点钟在青莲阁见面吧，有话到那里去谈。"谭曼伯连说："很好，很好！"屈蠖斋回身挽了张同璧的手，同走进亲戚家去了。

他这家亲戚是个生意中人，很有点儿积蓄，这日为儿子娶媳妇，来了不少的男女贺客。屈蠖斋虽和这人家是亲戚，并且也是以经商起家，只是因屈蠖斋是个漂亮人物，又是一个出洋的留学生，夫妻两个的人品知识，都高人一等，这亲戚家也特别的殷勤招待，主人夫妇陪着他夫妻俩谈话。

一会儿外边爆竹声响，西乐、中乐同时奏曲，新妇花轿已进门了，傧相立在礼堂，高声赞礼。屈蠖斋喜瞧热闹，和张同璧走出礼堂来。只见礼堂两厢，挤满了男女老幼的来宾，四个女傧相等媒人开了花轿门，一齐把花枝也似的新妇，推推拥拥的捧出轿来。屈蠖斋定睛看了新妇几眼，对张同璧笑说道："新妇的姿首不错，你看她不是很像如如师么？"张同璧瞟了屈蠖斋一眼，摇头说道："快不要这么随口乱说，人家听了不痛快。"

屈蠖斋正待回答，忽见一个男子，急匆匆的双手分开众人，挤到屈蠖斋面前说道："屈先生，对不起你，请你同我去救一家人的性命吧！"

屈蠖斋听了这句突如其来的话，自然摸不着头脑，愕然望着那人说道："你是哪里来的，姓什么？我不认识你，无端教我去哪里救谁的性命？"那人表现出非善意的笑道："屈先生当然认不得我，我是西门路沈家的亲戚，我姓王。屈先生前日在沈家闲谈几句话不打紧，害得沈家大太太和姨太太日夜吵闹不休，昨夜姨太太气急了，吞生鸦片烟寻死，直闹到天明才救转来。大太太因受了老爷几句话，也气得吊颈，于今一家人简直闹的天翻地覆。沈老爷急的没有办法，只好打算请屈先生前去，把前日所谈的话，向姨太太、大太太说明一番，免得她们闹个无休歇。"屈蠖斋道："我在沈家并没说什么话，使他家大小不和，请你回去，我夜间有工夫就到沈家去。"

姓王的还待往下说，屈蠖斋已挥手正色说道："你走吧，这里不是我的家，是我的亲戚家。此刻正在行结婚礼的时候，不要在这里多说闲话吧！"姓王的没得话说，刚要退出，忽从门外又挤进两个蛮汉，直冲到屈蠖斋前面，一边一个将屈蠖斋的胳膊揪住，高声说道："人家因你几句话，闹出人命关天的大乱子来了，你倒在这里安闲自在的吃喜酒，情理上恐怕有些说不过去。走吧，同到沈家去说个明白，便没你的事了。"

屈蠖斋急得跺脚，恨不得有十张口辩白，但是来的这两人，膂力极大，胳膊被扭住了，便不能转动，连两脚在地下都站立不牢，身不由自主的被拉往外走。张同璧不知道自己丈夫在沈家说错了什么话，满心想对来人说，等待吃过喜酒再去。无奈来人气势凶猛，竟像绝无商量余地的样子；加以来人的举动很快，一转眼的工夫，屈蠖斋已被扭出大门去了。主人及所有来宾，都因不知底细，不好出头说话。张同璧毕竟是夫妻的关系不同，忍不住追赶上去，赶到大门口看时，只见马路上停着一辆汽车，三个人已把屈蠖斋拥上汽车，"呜"的一声开着走了。

张同璧知道步行追赶是无用的，折身回到亲戚家，对一般亲友说道：

“西门路沈家和蠖斋虽是要好的朋友，彼此往来亲密，只是他家大小素来不和，吵嘴打架的事，每月至少也有二十次，算不了什么大事。我蠖斋说话从来异常谨慎，何至因他几句闲话，就闹出人命关天的大乱子来。我觉得这事有些可疑。沈家我也曾去过多次，他家当差的我认识，刚才来的三个人，我都不曾见过，并且来势这么凶恶。沈家没有汽车，不见得为这事特地借汽车来接。我委实有些放心不下，得亲去沈家瞧瞧，若真是沈家闹什么乱子，我去调和调和也好。”亲友中关切屈蠖斋的，都赞成张同璧赶紧去。

张同璧慌忙作辞出来，跳上黄包车，径向西门路奔去，到沈家一问，不但屈蠖斋没来，大太太和姨太太并没有吵嘴寻短见的事。这一来把个张同璧急慌了，只得仍回到亲戚家，向一般关怀的朋友，说了去沈家的情形，即托一般亲友帮忙援救。当下有主张报告捕房的，张同璧以为然，便亲去捕房报告，自己并向各方探听。倒很容易的就探听得，当时三人将屈蠖斋拥上汽车，直驶到法租界与中国地相连之处，汽车一停，即有十多个公差打扮的人，抢上前抖出铁链，套上屈蠖斋的颈项，簇拥到县衙中去了。

张同璧探得了这种消息，真如万丈悬岩失足，几乎把魂魄吓出了窍，随即带了些运动费在身边，亲到县衙探望，门房衙役、牢头禁卒都送了不少的钱。这些公门中人，没有不是见钱眼开的，不过这番因案情重大，县知事知道屈蠖斋的党羽极多，恐怕闹出意外的乱子，特地下了一道手谕：

无论何人，不许进监探望，并不许传递衣物及食品，故违的责革。

即有了这一道手谕，任凭张同璧花钱，得钱的只好设辞安慰，说这两日实因上头吩咐太严，不敢做主引进监去，过两三日便好办了。张同璧无可奈何，只得打听了一番屈蠖斋进衙后的情形，回家设法营救。

屈家是做生意的人家，平日所来往的，多系商人，与官场素不接近，突然遇了这种变故，只要心中所能想得到的所在，无不前去请求援救。偶然想得数年前同学黄辟非身上，估量黄石屏是一个久享盛名的医生，必与官场中人认识，亲自前去请求帮忙，或者能得到相当的结果。因此跑到黄石屏家来，将屈蠖斋被捕的情形，泣诉了一遍，只不肯承认是革命党。

黄辟非生成一副义侠心肠，听了张同璧的话，又看了这种悲惨的情形，恨不得立时把屈蠖斋救出来，好安慰张同璧。无如自己还是一个未曾出阁的小姐，有何方法能营救身犯重案的屈蠖斋，脱离牢狱呢？当即对张同璧说道："既是你屈先生遭了这种意外的事变，以你我同学的感情而论，凡是我力量所能办到的，无论如何都应尽力帮忙。不过这事不是寻常的困难问题，非得有与上海县知事或上海道关系密切的人，便是准备花钱去运动脱罪，也不容易把钱送到。若没有多的钱可花，就更得有大力量的人，去上海县替你屈先生辩白，这都不是我的力量所能办到的。好在此刻家父还没出外，我去请他老人家到这房里来，你尽管当面恳求，我也在旁竭力怂恿。只要他老人家答应了，至少也有七八成可靠。如果绝无办法，他老人家便不得答应。"

张同璧道："老伯的为人，我是知道的。只是我平日对他老人家太少亲近，于今有了这种大困难的事，便来恳求，非有你从旁切实帮我说话，我是不敢十分相强的。"黄辟非道："这事倒用不着客气。"说着待往外走。张同璧赶着说道："我应先去向老伯请安，如何倒请他老人家到这里来呢？"

黄石屏的诊所房屋，前回书中已说过，是一所三楼三底的房子。楼上的客堂楼，是黄石屏日常吸大烟及会客之所；西边厢房，便是黄辟非的卧室。张同璧来访的时候，黄石屏正在客堂楼上吸大烟。黄辟非见张同璧这么说，便将她引到客堂楼来，向黄石屏简单介绍了张同璧的来意。

张同璧抢步上前向黄石屏跪下说道："侄女平时少来亲近老伯，今日为侄女婿遭了横祸，只得老着面孔来求老伯救援。"黄石屏忙立起身，望着辟非说道："痴丫头，立在旁边看着，还不快搀扶屈太太起来！"黄辟非扶张同璧在烟榻前面一张椅上坐下。黄石屏问了问被捕的情形说道："我记得前天报上曾登载一件暗杀案，报上虽没有刊出凶手的姓名来，但是据一般人传说，那个被暗杀的，是上海县衙门里的有名侦探，专与革命党人为难，这番就是奉命去侦探革命党，反把性命送了。一般人多说必是革命党杀的，并且听说凶手用的刀，是日本制造的短匕首，锋利无比，刀上涂满了白蜡，刺进胸膛或肚子，不抽刀即不能叫喊。大家推测这凶手多半是从东洋回来的。你家屈先生凑巧刚从东洋回来，大约平时与那些革命党不免接近，所以这次就受了连累，究竟他的行径，你知道不知道呢？"

张同璧流泪答道："侄女知道是知道的，不过得求老伯原谅，侄女自遇了这种横祸，心也急碎了，自知神经昏乱，像这样关系重大的事，侄女怎敢胡说乱道呢？"黄石屏点头道："这事是在外面胡乱说不得的。你不相信我为人，大约不至到我这里求救，请你将所知道的情形，照实对我说吧。我不知道实情，便不好设法去救。”

张同璧知道黄石屏平日为人极正大，在当时社会上一般正人，除却是在清廷做官，所谓世受国恩的而外，大概都对于革命党人表同情，存心摧残党人的最少。张同璧逆料黄石屏必是对她丈夫表同情的，遂将屈蠖斋回国后的情形详细述了一番。黄石屏听了，现出踌躇的神气说道：“论现在的官场，本来上下都是极贪污的，不问情节如何重大的案件，只要舍得花钱，又有相当的门路，决无想不出办法之理。不过你们屈先生这案子的情形，比一切的重大案件，都来得特别些。他亲手暗杀了那个侦探，此刻那侦探的父亲，还在上海县衙里当招房，那便是你家屈先生的冤家对头。这种杀子之仇，是不容易用金钱去调解的。劝你也不用着急，你既和我辟非同学，又把这事委托了我，我当然得尽我的力量替你设法。但是我有一句最关紧要的话对你说，你得依遵我。你今天到我这里来的情形，及我对你所说的话，永远不许向人说，便是将来你们屈先生侥幸脱离了牢狱，你们夫妻会了面，也不许谈论今天的事。总之，你今生今世，无论在何时何地对何人，不许提今天的事，你能依遵么？”

张同璧救丈夫心切，黄石屏又说得如此慎重，自然满口承认依遵。黄石屏正色道：“你这时想我帮忙，救你丈夫的性命，休说这些不相干的话，你可以答应依遵，就是教你把所有的财产都送给我，你也可以答应的。只是你要知道，我何以这么慎重其事的对你说这番话呢？实因这事的关系太大，我黄家是江西大族，全族多是安分守己的农人，没有一个受得起风波的。不用说我单独出力营救革命党人，便是与革命党人来往，我黄家全族的人听了都得害怕，从此不敢与我接近了。其他种种不好的影响，更毋庸说了。你就是这么答应我不行，你是真能依遵的，立刻当天跪下，发一个大誓，不然我不敢过问。”

张同璧随即对着窗外的天空，双膝跪下，磕了几个头，伸起腰肢跪着说道：“虚空过往神祇在上，信女张同璧，今因恳求黄石屏先生搭救丈夫性命，愿依遵黄先生的吩咐，永远不把今日恳求的情形，对一切的人说。如有违误，此身必受天谴，永坠无间地狱，不得超生。”刚说到这里，黄石屏已从烟榻上跳下地来，说道：“好，好！请你就此回家去吧。只当没有今天到我家的这回事，凡有可以去恳求设法的人，你仍得去恳求，不可以为我答应了帮忙，就能万事无碍了。”张同璧一面连声答应“是！”一面掉转身躯，向黄石屏磕了一个头，立起身作辞而去。

张同璧走后，黄石屏出诊了几个病回来，将魏庭兰叫到跟前说道：“你赶快拟一张启事，交账房立刻送到报馆里去，务必在明天的报上刊登来。启事上说我自己病了，不能替人打针，须休养三日，第四日仍可照常应诊。”魏庭兰听了这番吩咐，留神看黄石屏的神情举动，并无丝毫病态，心中怀疑，口里却不敢问。只是觉得多年悬牌的医生，每日来门诊的，至少也有七八十号，一旦停诊，与病家的关系极大。凡是有大名的医生，非万不得已，断不登报停诊，即算医生本人病了，有徒弟可以代诊，总不使病家完全绝望。不过魏庭兰知道黄石屏的性格，仅敢现出踌躇的样子，垂手站着，不敢说什么。

黄石屏已明白了魏庭兰的用意，正色说道：“你不知道么？我在这两星期中，门诊出诊都太多了，精神实在来不及，若不休养几天，真个要大病临头了。我这种年龄，这种身体，大病一来，不但十天半月不易复原，恐怕连性命都有危险。你此刻替人治病的本领，还不能代我应诊，你不要迟疑，就去照办吧！”魏庭兰这才应是退出，拟了停诊的广告，送给黄石屏看过，交账房送各报馆刊登。

次日各报上虽则都登载出来，也还有许多不曾看报的，仍跑到诊所来求诊，经账房拒绝挂号才知道。黄石屏这日连朋友都不肯接见，独自一个人躺在烟榻上吸烟，直到吃过晚饭，方叫姨太太取出一套从来不常穿的青色洋服来，选了一条青色领结。姨太太知道是要去看朋友，连忙招呼备车。黄石屏止住道：“就去离此地不远，用不着备车。”说毕，穿好洋服便往外走。走后姨太太才发觉忘记换皮靴，也不曾戴帽子，脚上穿的是一双玄青素缎的薄底朝鞋。姨太太笑道：“身上穿着洋服，脚上穿着薄底朝鞋，头上帽子也不戴，像个什么样子？快叫车夫拿皮靴帽子赶上去吧！”车夫拿了靴、帽追到门外，朝两边一望，已不见黄石屏的背影，不知是朝哪一方走的，胡乱追了一阵，不曾追上，只得罢了。

夜间十点多钟，黄石屏才回来，显得非常疲劳的样子，躺在烟榻上，叫姨太太烧烟。吸了好大一会儿工夫，方过足烟瘾。姨太太笑问道：“从来不曾见你像今天这样发过瘾，你这朋友家既没有大烟，你何不早点儿回来呢？

像这样发一次烟瘾，身体上是很吃亏的。你平日穿便衣出门惯了，今天忽然穿洋服，也和平日一样，不戴帽子，不穿皮靴，我急得什么似的，叫车夫追了一阵没追上。”

黄石屏笑道：“我真老糊涂了，一时高兴想穿洋服，穿上就走，谁还记得换皮靴？”说着，将洋服换了下来。姨太太提起衬衫看了看，问道：“怎的衬衫汗透了呢？”黄石屏答道：“衬衫汗湿了吗？大约是因为发了烟瘾的关系，这衣服不用收起，就挂在衣架上吧！我明天高兴，还是要穿着出外的。”姨太太道：“明天再不可忘记换皮靴。”黄石屏笑道：“你哪里懂得，外国人夜间出外，不一定要换皮靴的，便是穿晚礼服，也不穿用带子的长靴，穿的正和我脚上的鞋子差不多，不是白天正式拜客，这些地方尽可以马马虎虎。”姨太太听了，便不说什么了。

第二日，黄石屏直睡到下午三四点钟才起床，叫魏庭兰到跟前说道：“今夜我有事须你同去，恐怕要多费一点儿时间。你若怕耽搁了瞌睡，精神来不及，此时就可以去睡一会儿，到时候我再叫你。”魏庭兰不知有什么要紧的事，仍不敢问，回到自己房里。睡到夜间十点多钟，黄石屏亲自到床前，叫他起来说道：“睡足了么？我们一道吃点儿东西就去。”魏庭兰同到楼上，见桌上已安排了菜饭，黄石屏喝了几杯白兰地酒，又吃了两碗饭，看了看表道：“是时候了，我们去吧！”

魏庭兰平日跟随黄石屏出外，总是为诊病，照例替黄石屏提皮包。此时魏庭兰不知为什么事叫他同去，仍照例把皮包提着，黄石屏也不说什么。魏庭兰望着黄石屏的脚说道：“昨天老师穿洋服忘记换皮靴，姨师母急得叫车夫拿着靴帽在后追赶，今天老师又忘记了。”黄石屏不高兴道：“你们真不开眼，穿洋服不穿皮靴、不戴帽，难道马路上不许我行走吗？人家不许我进门吗？”

这几句话骂得魏庭兰哪里敢再开口，走出大门，车夫已将小汽车停在门外。黄石屏对车夫说道：“你用不着去，我自己开车。”车夫知道黄石屏的脾气，不是去人家诊病，多欢喜自己开车，当下跳出车来。黄石屏和魏庭兰坐上，开足速力，一会儿跑到一个地方停了，黄石屏望着魏庭兰道：“我有事去，你就坐在车上等我，无论到什么时候，不许离开这车子。”

魏庭兰也猜不出是怎么一回事，只好应是。看着黄石屏匆匆的走了，独自坐在车中，看马路上的情形，虽是冷僻没有多的街灯，然形势还看得出是西门附近，大概是离上海县衙门不远的地方。等了一点多钟，两脚都坐麻了，越等越夜深，越觉四边寂静，虽在人烟稠密的上海，竟像是在旷野中一样，但有行人走过，脚步声在百步外也可听得明白。魏庭兰既不能离开汽车，只好坐着细听黄石屏的脚声。等到一点钟的时候，忽听得有一个人的脚声，从远处渐响渐近，却是皮靴着地的声音，一步一步的走得很从容、很沉重，知道是过路的人，懒得探头出望。一会儿那皮靴声走近汽车，忽然停了，并用两个指头在车棚上敲了两下。魏庭兰原是闭眼坐着的，至此是张眼向车外探望，只见一个外国巡捕，操着不纯熟的中国话问道："你这车停在此地干什么？"魏庭兰道："我们是做医生的，我老师到人家诊病去了，教我在此地看守汽车。"外国巡捕听罢，点了点头，又一步一步的走去了。

魏庭兰仍合眼静听，除却听得那巡捕的皮靴声越响越远，渐至没有声响外，听不着一点儿旁的声息。正在心里焦急，不知自己老师去什么地方，耽搁这么长的时间，还不转来，猛觉车身一动，有人踏动摩达，车轮已向前转动。惊得他睁眼看时，原来黄石屏已坐在开车的座位上，旁边还坐着一个人，从背后认不出是谁？汽车开行得十分迅速，转弯抹角的不知经过了几条马路，方在一条弄堂口停下。黄石屏扶着那人下车，急忙走进弄堂去了，不到一刻工夫，黄石屏便跑出来，跳上汽车，直开回家，到家后低声对魏庭兰道："今夜的事，切记永远不可向人提起，要紧要紧！"魏庭兰连忙点头应"是！"

过了一日，报纸上就刊登上海县监狱里要犯越狱逃走的消息来，报上将屈蠖斋身家历史，在日本参加革命，及回国活动，刺杀县衙侦探，县衙悬赏缉拿不着，后因屈部下谭某与屈有隙，亲到县衙报密，设计将屈骗出租界，始得成擒。不知如何竟被屈弄穿监牢屋顶，乘狱卒深夜熟睡之际，从屋顶逃走了。据那狱卒供称："出事的前一夜，在二更敲后，仿佛听得牢房上有碎瓦的响声。当时已觉得那响声很怪，不像是猫儿踏的瓦响，只是用百步灯向房顶上探照了一会儿，什么也瞧不见，只好像有几片瓦有些乱了，以为是猫儿捉耗子翻乱的，便不在意。次日白天再看瓦顶上的瓦，并没有翻乱的样子，就疑心是夜间在灯光下瞧的不明白，事后想来，才悟出牢房顶上的窟窿，是在前一夜弄穿的，不过将屋瓦虚掩在上面，使人瞧不出破绽，这必是与屈同党的人干的玩意儿。”

这新闻登载出来，社会上一般人无不动色相告，说革命党人如何如何厉害不怕死，谁也不疑心这个六十多岁的老名医，会干出这种惊人的事来。这案情虽是重大，然因屈蠖斋夫妇早已亡命到外国去了。那时官厅对于革命党，表面虽拿办得像很严厉，实际大家都不敢认真。

事隔不到两月，那个亲去县衙告密的谭曼伯，一夜从雉妓堂子里出来，被几个穿短衣的青年，用三支手枪围住向他开放，身中九枪死了。凶手不曾捕着一个，但社会上人知道谭曼伯有叛党卖友的行为，逆料必是死在革命党人手里。这样一来，更无人敢随便和革命党人为难了。事后虽不免渐渐露出些风声来，与屈、黄两方有密切关系的人，知道屈蠖斋是黄石屏救出来的，不过这样关系重大的事，有谁敢胡说乱道呢?

秦鹤岐因与黄石屏交情深厚，黄石屏生平事迹知道最详，因见霍元甲异常钦佩黄石屏的医术，遂将黄石屏生平的事迹，约略叙述了一番。

霍元甲、农劲荪等人听了，自是益发敬仰。霍元甲问道：“黄辟非小姐既承家学，练就了这一身本领，兄弟不揣冒昧，想要求秦爷介绍去见一面，不知能否办到？”秦鹤岐摇头道：“这事在去年上半年还办得到，在去年十月间已经出嫁了。此刻黄小姐住在南康，如果你还在上海的时候，凑巧她到上海来了，我还是可以介绍见面，并且凭着我这一点儿老资格，就教她走一趟拳，使一趟刀给你瞧瞧，都能办到。倒是要黄老头做一手两手功夫给你看，很不容易。”

农劲荪道：“他对人不承认会功夫么？”秦鹤岐道：“这却不能一概而论。有时不相干的人去问他，他当然不承认；遇了知道他的历史，及和他有交情的人，与他谈论起武艺来，他怎能不承认？”农劲荪道：“他既不能不承认会武艺，若是勉强要求他做一手两手，他却如何好意思不做呢？”秦鹤岐笑道：“他推托的理由多呢！对何种人说何种推托的话，有时说，年老了，气血俱衰，做起来身体上很吃亏；有时说，少年时候练的功夫，与现在所做的道功，多相冲突，随便做两手给人看了无益，于他自己却有大损害；有时说，从前练武艺于打针有益，于今练武艺于打针有害，做一两手功夫不打紧，至少有十二个钟头，不能替病人打针。究竟哪一说有道理，我们即不与他同道，又不会用针，怎好批评！”农劲荪笑道：“可以说都有道理，也可以说都无道理。总之，他安心不做给人看，随口推托，便再说出十种理由来，也都是使人无法批评的。”

秦鹤岐又闲谈一会儿去了，次日上午又来看霍元甲，问道：“四爷的病全好了么？”霍元甲道：“承情关注，自昨日打针后直到此刻，不曾再觉痛过。”秦鹤岐道：“我见黄石屏诊病最多，不问什么病，虽是一次诊好了，在几日之内，必须前去复诊一次，方可免得久后复发。我着虑你因不觉痛了，不肯再去，所以今日特地又来，想陪你去将病根断了。”霍元甲踌躇着答道：“谢谢你这番厚意。我这病是偶然得的，并不是多年常发的老毛病，我想一好就永远好了，大约不至有病根在身体内，我觉得用不着再去了。”秦鹤岐听了，原打算再劝几句，忽然心里想起从前曾批评过霍元甲，练外功易使内部受伤的话，恰好霍元甲这次的病，又是嘉道洋行试力之后，陡然发生的，思量霍元甲刚才回答的这几句话，似乎是表示这病与练外功及试力皆无关系的意思，因此不便再劝。

过了几日，霍元甲因不见有人前来报名打擂，心中非常纳闷。正在想起无人打擂，没有入场券的收入，而场中一切费用，多无法节省，深觉为难的时分，农劲荪从外边走了回来，说道：“那日嘉道洋行的班诺威，忽然开会欢迎四爷，不料竟是有作用的。我们这番巴巴的从天津到上海来，算是白跑了。”霍元甲吃惊问道：“这话怎么说，农爷在外边听了些什么议论？”

农劲荪一面脱了外套，一面坐下说道：“不仅是听了什么议论，已有事实证明了。四爷前几日不是教我去打听嘉道洋行欢迎我们的用意吗？这几日我就为这事向与嘉道洋行有密切关系的，及和英领署有来往的各方面探询，始知道班诺威本人，虽确是一个欢喜运动的人，平日是喜与一般运动家、拳斗家接近，但是这次欢迎四爷，乃是英领署的人授意，其目的就在要实地试验四爷，究有多大的力量。张园开擂的那日，英国人到场参观的极多。四爷和东海赵交手的情形，英国懂得拳斗的人看了，多知道四爷的本领，远在东海赵之上，所以能那般从容应付。东海赵败后，更没有第二个人敢上台。因此英国人疑虑奥比音不是四爷的对手，沃林尤其着急。于是想在未到期以前，设法实地试验四爷的力量究竟有多大。他们以为两人比赛，胜败是以力量大小为标准的。奥比音是在英国享大名的大力士，他全身各种力量，早已试验出来，英国欢喜运动及拳斗的人，大概多知道。中国拳术家不注意力量，又没有其他分高下的标准，若没有打东海赵的那回事，他们英国人素来骄傲，瞧不起中国人，心里不至着虑奥比音敌不过四爷。那日嘉道洋行原预备了种种方法，试验四爷的力量，想不到四爷不等他们欢迎的人来齐，也不须他要求试验，就把他的扳力机扳坏了。有了那么一下，班诺威认为无再行试验的必要。他欢迎四爷的目的已达，所以开欢迎会的时候，只马马虎虎的敷衍过去，一点儿热烈的表示也没有。倘若我们那天不进他的运动室，他们欢迎的情形必然做出非常热烈的样子，并得用种种方法，使四爷高兴把所有的力量显出来。据接近班诺威的人听得班诺威说，奥比音试扳力机的力量，还不及四爷十分之七。他们即认定比赛胜负的标准在各人力量的大小，奥比音的力量与四爷又相差太远，他们觉得奥比音与四爷比赛，关系他英国的名誉甚大，败在欧美各国大力士手里，他们不认为耻辱；败在中国大力士手里，他们认为是奇耻大辱。有好几个英国人写信警告沃林，并怪沃林贪财，不顾国家名誉。沃林看了四爷摆擂的情形，已经害怕，得了嘉道洋行试力的结果，便不得到警告的信，也决心不践约了。”

霍元甲抢着说道：“双方订约的时候，都有律师、有店家保证，约上载得明白，到期有谁不到，谁罚五百两银子给到的做旅费。奥比音被中国大力士打败了，果然耻辱，被中国人罚五百两银子，难道就不耻辱吗？”农劲荪道：“四爷不要性急，我的话还没说完。我们能罚他五百两银子，事情虽是吃亏，但是终使外国人受了罚，显得他英国大力士不敢来比赛，倒也罢了。你还不知道，他那一方面的律师和保证人都已跑了呢！我今天出外，就是去找那律师和电器公司的平福，谁知那律师回国去了，电器公司已于前几天停止营业了。沃林家里人说，沃林到南洋群岛去了。你看这一班不讲信义的东西，可笑不可笑？”

霍元甲因无人打擂，本已异常焦急，此时又听了这番情形，更气得紧握着拳头，就桌上打了一拳，接着长叹了一声说道：“一般人常说‘福无双至，祸不单行’，我们这番到上海来，真可算是祸不单行了。”

农劲荪知道霍元甲的心事，恐怕他忧虑过甚，又发出什么毛病来，仍得故作镇静的样子说道：“这倒算不得祸。我看凡事都是对待的，都是因果相生的。我们不为订了约和奥比音比赛，便不至无端跑到上海来摆擂台；不摆擂台，就不至在各报上遍登广告，不会有当着许多看客三打东海赵的事。

因摆擂及沃林违约，我们虽受了金钱上的损失，然四爷在南方的名誉，却不是花这一点金钱所能买来的。外国人说名誉是第二生命，不说金钱是第二生命，因有了名誉，就不愁没有金钱，有金钱的，不见得就有名誉。四爷在北方的声名，也算不错，但是究竟只武术界的人知道，普通社会上人知道的还少。有了这回的举动，不仅中国全国的人，都钦仰四爷的威名，就是外国人知道的也不少，这回四爷总算替中国人争回不少的面子。奥比音因畏惧四爷，不敢前来比赛的恶名，是一辈子逃避不掉的了。我们若不是因金钱的关系，听了他们全体逃跑的消息，应该大家欢欣鼓舞才是。少罚他们五百两银子，也算不了什么！我这几天在外面专听到一些不愉快的消息，却也有两桩使人高兴的消息，只因我一则心里有事，懒得说它；二则因有一桩，我知道你是不愿意干的，一桩暂时还难实现，不过说出来也可使你高兴高兴。有一家上海最著名的阔人，因你的武艺高，声名大，想聘请你到他家当教师，一面教他家的子侄，一面替他家当护院，每个月他家愿送你五百块的薪水……”

霍元甲不待农劲荪说完，即笑了笑摇头说道：“赵玉堂尚且不屑给人家做看家狗，我霍四虽是没有钱，却自命是一个好汉，不信便赶不上赵玉堂！不问是什么大阔人，休说当护院，就是要聘请我当教师，教他家的子侄，也得看他子侄的资质，是不是够得上做我的徒弟。资质好的不在乎钱多少，资质若够不上做我的徒弟，我哪怕再穷些，也不至贪这每月五百块钱就答应。”

农劲荪笑道：“我原知道你是不愿意干的。那阔人在彭庶白家遇了我，向我提起这点，我已揣摩着你的心理回答他了。这事你虽不愿意干，然因这事可以证明你这番到上海摆擂所得声名，影响你在社会上的地位不小。平情论事，大阔人的钱虽不算什么，但是你我所走的地方也不少，何尝见过有这么大薪水的教师和护院？北方阔人是最喜请教师护院的，每月拿一百块钱的都很少，倘若你不经过摆擂这番举动，哪怕本领再高十倍，也没人肯出这许多钱请你。还有一桩是上海教育界的名人，现已明白中国武艺的重要，正在邀集赀力雄厚的人，打算请你出面，办一个提倡武术的学校。从前教育界一般人，专一迷信外国学问，只要是外国的什么都好，中国固有的，不问什么，都在排除之列，谁敢在这外国体操盛行全国的今日，说提倡中国武术的话？能使教育界的人觉悟，自动的出力提倡，这功劳也在摆擂上面。不是我当面恭维你，要做一个名震全国的人还容易，要做一个功在全国的人却不容易。当此全国国民都是暮气沉沉的时候，你果能竭平生之力来提倡武术，振作全国国民的朝气，这种功劳还了得吗？这才真可以名垂不朽呢！一时间受点儿金钱的困难，两相比较起来，值得忧虑么？”

霍元甲听了这番议论，他是个好名的人，功业心又甚急切，不知不觉的就把兴会鼓动起来，拔地立起身说道：“我也知道我这个人应该从远大处着眼，略受些儿金钱困难的苦，不应如此着急。不过时刻有你农爷在旁，发些开我胸襟的议论就好；农爷一不在旁边，我独自坐着，便不因不由的会想起种种困难事情来。农爷何以说那武术学校的事，暂时不能实现呢？”

农劲荪道：“这是一桩大事业，此时不过有几个教育界中人，有此提倡，当然不是能咄嗟立办的事。并且这事是由他们教育界中人发动的，他们不到有七八成把握的时候，不便来请四爷。”霍元甲听了，忽就床沿坐下，用手按着胸脯。

农劲荪看霍元甲的脸色苍白，双眉紧皱，料知必是身体又发生了毛病，连忙起身走到跟前问道：“你那毛病又发了吗？”霍元甲跺了跺脚，恨声说道：“真讨厌透了！人在倒霉的时候，怎的连我这般钢筋铁骨的身体，都靠不住了，居然会不断的生起病来，实在可恨啊！”说时，用双手将胸脯揉着，鼻孔里忍不住哼起来。

农劲荪看了不由得着急道：“前几天秦鹤岐特地来陪四爷到黄医生那里去打针，四爷若同去了，今天决不至复发。”霍元甲忍痛叫了两声刘振声，不见答应。农劲荪叫茶房来问，说刘先生出门好一会儿了，不曾回来。霍元甲道：“那天我不同秦鹤岐去，一来因那时的病已完全好了；二来秦鹤岐与那黄医生是要好的朋友，有秦鹤岐同去，黄医生必不肯收诊金。我与黄医生没交情，如何好一再去受他的人情？刘振声若回来了，就叫他去雇一辆马车来，我还得去看看。今天比前番更痛得厉害。”农劲荪道：“雇车去瞧病，何必定要等振声回来呢？叫茶房打电话去雇一辆车来，我陪你去一趟就得啦！”霍元甲道：“怎好劳动你呢？”农劲荪道：“你病了还和我闹这些客气干吗？”遂叫茶房吩咐了雇马车的话。

茶房刚退出房，刘振声已从外面走进房来，一眼见霍元甲的神情脸色，现出异常惊慌的样子问道："老师怎么样，真个那病又发了吗？"农劲荪点头道："你老师说今天比前番更痛得厉害，正望你伺候他到黄医生那里去。"刘振声听了，忽然和小孩子被人夺去了饼子一样，"哇"的一声哭了出来。

他这一声哭，倒把农、霍二人都吓了一跳。农劲荪忙阻止他道："你三十多岁的人了，不是没有知识的小孩，怎么一见你老师发了病，就这么哭起来呢？不要说旁人听了笑话，便是你老师见你这么哭，他心里岂不比病了更难受吗？"

平日刘振声最服从农劲荪的话，真是指东不敢向西，这回不知怎的，虽农劲荪正色而言，并说得这么切实，刘振声不但不停哭，反越说越哭得伤心起来。

不知刘振声有何感触，竟是如此痛哭，且待下回再说。

总评：

屈蠖斋所布以试探其妻之一局，就表面上观之，亦可谓十分周密矣。然一经屈蠖斋之细加指点，则固破绽百出，有不难为明眼人所觉察者，甚矣！当局者之易迷也。虽然在一般读者之中，未及终局而已能明了其真相者，果又有几人？是则不特当局者迷，而旁观者亦迷矣！宁有不为之哑然失笑者乎？

当有清末季，民族革命思潮风靡于一时，凡青年有识之士，罔不奋臂思兴，而以光复旧物为念，尤以留东学生为最激昂，此革命团体之所以盛极一时也。虽然，人物既殊庞杂，自不免有败类厮其间，而本回中之谭曼伯特其一。观其醉心于烟色，置革命工作于不问，迨至金尽归来，犹复捏造报告，以为再度骗取金钱计，诚足令人为之切齿。屈蠖斋只开除其党籍，其所罚亦云轻矣。不图竟以此而结成仇隙，暗肆阴谋，将屈蠖斋缚而致之官。呜呼！若而人者，诚狗彘之不若，其肉宁足食乎？吾于此乃知不论任何团体中，欲其党员之悉为人格化，而无一败类厮其间，实为不可能之事也。

黄石屏之将屈蠖斋自狱中救之而出，论其事实至为不易，意必有一番如火如荼之描写。乃观其在本回中写来，一以轻描淡写之笔出之，毫无铺张之处。而在黄石屏本人，亦从容自若，绝不矜张，所谓“太原公子，裼裘而来”者，其态度乃仿佛似之，是诚能于“静”之一字上致其功夫者也。然而，在此绝不渲染之中，而黄石屏之侠肠、之义胆，以及超群之本领，反更为之衬映而出，且视极力从事渲染者为有加。然则初学作文者于此，亦可知所取法者矣。

沃林既逃，订约之律师及保证人，亦俱不知去向，订约比赛一事，至是可谓瓦解冰消，外国人做事固夙以有信义者，今竟何如？诚大足令人齿冷也。至班诺威之阴谋，亦为农劲荪所探得，其作用盖在打探霍元甲之究具若干气力，宜其目的既达，即呈冷淡之状态矣。此则虽于信义问题无关，然正足见外国人若何之狡狯。吾人得随时随地善为之防焉。

第七十八回

进医院元甲种死因　买劣牛起凤显神力

话说刘振声越哭越显得伤心的样子，霍元甲忍不住生气说道："振声，你害了神经病吗？我又没死，你无端哭什么？"刘振声见自己老师生气，才缓缓的停止悲哭。农劲荪问道："你这哭倒很奇怪，像你老师这样金刚也似的身体，漫说是偶然生了这种不关重要的病，就是大病十天半月，也决无妨碍。你刚才怎么说真个又病了的话，并且是这般痛哭呢？"

刘振声揩了眼泪，半晌回答不出，霍元甲也跟着追问是什么道理。刘振声被追问得只好说道："我本不应该见老师病了，就糊里糊涂的当着老师这么哭起来。不过我一见老师真个又病了，而发的病又和前次一样，还痛得更厉害些，心里一阵难过，就忍不住哭了出来。"霍元甲道："发过的病又发了，也没有什么稀奇，就用得着哭吗？你难道早就知道我这病又发吗，怎的说真个又病了的话呢？"

刘振声道："我何尝早就知道？不过在老师前次发这病的时候，我便听得人说，老师这病的病根很深，最好是一次治断根；如不治断根，日后免不了再发，再发时就不容易治愈了。我当时心里不相信，以为老师这样铜筋铁骨的身体，偶然病一次，算不了什么，哪里有什么病根？不料今天果然又发了，不由得想起那不容易治愈的话来。"

农劲荪不待刘振声更往下说，即打了个哈哈说道："你真是一个傻子。你老师这病，是绝对没有性命危险的病。如果这病非一次治断根，便有危险，那日黄石屏在打针之后，必然叮咛嘱咐前去复诊。"霍元甲接着说道：

"农爷的话一点儿不差，振声必是听得秦老头说。秦老头自称做的是内家功夫，素来瞧外家功夫不起，他所说的是毁谤外家功夫的话，振声居然信以为实了。我不去复诊，也就是为的不相信他这些道理。"

正说话的时候，茶房来报马车已经雇来了。霍元甲毫不踌躇的说道："我这时痛已减轻了，不去了吧！"农劲荪道："马车既经雇来了，何妨去瞧瞧呢？此刻虽减了痛，恐怕过一会儿再厉害。"霍元甲连连摇头道："不去了，决计不去了。"农劲荪知道霍元甲的性情，既生气说了决计不去的话，便劝也无用，唯有刘振声觉得自己老师原是安排到黄石屏诊所去的，只因自己不应该当着他号哭，更不应该将旁人恶意批评的话，随口说出来，心中异常失悔。但是刘振声生性极老实，心里越失悔就越着急，越着急就越没有办法。亏他想来想去，想出一个办法，用诚挚的态度对霍元甲说道："老师因我胡说乱道生了气，不到黄医生那里去诊病了，我真该死。我于今打算坐马车去，把黄医生接到这里来，替老师瞧瞧，免得一会儿痛得厉害的时候难受。"霍元甲道："不与你说的话相干，秦老头当我的面也是这么说，我并不因这话生气。"说话时忽将牙关咬紧，双眉紧锁，仿佛在竭力忍耐着痛苦的样子，只急得刘振声唉声跺脚，不知要如何才好。农劲荪看了这情形，也主张去迎接黄石屏来。

霍元甲一面用手帕揩着额头上的汗珠，一面说道："谁去接黄医生来，就替谁瞧病，我这病是不用黄医生瞧的。"农劲荪道："你这病虽不用黄医生瞧，然不能忍着痛苦，不请医生来瞧，上海的医生多着呢！"霍元甲道："上海的医生虽多，究竟谁的学问好，我们不曾在上海久住的人何能知道？若是前次请来的那种西医，白费许多钱治不好病，请来干什么！"

刚说到这里，彭庶白突然跨进房门笑道："你们为什么还在这里说西医的坏话？"农、霍二人见彭庶白进来，连忙招呼请坐。霍元甲道："不是还在这里说西医的坏话，只因我前次的病，现在又发了，因我不愿意去黄石屏那里打针，农爷和我商量另请医生的话。我不信西医能治我这病，所以说白费许多钱，治不好病的话。"彭庶白点头道："我本来也是一个不相信西医的人，不过我近来增加了一番经验，觉得西医自有西医的长处，不能一概抹煞。最近我有一个亲戚病了，先请中医诊治，上海著名的医生，在几日之间请了八个，各人诊察的结果，各不相同，各人所开的药方，也就跟着大有分别了。最初三个医生的药方吃下去，不仅毫不见效，并且增加了病症，因此后来五个医生的药方，便不敢吃了。我那亲戚家里很有点儿积蓄，平常素来少病，一旦病了，对于延医吃药非常慎重。见八个中医诊察的各自不同，只得改延西医诊视。也经过五个西医，诊察的结果，却是完全相同，所用的药，虽不知道是不是一样，然因诊察的结果即相符合，可知病是不会看错的，这才放心吃西医的药。毕竟只诊了三次，就诊好了。还有一个舍亲因难产，请了一个旧式的稳婆，发作了两昼夜，胎儿一只手从产门伸了出来，眼见得胎儿横在腹中，生不下来了。前后请来四个著名的妇科中医，都是开几样生血和气的药，此外一点儿办法也没有。稳婆说得好笑，做出经验十足的样子说道：‘胎儿从产门伸出手来，是讨盐的，快抓一点儿放在胎儿手中，就立时可以缩进去。’当时如法炮制，放了一点盐在手里，哪里会缩进去呢？后来有人主张送医院。那舍亲住在白渡桥附近，遂就近将产妇送到一个日本人开设的秋野医院去。那院长秋野医生看了说道：‘喜得产妇的身体还强健，若是身体孱弱些儿的，到此时就毫无办法了。这是因为产门的骨节不能松开，所以胎儿卡在里面不得出来，非剖腹将胎儿取出不可。’舍亲问剖腹有无生命的危险，秋野说：‘剖腹不能说绝对无生命危险，胎儿十有八九是死了的，产妇或者可以保全；若不剖腹，则大小都万无生理。’舍亲到了这种紧急的关头，只好决心签字，请秋野剖腹。从进医院到剖腹取出胎儿，不到一点钟的工夫。最使人钦佩的，就是连胎儿的性命都保全了，一个好肥头胖脑可爱的小男孩子，此刻母子都还住在秋野医院里。昨天我去那医院里探望，秋野医生当面对我说：‘大约还得住院一星期，产妇便可步行出院了。’那秋野医生的学问手术，在上海西医当中，纵不能说首屈一指，总可说是最好的了。他已到上海来多年了，中国话说得很自然。”

农劲荪道：“日本人学西洋的科学，什么都学不好，只医药一道，据世界一般人的评判，现在全球除却德国，就得推日本的医药学发明最多。”霍元甲道：“那秋野医生既是有这般本领，庶白兄又认识他，我何不请庶白兄立刻带我同去瞧瞧？”彭庶白连声应好。刘振声道：“好在雇来的马车还不曾退掉。”说着即来搀扶霍元甲。

霍元甲摇手道：“用不着搀扶，你陪农爷在家，恐怕有客来访。我和彭先生两人去得啦！”农劲荪点头道：“好！外国医院不像中国医生家里，外国人病了去医院诊病，少有许多人同去的，便是同去了，也只许在外边客厅或待诊室坐，断不许跟随病人到诊室中去。至于施行手术的房间，更不许受手术以外的人进去。”

彭庶白陪同霍元甲乘马车到了秋野医院，凑巧在大门口遇着秋野医生，穿着外套，提着手杖，正待出外诊病。彭庶白知道秋野医院虽有好几个医生，寻常来求诊的，多由帮办医生诊视；然帮办医生的学问，都在秋野之下。霍元甲的病，彭庶白想秋野医生亲自诊视，因此在大门口遇见秋野，便迎着打招呼，一面很郑重介绍道：“这位是我的好友霍先生，就是最近在张家花园摆设擂台的霍元甲大力士，今日身体有点儿不舒适，我特地介绍到贵医院来，须请秋野先生亲自治疗才好。”

秋野一听说是霍元甲，立时显出极端欢迎的态度，连忙脱了右手的手套，伸手和霍元甲握着笑道：“难得，难得！有缘和霍先生会面。兄弟看了报纸上的广告，及开擂那日的记事，即想去张家花园拜访先生。无奈有业务羁身，直到现在还不能如愿。若不是彭先生今日介绍到敝院来，尚不知何日方得会面。”霍元甲本来不善于应酬交际，见秋野说得亲热，除连说不敢当外，没有旁的话说。秋野引霍、彭二人直到他自己办公的房内。

此时霍元甲胸脯内又痛得不能耐了，彭庶白看霍元甲的脸色，忽变苍白，忍受不住痛苦的神气，完全在面上表现出来了，只得对秋野说道：“对不起先生，霍先生原是极强壮的体格，不知怎的，忽得了这种胸脯内疼痛不堪的病，请先生诊断诊断，务请设法先把痛止住。”

秋野不敢迟慢，忙教霍元甲躺在沙发上，解衣露出胸脯来，先就皮肤上仔细诊察了一阵，从袋中取出听肺器来，又细听了一会儿说道：“仅要止痛是极容易的事，我此刻就给药霍先生吃了，至多不过二十分钟，即可保证不痛了。”说着匆匆走到隔壁房去了，转眼便取了两颗白色小圆片的药来，用玻璃杯从热水瓶中倾了半杯温开水，教霍元甲将药片吞服，然后继续说道：“不过霍先生这病，恐怕不是今日偶然突发的。”

彭庶白道：“诚如先生所说，在一星期前已经发过一次，但不及这次痛得厉害。据秋野先生诊断，他这病是因何而起的呢？”秋野沉吟道：“我此刻不敢断定。我很怀疑，以霍先生这种体格，又是贵国享大名的大力士，是一个最注重运动的人，无论如何总应该没有肺病。像此刻胸脯内疼痛不堪的症候，却不是肺病普通应有的征象，只是依方才诊断的结果，似乎肺部确已受病；并且霍先生所得肺病的情形，与寻常患肺病的不大相同。我所用爱克斯电光将霍先生全身，细细检查一番，这病从何而起，便能断定了。不知霍先生的意思怎样？”

霍元甲听了秋野的话，心里当然愿意检查，只是前次在客栈里有过请西医诊病的经验，恐怕用爱克斯电光检查全身，得费很多的钱，一则身边带的钱不多；二则他从来是一个自奉很俭约的人，为检查身体花费很多的钱，也不情愿。当下招手叫彭庶白到跟前，附耳低言道：“不知用爱克斯电光检查一番，得花多少钱，你可以向他问问么？”彭庶白点头应是，随向秋野问道：“这种用爱克斯电光检查的手续，大约很繁重，不知一次的手术费得多少？”

秋野笑道：“检查的手续并不甚繁重。如果要把全身受病的部分，或有特殊情形的部分都摄取影片，那么比较费事一点儿。至于这种手术费，本不一定，霍先生不是寻常人，当霍先生初进房的时候，我原打算把我近来仰慕霍先生的一番心思说出来，奈霍先生胸脯内疼痛得难受，使我来不及说。霍先生今日和我才初次见面，彭先生虽曾多会几面，然也没多谈，两位都不知道我的性情及平生的言行。我虽是一个医生，然在当小学生的时候，就欢喜练我日本的柔道。后来从中学到大学毕业，这种练柔道的兴趣不曾减退过，就是到上海来开设这医院，每逢星期六下午及星期日，多是邀集一般同好的朋友，练着柔道消遣。虹口的讲道分馆，便是我们大家设立的。我既生性欢喜练柔道，并知道敝国的柔道，是从贵国传去的，所以对于贵国的拳术，素极仰慕。无如贵国练拳术的人，和敝国练柔道的不同。敝国练柔道的程度高低，有一定的标准，程度高的，声名也跟着高了，只要这人的功夫到了六段、七段的地位，便是全国知名的好手了。哪怕是初次到敝国去的外国人，如果想拜访柔道名家，也是极容易的事，随便向中等社会的人打听，少有不知道的。贵国的拳术家却不然，功夫极好的，不见有大声名；反转来在社会上享大名的，功夫又不见得好。休说我们外国人想拜访一个真名家不容易，便是贵国同国的人，我曾听得说，常有带着盘缠到处访友，而数年之间，走过数省的地方，竟访不着一人的。这种现象，经我仔细研究，并不是由于练拳术的太少，实在是为着种种的关系，使真有特殊武艺的人，不敢在社会上享声名。贵国拳术界是这般的情形，我纵有十二分仰慕的心思，也无法与真实的拳术名家相见。难得霍先生有绝高的本领，却没有普通拳术家讳莫如深的习气，我想结交的心思，可说是异常急切。我只希望霍先生不因为我是日本人，拒绝我做朋友，我心里便非常高兴。用爱克斯电光检查身体，算不了什么事，我决不取霍先生一文钱。我为的很关心霍先生的身体，才想用爱克斯光检查，绝对不是营业性质。”

霍元甲服下那两颗药片之后，胸内疼痛即渐渐减轻，到此刻已完全不痛了。听秋野说话极诚恳，当下便说道：“承秋野先生盛意，兄弟实甚感激，不过刚才彭先生问检查身体，须手术费多少的话，系因兄弟身边带来的钱不多，恐怕需费太大，临时拿不出不好，并没有要求免费的心思。虽承先生的好意，先生在此是开设医院，岂有替人治病，不取一文钱的道理？”秋野笑道：“开设医院的，难道就非有钱不能替人治病吗？不仅我这医院每日有几个纯粹义务治疗的病人，世间一切医院也都有义务治疗的事。霍先生尽管送钱给我，我也不肯收受。”

霍元甲平日行为历来拘谨，总觉得和秋野初交，没有白受他治疗之理，即向彭庶白说道：“我是由庶白兄介绍到这里来的，还是请庶白兄对秋野先生说吧！如肯照诊例收费，就求秋野先生费心检查；若执意不肯收费，我无论如何也不敢领受这么大的情分。”

彭庶白只得把这番话再对秋野说，秋野哈哈大笑道：“霍先生是一个名震全国，将来要干大事业的人，像这般小事，何苦斤斤计较？我老实说吧，我想结交霍先生，已存着要从霍先生研究中国拳术的念头，若照霍先生这样说来，我就非拿费敬送束修不可了。所以我方才声明，希望霍先生不因为我是日本人，拒绝我做朋友的话，便是这种意思。彼此既成了朋友，这类权利、义务的界限，就不应过于计较了。交朋友的‘交’字，即是相互的意义。我今日为霍先生义务治了病，将来方可领受霍先生的义务教授。”

彭庶白见秋野绝不是虚伪的表示，遂向霍元甲说道：“秋野先生为人如何，我们虽因交浅不得而知，但是和平笃实的态度，得乎中，形乎外，是使人一见便能相信的。我也很希望四爷和他做一个好朋友。彼此成了朋友，来日方长，这类权利、义务的界限，本用不着计较。”

霍元甲还没回答，秋野接着含笑问道：“霍先生的痛已止了么？”霍元甲点头道："这药真有神效，想不到这一点儿大的两颗小药片，吞下去有这么大的力量，于今已全不觉痛了。"秋野道："我先已说过了，要止痛是极容易的事，但是仅仅止痛，不是根本治疗的方法，致痛的原因不消灭，今日好了，明日免不了又发。请两位坐一坐，我去准备准备。"说着又往隔壁房中去了。

彭庶白凑近霍元甲说道："他们日本人有些地方实在令人佩服，无论求一种什么学问，都异常认真，决不致因粗心错过了机会。像秋野性喜柔道，想研究中国拳术，又见不着真会拳术的中国人，一旦遇着四爷，自然不肯失之交臂。我曾听得从德国留学回来的朋友说，日本人最佩服德国的陆军和工业，明治维新以后，接连派遣优秀学生到德国学陆军和工业。陆军关于本国的国防当然是秘密，不许外国留学生听讲的，并有许多地图，是不许外国学生看见的。日本留德的陆军学生，为偷这种秘密书籍地图，及偷窥各要塞的内容，被德国人察觉处刑或永远监禁的，不计其数，而继续着偷盗及窥探的，仍是前仆后继，毫不畏怯。还有一个学制造火药的，德国新发明的一样炸药，力量远胜一切炸药。那发明的人，在讲堂教授的时候，也严守秘密，不许外国留学生听讲。那个学制造火药的日本人，学问本来极好，对于这种新发明的火药，经他个人在自己化验室屡次试验的结果，已明了了十分之九，只一间未达，不能和新发明的炸药一样。独自想来想去，委实不能悟到，心想那炸药在讲堂上可以见着，要偷一点儿来化验是办不到的。不但讲堂里有教授，及许多同学的德国学生监视着不能下手，并且这种炸药的危险性最大，指甲尖一触，即可爆烈，仅须一颗黄豆般大小，即能将一个人的身体炸碎，有谁能偷着跑呢？亏他想了许久，竟被他想出一个偷盗的方法来。先找了一个化学最好的日本人，将自己近来试验那种新发明炸药的成绩，尽量传给那日本人道：'我于今要偷那炸药的制造法，非安排牺牲我个人的生命用舌尖去尝一下，别无他法。不过那炸药的性质我已确实知道，沾着我舌尖之后，制造的方法虽能得到，我的生命是无法保全的。我能为祖国得到这种厉害炸药的制造法，死了也极有荣誉，所虑的死得太快，来不及传授给本国人。所以此时找你来，将我试验所得的先传授给你，我偷得之后，见面三言两语，你就明白了。'那日本人自然赞成他这种爱国的壮举，便坐守在他家等候。过了几日没有动静，那日本人正怀疑他或是死了，或是被德国人察觉，将他拘禁了，忽见他面色苍白，惊慌万状的跑进来，只说了一种化学药品的名词，即接着喊道：‘快从后门逃走回国去吧！后面追的紧跟着来了。’那日本人哪敢怠慢，刚逃出后门，便听得前门枪声连响，已有无数的追兵，把房屋包围着了。喜得德人当时不曾知道，日本人是这般偷盗法，以为将那用舌尖偷尝的人打死了，制造法便没被偷去，等到那教授随后追来，那日本人已逃得无影无踪了。这种求学问及爱国的精神，四爷说是不是令人佩服！”

霍元甲点头道：“这实在是了不得的人物，惊天动地的举动。我听得农爷说过，日本的柔道，是日本一个文学士叫嘉纳治五郎的，从中国学去的。学到手之后，却改变名称，据为己有。”霍元甲正说到这里，秋野已走进房来笑道：“霍先生说的不错。柔道是嘉纳治五郎从贵国学去的，只是不仅改变了名称，连方法姿势也改变了不少，于今嘉纳在事实上已成了柔道的发明人。”

霍元甲听了，深悔自己说话孟浪，不应在此地随口说出据为已有的话，一时面上很觉得难为情。秋野接着说道：“我已准备妥了，请霍先生就去检查身体吧！彭先生高兴同去，不妨请去瞧瞧。”彭庶白笑道：“我正想同去见识见识，却恐怕有妨碍，不敢要求。”

彭、霍二人跟着秋野，从隔壁房中走进一间长形的房内。看这房中用黑绒的帷幔，将一间房分作三段，每段里面看不出陈列些什么。秋野将二人带到最后的一段，撩起绒幔，里面已有一个穿白衣的医生等着。彭庶白看这房里，装了两个电器火炉，中间靠墙壁安着一个方形的白木台，离地板尺来高，台上竖着一个一尺五六寸宽、六尺来高的白木框，木框上面和两旁嵌着许多电泡。秋野教霍元甲脱了衣服，先就身上的皮肤，细细观察了一阵，对那穿白衣的医生说日本话，那医生便用钢笔在纸上记载。观察完了，将霍元甲引到白木台上站着，扭开了框上的电灯，然后用对面的爱克斯电光放射。秋野一处一处的检查记载，便一处一处的摄取影片，经过半点钟的时间，方检查毕事，教霍元甲穿好了衣服，又带到另一间房内。

彭庶白看这房中有磅称及测验目力的器具和记号，还有一张条桌上，放着一个二尺来高、七八寸口径的白铜圆筒，筒旁边垂着一根黑色的橡皮管，也有二尺来长，小指头粗细，这东西不曾见过，不知道是干什么用的。只见秋野从衣袋中取出一条英尺来，把霍元甲身体高低和手脚腰围的长短，都详细量了一遍，吩咐助手记载了，又磅了分量，然后拈着那铜筒上的橡皮管递给霍元甲道，请霍先生衔在口中，尽所有的力量吹一口。霍元甲接过来问道：“慢慢儿吹呢，还是突然吹一下呢？”秋野道：“慢慢儿吹。”霍元甲衔着橡皮管，用力吹去，只见圆筒里面，冒出一个口径略小些儿的圆筒来，越吹越往上升，停吹那圆筒就登时落下去了。秋野也吩咐助手记载了，这才带二人回到前面办公室来。

助手将记载的纸交给秋野，秋野看了一会儿，显出踌躇的神气说道：“霍先生真是异人，身体也与普通人大有区别。”彭庶白问道：“区别在什么地方？”秋野道：“霍先生是大力士，又是大拳术家，身体比普通人壮实，是当然的事，不足为异，所可异的就在皮肤以内，竟比普通人多一种似膜非膜、似气体又非气体的物质。我自学医以来，是这般检查人的身体，至少也在千人以上，却从来没有遇过像霍先生这样皮肤的人。练武艺的身体，我也曾检查过，如敝国练相扑的人，身体比寻常人竟有大四倍的，皮肤粗的仿佛牛皮，然皮肤的组织及皮肤里面，仍是和寻常人一样，绝没有多一种物质的。霍先生皮肤里面的这种异状，我已摄取了两张影片，迟几天我可以把影片和寻常人所摄取的，给两位比较着研究。”

彭庶白问道：“也许霍先生皮肤里面这种情形，是天然生成的，不是因练武艺而起的变化。”秋野沉吟道：“这于生理学上似乎说不过去，若是天然生成的这种模样，总应有与霍先生相同的人。我此刻还不敢断定，皮肤里面起了这种变化，于生理上有不有不好的影响。依照普通生理推测，最低的限度，也应妨碍全体毛孔的呼吸。人身呼吸的机能，不仅是口、鼻，全身毛孔都具有呼吸作用。有一件事最容易证明，全身毛孔都具呼吸作用的，就在洗澡的时候，如将全身浸在水内，这时必感觉呼吸甚促，这便是因为全身毛孔都闭塞了，不能帮助呼吸，全赖肺部从口、鼻呼吸，所以感觉促而吃力。霍先生现在的全身毛孔，虽还没有全部停止呼吸作用，但因皮肤里面起了这种特殊变化的关系，于毛孔呼吸上已发生了极大阻碍，因这种缘故，肺部呼吸机能大受影响。我开始替霍先生诊察的时候，听肺器所得的结果很可惊异，觉得像霍先生这般壮实的身体，不应肺部呼吸的情形如此，因此才想用爱克斯电光检查，并不是为胸脯里面疼痛，需要检查的。如果皮肤里面这特殊的情形，是天然生成的，不是因练武艺后起的变化，我说句霍先生不要生气的话，那么从小就不易养育成人。”

霍元甲问道：“不好的影响是妨碍全身毛孔的呼吸，好的影响也有没有呢？”秋野想了一想答道：“好的影响当然也有，第一，风寒不容易侵入；次之，可以帮助皮肤抵抗外来的触击。霍先生当日练成这种情形的目的，想必就是为这一种关系。”霍元甲摇头道：“练武艺得练成全体皮肤都能抵抗触击，不但我所学的如此，各家各派的武艺，大概也都差不多，不过不经这爱克斯电光检查，不知道皮肤里面，已起了这种特殊变化罢了！我身上还有和普通人不同的变状么？”

秋野道：“先生的胸脯比寻常人宽，而肺量倒比寻常人窄，这简直是一种生理上的病态，于身体是绝对不会有好影响的。其所以肺量如此特殊窄小的缘故，当然也是因练武艺的关系。”彭庶白问道：“是不是完全因为皮肤里面起了变化，妨碍毛孔的呼吸，以致肺部呼吸也受障碍？”秋野道：“本应有密切连带关系的，但于生理却适得其反，毛孔呼吸既生了阻碍，肺部呼吸应该比寻常扩大，这理由还得研究。”

彭庶白道：“我有一件和霍先生这种情形相类似的事实，说给秋野先生听了，也可资参考。在十几年前，北京有一个专练形意拳的名家，姓郭名云深，一辈子没干旁的事业，终年整日的练形意拳，每年必带着盘缠，游行北五省访友。各省有名的拳术家，和他交手被他打败了的，也不知有多少人。他是最有名会使崩拳的人，无论与何人动手，都是一崩拳就把人打倒了。人家明知道他是用崩拳打人，然一动手便防备不了。有一次来了一个拜访他的人，那人也是在当时享盛名的，练擒拿手练得最好，和人动起手来，只要手能着在敌人身上，能立时将敌人打伤，甚至三天便死。那人仗着自己本领，特去拜访郭云深，要求较量较量。郭云深并不知道那人会擒拿手，照例对那人说道：‘我从来和人动手，都是用一崩拳，没有用过第二手。今天与你较量，也是一样，常言明人不做暗事，你当心我的崩拳吧！’那人说知道，于是两人交起手来。郭云深果然又是一崩拳，把那人打跌了，不过觉得自己胸脯上，也着了那人一下。那人立起身说道：‘佩服佩服，真是名不虚传。但是我也明人不做暗事，我是练会了擒拿手的，你虽把我打跌了，然你着了我一下，三天必死。’郭云深因当时毫不觉着痛苦，那人尽管这么说，并不在意，当即点头答道：‘好，我们三天后再见吧！如果被你打死了，算是你的本领比我高强。’那人过了三天，真个跑到郭云深家去，只见郭云深仍和初次见面时一样，不但不曾死，连受伤的模样也没有，不由得诧异道：‘这就奇了，你怎么不死呢？’郭云深笑道：‘这更奇了，你没有打死我的本领，我怎么会死呢？’那人道：‘你敢和我再打一回么？’郭云深道：‘你敢再打，我为何不敢！要打我还是一崩拳，不用第二下。’两人遂又打起来，又是与前次一样，郭云深胸脯上着了一下，那人被郭云深一崩拳打跌了，那人跳起身对郭云深拱手道：‘这番一点儿不含糊，三天后你非死不可！’郭云深不觉得这番所受的比前番厉害，仍不在意的答道：‘三天后请再来露脸吧！’那人第四天走去，见了郭云深问道：‘你究竟练了什么功夫，是不是有法术？’郭云深道：‘我平生练的是形意拳，没有练过旁的武艺，更不知道什么法术！’那人道：‘这真使我莫名其妙，我自擒拿手练成之后，不知打翻了多少好汉，练过金钟罩、铁布衫的，我教他伤便伤，教他死便死，你不会法术，如何受得了我两次的打？我没见你练过形意拳，请你练一趟拳我瞧瞧使得么？’郭云深道：‘使得。’说时就安排练给那人瞧。那人道：‘就这么瞧不出来，须请你把衣服脱了，赤膊打一趟。’郭云深只得赤着膊打，才打到一半，那人便摇手止住道：‘用不着再往下打，我已瞧出打你不死的原因来了。你动手打拳的时候，你的皮肤里面登时布满了一层厚膜，将周身所有的穴道都遮蔽了，所以我的擒拿手也打不进去。’”

秋野听到这里问道：“那人不曾用爱克斯电光照映，如何能看得出郭云深皮肤内有厚膜，将穴道遮蔽的情形来呢？”彭庶白道：“那时当然没有爱克斯电光。不过那人所研究的武艺，是专注意人身穴道的，全身穴道有厚膜遮蔽了，他能看出，在事实情理两方面，都是可能的。我想霍先生皮肤内的情形，大约与郭云深差不多。郭云深的寿很高，可知这种皮肤内的厚膜，于身体的健康没有妨碍。”秋野点头道：“我还是初次遇见这种变态，不能断定于健康有无妨碍，只是胸脯内疼痛的毛病，今日虽用止痛剂止住了，然仍须每日服药，至少得一星期不劳动。”

霍元甲笑道：“我此刻所处的地位，如何能一星期不劳动？”秋野道：“完全不劳动办不到，能不激烈的劳动，也就罢了。若以霍先生的身体而论，在治疗的时期中，不但不宜多劳动体力，并且不宜多运用脑力，最好能住在空气好的地方，静养一两个月，否则胸脯内疼痛的毛病，是难免再发的。”说毕，自去隔壁房中取了药水出来，递给霍元甲道：“这药水可服三天，三天后须再检查，方才所服的止痛剂，是不能将病根治好的。”

霍元甲接了药水，总觉得诊金药费及电光检查的手续费，一概不算钱，似乎太说不过去，摸出几张钞票交给彭庶白，托他和秋野交涉。秋野已瞧出霍元甲的用意笑道：“霍先生硬不承认我日本人是朋友吗？简直不给我一点儿面子。”

彭庶白见秋野这么说，只得对霍元甲道：“四爷就领谢了秋野先生这番盛意吧！”霍元甲遂向秋野拱手道谢，与彭庶白一同出院。秋野送到大门口还叮咛霍元甲道：“三天后这药水服完了，仍请到这里来瞧瞧。”彭、霍二人同声答应。

彭庶白在马车中说道：“想不到这个日本医生，倒是一个练武艺的同志，也难得他肯这般仔细的替四爷检查。”霍元甲道：“听说日本人欢喜练柔道的极多，不知道那个嘉纳治五郎是一种什么方法，能提倡得全国风行，不闹出派别的意见来。若是在中国提倡拳术，我近来时常推测，但愿提倡得没有效力才好，一有效力，必有起来攻击排挤，另创派别的。”

彭庶白道：“日本人提倡柔道，是用科学的方式提倡，是团体的，不是个人的。无论何种学问，要想提倡普遍，就得变成科学方式，有一定的教材，有一定的教程，方可免得智者过之、愚者不及的大缺点。我们中国有名的拳教师收徒弟，一生也有多到数千人的，然能学成与老师同等的，至多也不过数人，甚至一个也没有。这不关于中国拳术难学，也不是学的不肯用功，或教的不肯努力，就是因为没有按着科学方式教授。便是学的人天分极高，因教的没有一定的教程，每每不到相当时期，无论如何也领悟不到，愚蠢的是更不用说了。我倒不着虑提倡有效之后，有人起来攻击排挤，却着急无法将中国拳术，变成科学方法教授，倘仍是和平常拳师收徒弟一样，一个人只有一双手，一双眼，一张嘴，能教几个徒弟？不但教的苦，学的也苦，并且永远没有毕业的时候。”

马车行走迅速，说话时已到了客寓，农劲荪迎着问道：“怎么去了这么久？我和振声都非常担心，恐怕是毛病加重了。”霍元甲道：“今天又遇着同道了，想不到这个秋野医生，也和嘉道洋行的班诺威一样，生性最喜练习柔道。据他说，从小学、中学直到现在，不曾间断过，因此对我的身体甚为关切，经过种种检查，不知不觉的就耽搁了几点钟。”

农劲荪问道：“那秋野既这么喜练柔道，又从来不断的做功夫，本领想必不错，他曾试给四爷看么？”霍元甲道：“今天注意替我检查身体，还没认真谈到武艺上去，约了我三天后再去诊治。好笑，他说我这病，至少得一星期不劳动，并不可运用脑力。休说我此刻在上海摆擂台，断无一星期不劳动之理；就在天津做买卖的时候，也不能由我一星期不劳动。”

农劲荪道：“这倒不然。西医治病与中医不同，西医叮嘱在一星期中不可劳动，必有他的见地，不依遵定有妨碍。好在这几日并没人来报名打擂，便有人来，也得设法迟到一星期后再比。”霍元甲道：“我正在时刻希望有人来报名打擂，没有人来打便罢，如有人来报名，又教我迟到一星期后再比，不是要活活的把我闷死吗？”

农劲荪道：“四爷的心思我知道，现闲着有个振声在这里，有人来报名，尽可教振声代替上台去，像东海赵那一类的本领，还怕振声对付不了吗？万一遇着振声对付不了的时候，四爷再上台去也来得及。”霍元甲笑道：“我出名摆擂台，人家便指名要和我对打，教振声去代替，人家怎肯答应呢？”农劲荪道：“人家凭什么理由不答应？振声不是外人，是你的徒弟。来打擂的人，打得过振声，当然有要求和你打的资格；若是打不过振声，却如何能不答应？”

霍元甲想了一想点头道：“这倒是一个办法。”彭庶白道：“多少享盛名的大拳师，因自己年事已高，不能随便和人动手，遇了来拜访的人，总是由徒弟出面与人交手，非到万不得已，决不轻易出手。四爷于今一则年壮气盛；二则仗着自己功夫确有把握，所以用不着代替的人。就事实说起来，先教振声君与人交手一番，那人的功夫手法已得了一个大概，四爷再出面较量，也容易多了。”霍元甲道：“我其所以不这么办，就是恐怕旁人疑心我有意讨巧。”

正说着话，只见茶房擎着几张名片进来，对霍元甲说道：“外面有四男一女来访霍先生。我回他们霍先生病了，刚从医院诊了病转来，今日恐不能见客，诸位请明天来吧！他们不肯走，各人取出名片，定要我进来通报。”

霍元甲接过名片问道：“五人怎么只有四张名片？”茶房就霍元甲手中

指着一张说道："那个女子是这人的女儿，没有名片。"彭庶白、农劲荪见这人带着女儿来访，都觉值得注意似的，同时走近霍元甲看片上的姓名。原来四张名片，有三张是姓胡的，一个叫胡大鹏，一个叫胡志莘，一个叫胡志范，还有一个姓贺名振清。

彭庶白向那茶房问道："那女子姓胡呢还是姓贺呢？"茶房道："是这胡大鹏的女儿。"彭庶白笑道："不用说都是练武艺的人，慕名来访的。我们正说着不可劳动，说不定来人便是要四爷劳动的。"农劲荪道："人家既来拜访，在家不接见是不行，请进来随机应付吧！"

茶房即转身出去，一会儿引着一个年约五十多岁的人进来。这人生得瘦长身材，穿着青布棉袍，青布马褂，满身乡气，使人一见就知道是从乡间初出来的人。态度却很从容，进房门后见房中立着四个人，便立住问道："哪位是霍元甲先生？"霍元甲忙答话道："兄弟便是。"这人对霍元甲深深一揖道："霍先生真是盖世的英雄。我姓胡名大鹏，湖北襄阳人，因看了报纸上的广告，全家都佩服霍先生的武艺，特地从襄阳到上海来，只要能见一见霍先生，即三生愿足。"说时，指着彭庶白三人说道："这三位想必也是大英雄、大豪杰，得求霍先生给我引见引见。"霍元甲将三人姓名介绍了。胡大鹏一一作揖见礼。

霍元甲问道："同来的不是有几位吗，怎的不见进来呢？"胡大鹏道："他们都是小辈，定要跟着我来，想增广些见识。他们在乡下生长，一点儿礼节不懂得，不敢冒昧引他们进房，让他们在门外站着听谈话吧！"霍元甲笑道："胡先生说话太客气了，这如何使得，请进来吧。"胡大鹏还执意不肯，霍元甲说了几遍，胡大鹏才向门外说道："霍先生吩咐，教你们进来。你们就进来与霍先生见礼吧！"只听得房门外四个人同声应是，接着进来三个壮士，一个少女。胡大鹏指着霍元甲，教四人见礼，四人一齐跪下磕头。

霍元甲想不到他们行此大礼，也只得回拜。胡大鹏又指着农劲荪等三人说道："这三位也都是前辈英雄，你们能亲近亲近，这缘法就不小。"四人又一般的见了礼，胡大鹏这才指着一个年约二十五六岁，生得猿臂熊腰，英气蓬勃的壮士，对霍、农诸人说道："这是大小儿志莘。"指着一个年龄相若，身材短小，两目如电的说道："这是小徒贺振清。"指着年约二十二三岁、躯干修伟、气宇轩昂的说道："这是二小儿志范；这是小女，闺名丽珠，今年十七岁了。她虽是个女儿的身体，平日因她祖母及母亲钟爱过甚的缘故，没把她作女儿看待。她自己也不觉得是个女儿，在家乡的时候，从小就喜男装，直到近来，因男装有许多不便，才改了装束。”

霍元甲看这胡丽珠眉目间很显着英武之气，面貌大约是在乡间风吹日晒的缘故，不及平常小姐们白嫩，只是另有一种端庄严肃的气概；普通少女柔媚之气，一点也没有。当时觉得这五个人的精神气度，都不平凡，不由得心里很高兴，连忙让他们就坐。胡志莘等垂手站着不肯坐，胡大鹏道：“诸位前辈请坐吧，他们小孩儿，许他们站在这里听教训，就万分侥幸了。”

农劲荪笑道：“到了霍先生这里，一般的是客，请坐着方好说话。”胡志莘等望着胡大鹏，仍不敢就坐。霍元甲道：“兄弟生性素来粗率，平生不注意这些拘束人过甚的礼节。”胡大鹏这才连声应是，回头对四人道：“你们谢谢诸位前辈，坐下吧！”四人都屈一膝打跧起来，一个个斜着身体，坐了半边屁股。

霍元甲说道：“看这四位的神情气宇，便可以知道都用了一番苦功，不知诸位练的是什么功夫？”胡大鹏道：“我们终年住在乡下的人，真是孤陋寡闻，怎够得上在霍先生及诸位大英雄面前讲功夫！不过兄弟这番特地从襄阳把他们四个人带到上海来，为的就是想他们将所学的，就正于霍先生及诸位大英雄。”

著者写到这里，又得腾出这支笔来，将胡大鹏学武艺的历史，趁这时分介绍一番。原来胡大鹏，祖居离襄阳城四十多里的乡下，地名“毒龙桥”。相传在清朝雍正年间的时候，那地方有一条毒龙为害，伤了无数的人畜禾稼。后来从远方来了一个游方和尚，游方到此，听说毒龙作祟，便搭盖了一座芦席棚在河边。和尚独坐在芦席棚中，整整四十九昼夜不言不动，也不沾水米，专心闭目念咒，要降伏那毒龙。那毒龙屡次兴风作浪与和尚为难，有一次河中陡发大水，把河中的桥梁，及河边的树木、房屋都冲刷得一干二净。当发大水的时候，那附近居民都看见有一条比斗桶还粗的黑龙，在大水中一起一伏的乱搅，搅乱的越急，水便涨的越大，转眼之间，就把和尚的芦席棚，弥漫得浸在水中了。一般居民都着虑那和尚必然淹死了，谁知水退了之后，芦席棚依然存在，和尚还坐在原处，闭目不动，一点儿看不出曾经大水浸过的痕迹。从这次大水以后，据和尚对人说，毒龙已经降伏了，冲坏了的桥梁，和尚募缘重修，因取名“毒龙桥”。

胡家就住在毒龙桥附近，历代以种田为业，甚有积蓄，已成襄阳最大的农家。大鹏兄弟两个，大鹏居长，弟名起凤，比大鹏小两岁。兄弟两人都生成的喜练拳棒，襄阳的民俗也很强悍，本地会武艺的人，自己起厂教徒弟的事到处多有，只要花一串、两串钱，便可以拜在一个拳师名下做徒弟，练四五十天算一厂。

大鹏兄弟在十六岁的时候，都已从师练过好几厂功夫了，加以两人都是天生神力，一个十六岁，一个十四岁，都能双手举起三百斤重的石锁。既天赋他兄弟这么大的气力，又曾从师练过几厂功夫，他师傅的武艺虽不高强，然他兄弟已是在那地方没有敌手了。既是没有敌手，除却自己兄弟而外，便找不着可以练习对打的人。他兄弟因感情极好，彼此都非常爱惜，在练习对打的时候，大鹏唯恐出手太重，起凤受不了，起凤也是这般心理，因此二人练习对打，都感觉不能尽量发挥各人的能力，反练成一种分明看出有下手的机会，不能出手的习惯，于是两人相戒不打对手。只是少年欢喜练武艺的人，终日没有机会试验，觉得十分难过。

大鹏的身手最矫捷，就每日跑到养狗极多极恶的人家去，故意在人家大门外，咳嗽跺脚，把狗引出来，围着他咬。他便在这时候，施展他的本领，和那些恶狗奋斗。那些恶狗不碰着他的拳头脚尖便罢，只要碰着一下，不论那狗如何凶恶，总是一路张开口叫着跑了，再也不敢回头。大鹏身上的衣裤，也时常被狗撕破了，一户人家几条狗，经大鹏打过三五次以后，多是一见大鹏的影儿，就夹着尾巴逃走。周围几十里的人家，简直没一家的狗，不曾尝过大鹏拳头的滋味。

起凤的气力和大鹏一样，身体因生的矮胖，远不及大鹏矫捷，初时也学着大鹏的样，用狗练习。但有四条以上的恶狗将他围住，他就应付不了，不仅把衣服撕破，连肩膊上的皮肉，都被狗咬伤了，他才知道这种假想敌不适用。正在劳心焦思的打主意，想在狗以外另找一种对手来，凑巧这日他父亲对他兄弟说道：“人家有一条大水牛把卖，价钱极便宜，我已安排买到家里来。那条牛田里的功夫都做得好，就只有点儿坏脾气，欢喜斗人，已把牵它吃草的人斗伤三个了。又每每在犁田的时候，蹿上田乱跑，把人家的犁耙弄坏了好几架。须有三个人驾御它，才能使它好好的在田里做功夫，一个人在后面掌犁，两个人用两根一丈多长的竹竿，一边一根撑着它的鼻子。那人家的人少了，已有两年不曾使用这条牛，连草都不曾牵出来吃过，一年四季送水草到栏里给这牛吃，想便宜发卖也没人要。我家里用七八个长工，还有零工，不愁不能使用它，我图价钱便宜，所以买了。凡是脾气不好的牛，但能驾御得好，做起春忙功夫来，比那些脾气好的牛，一条能抵两三条。约了今天去把那牛牵回来，你们兄弟的气力好，手上也来得几下，带两个长工去，将那牛牵回来吧！”

大鹏起凤听了很高兴，当即带同两个壮年长工，走到那人家去。牛主人见四个人空手来牵牛，便说道：“你们不带长竹竿来，如何能把这牛牵回去？”胡起凤道：“不打紧！你只把牛栏门开了，让我自去将牛绹上好，这牛就算是我家的了，能牵回去与不能牵回去，都不关你的事。”

那牛主人见胡起凤还是一个小孩，料他是不知道厉害，忙举双手摇着说道：“快不要说得这般容易，若有这般容易，像这么生得齐全的一条水牯牛，三串钱到哪里去买？这牛在两年前，做了一春的功夫，四蹄都磨得出血了，尚且非两个人用长竹竿撑着它的鼻子，不能牵着它吃草。它追赶着人斗，能蹿上一丈多高的土坎，七八尺宽的水沟，只把头一低就跳过去了。平常脾气不好的牛，多半在冬季闲着无事的时候，它有力无处使用，所以时常发暴，时常斗人，当春忙的时分，累得疲乏不堪，哪里还有力量斗人呢？唯有这畜牲不然，哪怕每日从早到晚，片刻不停留的逼着它做极重的功夫，接连做一两个月，两边撑竹竿的人略不留意，它立刻蹿上了田塍，甚至连蹦带跳，把犁弄做几段。你知道么，有脾气的牛关不得，越关得久脾气越坏。这牛的价钱，我已到手了，你牵不回去，本不关我的事，不过我既把这牛卖给你家，巴不得你们好好的牵回家去，万一在半路上逃跑了，谁敢近身去捉它呢？”

同去的长工是知道厉害的，听了牛主人这些话即说道：“我们忘记带长竹竿来，暂且在你这里借两根使用，回头我就送来。”牛主人虽不大情愿，只是这长工既说了回头送来的话，不好意思回答不肯。胡起凤忍不住说道：“我不信这牛恶得和老虎一样，它仅有两只角能斗人，一没有爪能抓，二没有牙能咬，我们有四个人，难道竟对付它不了？哥哥，我们两个人把这畜牲捉回家去。”

大鹏年纪虽大两岁，然也还是一个小孩，当即揎拳捋袖的附和道："好！让我先钻进去把牛绹上了，再开牛栏门。"牛主人和两个长工哪里阻止得了。胡大鹏从壁上取了牛绹在手，探进半截身体，那牛已两年没上绹，想出栏的心思急切，见大鹏有绹在手，便把牛鼻就过来。大鹏手快，随手就套上了，一手牵住牛绹，一手便去拔那门闩。牛主人高声喊道："开不得，就这么打开门，斗坏了人在我家里，我还得遭官司呢！"大鹏不作理会，起凤也帮着动手，只吓得牛主人往里边跑，"啪"的一声把里边门关了。

那牛见门闩开了，并不立时向门外冲出来，先在栏中低头竖尾的蹦跳了一阵。两个长工看了说道："两个少老板小心些，看这畜牲的一对眼睛，突出来和两个火球一样，简直是一条疯牛。你两个的力虽大，也不值得与这疯牛斗。"边说边从大鹏手里接过门闩，打算仍旧关上，再依照牛主人的办法，先上了撑竿。

那牛蹦跳了几下之后，仿佛发了威的一般，怎容得长工去上门闩，早飞一般的冲出了牛栏门。那牛在栏里的时候，形象一点儿不觉可怕；一经冲出到栏外，情形便觉与普通水牯牛完全两样了。普通水牯牛身上的毛很稀很短，这牛的毛又粗长又密，一根根竖起来，更显得比寻常大到一倍以上。这牛一冲出栏门，把两个长工吓得"哎呀"一声，回头也往里边逃跑，见里边的门已紧闭，这才慌了，一个躲在一根檐柱后面，偷看这牛先向大鹏斗去。

大鹏双脚朝旁边一跳，牛斗了一个空，扬起头，竖起尾巴，后蹄在地下跳了几跳，好像表示发怒的样子，随即将头角一摆，又向大鹏冲了过来。大鹏这次却不往旁边跳了，只将身躯一转，已将腰杆紧贴在牛颈左边，轻舒右臂把牛颈挽住，左手握着牛的左角尖。

牛角被人握住，只急得忽上忽下、忽左忽右的将头乱摆，连摆了几下摆不掉，就朝大门外直冲出去。起凤在旁看得手痒起来，见牛绹拖在地下，连忙赶上去一把抢在手中喊道："哥哥松手，让我也来玩玩吧！"

这人家大门外，是一块晒谷子的大坪，起凤觉得在这坪中与牛斗，方好施展，若冲到路上或田塍上便费事了。大鹏听了答道："我不是不让给弟弟玩，无奈这畜牲的力量太大，我一只手拿不住它的角，它也摆我的手不脱，我也弄它不倒。弟弟要玩，须把牛绹向右边拉住，使它的角不能反到左边来，我才可以跳离它的颈项。不过弟弟得小心些，这畜牲浑身是力，实在不容易对付，怪不得他们这般害怕。”

起凤牵着牛绹，真个往右边直拉，牛护着鼻痛，只得把头顺过右边来，大鹏趁势朝旁边一跳。这牛因颈项间没人挽住了，便又奋起威风来，乘着将头顺到了右边的势，直对起凤冲来。起凤见牛角太长，自知双手握两角不住，即伸右手抢住牛左角，左手抓住牛鼻，右手向下，左手向上，使尽全身气力只一扭，扭得牛嘴朝天，四脚便站立不住，扑通倒在地下。

大鹏看了拍手笑道：“弟弟这一手功夫，好得了不得，我没有想到这种打法。并且我的身体太高，蹲下身去用这种打法很险，这牛生成只有弟弟能对付。”起凤笑道：“我还得把这畜牲放倒几回，使它认得我了，方可随便牵着它走。”说时，将双手一松，这牛的脾气真倔强，一翻身就纵了起来，又和在栏里的时候一样，低头竖尾的乱蹦乱跳，猛不防的朝起凤一头撞来。

这回起凤来不及伸左手抢牛鼻，牛鼻已藏在前膛底下去了，只得双手抢住一只左角，猛力向上举起来，刚举到肩，牛就没有抵抗的气力了，但是四脚在地下不住的蹂躏，听凭起凤使尽全身气力，不能将牛身推倒。

相持了一会儿，牛也喘起来，人也喘起来。大鹏恐怕起凤吃亏，喊道：“弟弟放手吧！不要一次把这畜牲弄得害怕了。弟弟不是正着急练拳找不着打对手的吗？于今买了这条牛，岂不很好？牵回家去，每天早起和它这般打一两次，比我的狗还好。今天一次把它太打毒了，以后它不敢跟你斗，弟弟去哪里再找这么一条牛呢？”

起凤喜道：“亏了哥哥想得到，一次把畜牲打怕了，以后不和我斗真可惜。好！我们就此牵回去吧。”旋说旋放下手来，靠鼻孔握住牛绹，望着牛带笑说道：“你这畜牲今日遇着对手了。你此后是我胡家的牛了，你想不吃苦，就得听我的话，此刻好好的跟我回家去，从明天起，每天与我对打一两次，我给你好的吃。”说得大鹏大笑起来。

两个长工已跟在大门口探看，至此都跑出来，竖出大指头对起凤称赞道：“二少老板真是神力。古时候的楚霸王，恐怕都不及二少老板的力大。”说得大鹏起凤都非常高兴。起凤牵着这牛才走了十几步，这牛陡然将头往下一低，想把起凤牵绹的手挣脱，不料起凤早已注意，只把手一紧，头便低不下去。起凤举手在牛颈上拍了两巴掌说道：“你这畜牲在我手中还不服吗？若恼了我的火性，一下就得断送你的性命。”这牛实在古怪，经过这番反抗之后，皈佛皈法似的跟着一行四人到家，一点儿不再显出凶恶的样子了。

次日早起，又和起凤斗了两次，到田里去做功夫的时候，只要有起凤在旁，它丝毫不调皮，平常也不斗别人。起凤找它打对手的时候，方肯拼全力来斗，竟像是天生这一条牛，给起凤练武艺的。起凤的父亲见自己两个儿子，都生成这样大力，又性喜练武，不愿意下田做农家功夫，便心想："我胡家虽是历代种田，没有文人，然朝廷取士，文武一般的重要，我何不把这两个儿子认真习武？将来能凭着一身本领，考得一官半职，岂不强似老守在家里种田？"主意既定，即商量同乡习武的人家，延聘了一个专教弓马刀石的武教习来家，教大鹏兄弟习武，把以前学的拳棒功夫收起。

这年夏天，大鹏兄弟叫长工扛了箭靶，在住宅后山树林阴凉之处，竖起靶子习射。这日的天气异常炎热，又在正午，一轮火伞当空，只晒得满山树林，都垂头亸叶，显出被晒得疲劳的神气。鸟雀都张嘴下翅，躲在树荫里喘息，不敢从阳光中飞过。大鹏兄弟射了一阵箭，累得通身是汗，极容易倦乏，一感觉倦乏，箭便射不中靶，两人没精打采的把弓松了，坐在草地下休息。

他兄弟射箭的地方，过树林就是去樊城的大道，不断的有行人来往。大鹏、起凤刚就草地坐下，各人倾了一杯浓茶止渴，只见一个背驮包袱的汉子，年约四十来岁，一手擎草帽当扇子扇着，一手从背上取下包袱，也走进树林来。拣一株大树下坐着，张开口喘气，两眼望着大鹏兄弟手中的茶杯，表示非常欣羡的样子。

大鹏这时刚把杯中的茶喝了大半，剩下的小半杯有沉淀的茶水，随手往地一倾，这人看了只急得用手拍着大腿说道："呀！好茶，倾了可惜。"大鹏笑道："我这里有的是，倒一杯请你喝吧！"这人喜得连声道谢，忙起身接了茶，一眼看见树枝上挂着两把弓，随口问道："两位是习武的么？"大鹏点头应是。这人一面喝着茶，一面笑道："两位的本力虽好，但是射箭不在弓重，越是重了越不得到靶，就到靶也不易中。"大鹏兄弟听了都诧异道："你也是习武的么，你姓什么？"

不知这人是谁，且待下回再说。

总评：

霍元甲之来上海，纯怀一打倒外国大力士之心，欲与奥比音一较高下，故立约订期，十分细到。乃今者沃林既遁，律师及保证人亦逃，始知已无实践此约之可能，而所望已成泡影。其满怀枨触，自不待言，此胸痛旧疾之所以又因之而作也。虽然，黄石屏固尝为之诊视斯疾矣，针下而所患顿若失，倘能就诊稍勤，略假之以时日，或不难尽绝其根株，而使斯疾有霍然痊愈之望。乃车既驾矣，讵竟以刘振声一时之失言，忽又打消此行，于是始有就诊于日医秋野之举。而他日之惨死，亦即种因于是，然则此中殆亦有数存乎？何天之不相霍元甲，一至于是也。若刘振声一言之丧邦，一则固出之于无心；二则正见其一片爱师之诚意，吾无责焉。

秋野之于霍元甲，以一萍水相逢之人，而乃亲热若是，正足见日本人之善戴假面具，而其心固不可问。彼邦在朝者之阳以亲善为名，而阴肆侵略之实者，固无一而非此一副假面具为之作用也。奈何霍元甲竟不之觉察，遽引之为研究武术之同志，则他日之惨死其手，要亦当自负其一半之责任。然吾人之对此倭奴，则殊觉其罪大恶极，有杀不容赦者矣！

本回之末，复有胡大鹏一行人之登场，诚足使人为之眼花缭乱，更由此而入胡大鹏、胡起凤传，是诚绝妙之过渡法也。中间写胡氏兄弟斗牛一段，兄弟二人迭互试手，而身法、手法各自不同，诚足令人既喜且愕，弥极笔歌墨舞之致。

第七十九回

胡丽珠随父亲访友　张文达替徒弟报仇

话说这人见问笑道：“我不是习武的，不过也是在你们这般年纪的时候，欢喜闹着玩玩，对外行可以冒称懂得，对内行却还是一个门外汉。”胡大鹏问道：“你不曾看见我们拉过弓，也不曾见我们射过箭，怎的知道我们的本力大，用的弓太重？你贵姓，是哪里人？请坐下来谈谈。”

那人递还茶杯坐下来说道：“我姓胡，叫胡鸿美，是湖南长沙人。你们两位的本力好，这是一落我眼便知道的；况且两位用的弓挂在树枝上，我看了如何不知道呢？请问两位贵姓，是兄弟呢还是同学呢？”

胡大鹏笑道：“我们也和你一样姓胡，也是兄弟，也是同学。今日难得遇着你是一个曾经习武的人，我想请你射几箭给我们看看，你可不嫌累么？”胡鸿美道：“射几箭算不了累人的事，不过射箭这门技艺，要射得好，射得中，非每早起来练习不可，停三五日不射，便觉减了力量。我于今已有二十年不拿弓箭了，教我射箭，无非教我献丑罢了！”

大鹏兄弟见胡鸿美答应射箭，欢喜得都跳起身来，伸手从树枝上取下弓来，上好了弦，邀胡鸿美去射。胡鸿美接过弓来，向箭靶打量了几眼说道：“古人说‘强弓射响箭，轻弓放远箭’，这话你们听了，一定觉得奇怪，以为要射得远，必须硬弓；殊不知弓箭须要调和，多少分量的弓，得佩多少分量的箭。硬弓射轻箭，甚至离弦就翻跟斗，即算射手高明，力不走偏，那箭必是忽上忽下如波浪一般的前进，中靶毫无把握。弓硬箭重，射起来虽没有这种毛病，然箭越重，越难及远，并且在空中的响声极大，所以说强弓射响箭。我看你们这靶子将近八十步远，怎能用这般硬弓？射箭与拉弓是两种意思，拉弓的意思在出力，因此越重越好；射箭的意思在中靶，弓重了反不得中，而且弊病极多。我今天与两位萍水相逢，本不应说的这般直率，只因感你一杯茶的好意，不知不觉的就这么说了出来。”

胡大鹏道：“我们正觉得奇怪，我们师傅用三个力的轻弓，能中八十步的靶；我们兄弟用十个力的弓，反射不到靶的时候居多。我们不懂是什么道理，师傅也说不出一个所以然来，总怪我们射得不好。今天听你这番话，我才明白这道理。”胡鸿美问道：“你们贵老师怎的不来带着你们同射呢？”胡大鹏道：“他举石头闪了腰干，回家去养伤，至今三个月还不曾养好。”

胡鸿美笑道：“他是当教师的人，石头太重了，自己举不起也不知道吗？为什么会把腰干闪伤呢？”胡起凤笑道：“石头并不重，不过比头号石头重得二十来斤，我和哥哥都不费力就举起来了，他到我家来当了两个月的教师，一回也没有举过。这回因来了几个客，要看我们举石头，我们举过之后，客便请他举。他像不举难为情似的，脱了长衣动手，石头还没搬上膝盖，就落下地来，当时也没说闪了腰干，谁知次日便不能起床。”

胡鸿美道：“当教师的举不起比头号还重的石头，有什么难为情？这教师伤的太不值得了。像两位这种十个力的硬弓，我就射不起，两位如果定要我献丑射几箭，六个力的弓最合适，三个力又觉太轻了，射马箭有用三个力的。”胡大鹏实时打发同来的长工，回家搬了些弓箭来。

胡鸿美连射十箭，有八箭正中红心，只有两箭稍偏，大鹏兄弟看了，不由得五体投地的佩服。凑巧在这时候，天色陡然变了，一阵急雨倾盆而下，忙得大鹏兄弟和长工来不及把弓箭、箭靶收拾回家。胡鸿美作辞要走，胡大鹏哪里肯放，执意要请到家里去，等雨住了再走。这阵雨本来下的太急太大，胡鸿美又没带雨具，只得跟着到了胡家。

大鹏兄弟既是五体投地的佩服胡鸿美，又在正苦习武得不着良师的时候，很想留胡鸿美在家多盘桓些时日，问胡鸿美安排去哪里，干什么事？提起“胡鸿美”这三个字，看过这部《侠义英雄传》的诸君，大约都还记得就是罗大鹤的徒弟。他当时在两湖很负些声望，大户人家子弟多的，每每请他来家住一年半载，教授子弟的拳脚。他少年时也曾习武赴过考，因举动粗野犯规，没进武学，他就赌气不习武了。若论他的步马箭弓刀石，没一件使出来不惊人，后来不习武便专从罗大鹤练拳，罗大鹤在河南替言老师报仇，与神拳金光祖较量，两人同时送了性命之后，胡鸿美也带着一身本领，出门访友，遇着机缘也传授徒弟。这次因樊城有一个大商家，生了四个儿子，为要保护自家的财产起见，商人的知识简单，不知道希望读书上进，自有保护财产的能力，以为四个儿子都能练得一身好武艺，就不怕有人来侵夺财产了，曾请过几个教师，都因本领不甚高明，教不长久就走了。这时打听得胡鸿美的本领最好，特地派人到湖南聘请。

派的人到湖南的时候，胡鸿美正在长沙南门外，招收了二三十个徒弟，刚开始教授，不能抽身，直待这一厂教完了，才动身到樊城去，不料在襄阳无意中遇着胡大鹏兄弟。

他们当拳师的人，要将自己的真实本领，尽量传授给徒弟，对于这种徒弟的选择，条件是非常苛酷的。若不具备所需要的条件，听凭如何殷勤恳求，对待师傅如何诚敬，或用极多的金钱交换，在有真实本领的拳师，断不肯含糊传授，纵然传授也不过十分之二三罢了。反转来，若是遇见条件具备的，只要肯拜他为师，并用不着格外的诚敬，格外的殷勤，也不在乎钱的多少。听说他们老拳师收体己徒弟的条件，第一是要生性欢喜武艺，却没有横暴的性情。第二要家中富有，能在壮年竭全力练习，不因生计将练习的时间荒废。第三要生成一身柔软的筋骨。人身筋骨的构造，各有各的不同，在表面上看去，似乎同一样的身腰，一样的手脚，毫无不同之处，一练起拳脚来，这里的区别就太大了。有一种人的身体，生得腰圆背厚，壮实异常，气力也生成的比常人大得多。这种身体，仿佛于练习拳术是很相宜的，只是事实不然。每有这种身体的人，用一辈子苦功，拳脚功夫仍是练不出色。于鉴别身体有经验的老拳师，是不是练拳脚的好体格，正是胡鸿美所说的，一落眼便能知道。第四才是要天资聪颖。这几种条件，缺一项便不能收做体己的徒弟，所以一个著名的老拳师，终身教徒弟，也有教到三四千徒弟的，但是结果甚至一个体己的徒弟都没有，不是他不愿意教，实在是遇不着条件具备的人物。

胡鸿美一见胡大鹏兄弟，就已看出他兄弟的体格，都是在千万人中，不容易遇着一个两个的，不知不觉的就生了爱惜之心。凑巧天降暴雨，大鹏兄弟将胡鸿美留在家中，问了来历，知道是一个享盛名的拳师，越发用好酒好肉款待。胡鸿美原打算待雨止了便走，合该天缘凑巧，平时夏天的暴雨，照例降落容易，停止也容易，这次却是例外，饭后还滔滔下个不止。禁不住大鹏兄弟趁势挽留，胡鸿美也觉得不可太拂了他兄弟的盛意，只得暂在胡家住宿。

他兄弟原是从师练过几厂拳脚的人，从前所有的拳师，都被他兄弟打翻了，于今遇了胡鸿美这种有名的拳师，怎肯随便放过？借着学拳为名，定要与胡鸿美试试。胡鸿美知道他兄弟的本力都极大，身手又都异常灵活，和这种人动手较量起来，要绝不伤人而能使人屈服，是很不容易的事，遂心生一计说道："你两位不都是生成的气力很大吗？我若和两位比拳脚，就把两位打翻了，也算不了什么，两位也必不佩服，因为两位并不是以拳脚著名的人，我来和两位比力何如？"起凤问道："比力怎么比法？"胡鸿美道："我伸直一条臂膊，你两位用双手能扳得弯转来，算是两位赢了；我再伸直一条腿踏在地下，两位能用双手抱起，只要离地半寸，也算是我输了。"

大鹏、起凤听了都不相信，暗想一个人全身也不过一百多斤，一条腿能有多重，何至双手不能抱起？当下两人欣然答应。胡鸿美伸出一条左膀，起凤一手抵住肘弯，一手扳住拳头，先试了一试，还有点儿动摇的意思，倒是用尽气力推挽，这条臂膊就和生铁铸成的一样，休想扳得分毫。扳得两脸通红，只得回头道："哥哥来试一下，看是怎样？我的气力是白大了，一点儿用处也没有。"大鹏道："弟弟扳不动，我来必也是一般的不行，我来搬腿吧！"说着，捋起衣袖，走近胡鸿美身旁，胡鸿美笑道："我若教你搬起立在地下的一腿，还不能算是真有力量，因为一个人的身体，有一百多斤重，再加用力往下压，本来不容易搬起。我于今用右腿立在地下，左腿只脚尖着地，你能把我左腿搬起，脚尖只要离地一寸，便是我输给你了。"

胡大鹏立了一个骑马式，使出搬石头的力量来，双手抱住胡鸿美的大腿，先向两边摇了一摇，并不觉得如何强硬不能动移，但是一用力往上提起，就好像和泥鳅一般的溜滑，一点儿不受力。只得张开十指，用种种的方法，想将大腿拿稳之后，再陡然用力向上一提，以为决不至提不起来了。谁知在不曾用力的时候，似乎双手已将大腿拿稳了，只一使劲，依然溜下去。是这般闹了好一会儿，大鹏累得满身是汗，跳起身来望着起凤说道："这条腿巧极了，我们学这种法子，学会了这种法子，哪怕人家的气力再大些也不要紧。弟弟来，我们就磕头拜师吧！”

胡鸿美正待阻止，他兄弟两个已扑翻身躯，拜了几拜。胡鸿美把两人拉了起来说道：“像你兄弟这般体格，这般性情，我是极情愿传授你们武艺的。不过我已接了樊城的聘书，约了日期前去，不能在此地久耽搁，将来从樊城转来的时候，到你这里住一两个月。”起凤不待话了，即抢着说道：“不，不！樊城聘老师去，也是教拳脚，在我们这里，也是教拳脚，为什么定要先去，要等回头才到我们这里来？”

胡鸿美笑道：“人家聘请在先，我自然得先到人家去。”起凤道：“我们兄弟拜师在先，自然应该我们先学，将来无论如何，樊城的人总是我们的师弟，不能算我们的师兄。若是我们学得迟了，本领还赶不上师弟，岂不给人耻笑！”胡鸿美听了，虽觉得强词夺理，然起凤那种天真烂漫的神情甚是可爱，加以他兄弟的父母也殷勤挽留，胡鸿美便说道：“好在你两人都曾练过拳脚功夫，学起来比初学的容易多了，我且在这里盘桓几日，教给你们一路拳架式，我去后你们可以朝夕用功练习，等我回头来，再传授你们的用法。”大鹏兄弟当然应好。

胡鸿美实时将辰州言先生创造的，那一路名叫“八拳”的架式传授给大鹏兄弟。那一路拳的手法不多，在练过拳的大鹏兄弟学来，却很容易，不到两日夜时间便练熟了。胡鸿美临行吩咐道：“你两人不可因这拳的手法少，便疑惑将来用法不完全，须知这拳是言先生一生的心血，我敢说普天下，所有各家各派拳术法，无不可以从这拳中变化出来，万不可轻视它。你们此刻初学不知道，朝夕不间断的练到三五个月以后，方能渐渐感觉到有兴味，不是寻常教师的拳法所能比拟。你们此刻所学，可以说是我这家拳法的总诀，还有两路附属在这总诀上的架式，一路名叫‘三步跳’；一路名叫‘十字桩’。更有五种功劲：一名‘沉托功’；二名‘全身功’；三名‘白猿功’；四名‘五阳功’；五名‘五阴功’。循序渐进，教的有一定的层次，学的丝毫不能躐等。别家别派的拳法，虽不能说赶不上我这一家的好，但是没有能像我这一家层次分明的。老拳师我见的不少，多有开始教这一路拳，就跟着练十年八载，也还是练这一路拳，一点儿层次也没有。教的在一两月以后，便没有东西可教，学的自然也觉得用不着再留这老师了。遇着天资聪颖，又性喜武艺的，方能渐渐寻出兴味来。天分略低，又不大欢喜武艺的，一百人当中有九十九人半途而废。我这家八拳却不然，从开始到成功，既有一定的层次，又有一定的时期，在资质好的人，终年毫不间断的苦练，也得三年才得成功。一层有一层的方法，一层不练到，就不得成功。五阴功是最后一层功夫，要独自在深山中做三个月，每夜在亥初静坐，子初起练，坐一个时辰，练一个时辰，那种功夫练起来，手触树树断，足触石石飞，这层功夫可以通道。言先生虽传给了罗老师，我们师兄弟也都学了，但是据罗老师说，只言先生本人做成了，罗老师尚且没有做成功。我们师兄弟更是仅依法练了三个月，没有练到树断石飞的本领。"

胡大鹏问道："老师既是依法练了三个月，何以练不到树断石飞的本领呢？"胡鸿美笑道："这是由于各人的根底不同，言先生原是一个读书的人，这种拳法又是他老人家创造出来的，自比别人不同。罗老师不识字，我们师兄弟中也没有读书的，大家所犯的毛病，都是在那一个时辰的静坐，功夫做得不得法。罗老师当日说过，这家功夫要做完全，非静坐得法不可，我们本身无缘，只好将这方法谨守不失，以便传给有缘的人。现在你们兄弟，虽也读书不多，不过年纪轻，天资也好，将来的造就不可限量，或者能把这五阴功练成，在湖北做我这一家的开山祖。你们努力吧！"说罢就动身到樊城去了。

胡大鹏兄弟牢记着胡鸿美的话，哪敢怠慢，每日除却做习武的照例功课而外，都是练拳。第二年，两兄弟同去应试，都取前十名进了学，胡氏兄弟在襄阳便成为有名的人物了。只是等了两年，不见胡鸿美回来，延聘教师在家教拳棒，多只有半年几个月，继续到二三年的很少。只因记得胡鸿美曾说过，他这家功夫至少须用三年苦功，始能成功，以为必是樊城那大户人家，坚留着教三年，所以并不猜疑有旁的原因。直等到第四年，还不见来，这才打发人去樊城探听，始知道胡鸿美在两年前，已因死了母亲，奔丧回湖南去了，去后便无消息。

胡大鹏兄弟学拳的心切，也想趁此时去外省游览一番，兄弟两个特地从襄阳到长沙，打算在长沙住三年，把这家拳法练成。想不到和胡鸿美见面之后，将功夫做出来给胡鸿美看了，胡鸿美很惊异的说道："你兄弟这四年功夫，真了不得，论拳法的姿势，虽有许多不对的地方，然功夫已做到八成了。"胡大鹏问道："姿势做错了，功夫如何能做到八成呢？"胡鸿美道：

“姿势哪有一定不移之理，不用苦功，姿势尽管不错，也无用处，因我当日仅教你们两昼夜，直到今日才见面，姿势自免不了错误。然有了你们这样深的功夫，要改正姿势固不容易，并且也用不着改正，接着学三步跳、十字桩便了。”他兄弟只费了两天的时间，便把三步跳、十字桩学会了，要求再学那五种功劲，胡鸿美道：“旁人学我这一家拳法，非练功劲不可，你兄弟却用不着，因旁人练拳架式，多不肯像你兄弟一样下苦功夫，不能从拳中练出多少劲来，所以非用别种方法练劲，难求实用。你兄弟本力既大，又有这四年的苦练，如何还用得着练功劲呢？”大鹏兄弟再三请求，胡鸿美执意不肯传授。

这是从前当拳师的一种最坏的私心，唯恐徒弟的声名本领，高出己上。胡鸿美这时的年纪，也不过四十多岁，在南几省各处访友，不曾遇到敌手。大鹏兄弟若学会了五种功劲，再用几年苦功下去，胡鸿美便不能独步一时了。胡大鹏明知胡鸿美不肯传授是这种私念，只是没有方法能勉强学得，回到襄阳以后，一方面用功练习，一方面四处打听懂得这五种功劲的人。

论他兄弟的功夫，实际和人动起手来，与这五种功劲本无关系，但是要按着层次传授徒弟，便觉非学全不可，不过经历二十多年，始终不曾遇着能传授这功劲给他的。他兄弟二人，在湖北除自己的儿女以外，每人都教了不少的徒弟。他兄弟有天生的神力，又能下苦功夫，方可不要功劲，他自己的儿女和徒弟，没有他兄弟这般异禀，自然练不到他兄弟这般火候。他兄弟知道是因为没有练劲的方法，专练拳架，就用一辈子苦功也难出色，所以一得到霍元甲在上海摆擂台的消息，非常高兴，逆料霍元甲必得了异人的传授，始敢在上海称大力士，摆设擂台，因此胡大鹏带领自己两个儿子、一个徒弟、一个女儿到上海来，原打算先看霍元甲和打擂台的动手打过几次之后，方决定他自己上台不上台，想不到来上海几天，并无人上擂台与霍元甲相打，只好亲来拜访霍元甲。

胡大鹏将自己学武艺的历史，向霍元甲略述了一番说道：“我此番率领他们后辈专诚来拜访，完全不是因霍先生摆下了这座擂台的缘故，实在是难得有这么一个全国闻名的好汉，给我请教。寒舍历代以种田为业，终年忙碌，没有多的时间给我出门访友。霍先生是北方人，若不是来上海摆擂，也难见面，于今使我有请教的机缘，实在欣喜极了。”说毕，向霍元甲抱了一抱拳头。

霍元甲也拱手笑道："讲到'摆擂台'三个字，总不免有自夸无敌的意思，实在兄弟摆这座擂台，却是对外国人的，所以不摆在北京，也不摆在旁的中国地方。摆在上海租界上，为的就是外国洋鬼子欺负我中国人太甚，说我们中国人都是病夫，中国是个病夫国。兄弟和这农爷气不过，存心专找到中国来自称大力士卖艺的洋鬼子比赛，摆这擂台就是等外国大力士来打。其所以擂台摆了这多天，除了第一天有一个姓赵的来打之外，至今没有第二个来打擂的人，也是因兄弟和那姓赵的动手之先，即把这番意思再三声明了的缘故。像胡先生这么高明的武艺，兄弟十分欢迎联络起来，好大家对付洋鬼子。兄弟一个人的力量有限，巴不得能集合全国的好汉，和外国大力士拼个死活。"

胡大鹏道："霍先生这种雄心，这种志气，只要中国人，都得钦佩，并且都应感激。不过我胡大鹏完全是一个乡下人，不过生成有几斤蛮力，怎么够得上与霍先生联络？我生平最恨我那老师仅教了我两昼夜拳法，几年后见面，便不肯给我改正，却又明明说我的姿势错误。至今二十多年，竟遇不着可以就正的好手。我今天来拜访霍先生的意思，即是想把我所学的，请霍先生瞧瞧。我是个粗人，素来心里有什么，口里说什么，我这话是万分的诚意，望霍先生不存客气，不辜负我率领他们后辈长途跋涉的苦心。我且叫小徒贺振清做一路功夫给霍先生看。"说时立起身对贺振清道："你从容练一趟，请霍老前辈指教。"

贺振清起身应是，脱了衣服，聚精会神的练了一趟八拳。这种拳法，在北方虽然没有，霍元甲还不曾见过，但是拳法好坏，及功夫的深浅，是逃不出霍元甲眼光的。当下看了，不由得赞不绝口。胡大鹏谦逊了几句说道："两个犬子的功夫，和小徒差不多，用不着献丑了，只是我有一句无礼的话，得先求霍先生听了，不生气我才敢说出来。"霍元甲笑道："胡先生说话太客气，胡先生自谦是乡下人，兄弟何尝不是乡下人。同是乡下人，又同是练武艺的，说话有什么有礼无礼，不论什么话，想说就请说吧！"

胡大鹏道："小女丽珠的身体本极软弱，生成的气力比谁也小，武艺更练得平常，但是生性很古怪，最欢喜求名人和老前辈指点。她这番定要跟我来，就是想求霍先生指点她几手，不知霍先生肯不肯赏脸？"霍元甲笑道：

“兄弟这擂台，刚才曾对胡先生说过了，是为对外国人设的，不过既明明摆下一个擂台在此，便不能随便推诿，不和中国人动手。唯有一层，兄弟这擂台，有一种限制，不与女子和出家人动手。”

胡丽珠不待霍元甲说完，即起身和男子一般的拱了拱手说道：“老前辈误会了家君的意思。老前辈尽管没有这种限制，我也决不至来打擂，打擂是比赛胜负，不是求指教，我是实心来求指教。如果老前辈肯赏脸的话，就在这房里比几手给我学学。”

刘振声听到这里，恐霍元甲碍着情面答应了，又须劳动，急得立起身来突然说道：“定要比几手，就和我比也是一样。”胡丽珠听得，望了刘振声一眼不说什么，胡大鹏对刘振声抱拳笑道：“方才听霍先生介绍，虽已知道刘君便是霍先生的高足，武艺不待说是很高强的，不过小女的意思，是专来求霍先生指教，并不是来显自己的本领，若是来找霍先生较量的，刘君尽可替贵老师效劳，小女却要求贵老师亲自指教。”

农劲荪道：“胡先生今日和我们初见面，不知道霍先生近日来正在患病，胡先生若早来一两个钟头，霍先生还同这位彭先生在医院里不曾回来。霍先生的病，据医生说最忌劳动，须静养一两个星期方好，倘没有这种原因，霍先生是最热心指教后进的。”胡大鹏还待恳求，霍元甲说道：“试比几手功夫谈谈，倒算不了一回事，大约不至要如何劳动。”说罢立起身来。胡丽珠含笑对霍元甲说道：“求霍老前辈恕我无状，我还想要求先演一趟拳架式给我见识见识。”霍元甲不好意思拒绝，只好点头答应使得。彭庶白欲待阻止，霍元甲已卸了身上长袍，将他霍家的迷踪艺拳法，随便表演了几手。

胡丽珠目不转睛的看着，看完了也卸下穿在外面的长大棉袄，和头上钗环，交给胡志范手中，露出贴身雪青色的窄袖小棉袄来，紧了紧鞋带，并用鞋底就地板上擦了几下，试试地板滑也不滑，先向霍元甲拱了拱手，接着拱手对农、彭、刘三人笑道：“我为要学武艺，顾不得怕失面子，望各位老前辈不吝指教。”农、彭、刘三人忙拱手还礼。只见胡丽珠将双手一扬说道：“我来求教，只得先动手了。”好快的身手，指尖刚在霍元甲胸前闪了一下，霍元甲还不及招架，她已腾身抢到了侧面，指尖又点到了霍元甲胁下，却不敢深入，一闪身又退到原立之处，双脚刚立稳，霍元甲这时的身法真快，不但胡丽珠本人不曾看得明白，便是在房中诸人都不曾看清。不知怎的，胡丽珠的右臂，已被霍元甲捉住，反扭在背后，身体被压逼得向前伏着，头面朝地，一点儿也不能动弹。霍元甲随即放了手笑道："姑娘的身法手法，委实快得了得，不过缺少一点儿真实功夫。"

胡丽珠一面掠着散乱了的头发，一面说道："霍老前辈的功夫，和家父竟是一样，我的手点上去，就如点在铜墙铁壁上，而霍老前辈的手一到我身上，我全身立时都不得劲了。我在家时，每每和家父比试手法，结局也都是如此，但和旁人比试，从来没有能以一手使我全身不得劲的。我以为家父是天生的神力，所以旁人多赶不上，谁知霍老前辈也是如此。不知霍老前辈是不是天生有神力的人？"霍元甲摇头笑道："我不仅没有天生的神力，少年时候并且是一个非常柔弱的人，练武艺要练得真实功夫，有了真实功夫，自然能快，不要存心练快；若打到人家身上，不发生效力，便快有何用处？姑娘的身法手法，不是我当着面胡乱恭维，当今之世，确已好到极点了，只要再加五成真实力量进去，我就不能使你全身不得劲了。"

胡大鹏道："霍先生真不愧为名震全国的豪杰，所说的话，也是千古不能磨灭的名言。我早就知道没有练劲的方法，我这家武艺，是无论如何用苦功夫也是枉然。我想霍先生在少年的时候，身体既非常柔弱，今日居然能成为全国有名的大力士，不待说必有极好的练劲方法。我打算将小徒、小儿、小女拜在霍先生门下，学习些练劲的法子，弥补我生平的缺憾。霍先生是个热心教导后辈的人，不知肯收这几个不成材的徒弟么？"

农劲荪接着答道："霍先生祖传的武艺，原是不许收异姓徒弟的，即如这位刘振声君，名义上是霍先生的高足，实际霍先生并不曾把迷踪艺的功夫传授给他，只不过间常指点些手法而已。论霍先生的家规，令郎等想拜在门下，是办不到的事。但是现在却有一个机会，如果成功，胡先生的缺憾就容易弥补了。现在有几个教育界的名人，正要组织一个武术学校，专请霍先生教授武术，等到那学校办成，令郎自可进学校肄业。"

胡丽珠脱口而出的问道："那学校收女学生吗？"农劲荪踌躇着答道："虽不见能收女学生，不过学校既经办成，那时姑娘要学也好设法了。"胡大鹏问道："那学校大约在什么时候可以办成呢？"农劲荪道："此刻尚难决定，组织有了头绪的时候，免不了要在报上登广告招收学生的，胡先生回府上等着报上的消息便了。”胡大鹏及胡志莘兄弟等听了，都欣然应好，辞谢而去。

过了几日，秋野医生因不见霍元甲前去复诊，甚不放心，这日便亲来看霍元甲，恰好彭庶白也来了。秋野见面时表示得比初次更加亲热，问霍元甲何以不去复诊？霍元甲道：“这几日一则因事情稍忙，二则因先生太客气了，初次相见，不好只管来叨扰。”秋野笑道：“说来说去，霍先生还是这种见解。我知道霍先生为人，是一个排外性最激烈的，随时随地都表现出一种爱国及排斥外国的思想。这种思想，敝国普通社会一般人多是极浓的。我很钦佩霍先生，不过我希望霍先生把排外的思想扩大些。我日本和中国是同文同种的国家，不但人的相貌举动相同，就是社会间的风俗习惯也多相同，若不是有一海相隔，简直可以说是一个国家。于今虽是两个国，却是和嫡亲的兄弟一样，不能算是外人。至于欧美各国的人，便不相同了，除却用两只脚立在地下走路，是和我们相同以外，颜色相貌、语言文字、性情举动、风俗习惯，没一件与我们相同。这种异族，才是我们爱国的人所应该排斥的。霍先生排斥欧美各国的人，蓄意和他们作对，我极端赞成；若是把我日本人也当做西洋人一例看待，不承认日本人是朋友，我便敢武断的说一句，先生这种思想错误了。”

霍元甲从来的心理，果然是把日本人和西洋人一例看待的，此时听了秋野的话，很觉有理，当即答道：“兄弟并非排斥外国人，蓄意和外国人作对，只因曾听得许多人谈论，说外国人瞧不起我们中国人，讥诮中国人是病夫，觉得这口恶气忍受不下去，哪怕就拚了我这条性命，也要使外国人知道，他们拿病夫来形容中国人是错了。除此而外，排斥外国人的心思一点儿没有。”

秋野笑道：“这就得啦！我只希望霍先生不排斥日本人，再进一步，便是许做一个朋友。”霍元甲道：“兄弟不曾交过日本朋友，也不曾见贵国人打过柔道，因此虽久闻柔道之名，但不知道是一类什么手法，从前听说就是我中国蹼跤的方法。前几日秋野先生说，经嘉纳先生改变了不少，兄弟对于我中国的蹼跤，也还略有研究，秋野先生可不可以把柔道的方法，演点儿给兄弟开一开眼界。”

秋野笑道：“我怎敢班门弄斧，表演一点儿向霍先生请教，是极愿意的。我也是听说，柔道是从蹟跤的方法改良而成的，究竟改良的是哪几种方式，我因为不曾见过蹟跤，无从知道。难得霍先生是曾研究蹟跤的，正好请教。”说话时就显出待动手的样子。

农劲荪恐怕霍元甲又得劳动，即从中劝道：“秋野先生不是检查了霍先生的身体，宜暂时静养，不宜劳动的吗？蹟跤比较拳术更费气力，并且蹟跤有规矩的，不问在什么时候，在什么地方，须两方都穿好了蹟跤的制服，才可动手。如甲方穿了，乙方没穿，乙方就愿意动手，甲方是不能许可的。霍先生此番来上海，没有携带蹟跤制服，便是秋野先生，也没有柔术的制服。”秋野笑道：“正式表演，非有制服不可，若随便做着样子，研究研究，是不一定要制服。”

日本人的特性，是极要强、极要占面子的。柔术本来和蹟跤一样，非穿制服不能下手，只因这话是从农劲荪口中说出来，疑心霍元甲有些畏惧，乐得说两句有面子的话。不料霍元甲要强的心比秋野更甚，连忙点头说道：“我从来就反对定得穿上一种制服，才能动手的规矩，如果处处受这种规矩的限制，那么练蹟跤的人，练了一身本领，除却正式蹟跤而外，便一点儿用处也没有了。像秋野先生身上穿的这洋服，就是一件极好的蹟跤衣服。”秋野听了这话，心里失悔，口里却不肯说退缩的话，只好低着头望了自己的洋服，笑道：“衣服表面虽是很厚的毛织品，实际并不十分坚牢。我国柔术的手法，揪扭的力量是最大的，用几层厚布缝成的制服，尚且有时一撕便破，这洋服是经不起揪扭的。”旋说旋起身脱了洋服，露出衬衫说道：“这衬衫虽也不甚坚牢，然比较的可以揪扭，就请霍先生把蹟跤的方法，随意做一点儿给我看看。霍先生贵体不宜劳动，请拣不大吃力的做。”

霍元甲此时仍不相信不宜劳动的话，加以生性欢喜武艺，单独练习及与人对手，不间断的经过三十年了，这种高兴和人较量的习惯，简直已成了第二天性，这时岂肯袖手不动？登时也卸下皮袍，将一条板带系在腰间说道：“若是两人研究拳术，没有争胜负的心思，便用不着脱去长袍。蹟跤的身法手法不同，尽管是闹着玩玩，也得将长衣脱掉。你来吧！你用你们柔术的方法，我用我蹟跤的方法，究竟相同不相同，是何种方法改良了，交手自然知道。”

论秋野的柔术，在日本已到了四段的地位，虽不能算是极好的角色，然也不是二等以下的人物了。柔术分段，是仿照围棋分段的办法，到初段的地位，即不容易，柔术上了初段的人，对于柔术中所有的方法，都须练到熟能生巧的程度，所有的虚实变化，都能应用自如，每段相差之处，不过是实力稍弱而已。日本全国练过柔术的人，平均一百人中，上了初段的，不到一个人，三百人中才有一个二段的，以上就更难得了。嘉纳治五郎因是柔术创造人的关系，受部下推崇，到了八段，实际的能力，还不及五段。他的徒子徒孙中四、五、六、七段的能力，多在他之上，不过到了四段以上，升段就不全赖实力了，种种学问及资格都大有关系。秋野已有四段的实力，又是医学士，所以在上海柔术讲道馆中，是最有力量的人物。在上海讲道馆担任教授的，多是秋野的徒弟，当下见霍元甲这种神情，自己纵欲保全名誉，也不便说出退缩的话了，没奈何，只得从容走近霍元甲身边，平伸两臂，轻轻将霍元甲两膀的棉袄揪住说道："我国柔术开始就是如此练习，是这般揪住的身法、手法、步法，种类的变化极多。"霍元甲兀然立着不动笑道："你且变化一两种给我看看。"秋野随将右手一紧，右肩向霍元甲左胁下一靠，右脚踏进半步，往左边一扫，身躯跟着往右边一拐，打算这一下将霍元甲揪翻。

霍元甲本来站着不动，听凭他掀扭摆布，应该容易如愿掀翻。无如秋野本身的实力，究竟有限，霍元甲等到秋野全部使劲的时候，只将左脚向后稍退半步，左肩同时向后一撤，顺着秋野一拐之势，右手朝秋野左膀一推，险些儿把秋野栽了一个跟斗。亏得秋野的身手尚快，立时改变了方式，趁着身躯向前栽下的当儿，左手一把抢着霍元甲的右腿，全身陡然向霍元甲身后躺下，左肩刚一着地板，右脚已对准霍元甲右胁，倒踢进去。这种动作非常敏捷，若换一个本领略低的人，像这种出人意外的打法，确是不易对付。霍元甲却不慌不忙的，让秋野的脚踢进胁下，随手一把夹住。

此时两人的形势，成了一颠一倒，各人抱住各人一腿。秋野右腿既被夹住，动作真快，左腿已收缩回来，身体朝地下一翻，左脚向霍元甲右腿弯一点，两手撑在地板上，猛力往前一蹿，右脚已离了霍元甲的右胁，不过一只皮靴还在胁下，不曾抽得出来。霍元甲忙拿了皮靴，送给秋野笑道："秋野先生的本领，实在了不得。这种皮靴，本来不能穿着蹭跤，柔道的方法，和小蹭跤一样，当然也是不宜穿皮靴的，请穿上吧。佩服，佩服！"

秋野早已跳起身来，接过皮靴，边穿边问道："霍先生看我这柔术，是不是和蹭跤一样呢？”霍元甲点头道：“先生刚才所使出来的身法、打法，正是我中国的小蹭跤。蹭跤有两种，一种叫大蹭跤，一种叫小蹭跤，都是从蒙古传进关来的。清朝定鼎以后，满人王公贝勒，多有欢喜练蹭跤的。御林军内，会蹭跤的更多。后来渐渐的城内设了蹭跤厂，御林军内设了善扑营，每年蒙古王公来北京朝贡，必带些会蹭跤的来，和善扑营斗胜负。听前辈人说，这种胜负的关系最大。蒙古王公带来的人斗输了便好，心悦诚服的知道天朝有人物，不敢生不朝贡之心；倘若善扑营的人斗输了，蒙古王公便起轻视天朝之意，所以这种比赛，是非同小可的事。小蹭跤中多有躺在地下用脚的方法，大蹭跤不然，大蹭跤的手法，比小蹭跤多而且毒。”

秋野经过这一次比试之后，觉得霍元甲并不可怕，方才自己没得着胜利，而且被夹落了一只皮靴，似乎失了面子，从新将左脚皮靴带系紧说道：“我不曾见过大蹭跤，想请霍先生做几种大蹭跤的姿势给我看看，好么？”霍元甲这时已知道秋野的能力及柔术的方法了，没有使秋野失败的心思，遂含笑说道：“刚才累了，请休息吧，过几天再做给先生看。”秋野哪里肯呢？连连摇手说道：“我一点儿不觉累，我们练柔术的时候，每次分期考试起来，三人拔、五人拔，时常继续不休息的打到两三小时之久，因为三人拔是一个人继续打三个人，五人拔是继续打五个人，像刚才不过一两分钟，算不了什么！霍先生的贵体虽不宜劳动，然像这样玩玩，我敢保证没有妨碍。”霍元甲见这么说，也只得答应。

秋野又走过来，方将两手一伸，霍元甲已用左手接住秋野右手，身体往下一蹲，右膀伸进秋野胯下，一伸腰干，早把秋野骑马式似的举了起来，接着，左手往左边微微带了一下，说道：“若是真个要决胜负，在这时候就得毫不踌躇的，向这边一个大翻身，你便得头冲下脚冲上，倒栽在一丈以外，功夫好的方可不受重伤，功夫差的说不定就这么一下送了性命。”秋野此时右手闲着，原可对霍元甲的头顶打下，只因全身骑在霍元甲臂膀上，恐怕这一拳打下，恼得霍元甲真个使出那大翻身的打法来，失面子尚在其次，恐怕摔伤要害，只好骑在臂膀上不动，勉强笑着说道：“好啦，请放下吧！”

霍元甲若是和没有交情及不知道品性的本国人，是这般比试，将举起的人放下的时候，至少也得抛掷数尺以外，以免人家在落地后猛然还击一手，此番因是日本人，又觉得秋野来意表示非常恳切，并且双方都带着研究性质，不是存心决胜负、比能耐，以为秋野断不至有趁落地时还击的举动，听秋野说出请放下的话，即将臂膀一落。不料秋野双脚刚一点地，右手已一掌朝霍元甲胸前劈下，出其不意，已来不及避让，只得反将胸脯向前挺去，笑喝一声“来得好！”秋野这一掌用力太猛，被挺得不及退步，一屁股顿在地板上，浑身都震得麻了。霍元甲连忙双手扶起笑道：“鲁莽，鲁莽！”秋野满面羞惭的，拍着身上灰尘说道：“这大蹧跤的方法，果是我国柔术中没有的，将来我与霍先生来往的日子长了，得向霍先生多多请教。我学了回国之后，还可以把现在柔术改良。”

霍元甲点头道：“这大蹧跤的方法，如果传到你贵国去，只须十年，我敢说我国蹧跤厂、善扑营的人，都敌不过贵国的柔术家。”秋野听了，吃惊似的问道：“霍先生何以见得？”霍元甲道：“我虽不曾到过日本，但是常听得朋友闲谈，日本人最好学，最喜邀集许多同好的人，在一块儿专研究一种学问，有多少学问是从中国传过去的，现在研究得比中国更好。即如围棋一门，原是中国的，一流传到日本之后，上流社会的人都欢喜研究。去年听说有一个日本围棋好手，姓名叫做什么濑越宪作，到中国来游历，在北京、天津、上海及各大埠，和中国最有名的围棋名人比赛，不仅全国没有能赛过他的，并没一个能与他下对子的。我当时以为那个濑越宪作必是日本第一个会下围棋的人，后来才知道他在日本围棋界中，地位还刚升到四段。日本全国比他强的，很多很多。”

秋野笑道：“濑越是我的朋友，他的围棋在敝国的声名很大，能力比他强的确是很多。不过蹧跤与围棋不同，贵国练蹧跤的人多，下围棋的人少，本来无论何种学问，组织团体研究，比较个人研究的力量大些。贵国从来对于围棋，没听说有像敝国一样，聚若干好手在一块儿，穷年累月研究下去的，至如蹧跤则不然。我纵承霍先生的盛意，将大蹧跤的方法传授给我，我能实在领略的，至多也不过十分之五六，回国后无论如何研究，断不能胜过中国。并且我还有一种见解，不知道霍先生及诸位先生的高见怎样。我觉得现在世界各国，轮轨交通，不似几十年前，可以闭关自守，不怕外国侵略。西洋各国的科学武器，远胜东亚各国，我们东亚的国家，要想保全将来不受西洋人的侵略，我日本非与中国实行结合不可。中日两国果能实行结合，彼此都有好处。于今我国有识之士，多见到了这一层，所以允许中国送多数的学生，到日本各学校及海陆军留学。若霍先生以我这见解为然，必愿意把大蹪跤的方法传授给我，使我日本的柔术更加进步。”

彭庶白听了，忙答道：“我平日正是这般主张，中日两国倘能真心结合，无论欧美各国如何强盛，也不能占东亚的便宜。秋野先生这见解极对。”秋野见彭庶白赞成他的话，很高兴的穿了衣服，殷勤问霍元甲，带回的药服完了没有？霍元甲也穿好了衣，将药瓶取出交还秋野道：“已按时服完了。因身体上不觉得有什么不舒适，我打算暂时不服药了，横竖暂时不能清静休养。”秋野摇手笑道：“这装药水的瓶子用不着退还，今天在这里叨扰得太久了，改日再来领教。”说毕，欣然作辞而去。

秋野走后，农劲荪问霍元甲道：“四爷觉得秋野这人怎样？”霍元甲道：“他的品性怎样，我和他才会过两面，不敢乱说，只觉得他想与我拉交情的心思很切，目的大半是为要与我研究武艺。有一桩事，可以看出他这人的气度很狭小。我方才一手举起他的时候，原不难随手将他抛到几尺以外，为的他是个日本人，特别对他客气些。谁知道他竟乘我不备，猛劈我一掌。他这人的气度，不是太狭小吗？”

农劲荪笑道：“日本人气度狭小，不仅这秋野一人，普通一般日本人，气度无不狭小的。而且普通一般日本人，说话做事，都只知道顾自己的利益，不知道什么叫做信义，什么叫做道德。”彭庶白笑道：“孔夫子说的：‘十室之邑，必有忠信’，不见得日本全国的人，都是不知信义道德的。像秋野这个日本人，说他气度小，我承认不差；若说他简直不知道信义、道德，恐怕是农爷脑筋里面，还夹着有因甲午一役，不欢喜日本人的意味。”

农劲荪点头道：“我这话是就多数的日本人立论，不是指定说秋野。至于秋野所说中日实行结合的话，我也是不反对的，但是我觉得一国和一国结交，也和一个人和一个人结交一样，第一要性情相投。我中国大多数人的性情，与日本大多数人的性情，完全不相同，要实行结合，是办不到的。我看秋野说这话，无非想说得四爷把大蹪跤的方法，愿意传授给他罢了！”说时，回头望着霍元甲问道：“四爷究竟愿意传授给他么？”

霍元甲道：“我霍家的祖传武艺，历来不传授外姓人的。这蹪跤的功夫，本用不着我秘密，要传给他也使得，不过他下地的时候，不应该劈我那一掌。便是中国人有这般举动的，我也不会传他武艺，何况他是一个日本人？任凭他说得如何好听，我只敷衍着他罢了！”农劲荪道：“好呀！日本人是断乎传授不得的。”

彭庶白坐了一会儿，正待作辞回去，忽见霍元甲脸上，陡然显出一种苍白的病容，用手支着头靠桌子坐着，一言不发，额上的汗珠一颗颗流下来，连忙凑近身问道：“四爷的病又发了吗？”霍元甲揩着汗答道：“发是发了，但还受得了。”农劲荪也近前看了看说道：“可恨秋野这东西，四爷的身体，经他检查过，他是劝告不可劳动，他却又生拉活扯的要研究蹭跤。四爷不应对他那么客气，刚才那一手将他举起来，离地有二三尺高下，当然得用一下猛力。本应静养的病，如何能这么劳动？”霍元甲道：“我原是不相信这些话，并非对他客气，请农爷和庶白兄都不须替我担心。今天不似前两次厉害，我脱了衣服睡一会儿，看是怎样再作计较。”

刘振声忙伺候霍元甲上床安睡，这番尚好，痛不到一小时，便渐渐停止了。从这日以后，霍元甲怕病发了难受，不论有何人来访，也不敢再劳动体力。好在报纸上尽管天天登着广告，并无一个人前来报名打擂。时光流水，一个月摆擂台的时期，转眼就满了。这天正是满期的一日，霍元甲在前两日，就发帖约了上海一般会武艺的名人，及新闻记者、教育界、商界负声望的人物，这日到场收擂。农、霍二人都演说了一番，并要求到场的南北武术名家，各就所长的武艺表演了一番，然后闭幕。

霍元甲这次摆擂，倒损失了不少的钱，回到寓中，心里好生纳闷。农劲荪知道他的心事，正在房中从容劝慰，猛听得门外有一个山东口音的人，厉声喝问道：“这里面有霍大力士吗？谁是霍大力士，就出来见见我。”霍元甲很惊讶的立起身来，待往外走，农劲荪已起身拉霍元甲坐下说道：“四爷不用忙，这人的声音都凶暴的骇人，且让我去瞧瞧。”话没说了，外面又紧接着问道：“谁是霍大力士，姓霍的不在这里面么？”

农劲荪已走到了门口，撩开门帘一看，倒不禁吓了一跳，只见堵房门站着一个人，身躯比房门的顶框还要高过五六寸，脸色紫黑如猪肝一般，一对扫帚也似的粗眉，两只圆鼓鼓的铜铃眼，却是一个小而且塌的鼻子，身穿一件灰色土布长齐膝盖的棉袍，腰系一条蓝土布腰带，挺胸竖脊的站着，就像一座开道神。这种身躯，这种面貌，已足够使人看见吃惊了，再加上满脸的怒容，仿佛要把一个人横吞下去的神气，更安得不使农劲荪惊吓？当下也提高了嗓音回问道：“你是谁，要找霍大力士干吗？”

这人翻动两只红丝布满了的眼睛，向农劲荪浑身上下打量几眼，问道：“你就是霍大力士么？我是来会霍大力士的，不见着姓霍的，我在这里没得话说。”农劲荪看这人，虽是极凶横粗暴的样子，只是一眼便可看出是个脑筋极简单、性情极蠢笨的莽汉，刚待问他，找霍大力士是不是要打擂，话还不曾说出，霍元甲已从身旁探出头来说道：“你要找姓霍的便是我，我叫霍元甲，却不叫做大力士。”这人毫不迟疑的，伸手指着霍元甲，盛气说道：“正是要找你，我怕你跑了，不在上海。”

这人好像一口气跑了几十里路，说话时气喘气促，满嘴唇都喷着白沫。霍元甲虽明知这人来意不善，然既是上门来访，只得勉强赔着笑脸说道：“我平白的跑向哪里去，请进来坐吧！”让这人进了房间，问道：“请问尊姓大名，找我有什么贵干？”这人不肯就坐，指点着自己的鼻尖说道：“我是张文达，我找你是为替我徒弟报仇来的。你知道么？你打死了我的徒弟，你说我张文达肯和你善罢干休么？今天找你定了。”

霍元甲看了这傻头傻脑的神气，听了打死他徒弟的话，不由得惊异道：“张先生不是找错了人么？我姓霍的虽常和人动手，但是从来不曾下重手打伤过人，何况打死呢？张先生的高徒姓什么，叫什么名字？在什么地方和我打过，被我打死了？不必气得这模样，请坐下来从容的说。”

张文达被这几句话说的和缓了些儿，就身边一张靠椅，竖起脊梁坐着答道：“你打死了人是赖不掉的，我徒弟的姓名，不能随便说给你听。你在上海动手打他的，你有多大的能耐，敢在上海自称大力士，摆擂台打人，我徒弟是来打擂台的。”霍元甲更觉诧异道：“我对谁自称大力士？摆擂台是不错，摆设了一个月，然这一个月中间，广告钱还不知费了多少，全国并没有一个人来打擂，唯有在开台的那一日，有一个自称东海人姓赵的，与我玩了几下，那种打法，非但说不上是打擂，比人家练习对手还来得斯文，除了那个姓赵的而外，连第二个人的影子也没见过，休说动手的话。”

张文达在自己大腿上猛拍了一巴掌，说道：“得啦，得啦！气煞我了。那姓赵的便是我的徒弟，你能赖掉说没打他么？”霍元甲心想世间竟有这样不懂世故、不讲情理的人，怪道那个东海赵也是一个尽料的浑小子，原来是这种师父传授出来的。仍按住火性说道：“我既是在这里摆擂，不用说我不曾用可以打死人的手打人，便是真有人被我当场打死了，也是出于这人情愿，我无须抵赖。你徒弟是何时死的，死在哪里，你凭什么说是我打死的？”

不知张文达怎生回答，且待下回再说。

总评：

吾国各种艺术之所以不能日向进步之途，驯至有失传之可虞，一言以蔽之，皆为自私自利，及绝端保守秘密、不肯公开之二念所误也。试观之于本回中，若胡鸿美之于胡氏二昆仲，既得邂逅相逢，又复天公作美，居然得联师弟之谊，不可谓非一时之缘法。益以胡氏二昆仲，具有非常之美质，即胡鸿美亦谓其为千万人中而不可一二遇者，似此际遇，宜若可以其一身之绝技八拳传之矣。讵以一念之私，当至紧要之处，徒用空言搪塞，而吝不之教，致二胡未克竟其所学，而八拳之名，亦遂若存而若亡。非然者，以二胡之质美而好学，安知其不能将此八拳发挥而光大之乎？良足慨矣！

胡大鹏以于练功劲一道，未得其师之传授，不能毕其所学，乃不惮遍走天涯，求名人之指点，可谓有志之士。惜乎，霍元甲一经与胡丽珠试手以后，虽已知此一路拳缺点之所在，然以八拳非所习，仍不能举具体方法以告之，只能使之失望而去。是则不特霍元甲，恐即一般读者，亦皆为之怅怅不已者也。

写霍元甲之与秋野表演蹭跤一节，不特二人间之艺事，大有天渊之别，正亦见霍元甲存心若何之忠厚。若秋野者，为求胜起见，为遮羞起见，竟思乘隙以施毒手，居心太不可问，诚属小人之尤。然而，彼欲于霍元甲之前弄此狡狯，不啻班门弄斧，亦太不知自量矣，宜反因之而自取其辱也。

本回末，忽又有莽汉张文达之出现，声言欲为其徒东海赵报仇，是又使当前之情势，为之骤然一紧张，而使一般读者，咸知定有如火如荼，又好看、又热闹之一篇文章在其后。

第八十回

张文达巧遇阔大少　金芙蓉独喜伟丈夫

话说张文达当下说道：“你不抵赖很好，我徒弟的仇是要报的。我徒弟被你打得气死了。”霍元甲道：“气死了吗？打擂打输了，有什么可气，更何至一气便死。”张文达愤然说道：“你打赢了的自然不气，我徒弟简直气得快要死了。”霍元甲哈哈笑道：“原来是气的快要死了，实在并不曾死，你张先生这种来势已属吓人，这种口气，更快要把我们吓死了。我劝张先生暂时息怒，请听我说说那日高徒和我动手的情形，休被他一面之词所误。我霍元甲虽是在上海摆设擂台，只是本意并非对中国会武艺的人显本领。那日你那高徒上台的时候，我同事的接着他，请他在签名的簿上签名，他不作理会，来势比你刚才还要凶狠。我摆擂台的规矩，无论什么人上台打擂，都得具一张生死切结，伤了自治，死了自埋，两方都出于自愿。你那高徒彼时就不肯具结，我因见他不肯具结，便将我摆擂台是等外国人来比赛的意思说给他听，并请他帮我的忙，有本领留着向外国人跟前使用，不料他不由分说，非与我见个高下不可。我见他执意要打，还是要他先具结，他这才在结上签了个‘东海赵’的名字，他既签了名，我不得不和他动手。第一次我与他玩了一二百个回合，以为给他的面子很足了，停手对他说：‘你我不分胜负最好。’谁知他不识进退，误认打一二百个回合，是他的能耐，硬要打倒在地才罢。我想他是一个年轻的人，好名心切，而且练到他这种胆量也不容易，我摆擂台既不是为在中国人跟前显本领，又何苦将他打败，使他怀恨终身呢？所以第二次和他动手，就陪他一同跌倒在台上，对他说这下可以罢手了，仍是不分胜负最好。真想不到他心粗气浮，还不明白我的用意，定要跌倒一个，分了胜负才肯罢手。我那时当着成千累万的看客，太顾了他的面子，便不能顾我自己的面子。第三次动起手来，我只得对不起他，请他跌了一跤。他究竟是少年人，火性太大，跌了那一跤之后，气得连话都说不出，掉头就跑了。我想多留他坐一会儿，他睬也不睬。于今凭你张先生说，我有什么地方对不起他？”

张文达听了这番话，气得满脸通红，张开口嚷道：“得哪！不用说了，再说连我也要气死了。你摆的是擂台，巴不得有人来打，既不愿意与中国人打，就不应该摆擂台。我徒弟没能耐，打不过你。哪怕被你三拳两脚打死了，只算他自己讨死，不能怪你，我断不能找你说报仇的话。你为什么拿他开心，存心教他当着成千累万的看客丢面子？你还说不是想在中国人跟前显本领，你为要打的时间长久，使花钱看打擂的人开心，故意不使我徒弟倒地，现在却还向我讨好，显得你是不忍败坏我徒弟的名誉。也凭你自己说，你这种举动，不气死人吗？”

霍元甲也气得脸上变了色说道：“你这人说话，实在太不近情理了。我对你徒弟的一番好意，你倒认做恶意，你说我为要打的时间长久，使花钱的看客开心，你可知道你徒弟是自己上台来打的，不是我请他上台的。你徒弟不愿意丢面子，谁教他当着成千累万的看客上台打擂？你平日不逼着你徒弟把武艺练好，此时却来责备我不应该打败他，你自己不知道害臊，我倒有些替你难为情。”这几句话，说得张文达暴跳如雷，一步抢到房中，站了一个架式，咬牙切齿的指着霍元甲骂道：“你来，你来！是好汉，和我拼个死活。”

农劲荪至此委实忍耐不住了，也跳到房中，将两条胳膀张开说道：“你这人也忒不讲理了，你便是要替你徒弟报仇，也得思量思量你徒弟是如何打输的。你徒弟是在擂台上，当着成千累万的看客，丢了面子，你若真心要把那丢失的面子收回来，自然也得在擂台上和霍先生较量，打赢了方有面子。于今你跑到这里来动手，输赢有几个人知道？”

张文达见农劲荪这般举动，不由得翻起两眼望着，呆了好一会儿才说道：“你是谁？干你什么事？我是要打姓霍的。”农劲荪道：“你不必问我是谁，你要知道姓霍的既敢来上海摆擂台，断不怕你来打。你不要弄错了，我是为你设想的。你若自问没有能耐，不是姓霍的对手，我就劝你打断这报仇的念头，悄悄的回去，免得丢脸怄气。如果自信有几成把握，便不值得躲在这里打了，还是收不回你徒弟已失的面子。”

张文达听了，连忙收了架式，双手向农劲荪抱拳说道：“你这话果然有理，我粗心不曾想到。我离家几千里到上海来，为的就是要收回这点面子。好！我明天到张园打擂台吧。”霍元甲笑道：“你来的太不凑巧了，我摆一个月的擂台，今天刚刚满期，把台收了，不能为你一个人，又去巡捕房请照会，重新再摆一回擂台。”张文达愕然说道：“那么教我去那里打呢？”农劲荪道：“这不是很容易的事吗？姓霍的可以摆得擂台，难道你姓张的便不能摆擂台吗？”霍元甲接着说道：“好极了！你去摆擂台，我来打擂台。”

张文达本是一个粗人，初次到上海来，不知道租界是什么地方，巡捕房是干什么事的，更不知道摆擂台，有去巡捕房请照会的必要，以为只要自己有摆擂台的本领，便可以在上海摆擂台。当下也不及思索，即一口答应道：“就这么办吧！我摆下了擂台，你姓霍的若不上台来打，我自会再来找你算账。”霍元甲笑道：“我岂有不来之理？”张文达怀着满肚皮愤怒之气，走了出来，也不顾霍元甲、农劲荪二人在后送客。

农劲荪送到客寓门外，见他不回头，只得高声喊道：“张先生好走。”张文达回头看见，才对二人拱手道：“对不起，再会！”霍元甲笑向农劲荪道：“这人怎粗鲁到这般地步？”农劲荪点头笑道：“他和东海赵两个，不仅是师徒，并像是父子，性情举动都一般无二。这种粗鲁人，依我看来，本领纵好也很有限。”

且说张文达一路回到法租界永安街，一家山东人所开设的客栈里，独自思量，不知道擂台应如何摆法，只得找着客栈里账房山东人姓魏的问道：“你知道霍元甲在张家花园摆擂台的事么？”魏账房随口答道：“怎么不知道？开台的那日，我还亲自去张园看了呢。”张文达道：“你知道很好。我且问你，我于今也要照霍元甲一样，摆那么一座擂台，请你替我计算计算，应该怎样着手？”

魏账房听了，现出很诧异的神气，就张文达上下打量了几眼问道：“你也要摆擂台吗，摆了干什么？霍元甲擂台开台的那日，我去听他说过，因与英国大力士订了比赛的约，所以摆设擂台，等待各国的大力士，都可以上台较量，难道你也与外国大力士订了约吗？”张文达摇头道：“不是。”接着将要替徒弟报仇，及往见霍元甲交涉的情形说了一遍道：“他姓霍的既可以摆擂，我姓张的也可以摆得。”魏账房问道：“你已经应允了霍元甲，摆下擂台等他来打吗？”张文达道：“他说他的擂台已经满期，教我另摆一座，我自然答应他。”

魏账房吐了吐舌头说道：“好容易在上海摆一座擂台，至少没有几百块钱，休想布置停当。你仅为替徒弟报仇，何苦答应他费这么大的事？”张文达不由得也伸了伸舌头说道：“摆一座擂台，为什么要花这么多钱？我又不买一块地，不买一栋房屋，只借一处地方，用芦席胡乱搭一座台，这也要花几百块洋钱吗？”魏账房笑道：“你以为上海也和我们家乡一样吗？上海不但买地贵的骇人，就是暂时租借一个地方，价钱也比我们家乡买地还贵。摆擂台为的是要得声名，不能摆在偏僻的地方，所以霍元甲的擂台，摆在张家花园。张家花园是上海最有名的热闹地方，每日到那花园里面游玩的男男女女，也不知有几千几万。那里面的地方，租价比别处更贵，用芦席搭一座台，周围得安设许多看客的座位，你说这是容易的事么？并且还有一件最紧要的事，不但得花钱，而且巡捕房里须有熟人，才能办到。就是捕房允许你摆擂台的执照，若没有领到那张执照，你便有天大的本领，也不能开张。”

张文达很懊丧的问道：“你知道霍元甲领了执照吗？”魏账房道：“不待说自然领了执照。休说摆擂台这种大事须领执照，就是肩挑手提的做点儿小生意，都一般的得到捕房领执照。霍元甲若不是执照上限定了时间，为什么说满了期不能再打呢？你糊里糊涂的答应下来，据我看没有几百块钱，这擂台是摆不成的。”

张文达摇头叹气道：“照你这般说来，我这一遭简直是白跑了，我一时哪来的几百块钱，就有钱我也不愿意是这么花了。”魏账房道：“我替你想了一个省钱的方法，你刚才不是说霍元甲教你摆擂台吗？你明日再去与霍元甲商量，他摆的擂台，期满了无用，得完全拆卸，你去要求他迟拆几日，也许他肯与你通融。有了现成的擂台，只要去捕房请领执照，便容易多了，不知你的意思怎样？”张文达道：“他肯借给我，自然是再好没有了，不过我摆擂台，为的是找着他替我徒弟报仇，他便是我的仇人。我今天与他见面就抓破了面孔，明天已不好意思到他那里去，就去也不见得肯借给我。”魏账房道："你这话也有道理，不借他的台，简直没有旁的办法。"

张文达闷闷不乐的过了一夜，次日虽仍是没有办法，但他心想何不且到张园去看看，倘若霍元甲的擂台不曾拆卸，拼着碰钉子也不妨去和霍元甲商量一番。主意已定，便独自向张园走去。

原来张文达昨日已曾到张园探望，只因时间太晏，霍元甲已同着许多武术名人，举行过收台的仪式了，张文达扑了一个空，所以打听了霍元甲的寓所，前去吵闹了那么一次。今日再到张园看时，拆台的手脚真快，早已拆卸得一干二净，仅剩了些还不曾打扫清洁的沙土，和竖立台柱的窟窿，可以依稀隐约看得出是搭擂台的旧址。

张文达在这地方徘徊了好一会儿，没作计较处，此时到张园里来的游人渐渐多了，张文达也跟着四处游行了一阵，忽走进一所洋式的房屋里面，只见一个大房间里，陈设着许多茶桌，已有不少的游客，坐着品茶。张文达自觉无聊，拣了一个座位坐下。堂倌走过来招待，他初到听不懂上海话，也不回答，翻起两只火也似的眼睛，将各座位上游客望了几望，忽紧握一对拳头，就桌上擂鼓般的擂了几下，接着怪叫一声道："哎呀呀！气煞我了，好大胆的霍元甲，敢在上海摆擂台，冒称大力士。他姓霍的小子，算得什么，能打得过我张文达这一对拳头，才配称真的大力士。他姓霍的欺上海没有能人，敢登报胡说乱道，上海的人能饶过他，我张文达却不能饶他。"

当张文达擂得桌子一片响的时候，一般品茶的游客，都同时吃了一惊，一个个望着张文达。见张文达和唱戏的武生，在台上说白一样，横眉怒目的一句一句说下去，越说越起劲，多有听不懂山东话的，大家互相议论。众游客中忽有两个年纪都在二十五六岁、衣服穿得极漂亮，使人一望便知道是两个富贵家公子的人，起身离开茶桌，走近张文达跟前，由一个身材瘦长的开口"呔"了一声说道："你这人是哪里来的，姓什么叫什么名字？"

张文达虽然是一个莽汉，但是这两个富贵气逼人的公子，他还是一般的看得出不是寻常人，当下便停了口，也起身答道："我是山东人，姓张名文达。"这公子问道："你为什么跑到这里来大骂霍元甲？霍元甲是我中国第一个好汉，在这张园摆了一个月擂台，始终没有对手，你既骂他不配称大力士，为何不上擂台去打他，却等他收了台，又来这里大骂？"

张文达此时倒不粗鲁了，连忙赔笑问二人贵姓。这瘦长的指着同来的道："他是上海有名的顾四少爷，我姓盛，你到上海滩打听我盛大少爷，不知道的人，大约很少。"张文达连连拱手说道："两位少爷请坐，听我说来。我这回特地从山东赶到上海来，就是要打霍元甲的擂台，无奈动身迟了，路上又耽搁了些日子，昨天赶到这里，恰好霍元甲的擂台收了。"盛大少爷问道："你见过霍元甲没有？"张文达道："怎么没见过？"盛大少爷又问道："你以前曾与霍元甲打过没有？"张文达道："我自己不曾和他打过，我徒弟和他打过。"顾四少爷问道："你徒弟和他打，是谁打赢了呢？"张文达道："我徒弟的武艺本来不大好，但是和他打三回，只输了一回，有两回没有输赢。"盛大少爷问道："你能有把握一定打赢霍元甲么？"张文达昂头竖脊的说道："我山东从古以来，武艺好的极多，我在山东到处访友，二十年来没有逢过对手。两位与我今天初次见面，听了必以为我是说夸口的话，我的武艺，不但打霍元甲有把握，除却是会邪法的，能念咒词把人念倒，我便打不过；若说到硬功夫，就比霍元甲再高超一筹的，我也不怕打不过他。"

顾四少爷只管摇头说道："你究竟有些什么本领，敢说这种大话？我实在有点儿不相信。你有些什么本领，这时候能显一点儿给我们看看么？"张文达一面踌躇着，一面拿眼向四处张望道："我的本领是带在身上跑的，随便什么时候都可以显得，不过这里没有我的对手，凭空却显不出来。"说话时一眼望见门外堆了许多准备造房的基石，即伸手指着笑道："旁的本领，一时没有法子显出来，我且显一点儿硬东西给两位看看。"随说随往外走。

盛、顾二人以及许多游客，都瞧把戏似的跟着拥到门外，顿时围了一大圈的人。张文达朝那一大堆基石端详了一阵，指着一块最大最厚的问众人道："你们诸位的眼力都是很好的，请看这一块石头，大约有多少斤重？"有人说道："这石头有四尺多长，二尺来宽，一尺五寸厚，至少也有七八百斤。"张文达点头道："好眼力。这块石头足有八百多斤，我于今要把这块石头举起来，诸位可相信我有不有这么大的力量？"

在场看的人无一个不摇头吐舌道："像这样笨重的石头，如何能举起？"张文达笑道："举不起便算不了硬本领。"说时将两手的衣袖一挽，提起一边衣角，纳在腰带里面，几步走近那石头旁边，弯腰勾起食指，向石头底下泥土扒了几扒，就和铁锹扒土一般，登时扒成一条小土坑，能容八个指头伸进去，张文达双手插进小土坑，托起石头，只将腰肢往上一伸，石头便跟着竖立起来。接着用左手扶住一端，右手向石头中腰一托，这块足有八百斤重的石头，实时全部离地，横搁在张文达两手之上，换了一口气，只听得牛鸣也似的一声大吼，双手已趁这一吼之势，将石头高高举起。

盛、顾两位少爷和一大圈的游客，不知不觉的同时喝了一声："好！"张文达举起了这石头，并不实时放下，回转身来朝着盛、顾二人说道："我不但能这么举起，并且能耍几个掌花。"边说边将右掌渐渐移到石头正中，左手往前一送，石头在掌上就打了一个盘旋，只吓得围着看的游客，纷纷后退，唯恐稍不留神，石头飞落下来，碰着的不死也得重伤。盛、顾二人看了也害怕，连连摇手止住道："算了吧！这样吓死人的掌花不要再耍了。"

张文达只得停手，缓缓将石头就原处放下笑道："怕什么？我没有把握，就敢当着诸位干这玩意儿吗？我这是真力气，一丝一毫都不能讨巧，不像举石担子的，将杠儿斜竖着举上去，比横着举起来的轻巧得多。那杠儿的长短粗细，都有讨巧的地方，像我举这种石头，一上手便不能躲闪。霍元甲不害臊，敢自称大力士，诸位先生多亲眼看见他在这里摆了一个月擂台，究竟曾见他这个大力士实有多大的气力，这石头他能像我这样在一只手上耍掌花么？"盛大少爷说道："霍元甲在这园里摆擂台，名虽摆了一个月，实在只仅仅摆了一天，就是开台的那天，跳出一个人来，上台要和霍元甲较量，听说那人不肯写姓名，要先打后说名姓，霍元甲坚执要先写名姓后打。争执好一会儿，那人只肯说姓赵，东海人，名字始终不肯说。霍元甲没有法子，只好跟那姓赵的打，第一回姓赵的打得很好，腾挪闪躲的打了不少的回合。霍元甲忽然停手不打了，恭维姓赵的功夫好，劝他不要存分胜负的心。姓赵的不依，定要再打，第二次也还打的好看，打了一阵，姓赵的跌倒在台上，不知怎的霍元甲身体也往旁边一歪，跟着跌倒了。霍元甲跳起来，又劝姓赵的不要打了，姓赵的还是不依。第三次打起来，姓赵的武艺，毕竟赶不上霍元甲，接连打了那么久，大约是累乏了，动手只一两下，就被霍元甲拉住了一条腿，顺手一拖，连脚上穿的皮靴都飞起来了。我那时坐在台下看，那皮靴正掉在我同坐的一个姓柳的朋友面前。姓柳的朋友也是一身好武艺，眼捷手快，当下一手便将皮靴接住，对姓赵的抛去，手法真巧，不偏不斜的正抛落在姓赵的头顶上。一时满座的看客，都大笑起来，只笑得姓赵的羞惭满面，怒气不息的走了。从那天打过这么三次后，直到昨天收台，不曾有第二个人打擂，霍元甲也不曾在台上显过什么本领，实在霍元甲的气力怎样，我们不知道。”

顾四少爷道：“我看气力的大小，与身体的大小有很大的关系。身材高大的人，十有八九气力也大；身材矮小的人，气力也小。霍元甲的身材，比较这位张君矮小多了，他的气力纵然强大，我想断不及张君。”张文达道：“我就不服他自称大力士，并且在报上夸口，说自己的本领如何高强，虽铜头铁臂的好汉也不怕，所以倒要和他碰碰。盛大少爷那天看见和他打的东海赵，就是我的徒弟。我那徒弟的气力很小，连一百斤的石头也举不起，从我才练了四五年的武艺，他原是一个读书的人，每天得读书写字，不能整天的练功夫。我的徒弟很多，唯有这姓赵的武艺最低，最没把握。他到这里来打擂，并不是特地从山东准备来的，他因有一个哥子在朝鲜做买卖，他去年到朝鲜看他哥子，今年回来打上海经过，凑巧遇着霍元甲摆擂。他看了报上夸口的广告，心里不服，年轻的人一时气愤不过，就跳上台去。原打算打不过便走，不留姓名给人知道，他也自知打不过霍元甲，但是不知道霍元甲的本领究有多大，想借此试探一番。我这回到上海来，一则要替我徒弟出这一口恶气；二则要使霍元甲知道天下之大，能人之上更有能人，不可目空一切，登报吹那么大的牛皮。他霍元甲不长着三头六臂，不是天生的无敌将军，如何敢说铜头铁臂也不怕的大话？”

盛大少爷听了现着喜色说道：“你这话一点儿不错。我当时看了那广告，心里也有些不服，不过我不是一个练武艺的人，不能上台去和他拼个胜负。我也不相信这么大的中国，多少会武艺的人，就没有能敌得过他霍元甲的。我逆料必有能人出头，三拳两脚将他打败，但是直到昨日整整的一个月，却不见有第二个人来打擂，那报上的大话，居然由他说了。我心里正在纳闷，今天你来了很好，我老实对你说吧，霍元甲这东西，我心里很恼他。他不仅在报纸上吹牛皮，他本人的架子还大得了得。我因为钦佩他的武艺，又羡慕他的声名大，托人向他去说，我愿意送他五百块钱一个月，延请他到我家里住着，一来替我当护院，二来请他教我家小孩子和当差的拳脚功夫，谁知他一口回绝不肯。后来我探听他为什么不肯，有人说给我听，他练了一身武艺，要在世界上当好汉，不能给人家当看门狗。你看他这话不气煞人么？练了一身武艺，替人家当护院的，不论南北各省都有，难道那些当护院的，都不是好汉吗，都是给人当看家狗吗？他不过会几手武艺，配搭这么大的架子吗？所以我非常恼他，你放胆去和他打，你能将他打败，我立刻也送你五百块钱一个月，延请你住在我家中，高兴教教拳，不高兴不教也使得。”

张文达听了，喜得手舞足蹈的说道：“打霍元甲是很容易的事，我若自问打不过他，也不巴巴的从山东到这里来了。不过我昨天曾到霍元甲住的客栈里，见了他的面，本想就动手打翻他，无奈和他同住的一个穿洋服的人，跳出来将我拦住，说要打须到擂台上打，客栈里不是打架的地方。我心想不错，我徒弟是在擂台上被他打败的，我要出这一口气，自然也得在擂台上当着许多看的人，把他打败，因此我就答应了他，约他今天打擂。他才说出他的擂台，只能摆一个月，到了期一天也不能多打，教我重新摆一座擂台，一般的登报，他来打我的擂台。我当时不知道上海的规矩，以为摆一座擂台，不费多大的事，答应了他出来之后，打听方知道是很麻烦的一桩事，于今我摆不成擂台，便不能和他比较。”

盛大少爷笑道：“摆一个擂台，有什么麻烦。我在上海生长，倒不知道上海有些什么规矩，你向何人打听了一些什么规矩，且说给我听听。”张文达道：“第一就难在要到巡捕房里领什么执照，这执照不但得花多少钱，巡捕房里若是没有熟人，就有钱也领不出来。没有执照，不问有多大本领的人，也不能在上海摆擂台。”盛大少爷点头笑道：“还有第二是什么呢？”张文达道：“第二就是租借摆擂台的地方。”盛大少爷道：“租借地方有什么麻烦呢？”张文达道：“这倒不是麻烦，只因好的地方价钱很贵。”盛大少爷哈哈笑道：“还有第三没有呢？”张文达道：“听说在上海搭一座擂台，得花不少的钱。”盛大少爷道：“没有旁的规矩了么？”张文达点头道：“旁的没有了。”

盛大少爷一伸手拉住张文达的手，仍走进喝茶的地方，就张文达所坐的座位，一面吩咐堂倌泡茶，一面让张文达和顾四少爷坐下说道：“只要没有旁的规矩，只你刚才所说的，算不了一桩麻烦的事。你尽管放心，包在我身上，三天之内，给你一座极漂亮的擂台。只看你的意思，还是摆在这园里呢，还是另择地方呢？”

张文达只喜得心花怒放，满脸堆着笑容说道："我昨日才初次到上海来，也不知道上海除了这张园，还有更好的地方没有？"顾四少爷说道："上海的好地方多着，不过你于今摆擂台，仍以这园为好。因为你徒弟是在这园里被霍元甲打败的，你来为报仇，当然还摆在这里。你的运道好，或者也是霍元甲活该要倒霉了，鬼使神差的使你遇着我们这位盛大少爷。怪不得你说摆擂台，是一桩很麻烦的事，若不是遇着盛大少爷一时高兴，替你帮忙，无论遇着谁都办不到。你知道霍元甲为摆这一个月擂台，花费了多少钱么？有许多朋友替他奔走出力，除了卖入场券的收入，还亏空了二千多块钱。他明知摆擂台不是一件容易的事，断不是你这个初从山东到这里来的人所能办得了的，故意拿这难题目给你做，估量你手边没有多钱，出头露面的朋友又少，摆擂台不成功，看你怎好意思再去找他。"

张文达不觉在桌角上拍了一巴掌说道："对呀！顾四少爷这番话，简直和亲眼看见霍元甲的心思一样，他和我徒弟打过，知道我是专为报仇来的，不敢随便和我动手。他于今自己觉得是享大名的好汉了，恐怕败在我手里，以后说不起大话，所以我不明白上海情形，拿着摆擂台的话来使我为难。我那客栈里的魏账房，怪我不该胡乱答应，我心里懊悔，却没有摆布他的方法，真难得今日遇着两位少爷。"

盛大少爷道："霍元甲决想不到你居然能在上海，三天之内摆成擂台。他忽然看了报上的广告，就得使他大吃一惊。霍元甲没有摆擂台以前，上海有谁知道他的姓名？自从在各种报纸上登载摆擂台的广告以后，不但人人知道他霍元甲是一个好汉，并且当开台的那几日之内，全上海的人，街谈巷议，无不是称赞霍元甲如何如何英雄，此刻更是全国的人称赞他了。你于今初到上海，正和霍元甲初到上海一样，也是无人知道你的姓名，只要擂台摆好，广告一经登出，声名就出去了。既特地摆设一座擂台，自然不仅霍元甲一个人来打，各报馆对于打擂台的情形，刊载的异常详细明白，即如你那徒弟与霍元甲相打时的手法姿势，各报上都记载得明明白白，将来霍元甲及其他来打擂台的，与你相打的手法姿势，不待说各报都得记载。你能把霍元甲打败，这声名还了得吗？我家里多久就想延请一个声名大、武艺好的人，常年住在家中，我有事出门的时候，便跟我同走，这种人在你北方称为护院，在我南方称为保镖。于今武艺好的也不少，只是少有声名大的，延请保镖的人声名越大越好。我南方有句俗语‘有千里的声名，就有千里的威风’，有大声名的人保镖，流氓强盗自然不来下手，若已经来了，全仗武艺去抵挡，就不大靠得住了。”

张文达喜得摩拳擦掌的说道：“我们会武艺的人，要凭硬本领打出大声名来，是很不容易的。像霍元甲这样在报上瞎吹一阵牛皮，摆一个月擂台，仅和我的小徒打了一架，便得这么大的声名，实在太容易了。盛大少爷肯赏面子，是这般栽培我，能替我把擂台摆好，我一定很痛快的把霍元甲打翻，给两位少爷看。”

盛大少爷点点头道：“你有这么大的气力，我也相信你打得过霍元甲。你这番从山东到上海来，是一个人呢，还是有同伴的人呢？”张文达道：“我本打算带几个徒弟同来，无奈路途太远，花费盘缠太多，因此只有我一个人来了。”盛大少爷道：“你既是一个人，从此就住在我家里去吧！客栈里太冷淡，也不方便。你于今要在上海摆擂台出风头，也得多认识上海几个有名的人，让我来替你介绍见面吧！”说时回头望着顾四少爷道：“我今晚去老七那里摆酒，为张君接风，趁此就介绍几个朋友给他见见。我此刻当面邀你，便不再发请帖给你了。”

顾四少爷笑道：“张君从今天起就到你府上去住，你随时都可以款待他，今晚的接风酒，应得让我做东，我也得介绍几个朋友，好大家替他捧捧场面。我的酒摆在花想容那里，他家房间宽大，可多邀些朋友。”盛大少爷还争执了一会儿，结果拗不过顾四少爷，就约定了时间，到花想容家再会，顾四少爷遂先走了。

盛大少爷付了茶点账，率同张文达出园。汽车夫开了汽车门，盛大少爷请张文达先坐。张文达在山东，不仅不曾坐过汽车，并不曾见过汽车。此时上海的汽车也极少，张文达初次见面，还不知道是什么东西，亏他还聪明，看见车里面的座位，料想必是坐的，恐怕显得乡头乡脑，给来往的人及车夫看了笑话，大胆跨进车去，不提防自己的身躯太长，车顶太矮，头上猛撞一下。气力强大的人，无处不显得力大，这一下只撞得汽车全体大震，险些儿将车顶撞破了。盛大少爷忍不住笑道：“当心些，没碰破头皮么？”

张文达被撞这一下，不由得心里发慌，唯恐撞破了车顶，对不起盛大少爷，忙将头一低，身体往下一蹲，不料车内容量很小，顾了头顶，却忘了臂膀，左转身去就坐的时候，臂膀碰在前面玻璃上，只听得“当啷”一声响，玻璃被碰碎了一块，吓得他不敢坐了，缩着身体待退出来。

盛大少爷何尝见过这种乡下粗鲁人，一面双手推着他的屁股，一面哈哈笑道：“你怎么不坐下，还退出来干什么？”张文达被推得只好缓缓的用手摸着座位，左看看，右看看，没有障碍的东西，才从容移动屁股，靠妥了座位，心想这样总不至再闹出乱子来了，放心坐了下去。哪知道是弹簧座垫，坐去往下一顿，身体跟着向后一仰，更吓得两手一张，口里差一点儿叫出哎呀来。

盛大少爷紧接着探进身子，张文达一张手正碰在头上，把一顶拿破仑式的毡帽碰落下来。盛大少爷倒不生气，越发笑得转不过气来，拾起帽子仍戴在头上说道：“你不要难为情，我这车子，便是生长在上海的人，初坐也每每不碰了头便顿了屁股，何况你这才从乡下来的呢？”

张文达红得一副脸和猪肝一样，说道：“旁的不打紧，撞破这么大一块镜子，实在太对不起你了。”盛大少爷摇头道：“这一块玻璃算不了什么！”说话时，车夫已将碎玻璃拾好，踏动马达，猛然向前疾驰。这车夫见张文达上车的情形，知道是一个乡下人，第一次坐汽车，有意开玩笑，将车猛然开动。张文达不知道将背靠紧车垫，果然被推动得往后一仰，后脑又在车上碰了一下，面上露出很惭愧的说道：“火车我倒坐过，这车不像火车，怎么也跑的这般快？”正说话时，车夫捏了两下喇叭，惊得他忙停了口，四处张望。盛大少爷看了又是一阵大笑。

张文达见盛大少爷看了他这乡头乡脑的样子好笑，越发装出一种傻态来，使盛大少爷欢喜。一会儿到了盛公馆，张文达跟着盛大少爷下车，只见公馆门开处，两旁排班也似的站着七八个彪雄大汉，一个个挺胸背手，现出殷勤迎候的样子。盛大少爷昂头直入，正眼也不望一下。张文达跟着走进一间客房，盛大少爷回头望身后已有两个当差的跟来，即指着张文达对当差的说道：“这是我请来的张教师，此后就住在公馆里，就派你们两个人，以后轮流伺候吧！你去请屈师爷来，我有话说。”一个当差的应是去了。

盛大少爷陪张文达坐了说道：“我自己不曾练武艺，但我极喜会武艺的人。我公馆里现在就有十几个把势，也有由朋友、亲戚介绍来的，也有是在江湖上卖艺的，刚才站立在大门两旁的，都是把势。他们的武艺，究竟怎样，我也不知道。我有时高兴起来，叫他们分对打给我看，好看是打得好看，不过多是分不出一个谁胜谁败来，彼此都恭维，彼此都谦逊，倒都没有平常会武艺的门户派别恶习。”

张文达问道：“霍元甲在上海摆擂台，少爷府上这些把势何以都不去打呢？”盛大少爷道：“我也曾向他们说过，叫他们各人都上台去打一回。他们说什么‘江湖上鹭鸶不吃鹭鸶肉’的许多道理来，并说这擂台断乎打不得。自己打输了，不待说是自讨没趣，枉坏了一辈子的声名；就是打赢了，也结下很深的仇恨，甚至于子子孙孙还在报复，即如唱戏的‘黄三太镖打窦耳墩’那回事。窦耳墩原来姓陈，因陈字拆开是‘耳、东’两字，从前有一个大盗，名叫窦二墩，这姓陈的也就绰号窦耳东，不知道这底细的，错叫做窦耳墩，这窦耳墩自从被黄三太打败以后，对黄家切齿之恨，据知道陈、黄二家历史的人，至今二百多年了，两家子孙还是仇人一样，不通婚姻，不通往来。他们既说得这般慎重，我也不便勉强要他们去打。”

张文达道：“我们练武艺的人，如何怕得了这许多！我们上台去打擂台的，打败了果然是自讨没趣，他摆擂台登报叫人去打，难道他输了不是自讨没趣吗？”说话时，走进一个年约五十来岁，身穿蓝色湖绉棉袍、黑呢马褂，鼻架加光眼镜，蓄八字小胡须的人来，进门即双脚比齐站着，对盛大少爷行了一个鞠躬礼，诚惶诚恐的垂手侍立不动。

盛大少爷此时的神气，不似对门口那些把势，略略点了点头道：“屈师爷，我今天无意中遇着了一个比霍元甲本领更好的好汉，你过来见见吧！就是这一位英雄，姓名叫做张文达。”随指着来人回头对张文达道：“他是我家管事的屈师爷，你以后要什么东西，对他说便了。”张文达连忙起身与屈师爷相见。好一个屈师爷，满脸的春风和气，说了许多恭维仰慕的话，盛大少爷又呼着屈师爷说道：“我于今要在三日之内，替张文达摆成一座擂台，地位仍在张园霍元甲的擂台原址，规模不妨更热闹些，也要和霍元甲一样，在各报上登广告招人来打，便多花费几文，也不在乎，只要办得快，办得妥当。这件事我就交给你去办吧！你有不明白的地方，可与他商量着办。他从山东才来，没有带行李，你给他安排铺盖。他身上这衣服，在上海穿出去太寒村，你看有谁的衣服与他合身，暂时拿一套给他穿，一会儿我便得带他到花想容那里去，明天你叫裁缝给他通身做新的。”

屈师爷听一句应一句是，偷眼望一望张文达。盛大少爷吩咐完了，他才从容对张文达道："张先生到上海洗过澡没有？我大少爷是一个最漂亮的人，张先生若不去洗澡剃头，便更换了衣服，也还是不大漂亮。"盛大少爷不待张文达开口，即笑着说道："老屈的见识不错，你快去拿衣服来，立刻带他同去洗澡、剃头。他这样蜈蚣旗一般的辫子，满脸的寒毛油垢，无论什么衣服，跑到堂子里去，实在太难为情了。"屈师爷随即退了出去。一会儿挟了一大包衣服进来，对张文达道："时候不早了，我就陪你去洗澡吧！"

张文达做梦也想不到，来上海有这种遭遇，直喜得连骨头缝里都觉得快活，当下跟着屈师爷出门，雇了两辆黄包车，到浴春池澡堂。屈师爷将他带到特别洋盆房间里，叫剃头的先替他剃头，一面和他攀谈道："张先生的武艺，既经我们少爷这般赏识，想必是有了不得的本领。"张文达笑道："我自己也不敢夸口说，有了不得的本领，不过我山东是从古有名的出响马的地方，当响马的都有一身惊人的武艺，因此我山东随便哪一县、哪一府，都有许多武艺出众的。我在山东自带盘缠，四处访友，二十多年中，不曾遇见有敌得过我的人。通天下会武艺的，没有多过我山东的，我在山东找不着敌手，山东以外的好汉，我敢说只要不长着三头六臂，我都不怕。我两膀实实在在有千斤之力，只恨我出世太迟，见不着楚霸王，不能与他比一比举鼎的本领。"

屈师爷笑道："你在山东访友二十多年，总共和人打过多少次呢？"张文达道："数目我虽记不清楚了，但是大约至少也有一千开外了。"屈师爷问道："那一千开外的人，是不是都为有名的好汉呢？"张文达道："各人的声名，虽有大小不同，然若是完全无名之辈，我也不得去拜访他，与他动手。"屈师爷道："有名的人被你打败了，不是一生的声名，就被你破坏了吗？"张文达笑道："我们练武的人，照例是这么的，他自己武艺打不过人，被人破坏了声名，也只好自认倒霉，不能怪拜访的人。"屈师爷问道："你打败的那一千多人当中，也有是在人家当教师，或是在人家当护院的没有？"张文达道："不但有，而且十有八九是当教师和当护院的。"屈师爷问道："那么被你打败了之后，教师护院不是都不能当了吗？"张文达哈哈大笑道："当教师护院的被人打败了，自己就想再当下去，东家也自然得辞退他了。"屈师爷道："这如何使得呢？我虽是一个做生意的人，不懂得武艺，不过我常听得人说，强中更有强中手，你一个人无端打破一千多人的饭碗，人家纵然本领敌不过你，一时奈你不何，只是你问心也应该过不去。这话本不应我说，我和你今日初见面，我对你说这话，或者你听了不开心，不过我忍不住，不能不把这意思对你说明白。你要声名，旁人也一般的要声名，你要吃饭，旁人也一般要吃饭，你把一千多当教师、护院的打败了，你一个人不能当一千人家的教师、护院。譬如我们公馆里，原有十几个护院，还是可以请你到公馆里来，你倘若想借此显本领，将我们的十几个护院都打败了，不见得我们少爷就把这十几个人的薪水，送给你一个人得，你徒然打破人家的饭碗，使人家恨不得吃你的肉。常言'明枪易躲，暗箭难防'，如果十几个把势，合做一块的拼死与你为难，你就三头六臂，恐怕也招架不了。"

张文达为人虽是粗鲁，只是也在江湖上奔走了二十多年，也还懂得一点儿人情世故。先听了盛大少爷说把势比赛不分胜负，及互相恭维的话，已知道是彼此顾全声名与地位，此时又听屈师爷说得这般明显，其用意所在，已经完全明了。遂即应是答道："我在山东时所打的教师和护院，情形却与公馆里的把势不同，那时我为的要试自己的能耐，心里十分想遇着能耐在我之上的人，我打输了好从他学武艺。一不是为自己要得声名，二不是为自己要得饭碗，人家的饭碗破不破，全不与我相干。于今我的年纪已五十岁了，已有几年不曾出门求师访友，此番若不是要为我徒弟出气，决不至跑到上海来。除霍元甲以外，无论是谁也不愿意动手，何况是公馆的把势，同在一块儿伺候着少爷的同事呢？"

屈师爷问道："既是除霍元甲以外，无论是谁也不愿动手，何以又要在张园摆擂台，并登报招人来打呢？"张文达只得将昨日曾会见霍元甲的情形说给他听，屈师爷点头道："原来如此。我们公馆里的把势，看见你同少爷一车回来，不知道你是什么人，向少爷的车夫打听，据车夫说，亲眼看见你在张园，一只手举起八百多斤的一块石头，还能耍几个掌花，只吓得张园的游人，个个吐舌。公馆里把势们听了，知道少爷的脾气，最欢喜看会武艺的动手打架，每次来一个新把势，必要叫家里的把势，和新把势打几回给他瞧瞧。平常走江湖的把势，只要使一个眼色，或说几句打招呼的内行话，便可彼此顾全，因见你神气不同，我们大少爷对待你的情形，也不和对待寻常新来的把势一样，恐怕大少爷叫把势们与你动手的时候，你不肯受招呼，那时彼此都弄得不好下场。他们正商量要如何对付你，我觉得同在一个公馆里吃饭，岂可闹出意见来，因此借着邀你出来剃头、洗澡，将话对你说明白。”

说到这里，张文达的头已剃好，两人都到洗澡间里洗了澡出来。张文达忽然对屈师爷说道：“我这回若不摆擂台，只在公馆里当一个把势，少爷高兴起来，叫我们打着玩玩，哪怕就要我跌十个跟斗，有话说明在先，我也可答应。不过我于今要摆擂台，而且是少爷替我摆，假如我连公馆里这些把势都打不过，如何还配摆擂台呢，不使少爷灰心吗？少爷不帮我的忙，我一辈子也休想在上海露脸，你说我这话有没有道理？”

屈师爷道：“你便是不摆擂台，也没有倒要你跌跟斗的道理。我刚才对你说过了，我是一个做生意的人，武艺一点儿不懂，不能想出两边都能顾全的法子来，但是我已把他们这番意思说给你听了，由你自己去斟酌便了。”张文达点头道：“好，到时瞧着办吧！”说毕，将带来的衣服穿上，却很称身。

屈师爷就张文达身上打量了几眼笑道：“俗语说得好‘神要金装，人要衣装’，真是一点儿不错。这里有穿衣镜，你自己瞧瞧，看还认识是你自己么？”张文达真个走近房角上的穿衣镜前面，对着照了一照，不由得非常得意道：“这衣服简直比我自己的更合适，这是向谁借的？这人的身材，竟和我一般高大。”屈师爷笑道：“这是一个河南人，姓刘，人家都叫他刘大个子，也是有很大的力气，并会舞单刀，耍长枪，心思却蠢笨得厉害，除了力大如牛，两手会些武艺而外，什么事也不懂得，开口说话就带傻气，我们少爷逗着他寻开心。这些衣服，都是我们少爷做给他穿的。”张文达问道：“他实在有多大的气力，你知道么？”屈师爷道：“实在有多大的气力，虽无从知道，不过我曾见过我们少爷要试他的气力，教他和这些把势拉绳，他一个人能和八个把势对拉，结果还拉不动他。你看他的气力有多大？”

张文达惊异道：“刘大个子有这么大的气力，手上又会武艺，这些把势是他的对手吗？”屈师爷道：“这却不然。他的气力尽管有这么大，因为手脚太笨的缘故，与这些把势打起来，也只能打一个平手。”刚说到这里，忽有一个人掀门帘进房，对屈师爷点头问道：“澡洗好了没有？少爷现在外面等着，请张教师就去。”张文达认得这人，就是盛大少爷的当差，连忙迎着笑道："我们已经洗好了，正待回去，你再迟来一步，两下便错过了，少爷也来了吗？"当差的道："少爷就为在公馆里等得没奈何了，知道你们在这里洗澡，所以坐车到这里来。"

张文达将自己换下来的粗布衣服，胡乱卷做一团笑道："在上海这种繁华的地方，穿这样衣服真是不能见人，掼了不要吧，又好像可惜，这么一大团，怎么好带着走呢？"屈师爷笑道："我这里不是有一个包衣服的袱子吗？包起来替你带回公馆去，你这些衣服，虽都是粗大布的，不大漂亮，然还有八成新色，如何却把它掼了呢？"说着，将包袱递给当差的道："袁六，你包起来，就搁在汽车里面也没要紧。"遂转脸向张文达道："他叫袁六，我们少爷曾吩咐他伺候你，你以后有事叫袁六做好啦！"

袁六接过衣来，显出瞧不起的神气，马马虎虎的将包袱裹了，挟在肋下，引张文达出了澡堂。盛大少爷已坐在汽车里，停在马路旁边等候。

张文达此时不似在张园门口那般鲁莽了，很从容的跨进汽车。盛大少爷不住的向张文达浑身端详道："就论你的仪表，也比霍元甲来得魁梧。霍元甲的身材不高大，若和高大的西洋人站在一块儿，还不到一半大，不知道何以没有西洋的武术家上台去和他打？"张文达道："他在报上把牛皮吹的那么大，连中国会武艺的人，都吓得不敢上台；西洋会武艺的，又不曾亲眼看见霍元甲有些什么本领，自然没人肯去。并且他擂台摆一个月，等到西洋会武艺的知道这消息时，只怕早已来不及赶到上海了。"话没说完，汽车已停了，盛大少爷一面带着张文达下车，一面笑问道："你曾吃过花酒没有？"张文达道："是花雕酒么？吃是吃过，只因我生性不喜吃酒，吃不了多少。"盛大少爷听了，笑得双手按着肚皮说道："你不曾吃过花酒，难道连花酒是什么酒，也不曾听人说过吗？"张文达愕然问道："不是花雕酒是什么酒？我没听人说过。"盛大少爷道："顾四少爷在张园约我们的，便是吃花酒。他做的姑娘叫做花想容，是上海滩有名的红姑娘，就住在这个弄堂里面，你也可以借此见见世面。在姑娘家里摆酒，就称为花酒，这下子你明白了么？"张文达点头道："啊！我明白了，我们山东也叫当婊子的叫花姑娘。"

盛大少爷听了又哈哈大笑，张文达也莫名其妙，不知道为什么这么好笑，跟在后面走进一家大门，只见几个穿短衣服的粗人，都立起身争着叫大少爷，接着听得“丁零零”一阵铃响，那些争着叫大少的，同时提高嗓子喊了一声，张文达也听不出喊的什么，盛大少爷直冲到里边上楼梯。张文达紧跟着进了一间很长大的房间，大小各色的电灯十多盏，照耀得满房通亮，已有几个天仙一般的女子，抢到房门口来迎接。只见盛大少爷顺手搂着一个的粉颈，低头在她脸上亲了一嘴说道：“老四怎么没有来吗？岂有此理，客到了，东家倒不来。”话还没了，忽从隔壁房里走出七八个衣冠楚楚、仪表堂堂的人来。张文达认识顾四少爷也在其内，拱着双手笑道：“我们已候驾多时了。”说毕，引张文达给各人介绍，这个是某洋行买办，那个是某银行经理，无一个不是阔人。

张文达生平第一次到这种天宫一般的地方，更见了这些勾魂夺魄的姑娘们，已使他目迷五色，心无主宰，又是生平第一次与这些阔老周旋，不知不觉的把一副猪肝色面孔，越发涨得通红，顿时手脚无所措。那些买办、经理与他寒暄，他简直不知道怎生回答，瞠着两眼望这个点头笑笑，望那个点头笑笑。

上海长三堂子里的姑娘们，平日两眼虽则见识的人多，然何尝见过这般模样的人，自不由得好笑。盛大少爷看了这情形，倒很关切张文达，让大家坐了说道：“我这个张教师是个山东人，这番初次到上海才两三天，上海话一句也听不懂。”接着望那些姑娘笑道：“你们不要笑他，你们若是初次跑到他山东去，听他山东人说话，也不见得能回答出来。你们哪里知道，这张教师的本领了不得，他于今要在上海摆擂台，登报招天下的英雄来打擂。顾四少爷好意帮他的忙，特地介绍他结识几个捧场的朋友。”那些姑娘们听得这么说，都不敢笑了，一个个走近前来装烟递茶。

盛大少爷向隔壁房望了一眼，跳起来笑道：“原来你们在这房里打牌，为什么就停了不打呢？”顾四少爷说道：“我今天是替张教师接风，他来了我们还只管打牌，似乎不好。”盛大少爷道：“这地方用不着这么客气，你们还是接着打牌吧！我来烧大烟玩。”说着先走进隔壁房，张文达和一干人也过去，顾四少爷招呼张文达坐了，仍旧大家入局，斗了一阵扑克牌。

这家有一个姑娘叫金芙蓉的，年纪有二十七八岁了，容貌又只中人之资，但是她能识字，欢喜看弹词类的小说。见张文达是一个摆擂台的英雄，虽则形象举动都不甚大方，金芙蓉却很愿意亲近，独自特别殷勤的招待张文达，坐在张文达身边，咬着北京话问长问短。张文达喜得遍身都酥软了。一会儿摆上酒来，顾四少爷提笔写局票，问一个写一个，问到张文达，盛大少爷抢着说道："他初来的人，当然不会有熟的，老四给你荐一个吧！"顾四少爷笑道："你何以知道他没有熟的？你瞧，金芙蓉不是已和他很熟了吗？你问问他，是不是还要我另荐一个？"盛大少爷真个问张文达叫谁，张文达不知道叫什么，盛大少爷笑道："要你叫一个花姑娘，我们各人都叫了。"张文达这时心也定了，胆也大了，即指着金芙蓉道："我就叫她使得么？"顾四少爷大笑道："何如呢？"说得大家都拍手大笑。

入席后，一个洋行里买办也咬着北方口音问张文达道："我们听得顾四少爷说你的本领，比霍元甲还大，这回专为要打霍元甲摆一个擂台，我们钦佩得了不得。他们两位都在张园看过你显本领，我们此刻也想你显点儿本领看看，你肯赏脸显给我们看么？"

张文达道："各位爷们肯赏脸教我做功夫，我只恨自己太没有本领，我虽生成比旁人多几斤蛮力，不过在这地方也无法使出来；就是学过几种武艺，这地方更不好使。各位爷们教我显什么东西呢？"顾四少爷道："你拣能在这里显的显些大家看看，我们都是不懂武艺的，哪里知道教你显什么东西？"张文达道："让我想想吧！"一面吃喝着，所叫的局也一个一个来了，大家忙着听姑娘唱戏，及闹着猜拳喝酒，便没有人继续说了。

直到吃喝完毕，叫来的姑娘们也多走了，那买办才又向张文达道："张教师的本领，一定得到擂台上显呢，还是在这里也能显一点儿呢？"张文达笑道："我练的是硬功夫，除了举石块，舞大刀，及跟人动手而外，本来没有什么本领，可以凭空拿给人看。只是各位爷们既赏我的脸，我却想了一个小玩意儿，做给各位瞧瞧吧！"

大家听了都非常欢喜，男男女女不约而同的围拢来，争看张文达什么玩意儿。只见张文达脱了衣服，露出上身赤膊来，望去好像一身又红又黑的肌肉，借电光就近看时，肌肉原是透着红色，只以寒毛既粗且长，俨如长了一身牛毛，所以望去是乌淘淘的。张文达就坑上放下衣服，用两个巴掌在两膀及前胸两胁摸了几下，然后指点着给众人看道："各位请瞧我身上的皮肉虽粗黑，然就这么看去，皮肉是很松动的，是这般一个模样，请各位看清，等一会儿我使上功夫，再请看变了什么模样。"大家齐点头道："你使上功夫吧！”张文达忽将两手撑腰，闭目咬牙，仿佛是运气的神气，一会儿喉咙里猛然咳了一声，接着将两手放下，睁眼对众人说道：“请看我身上的皮肉吧！”

不知看出什么玩意儿来，且俟下回再说。

总评：

张文达一莽汉也，东海赵亦一莽汉也，可谓有其师必有其徒。然本书之写二人也，一则表面虽莽，犹有机诈之心；一则表里如一，拙鲁至于不可名状。于是张文达自为张文达，东海赵自为东海赵，绝无可以相混之处。是正著者之故作狡狯，欲于其绝相似处求其绝不相似也，亦可谓超超原著矣。至农、霍二人以为张文达所迫至于莫可奈何，乃作另设擂台一座之言以相耍，张文达竟亦漫应之，是则由于不深谙上海情形之故，未可目之为鲁莽也。

另设擂台一座，以招霍元甲之来打，就张文达之能力而言，固为绝对不能办到之事，其议宜因之而寝矣。讵以偶游张园，得与盛、顾二人邂逅相遇，数言投合之下，盛大竟毅然以此自任，其事遂有实现之望，此诚所谓无巧不成书者也。而阔公子之随时随地喜闹阔劲，亦可由此而想见矣。若夫张文达之在园中举石一节，以八百斤之蛮石不特能举之而起，且能盘旋而作掌上舞，诚足令人咋舌。矧彼阔公子者，固夙喜以观变戏法之眼光而观武术，一旦有视变戏法尤佳之表演见其前，宁有不为之五体投地者乎？

所谓把式也者，固何家阔公馆中无之？合以薄艺糊口而外，中间尚略含欺诈之性质者也。故盛宅一般把式，一闻有名手之至，即恐惧之不遑，群为自卫之图，唯虑饭碗之打破，其状虽属可笑，其情固亦可悯矣！若张文达对屈师爷数语，十分圆通，不可谓非具有几分机心者，宁得以莽汉目之乎！

以金迷纸醉之地，忽有一山东大汉之羼入，洵属十分有趣之事。而粥粥群雌之中，金芙蓉独喜伟丈夫，诚可谓独具只眼。然而，今之北里妖姬，固无不唯伟丈夫是喜矣！一笑。

第八十一回

龙在田仗机智脱险　王国桢弄玄虚迷人

话说张文达睁眼教大家看他身上的皮肉，大家凑近前看时，只见两条胳膊，自肩以下直到手指，和胸脯、颈项，筋肉一道一道的突起来，就如有百十只小耗子在皮肤里面走动的一般。只见得他这身体，比初脱衣时要粗壮一倍以上，大家都不由得称奇。张文达道："各位爷们谁的气力最大，请来捏捏我的皮肤，浑身上下，不拘什么地方，只要能捏得动分毫，便算是了不得的气力。"

当下便有一个身体很壮实的人，一面捋着衣袖，一面笑道："让我来试试，你通身的皮肤，没一处可以捏得动吗？"说着，就伸手用两个指头，先捏张文达的眼皮，捏了几下，虽不似铁石一般的坚硬，但是用尽所有的力量，一点儿也捏不起来；接着就左边肋下再捏，也捏不动。不由得吐舌摇头对大家说道："这位张教师的本领，实在高强，佩服，佩服！"

顾四少爷笑向这人道："看你倒也像是一个内行，怎的从来不曾听你谈过武艺？我们时常在一块儿玩耍，还不知道你也会武艺。"这人连连摆手道："我哪里懂得什么武艺，因为看见有许多小说上，写练金钟罩、铁布衫功夫的人，唯有眼皮、肋下两处，不容易练到，这两处练到了，便是了不得的本领，所以我拣他这两处捏捏。"

张文达很得意的说道："浑身皮肤捏不动，还算不了真功夫，要能自己动才是真功夫，请各位爷们再看吧。"说时，挥手示意教大家站在一边，腾出地方来。张文达绕圆圈走着，伸拳踢脚的闹了一阵，然后就原处立着，招手对刚才捏皮肤的这人说道："请你摸我身上，随便什么地方，摸着就不要动。"这人一伸手就摸在张文达背上，一会儿就觉得手掌所摸着的皮肤一下一下的抽筋，就和牛马的皮肤，被蚊虫咬得抽动一样，并现得很有力量，随即将手移换了一处，也是如此。张文达笑问道："你摸着觉得怎样？"这人大笑道："这倒是一个奇怪的把戏，怎么背上的皮，也自己会动呢？"

这些人听了，各人都争着伸手来摸，张文达道："只能一个一个的摸，不能全身同时都动，各人得轮流摸了。"几个姑娘在旁看着，也都想摸摸。盛大少爷指着一个衣服最漂亮、神气最足的对张文达笑道："这就是你在外面说的花姑娘，顾四少爷的心肝宝贝。你得好好的用力多动她几下，和你要好的这个金芙蓉，你更得结实多动几动。"说得满房人都笑起来。房中的一一都摸过之后，无不称奇道怪，盛大少爷异常高兴的说道："今日天气很冷，张教师快把衣服穿起来，几天过去，便得上擂台去现本领，不可冻病了，使我们没得好玩意儿看。张文达穿好了衣服，盛大少爷又带他到自己相好的老七家里，玩了一会儿，并约了明晚在这里摆酒，直玩到半夜才带他回公馆歇宿。"

次日早起，屈师爷便引着几个把势到来，给张文达介绍。其中有一个四川人，姓周名兰陔的，年纪已有五十多岁，武艺虽极寻常，但是为人机警，成年后便出门闯荡江湖，欢喜结交朋友，两眼所见各家各派的功夫甚多。不问哪一省有武艺的人，只要在他跟前随便动手表演几下，他便知道这人练的是哪一家功夫，已到了何种程度。他在长江一带也有相当的声名，却从来没人见他和人交过手，并没有人会见他表演过武艺，就因为见他每每批评别人的武艺，无不得当，一般受批评的，自然佩服他、称赞他，认定他是一个会武艺的。盛大少爷闻他的名，请到家里来，已有好几年了，自从他到盛公馆以后，就倡一种把势不打把势的论调，并且大家预备对打的手法，遇着大少爷高兴，吩咐他们撮对儿厮打，看了取乐的时候，便打得非常热闹，彼此不致受伤。他在众把势中，是最有心计的一个。

昨日屈师爷在浴春池对张文达说的那些话，就是周兰陔授意。这时经屈师爷介绍见面后，周兰陔即拱手对张文达说道："久仰老大哥的威名，想不到今日能在一块儿同事，真是三生有幸。听我们这位师爷说，老大哥安排在上海摆一座擂台，这事是再好没有的了。大概也是和霍元甲一般的摆一个月么？”张文达道：“摆多少日子，我倒随便，只要把霍元甲打翻了，摆也得，不摆也得。少爷高兴教我多摆些时，我左右闲着没事干，就多玩玩也好。”周兰陔点头道：“多摆几日，我们少爷自然是高兴的，不过照霍元甲所摆的情形看起来，就怕没有人来打。入场不卖票吧，来看的人，必多得水泄不通；卖票吧，又恐怕没人上台来打，看的人白花钱，除一座空台而外，什么也没得看。”

张文达道：“人家不肯来打，是没办法的。”周兰陔笑道：“有人是看的白花钱，没人看是我们自己白花钱。在霍元甲摆擂台的时候，我就想了个敷衍看客的方法，只因我并不认识霍元甲，懒得去替他出主意。老大哥于今是我们自家人，擂台又是我们少爷做主摆设的，我不能不帮忙。我们同事当中，现在有好几个是曾在江湖上卖艺的，很有不少好看的玩意儿，大十八般、小十八般武器都齐全，每天两三个钟头，如有打擂的人上台，不妨少玩几样，倘没人打时，我们还可以想出些新花头来，务必使看客欢喜，不知老大哥的意思怎样？”

张文达道：“不错，便是我们自家人，也可以上台打擂，无论如何，我们这一座擂台，总得比霍元甲的来得热闹。”周兰陔道：“我们自家人上台打擂，不能就这么糊里糊涂的打，得排好日期，每日只一个或两个上台，我们在公馆里便要把如何打的手法，编排妥当，打起来才好各尽各的力量，使人瞧不出破绽来。若不先把手法排好，两边都存着怕打伤人及自己受伤的心思，打的情形一定不好看。”

张文达忽然想起屈师爷在澡堂说的话来，便答道：“周大哥确是想的周到。我几年前在山东，最喜找人动手，并且非打赢不可，近年来已完全没有这种念头了。至于我们此刻在一块儿同事的朋友，偶然闹着玩，哪怕就说明教我掼几个跟斗，我也情愿，不过在擂台动手，情形就不同了。我本人是打擂的，还不甚要紧，于今我是摆擂的，只能赢不能输，输了便照例不能再出台。承诸位同事的老哥，好意替我帮忙，我怎好教诸位老哥都输在我手里呢？”

周兰陔道：“这却毫无妨碍，一来老大哥的能耐，实在比我们高强，输给老大哥是应该的；二来在认识我们的，知道我们是同事，帮忙凑热闹，老大哥当台主，打赢我们也是应该的，不认识我们的看客，不知道是谁，于我们的声名绝无妨碍。”

张文达向众把势拱了拱手道：“诸位老哥肯这么替我帮忙，我真是感激，除了在公馆里同事的诸位老哥而外，不知还有多少功夫好的人，和我们少爷来往？”屈师爷道：“和我们少爷熟识及有交情的人极多，时常到公馆里来看少爷的也不少，如上海最有名的秦鹤岐、彭庶白及程举人、李九少爷一班人，平时都不断的来往。近来又结交了两个湖南的好汉，一个长沙人柳惕安，一个宝庆人龙在田。听得少爷说，柳惕安的法术、武艺，都少有能赶得他上的，年纪又轻，模样儿又生得威武，只是不大欢喜和江湖上的朋友来往。龙在田却是在江湖上有声望的，听说他能凭空跳上三丈高的房檐，江湖上替他取了个绰号叫做‘溜子’，湖南人的习惯，忌讳‘龙’字，普通叫龙为‘溜子’，又叫‘绞舌子’，加以龙在田的行动矫捷，腾高跳下，宛然和龙一样，所以这‘溜子’的绰号，很容易的就在江湖上叫开了。这人在长沙各埠，随处勾留，手头异常挥霍，江湖上穷朋友受他周济的很多。此番才到上海不久，不知何人介绍与我们少爷认识了，来往很为亲密。此外还很多，并有我们不知道姓名的，少爷既有肯做主替你摆擂台，料想那些会武艺的朋友，自然都得给你介绍。”

张文达问道：“也有人在这里显本领给少爷看过么？”屈师爷道：“我们少爷素喜结交三教九流的人物，富豪的声名又太大，到这里来告帮、打抽丰的，差不多每天都有。那一类人当中，也有些自显本领，想多缠扰几文的。但是我们少爷照例不出来打招呼，随意拿一串或八百文送给他们。据我们看来那些人当中，也有本领很大的，只是没得人介绍，少爷不知道他们的来历。江湖上不好惹的人多，少爷从前胡乱把他们当好人结纳，曾经上过大当。此刻抱定宗旨不出来招呼了，经人介绍到这里来与少爷见面的，每月也有好几个，自显本领想讨我们少爷赏识的，百个人中有九十九个。不用说他们各位把式看不起，就是我这外行看了，也觉得都十分平常。只有一个绰号叫做‘周神仙’的，那人的品行虽糟透了，我们少爷和李九少爷都被他骗去了几千块钱。但是在这公馆和李公馆里都显过几种极奇怪的本领，我们至今还想不出是什么道理来。”

张文达问道：“是什么奇怪本领？”屈师爷道：“我慢慢说给你听。去年夏天，我们忽听人说起李九少爷公馆里，来了一个异人，叫做‘周神仙'，神通大得了不得。不问谁去见他，不用开口说话，他能知道从何方来，同来有几个人，或是在半路加了人或减了人，有不有女人和小孩同走，简直与亲眼看见的一样。人家身上带了多少钱，说出来也一文不错。还有许多奇奇怪怪的本领。我们听了不相信，少爷亲自去李公馆，和周神仙会了面，回来也这般说。我们听得倒也罢了，唯有老太太和几位少奶奶、小姐、姑少爷，都要亲到李公馆去看。少爷便说：'用不着大家前去，他能到李公馆，难道不能到我盛公馆来吗？我就去迎接他来便了。'过了几日，少爷真个亲自坐汽车把那个周神仙接了来。我们在当初听得说周神仙的时候，大家都以为必是一个年纪已经不小了，两目如电、长须拂胸，道貌岸然，使人一望生敬的人。谁知我们心里揣拟的完全错了，原来是一个年纪只有三十来岁，身材矮小，皮色粗黑，神气十分猥琐的人，身上虽也和有钱的人一样，穿着一件湖色纺绸长衫，远望似乎还漂亮，只是那一种村俗之气，与衣服不相称的样子，谁也一看就知道。两只眼睛，不但没有惊人神光，形式又短又小，不断的只是这么眨，仿佛是害了眼病的。少爷很敬重他，临时吩咐厨房办上等酒席款待他，并打发汽车去接了些客来，看神仙显本领。这周神仙初来不大说话，只见他坐着，好像有虱子在他身上四处乱咬的样子，周身不停的摇动。最好笑的是两只小而且薄的耳朵，也跟着忽上忽下、忽前忽后，和猫耳一般的乱动。人的两耳能这么活动，就这一点，已是很奇怪了。

"吃过酒后，大家求他显本领，他慨然答应道：'我今天高兴，愿意显点儿遁法给大家看看。我能坐在靠椅上，听凭你们用麻绳也好，用铁链也好，将我的两手、两脚和身腰，都捆绑在靠椅上，关闭在一间房里，门窗都从外面锁好。在三分钟以内，遁出那房间来。'大家听了，自然都欢喜要他遁着看。立时又办了麻绳，又办了铁链，把他送到一间小房里。这房间仅有一个安了铁柱的窗户，玻璃窗门是不能开的，端一张靠椅教他坐着。大家七手八脚的把他捆了又捆，并悄悄的用洋锁将铁链两端锁起来；麻绳也不知打了多少个死结。休说他两手反缚在靠椅上，毫不能动，便能动也非有很长的时间，不能解开那许多绳结。至于铁链上的洋锁，钥匙带在三少爷身上，德国新出的洋锁，外面是决没有同样的钥匙可以开得。我们把他捆绑停当了，将要退出来。周神仙道：'我有几句话吩咐你们，你们把这房里的灯熄灭，把房门锁好，无论什么人，不许在门外或窗缝里偷看。房中漆黑，偷看也看不见什么。不过我在房里作法，谁偷看便得受极大的危险，我恐怕你们不知道利害，不能不先说给你们听。你们锁好房门之后，取出表看，只要过了三分钟久，就可打开门到这房里来看。'

"我们答应了退出房外，扭灭了电灯，也用洋锁把房门锁了。等过三分钟去开房门，洋锁还是锁着，分毫不曾移动。开了门看时，真使人不能不吃惊，房中哪里有什么周神仙呢？只剩那一张靠椅，和麻绳、铁链绊在椅上，绳上许多的结，一个也不曾解开；铁链两端的洋锁，也还锁在上面，不知道他如何得脱身出来的。那间房很小，又没陈设什么木器，不能容一个人藏躲。我们大少爷这时倒着急起来了，连连跺脚说道：'这位神仙，知道他这一遁遁到什么地方去了呢，要我们去寻找他不很麻烦吗？'这话刚说了，就听得门外哈哈笑道：'用不着你们寻找，我已来了。'我们忙回头看时，只见周神仙立在房门外，已把那湖色纺绸长衫穿在身上了。当我们捆绑他的时候，他的长衫脱了，挂在大客厅衣架上，这试遁法的小房间，离大客厅很远，中间隔了好几间房子，和一个花院子，不知他何以这般神速。

"大家回到客厅里，异口同声的，恭维他这本领了不得。他说：'自己遁自己，还算不了大本领，我们教旁人遁走，和我刚才一样，并且同时能遁三四个人。'我家大少爷是一个最好奇的人，听了就求他立刻再试。周神仙摇头道：'那个今晚试不得，至少还得迟三天。'大少爷问什么道理，他说：'要试的人得斋戒沐浴三天，看你们是哪几个想试，先把姓名和生庚八字写给我，从明早起就得斋戒沐浴。我所用的是大法，不是当耍的。身上倘有一点不洁净，说不定得受意外的危险。你们自己心里打算，谁想试请谁先把姓名、八字写给我。'大家听了互相研究了一阵，我们三少爷和外来的两个朋友愿意试，各人把姓名、八字写了给他。他向各人都叮嘱了一番，应如何斋戒的话。大少爷问他还有什么可以玩给人看的没有，周神仙道：'我有天眼，你们在另一间房里，关上房门独自写字，我坐在这房里，把眼睛闭上，能知道你们写的是什么字。'

"当下三少爷说：'我就到里面房间去写，你坐在这里看吧。'三少爷匆匆跑进他少奶奶房里，关了门窗，独自躲在床弯里写。周神仙闭眼坐了一会儿，忽然笑道：'他在那里东一个字、西一个字的乱写。一不是一句书，二不成一句话，我恐怕忘掉，我教你们写在这里，等他写好了来对吧。'即有人拿纸笔，照他口里说的字写了。一会儿三少爷跑了进来嚷道：‘神仙的天眼，看见我写了些什么字？’大少爷答道：‘不用问，你把写的拿出来，看对也不对。’三少爷一眼看见这张字，不由得‘哎呀’了一声道：‘他真是神仙，只有一个字不对，以外的字都对。’边说边将手中的字取出，大家一个一个字的照对，只有一个‘治’字，周神仙说是一个‘洽’字。当时几十个人看了，没一个人不说古怪。这两件事，我都在场亲眼看见的，至今不明白是什么道理。我们大少爷简直是六体投地的拜服，再四要求周神仙传授些给他。周神仙含糊答应道：‘且过几天再说。你要真个肯学是容易的事。’

“过了三天，这回是三少爷亲自去李公馆把他接了来，亲戚朋友听了这消息前来看热闹的，少说点儿也有两百个人。周神仙在客厅闭目静坐了一阵，忽张眼望着大少爷，现出惊慌的神气说道：‘我有几句重要的话对你说，这房里人太多，不便说得，你带我到一处清静地方去说吧。’大少爷看了他这神情也慌了，连忙把他引到里面没人的房间，问他有什么重要的话。他说：‘你这一所大公馆，表面虽是很庄严好看，骨子里实在鬼怪太多。前几天我在这里使遁法，就有鬼怪来和我为难，我当时以为是偶然的事，初次到你这府上来，也不好说得。今天我来到客厅里，那些东西就更多、更凶恶了。承你的好意殷勤款待我，你又和李九少爷至好，我不能不说给你听。家里有这些鬼怪，还亏得你的家运好，不曾闹出何等大乱子来，然家中人口是决不清吉的；你在外边不论做什么事，是决不顺手的。府上的大小人口，是不是清吉？’

“大少爷跺脚道：‘原来是这个道理。我总不明白为什么，我家里没有一天不延医生，不是这个病，便是那个病，我本人的病虽少，只是从来没有干过一桩顺遂的事。哪怕赌钱打牌，都是输的多、赢的少。输了是真的，赢了是假的，你既知道说给我听，想必是肯帮我的忙，用法术把这些鬼怪驱逐的。你若肯帮我驱逐了，我将来当重重的酬谢你。’周神仙笑道：‘我岂是望你酬谢的人，我替你这里立一坛禁，包管你府上的人口，从此平安清吉。你去外面赌钱打牌，也不至于多输少赢了。’

“我们大少爷好生欢喜，忙问立一坛禁，须用些什么东西。周神仙说：‘我立禁虽不用旁的东西，只要一口瓷坛，两块见方的红、绿绸子，二十根五色花线，一副香烛。不过这禁坛很重要，立了便不能随便移动它。并且坛里得放贵重宝物，用符箓和红、绿绸子封口，须要安放在一个谨慎地方，最好是在上房里，恐怕外人知道坛里有贵重宝物，见财起心，把禁坛惊动了。’我们大少爷仍陪他到客厅来，就吩咐我安排立禁的东西。遁别人的遁法，周神仙不肯试了，说这公馆里试不得，一试便要闹出大乱子来，害得三少爷和那两个朋友，认真斋戒沐浴三天，成了一场空想。”

张文达问道：“怎么说被他骗去了几千块钱呢？”屈师爷道：“这事也很奇怪。当那周神仙立禁的时候，我亲自在旁边照顾，要贵重宝物的时候，金镯、钻戒、珍珠、颈链等共七件，是由大少爷亲手捧了，安放在坛子里。坛里有半坛大米，大少爷安放那些饰物之后，还用指头将四周的米拨了一拨，接着就见周神仙用符箓和绸子封了口，拿五色花线紧紧的扎缚。禁坛放在大少奶奶铁柜里，还不谨慎吗？据周神仙吩咐这禁坛最好永远不移动，要拆也得待三年之后，等他来拆。不然失了宝物，他不负责任。

“过了两三个月，一日李九少爷跑来向我家大少爷说道：‘我们上了那姓周的当了，他是一个骗子，他说我家里有鬼，要替我立禁，弄许多金珠首饰放在禁坛里，昨日敝内偷着揭开看时，就只剩半坛米在内，首饰一件也没有了。不是那姓周的骗去了，是到哪里去了？难道真有鬼怪拿去了吗？’我们大少爷急得忙向上房里跑，打开铁柜把瓷坛封口揭了看时，和少奶奶两人都愕了，将半坛米都倾出来寻找，哪里还寻得着贵重饰物的影子呢？好在盛、李两家都富有，被骗去这一点儿首饰，算不了什么。我们真佩服他行骗的手段真高，在夏天里，身上穿的单衣，那七件首饰也不小，也不轻，不知他如何能当着我们的面，从坛子里取出来，双手得拈着无色花线扎缚坛口，这本领不是很大吗？”

周兰陔笑道：“在江湖上糊口的人，像这般能耐的有的是，只怪我们大少爷容易上当。居家好好的要相信他说有鬼怪。凭诸位说，我们少爷出外赌钱打牌，不应该是他输多赢少吗？”

张文达还待问话，盛大少爷已走了进来，含笑向这几个把势说道：“张教师的本领这么高强，是你们当把势的人不容易遇着的。于今你们都是自家人了，谁胜谁败，都没有关系，何不大家打着玩玩呢？”张文达明知道这些把势，不愿意打输了使东家瞧不起，所以一再当面表示，并答应在擂台上极力帮忙。他在这正需用有人帮忙的时期，自然乐得做个顺水人情，遂抢先答道："大少爷的眼力好，福气大，留在公馆里的都是一等好汉，正应了一句俗语'出处不如聚处'，我山东出打手，是从古有名的，但是我在山东各府县访友二十多年，还不曾见过有这么多的好汉，聚做一块儿，像这公馆的。"

盛大少爷望着这些把势得意道："我本是拣有声名的延请到公馆里来，却不知怎的，教他们去打霍元甲，他们都不愿意去。"张文达道："凭白或无故的教他们去打，他们自是不愿意去，倘若他们有师兄弟徒弟，受了霍元甲的欺负，他们便不肯放霍元甲一个人在这里猖獗了。"众把势听了，都不约而同的拍着大腿道："对呀！我们张教师的话，真有见识，不是有本领、有阅历的人说不出。"周兰陔道："出头去打擂台的，多半是年轻没有声名的人，一过中年，有了相当的名望，就非有切己的事情，逼着他出头，是决不肯随便上台的。"

盛大少爷道："照这样说来，将来我们的擂台摆成了，除了霍元甲以外，不是没有人来打了吗？"周兰陔道："这倒不然，于今年轻人练武艺的还是很多。霍元甲的擂台摆一个月，有许多路远的人，得了消息赶到上海来，擂台已经满期收了，我们张教师接着摆下去，我猜想，打擂的必比霍元甲多。我有一个意见，凡是上台打擂的，不一定要先报名，随来人的意思，因有许多人心里想打，又恐怕胜败没有把握，打胜了不待说可以将姓名传出来；万一打败了，弄得大众皆知，谁还愿意呢？所以报名签字这两项手续，最好免除不用，想打的跳上台打便了，是这样办，我包管打的人必多。"盛大少爷道："你们大家研究，定出一个章程来，我只要有热闹看，怎么好怎么办。"

当下大家商议了一会儿。饭后，盛大少爷又带着张文达出门拜客，夜间并到长三堂子里吃花酒，又把那个金芙蓉叫了来。张文达生平哪里尝过这种温柔乡的味道，第一日还勉强把持，不能露出轻狂的模样，这夜喝上了几杯酒，金芙蓉拿出迷汤来给他一灌，就把他灌得昏昏沉沉，差不多连自己的姓名、籍贯都忘记了。只以上海的长三，不能随便留客歇宿，若是和么二堂子一般的，花几块钱就可以真个销魂，那么张文达在这夜便不肯回盛公馆歇宿了。

次日盛大少爷对张文达道："巡捕房的擂台执照，今日本来可以领出来的，无奈今日是礼拜六，午后照例放假，明日礼拜也不办公，大约要后天下午才领得出来，但是报上的广告，今日已经登载出来了。入场券已印了五万张，分五角和一块两种，如果每日有人打擂，一个月打下去，就这一项收入，也很可观了。你此刻若要钱使用，可向屈师爷支取。"

张文达正被金芙蓉缠得骨软筋酥，五心不能自主，只恨手边无钱，不能尽情图一番快乐。听了盛大少爷这话，连忙应是称谢，随即向屈师爷支了一百块钱。他认定周兰陔是一个好朋友，邀同去外边寻乐，这夜便在棋盘街么二堂子里挑识了两个姑娘，和周兰陔一人睡了一个。

翌日兴高采烈的回到公馆，只见盛大少爷正陪着一个身材矮小、年约三十来岁的人谈话。盛大少爷见他回来，即迎着笑道："昨夜到什么地方去了？"张文达不由红着猪肝色的脸答道："在朋友家里，不知不觉谈过了半夜，就难得回来。"盛大少爷笑道："在朋友家倒好，我疑心你跟着周把势打野鸡去了，那就糟了。上海的野鸡太多，看去俨然像是一个人，实在是鱼口便毒和杨梅疮的总批发所，那些地方，去一趟就遭了。"张文达这时还不懂得打野鸡这句话是什么意思，虽觉所说的是这一回事，但自以为没有破绽给人看出，还能勉强镇静着。

盛大少爷指着那身材矮小的人给张文达介绍道："这也是江湖上一位很有名气的好汉，龙在田先生，人称呼他混名'龙溜子'的便是。"龙在田即向张文达打招呼。此时的张文达，到上海虽只有几天，然因得顾四、盛大两个阔少的特殊优待，及一般把势的拥护，已把一个心粗气浮的张文达，变成心高气傲的张文达了，两只长在额顶上的眼睛，哪里还看得上这身材矮小的龙在田呢？当时因碍着是大少爷介绍的关系，不能不胡乱点一点头，那一种轻视的神气，早已完全显露在面上了。

龙在田是一个在江湖上称好汉的人，这般轻视的神气，如何看不出呢？盛大少爷看了这情形，觉得有点儿对不起龙在田，想用言语在中间解释，龙在田已满面笑容的对张文达说道："恭喜张教师的运气好。我们中国会武艺的虽多，恐怕没有第二个能赶得上张教师的。"张文达一时听不出这话的用意，随口答道："运气好吗，我有什么事运气好？"龙在田笑道："你的运气还不好吗？我刚才听得大少爷对我说，他说五百块洋钱一个月，请你在公馆里当护院，这不是你的运气好么？当护院的人有这么大的薪俸，还有谁赶得上你！”

张文达知道龙在田这话，带一点讥笑的意味，便昂起头来说道：“不错！不过我这五百块洋钱一个月，钱也不是容易拿的。盛公馆里有二十位把势，谁也没有这么高的薪俸，你知道我这薪俸，是凭硬功夫得来的么？我在张园一手举起八百斤重的石头，我们大少爷才赏识我，带我到公馆里来。旁人尽管会武艺，只有一点儿空名声，没有真才实学，休说举不起八百斤重的石头，就来一半四百斤，恐怕也少有举得起的。”

龙在田毫不生气的笑问道：“这公馆里有八百斤一块的石头没有？”盛大少爷道：“我这里没有，张教师前日在张园举的那块石头，确有八百多斤，是我亲眼看见的。”龙在田摇头道：“我不是不相信张君有这么大的气力。”盛大少爷道：“哦，你也想举一回试试看么？”龙在田连连摇手道：“不是，不是！我哪里能举起八百斤重的石头，正是张君方才说的，就来一半四百斤，我也举不起。我问这公馆里有没有八百斤重一块的石头，意思张君既有这么大的气力，并且就凭这种大气力，在这里当五百块钱一个月的护院，万一黑道上的朋友，不知道有张君在这里，冒昧跑到这里来了，张君便可以将那八百斤重的石头，一手举起来，显这硬功夫给黑道上的朋友看看，岂不可以吓退人吗？这种硬功夫，不做给人家看，人家也不会知道啊！”

张文达忍不住气愤说道：“我不在这公馆当护院便罢，既在这里当护院，又拿我少爷这么高的薪俸，就不管他是哪一道的朋友，来了便是送死，我断不肯轻易饶他过去。”龙在田鼻孔里“哼”了一声说道：“只怕未必呢！黑道上朋友来了，不给你看见，你却如何不饶他呢？”张文达道：“我在这里干什么的，如何能不给我看见？”龙在田哈哈笑道：“可惜上海这地方太坏。”盛大少爷听了这一句突如的话，莫名其妙，即问为什么可惜上海这地方太坏。龙在田笑道：“上海满街都是野鸡，不是太坏了？”说时望着张文达笑道：“我知道你的能耐，在大少爷这里当护院，一个月足值五百块洋钱，不过像昨夜那种朋友家里，不可每夜前去，你夜间不在家里，能耐就再大十倍也没用处。”

三人正在谈话，只见屈师爷引着一个裁缝，捧了一大包衣服进来，对张文达说道：“几个裁缝日夜的赶做，这时分才把几件衣服做好，请你就换下来吧！”龙在田看了看新做来的衣服，起身作辞走了。张文达满肚皮不高兴，巴不得龙在田快走，一步也懒得送。盛大少爷亲送到大门口，回来对张文达说道：“这溜子的名气很大，我听得李九少爷说，他一不是红帮，二不是青帮，又不在理，然长江一带的青、红帮和在理的人，无不尊敬他。他生平并不曾读书，认识不了几个字，为人的品行更不好，无论什么地方，眼里不能看见生得漂亮的女子。漂亮女子一落他的眼，他必用尽千方百计去勾引人家。他手边又有的是钱，因此除了真个有操守的女子，不受他的勾引而外，普通一般性情活动的女子，真不知被他奸污了多少。他于今年纪还不过三十来岁，家里已有了五个姨太太，他是这种资格，这种人品，而在江湖上能享这么大的声名，使青、红帮和在理的十分尊敬他，就全仗他一身本领。”

张文达不待盛大少爷说完，即接着说道：“江湖上的人，多是你捧我，我捧你，大家都玩的是一点空名声，所以江湖上一句古话，叫做‘人抬人无价宝’。少爷不要相信，谁也没有什么真本领。”盛大少爷掉头道：“这溜子却不然，他是一个不自吹牛皮的，和他最要好的朋友曾振卿，也和我是朋友。我还不曾和溜子见面的时候，就听得曾振卿说过溜子几件惊人的故事，一点儿也不假。有一次他在清江浦，不知道为犯了什么案件，有二百多名兵和警察去捉拿他，他事先没得着消息，等到他知道时，房屋已被兵和警察包围得水泄不通。有与他同伙的几个人，主张大家从屋上逃走，他说这时候的屋上万分去不得，一定有兵在屋上，用枪对准房檐瞄着，上去就得遭打。他伙伴不相信，一个身法快的，即耸身跳上房檐，脚还不曾立稳，就听得啪啪两声枪响，那伙伴应声倒下来。其余的伙伴便不敢再上房檐了，争着问溜子怎么办？溜子道：‘现在官兵警察除前后门外，多在屋上，我们唯有赶紧在房里放起火来，使他们自己扰乱，我们一面向隔壁把墙打通，看可不可以逃出去。如左右两边也有兵守了，就只得大家拼命了。’于是大家用棉絮蘸了火油，就房内放起火来。

“恰好在这时候，后门的官兵已捣毁了后门，直冲进来。向隔邻的墙壁还不曾打通，溜子急得无法，只好一手擎着一杆手枪，对准冲进来的兵，一枪一个连毙了四五个，后面的就不敢再冲了。此时火势已冒穿屋顶，大门外的官兵，也已冲破了大门进来，溜子走到火没烧着的地方，先脱下一件衣服，卷成一团，向房檐上抛去，又听得两声枪响。溜子毫不迟疑的，紧接着那团衣服纵上房檐，忙伏在瓦楞里，借火光朝两边一望，只见两旁人家的屋脊上，都有兵擎枪对这边瞄着，唯有火烧着了的屋上，不见有兵警的影子。溜子这时使出他矫捷的身手来，居然回身跳下房檐，取了一床棉絮，用水湿透包在身上，并招呼伙伴照办，仍跳上房檐，向有火光处逃走。立在两旁屋脊上的官兵，因火光映射着眼睛，看不分明，开枪不能瞄准，溜子的身法又快，眨眼之间，就已逃过了几所房屋，安然下地走了，他的伙伴却一个也没逃出性命。他在江湖上的声名，就因经过了这一次，无人不称道。

“还有一次，虽是开玩笑的事，却是有意显出他的本领来。他前年到上海，住在曾振卿家里，曾振卿家在贝勒路吴兴里，是一所一上一下的房屋。溜子独住在亭子间内，曾振卿住在前楼。这日黄昏以后，有朋友请曾、龙两人吃晚饭，并有几个朋友亲自来邀，大家一路出来。曾振卿将前楼门锁了，一路走出吴兴里，曾振卿忽自嚷道：‘你们不要走，请在这里等等，我走的时候，只顾和你们谈话，连马褂都忘记了没穿出来。’说着待回家去穿马褂。溜子止住他问道：‘你的马褂，不是挂在前楼衣架上吗？’曾振卿应是，溜子道：‘你们在这里等，我去替你取来便了。’边说打起飞脚向吴兴里跑。

“溜子跑远了，曾振卿才笑道：‘还是得我亲去，锁房门的钥匙带在我身上，不是害他白跑吗？’于是大家又走回吴兴里。离曾家还有几十步远近，只见溜子笑嘻嘻的提着马褂走来，递给曾振卿。曾振卿问道：‘房门钥匙在我身上，你如何能进房取衣的。’溜子笑道：‘不开房门便不能进房吗？’曾振卿问道：‘你不是将我的锁扭断了吗？’一面说，一面跑回家去看，只见门上的锁，依然锁着没有动，进房看时，仅对着大门的玻璃窗，有一扇推开了，不曾关闭合缝。曾振卿问家里的老妈子，曾见溜子上楼没有，老妈子说，前后门都关了，不但不曾见有人上楼，并没有人来叫门。这是曾振卿亲眼看见亲口对我说的事，一点儿也不含糊。”

张文达摇头道：“这两事就是真的，也算不了什么！我们山东能高来高去的人有的是，我听说南方能上高的人很少，偶然有一两个能上高的人，一般人就恭维得了不得。这龙在田的本领纵然不错，也只能在南方称好汉，不能到我们北方去称好汉。他若真有能耐，我的擂台快要开台了，他尽管上台来和我见个高下。像他那种身体，我一拳能把他打一个穿心窟窿。我一手捞着了他时，他能动弹得就算他有本领。”

盛大少爷点头道：“有你这么大的气力，他的身材又小，自然可以不怕他。不过我留神看，他刚才对你说话的神气，似乎不大好，你的态度显得有些瞧不起他，话也说得太硬，此后恐怕得提防他暗算。”屈师爷在旁说道：“周把势最知道龙溜子的为人，我曾听他说过，手段非常毒辣。”张文达愤然说道：“手段辣毒怎么样，谁怕他毒辣？我巴不得他对我不怀好意，我开台的时候，最好请他来打头一个，我若打不翻他，立刻就跑回山东去，霍元甲我也不打了。求少爷用言语去激动他，务必教他来打擂。”

盛大少爷道：“他时常在李公馆里闲谈，我近来已有好几日没有去看李九了，现在你这衣服已经做好，我就带你去见李九少爷吧！随意在李九那里说几句激动溜子的话，包管不到明日，就会传到溜子耳里去。”张文达遂跟着盛大少爷，乘车到李九公馆来。

李、盛两家本有世谊，平时彼此来往，甚为密切，都不用门房通报，照例直向内室走去。这日盛大少爷虽然带着张文达同来，但自以为不是外人，仍用不着通报，只顾引张文达向里走。不到十几步，一个老门房追上来赔笑说道：“大少爷不是想看我们九爷么？今天只怕不行，这一个星期以来，我们九爷吩咐了，因现在家里有要紧的事，无论谁来都不接待。实在对不起大少爷，请改日再来，或是我们九爷来看大少爷。”盛大少爷诧异道：“你九爷近来有什么紧要的事，值得这么大惊小怪，我不相信，若在平时，我不管三七二十一，早已跑到里面去了。今天既是他有事不见客，我不使你们为难，你快进去通报，我也有要紧的事，非见他不可。”

老门房知道盛、李两家的关系，不敢不进去通报，一会儿出来说：“请。”盛大少爷带张文达，直走进李九少爷平日吸大烟的内客房，只见李九正独自躺在榻上吸烟，将身躯略抬了一抬，笑道：“你有什么要紧的事，非会我不可？”盛大笑道：“你只在房间里，照例每日都是坐满了的客，我们来往十多年，像今日这般清静，还是第一次。我今日特地介绍一个好汉来见你，并且有要紧的话和你商量。”说着引张文达会面，彼此不待说都有几句客套话说。

盛大将在张园无意中相遇的情形，及安排摆擂台的事说了一遍道：“我知道霍元甲前次在张园摆擂台的时候，你很肯出力替他帮忙，于今张文达摆擂，你冲着我的面子，也得出头帮忙，方对得起我。”李九道：“你知道我的性格，是素来欢喜干这些玩意儿的，尽管与我不相识的人，直接来找我，我都没有不出头帮忙的道理，何况有你介绍呢？不过这番却是事不凑巧，正遇着我自己有关系十分重要的事，已有一星期不曾出门，今日才初次接见你们两位。我的事情不办了，哪怕天要塌下来，我也不能管，这是对不起你和张君，然又没有法的事。”

盛大道：“你究竟是为什么事这么重要？怎的我完全没听得说。”李九笑道：“你为要摆擂台，正忙得不开交，没工夫到我这里来，我又没工夫找你，你自然未听得说。”盛大脸上露出怀疑的样子问道：“你我这么密切的关系，什么重要的事，难道不能对我说吗？你万一不能出头帮忙，我也不勉强你，你且把你这关系十分重要的事说给我听。”

李九沉吟道：“我这事于我本身有极大的关系，于旁人却是一点儿关系没有。以你我两家关系之密切，原无不可对你说之理，只是你得答应我不再向外人说，我方敢说给你听。”盛大正色道：“果然是不能多使人知道的事，我岂是一个不知道轻重的人，竟不顾你的利害，拿着去随口乱说吗？”李九点头道：“你近来也看报么？”盛大道：“我从来不大看报的，近来报上有些什么事？”

李九道：“我这重要的事，就是从报上发生出来的。在十天以前，我看报上的本埠新闻栏内记载了一桩很奇特的事，记三洋泾桥的鸿发栈十四号房间，有一个四川人叫王国桢的住着，这人的举动很奇怪，时常出外叫茶房锁门，不见他回来，房门也没开，他却睡在床上，除了一个包袱之外，没有一件行李，而手头用钱又异常挥霍，最欢喜叫许多姑娘到房里唱戏，陪着他开心寻乐，只是一到半夜，就打发这些姑娘回去，一个也不留。他叫姑娘是开现钱，每人五块，今天叫这几个，明天叫那几个，叫过的便不再叫。有些生意清淡的姑娘，因见他叫一个条子有五块现洋，当然希望他再叫；有时自己跑来，想得他的钱，他很决绝的不作理会。他身上穿的衣服，每天更换两三次，有时穿中国衣服，有时穿洋服，仅带了一个小小的包袱，并无衣箱，又没人看见他从外面提衣服进来。在那客栈里住了好些日子，更不见他有朋友来往，连同住在他隔壁房间里的客，因见他的举动太奇怪，存心想跟他打招呼，和他谈谈，他出进都低着头，不拿眼睛望人家，使人家得不着向他招呼的机会，因此账房茶房都很注意他。有两次分明见他关门睡了，忽然见他从外面回来，高声叫茶房开门。茶房就将这情形报告账房，账房为人最胆小，恐怕这种举动奇怪的人，或者干出什么非法的事来，使客栈受拖累，忍耐不住，就悄悄去报告巡捕房。巡捕头说：'这姓王的没有扰乱治安及其他违法的行为，我巡捕房里也不便去干涉他。不过他这人的举动，既这么奇怪，我们得注意他的行为。你回去吩咐茶房留心，等他出门去了就快来送信给我。我们且检查他那包袱里面看是些什么东西。'账房答应了回来，照话吩咐了茶房。但是一连几日，不见姓王的出去，茶房很着急。

"这日茶房从玻璃窗缝向房中偷看，只见房中没有姓王的踪影，帐门高挂，床上也空着无人，遂故意敲门叫王先生，叫了几声也无人答应，忙着告知账房去唤巡捕。外国人带着包打听匆忙跑到鸿发栈，各人擎着实弹的手枪，俨然和捉强盗一样，用两个巡捕看守着前后门，其余的拥到十四号，教茶房开了房门。走到房中一看，最使人一落眼就不由要注意的，就是在靠窗户的方桌底下，点了一盏很小的清油灯，仅有一颗豆子大小的灯光。油灯前面安放着一个白色搪瓷面盆，盆内盛着半盆清水。外国人先从床上取出那包袱来，打开看里面，只有两套黑绸制的棉夹衣裤，小衣袖、小裤脚，仿佛戏台上武生穿的，此外有两双鞋袜，一条丈多长的青绢包巾，旁的什么也没有。"

"外国巡捕头因检查不出违禁犯法的证据，正在徘徊，打算在床上再仔细搜查，忽见王国桢陡然从外面走了进来喝问道：'你们干什么，我不在房里，你们无端跑到我房里来？'巡捕头懂得中国话，见是王国桢进房来责问，便用手枪对着王国桢的胸膛说道：'不许动。我问你，你是哪省人，姓什么？到上海来干什么的？'王国桢摇手笑道：'用不着拿这东西对我，我要走就不来了。我是四川人，姓王，到上海来访朋友的。'巡捕头道：'你到上海来访朋友，这桌下的油灯点着干什么的？'王国桢道：'这油灯没有旁的用处，因夜间十二点钟以后，这客栈里的电灯便熄了，我在家乡的时候，用惯了这种油灯，所以在这城没有电灯的时候，还是欢喜点油灯。'巡捕头问道：'半夜点油灯还有理由，此刻是白天，为什么还点着呢？并为什么安放在桌子底下呢？'王国桢道：'因在白天用不着，所以安放在桌子底下，端下去的时候，忘记吹灭，直到现在还有一点儿火光。’巡捕头问道：‘油灯前面安放着一个面盆干什么呢？’王国桢道：‘面盆是洗面的，除了洗面还干什么？’

“巡捕头这时放下了手枪问道：‘同你住在这客栈里的，大家都说你的举动奇怪，你为何叫茶房锁了门出去，一会儿不待茶房开门又睡在房里。有时分明见你睡了，不一会儿又见你从外面进来，这是些什么举动？’王国桢反问道：‘与我同住的客，是这么报告巡捕房吗？’巡捕头道：‘报捕房的不是这里的客，我们向这些客调查，他们是这么说。’王国桢笑道：‘哪里有这种怪事？我是一个人住在这客栈里，与同住的都不认识，所以出进不向他们打招呼，他们有时见我出外，不曾见我归来，这是很平常的事，没有什么稀奇。’

“巡捕头听了没有话可问，同来的中国包打听，觉得这人的形迹太可疑，极力怂恿捕头将王国桢带到捕房去。王国桢也不反抗，就连同包袱带到捕房去了。报上本埠新闻栏内载了这回事，我看了暗想这王国桢的行为虽奇怪，然是一个有能耐的人，是可以明白断定的了。他叫姑娘玩，不留姑娘歇，尤其是英雄本色。他一个四川人被拘捕在捕房里，据报上说他又没有朋友来往，在捕房不是很苦吗？并且我们都知道捕房的老例，不论捕去什么人，出来都得交保，他一个四川人有谁去保他呢？我心里这么一想，就立刻派人去捕房替他运动。还好，捕房不曾查出他什么可疑的案子来，准其交保开释，我便亲到捕房将他保了出来，此刻留在舍下住着。承他的好意，愿意传授我一些儿技艺，我觉得这种有真本领，人品又很正派的人，实不容易遇着，既遇着了岂可当面错过？因此我宁可排除一切的事，专跟着他学点儿技艺。”

盛大听了喜得跳起来问道：“王先生在府上，你不能介绍给我见一面么？我也是多年就想亲见这种人物，那日的报我若看见，我也必亲自去讨保。”李九道：“要介绍给你见面很容易，只是他不在家的时候居多，他出门又不向人说，我派定了两个当差的专伺候他，他一个也不要。他的举动真是神出鬼没，令人无从捉摸。我四层楼上不是有两个房间，前面一间做佛堂的吗？佛堂后面那间空着没有人住，王先生来时，就选择了那间房，独自住着。我为要跟他学东西，特地在三层楼布置了一间房，王先生上楼下楼，非得走我房中经过不可。我又专派了一个很机警的当差，终日守在楼梯跟前，留心他上下。昨日我还没起床，就问王先生下楼去没有，当差的说没有。我就起来安排上楼去，正在洗脸的时候，忽听得底下有皮靴走得楼梯声响，看时竟是王先生从下面走了上来。我就问王先生怎的这么早出外，王先生道：'我忘记了一样东西在房里，你同我上楼去取好么？'我自然说好，胡乱洗了脸就跟着他上楼。只见房门锁了，王先生从怀中掏出钥匙给我道：'你开门吧！'我把锁开了推门，哪里推的动呢？我自信也有相当的力气，但那门和生铁铸成的一样，休想撼动分毫。离门不远有一个玻璃窗，我便跑到窗跟前，向里面窥看，只见房中的桌椅都靠房门堆栈着，对佛堂的房门也是一样，一个床铺和两张沙发堵了。我说：'这就奇了，前后房门都被家具堵塞，窗门又关闭得紧紧的，先生却从哪里出来的呢？'王先生笑道：'你不用问我从哪里出来的，你只打主意看应从哪里进去？'我说：'这玻璃可以敲破一片，就可伸手进去，把窗子的铁闩开了，开了窗门，还怕不得进去吗？'我当下用衣袖包了拳头，打破了一片玻璃，伸手开了铁闩，以为这窗门必然一推就开了，谁知道也和生铁铸成的一样，仍是撼不动分毫。再看窗子里面，并没得家具堵塞，只得望着王先生发怔。王先生笑道：'你不可以伸进头去，看窗缝里有什么东西吗？'"

不知李九伸进头去，看出窗缝里有什么东西，且俟下回再写。

总评：

在屈师爷闲谈之中，忽又出一周神仙，就其所表演之法术而言，诚有使人惊叹处，且正不易探索其奥秘之所在，讵彼之表演此术，仅以之为进身之阶耳！由是而进诡秘耸听之言，俾其奸谋之得遂，其用心亦良可惧矣。于以知江湖术士之多心术不正之徒，而人之终不可与之亲近也。虽然，数千白金之损失，其于豪富之家，有如九牛之去一毛，又宁足道哉！

龙在田，豁达之士也；张文达，粗鲁之人也。以个性绝不相同之二人，而遽相遇于一处，鲜有不发生龃龉之事，于是乎二人竟以交恶闻矣。唯张文达本为一极平凡之人，一旦为盛大所垂青，有如置身于青云直上，遽两眼高于顶，视他人皆为不足道。其胸襟窄狭至是，毋乃太为可笑乎！龙在田其后之有以小惩之，宜也。

在本回之一回之中，而出品类相同之二人，则即于周神仙之后，复继之以王国桢是。一则固足见江湖术士之特多于上海；再则正亦著者之欲故意卖弄其本领处也。唯周神仙之诡谋，业已败露无遗，人皆知其为歹类；若王国桢，则方为李九钦敬之不遑，正不知其葫芦中卖甚药。唯以其形状之诡秘而观之，似非正人君子之所为，请拭目以观下文也可。

第八十二回

失衣服张文达丢脸　访强盗龙在田出头

话说李九接着说道："我真个伸进头去，向窗缝仔细看了一会儿说道：'不见有旁的东西，只见有一张半寸宽、三寸多长的白纸条，横贴在窗缝中间，浆糊还是湿的，显然才贴上去不久。'王先生笑道：'就是这纸条儿作怪。你把这纸条儿撕下来，再推窗门试试。'我当即将纸条儿扯下，但是窗门还推不动，即问王先生是何道理，王先生说：'有好几张纸条儿，你仅撕下一张，自然推不动。'我又伸进头去，看四围窗缝共贴了八张纸条，费了好多气力，才把两旁及底下的六张撕了，只剩了顶上的两张，因为太高了，非有东西垫脚，不能撕下。以为仅有上面两张没撕下，两扇这么高大的玻璃门，未必还推不动，拼着将窗门推破，也得把它推开，遂用两手抵住窗门，使尽生平气力。这事真怪得不可思议，简直和抵在城墙上一样，并不因底下的纸条儿撕了，发生动摇。

"王先生见我的脸都挣红了，即挥手叫我让开说道：'我来帮你的忙，把上面的纸条撕了，免你白费气力。'我这时当然让过一边，看他不用东西垫脚，如何能撕到上面的纸条。他的身法实在奇怪，只见他背靠窗户立着，仰面将上半身伸进击破了的玻璃方格内，慢慢的向上提升，就和有人在上边拉扯相似，直到全身伸进去大半了，方从容降落下来，手中已捏着两张纸条对我说道：'这下子你再去推推看。'我伸手推去，已毫不费力的应手开了。我首先跳进房间，搬开堵房门的桌椅，看四围的门缝，也与窗缝一般的贴了纸条，朝佛堂的房门也是一样，只要有一张纸条没去掉，任凭你有多大的气力也休想推动半分。请两位想想，那房间只有两门一窗，而两门一窗都贴了纸条，并且还堵塞了许多家具，当然是人在房中，才能有这种种布置，然布置好了，人却从何处出来呢？”

盛大问道：“这王先生为什么故意把门窗都封了，又教你回去开门取东西呢？原来是有意显本领给你看吗？”李九点头道：“不待说是有意做给我看的。我是看了报上的记载，亲自去保释他，并迎接到舍下来，拜他为师，恳求他传授我的技艺，然毕竟他有些什么惊人的本领，我一件也不曾亲眼看见。你知道我近年来，所遇三教九流的人物也不少了，教我花钱迎到舍下殷勤款待，临走时馈送旅费，这都算不了一回事。只是教我认真拜师，我于今已是中年以后的人了，加以吸上一口大烟，当然得格外慎重，不能像年轻的时候，闻名就可以拜师，不必老师有真才实学。因此我虽把王先生迎接到了舍下，每日款待他，表示要拜他为师，然跟着就要求他随意显点儿惊人而确实的本领，给我一家人看看。王先生说：‘我实在没有惊人的本领，只怪一般不开眼的人，欢喜大惊小怪，随便一举一动，都以为稀奇，其实在知道的人，没一件不是稀松平常的勾当。’我说：‘就是稀松平常的勾当，也得显一次给我们见识见识。’王先生道：‘这是很容易的事，何时高兴，何时就玩给你们看。’这话已经说过几天了，直到前日才做出来。”

盛大问道：“你已拜过师没有？”李九道：“拜师的手续是已经过了，但是他对我却很客气，只肯以朋友的关系，传授我的本领，无论如何不肯承认是师徒。”盛大问道：“是他不许你接见宾客么？”李九摇头道：“不是。我既打算趁这机会学点儿能耐，便不能照平日一样，与亲朋往来。至于王先生本人，绝对没有扭扭捏捏的样子。初来的时候，我以为他要守秘密，不愿意使外人知道他的行踪。他说他生平做事，光明正大，不喜鬼鬼祟祟，世间毫无本领的人，举动行踪倒不瞒人，何以有点儿能为的人，反要藏藏掩掩？”

盛大道：“这种人物，我非求见一面不可，你休怪我说直话，你近来不肯见客，固然有一半恐怕耽搁工夫的心思在内，实际未必不是提防见了王先生的人，纠缠着要拜师，将来人多了，妨碍你的功课。你是好汉，说话不要隐瞒，是不是这种心理？”李九笑道：“你这话真是以小人之心，度君子之腹。王先生是一个四海为家的人，于今名虽住在我这里，实在一昼夜二十四点钟之中，究竟有几点钟在那间房里，除了他本人，没第二人知道。他初到我家里来就对我说过了，他喜欢住在极清静，左右没有人的房间。他房里不愿意有人进去，他每日不拘时刻，到我房里来坐谈，吃饭的时候，只须当差的在门外叫唤一声，他自会下楼吃饭；若叫唤了不下来，便是不吃饭，或已有事到外面去了。他在此住了一礼拜，每日都是此情形，你说我能介绍人见他么？我提防人纠缠他，又从哪里去提防？”

盛大笑道：“你既没旁的用心，就不管他怎么样，且带我到他房里去看看，哪怕见面不说话也行。”李九听了即丢了烟枪起身道：“使得，这位张君同去不同去？”张文达道：“我也想去见见。”于是李九在前，三人一同走上四层楼。李九回身教盛、张二人在楼口等候，独自上前轻轻敲了几下房门，只听得“呀”一声房门开了，盛大留神看开房门的，是一个年纪约二十五六岁，瘦长身材，穿着很整齐洋服、梳着很光滑西式头发的漂亮人物。此时全国除了东西洋留学生，绝少剪去辫发梳西式头的，在上海各洋行服务的中国人，虽有些剪发穿洋服的，然普通一般社会，却认为懂洋务的才是新式人物。盛大脑筋里以为这王国桢，必是一个宽袍大袖的古老样子，想不到是这般时髦。只见李九低声下气的说了几句话，即回头来叫二人进去。

盛大带着张文达走进房，李九很恭恭敬敬的对盛、张二人道：“这便是我的王老师。”随即向王国桢说了二人的姓名。盛大一躬到地说道：“我初听老九说王老师种种事迹，以为王老师至少是四十以上的人了，谁知还是这般又年轻又飘逸的人。请问王老师已来上海多久了？”王国桢道：“才来不过两个月。”盛大说道：“近年来我所见的奇人，所听的奇事，十有八九都是四川人，或是从四川学习出来的，不知是什么道理？”王国桢摇头笑道：“这是偶然的事，先生所见所闻的，十有八九是四川人，旁人所见所闻的未必如此。”李九接着说道：“这却不是偶然的，也不是他一个人所见所闻如此，即我本人及我的朋友，见闻也都差不多，想必有许多高人隐士，在四川深山之中，不断的造就些奇人出来。”

王国桢笑道：“你家里请了教师练武艺，你是一个知道武艺的人，你现在去向那些会武艺的打听，必是十有八九说是少林拳、少林棒，其实你若问他们少林是什么，恐怕知道的都很少。至于究竟他们到过少林寺没有，是更不用说了。因为少林寺的武艺，在两千年前就著名，所以大家拿少林做招牌。四川峨眉山也是多年著名好修道的地方，谁不乐得拿着做招牌呢？我原籍虽是四川人，但是不曾在四川学习过什么，也不曾见四川有什么奇人。”

盛大问道：“此刻京里有一个异人，也姓王，名叫显斋的，王老师认识不认识？”王国桢点头道：“我知道这个人，你认识他吗？”盛大道：“他在京里的声名很大，王公贝勒知道他的不少。前年我在京里，听得有人谈他的奇事，说有一次，有几个显者乘坐汽车邀他们同去游西山，他欣然答应同去，只是教几个显者先走，他得办理一件紧要的事，随后就来。这几个显者再三叮嘱不可迟延，遂乘车驰赴西山，到山底下舍车步行上山，不料走到半山，王显斋已神气安闲的在那里等候。又说有一次，有几个仰慕他的人请他晚餐，大家吃喝得非常高兴，便要求他显点本领看看。他说没有什么本领可显，只愿意办点儿新鲜菜来，给大家下酒，说罢离开座位，走到隔壁房中，吩咐大家不得偷看。过了一会儿，不见他出来，忍不住就门缝偷看，见空中并没人影。约莫等了半点钟光景，只见他双手捧了一包东西，打隔壁房中出来，满头是汗，仿佛累乏了的神气，大家打开包看时，原来是一只鲜血淋漓的熊掌，包熊掌的树叶，有人认得只长白山底下有那种树。可见得他在半点钟的时间内，能从北京往返长白山一次，而从一个活熊身上，切下一只熊掌来，总得费相当的时间，这不是骇人听闻的奇事吗？我当时因听了这种奇事，忍不住求人介绍去见他，他单独一个人住在仓颉庙里，我同着一个姓许的朋友，虽则承他接见了，不过除谈些不相干的时事而外，问他修道炼剑的话，他一概回绝不知道。我听得人说的那些奇事问他，他哈哈大笑，并摇头说：‘现在的人，都欢喜造谣言。’他房里的陈设很简单，比寻常人家不同的，就是木架上和桌上，堆着无数的蚌壳。我留神辨认，至少也有二百多种。我问他这些壳蚌有何用处，他也不肯说，只说这东西的用处大，并说全国各省的蚌壳都有。看他谈话的神气，好像是有神经病的，有时显得非常傲慢，目空一切；有时又显得非常谦虚，说自己什么都不会，是一个毫无用处的人。我因和他说不投机，只得跟姓许的作辞出来，以后便不愿再去扰他了，至今我心里对于他还是怀疑。王老师既是知道他这人，请教他是不是真有人家所说的那么大本领？”

王国桢笑道：“若是一点儿本领没有，何以偌大一个北京，几百年来人才荟萃的地方，却人人只说王显斋是奇人，不说别人是奇人呢？现在的人固然欢喜造谣言，但是也不能完全无因。即以王显斋的个人行径而论，也不能不承认他是一个奇人，至于听他谈话，觉得他好像是有神经病，这是当然的事，所谓‘道不同不相为谋’，一般人觉得王显斋有神经病，而在王显斋的眼光中看一般人，还觉得都是神魂颠倒，少有清醒的。各人的知识地位不同，所见的当然跟着分出差别。”

盛大一面听王国桢谈话，一面留神看门缝，窗缝上的纸条，还有粘贴在上面，不曾撕扯干净的，浆糊粘贴的痕迹，更是显然可见，因指着问王国桢道：“请问王老师，何以用这点纸条儿粘着门窗便不能开？”王国桢道：“这是小玩意儿，没有多大的道理。”盛大道：“我只要学会了这点小玩意儿，就心满意足了。我家和老九家是世交，我和老九更是亲兄弟一样，王老师既肯收他做徒弟，我无论怎样也得要求王老师赏脸，许我拜列门墙。”

王国桢笑道：“我在上海没有多久耽搁，一会儿就得往别处去，你们都是当大少爷的人，学这些东西干什么？李先生也不过是一时高兴，是这般闹着玩玩，你们既是世交，彼此来往亲密，不久自然知道他要心生退悔的，所以我劝他不必拜什么师，且试学一两个礼拜再看。”盛大道：“倘若老九经过一两个礼拜之后，王老师承认他可学，那时我一定要求王老师收受。王老师此刻可以应允我这话么？”王国桢点头道：“我没有不承认的，只怕到了那时，为反转来要求你们继续学习，你们倒不肯承认呢。”盛大见李九的神情，不似平日殷勤，知道他近日因一心要使王国桢信任，不愿有客久坐扰乱他的心里，只得带着张文达作辞出来。

在汽车里，张文达说道：“我们以为龙在田必时常到李公馆来，于今李九少爷既不见客，想必龙在田也不来了。”盛大道：“溜子的能为比你怎样，我不能断定，不过溜子这个人的手段，外边称赞他的太多，我不想得罪他。他自己高兴来打擂台便罢，他若不来，我们犯不着去激怒他。”

张文达听了，口里不敢反对，心里大不甘服，回公馆找着周兰陔问道：“你是认识龙溜子的，你知道他此刻住在什么地方么？”周兰陔笑道：“溜子的住所，不但我不知道，恐怕连他自己也不知道。他从来是没有一定住处的，有几个和他最好的朋友，都预备了给他歇宿的地方，他为人喜嫖，小房间也有三四处，看朋友时到了那地方，夜间便在就近的地方歇宿。”张文达道：“倘有朋友想会他，不是无处寻找吗？”周兰陔道：“要会他倒不难，他的行踪，和他最要好的曾振卿是知道的，要会他到曾家去，虽不见得立时可以会着，然曾振卿可以代他约定时间。你想去会他吗？我可以带你到曾家去。”

张文达道：“这小子太可恶了，我若不给点儿厉害他看，他也不知道我是何等人。他既是一个老走江湖的，我与他河水不犯井水，他不应该和我初次见面，就当着我们少爷，说许多讥诮我的话。他存心要打破我的饭碗，我只好存心要他的性命。”周兰陔道：“你不要多心，他说话素来欢喜开玩笑，未必是讥诮你。他存心打破你的饭碗，于他没有好处，不问每月送他多少钱，要他安然住在人家公馆里当教师，他是不肯干的。你和他初见面，不知道他的性格，将来见面的次数多了，彼此一有了交情，你心里便不觉得他可恶了。”

张文达仍是气愤愤的说道：“这小子瞧不起人的神气，我一辈子也跟他伙不来，我现在只好暂时忍住气，等擂台摆成了，看他来打不来打。他若不来，我便邀你同去曾家找他。总而言之，我不打他一顿，不能出我胸中之气。”周兰陔见张文达说话如此坚决，也不便多劝。

这夜盛大又带张文达出外吃花酒，直闹到十二点钟以后才回。张文达酒量本小，经同座的大家劝酒，已有了几成醉意，加以昨夜宿娼，一夜不得安睡，精神上已受了些影响，这夜带醉上床，一落枕便睡得十分酣畅。一觉睡到天明醒来，朦胧中感觉身体有些寒冷，伸手将棉被盖紧再睡，但是随手摸了几下，摸不着棉被，以为是夜来喝醉了酒撩到床底下去了，睁眼坐起来向床下一看，哪里有棉被呢？再看床上也空无所有，不由得独自怀疑道：“难道我昨夜醉到这步田地，连床上没有棉被都不明白吗？”

北方人夜间睡觉，是浑身脱得精光，一丝不挂的。既不见了棉被，不能再睡，只得下床拿衣服穿，但是衣服也不见了。张文达这一急真非同小可，新做的衣服不见了，自己原有的老布衣服，因房中没有衣箱衣柜，无处收藏，又觉摆在床上，给外人看了不体面，那日从浴春池出来，就交给当差的去了，几日来不曾过问。此时赤条条的，如何好叫当差送衣服来？一时又敌不过天气寒冷，没奈何只好将床上垫被揭起来，钻进去暂时睡了。伸头看房门从里边闩了，门闩毫未移动，对外的玻璃窗门，因在天气寒冷的时候，久已关闭不曾开动，此时仍和平常一样，没有曾经开过的痕迹。张文达心想这公馆里的把势和一般当差的，与我皆无嫌隙，决不至跟我开这玩笑，难道真个是龙在田那小子，存心与我为难吗？偏巧我昨夜又喝醉了，睡得和死了一样，连身上盖的棉被都偷去了。我栽了这么一个跟斗，以后怎好见人呢？从今日起，我与龙在田那小子誓不两立，我不能把他活活打死，也不吃这碗把势饭了，越想越咬牙切齿的痛恨。明知这事隐瞒不了，然实在不好意思叫当差的取自己的旧衣服来，又觉得新做的衣服仅穿了半天，居然在自己房中不见了，大少爷尽管慷慨，如何好意思再穿他第二套？自己原有的旧衣服，又如何能穿着见人？想到没有办法的时候，羞愤得恨不得起来寻短见。

不过一个男子汉，要决意轻生，也是不容易的，禁不得一转念想到将来五百元一月的幸福，轻生的念头就立时消灭了。张文达心里正在异常难过的时候，忽听得远远一阵笑声，接着有脚步声越响越近。张文达细听那笑声，竟有大少爷的声音在内，不由得急得一颗心乱跳，忽然一想不好，房门现在从里面闩着，若大少爷走来敲门，赤条条的身体，怎好下床开门？于今只好赶快把门闩开了，仍躺在垫被下装睡着。他的身法本来很快，溜下床抽开了门闩，回到垫被下面冲里睡着。果不出他所料，耳听得大少爷一路笑着叫张教师，并在门上敲了几下。

张文达装睡不开口，跟着就听得推门进来哈哈笑道："张教师还不快起来，你昨夜失窃了不知道么？"旋说旋伸手在张文达身上推了几下。张文达不能再装睡了，故意翻转身来，用手揉着眼睛问道："少爷怎的起来这么早？我昨夜的酒喝太多了，直到此刻头脑还是昏沉沉的。"盛大笑道："你还不知道么？你的被卧、衣服到哪里去了？"张文达做出惊讶的样子，抬头向床上看了看道："谁和我开玩笑，乘我喝醉了酒，不省人事的时候，把我的衣服、被卧拿去了，少爷睡在上房里，如何知道我这里不见了衣服？"盛大向门外叫道："你们把被卧、衣服拿进来吧！"只见两个当差的，一个搂了被卧，一个搂了衣服走进来，抛在床上自去了。

张文达一见是昨日的新衣服，心里早舒服了一半，连忙穿上下床说道："我昨夜喝醉了酒，忘记闩门，不知是谁，将衣被拿去了，少爷从什么地方得着的？"盛大笑道："你昨夜便不喝醉酒，把房门闩了，恐怕也免不了失窃。你知道这衣服、被卧在什么地方？我昨夜并没喝醉，房门也牢牢的关了，这被卧和衣服都到了我床上，我夫妻两人都不曾发觉，直到我内人起床，才诧异道：‘我们床上是哪里来的这些男子汉衣服？还有一床棉被，怎的也堆在我们床上？’我听了起来看时，认得是你的衣服、棉被，再看房门是上了洋锁的，不曾开动，唯有一扇窗门，好像曾经推开过，没有关好。我想这事除了龙溜子没有旁人，我对你说这人不能得罪，你不相信，果然就来与你为难，你瞧你这扇窗门，不是也推开了吗？”

张文达举眼看盛大所指的一扇窗门，仿佛是随手带关的，离开半寸多没关好，正待说几句顾面子的话，只见屈师爷急匆匆走进来说道：“老太太不见了一串翡翠念珠，大少奶奶也不见了一朵珠花。”盛大听了只急得跺脚道：“珠花不见了倒没要紧，老太太的翡翠念珠丢了却怎么办？”张文达气得哇哇的叫道：“少爷不要着急，周把势知道那小子的地方，我就去与他拼命。我不把失掉的东西讨回来，也不活在世上做人了。”盛大摇头道：“我当初疑心是龙溜子干的玩意儿，因为独把你的衣服、被卧搬到我床上，好像龙溜子存心和你过不去，于今偷去老太太的翡翠念珠，我内人的珠花，这又不像是龙溜子的举动。我和龙溜子虽没有多深的交情，但是曾振卿和我非常要好，溜子断不至为和你过不去，使我老太太着急。我老太太一生奉佛，乐善好施，谁也知道。溜子初来我家的时候，还向我老太太磕了头，未必忽然这么不顾情面！”

张文达急得脸上变了颜色，险些儿哭了出来说道：“少爷这么说来，更把我急煞了，若知道是龙溜子那混蛋干的，我去捞着了他，不怕讨不回来。少爷于今说不是他，公馆里这多个把势，这强盗却专与我过不去，除了溜子那混蛋，难道还有旁人吗？”屈师爷道：“我也疑心这事，不是龙在田干的。他是何等精明能干的人，一般认识他的人，都说他家里很富足，他岂肯在上海做这明目张胆的盗案？他纵然有心与张教师为难，翡翠念珠是我们老太太最珍爱的法物，珠花是我们大少奶奶所有首饰中最贵重的，都与张教师无干。若说因张教师是在公馆里当护院，故意这么干，使张教师丢面子，只须偷去张教师的棉被、衣服，移到大少爷床上，就够使张教师难受了。不为钱财，断不至偷盗这两样贵重东西。”

张文达气得双眼突出，恨声不绝的说道：“少爷和屈师爷都说不是龙在田偷去的，我不相信。我此刻就邀周把势同去找他。我这一只饭碗打破了没要紧，老太太和大少奶奶丢掉的东西，不能不找回来。我受的这口恶气，不能不出。我还有一句话得和大少爷商量，我听说上海巡捕房里面，有一种人叫做包打听，这种包打听与县衙门里的捕快一样，查拿强盗的本领极大，倘若昨夜失掉的东西值不了多少钱，或是能断定为龙在田偷去无疑，便用不着去陈报巡捕房，请包打听帮忙，于今我以为非报巡捕房不可。”

盛大道：“你是初来上海的人，只知道包打听查拿强盗的本领极大，哪里知道请他们出力是很不容易的。昨夜来的不是平常强盗，所来的决无多人，不能与平常盗案一概而论。这回的案子，不是巡捕房里普通包打听所能破获的。平常盗案，都免不了有四五个同伙的，抢得的赃物，有时因分赃不匀，内伙里吵起来，给外人知道了；有时将赃物变卖，被人瞧出了破绽。并且那些当强盗的，多半是久居上海的无业流氓，包打听对于他们的行动，早经注意，一遇有盗案发生，那般流氓便逃不出包打听的掌握。昨夜这强盗如果是龙溜子倒好了，念珠和珠花尽管拿去了，我相信他是一时有意使你为难，终久是得退回给我的，若报巡捕房就糟了。”

张文达道：“少爷不是说他不会干这事吗？因为疑心不是他偷去的，所以我劝少爷报巡捕房。”屈师爷道：“如遇到万不得已的事，自不能不去报捕房，不过像昨夜这种盗案去报捕房，外国捕头一定要疑心是公馆里自己人偷的，公馆里的丫头老妈子，不待说都得到捕房里去受严厉的审讯，便是这些把势，恐怕也不免要一个一个的传去盘诘。为的夜间外边的铁门上了锁，有两个巡捕终夜不睡的看守，还有门房帮同照顾，无论有多大本领的强盗，是不能从大门进来的。后门终年锁着不开，并没有撬破的痕迹，强盗从何处进来呢？外国人不相信有飞檐走壁的强盗，报了巡捕房还是我们自己倒霉。”张文达道：“这情形我不明白，既是如此，报巡捕房的话就无须说了。我就去找周把势，请他引我去会了龙在田再说。”说着就往外走。

盛大喊道：“且慢！就这么去不妥当。于今东西已经偷去了，我们也不用着忙，且把主意打定再去，免得再闹出笑话来。”张文达见这么说，只得止步回头，问如何打定主意？盛大也不答话，只叫人把周兰陔叫来。周兰陔一见盛大，即打跧请安说道：“少爷白花钱养了我们这些不中用的饭桶，强盗半夜跑到公馆里来，盗去极值钱的东西，并且使老太太和大少奶奶受惊。我们这些饭桶，真是惭愧，真是该死！”

周兰陔这番话，说得张文达脸上红一阵紫一阵，只恨房中没有地缝可钻入。盛大连忙说道："这事怪你们不得，你们虽负了护院的责任，不过这强盗的本领非同小可，照昨夜那种情形，听凭怎样有本领的人当护院，除却有前知的法术，便无处提防。我夜间睡觉，素来最容易惊醒，房中一有人走得地板响动，我少有不知道的，有时就轻轻的撩我的帐门，我也惊醒转来。昨夜强盗到我房中，将张教师的衣服、被卧安放在我床上，我竟毫不知觉，这强盗的本领就可想而知了。我此刻找你来商量，龙溜子昨日上午在这里，我正陪着他谈话，凑巧张教师从外边回来，我知张教师前天出外，是和你同去的，一夜不曾回来，我便猜想你们必是玩姑娘去了，张教师和我见面的时候，随口向他开了两句玩笑，接着介绍他与溜子见面，张教师还没回来的时候，我已把在张园相遇的情形，向溜子说了。不料溜子与张教师谈话不投机，各人抢白了几句，我知道溜子轻身的本领是很有名的，不由得疑心他是蓄意与张教师过不去，所以将张教师的衣服、被卧移到我床上，一面丢张教师的脸，一面使我知道。后来听说老太太不见了翡翠念珠，我少奶奶也不见了珠花，我又觉得龙溜子不会在我家里干出这种事来。你和溜子有多年交情的，你觉得这事怎么样？"

周兰陔沉吟了一会儿道："这事实在是巧极了。昨日张教师因受了溜子的奚落，缠着要我引他去找溜子图报复，溜子为人也是气度小，受不了旁人半句不好听的话。若专就这偷衣被的情形看来，不用疑心，一定是溜子干的。但是溜子无论怎样气愤，也不至动手偷老太太、少奶奶的东西。我刚才去向老太太请罪，已在房中仔细侦察了一遍，房门没有开动，窗户外边有很密的铁柱，又有百叶门，里面有玻璃门，溜子轻身的本领虽好，然我知道他巧妙还不到这一步。少爷房里和这间房里，溜子是容易进来的，这事我不敢断定是他干的。不过如果是他干的，我去会他时，谈起来自瞒不了我。我知道溜子的性格，无处不要强，事情是他做的，哪怕就要他的性命，他也不会不承认，只对不知道他的人不说罢了。"

张文达道："我原打算请你带我同去的，因大少爷要和你先商量一番，于今既商量好了，我们便可前去。"周兰陔道："你现在和我同去却使不得，这事若果是他干的，你可不要生气，完全是为有你在这里当护院的缘故，你一和他见面，不把事情更弄僵了吗？"张文达忍不住双眉倒竖起来嚷道："我不管事情僵不僵，他既跟我过不去，我就不能不使点儿厉害给他看。我真打不过他时，哪怕死在他手里也甘心。”

周兰陔摇头道：“你去找他报仇，又是一桩事，我此去是为侦察昨夜的事，究竟是不是他干的？万一不是他干的，你见面三言两语不合，甚至就动手打起来，打到结果，他还不知道有昨夜的事，岂不是笑话吗？”盛大道：“周把势的话不错，你就去看他是如何的神情，再作区处。”说着，自进里面去了。

盛大去后，公馆里所有的把势都走了来，一个个笑嘻嘻的问张文达昨夜不曾受惊么。张文达气愤得不知如何才好，人家分明是善意的慰问，心里尽管气愤，口里却不能再说出夸大的话来。

大家用过早点之后，周兰陔独自走到曾振卿家来，只见曾振卿正在亭子楼中，和龙在田说笑得十分高兴，见周兰陔进来，连忙起身让坐。曾振卿笑问道：“听说你们公馆里，新近花五百块大洋一月，请了一个张教师。你们大少爷非常敬重他，每日带他坐汽车吃花酒，并给他换了一身新的绸绫衣服，你们同在公馆里当把势，看了也不难过吗？”周兰陔乘机笑道：“难过又有什么办法？我自己只有这种本领，就只能受东家这种待遇。一个人的本领大小，岂是可以勉强得来的吗？”

龙在田笑问道：“你们那位阔教师，今天怎么样，没有出门么？”周兰陔知道这话问得有因，即指着龙在田的脸大笑道：“昨夜的勾当，果然是你这缺德的干出来的，你真不怕气死他。”曾振卿笑道：“这事是我怂恿溜子干的，今早起来，你们公馆里是如何的情形，你说出来给我们开开心。”

周兰陔将早起的情形，细说了一遍道：“我们大少爷本疑心是溜子干的。”龙在田不待周兰陔说下去，急跳起来问道：“怎么说呢？你们老太太昨夜丢了一串翡翠念珠吗？大少奶奶也不见了珠花吗？你这话真的呢，还是开玩笑的呢？”周兰陔正色道：“这般重要的事，谁敢开玩笑！据我们大少奶奶说，珠花不过值三四千块洋钱，算不了什么；那串翡翠念珠，计一百零八颗，没有一颗不是透绿无瑕的，曾有一个西洋人见了，愿出十万块洋钱买去，老太太说，休说十万，就有一百万块钱，全世界也找不出第二串来。”龙在田急得连连跺脚道：“这还了得，我这回开玩笑，竟开出这么大乱子来，我如何对得起他们老太太？我龙在田就要抢劫，就穷困死了，也不至去抢盛老太太的贵重东西。”

曾振卿在旁也惊得呆了。周兰陔道："我们大少爷和我也都觉得这事不像是你溜子干出来的，不过事情实在太巧了，怎么不先不后就有这个能为比你还大的人，给你一个马上打屁，两不分明呢？"曾振卿道："既然出了这种怪事，我两人今天倒非去盛家走一趟不可。我们去把话说明白，并得竭力替他家将这案子办穿才好。不然，像兰陔和我们有交情，知道我们的品行还罢了；在不知道你我的人，谁肯相信你不是见财起心，顺手牵羊的把念珠、珠花带了出来？"

龙在田点头道："我一定要去走一趟，不过这事倒使我真个为难起来，据我想做这案子的，必是一个新从外道来的好手，并且是一个独脚强盗，表面上必完全看不出来。"周兰陔道："这是从何知道的？"龙在田道："盛公馆里面，值钱的东西，如珠翠、钻石之类，谁也知道必是很多的，这强盗既有本领，能偷到这两件东西，难道不能再多偷吗？这种独脚强盗的行径，大概都差不多，尽管这人家有许多贵重东西，他照例只拣最贵重的偷一两件，使人家好疑心不是强盗，甚至误怪家里的丫头、老妈子，他便好逍遥法外。这种强盗是从来不容易破案的。昨夜倘若不是有我去与张文达开玩笑，他老太太和大少奶奶，还不知道要到什么时候才发觉不见了这么贵重的东西；便是发觉了，也决不至就想到有大盗光临了，因为门窗关好了不曾动，各处都没有被盗的痕迹，不疑心丫头、老妈子却疑心谁呢？若是上海在圈子里面的朋友做的案子，不问是哪一路的人，我都有把握可以办活。"

周兰陔道："本埠圈子里的朋友，不用说没有这样本事的人，便有也不会到我们公馆里下手。你们两位肯去公馆里看看很好，并不是为去表明在田哥的心迹，这事非有两位出头帮忙，是没有物还故主希望的。"曾振卿问道："你们少爷没打算报捕房么？"周兰陔道："张文达曾劝我们少爷报捕房，少爷不肯，我们大家也不赞成。"龙在田道："我们就去吧，和你们少爷商量之后，好设法办案。"三人遂一同出门到盛公馆来。

周兰陔在路上对龙在田说道："张文达那饭桶，因料定他的衣服，是你偷搬到大少爷床上去的，咬牙切齿的要我带他来找你算账。我和大少爷都断定你不至偷老太太的东西，不许他同来。于今你到公馆里去，免不了要与他会面。他是一个尽料的憨头，若证实了是你使他栽这么一个跟斗，他一定非和你拼命不可。我觉得你犯不着与他这憨头反对，最好昨夜搬衣被的事，不承认是你干的，免得跟他麻烦。”

龙在田笑道：“我若怕他麻烦，也不是这么干了，谁去理会他？我去与他没有什么话说，无所谓承认不承认。他是识相的不当面问我，我自然不向他说；他不识相时，我自有方法对付他。”曾振卿笑道：“你到于今还不知道溜子的脾气吗？你就把刀搁在他颈上，教他说半句示弱的话是不行的。”周兰陔便不再往下说了。

不一会儿到了盛公馆，只见盛大少爷正陪着一个朋友在客厅里谈话。周兰陔认识这朋友姓林名惠秋，浙江青田人，在上海公共租界总巡捕当探目，已有七八年了，为人机警精干，能说英国话，在他手里破获的大案、奇案最多，英国总巡极信任他。起初不过跟一个包探当小伙计，供奔走之役，因为很能办案，七八年之间，渐次升到探目，在他部下供差遣的伙计，也有一百多人。他又会结交，凡住在租界内有钱有势的人，无不和他有来往，每逢年节所收各富贵人家送他的节钱，总数在五万元以上。至于办案的酬劳，及种种陋规收入，平均每月有四五千块钱，然而表面上他还有正派不要钱的美名。与他资格同等的人，收入确实在他之上。他与盛大已认识了三四年，过年过节及盛公馆做寿办喜事，他必来道贺，并派遣巡捕来照料。

这日周兰陔动身会龙在田去了之后，盛大到老太太房里，见老太太因丢了念珠，心中闷闷不乐，盛大更觉着急，暗想报捕房无益，反惹麻烦，不如打个电话，把林惠秋找来，托他去暗中探访，或者能得着一点儿线索也未可知。主意已定，便亲自摇了个电话给林惠秋，林惠秋立时来了。盛大将早晨发觉被盗的情形说了，并带林惠秋到自己房中及老太太房中察看了一遍，回到客厅里坐下说道：“这是一桩最棘手的案子，不瞒你大少爷说，最近一个礼拜之内，像这样的大盗案，经我知道亲去勘查过的，连府上已有十七处了。捕房因一件也不曾办活，不仅妨碍地方治安，并关系捕房威信，暂时只好极端秘密，现在全体探员昼夜不停的查访。”

盛大惊讶道：“这强盗如此大胆吗？那十六桩盗案都曾报告捕房吗？”林惠秋摇头道：“没有一家向捕房报告，都是自家不愿张扬出来，各人暗托有交情的探员，或有声望的老头子，明查暗访。我为这强盗猖獗得太厉害，就是总巡没有命令，我不知道便罢，知道就不能不亲去勘查一番。看这十七家的情形，毫无疑虑是一个强盗干出来的。”

话才说到这里，周兰陔引着曾、龙二人进来。他知道林惠秋的地位，恐怕龙在田不认识，随便说出与张文达开玩笑的话来，给林惠秋听了误认做嫌疑犯，遂首先给曾、龙二人介绍，将林惠秋的履历说出来。林惠秋因自己事忙，又见有生客到来，即作辞走了。盛大送到门口转来，龙在田问道："他是捕房的探目，怎么不在这里多商量一番。"盛大道："他说近来一礼拜之内，和我家一般的这种盗案，共有十七处了。你看这强盗不是胆大包天吗？"

龙在田对盛大作了一个揖道："对不起，我昨夜凑巧和府上的张教师寻开心，将他的衣服、被卧，一股脑儿送到你床上，那时正是半夜一点钟的时分，我一分钟也没停留，就回到吴兴里睡了。方才兰陔兄到我们那里，始知道竟有人在我之后，偷去很贵重的东西，我此刻到这里来，一则必须对你把话说明白，以免老太太恼恨我龙溜子无人格，外面和人做朋友来往，探明了道路，黑夜即来偷盗；二则我和振卿对于这案子，情愿竭力踩缉，务必将案子办穿。"

盛大也连连作揖道："两位大哥的好意，我非常感激。至于恐怕我老太太疑心龙大哥，是万无此理的。龙大哥是何等胸襟，何等身份的人，我们岂待表白。昨夜所失的，若是旁的对象，哪怕值钱再多，我也不打算追究了，无奈那念珠是我家老太太平日爱不释手的，自从发觉失了之后，今天简直不见她老人家有笑容，因此我才用电话把林惠秋找来。据林惠秋说，近来已出了十七桩这种盗案，可见舍间这番被盗，与龙大哥昨夜的事毫无关系。不过这个强盗，非寻常强盗可比，林惠秋在总巡捕房，虽是一个有名的探目，我恐怕他还没有破获这强盗的能力。两位大哥肯出力帮忙，是再好没有的了。"龙在田道："办这种奇离的案子，全看机会怎样，倒不在乎办案的人本领如何，机会凑巧时，破获也非难事。"

曾、龙二人当时细问了念珠和珠花的式样，并在老太太房间四周及房顶细看了一遍，竟看不出一点儿痕迹来。龙在田便对盛大说道："这案子竟使我毫无头绪，只得去找几个本领大，交游宽的朋友商量，有了头绪再来给你回信。"说毕和曾振卿作辞出来。

盛大送出门外，恰好张文达从外面回来，一见龙在田从里面走出，仇人见面，不由得圆睁两眼望着龙在田，满心想上前去质问一番，因在马路旁边，觉得不便。加以昨夜的事，张文达心里尚不敢断定是龙在田干的，不得不勉强按捺住火性，横眉怒目的见龙在田大摇大摆着走了，才走进公馆赶着盛大少爷问道："溜子对少爷如何说，他抵赖不是他干的么？"

盛大此时对张文达，已不似前几日那般钦敬了，当即鼻孔里笑了一声答道："好汉做事好汉当，龙溜子是江湖上有名的好汉，他做的事怎肯抵赖。"张文达问道："老太太的念珠和大少奶奶的珠花，他送回了没有呢？"盛大道："那东西不是他偷去的，如何能由他送回来？"张文达道："昨夜的事，果然不是他做的么？少爷的见识真了不得，亏了周把势阻拦我，不教我同去，不然就得闹出笑话来。"盛大笑道："去了也没有什么笑话，东西虽不是他偷的，你的衣服、棉被，却是他和你寻开心，搬移到我床上去的。"张文达脸上陡然气变了颜色说道："他曾亲口对少爷说是他干的么？"盛大道："他觉得对不起我，向我道歉。"

张文达不待说完，气得掉头往外就跑。盛大知道他是去追赶龙在田，恐怕他追上了，在马路上打起来，双方都被巡捕拿到捕房去，两下的面子都不好看，连忙高声呼唤："张教师转来。"张文达只顾向前追赶，两耳仿佛失了知觉，盛大这一高声呼唤，张文达虽没听得，却惊动了这些把势，一齐奔上前来问什么事。盛大道："张教师追赶龙在田去了，你们快追上去将他拉回来，明白说给他听，上海马路上不能打架。"

这些把势听了哪敢怠慢，一窝风也似的往前追赶。追到半里远近，只见张文达满头是汗的走回头来，见了众把势唉声叹气的说道："那可恶的忘八蛋，不知逃往哪条路上去了？不见他的踪影，马路上过路的人，倒大家把我望着，更可恶的是前面有一个巡捕，将我拦住，问我为什么这么乱跑。我见追赶不上，只得暂时饶了那忘八蛋。"众把势道："幸亏你没追上，你不知道租界马路上不许人打架的么？你若追上了龙溜子，不是有一场架打吗？那时对不起，请你进巡捕房里去，不坐西牢就得罚钱。"

张文达道："难道巡捕房的外国人不讲理吗？我没有犯法，倒要我坐牢，罚我的钱，姓龙的半夜偷进我的卧房，倒可以不坐牢、不罚钱吗？"众把势道："那又是一回事，巡捕房不管。租界的规矩，不许有人在马路上打架，打架两边都得拿进捕房，一样的受罚。大少爷就怕你上当，特地叫我们追上来。"张文达没得话说，只得怀着一肚皮的怒气，同回公馆。

盛大从这日起，因心里不快活，每日去外面寻开心，也不带张文达同去。盛公馆的人，见大少爷终日不在家，对于摆设擂台的事，虽还不曾搁下，但都不甚踊跃。张文达看了这情形，心里越发难过，但是又不敢向盛大催问，只能问屈师爷和周兰陔，擂台还是摆也不摆？屈、周二人一般的答道："公馆里出了这种大盗案，还没有办出一点儿线索来，老太太闷得什么似的。大少爷每日为办这案子，奔走不停，哪里更有闲心来摆擂台？不过报上的广告登出去了，捕房也办好了交涉，摆总是要摆的。"张文达只要擂台仍有摆的希望，便不能不耐着性子等候。

光阴易逝，不觉已过了一个礼拜。这日盛大刚用了早点，安排出外，门房忽报龙在田来了。盛大心想他来必有消息，忙迎出客厅来，只见张文达正在揎拳捋袖的厉声对龙在田道："我与你有什么仇恨，你存心这般害我丢人。我也找不着你，难得你自己到这里来，你不和我说个明白，哼！对不起你，请你来得去不得。"

盛大向两人中间将双手一分说道："这事已过去多久了，不用说了吧！"张文达急得暴跳嚷道："不行，不行！我这跟斗太栽得厉害了。"龙在田反从容不迫的笑道："张师爷，请息怒，有话好慢慢儿说。我若是害怕，也不上这里来了，你要干文的，或要干武的，我都可以答应你，忙什么呢？大少爷请坐，他独自闷在肚子里气的难过，索性让他和我说明白倒好。"

张文达问道："干文的怎么样，干武的怎么样？"龙在田道："文的是你我各凭各的能耐，选定时候，选定地方，决个胜负；武的是你我两人都得站在不能移动脚步的地方，凭证两方的朋友，一个一刀对砍，谁先躲闪谁输，谁先倒地谁输。"

张文达听了这武的干法，倒吓了一跳问道："世间有这样笨干的吗？"龙在田笑道："你说这干法笨吗？这办法再公道没有了。两人都不许移脚，不许躲闪，输赢一点儿不能含糊，不像干文的有腾挪躲闪可以讨巧。你不相信世间有这种笨干法，我不妨拿点真凭实据给你看看。"边说边解衣，脱出上身赤膊来笑道："你看我这身上有多少刀瘢？"

张文达和盛大两人看了他这赤膊，都不由得吐舌，原来两肩两膀及胸膛，大小长短的刀瘢，纵横布满了，长大的从刀缝里生出一条紫红色的肉来，凸起比皮肤高出半分，短小的便只现出一条白痕。盛大指点着数了一数，竟在一百刀以上，问道："你被人砍这么多刀，还不倒地吗？"龙在田道："我生平和人干这个，已有二十多次了，头颈上大腿下还多着呢！生平只见一个狠手，他砍了我七十一刀。"盛大问道："你砍他多少呢？"龙在田道："我也砍他七十一刀，到七十二刀时他不能动了，我还是走回家，自己敷药。这是我湖南上四府人最公道的决斗法，最好钉四个木桩在河中间，坐划船到木桩上去，每人两脚踏两个木桩，凭证的朋友坐在划船上看杀，谁躲闪便谁先下水。"

张文达道："这干法不好，我跟你干文的。"龙在田哈哈笑道："我也知道你只够干文的，那还不是现成的吗？你于今正要摆擂台，我随便什么时候，到台上来送给你打一顿好了，不过我现在还有话和你说，你在这公馆里拿五百块洋钱一个月当护院，我把你的衣服、被卧移动一下，并不曾偷去，你倒拼死拼活的要找我见个红黑。这公馆里老太太、少奶奶被盗偷去值十多万的珠翠，你反安闲得和没事人一样，当汉子的应该如此吗？"

张文达羞愧得涨红了紫猪肝色脸说道："我心里正急得和油煎火烧一般，哪里还有一时半刻的安闲？无奈我初到上海来，对这种强盗，简直摸不着门路，我也没有法子，我若知道那强盗的下落，我还能顾自己的性命，不去捉拿他么？"龙在田点头笑道："你这倒是老实话，我于今知道那强盗的下落了，你肯拼着性命去拿么？你我说了话要作数的，如果你的性命没拼掉，却给强盗走了，便不能算是你拼着性命拿强盗。"

张文达想了一想道："我是不能上高的，倘若那强盗不和我交手，见面就上高走了，却不能怪我不拼命。"龙在田道："我们不是不讲情理的人，只要你不贪生怕死，便有办法。"张文达问道："你知道那强盗现在哪里？请你带我去拿他，看我是不是一个怕死之徒。"龙在田道："你不用忙，此刻还早，我们去拿的时候，再给信你，对不起你，请你去外面坐坐，我因有话和你大少爷商量，除你大少爷以外，不能有第二个人听。"

张文达忽然现得很欢喜的对龙在田连作几个揖道："你龙爷能把这强盗查出来，带我去捉拿，我心里真快活，以后无论你龙爷教我怎样，我都是心甘情愿的。"说毕几步跑出客厅去了。龙在田点头笑道："这是一条可怜的牛，只能用他的气力，除了气力是一点儿用处没有。"

盛大问道："听你刚才说话的口气，好像已经查出下落来了，究竟事情怎么样？"龙在田叹了一口气道："这强盗的本领实在太大了，我虽已自觉的确不错，但还不敢下手，不过我已布置了不少的人在那强盗附近，今日就得请你同去捉他。"盛大慌忙一躬到地说道："谢谢你。这事我心里感激，口里倒没有话可说。你知道我手上一点儿功夫没有，不但不能帮着动手捉拿强盗，恐怕有我在旁边，反而妨碍你们的手脚。"

龙在田摇头道："这事你也用不着谢我，实在合该那强盗倒霉，凑巧与我同在那一夜到这公馆里来，使我不能不管这回事，若不然，直到明年今日也不会破案。请你同去，并不是要你帮同动手捉拿他，只因那强盗所住的地方，非有你不能进去。"盛大听了诧异道："这话怎么说？究竟那强盗是谁，住在哪里？何以非我不能进去，难道是本公馆的人偷了么？"不知龙在田说出什么强盗来，且俟下回再说。

总评：

于周神仙、王国桢二人之外，本回中复又述及一王显斋，正见四海之内，所谓奇人者，固无处蔑有。虽然，吾于此窃有说焉，则即此奇人也者，其所作所为，果有丝毫能裨益国家者乎？果能运筹帷幄，为国家一御强敌者乎？若其未能也，徒为一种游戏神通，而供一般达官贵人酒后茶余谈笑之所资，则吾人又何贵乎此奇人焉。

张文达，固盛宅所延之护院，用以备盗贼之来侵犯者也，月致薪金五百，其待遇不可谓不厚。乃一旦一宵人入室，悉将其被卧、衣服席卷而去，而彼仍酣睡未之觉，其于防范一道，未免太为疏忽，洵属丢失颜面之至。当盛大持所窃去之衣被而来，在外扬声呼之之时，正不知其何以为情也。虽然，试一究此事之所由来，则固龙在田之所为，用以报复其傲慢之态者，诚可谓为妙极一时之恶作剧。然而龙、张二人本领之高下，固于此而可立判矣。

在盗去张文达被卧、衣服之际，同时复有翡翠念珠与珠花之失去，此诚为出人意料之外者。谓亦属龙在田之所为耶？则其事固绝不类，谓非龙在田之所为耶？则其情又有可疑，惝恍迷离，莫此为甚。固不仅案情复杂已也，于是乎龙在田乃不得不自告奋勇，而以缉访是案主犯自任矣。虽然，试一究其实，则皆著者之故弄狡狯，作是迷离之局，用以引一般读者之步步入胜耳！而读者亦正以其情节之新奇，竟身入彀中而不自觉也。嘻！良足称矣。

龙在田提出文干、武干之二法，可谓趣人趣事。而能袒一身以相示，刀痕历历皆是，尤足见其所举者确为事实，非徒为一时之大言，良足使张文达为之气慑而却步。虽然，似此凶悍残酷之举动，而谓其为确出之于人类之手，直令人不敢见信耳。

第八十三回

逢敌手王国桢退赃　报小仇张文达摆擂

话说龙在田听了不住的摆手道："不是，不是！若是本公馆里的人偷了，如何用得着捉拿？那强盗是你认识的人，并且你心里极钦仰的人，你能猜得出么？"盛大想了一想，低声问道："难道就是张教师吗？"龙在田哈哈大笑道："你越猜越离经了，论人品他不至如此，论本领也不能如此。我和几个朋友，费了七夜的工夫，才查出那强盗姓王名国桢，原来就住在李九少爷公馆里。"盛大听到这里，不由得"哎呀"一声说道："是他吗？李九不是要求拜他为师，他还推辞不肯的吗？我就在出事的那天白天里，曾见了王国桢一面，听他说了很多的话。我觉得他不但是一个上等人，并且佩服他是一个有道法、有神通的人，何以竟会做强盗呢？你是用什么方法查出来的，靠得住么？"

龙在田笑道："这是好玩的事吗？靠不住我怎敢乱说。在一个礼拜以前，有一日我独自去看李九爷，那门房阻拦我，说九爷有事不能见客。我当时并没要紧的事，原可不与李九爷会面的，但因那时曾听得有人说，李公馆里来了一个剑侠，收李九爷做徒弟，正在传授剑术，我听了不相信，所以到李公馆去。见门房这么说，我便向门房及李家当差的打听，好在他家的人，对我的感情都还好，将那剑侠王国桢的来历举动，一一说给我听，并说就在这日还显了一种很大的本领，能将几张三寸来长的纸条粘贴在门缝上，门即和生铁铸的一样，任凭有多大的气力，不能推动半分。我问他们是否亲眼看见，他们都说确是亲眼看见的。我这日虽没见着李九爷和王国桢，只是心里总不免怀疑这王国桢的行径，心想他若真是一个剑侠，为什么要那么藏头露尾的，被捕到巡捕房里去？住在客栈里，无端现出些可疑的举动来，是何用意呢？这时我已疑心他不是一个正路人物。自从府上的念珠、珠花被盗之后，我一面派人四处密访，一面亲访彭庶白，邀庶白到一新商号去会柳惕安，问柳惕安认不认识王国桢？柳惕安说不认识。我把王国桢在客栈里的情形说出来，柳惕安道：‘这人恐怕是一个在江湖上行术卖道的，不然便是一个黑道上的朋友。’我随将府上被盗的事说给他听，他笑道：‘盛大少与李九爷是一样的大少爷脾气，我若是王国桢一样的人，早已搬到他盛公馆里住去了。因为我不与王国桢一样，盛大少爷便懒得和我来往了。’”

盛大听了笑道：“我何尝是懒得和他来往，他懒得与我来往也罢了！”龙在田道：“我便说：‘倘若有你住在盛公馆里，他老太太的念珠，大少奶奶的珠花，也不至被人盗去了。于今我很疑心王国桢不是个好东西，打算破几昼夜的工夫，暗地侦察他的行动。不过明知道他的能为比我高强得多，我一个决对付不了，求你冲着盛大爷的面子，出头把这案子办穿。’柳惕安真不愧是个义侠汉子，当即慨然答应道：‘他这种举动，败坏剑侠的声名，我不知道便罢了，知道是万不能放他过去的，但是我们得十分小心，不可打草惊蛇，给他知道了。’庶白道：‘你两人在暗中侦察他的举动，我还可以助一臂之力，求李九介绍去拜他为师，每日去与他盘桓，也或者能看出些破绽来。’我说：‘你愿意去做个内应，是再好没有的了。’当下商议好了，即各自着手侦察。”

“最初三日，我和柳惕安都不曾查出什么来，只庶白对我们说，他第一日去会李九，名片拿进去又退出来，一连三次，李九被缠不过才见了。庶白见面便正色说道：‘我一向把你老九当一个血性朋友，和亲哥子一般恭敬，谁知你竟是一个专讲自私自利的人。’李九听了诧异道：‘我何尝干过自私自利的事，你不要这么胡乱责备人。’庶白道：‘你还不承认是自私自利吗？你拜了一个剑侠做老师，为什么关了门不见客？你与我交朋友这么多年，岂不知道我的性格？我是多年就希望遇见剑侠，而始终遇不着的，这话也常对你谈过。你既有这种遇合，就应该使人通知我才对，何以我来了，你还挡驾不见呢？你这不是自私自利是什么？’李九笑道：‘你为这事责备我自私自利，真是冤枉透了。我至今尚不曾拜师，你只知道剑侠不容易遇着，哪里知道就遇着了，要他肯承认你是他的徒弟，比登天还难呢！’庶白道：‘这道理我也知道，我早已听人说过，他们收徒弟选择甚苛，完全看各人的缘法怎样。也许我的缘法比你更好，他不肯承认你，难道也跟着不肯承认我吗？总而言之，他若一般的不肯承认，果然与你无损，便是肯收我做徒弟，也只与你有益。你何妨引我去见他，并帮着我说几句求情的话呢！’李九不能推诿，只得带庶白见了王国桢。

“庶白因知道王国桢在客栈里每天叫姑娘的事，见面谈了一番客套话就说道：‘我要在王老师面前放肆，说句无状的话，王老师能不见责我么？’王国桢见庶白很活泼精明的样子，倒显得非常投契的问道：‘彭先生有话，请不客气的说。’庶白道：‘我今天虽是初次见王老师，但是心里钦仰已非一日了，我想请王老师喝一杯酒，不知请到堂子里，王老师肯不肯赏光？’王国桢笑道：‘彭先生用不着这么客气，不过同到堂子里去玩玩，我是很高兴的。’李九道：‘我以为老师不愿意到那一类地方去，又恐怕耽误我自己的时间，所以一向没动这念头。’王国桢道：‘我为什么不愿意去？我最欢喜的便是那一类地方，不过不容易遇见一个称心如意的姑娘罢了。’这日就由庶白做东，请王、李二人，还邀了几个不相干的陪客在堂子里玩了一夜。第二日便是李九做东，明日应该轮到我了。我不曾在上海请过花酒，不知道一次得花多少钱。李九道：‘老师不须问多少钱，尽管发帖做东好了。’王国桢道：‘那太笑话了，我做东自然得我花钱，你只说得多少钱够了，我好去拿钱来。’庶白说：‘有六七十块钱够了。’

“王国桢点了点头，伸手将姑娘房中西式梳妆台的小抽屉抽了出来，把抽屉内所有零星对象倾出，从怀中取出一个小日记本，用铅笔在一页纸上写了几个草字，庶白不认得写的什么，只见王国桢将这纸撕下来，纳入小抽屉内，仍旧推入梳妆台，回头对庶白笑道：‘我此刻玩一个把戏你看，你知道我刚才这番举动是干什么吗？’庶白道：‘不知道。’王国桢道：‘这梳妆台是我存款的银行，刚才这张纸条，便是我签的支票。你说六七十块钱够了，我就只支取七十元，你去取抽屉看看，七十元已支来了没有？’庶白即起身扯出那抽屉看时，见那纸条还依然在内，并不见有洋钱钞票。

“李九和几个姑娘也争着凑近身来看，大家笑道：‘王老师使的是一张空头支票，退回来了，没支得一个钱。’王国桢哈哈笑道：‘这还了得！这台我怎么坍得起，你们不要动，再把抽屉关上，非按款支来不可。’庶白留神看那页纸上，好像是画的一道符，形式与平常道士所画的符相仿佛，并没一个可以认得出的字，遂将抽屉关上。李九躺在烟炕上烧了一筒鸦片烟，递给王国桢道：‘老师的神通虽大，拿着这鸦片烟恐怕也奈不何。’王国桢问怎样奈不何，李九道：‘不吸烟的人，吸一两口便醉，老师能多吸吗？’王国桢一手接过烟枪，一手从烟盘中端起装烟的盒子看了一看笑道：‘这里没有多少烟，也显不出我的神通来，算了吧，若是烟多时，我却不妨试给你们看，看究竟是我奈不何烟呢，还是烟奈不何我？’李九不信道：‘这盒子里的烟，已有二三两，这地方还怕没有烟吗？老师有神通尽管显出来吧！’

“王国桢真个躺下去就吸，李九接着又烧，有意装就比指头还粗的烟泡，递给王国桢吸。王国桢和有瘾的人一样，哗哗的连吸了七八筒，彭、李二人及姑娘们看了无不诧异。庶白问道：‘王老师平日莫是欢喜玩这东西么，不然如何能吸这么多口呢？’王国桢道：‘刚吸了这几口算什么，再吸下给你们看，你们才知道我的烟瘾，比谁都大。’李九既安心要把王国桢灌醉，烟泡越烧越长大，越装越迅速，不过一点多钟时间，已将二三两烟膏，吸个干净。李九叫姑娘再拿烟来，王国桢跳起来笑道：‘够了，够了！不可再糟蹋烟了。彭先生请开抽屉看支票又回头没有？’

“庶白拉开抽屉看时，不由得吓了一跳，果见抽屉里面有一卷钞票，那页画符的纸条，已不知去向了。大家看了齐声说怪，王国桢取出钞票来，当众点数，恰是七十块洋钱。庶白将这些情形，告知我和柳惕安，我们知道这夜是王国桢做东请酒，夜间无人在家，我两人商量偷进他房中去查看，不料门窗都不得开，我不能进去。柳惕安不知用什么方法，我一眨眼之间，便见他在房中敲得玻璃窗响。我教他将门缝中的纸条撕下，打开门让我进去，他摇手说使不得，他独自在房中翻看了一阵，忽听得下面有楼梯声响，我也不敢向柳惕安招呼，只得顺手将房中电灯扭熄，从晒台跳上屋顶，细看柳惕安也到了屋上。我问他查了赃物没有，他说这东西必是一个积盗，房中简直查不出一件证据。次日庶白故意到王国桢房中，探听他已否察觉有人到他房里搜查。还好，他并不曾察觉。

“昨夜我和柳惕安第二次到李公馆，才发现王国桢独自在房中使用搬运邪术，偷盗人家的东西。说也奇怪，我和柳惕安同在外面偷看，我见房中只有一盏黄豆般大的油灯，放在方桌中间，灯旁放一个洗脸的白铜盆，此外一无所见。柳惕安却看见王国桢在那里使法，并看见他偷得一小包袱的东西，藏在天花板内，从房门数过去的第七块天花板，有半截被拔去了铁钉，可以移动，府上的念珠、珠花，大概也藏在这里面。我与柳惕安、庶白商量，既经查实了王国桢有强盗的行为，又知道了他藏匿赃物的所在，尽可以动手捉他了，只是还恐怕他见机逃走，约定了庶白趁早仍到李家去。惕安自去邀几个帮手，在李家左右前后守候，我便到你这里来，请你自己打算，应如何下手去捉他。"

盛大听到这里，不觉倒抽了一口冷气道："真是古人说得好，知人知面不知心。像王国桢这样漂亮的人物，居然会做起贼来。我们去捉他不打紧，但是如何对得起老九呢？"龙在田道："这些事与李九毫不相干，有什么对他不起？"盛大道："你我自能相信这些事，与老九全不相干，不过王国桢住在他家，赃物也藏在他家的天花板里，一经捕房的手，老九何能脱离干系？待不经过捕房吧，我们便将他捉了怎么办？"

龙在田道："我以为这事一报捕房就糟了，李九果然不能脱离干系，连我与惕安都得上公堂去，甚至还免不了嫌疑，因我两人侦察王国桢的情形，说出来是不易使人见信的，若硬把伙通的嫌疑，加在我两人头上，岂不糟透了吗？"盛大点头道："你的意思打算怎么办呢？"龙在田道："我打算不管别人家的事，只把你府上的赃物追出来，就放他逃走。"盛大连连称是道："我们此去应不应先向老九说明白呢？"龙在田道："自然应先向他说明白。我们明知道李九和王国桢没有多大的关系，只因一时迷信他的道法，加以不知道王国桢的品行，才这么恭维他，你我一经把侦察的情形说出来，李九断不至再庇护他。我们此去却用得着你这位张教师了。他的气力大，只要他拦腰一把将王国桢抱住，有我和庶白在旁帮忙，他便有登天的本领也不行了。"

盛大正待叫人把张教师请来，忽见门房走来报道："李九少爷还带着一个朋友来了。"盛大和龙在田都吃了一惊，问同来的那朋友，是不是穿洋装的？门房说："不是。"盛大只得说："请！"龙在田附盛大耳边说道："若是王国桢同来了，我们不妨就在这里下手。"盛大刚点了点头，便见李九跟着彭庶白走来，连连打拱说道："我瞎了眼，对不起人。"龙在田迎着问道："庶白先生怎么跑到这里来了！"彭庶白笑道："人已不知逃向何方去了，我不来干吗？"

龙在田不住的跺脚说道："糟了，糟了！那强盗在什么时候逃跑的？"李九道："在什么时候逃跑的，虽不知道，但是可断定在半夜三点钟以后逃去的。昨夜三点钟的时候，王国桢忽走到我房里来说道：'上海这地方，我以为是一个外国商场，凡是住在上海的，十九是生意场中的人，近来才知道不然，做生意的果然很多，此外各种各色的人，无所不有，就是修行学道的人，上海也比别处多些。于今有与我同道的人，存心与我过不去，我不愿意与同道的人作对，只得暂时离开上海。'我当下便问他有何人与你过不去，他摇头不肯说，我问他打算何时离开上海，他说：'到时你自知道，此刻无须打听。你我有缘，将来仍可在一块儿盘桓。明天彭先生来时，我不高兴与他会面，我这里有一包东西送给他，你转交给他便了。'说时从袋中掏出一个小包儿给我。我见小包儿封裹得十分严密，也不知道里面是什么，接过来随手纳入枕头底下，他说了一句：'请安睡吧，明日再见！'就走上楼去了。今早我还睡着没醒，庶白兄已走进房来，我被他脚步声惊醒了，因王国桢说了不高兴见他的话，我恐怕庶白兄跑上楼去，便将小包儿交给他，并把王国桢的话述了一遍。庶白兄掂了掂小包的分量，用指头捏了几下，来不及说话似的，揣了小包往楼上就跑。我一面翻身下床，一面喊他不要上去，他哪里肯听呢？等我追上楼时，只听得庶白兄唉声顿脚的说道：'好厉害的强盗，居然让他逃走了。'我见房门大开，房中已无王国桢的踪影，问庶白兄才知道我自己真瞎了眼睛，白和江湖上人往来了半世，这种大盗住在家里几个礼拜，竟全不察觉。"

庶白从怀中摸出那小包，递给盛大道："这包虽不曾开看，但是不消说得，除了念珠、珠花，没有第三样。他肯是这般将赃物退还，总算是识相的了。"盛大拆开小包看了一眼，即欣然对彭、李二人说道："确是原物退还了，我去送交老太太便来。"说着匆匆跑向里面去了。

龙在田对李九说道："这王国桢的本领真了得，我们这样机密，还不曾下手就被他知道了。我与惕安昨夜在他房外偷看的时候，已是半夜两点多钟了，当时并不见他有已经察觉的神气，不知道我们走后，他从什么地方看出有人和他过不去？"李九说道："这却不知道。他昨夜交小包给我的时候，并没有提起这些话。只有一夜我们到堂子里吃花酒回来，他进房很惊讶似的说有人到了他房中，我说恐怕是当差的，他忙说不是。我因不见他再说，遂不注意。”

这时盛大已从里面出来说道：“这王国桢的举动，委实使人难测，他既能预知有人与他过不去，是这般神出鬼没的走了，偷了我家的东西，又何必退回来呢？他这一走，我们无人知道他去向何方，有谁能追踪前去？”龙在田笑道：“这倒不然。他王国桢不是一个无能之辈，他既知道有人与他过不去，便知道与他过不去的，本领必不在他之下，所以用得着避开；如果是平常人，他也不看在眼里了。他此去你我不知道他的方向，难道与他同道的人，也不知道他的方向吗？”

李九点头道：“柳惕安是练奇门的人，王国桢如何能逃得他手掌心过？并且我看王国桢为人，行为自然是不正当，但是我和他同住了这多时候，看他的言谈举动，倒不是一个不讲交情的人。他明知道盛、李两家有世谊，你我两人又有多年的交情，那日你还当面要求拜在他门下，何以夜间竟到府上来偷东西呢？那日你见他的时候，不是带了那位张教师同上楼的吗？在他房中，张教师虽没开口说话，只是张教师不像一个老走江湖、对人融圆活泛的人，那时张教师心里，或者还有些瞧不起王国桢的念头。我当时一心听你两人谈话，没闲心注意到张教师的脸色，王国桢是何等机灵的人，真是眼观四路，耳听八方，张教师心里怎样转一个念头，早已瞒不过王国桢的两眼。你带着张教师走后，他便问我张某是怎样一个人物，我原来也不认识张教师，那日经你介绍，我才知道，就将你说给我听的一番话，述了一遍。王国桢听了笑道：‘盛公馆请了这位张教师，就和在大门外悬挂一块请强盗上门的招牌一样，强盗本不打算来照顾的，因请了这样一位大身价的护院，也不由得要来照顾了。’我说这张教师既能到上海来摆擂台，可见不是寻常的本领，普通强盗也休想在他手里讨便宜。盛大少爷其所以愿出大价钱，聘请有大声名的人当护院，便是想借这种声威，吓退强盗。王国桢只管摇头道：‘将来的结果，必适得其反。姓张的那目空一切的神气，也不是吃这碗饭的人。’我当时虽听了他那番不满意的话，以为不过是背后闲谈，说过了便没搁在心上，此刻回想起来，他来偷府上的东西，十九是为张教师来的。”

盛大道：“我无非是一时高兴，实在并不是看中了张文达，真有了不得的本领，值得花五百块洋钱一个月，请他当护院。租界上有几百万几千万财产的人家，不是很多吗？不请护院，何尝被强盗抢劫了呢？老九是知道我脾气的，我是为托庶白兄去请霍元甲来家当教师，兼当护院，霍元甲不但不肯，反说了不三不四的话，我不服这口气，却又无法可出。凑巧那日在张园遇着张文达，知道他是为打霍元甲来的，不由得一时高兴起来，所以愿意帮他摆擂台。等他打翻了霍元甲之后，我送五百块洋钱一个月给他，是有意这么干给霍元甲看，使他怄气的。这几天若不是因出了这被盗的事，使我不开心，张园的擂台已开台了。”

李九笑道：“原来为争这一口闲气，此时可以不摆了么？”盛大道：“怎么不摆？广告久已登出去了，擂台执照也领了，无论如何非打不可。我且问你，你这样殷勤款待王国桢，一晌闭门不接见宾客，为的是想学他的道法。究竟他也传授你什么东西没有？”

李九摇着双手笑道：“快不要提这话了，提起来我又好笑煞人，我到此刻还不知道是他不肯教呢，还是我真不能学？险些儿把我的性命都送掉了。我迎接他到我家来的第二日，夜间大家都睡了，只我和他两个人，在三层楼上吸鸦片烟。我便向他要求道：‘我生平欢喜结交三教九流的朋友，就是想学点儿惊人的本领，无奈二十多年中，并没遇着真有惊人本领的人物。慕名延请来的，尽是些名不副实的人。像老师这种本领的人，这番才是第一次遇着，无论怎样要求老师可怜我这番苦心，传授几种道术给我。我敢当天发极严厉的誓愿，将来决不利用所学的道术去作恶。’他听了我这话，低头似乎思索什么，半晌不回答。我忍不住叫道：‘我的资质太坏了不能学吗？’他这才点了点头道：‘资质倒不坏，不过一则年纪稍老了些，二则你是富贵中人，终日应酬交际都忙个不了，不仅没有闲心，也没有闲工夫可以学习道法。’我说：‘年纪老了，不过精神差一点儿，我拼着吃苦，不怕学不好。至于应酬交际，主权在我，从明天起，就吩咐门房，一切的客都不见面。总而言之，我这回下大决心，除非是老师不肯收我这徒弟，便没有办法。请老师不客气，肯收我，或不肯收我，尽管明说，免得我胡思乱想。’

“他见我说得这么认真，当时也没怎么说，次日我真个吩咐门房，不论什么客都不接见。又继续向王国桢要求，问他究竟教也不教。他说：‘你既这般诚恳，我决无不教之理。只是我老实对你说，我们一脉相传的规矩，收徒弟是很难的。你的资质即算能做我的徒弟，无奈我现在还没有做你老师的资格，这不关乎本领，也不关乎年龄，我们的规矩限制如此，不敢胡乱更改。若是旁人要从我学习，我凭这理由就可推托，你有这番诚恳的心思，又承你从捕房保我出来，我们尽可不拘师徒的名分，只要你能学，我是安排传授给你的。但是我仅能传授你一种道术，这是我这派一脉相传的规矩，不是师徒而传授了两种或数种道术，是得受极重惩罚的。你于今打算学何种道术？最好打定主意再说。说过之后，便不能改移。’

“我听了这些话，心里又是欢喜，又觉为难。心想他所会的道术，共有多少种，是些什么道术，我平日连听也不曾听人说过，这主意教我如何打定呢？只得问道：‘老师有些什么道术？请说出几种名目来，我好选择。’他说：‘你不用问我有些什么道术，你仅能学一种，拣你心里所想学的，说出来便了。’我说：‘我心里想学的，难道随便什么都可以吗？’他说：‘话不能这么说，假如你想学上天，我当然没有上天的道术传给你。你此刻虽不知道我会些什么道术，然你平常总应该听得人说，一般会法术的人，都是些什么法术。不见得你说出来的，我都能传授。倘若有我不会的，或是我会而不能传授的，自然可以更改。’

“我思索了一会儿说道：‘我于今想学一种法术，这法术学成之后，心里想到什么地方，就真个到了什么地方，哪怕数千里远近，只须一眨眼的工夫便到，高山大河都不能阻隔。有不有这种法术？’他点头道：‘有的。’我问：‘我可不可以学得？’他说：‘学得。这是神行法，虽不能说数千里远近，眨眼之间便到，然你若练成了神行法，一日之间确能行走一千多里。你既想学这法，我就传授你这法，不过有一个关系最重要的诀窍，凡学法术的大都不能含糊。世间会法术的，虽也有不少借法术作恶的人，然而在学法的时候，心术却不能不正。最要紧的是为什么我要学这种法术？这心思非光明正大不可。如果起了一点邪念，不仅这法术练不成，于你本身都有很大的危险，甚至因此得了神经病，一辈子无药可医。’我说：‘我生平待人接物，虽不敢说光明磊落，只是自问不敢存邪念。我可发誓，学了这神行法，专做救人的事，不为自己个人谋利。’他答应了，用通书择了个日期，替我设了一个坛，传给我修炼的咒词。每日子、午、卯、酉四次功课，逢庚申日须二十四小时不睡，名叫‘守庚申’。

“他传给了练法之后说道：‘练神行法的有几种必有的现象经过，你是一个初学法的人，若不预先说给你听，猝然遇着，必心生畏惧。第一七中，不至有什么现象，在做功课的时候，只身上有些出汗；第二七身体震动，不由自主，甚至悬空或倒竖；第三七中，有时满眼所见都是红光，仿佛失了火的情景。以后下去，日子越深，所见红光的时间也越多。直到七七完了，红光变成了两盏红灯，有童男、女各一出现，一人擎一盏红灯，立在你前面。这便是你神行法练成了的现象。此时心想去什么地方，童男、女自会擎灯前行。你毋须管东西南北，只顾跟着红灯行走，到了自然停止。这童男、女和红灯只你能见，旁人什么也看不出。以上这些现象，是极平常，凡练神行法都不能免的。’我说：‘这些现象，也没有什么可惊可怕，就从这日开始练习起来。练了头七，身上并不曾发现有出汗的事，简直与平常一样。我认定是因在初春天气，身上还穿皮袍，不出汗是当然的，所以也没对王国桢说。第二七才过了两三天，我自己觉着有点儿不对了。一念咒做功课，就不因不由的糊涂起来，仿佛昏昏思睡，有时似梦似醒。暗想我这现象，何以与他所说的特别不同？他所说必须经过的现象，何以我一点也没有呢？我不能不把我这特别的经过说给他听，或者我的功课做错了，若不从速改正，岂不白费精神？

“我把我所经过的情形，说给他听，他也似乎诧异，沉思了一会儿笑道：‘我知道你这特别情形的理由了，原来你是一个吸大烟的人，大烟收敛的力量最凶，你每次在做功课之前，必尽量吸一阵大烟。普通吸大烟的人，盛夏都不出汗，你吸足了大烟去做功课，又在很冷的初春天气，不出汗是有理由的。至于昏昏思睡，理由倒很平常，因你从来心思少有团聚的时候，偶一团聚，就不知不觉的要睡了。’我问：‘要睡没有妨碍么？’他说：‘昏昏要睡，是最忌的大毛病。平常人练这法术，七七可望成功。你因吸大烟的缘故，恐怕得两个七七。只要你心坚，决无练不成功之理。’这夜他又传了我一种收心习静的诀窍，按照他新传的诀窍静坐，是觉顺利多了。”

李九说到这里，望着盛大道：“就是你那日带了张教师到我家来的夜间，我独自在房中做功课。正感觉经过的情形，比平日好些，忽见眼前红光一闪，接着就见两个穿红衣的女子，年龄大概都在二十岁以内，面貌仪态之美，不但我眼中生平不曾见过，就是我所见过的美女图画，也没有能仿佛其万一的。我后来追想怪不得一般人形容生得美丽的女子，称为‘天仙化人’。我这时所见的那两女子，确实便是天仙。我为人纵不敢自诩为坐怀不乱的鲁男子，然自懂人事，即知道好汉子应该洁身自爱。三十以后，因境遇的关系，不免在堂子里有些沾染，也不过是逢场作戏，可以说是目中有妓，心中无妓。至于偶然遇着人家闺秀，及时髦女学生，不论怎样生得艳丽，我简直见了和不见一样，从来没有动过不正当的念头。这夜发现了那两个天女，我这一颗心，顿时不属我所有了，完全不由我自己做主。我只觉得在胸膛内和小鹿儿碰脑袋一般，这一阵胡思乱想的情形，真不是言语可以形容得出。

“正在这荒谬绝伦的时候，耳里分明听得靠近我身边的一个开口向我问道：‘你这人生来席丰履厚，平日深居简出，为什么要修炼这神行法？’王国桢曾对我说过，最要注意这种理由。我心中原已早有准备，若在平时有人这般问我，当然能作极简明而切要的回答。此时却不然了，糊里糊涂的不知应怎生回答才好。刚一迟疑，站在较远的那个天女，已沉下脸来，厉声斥道：‘你心里乱想些什么？’一面骂一面奔向前来，张开两手来捏我的咽喉，这个也同时帮着动手。这一来吓得我魂都掉了，高声喊救命。不料竟与梦魇一样，初喊时喊不出声，喊过几声之后，似乎惊醒转来，再看房中什么也不见了。睡在四层楼上的王国桢，睡在二层楼上的当差，都被我乱喊得醒了。我将经过情形告知王国桢，问是怎么一回事。王国桢道：‘我早知道你不是能修炼法术的人，无奈你不肯相信，以为是我不情愿传授。这类不好的现象，终是免不了要发生的，我还没料到发生得这么快。这现象还不算是恶劣的。’我说：‘照这情形看来，神行法不是没有练成功的希望了吗？’他摇头说：‘总以不练的为好。’我受了这一番惊吓，也实在没有再练的勇气了。”

盛大笑道：“你虽受了这大的惊吓，然曾见了人生所不能见到的玉天仙，享了这种眼福，倒也值得。”彭庶白笑道：“该打，该打！老九就为一时胡思乱想，险些儿被天仙捏了咽喉，送了性命。你还敢如此乱说！”盛大道：“我不练神行法怕什么？据我看还是那王国桢捣鬼，他实心不甘愿传授你，被你纠缠不过，只好表面上敷衍你。以为经过一两星期，你是吸大烟的人，吃不了这辛苦，自愿作罢。不料你竟不怕辛苦，他便不得不捣鬼恐吓你了。”

李九道：“这话也无法可以证实，我倒不这么怀疑他。”盛大道：“我初见柳惕安的时候，因知道他是个奇人，特别的去亲近他，也曾几次背着人向他要求，收我做徒弟。他回答的话，简直与王国桢回答你的一般无二。我看他们这一类奇人，大家都早已安排了这一套把戏，对付一般纠缠他的人。幸亏我因见柳惕安存心和我疏远，便打断念头不去纠缠他。若也和你一样，勉强把他迎接来家，抵死要拜他为师，怕不也是这么下场吗？”

龙在田哈哈笑道：“你方才正羡慕老九享眼福，能得这样下场，岂不也很值得？”盛大忽然“哦”了一声道：“溜子刚才不是说，约了柳惕安，并还有几个朋友，在老九家附近守候王国桢的吗？此刻王国桢已经逃之夭夭了，我们岂可不去知会他，使他们在那里白白的守候呢？”

老九道：“柳惕安的本领在王国桢之上，王国桢逃跑了，他不见得还不知道。”龙在田即起身说道：“不管他知道不知道，我总应该赶紧去知会他才是。”说完匆匆作辞走了。李九、彭庶白也待兴辞，盛大留住说道：“我还有话和两位商量，那日我带着张文达拜访老九，用意就为摆擂台的事，想和老九商量。并要请老九出头，替张文达撑一撑场面。不凑巧那时你正忙着练神行法，连谈也不愿意多谈。第二日我家也偏遭着失窃的事，只得把这事搁起来。此刻你我心里都没有事了，我知道你是一个素来欢喜干这些玩意儿的人，前月帮霍元甲张罗奔走，赔钱费力，大概于今对张文达，总不好意思不帮忙。庶白兄也是对此道极为热心的人，我且把张文达叫来，介绍给庶白兄见见。”

彭庶白还没回答，李九已摇着手说道：“且莫忙着介绍见面，我对你这番举动，有点儿意见，且由我说出来，请你和庶白兄斟酌斟酌。霍元甲是天津人，生长北方，与我并没有交情，去年经人介绍才见面。我赔钱费力替他帮忙，全不是因情面的关系，也不是因我自己生性欢喜干这些玩意儿，完全为钦仰霍元甲是一个爱国的好汉。他到上海来是要替中国人争气，找英国大力士比赛，在张园摆擂台，也是这种用意。一不是好勇斗狠的人；二不是存了借此出风头的心，胸襟气概，何等光明正大？所以他在摆擂台之先，有无数素昧平生的人，自愿出钱或出力来帮助他。擂台摆成了之后，尽量在各种报纸上登着夸大的广告。然一个月当中，除却那个不识相的东海赵，上台勉强较量了一次之外，始终没有第二个人去找他动手。我相信能成这样一个局面，断不是因霍元甲的武艺，在中国没有敌手，更不是中国所有会武艺的，都被霍元甲夸大的广告，吓得不敢出头；只因一般人都明了霍元甲摆擂台的用意，与寻常显本领出风头的不同。至于你的这位张教师，本领如何我且不说，只问摆这擂台，有什么意义？你因一时高兴，和养斗鸡的一样，拿他打架寻开心，原没有不可以的道理，若说帮助他向霍元甲报仇，及打翻霍元甲以后，出五百块钱一个月，留在家里当护院，以争这一口闲气，这事我不敢赞成。这番举动不仅没有意义，并且还招人物议。那日我就想说，因有那位张教师在旁边，觉得有些不便。”

盛大笑道：“你把霍元甲看得太高，把张文达看得太低。会武艺的人摆擂台，本是一桩很好玩的事，不算稀奇。霍元甲若真个没有借此出风头的心思，既经与英国大力士订约比赛，何必又摆什么擂台？若说摆擂台是想招外国人来打，又何必在中国报纸上登广告，更吹那么大的牛皮？我是不会武艺，不能上台去打他，要我佩服他是不行的。听说日本角力的相扑家，多是由富贵人家供养，每年春秋二次大比赛，谁胜谁败，全国各处都有通电报告，报馆里因社会一般人，多急欲知道这胜败的消息，都临时发行号外，满街奔走喊卖。其实这些举动，又有什么意义呢？说得好听些，是提倡尚武的精神，实在那些富贵人供养相扑家，又何尝不和养斗鸡一样？你平日常说中国应提倡武术，摆擂台不也是有提倡武术的意义在内吗？”

彭庶白道：“我的意思，以为摆擂台，固不必与霍元甲一样，完全对付外国人才有意义，不过仅为对付霍元甲一个人摆这擂台，又似乎过于小题大做了。我与老九自从去年认识霍元甲以来，彼此过从甚密，意气相投，今忽然出头替张文达撑场面，问心实有些对不起霍元甲。我的心思如此，推测老九也大约差不多，你于今事在必行，我自不能劝你作罢，但求你原谅，我不能替张教师帮忙。”

盛大点头道：“这话倒在情理之中。你们既不肯帮忙，开台的那日，来看看热闹使得么？”李九笑道：“那如何使不得，你说有人在上海摆擂，我与庶白两人还能忍住不去看热闹么？你打算几时开台，此刻已布置好了没有？”盛大当时叫屈师爷来问道：“擂台已布置好了没有？”屈师爷道：“那台本来早就可以完工的，这几日因少爷不曾过问，便没上紧去催促。霍元甲当日的擂台，只有五千个座位，开台的那日，简直坐不下。这台是安排一万个座位，监工的仰体少爷的意思，一切都很精致好看，因此时间也得多些。”彭、李二人因不满意盛大这种大少爷举动，当即作辞走了。

于今且再说霍元甲，自那日送张文达走后，以为张文达初到上海，人地生疏，必不能独自在上海摆成一个擂台，便没把这事放在心上。因约定与奥比音较量的时期已到，农劲荪几次走访沃林，前两次还见着沃林的门房西崽，一时说沃林回欧洲去了，一时说往南洋群岛去了，后来连门房西崽都不见了。屋内器具已搬空，大门上悬挂一块“吉屋招租”的木牌，经四处打听，也无人知道沃林的踪迹。至于作保的电灯公司，早已关闭，经理平福也不知去向，连作证的律师都回国去了。明知是因为在上海的英国人，恐怕他本国的大力士，比不过霍元甲，丧失他英国的体面，凡与这事有关系的人，都商通逃走。只是想不出对付的方法，因公共租界完全是英国人的势力，中国人在租界上和外国人打官司，不问理由如何充足，也没有不败诉的，何况被告都已不知去向？又都没有财产事业在上海，谁也能断定这官司打不出结果来。

霍元甲见定约到期后，成了这种情形，不由得心里越发难受，原打算即日回天津去，却因上海有一部分教育界的名人，及想学武艺的学生，都来当面要求霍元甲不回北方去，就在上海提倡武艺。霍元甲虽还不曾决定接受这要求，但觉学界一番盛意，也不便毅然拒绝。这日在报上看见张文达继续摆擂的广告，便笑向农劲荪说道：“我以为教他摆擂台，这题目可以把他难住，世事真难逆料，他这擂台广告已登出来，不过几日大约就可开台了。他这擂台是我教他摆的，我若不上台，显得我畏惧他。我不等到和他打过之后，倒是回天津去不得。”

农劲荪道：“张文达那样的乡老儿，居然能在上海地方，摆下一座擂台，这是使人不易相信的事。我有了这一次的经验，深知是极麻烦的事，若没有大力量的人在背后主持，休说一个张文达，便十个张文达也办不了。这暗中主持的人，很容易打听出来。”果然不久就听得有人传说，张文达在张园遭遇盛、顾两个阔少爷，举石头显本领的故事，并传说只须三天，便可开台打擂。霍元甲很诧异的问农劲荪道：“姓顾的我们不认识，且不怪他，这姓盛的屡次和我们见面，不是很说得来吗？他自己虽不懂武艺，他公馆里请的把势很多，并想请我到他公馆里去当教师，为什么忽然帮助张文达摆擂台，跟我作对呢？”农劲荪道：“他们阔大少的行为，是没有定准的，或者就因为请你不去，心里便不高兴。”霍元甲叹道：“为人处世真难，稍不经意就得罪了人。”

农劲荪见霍元甲脸上满布忧愁之色，料知他心里很不痛快，便劝慰他道：“这种阔大少，一生只欢喜人家承迎趋奉他，我们这类性格的人，就是遇事小心谨慎，也和他们结交不了，得罪了他，也没有多大的关系。”霍元甲摇头道：“不能说没有多大的关系，倘若不是这姓盛的心里恼我，张文达去哪里找第二个这样有力量的人帮忙？张文达既摆不成擂台，必不好意思回头来见我。这番报仇的事，不就这么阴消了吗？”

农劲荪道：“张文达是个戆人，他既为他徒弟怀恨在心，不出这口气，恨是不容易消除的。与其留着这仇恨在他心中，以后随时随地都得提防他，倒不如和他拼个胜负。常言道‘不到黄河心不死’，他不在四爷手里栽个跟斗，报仇心也是不会死的。”

霍元甲道：“与外国人动手，无论这外国人的气力多大，声望多高，我敢毫无顾虑的，要打便打，对本国人却不能说这大话。二十年来，经我手打过的，虽还没遇着比我强硬的人，但是我相信国内比我强硬的好手很多，谁也没有打尽全国无敌手的把握。”农劲荪很惊讶的望着霍元甲，说道：“四爷怎么忽然说出这些长他人志气，灭自己威风的话来？张文达不过有几斤蛮力，我敢断定不是四爷的对手。”霍元甲说道：“人说艺高人胆大，我此刻觉得这话说反了。我这回在上海所见各省好手甚多，于我自己的功夫有极大的长进，功夫越是有长进，胆量就跟着越发小了，到现在才知道二十年来没有遇到对手，是出于侥幸，可以说对手没有来，来的不是对手。张文达气力虽大，不见得有惊人的武艺，我也是这般猜度。不过我摆擂台，不想和本国人打，一则因我本来没有向本国人逞能的心思；二则因知道我国练武艺人的积习，一个人被打败了，不以为是仇恨便罢，若认定是仇恨，那么这人的师傅、伯叔、师兄弟，都得出来报仇。岂不是打一个人，惹了一辈子的麻烦吗？我从前对这些事，全不顾虑，无端惹出多少麻烦，也丝毫不觉得可怕，近来把这种心思改变了，非到万不得已的时候，决不愿意跟人较量胜负。”

农劲荪笑道：“声望增高了，举动就自然慎重了。我在几年前，对于四爷轻易和人动手，早就有意劝四爷略为慎重，所以这次我曾主张若有人来找四爷较量，不妨教振声先出手。如振声打得过，自属幸事，即遇着好手，非振声所能敌，四爷在旁边，看了彼此交手时的情形，亲自动起手来，也比较有把握多了。”霍元甲听了，不觉喜笑道：“我倒把农爷这话忘了。张文达开台之后，我何不打发振声先上台和他试试。”农劲荪道：“张文达虽是为四爷摆擂台，但既是摆的擂台，又在报上登了广告，便不能限制只和四爷一个人打，打发振声上台试打一番，可以说是题中应有之义。”

二人谈话的时候，刘振声坐在隔壁房中都已听得明白，至此忍不住走过来说道：“我正打算在张文达开台的时候，求老师莫急上台，且让我上去打他一顿。因这擂台是张文达摆的，老师一上台把他打翻了，他就得滚蛋，分明使得我没有架打。倘若张文达的本领不济，连我也打不过，更可免得老师费力。”

霍元甲道：“张文达的身材高大，站起来和一座黑塔相似，那日我见了他，便料想他的气力必很大，果然他在张园，能一手举起八百多斤的石头，并玩几下掌花。与有这样大气力的人交手，是要格外小心的。讲到练拳术的道理，本不在乎气力大小，不过以我二十年来跟人动手的经验看来，毕竟还是气力大的占便宜。气力太小了的人，身体尽管灵活，手脚尽管快迅，充其量也不过能保得住不被人打倒，要打倒气力大的，实比登天还难。振声，你要知道越是气力大的人，身上越能受人捶打，非打中要害，简直可以不作理会。一个不留神被气力大的揪住了，便休想能脱身。你上台与张文达交手的时候，最要牢记的是不可去顶撞他，与他斗力。”

刘振声道：“我在虎头庄赵家练拳的时候，双手能举起三百二十斤的石头，一双脚落地跳三步，当时好几个气力大的师兄弟，都赶不上我。若一双手举起八百多斤的石头，我想除老师而外，恐怕也少有能赶得上张文达的了。”霍元甲道：“张文达举石头的力量比你大，打到人身上的力量，不见得比你大。你的身体活泛，功夫也很老练，只须格外小心，纵然打不倒他，他是奈你不何的。你却不可因听了我的话，便存一个畏惧他的心。”刘振声道：“我有老师在这里，谁也不怕，只怕不让我打。”三人研究了一阵，一心等待擂台开幕。

只是连等了六七日，仍不见报上登出开台的广告，霍元甲因住在上海开销过大，想起自己的环境及家庭情形，又不免心中焦急起来。霍元甲此时的身体，表面上绝对看不出起了何等变化，精神气力也都全无改变，然心里一经着急，胸膛内作痛的病，又不知不觉的发作起来，只痛得额头上的汗珠，一颗一颗的往外直冒。

刘振声道："秋野医生再三劝老师去他医院里，将这病诊治断根。老师存客气，不肯前去，这病不趁在上海治好，将来回到天津发起来，岂不是更苦？我劝老师就乘车往秋野医院去吧！"霍元甲咬紧牙关摇头，也不回答。农劲荪道："振声的见解不错，我也主张去医院里看看。在你觉得和秋野没有交情，送他的诊金不受，白受他的诊治，似乎于心不安，其实你在他医院诊病，他所费有限，他既再三说了，你又何苦这么固执！振声，你叫茶房去雇车来，我陪四爷去一趟。这病不赶紧治好，张文达若在日内开台，不更加着急吗？"霍元甲听了也不阻拦。

刘振声叫茶房雇了马车，农劲荪陪同霍元甲到秋野医院。秋野一见面，即很诚恳的说道："一星期以来，我非常惦记霍先生的病，很想抽工夫到贵寓瞧瞧，无奈敝院所请的一个助手，近来请假回国去了，我的业务上便忙得了不得，简直不能分身。霍先生的病，原不难治好，但是，得依我前次的话，得不间断的服药诊治，认真静养几个星期，使病根去了，方不至随时复发。"旋说旋替霍元甲诊脉，复取听肺器在胸部听了一会儿说道："霍先生不可见怪，你这病若再延误下去，恐怕终身没有完全治好的希望。"

霍元甲问道："前日秋野先生给我吞服的那种白色圆片子药，此刻还有没有，可以再给我两片么？"秋野笑道："有，有！那药仅能暂时止痛，对于你这病的根本，是全无关系的。"霍元甲问道："那止痛的药，是不是每次都有效验呢？"秋野道："止痛的药，用着止痛，是确实有效的。"说时走到隔壁房里，取了两片药，倾了半玻璃杯蒸馏水，递给霍元甲服了。一会儿工夫，果然痛止了，霍元甲道："我也知道我这病非赶紧静养不可，无奈我现在办不到。秋野先生，这止痛的药，能多给我一些儿么？"秋野道："好，止痛的药多带些儿回去，我再多配几剂根本治疗的药给你，最好能隔几天到这里来诊察一次。"

秋野将两包药交给霍元甲笑道："最近我接了敝国讲道馆的同学来信，有好几个人因仰慕霍先生的武艺，已准备动身到上海来奉访。我上海的讲道分馆，也正在预备开会欢迎霍先生，等到预备好了，我便当代表来邀霍先生。”霍元甲逊谢了几句，即和农劲荪回到寓处说道：“我除了胸膛里痛以外，并没有旁的病，这白药片既能止痛，便可治我这病，不痛了就是好人，何必还要服药。”农劲荪道：“你胸膛里不痛的时候，虽和寻常无病的人一样，然近来连发了几次，一发就忍受不了，可知病根伏在里面。服白药片后痛便止了，只是得时刻提防复发。秋野所谓根本治疗的药，无疑的非吃不可。”

过了几日，报上已登出张文达开擂的日期来，在广告中并申述了摆这擂台的原因。摆擂台的广告，本没有惊动人的大力量，因张文达是个没有高大声望的人，所以登出广告多日不开擂，社会上也无人注意。这回在开擂的广告内，刊出张文达因打擂来迟，霍元甲擂台期满，不得不重新摆擂的理由来，立时震动了上海全社会，纷纷争着买入场券，预定座位。大家都要看张文达是何等三头六臂的人物，怎样将霍元甲打翻？一万个座位的入场券，不到开台就卖光了。

这日上午十点钟开台，才到七八点钟，便已挤得全场水泄不通。霍元甲和农、刘二人按时走入会场，在场的看客，多有认识霍元甲的，一时大家鼓掌欢呼，声震屋瓦。

要知道擂台怎生打法，且待下回再说。

总评：

盗窃盛宅贵重饰物，及作其余十六件盗案之独脚盗，即为李九所钦敬而欲师事之之王国桢，已奇；当秘密已露，正欲设计擒之之时，而王国桢已事先遁去，更奇；王国桢虽遁去，犹将盛宅失去之饰物，封交李九，嘱为璧还，则尤属奇之又奇者矣。虽然，细一究之，破获是案之关键，全在龙在田一人之身，设于盗案发生之夕，而无龙在田适逢其会，亦作是游戏神通之举，将不复以侦缉正犯为其责，即无由得柳、彭二人为之从中策划。则以王国桢行动如是之隐秘，人又何从知其即为作是十七大案之独脚盗哉！即知之矣，而以无法制之之故，亦必听其安然飏去，盛宅失物恐终无璧还之望也。是则龙在田之此一游戏举动，其关系之大，诚有为彼所不能自料者矣。

李九练法，忽睹见如此之幻象，诚属不可思议，正不知其基于何因也。意者王国桢本不欲以术授之，因不胜其嬲，不得不一勉允，乃故作是幻象以惊之，冀其知难而退。凡此种种，固无非王国桢之小弄其术也。果焉，李九之为银样蜡枪头，经此一场虚惊以后，即不敢复以练法为言矣。虽然，李九固富家子弟，能不趋向堕落之途，保守其先人之遗业，已为克家令子，又何必求道家之术而思作神仙哉！正见其太好事耳。

霍元甲摆设擂台之后，复有张文达之摆设擂台，虽旨趣各不相同，固不失为十分热闹之事。请拭目而一观下回之文章。

第八十四回

论因果老衲识前身　显神力英雄遭暗算

话说霍元甲三人走进会场，场中看客登时鼓掌欢呼，大家那种狂热的情形，真是形容不出。这时擂台上已布置得花团锦簇，台的两边八字形的排着两列兵器架，竖着大小十八般的兵器，钢制的雪亮，漆糊的透明，显得异常威武严重。盛大正率领着二十多名看家把势，一色的头扎青绢包巾，身穿紫酱色四角盘云勾的对襟得胜马褂，下缠裹腿，脚着麻织草鞋，在台上忙着准备开幕。忽听得台下众看客雷也似的欢呼鼓掌，不知道为的什么，忙走出台口看时，只见一万多看客的眼光，都集射在霍元甲三人身上，不由得自己也在台上拍掌，表示欢迎。

此时忽从人丛中走出一个人来，迎着霍元甲说道："霍四爷请到这边来坐！"霍元甲看时，却是彭庶白，刘、农二人也打了招呼，跟着走过去。原来这一带座位，早由李九、彭庶白占住了，坐着的都是和霍元甲熟识的人。

霍元甲三人坐下，看这座擂台，搭的真是讲究，台基成一个扇面的形式，台下左右前面三方，一层高似一层的排列着座位，台前摆着无数的花篮，两旁悬挂着大小不等的匾额，二十多名清一色的把势，八字分开在台上面站着。盛大少爷见开台的时间已到，即立在台口向众看客说道："这擂台是山东大力士张文达摆设的，今天是这擂台开台的第一天，兄弟不是会武艺的人，却能躬与这开台的盛会，不由我心里不高兴。在一个多月以前，霍元甲大力士也曾在这地方摆设一座擂台，开台的那日，兄弟也曾到场参观。兄弟觉得这种擂台，若是摆设在北方，算不了一回事，对于一般看打擂的人，不能发生多大的影响；唯有摆设在上海，关系倒是很大。兄弟这种感觉，并不是因为上海是租界，是中国最大最繁华的商埠，消息容易传遍全国，是因为江苏、浙江两省文弱的风习，太深太重，这两省人民的体格，不用说比不上高大强壮的北方人，就和两广、两湖的南方人比起来，精悍之气也相差太远。若长是这么下去，将来人种一天比一天脆弱，岂仅没有当兵打仗的资格，便是求学或做生意，也必大家因身体不好的缘故，不能努力向上，这不是一件危险的事吗？要使我们江浙人的身体强壮，有什么方法呢？现在各学校里的柔软体操、器械体操，固然都是锻炼身体的好方法，只是这些外国传来的方法，终不如我国自己传了几千年的武术好。体操仅能强壮身体，我国的武术，除强壮身体而外，还可防御强暴。要使我们江浙的人，相信我国的武术，大家起来练习，就非有这种摆擂台的举动，鼓起一般人的兴趣不可。

"霍元甲大力士在这里摆一个月擂台，虽因各报都登了广告的关系，名震全国，然究竟没有人上台打擂。我们江浙两省的人，只耳朵里听了打擂的声音，眼睛里并没有看见打擂的模样，仍是感觉有些美中不足。后来经一般人研究，其所以没有人上台打擂的缘故，固然由于霍大力士的威名远震，能使一般自知本领不济的不敢上台，而其最大的原因，却在霍大力士在开台的时候，曾一再声明不愿和中国人争胜负。擂台不和本国人打，外国人不会中国的武术，自然没有肯冒昧上台的人。这回山东张大力士的擂台，便与霍大力士的不同，不问中国人也好，外国人也好，男的也好，女的也好，出家人也好，在家人也好，只要高兴上台来打，无不欢迎，也不必写姓名具生死结。我们中国练武艺的人，动手较量武艺，各门各派都有老规矩，被人打伤了自家医，被人打死了自家葬，何况是彰明较着的摆擂台呢？我于今话说明了，请台主张大力士出来。"

台下的欢呼拍掌之声，又震天价响起来。张文达这时穿着一身崭新的青湖绸小袖扎脚的短夹衣裤，头裹包巾，腰系丝带，大踏步走出台来，就和唱落马湖的黄天霸一般的英雄气概，双手抱拳对台下打了一个半圆形的拱手，放开那破喉咙喊道："我张文达这回巴巴的从山东跑到上海来，不是为摆擂台的，是来打霍元甲替我徒弟报仇的。不料来迟了一天，霍元甲的擂台已经收了。他教我摆擂台给他打，我在上海人地生疏，这擂台本是摆不成的，多亏了盛大少爷帮忙，才摆设了这一座擂台。有哪位愿意上台指教的，请恕我张文达手脚粗鲁，万一碰伤了什么地方，不可见怪；倘若我自己打输了，我立刻跑回山东去，再拜师学习。”

张文达在说这些话的时候，众看客的眼光，又都不约而同的集中在霍元甲身上。霍元甲正待打发刘振声上台，只见擂台左边的看客当中，忽跳出一个年约三十岁，中等身材的男子来，也不走两旁的楼梯上台，只就地将身体一缩，双脚一蹬，已凭空纵到了台上，满面含笑的对张文达拱手道：“我特来领教几手，请张君不要客气。”

霍元甲听这人说话，也是北方口音，神气甚是安详，看他上台的身法，更是非常灵活。这擂台离地虽不过五六尺高下，然台边围了道一尺来高的花栏杆，栏杆里面又竖着两排兵器架，并且还夹杂着许多人家赠送的花篮。若不是有上高本领的人，断不能就地一蹬脚便到了台上。当下连忙问农劲荪认识这人么。农劲荪和同座的熟人都不认识，再看张文达虽是一个粗鲁人，这时却因见这人上台的身法不寻常，便也拱手回礼说道：“请问尊姓大名？”这人摇手说道：“刚才不是说上台打擂的，用不着说姓名具生死结吗？要说姓名，我便不打了。我明知你这擂台是为霍大力士摆的，霍大力士现在台下，立时就可以上来和你动手，我就为的要趁着他不曾上来的时候，先来领教你几手。霍大力士来之后，便没有我打的份了。”这人说话的声音很响亮，这几句话说得台下都鼓掌起来。

张文达听了忍不住生气，愤然应道：“好，来吧！”盛大在台上看了这情形，也恐怕张文达一开台就被这不知姓名的人打败了，如自己的面子也不好看，急忙走出台来，立在张文达和这人中间说道：“且慢！我们这擂台虽用不着写姓名具生死结，但是彼此请教姓名籍贯，是应该有的手续。每每有自家师兄弟不曾见过面，若不先请教姓名籍贯，就难免没有自家人打成仇敌的事，这如何使得！并且打擂台也有打擂台的规矩，你不能一点儿不知道，上台便打。”这人问道：“有什么规矩，请说出来！”

张文达抢着说道：“我这里定的规矩，是请了几位公正人在台上监视，以吹哨子为凭，须等哨子叫了才许动手，若打到难分难解的时候，一听得哨子叫，彼此都要立时住手，不得乘一边住手的时候，偷着出手。犯了这规矩的，就算是输了，不许再打。”这人听一句，应一句是，听到这里说道：“这规矩我知道了，还有什么规矩没有？”张文达道：“还有。我摆这擂台，完全凭着一身硬本领，身上手上不许带一点儿彩，不但各种暗器不许使用，就是各种药物，也一概禁绝。”

这人现出不耐烦的神气摇手说道：“我都知道了，我虽说的是北方话，只是我原籍是福建人，在家乡练的拳脚，用不着知道姓名，便可断定你和我决不是自家兄弟，并且我们打着玩玩，算不了一回事，谁胜谁败，都不会因此打成仇敌。”

盛大此时不好再说什么，只好退到台里边，和园主张叔和、顾四及在捕房办事的几个人充当公正人，由盛大拿起哨子吹了一声，只见这人分左右张开两条臂膀，和鸟雀的翅膀一样，不停的上下振动；两眼斗鸡也似的，对准张文达眨也不眨一下。两脚都只脚尖着地，忽前忽后、忽左忽右的走动，口里更嘘气如鹤唳长空。

张文达生平不曾见过这种拳式，倒不敢鲁莽进攻，小心谨慎的走了几个圈子，陡听得台下鼓掌催促的声音，也有些忍耐不住了，踏进一步向这人面上虚晃一拳，紧接着将头一低，朝这人下部撞去。在张文达心里，以为这人的步马极高，两臂又向左右张开，下部非常空虚，朝下部攻去，必救应不及。不料这人的身法灵活到极处，一个“鹞子翻身”的架式，已如车轮一般的到了张文达背后，正待一掌对准张文达背心劈下，张文达也已提防着背后，急转身躯，举胳膊格着喊道：“好家伙！”这一来彼此搭上了手，越打越紧急。

约莫打了三十个回合，张文达已试探出这人的功夫处处取巧，并没有雄厚的实力，不由得自己的胆量就大了，一转念我何苦和他游斗，开台打第一个人，我岂可不显点真本领，主意既定，就改变了手法，直向这人逼过去。谁知这人好像已看出了张文达的心事，一闪身跳出了圈子，对张文达拱手说道：“我已领教够了，请歇息歇息，再和别人打吧，少陪了。”说着，不慌不忙的，从原处跳下了擂台。众看客无不高兴，又是一阵鼓掌欢呼之声。

张文达想不到这人就此下台去了，深悔自己动手过于谨慎，打了二三十个回合，还不能把这人打倒，只气得追到台边，望着这人说道：“你特地来打擂台，为什么是这般打几下就跑了呢？”台下众看客都觉得张文达这举动不对，多有向张文达叱声的。这人一面向众看客摇手，一面从容回答张文达道：“我是来打着玩玩的，不能再打下去，再打也对不起霍大力士，留着你给霍大力士打，岂不好吗？”张文达气得圆睁着两眼，望着这人说不出话来。

农劲荪急想结识这人，即起身走过去和这人握手道：“老哥的本领，使兄弟佩服极了。此时不便谈话，尊寓在哪里，兄弟当陪同霍先生前来奉访。”这人笑着点头道：“不敢劳驾。农先生不认识我，我却早已认识农先生，待一会儿我自来贵寓拜会。”说话时，盛大已在台上演说道：“刚才这位打擂的福建朋友，本领确是了不得，在这位朋友，虽是没有好名的心思，一意不肯将姓名说出来；然兄弟因钦佩这位朋友的本领，很诚意的想知道他的姓名。据兄弟推想，在座的诸位看官们，大约也都想知道。兄弟敢代表在座的一万多看官，要求这位朋友宣布姓名。”

盛大这番话，正合了无数看客的心理，实时有拍掌赞成的，也有高声喊请再打一回的。这人被逼得无可如何，只得立起身说道：“兄弟姓廖名鹿苹，只能是这般闹着玩玩，若认真打起来，确不是张大力士的对手。”张文达听廖鹿苹这么说，心里却快活起来，自退回内台休息。一会儿又走出台来，望着台下说道：“有哪个愿上来打的，请就上来。”说话时眼光落在霍元甲身上。

霍元甲随即立起身来，走到台下回身对众看客高声说道：“张文达先生误听他徒弟东海赵一面之词，怒气冲冲的跑到上海来，要寻着兄弟报仇泄恨，兄弟再三解释当日相打的情形，请他不可误怪，无奈他执意不从，非和我拼一个胜负不肯罢休。今日就为要和我拼胜负，摆下这座擂台，兄弟本应实时上台去，使张先生好早早的出了这口恶气，无如兄弟近来得了一种气痛的毛病，发作的时候，简直动弹不得；经西医诊治了几次，此刻痛虽减了，只是不能使力。好在张先生既摆下了这座擂台，今天才开幕，以后的日子还多着，小徒刘振声跟随兄弟已有几年了，虽没有惊人的武艺，却也懂得些儿拳脚功夫，兄弟的意思，还是想要求张先生原谅我那日和东海赵动手，是东海赵逼着我要分胜负，不是我手辣存心将他打败，算不了什么仇恨。张先生能原谅的话，我们可以从此订交，彼此做一个好朋友。”

张文达在台上听到这里，接着说道：“我的擂台已经摆成了，还有什么话说！”霍元甲知道说也无益，便道：“好！振声且上台去，小心陪张先生走两趟。”刘振声巨雷也似的应了一声：“是！”站起身来，卸下长衣给农劲荪。刘振声没有上高的本领，不能和廖鹿苹一样，凭空纵上台去，只得从台边的楼梯走上。

刘振声此时的年纪，虽已有了三十多岁，认真练习拳术，已有二十余年的功夫，和人较量的次数，也记不清楚了。但是像这种当着一万多看客，在台上争胜负的勾当，还不曾经历过。上次霍元甲摆擂台，他只在内台照应，没有给他出台动手的机会；此时走上台来，举眼朝台下一望，只见众看客的眼光，都瞬也不瞬的集中在他一个人身上，尤其觉着和他认识的人，显得格外注意他的举动。看了这情形，一颗心不由得扑扑的跳起来，禁不住脸也红了，暗想这怎么办？我一上台就心里这样慌张，打起来如何是张文达的对手呢？

他心里正在这时胡思乱想，台下的掌声拍得震耳欲聋，再看霍元甲、农劲荪二人望着他，脸上都现出很着急的神气，不觉转念想道："我怎的这般不中用，现摆着我的老师在台下，我怕什么？打的过张文达，固然很好，就是打不过，也没有什么了不得。他是一个摆擂的人，本领高强是应该的，我休说在上海没有声名，就是在北方也没大名望，输了有什么要紧！"他心里这么一想，胆量登时大了许多，也不再回头望台下。先紧了紧腰间板带，然后抱拳对张文达说道："久仰张先生的本领了得，我是个初学武艺的人，敝老师打发我来领教，望张先生手下留情，对我手脚不到之处，多多指点。"

张文达听说是霍元甲的徒弟，心里便已动了轻视的念头，再看刘振声的身材，并不高大，相貌也甚平凡，没有凶横强硬的样子；加以上台的时候，显然露出惊慌害怕的神气，更觉得是很容易对付的了。立时做出骄矜的样子答道："我既摆下了这擂台，随便谁都可以来打，我不管你是谁的徒弟，霍元甲既害气痛，就应该不能出来。可以到台下来看，如何不能到台上来打？也罢！他打发你来代替，我就和你打，打了你之后，看他却如何说？"说时，立了一个架式对刘振声道："你来吧！"

刘振声知道张文达力大，不敢走正面进攻，抢到张文达左边，使出"穿莲手"，对准左太阳穴打去。张文达将头一低，折过身躯，提起右腿朝刘振声右肋踢去。这腿来得太快，无论如何也来不及躲闪，只得迎上去一手撩住，用力往怀中一带，打算这一下把张文达拖倒。不料张文达的气力，真个比牛还大，拖了一下，哪里能将他身体拖动呢？张文达的脚向里边一缩，刘振声险些儿扑倒了，亏了他还机警，趁着张文达腿向里缩的势，整个身体跟着往前一送，张文达被推得后退了几步。刘振声待追上去接连打下，使他立脚不牢，究竟因气力小了，张文达虽倒退了几步，然身法并没有散乱，等到刘振声追上，张文达已劈胸一掌打来，正在向前追击的时候，又是来不及闪避，喜得这一掌不是张文达全副的力量，打着胸膛，不觉十分沉重，只退了一步，便立住了脚。两人交了这几手之后，彼此都不敢轻进了，一来一往打了几十个回合，张文达略一疏忽，一左腿又被刘振声撩着了，但是仍旧不曾把张文达拉倒。

盛大恐怕张文达打久了吃亏，即与张叔和商量，吹哨子停打，并向看客声明暂时休息。刘振声打了这多回合，也正觉身体有些疲乏了，巴不得休息一会儿。张文达跑进内台悄悄的问盛大道："我正打的好好的时候，少爷为什么吹哨子停打呢？"盛大道："我因见你左腿被刘振声撩着了，很吃力似的才脱身，恐怕你先和那姓廖的福建人打了那么久，精力来不及，吃不住这姓刘的，所以趁这时候吹哨子。"

张文达叹道："可惜少爷不懂武艺，没有看出那刘振声的毛病来。我并不觉得吃力，刘振声已累得不能再支持了，如果少爷不在这时候吹哨子，至多不到五分钟，我不但能将他打倒，包管捉住他，使他动弹不得。"盛大道："我看霍元甲这个徒弟的本领很不错，身子灵活，也和那姓廖的差不多。"张文达点头道："这姓刘的武艺，还在那姓廖的之上，若不趁他身体累乏了的时候，倒不容易打翻他呢！"

张文达回身走出擂台，见刘振声正坐在霍元甲旁边，听霍元甲一面做着手势，一面说话，猜想必是指点刘振声的打法，便高声对刘振声说道："休息够了么？我们再来决个胜负。"刘振声抖擞精神，重新上台再打。这次刘振声因得霍元甲的指点，加以是第二次上台，胆量更大了，打了六七十回合，张文达竟讨不着半点便宜。

继续打到一小时的光景，刘振声已满头是汗，张文达也面红耳赤，两下手脚都有些慌乱起来。盛大原想再吹哨停战，只因刚才受了张文达的埋怨，恐怕又吹错了不好。农劲荪看了这情形，却忍不住走上擂台去，对几个公正人说道："两人打了这么多回合，不分胜负，不能再继续打了，若定要决雌雄，明日再打不迟。是这么再接着打下去，两人都得打成内伤，那简直是拼命，不是较量武艺了，请吹哨子吧！”盛大这才吹哨子，张、刘二人停了决斗。

农劲荪走到台口，对看客说道：“刘君与张君这一场恶战，可以说得是棋逢敌手，没有强弱可分，不过以兄弟的眼光批评起来，二位各有各的长处。身子灵活，随机应变，是刘君的长处；桩步稳练，实力雄厚，是张君的长处。刘君曾两次撩住张君的腿，然不能将张君推倒，张君也三次打中了刘君的胸脯，但也不能把刘君打翻。两人相打，能像这样功力悉敌倒是很不容易遇着的。兄弟因见二位打到最后，气力都有些接不上了，手法、步法也都不免散乱起来，倘若再打下去，兄弟敢断定各人平日所会的武艺，半点也使用不出了。两人都变成了不曾练武艺的蛮汉，演出一场乱碰乱砸的架式来，这何尝是在这里较量武艺呢？所以兄弟上台来，商量公正人吹哨子停战，如张、刘二君定要分个胜负，明日尽可再打。”

张文达这时喘息才定，听到这里接着说道：“明日自然再打，我不能把姓刘的打翻，这擂台我也不摆了。”刘振声在台下答道：“今天饶了你，我明天若不打翻你，一辈子也不再打擂台了。”说得满座的人多笑起来。

霍元甲道：“我们回去吧，这不是斗口的事。”李九、彭庶白等人，多很高兴的送霍元甲师徒回寓。大家恭维刘振声武艺了得，霍元甲摇头道：“张文达的手法极迟钝，每次两手高举，肋下空虚，振声只知道出手朝他肋下打去，底下却不催步。因此虽每次打着了，张文达仗着桶子功夫很好，打的他不关痛痒，只要底下能催进半步，连肩带肘的朝他肋下冲去，哪怕他是钢铸的金刚，铁打的罗汉，也得将他冲倒下来。”

刘振声道：“我当时也想到了这种打法，只因顾虑张文达的气力太大，恐怕一下冲他不翻，被他膀膊压着肩背，禁受不住，所以几次不敢冒昧冲过去。”霍元甲跺脚唉声说道：“你存了这个心，便不能和他打了。你要知道，越是和气力大的人打，越得下部催劲。他的气力既比你大，你不用全副的力量能胜他吗？你恐怕一下冲他不倒，反被他膀膊压着，这种念头，完全是过虑。你用全副的力量冲去，即算他的步法稳，不能将他冲倒；然他肋下受了你这一下，还能立住不后退吗？你不曾见那廖鹿苹的身法吗？接连几次都是用‘鹞子翻身’的架式，使张文达扑空，你这么撞过去的时候，他万无不倒之理。倘若他的桩步稳，居然能不倒，也不后退一步，臂膀向你肩窝或脊梁劈下，你又可学廖鹿苹的身法，一个‘鹞子翻身’，便车轮也似的到了他背后，不问他的气力如何强大，身体如何灵活，你这么一个‘鹞子翻身’转到了他背后，只须一抬腿朝他腰眼踢去，他能逃掉么？”霍元甲一面说，一面表演着姿势。

刘振声恍然大悟道：“这下子我明白了。我和他动手的时候，好几次见他扬着胳膊，胁下异常空虚；若是别人使出这种架式，我早已催步撞过去了。就为他的气力太大，恐怕一步踏进去，反吃他的大亏。现在我明白了这种应付的身法，不愁他张文达不倒地了。”

李九、彭庶白等看了霍元甲表演的身法，无不钦服。霍元甲叹道：“这算不了什么！我虽是指点振声这种打法，只是我心里并不希望将张文达打倒，最好是张文达能自己明白和我寻仇的举动，没有意味，打消那报复的念头，我倒很愿意与他同心合力的来提倡武艺。我明天仍得尽力劝他一番。”

彭庶白笑道：“那张文达和牛一般的笨，四爷尽管怀着一团的好意去劝他，我料想他是决不肯听的。”霍元甲道：“他今天与振声打了这么久，没有讨着便宜，或者因此自知没有打翻我的把握，听劝打消那报复的念头也未可知。今天到场看打擂的，足有十分之三四是外国人，我们都是中国人，并且都是练武艺的，何苦拼命的争胜负，打给外国人看？在这种地方，就是打赢了的，又有什么光彩？”

彭、李等人作辞走后，廖鹿苹即来拜访，谈起来才知道廖鹿苹与龙在田是同门的师兄弟，小时候因天资极高，读书过目成诵。他父亲是一个武官，在松江当管带，鹿苹在十五六岁时到松江，这时龙在田也在松江，因邻居认识。龙在田的年纪，比廖鹿苹大几岁，生性欢喜武艺，已拜在松江一个有名的老拳师门下，学习拳棒。鹿苹一见便倾心想学，因此二人便同门练习。

后来二人虽各自又得了名师，然造诣仍各不相下。不过二人因性情不同，行径也大有分别。廖鹿苹的一举一动，都极有法度，不似龙在田那般任性。廖鹿苹所结交的，多是些在社会上有相当身份和地位的人，他原来与龙在田交情很厚，来往很密的，只因他有一个父亲的朋友，姓黄名一个璧字的，在他家看见龙在田，便劝他少和龙在田往来。他问什么道理，黄璧说龙在田生坏了一双猪眼，心术不正，将来必不得善终。廖鹿苹听了这话，虽不甚相信，然过从确不似以前亲密了。廖鹿苹近年因父亲已死，便全家移到上海来居住，龙在田不知道黄璧是何等人，更不知道有劝廖鹿苹少和他往来的话，还照常与廖鹿苹亲近。

廖鹿苹一晌很注意的观察龙在田的行为，虽则欢喜和九流三教的人交结，但是十多年来，只听得一般人称赞他如何任侠仗义，每每出死力替一面不相识的人打抱不平，却一次也不曾听人说过他有损人利己的举动。不过龙在田因喜替人打抱不平，在松江太湖一带，很结了不少的仇怨。廖鹿苹觉得黄璧所谓不得善终的话，恐怕是将来被仇人暗算，因念我既和他要好了多年，又曾有同门之谊，岂可明知道他有这种危险，却不劝他改变行为。有一次特地约了龙在田来家歇宿，乘夜深无人的时候，便向龙在田说道："承老哥不弃，拿我当一个好朋友，相交已有十多年了。我有几句很要紧的话，多久就想对老哥说，只是总怕老哥听了不高兴，几次没说出口来。今日再忍不住不说了。"

龙在田见廖鹿苹说的这般慎重，不由得问是什么话。廖鹿苹道："先父在日有一个最好的老朋友，姓黄，我家都称他为黄老伯，那黄老伯曾得异人传授，最会替人看相。经他看过的相，所说祸福荣枯，无不一一应验。在松江的时候，他在我家见过老哥，据他说老哥的性子太直，喜管闲事，若长此不改，难免不惹是非。他的意思是不许我对老哥说的，我忍到现在，委实忍不住了，索性说出来。望老哥从此少管闲事，可免不少的烦恼。"

龙在田听了，翻开两眼望着廖鹿苹笑道："那黄老伯还说了些什么，恐怕不仅说这个吧？"廖鹿苹道："没有说旁的，老哥用不着追问我。因那黄老伯平日说话非常应验，所以希望老哥能把脾气改好。"龙在田点头道："我相信你那黄老伯说我的话，必有确切不移的见地，决不是因见我平日的行为而说的。他虽在府上见过我，然只是偶然会面，断不能就我片刻的行为或言论，判别我一生的吉凶祸福。我料想他还说了什么话，老弟既希望我从此改变脾气，便得把他所有的话，老实说给我听。"

廖鹿苹见龙在田逼着要他说，只好将黄璧的话照样述了一番。龙在田低头半晌，忽然跳起来问道："这话在什么时候说的？"廖鹿苹道："在五年前说的。"龙在田问道："这黄老伯还在吗？"廖鹿苹道："他家住在松江，于今还是和五年前一般的康健。"龙在田埋怨道："老弟当时为何不对我说？"廖鹿苹道："当时我并不相信他，所以懒得说。近来因见他所说的话无不应验，又见老哥时常为不干己的事，不顾利害的挺身出面，这才使我不能不说了。只要老哥能因这番话把脾气改了，从今日起也不为迟。”

龙在田道：“我埋怨你当时不说，是因当时我在松江，可以多多亲近那位黄老伯。你和我结交了这么多年，还不知道我的性格，以为我只欢喜听人说恭维话，不欢喜听人说我的短处，实在我的性情完全不是这样。你若早对我说了，我既知道那黄老伯这么会看人，我不但可以改变脾气，并且可因亲近那黄老伯，还可学些看人的法子。老弟不明白我们在江湖上糊口的人，因两眼不识人，不知道要吃多大的亏。”

廖鹿苹道：“两眼不识人，岂特在江湖上糊口的吃亏？为人处世，无论在什么地位，处什么位置，都得两眼能识人才好。不过那位黄老伯之为人，老哥不曾多和他接近，所以不知道，以为我若早说了，老哥便可多多的与他亲近。其实那个老头的脾气，比什么人都古怪。他不存心和这人拉交情，就想找他多谈几句话也办不到。他与我先父交情很厚，我明知他不仅会看相，并有极高的道术，一心想亲近他，学点儿养生之道。无奈他的脾气太古怪，简直亲近不来。我曾听先父说，他一个人的历史，也非常古怪。

“他在三十岁的时候，得了拔贡，因才学好的缘故，受了两广总督某公的聘，在广东当幕宾。那总督十分敬重他，终日形影不离。有一次那总督因公晋京，也带了他同去。那时北京雍和宫里有一个老喇嘛，据一般人说年纪有一百三十多岁了，道行高得了不得，终年独自修持，无论谁去见他，都不肯接待。除却皇帝、皇后，少有外人能同那老喇嘛谈话的。这位总督久慕那老喇嘛的道行非凡，进京后就带了这位黄老伯到雍和宫去。却是作怪，那老喇嘛忽然愿意亲自接见，一见黄老伯便含笑点头说道：‘居士别来无恙，还记得老僧么？’黄老伯向老喇嘛端详了两眼，觉得面生，想不起在哪里见过，然不好说不记得，只得含糊答应。老喇嘛接着问道：‘居士已忘记了么？’黄老伯想了一想问道：‘老和尚曾到过四川么？’老喇嘛摇头说没到过。黄老伯又问：‘曾到过云南或两广么？’老喇嘛也说没到过。黄老伯道：‘老和尚既不曾到过川滇、两广，我这番却是初次到北京，实在想不起曾在什么地方会过老和尚。’

“老喇嘛含笑不答，与那总督畅谈祸福因果，并安排素筵留两人吃饭。饭后老喇嘛单独邀黄老伯到内室问道：‘居士真忘记了老僧么？再仔细想想看。’黄老伯说想不起来。老喇嘛道：‘居士想得起六岁以前的事么？’黄老伯听了这话，立时想起六岁以前的怪事来，答道：‘我记得六岁以前，凡事无不如意，心里想要什么，只要念头一动，便自然有人送我所想要的东西来，屡试不爽。那时我家并非富饶，不能做绸绫衣服给我穿，我看了邻家小孩穿绸绫衣服，向父母哭要，父母没奈何打算拿钱去买，想不到打开衣橱，里面居然发现了几段我想穿的裁料，家中无人知道这裁料是从哪里来的。’老喇嘛听着点了点头又问道：‘居士曾听尊父母说过你出世时的故事么？’

“黄老伯道：‘不错！记得家父母曾对我说过，说我下地就张开两眼，向房中的人乱望，并开口说道：我出家人，如何跑到这有妇人的房里来了？我这一说话，把家里人都吓慌了，不知要如何才好。正在大家慌乱的时候，我忽然两眼一闭，手脚动了几动就死了。家父母这时都已到中年，好容易才得了我这个儿子，谁知一出世就死了，真是着急得了不得。但是一家人眼望着我死，却没有方法诊治。在这时候，突然来了一个道人，向家父道喜，说恭喜先生得了一个好公子。家父不乐道：还说什么恭喜，小孩子下地就说话，一会儿便死了。那道人现出惊讶的样子说道：已死了吗？不会死的，你抱出来给贫道看看。家父觉得这道人来得奇怪，即将我抱出来。道人伸手在我头顶上拍了几下说道：莫跑，莫跑！说毕口中念诵了一阵，我两眼又张开了。家父仍抱我到房中，刚待回身出来谢那道人，再看我时，两眼又闭，又死过去了。家父慌得又出来给道人看，道人骂道：你还想逃跑吗？即从袖中取出一道符来，用一根红绳系在我颈上，又在我头顶上拍了几拍，口中仍不住的念诵。对家父道：请放心，这下子不愁他跑了，抱到床上去让他睡睡，一会儿就醒转来了。家父送我到房里，出来看道人已不知去向了。追出大门，也不见踪影。过了一会儿，我果然醒转来，只是和寻常小孩一样，不能开口说话了。从此家中百事顺遂，尤其是对于我本身的事，真是思衣得衣、思食得食，这是我六岁以前的情形。’

“老喇嘛叹道：‘隔阴之迷，力量诚大，只一眨眼的时光，你便把前事通同忘了，我说给你听吧。你前生原是我这里一名小沙弥，平日尚能恪守清规，只因去今三十多年前的浴佛日，这里做法会，来进香的男女居士极多。你同另一个小沙弥，对来进香的女居士，任意评头品足，和发了狂的一般。论你两人那时的动念，应堕落畜牲道，我因念你两人，平日尚少恶念，不忍眼见你们堕落，不待恶因成熟，用拨火铁杖活活将你两人打死，使再转人身。当时我曾问你两人，或是愿意投生富贵人家，或是愿意本身寿命攸久。那个小沙弥心欣富贵，已令投生某贝勒家，享受了三十年富贵，于今已因积业身死，仍不免受恶报去了。你因生在贫穷之家，三十年来恶业还少，所以有今日的遇合。'

"黄老伯听了这番话，心中忽然若隐若现的，觉得这雍和宫的景物，是曾经见过的。跟着再一追忆，不仅景物是曾经见过，老喇嘛所说的话，竟历历心头，仿佛是想起一场很清楚的大梦，不由自主的双膝向老喇嘛跪下叩头哀泣道：'师傅救我，恩重如山，只恨一时迷惘，忘却本来。此时明白了，千万求师傅许我回来。'老喇嘛伸手将他拉起来说道：'只要你明白这轮回之苦就得哪！你这时父母尚在，又无兄弟，不能随意出家。'黄老伯见老喇嘛这么说，只得要求传授修持的方法。从雍和宫出来以后，直到此刻四十多年，不但吃素，每日只在天色黎明的时候，就自烹爨，吃一碗白饭，过此除白开水外，什么也不入口。现在他的年纪虽有八十多岁，然精神比较五六十岁的人还好。就是性情古怪，见不得人家做不正当的事。不管认识不认识，大家能受不能受，每每当面斥责人。他还说是不忍眼睁睁望着人家向地狱里跑，不将人喊醒。先父在时最钦敬他，我从前虽知道他这些奇怪的事，但不大相信。近来因种种的应验，使我不由得不相信他。"

龙在田道："这些话好在是老弟说给我听，若是别人说出来，哪怕说是亲目所见，我也不能相信。他无论说我什么坏举动，说对了我自然改过，便是说的不对，我也决不恼他。不过他说我生坏了一双猪眼，因见我生了猪眼，便知道我心术不正，这却使我没有办法。我心术不正，是可以改正的，至于说我生坏了猪眼，这有何方法可以改换呢？我以后不见他的面便罢，倘得见面是得问他的。"

事有凑巧，廖鹿苹这日拜访霍元甲，因谈龙在田谈到黄璧，不料农劲荪在好几年前就闻黄璧的名，只恨无缘见面，并不知黄璧住在何处。无意中听得廖鹿苹说起，好生欢喜，当下约了过几日抽工夫同去松江拜会。

次日霍元甲、农劲荪带了刘振声到张园来，只见看擂的人比昨日更多了。因为昨日开擂有廖鹿苹和刘振声两人上台，都打得很好，报纸上将两人打擂的情形，记载得十分详细，并说了昨日不曾分出胜败，今日必然继续再打。这记载惊动了全上海的人，所以来看的比昨日又多了几成，临时增加了三四成座位，挤的偌大一个会场，连针也插不下了。

霍元甲三人进场后，竟找不着座位，李九、彭庶白等熟朋友，虽都到了，只因看客意外的加多，座位又没有编定号码，谁也不能留着空座位等客。霍元甲三人到的稍迟，就想临时添座也没有隙地。喜得场中招待的人员，认得霍元甲三人，知道不是寻常看客，见场中没有座位，便请到台上去坐。

霍元甲上台后，只得和张文达招呼。张文达因昨日与刘振声打了那么多回合，始终没占着便宜，心想霍元甲的徒弟，能耐尚不在我之下，霍元甲本人的功夫就可想而知了。我打刘振声不能取胜，打霍元甲如何有取胜的希望？他心里这么一想，便不由得有些着急。昨日回到盛公馆，面上即不免显出些忧虑的神色。盛大已猜出张文达的心事，安慰他道："刘振声名义上虽是霍元甲的徒弟，听说实际霍元甲并不曾教过刘振声的武艺。刘振声是虎头庄赵家的徒弟，为仰慕霍元甲的威名远震，才拜在霍元甲门下，武艺不见得比霍元甲坏。"张文达听了这番安慰的话，心里果然安慰了不少，这时霍元甲向他招呼，他那愤恨要报仇的心思却因昨日没占到便宜，自然减退了大半，神气不似昨日那般傲慢了。

霍元甲见他的言语、举动都和平了，仍继续昨日的话说道："张君昨日和小徒打了不少的回合，没有分出显明的胜负，兄弟觉得就此罢手最好，而我两方都无所谓仇恨，用不着再存报复的念头。"

张文达此时已不想坚持要报仇的话了，正在踌躇没有回答，顾四在旁边插嘴说道："不行，不行！张文达摆擂台花钱费力，为的什么事，岂可就此不打了？"盛大也接着说道："教张文达摆擂台的，也是你霍元甲；于今一再劝张文达不打的，也是你霍元甲。你这不是拿着张文达寻开心么？"张文达思想简单，不知盛、顾二人为的是想瞧热闹，还认做是帮他壮声威，登时怒气勃勃的嚷道："我们要拉交情做朋友，且等分了胜负再说。"

霍元甲见三人说话这般神气，也不由得愤然说道："好！你们都弄错了我的意思，以为我一再劝和是害怕，今天小徒刘振声再打，我包管在十五分钟之内分胜负。"张文达忽然心想刘振声既不是霍元甲的真徒弟，也许霍元甲的武艺，不比刘振声高强，我昨日既讨不到刘振声的便宜，今天何必再找他打？想罢，即指着霍元甲说道："我不认识你什么徒弟，我是为找你霍元甲来的，今天非打你不可！"

霍元甲望着张文达，用手指了指自己胸脯说道："你定要找我打么？老实对你说吧，我于今已彻底知道你的能耐。刘振声今日能在十五分钟内打败你，若定要找我打的话，我敢当着台下一万多看官们，先说一句夸口的话，我倘到三步以外才把你打倒，便算是我输给你了。"

霍元甲说话的声音，本极响亮，这几句话更是一字一字的吐出来，说得精神饱满，台下的人听了，都不由自主的拍掌叫好。大家这么一吼叫，仿佛是替霍元甲壮声威，张文达听了这几句夸大的话，果然有些气馁，心想霍元甲并不长着三头六臂，我的手脚又不曾被人缚住，莫说我还练了半辈子的武艺，便是一点儿武艺不会的人，也不能说不到三步，一定可以把他打倒。莫不是霍元甲会些法术，有隔山打牛、百步打空的本领？我倒得仔细提防他。听说大凡会法术的使用法术，越远越好，叫做显远不显近。我凭着本身的能耐，抢到他身边，使他用不着法术，看他如何能在三步之内打倒我？张文达自以为这主意很好，谁知道这次失败，就吃亏打错了这主意。霍元甲何尝有什么显远不显近的法术，倘若张文达不这么作想，动手时专求闪避，霍元甲不见得能如愿相偿。

霍元甲说完了话，自行脱下身上长袍，顺手递给刘振声，盘好了顶上辫发，正色对张文达道："你来呢，还是我来呢？"张文达因恐怕霍元甲动手就使用法术，毫不迟疑的答道："我来。"说罢，伸直两条又粗又长的臂膀，直上直下的向霍元甲猛冲过来。

霍元甲不但不闪避，反直迎上去，果然仅踏进两步，只见霍元甲并不招架，右手直抢张文达咽喉，左手直撩下部。张文达胸前衣服，被霍元甲一手扭住了，先往怀中一带，张文达仗着力大，将胸脯一挺，不料霍元甲已乘势往前一推，怎经得起霍元甲那般神力，一步也来不及倒退，已仰面朝天倒在台上。霍元甲跟进一步，用脚尖点住张文达胸膛，右手握起拳头在张文达面上扬着说道："张文达，张文达！我屡次劝你打销报复的念头，并且再三解释，你的徒弟在我手里栽跟斗，是由他自讨没趣，你偏不相信，定要当着许多外国人，显出我们中国人勇于私斗的恶根性来。你就把我打输了，究竟于你有什么好处？此刻我若不因你是一个中国人，这一拳下来，你还有性命没有？这次且饶了你，去吧！”说毕，一伸手就和提草人似的，将张文达提了起来，往内台一推。真是作怪，张文达一到霍元甲手上，简直和失了知觉的人一般，被推得两脚收煞不住，连爬带跑的直撞进内台去了。

满场看客看了霍元甲这种神勇，一个个禁不住跳起来吼好，就像是发了狂的。霍元甲穿好了衣服，带了农、刘两人下台。这擂台既是张文达做台主，张文达一被打败，擂台便跟着被打倒了。一般看客知道没有可看的了，都纷纷起身，大家围拥着霍元甲挤出会场。其中有一大部分人，因钦佩霍元甲的本领，不舍得分离，一路欢呼踊跃的，送到四马路寓所，才各自散去。

这夜有上海教育界的一班人，特地备了酒席，为霍元甲庆祝胜利。在座的人，无不竭力恭维霍元甲的本领，各人都劝霍元甲痛饮几杯。霍元甲叹道："承诸公的盛情，兄弟非常感激，不过兄弟觉得打翻一个张文达，不值得诸公这么庆祝。若是奥比音敢和我较量，我敢自信也和打张文达一样，在三步之内将他打倒，那才是痛快人心的事。可惜张文达是一个中国人。我常自恨生的时候太晚了，倘生在数十年以前，带兵官都凭着一刀一枪立功疆场，我们中国与外国打起仗来，不是我自己夸口，就凭着我这一点儿本领，在十万大军之中，取大将首级，如探囊取物。现在打仗全用枪炮，能在几里以外把人打死，纵有飞天的本领，也无处使用。下了半辈子苦功夫，才练成这一点能耐，却不能为国家建功立业，哪怕打尽中国没有敌手，又有什么用处！”

座中有一个姓马的说道："霍先生说现在枪炮厉害，能在几里以外把人打死，事实确是不错。不过枪炮虽然厉害，也还得有人去使用它，若使用枪炮的人，体力不强，不耐久战，枪炮也有失去效力的时候。枪炮是外国发明的，我们中国虽是赶不上，但假使全国的人，体格都强壮会武艺，枪炮就比较外国人差些，到了最后五分钟决胜负的时候，必是体格强壮会武艺的占便宜。日、俄两国陆军在辽东大战，日军其所以能得最后胜利，一般人都承认是因为日本人会柔道，在肉搏的时候，一个日本人能敌两三个俄国人，可见枪炮尽管厉害，两军胜负的关系，还在体力。并且我觉得外国人迷信科学，各种科学的唯一目的，是求人生的安享，科学越是发达，人生安享的程度便越增高。凡是过于安享的人，体格必不能特别的强壮。平日利用枪炮的心思太甚，对于肉搏决不注意，我中国枪炮既不如人，倘若又没有强壮的体格，和善于肉搏的武艺，万一和外国人打起仗来，岂不更是没有打胜仗的希望吗？我们江、浙两省人的体格，在全国各行省中，算是最脆弱的了。我等在教育界做事的人，都认定是关系极重大的一件事。此刻各级学校多注重体育，也就是想改良一般学生的体质，无如所用的体育方法，多是模仿外国的。我不是说外国的体育方法不好，但是太感觉没有研究的趣味，无论哪种学校的学生，对于体操，除却在上操场的时候，共同练习最短的时间外，谁也不肯在自习的时间，研究或练习体操。有许多教会学校和大学校，简直连上操场的时间都没有，足球、网球等运动方法，虽也于体质有强壮的效力，然而不是普遍的。

“自从霍先生到上海来摆设擂台，我们就确认我国的拳术，有提倡的价值，及提倡的必要。在霍先生未到上海以前，我等非不知道我国有最精良的拳术，可以提倡，不过那时觉得我国拳术的门户派别太多，我等不曾研究过的人，不知道究竟应该提倡哪一种，要物色一个教师很不容易。难为霍先生的本领超群，加以威名震全国，有先生出面担任提倡教授，可以收事半功倍之效。我等近来经屡次计划，准备组织一个教授武艺的专门学校，要求霍先生担任校长。我等并知道农先生威名虽赶不上霍先生，只是武艺也高明得了不得，尤其是中、西文学都极好。我等计划的这专门学校，要想办理得有好成绩，非求农先生出来同负责任不可。霍先生的高足，得多聘几位来担任教授。两星期以前，我等曾和农先生商量，知道霍先生因祖传的家法，不许以迷踪艺传授给异姓人，已写信去天津，要求家长许可破例传授，不知现在已否得了许可破例的回信？”

霍元甲说道：“兄弟对于拳脚功夫，虽说略知一二，但是办学校及应如何提倡，如何教授，我是完全不懂。这事不办便罢，要办就得求农爷承认当校长，兄弟仅能听农爷的指挥，要我如何教，我就如何教。至于学校里应聘几位教习，兄弟当然可以负责任去聘请。兄弟除振声而外，并没有第二个徒弟，便是振声，也不过名义上是我的徒弟，实际并不曾传授他迷踪艺的法门，其所以没有徒弟，就是为家法有不传异姓的限制。前次写信回家向敝族长要求，近已得回信，敝族人为这事已开了一次全族会议，对破例的事，仍是不能允许，不过对于兄弟一个人的行为、意志，已许自由。不论将迷踪艺传给什么人，族人不照家法追究，其他霍姓子弟，不得援此为例，倘第二个姓霍的破例，还是要按法惩办的。敝族祖先当日订下这严厉的家法，却不是自私，为的是怕教授了恶人，受徒弟的拖累。对本家子弟，一则容易知道性情，二则有家规可以限制子弟的行动。于今办学校，目的是在求武艺能普遍，不在造就登峰造极的好汉，并且既称为学校，学生便与寻常的徒弟不同，将来断不至有受拖累的事，所以兄弟敢于破例担任教授。”

教育界的人，听了霍元甲这番话，自然很满意。从这日起，便大家计划进行，创办一个专教武术的机关，名叫“精武体育会”，推农劲荪当会长，霍元甲、刘振声当教习。因慕霍元甲声名入会的，确是不少，只是肯认真练习武术的，虽以霍元甲的号召力，还是不多。

霍元甲自精武体育会开办后，身体不免劳顿，因家事又受了忧虑，以致胸内疼痛的病又发了。在打过张文达的次日，胸内已痛了一次，当把秋野送的白药片服下实时停止的，这次再发，不知如何服下那药全无效验，加倍服下也是枉然，痛得不能忍受，只得带了刘振声到秋野医院去诊视。秋野诊察之后说道：“霍先生不听我的劝告，此刻这病已深入不易治疗的时期了。上次来诊察的时候，还可以不住医院，只要一面服药，一面静养，即可望在一两个月以内痊愈。现在的病势，非住院绝对没有治好的希望，止痛剂失了作用，每日得打三次针，方可以免除疼痛。”

霍元甲此时见止痛剂不发生效力，对秋野的话才相信了，当下要求秋野先打针止痛。这番便不似前次那么容易见效了，针打后十多分钟，痛才渐渐减轻了。霍元甲问秋野须住院多少日，始能完全治好。秋野思索了一会儿说道：“要完全治好，大约须两个月以上。”刘振声从旁问道：“现在住医院还来得及么，断不至有性命的危险么？”秋野道：“若能断定没有性命的危险，我也不说已深入不易治疗的时期的话了。须住过一星期之后，如经过良好，方敢断定没有危险。若再拖延下去，只求止痛，恐怕不能延到一个月了。”霍元甲只好答应住院。

刘振声因不愿离开老师，也搬了铺盖到院中伺候。秋野医生诊治得十分细心，每日除替别人诊病及处理事务外，多在霍元甲身边，或诊病或闲谈。霍元甲在院中，倒不感觉身体上如何痛苦了，精神上也不感觉寂寞。

光阴易逝，转眼就过了一星期，秋野很高兴的对刘振声道：“这下子你可以放心了，贵老师的体气，毕竟比寻常人不同，这一星期的经过非常良好，我于今敢担保断无生命的危险了。照这一星期的经过，预料或者有五星期即可出院。我知道你们师徒的感情好，说给你听，使你好放心。”刘振声自进医院后，镇日忧愁，一心只怕老师的病没有治好的希望，这时听秋野医生这么说，心里才宽慰了。

一日秋野从外边回来，喜滋滋的对霍元甲道：“我前次曾对霍先生说，敝国有几个柔道高手，因慕霍先生的名，打算来上海拜访，后来因有人反对，恐怕以个人行动，妨碍全体名誉，想来的人不敢负这责任，所以把行期拖延下来。嗣后由讲道馆召集开会，选拔了五个柔道名人，原想在霍先生擂台未满期以前赶到的，因相扑的团体也要求派选手参加，临时召集全国横纲大会，耽搁了不少的时日。结果选派了两个大横纲，参加柔道团体同行，今日已到了上海。听说这两个横纲，年纪很轻，是初进横纲级的，在敝国并没有大声名，但是两人的体力和技术都极好。敝国普通一般相扑家，因为从小就专求体力和体量的发达，终年没有用脑力的时候，所以相扑家越是阶级增高，脑力便越蠢笨，不仅对于处世接物处处显得幼稚及迟钝，就是对于自己所专门研究的技术，除却依照原有的法则，拼命锻炼而外，丝毫不能有新的发明；所以流传千数百年的相扑术，简直是谨守陈规，一点儿进步也没有，和柔道家比较起来相差甚远。这两个相扑的却有点儿思想，都抱了一种研究改良的志愿。此来拜访霍先生，便负了研究中国拳术，将来回国改良相扑的责任。我刚才到码头上迎接他们，准备明天在讲道馆开一个盛大的欢迎会，欢迎霍先生前去。他们本是要同到这医院里拜会的，兄弟因院中的房屋狭小，加以左右房间里都住了病人，他们来了有种种不便，所以阻拦了不教他们来。兄弟原是此间讲道馆负责任的人，今特代表全体馆员谨致欢迎之意。”

霍元甲道：“欢迎则不敢当，研究武艺，兄弟是素来愿意的，何况是贵国的柔道名人、相扑横纲，在全国好手之中挑选出来的代表呢？若在平时，哪怕就相隔数百里，我也情愿去会面谈谈，不过我此刻因病势沉重，才住在贵院里求先生诊治，正应该静养的时候，岂可劳动？好在我的病，是经先生诊治的，不可劳动，也是先生的劝告，不是兄弟借口推托，万望先生将兄弟的病情，及兄弟感谢的意思，向那几位代表声明。如果他们在上海居住的日子能长久，等到兄弟病好退院之后，必去向他们领教。”

秋野笑道："霍先生的病，这几天收效之快，竟出我意料之外。前日我不是曾对你说过的吗？我并曾告知刘君，使他好放心。住院的经过既这么良好，偶然劳动一次也不要紧，好在先生的病，是兄弟负责治疗，倘若劳动于病体有绝大妨碍，我又何敢主张先生前去，不待先生辞谢，我自然在见他们的时候，就得详细声明。我因见先生的病，危险时期已经过去，而他们又系专诚从敝国渡海而来，不好使他们失望，所以接受这欢迎代表的责任。"

霍元甲想了一想说道："秋野先生既是这般说法，我再推辞不去，不仅对不起从贵国远来的诸位代表，也对不起秋野先生。但是兄弟有一句话事先声明，得求秋野先生应允。"秋野忙问什么话。霍元甲道："兄弟到会，只能与他们口头研究，不能表演中国的拳术，这话必经秋野应允了，兄弟方敢前去。"秋野笑道："我自然可以答应不要求霍先生表演，不过他们此来的目的，就是要研究霍先生家传的武艺，我此刻如何敢代表他们应允不要求表演呢？"

霍元甲道："先生是讲道馆负责任的人，又是替兄弟治病的医生，他们尽管向兄弟要求表演，只要先生出面，说几句证明因病不能劳动的话，我想他们总不好意思再勉强我表演。"秋野问道："霍先生是不是恐怕把家传的武艺表演出来，被他们偷学了去，所以先要求不表演呢？"霍元甲笑着摇头道："不是，不是！兄弟所学的武艺，休说表演一两次，看的人不能学去，就是尽量的传授给人，也非一年半载之久，不能领会其中妙用。倘若是一看便会的武艺，怎的用得着定出家法，不传授异姓人呢？兄弟其所以要求不表演，一则是为有病不宜劳动，二则我知道贵国没有单人表演的拳术，要表演便得两人对手，我自从打过两次擂台之后，自己深悔举动孟浪，徒然坏了人家名誉，结下极深的仇怨，将来随时随地都得提防仇人报复，于兄弟本身半点儿好处也没有，已当天发下了誓愿，从此不和人较量胜负。我既有这种誓愿，自不能不事先声明，这是要求秋野先生原谅的。"

秋野点头道："表演于病体却无多大关系，就算有关系，我也敢担保治疗，这是不成问题的。至于霍先生因打擂发下了誓愿，本来应该体谅，只是霍先生系发誓不和人较量胜负，不是发誓不和人研究武艺，于今他们并没有要求表演，明日他们如果要求，我自竭力证明，能不表演自然很好。"当下二人是这么说了。次日早餐后，秋野即陪同霍元甲，带了刘振声，乘车到讲道馆。

霍元甲以为讲道馆必是一个规模很大的房屋，进大门看时，原来是几间日本式的房屋，进大门后，都得脱下鞋子。刘振声在脱鞋子的时候，悄悄的对霍元甲说道："穿惯了鞋子，用袜底板踏在这软席子上，好像浑身都不得劲儿，他们若要求动手，我们还是得把鞋子穿上才行。"霍元甲刚待回答，里面已走出几个日本人来，秋野即忙着介绍。

霍元甲看走在前面的两个，禁不住吃了一吓，那身材之高大，真是和大庙里泥塑的金刚一样。霍元甲伸着腰干，头顶还不到他两人的胸脯，看他两人都穿着一式的青色和服，系着绺条青绸裙子，昂头挺腹的立着。经秋野介绍姓名之后，一个叫做常磐虎藏的向霍元甲伸出右手，表示要握手之意。霍元甲看他这神气，知道他要握手必不怀好意，只装没看见的，掉转脸和第二个叫做菊池武郎的周旋。这菊池武郎也是昂头挺腹，不但不鞠躬行礼，连颔首的意味都没有，也是突然伸出蒲扇也似的巴掌，待与霍元甲握手。秋野恐怕霍元甲见怪，即赔笑对霍元甲解释道："敝国武士道与人相见的礼节，是照例不低头，不弯腰，不屈膝的，握手便是极亲爱的礼节，望霍先生、刘先生和他两位握握手。"

霍元甲这时不能再装没看见了，只得也伸手先与菊池武郎握，以为他们这般高大的体格，必有惊人的手力，不料竟是虚有其表，比寻常人的力量虽大，似乎还赶不上张文达的气力。

在听秋野解释的时候，霍元甲心里十分替刘振声着虑，唯恐两相扑家的力量太大，刘振声被捏得叫起痛来，有失中国武术家的体面。自己试握了一下之后，才把这颗心放下。霍元甲与菊池武郎握了，见常磐虎藏的手，仍伸着等待，遂也伸手和他去握。忽听得菊池武郎口里"唷"了一声，身体跟着往下略蹲了一蹲，回头看时，原来是刘振声正伸手与菊池武郎握着，菊池脸上已变了颜色。霍元甲忙对刘振声喝道："不得无礼！"振声笑道："是他先用力捏我，使我不得不把手紧一紧，非我敢对他无礼。"常磐见菊池吃了亏，自己便不敢使劲和刘振声握手了，只照常握了一下。秋野接着引霍、刘二人与五个柔道名人相见，大家也是握手为礼，却无人敢在上面显力量了。相见后同到一间很宽大的房中。

霍元甲看这房间共有二十四张席子，房中除排列了十几个花布蒲团而外，一无陈设。大家分宾主各就蒲团坐后，由秋野担任翻译，彼此略叙寒暄。柔道名人中间有一个叫做有马谷雄的开口说道："我们因种种关系，启程迟了，不能在霍先生摆设擂台的时候赶到上海，参观霍先生的武术，我们认为是一种很大的损失。今日是敝国两个武术团体的代表，欢迎霍先生，希望能与霍先生交换武术的知识技艺。我们知道霍先生现在创办了一个精武体育会，专负提倡武术的责任。这种举动，是我等极端钦佩的，请教霍先生，贵会对于拳术的教授，已编成了讲义没有？"有马说的是日本话，由秋野翻译的。

霍元甲也请秋野译着答道："敝会因是初创的关系，尚不曾编出拳术的讲义，不过敝国的拳术，一切动作，都得由教师表演口授，有不有讲义，倒没有多大的关系。至关重要的意义，敝国各家各派的老拳师，无不有一脉相传的口诀及笔记，这是各家各派不相同的，由教师本人决定，须到相当的时期，方可传授给徒弟。这种记载，性质也类似讲义，然从来是不公开的，大家都是手抄一份，没有印刷成书的。兄弟已打算根据这种记载，参以本人二十多年来的心得，编成讲义，传授会员，想打破从前秘传的恶习惯。"

有马听了称赞道："霍先生这种不自私的精神，真了不得！那种口诀和笔记，在未编成讲义以前，可否借给我等拜读一番？"霍元甲毫不迟疑的答道："可以的。不过兄弟这番从天津到上海来，原没打算办体育会，这项抄本并没带在身旁，俟将来编成讲义之后，可以邮寄数份到贵国。"有马和诸人都同时向霍元甲道谢，并继续问道："我等在几年前，就听说霍先生在天津刺杀拳匪首领的事。当时新闻纸上，说在数千拳匪之中，独来独去，如入无人之境，将拳匪首领杀倒，竟没一人看清了霍先生的面目，是不是真有这么一回事故？"

霍元甲笑道："出其不意，攻其无备，杀一个没有能耐的匪首，算不了什么奇事。当时新闻纸依照那些拳匪传述的登载，倒没有错误，不过恭维兄弟是剑仙，就过甚其词了。"有马道："霍先生的剑术，想必比较拳术更高明些。"霍元甲摇头笑道："多是一知半解，够不上说高明。"

有马道："我等特地渡海来拜访霍先生，霍先生总得使我等多少获点儿益处，方不辜负此行。我等此刻想要求霍先生表演些技艺，这完全是友谊的，绝不参着争胜负的心思在内，能得霍先生许可么？"霍元甲笑道："兄弟昨日已对秋野先生声明了，请秋野先生说说。”

秋野果将昨日彼此所谈的话，述了一遍。有马道：“秋野院长既负了替先生治疗的责任，我又声明了，不参着争胜负的心思在内，可知先生所虑的都已不成问题。我等最诚恳的要求，请霍先生不再推辞了吧！”霍元甲知道再推辞也无益，便对刘振声道：“既是他们诸位定要表演，你就小心些儿，陪他们表演一番吧！”

刘振声指着席子说道：“用袜底板踏在这软席子上，站也站不牢稳，如何好动手呢，我穿上鞋子好么？”霍元甲摇头道：“鞋底是硬的，踏在这光滑的席子上，更不好使劲，你索性脱下袜子，赤脚倒牢稳些。”刘振声只得脱下袜子，赤脚走了几步，果然觉得稳实多了。

有马指派了一个年约三十二三岁、身材很矮小，叫做松村秀一的，和刘振声动手。松村秀一到隔壁房里，换了他们柔道制服出来，先和刘振声握了握手，表示很亲热的样子。刘振声是一个极忠厚的人，见松村又亲热又有礼节，便也心平气和的，没存丝毫争胜的念头。谁知日本人在柔道比赛以前，彼此互相握手，是照例的一种手续，算不了什么礼节，更无所谓亲热。刘振声因此略大意了些儿，一下被松村拉住了衣袖，一腿扫来，振声毕竟不惯在席子上动作，立时滑倒了，还喜得身法敏捷，不曾被松村赶过来按住，已跳起来立在一旁。

有马等人看了，好生得意，大家拍掌大笑，只笑得刘振声两脸通红，心头火冒，霍元甲面子上也觉难堪。松村得了这次胜利，哪里就肯罢手呢？赶上来又打。这回刘振声就不敢不注意了，只交手走了两个照面，刘振声扭住了松村的手腕，使劲一捩，只见松村往席子上一顿，脱口而出的喊了一声“哎哨”，右臂膀已被捩得断了骨节，一声不作，咬紧牙关走开了。

有马看了这情形，怎肯就此罢休呢？急忙亲自换了衣服，也照例与刘振声握手。霍元甲见有马神气异常凶狠，全不是方才谈话的态度，恐怕闹出乱子来，急得抢到中间立着说道：“依兄弟的意思，不要再表演了吧！我中国的拳术，与贵国的柔道不同，动辄打伤人，甚至打死人的，所以兄弟在摆设擂台的时候，上台打擂的须具切结。现在承诸位欢迎兄弟，并非摆擂台，岂可随意动手相打？”秋野译了这番话，有马道：“松村的手腕已捩断了，我非再试试不可。”说着不管三七二十一，赶着刘振声便打。

刘振声知道自己老师不愿撞祸，连连向左右闪避，有马越逼越紧，逼到近了墙壁。有马气极了，直冲上去，刘振声待他冲到切近，跳过一边，接着也是一扫腿。有马的来势本凶，再加上这一扫腿的力量，扑面一跤跌下去，额头正撞在一根墙柱上，竟撞破了一大块皮肉，登时血流满面，好在还不曾撞昏，能勉强挣扎起来。那常磐虎藏早已忍不住，急急卸了和服，露出那骇人的赤膊来，也不找刘振声握手了，伸开两条臂膀，直扑霍元甲。

元甲既不情愿打，又不情愿躲避，只得急用两手将他两条臂膀捏住，不许他动，一面向秋野说话，要求秋野劝解。不料常磐被捏得痛入骨髓，用力想挣脱，用力越大，便捏得越紧，一会儿被捏得鲜血从元甲指缝中流出来。元甲一松手，常磐已痛得无人色，在场的人，谁也不敢再来尝试了。霍元甲心里甚觉抱歉，再三托秋野解释，秋野只管点头说不要紧，仍陪着霍元甲回医院。

到夜间八点钟的时候，秋野照例来房中诊察，便现出很惊讶的神气说道："霍先生今日并没有和他们动手，一点儿不曾劳动，怎的病症忽然变厉害了呢？"刘振声在旁说道："老师虽不曾劳动，但是两手捏住那常磐的臂膀，使常磐不能动弹，鲜血从指缝中冒出来，可见得气力用的不小。"秋野连连点头道："不错，不错！倒是动手打起来，或者还用不着那么大的气力，这真是意想不到的事。"

霍元甲道："我此时并不觉得身体上有什么不舒适，大概还不妨事。"秋野含糊应是，照例替霍元甲打了两针，并冲药水服了，拉刘振声到外边房里说道："我此刻十分后悔，不应该勉强欢迎贵老师到讲道馆去，于今弄得贵老师的病，发生了绝大的变化，非常危险，你看怎么办？"

刘振声听了这话，如晴天闻霹雳，惊得呆了半晌才说道："看你说教我怎么办，我便怎么办。你原说了负责治疗的。"秋野道："贵老师用力过大，激伤了内部，这是出乎我意料之外的事，我不是不肯负责，实在是不能治疗。我看你还是劝你老师退院，今夜就动身回天津去，或者能赶到家乡。"

刘振声刚待回答，猛听得霍元甲在房中大喊了一声，那声音与寻常大异，慌忙拉秋野跑过去看时，只见霍元甲已不在床上，倒在地板上乱滚，口里喷出鲜血来。上前问话，已不能开口了。刘振声急的哭了起来。秋野又赶着打了一针，口里不喷血了，也不乱滚了，仍抬到床上躺着，不言不动，仅微微有点鼻息。

刘振声不敢做主退院，霍元甲又已少了知觉，刘振声只好独自赶到精武体育会，把农劲荪找来。农劲荪虽比刘振声精细，看了种种情形，疑惑突然变症，秋野不免有下毒的嫌疑，但是得不着证据，不敢随口乱说。奄奄一息的延到第二日夜深，可怜这一个为中国武术争光的大英雄霍元甲，已脱离尘世去了，时年才四十二岁。

总评：

霍元甲之与张文达，虽同为摆设擂台，而摆设擂台之地，又同为上海张园。然一则纯欲打倒外国大力士，为中国人争面子起见，宗旨何等光明正大？一则仅欲以之向霍元甲报私仇，正见其心肠之褊狭，此凡属明眼人，固皆能辨而知之者矣。讵盛大与张文达，均目为十分得意之事，其于擂台上下弥极铺张扬厉之致，视霍元甲时为有加，毋乃太属眼光浅陋，而为有识者所笑乎。

张文达之摆擂台，其目的固全在与霍元甲之一较高下耳。乃在彼等二人未交手以前，先之以廖鹿苹之打擂，继之以刘振声之试手，如是，不但错落有致，正见文章宾主陪衬之法。非然者，一开场即为张、霍二人之交锋，有同开门见山，未免太直率无味矣！至写廖鹿苹，则飘然而来，又飘然而去，全出之于游戏神通，有似神龙之见首而不见尾。写刘振声，则极死打蛮干之致，一场之不足，复继之以一场，同为打擂之人，而有两番写法，此正文章之有变化也。于是乎吾人乃神与书会，弥觉其为味之醰醰矣！

张文达能举八百斤之蛮石，其武艺固亦自命不凡者，今与霍元甲相遇，吾人固度其纵即败，必亦有一番极剧烈之角逐。讵竟为霍元甲倒之于三步之内，一如霍元甲事先之所宣言，又何其不堪之至耶！而在霍元甲，诚属神乎其技矣。虽然，脱张文达聆及霍氏之宣言，而不疑其有隔山打牛、百步打空之法术，小心翼翼，善自为备，必尚有若干回合可走，而不致惨败一至于是。然则正见张文达之太无常识耳。吁！亦可叹已。

霍元甲之病状，唯秋野知之为最明了，且不宜劳动之言，亦为其亲口所发，乃其后一再逼之表演武艺，使霍元甲虽欲不劳动而不可得者，亦为秋野。阴险哉倭奴！正不知是何居心也。迨夫松村、有马悉败于刘振声之手，常磐之腕亦为霍元甲所力握，而鲜血涔涔然，于是秋野乃怀恨于心。而霍元甲之症亦突然有变，竟以暴卒闻，此非其下毒而何？愿吾国人，于心头牢记所受自倭奴之重重国耻之下，并弗忘此一幕惨剧也！而霍元甲以一代之英雄，竟不幸而死于倭奴之毒手，宁又非十分悲痛之事乎！

全书完